Die schwarze Dame

W0318270

Das Buch

Winter in einer kleinen Stadt an der Ostküste. Der Universitätspräsident Carlyle und seine Frau Julia entdecken in einer abgelegenen Straße einen Toten: Wirtschaftsprofessor Kellen Zant, vor langer Zeit einmal Julias Liebhaber. Auf der Beerdigung erfährt Julia, dass Kellen Informationen zu einem dreißig Jahre zurückliegenden Mordfall zusammengetragen hat. Seine brisanten Ergebnisse, die für die bevorstehende Präsidentenwahl von höchster Wichtigkeit sein könnten, soll er bei einer »schwarzen Dame« versteckt haben. Es gibt Hinweise, dass damit Julia gemeint ist. Die jedoch ist ahnungslos und muss das Rätsel lösen, um sich selbst und ihre Familie zu retten.

Der Autor

Stephen L. Carter, geb. 1955, ist seit 1982 Juraprofessor an der Universität Yale. Als Mitglied des *American Law Institute* und der *American Academy of Arts and Sciences* ist er maßgeblich an der Gestaltung der amerikanischen Rechtspraxis beteiligt; er verfasst Sachbücher zu politischen und rechtswissenschaftlichen Themen. Sein erster Roman *Schachmatt*, 2002 erschienen, war ein internationaler Bestseller.

Von Stephen L. Carter ist in unserem Hause bereits erschienen:

Schachmatt

Stephen L. Carter

Die schwarze Dame

Roman

Aus dem Amerikanischen von
Charlotte Breuer und Norbert Möllemann

List Taschenbuch

Besuchen Sie uns im Internet:
www.list-taschenbuch.de

FSC
Mix
Produktgruppe aus vorbildlich bewirtschafteten Wäldern und anderen kontrollierten Herkünften
www.fsc.org Zert.-Nr. GFA-COC-001223
© 1996 Forest Stewardship Council

Dieses Taschenbuch wurde auf FSC-zertifiziertem Papier gedruckt. FSC (Forest Stewardship Council) ist eine nichtstaatliche, gemeinnützige Organisation, die sich für eine ökologische und sozialverantwortliche Nutzung der Wälder unserer Erde einsetzt.

Ungekürzte Ausgabe im List Taschenbuch
List ist ein Verlag der Ullstein Buchverlage GmbH, Berlin
1. Auflage März 2009
© für die deutsche Ausgabe
Ullstein Buchverlage GmbH, Berlin 2007/Ullstein Verlag
© 2007 by Stephen L. Carter
Titel der amerikanischen Originalausgabe: *New England White*
(Alfred A. Knopf, New York)
Die Arbeit der Übersetzer am vorliegenden Text
wurde vom Deutschen Übersetzerfonds gefördert.
Dieser Roman ist ein Produkt der Phantasie des Autors. Namen, Personen, Orte und Vorkommnisse sind Fiktion oder werden fiktiv verwendet. Jede Ähnlichkeit mit lebenden oder verstorbenen Personen, mit realen Ereignissen oder Örtlichkeiten ist rein zufällig.
Die Übersetzung des Gedichts von Emily Dickinson auf Seite 542
wurde mit freundlicher Genehmigung des Übersetzers zitiert aus:
Emily Dickinson, Dichtungen, übersetzt von Werner von Koppenfels,
Mainz, Dieterich, 3. Aufl. 2005, S. 105.
Umschlagkonzept: RME Roland Eschlbeck und Kornelia Rumberg
Umschlaggestaltung: ZERO Werbeagentur, München
Titelabbildung © Thomas Barwick/getty images
Satz: Franzis print & media GmbH, München
Gesetzt aus der Sabon
Papier: Munkenprint von Arctic Paper Munkedals AB, Schweden
Druck und Bindearbeiten: CPI – Clausen & Bosse, Leck
Printed in Germany
ISBN 978-3-548-60864-8

Für Annette Windom

Warum hacken alle auf den Wirtschaftsexperten herum?
Sie haben immerhin dreizehn der vergangenen
fünf Rezessionen korrekt vorausgesagt!

Beliebter Witz unter Studenten

Prolog

Tyler's Landing im Sommer

Den Toten schwirren Gerüchte nach wie die Fliegen, und wir folgen ihnen mit gerümpfter Nase. Wir sind alle keine Klatschmäuler, aber versessen auf jeden neuen Tratsch. Nehmen wir also an, Sie wären zufällig in den ersten Wochen, nachdem die Ermittlungen endlich abgeschlossen und die letzten Journalisten abgezogen waren, in das Städtchen Tyler's Landing gekommen und hätten auf der Main Street gehalten, um in Cookies Laden eine Tüte Schokorosinen, eine Spezialität des Hauses, zu kaufen, dann hätten Sie sich von der dicken Vera Brightwood ausführlich erzählen lassen können, wer schuld war und wer nicht und wer auf keinen Fall etwas mit der Sache zu schaffen hatte.

So wie Vera das sieht, hat das ganze Theater nicht an dem Tag angefangen, als der farbige Professor im letzten November ums Leben kam, sondern an einem ungewöhnlich schwülen Winterabend neun Monate zuvor – sagen wir, im Februar –, als die hübsche Vanessa Carlyle, eine frühreife Sechzehnjährige, wenn man den Leuten glaubt, vor dem Rathaus den nachtblauen Mercedes ihres Vaters angezündet hat. Ja, ganz recht, sagt sie, genau *der* Carlyle, dessen Briefe, wie Joe Vaux von der Poststelle zu berichten weiß, mit der Anrede »The Honorable« versehen sind, unglaublich, was diese Leute sich heutzutage einbilden. Sie hören lächelnd zu, während Sie durch das Schaufenster den Blick auf den prachtvollen neuenglischen Sommer genießen. *Geschwätzig* ist das Wort, das einem zu Vera Brightwood einfällt. Bei ihr geht ein Lamento nahtlos ins nächste über, und schon bald versichert sie Ihnen, dass sie nichts gegen die Carlyles hat, obwohl sie seit sechs Jahren jedem und nun auch Ihnen erzählt, dass die Stadt denen nie hätte erlauben dürfen, dieses gigantische Haus auf dem Patterson-Grundstück zu errichten. Was sie wieder auf den Brand zurückbringt. Na schön, in einigen Punkten stimmt Veras Bericht nicht ganz. Zum Beispiel hat Vanessa an jenem Abend nachweislich nicht mit dem Professor gesprochen, auch wenn, wie Vera Ihnen gegenüber betont, beide Farbige sind. Aber so ist sie nun mal. Für Vera sind Geschichten wie Süßigkeiten: Sie müssen ausgefallener sein als bei der Konkurrenz im Laden nebenan, sonst verliert man seine Kunden. Ihrer altbewährten Methode entsprechend, übertreibt sie hier ein wenig, trägt dort ein bisschen dicker auf und – *voilà!* – schon hat sie eine Delikatesse zu bieten, die alles andere in den Schatten stellt. Vera mag vielleicht nicht immer richtig liegen, aber langweilig ist sie nie.

Im Übrigen kann Zuhören ja nicht schaden, nicht wahr?

Cookies Laden ist in Tyler's Landing eine Institution, vergleichbar mit dem Café de la Régence in Paris, von dem man zu sagen pflegte, dass früher oder später jeder, der etwas auf sich hielt, dort einmal vorbeikam. Nicht nur die dreitausend Einwohner von Tyler's Landing, sondern fast der halbe Staat hat schon von Cookies Laden gehört. Es heißt, Woody Allen hätte vor Jahren eine Filmszene in dem Laden gedreht, was jedoch, da Vera sich nicht dazu äußert, wahrscheinlich nicht stimmt. Obwohl man es sich eigentlich gut vorstellen könnte. Die Tresenplatte besteht aus glänzendem weißen, von grünen Adern durchzogenem Marmor. Das leuchtend rote Coca-Cola-Schild ist mindestens fünfzig Jahre alt. Dank der zahlreichen Spiegel wirkt der Verkaufsraum unendlich groß, obwohl er in Wirklichkeit kaum mehr als sechs mal neun Meter misst. Die Süßigkeiten sind in Vitrinen und bauchigen Glasgefäßen ausgestellt: Pfefferminzstäbchen in unterschiedlichen Farben, rot-weiß gemusterte Lutscher, Hunderte verschiedener Sorten von Jelly Beans, Trüffel, Pralinen, Zuckerstangen, Karamellbonbons; kleine, mit Minzbonbons gefüllte Briefkästen und Freiheitsstatuen und Oldtimer, Bonbons in Rollen, an Stielen, in Form von Tieren, Fudge in acht Geschmacksrichtungen und darüber hinaus sämtliche Schokoladensorten, die man sich nur wünschen kann, einschließlich einer extravaganten, jede Diät zunichte machenden Kreation namens Cranberry Chocolate, hergestellt nach Veras eigenem Rezept.

Stets experimentiert sie mit neuen Leckereien. Die köstlichen Düfte vernebeln die Sinne, und das ist natürlich Absicht. Egal, ob man auf Süßes steht oder nicht, läuft einem das Wasser im Mund zusammen, man kann den Verlockungen der sündigen Genüsse nicht widerstehen, und ehe man sich versieht, kauft man von allem, was der Laden zu bieten hat. Mit roten aufgedunsenen Wangen, die weißgrauen Haare ordentlich zu zwei Knoten gedreht, wiegt Vera, die selbst furchtbar dick ist, nach Augenmaß ein Pfund Schokorosinen ab, während sie einem ein Ohr abkaut und mit ihrer heiseren Raucherstimme das Problem mit dem Haus der Carlyles darlegt. Und weil Sie die Schokorosinen unbedingt haben wollen, hören Sie sich die Geschichte an.

Vera erzählt von dem Haus. Sie hat triftige Gründe dafür, warum man es den Carlyles nie hätte gestatten dürfen, das Haus zu bauen. Zum Beispiel hätte man die Wiese erhalten sollen, auf der die Kinder immer Softball gespielt haben. Und das Haus macht die schöne Aussicht zunichte, die man vorher von der Straße aus ins Tal hatte. Außerdem ist es sowieso viel zu groß und protzig mit den spitzen Winkel und all dem Glas, in dem sich das Sonnenlicht spiegelt. Wenn man daran vorbeifährt, scheint das Haus einem direkt *zuzuzwinkern*, vor allem, wenn man es dabei zufällig anstarrt. Und Vera, die schon sehr lange auf der anderen Seite des Wasserspeichers wohnt und gegen jedes Gebäude ist, das im Umkreis von Meilen errichtet wird, starrt häufiger zu dem Haus hinüber, als sie zugeben würde. Oh, sie ist ganz aufgewühlt, und unter ihrer zarten, porzellanfarbenen Haut glüht der Zorn.

Sie sind inzwischen überzeugt, dass die Frau verrückt ist, und bewegen sich mit Ihrer Tüte Schokorosinen in Richtung Ausgang, aber sie ist noch nicht fertig.

Und was war mit dem Auto?, fragt sie, und Sie erinnern sich, was sie über das Mädchen gesagt hat – wie hieß sie noch gleich? –, Vanessa. Wollen Sie wissen, was mit dem Auto war?, fragt Vera.

Sicher, sagen Sie.

Vera will es Ihnen gern erzählen, aber möchten Sie nicht noch ein paar Toffees mitnehmen? Butter-Rum-Toffees mit Walnüssen oder ohne sind eine weitere Spezialität des Hauses. Während sie die hellgrüne Schachtel mit dem grünen Band verschnürt, ihrem Markenzeichen – bei Vera gibt's kein Klebeband, oh nein! –, sagt sie, ach, sie habe ganz vergessen zu erwähnen, dass die hübsche Vanessa versucht hat, sich mit einem Cutter die Pulsadern aufzuschneiden, als das Auto brannte.

Und nachdem Vera Ihnen das alles erzählt hat, wissen Sie vielleicht immer noch nicht so recht, was Sie von der Sache halten sollen, außer dass Sie überwältigt sind von Mitleid mit Vanessa, erst recht mit ihren Eltern, ihrer Schwester und ihren beiden Brüdern. Vera erzählt so eindringlich, dass Ihnen ganz schwindlig wird, aber schließlich sehen Sie alles so deutlich vor sich, als wären Sie dabei gewesen, denn Vera hat schon immer die besondere Gabe besessen, eine Geschichte zum Leben zu erwecken: In der Auffahrt zum Rathaus lodert der nagelneue, glänzend blaue Mercedes, erst drei Monate zuvor geleast und noch keine dreieinhalbtausend Kilometer auf dem Tacho, in der winterlichen Abenddämmerung wie ein Scheiterhaufen. Daneben sitzt auf einer Holzbank seelenruhig dieses hochgewachsene, dünne dunkelhäutige Mädchen, dessen sorgfältig geflochtene Zöpfe das hübsche Gesicht halb verbergen, hantiert mit dem Messer, und versucht vergeblich, sich die Haut aufzuritzen.

Die arme Kleine, murmelt Vera, eine Träne im einen gesunden Auge.

Sie sind geneigt, ihr zuzustimmen.

Und wissen Sie, fügt Vera in gedämpftem Ton hinzu, während sie versucht, Ihnen zu den Schokorosinen auch noch ein paar Geleefrüchte aufzuschwatzen, obwohl so viele Leute von der Universität Grundstücke kaufen, weil sie es schick finden, Farmen in Wohnhäuser umzuwandeln, gibt es im Ort nur fünf farbige Familien.

Überrascht fragen Sie, ob die Stadt darüber eine Statistik führt.

Worüber?, will sie wissen.

Sie wählen Ihre Worte sorgfältig. Über die Anzahl der afroamerikanischen Familien, die hier leben, erklären Sie. Wird das genau registriert?

Von manchen schon, erwidert Vera.
Warum?
Vera beugt sich vor und senkt die Stimme, ihr Atem stinkt, als würde sie innerlich verfaulen. Ihre wässrigen Augen behalten die Tür im Blick, für den Fall, dass einer von diesen Liberalen hereinschneit. Geld, sagt sie. Wir verfolgen das aufmerksam, weil es um Geld geht. Nichts gegen die Farbigen, wohlgemerkt, aber die Immobilienpreise sind hier in der Gegend seit einiger Zeit ziemlich im Keller, und farbige Nachbarn haben den Wert eines Grundstücks noch nie gesteigert. Nennen Sie mir einen Fall, und ich bin sofort dafür, dass Farbige hierher ziehen. Ach ja, und man hätte Vanessa ins Gefängnis stecken sollen, nachdem sie das Auto angezündet hat; Vera hat es satt, dauernd mit anzusehen, wie die Farbigen gehätschelt werden.
Entsetzt versuchen Sie, dem etwas entgegenzusetzen, aber Vera ist sich keiner Schuld bewusst. Sie behauptet, Sie hätten das ganz falsch verstanden, sie habe noch nie etwas gegen Farbige gehabt, selbst damals nicht, als sie das halbe Land in Brand gesetzt haben, bis Präsident Johnson, Friede seiner Seele, die Nationalgarde gerufen und dem Spuk ein Ende bereitet hat: Es geht ihr einzig und allein um das blöde Haus. Schwachköpfe, zischt sie, allerdings ist nicht ganz klar, wen genau sie damit meint.
Sie beschließen, dass es an der Zeit ist, sich zu verabschieden.
Ganz benommen stehen Sie vor dem Laden im gleißenden Sommerlicht. Veras Tirade klingt Ihnen in den Ohren und Sie wollen Tyler's Landing nur noch so weit wie möglich hinter sich lassen. Sie gehen zu Ihrem Wagen, blinzeln einmal, um wieder klar sehen zu können, dann rasen Sie ungeachtet aller Geschwindigkeitsbeschränkungen aus der Stadt hinaus. Diese Frau ist verrückt. Irgendwo hinter einem Reklameschild liegt garantiert ein Polizist auf der Lauer, aber Sie gehen das Risiko ein, denn Veras Geschichte hat Sie aufgewühlt und den Draufgänger in Ihnen geweckt. Und vielleicht haben Sie Glück und werden nicht erwischt, denn die Polizei in dieser Stadt ist nicht mehr so nervös wie noch vor wenigen Monaten. Inzwischen ist es hier wieder fast so beschaulich wie in der frostigen Zwischenperiode im vergangenen November, als Vanessas Brandstiftung bereits Vergangenheit war und die Morde noch in der Zukunft lagen,

bevor die Zeit zurückgedreht wurde und die Geschichte in Tyler's Landing einmarschierte, um Rache zu fordern. Doch in dieser zweiten Novemberwoche wähnten sich die Einwohner dieser hübschen weißen Kleinstadt noch in Sicherheit.

Für eine ganze Weile sollte es das letzte Mal sein.

Teil I

Den Nutzen maximieren

Nutzenfunktion

In der Volkswirtschaftslehre lassen sich damit Präferenzen eines Verbrauchers darstellen, die sich ausdrücken im Grad der Befriedigung, die dieser durch den Konsum gewünschter Güter oder Dienstleistungen erreicht. Die Theorie geht davon aus, dass Individuen vernünftige Entscheidungen treffen, um ihren Nutzen zu maximieren. Manchmal hängt der Nutzen einer Person von dem einer anderen ab.

Kapitel 1

Die Abkürzung

· I ·

Am Freitag verschwand die Katze, es kam ein Anruf aus dem Weißen Haus, und dass Jeannies Fieber auf vierzig Grad gestiegen war, erfuhr Julia von der Babysitterin, mit der sie im hallenden, marmorverkleideten Foyer der Lombard Hall telefonierte, wo sie und ihr Mann an einem Galadiner zu Ehren zwielichtiger Ehemaliger teilnahmen, deren einziger Vorzug in ihrem Reichtum bestand, auch wenn einigen von ihnen ein Gerichtsprozess drohte. Von da an ging alles immer schneller bergab, wie Julias Großmutter zu sagen pflegte. Allerdings wären Granny Vees Harlemer Redewendungen, die dem Zeitgeist einer Ära entsprachen, als die dunkelhäutigere Nation noch einen Sinn für Selbstironie kultivierte, in Tyler's Landing nicht gut angekommen, weshalb Julia Carlyle sie tunlichst vermied.

Die Katze war das geringste Problem, auch wenn sich ihr Verschwinden später als böses Omen entpuppte. Rainbow Coalition, die übel riechende Spielgefährtin der Kinder, war schon häufiger verschwunden und meist irgendwann wieder aufgetaucht, und wenn nicht, pflichtschuldigst durch irgendein anderes abscheuliches Vieh ersetzt worden, das denselben Namen erhielt. Der Anruf aus dem Weißen Haus war etwas anderes. Lemasters Zimmergenosse aus Studentenzeiten, der inzwischen im Oval Office residierte, rief mindestens einmal im Monat an, gewöhnlich, um ein bisschen zu plaudern, was Julia immer wieder überraschte, denn sie hatte nie angenommen, dass der Präsident der Vereinigten Staaten so etwas tun würde. Was Jeannie anging, so hatte die Achtjährige, das jüngste der vier Kinder, in ihrem kurzen Leben schon oft Fieber gehabt, und ihre Mutter war erfahren genug, um nicht bei jedem Anstieg des Thermometers nach Hause zu eilen. Ein paar Aspirin und kühle Kompressen hatten bisher noch jeden Virus besiegt, der es gewagt hatte, ihr Kind zu befallen. Julia gab der Babysitterin Anweisungen und kehrte gerade rechtzeitig zu dem sich endlos hinziehenden Diner zurück, um Lemasters abschließende scherzhafte Bemerkungen mitzubekommen. Es war elf Minuten vor zehn am zweiten Freitag des Novembers im Jahr des Herrn 2003. Vor der Lombard Hall waren unerwartet früh fünf Zentimeter Schnee gefallen, und man rechnete mit mehr. Nach den Erkenntnissen der Polizei, die später die Ereignisse des Abends rekonstruierten, war Professor Kellen Zant zu diesem Zeitpunkt bereits tot und in seinem Wagen unterwegs in die Stadt.

· II ·

Später. Immer noch fielen dicke, weiche Flocken, als Julia und Lemaster in ihrem Cadillac Escalade über die Four Mile Road rasten. Der Wagen hatte alle Extras und war protokollgemäß schwarz, wie es sich für das berühmteste Paar an diesem einsamen Außenposten des Afrikanischen Amerika geziemte. So zumindest sah Julia sich und ihren Mann immer noch, obwohl es schon sechs Jahre her war, dass sie hierher ins weiße Herz Amerikas, wie Lemaster Harbor County spöttisch bezeichnete, gezogen waren. Seit sie verheiratet waren, hatten sie hauptsächlich in Elm Harbor gewohnt, der größten Stadt des Countys und Sitz der Universität, deren Präsident Julias Mann inzwischen war. Eigentlich hätten sie längst wieder in die Stadt zurückziehen sollen, aber die zugige alte Villa, die die Universität ihrem Präsidenten zur Verfügung stellte, musste erst renoviert werden, eine Bedingung, die Lemaster an die Zusage geknüpft hatte, den Posten anzunehmen. Die Mitglieder des Stiftungsrats wollten nicht den Eindruck erwecken, man gäbe so viel Geld für ein einziges Wohnhaus aus, wo kaum Mittel für die Renovierung der Unterrichtsräume zur Verfügung standen, aber wie immer im Umgang mit der

Öffentlichkeit war Lemaster verständnisvoll und zugleich unerbittlich. »Die Leute wissen einen besser zu schätzen«, erklärte er seiner Frau, »wenn sie mehr als erwartet für einen bezahlen müssen.«

»Oder sie hassen einen dafür«, wandte Julia ein, aber Lemaster ließ sich nicht beirren; innerhalb der Familie war er ein typischer westindischer Macho und nicht verständnisvoll, sondern meistens unerbittlich.

Sie fuhren die Straße entlang. Dicke Flocken wirbelten auf die Windschutzscheibe zu, von der schweren, weichen Sorte, woran jeder Neuengländer erkennt, dass der Sturm sich langsam nähert und das Schlimmste noch bevorsteht. Julia drückte sich mürrisch in den dunklen Ledersitz, immer noch wütend über sich selbst, weil sie die Namen zweier Ehemaliger verwechselt und eine Ehefrau namens Carlotta den halben Abend mit Charlotte angeredet hatte, bis diese ihr in der für reiche Yankees typischen herablassenden Art erklärt hatte, sie solle sich nichts daraus machen, das bin ich gewohnt, meine Liebe. Lemaster, dem in seinem ganzen Leben noch nie ein Name entfallen war, hatte seinen Charme versprüht und allen ein Lächeln entlockt, aber wie jeder weiß, der schon einmal versucht hat, den Reichen Geld aus der Tasche zu ziehen, kann schon der Hauch einer Beleidigung eine potenzielle Spende um die Hälfte verringern, was in diesen Kreisen unter Umständen eine achtstellige Summe bedeutet.

Julia sagte: »Vanessa legt keine Brände mehr.« Vanessa, die die letzte Klasse der Highschool besuchte, war das zweitälteste ihrer vier Kinder. Nummer eins und drei, ihre beiden Söhne, wohnten nicht mehr zu Hause.

Ihr Mann sagte: »Danke für heute Abend.«

»Hast du gehört, was ich gesagt habe?«

»Ja, hab ich, mein Herz.« Die Worte kamen schnell und klangen skeptisch, der spöttische, nicht-ganz-britische Tonfall war nicht zu überhören. »Hast du verstanden, was ich gesagt habe?« Ein kurzer Schlenker, um einem Tier auszuweichen, das über die Straße rannte. »Ich weiß, dass du solche Veranstaltungen nicht ausstehen kannst. Ich verspreche dir, dich mit diesen Dingen so wenig wie möglich zu belasten.«

»Ach, Lemmie, ich bitte dich. Ich war grauenhaft. Du kannst viel mehr Spenden eintreiben, wenn du auf meine Begleitung verzichtest.«

»Falsch, Jules. Cameron Knowland meinte, er habe deine Gesellschaft so genossen, dass er noch mal fünf Millionen drauflegt.«

Julia war gereizt, und Beschwichtigungen waren das Letzte, was sie jetzt hören wollte. So ein Sturm im November war seltsam, sie fragte sich, was es zu bedeuten hatte. Gekonnt peitschte der Wind die Schneeflocken vor den Scheinwerfern zu konzentrischen weißen Kreisen und erzeugte die Illusion, der schwere Wagen würde in einen Trichter hineingezogen. Die Four Mile Road war nicht der kürzeste Weg aus der Stadt, aber die Carlyles wollten noch schnell am Multiplex-Kino vorbeifahren, um ihre große Tochter abzuholen, die zum ersten Mal seit langem mit ihrem Freund ausgegangen war, mit »diesem Casey«, wie Lemaster ihn nannte. Das GPS-Display auf dem Armaturenbrett zeigte an, dass sie von ihrer Route ziemlich weit abgekommen waren, was aber lediglich bedeutete, dass der Computer von der Four Mile Road, die offiziell gar nicht existierte, noch nie etwas gehört hatte. Doch Lemaster, auf den nicht verzeichnete Landstraßen einen besonderen Reiz ausübten, ließ sich selbst von einem Schneesturm nicht davon abhalten, eine Abkürzung zu benutzen.

»Cameron Knowland«, sagte Julia pointiert, »ist ein geiler Bock.« Ihr Mann wartete. »Ich gönne es ihm, dass die Aktienaufsicht hinter ihm her ist. Ich hoffe, er wandert in den Knast.«

»Es geht nicht um Cameron, Jules, sondern um seine Firma.« Lemaster schlug seinen Lieblingstonfall an, den des milde korrigierenden Professors, den sie vor langer Zeit so sehr an ihm geliebt hatte. »Und die muss höchstens eine Geldstrafe zahlen.«

»Ich weiß nur, dass er mir den ganzen Abend in den Ausschnitt gestarrt hat.«

»Du hättest ihm eine Ohrfeige verpassen sollen.« Verblüfft sah sie ihn an und empfand beinahe so etwas wie Dankbarkeit. Lemaster lachte. »Cameron hätte seine Spende zurückgezogen, aber Carlotta hätte ihre verdoppelt.«

Es folgte ein kurzes, eheliches Schweigen. Julia war sich schmerzlich bewusst, dass an diesem Abend die charmante, fast kokette Unbekümmertheit, die sie vor einem Vierteljahrhundert auf der Ithaca High School zur beliebtesten Schülerin gemacht hatte, gänzlich unangebracht gewesen war. Wie ihr Mann war sie relativ klein. Ihre Haut war wesentlich heller als seine, denn ihr unbekannter Vater war, wie der tiefschwarze Lemaster sich gern ausdrückte, ein Angehöriger der weißen Rasse gewesen. Ihre grauen Augen waren seltsam groß für eine so zierliche Frau. Ein liebenswertes Grübchen nahm ihrem leicht vorstehenden Kinn die Strenge. Ihre leicht schiefen Lippen waren verführerisch. Wenn sie lächelte, hob sich ihr linker Mundwinkel etwas mehr als der rechte, ein Hinweis, wie ihr Mann gern bemerkte, auf ihre zurückhaltend liberale Einstellung. Sie galt als sehr umgänglich, doch an manchen Tagen kam ihr alles nur verlogen und aufgesetzt vor. Sie verbrachte einfach zu viel Zeit auf dem Campus. Als Lemaster aus Washington zurückgerufen wurde, um die Leitung der Universität zu übernehmen, war sie bereits drei Jahre lang stellvertretende Dekanin der Theologischen Fakultät gewesen, und der Aufstieg ihres Mannes hatte ihr Gefühl, nicht dorthin zu gehören, irgendwie noch verstärkt. Während Lemasters anderthalbjähriger Tätigkeit als Berater im Weißen Haus waren Julia und die Kinder in Tyler's Landing geblieben, er hatte so viele Wochenenden wie möglich zu Hause verbracht. Um den Grund für seine Abwesenheit hatten sich die absurdesten Gerüchte gerankt, von denen kein einziges der Wahrheit entsprach, aber, wie Granny Vee zu sagen pflegte: Die Wahrheit spielt nur eine Rolle, wenn man es will.

»Du redest dummes Zeug«, sagte sie schließlich, obwohl dies, wie sie sich immer wieder zähneknirschend eingestehen musste, das Letzte war, was man ihrem Mann vorwerfen konnte. Sie schaute aus dem Fenster. Weiß ummantelte Bäume glitten vorbei, hauptsächlich Koniferen. Es war noch zu früh für Schnee, es war noch nicht einmal Winter, sie befanden sich in dieser langen Periode der neuenglischen Vor-Thanksgiving-Kälte, die von sämtlichen Geschäften zur Weihnachtssaison erklärte wurde, während alle anderen nur merkten, dass es kalt war. Julia hatte den größten Teil ihrer Kindheit in Hanover, New Hampshire, verbracht, wo ihre Mutter am Dartmouth College unterrichtet hatte, und sie war frühe Wintereinbrüche mit heftigem Schneefall gewöhnt, aber dieses Wetter war einfach lächerlich. Sie sagte: »Können wir über Vanessa reden?«

»Was ist mit ihr?«

»Die Brände. Damit ist es vorbei, Lemmie.«

Schweigen. Lemaster fummelte am Satellitenradio herum und schaltete ohne zu fragen von Julias geliebten Broadway-Melodien – Grandma Vee hatte für sie geschwärmt, also schwärmte auch Julia für sie – auf seinen eigenen Lieblingssender, denn seine heimliche Leidenschaft galt den rebellischeren, schrägen und weniger kommerziellen Vertretern des Hip-Hop. Leuchtend grüne Schrift auf dem Display klärte sie darüber auf, dass es sich bei dem testosteronübersättigten Getöse, das aus neun Lautsprechern auf ihre Ohren einhämmerte, um etwas namens Goodie Mobb handelte. »Woher willst du wissen, dass es vorbei ist?«, fragte er.

»Na ja, erstens hat sie es seit einem Jahr nicht mehr getan. Zweitens sagt Dr. Brady es auch.«

»Seit neun Monaten«, korrigierte Lemaster. »Und sie ist nicht Vincent Bradys Tochter«, fügte er hinzu, während seine schlanken Finger sich kaum merklich fester um das Steuerrad legten, allerdings nicht aus Wut, sondern aus Vorsicht, denn das Wetter war inzwischen noch scheußlicher geworden. Julia warf ihm einen flüchtigen Blick zu und drehte die Lautstärke etwas herunter, für den Fall, dass er ausnahmsweise reden wollte. Doch er reckte den Kopf vor und blickte angestrengt auf die Straße. Die schweren Schneeflocken fielen jetzt so dicht, dass die Scheibenwischer völlig überfordert waren. Er trug eine Brille mit Metallgestell. Sein Bart an Kinn und Oberlippe war so säuberlich gestutzt, dass man ihn auf der ebenholzfarbenen Haut hätte übersehen können, wären da nicht die tausend grauen Sprenkel gewesen, die sich, seinen Kinnbewegungen folgend, immer wieder neu zusammenfügten, wenn er sprach. »Was für ein Riesenfehler«, sagte Lemaster, und Julia brauchte einen Moment, um zu begreifen, dass er den Psychiater meinte, und nicht einen der vielen anderen Feinde, die er sich mühelos und unerwartet zugelegt hatte, seit er vor einem halben Jahr den Posten als Universitätspräsident angetreten hatte.

Julia war fassungslos gewesen, als der Richter Vanessa vor die Wahl gestellt hatte, sich entweder einer intensiven Therapie zu unterziehen oder ins Gefängnis zu gehen. Vanessa hatte fröhlich angeboten, die Zeit abzusitzen – »Man kann nicht behaupten, dass ich es nicht verdient hätte« –, aber Julia, die früher ehrenamtlich in der Jugendstrafanstalt gearbeitet hatte, wusste, wie es dort zuging. Sie konnte sich nicht vorstellen, dass ihre verträumte, intellektuelle, künstlerisch veranlagte Tochter unter den hartgesottenen Teenagern, die auf der Straße aufgegriffen und im Gefängnis abgeladen wurden, auch nur zwei Tage überleben würde. Ihre Großmutter hatte immer gesagt, es gibt Schwarze wie uns, und es gibt andere Schwarze – und insgeheim hatte Julia ihr immer recht gegeben. Als Lemaster sich für Brady entschied, einen Professor an der Universitätsklinik, der angeblich einer der besten Jugendpsychiater Amerikas war, hatte Julia, die ebenso wie Vanessa eine Frau vorgezogen hätte oder zumindest einen Angehörigen der dunkelhäutigeren Nation, sich gefügt. Vor zwanzig Jahren hätte sie sich nie träumen lassen, dass sie sich einmal zu einer derart fügsamen Ehefrau entwickeln würde.

Sie hätte sich eine Menge Dinge niemals träumen lassen.

»Cameron hat mir etwas Interessantes erzählt«, sagte Lemaster, nachdem er sie lange genug hatte schmoren lassen. Sie fuhren an zwei mit Decken geschützten, grauen Pferden vorbei, die von ihrer Koppel aus den spärlichen nächtlichen Verkehr unbeeindruckt mit glänzenden Augen beobachteten. »Vor ein paar Wochen hat er einen äußerst seltsamen Anruf erhalten.« Dieses souveräne, selbstsichere Lachen, eine Hand zur Betonung der Worte kurz vom Lenkrad gehoben, ein schadenfroher Blick in Julias Richtung. Lemaster liebte es, allen um eine Nasenlänge voraus zu sein, einschließlich seiner eigenen Frau. »Und zwar von einem alten Freund von dir. Anscheinend –«

»Lemmie, pass auf! *Pass auf!*«

Zu spät.

· III ·

Jeder Neuengländer weiß, dass verschneite Wälder nachts voller Geräusche sind. Zwitschernde, raschelnde Tiere, pfeifender, zerrender Wind, knackende, ächzende Äste – normalerweise ist alles Mögliche zu hören, allerdings nicht, wenn man den Escalade in den Graben gefahren hat, der Motor zischt und stottert, zischt und stottert, und Goodie Mobb immer noch aus neun Lautsprechern dröhnt. Julia befreite sich mühsam aus ihrem Sitz, wo sie hinter dem Airbag eingeklemmt war, und ergriff die Hand, die ihr Mann ihr entgegenstreckte. Zitternd betrachtete sie die Reifenspuren im Schnee, das Einzige, was noch von der Four Mile Road zu erkennen war. Lemaster berührte ihr Gesicht. Verwirrt schlug sie seine Hände weg. Geduldig drehte er Julia wieder zu sich um, damit sie ihn ansah. Sie begriff, dass er sie fragte, ob mit ihr alles in Ordnung sei. An seiner Stirn und in seinem Mund war Blut, viel Blut. Sie erkundigte sich, ob mit ihm alles in Ordnung sei, und er erwiderte, sie solle sich keine Sorgen machen.

Kein Mobilfunk-Empfang hier draußen: Sie probierten es beide vergeblich.

»Was machen wir jetzt?«, fragte Julia, die am ganzen Leib zitterte, wozu sie tausend gute Gründe hatte. Sie wusste nicht, ob sie wütend auf ihren Mann sein sollte, weil er genau vor dieser scharfen Kurve, die sich in den sechs Jahren, seit sie hier wohnten, nicht vom Fleck bewegt hatte, den Blick von der Straße abgewendet hatte.

»Wir warten, bis ein Auto vorbeikommt.«

»Außer dir fährt hier niemand lang.«

Lemaster war aus dem Graben geklettert und stand auf der Straße. »In den letzten zehn Minuten sind uns zwei Autos entgegengekommen. Bestimmt kommt bald noch eins.« Er schwieg, und einen schrecklichen Augenblick lang fürchtete sie, er würde tatsächlich genau ausrechnen, wann das nächste Fahrzeug zu erwarten sei. »Wir lassen die Scheinwerfer an. Dann sehen die Leute uns und halten an.« Seine Stimme klang ruhig, so ruhig wie an dem Tag, als der Präsident ihn gebeten hatte, nach Washington zu kommen und als Säule der Integrität die neueste Krise im Weißen Haus zu bewältigen, so ruhig wie an jenem Tag vor zwanzig Jahren, als Julia ihm erklärte, dass sie schwanger sei, und er weder aufgebracht noch vorwurfsvoll geantwortet hatte, dann müssten sie eben heiraten. Ein moralisch integres Leben erfordere eher Vernunft denn Leidenschaft, sagte Lemaster oft. Das mochte stimmen, aber allzu viel Vernunft konnte einen auch in den Wahnsinn treiben. »Du solltest im Auto bleiben. Es ist kalt hier draußen.«

»Was ist mit Vanessa? Sie rechnet damit, dass wir sie abholen.«

»Sie wird schon warten.«

Unsicher folgte Julia dem Rat ihres Mannes. Lemaster war acht Jahre älter als sie, ein Altersunterschied, der ihr früher eine gewisse Geborgenheit vermittelt hatte, doch seit einigen Jahren hatte sie zunehmend das Gefühl, dass Lemaster sie wie ein Kind behandelte. Granny Vee hatte immer gesagt, wenn man einen Mann heiratete, damit er sich um einen kümmerte, dann riskierte man, dass er es auch tat. Sie wollte gerade ins warme Auto steigen, da entdeckte sie ein paar Meter entfernt im Straßengraben ein vom Mondlicht beschienenes großes, unförmiges Bündel. Als sie einen Schritt darauf zu machte, rissen zwei katzenartige Geschöpfe mit glühenden Augen die Köpfe hoch, ließen von ihrem Mahl ab und huschten davon. Ein Hirsch, dachte sie, während sie das fast ganz mit Schnee bedeckte Etwas betrachtete, ein Hirsch, der wahrscheinlich von einem Auto angefahren und in den Graben geschleudert worden war, wo er irgendwelchen Tieren, die sich weigerten, Winterschlaf zu halten, als willkommene Mahlzeit diente. Bibbernd knöpfte sie sich den Mantel zu und drehte sich wieder zum Wagen. Sie hatte keine Lust, sich einen blutbefleckten Kadaver anzusehen, dem die saftigsten Teile bereits fehlten. Erst als sie die Hand an den Türgriff legte, hielt sie inne.

Hirsche, sagte sie sich, tragen normalerweise keine Schuhe.

Sie schluckte einen unerwarteten Kloß im Hals hinunter. »Lemmie.«

Aber ihr entschlossener Mann stand oben auf der Straße und wartete in aller Ruhe auf das nächste Auto, das er anhalten konnte, und wenn es bis zum Frühjahr dauerte.

»Lemmie!«

Augenblicklich stand er neben ihr. Das war typisch für ihn. Lemaster war, wie ihre Freundin Tessa Kenner einmal gesagt hatte, unsterblich verliebt in seine eigene Zuverlässigkeit. Er hat mich gezwungen, mich in ihn zu verlieben, hatte Julia ihrer Mutter gesagt, die gegen diese Verbindung gewesen war und sich für ihre Tochter einen Mann aus einer der alten Familien gewünscht hatte und keinen von den Inseln. Ich hatte keine andere Wahl.

»Was ist los, Jules?«

»Ich dachte, es ist ein Hirsch, aber … also, da drüben liegt ein Toter.«

Sie zeigte in die Richtung. Er folgte ihrem Blick, dann ging er den Graben entlang, um nachzusehen.

»Nicht anfassen!«, sagte sie, denn er hatte sich bereits hingekniet und war dabei, den Schnee vom Gesicht des Toten zu wischen, wodurch er wahrscheinlich den Tatort ruinierte, wenn das stimmte, was sie bei »CSI« immer sagten, einer Fernsehserie, die Julia mit Leidenschaft verfolgte. Halb im offenen Wagen sitzend, wartete sie und wünschte sich sehnlichst, das hinter dem Airbag unerreichbare Radio endlich auszuschalten.

Lemaster kam zurück, ein finsterer Ausdruck im schmalen Gesicht.

»Es ist kein Hirsch«, sagte er beinahe tröstend, eine feingliedrige, starke Hand auf ihrer Schulter. »Es ist ein Mann. Und die Tiere haben … na ja, du weißt schon.« Julia hielt den Atem an, denn an seinem Gesichtsausdruck konnte sie ablesen, dass das nicht das Wichtigste war, was ihr Mann ihr zu sagen hatte. Schließlich ließ er die Schultern hängen. »Jules, wir kennen ihn.«

Kapitel 2

Die Terrier

· I ·

Die Detectives waren routiniert, weiß und ausnehmend höflich, entweder aus Gewohnheit oder aus Respekt vor Lemaster, dem Universitätspräsidenten, für den der Posten lediglich das Sprungbrett in einen mit lukrativen Pfründen ausgestatteten Lebensabend bedeutete, was er nur seiner Frau gegenüber hin und wieder offen äußerte, alle anderen allerdings vermuteten. Sie trafen am Samstag kurz vor zehn am Haus auf der Höhe der Hunter's Meadow Road ein, zwei ehrgeizige Terrier von der State Police, die sich mit ihren leisen Stimmen und den militärisch kurz geschnittenen braunen Haaren so sehr ähnelten, dass sie Zwillinge hätten sein können. Begleitet wurden sie von einem zappeligen Polizisten aus dem winzigen Polizeirevier in Tyler's Landing, einem käsigen Mann namens Nilsson, dessen käsiger Sohn vor vier Jahren in Julias Biologiegrundkurs gewesen war – dem Jahr, in dem sie gefeuert worden war, beziehungsweise ihren Job gekündigt hatte, je nachdem, wie man es betrachtete. Mit ihrem ernsthaften und korrekten Professionalismus erinnerten die Detectives Julia an die beiden Marineoffiziere, die an einem Oktobertag während der Reagan-Ära in ihrem Elternhaus in der North Balch Street in Hanover, New Hampshire, erschienen waren, um ihrer Mutter und ihrem damals gerade aktuellen Stiefvater zu eröffnen, dass Julias Zwillingsbruder Jay, der bei den Marines diente, in Grenada ums Leben gekommen war. Julia, frisch verheiratet und gerade zum ersten Mal Mutter geworden, verbrachte ein paar Tage zu Hause, und Mona Veazie, damals

Professorin am Dartmouth College, hatte am Tag zuvor ihren dreiundfünfzigsten Geburtstag gefeiert und stundenlang ihren neugeborenen, nach Monas Vater, dem Architekten, benannten Enkel Preston herumgetragen. Und so war es einem schmerzhaften Zufall geschuldet, dass die Tochter im Wohnzimmer saß und mit ansehen musste, wie auch ihre Mutter ein wenig starb.

Als die Detectives an dem Haus namens Hunter's Heights klingelten – hier oben hatte jedes Haus einen Namen –, hatte der unerwartete Schneefall wieder aufgehört, und Mr Huebner, der im Auftrag der Stadt den Winterdienst versah, hatte die lange, gewundene Auffahrt nicht erst einmal, sondern bereits zweimal mit seinem Schneepflug geräumt. In der hellen Morgensonne stach das Weiß Julia so grell in die Augen, dass es sie schmerzte. Oder vielleicht hatte der Schmerz eine viel tiefere Ursache: Zwar hatte Julia mittlerweile aufgehört zu weinen, aber die kleine, verschnupfte Jeannie hatte ihre Mommy mit sich selbst hadernd vor dem Badezimmerspiegel erwischt, aus dem sie ein früheres, glücklicheres Selbst traurig anlächelte. So etwas konnte ihr doch einfach nicht passieren, sagte sich Julia. Dennoch war es passiert. Die Detectives mit ihren grauen Gesichtern erinnerten sie an die harte Wahrheit, dass der Tod ein ständiger Begleiter des Lebens ist. Als Lemaster sie schließlich rief, wusch sie sich das Gesicht, brachte ihr Make-up in Ordnung und ging nach unten, um zu erfahren, was sie wollten. In den wenigen Stunden seit der Entdeckung der Leiche hatten die Polizisten ihre Hausaufgaben gründlich gemacht. Nur ein paar Einzelheiten, sagten sie. Ein paar Fragen, tut uns leid, Sie so früh zu belästigen, aber wir ermitteln in einem Mordfall. Dafür haben Sie sicherlich Verständnis.

Die Carlyles hatten Verständnis.

Sie nahmen alle im Wohnzimmer Platz, wo Lemaster im Kamin unter dem mittelmäßigen Aquarell, das ein paar ernste Menschen an der Atlantikküste von Barbados zeigte, ein frisches Feuer geschürt hatte, und, nein, danke, die Detectives wünschten nichts zu trinken. Julia, die trotz der frühen Stunde am liebsten ein Glas Wein getrunken hätte, folgte dem Beispiel ihres Gatten und nahm mit Wasser vorlieb. Flew, Lemasters persönlicher Assistent, der seinem Boss in der Krise zur Seite stand, hatte aus allem, was er finden konnte, eine reichhaltige kalte Platte zusammengestellt – Kräcker, Aufschnitt, Brie –, aber niemand außer Julia bediente sich. Sie kam sich regelrecht gefräßig vor, bloßgestellt durch die Enthaltsamkeit ihres Gatten. Jeannie, die eigentlich im Bett liegen sollte, hockte garantiert auf dem Treppenabsatz und lauschte. Der aalglatte, kompetente Flew lauschte wahrscheinlich ebenfalls, vielleicht im Anrichtezimmer, es sei denn, er wienerte die Küche, denn er verabscheute jede Art von Schlamassel, ganz besonders solche, die seinem Boss das Leben schwer machten: Jedes Mal, wenn Flew das Haus am Hunter's Meadow betrat und sich umschaute, fühlte Julia sich unfähig und konnte seine Blicke nur als Kritik auffassen. Vanessa war in ihrem Zimmer und hatte die Tür fest verschlossen. Vermutlich schlief sie, aber vielleicht saß sie auch am Computer. Sie hatte ihre eigenen Methoden entwickelt, um den Schmerz der verwirrenden Konfrontation mit dem Tod in sich zu vergraben. Darin war sie dem sturen Lemaster sehr ähnlich. Die Familienbibel auf dem Kaminsims, dreißig Zentimeter hoch und cremeweiß, musste jedem sofort ins Auge fallen. Daneben das dicke Gebetbuch, eine Ausgabe von 1928, denn Lemaster Carlyle führte einen traditionellen anglikanischen Haushalt und empfand einen perversen Stolz dabei, dass es ihm egal war, wer davon wusste.

Die beiden Terrier beteuerten, sie wüssten, wie unangenehm das Gespräch sei, aber ihre farblich aufeinander abgestimmten Augen verrieten das Gegenteil. Sie saßen nebeneinander auf dem aus Italien importierten Wildledersofa, das Lemaster, dem noch immer die Sparsamkeit des Einwanderers anhing, wegen seiner Protzigkeit nicht ausstehen konnte. Der käsige Nilsson hockte etwas abseits auf einem aufwändig gearbeiteten, hölzernen Armlehnenstuhl, einem der wenigen Möbelstücke, die Julia aus Monas Haus in New Hampshire bekommen hatte. Der alte Stuhl stammte ebenso wie der Louis-XV-Sekretär in der Diele ursprünglich aus der berühmten Harlemer Stadtvilla ihrer Großmutter. Es hatte Zeiten gegeben, wie Mona es ausdrückte, als jeder Angehörige der dunkelhäutigeren Nation, der etwas auf sich hielt, irgendwann im Salon von Amaretta Veazie seine Aufwartung machte – womit sie jeden meinte, der es zu etwas bringen wollte im sogenannten Clan, dessen schwer bewachte Grenzen einst von Granny Vee und ihren Vertrauten patrouilliert wurden, damit sich nicht die falsche Sorte Neger einschlichen.

Manchmal versuchte Julia, ihren weißen Freunden den Clan zu erklären, doch ganz verstanden die es nie. Aber das wunderte Julia nicht: Wenn sie erwähnte, dass ihre Familie bereits in der siebten Generation ein Architekturbüro führte, erntete sie selbst von den meisten Schwarzen mitleidige Blicke, als würde sie die Geschichte von ihren Vorfahren, die ihre eigenen Hütten gebaut hatten, übertrieben wiedergeben. Tatsächlich war Veazie & Elden im neunzehnten Jahrhundert eines der fünf größten Architekturbüros von Manhattan gewesen.

Die Terrier machten nicht den Eindruck, als interessierten sie sich für afroamerikanische Sozialgeschichte. Ihre ausgefeilten Fragen stellten sie mit einer Langsamkeit, dass es die reine Folter war. Sie nahmen sich viel Zeit, in ihren Notizblocks zu blättern. Julia hätte ihnen am liebsten den Hals umgedreht, und selbst der langmütige Lemaster wirkte trotz seiner ausgesuchten Höflichkeit gereizt. Aber Zusammenkünfte zwischen schwarzen Amerikanern und weißen Polizisten sind unweigerlich überschattet von einer fast greifbaren Atmosphäre drohenden Unheils, daran lässt sich nichts ändern, selbst wenn alle Beteiligten die besten Absichten hegen. Julia war sich nicht einmal sicher, ob sie alle tatsächlich die besten Absichten hegten, aber im Moment wanderten ihre Gedanken in die unterschiedlichsten Richtungen. Die Detectives bohrten nach. Sie fragten immer wieder, warum die Carlyles ausgerechnet diese Strecke für ihren Heimweg gewählt hatten, und schienen die ganze Tochter-im-Kino-Geschichte anzuzweifeln. Vanessa, so der dünnere der beiden Terrier, habe sich doch von ihrem Freund nach Hause bringen lassen. Woraufhin Julia erklärte, ihre Tochter habe entgegen den strikten Anweisungen des Vaters gehandelt. Lemaster habe Vanessa verziehen, weil er verstehen konnte, dass sie wegen der Verspätung ihrer Eltern beunruhigt war. Selbst in Julias Ohren klang die Geschichte umständlich, und den Detectives schien es ebenso zu ergehen, denn sie unterbrachen sie und erklärten, die Four Mile Road sei ein alter Holzfällerweg, der über das Gelände der Wasserwerke führe und auf dem die Durchfahrt verboten sei.

»Alle benutzen diesen Weg«, sagte Julia unsicher, ehe Lemaster sie daran hindern konnte.

»Nicht alle haben die Leiche gefunden«, sagte der größere der beiden Detectives.

Nein, aber irgendjemand musste sie ja finden, wäre sie beinahe herausgeplatzt, und kam sich vor wie damals im Theologiestudium, als sie über die Relativität der Gleichzeitigkeit diskutiert hatten.

»Deswegen sitzen wir ja jetzt hier zusammen«, bemerkte Lemaster mit einem munteren Lächeln.

Eine Pause entstand, als der flachsblonde, sommersprossige Flew eintrat und ein Tablett mit heißer Schokolade in bauchigen Tassen herumreichte, von denen Julia aus Höflichkeit eine nahm, während die Detectives ablehnten. Ihre Blicke folgten Flew aus dem Zimmer.

Sie fragten nach Autos, die vor ihnen gefahren waren, nach Autos, die ihnen gefolgt waren, sie wollten wissen, ob die Handys dort draußen jemals Empfang gehabt hätten, sie fragten nach Fuß- und Reifenspuren, sie fragten, ob die Carlyles irgendjemanden gesehen hätten, sie fragten, warum Lemaster den Blick von der Straße abgewendet habe, sie fragten, warum er die Leiche angefasst habe; als ehemaliger Staatsanwalt wisse er doch sicherlich –

Lemaster antwortete ruhig und selbstbewusst auf jede Frage.

In dem überladenen Raum, umgeben von der Art demonstrativen Reichtums, für den der Clan einst berühmt gewesen war, und den Kopf voller Erinnerungsfetzen, war Julia nur zu gern bereit, ihrem Mann die Führung zu überlassen. Im Moment arbeitete ihr Gehirn nicht besonders verlässlich. Teile des Gesprächs bekam sie gar nicht mit. Obwohl sie saß, hatte sie das Gefühl, wackelig auf den Beinen zu sein. Sie hatte kaum geschlafen. Sie hatte beide Jungs angerufen – Aaron in seinem Internat, der Phillips Exeter Academy, Preston am Massachusetts Institute of Technology – und im Laufe des Vormittags mindestens zwei Dutzend weitere Telefongespräche geführt. Journalisten hatte sie an den in aller Herrgottsfrühe eingetroffenen Flew verwiesen, der ein Experte darin war, Anrufern höflich, aber bestimmt die Meinung zu sagen. Die meisten anderen Anrufe kamen von Mitgliedern ihres Clubs, den »Ladybugs«, die sich begeistert auf jede Katastrophe stürzten. »Entschuldige, wenn ich dich geweckt habe«, hatten die Sisterladys gegurrt, als läsen sie alle vom selben Drehbuch ab, aber sie hätten »die traurige Nachricht gehört« und wollten sich »nur erkundigen, wie es dir geht«. In Wirklichkeit waren sie auf Informationen aus erster Hand aus, um sie mit den Gerüchten abzugleichen, die bereits in der dünnen afroamerikanischen Mittel- und Oberschicht des Countys kursierten. Sisterladys, so nannten sich die Clubmitglieder selbst, um ihre Vertrautheit miteinander und zugleich ihren besonderen Status hervorzuheben. Man musste schon *jemand* sein, um in den Club aufgenommen zu werden, wie die älteren Mitglieder gern betonten – wenn auch mit einem wehmütigen Unterton, denn heutzutage konnte eine Schwarze bereits innerhalb einer einzigen Generation *jemand* werden, was früher undenkbar gewesen wäre.

Viel später, als der Winter düster und beängstigend wurde, sollte sich Julia vor allem an diese Situation erinnern: Wie sie im Wohnzimmer gesessen und, während die Detectives ihre Fragen herunterleierten, durchs Fenster in den Schnee hinausgeschaut und ihren Gedanken nachgehangen hatte – Gedanken an die Ladybugs, Gedanken an Granny Vee, Gedanken an die Geschichten, die sie ihr Leben lang über die alten Harlemer Zeiten gehört hatte, als der Clan noch eine wichtige Rolle gespielt hatte, selbst für Schwarze, die gar nicht dazugehörten. Es war beinahe, als hätte Julia bereits an jenem schrecklichen Morgen, nachdem sie die Leiche von Kellen Zant entdeckt hatte, gewusst, dass die Lösung des Rätsels, das schon bald um ihre angeschlagene Familie kreisen würde, im Schatten der Vergangenheit der dunkelhäutigeren Nation zu finden war.

· II ·

Während die Flammen im Kamin flackerten, kamen die Detectives schließlich auf Kellen Zant zu sprechen. Die Carlyles hatten ihn natürlich gekannt, was sie sogleich freimütig zugaben: nicht nur vom Campus, sondern wie Clanmitglieder sich eben untereinander kannten, weil man ständig denselben Leuten über den Weg lief; braune Haut traf auf braune Haut in der endlosen Spirale aus Dinnerpartys, Benefizveranstaltungen, Club-Bällen, Literaturzirkeln – obwohl Kellen Zant, ein armer Junge von ungewisser Herkunft aus den Südstaaten, nicht in den Clan hineingeboren war und jahrelang um seine Aufnahme gekämpft hatte.

Haben Sie ihn häufig getroffen?, fragte einer der Terrier.

Nicht *häufig*, antwortete Lemaster, ehe Julia Zeit hatte nachzudenken.

Aber Sie haben sich auch privat gesehen?

Lemaster, spitzfindig: Kommt drauf an, was Sie unter *gesehen* verstehen.

Ungerührt beugten die Detectives sich wieder über ihre Notizblocks. Ein wichtiger Mann, sagten sie. Es war eher eine Bemerkung als eine Frage. Er war nur ein Volkswirtschaftler, sagte Lemaster, der vor seiner Präsidentschaft ein Meister der unausgesprochenen Beleidigung gewesen war. Keineswegs hatte er andeuten wollen, das Fach Volkswirtschaft sei nicht ernst zu nehmen; der Seitenhieb war gegen Kellen gerichtet, der trotz einiger Berühmtheit in seinem Fachgebiet seit einigen Jahren kaum noch wissenschaftlich tätig gewesen war, weil er es vorgezogen hatte, sein Geld als Berater großer Firmen zu verdienen. War er gut auf seinem Gebiet?, fragten die beiden Terrier, und Lemaster antwortete mit einem charmanten Lächeln: »Er bekleidete den Tyson-Lehrstuhl für Volkswirtschaft, einen unserer prestigeträchtigsten und am höchsten dotierten Lehrstühle. So eine Stelle wird nicht für gute Manieren vergeben.«

Die Detectives, die die Ironie womöglich absichtlich missverstanden, wollten wissen, ob Professor Zant schlechte Manieren gehabt habe.

Lemaster hob seine buschigen Brauen auf eine für ihn typische Art und Weise, die dem Gegenüber signalisieren sollte, dass er der Klügere war. Julia konnte nicht erkennen, ob die Detectives reagierten. »Alle Angehörigen der Universität werden seine Klugheit und seinen scharfen Intellekt vermissen«, sagte er, als wäre er bereits dabei, einen Nachruf oder eine Presseerklärung zu formulieren, denn der Pressereferent der Universität hatte seit dem vergangenen Abend viermal angerufen.

Die Detectives machten sich Notizen, vielleicht zu Kellens Klugheit, vielleicht über seinen scharfen Intellekt, und bohrten weiter. Sie erkundigten sich nach Feinden. Keine bekannt. Sie erkundigten sich nach Skandalen und Korruptionsgeschichten. Nichts dergleichen bekannt, doch Julia musste sich zusammenreißen, um sich nicht anmerken zu lassen, dass sie sich eingeschüchtert fühlte. Sie erkundigten sich nach Streitereien, Kontroversen und heimlichem Groll, sie wollten wissen, wie Kellen mit Kollegen, Studenten, Nachbarn und Freunden ausgekommen war. Ach, und wo wir schon mal beim Thema sind, hatte sich Präsident Carlyle nicht kürzlich in aller Öffentlichkeit mit Professor Zant gestritten?

Julia richtete sich kerzengerade auf, die Detectives ebenfalls, wobei Officer Nilsson wenigstens den Anstand besaß, betreten dreinzublicken. Lemasters Finger schlossen sich fester um die seiner Frau, die gar nicht gemerkt hatte, dass er ihre Hand hielt, aber seine kühle Stimme verriet ihr, dass er sie beruhigen wollte und nicht etwa ihren Beistand suchte. »Nein. Die Sache ist nur von den Medien aufgebauscht worden. Die Presse ist doch ständig auf der Suche nach Geschichten, mit denen sie Afroamerikaner in ein schlechtes Licht rücken kann.«

Ob er die Güte habe, ihnen zu erklären, um was es tatsächlich gegangen sei?

»Im vergangenen Frühjahr, ich hatte den Posten des Universitätspräsidenten schon angenommen, aber noch nicht angetreten, habe ich mich mit mehreren führenden Fakultätsmitgliedern privat getroffen. In dem Gespräch mit Kellen habe ich die Meinung geäußert, dass ein Volkswirt seines Ranges viel dazu beitragen könnte, um die Welt zu verändern, wenn er weniger Energie auf seine privaten Klienten und mehr auf die Forschung verwenden würde.« Ein Schmunzeln. Lemasters intelligente Augen waren auf den glänzenden Flügel gerichtet anstatt auf die aufmerksamen Gesichter der Terrier. »Kellen sagte, er werde darüber nachdenken. Das war alles.«

Der dünnere Detective, ein Mann namens Chrebet, wurde hellhörig. »Ich habe ein paar Berichte gefunden, aus denen hervorgeht, dass Sie beide nie gut miteinander konnten. Irgendwas Privates.«

»Unsinn.«

»In der Zeitung stand, Professor Zant sei so wütend gewesen, dass er drauf und dran war, seinen Job an der Uni hinzuschmeißen.«

Eine alte Lemaster-Maxime: »Ich verlasse mich lieber auf Fakten als auf das, was in der Zeitung steht.«

Niemand lächelte.

»Das Treffen war privat?«

»Nur wir beide.«

»Wie haben die Medien dann davon erfahren?«

Lemaster zog es vor, die Frage als rein rhetorisch aufzufassen. Nachdem er sich vergewissert hatte, dass die Detectives ihm ihre ungeteilte Aufmerksamkeit schenkten, warf er einen Blick auf seine Armbanduhr.

Nur noch einige wenige Fragen, versprachen sie. Professor Zant sei sehr wohlhabend gewesen, richtig? Durch seine privaten Klienten? Diese Frage war aus irgendeinem Grund an Julia gerichtet, die den Blick senkte und das verschlungene, wenn auch nicht ungewöhnliche Muster des fast echten Perserteppichs betrachtete. Sie zuckte mit den Achseln. Wieder an Lemaster gewandt: Zant habe so eine Art Formel erfunden, richtig? Eine bessere Methode, alte Aktienkurse zu bewerten, die hinsichtlich möglicher künftiger Ereignisse berichtigt werden, erwiderte Lemaster, der es genoss, den Detectives gegenüber seine intellektuelle Überlegenheit zu demonstrieren. Die Formel hat er noch während seiner Studentenzeit entwickelt. Sie warteten. Lemaster half ihnen auf die Sprünge. Die Zant-Feldman-Gleichung, führte er aus, war einer der größten Forschritte in der Finanztheorie der letzten fünfzig Jahre. Aber vielleicht wussten die Terrier von einem noch größeren, denn sie blätterten unbeeindruckt in ihren Notizblocks und fuhren mit ihren Fragen fort. Nicht verheiratet? Keine Geliebte, sagen Sie? Vielleicht ein Geliebter? Nein? Irgendeine Vorstellung, wer ihm den Tod hätte wünschen können? Die Carlyles erklärten, auch sie stünden vor einem Rätsel.

Chrebet fragte: »Sie haben gehört, dass wir den Wagen gefunden haben?«

»Es war in den Nachrichten«, sagte Lemaster.

»In einem Gewerbegebiet an der Route 48. Soweit wir das

feststellen konnten, wurde Zant im Auto erschossen – zwei Kugeln in den Kopf – und in den Straßengraben geworfen. Dann hat der Schütze den Wagen in das Gewerbegebiet gefahren und dort abgestellt.«

»Noch keine Verdächtigen?«

»Noch nicht.« Julia war beeindruckt, wie ihr Mann das Gespräch wieder einmal in seine Kontrolle gebracht hatte. Nur wenige Wochen nach ihrem Umzug nach Tyler's Landing war er zu einer Sitzung des Bebauungsausschusses gegangen, hatte sich als einziger Vertreter der dunkelhäutigeren Nation, ein Ausdruck, den seine Studentenverbindung geprägt hatte, in die hinterste Reihe des voll besetzten Saals gesetzt und nach knapp einer Stunde mehr oder weniger das Kommando übernommen.

»Wurde irgendetwas gestohlen?«, fragte er jetzt.

»Seine Brieftasche. Schlüssel. Vielleicht noch mehr.«

»Bewaffneter Raubüberfall?«

»Möglich. Vielleicht sollte es aber auch nur danach aussehen.«

Wieder wurde Julia nervös. In den Serien im Fernsehen wäre jetzt der Moment gekommen, in dem die Detectives fragten, wo sie beide am Vorabend zwischen acht und zehn Uhr gewesen waren. Stattdessen kamen die Fotos. Chrebet zog zwei aus einer Akte. Das Erste schob er Lemaster zu, der einen kurzen Blick darauf warf und es seiner Frau weiterreichte, während er auf das Nächste wartete. Julia schaute hin, schaute wieder weg. Der goldene Audi TT, auf den Kellen so stolz gewesen war, weil er, wie er immer wieder gern betont hatte, denselben Luxus bot wie die teuren Sportwagen, die manche Narren sich leisteten, dabei sei der Audi preiswerter, verbrauche weniger Sprit und sei wesentlich zuverlässiger. Die Sitze waren mit cremefarbenem Leder bezogen, aber auf dem Foto war der Beifahrersitz schwarz von dem vielen Blut.

»Er wurde woanders erschossen und dann zur Four Mile Road gebracht«, sagte Chrebet und blätterte eine Seite um. »Er hat ziemlich lange geblutet.«

Zwei Kugeln, dachte Julia. Eine hätte doch sicherlich gereicht.

Mit dem zweiten Foto ließ Lemaster sich mehr Zeit, während die Detectives fragten, ob sie irgendeine Vermutung hätten, und sei sie auch noch so vage, wer zu so etwas Schrecklichem fähig sein könnte.

Als das zweite Foto bei Julia ankam, begriff sie noch weniger, warum die Detectives ihnen die Bilder zeigten, es sei denn, sie wollten nur schockieren. Es war eine Nahaufnahme von Kellens Gesicht, wahrscheinlich im Leichenschauhaus aufgenommen. Ja, er war es, so gut sie das nach dem Wenigen, was nicht zerstört worden war, beurteilen konnte. Kellens dunkelbraune, normalerweise fröhlich dreinblickende Augen waren fest geschlossen. Einen solchen Reflex gab es nicht, daran erinnerte sie sich aus ihrem Biologiestudium. Wenn man langsam starb, ja, dann schlossen sich die Augen wie im Schlaf. Aber im Falle eines plötzlichen gewaltsamen Todes hätten sie offen bleiben müssen. Julia runzelte die Stirn. Schlossen vielleicht die Gerichtsmediziner die Augen der Toten? Vielleicht hatte der Mörder es aus Nettigkeit getan. Oder vielleicht trog sie auch ihre Erinnerung.

Nein, sagte Lemaster gerade, und Julia fiel auf, dass die Fotos wieder in der Akte verschwunden waren. Weder meine Frau noch ich können uns vorstellen, wer zu so etwas Schrecklichem fähig sein könnte, wobei er den Tonfall der Detectives leicht spöttisch nachahmte.

Julia wartete darauf, dass sie sich endlich erkundigten, wo die Carlyles am Vorabend, zum Zeitpunkt der Tat, wann auch immer sie verübt worden war, gewesen waren.

Stattdessen fragte Chrebet, woran der Volkswirtschaftler in letzter Zeit gearbeitet habe. Lemaster sagte, wenn sie seine wissenschaftliche Arbeit meinten, sollten sie sich an Kellens Kollegen in der Fakultät wenden. Die Detectives warteten. Lemaster erklärte, er habe keine Ahnung, und warf seiner Frau einen Blick zu, die sich seiner Aussage anschloss. Sie fragten, woran der Professor denn außerhalb seiner wissenschaftlichen Tätigkeit gearbeitet haben könnte, aber auch da konnten die Carlyles ihnen leider nicht weiterhelfen, wie Lemaster in ihrer beider Namen beteuerte.

Die beiden Detectives verständigten sich wortlos. Ach, das hätten wir beinahe vergessen, da wäre noch eine Sache. Könnten Sie, Mrs Carlyle, uns Ihr Verhältnis zu dem Verstorbenen beschreiben?

Verhältnis?

Haben Sie und Professor Kellen Zant sich nicht früher mal sehr nahe gestanden?

Ein Augenblick der Sprachlosigkeit, in dem Julia und Lemaster es nicht wagten, einander anzusehen. Die Vergangenheit türmte sich übermächtig und kraftvoll hinter Julia auf. Sie erinnerte sich an ein verführerisch heiteres Gesicht, eine überschäumende Begeisterung, die allein ihr galt.

Ja, das ist richtig, wir waren kurz befreundet. Aber das war vor meiner Ehe.

Können Sie uns sagen, wann Sie zuletzt mit ihm gesprochen haben?

Was bedeutete, dass sie ihr nicht glaubten.

Wir haben einen anstrengenden Tag vor uns, Gentlemen, sagte Lemaster, und Julia wurde bewusst, wir sehr sie ihn schätzte, ein Gefühl, das sich wie Liebe anfühlte.

Die Detectives sprachen den Carlyles ihr Bedauern und ihren Dank aus und verabschiedeten sich.

Kapitel 3

Das Kepler

· I ·

»Die Stadt«, sagte Boris Gibbs voller Genugtuung, »ist ein Pulverfass, das jeden Augenblick hochgehen kann.«

Julia, der am Morgen auf dem Weg zur Theologischen Fakultät weder Demonstranten noch Polizeieinheiten aufgefallen waren, nickte höflich und sagte nichts. Mit Stadt war Elm Harbor gemeint, wo die Universität sich befand und wo sie gerade mit Boris zu Mittag aß, nicht Tyler's Landing, das fast eine halbe Stunde entfernt lag. Tyler's Landing, wo sie beide wohnten, war natürlich überwiegend weiß, die Stadt dagegen ... nicht.

»Ich höre mir immer diesen Radiotypen an, Kwame Dingsbums. Gut, er übertreibt gern ein bisschen, aber er hat massenhaft Hörer, Julia. Massenhaft. Die saugen jedes Wort von ihm auf, und, glauben Sie's mir, der hetzt die Leute auf.« Er schien direkt zu hoffen, dass irgendetwas passierte. Das erlebte man in letzter Zeit bei vielen weißen Liberalen – sie warteten verzweifelt darauf, dass das Afrikanische Amerika wieder erwachte und die Linke aus der Wüste herausführte. Aber Boris Gibbs war kein Liberaler. Bei ihm war keine Spur von einer politischen Meinung auszumachen, und abgesehen von einer ungestümen Selbstgefälligkeit zeigte er auch sonst kaum Emotionen. Er hatte es sich zum Lebensinhalt gemacht, Ereignisse, Ideen oder Egos auseinanderzunehmen, bis nichts mehr davon übrig blieb. Wenn man ihm zusetzte, räumte er ein, dass das Bedürfnis, andere herunterzumachen, eine Sünde war. Das war, wie er gern sagte, der Dorn in seinem Fleisch. Die Vorstellung schien ihm große Freude zu bereiten.

»Ich glaube Ihnen, Boris.«

»Dieser schwarze Professor, der vor ein paar Jahren von Sicherheitsleuten auf dem Campus zusammengeschlagen wurde. Erinnern Sie sich? Der unbewaffnete Jugendliche, der bei der Verfolgungsjagd erschossen wurde. Und dazu die ganzen alltäglichen Schikanen. Diese Sache mit Kellen ist der letzte Tropfen, lassen Sie es sich gesagt sein. Es ist echt deprimierend, dass Ihre Leute sich in letzter Zeit mit solch einem Rassismus herumschlagen müssen.«

Ihre Leute. Das gefiel ihr beinahe so gut wie die Formulierung *diese Sache mit Kellen* für einen Mord. In ruhigem Ton sagte sie: »Ich lese die Zeitung, Boris. Es war ein Raubmord, kein rassistisch motiviertes Verbrechen.«

Boris schüttelte den Kopf über ihre Naivität und nahm einen großen, unappetitlichen Bissen von seinem großen, unappetitlichen Hamburger. Er war, nach eigener Einschätzung, ein großer, unappetitlicher Mann mit einem aufgedunsenen, rötlichen Gesicht und vergrämten Zügen, die von einem erbärmlichen Leben zeugten, doch er gehörte zu den zufriedensten Menschen, die Julia kannte: Er sagte immer frei heraus, was er dachte, und machte sich keinen Stress damit, mit seiner Meinung hinterm Berg zu halten. Sie waren beide stellvertretende Dekane im Kepler, wie die Theologische Fakultät allgemein bezeichnet wurde, wobei Boris, eine Art Campushistoriker, sich jedes Mal beeilte zu erklären, dass mit Kepler nicht die Fakultät, sondern das Gebäude gemeint war. Wenn er nicht gerade damit beschäftigt war, über irgendetwas oder irgendjemanden herzuziehen, unterrichtete Boris ein bisschen, aber in erster Linie verwaltete er die Finanzen der Fakultät, und obwohl er auf dem Gebiet ein Genie war, sorgte die Dekanin klugerweise dafür, dass er nicht ins Licht der Öffentlichkeit geriet.

»Das sagt jedenfalls die Polizei.« Er grinste.

»Und was soll das heißen?«

»Das soll heißen, dass Sie eine erwachsene Frau sind, Julia. Sie können selbst entscheiden, was Sie glauben wollen und was nicht.«

Julia schluckte die scharfe Erwiderung hinunter, die ihr auf der Zunge lag. Es war Dienstag, und sie hatte genug von den

Spekulationen über Kellen Zant. Auf dem Campus wurde jedoch von kaum etwas anderem geredet. Es kam nicht oft vor, dass ein Professor erschossen wurde, erst recht keiner, der so beliebt gewesen war wie Kellen. In der Unizeitung war in den letzten beiden Tagen nicht weniger als sechs Mal erwähnt worden, dass der Präsident die Leiche seines, wie es in den Artikeln formuliert wurde, »sporadischen Gegenspielers« entdeckt hatte. Selbst das Kepler war nicht immun gegen das Gerede. Die kleine Iris Feynman, die dritte stellvertretende Dekanin in ihrem unterbezahlten administrativen Triumvirat – sie war zuständig für »externe Angelegenheiten«, also für das Verhältnis zur Universität, für die wenigen Ehemaligen, die für Spenden infrage kamen, und für alle Journalisten, die sich aus Versehen in die Theologische Fakultät verirrten, obwohl sie eigentlich auf der Suche nach, sagen wir mal, den Wirtschaftswissenschaften waren –, war am Vormittag in Julias Büro gekommen und hatte ihr von einem Gerücht berichtet, dem zufolge ein verärgerter Student den Mord begangen haben sollte. Aber die cleveren Köpfe – so der alte Clay Maxwell, der Spezialist für das Neue Testament, den Julia in der zugigen Lounge für die Fakultätsmitglieder getroffen hatte, als sie sich ihre Kaffeetasse mit der scheußlichen Brühe füllte, die das Kepler sich gerade noch leisten konnte –, die cleveren Köpfe setzten auf einen eifersüchtigen Ehemann.

Julia sagte: »Können wir uns bitte wieder auf das Budget konzentrieren?« Denn darum ging es bei ihrem Lunch mit Boris, für das sie sich in einem der vielen mittelmäßigen Cafés in der Nähe der Theologischen Fakultät getroffen hatten. Claire Alvarez, die Dekanin, hatte auf Anweisung des Finanzchefs um Vorschläge für eine fünfprozentige Etatkürzung gebeten und wie der geizige Scrooge verlangt, dass sie diese bis Weihnachten einreichten. Alle am Kepler wussten, dass ihnen schlechte Zeiten bevorstanden. In einer Sitzecke in der Nähe saßen einige Studenten, die die beiden Dekane nervös beäugten und sich sicher fragten, welches ihrer Lieblingsprogramme wohl dem Rotstift zum Opfer fallen würde. Neuerdings wurde auf dem Campus wesentlich mehr Energie auf Schuldzuweisungen verwandt als auf die Lösung von Problemen, und es war klar, wen diesmal die Schuld treffen würde. Julia war zuständig für die Ressorts Studienberatung und

Immatrikulation – die Ressorts waren aufgrund des knappen Budgets zusammengelegt worden – und bezog für die beiden Vollzeitjobs das Gehalt für eine Halbtagsstelle. Sie hatte schließlich schweren Herzens drei Vorschläge für eine Kürzung ihres Budgets erarbeitet: Der erste würde die ausländischen Studenten gegen sie aufbringen, der zweite die Frauen auf die Barrikaden treiben, und der dritte würde die Minderheiten in der Überzeugung bestärken, dass sie sich nur für die Interessen der Weißen einsetzte. Schon im College war ihr Spitzname Oreo gewesen, nach dem Keks, der außen schokoladig schwarz und innen mit einer weißen Creme gefüllt war.

»Das Budget?« Boris lachte. »Es wird schon wieder gekürzt.« Er gestikulierte mit der einen Hand, während er in der anderen seinen Hamburger hielt. Draußen war der Himmel inzwischen schiefergrau geworden. Julia hatte genug von einem Yankee in sich, um die Zeichen richtig zu deuten: Es würde bald schneien. Außerdem hatte auch der Wetterbericht Schnee angekündigt. Sie sah zu, wie Boris mit seinem triefenden, mit allen erdenklichen Zutaten belegten Hamburger herumfuchtelte und alles mit Soße bekleckerte. Die Gäste an den anderen Tischen wandten sich ab. Die Kellnerin wischte das Schlimmste weg und brachte Boris noch ein Glas Dr. Pepper. Wie immer ignorierte er sie, aber er war dafür bekannt, dass er großzügig Trinkgeld gab. Er leckte sich Senf von den dicken Fingern. Zwei Frauen hatten sich von Boris Gibbs scheiden lassen. Warum, war nicht zu übersehen. »Die werden unser Budget immer weiter kürzen. Das liegt daran, dass wir weder Wissenschaftler noch Kapitalisten sind, Julia. Wir entschlüsseln keine Gene und wir schreiben keine Computerprogramme. Und wir häufen keine großen Reichtümer an. Unser Metier ist Gott, und deshalb sind wir unwichtig.«

»Ich bin Naturwissenschaftlerin«, entgegnete sie mit einem gequälten Lächeln, dabei war es die Wahrheit: Sie hatte einen Bachelor in Biologie und jahrelang an der Schule Biologie unterrichtet.

Boris hob seine buschigen Brauen wie Teufelsschwingen. Seine Augen wirkten immer, als würden sie gleich aus den Höhlen treten. Er schnappte sich die verschmierte Serviette und wischte sich den Mund damit ab, eigentlich ein simpler Vorgang, der jedoch bei ihm zu einem lauten Schmatzen ausartete. Manchmal hatte Julia den Verdacht, dass dieses ganze *Ich-bin-ja-so-hässlich-und-widerlich*-Getue bloß Schau war und weniger die Mitmenschen auf Abstand halten, als vielmehr ihn interessant erscheinen lassen sollte, obwohl er im Grunde nur nervig war. Anders als Julia unterrichtete Boris auch jedes Semester ein Seminar, und er war bei den Studenten äußerst beliebt, obwohl er Systematische Theologie lehrte, ein absolutes Paukfach, eine Art theologisches Initiationsritual, vor dem sich jeder angehende Pastor fürchtete. Julia und Boris waren nicht unbedingt Freunde, aber seine halsstarrige Unhöflichkeit übte dieselbe, endlose Faszination auf sie aus, mit der sie als junge Biologiestudentin eine Käferspezies beobachtet hatte, die ihre eigenen Geschwister verspeiste.

»Also gut. Wenn Sie Naturwissenschaftlerin sind, dann erklären Sie mir mal Folgendes. Wenn es ein Raubmord war, wieso haben die Täter dann das Auto nicht mitgenommen? Dieser Audi ist doch bestimmt einiges wert, oder? Oder?« Im Unterricht bearbeitete Boris seine Studenten auf ähnliche Weise: *Reden Sie über Christologie oder Soteriologie? Na? Kennen Sie überhaupt den Unterschied?* »Und wieso haben sie ihn überhaupt raus aufs Land verfrachtet? Na? Warum haben sie ihn nicht einfach mitten in der Stadt aus dem Auto geworfen? Das wäre doch gar nicht aufgefallen.« Äußerst zufrieden mit seiner Argumentation lehnte er sich zurück und ruinierte die Wirkung sofort, indem er sein Getränk verschüttete.

»Ich weiß es nicht, Boris«, sagte Julia, als hätte sie sich nicht schon stundenlang den Kopf über genau diese Fragen zerbrochen. »Darüber hab ich noch nicht nachgedacht. Es war ein ziemlich unangenehmes Erlebnis, das ich am liebsten vergessen würde, doch die Leute fragen mich dauernd alle danach aus.« Sie holte tief Luft. »Wenn Sie sich jetzt bitte einmal meine Zahlen ansehen könnten? Ich habe nämlich, glaube ich, eine Möglichkeit gefunden, wie ich meine beiden Verwaltungskräfte behalten könnte.« Boris hatte vorgeschlagen, dass sie ihre Vollzeitkraft entließ und nur ihre Halbtagskraft behielt: so ziemlich das Letzte, zu dem Julie bereit war, denn ihre Vollzeitkraft war die einzige schwarze Sekretärin am Kepler.

»Ich verrat Ihnen noch was. Ihr Freund Kellen? Es heißt, er hätte eine heiße Affäre mit einer verheirateten Frau gehabt.« Ein gieriger Blick. »Ich frag mich, wer das gewesen sein könnte.«

»Kellen hatte doch eine Affäre nach der anderen.« Ihre Wangen wurden heiß. »Er hat es geliebt, wenn sich das Leben um ihn herum veränderte. Er konnte sich für nichts begeistern außer für die Zukunft und ihre ... Möglichkeiten. Er hat immer gesagt, er wolle in seinem Leben nichts zweimal machen.« Julia unterbrach sich erschrocken. Wie zum Teufel hatte sie sich von ihrem Kollegen so aufs Glatteis führen lassen können? Kellen hatte diese Bemerkung vor Ewigkeiten gemacht, und damals hatte er über Sex gesprochen – über Sex, als sie gerade miteinander schliefen. »Boris, bitte, wenn Sie sich meine Vorschläge einmal ansehen könnten –«

»Hab ich schon. Das ist doch alles Müll. Sie brechen sich einen ab, um nett zu sein. Sehen Sie den Tatsachen ins Auge, Julia. Irgendjemand wird zwangsläufig ziemlich sauer auf Sie sein, richtig? Richtig. Sie können sich nur dadurch ein wenig Unabhängigkeit verschaffen, indem Sie entscheiden, wer das sein wird.« Die Kellnerin war vertraut mit Boris' Vorlieben und brachte ihm unaufgefordert ein drittes Glas Dr. Pepper, das er mit einem Schlürfen zur Hälfte leerte. »Also, diese verheiratete Frau. Ich hab gehört, dass sie ein ziemlich hohes Tier hier in der Stadt sein soll. Sie oder ihr Mann.«

»Was wollen Sie damit sagen, Boris?«

Er ignorierte ihre Empörung. Während er sich die Finger an seiner zerfetzten Serviette abwischte, beugte er sich vor, was die Wahrscheinlichkeit erhöhte, dass er Julia mit seiner Spucke erwischte. »Und – fahren Sie runter nach New Orleans oder wohin auch immer zur Beerdigung?«

»Arkadelphia. Und ja, ich fahre hin.« Sie fragte sich, warum sie schon wieder errötete.

»Und was ist mit unserem hoch geschätzten Präsidenten? Wird er Flagge zeigen, eine Grabrede halten, Krokodilstränen vergießen?«

»Lemaster hat zu viel um die Ohren.«

»Wie schade.« Ein wölfisches Grinsen. »Brauchen Sie einen Begleiter?«

»Hab ich bereits, danke.« Sie hatte es nun noch eiliger, ihm zu entkommen.

»Na schön. Also dann, viel Spaß, falls man bei Beerdigung so was wie Spaß haben kann. Wie kommen die Kids damit zurecht?«

»Denen geht's gut«, erwiderte Julia. Sie war sich unsicher, ob sie wirklich die Wahrheit sagte. Sollte sie über Preston sprechen, ihren Ältesten, der an der Uni war und nur zu Hause anrief, wenn es absolut nicht zu vermeiden war? Über Vanessa, deren Probleme genug Stoff für ein Buch abgeben würden? Oder über Aaron, ihren Neuntklässler, der nach Exeter geflüchtet war, um der angespannten Atmosphäre zu entkommen, die seit der Verhaftung seiner älteren Schwester über dem Haus lag? Und was war mit Jeannie, die mehr denn je entschlossen war, allen zu beweisen, dass sie die perfekte kleine Prinzessin in der Familie war? Sie spürte, wie ihr alle vier immer mehr entglitten, und der Schmerz über den Verlust lenkte ihre Gedanken in traurigere Richtungen. »Sie haben ihn eigentlich nicht gekannt«, sagte sie matt. »Jedenfalls nicht besonders gut.«

Doch Boris war schon bei einem neuen Thema. »Ach, da fällt mir noch was ein, das mir über Ihren Freund Kellen zu Ohren gekommen ist. Ein paar Leute draußen in Tyler's Landing waren ziemlich sauer auf ihn.«

Boris wohnte keine zwei Kilometer von Hunter's Heights entfernt und liebte es, Klatschgeschichten zu verbreiten, die teilweise sogar der Wahrheit entsprachen. Jetzt wurde Julia gegen ihren Willen doch neugierig. »Sauer auf Kellen? Leute in Tyler's Landing? Was hatte Kellen denn mit Tyler's Landing zu schaffen?«

»Keine Ahnung, um was es da ging. Aber es hat eine Menge Leute gegen ihn aufgebracht.«

»Also, ich will Ihnen ja nicht zu nahe treten, aber ich glaube kaum, dass Kellen irgendetwas in Tyler's Landing unternommen hat, von dem ich nichts wusste. Er hätte mir davon erzählt –« Julia brach ab, verwirrt über ihre eigenen Worte. Der spöttische Blick ihres Kollegen verriet deutlich, dass ihm ihr Lapsus nicht entgangen war, er sich seine Sticheleien jedoch für einen passenderen Moment aufhob. »Ich meine, ich hätte davon gehört.

Wir hätten alle davon gehört.«

»Es sei denn, er wollte nicht, dass Sie davon erfahren«, sagte ihr Kollege und biss noch mal tief in seinen triefenden Hamburger.

· II ·

Bis Sonntagnachmittag, zwei Tage vor Julias Lunch mit Boris, waren die Klatschfliegen schon überall herumgeschwirrt. Weder Fliegengitter noch Insektenspray kann sie fernhalten. Geht man nicht mehr ans Telefon, kommen sie in Gestalt von Fernsehnachrichten. Schaltet man den Fernseher aus, tauchen sie als Internetschlagzeilen auf. Fährt man den Computer herunter, klingelt prompt das Telefon: In diesem Fall war es die zuckersüße Tonya Montez, die Vorsitzende der Sisterladys von Harbor County, die atemlos berichtete, sie hätte am Morgen, auf dem Heimweg vom Frühgottesdienst in der Baptistenkirche *(Ja genau, übrigens bin ich auch noch gottesfürchtiger als du!)* den Infosender des Stadtradios gehört, wo der Moderator Kwame Kennerly verkündet habe, der Mord an Kellen Zant liefere den endgültigen Beweis dafür, dass die Jagdsaison auf die Männer der afrikanischen Diaspora eröffnet sei. Sie sei ja nicht oft einer Meinung mit Kwame, sagte Tonya, was gelogen war, aber was diese Sache betraf, habe er recht. Julia versuchte, etwas dazu zu sagen, doch eine Sisterlady in voller Fahrt ist einfach nicht zu bremsen. Wart's ab, sagte Tonya. Das ist erst der Anfang.

Der Anfang von was?, fragte Julia, die womöglich das, worum es wirklich ging, nicht begriffen hatte.

Die Nächste war Donna Newman, der Julia – mit Jeannie zum Einkaufen unterwegs – später am Sonntagnachmittag an der Feinkosttheke bei *Stop & Shop* auf der Route 48 begegnete. Donna, die den Vorsitz der Hälfte aller Wohltätigkeits-Clubs in Tyler's Landing innehatte – weiße Quasselbuden, wie Lemaster sie spöttisch nannte –, hatte gehört, »dieser Zant« sei an dem Abend, an dem er ermordet wurde, in der Stadt gesehen worden.

»Natürlich war er in der Stadt«, sagte Julia.

»Ich meine, *bevor* ihr ihn gefunden habt.« Ein kurzer Blick den Gang rauf und runter. »Angeblich war er in Begleitung einer *Frau*«, sagte Donna vieldeutig, aber Kellen war immer in Begleitung von Frauen ausgegangen.

Dann, am Montag, rief Tessa Kenner an, Julias ehemalige Zimmergenossin am Dartmouth College, die sich kaum je meldete und die Julia vielleicht ein-, zweimal gesehen hatte, außer natürlich im Fernsehen, wo Tessa an fünf Tagen in der Woche auf einem Kabelsender jeden Abend zwei Stunden lang die Nachrichten verlas, und das nicht etwa, weil sie schon in Dartmouth die besten Beziehungen geknüpft hatte und beim Jurastudium der Star ihres Jahrgangs gewesen war, sondern weil sie die für Produzenten ausschlaggebende Qualifikation besaß: blondes Haar. Aber Tessa hatte ihr in den schlechten alten Zeiten zweimal das Leben gerettet, und obwohl Lemaster der festen Überzeugung war, dass Tessa ihr Talent hoffnungslos verschwendete, schätzte Julia sie doch nach wie vor.

Tessa war allerdings weniger an Klatsch interessiert, sondern sie stellte Fragen, auf die Julia, obwohl sie ihrer ehemaligen Zimmergenossin immer noch freundschaftlich zugetan war, nur ausweichend antwortete. Julia versprach, sich bei Tessa zu melden, wenn sie das nächste Mal in Washington war, und Tessa versprach, bei Julia vorbeizuschauen, falls sie jemals durch Elm Harbor kommen sollte, was jedoch, wie beide wussten, unwahrscheinlich war. Dann, ehe sie auflegte, stellte Tessa die allerschlimmste Frage.

»Das mit euch beiden war doch vorbei, oder? Ich meine, wirklich endgültig vorbei?«

»Natürlich.«

»Da war also wirklich überhaupt nichts mehr?« Ein professionelles, leises Lachen, das klang, als hätte sie Lachen im Hauptfach studiert. »Nicht mal ein winziger, pikanter Flirt?«

»Rufst du deswegen an, Tessa? Willst du mich nach Kellen ausfragen?«

»Ich arbeite an keiner Geschichte«, erwiderte sie hitzig und wies so den Vorwurf von sich, den Julia nicht gemacht hatte. »Ich mache mir nur Sorgen um dich, das ist alles.«

»Es geht mir gut«, log Julia, wobei sie sich fragte, welche Art von Geschichten Tessa in den oberen Etagen des Fernsehjournalismus wohl verbreitete und ob ihre Vergangenheit sie am Ende doch noch einholen würde.

Später am Abend, als die Schneeflocken vor allen Fenstern wie Derwische herumwirbelten, hatte Mona aus Frankreich angerufen – Mona, die nie telefonierte, weil sie davon überzeugt war, dass ihre Leitungen abgehört wurden! –, um sich zu vergewissern, dass ihre Tochter so schlecht mit der ganze Sache zurechtkam, wie sie erwartete, und um sich zu erkundigen, ob sie schon die Geschichte gehört habe, nach der Kellen eine Art Faschist gewesen war, ein Verräter, der für mörderische, von Amerika unterstützte Diktatoren in aller Welt gearbeitet hatte.

Nein, erklärte Julia ihrer verrückten Mutter. Das sei ihr noch nicht zu Ohren gekommen. Aber Kellen sei Volkswirtschaftler gewesen, sagte sie, weswegen sie die Geschichte bezweifle. Und übrigens, wie geht es dir?

»Also, ich kann nur sagen, ich bin *heilfroh*, dass du nicht ihn geheiratet hast.« Als hätte er ihr je einen Antrag gemacht.

Mona hatte Kellen nie akzeptiert, genauso wenig wie sie Lemaster akzeptiert hatte, von den beiden ist keiner wirklich einer von *uns*, Liebes – der eine zu arm, der andere zu dunkelhäutig. Ebenso wenig hatte sie akzeptiert, dass Julia ihre Kinder in einer Kleinstadt großzog (wo ihre Freunde Weiße sein würden) und dass sie die Stelle an der Theologischen Fakultät angenommen hatte (weil Gott tot war). Genau betrachtet, konnte Julia wahrscheinlich nichts in ihrem Leben vorweisen, das den Beifall ihrer Mutter gefunden hätte, aber wie so oft beruhte die Abneigung auf Gegenseitigkeit. Die beiden saßen für immer in dem Gefängnis aus Feindseligkeit, das noch aus Julias Jugendzeit stammte, als Mona der Meinung gewesen war, es gehe ihre Kinder überhaupt nichts an, welcher ihrer weißen Liebhaber ihr Vater sei, oder wen und wie oft sie heiratete.

»Danke für den Anruf, Mona. Schön, mal wieder deine Stimme zu hören.«

»Ich werde dir fehlen, wenn ich mal nicht mehr bin, Julia Anne« – so nannte Mona sie, wenn sie sauer war.

»Komm doch zu Weihnachten.«

Aber die Einladung löste nur einen Vortrag darüber aus, warum es falsch war, Feste zu feiern, die nur den herrschenden Diskurs repräsentierten und andere Kulturen ausschlossen. Auch das in einer Woche anstehende Thanksgiving wurde nicht verschont. Die Vereinigten Staaten von Amerika, ermahnte Mona ihre Tochter streng, trügen die größte Schuld am Leid der Welt, und Dank zu sagen für das, womit eine Nation, die auf der Abschlachtung anderer Völker gründete, gesegnet sei, zeuge nicht von Frömmigkeit, sondern von Heuchelei. Mehr oder weniger dasselbe verbreitete sie in einer nicht enden wollenden Flut hitziger Leserbriefe, die von den Zeitschriften und Zeitungen, deren Herausgeber sich noch daran erinnerten, wer Mona Veazie war oder einmal gewesen war, brav veröffentlicht wurden.

»Ach, stimmt. Das hatte ich irgendwie vergessen.«

»Du kannst in diesem Ton mit mir reden, solange du willst, Julia Anne. Das ändert nichts an den Tatsachen. Dein Kellen hatte eine schmutzige Weste. Er war ein Betrüger. Er hat sich für nichts interessiert außer für Geld.« Eine Pause, aber der erwartete Widerspruch blieb aus. »Es ist die Wahrheit, Liebes. Du wirst schon sehen.«

»Er war nicht *mein* Kellen«, sagte Julia, auch wenn er es vor langer Zeit einmal gewesen war.

· III ·

Nach dem Mittagessen mit Boris ging sie nicht zurück in ihr Büro, sondern zum Parkplatz, denn sie musste zum Zahnarzt wegen des Zahns, der ihr bei dem Unfall abgesplittert war. Einen Augenblick lang geriet sie in Panik, als sie den Escalade nicht finden konnte, bis ihr einfiel, dass der Wagen in der Werkstatt war, wo er ein neues Armaturenbrett, neue Airbags und eine neue Stoßstange bekam. Sie war mit dem zuverlässigen alten Volvo zur Arbeit gefahren, einem kupferroten, angerosteten Kombi aus der Zeit, als man Autotüren noch mit Schlüsseln öffnete und Airbags einen mysteriösen Luxus darstellten. Von dem Tag, an dem sie ihren Führerschein bekommen hatte, bis zu dem Tag, an dem sie den Mercedes in Flammen aufgehen ließ, hatte Vanessa den Volvo praktisch als Einzige gefahren. Inzwischen war ihr die Fahrerlaubnis entzogen worden. Julia zögerte, ehe sie einstieg. Der Parkplatz war hoffnungslos überfüllt: Die Theologische Fakultät teilte ihn sich mit dem Hilliman Tower, in dem Wirtschafts- und Sozialwissenschaften gelehrt wurden, einer monströsen Scheußlichkeit aus Glas und Stahl auf der anderen Seite der Hudson Street, die wie ein Fluss die beiden gegensätzlichen Ansätze, die Welt zu erklären, voneinander trennte. Vor einigen Jahren war Lemaster zu einem Vortrag über die Trennung von Staat und Kirche ans Kepler eingeladen worden, und er hatte die Position vertreten, dass die Theologische Fakultät sich als »eine Insel transzendenter Klarheit in einem Meer säkularer Verwirrung« verstehen solle. Julia hatte den Fehler begangen, den Satz Kellen gegenüber zu wiederholen, der darüber nur gelacht hatte. *Jede Disziplin hält sich für eine formidable kleine Insel mit dem exklusiven Zugang zur Wahrheit, Julia*, hatte er sie belehrt. *Die Theologische Fakultät unterscheidet sich von allen anderen nur dadurch, dass nicht mal eure eigenen Absolventen daran glauben.*

Nach mehr als zwanzig Jahren brachte Kellen plötzlich Verwirrung in ihr Leben und wurde zur Last. Zwanzig Jahre Ehe, zwanzig Jahre Mutterschaft, vierzehn Jahre in Elm Harbor und sechs Jahre in Tyler's Landing. Sie hatten ihr pompöses Haus mit dem Geld gebaut, das Lemaster mit seiner Beratertätigkeit verdiente, und mit einem Großteil von Julias Erbe von Granny Vee. Nun, ein halbes Jahr nach Lemasters Wahl zum Universitätspräsidenten, bereiteten sie sich auf den Umzug in die alte Villa vor, die sie weiter den Hügel hinunter, gerade eben hinter dem Baugerüst, ausmachen konnte.

Julia fiel auf, dass die Villa ebenfalls im Schatten des Hilliman Tower stand.

Sie betrachtete die blinzelnden grünen Scheiben. Kellens geräumiges Büro hatte sich da oben befunden, im fünften Stock des Hilliman, wo die Macher saßen und auf alle anderen herabblickten, denn die Hudson Street verlief bergab auf den neugotischen Gebäudekomplex zu, der den eigentlichen Campus ausmachte. Sie hatte nie einer Menschenseele anvertraut, dass sie von ihrem Büro im Erdgeschoss aus Kellens Fenster sehen konnte, doch sie vermutete, dass er es gewusst hatte. Sie hatte es sich bewusst angewöhnt, nicht zu oft hinüber zu schauen.

Jetzt jedoch betrachtete sie den Turm und fragte sich, was in aller Welt der Volkswirtschaftler in Tyler's Landing getan haben konnte, das die Leute gegen ihn aufgebracht hatte, und warum er es vor ihr geheim gehalten hatte, wo ihm doch sonst kein Vorwand für einen Anruf zu fadenscheinig gewesen war.

»Entschuldigen Sie, Miss, fahren Sie weg? Ich hänge hier ein bisschen fest.«

Sie drehte sich um. Hinter ihr wartete ungehalten ein etwa vierzigjähriger Mann, die Hand an der offenen Tür seines BMW. Sie erkannte ihn: ein bekannter politischer Aktivist und ein berühmter Anthropologe, der ständig auf PBS zu sehen war. Sein Ton ließ keinen Zweifel daran, dass er nicht die geringste Ahnung hatte, wer sie war oder wie sie dazu kam, ihren uralten Volvo auf dem Parkplatz, der für den Lehrkörper reserviert war, abzustellen. Schwarze Männer an Elite-Universitäten wurden selbst von den liberalsten Kollegen kaum wahrgenommen, aber schwarze Frauen waren schlicht unsichtbar. Wäre Julias verrückte Mutter so etwas in ihren Zeiten in Dartmouth passiert, hätte sie die Gelegenheit genutzt, um den Professor mit scharfer Zunge abzukanzeln, um danach wahrscheinlich mit ihm ins Bett zu steigen, denn sie hatte ein Faible für weiße Männer im Allgemeinen und Intellektuelle im Besonderen. Aber Julia hatte im Augenblick für niemanden ein Faible.

»Tut mir leid«, sagte sie und stieg in den Wagen.

Kapitel 4

Mary

· I ·

Wenn man nach Arkadelphia, Arkansas, will, fliegt man nach Little Rock, mietet sich ein Auto und fährt schier endlos über einen Highway, den man sich mit Holztransportern, Wal-Mart-Lastern, Baulastern, Gemüselastern und diesen namenlosen, gesichtslosen Kolossen teilt, die gebieterisch hinter einem angedonnert kommen und einen nötigen zu beschleunigen oder die Bahn freizumachen oder am besten beides, dann in majestätischem Zorn auf achtzehn, zwanzig, manchmal glaubt man fast, auf fünfzig Rädern an einem vorbeibrettern und einen Luftzug verursachen, der den mickrigen kleinen Mietwagen erschüttert wie ein Donnerschlag. Autoaufkleber verkünden, dass das Recht, Schusswaffen zu tragen, als Allerletztes abgeschafft wird. Die Radioprediger sind lauter, als man sie vom letzten Mal in Erinnerung hat. Es gibt keine erkennbare Geschwindigkeitsbegrenzung. Man fährt vorbei an Schildern, die auf Kirchen hinweisen, an Statuen, die auf Kirchen hinweisen, an bunt beleuchteten Kreuzen, die auf Kirchen hinweisen, und auf den meisten dieser Hinweisschilder ist zusätzlich die amerikanische Flagge abgebildet, und verdammt viele davon sind nicht zu unterscheiden von den zahllosen Spruchbändern, die für die Republikanische Partei werben, und irgendwann dämmert es einem, dass man Neuengland unendlich weit hinter sich gelassen hat.

Julia Carlyle, die sich seltsam befreit fühlte, hätte all das normalerweise fasziniert in sich aufgenommen, denn durch das Biologiestudium war ihr das Beobachten zur zweiten Natur geworden. Aber im Moment war sie viel zu sehr damit beschäftigt, sich über ihre Gefühle angesichts des plötzlichen Todes eines Mannes klar zu werden, für den sie vor langer Zeit einmal leidenschaftliche Begierde, rasende Wut und so ziemlich alles dazwischen empfunden hatte. Sie war Kellen zum ersten Mal begegnet, als sie noch jünger war als Vanessa jetzt, in ihrem ersten Jahr am Dartmouth College, wo ein jüngerer, weniger berühmter und unverschämt attraktiver Kellen Zant, damals Doktorand, als Assistent für einen ihrer Professoren gearbeitet hatte. Julia war eines Nachmittags zu ihm ins Büro gekommen, um sich von ihm erklären zu lassen, wie man eine Indifferenzkurve zeichnete, und, wie Granny Vee zu sagen pflegte, aus Träumen wurden bald Taten.

»Bist du wach, Mom?«, fragte Vanessa, die mit einer beängstigenden Gelassenheit auf dem Beifahrersitz des gemieteten Sable saß, das hübsche braune Gesicht mit den ausdrucksvollen hohen Wangenknochen hinter einem Vorhang aus leise klappernden, perlengeschmückten Zöpfchen verborgen.

»Hmmm?«

»Man soll beim Autofahren nicht vor sich hin träumen.«

Julia wusste, dass ihr Tochter das halb scherzhaft, halb bedauernd meinte, denn Vanessa hatte seit Februar nicht mehr am Steuer eines Autos gesessen, jedenfalls nicht mit Wissen ihrer Eltern. Sie ihrem Wunsch entsprechend mit zu der Beerdigung fahren zu lassen, war Vincent Bradys glorreiche Idee gewesen, schließlich sei die Reise, so Brady, eine gute Gelegenheit für Mutter und Tochter, einander näherzukommen. Ihr Vater war dagegen gewesen, aber zu dritt hatten sie ihn bearbeitet. Schließlich hatte Lemaster nicht wirklich nachgegeben, sondern sie hatten ihm das präsentiert, was er brauchte: jemanden, den er verantwortlich machen konnte, falls die Sache schiefging. Vanessa fehlte ein paar Tage in der Schule, aber sie war klug genug, so dass ihre Leistungen durch die Abwesenheit nicht leiden würden, und so unauffällig, dass ihre Abwesenheit nicht weiter bemerkt wurde.

Die perfekte kleine Jeannie übernachtete bei einer Freundin, ein Luxus, der derzeit nicht auf Vanessas Liste der Freiheiten stand, wie sie das nannte.

»Ich träume nicht vor mich hin«, entgegnete Julia, während

sie auf die rechte Spur wechselte, um einen Sattelschlepper vorbeidonnern zu lassen. Dahinjagende Wolken verliehen dem schwachblauen Himmel eine überwältigende Weite. Die Wärme war eine unerwartete Wohltat. »Ich denke nur nach.«

»Über Kellen?«

»Ich glaube, du meinst ›Professor Zant‹, Liebes.«

»Meinetwegen.«

Julia hätte beinahe mitten auf dem Highway angehalten. »Nein. Nicht *meinetwegen*. Das ist eine Frage des –«

»Respekts vor Erwachsenen. Ich weiß.« Vanessas Fenster war heruntergekurbelt, und ein Arm lag auf der Fensterleiste. Sie trug ein dunkelblaues Kleid und Perlen, aber es war keine leichte Aufgabe gewesen, sie dazu zu überreden: Hätte ihre Mutter es erlaubt, wäre das junge Mädchen in Jeans und Clogs zur Beerdigung gefahren. Vanessa gab sich gern exzentrisch. Im vergangenen Herbst, ehe sie erwischt worden war, hatte sie es zweimal geschafft, sich in Kleidern aus dem Haus zu stehlen, die sie falsch herum und mit der Innenseite nach außen gedreht trug, eine Idee aus einem Song, als Protest gegen gesellschaftliche Konformität. »Mom? Hast du ihn respektiert?«

»Ihn respektiert? Kellen?« Das war mal eine ganz neue Frage. Aber ihre kichernde Tochter ließ ihr keine Zeit, darüber nachzudenken. »Ich glaube, du meinst ›Professor Zant‹«, sagte Vanessa. »Ich finde übrigens nicht, dass er besonderen Respekt verdient hatte.«

»Also wirklich, Liebes, du hast ihn doch kaum gekannt.«

»Mag sein. Aber ich hab gehört, wie du und Dad über ihn geredet habt.«

Lemaster, dachte Julia, als die Abfahrt in Sicht kam. Mich hat sie nicht gehört. Ich würde nie vor den Kindern über Kellen reden. Aber tief in ihrem Innern wusste sie, dass in den letzten zwanzig Jahren kaum ein Tag vergangen war, an dem sie nicht insgeheim an den rastlosen, wundervollen, verführerischen, großzügigen, unmoralischen Kellen Zant gedacht hatte.

Wie an der Schnellstraße angekündigt, besteht die Kleinstadt Arkadelphia fast nur aus Kirchen. Vielleicht nicht buchstäblich, aber wer den Flecken zum ersten Mal besucht, kann sich dieses Eindrucks kaum erwehren, denn an jeder Ecke scheint eine zu stehen, und auch wenn sich in der Mehrzahl evangelikale Glaubensgemeinschaften versammeln, so sind die großen Kirchen doch ebenfalls zahlreich vertreten.

Geleitet von dem Navigationssystem des Mietwagens, fuhr Julia an viktorianischen Villen vorbei, an immergleichen, zweistöckigen Holzhäusern und an winzigen Behausungen, die bestenfalls den Namen Bretterbuden verdienten. Auf den Treppenstufen vor den Bretterbuden hockten die Bewohner der Stadt, die nichts zu lachen hatten, die deprimierten, übergewichtigen Armen, Schwarze wie Weiße. Armut unter Weißen war noch ein Amerika, von dem Julia nur wenig wusste.

Um zur Kirche zu gelangen, fuhr sie an einer Lagerhalle vorbei, durch eine schmale Seitenstraße und bog dann an einer Grundschule aus rotem Backstein scharf links ab. Die kleine Holzkirche war weiß gestrichen und gepflegt, und die Trauerfeier verlief laut und tränenreich. Der Tote war nicht aufgebahrt, er lag im geschlossenen Sarg. Die Angehörigen saßen verstreut in den ersten Reihen, ganz vorne auf dem Ehrenplatz Seth Zant, Kellens unermüdlicher Onkel, der Held aller Geschichten aus seiner Kindheit. Kel hatte seinen Vater nie kennengelernt, ein schmerzhaftes Trauma, das sie verband und über das sie häufig gesprochen hatten, denn im Gegensatz zu Lemaster hatte Kellen der unerschütterliche Glauben an die offensichtliche Tugend gefehlt, die besagte, dass man das tiefste Leid für sich zu behalten habe. Kellens minderjährige Mutter war an einer Überdosis gestorben, und danach war Seth in sein Leben getreten. Der ungebildete Automechaniker und seine verstorbene Frau, Sylvia, hatten den bemerkenswerten Jungen großgezogen, der schon in der Grundschule überragende Leistungen erzielte. Die Beziehungen innerhalb der Familie waren distanziert. Kellen war träge und schlaksig, doch er besaß eine ungezwungene Anmut, die manchen von Natur aus gegeben ist und um die sie von anderen ihr

Leben lang beneidet werden. Seth war untersetzt und massig, dicht am Boden gebaut, wie um seine Überlebenschancen in einer grausamen Welt zu erhöhen. Das Alter seines glänzenden Sonntagsanzugs war undefinierbar, doch er trug ihn mit Stolz. Tanten und Cousinen zierten die übrigen Plätze auf der Kirchenbank. Nadia, Kellens Ex-Frau, eine Art Computerexpertin aus Silicon Valley, saß in der zweiten Reihe, ihr rotblondes Haar stach aus der Menge. Sie hielt die Hand eines mürrisch dreinblickenden, vielleicht zehnjährigen Jungen, der Sohn wahrscheinlich, von dem Kellen oft gesprochen, den Julia aber nie kennengelernt hatte. Nadia und Kellen hatten in Stanford geheiratet, wo er fünf Jahre lang gelehrt hatte. Die kurzlebige Ehe hatte gerade so lange gehalten, bis Kellen, dessen Sache es noch nie gewesen war, sich häuslich niederzulassen, eine Stelle an der Ostküste gefunden hatte, und angesichts der Tatsache, dass Kellen der Erfinder von Zant-Feldman war, machte ihm jedes Ökonomie-Department in Neuengland ein Angebot. Er entschied sich, nach Elm Harbor zu ziehen, und Julia entschied sich, nicht zu fragen, warum.

»Mom«, sagte Vanessa, den Mund fast an Julias Ohr. Um die Familie nicht zu stören, hatten sie in einer der hintersten Reihen Platz genommen, doch Julia wusste, dass Seth sie gesehen hatte. Der kleine Kirchenraum war nicht einmal halb voll, doch es herrschte ein Lärm, dass die Wände wackelten. Julia, die seit zehn Jahren einer ernsten und streng traditionalistischen anglikanischen Gemeinde angehörte, war weder auf die Länge des Gottesdienstes noch auf den Enthusiasmus der Gläubigen gefasst gewesen. Der Pastor, ein Mann mit einem steifen Bein und einem enormen Brustkorb, schien jetzt schon seit Stunden zu predigen, wobei er vorne in der Kirche unermüdlich hin- und herhumpelte – einen Altar gab es nicht, zumindest nichts, was Julia darunter verstand –, während die Gemeinde ihn unermüdlich mit lauten Hallelujah- und Amenrufen anfeuerte. Jemand spielte Klavier, und dazu wurde gesungen und in die Hände geklatscht. Einige Frauen hielten Tamburine in der Hand und schlugen ungeschickt, aber ausdauernd den Rhythmus. Mehrere Trauergäste fielen in Ohnmacht. Es war nicht gerade der Clan im stillen Gebet, doch ließ Vanessa sich anstecken, sprang auf, wiegte sich im Takt, klatschte und sang mit, ohne die Texte der Lieder zu kennen. Julia hatte ganz vergessen, wie fröhlich der Glaube sein konnte, oder vielleicht hatte sie es auch nie gewusst, denn die Theologische Fakultät, wo sie einst studiert hatte und inzwischen lehrte, verbrachte die Tage in einem Nebel aus Ideologie und historisch-kritischer Methodologie und ahnte nicht einmal, dass solche Begeisterung für Gott existierte, außer, wie es allgemein auf dem Campus hieß, als irrationale Beigabe zur Politik der Republikaner.

»Mom!«, sagte Vanessa, diesmal lauter.

»Nicht so laut, Liebes. Was ist denn?«

»Sieh mal.«

»Wo?«

Vanessa streckte den schlanken Arm aus und deutete an ihrer Mutter vorbei auf den einzigen weißen Trauergast, der nicht mit Nadia verwandt war, eine grimmig dreinblickende Frau mit dichtem schwarz gelocktem Haar unter einem teuren Seidentuch, das sie sich nachlässig um den Kopf gewickelt hatte. Julia hätte vermutet, dass es im fahrenden Auto geschehen war, um noch rechtzeitig zum Trauergottesdienst zu kommen, wäre sie nicht bereits da gewesen, als Julia und Vanessa eintrafen.

»Was ist mit ihr?«, fragte Julia leise und bemühte sich aus Höflichkeit, nicht zu auffällig hinüberzusehen. Die Frau wirkte unglaublich wütend, als wäre der ganze Tag unglaublich schiefgelaufen, aber so fühlte man sich vermutlich mit einem hastig und schlampig im Auto umgebundenen violetten Hermès-Schal.

»Sie hat ihn nicht besonders gemocht.«

»Was hat sie?« Zwei Reihen vor ihnen drehte sich eine dicke, dunkelhäutige Matrone mit einem kunstvoll gearbeiteten Sonntagshut um und warf ihnen einen zornigen Blick zu. Julia zuckte zusammen. »Und rede nicht so laut.«

»Kellen. Sie hat Kellen gehasst.«

Wie jede Frau, mit der er jemals ein Verhältnis gehabt oder anzubändeln versucht hatte. »Professor Zant oder Mr Zant. Woher willst du das wissen?«

»Sieh dir doch bloß ihr Gesicht an, Mom«, murmelte Vanessa, die wie ihre Mutter immer wusste, was in anderen Menschen vorging, und sich wie ihr Vater absolut sicher war, dass nur Dummköpfe den Schlussfolgerungen eines derart klugen Kopfes widersprechen könnten. »So sieht doch niemand aus, der einen Menschen vermisst. So sieht jemand aus, der sich vergewissern will, dass der Tote auch wirklich tot ist, damit man ihm nicht noch mal den Hals umdrehen muss.«

»Ich bitte dich, Liebes. Warum sollte sie denn hier sein, wenn sie Kel… Professor Zant gehasst hat?«

Vanessa starrte die Frau weiterhin an, obwohl ihre Mutter sie aufgefordert hatte, damit aufzuhören. Zweimal schien sie es erklären zu wollen. Aber neun Monate nach dem Feuer kam es immer noch vor, dass die sonst so charmante und redselige Vanessa sich im Wirbelsturm ihrer seltsamen Gedankengänge verstrickte und nicht in der Lage war, das auszusprechen, was sie sagen wollte. Sie senkte ihr spitzes Kinn, lehnte sich auf der abgenutzten Kirchenbank zurück und schloss verwirrt die Augen, auch wenn sie so den Anschein erweckte, als würde sie beten.

· III ·

Draußen in der Sonne, wo Julia von einem Grüppchen plaudernder Angehöriger zum nächsten ging, ohne mehr von sich preiszugeben als ihren Namen und die Information, dass sie eine alte Freundin sei, verlor sie ihre Tochter aus den Augen. Zu verschwinden war Vanessas Spezialität. Vincent Brady beschrieb die Angewohnheit als etwas ganz Natürliches, erwachsen aus dem Bedürfnis nach Selbstbestimmung und Unabhängigkeit, während Lemaster es als Aufsässigkeit bezeichnete. Julia sah keinen Grund, in Panik zu geraten, das Mädchen würde sich in einem fremden Ort schon nicht weit entfernen. Sie ging zu Nadia hinüber, um ihr Beileid zum Ausdruck zu bringen. Kellens Ex-Frau betrachtete sie mit einem harten Blick aus bernsteinfarbenen Augen. Wie immer sie auch zu Hause zu afroamerikanischen Fragen stand, hier war das Maß dessen, was sie an schwarzer Überschwänglichkeit ertragen konnte, erreicht. Julia spürte sofort, dass die Frau keine weitere Umarmung verkraften würde, und reichte ihr nur die Hand. Als Nadia ihren Namen vernahm, reagierte sie kühl und abweisend. Kellen und Nadia hatten sich noch gar nicht gekannt, als er seine Affäre oder was auch immer mit Julia gehabt hatte, und doch wirkte die Frau streitlustig. Julia fragte sich, was Kellen ihr wohl erzählt hatte, und wann. Ein Teil des Zaubers, den er auf Frauen ausübte, lag darin begründet, dass man ihm stets Glauben schenkte; ein Teil des Albtraums war die Gewissheit, dass man ihm nie vertrauen konnte.

Julia unterhielt sich kurz mit dem vierschrötigen Seth, der sie einlud, später bei ihm zu Hause vorbeizuschauen. »Ich habe etwas, von dem Kellen gewollt hätte, dass Sie es bekommen.« Er bedachte sie mit einem diabolischen Zwinkern, ein Versprechen, dass der Besuch sich lohnen würde. Jetzt wusste sie, wo Kellen dieses Zwinkern herhatte. »Sie brauchen sich nicht extra fein zu machen.« Als sie sich abwendete, sah Julia Vanessa neben der Kirche bei einer Gruppe Jugendlicher stehen, einige in ihrem Alter, einige jünger, unter ihnen Nadias dürrer Sohn. Vanessa sagte gerade etwas, das den Jungen zum Lächeln brachte. Auch Julia lächelte. Bei der ersten Begegnung waren die Leute stets hingerissen von ihrer Tochter, auch noch bei der zweiten, aber beim dritten Mal konnte es schon problematisch werden. Julias Lächeln verschwand, als sie sich an das frühreife Kind erinnerte, das begeistert Klavier gespielt und Ballettunterricht genommen hatte, das gern zur Sonntagsschule gegangen war und anstelle von Süßigkeiten lieber Bücher mit Wortspielen verschlungen hatte, die kleine Vanessa, deren ganz besonderes Lächeln ihrer Mutter vorbehalten war. Dann, obwohl sie sich dagegen sträubte, wanderten Julias Gedanken zu der schrecklichen Nacht vergangenen Februar, als Vanessa den Mercedes angezündet hatte.

Lemaster war wie so häufig nicht in der Stadt gewesen, und Julia hatte die ersten Stunden ohne ihn durchstehen müssen. Der erste Polizist, der am Tatort erschien, ein milchgesichtiger, früh gealterter Mann von dreißig Jahren, der in seinem ganzen Leben noch nie so etwas gesehen hatte, weil es in Tyler's Landing keine nennenswerte Kriminalität gab, fragte Vanessa, was und vor allem warum sie das getan habe. Seine Fragen entsprachen nicht gerade den Vorschriften und waren vor Gericht garantiert unzulässig, aber egal, in dem Fall werde es ja eh nicht zur Verhandlung kommen. Die ehemalige Musterschülerin, inzwischen bestenfalls noch im Mittelfeld, zuckte mit den schmalen Schultern und fragte, ohne ihn anzusehen, mit vor Hoffnungslosigkeit tonloser Stimme: *Warum nicht?* Den Blick auf die Feuersbrunst gerichtet, die Handgelenke blutverschmiert, fügte sie mit einem angedeuteten Lächeln hinzu: *Ist das nicht einfach total cool?* Im Krankenhaus wurde Vanessa zwei Tage lang ans Bett fixiert und bekam ein Beruhigungsmittel nach dem anderen, bis man schließlich die richtige Dosierung gefunden hatte. Während sie darauf wartete, dass ihr Mann endlich heimkam, saß Julia mit einer oder zwei Sisterladys auf dem Korridor und hörte, wie Vanessa flehte, jemand, irgendjemand, möge doch bitte, bitte kommen und sie umbringen.

»Julia?«, sagte eine sanfte Stimme. »Mrs Carlyle?«

Erleichtert über die Ablenkung, fuhr sie herum und sah sich der Frau mit den zerzausten Haaren gegenüber, die in der Kirche in ihrer Nähe gesessen hatte. Der Zorn war verflogen, aber die Röte in dem fahlen Gesicht der Fremden ließ darauf schließen, dass er jederzeit wieder aufflammen konnte. Der Hermès-Schal saß noch unordentlicher als zuvor. Die Frau schien etwa in Julias Alter zu sein, und ihre Körperhaltung ließ erkennen, dass sie schon viel erlebt hatte.

»Kennen wir uns?«, fragte Julia von oben herab, ganz wie ihre Mutter, denn Fremde hatten kein Recht, sie beim Vornamen zu nennen. »Miss – äh –«

»Mallard«, sagte die Frau. Mallard, wie die Ente aus dem Kinderbuch. Tatsächlich legte die Frau eine vogelartige Aufgeregtheit an den Tag, schob die Lippen vor, als würde sie gleich losquaken, während eine seidige Hand Julias Finger wie eine Feder streifte. »Mary Mallard.«

»Woher kannten Sie Kellen denn?«

»Sie meinen, was ich als Weiße hier zu suchen habe?« Julia errötete, und es zeigte sich, dass in Mary Mallards schmalem Gesicht doch Platz für ein Lächeln war. »Ich bin keine seiner Verflossenen, falls Sie das denken. Nein, nein, wir haben gemeinsam an einem Projekt gearbeitet. Leider sind wir nicht fertig geworden.« Ihr langes, flaches Kinn hob sich. »Sie haben die Totenwache verpasst.«

»Wir sind erst heute Morgen geflogen«, erklärte Julia, als müsste sie sich rechtfertigen. Was auch immer Mary Mallard von Beruf war, sie verstand es jedenfalls, andere zu verunsichern.

»Ich weiß. Ich hatte schon gestern Abend mit Ihnen gerechnet.«

»Mit mir gerechnet?«

Am Bordstein stiegen die Trauergäste in ihre Autos für den Klagezug zum Friedhof. Mary Mallard fummelte an ihrem Schal herum. »Ich hatte bis jetzt nur Zeit, um einen der Teile abzuholen. Ich brauche auch die anderen drei.«

»Teile wovon?«

»Vom Mehrertrag.«

Julia kam sich vor wie ein Einfaltspinsel auf einer Zusammenkunft von Genies, aber vielleicht lag es auch an der Sonne. »Entschuldigen Sie, aber was für ein Mehrertrag?«

»Ich bin Journalistin, Mrs Carlyle. Es wundert mich ein wenig, dass Sie noch nicht von mir gehört haben.« Aus dem Mund jedes anderen hätte das beleidigt geklungen, aber Mary stellte lediglich Tatsachen fest. Sie zupfte an ihren zerzausten Haaren, aber es war zwecklos. Die vorstehenden Lippen verliehen ihr etwas Ulkiges, was jedoch täuschte, wie Julia sofort begriff. Mary Mallard war eine überaus ernsthafte Frau, die mit klarem, skeptischen Blick eine Lüge erkannte, ehe man überhaupt den Mund aufmachte. »Ich schreibe investigative Reportagen.«

Julias übermüdetes Gehirn erinnerte sich endlich an den Namen und das Gesicht aus den Hunderten von Stunden, in denen sie sich in schlaflosen Nächten Talk-Shows angeschaut hatte. »Sie machen diese Skandalbücher. Die wahren Hintergründe des Mords an JFK. Über das Komplott gegen Martin Luther King. Solche Sachen. Verschwörungstheorien.«

»Ich nehme gern Dinge genauer unter die Lupe, die von den übrigen Medien vertuscht werden, ja.«

»Ich fürchte, ich habe keins von Ihren Büchern gelesen. Das ist nicht unbedingt meine Lieblings–«

»Bitte kommen Sie mir jetzt nicht mit diesem elitären Akademikergetue.« Ihr Ton war immer noch so ruhig, als lese sie den Wetterbericht vor. Vanessa warf ihrer Mutter aus der Gruppe der Jugendlichen heraus heimlich interessierte Blicke zu, offensichtlich hätte sie das Gespräch am liebsten belauscht. »Kellen hat mir vollkommen vertraut, und das sollten Sie auch tun.«

»Und bei was soll ich Ihnen vollkommen vertrauen?«

»Ach, kommen Sie schon, Julia. Den Mehrertrag. Er wollte seinen Mehrertrag sichern. So hat Kellen sich ausgedrückt.«

»Ich kann Ihnen nicht folgen.«

»Er sagte, die Nutzenfunktionen der Käufer seien unabhängig, und das würde ihm helfen, den Überschuss einzustreichen. Einen Teil des Überschusses hat er mir anvertraut. Er sagte, Sie hätten den Rest.«

Julia schüttelte den Kopf. »Davon habe ich noch nie gehört. Und ich kapiere nicht einmal, was Sie da eigentlich sagen.«

»Kellen hatte eine Narbe im Gesicht. Etwa hier.« Behutsame Finger berührten Julias Gesicht unterhalb des rechten Ohrs. Ein Schauer lief ihr über den Rücken, ausgelöst nicht von der Berührung, sondern der Erinnerung. Sie wusste genau, wo sich die Narbe befunden hatte, und auch, woher sie stammte: von ihren Fingernägeln. Sie hatte versucht, Kellen die Augen auszukratzen, und zwar aus gutem Grund. Vor einigen Jahren, als er im Fernsehen lauter Lügen über seine Kindheit zum Besten gab, hatte er die Narbe als Andenken an einen Bandenkrieg ausgegeben. »Nur ein winziger weißer Kreis. Man sah es kaum, wenn man nichts von der Narbe wusste. Aber Kellen hat sie mir gezeigt.«

»Verstehe.«

»Ich erzähle Ihnen das, damit Sie mir vertrauen. Ich habe Kellen tatsächlich sehr nahe gestanden, Julia – ich darf Sie doch Julia nennen? –, und wir haben wirklich zusammengearbeitet.«

»Wenn Sie das sagen.«

»Das Problem ist, dass er mir nur das Foto gegeben hat.« Sie verlagerte ihr Gewicht, fischte eine Schachtel Zigaretten aus ihrer Handtasche, schaute sich um, überlegte es sich anders. »Nun, das Foto reicht nicht. Es beweist überhaupt nichts. Kellen wusste das. Er meinte, es sei nur ein Köder. Der Mann hat also auf dem Sofa geschlafen. Na und?«

Julia fragte sich, ob sie so erschöpft war vom Schlafmangel und der langen Autofahrt, oder ob die Journalistin tatsächlich nur unverständliches Zeug erzählte. »Tut mir leid, Miss Mallard. Mary. Ich weiß einfach nicht, worüber wir hier reden.«

Sie verzog enttäuscht den Entenmund. »Wirklich nicht? Tja, das ist bedauerlich.«

»Was ist bedauerlich?«

»Ich dachte, Sie hätten die anderen drei Teile. Ich bin mir sicher, dass Kellen das gesagt hat.«

»Wenn Sie mir erklären würden, was für drei Teile Sie meinen –«

Mary schüttelte den Kopf. »Falls Sie mich anlügen, ist das eine Sache. Falls nicht –« Sie zuckte mit den Achseln. »War trotzdem nett, Sie kennenzulernen.«

»Aber –«

Die Journalistin hatte sich bereits abgewandt. Jetzt drehte sie sich noch einmal um. »Den Friedhof werde ich mir ersparen, Julia. Ich glaube, mehr Kellen verkrafte ich nicht auf einmal.« Ihre buschigen Brauen zogen sich zusammen. »Bleibt nur noch ein Problem. Wenn Sie die anderen Teile des Mehrertrages nicht haben, wer hat sie dann?« Ein ratloses Kopfschütteln. »Er schien sich so sicher zu sein.«

Kapitel 5

Die Davongekommenen

· I ·

Vom Friedhof aus fuhren Julia und Vanessa zu einem bezaubernden, viktorianischen Bed & Breakfast auf der North Tenth Street, duschten und zogen sich in einem Zimmer von Versailles-ähnlichen Ausmaßen um, das so zurückhaltend und zugleich so geschmackvoll eingerichtet war, dass man sich wie unter freiem Himmel fühlte. Vanessa staunte über das Blattgold an dem Badezimmerspiegel mit abgeschrägten Kanten, den Julia mit geübtem Blick gleich ins neunzehnte Jahrhundert einordnete, Louis-XVI-Stil, wahrscheinlich in New Orleans handgefertigt und zweifellos sehr wertvoll. Einen Augenblick lang zog sie in Erwägung, ihn den Eigentümern abzukaufen, denn Antiquitäten waren ihre fünfte oder sechste Leidenschaft, und sie hatte ein Auge für Qualität. Die Vergoldung war direkt auf den Spiegel aufgetragen – eine sehr seltene Technik, bekannt unter dem Namen Églomisé –, und am oberen Rand des Spiegels befand sich ein Streifen durchsichtiges Glas mit eingeschlossenen Ornamenten aus Blattgold. Manchmal war das Leben mit Lemaster wie Blattgold auf Glas: Alle Angehörigen des Clans beneideten sie als Paar, aber Julia kannte die glatte, glänzende Zerbrechlichkeit ihrer Ehe. Sie beugte sich vor, um den Spiegel genauer anzusehen. Spiegel faszinierten sie. Granny Vee hatte überall, wo sie hinkam, Spiegel gekauft, und ihre Sammlung in der Villa an der Edgecombe Avenue war einmal Harlems ganzer Stolz gewesen, aber die meisten Exemplare waren mit Julias Mutter in Frankreich gelandet, wo Mona sie Stück für Stück verkaufte, wie alles, was sie in die Finger bekam, um das Geld an Organisationen zu spenden, die versprachen, Krieg, Armut, Unwissenheit, Unterdrückung und Hass aus der Welt zu schaffen, wenn möglich schon im nächsten Monat.

Während Julia mit den Fingern über das filigrane Dekor fuhr, kam ihr die absurde Frage in den Sinn, ob unter der Verzierung eine Wanze verborgen war. Sie hatte keine Ahnung, was sie auf den Gedanken brachte; Mary Mallard hatte ihr anscheinend wirklich einen gehörigen Schrecken eingejagt. Dann fiel ihr der Anlass ihrer Reise wieder ein, und sie fragte Vanessa, worüber sie und die anderen Jugendlichen gesprochen hatten.

»Ach, du weißt schon«, sagte sie, während sie sich am Verschluss der engen Mikimoto-Halskette abmühte, bis Julia ihr half. Zu Lemasters Bestürzung weigerte sich Julia, Imitate zu tragen, und sie verbot es auch ihren Töchtern, weil das, so erklärte sie ihm, dem Clan nicht entgehen würde. »Wir haben uns alte Geschichten erzählt.«

»Geschichten über Professor Zant?« Sie betrachtete immer noch den Spiegel, bewunderte das wunderschöne Églomisé. Als kleines Kind hatte Vanessa ›das Eggamise‹ dazu gesagt, nachdem sie zufällig mitbekommen hatte, wie Julia sich am Telefon bei einem Händler über ein bestimmtes Églomisé beschwerte, das sie als zu aufdringlich empfand. Eine Zeit lang hatte Vanessa gedacht, es handle sich um ein nächtliches Ungeheuer, das im Spiegel in ihrem Zimmer hauste. *Mommy, Daddy, ich hab Angst. Das Eggamise hat mich angestarrt!*

»Über die Unis hier in der Gegend und so was. Geschichte. Die haben hier echt coole Traditionen und so, Geister, dieser Killertornado vor ein paar Jahren, berühmte Schlachten. Solche Sachen eben. Hast du gewusst, dass im Bürgerkrieg die ganze Stadt evakuiert wurde?«

Angemessener afroamerikanischer Reflex. »Wahrscheinlich wurden nur die Weißen evakuiert.«

»Ja.« Wie alle in ihrer Generation ließ sie das völlig gleichgültig. »Die haben hier diesen berühmten Park. Und jetzt pass auf, Mom.« Vanessas graue Augen leuchteten. Wie meistens, wenn ihr seltsames Gehirn in den Schnellgang sprang, redete sie viel zu hastig. »Sie müssten ihn ›A Hailed Park‹ nennen.«

»Ein gehuldigter Park? Wieso?«

»Es ist ein Anagram von ›Arkadelphia‹.« Anagramme waren Vanessas große Stärke und ihre Leidenschaft.

»Das hast du dir jetzt gerade ausgedacht? Im Kopf?«

Vanessa fühlte sich angegriffen, verstand nicht, dass Julia beeindruckt war. »Na ja, was Besseres ist mir auf die Schnelle nicht eingefallen.« Ihre Gereiztheit verflog, und sie ließ die Schultern wieder hängen. Vanessa liebte es, mit Worten zu spielen. In Lemasters Augen waren diese Spielereien eine Vergeudung ihres Talents, aber Dr. Brady unterstützte sie darin. Für Julia waren Anagramme geisterhafte Spiegelbilder von Worten und Sätzen, manche davon vergoldet. »Jedenfalls wollten sie wissen, ob es über unsere Gegend auch irgendwelche Geschichten gibt, und ich hab ihnen gesagt, bei uns gibt es nur Schnee.«

Julias nächste Frage klang nervös, denn der Clan hatte sie gelehrt, dass die Familie sich der Außenwelt gegenüber immer als perfekt darzustellen hatte. In der Öffentlichkeit schmutzige Wäsche zu waschen, galt als Verrat. »Du hast ihnen doch nicht von ... Gina erzählt?«

Vanessa zog die Nase kraus und grinste. »Also wirklich, Mom, du weißt doch, dass Gina es auf den Tod nicht ausstehen kann, wenn ich über sie rede.«

»Stimmt, das hast du mir schon mal gesagt.« Sie wandte sich wieder ihrer Garderobe zu, die Tochter heiter, die Mutter beklommen. Julia wagte nicht, noch mehr zu sagen. Wie alle Mütter und Töchter stritten sie und Vanessa sich ziemlich häufig, und Julia genoss diese seltenen friedlichen Augenblicke.

Gina Joule war, der einen Theorie zufolge, die Ursache für Vanessas seltsame Psychose. Nach der anderen Ansicht war Vanessas Fixierung auf Gina nur ein Symbol, eine Art Jung'sche Erscheinungsform eines tiefer liegenden Traumas. Gina war siebzehn, wie Vanessa, sie wohnte ebenso wie Vanessa in Tyler's Landing – und ihr Vater lehrte ebenso wie Vanessas Vater an der Universität. Außerdem war Merrill Barnes Joule auch ein beliebter Dekan der Theologischen Fakultät gewesen: eine weitere Verbindung. Merrill Joule war sogar einer der Spitzenkandidaten für den Posten des Unipräsidenten gewesen, bis die Ereignisse ihn aus dem Rennen geworfen hatten. Gina war wie Vanessa ein schüchternes, kreatives Mädchen, dessen einzige Erfahrung mit dem anderen Geschlecht im Herbst ihres elften Schuljahrs stattgefunden hatte – etwa zur selben Zeit, als Vanessa sich zum ersten Mal mit einem Jungen getroffen hatte. Gina war so groß wie Vanessa, sie besaß das gleiche zurückhaltende Lächeln und diese etwas schlaksige Anmut. Vanessa hatte ein vergrößertes Zeitungsfoto von Gina über ihrer Kommode an die Wand gehängt, bis Dr. Brady sie gebeten, Julia sie angefleht und Lemaster ihr befohlen hatte, es abzunehmen.

Jedes Mal, wenn Vanessa für eine oder zwei Stunden verschwand, erklärte sie nur, Gina brauche sie, kein Wort mehr. Gewiss, Gina war weiß, und Julia hatte nie die Maxime ihrer Mutter vergessen, dass ihre Kinder schwarze Freunde brauchten. Aber Ginas Hautfarbe war bei weitem nicht das größte Problem an der Freundschaft der beiden Mädchen. Das größte Problem war auch nicht, dass Vanessa alle, einschließlich ihres Lehrers, überrascht hatte, als sie vor einem Jahr in letzter Minute erklärte, dass sie das Thema ihrer Abschlussarbeit für den Leistungskurs Geschichte ändern wolle – sie hatte sich entschlossen, über Gina zu schreiben. Nein, das größte Problem war, dass Merrill Joule seit einem Vierteljahrhundert unter der Erde lag und seine Tochter Gina am Strand von Tyler's Landing ertrunken war, als man noch für acht Cent eine Briefmarke und für zehn Cent eine Cola bekam und Leonid Breschnew die Sowjetunion regierte.

· II ·

Natürlich hatten Vanessas Probleme mit der Abschlussarbeit angefangen, eine Aufgabe, mit der eine Elftklässlerin völlig überfordert war, weswegen Vanessa die Arbeit in den Sand gesetzt und das Auto angezündet hatte. Im Leistungskurs Geschichte wurde das Unmögliche verlangt. Das war jedenfalls Julias Meinung, an der sie festhielt, weil sie über ihre Tochter mehr wusste als über den Gott, zu dem sie sich jeden Sonntag in der unerbittlich den Glauben fordernden Sankt-Matthias-Kirche bekannte. Julia vertrat diese Meinung allen anderslautenden Argumenten zum Trotz gegenüber Ärzten, Lehrern, ihrem unfehlbaren Ehemann, ja sogar gegenüber Vanessa selbst, die noch ein Jahr später darauf bestand, ihre Recherchen zu Ende zu führen. Die Arbeit wurde mit einer mittelmäßigen Note bewertet, und zwar weil laut Miss Klein die Auswertung des Quellenmaterials, obwohl stilsicher geschrieben, zu wünschen übrig ließ – was Julia, die den Aufsatz gelesen hatte, zugeben musste.

Noch vor einem Jahr war Vanessa eine Spitzenschülerin gewesen, ähnlich ehrgeizig wie ihr älterer Bruder, der die Highschool mit sechzehn abgeschlossen und sein Studium am Massachusetts Institute of Technology aufgenommen hatte. Die vergangenen Monate nahmen sich jedoch sehr nachteilig in ihrem Lebenslauf aus. Zwar erzielte sie immer noch gute Ergebnisse in den Eignungstests, aber ihr Verhalten, ihre Verhaftung und ihre rapide gesunkenen Noten hatten dazu geführt, dass die Studienberater nicht mehr wussten, wozu sie ihr raten sollten. Vanessa hatte mehr als einmal erklärt, sie habe nichts dagegen, an der unbedeutenden staatlichen Universität zu studieren oder ein zweijähriges Collegeprogramm zu absolvieren, doch der Einwanderersohn Lemaster war in Fragen der Ausbildung ein ausgemachter Snob, was allerdings für Julia und die meisten Angehörigen des Clans nicht minder galt.

Auf der örtlichen Highschool, wo weniger als zwei Prozent der Schüler Afroamerikaner waren, hatte Prestons Freundeskreis hauptsächlich aus Mathe- und Computerfreaks bestanden, während Vanessa die Zeit mit marginalen Gestalten verbrachte, wie der spitzzüngige Lemaster ihre Freunde bezeichnete. In der Wahl ihrer Freizeitaktivitäten zeigte sie einen eklektischen Geschmack: Geschichts-AG, Koalition für die Rechte von Tieren, Trivia-Bowl-Team. Ein eigenbrötlerisches, widersprüchliches Kind. Stand auf Hip-Hop, sang aber im Chor für mittelalterliche Musik. Brütete wie eine Besessene über Kreuzworträtseln und Anagrammen, schrieb aber Aufsätze, die unerwartete Rechtschreibschwächen verrieten. Stellvertretende Vorsitzende der Young Republicans ebenso wie der COGS, der Coalition of Gays and Straights. Sie war eine überzeugte, aggressive Pazifistin, verschlang jedoch ein Kriegsbuch nach dem anderen. In den Regalen in ihrem Zimmer standen Bücher über berühmte Schlachten ebenso wie aus Bausätzen gebastelte Plastikmodelle von Kriegsschiffen und Kriegsflugzeugen sowie abgegriffene Brettspiele von Avalon Hill, die sie bei Wohnungsauflösungen und bei eBay ergattert hatte: Gettysburg, Waterloo, Iwo Jima. An manchen Abenden lief sie mit einem dicken Buch über irgendeine historische Schlacht durchs Haus und sang vor sich hin wie ein Mönch aus dem Mittelalter. Lemaster verlangte jedes Mal, dass sie damit aufhörte, aber wenn er nicht zu Hause war, konnte Julia ihrer Tochter das Singen einfach nicht verbieten. »Es macht mich glücklich, Mom«, beteuerte Vanessa, wohl wissend, wie sie ihre Mutter zum Nachgeben brachte. Julia wünschte nur, Vanessas Gesänge würden sich nicht alle wie Trauermärsche anhören.

Es hatte so gut angefangen: Im Oktober vor einem Jahr hatte Vanessa beschlossen, ihre Abschlussarbeit über die öffentliche Reaktion in Tyler's Landing in den fünfziger Jahren auf das Urteil des Obersten Gerichtshofs zur Aufhebung der Rassentrennung an Schulen zu schreiben. Pflichtschuldig hatte sie stundenlang in der Stadtbibliothek, in den Archiven des Schulausschusses und der Harbor County Historical Society recherchiert. Dann plötzlich hatte sie verkündet, sie wolle das Thema wechseln. Die Geschichte aus den fünfziger Jahren interessierte sie nicht mehr. Auf einmal war sie völlig fasziniert von der toten Gina, eine Einzelgängerin wie sie. Julia, die früher Teenager unterrichtet hatte, war instinktiv dagegen und brachte sofort einen Einwand vor: Was für eine These wollte Vanessa in der Arbeit über Gina entwickeln? Denn Ginas Geschichte war allseits bekannt. Sie war eines Abends verschwunden, nachdem sie zuletzt in Begleitung eines schwarzen Teenagers gesehen worden war, der, ohne je des Mordes an dem Mädchen angeklagt worden zu sein, wenige Tage später, nachdem er ein Auto gestohlen hatte, von der Polizei erschossen worden war, ein Vorfall, der zu den einzigen Rassenunruhen in der jüngeren Geschichte des County geführt hatte. Ginas Leiche war kurz darauf am Strand angespült worden. Sie war vergewaltigt worden, so die Polizei, und hatte sich gewehrt.

Vanessa erklärte, die Abschlussarbeit sei ihr egal, ihr gehe es um die arme Gina. Mehr war aus ihr nicht herauszubekommen. Die Carlyles machten sich Sorgen. In den vergangenen Jahren waren immer wieder Schüler aus dem Leistungskurs Geschichte an Ginas Geschichte hängen geblieben, aber keiner – wie Julia von Lynn Klein wusste – hatte eine gute Arbeit abgeliefert. Selbst Preston hatte sich kurz für das Thema interessiert, sich dann jedoch für ein ergiebigeres entschieden. Julia hatte sich und ihren Mann damit getröstet, dass die Abschlussarbeit erst im März abgegeben werden musste, und wenn ihre Tochter auch vielleicht ein bisschen in Seenot geraten war, so blieb ihr wenigstens noch ausreichend Zeit, um sicheren Boden zu erreichen. Dann fing Vanessa an, sich von ihren Freunden zurückzuziehen, und ihre Noten wurden schlechter, woraufhin Lemaster, für dessen Einwandererseele ein gutes Zeugnis alles bedeutete, erklärte, er werde, wie er es ausdrückte, Maßnahmen ergreifen.

Aber Vanessa kam ihm zuvor, indem sie an Ginas dreizehnten Todestag das Auto anzündete und dadurch die Familie in die noch immer anhaltende Krise stürzte.

»Ich hab's für Gina getan« war die einzige Erklärung, die sie je dazu abgab: gegenüber den Psychiatern an der Universitätsklinik, gegenüber ihrem Therapeuten Vin Brady, gegenüber ihren Eltern und gegenüber ihren neugierigen Klassenkameraden, unter ihnen »dieser« Casey, der erst seit dem Brand ein mehr als flüchtiges Interesse an Vanessa an den Tag legte.

Vanessa brachte die Arbeit schließlich zu Ende, allerdings erst im April, und das Endergebnis war genauso dürftig, wie ihre Eltern und ihre Lehrerin befürchtet hatten, denn sie legte kaum mehr als ein paar Zeitungsberichte vor, denen zu entnehmen war, dass Gina verschwunden war und der Grund für ihr Verschwinden ungeklärt blieb. »Sie brauchen eine stärkere Hypothese«, schrieb Miss Klein, »und ein vielfältigeres Spektrum an Argumenten.«

Vanessa fragte, ob sie einen neuen Entwurf einreichen könne. Miss Klein sagte, selbstverständlich, versprach jedoch nicht, dass sie die Note ändern würde. Sieben Monate später saß Vanessa immer noch an der Arbeit. Julia bewahrte eine Kopie davon in ihrem Büro auf, zusammen mit dem Foto von Gina Joule, das die Kommode ihrer Tochter geziert hatte, in ihrer Vanessa-Akte, wie sie sie insgeheim nannte. Niemand außer Dr. Brady und der Familie – nicht einmal Lynn Klein – wusste, dass Vanessa und Gina sich hin und wieder zum Plaudern zusammensetzten.

Das kastenförmige, zweistöckige Haus mit dem blauen Schindeldach stand in einer sonnigen Seitenstraße. Die Hecken waren ordentlich beschnitten, aber die ausgeblichenen Blumenkästen auf den Stufen vor der Eingangstür waren leer. Ein halbes Dutzend Autos parkten am Straßenrand, überragt von einem klapprigen Pick-up, der in der Einfahrt stand. Der große schwarze Hund, der auf dem rissigen Pflaster in der Sonne döste, wirkte zu alt für einen richtigen Wachhund. In den Fenstern hingen hübsche Gardinen, selbst genäht, vermutete Julia. Seth Zant, eine Pepsi in der Hand, saß auf der obersten Verandastufe und sah zu, wie Julia sich in den letzten freien Parkplatz quetschte. Sie fragte sich, was für ein Geschenk er für sie bereithielt.

»Sie haben's geschafft«, sagte Seth. »Gut.«

»Das war doch keine Frage.«

Er schaute Vanessa lange an. »Ich wette, du musst dir die Jungs mit einem Stock vom Leib halten.«

Vanessa errötete, blickte zu Boden und brachte keine Silbe heraus. Julia drückte die eiskalte Hand ihrer Tochter und antwortete an ihrer Stelle. »Wir wehren sie so sanft wie möglich ab. Den Stock holen wir nur im Notfall raus.«

Nicht besonders witzig, aber Seth lachte, gab ihnen beiden damit zu verstehen, dass er kapiert hatte.

Im Gegensatz zu Lemaster, der bei derartigen Zusammenkünften zu Hochform auflief, war Julia eher befangen, und Vanessa schien völlig fehl am Platz. Sie rührte sich erst aus ihrer Ecke neben der Bowle weg, als eine der zahllosen Verwandten sie in die Küche zerrte und dazu nötigte, die Platten mit Bratfisch, Brathähnchen und gegrillten Rippchen auf dem Esstisch wieder aufzufüllen. Seth Zant zerrte dagegen an Julias Nerven. Anstatt ihr einfach zu geben, was er für sie hatte, stellte er sie allen möglichen Leuten als »die große Liebe in Kellens Leben« vor oder als »die Davongekommene«, bis sie es nicht mehr aushielt und ihn inständig bat, damit aufzuhören. Woraufhin er sie wie einen Ehrengast auf dem Sofa platzierte und die anderen sich nacheinander neben sie setzten, um so ziemlich dasselbe zu sagen wie Seth, immer mit den einleitenden Worten »Julia, ich hab gehört, Sie waren …« Jeder hatte eine andere Geschichte über Kellen parat.

Ellie, eine stämmige Frau aus der Kirchengemeinde, die mit Kellen aufgewachsen war und sich anhörte, als wäre sie einmal unsterblich in ihn verliebt gewesen, beschrieb ihn als wissbegierigen, unduldsamen kleinen Jungen, der sich häufig mit anderen Kindern anlegte, selbst mit solchen, die viel größer waren als er, weil, Julia, er hatte nämlich so ein gutes Herz und wollte immer nur die Schwächeren beschützen. Er hat Gottes Werk getan, Julia, auch wenn er sich später im Norden in Dummheiten hat verwickeln lassen. Julia nickte höflich. Ein Greis namens Old Tim erzählte ihr, wie Kellen auf der Highschool sogar mal einem Kerl mit einem Messer entgegengetreten sei, der auf einer Party ein Mädchen belästigt hatte. »Kellen war grade auf die Highschool gekommen, ein magerer kleiner Neuntklässler, und an dem Abend hätte er um ein Haar einen Menschen getötet, aber um den Schlaf gebracht hat ihn das nicht.«

Erzähl ihr den Rest, sagte Ellie.

Ach ja, und das Mädchen hat er auch bekommen. So war Kellen, erklärte Old Tim, während mehrere Verwandte, unterstützt von Vanessa, das Geschirr abräumten und den Nachtisch auftrugen – Zitronenbaisertorte und selbst gemachtes Eis –, den Julia entgegen dem Rat ihrer Schutzengel nicht ablehnte. »Deswegen machen Männer die größten Dummheiten«, sagte Old Tim augenzwinkernd. Er stellte seinen leeren Dessertteller ab und tätschelte sich den dicken Bauch. »Um irgendein Mädchen zu beeindrucken.«

»Ich finde, es war sehr mutig von ihm«, sagte Ellie, und Julia fragte sich, ob sie vielleicht das Mädchen gewesen war. Doch dann erinnerte sie sich an andere Schlägereien, die Kellen vom Zaun gebrochen hatte während der anderthalb Jahre, die sie in Manhattan zusammen gewesen waren, meist mit größeren, kräftigeren Männern, sie erinnerte sich an Kneipen, aus denen man ihn hinausgeworfen hatte, die Nachtclubs, die ihm Hausverbot erteilt hatten. Sie musste an eine Situation denken, die in der Notaufnahme des Saint Luke's-Roosevelt Hospital geendet hatte, wo sie ängstlich neben der Behandlungsliege gestanden hatte, während ein missbilligender indischer Arzt mithilfe einer Pinzette winzige Glasscherben aus Kellens Schulter entfernte. Ihr Freund, sagte der Arzt kopfschüttelnd, hat eine Menge Wut im Bauch. Julia erinnerte sich unter anderem deshalb so genau an diesen Vorfall, weil sie es gewesen war, die Kellen mit einer Flasche eins übergezogen hatte. »Sehr mutig«, wiederholte Ellie mit wehmütig glänzenden Augen.

Old Tim ließ sich nicht beeindrucken. »Wissen Sie, was der Unterschied ist zwischen mutig und dumm? Mutig ist einer, der kämpft, weil er es muss. Dumm ist einer, der kämpft, weil er es will. Genau das war Kellens Problem. Die Schlägereien haben ihm Spaß gemacht.«

Dann stand Seth neben ihr. »Kann ich Sie für eine Minute entführen, meine Liebe?« Sie blickte automatisch zur Küche, wo sie aus ihrer Warte vom Sofa erkennen konnte, wie Vanessa unter den wachsamen Augen der Matronen Töpfe schrubbte. Das Mädchen schien vollkommen zufrieden, als ob die immer gleichen Bewegungen sie beruhigten. »Ihr geht's gut«, sagte Seth, der ihrem Blick folgte. »Es dauert nicht lange.«

Lässig bekleidet mit einer sauberen Khakihose und einem fleckigen Hemd, führte Seth Julia eine schmale Treppe hoch in das Zimmer über der kleinen Garage. Sie wusste sofort, dass es Kellens Zimmer war, doch nicht wegen der Sauberkeit und der peniblen Anordnung von Postern und Bett und Büchern oder wegen der Wälzer über Wirtschaft, Mathematik und Naturwissenschaften in den Regalen. Nein, sie erkannte es an dem zierlichen silbernen Handspiegel, der auf der Kommode lag.

»Der gehört mir«, entfuhr es ihr, obwohl sie den Spiegel seit ihrer endgültigen Trennung von Kellen nicht mehr gesehen hatte. Sie stürzte auf die Kommode zu und nahm ihn an sich. »Das ist mein Spiegel!«

»Der liegt hier schon seit Jahren«, sagte Seth, ohne sie aus den Augen zu lassen.

»Seit Jahren?«

»Hab mir gedacht, dass das kein Herrenspiegel ist, sondern einer Frau gehört. Aber Kellen hing an dem Ding.«

»Wirklich?«, fragte Julia, ihr Gesicht fühlte sich plötzlich warm an. Der Spiegel hatte einen silbernen, mit Schildpatt verzierten Rahmen, Griff und Rückseite wiesen filigrane Ornamente auf. Hergestellt war er Ende des neunzehnten Jahrhunderts von dem berühmten britischen Silberschmied William Comyns, dessen Künstlersiegel zwischen dem Blüten- und Blätterwerk am Griff zu erkennen war. Granny Vee hatte ihn Julia wenige Monate vor ihrem Tod geschenkt, aber obwohl Julia sehr an dem Spiegel gehangen hatte, war er in Kellens Wohnung zurückgeblieben, als Tessa sie mit Gewalt aus Manhattan fortgeholt hatte, um sie vor weiterer Misshandlung in Sicherheit zu bringen. Eine Zeit lang hatte sie nicht gewagt, Kellen um den Spiegel zu bitten, weil sie fürchtete, wieder in seinem Bett zu landen, sobald sie auch nur ein Wort mit ihm wechselte, und dann, nachdem sie Lemaster kennengelernt hatte und selbstbewusster wurde, war es ihr schlicht zu peinlich gewesen. Auf dem Antiquitätenmarkt hatte der Spiegel keinen großen Wert – höchstens zwei-, dreihundert Dollar –, und bisher hatte Julia angenommen, dass Kellen ihn irgendwann weggeworfen, verkauft oder einer anderen Frau geschenkt hatte. »Ich hab mich immer gefragt, was aus dem Spiegel geworden ist«, sagte sie wahrheitsgemäß.

»Er wollte, dass Sie ihn bekommen. Das hat er mir oft gesagt. Aber ich wusste nicht, dass er eigentlich Ihnen gehört.«

»Ich weiß nicht, was ich sagen soll.«

Wie ein Damm hatte Julias Wille ihre Tränen während des Flugs und der Fahrt und des Gottesdienstes und sogar während der Beerdigung zurückgehalten, doch jetzt fanden sie die Risse und begannen zu fließen. Seth Zant hielt klugerweise den Mund, reichte ihr sein Taschentuch. Sie tupfte sich die Augen trocken. Durch das kleine Fenster konnte man die Einfahrt sehen, wo die Verwandten im Abendlicht übrig gebliebenes Essen in die Autos luden. Gelächter, Umarmungen, Abschiede. Julia putzte sich die Nase. Sie benutzte den Spiegel, um ihre Frisur in Ordnung zu bringen. Sie drehte ihn um, kratzte mit einem Fingernagel an der Rückseite, um die Oberfläche zu überprüfen. Kellen hatte das Silber nicht gepflegt, es war schwarz angelaufen. Sie warf einen Blick auf den Stempel. Teilweise zerkratzt, kaum noch erkennbar. In Gedanken reduzierte sie den Wert von zwei- oder dreihundert auf fünfundzwanzig bis fünfzig Dollar.

Einen Moment mal.

»Seth?«

»Hmmm?«

»Hat Kellen ... hat er mir noch etwas anderes hinterlassen?« Sie wusste, dass sie habgierig klang, aber sie musste es wissen. Mary Mallard hatte ihr einen Floh ins Ohr gesetzt. Den Mehrertrag sichern. Was auch immer das bedeuten mochte.

»An was denken Sie?«

»Wow, Mom«, sagte Vanessa hinter ihr. »Schau dir das an. Du hast damals so toll ausgesehen!«

Julia drehte sich um. Ihre Tochter stand lächelnd in der Tür und betrachtete ein Foto in einem Plastikrahmen, das auf der Kommode stand. Julia hatte es beim Betreten des Zimmers gesehen, aber nicht weiter beachtet. Jetzt trat sie näher und tatsächlich, da war sie, Arm in Arm mit Kellen auf dem Broadway, den Kellen, wie die meisten schwarzen Männer, aus Prinzip verachtete. Aber ihr zuliebe war er hin und wieder hingegangen, genau wie Lemaster heute. Auf dem Bild trug sie ein rückenfreies Top, hohe Plateauschuhe und absurd knappe Shorts. War sie damals wirklich so herumgelaufen? Sie hob den William-Comyns-Spiegel, betrachtete sich, wie sie mit dreiundvierzig aussah, versuchte sich zu erinnern, wie sie sich mit vierundzwanzig gefühlt hatte.

»Nein, ich meine, heute siehst du auch toll aus, aber – wow.« Vanessa war jetzt ganz im Zimmer, beugte sich vor, um das Bild genauer zu betrachten. »Das ist absolut cool. Geiles Outfit. Davon möchte ich fünf Stück haben.« Sie lachte in sich hinein, weil sie einen Punkt Vorsprung hatte. »Also, ihr zwei wart mal zusammen oder so?«

»Vanessa, Liebes, ich spreche eigentlich nicht gern über –«

»Deine Mutter war die große Liebe meines Neffen«, bestätigte Seth überflüssigerweise. »Hat immer gesagt, sie sei ihm davongekommen.«

»Das klingt ja wirklich romantisch«, bemerkte Vanessa, die inzwischen vor dem Regal stand und in den Büchern stöberte, als wäre das Zimmer eine Bibliothek und kein liebevoll gehüteter Schrein. Draußen fuhr eine Brise durch die dunkler werdenden Bäume. Der Winter mochte in diesen Gegenden nicht so hart sein, aber er war zweifellos im Anzug. »Und total cool.«

»Es ist ... lange her.«

»Sie können auch das Foto haben, wenn Sie wollen«, bemerkte Seth.

Vanessa fragte: »Weiß Daddy davon?«

»Natürlich weiß dein Vater davon«, sagte Julia, der es langsam zu viel wurde. Wessen Idee war es noch mal gewesen, dass Vanessa sie begleiten sollte? Wer hatte Kinder überhaupt erfunden?

»Du bist wohl schon immer auf ältere Männer gestanden, was?« Vanessa hatte ein Buch über Differenzialrechnung aus dem Regal genommen und blätterte es eilig durch, als hoffte sie, dass Geldscheine herausfallen würden.

»Vanessa, so etwas ... äh, sagt man nicht.«

»Nicht, dass Kellen kein scharfer Typ gewesen wäre. Ich kann das verstehen.«

»Vanessa!«

Ihre Tochter hörte ihr nicht zu. Sie blätterte immer hastiger in dem Buch und starrte finster auf ihre Hände, weil sie nicht mit dem Blättern aufhören konnte, was manchmal passierte, so Dr. Brady, wenn sie gegen ihr inneres Trauma ankämpfte – ein Trauma, das sich nicht näher identifizieren ließ und dessen Existenz Vanessa leugnete, auch wenn Brady ihr versicherte, dass es da war. Julias Mutterinstinkt erwachte, und sie vergaß ihre Verlegenheit, legte ihrer Tochter eine Hand auf die Schulter, wie der Psychiater ihr geraten hatte, und forderte sie leise auf, das Buch wieder ins Regal zurückzustellen.

»Lassen Sie sie nur«, sagte Seth Zant. »Das ist alles wertloses Zeug hier oben.« Julia wollte ihm die Situation erklären, doch er ließ sie nicht zu Wort kommen. »Ich meine, die Bücher und die Bilder und der Spiegel sind so ziemlich das Einzige, was sie dagelassen haben.«

»Sie?«

Seth klopfte mit einem Fingernagel auf den Schreibtisch. »Kellen ist immer wieder mal für ein oder zwei Wochen hergekommen, um zu arbeiten. Wenn er seine Ruhe brauchte. Er hatte einen Computer hier, einen Drucker, Notizhefte, keine Ahnung, was noch alles. Das haben sie alles mitgenommen.«

»Wer hat alles mitgenommen?«

»Hier gab's einen kleinen Einbruch, als ich im Norden war

und mich um die Überführung des Leichnams gekümmert habe. Es war schon komisch. Wir haben unten einen ziemlich großen Fernseher, Sylvias Schmuck und was nicht alles. Aber wahrscheinlich hat der Hund sie erschreckt oder so was, weil sie nur in diesem Zimmer hier waren, und das Einzige, was sie mitgenommen haben, waren Kellens Unterlagen.«

Kapitel 6

Bestandsrisiko

· I ·

Der schmächtige Jeremy Flew erwartete sie am Flughafen, weil Lemaster, der sie eigentlich hätte abholen sollen, in New York an einer Versammlung der Empyreals teilnahm, eines unbedeutenden schwarzen Clubs, dessen Mitglied er war. Er hatte Julia am Telefon mitgeteilt, dass er nach der Versammlung wahrscheinlich gleich mit dem Zug nach Washington fahren würde, denn ein Freund mit einer Dauerkarte für die Redskins hatte ihn für den nächsten Tag zu einem Spiel eingeladen. Julia gab sich kaum Mühe, ihre Wut zu verbergen, und befahl vor lauter Ärger Flew, ihre Koffer zu tragen, was dieser klaglos tat. Auf dem ganzen Weg zum Parkplatz plauderte er munter drauflos, hauptsächlich über das Wetter, aber auch über diesen fürchterlichen Kwame Kennerly, der mal wieder im Radio über die Universität hergezogen hatte, über ihren Präsidenten und über die Tatsache, dass besagter Präsident in Tyler's Landing wohnte. Ohne dieser Nachricht Beachtung zu schenken, nahm Julia ihr Handy aus der Tasche und rief Wendy Tollefson an, bei der Lemaster Jeannie für die Nacht einquartiert hatte: Wendy, eine Freundin von Julia aus ihrer Zeit als Lehrerin, hatte Jeannie in ihr Herz geschlossen. Sie hatte keine eigenen Kinder und übernachtete oft in Hunter's Heights, um sich um die zwei Mädchen zu kümmern, wenn beide Eltern auf Geschäftsreisen waren.

Jeannie fragte, ob sie bitte trotzdem bei Wendy übernachten könne, sie spielten gerade Monopoly.

Flew war in einem universitätseigenen Landrover gekommen,

der sich im Schnee besser manövrieren ließ, und immer noch auf hundertachtzig, stieg Julia mit Vanessa auf den Rücksitz, vielleicht um Flew spüren zu lassen, dass er eigentlich nur ein besserer Chauffeur war. Sie war nicht wütend auf Mr Flew, sondern auf Lemaster, aber da sie ihren Unmut gerade nicht an ihrem Mann auslassen konnte, musste sein Assistent dafür herhalten. Diese Seite an sich konnte Julia nicht ausstehen, sie wäre im alltäglichen Leben gerne immer so warmherzig und ungezwungen gewesen, wie die meisten Leute sie kannten, aber ein Teil ihres Erbes von Mona war der Wunsch, hin und wieder ihre Zugehörigkeit zum Clan zur Schau zu stellen – vor allem jenen gegenüber, die von Lemasters Bruderschaft, den Empyreals, als Angehörige der hellhäutigeren Nation bezeichnet wurden.

»Haben Sie Hunger?«, fragte Flew nach hinten, während der Wagen durch den Schnee pflügte.

»Nein«, sagte Julia.

»Ja«, sagte Vanessa.

»Ich habe zu Hause einen kleinen Imbiss für Sie vorbereitet, doch wenn Sie möchten, können wir auch unterwegs irgendwo anhalten. Es gibt natürlich verschiedene Fast-Food-Läden, aber auch ein nettes, kleines Fischrestaurant –«

»Ich lebe seit Anfang der Achtzigerjahre hier im County«, fiel Julia ihm ins Wort. Seit damals, als Kellen sie fast umgebracht hätte. »Ich weiß, wo die guten Restaurants in der Gegend sind.«

Die gute Laune des kleinen Mannes war unerschütterlich. Freundliche blaue Augen begegneten ihrem Blick im Rückspiegel. »Ist es nicht erstaunlich, Mrs Carlyle, dass man, egal, wie viel man über etwas weiß, immer noch etwas Neues darüber erfahren kann?«

Julia errötete, dann wurde es ihr noch peinlicher, als sie spürte, wie Vanessa sie aus den vorgeblich geschlossenen Augen nachdenklich musterte. Da ihr keine schlagfertige Antwort einfiel, entschuldigte Julia sich für ihre Zickigkeit und versicherte Mr Flew, ihre Reaktion habe nichts mit ihm zu tun, woraufhin dieser ihr versicherte, er habe sich keineswegs angegriffen gefühlt. Eine Zeit lang schaute sie aus dem Fenster, fühlte sich verlassen und einsam im Schutzmantel ihrer von Pflichtbewusstsein geprägten Ehe, wie so oft. Lemaster predigte unermüdlich, nicht das Begehren, sondern die Pflicht sei die Grundlage eines moralischen Lebens, so dass sie manchmal überlegte, ihn jedoch nie zu fragen wagte, ob er damit vielleicht das Verhältnis zu seiner Frau meinte. Würde er lieber ein anderes Leben leben? Mit einer anderen? Sie glaubte nicht, dass er sie während ihrer zwanzig Ehejahre betrogen hatte, aber mit Sicherheit wusste man das nie. Ihre Zimmergenossin aus Collegezeiten, Tessa Kenner, war kurz mit einem Schwarzen verheiratet gewesen, einem nicht ganz unbekannten Historiker, der sie ziemlich schlecht behandelt hatte. Tessa, damals noch keine Fernsehmoderatorin, sondern Juraprofessorin, hatte ihm seine Kavaliersdelikte, wie sie es nannte, bereitwillig, ja beinahe freudig verziehen, denn, wie sie Julia einmal bei einem Kaffee erklärt hatte, alle schwarzen Männer hätten nach Jahrhunderten der Rassendiskriminierung einen unbändigen Drang, sich von den repressiven Einschränkungen der bürgerlichen Sexualmoral zu befreien.

Wahrscheinlich hast du die gleichen Probleme mit Lemaster, hatte Tessa mit dem leichtfertigen Rassismus weißer Intellektueller gemurmelt, und hielt dabei die Kaffeetasse in beiden Händen, wie es Menschen in Werbespots machen und nirgendwo sonst.

Ganz und gar nicht.

Tessa hatte genickt, die blauen Augen voller Mitleid angesichts des romantischen Selbstbetrugs so vieler Frauen, die, wenn sie nur den Mut besäßen, die Welt realistisch zu betrachten, die Fesseln der Tradition und ihr falsches Bewusstsein abwerfen und etwas ganz Aufregendes und Neues erschaffen würden.

»Manchmal kannst du eine derartige Zicke sein«, sagte Julia, vielleicht zu Tessa, vielleicht zu sich selbst, vielleicht sogar zu Mona, denn sie hatte geträumt und wurde aus dem Schlaf gerissen, als der Landrover knirschend in die kiesbedeckte Auffahrt zu Hunter's Heights einbog. Blinzelnd schaute sie sich um. Vanessa hatte immer noch die Augen geschlossen, doch jetzt schlief sie wirklich.

»Danke«, sagte Julia zu Mr Flew. »Das ging ja schnell. Eine angenehme Fahrt.«

Jeremy Flew hörte ihr gar nicht zu. Er hatte an der spitzen Kurve etwa hundert Meter vor dem Haus das Tempo verlangsamt, die

Lichtkegel der Scheinwerfer huschten über den Schnee, im Hintergrund kauerten die Bäume tintenschwarz und stumm in der Dunkelheit. »Hat es einen Unfall gegeben, Mrs Carlyle?«

»Einen Unfall?«

Er hielt an. Das gelbe Scheinwerferlicht erfasste zwei der schwarzen Laternen, die die Auffahrt der Carlyles in einem Abstand von mehreren Metern säumten, beide waren am Fuß abgebrochen und lagen im Schnee.

»Ach das. Das ist bei dem Sturm letzte Woche passiert. In der Nacht – der Nacht, als Professor Zant tot aufgefunden wurde. Ich glaube, Mr Huebner ist mit dem Schneepflug dagegengefahren. Ich habe schon zwei Nachrichten auf seinen Anrufbeantworter gesprochen, aber er hat mich bisher noch nicht zurückgerufen.« Julia fragte sich, ob sie vielleicht zu viel preisgab, denn Jeremy sah sie im Rückspiegel merkwürdig an. »Sie werden ihn nicht kennen«, plapperte sie weiter, während sie krampfhaft überlegte, wie sie das Thema wechseln sollte. »Aber Mitch Huebner ist eine Art Legende hier in Tyler's Landing. Er wohnt mit seinen Gewehren und seinen Hunden mitten im Wald und redet nie ein Wort mit irgendjemandem. Wahrscheinlich telefoniert er sowieso nicht. Vielleicht sollte ich ihm lieber einen Brief schicken.«

Ihren Worten folgte ein tiefes, angespanntes Schweigen. Julia wartete, wie viel von diesem Unsinn Lemasters Assistent ihr abkaufen würde.

»Sind Sie sicher?«, fragte Mr Flew schließlich. »Dass es Mitch Huebner war?«

»Wer soll es denn sonst gewesen sein?«

»In der Zeitung stand, dass der vordere linke Kotflügel von Professor Zants Wagen eine erhebliche Beule aufweist. Die Polizei bittet jeden, der letzten Freitag in einen Unfall mit Fahrerflucht verwickelt war, sich zu melden.«

Julia rieb sich die Augen. Sie schaute aus dem Fenster. Die scharfe Kurve, wo die Laternen umgefahren waren, lag in einer kleinen Senke, von wo aus weder das Haus noch die Straße zu sehen waren – was bedeutete, dass man dort auch umgekehrt vor Blicken aus dem Haus oder von der Straße her geschützt war. Die Auffahrt hatte sich durch den Schnee in eine abfallende, unebene, kurvige Rutschbahn verwandelt. Jeden Winter schob Mr Huebner den Kies mit seinem Schneepflug oben auf dem Hügel zu einem Haufen zusammen, und jeden Frühling bezahlten die Carlyles ihn dafür, dass er ihn wieder auf der Auffahrt verteilte. »Ich verstehe immer noch nicht, was Sie meinen«, log sie. Im Seitenspiegel schlugen Dämonen Kapriolen, aber es war nur eine Täuschung des gelben Lichts, das mit den vom Wind aufgewirbelten Schneeflocken spielte.

»Die umgefahrenen Laternen sind an der linken Seite Ihrer Auffahrt.«

»Wenn Mr Huebner getrunken hat –«

»Vielleicht sollten Sie die Polizei anrufen, Mrs Carlyle.«

Panik. Waren die Laternen den Detectives am vergangenen Wochenende aufgefallen? Aber sie hatten nicht danach gefragt. Auch Lemaster und keiner der wohlmeinenden Besucher hatte etwas dazu gesagt. »Jeremy, bitte. Hören Sie mir zu. Kellen Zant war am Freitagabend nicht hier. Das dürfen Sie nicht einmal denken.«

»Vielleicht ist er vorbeigekommen, ohne dass Sie es bemerkt haben? Sie und Mr Carlyle waren bis spät in die Nacht an der Universität.«

»Aber das ist es ja gerade.« Julia hatte Mühe, die Ruhe zu bewahren. »Es gab überhaupt keinen Grund für ihn, hierher zu kommen.« Neben der Kurve befand sich eine Wendefläche, eine ebene Ausbuchtung, wo Gäste es sich noch einmal überlegen konnten, ob sie nicht lieber doch umdrehen wollten. Genau da befanden sich die umgestürzten Lampen, an der Wendefläche. Julia richtete sich auf. »Lemaster und ich waren bei dem Diner für die Ehemaligen. Vanessa war mit ihrem Freund im Kino. Jeannie wollte eigentlich bei einer Schulkameradin übernachten, was dann nicht ging, weil sie krank wurde. Kellen musste davon ausgehen, dass niemand zu Hause war. Warum hätte er also mitten in einem Schneesturm den ganzen Weg raus nach Hunter's Meadow fahren sollen, wenn eh niemand da war?«

»Genau das frage ich mich auch«, sagte Mr Flew. Er legte den Gang ein und fuhr die Auffahrt hoch zu dem drohend aufragenden Haus. Julia drehte sich um und betrachtete die Wendefläche, bis sie von der Dunkelheit verschluckt wurde.

Später. Julia stand an ihrem Lieblingsplatz am Wohnzimmerfenster, schaute auf die Straße hinunter und fragte sich, ob Kellen tatsächlich in der Nacht seines Todes ihre Auffahrt hochgefahren war; sie fragte sich auch, warum sie diese Möglichkeit der Polizei gegenüber oder auch nur ihrem Mann gegenüber immer noch nicht erwähnt hatte. Sie trug einen Flanellschlafanzug und darüber ihren blauen Lieblingsmorgenmantel, ein voluminöses, abgetragenes Teil, das sie schon auf ihrer Hochzeitsreise angehabt hatte und das, so glaubte sie, ihrer Familie Glück brachte. Damit ihre Augen sich von den Kontaktlinsen erholen konnten, trug sie ihre Brille. Sie hatte ihre E-Mails abgerufen, aber keine persönliche Nachricht vorgefunden. Sie hatte versucht, mit Freunden zu chatten, doch niemand hatte mitbekommen, dass sie im Netz war, nicht einmal Tessa, eine Nachtschwärmerin wie sie. Beim Surfen im Internet war sie auf weniger Einträge über Kellen gestoßen als erwartet, stattdessen jedoch auf jede Menge Informationen über Mary Mallard, darunter ganze Websites, die die Theorien der Skandalautorin entweder unterstützten oder widerlegten. Im Mülleimer in der Küche lag eine leere Schachtel Cappuccino-Trüffel aus Veras Laden, daneben eine leere Mikrowellenpackung – Popcorn ohne Butter, denn Julia achtete auf ihre Linie.

Sie dachte an ihre letzte Begegnung mit Kellen – im Einkaufszentrum oben in Norport, drei Tage vor dem Mord.

Ich stecke in Schwierigkeiten, hatte er gesagt und sah sich hektisch um, während Julia da saß und sich fragte, ob sie ihm wirklich zufällig über den Weg gelaufen war. Sie erledigte ihre Weihnachtseinkäufe stets frühzeitig, und um ihre Füße herum standen mehrere mit Geschenken gefüllte Tüten. *Ich brauche deine Hilfe*, hatte Kellen hinzugefügt, aber das sagte er jedes Mal.

Julia bat ihn zu erklären, was er meinte.

Ich kann meinen Bestand nicht halten. Ich muss das Risiko streuen.

Welches Risiko?

Das Bestandsrisiko. Er nahm ihre Hand. Sie entzog sie ihm sofort. *Wir leben in finsteren Zeiten*, sagte Kellen, der normalerweise Metaphern vermied, die Dunkelheit mit dem Bösen assoziierten. *Wir leben in finsteren Zeiten, und das Dunkle materialisiert sich. Du bist die Einzige, die mir helfen kann.*

Julia hatte ihm wie so oft schon gesagt, er solle aufhören, ihr nachzustellen, das könne so nicht weitergehen, er solle sie in Ruhe lassen, und Kellen hatte wie immer erwidert, diesmal sei es ernst, diesmal wolle er nicht mit ihr flirten, er brauche unbedingt ihre Hilfe, und genau in diesem Augenblick hatte sie Regina Thackery und Bitsy Farnsworth von den Ladybugs bei Lord & Taylor eine Etage höher aus dem Laden treten sehen, war aufgesprungen und hatte Kellen erklärt, sie müsse jetzt aber wirklich los, denn dass die Sisterladys anfingen, von heimlichen Stelldicheins zwischen Julia und ihr-wisst-schon-wem zu tratschen, hatte ihr gerade noch gefehlt.

Ich muss das Risiko streuen. Das Bestandsrisiko.

Ein weiterer Begriff aus den Wirtschaftswissenschaften. Wie *den Mehrertrag sichern.* Kellen liebte diesen Fachjargon und streute ihn so oft wie möglich in normale Gespräche ein, meist, um seine wahren Absichten zu verschleiern, so wie damals in ihrer Manhattaner Zeit, als er, nachdem Julia ihm eine lautstarke Szene gemacht hatte, seine Eskapaden mit anderen Frauen als *das rationale Ausüben der Maximierung seines Nutzens* beschrieben hatte. Im Nachhinein kam es ihr aber diesmal so vor, als hätte er ihr etwas sagen wollen. Etwas, von dem Mary Mallard annahm, dass sie es wusste.

Julia starrte in den Schnee und fragte sich, ob Kellen in diesem schrecklichen Sturm an dem Abend, an dem er ermordet wurde, tatsächlich zu ihrem Haus hochfahren wollte, und ob er, als er das Auto der Babysitterin gesehen hatte, in Panik gewendet und die Laternen umgefahren hatte. Sie konnte sich nicht vorstellen, warum er hätte vorbeikommen sollen, wenn doch niemand da gewesen war, genauso wenig konnte sie sich etwas unter diesen Worten vorstellen, er wolle das *Bestandsrisiko* mit ihr teilen, oder dass *das Dunkle sich materialisiere.*

Aber vielleicht war es besser, nicht darüber nachzudenken.

Kellen Zant gehörte ihrer Vergangenheit an, und er hatte kein Recht, sie wieder in sein Leben hineinzuziehen, nicht einmal durch seinen Tod und das Rätsel, das er hinterließ: Er hatte sie tief verletzt, sie beinahe umgebracht, er hatte keinen Anspruch auf sie.

Als sie jetzt am Wohnzimmerfenster stand, umgeben von den leisen Geräuschen der neuenglischen Nacht, nahm sie Rainbow Coalition in den Arm, anstelle der Kinder, die zu groß dafür geworden waren. Julia hatte in ihrem Leben begehrt, und sie war begehrt worden, und sie hatte angenommen, dass das emotionale Chaos hinter ihr lag, das aus dem beiderseitigen Begehren entstanden war. Lemaster repräsentierte Vernunft. Er war ihr sicherer Hafen. Es hätte nichts mehr passieren dürfen.

Aber etwas war passiert. Zuerst hatte Vanessa das Auto angezündet, und jetzt ... all das.

Julia nahm das leere Weinglas, das sie auf dem niedrigen Couchtisch abgestellt hatte, und drehte sich zu dem lang gestreckten, blaugrün tapezierten Wohnzimmer um, dessen breite Erkerfenster von der drei Meter hohen Decke bis knapp über den Fußboden reichten. Ein Flügel füllte den Erker aus, ein echter Steinway, den sie aus Amaretta Veazies Stadtvilla gerettet hatte, wo Duke Ellington in den alten Zeiten hin und wieder auf den elfenbeinernen Tasten geklimpert hatte. Preston und Aaron hatten wenig Talent, und Jeannie, die Jüngste, spielte überhaupt nicht. Vanessa dagegen war sehr talentiert. Im vergangenen Jahr war die Großfamilie zu Thanksgiving hier zusammengekommen, und Julia und ihre Tochter hatten das Ergebnis ihrer sechswöchigen Proben bei einem erfahrenen Klavierlehrer vorgetragen, Rimski-Korsakows »Capriccio Espagnole«, eines der anspruchsvollsten Piano-Duette der klassischen Musik, und trotz einiger kleiner Patzer hatten am Ende alle, sogar Lemaster, Tränen in den Augen gehabt.

»Es kotzt mich an«, sagte Julia, womit sie seinen und implizit auch ihren Job meinte. Wahrscheinlich redete sie mit dem toten Jay, ihrem Zwillingsbruder. »Das kotzt mich alles an.«

Jay antwortete nicht.

Sie fühlte sich einsam, und sie fror. Lemasters Engagement in seiner winzigen Bruderschaft ärgerte sie aufs Neue. Mit den Empyreals ging es bergab, das sagten alle. In den oberen Schichten der dunkelhäutigeren Nation spielte die Mitgliedschaft in solchen Clubs eine wichtige Rolle, etwas, das Julias weiße Freunde nie wirklich verstanden. Lemaster hätte sich einem viel größeren, prestigeträchtigeren Club anschließen können, hatte jedoch sämtliche Angebote abgelehnt. Dass er ausgerechnet heute nach New York fahren musste und von dort aus weiter nach Washington –

Sie zwang sich, damit aufzuhören. Er hatte sie gerettet. So einfach war das. In ihrem ganzen Leben hatte sie nur zwei Männer wirklich geliebt, einen, der sie zugrunde gerichtet, und einen, der sie wieder aufgerichtet hatte. Dennoch hätte sie gern gewusst, ob sie irgendwann einmal dem Leben nicht mehr ausgeliefert sein würde, sondern anfangen würde, es selbst in die Hand zu nehmen.

Kellen hatte sich das auch gefragt und sie immer mit dem Spruch aufgezogen, sie würde ihr Leben vergeuden. Vielleicht lag Mary Mallard ja richtig. Vielleicht hatte Kellen ihr seinen Mehrertrag hinterlassen, und vielleicht erwartete er sogar von ihr –

Nein. Nein. Sie wollte den Gedanken nicht weiter verfolgen. Sie durfte sich nicht verrückt machen lassen, und das bedeutete, dass sie aufhören musste, an Kellen zu denken. Während der Wind draußen vor dem Fenster den Schnee zu hohen, spitzen Wehen aufpeitschte, fragte sich Julia, wo all die unbändige Energie blieb, die sie unablässig in ihr Leben steckte. Es war genau wie damals, als ihr Bruder gestorben war. Nur drei Marines waren bei dem Einsatz in Grenada gefallen, aber Jay Veazie war einer von ihnen gewesen. Posthum war ihm ein Orden für »außergewöhnlichen Heldenmut« verliehen worden, den Mona in einen Teich der Nähe des Hauses auf der North Balch Street geworfen hatte. Danach hatte sich ihre eh schon radikale politische Einstellung in eine geradezu beängstigende Richtung entwickelt.

Was Kellen anging, nun, für Julias Empfinden hätte es durchaus eine Abrechnung geben müssen, aber keinesfalls diese absolute, diese trostlose graue Wand, nicht diese entsetzliche Endgültigkeit, mit der das Ende in die Mitte seines Lebens eingedrungen war. Ohne Krebsdiagnose oder einen plötzlichen Schlaganfall hatte der physische Organismus, den wir Mensch nennen, nicht das Recht, das Vertrauen, das sein Besitzer in ihn setzte, so zu verraten, zumindest nicht zu einem so frühen Zeitpunkt. Julia dachte an ihre letzte Auseinandersetzung mit Kellen, vor kurzem in dem Einkaufszentrum, als sie ihm keine Chance gegeben hatte, zu Ende zu erklären, was er ihr über das *Bestandsrisiko* sagen wollte, oder warum *das Dunkle sich materialisierte*. Als sie Bitsy und Regina entdeckt und aufgesprungen war, hatte Kellen sie am Arm gefasst und gefragt, ob sie sich irgendwo zum Reden treffen könnten. Julia war überzeugt, dass er wie üblich seine Hintergedanken hatte, und sie hatte sehr von oben herab erwidert, das halte sie für keine gute Idee, und übrigens, würde er bitte gefälligst seine verdammten Finger von ihr lassen? – denn in seiner Gegenwart war sie ein ganz anderer Mensch, was sich vor allem in den Worten bemerkbar machte, die aus ihrem Mund kamen. Er sagte, sie müssten unbedingt miteinander reden, so bald wie irgend möglich, sie könnten sich seinetwegen an einem abgelegenen Ort verabreden, wenn sie sich dabei wohler fühle. Julia, womöglich übertrieben argwöhnisch, hatte seine Worte als Einladung zu einem Schäferstündchen gedeutet und ihm erklärt, er solle sie gefälligst in Frieden lassen. Seine Spinnereien seien das Letzte, was sie in ihrem Leben gebrauchen könne, hatte sie zu ihm gesagt, und die Wut dieser letzten Worte, und die Entscheidung, sich auf dem Absatz umzudrehen und Kellen einfach stehen zu lassen, bevor er noch antworten konnte, lagen ihr jetzt wie ein nagender Schmerz im Magen.

Kapitel 7

Tony der Trickser

· I ·

Zu Julias Lieblingsstudenten gehörte ein friedfertiger Bursche namens Joe Poynting, ein brillanter und verwirrter schwuler Aktivist, der von der Strenge und der Gelehrtheit des orthodoxen Christentums angezogen war und hoffte, eine Nische für eine kleine Ausnahme in der althergebrachten Tradition zu finden – die er ansonsten voll und ganz befürwortete, bis hin zu dem, was Orthodoxe und Katholiken als »Treue der apostolischen Tradition gegenüber« bezeichneten, was sich für Außenstehende jedoch wie »Frauen wird das Priesteramt verweigert« anhörte. Am Mittwoch nach der Beerdigung, einem kalten, klaren Morgen, saß Poynting in Julias Büro, um sich nach Finanzierungsmöglichkeiten für einen Studienaufenthalt in Bologna zu erkundigen, wo er während der Sommermonate über die Bruderschaften forschen wollte, die im dreizehnten Jahrhundert gegründet worden waren, um die Morallehre der Kirche bezüglich der Sexualität durchzusetzen. Vielleicht war Joe Poynting in Wirklichkeit nur an einer kostenlosen Italienreise interessiert, aber über solche Begehrlichkeiten waren selbst die meisten von Julias Kollegen nicht erhaben. Und da Julia bis zur Besprechung mit ihrer Chefin noch ein paar Minuten Zeit hatte, ging sie mit einigem Vergnügen ihre sorgfältig geordneten Unterlagen durch, auf der Suche nach einer Stiftung, die dem jungen Mann das gewünschte Stipendium zur Verfügung stellen würde. An diesem Morgen fanden sich sogar drei oder vier, während sie gewöhnlich keine einzige Geldquelle ausfindig machen konnte, wenn ein Student um finanzielle Unterstützung für ein interessantes Projekt bat, denn das Fach Theologie im Allgemeinen und die Theologische Fakultät im Besonderen galten unter Geldgebern als unattraktiv. Die Suche nach Möglichkeiten, wie man Forschungsprojekte von Studenten so darstellen konnte, dass sie ungefähr das widerspiegelten, was Stiftungen gern unterstützten, war für Julia mit das Beste an ihrem Job, schließlich waren Spiegel ihre große Leidenschaft.

Als der sichtlich glückliche Poynting sich verabschieden wollte, hielt Julia ihn zurück.

»Joe? Sie haben doch an der Vanderbilt Volkswirtschaft im Hauptfach studiert, nicht?«

»Ist schon ein paar Jahre her.«

»Aber Sie erinnern sich noch an die Fachterminologie?« Sie räumte ihren Schreibtisch auf, heftete die Antragsformulare in den entsprechenden Ordnern ab und hängte diese zurück in die entsprechenden Schubfächer. »So etwas wie ›Sicherung des Mehrertrags‹. Was bedeutet das?«

Ihr Student stand in der Tür und tippte sich mit den Fingerspitzen an die Lippen. »Na, Sie wissen schon. Der Konsumentenmehrertrag, sagen wir mal, ist der Unterschied zwischen dem Wert einer Ware, und dem, was Sie dafür bezahlen. Der Theorie zufolge kauft man etwas nur, wenn der Preis unter dem Wert liegt, den man der Ware beimisst. Der Verkäufer wiederum möchte diesen Unterschied so gering wie möglich halten. Das heißt also, der Verkäufer versucht, etwas vom Mehrertrag des Käufers für sich zu sichern. Und das erreicht er, indem er den Käufer dazu bringt, den Preis für eine Ware zu bezahlen, der möglichst dem Wert entspricht, den der Käufer der Ware beimisst.« Poynting lachte. »Oder so ähnlich.«

Julia ließ sich das durch den Kopf gehen. So einfach war das? »Noch eine Frage.«

»Schießen Sie los.«

»Wie könnte jemand auf die Idee kommen, dass die beste Möglichkeit, sich den Mehrertrag zu sichern, eine Auktion ist?«

»Hat das was mit dem Professor zu tun, der ermordet wurde? Der, mit dem Sie befreundet waren?« Diplomatisch ausgedrückt. »Fragen Sie mich deshalb nach diesen Dingen?«

Julia zögerte. Sie wusste, dass Joe Poynting wie viele schwarze Studenten an der Universität Kellen Zant einen zwiespältigen Respekt entgegenbrachte, weil er einerseits ein echter Kämpfer für die Sache der Schwarzen gewesen war, der im Fernsehen die Rassendiskriminierung in der amerikanischen Wirtschaftswelt anprangerte, doch andererseits aus seiner Hautfarbe Kapital geschlagen und mit dem schlechten Gewissen weißer Geschäftsleute ein Imperium aus Beraterverträgen und Vortragsreisen aufgebaut hatte. Manche Studenten betrachteten Kellen sogar als Verräter. Julia war sich nicht ganz sicher, wo in diesem Spektrum sie den jungen Poynting einordnen sollte, und da sie ihn nicht vor den Kopf stoßen wollte, wich sie der Frage aus.

»Tun Sie mir den Gefallen und helfen Sie mir einfach bei diesen Fragen weiter, okay?«

»Für Sie tu ich alles.« Sie grinsten einander an. »Die Antwort ist der sogenannte ›Winner's Curse‹, der Fluch des Siegers. Angenommen, Sie machen ein Gebot auf eine Ware, die Sie weiterverkaufen wollen, wissen aber nicht genau, wie hoch der Wiederverkaufswert ist. Um ein Gebot machen zu können, müssen Sie schätzen. Das Problem ist aber, wenn sich bei einer Auktion mehrere Bieter gegenseitig hochtreiben, muss man häufig, um die Ware zu bekommen, einen Preis bieten, der den Wiederverkaufswert übersteigt. Das bedeutet, dass man die Ware nicht sofort zu dem Preis weiterverkaufen kann, den man dafür bezahlt hat. Anders ausgedrückt, wenn man die Ware ersteigert hat, um sie weiterzuverkaufen, dann ist es in dem Fall dem Verkäufer bei der Auktion gelungen, den gesamten Mehrertrag für sich zu sichern.«

»Passiert das immer?«

»Natürlich nicht. Der Marktwert einer Ware ist nicht immer das Wichtigste. Das heißt, nicht jeder kauft eine Ware, um sie weiterzuverkaufen. Außerdem gibt es Möglichkeiten, eine Auktion so zu gestalten, dass man den Winner's Curse und andere berühmte Paradoxe ausschließt. Aber in Auktionstheorie kenne ich mich wirklich nicht besonders gut aus.« Seine Augen leuchteten auf. »Ich glaube, Professor Zant hat vor ein paar Jahren mal einen Aufsatz über Auktionen veröffentlicht.«

Darauf könnte ich glatt wetten. »Aber was meint jemand, der von etwas als seinem eigenen Mehrertrag spricht?«

»Also, wenn es jemand ist, der weiß, wovon er redet – sagen wir mal, ein Wirtschaftswissenschaftler –, dann geht es wahrscheinlich um etwas, das er bei einem Tauschgeschäft zurückgehalten hat, etwas, das er zum Einsatz bringen wollte, dann aber nicht einsetzen musste.« Ein kurzes Schweigen, als der junge Mann für einen Moment mit durchdringenden Augen bis in ihre Seele zu blicken schien. »Etwas, das ihm sehr viel bedeutet.«

»Und Bestandsrisiko? Was bedeutet das?«

»Okay, also, das ist ziemlich einfach. Stellen Sie sich vor, Sie wären eine Geschäftsfrau. Sie haben einen bestimmten Warenbestand, den Sie verkaufen wollen. Das Problem ist, dass die Ware an Wert verlieren kann. Dann bleiben Sie auf Computern sitzen, die keiner mehr haben will. Oder auf Kleidern, die aus der Mode gekommen sind. Sie versuchen also, Ihr Bestandsrisiko zu minimieren. Eine gute Möglichkeit besteht darin, jemand anderen dazu zu bringen, dass er den Warenbestand übernimmt, damit Sie nicht darauf sitzen bleiben können. Dann bestellen Sie die Ware nach Bedarf, und das Bestandsrisiko trägt der Lagerhalter.«

»Finstere Zeiten? Das Dunkle materialisiert sich?«

Jetzt war er sichtlich verblüfft. »Hab ich noch nie gehört«, sagte er.

Wieder allein, versuchte sie, die ersten für das kommende Semester eingegangenen Bewerbungsunterlagen zu lesen, doch sie musste die ganze Zeit an das Gespräch mit Joe Poynting denken und daran, wie seine Erklärungen zu dem passten, was Mary Mallard ihr gesagt hatte. Sie konnte kaum glauben, dass sie den armen Poynting so ausgefragt hatte, nur wenige Tage nachdem sie sich geschworen hatte, die Finger von Kellens kleinem Geheimnis zu lassen Aber diese Wirkung hatte Kellen immer schon auf sie gehabt. Egal, wie oft sie sich von ihm losgesagt hatte, sie war wieder zu ihm zurückgegangen. Selbst nach ihrer Heirat hatte Kellen sie mit seinem übernatürlichen Gespür dafür, wann Lemaster nicht da war, immer wieder heimgesucht – Kellen mit seiner gemächlichen, schläfrigen, fließenden Südstaatenstimme, die sie noch jedes Mal weich und gefügig gemacht hatte, die jeden Schutzwall, den sie um sich herum errichtet hatte, dahinschmelzen ließ. Und einige Male war es reine Glückssache gewesen, dass sie sich nicht doch wieder auf ihn eingelassen hatte.

Sie warf einen Blick auf ihre Armbanduhr. Der Besprechungstermin mit der Dekanin fing gleich an. Auf dem Weg den Korridor hinunter dachte sie, dass sie jetzt wenigstens ein bisschen etwas wusste. Nicht viel, aber etwas. Es ging um ein Geschäft. Das also war das große Geheimnis. Entweder hatte Kellen die Ware bereits verkauft, oder er hatte kurz davor gestanden, sie zu verkaufen, aber auf jeden Fall hatte er vorgehabt, den besten Teil für sich selbst zu behalten. Das Problem war, er hatte das Risiko aufteilen wollen. Er hatte Julia dazu überreden wollen, etwas für ihn aufzubewahren – was auch immer das gewesen sein mochte. Er hatte Mary gesagt, falls ihm etwas zustieße, würde Julia es haben. Keine Woche nachdem Julia ihn hatte abblitzen lassen, war er ermordet worden.

Ob er, bevor er erschossen wurde, noch jemand anderen gefunden hatte, der die Ware für ihn aufbewahrte – das wusste sie nicht.

· II ·

»Und? Wie geht's der Familie?«, fragte Claire Alvarez mit einem strahlenden Lächeln. »So viele Kinder. Das ist wunderbar. Einfach wunderbar. Ich beneide Sie so.«

»Es geht allen gut«, sagte Julia.

»Hat Vanessa sich schon ein College ausgesucht?«

»Nein, noch nicht.«

»Nun, wie auch immer sie sich entscheidet, sie wird auf jeden Fall groß herauskommen. Sie ist eine beeindruckende junge Frau.« Die Dekanin der Theologischen Fakultät nickte. Sie war eine große, ätherische Frau, die seit fünfzehn Jahren christliche Ethik lehrte, während ihre Studenten zunehmend bezweifelten, ob es überhaupt noch so etwas wie eine Ethik gab. Ihre Liebenswürdigkeit umhüllte einen wie eine weiche Decke. Der alte Clay Maxwell, der schon vor zwanzig Jahren, als Julia in seinen Seminaren gesessen hatte, ziemlich in die Jahre gekommen war, ließ gerne verlauten, dass Claire einen in eine so warme und gemütliche Stimmung versetzen konnte, dass man den Moment, in dem sie einen feuerte, glatt verschlief.

»Danke«, sagte Julia, obwohl das Thema Vanessa und College ihr Angst machte.

»Hat ihr Frankreich gefallen? Sie war doch gerade in Frankreich, nicht?«

»Sie war total begeistert«, sagte Julia und ging gar nicht darauf ein, dass die Reise über ein Jahr her war, ein Geschenk zu Vanessas sechzehntem Geburtstag, eine private Reise zu Granny Mo, bevor alles bergab ging.

»Ich finde Vanessa einfach großartig«, sagte Claire, als redeten sie über eine Musikerin oder eine Malerin, und nicht über ein junges Mädchen, das Probleme hatte. Aber es gab kaum Frauen, die Claire nicht mochte. Sie war Amerikas führende Expertin – vielleicht sogar Amerikas einzige Expertin – für die Heiligungstheologie der großen Methodistenpredigerin Phoebe Palmer, die sich, soweit Julia es aus Claires häufigen und begeisterten Vorträgen herausgehört hatte, in den Jahren vor dem Bürgerkrieg, als andere protestantische Geistliche sich stritten über die Legitimität der Sklaverei in einer Nation, die an die Heilige Schrift glaubte, einen Namen gemacht hatte, indem sie zunächst das Thema vermieden, dann die Stadt verlassen und schließlich die Kriegsjahre in England verbracht hatte. »Übrigens, stecken Sie in irgendwelchen Schwierigkeiten?«

»Schwierigkeiten?«, fragte Julia äußerst überrascht. »Ich, also, ich hoffe nicht.«

»Tut mir leid, wenn das so melodramatisch klingt«, sagte Claire, das milde Gesicht zu dem Beinahelächeln gefroren, dem einzigen Ausdruck, den man an ihr kannte. »Ich weiß, wir wollten uns eigentlich über Zulassungsrichtlinien und Stipendien unterhalten, und darauf kommen wir auch noch. Aber ich hatte eben einen äußerst befremdlichen Besuch von einem Anwalt, der zugleich einer unserer wichtigsten Sponsoren ist. Er wollte nur über Sie sprechen. Ist doch komisch, oder?« Sie verschränkte die Hände neben dem glänzenden silbernen Humidor, der aus einer seltsam unpassenden Tradition heraus seit jeher im Büro des Dekans der Theologischen Fakultät stand. »Tice ist sein Name. Anthony Tice. Er moderiert diese Werbesendungen im Nachtprogramm.«

Sie hielt inne, wartete offensichtlich auf ein Geständnis.

»Die hab ich schon mal gesehen«, sagte Julia vorsichtig, während sie die Mappe mit den Finanzierungsvorschlägen umklammerte, die sie für den Verwaltungschef ausgearbeitet hatte. »Aber den Moderator kenne ich nicht.«

»Da haben Sie auch nichts verpasst. Er ist kein besonders angenehmer Mensch. Sehr clever, sehr gut aussehend und sich dessen sehr bewusst. Er hat uns in den beiden vergangenen Jahren jeweils einhunderttausend Dollar gespendet. Ich weiß nicht, warum Mr Tice uns seiner Großzügigkeit für würdig befindet –«, ein Blick auf die Porträts früherer Dekane, als wäre die Antwort dort zu finden, »– aber die Theologischen Fakultäten Amerikas schwimmen zurzeit nicht gerade in Geld.«

»Was wollte er denn über mich wissen, Claire?«

»Zweierlei. Er hat nach Ihrer Beziehung zu dem armen Kellen Zant gefragt –«

»Wir hatten keine Beziehung«, warf Julia viel zu hastig ein.

»– und dann wollte er wissen, was für ein Mensch Sie sind. Ob Sie integer sind. Ob Sie Ihre Überzeugungen mutig vertreten. Ob Sie bereit wären, für eine wichtige Sache ein großes Risiko einzugehen.« Sie stand auf und ging in dem langen, düsteren Büro auf und ab, dass die Novembersonne nur ein wenig fröhlicher machte. »Ich hatte das Gefühl, als ob er vorhat, Ihnen eine Art Job anzubieten. Das war jedenfalls mein erster Eindruck.« Die Dekanin hatte das Fenster erreicht. Sie strich an ihren Haaren herum und schaute hinaus, obwohl draußen nur die trostlose, winterliche Hudson Street und auf der anderen Seite der protzige, scheußliche Hilliman Tower zu sehen war, der verächtlich auf die abergläubische Bagage im Kepler herabblickte: In dem einen Gebäude war die Wahrheit messbar, aber nicht ewig, in dem anderen war die Wahrheit ewig, aber nicht messbar. »Natürlich habe ich Sie über den Klee gelobt. Ich habe ihm erzählt, wie stolz die Fakultät ist, dass Sie zu unseren Absolventinnen gehören, und wie glücklich wir waren, als Sie vor dreieinhalb Jahren zu uns gekommen sind.«

»Danke«, sagte Julia, die ihr Theologiestudium in Wahrheit nie abgeschlossen hatte.

»Und er wollte wissen, wie Sie dem Druck standhalten. Er

meinte damit, dass Sie es ja waren, die Kellens sterbliche Überreste gefunden hat. Ich habe ihm gesagt, dass es natürlich eine schreckliche Erfahrung gewesen sein muss, aber dass Sie das auf großartige Weise wegstecken.« Sie wandte sich Julia zu, die Arme vor der Brust verschränkt. »Und das meine ich ernst, wirklich. Das ist eine Ihrer bewundernswerten Qualitäten, Julia. Sie lassen sich nicht unterkriegen. Egal, wie das Leben Ihnen mitspielt, Sie hören nie auf, sich an der Schöpfung zu erfreuen.«

Julia senkte den Kopf. Das war ziemlich dick aufgetragen, selbst für Claire. Garantiert würde sie ihr dafür gleich die Rechnung servieren. Sie kaute nervös auf ihrer Unterlippe, eine Angewohnheit, die Mona ihr abgewöhnen wollte, indem sie ihr die Lippen mit Jod bestrich, leider vergeblich.

»Sie sind seit etwas über drei Jahren bei uns. Die Studenten bewundern Sie. Die Kollegen respektieren Sie. Sie scheinen mit jedem gut auszukommen. Wahrscheinlich würden Sie sich sogar mit Mr Tice verstehen, so unangenehm er auch sein kann. Er möchte sich mit Ihnen treffen, Julia.« So wie Claire das sagte, klang es, als hätte sie ein Blind Date für sie arrangiert. »Ja, der Mann ist egozentrisch und wahrscheinlich machtgierig, und er lässt einen kaum zu Wort kommen. Aber wenn Sie mit Boris Gibbs zurechtkommen, dann kommen Sie auch mit ihm zurecht.«

»Worüber will Mr Tice denn mit mir reden?«

»Über Kellen Zant, denke ich. Er sagt, er habe den Professor gekannt. Anscheinend haben die beiden zusammen an einem Projekt gearbeitet. Aber sie sind nicht mehr dazu gekommen, ihre Nachforschungen zu Ende zu führen. Ich hatte den Eindruck, Mr Tice möchte, dass Sie Kellens Platz einnehmen.«

»Oh Gott, Claire, nein. Auf keinen Fall.«

Die Dekanin hob freundlich die Hand. »Nichts liegt mir ferner, als Sie zu zwingen, Julia. Aber denken Sie darüber nach. Mr Tice ist immerhin ein wichtiger Wohltäter der Fakultät, und Sie sind … die stellvertretende Dekanin. Sie könnten sich zumindest mit ihm unterhalten. Oder auch nicht. Das liegt ganz bei Ihnen.« Womit sie das Gegenteil meinte.

»Ich werde darüber nachdenken«, versprach Julia. Sie war Claire etwas schuldig, das wussten sie beide, denn die Dekanin war auf Julia zugekommen, in den schrecklichen Monaten, nachdem sie ihre Stelle an der Highschool verloren hatte. Bis heute wusste Julia nicht genau, warum, auch wenn Claire in ihren Vorträgen das Kepler gern als Musterbeispiel für den Multikulturalismus anpries.

»Das Einzige, was ich wirklich merkwürdig fand, kam am Ende des Gesprächs. Er wollte wissen, ob Sie Ihr Büro gut organisiert hätten. Natürlich habe ich ihm gesagt, dass Sie absolut vorbildlich arbeiten. Und das meine ich ernst. Im ganzen Gebäude gibt es kein Büro, das so gut organisiert ist wie Ihres, Julia. Nun, das wissen Sie selbst. Und das habe ich ihm natürlich auch gesagt. Und dann hat er mich gefragt, ob er es sich mal ansehen dürfe. Ihr Büro. Aber da musste ich ihn trotz aller Dankbarkeit für seine Unterstützung auf die Grenzen –«

Den Rest bekam Julia nicht mehr mit, weil sie bereits den Korridor hinunterrannte.

· III ·

»Bist du sicher, dass nichts fehlt?«, fragte Lemaster, der vor Wut kochte.

»Auf den ersten Blick nicht.«

»Ich fasse es nicht. Ich fasse es einfach nicht.«

»Ich kann es auch kaum glauben.«

Sie saßen in Lemasters Arbeitsräumen, die in einem zweistöckigen, separaten Gebäude untergebracht waren, das durch einen überdachten Durchgang mit Hauptgebäude verbunden war. Bis auf einige Familienbilder und ein paar nach Süden gerichtete Fenster war jeder Quadratzentimeter der Wände hoch bis zur Decke mit Büchern bedeckt. Am Anfang ihrer Beziehung hatte Lemaster einmal zu Julia gesagt, am liebsten würde er in einer Bibliothek wohnen. Jetzt hatte er seinen Traum beinahe verwirklicht.

»Ich kenne diesen Tice. Wir haben zusammen in verschiedenen Kammerausschüssen gesessen. Die Hälfte seiner Mandanten sind Kriminelle. Mafiosi, Terroristen, Axtmörder. Im Ernst. Gut, auch die haben ein Recht auf Rechtsbeistand, aber es macht mich argwöhnisch, wenn jemand meint, er müsste sie alle vertreten.

Tony der Trickser. Das ist sein Spitzname in diesen Kreisen.« Er seufzte. »Aber ich sage dir, er ist kein schlechter Anwalt. Er ist sogar ziemlich gut. Aber er hat keinen Sinn für Moral. Gar keinen. Und er macht nichts aus eigenem Antrieb, der Mann kennt keine unabhängige Überzeugung. Er geht nicht mal über die Straße, wenn er nicht von einem Mandanten dafür bezahlt wird. Wenn er also dein Büro sehen wollte, dann steckt garantiert ein Mandant dahinter.«

Julia nippte an ihrem Glas. Sie hatten eine ziemlich teure Flasche Weißwein aus dem Napa Valley aufgemacht. »Was für ein Mandant könnte das sein?«

»Keine Ahnung. Aber diese Unverfrorenheit, Jules. Auf meinen Campus zu kommen und einen meiner Dekane zu bitten, ihm das Büro meiner Frau aufzuschließen!« Es hielt ihn nicht mehr auf seinem Sessel, er ging im Zimmer herum. »Okay. Okay. Ob du's glaubst oder nicht, er hat weder gegen das Berufsethos verstoßen noch ein Gesetz übertreten. Anwälte genießen eine Menge Freiheiten, die es ihnen erlauben, ... wie auch immer. Aber damit kommt er mir nicht davon.«

Mein Campus, fiel Julia auf. *Meine Dekane. Meine Frau.*

»Du hast doch gerade gesagt, dass er weder gegen das Berufsethos verstoßen noch ein Gesetz übertreten hat.«

»Das spielt keine Rolle.«

»Nicht?«

Er blieb abrupt stehen. Wenn Lemaster so im Zimmer herumstampfte, musste Julia immer ein Grinsen unterdrücken, weil er sie, klein wie er war, an ein Kind erinnerte, das einen Tobsuchtsanfall hat. »Die festgelegten Regeln sind nicht notwendigerweise das Maß für Recht und Unrecht.«

»Was hast du vor?«

»Ich werde dafür sorgen, dass so etwas nicht noch einmal passiert. Also, vertrau mir«, antwortete er in dem ungeduldigen Tonfall, den er anschlug, wenn er wieder zurück an die Arbeit wollte. In seinem palastartigen Arbeitszimmer kam Julia sich häufig vor wie eine Bittstellerin. »Moment, Jules. Warte. Nur noch eins.«

»Hmmm?«

»Hast du irgendeine Vermutung, was dieser Tice in deinem Büro gesucht haben könnte?«

»Nein.«

»Die Akte Vanessa?« Er meinte die Sammlung von Zeitungsausschnitten und Berichten über die Probleme ihrer Tochter, die Julia im Kepler aufbewahrte, in der irrationalen Hoffnung, dass sie dort sicherer waren als zu Hause.

»Ich weiß nicht. Ich glaube nicht, dass Claire davon weiß.«

»Aber vielleicht weiß Tony davon.« Er strich sich über den ergrauten Kinnbart. »Also gut. Mach dir keine Gedanken. Es tut mir leid, dass dir so etwas zugemutet wird, Jules. Ich werde mich darum kümmern.«

Julia zögerte. In den zwanzig Jahren ihrer Ehe hatte Lemaster ihr immer versprochen, dass er sich um die Probleme, die sich ihnen stellten, kümmern würde, und in den meisten Fällen hatte er sein Wort gehalten. Sie fragte sich, wann ihr Gefühl, dass sie sich stets auf ihn verlassen konnte, in Abhängigkeit umgeschlagen war.

»Danke, Liebling«, sagte sie. Er saß schon wieder an seinem Laptop und lächelte ihr nur kurz zu.

Julia ging durch den überdachten Gang zurück ins Hauptgebäude. Vielleicht war Tice tatsächlich hinter der Akte Vanessa her gewesen. Vielleicht vertrat er jemanden, der vorhatte, die Familie wegen irgendeines ihnen bisher unbekannten Vergehens ihrer Tochter zu verklagen. Aber Julia hatte noch eine andere Erklärung, die sie ihrem Mann jedoch nicht anvertrauen konnte.

Mary Mallard hatte irrtümlich angenommen, dass Kellen seinen Mehrertrag vor seinem Tod Julia anvertraut hatte. Es gab keinen einzigen Grund, warum nicht auch andere genau wie Mary das annehmen sollten.

Kapitel 8

Die Main Street

· I ·

Am folgenden Nachmittag, zwei Tage vor Thanksgiving, stahl Julia sich, beladen mit Geschenken für Freunde und Kollegen, wie ein Dieb aus Cookie's Corner. Ganz unten in einer ihrer Tüten befand sich eine Schachtel jede Diät zunichte machender Cappuccino-Trüffel, die sie für sich selbst gekauft hatte. Wenn sie in Veras Laden stand, ordnete sie ihre Freunde häufig bestimmten Geschmacksrichtungen zu: Tonya Montez von den Ladybugs war Erdnusskrokant, Iris Feynman, die im Kepler das Zimmer gegenüber hatte, war Vanille-Fudge, und der sparsame Boris Gibbs, der sein eigenes Geld höchstens für billige Süßigkeiten aus dem Supermarkt ausgab, ein Geschenk jedoch keinesfalls ablehnen würde – Boris war eine Handvoll klebriger Schokokirschen.

Draußen auf der Main Street war der Himmel noch klar, aber am Horizont zogen bereits Wolken auf. Eiszapfen glitzerten an Dachkanten, Bäumen und Parkuhren. Unter den Passanten entdeckte Julia kaum ein bekanntes Gesicht, aber sie schaute auch gar nicht richtig hin. Sie machte sich Sorgen. Jeannies Gesicht war halb verborgen vom Pelzbesatz an der Kapuze ihres teuren Anoraks, sie stapfte zufrieden neben ihrer Mutter her und steckte sich Jelly Bellys in den Mund, die sie einzeln aus einem Tütchen fischte. Natürlich war Jeannie zufrieden. Sie war immer zufrieden. Im Gegensatz zu ihren Brüdern schien Jeannie die Schwächen ihrer älteren Schwester als Gelegenheit zu sehen, um ihre eigenen Stärken hervorzuheben. Der Mantel der Clan-Prinzessin, der einst Julias Schultern geziert hatte – ebenso wie Monas, in den fünfziger Jahren in Harlem –, hatte bereits vor dem Brand angefangen, von Vanessas Schultern zu rutschen. Und offenbar war Jeannie davon überzeugt, dass er ihr gebührte.

Wenn Julia in besonders düsteren Momenten voller Staunen ihre vier Kinder betrachtete, überkam sie das Gefühl, als Mutter völlig versagt zu haben.

»Geh ein bisschen schneller, Liebes.«

»Warum?« Noch ein Jelly Belly.

»Weil es schon fast fünf ist.«

»Und?«

»Und wir müssen zu Mr Carrington, bevor er Feierabend macht.«

»Wieso?«

Typisch Jeannie. Auf ihre unbekümmerte Art war sie nie direkt unfolgsam, aber sie wollte für alles und jedes eine Erklärung. Julia hatte nicht die Absicht, ihrer Jüngsten darzulegen, was Vera Brightwood mitten in einem ihrer giftigen Monologe hatte durchblicken lassen. Offenbar hatte Mommys Ex-Geliebter drei Tage vor seinem Tod Old Landing, den Antiquitätenladen auf der gegenüberliegenden Straßenseite, betreten.

Und er war erst nach einer Stunde wieder herausgekommen.

· II ·

In Julias Augen war Frank Carrington ein typischer Einwohner von Tyler's Landing: weiß und robust und alteingesessen. Er hatte schon alle erdenklichen Berufe ausgeübt, vom Hilfssheriff bis zum Schulbusfahrer und Barkeeper. Dann war ihm aufgegangen, dass er ein Händchen für Antiquitäten hatte, oder zumindest ein Talent besaß, Touristen auszunehmen, woraufhin er seinen Laden, Old Landing, eröffnete. Tyler's Landing lag zwanzig Kilometer von Elm Harbor entfernt. Es war der Weitsicht oder auch der Widerspenstigkeit des Stadtplanungsausschusses zu verdanken, dass die Kleinstadt im Gegensatz zu anderen Küstenstädtchen im Bezirk noch nicht gänzlich von Angestellten eingenommen worden war, die zur Arbeit in die Stadt pendelten.

Vielmehr lebten hier lauter Frank Carringtons, die alle erfüllt waren von einem tiefen Groll gegen die Universitätsmitarbeiter, die herzogen, die Preise in die Höhe trieben und die Demokraten ins Stadtparlament wählten. Gleichzeitig waren die alteingesessenen Geschäftsleute hinter jedem Penny her, den die Zugezogenen in ihren Kassen klingeln ließen.

»Was ist mit ihm?«, fragte Frank, nachdem Julia ihr Anliegen vorgetragen hatte.

»Ist er hier gewesen?«

»Ich bin Geschäftsmann«, erwiderte Carrington im flachen Tonfall eines geborenen Yankees. Er war winterbleich und schlaksig wie ein typischer Neuengländer, und seine aschblonde Frisur hätte zu einem jüngeren Mann gepasst. Der Laden war tief und dunkel und vollgestopft mit Antiquitäten, von denen die Hälfte im Schatten verborgen war. »Ich verkaufe an jeden, der zu dieser Tür reinkommt. Einige Geschäftsleute hier haben ja was gegen Minderheiten. Aber so bin ich nicht. Sie wissen, wie froh ich bin, dass Leute wie Sie hier sind.«

Ja, das wusste sie, denn er sagte es ihr jedes Mal, wenn sie in seinen Laden kam, um eine Kleinigkeit oder manchmal auch etwas Größeres zu kaufen.

»Wir brauchen mehr Minderheiten«, verkündete er im selben Ton, mit dem er hätte erklären können, dass die Pleasant Road eine Ampel brauchte. »Aus allen möglichen Kulturkreisen«, fügte er etwas übereifrig hinzu.

Julia, die gerade eine Girandole-Vase begutachtete, sagte nichts.

»Wie geht's Pres?«, fragte Frank neugierig, denn Tyler's Landing staunte nach wie vor über Julias Erstgeborenen. Vier Jahre nachdem Preston die örtliche Highschool vorzeitig abgeschlossen hatte, war die Schule immer noch nicht darüber hinweggekommen, dass ihr genialer Star ein Schwarzer war. Und auch Lemaster hatte sich, nachdem das Verhältnis zwischen Vater und Sohn endgültig zerrüttet war, nie von der Erkenntnis erholt, dass sein Sohn der Intelligentere war. »Ich wette, er macht der Stadt immer noch alle Ehre«, sagte Frank mit einem schwachen Lächeln.

»Preston geht es gut.«

»Der klügste schwarze Junge, der je hier auf der Schule war«, fuhr er fort. Es war als Kompliment gemeint. »Na, und was macht der Rest der Familie?«

Julia war entschlossen, sich nicht ablenken zu lassen.

»Was hat er gewollt, Frank?« Sie warf einen Blick zu Jeannie hinüber, die ein im Schaufenster aufgebautes weihnachtliches Dorf aus Porzellan bewunderte. Ein Schild bat die Kunden, die Teile nicht zu berühren, aber Julia wusste genau, dass ihre Tochter gleich etwas in die Hand nehmen und womöglich fallen lassen würde. »Kellen Zant. Als er hier bei Ihnen war. Was hat er gewollt?«

»Das, was jeder will, der hier hereinkommt. Er wollte was kaufen.«

»Er hat etwas bei Ihnen gekauft? Kellen?«

»Gibt es einen Grund, warum er das nicht hätte tun sollen?«

»Was hat er denn gekauft?«

Ein kurzes Zögern, als überlege Frank, wie viel er für die Information in Rechnung stellen könnte. Er war hoch gewachsen, stand jedoch immer vornüber gebeugt, als wäre sein Körper größer als seine Ambitionen. Sein Blick wanderte immer wieder über Julias Schulter zu Jeannie, die inzwischen vor dem Porzellan-Dorf hockte. »Erinnern Sie sich an den Standspiegel aus dem neunzehnten Jahrhundert, den Sie sich vergangenen Monat angesehen haben?«

»Natürlich.« Sie erinnerte sich ebenfalls daran, dass Frank tausendachthundert Dollar dafür verlangt hatte, ein vollkommen überzogener Preis.

»Den hat er gekauft.«

»Kellen hat den Standspiegel gekauft? Warum in aller Welt sollte er diesen Spiegel kaufen? Kellen hatte doch nicht die geringste Ahnung von Antiquitäten.«

»Tja, aber er hat ihn gekauft. Und den vollen Preis bezahlt«, sagte Frank mit stolzgeschwellter Brust.

»Aber das ergibt doch überhaupt keinen Sinn. Was hätte Kellen mit einem antiken Spiegel anfangen sollen?«

Wieder ging Franks Blick in Richtung Jeannie, die, wie nicht anders zu erwarten, den kleinen Bahnhof von seinem Sockel genommen hatte. Sie hielt ihn sich dicht vors Gesicht und spähte durch die winzigen Fenster. Regeln galten nur für Menschen, die weniger perfekt waren als sie. »Es sollte ein Geschenk sein.«

»Ein Geschenk?« Ein Aufflackern irrationaler Eifersucht. »Für wen?«

»Für Sie.«

Julia warf einen kurzen Blick über die Schulter, um sich zu vergewissern, dass ihre Tochter beschäftigt war. Dann legte sie Frank tatsächlich eine Hand auf den Arm und zog ihn tiefer in den düsteren Laden. »Ich finde das kein bisschen witzig«, sagte sie.

»Es ist kein Witz, Julia. Er hat mich gefragt, was Ihnen gefallen würde, und ich hab's ihm gesagt.«

»Aber –«

Sie brach ab, war unsicher, wie sie es ihm erklären sollte. Sicher, Kellen und sie hatten einander hin und wieder kleine Geschenke gemacht, zum Beispiel diese Schachtel Fudge zum Geburtstag. Aber es ging ihr einfach nicht in den Kopf, dass er ihr einen Spiegel für tausendachthundert Dollar gekauft haben sollte. Sie war eine verheiratete Frau! Wie hätte sie das ihrem Mann erklären sollen? Sie hätte das Geschenk niemals angenommen, das musste Kellen klar gewesen sein, und außerdem –

»Aber er hat ihn mir nicht geschenkt.«

»Äh, nein«, räumte Frank Carrington ein, während er sich die geisterhaft weißen Hände rieb, wie um sie in Unschuld zu waschen. »Tut mir leid. Also, es ist so, er hat mir gesagt, er würde mich anrufen, um mir Bescheid zu geben, wann ich den Spiegel liefern soll. Aber er hat nie angerufen.«

»Soll das heißen – ?«

»Der Spiegel steht immer noch hier. Wollen Sie ihn sich vielleicht anschauen?«

· III ·

Und so hatte Julia, die inständig hoffte, das Ganze wäre nur ein Traum, Gelegenheit, den zweiten Spiegel zu begutachten, den Kellen ihr hinterlassen hatte. »Sie werden verstehen, dass ich Ihnen den Spiegel nicht geben kann, Julia«, sagte Frank, während er den Überwurf entfernte. »Ich hatte zwar den *Eindruck*, dass er ein Geschenk für Sie sein sollte, aber ich weiß es nicht mit Sicherheit. Das bedeutet, dass er immer noch Kellens Eigentum ist. Oder vielmehr zu seinem Nachlass gehört.«

»Verstehe«, sagte Julia, während sie um den ovalen Standspiegel herumging und unwillkürlich verschiedene Kerben und Kratzer registrierte. Zwar befand sich der Spiegel in einem schlechten Zustand, aber sie liebte ihn wegen seines Alters. Schon als Kind hatte Julia sich insgeheim eine Theorie zurechtgelegt, die erklärte, wie alte Spiegel sich von anderen Antiquitäten unterschieden: Wenn man lange genug hineinschaute, erblickte man irgendwann die undeutlichen Umrisse aller Frauen, die sich im Laufe der Jahrzehnte vor ihm die Haare gebürstet und herausgeputzt hatten. Damals in Hanover und noch öfter in Granny Vees Stadtvilla in Harlem hatte eine jüngere Julia stundenlang vor den alten Spiegeln gestanden und darauf gewartet, dass sie auf der versilberten Fläche ihre Vergangenheit sehen würde. Trotz jahrelanger Ausdauer hatte sie bisher kein Glück gehabt, aber hin und wieder war ihr, als würde Mona hinter ihr stehen und sie mit ihrer vor Selbstmitleid und Selbstgefälligkeit schrillen Stimme ermahnen, sie solle endlich aufhören, dem nachzujagen, was sie auf der anderen Seite vermutete: *Wenn man solche Dinge zu lange anstarrt*, hatte ihre Mutter früher immer gesagt und dabei angeblich Granny Vee zitiert, *dann verwandelt man sich irgendwann in sie.*

»Ein Prachtstück, nicht wahr?«, murmelte Frank, als wollte er ihr den Spiegel verkaufen. Seine Stimme war etwas höher, wie immer, wenn er nervös war. Julia fragte sich, warum seine Hände schon wieder zitterten. Vielleicht hatte er vor, den Spiegel einfach zu behalten und ein zweites Mal zu verkaufen.

»Ja, ein Prachtstück«, log sie, denn in Wirklichkeit war er schlecht gepflegt. Als sie den Spiegel ein wenig kippte, spürte sie, wie er wackelte. Das Glas war zwar poliert worden, aber es verzerrte ihr Gesicht wie in einem Spiegelkabinett. Je länger sie das antike Stück betrachtete, umso mehr fühlte sie sich an etwas erinnert, aber sie kam einfach nicht darauf, was es war. »Eine der Kreuzblumen ist beschädigt«, bemerkte sie.

»Da ist doch nur ein Eckchen abgebrochen.«

»Ich würde sagen, ein ziemlich großes Eckchen.«

Frank breitete die Arme aus, vielleicht um anzudeuten, dass die Beschädigung nicht seine Schuld war.

Julia untersuchte die Verbindungsstellen und Drehgelenke, kratzte an einem Leimklümpchen. »Und Kellen hat den vollen Preis dafür bezahlt?«

»Ja.«

»Nachdem Sie ihm gesagt hatten, dass ich mir den Spiegel angesehen hatte?«

»Hm, ja.«

Julia schuttelte den Kopf, jetzt war sie total verwirrt. Sie begriff nicht, warum Kellen ihr einen hässlichen, überteuerten Spiegel kaufen würde, der auch noch in so einem schlechten Zustand war. Aber zusammen mit dem Comyns, den Seth ihr in Arkadelphia gegeben hatte, waren das innerhalb einer Woche schon zwei Spiegel von Kellen. Selbst ein Mann, der so impulsiv handelte wie Kellen Zant, musste einen Grund gehabt haben, ihr zwei derart seltsame Geschenke zu machen. War es das, wovon Boris Gibbs gehört hatte? Dass Kellen in Tyler's Landing gewesen war und eine teure Antiquität für sie erstanden hatte? Aber warum sollte sich irgendjemand darüber aufregen? Konnte das der Mehrertrag sein, nach dem Mary Mallard gefragt hatte, der Mehrertrag, von dem Kellen gesagt hatte, er würde ihn Julia übergeben? Erneut berührte sie die beschädigte Kreuzblume. So wie sie Kellen kannte, hatte er nichts Gutes im Schilde geführt. Aber wie der Kauf des Spiegels mit Kellens zweifelhaften Plänen zusammenhängen könnte, war ihr vollkommen schleierhaft.

Sie ermahnte sich, nicht weiter darüber zu grübeln. Was immer Kellen auch vorgehabt hatte, ging sie nichts an. Als er noch lebte, hatte er beharrlich versucht, sie wieder in sein Leben zurückzuholen. Sie würde nicht zulassen, dass es ihm nach seinem Tod gelang. Zum ersten Mal seit seinem Tod war Julias Wut auf Kellen stärker als ihr Schmerz.

»Und das war alles, was er gesagt hat? Dass es ein Geschenk für mich sein sollte?«

»Na ja, nicht *alles*.« Frank hatte sich so weit in die Dunkelheit zurückgezogen, dass seine Stimme aus dem Nichts zu kommen schien. »Er meinte, der Spiegel würde Ihnen gefallen, weil Sie ein Faible für Geschichte haben.«

Aber Geschichte langweilte sie. Sie musste Kellen tausendmal gesagt haben, dass sie sich nicht für die Vergangenheit, sondern für die Zukunft interessierte, eine Sünde, für die Mona sie häufig getadelt hatte. Das wollte sie Frank gerade erklären, aus einem vielleicht nicht gerade weisen Impuls heraus, als ein Klirren aus dem vorderen Teil des Ladens zu hören war.

Jeannie stand mit großen Augen und Unschuldsmiene, die Hände hinterm Rücken, in sicherer Entfernung von dem zerbrochenen Porzellanhäuschen.

»Ich war's nicht«, sagte sie.

Kapitel 9

Oberflächenspannung

· I ·

Astrid, Lemasters Cousine zweiten Grades, war über Thanksgiving mit ihren beiden ernsten, hochgeschossenen Sprösslingen im Schlepptau nach Tyler's Landing gekommen, und wie immer erfüllte die verrückte, hagere, kettenrauchende Energie dieser Frau das Haus am Hunter's Meadow. Astrid Venable war dunkel und klein und gut aussehend, genau wie Lemaster, und auch was ihre Arroganz und Intelligenz betraf, stand sie ihm in nichts nach. Sie waren beide als Halbwüchsige eingewandert und – zusammen mit Astrids jüngerem Bruder Harrison, einem mittlerweile sehr erfolgreichen Investmentbanker – in Chicago unter dem strengen Regime einer Tante erzogen worden. In der Hoffnung, zwei Fliegen mit einer Klappe zu schlagen, hatte die Tante sie alle drei auf eine katholische Schule geschickt. Astrid konzentrierte sich mit der gebündelten Energie eines Laserstrahls auf Dinge, die sie interessierten, in erster Linie auf ihre Arbeit am Capitol Hill und ihre gesellschaftlichen Aktivitäten, denn das Clubleben der dunkelhäutigeren Nation war ihre zweite Heimat, zeitweise sogar ihre Hauptberufung: Sie war einige Jahre lang nationale Vizepräsidentin der Ladybugs gewesen und war derzeit Landesvorsitzende von einem der elitäreren schwarzen Frauenverbände. Sie verpasste keine einzige Versammlung und wurde es nie müde, anderen zu erklären, warum sie unbedingt auch hätten teilnehmen müssen. Astrid hielt sich für den Nabel der Welt. Es irritierte sie, wenn Lemaster ihre E-Mails nicht umgehend beantwortete, und da sie wusste, dass Julia immer zu Hause war, rief sie häufig mitten in der Nacht an, um ihr zu sagen, sie solle ganz schnell den Fernseher einschalten, weil gerade eine Sendung über einen unbekannten schwarzen Bildhauer lief, von dem Julia noch nie gehört hatte und von dem sie auch nie wieder hören würde. Wenn Julia dann erklärte, sie sei gerade mit etwas anderem beschäftigt, reagierte Astrid gereizt und beleidigt.

Astrids Kinder waren eingebildet und schlampig, sie verteilten ihre Klamotten, Schuhe, Computerspiele, Colaflaschen und Kekskrümel überall im Haus, wie um ihr Territorium zu markieren oder zu demonstrieren, dass zu Hause eine Dienerschar hinter ihnen aufräumte. Vor ihrem Umzug nach Washington war Astrid Partnerin in einer Anwaltskanzlei an der Wall Street gewesen, und sie hatte mehr Geld auf der hohen Kante als ihr Vetter, der keineswegs am Hungertuch nagte, in fünf Jahren verdiente. Lemaster war tunlichst bemüht, das Thema Politik zu meiden, aber wenn sie nicht gerade über ihre Clubs redete, sprach Astrid über kaum etwas anderes und regte sich dabei über jedes Wort ihrer Gesprächspartner auf, wenn die ihr nicht nach dem Mund redeten. In Astrids Vergangenheit – und womöglich auch in ihrer Zukunft – hatte es einige Ehemänner gegeben, die nicht ihre eigenen gewesen waren. Für Lemaster war seine Cousine ein kreischendes, gedankenloses Großmaul und dazu eine Mutter, die ihre Kinder sträflich verwöhnte. Lemaster, der den kämpferischen Stolz des Einwanderers auf sein kulturelles Erbe besaß, ob es nun existierte oder nicht, hatte sich seiner Frau gegenüber schon mehrfach beklagt, dass Astrids Kinder kaum noch etwas Westindisches an sich hatten.

Julia fürchtete sich insgeheim vor Astrid.

Astrid traf am Mittwoch ein, man begrüßte sich mit Umarmungen und Küsschen, tauschte säckeweise Weihnachtsgeschenke aus, und Julia bereitete zusätzlich zum Truthahn gebratenes Tofu mit Gemüse zu, da niemand in Astrids Familie Fleisch aß, zumindest nicht in Astrids Gegenwart. Die Kinder, so Astrid, hätten sich Schularbeiten mitgebracht, allerdings bestanden ihre Aufgaben, soweit Julia das mitbekam, hauptsächlich darin, mit ihren Gameboys zu spielen und ihre Laptops auf das hauseigene WLAN zu konfigurieren, um mit ihren Freunden zu chatten.

Das Festmahl an Thanksgiving war ziemlich ausgelassen und zugleich deprimierend. Astrid hielt keinen Augenblick die Klappe, und etliche Leute saßen um den Tisch, darunter Wendy Tollefson, Julias Freundin aus ihrer Zeit als Lehrerin, und eine Reihe von Freunden aus der Uni, die niemand anderen hatten, mit dem sie das Fest begehen konnten. Deprimierend war es, weil keiner der beiden Carlyle-Söhne anwesend war. Aaron hatte die Erlaubnis erhalten, Thanksgiving in Texas mit der Familie seines wohlhabenden Zimmergenossen zu verbringen, und Preston, der seine Rücksichtslosigkeit wie immer in ein Geheimnis packte, hatte schlicht per E-Mail und ohne weitere Erklärung verkündet, er werde nicht kommen. Auf Julias Drängen hin bat Lemaster Suzanne de Broglie, eine Theologieprofessorin, das Tischgebet zu sprechen. Suzanne richtete ihr Gebet an die »liebe Göttin, unsere himmlische Mutter«, während ihr Chef, der Unipräsident, seiner Frau verständnislose Blicke zuwarf. Entsprechend der Familientradition sprach nach dem Nachtisch jeder Einzelne ein Dankgebet aus. Jeannie dankte Gott für ihre wundervollen Eltern, ihre wundervolle Schwester und ihre beiden wundervollen Brüder und für alle Lebenden und Toten. Vanessas Dankesgebet war unhörbar. Als Astrid an der Reihe war, dankte sie Gott dafür, dass der jüngste Versuch, staatliche Schulen abzuschaffen, indem man Gutscheine an arme Kinder verteilte, gescheitert war, und brachte ihre Hoffnung zum Ausdruck, dass Gott demnächst die christlichen Fundamentalisten als bigotte Scharlatane entlarven würde.

Suzannes Vater, der ebenfalls Theologieprofessor und ein strenger Traditionalist gewesen war, gehörte zu Lemasters großen Vorbildern. Nach dem Essen war Lemmie offenbar in Versuchung, Suzanne zu fragen, was Eduard de Broglie wohl von ihrem Gebet gehalten hätte. Vor ein paar Jahren hätte er es vielleicht getan. Aber jetzt war er Präsident der Universität, und so verschob er seinen Unmut auf später, wenn er ihn seiner Frau gegenüber loswerden konnte. Das Problem sei, so erklärte er Julia beim Zubettgehen, dass die Leute sich einen Gott im Westentaschenformat wünschten, den sie bei Bedarf hervorholen konnten, wenn er ihnen in der säkularen Welt einen Vorteil brachte. Niemand wünscht sich einen Gott, der uns sagt, war wir tun sollen, meinte er. Wir wollen einen Gott, der uns nur das befiehlt, was wir ihm soufflieren, und das erlaubt, was wir ihm einflüstern. Wir wollen einen Gott, der kleiner ist als wir, der nie unbequem ist, der sich allem anpasst. Kein Wunder, dass kein Mensch mehr in die Kirche geht. Wieso sollten wir ein so unbedeutendes Wesen verehren? Wie alle Familienmitglieder hatte Julia diesen Vortrag schon hundertmal gehört. Sie pflichtete Lemaster bei, weil es das war, was Lemaster sich wünschte. Beim Einschlafen versuchte sie sich vorzustellen, wie es wohl wäre, einen Ehemann mit Sinn für Humor zu haben.

Am Freitagabend hätte Julia ihre Schwiegercousine, wie die Kinder Astrid nannten, gern zur monatlichen Versammlung der Ladybugs mitgenommen. Trotz ihres Umzugs nach Washington war Astrid nach wie vor Mitglied des legendären Regionalverbands von Westchester County, vor dem alle aus Ehrfurcht und purem Neid quasi in die Knie gingen. Im Westchester-Verband war ein Großteil des schwarzen Kapitals aus dem Großraum New York vertreten; zu seinen Mitgliedern zählten die Vorstandsvorsitzende einer der fünfhundert reichsten US-Firmen, zwei Ehefrauen von Vorstandsvorsitzenden von zwei der hundert reichsten US-Firmen, zwei Führungsfrauen aus der Medienbranche, vier Ehefrauen von millionenschweren New Yorker Sportgrößen und so weiter bis hin zu solchen wie Astrid, die lediglich (wie Granny Vee sich ausgedrückt hatte) gut betucht waren.

Zu Julias Überraschung erklärte Astrid jedoch, sie sei zu müde, und so blieben sie zu Hause und spielten mit Vanessa zu dritt Binokel, was in den guten alten Harlemer Zeiten praktisch das offizielle Spiel des Clans gewesen war. Sie aßen Popcorn, sahen sich einen alten Film an und warteten vor allem auf Lemaster, der seine Aufwartung machen musste bei einem Festessen für den ältesten schwarzen Anwalt der Stadt, der in den Ruhestand verabschiedet wurde. Julia hatte den geheimen Verdacht, dass es nicht die Todsünde Müdigkeit war, die Astrid dazu bewogen hatte, zu Hause zu bleiben, sondern der Wunsch, mit ihrem Vetter zu sprechen.

»Lassen die Medien dich inzwischen in Ruhe, meine Liebe?«, fragte Astrid so unvermittelt, dass Julia die falsche Karte ausspielte.

»Du meinst wegen der Sache mit Kellen?« Ein nervöses Lachen. »So kurzlebig, wie Nachrichten heutzutage sind, ist das alles längst vergessen.«

»Da bin ich mir nicht so sicher.«

»Wessen bist du dir nicht sicher?«

»Dass das alles vergessen ist.« Astrid sah besorgt aus und als ob sie eine Zigarette brauchte, und Julia wusste, dass sie bald in den Garten hinausgehen würde. Sie spürte Julias prüfenden Blick. »Ich warte noch auf das dicke Ende. Mit solchen Geschichten verdiene ich meine Brötchen.«

Julia, die an den Standspiegel denken musste, sagte nichts, doch Vanessa, die, während sie den Punktestand notierte, einen Unterton wahrgenommen hatte, der ihrer Mutter entgangen war, warf Tante Astrid einen besorgten Blick zu. »Ist der Senator beunruhigt wegen des Projekts, an dem Kellen gearbeitet hat?«

Der Senator war Astrids Chef.

»Nein, nein, Liebes, was für ein Unsinn. Nein. Wie kommst du denn auf die Idee?«, fragte Astrid und ging zum Rauchen in den Garten, ohne Vanessas Antwort abzuwarten. Auch Julia wunderte sich, warum ihre Tochter so eine Frage stellte, aber ehe sie sie darauf ansprechen konnte, verzog Vanessa sich mit dem Handy, um einen Anruf von diesem Casey entgegenzunehmen. Später plauderte Julia mit ihrer Schwiegercousine im unteren Gästezimmer, an dessen Wänden Poster von Broadway-Shows mit schwarzen Künstlern hingen. Wie jedes Mal, wenn sie zu Besuch kam, erklärte Astrid, sie begreife einfach nicht, warum Julia keine authentische schwarze Musik höre – womit sie die Bands mit den grauenhaft frauenfeindlichen Texten meinte, die Lemaster insgeheim verehrte. Dann platzte Vanessa herein und zeigte Tante Astrid das Foto, das Seth Zant ihnen in Arkadelphia gegeben hatte. Julia wäre am liebsten im Erdboden versunken. Sie hatte das Foto in einem sicheren Versteck gewähnt, aber es war ein sinnloses Unterfangen, irgendetwas vor Vanessa verbergen zu wollen. Spätestens, als ihre vierjährige Tochter die Weihnachtsgeschenke entdeckt hatte, die Lemaster in der hintersten Ecke eines verschlossenen Schranks in seinem Arbeitszimmer verstaut hatte, war ihnen das klar geworden.

»Die beiden waren echt ein sexy Paar«, sagte Vanessa triumphierend.

Astrids Augen weiteten sich. »Wirklich?« Julia malte sich im Geiste aus, wie diese pikante Neuigkeit sich entlang der Klatschkette von einem Ladybugs-Regionalverband zum nächsten verbreitete. Astrid lächelte sie an. »Das hat Lemaster mir nie erzählt.«

»Er, äh, kann ein Geheimnis für sich behalten.« Julia verspürte das seltsame Bedürfnis, sich zu entschuldigen.

»Das kann man wohl sagen«, murmelte Astrid mit einem verächtlichen Unterton, als wäre das Bewahren von Geheimnissen ein verwerfliches Laster.

· II ·

Astrids Besuch war trotz Thanksgiving nicht rein privater Natur. Sie war geschäftlich da, und das einzige Geschäft, das Astrid betrieb, war die Politik. Sie war die Leiterin des Büros von Senator Malcolm Whisted, einem alten Freund von Lemaster. Die beiden Männer kannten sich von der Uni, wo sie während der letzten beiden Studienjahre zusammen mit zwei weiteren Freunden in der Hilliman-Suite gewohnt hatten. Die Räume waren aufgrund einer uralten, urkundlich belegten Verfügung dem ältesten Angehörigen des Hilliman-Clans, der gerade die Universität besuchte, sowie bis zu drei seiner Freunde vorbehalten. Sie nahmen fast die gesamte oberste Etage der Hilliman Hall ein, eines Studentenwohnheims, nicht zu verwechseln mit dem Hilliman Tower, in dem die Wirtschafts- und Sozialwissenschaftler untergebracht waren, oder einem der sechs anderen Gebäude auf dem Campus, die nach der Familie Hilliman, die zu den wichtigsten Wohltätern der Universität gehörte, benannt waren. In der obersten Etage befanden sich noch zwei kleinere Zimmer, die wegen ihrer Nähe zur Hilliman-Suite sehr begehrt waren, obwohl es sich um ehemalige Dienstbotenzimmer handelte.

Zu Lemasters Studentenzeit bewohnte Jock Hilliman, der sich später als Unternehmensplünderer einen Namen machen sollte, die Suite. Er hatte seine Familie schockiert, als er dem Schwarzen ein Zimmer angeboten hatte: Es war das erste Mal, flüsterten die Verwandten, dass ein Neger, der kein Diener war, über die Schwelle der Hilliman-Suite schritt. Jock holte noch zwei weitere Freunde hinzu, damals bekannt unter den Namen Scrunchy und Mal, von denen der eine zum Präsidenten der Vereinigten Staaten aufstieg und der andere zum Senator, der in die in drei Monaten mit den Wahlkampfversammlungen in Iowa beginnenden Vorwahlen der Demokratischen Partei einsteigen und, wenn alles lief wie geplant, bei den Präsidentschaftswahlen im kommenden Herbst gegen Scrunchy antreten würde. Schon jetzt waren die Medien fasziniert von der Möglichkeit, dass zwei ehemalige Zimmergenossen von der Uni gegeneinander um die Präsidentschaft kandidieren könnten. Aber die Beziehungen zwischen den beiden waren weniger eng, als es den Anschein hatte. Jock, Scrunchy und Mal hatten über die Jahre den Kontakt zueinander verloren, während Lemaster mit seiner beinahe unheimlich anmutenden Fähigkeit zur Freundschaft, den Kontakt zu allen dreien aufrechterhalten hatte. Als Jock vor drei Jahren gestorben war – in den Armen seiner wesentlich jüngeren Geliebten, auch wenn es in den Nachrufen lediglich hieß, er sei im Hause eines Freundes einem Herzinfarkt erlegen –, hatte Lemaster eine derart mitreißende Grabrede gehalten, dass selbst Scrunchy und Mal, beide hartgesottene Politiker, für die Kameras ein paar Tränen vergossen hatten.

Es war Lemaster gewesen, der Astrid zu ihrem Job verholfen hatte.

· III ·

Astrid verbrachte den Großteil des Samstagnachmittags mit ihrem Vetter in dessen Arbeitszimmer, aus dem die erhobenen Stimmen der beiden deutlich zu hören waren, wenn man, wie Julia, über die verglaste Brücke in den Vorraum schlich und sein Ohr an die schwere Tür legte. Julia konnte nicht verstehen, was gesagt wurde, hatte jedoch am Vorabend aus kleinen verräterischen Gesten und Blicken geschlossen, dass Astrid diesmal die Bittstellerin war und Lemaster alle Trümpfe in der Hand hielt.

Sie konnte sich nicht lange aufhalten, und zwar nicht nur, weil sie Gefahr lief, erwischt zu werden: Sie musste ihre und Astrids Kinder vom Multiplex-Kino abholen, wo sie sich in unterschiedlichen Gruppierungen Filme angesehen hatten. Während sie in dem kürzlich reparierten Escalade zum Kino fuhr, zerbrach sie sich den Kopf darüber, um was es bei dem Streit zwischen Astrid und Lemaster gehen könnte.

Im Foyer saßen Jeannie und Odessa, Astrids Dreizehnjährige, brav auf einer Bank; sie hatten sich den neuen Disneyfilm angesehen. Derweil schritt Odessas fünfzehnjähriger Bruder, der für einen Carlyle ungewöhnlich hochgewachsene Cedric, vor den beiden auf und ab, in der einen Hand eine Cola, in der anderen sein Handy. Er hatte sich mit stillschweigender Erlaubnis seiner Mutter in einen blutrünstigen, erst ab achtzehn freigegebenen Film über Vampire, die die Welt eroberten, eingeschlichen. Sie alle warteten auf Vanessa, die sich mit diesem Casey getroffen hatte, um sich eine Liebeskomödie anzusehen. Julia zwang sich, nicht darüber nachzudenken, was die beiden im Dunkeln treiben mochten. Die Liebeskomödie war kürzer als die anderen Filme, aber offenbar war Casey zu spät gekommen, und sie waren in die nächste Vorstellung gegangen.

Der Gedanke, dass die anderen dann auf sie warten mussten, war ihnen dabei natürlich nicht gekommen.

Jeannie plapperte aufgeregt, ihr hatte der Disneyfilm gut gefallen, während die altkluge Odessa so tat, als wäre er unter ihrem Niveau gewesen. Der große Cedric war viel zu sehr mit seinem Handy beschäftigt, um seine Tante Julia zu begrüßen. Nachdem Julia die Zeiten überprüft und festgestellt hatte, dass die Liebeskomödie noch eine Stunde und zehn Minuten dauerte, schlug sie vor, in dem chinesischen Imbiss auf der gegenüberliegenden Straßenseite eine Kleinigkeit zu essen und dann Vanessa abzuholen. Während die drei begeistert ihre Zustimmung kundtaten, entdeckte Julia diesen Casey in trauter Umarmung mit einem Mädchen, das Vanessa als »dummes Blondchen« bezeichnet hätte. Trotz der Novemberkälte stellte sie so viel nacktes Fleisch zur Schau, dass sie in Julias Jugendzeit eine Verhaftung riskiert hätte. Wutentbrannt aus Solidarität mit Vanessa und unter Missachtung aller Erziehungsregeln über die Nichteinmischung von Eltern stürmte Julia quer durchs Foyer, tippte dem angehenden Schriftsteller auf die Schulter und hätte sich um ein Haar wieder einmal von der reinen Unschuld in Casey Wyatts sanften grünen Augen überrumpeln lassen.

»Mrs Carlyle! Hallo, wie geht's Ihnen denn? War es wirklich so furchtbar? Vanessa sagt, es war total furchtbar.« Er stieß das dumme Blondchen in die Rippen, während er nach Informationen fischte. »Das ist Vanessas Mutter. Sie hat diesen toten Schwarzen gefunden.«

Das Blondchen murmelte etwas, das vielleicht ein Gruß sein sollte.

»Sie haben sich also wieder von dem Schrecken erholt?«, fragte Casey, weniger aus Mitgefühl, sondern weil er sich offenbar als Vertrauter der Familie präsentieren wollte, über die in Tyler's Landing zweifellos am meisten gesprochen wurde. Braune Löckchen lagen auf seiner Stirn wie bei einem kleinen Jungen, und die weichen Locken verliehen ihm etwas von einem melancholischen Poeten. Es war seine dichterische Seite, die Vanessa anzog; das und vielleicht die Tatsache, dass er ihr einziger Verehrer an der Highschool war, wo vielleicht zwanzig der eintausendvierhundert Schüler schwarz waren. »Vanessa sagt, es war scheußlich, sein halber Kopf weggeschossen und so.«

»Und wo ist Vanessa jetzt, Casey? Was machst du hier draußen«, Julia warf einen Blick auf das Blondchen, »während der Film da drinnen läuft?«

»Es ist nicht meine Schuld, Mrs Carlyle. Sie hat es sich anders überlegt. Sie wollte nicht ins Kino, sie meinte, sie hätte was zu erledigen. Und da hab ich Melanie hier getroffen, wissen Sie, wir kennen uns aus der Schule, und da dachte ich –«

»Um was ging es?«

»Was?«

»Was hatte sie zu erledigen, Casey? Wo ist meine Tochter?«

Er zeigte vage in Richtung Parkplatz. In der Nähe stand Jeannie aufgeregt und mit großen Augen, wie immer, wenn sie auch nur ahnte, dass Vanessa wieder Ärger machte. Sie nahm die Hand ihrer Mutter. Odessa telefonierte inzwischen ebenfalls auf ihrem Handy und ignorierte wie ihr Bruder die Welt um sie herum.

»Sie hat gesagt, sie müsste was überprüfen.« In Caseys Gesichtsausdruck zeichnete sich Besorgnis ab. »Sie war ganz komisch. Ich hab versucht, sie aufzuhalten, Mrs Carlyle. Ehrlich.«

»Was überprüfen? Wo ist sie hingegangen?«

Casey warf dem dummen Blondchen einen Blick zu, sie war ein paar Schritte zurückgewichen und knabberte an den Fingernägeln. »Das macht sie jedes Mal, wenn wir uns treffen.« Inzwischen flüsterte er, den Blick auf den Boden gerichtet, und obwohl sie sich dagegen sträubte, spürte Julia, wie verwirrt und getroffen er war. Vielleicht lag ihm tatsächlich etwas an Vanessa. »Wir gehen in ein Restaurant, wir gehen ins Kino, egal wohin, und alles ist in Ordnung, und dann springt sie plötzlich auf und verschwindet. Und jedes Mal ist es aus demselben Grund.« Ein gequälter Blick in Julias Richtung, und einen Moment lang verband sie dieses Gefühl von Schuld, weil sie beide wussten, dass sie nicht in der Lage waren, den Menschen, den sie liebten, unter Kontrolle zu halten oder auch nur zu verstehen. »Es ist immer, weil Gina sie braucht.«

· IV ·

Panik war eigentlich etwas, was in Julias Gefühlswelt nicht vorkam. Die Veazie-Frauen waren Planerinnen und Problemlöserinnen, sie waren gut organisiert und durchsetzungsfähig, manchmal sogar ein wenig leichtsinnig, weil sie lieber ein Risiko eingingen, als tatenlos abzuwarten. Es sei einzig der Entschlusskraft und der Plackerei der Frauen zu verdanken, sagte Mona gern, dass die dunkelhäutigere Nation trotz der Schwäche ihrer Männer überlebt habe. Als Julia nur wenige Wochen nachdem sie mit Lemaster zusammengezogen war, festgestellt hatte, dass sie schwanger war, hatte sie weder lange überlegt noch geheult, sondern war schnurstracks zu ihrem Freund marschiert, um ihm die Nachricht zu überbringen. Sie hatte genau gewusst, dass ihre Zukunft von seiner ersten Reaktion abhing. Hätte er ihr eine Abtreibung nahegelegt, hätte sie ihm ins Gesicht geschlagen; hätte er erklärt, dieses Problem müsse sie allein lösen, hätte sie ihm auf dem Weg zur Tür beide Augen ausgekratzt in der Hoffnung, dass er danach mindestens auf einem blind wäre. Als er stattdessen vorschlug, sie sollten heiraten, hatte Julia unter dem zweifelhaften Vorwand, sie wolle nicht, dass er eine unüberlegte Entscheidung treffe, abgelehnt. Die Entscheidung sei nicht unüberlegt, hatte Lemaster ihr versichert. Er trage sich schon seit einiger Zeit mit dem Gedanken, ihr einen Heiratsantrag zu machen, sei jedoch bisher zu schüchtern gewesen. Für diese Erklärung hätte Julia ihn um ein Haar geohrfeigt, denn für Lemmie war Schüchternheit ein Fremdwort. Die Hände in die Hüften gestemmt, hatte sie ihn wütend aufgefordert, es zu beweisen, worauf er lachelnd geantwortet hatte: »Wenn es ein Mädchen wird, bin ich bereit, sie Amaretta zu nennen.« Aber es wurde ein Junge, und sie nannten ihn Preston, nach Granny Vees Mann und Julias einzigem bekannten Großvater.

Jetzt, wie immer die Planerin, rief sie weder ihren Ehemann noch die Polizei an, sondern wählte Vanessas Handynummer.

Nur die Mailbox sprang an.

Nachdenken. Planen. Handeln.

Gina. Jedes Mal, wenn Vanessa sich davonmachte, sagte sie, sie tue es für Gina.

Julia packte die Kinder in den Escalade, befahl den missmutig protestierenden Sprösslingen ihrer Schwiegercousine, die Handys auszuschalten, fuhr die Route 48 entlang und suchte verzweifelt die Umgebung der halb leeren Malls, des menschenleeren Industriegebiets und der gesichtslosen Pavillons der Autohändler ab, die sich heutzutage um jedes Vorort-Multiplex-Kino herum ansiedelten. Nach wenigen Minuten machten alle begeistert bei dem Suchspiel mit, und als Cedric gerade begann, lauthals die möglichen Katastrophen aufzuzählen, in die Vanessa hineingeraten sein könnte, rief diese zurück.

»Ich bin in der Historical Society. Ich hab gesehen, dass du versucht hast, mich anzurufen, aber im Lesesaal muss man sein Handy ausschalten.«

»*Wo* bist du?«

»Ich muss was recherchieren. Mir ist da eine Idee gekommen.«

Julia hatte wirklich genug von diesen Ideen. »Wie zum Teufel bist du dahin gekommen? Das sind fast zehn Kilometer von hier!«

»Mit dem Taxi.«

»Vanessa –«

»Ich weiß, Mom, ich weiß. Ich hätte dich fragen sollen.« Auf irritierende Weise klang sie geduldig wie eine leidgeprüfte Erwachsene. »Aber du hättest nein gesagt.«

»Allerdings!«

»Tja, deswegen hab ich dich nicht gefragt. Ich wollte nicht, dass du nein sagst. Es ist in Ordnung, wenn du mir Stubenarrest aufbrummst, Mom.« Sie erklärte sich vorab schon mit einer Bestrafung einverstanden, so dass es sich anhörte, als bestraften Eltern ihre Kinder, um sich selbst zu beruhigen – was tatsächlich häufig der Fall war. »Ich hab gefunden, was ich gesucht habe.«

»Und was war das?«

»Das erzähl ich dir später. Die machen hier gleich dicht. Kommst du mich abholen oder wie?«

Also änderte Julia die Reihenfolge. Zuerst holte sie Vanessa ab und hob sich die Gardinenpredigt für später auf. Eigentlich hatte sie vorgehabt, mit Vanessa in die Mall zu fahren, um ihr ein neues Kleid auszusuchen für den Grand Orange and White Cotillion Ball, das wichtigste gesellschaftliche Ereignis für den neuenglischen Zweig des Clans zwischen Weihnachten und Neujahr. Aber Vanessa hatte keine Lust auf den Ball. Vielleicht war das der Grund, warum sie sich verdrückt hatte: weil sie nicht mit ihrer Mutter ein Kleid für den Ball kaufen wollte.

· V ·

Als sie wieder zu Hause waren, setzte sich Vanessa an ihre Hausaufgaben, Jeannie schrieb ein Gedicht über eine Katze, die zum Mond flog, und Astrids Kinder gingen in den Keller, wo sie sich irgendwie beschäftigten. Astrid hatte sich wütend ins untere Gästezimmer verzogen. Lemaster war zu einem Diner auf dem Campus gefahren und wollte anschließend beim Bürgermeister von Elm Harbor vorbeischauen, der ein paar gute Freunde zu einer Party eingeladen hatte. Eigentlich konnte Lemaster den Bürgermeister nicht ausstehen, einen durch und durch korrupten Mann namens Shea, doch Verpflichtungen waren nun mal Verpflichtungen. Später fuhr Julia zum Supermarkt und nahm Vanessa mit, um ihr die überfällige Strafpredigt zu halten. Ihre Tochter hörte ihr beharrlich schweigend zu und starrte gereizt aus dem Fenster. Als Julia nichts mehr einfiel, sagte Vanessa, was sie immer sagte: »Das verstehst du nicht.«

Erst am späten Abend, als sie im Bett lagen und sich die Übertragung eines Baseballspiels an der Westküste ansahen, hatten sie und Lemaster ein bisschen Zeit für einander.

»Weißt du, was Astrids größtes Problem ist?«, fragte Lemaster Julia, die an seiner knochigen Schulter döste. Er war immer noch verstimmt wegen des Streits mit seiner Cousine.

»Mmmm-mmm.«

»Sie gehört zu den Leuten, die glauben, nichts sei wichtiger als eine Wahl.«

»Vielleicht hat sie diesmal recht.«

»Nein. Sie hat nicht recht.« Ein flüchtiger Kuss auf ihre Stirn. Es war unmöglich, dass er sich irren könnte. Denn auch wenn er wesentlich charmanter war als Astrid, so war Lemaster nicht weniger von sich selbst überzeugt. Er zitierte einen seiner Lieblingsgrundsätze: »Gewinnen ist keine Tugend.«

Julia wartete, aber schon bald war ihr klar, dass ihr Mann das gerade erst angeschnittene Thema schon wieder beendet hatte. Sie schmollte eine Weile, wie immer, wenn sie sich ausgeschlossen fühlte. Dann, nach einer Reihe von Werbespots und einem vergeblichen Versuch, ihn zu verführen, erzählte sie ihm von Vanessas jüngster Eskapade, wobei sie die Respektlosigkeit ihrer Tochter etwas herunterspielte und die Rolle von diesem Casey übertrieb, damit ihr Mann jemanden hatte, dem er die Schuld geben konnte. Lemaster hörte ihr schweigend zu, dann zappte er sich durch die Programme, entschied sich schließlich für Book TV, wo ein berühmter Autor sich gerade darüber ausließ, warum Männer niemals ein Buch aus der Erzählperspektive einer Frau schreiben sollten. Julia hütete sich, Lemaster beim Grübeln zu unterbrechen. Er gehörte zu der Sorte von Generälen, die erst dann feuerten, wenn sie sich sicher waren, dass sie ihren Gegner ins Jenseits befördern konnten.

»Brady ist ein Idiot«, sagte er schließlich. »Ein absoluter Idiot.

Wie hätte ich das ahnen sollen? Er ist immerhin Chefarzt der Jugendpsychiatrie am Uniklinikum.« Lemaster reagierte auf einen Vorwurf, den sie nie vorgebracht hatte. »Der Mann wird von allen Seiten nur gelobt. Und – was macht er? Er sitzt rum und faselt was von Vanessas Stimme, die wir respektieren sollen, damit sie – wie hat er das noch ausgedrückt?«

»Damit sie sich als handelndes Subjekt wahrnehmen kann.« Julia zitterte in dem stickigen Zimmer – Lemaster, dem es nie heiß genug sein konnte, vor allem nicht in Neuengland, drehte die Heizung immer voll auf, und zwar ohne vorher zu fragen –, als sie an die zermürbenden Monate nach Vanessas Verhaftung dachte. Anwälte, Psychiater, Sozialarbeiter, Richter, noch mehr Psychiater, Befragungen und Berichte und Gerichtssäle, es hatte überhaupt kein Ende nehmen wollen, bis Julia total verwirrt gewesen war und sie nicht mehr wusste, ob sie oder ihre Tochter durchgedreht war. Und es hatte Zeiten gegeben – was sie nie zugeben würde! –, als sie froh darüber war, dass sie noch drei weitere Kinder hatte, die einigermaßen normal waren, auch wenn Vanessas Bedürfnisse in letzter Zeit so im Vordergrund standen, dass Julia für die drei anderen viel zu wenig Zeit hatte. Lemaster, der offenbar nichts von ihrer zunehmenden Sorge mitbekam, konzentrierte sich auf den Fernseher. Julia sagte: »Er sagt, sie braucht genug Freiraum, um Eigenständigkeit zu entwickeln.«

»Genau. Unsere Tochter versucht sich umzubringen, und Brady sagt, sie braucht mehr Freiraum. Was für ein Schwachkopf.« Obwohl er das ganz ruhig sagte, spürte Julia seine Wut auf sich selbst. Ihr Lemmie machte nur selten einen Fehler, aber wenn ihm einer unterlief, verfluchte er sich dafür. »Man sollte ihm die Approbation entziehen«, knurrte Lemaster, und da ihr Mann jeden kannte, der etwas zu sagen hatte, fragte Julia sich, ob er tatsächlich vorhatte, einen Versuch in die Richtung zu unternehmen.

»Was hast du vor? Meinst du, wir sollten nach einem anderen Psychiater suchen?«

»Ich weiß es nicht. Vielleicht.« Verärgert über seine Unentschlossenheit, wechselte er erneut den Sender, übersprang den Nachrichtenkanal auf der Suche nach einer besseren Wahrheit. »Ich wette, Vanessa findet ihn inzwischen richtig toll. Jemand, der uns sagt, wir sollen sie als selbstständig handelndes Subjekt betrachten, damit sie ihre Eigenständigkeit entwickeln kann. Heute hat sie offenbar ziemlich selbstständig gehandelt, oder?«

Julia bewunderte ihren Mann, aber manchmal hätte sie ihn ohrfeigen können. Interessierte er sich tatsächlich so wenig für die größte Krise in seiner Familie? »Ach, Lemmie, sie kann ihn nicht ausstehen. Sie will eine Frau.«

Aber Männern aus Barbados fällt es schwer, klein beizugeben, selbst wenn sie, um die Oberhand zu bewahren, sich selbst widersprechen müssen. »Vielleicht ist gerade ihre Abneigung gegen ihn der Beweis dafür, dass er seine Sache gut macht. Viel zu vieles auf der Welt wird auf der Grundlage dessen entschieden, was die Leute *mögen*. Auf der Grundlage von *Befindlichkeiten*.« Wie so oft, redete ihr Mann, als hätte er ein Publikum vor sich. »Es geht mir nicht darum, dass Vanessa ihren Psychiater *mag*«, fuhr er fort. »Meinetwegen kann sie ihn zum Kotzen finden, Hauptsache, er hilft ihr. Und genau das weiß ich nicht, Jules. Das wissen wir nicht. Ob er ihr hilft oder nicht.« Er machte ein Geräusch, das sich anhörte wie ein wütendes Knurren. »Gina schon wieder. Gina. Das hat uns noch gefehlt. Jedes Mal, wenn sie wegläuft, tut sie es aus demselben Grund. Gina hat sie gerufen. Der Himmel weiß, was sie ihren Freunden erzählt.« Er meinte, was ihre Freunde ihren Eltern erzählten. »Oder was sie in ihrem Blog schreibt.«

»In ihrem Blog schreibt sie nie über Gina.«

»Genau. Weil Gina etwas dagegen hat.« Lemaster seufzte, dann spürte sie erleichtert, wie sein Körper sich in ihren Armen entspannte. »Wahrscheinlich ist niemand auf der ganzen Linie ein Idiot. Brady meinte, wir sollten diese Sache mit Gina nicht länger dulden. Bisher war ich mir da nicht so sicher, aber ich glaube, er hat recht.« Julia wunderte sich. Er hatte die heikleren Themen, nämlich Vanessas kurzzeitiges Verschwinden und die Rolle, die dieser Casey bei der ganzen Geschichte spielte, elegant umschifft und war genau an dem Punkt gelandet, wo sie ihn nicht haben wollte. »Also – wir machen es so. Sie darf sich nicht länger den Kopf darüber zerbrechen, was mit Gina passiert ist. Das geht einfach nicht. Brady kann meinetwegen solange er will daran arbeiten, um die Ursache für ihre fixe Idee aufzudecken, aber er hat uns gesagt, wir sollen nicht zulassen, dass sie diese Sache weiterverfolgt. Da hat er sich klipp und klar ausgedrückt. Also sollten wir Vanessa deutlich machen, dass wir seiner Meinung sind.« Er gab seiner Frau keine Gelegenheit, sich dazu zu äußern. »Und weißt du was? Vanessa geht es besser. Viel besser. Zumindest ging es ihr besser. Bis … zu den jüngsten Ereignissen.«

Meinte er den Mord an Kellen? Astrids Besuch? Oder meinte Lemaster … Gab er möglicherweise Julia die Schuld daran, dass Vanessa sich wieder mit Gina beschäftigte?

»Es geht ihr immer noch besser«, sagte Julia.

»Wir werden ja sehen.«

»Was werden wir sehen?« Ihr blieb fast das Herz stehen, während sie sich fragte – Gott, wie sie diese Momente hasste! –, ob ihr Mann überhaupt etwas für sie empfand, oder ob er ihre Ehe wie das meiste in seinem Leben nur als lähmende Pflichterfüllung betrachtete.

»Wir werden sehen«, sagte er langsam, »ob sie diese fixe Idee wieder aufgibt.«

»Du sagst das, als könnte sie es frei entscheiden.«

»Ich glaube, das kann sie. Solange nichts passiert, was sie wieder in die falsche Richtung beeinflusst.«

Es war genau wie Oberflächenspannung, dachte Julia, denn eigentlich war sie immer noch die Biologielehrerin, die für den Unterricht der Mittelstufe ständig nach Analogien suchte. Ihr unterdrückter Ärger presste wie die Luft in einer Seifenblase gegen die dünne Haut der Selbstbeherrschung, die das sich ausdehnende Gasgemisch so lange einschließen konnte, bis sie platzte. Dann würde alles auf einmal herausschießen. In die Ecke gedrängt und kurz davor, ihn anzufahren, verkrampfte Julia sich neben dem zierlichen Körper ihres Mannes.

»Na ja«, sagte er, als er spürte, dass er zu weit gegangen war. »Es spielt keine Rolle. Es ist vorbei. Vanessa ist in Sicherheit. Das ist das Wichtigste. Gut, sie hat sich nicht ganz korrekt verhalten. Aber so sind hochbegabte Teenager nun mal. Im Grunde ist sie ein patentes Mädchen. Und schließlich hat sie keine Dummheit angestellt.« Er schien sich selbst seine schlimmsten Befürchtungen auszureden. »Vielleicht ist Brady ja doch kein kompletter Versager. Und was diesen Casey angeht – es hat keinen Zweck, auf ihm rumzuhacken. Er ist eben, wie er ist. Ein verwöhntes weißes Professorensöhnchen.«

»Zumindest ist Vanessa inzwischen ein bisschen geselliger«, sagte Julia mutlos, nachdem Lemaster über jeden sein Urteil gesprochen hatte.

»Ja.« Kalt wie Stahl. »Das ist sie allerdings.«

Er zappte erneut zwischen den Programmen hin und her und fand einen Actionfilm, in dem nur der Held die Wahrheit kannte und ohne mit der Wimper zu zucken jeden tötete, der sich ihm in den Weg stellte. Sie sahen zu, wie er seine Waffe immer wieder nachlud und schoss. Realistisch, wie sie war, fragte Julia sich, wie der Mann die ganze schwere Munition mit sich herumschleppen konnte.

»Lemmie?«

»Hmmm?«

»Als wir heute Abend auf dich gewartet haben …«, sie zögerte, wollte den Namen ihrer Tochter nicht erwähnen, nachdem der Sturm sich gerade erst gelegt hatte, »… hab ich überlegt, ob das, was Astrid von dir möchte –«

»Sie sucht nach Dreck, den sie im Wahlkampf einsetzen kann.« Seine Stimme klang immer noch eisig. »Der Präsident und ich waren Zimmergenossen, wir sind seit Ewigkeiten befreundet, und deswegen meint sie, ich müsste alle seine schmutzigen Geheimnisse kennen. Ich hab ihr gesagt, Mal war ebenfalls sein Zimmergenosse, wir haben alle drei zusammen in der Hilliman-Suite gewohnt, und wenn sie Dreck will, dann soll sie sich doch an Mal wenden. Sie sagt das Übliche, dafür sei der Senator viel zu anständig, aber ich glaube, ihr eigentliches Problem besteht darin, dass Mal einfach nichts über Scrunchy weiß.« Eine Pause. »Und natürlich ist Jock tot, und so wie Astrid tickt, nimmt sie das als Beweis dafür, dass es irgendwo Dreck gibt. Jock ist an einem Herzinfarkt gestorben, im Bett mit seiner Geliebten, also behauptet Astrid, dass die Geliebte Bescheid gewusst haben muss.«

Es dauerte einen Augenblick, bis Julia begriff, dass das Thema damit für ihn beendet war. »Gibt es denn schmutzige Geheimnisse?«

»Darüber kann ich nicht reden, Jules.«

»Ich weiß, ich weiß. Ich meine, selbst wenn du mir nicht genau sagen kannst, um was es geht? Ich hab nur so überlegt, ob es etwas mit Kellen zu tun haben könnte.«

Wieder herrschte Schweigen, während ihr Mann sich mit dem seltsamen kleinen Schiedsrichter in seinem Kopf beriet. »Das ist wieder mal typisch Astrid. Macht, was sie will, und nach ihr die Sintflut.« Lemaster gähnte. »Wenn sie auf einem ihrer Kreuzzüge ist, kann man kein vernünftiges Wort mehr mit ihr reden. Aber mach dir keine Sorgen. Ich werde mit Mal sprechen. Der wird sie zurückpfeifen müssen.«

Mach dir keine Sorgen? »Und du glaubst, dass er das tut? Bloß weil du ihn darum bittest?«

»Sicher.«

Wieder ein Problem gelöst: als besäße er magische Kräfte. Er gab ihr einen flüchtigen Kuss, schaltete den Fernseher aus, drehte sich auf seine Seite und schloss die Augen. Ihre Frage wegen Kellen hatte er nicht beantwortet.

Kapitel 10

Ein Strandspaziergang

· I ·

Am nächsten Morgen nahm Lemaster Vanessa und Jeannie mit zur Eucharistiefeier um elf Uhr in der unnachgiebig nach dem Heiligen Matthias benannten Kirchengemeinde, die sich vor einigen Jahren in einem Anfall traditionalistisch-theologischer Rechthaberei von der Episkopalkirche abgespalten hatte. Astrids Kinder schliefen noch. Julia und Astrid gingen zum Brunch in den Landing Club, der den wohlhabenden Einwohnern des Städtchens einen exklusiven und teuren Zufluchtsort bot und dessen Mitgliedschaft der Familie Carlyle schließlich angetragen worden war, als Lemmie seine Beraterstelle im Weißen Haus angetreten hatte. Kellen hatte damals im Scherz gesagt, wahrscheinlich vertraue man darauf, dass die Familie Lemaster nach Washington folgen und von ihrer Mitgliedschaft nie Gebrauch machen würde, und vielleicht hatte er damit sogar recht gehabt.

»Du musst Lemaster klarmachen«, sagte Astrid, »dass seine Sicht der Welt zu engstirnig ist. Man kann sich nicht sein Leben lang aus allem heraushalten, man kann sich nicht ewig der Verantwortung entziehen und nie Farbe bekennen. Dafür steht zu viel auf dem Spiel. Leute seines und auch deines Kalibers dürfen sich nicht zurückhalten.«

»Inwiefern zurückhalten?«

Astrid stocherte in ihrem Sojamilchmüsli, das zusammen mit ein paar Stücken Cantaloupe-Melone ihre komplette Mahlzeit darstellte. Vor lauter Angst, dass Astrid im Geiste die Kalorien zählen könnte, rührte Julia ihre pochierten Eier und Bratwürstchen kaum an. »Der Präsident der Vereinigten Staaten war einmal der beste Freund deines Mannes. Als Student hat er allen möglichen Unsinn veranstaltet. Es gab Zeiten, da hätten wir vielleicht gesagt, was ein Politiker als Student ausgefressen hat, geht die Öffentlichkeit nichts an. Aber diese Zeiten sind vorbei, Julia. Die Aufgaben, vor denen wir stehen, sind zu wichtig.« Astrid gab ihr Mantra, und in gewisser Weise ihre Ideologie zum Besten. »Scrunchy – was für ein seltsamer Spitzname, ich wüsste zu gern, wo er den her hat – Scrunchy also hat seinen Freunden einmal erzählt, er hätte in seiner Studentenzeit schreckliche Dinge getan. Nun, vielleicht wollte er damit nur andeuten, dass er zu oft einen über den Durst getrunken hat und hin und wieder in einem fremden Bett aufgewacht ist. Aber vielleicht hat er auch etwas ganz anderes gemeint. Das würden wir gern erfahren.« Mit *wir* meinte Astrid die Kräfte der Rechtschaffenheit und Wahrheit. Aber ihre Worte bestätigten, was Lemaster Julia erzählt hatte. »Falls Scrunchy sich überhaupt jemandem anvertraut hat, dann höchstens Lemaster. Wir wüssten gern, was er ihm anvertraut hat. Und die Tatsache, dass dein Mann sich so standhaft weigert, die Geheimnisse preiszugeben, lässt darauf schließen, dass es sich um äußerst interessante Geheimnisse handelt.«

»Oder um Geheimnisse, die besser nicht gelüftet werden«, murmelte Julia, die an Kellen denken musste, aber Astrid tat so, als hätte sie nichts gehört. Astrid wollte Lemmies Geheimnisse erfahren. Mary Mallard interessierte sich für Julias Geheimnisse. Plötzlich schien alle Welt anzunehmen, die Carlyles verfügten über alle möglichen Insiderinformationen. Julia verdrängte den Gedanken an Kellens zwei Spiegel: Auch wenn er tot war, würde es ihm *nicht* gelingen, sie noch einmal in seine Welt hineinzuziehen.

Der Kellner fragte, ob sie noch etwas wünschten.

»Die letzten Jahre waren schrecklich für unser Land, Julia, wirklich schrecklich. Eine Neuauflage des dunklen Mittelalters, wenn du mir die Metapher erlaubst. Lemaster spricht von Ehre und Loyalität und Worthalten. Aber den Kampf gegen das Böse kann man nicht gewinnen, wenn einem eine Hand auf den Rücken gebunden ist.«

»Ich glaube, da würde der Präsident dir recht geben.«

Mit zusammengepressten Lippen, den Blick abgewandt wie eine wahre Gläubige, über deren religiöse Gefühle man sich lustig macht, sagte Astrid: »Das ist nicht zum Lachen, Julia.«

»Tut mir leid.«

»Ich mache mir ernsthaft Sorgen um dich, Julia. Früher warst du viel politischer.«

»Ich fürchte, du verwechselst mich mit meiner Mutter.«

Ein paar Frauen, die Julia aus dem Ort kannte, kamen herüber, um sie zu begrüßen. Julia stellte alle einander vor, aber es war offensichtlich, dass niemand sich einen Namen merken würde. Die Damen verteilten Wangenküsschen, klimperten mit ihrem Schmuck und gingen wieder.

Astrid schaute ihnen nach. »Die haben Angst, ich könnte hierher ziehen.«

»Warum sollten sie etwas dagegen haben?«

»Wenn zu viele von uns herziehen, müssen sie wegziehen.«

Julia errötete und wunderte sich über sich selbst, als sie Tyler's Landing verteidigte. »So sind die Leute hier nicht.«

»So sind die Weißen überall.«

Astrid wollte die Rechnung für den Brunch übernehmen, wahrscheinlich, um mit ihrer Platin-American-Express-Karte anzugeben, aber Julia erklärte ihr, dass alles von einem Mitgliedskonto abgebucht wurde, woraufhin Astrid ihren Anteil in bar bezahlen wollte, was Julia höflich ablehnte. Sie wollte ebenso wenig in Astrids Schuld stehen wie diese offenbar in ihrer.

Sie blieben auf der Treppe vor dem Eingang stehen, so dass Angehörige der hellhäutigeren Nation gezwungen waren, sich entschuldigend an ihnen vorbeizudrücken, um in den Club zu gelangen, ein Spiel, das auch Lemaster hin und wieder gern spielte. Zu ihrer Rechten erstreckte sich unter einer sanft abfallenden weißen Decke der schönste Golfplatz des Countys. Astrids Flug, ein Kurzstreckenflug direkt vom Flughafen in Elm Harbor, ging um vier.

»Wir haben dasselbe Problem bei den Ladybugs«, sagte Astrid, als greife sie einen Gesprächsfaden von vorhin wieder auf. Tatsächlich war sie auch immer noch beim gleichen Thema. »Bei der Versammlung in Dallas – ich glaube, du warst nicht da, oder?

– wurde eine Resolution eingebracht, in der die derzeitige Regierung kritisiert wird. Nicht, dass wir bei der Wahl Partei ergreifen würden – das dürfen wir als gemeinnützige Organisation ja nicht –, aber wir haben uns so eindeutig wie möglich ausgedrückt. Wir haben die Wahrheit ausgesprochen über das, was in diesem Land passiert, und vor diesem Hintergrund sollen die Sisterladys selbst entscheiden, wen sie wählen. Und weißt du, was passiert ist? Sie haben die Resolution nicht mal auf die Tagesordnung gesetzt! Sie wurde in irgendeinem Ausschuss unter den Tisch gekehrt. Laurel St. Jacques hat eine lange Rede über die Tradition unserer Organisation gehalten, dass wir uns immer aus der Politik heraushalten. Als ob Tradition ein Argument wäre. Die älteren Frauen, die schon ewig dabei sind, haben alle genickt und gejubelt und geklatscht. Alle außer Aurelia Treene, der Schriftstellerin – du kennst doch Aurie, oder? Nein? Also, Aurie ist ein Schatz. Sie ist mindestens neunundsiebzig, achtzig Jahre alt und schon seit, ach, was weiß ich, seit fünfzig Jahren bei den Ladybugs. In den alten Zeiten hat sie in Harlem gewohnt. Sie kennt manche von den Clubs schon, seit sie gegründet wurden.«

Julia hätte gerne erwähnt, dass sie Aurie Treene kannte, dass sie signierte Bücher von ihr zu Hause im Regal stehen hatte und sie schon als Kind bei Granny Vee kennengelernt hatte. Aber Astrid hörte ihr überhaupt nicht zu.

»Aurie hat deine Großmutter gekannt. Sie sagt, das sei schon lange der Fluch unserer Besten und deswegen auch der Fluch unserer Clubs, der Frauenverbände, der Bruderschaften, der Wohltätigkeitsclubs und aller anderen auch. Sobald unsere besten Leute eine bestimmte Schwelle des gesellschaftlichen Erfolgs überschritten haben, wollen sie mit Politik nichts mehr zu tun haben. Sie engagieren sich unter anderem deswegen so begeistert in den Clubs – also, das hat Aurelia gesagt –, weil sie dort ihre Solidarität mit anderen Schwarzen zum Ausdruck bringen können, ohne wirklich etwas dafür tun zu müssen. Sie können sich gegenseitig zu ihren Erfolgen gratulieren und den Kampf für Gerechtigkeit denen überlassen, die es nicht geschafft haben.« Während dieses Monologs waren sie die Treppe hinunter gestiegen. Sie überquerten die Straße, denn außer auf dem Golfplatz war auf dem gesamten Clubgelände, selbst im Freien, das Rauchen verboten. Im Rinnstein sammelte sich der Schneematsch. »Und Aurie hat noch was gesagt, Julia. Der schlimmste Club, hat sie gesagt, der Club, dem früher die erfolgreichsten Männer angehörten, die aber zugleich am wenigsten bereit waren, sich für etwas zu engagieren, das ihre Position gefährden könnte, das waren die Empyreals. Lemasters Club«, fügte sie überflüssigerweise mit einem kurzen, ärgerlichen Auflachen hinzu. »Vielleicht spielen die Empyreals heutzutage ja keine Rolle mehr, aber ich schätze, ihrer Tradition sind sie treu geblieben, oder? Die mischen sich doch nirgendwo ein.«

»Es sind eben nur *Clubs*, Astrid.«

»Nichts ist *nur* irgendwas«, entgegnete sie so scharf wie ein Theologieprofessor, der versuchte, Heidegger zu erklären.

»Was ich sagen will, niemand erwartet von den Pfadfindern, dass sie sich in die Politik einmischen. Oder von einem Schachclub. Oder von ... von einem Scuba-Tauchverein. Die Leute brauchen einen Ort, wo sie sich entspannen können.«

»Aber niemand hat das Recht, Entspannung zum Lebenszweck zu machen. Nicht in so schwierigen Zeiten wie heute.«

Julia hielt den Mund. Diskussionen mit Astrid ähnelten ihren Streitereien mit Lemaster: Die beiden hatten jede Menge geistreicher Bemerkungen auf Lager, wenn auch manche schon ziemlich abgedroschen waren.

»Du bist eine tolle Frau«, versicherte Astrid ihr, während sie in Richtung Strand schlenderten. Frische Schneeflocken glitzerten in der Mittagssonne. Ein paar Möwen waren nicht in den Süden geflogen und pickten nach Fressbarem am Straßenrand. »Lemaster könnte eine Menge von dir lernen.«

»Ich habe eine Menge von ihm gelernt.«

»Du bist mit ihm verheiratet, Julia. Du stehst ihm näher als irgendjemand sonst. Du musst ihn zur Vernunft bringen.« Astrid hielt abrupt inne, als ob ihr gerade ein schrecklicher Verdacht kam. »Oder will er im Ernst, dass dieser Mann wiedergewählt wird? Als er im Weißen Haus gearbeitet hat – das hat er doch aus Pflichtbewusstsein gegenüber seinem neuen Vaterland getan? Das war kein persönlicher Gefallen für den Präsidenten, oder?« Anscheinend hatte sie dieses Argument schon oft vorgebracht, wahrscheinlich gegenüber Freunden in Washington, deren Urteil sie fürchten musste. »Lemaster unterstützt doch nicht etwa den Präsidenten?«

Julia zog es vor, sich nicht darauf einzulassen. »Du bist seine Cousine, Astrid. Frag ihn doch selbst.«

»Er *behauptet*, er sei neutral.« Ein zischendes Geräusch. »Als wäre das überhaupt möglich.« Scheinbar erschöpft rieb sie sich das Gesicht. Sie war es nicht gewöhnt, dass man sich ihr widersetzte. »Also gut. Wenn er die Wiederwahl des Präsidenten nicht unterstützt, könnte er es beweisen. Er könnte uns helfen.«

»Vielleicht sind ihm schmutzige Tricks einfach zuwider«, sagte Julia und zog wegen der Kälte den Reißverschluss des Anoraks zu.

»Das sind keine schmutzigen Tricks. Wir tun nur, was getan werden muss.«

»Astrid –«

»Wir könnten ihn auch einfach raushalten.« Sie hakte sich ein und brachte ihren Mund direkt an Julias Ohr. Endlich waren sie beim eigentlichen Zweck ihres Spaziergangs angelangt. »Ich meine, die Geheimnisse könnten alle ans Licht kommen, ohne dass Lemaster notwendigerweise die Quelle ist. Er muss nicht einmal erfahren, dass sie ans Licht gekommen sind.« Ein selbstbewusstes, kehliges Raucherlachen, während sie mit der freien Hand, in der sie die Zigarette hielt, gestikulierte. »Und auf keinen Fall muss er erfahren, *wie* die Geheimnisse herausgekommen sind.«

»Ich kenne die Geheimnisse des Präsidenten nicht, Astrid«, sagte Julia bestimmt.

»Wir müssen diesen Kerl aus dem Amt jagen. Das sind wir unserem Land schuldig.«

Und wenn Senator Whisted die Wahl gewinnt, wirst du Stabschefin im Weißen Haus, stimmt's? Laut sagte Julia: »Selbst wenn, ich weiß keine Geheimnisse. Bis gestern war mir nicht mal klar, dass es überhaupt Geheimnisse gibt.«

»Nun, es gibt sie. Da sind wir uns ganz sicher.« *Wir*: Damit waren wieder die Guten gemeint. »Scrunchy hat Lemaster immer alles erzählt. Und Lemaster erzählt dir alles.«

Jetzt musste Julia lachen. Sie trat mit ihren hohen Stiefeln nach einer Schneewehe. »Wenn du das glaubst, dann kennst du deinen Vetter nicht so gut, wie du denkst, Astrid.«

»Aber das hat er dir garantiert erzählt. Die Sache ist viel zu brisant, so etwas kann er einfach nicht für sich behalten.«

Wenn man einen Vorschlag immer wieder ablehnen muss, beginnt man irgendwann an den eigenen Argumenten zu zweifeln. »Lemaster verrät keine Geheimnisse, Astrid, Punkt, aus. Genau deshalb kennt er so viele. Für ihn ist nichts wichtiger als unsere Ehre.« Sie schüttelte den Kopf und kam sich dabei irgendwie bedauernswert vor. Sie entschloss sich, nicht zu erwähnen, dass sie und Lemaster am Dienstag im Weißen Haus zum Abendessen eingeladen waren, obwohl Astrid es sicher längst wusste. »Lemmie sagt immer, man muss davon ausgehen, dass jeder, dem man ein Geheimnis verrät, es genauso vielen Leuten weitererzählen wird wie man selbst.«

»Ehre?«, wiederholte Astrid mit dem skeptischen Unterton, den man gemeinhin anschlägt, wenn man von einem bislang ungeahnten Laster erfährt.

»Loyalität. Sein Wort halten, selbst wenn es schwerfällt. Solche Dinge. Lemmie wird mal jede Menge Geheimnisse mit ins Grab nehmen.« Julia überlegte, wie sie Astrid unmissverständlich klarmachen konnte, was sie meinte, damit ihre Schwiegercousine sich damit zufriedengab. Wieder musste sie an Kellen und die Spiegel denken, und wieder schob sie den Gedanken beiseite. »Hör zu. Vielleicht weiß er auch Geheimnisse aus Mals Vergangenheit. Immerhin kennt er die beiden seit über dreißig Jahren. Hast du dir das schon mal überlegt? Lemaster hütet Scrunchys Geheimnisse genau wie die von Mal. Das ist nur fair.«

Aber so leicht ließ sich Astrid nicht ablenken. »Das ist nicht dasselbe. Der eine will das Land retten. Der andere ist dabei, es zugrunde zu richten. Das hat nichts mit Fairness zu tun. Da gibt es nur einen moralisch richtigen Weg: Wir müssen den einen Mann schützen und versuchen, den anderen aufzuhalten.«

· II ·

Sie hatten den Parkplatz am Wasser erreicht und schauten auf den Strand hinunter. Er war klein und weiß wie Tyler's Landing selbst und galt allgemein als der malerischste und eindrucksvollste Strand in ganz Harbor County. Genau wie ihre berühmte Mutter war Julia hin und her gerissen zwischen der elitären Exklusivität des Clans und dem Wunsch nach Gerechtigkeit für alle Schwarzen. Der Gedanke, dass ihre Familie aufgrund des Wohnsitzes Zugang zu diesem Strand hatte, von dem andere nur träumen konnten, bereitete ihr eine heimliche, angenehme Genugtuung. Immer wieder versuchten Badegäste aus anderen Städten, auf den Strand zu gelangen. Kwame Kennerly, der beliebteste Moderator des Stadtradios, wetterte unablässig über den »Apartheidstrand«. Vor Vanessas Absturz – was auch immer die Ursache dafür gewesen war – hatte die Familie oft nach dem sonntäglichen Kirchgang einen Strandspaziergang gemacht, selbst mitten im Winter, wenn der Sand steinhart war und das trotziggraue, an die Ewigkeit gemahnende Wasser Julia insgeheim faszinierte und zugleich einschüchterte.

Vor dreißig Jahren war Gina Joule hier ertrunken.

Während die beiden Frauen den verschneiten Parkplatz unter dem tiefen schiefergrauen Himmel überquerten, redete Astrid immer weiter leise auf Julia ein, warum sie ihrem Mann Scrunchys schmutzige Geheimnisse entlocken sollte. Der Strandwächter, ein pickeliger junger Mann, schaute gelangweilt zu ihnen herüber. Julia winkte ihm freundlich zu, denn man konnte nie wissen, ob es sich um jemanden handelte, der sich gekränkt fühlte, wenn man ihn nicht erkannte. Er öffnete gerade eine mit Vera Brightwoods grünem Band verschnürte Schachtel Fudge; wenn er sich die Nascherei nicht abgewöhnte, würde er seine Pickel nie loswerden. Jemanden im Winter dafür zu bezahlen, dass er den Strand bewachte, erschien Julia reine Geldverschwendung, aber es war rund um die Uhr jemand hier. Die Tradition reichte zurück bis in die Kriegszeiten – womit die älteren Einwohner den Zweiten Weltkrieg meinten –, als Arbeiter von den damaligen Schiffsbaugießereien ein paar Ortschaften weiter nach Tyler's Landing kamen, um am Strand ihr Mittagsbrot zu essen. Zurzeit wurde vor dem höchsten Gericht des Staates ein Prozess gegen die diskriminierende städtische Verordnung geführt, und die Kläger – unter ihnen Kwame Kennerly – wurden von mehreren Juraprofessoren der Universität vertreten. Julia, einmal mehr im Zwiespalt zwischen ihren egalitären Ansprüchen und ihrem angeborenen Snobismus, wusste nicht recht, was sie davon halten sollte, wenn es demnächst an dem schönen, herrlich abgeschiedenen Strand von Menschen wimmelte.

Nachdem ihr zu den Themen Abtreibung und Krieg nichts mehr einfiel, ließ Astrid sich gerade über die Energiepolitik und alternative Brennstoffe aus, als der junge Strandwächter aus seinem Häuschen trat.

»Nur für Ortsansässige«, raunzte der Junge und hob die Hand.

Julia fuhr herum, stemmte die Hände in die Hüften und reckte das Kinn in die Höhe, denn gerade in Astrids Gegenwart fühlte sie sich ganz besonders dem Clan zugehörig. »Wie bitte?«

»Das ist kein öffentlicher Strand. Er ist Ortsansässigen und deren Gästen vorbehalten.« Für den Fall, dass sie taub war, klopfte er auf das glänzende rot-weiß-blaue Schild. Normalerweise dösten die Wächter nur vor sich hin. »Städtische Anordnung.«

»Ich bin ortsansässig. Ich komme seit sechs Jahren an diesen Strand.«

»*Ausschließlich* Ortsansässige und deren Gäste«, wiederholte er, als hätte sie nicht kapiert.

»Haben Sie mich verstanden?«

»Das ist kein öffentlicher Strand.« Er spulte seinen Spruch noch einmal von vorne ab. »Städtische Anordnung.«

Julias Wangen glühten. Sie konnte es nicht fassen, dass sie eine derartige Demütigung hinnehmen musste, noch dazu in Gegenwart von Astrid, die mit einem spöttischen Grinsen andeutete, dass der Zwischenfall ihren Standpunkt bestätigte. Erst vor wenigen Minuten hatten sie gesehen, wie ein Jugendlicher mit zwei Hunden von dem Wächter unbehelligt an den Strand gegangen war. Ein weißer Jugendlicher. »Hören Sie mir zu, junger Mann –«

»Nur Ortsansässige und deren Gäste. Dies ist kein öffentlicher Strand.«

Ihre Schwiegercousine legte eine Hand auf ihre Schulter. »Genau deswegen müssen wir diesen Kerl aus dem Weißen Haus vertreiben. Damit solche Scheiße endlich aufhört.«

»Moment.« Julia ließ ihren Blick an dem Wachhäuschen vorbei und über den leeren Parkplatz hinweg bis zu dem kalten, sanft abfallenden Strand und dem aufgewühlten, einladenden Wasser schweifen. Sie konnte sich genau vorstellen, wie eiskalt es war. Sie war eine Veazie, und sie würde nicht klein beigeben. Dann sah sie dem jungen Mann in die Augen und wusste, dass sie noch lange nicht verloren hatte. »Ich kenne Sie«, sagte sie ruhig.

»Städtische Anordnung. Nur Ortsansässige und deren –«

»Sie sind Peter Wysocki, nicht wahr?«

Er verstummte und starrte sie mit offenem Mund an. »Äh –«

»Ich bin Julia Carlyle. Erinnern Sie sich? Ich war Ihre Biologielehrerin in der achten Klasse.«

»Oh. Äh. Äh.« Wie jemand, der eine schwere Last vom Boden hievt. »Ja. Stimmt! Hallo, Mrs Carlyle.«

»Hallo, Petey.« Sie erinnerte sich und musste lächeln, denn sie hatte Petey gemocht, obwohl er große Schwierigkeiten in der Schule gehabt hatte.

»Wie geht es zu Hause?«, fragte sie, immer noch lächelnd. »Ich habe gehört, Ihre Schwester hat geheiratet?«

Er errötete, fühlte sich geschmeichelt, weil sie sich so gut erinnerte. »Ja, und sie kriegt demnächst ihr zweites Kind, ist das zu fassen?«

»Großartig. Grüßen Sie –« Hastig ging sie unter Astrids beeindrucktem Blick in Gedanken all die Namen durch. »Grüßen Sie Doreen von mir. Und Ihren Bruder, äh, Mikey.«

»Mach ich.»

»Und Ihre Eltern.«

»Mach ich, Mrs Carlyle, mach ich. Danke.«

»Danke, Petey«, sagte Julia und ging auf den perfekten Sandstrand zu. Trotz der Kälte würde sie vielleicht sogar Schuhe und Strümpfe ausziehen, ihre Hosenbeine hochkrempeln und mit den nackten Füßen in das eisige Wasser gehen.

»Warten Sie, Mrs Carlyle.«

Julia drehte sich um. »Ja, Petey?«

»Tut mir leid, Mrs Carlyle, ich kann Sie trotzdem nicht an den Strand lassen.«

»Wie bitte?«

»Dass ich Sie kenne, macht keinen Unterschied. Der Strand ist Ortsansässigen und deren Gästen vorbehalten.« Er klopfte auf das Schild. »Städtische Anordnung.«

Kapitel 11

Ein privates Abendessen

· I ·

»Um welchen Gefallen er dich wohl bitten wird?«, fragte Julia und lächelte ihren Mann im Spiegel an, während sie hinter ihm stand und ihm den bereits perfekt sitzenden Kragen richtete. Er erwartete von seiner Ehefrau, dass sie die Verantwortung für seine äußere Erscheinung übernahm. In seiner Eigenschaft als Professor und Universitätspräsident war Lemaster Carlyle zwar ein Verfechter der Gleichberechtigung der Frau, zu Hause jedoch war er, wie er selbst stolz einräumte, ein Traditionalist, und egal, was er damit sonst noch alles meinte, es bedeutete auf jeden Fall, dass Julia ihm jeden Morgen die Krawatte zurechtrückte und den Hemdkragen richtete.

»Wir wissen ja noch nicht, ob er mich überhaupt um irgendetwas bitten wird. Ich habe gerade erst einen neuen Posten angetreten. Wahrscheinlich ist es nichts weiter als ein geselliger Abend. Es ist schon ziemlich lange her, dass wir alle zusammengesessen haben.« Aber der entschlossene Ehrgeiz in seinen leuchtenden braunen Augen sagte etwas ganz anderes.

»Fast ein Jahr.«

»Ja, ungefähr.« Er glättete das Jackett, drehte sich nach beiden Seiten, warf noch einen letzten prüfenden Blick in den Spiegel. Dann legte er sich einen eleganten dunklen Mantel über den Arm. Gerade mal ein halbes Jahr Universitätspräsident, und Lemaster bereitete sich schon wieder auf die nächste Aufgabe vor. Zwanzig Jahre Ehe, und er war jederzeit bereit für etwas Neues. »Ich denke, wir sind so weit«, sagte er, und es dauerte einen Augenblick, bis sie begriff, dass er nur von dem bevorstehenden Abend sprach.

Julia, die sich noch nie in formeller Abendgarderobe gefallen hatte, fühlte sich noch überhaupt nicht ausgehbereit, sagte jedoch nichts. Alles, was in Lemasters Schrank hing, saß bei ihm wie angegossen. Wenn sie dagegen die Sucht nach Vanille-Fudge und Cappuccino-Trüffeln nicht in den Griff bekam, würde sie bald in gar nichts mehr hineinpassen. Zum x-ten Mal schwor sie sich, Cookie's Place nie wieder zu betreten. Es war gerade erst Anfang Dezember, also immer noch Zeit genug, um den guten Vorsatz in die Tat umzusetzen, den sie am ersten Januar gefasst hatte. Sie setzte sich aufs Bett, um ihre Pumps anzuziehen, und warf einen Blick aus dem Fenster. Sie hatten ein Zimmer im Hay-Adams, ein Hotel, das Julia gefiel, weil seine historischen, holzgetäfelten Wände Geschichte auszudünsten schienen, auch wenn sie es diesmal nur wegen seiner Nähe zum Weißen Haus gewählt hatten. Zwar hatte das Social Office ihnen einen der begehrten Parkplätze auf dem Gelände angeboten, aber bei den aktuellen erhöhten Sicherheitsvorkehrungen hätten sie eine umfassende Überprüfung des Fahrzeugs über sich ergehen lassen müssen. Wenn sie pünktlich eintreffen wollten, mussten sie zu Fuß vom Hotel zum Weißen Haus gehen.

»Ich rufe nur noch kurz daheim an.«

»Warum?«

Einen Augenblick lang war Julia sprachlos. War das nicht klar? »Ich will wissen, ob mit den Kindern alles in Ordnung ist. Ob sie irgendwas brauchen.«

Lemaster zeigte auf ihre glänzende Isabella-Fiore-Handtasche. Julia besaß verschiedene Designerhandtaschen, weil man ihr beigebracht hatte, dass man eine echte Dame an der speziellen Handtasche für die Abendgarderobe erkennt, und weil sie sich, sosehr sie sich auch dagegen wehrte, immer wie eine echte Dame verhalten würde. »Du hast dein Handy dabei.« Er klopfte auf seine Brusttasche. »Ich habe meins. Wendy ist kein schüchternes junges Ding. Sie wird sich schon melden, falls etwas passiert.«

»Ich würde mich einfach wohler fühlen –«

Er hob die Hände, jedoch nicht als Geste der Kapitulation, sondern um sich durchzusetzen. »Nein, Jules, bitte versteh mich nicht falsch. Ich will dir keine Vorschriften machen. Wenn du es brauchst, bitte sehr. Wir haben genug Zeit.« Ein Grinsen. »Was auch immer du brauchst, ich bin auf deiner Seite.«

Was du brauchst. Sie hätte ihn ohrfeigen können, stattdessen küsste sie ihn auf die Wange.

Im Aufzug sprachen sie darüber, wie sie den Nachmittag verbracht hatten. Julia hatte mit Tessa Kenner zu Mittag gegessen, sich den neuesten Washingtoner Klatsch erzählen lassen und sich gewundert, wie viel blonder ihre Freundin geworden war. Lemaster hatte sich mit Ehemaligen der Universität und Lobbyisten getroffen, aber die meiste Zeit telefoniert. Als sie in der kühlen Nachtluft den Lafayette-Park durchquerten und Julia sich auf ihren hohen Hacken eher haltsuchend als aus Gründen der Etikette bei Lemaster unterhakte, sagte er: »Übrigens, ich habe ganz vergessen es dir zu sagen – dieser Detective hat mich gestern aufgesucht. Dieser Chrebet.«

»Was wollte er denn?« Nicht die Laternen. Bitte. Und nicht die Spiegel. Dabei wusste sie ganz genau, dass Lemaster in seinem ganzen Leben noch nie etwas vergessen hatte.

»Es klingt wirklich seltsam, aber er hat sich gefragt, wer gewusst haben könnte, dass wir an dem Abend über die Four Mile Road nach Hause fahren.«

»Wieso?«

Lemaster zuckte die Achseln. »Chrebet scheint anzunehmen, dass Kellens Mörder seine Leiche absichtlich dort deponiert hat.« Streusalz knirschte unter ihren Füßen. »Damit wir sie finden.«

»Was?«

»Ich habe ihn darauf hingewiesen, dass der Kerl sich dann ziemlich sicher sein musste, dass wir anhalten. Niemand hätte voraussehen können, dass wir einen Unfall bauen.« Ein freudloses Lachen. »Chrebet meinte, er müsse jeder noch so abwegigen Möglichkeit nachgehen. Dann hat er Conan Doyle falsch zitiert.«

Sie klammerte sich fester an seinen Arm. »Aber warum – ich meine, wer –«

»Ich habe keine Ahnung, wer, und ich habe keine Ahnung, warum.«

Ganz leicht betonte er das »wer«, was Julia nicht entging und sie sofort wütend machte. Einen Augenblick lang achtete sie nicht mehr darauf, wo sie hintrat. Sie hatten das nordwestliche Tor mit dem Wachhäuschen fast erreicht. »Was soll das heißen?«

»Dass ich keine Ahnung habe, wer oder warum.«

»Nein. Du willst andeuten, dass ich wüsste, warum.«

»Natürlich nicht. Ich hab ihm gesagt, dass wir beide nicht die geringste Ahnung haben. Ah, gut, wir kommen noch pünktlich.« Er zeigte auf ein Taxi an der Ecke der Seventeenth Street, aus dem der Mehrheitsführer des Repräsentantenhauses und seine Frau ausstiegen. Im Park hatten sich Demonstranten mit Trommeln versammelt, aber Julia wusste nicht, wogegen sie protestierten.

»Lemmie, warte. Warte.« Sie hielt ihn am Arm fest, denn wenn er erst einmal damit beschäftigt war, Hände zu schütteln, war er für sie unerreichbar.

»Was ist los, Jules?«

»Ich möchte, dass du mir die Wahrheit sagst.«

»Es ist nicht meine Art, dich anzulügen. Ich bin dein Mann.«

Ach so, das erklärte natürlich alles.

»Bitte, Lemmie. Sag mir, dass du nicht denkst, ich wüsste, wer es getan hat.«

Seine Brauen zogen sich zu diesem umgekehrten V zusammen, das sie nicht ausstehen konnte. Die eisige Luft ließ seine dunklen Wangen schimmern. In der winterlichen Kälte wirkten seine scharfen Gesichtszüge immer so schön und so unnahbar. »Nein, Jules. Ich glaube nicht, dass du irgendetwas weißt. In Ordnung?«

»Ich weiß nicht.« Sie war so frustriert und verunsichert, dass sie hätte schreien können. Lemmie gelang das immer, ob beabsichtigt oder nicht: Er verwandelte ihren vollkommen berechtigten Ärger in ein vollkommen unangebrachtes Schamgefühl. »Wahrscheinlich.« Ein Kopfschütteln. »Ich weiß nicht. Es ist alles so ein Durcheinander. Ich hasse diese ganze Angelegenheit.«

»Es wird alles gut, Jules.«

»Du weißt ja nicht mal, wovon ich rede!«

»Interessant.«

»Was ist interessant?«

»Wie du jedes Mal total aus dem Häuschen gerätst, wenn Kellens Name fällt.«

»Und es ist total beschissen von dir, so etwas zu sagen.«

Diese Augen, so schön und ausdrucksvoll und klug. Vorwurfsvoll. Richtend. Verletzt. Lemaster missbilligte jede Art von vulgärer Ausdrucksweise, und durch den sanften Ton in seiner Stimme ließ er sie seine Missbilligung doppelt spüren. »Beruhige dich, Jules. Hör zu, es tut mir leid. Ich habe mich ungeschickt ausgedrückt. Ich liebe dich. Ich würde dir niemals wehtun oder zulassen, dass irgendjemand dir wehtut. Das weißt du. Also sag's mir, Jules. Sag mir bitte, warum du dich so aufregst.«

Weil ich jedes Mal total aus dem Häuschen gerate, wenn Kellens Name fällt. Weil er die Laternen an unserer Einfahrt umgefahren hat. Weil er mir zwei Spiegel hinterlassen hat. Weil ich keine Gelegenheit hatte, mich von ihm zu verabschieden. Weil unsere Tochter manchmal plötzlich erstarrt, wenn sie morgens ihre Cornflakes isst. Weil die Liebe für dich eine Pflicht ist und nicht eine freie Entscheidung. Weil ich schwanger geworden bin und den Mann geheiratet habe, bei dem ich Ruhe gefunden habe, anstatt es ein allerletztes Mal mit dem Mann zu versuchen, den –

»Ach, es ist nichts.« Sie setzte ihr schiefes Lächeln auf und rückte ihm noch einmal die Krawatte zurecht. Er war ein guter Mann, ermahnte sie sich. Solide und zuverlässig. »Tut mir leid, Liebling. Gehen wir zum Präsidenten und hören uns an, welchen Posten er dir jetzt zu bieten hat.«

Aber kaum hatten sie das Weiße Haus betreten, wurde ihr klar, dass diese Zusammenkunft nichts mit Lemaster oder seiner Karriere zu tun hatte. Das Abendessen fand im Yellow Oval Room statt, im privaten Wohnbereich des Präsidenten im ersten Stock, von wo aus man zwischen den Säulen des Truman-Balkons hindurch einen guten Blick bis zum Washington Monument und darüber hinaus hatte. Anwesend waren der Präsident und die First Lady, Lemaster und Julia und drei weitere Paare: ein berühmter Schriftsteller, der sich lautstark gegen die Wahl des Präsidenten ausgesprochen hatte, der neue Leiter der zweitgrößten Denkfabrik in Washington und der Kongressabgeordnete, den sie hatten aus dem Taxi steigen sehen. Die beiden Letzteren waren in Begleitung ihrer Gattinnen erschienen, der Schriftsteller mit einer Freundin. Um einen neuen Job ging es also nicht. Es war eine von diesen gemischten Dinnerpartys, für die der derzeitige Präsident angeblich ein Faible hatte. Aber einen Augenblick lang sah Julia nur die Begleiterin des Schriftstellers, von der dieser lachend behauptete, sie schreibe ihn locker an die Wand.

»Julia und ich kennen uns bereits.«

»Ach, wirklich?«

»Aber ja doch. Freut mich, Sie wiederzusehen, Julia«, sagte Mary Mallard.

· II ·

Die beiden Frauen standen auf dem aus Sicherheitsgründen nur schwach beleuchteten Balkon im Schatten einer der riesigen Säulen. Drinnen war die Party in der Phase angelangt, in der nostalgische Erinnerungen ausgetauscht wurden. Der Rasen wurde von Flutlicht angestrahlt und sah von hier oben aus wie ein Football-Feld vor Beginn eines großen Spiels.

Mary Mallard sagte: »Ich hatte gehofft, dass Sie mich mal anrufen.«

»Warum hätte ich das tun sollen?«

»Um mir zu sagen, dass Sie Kellens Mehrertrag gefunden haben.« Die Journalistin drückte ihre Zigarette aus, die sie zum Vorwand genommen hatte, um sich mit Julia – die zwar nicht mehr rauchte, aber im Gegensatz zum Rest ihrer eher intoleranten Generation Raucher nicht verachtete – unter vier Augen auf den Balkon zurückzuziehen. Marys schmale Gesichtszüge waren weicher, als Julia sie von der Beerdigung her in Erinnerung hatte, doch die Obsidianaugen hatten kaum etwas von ihrem fanatischen Funkeln verloren. Auch jetzt trug sie ein Hermès-Tuch um den Hals, diesmal in einem verspielten Pflaumenrot. »Wissen Sie, Julia, ich finde wirklich, wir beide sollten zusammenarbeiten. Ich glaube, dass wir ein gemeinsames Ziel verfolgen.«

»Und welches Ziel ist das, Mary?«

»Die Wahrheit. Wir haben uns beide, wenn auch jede auf ihre eigene Weise, der Wahrheit verschrieben.«

»Verstehe«, sagte Julia und lehnte sich gegen die Balustrade.

»Sie sind also nicht meiner Meinung. Dabei wurden Sie doch gefeuert, weil Sie einer Dreizehnjährigen gestattet haben, ihren Klassenkameraden im Biologieunterricht zu erklären, warum sie die biblische Schöpfungsgeschichte für wahr hält und glaubt, dass Gott die Welt in sechs Tagen erschaffen hat.«

Julia war völlig verblüfft. Sie wäre nie auf die Idee gekommen, dass Mary sich über sie informieren könnte. »Ich wurde *nicht* gefeuert.«

»Es gab Beschwerden von Eltern, eine Anhörung sollte stattfinden, die Gewerkschaft hat Sie fallen lassen, und Sie haben gekündigt.« Mary war im Bilde. »Sie hatten mehrere Vortragsangebote, die Sie alle abgelehnt haben. Übrigens, wie geht es eigentlich Ihrer Tochter? Vincent Brady hat ja einen sehr guten Ruf. Würden Sie sagen, er hat ihn verdient? Oder wäre es verfrüht, darüber ein Urteil abzugeben?«

Julia musste sich zusammenreißen, um nicht zu explodieren. »Sie haben sich klar ausgedrückt, Mary. Würden Sie mir jetzt bitte sagen, warum ich hier bin? Oder müssen Sie erst noch ein bisschen mehr angeben?«

Mary zündete sich eine zweite Zigarette an und sog mit geschlossenen Augen den Rauch ein. Julia erinnerte sich an die köstlich prickelnde Wärme einer Zigarette draußen an einem kalten Abend, einer Zigarette, in der mehr steckte als nur Tabak. Winzige, hauchzarte Schneeflocken streiften ihre Gesichter. »Sie sind hier, weil der Präsident und die First Lady Sie zum Abendessen eingeladen haben«, sagte Mary. Der Tonfall der Weißen blieb gelassen. »Bitte fangen Sie nicht an, Gespenster zu sehen.«

»Ich bin hier, weil Sie mit mir reden wollten.«

»Ich bin bloß eine Sensationsjournalistin, Julia. Der Protokollchef des Weißen Hauses tanzt nicht gerade nach meiner Pfeife. Wenn ich mit Ihnen reden wollte, würde ich in Zimmer 118 im Kepler vorsprechen oder Sie an der Exxon-Tankstelle auf der Route 48 in Langford abfangen, wo Sie zweimal pro Woche auf der Heimfahrt tanken, oder in Greta's Tavern auf der Main Street, wo Sie nach der Arbeit gern noch einen Kaffee trinken, oder in dem Bagel-Laden an der Ecke King und Hudson Street, wo Sie sich hin und wieder mit Kellen Zant zum Frühstück getroffen haben.«

Trotz ihrer Wut war Julia ganz benommen von der Menge an Informationen, die diese Frau über ihren Alltag zusammengetragen hatte. Dennoch ging sie zum nächsten Angriff über, denn Veazie-Frauen geben niemals auf. »Es sei denn, Sie wollten irgendwo mit mir reden, wo auf gar keinen Fall jemand unser Gespräch mithören kann.«

»Auch wenn es stets bestritten wird, ich bin davon überzeugt, dass der Geheimdienst das gesamte Weiße Haus verwanzt hat.«

»Wahrscheinlich bis auf den Balkon.«

Mary lächelte. Ihr breiter Mund wurde zu einem Strich, und ohne den knallroten Lippenstift wären ihre Lippen jetzt kaum mehr zu sehen gewesen. »Ja. Wahrscheinlich bis auf den Balkon.« Sie drückte die zweite Zigarette aus. Von unten blickten die uniformierten Wachleute argwöhnisch zu ihnen hoch. Die Journalistin winkte, und Julia folgte vorsichtshalber ihrem Beispiel, damit sie im Zweifelsfall wussten, auf wen sie nicht schießen sollten. »Und, ja, Sie haben recht. Als ich hörte, dass Sie heute Abend mit von der Partie sind, musste ich Mr Pulitzer-Preis einfach überreden, mich als seine Freundin mitzunehmen.« Ein Blick in Richtung Tür. »War gar nicht so einfach.«

»Soll ich mich jetzt geschmeichelt fühlen?«

»Nein. Sie sollen aufhören, so aggressiv zu sein, und mir mal ein paar Minuten zuhören. Das war ein Scherz. Okay, es war kein Scherz. Aber im Ernst, Julia. Hören Sie mir einfach mal zu. Kellen ist zu mir gekommen, nicht umgekehrt. Ich möchte, dass Sie begreifen, um was es hier geht. Er war irgendeiner wichtigen Sache auf der Spur. Irgendeine alte Geschichte, die alle falsch verstanden haben. So hat er sich ausgedrückt. Und dass die Auswirkungen – die Welt erschüttern würden.«

»Er hat schon immer maßlos übertrieben, wenn er seine Interessen durchsetzen wollte.«

»Mag sein.« Mary zog eine dritte Zigarette aus der Schachtel, überlegte, ob sie sie anzünden sollte, erlag der Versuchung. »Aber er hatte Angst, Julia, und das hatte ich bei ihm noch nie erlebt. Er hat mir eine Kostprobe gegeben. So hat er das genannt, eine Kostprobe. Er sagte, sobald er die Geschichte unter Dach und Fach hat, wird er mir den Rest liefern, eher nicht.« Eine Pause. »Er sagte, jemand hätte ihm geholfen, seinen Warenbestand aufzufüllen. Die schwarze Dame hätte ihm geholfen. So hat er sie genannt, Julia, die schwarze Dame. Es klang wie ein Name, nicht so, als ginge es einfach um eine schwarze Frau. Ich habe natürlich angenommen, dass er Sie damit meint. Schwarze Dame, Black Lady, Sisterlady – Sie sehen, wie ich darauf komme. Ich meine, Sie sind doch alle schwarz, oder? Die Ladybugs?«

»Das ist ein umstrittener Punkt in der Organisation. In den Statuten steht nichts über die Hautfarbe, auch wenn alle davon ausgehen, dass es ein Club nur für Schwarze ist. Einige Regionalverbände haben Weiße aufgenommen, um ihr Budget aufzustocken, denn die Mitgliedschaft ist nicht gerade billig, und häufig finden sie einfach nicht genug –« Sie unterbrach sich. »Und deswegen haben Sie mir auf der Beerdigung aufgelauert? Weil Sie mich für Kellens schwarze Dame halten?«

»Das ist nur ein Grund. Aber Kellen hat auch gesagt, er habe Vorkehrungen getroffen für den Fall, dass ihm etwas zustößt. Der Mehrertrag würde einer früheren Freundin zufallen, die ihm davongekommen sei. Und ich glaube, das sind Sie.«

»Er hatte so viele Beziehungen – er könnte irgendeine Frau gemeint haben.«

»Das glaube ich nicht, Julia. Und Sie glauben es auch nicht.« Sie warf die Zigarette über die Balustrade, und die Glut beschrieb einen roten Bogen in der kühlen Nacht. Julia fand die Geste ziemlich ordinär und unhöflich und zugleich liebenswert trotzig, was sie seltsamerweise an Vanessa erinnerte. »Kommen Sie, Julia. Er wollte, dass Sie zu Ende führen, was er angefangen hat. Okay, niemand kann Sie dazu zwingen. Wenn Sie es nicht versuchen wollen, ist das Ihre Sache. Das kann ich verstehen.«

»Da bin ich aber erleichtert«, erwiderte Julia und wunderte sich über ihren eigenen herablassenden Tonfall.

»Ich weiß, es klingt albern. Aber Kellen sagte, er hätte etwas gegen einen einflussreichen Politiker in der Hand.« Mary zeigte auf die Glastüren. »Vielleicht gegen den Mann da drinnen. Vielleicht auch gegen jemand anderen. Ich weiß es nicht, und er wollte es mir nicht sagen.«

Vielleicht gegen den Mann da drinnen. Nein. Nein. Denk nicht darüber nach. Lass Kellen nicht noch einmal in dein Leben herein.

»Die Präsidentschaftswahl interessiert mich nicht, Mary.« Sie wandte sich ab und betrachtete das Washington Monument, auf dem die roten Lichter immer noch blinkten als Orientierung für den Luftverkehr, obwohl es gar nicht mehr erlaubt war, das Denkmal zu überfliegen.

»Nein. Wahrscheinlich nicht.«

Julia vernahm einen Unterton in der Stimme der Journalistin, zumindest kam es ihr so vor. Sie fuhr herum. »Da gibt es noch etwas. Sie haben mir nicht alles gesagt.«

»Wir sollten wieder reingehen.« Obwohl ihre Augen glühten, war Marys Stimme völlig ruhig. »Die anderen werden sich schon fragen, wo wir bleiben.«

»Was verschweigen Sie mir, Mary? Was hat Kellen Ihnen noch gesagt?«

Einen kurzen Moment lang überlegte die Weiße, wie viel sie preisgeben sollte. Von drinnen ertönte das Lachen des Autors, heiser vom Alkohol. »Er sagte, er würde es so einrichten, dass diese Freundin, die ihm davongekommen war, nur eine, äh, eine das Gemeinwohl maximierende Wahl hätte.«

»Eine Wahl in Bezug auf was?«

»In Bezug auf die Entscheidung, ... in seine Fußstapfen zu treten. Nach seinem Mehrertrag zu suchen. Seinem Warenbestand. Kellen schien anzunehmen, dass er Ihre, nun ja, Ihre Mithilfe erzwingen könnte.« Während Julia diesen beunruhigenden Gedanken aufnahm, kritzelte Mary etwas auf eine Visitenkarte, die sie ihr anschließend reichte. »Meine Büronummer ist dieselbe wie meine Privatnummer. Die Handynummer habe ich Ihnen aufgeschrieben. Ein Anruf von Ihnen, und ich nehme das nächste Flugzeug.«

»Ich glaube nicht, dass ich anrufen werde.«

»Weil es Sie nicht interessiert, was Kellen vorhatte. Das haben Sie mir bereits gesagt.« Mary griff nach den Zigaretten, überlegte es sich anders und steckte sie wieder in die Handtasche. »Oder Sie machen mir etwas vor. Es heißt, Sie lieben das Theater.« Sie kramte einen Zettel aus ihrer Tasche. Julia nahm ihn immer noch gereizt entgegen, entfaltete ihn, warf einen Blick darauf, schaute noch einmal hin. Sie sank in sich zusammen. Schneeflocken tanzten im Flutlicht über den Rasen. In der Hand hielt sie die Fotokopie des Schreibens einer Firma für elektrische Außenanlagen, die sich auf eine Empfehlung von Norm Wyatt berief, dem Architekten, der ihr Haus entworfen hatte – und der zufällig der Vater von diesem Casey war. Das Schreiben war an Julia adressiert und enthielt einen Kostenvoranschlag für die Lieferung und Montage zweier neuer Laternen in der Einfahrt der Carlyles.

Aus weiter Ferne hörte sie Mary Mallards Stimme. »Ich glaube, eine Menge Leute würden nur zu gern wissen, was genau mit Ihren Laternen passiert ist, Julia.«

Julia klammerte sich an die Balustrade, während ihre widerstreitenden Persönlichkeitsanteile, gegenwärtig und vergangen, Mutter und Kind, gefügig und aggressiv, angriffslustig und geduldig, Sünderin und Büßerin, Hassende und Liebende, miteinander rangen. Sie hatte keine Ahnung, was davon übrig bleiben würde, wenn der geisterhafte Tanz beendet war.

»Sie sind ein unglaubliches Miststück«, sagte sie schließlich. »Wissen Sie das?« Mary wartete. »Also, was genau ist das hier? Wollen Sie mir unterstellen, dass ich irgendeine –«

Doch in diesem Augenblick hatte der Präsident höchstpersönlich die Balkontüren aufgerissen, um nach ihnen zu sehen und sie aufzufordern, doch wieder hereinzukommen und sich an den Worträtseln zu beteiligen, zu denen die Runde inzwischen übergangen war.

Perfektes Timing.

· III ·

Lemaster war schlecht gelaunt, seitdem feststand, dass es sich bei dem Dinner wirklich nur um ein geselliges Treffen handelte, und auf dem ganzen Weg zurück zum Hotel regte er sich über nichtige Kleinigkeiten auf. Julia hatte überlegt, ob sie ihm von Mary erzählen sollte, war aber zu dem Schluss gekommen, es lieber nicht zu tun.

Noch nicht.

Sie ließ ihren Gatten maulen, bis ihm selbst dämmerte, dass er nur herumquengelte. Wie von Julia nicht anders erwartet, brachte die Selbsterkenntnis ihn wieder zu sich. Ein Carlyle beklagte sich nicht. Ein Carlyle übernahm das Kommando, ein Carlyle drehte den Spieß um, packte den Stier bei den Hörnern, legte den Schalter um – Lemaster, sein Bruder Harrison und Astrid, die alle drei fast unverschämt erfolgreich in ihrem jeweiligen Beruf waren, konnten ihre gemeinsame Lebensphilosophie auf so vielerlei Weise beschreiben, dass man meinen könnte, sie würden sich gegenseitig coachen. Was ihr Verhältnis wahrscheinlich sogar ziemlich genau beschrieb.

Und so gelang es Lemaster wie üblich, sich auch an diesem Abend wieder in den gut gelaunten, von sich selbst überzeugten Mann zu verwandeln, den Julia vor mehr als zwanzig Jahren an der Theologischen Fakultät kennengelernt hatte. Als sie in ihrer Hotelsuite am Tisch saßen und sich bei einem Snack und einem Glas Wein ein Basketballspiel ansahen, berichtete er ihr, wie der Präsident ihn unter den neidischen Blicken der anderen Gäste zu einem Gespräch unter vier Augen in ein kleines Arbeitszimmer mitgenommen hatte.

»Was wollte er denn?«

»Erst hat er um den heißen Brei herumgeredet, aber, ums kurz zu machen, er wollte, dass ich ihm verspreche, Mal Whisted nicht öffentlich zu unterstützen. Offenbar ist irgendein Gerücht aufgekommen, vielleicht wegen Astrids Besuch bei uns.«

Sie wartete, doch Lemaster blieb still, bis sie die Frage stellte: »Und? Hast du's ihm versprochen?«

»Ich habe ihm dasselbe gesagt wie Astrid. Politik interessiert mich nicht mehr. Ich habe ihm erklärt, dass ich ganz bewusst eine neutrale Position vertreten werde.« Sein triumphierendes Lächeln zeigte an diesem Abend eine Spur von Traurigkeit. »Ich habe ihm gesagt, dass beide Parteien sich so weit von jeglichem Interesse an der Zukunft der Afroamerikaner entfernt haben, dass es mir schnuppe ist, wer gewinnt.« Er wurde ernst. »Und das stimmt tatsächlich, Jules. Es interessiert mich wirklich nicht.«

»Ich weiß«, sagte sie, weil er ihr das schon so oft gesagt hatte. Diesmal allerdings klangen seine Worte ernsthafter, mehr wie einer seiner fundamentalen Glaubensgrundsätze.

»Weißt du, was das Problem ist? Die Bleichgesichter haben keine Angst mehr vor uns.« Julia biss sich auf die Zunge und ließ ihn erst ausreden. »Außerdem«, fuhr er fort, und seine Züge hellten sich auf, »wäre meine Unterstützung sowieso nichts wert.«

»Ach, Lemmie, deine Unterstützung wäre für jeden Kandidaten sehr wichtig«, versicherte sie ihm, dann unterhielten sie sich eine Weile über das Basketballspiel.

Der einzige Moment des Unbehagens entstand, als sie später im Bett lagen und Lemaster die schläfrige Julia nach einem kurzen Akt ehelicher Pflichterfüllung fragte, was sie so lange mit »dieser Frau« auf dem Balkon zu besprechen hatte.

»Weiberkram«, murmelte sie, auf seine Eitelkeit anspielend.

»Was für Weiberkram?«

»Das willst du gar nicht wissen«, antwortete sie, weil sie im Voraus wusste, wie er reagieren würde.

Prompt erhob sich sein schöner Kopf aus den Kissen. »Oh nein, Jules, erzähl mir nicht, du hast da draußen geraucht. Ich dachte, du hast aufgehört.«

»Du kennst doch den alten Witz: Ich weiß, dass ich jederzeit aufhören kann, weil ich es schon so oft geschafft hab.«

Dann zog sie ihn zu sich herunter und küsste ihn, denn in dieser Hinsicht kannte sie ihren Mann besser als er sich selbst. Solange er annahm, er hätte sie bei einer Sünde erwischt, würde er nie eine Lüge vermuten. Und wie auf Kommando begann Lemaster, ihr in der Dunkelheit aufzuzählen, wie schädlich Tabakkonsum war, als gäbe es auch nur eine Menschenseele, die nicht über die gesundheitlichen Risiken Bescheid wusste. Und Julia hielt ihn in den Armen und streichelte ihm den Rücken und nickte und gelobte Besserung, weil Lemaster Versprechen liebte. Es war gar nicht so, hatte sie Tessa einmal erklärt, dass Lemaster sich für einen besseren Menschen hielt. Aber er fuhr einfach darauf ab, anderen Vorträge zu halten.

Kapitel 12

Ein fast normaler Tag

· I ·

Die Jungen Christlichen Sozialisten forderten die Amtsenthebung des Präsidenten der Vereinigten Staaten, Professorin Helen Bohr suchte eine studentische Hilfskraft mit Kenntnissen der ugaritischen Sprache, die Schwulen-und-Lesben-Gruppe veranstaltete ein Essen für Interessierte, und die Vesperados brauchten zwei weitere Tenöre – kurz: Das Schwarze Brett an Julias Tür sah ziemlich genauso aus wie an jedem Donnerstagnachmittag, ebenso wie der düstere neugotische Korridor. Das einzig Ungewöhnliche war ein hagerer, ernster Mann in einem braunen Anzug und mit einer Mütze auf dem Kopf, der auf der alten Holzbank neben ihrer Tür geduldig auf sie wartete.

Zuerst bemerkte Julia ihn kaum, weil sie viel zu frustriert war von ihrer Lunch-Besprechung mit den Administratoren der Universitätsleitung, die die Theologische Fakultät dazu zwingen wollten, ihre Auswahlkriterien für die Aufnahme von Studenten zu verschärfen. Ansonsten, so erklärten sie, bliebe ihnen aufgrund der finanziellen Situation keine andere Wahl, als die Seminargröße zu reduzieren, was wiederum einen Rückgang an Studiengebühren und weitere Entlassungen nach sich ziehen würde. Julia hatte sich am Abend zuvor bei Lemaster beklagt, einige von seinen Leuten schienen anzunehmen, die Welt sei voll von zweiundzwanzigjährigen Genies, die es gar nicht erwarten konnten, zwei oder drei Jahre zu studieren und dann ein geistliches Amt zu übernehmen. Doch ihr Mann hatte ihr erklärt, er könne sich da nicht einmischen, die Fakultät müsse ihre Probleme selbst lösen. Als sie jetzt ins Kepler zurückkehrte, war sie niedergeschlagen und verlegen und wahrscheinlich auch wütend auf Lemaster und seine übertriebene Korrektheit, als hätte in der gesamten Geschichte des Universums noch nie jemand ein Auge zugedrückt. Sie war immer noch sauer, als sie ihre Tür aufschloss. Bis Lemaster im vergangenen Frühjahr triumphierend aus Washington an seine geliebte Universität zurückgekehrt war, hatte sie ihn nie wegen etwas um Erlaubnis bitten müssen. Aber jetzt schien die gesamte Theologische Fakultät, die einst ihre Zufluchtsstätte gewesen war, sie hauptsächlich wegen der Verbindung zu ihrem Mann zu schätzen.

Julia war auch noch aus einem anderen Grund wütend. Vor zwei Tagen in Washington hatte Tessa sie darüber ausgequetscht, in welcher Beziehung der Präsident und Senator Whisted während ihrer Studentenzeit zueinander gestanden hätten. Julia hatte nervös geantwortet, sie wisse nicht einmal, ob die beiden eigentlich befreundet gewesen seien, außerdem sei es ihr unangenehm, über das Thema zu reden. Und gestern Abend hatte Tessa in ihrer Show prompt aller Welt verkündet, eine Quelle aus dem näheren Umfeld beider Kandidaten habe sie darüber informiert, dass die beiden Männer als Studenten wahrscheinlich nicht einmal Freunde gewesen seien. Dann hatte sie ominös hinzugefügt, die Quelle habe kaum gewagt, überhaupt über das Thema zu reden. Julia hatte Tessa am Morgen eine Nachricht auf dem Anrufbeantworter hinterlassen, doch ihre ehemalige Zimmergenossin hatte noch nicht geruht, sie –

»Mrs Carlyle?«

Sie fuhr überrascht herum, denn auf dem Campus nannte sie niemand Mrs Carlyle. Für die jüngeren Studenten war sie »Dekanin Carlyle«, für Kollegen ebenso wie auf eigenen Wunsch hin auch für Mitarbeiter und ältere Semester einfach »Julia«.

Der Mann nahm seine Mütze ab, woraufhin ein vertrauter Bürstenhaarschnitt und verkniffene, verschlossene Gesichtszüge zum Vorschein kamen. Ohne zu lächeln schaute ihr Besucher sie mit seinen hellen Augen beinahe mitfühlend an. Julia sagte: »Kann ich Ihnen helfen?« – wahrscheinlich klang sie nicht besonders begeistert –, dann erkannte sie ihn, noch ehe er den Mund aufmachte.

»Mein Name ist Richard Chrebet, Mrs Carlyle. Ich bin Lieutenant bei der Mordkommission.« Er zeigte ihr seinen Ausweis. »Vielleicht erinnern Sie sich an unser Gespräch bei Ihnen zu Hause vor ein paar Wochen. Haben Sie vielleicht einen Augenblick Zeit?«

Die Spiegel, schoss es ihr hektisch durch den Kopf. Seth Zant hatte der Polizei von dem Comyns-Spiegel erzählt. Oder Carrington hatte ihnen von dem Standspiegel berichtet.

»Sie haben vor ein paar Tagen mit meinem Mann gesprochen.«

»Ja. Und jetzt möchte ich mit Ihnen sprechen.« Wie ein Kinderspiel.

»Darf ich fragen, um was geht?«

»Ihre Tochter.«

Mütterliche Panik. »Meine Tochter? Welche? Was ist passiert?«

Er hob die Hände, jedoch ohne zu lächeln. »Nichts ist passiert. Ihren Kindern geht es gut. Trotzdem müssen wir uns über Vanessa unterhalten.«

· II ·

In ihrem säuberlich aufgeräumten Zimmer bot Julia ihm einen Stuhl an und schloss die Tür, etwas, was sie sonst nur tat, wenn sie ein persönliches Beratungsgespräch mit einem Studenten führte. Im Kepler ging es traditionell eher zwanglos zu, und außerdem lag ihr daran, ein freundliches Image zu pflegen. Chrebet saß aufrecht wie ein Verliebter, der um die Hand seiner Angebeteten anhält – ein Vergleich, fiel ihr ein, den der alte Clay Maxwell im vergangenen Semester in seinem Seminar über Paulus gebraucht hatte, woraufhin eine Gruppe von Studierenden ein paar Tage lang den Unterricht boykottiert hatten. Der Vergleich sei nicht nur sexistisch, sondern heterosexistisch, hatten sie argumentiert. Julia goss ihre Pflanzen, zog ihre Stiefel aus und schlüpfte in ihre flachen Schuhe, ordnete einige Papiere auf dem tadellos aufgeräumten Schreibtisch und tat alles, was sie konnte, um den Zeitpunkt hinauszuschieben, an dem sie sich anhören musste, was Lieutenant Chrebet ihr zu sagen hatte. Im Moment war keine ihrer Verwaltungskräfte anwesend, die eine war zum Mittagessen, die andere unterwegs, um etwas zu erledigen, und vielleicht hatte Chrebet das ja absichtlich so eingerichtet. Trotz seiner Steifheit schien er keineswegs in Eile zu sein, sondern wirkte wie ein Mann, der im Lauf seines Berufslebens schon manchen Verbrecher mit Geduld zum Reden gebracht hatte.

Als ihr schließlich nichts mehr einfiel, setzte sie sich.

»Was ist mit Vanessa?«

»Mrs Carlyle, lassen Sie mich Ihnen zunächst erklären, dass ich selbst Kinder habe –«

»Bitte, nennen Sie mich Julia.«

»Danke. Rick.« Aber der Ermittler lächelte immer noch nicht. »Ich habe selbst Kinder, und daher weiß ich, wie bedingungslos Eltern ihre Kinder beschützen wollen. Ich habe meine Vorgesetzten um die Erlaubnis gebeten, Ihre Tochter Vanessa zu vernehmen. Da sie noch minderjährig ist, komme ich natürlich zunächst zu Ihnen. Aber mein Besuch hat auch noch einen anderen Grund. Sie sind Vanessas Mutter. Sie können mir vielleicht Dinge erklären, die ich sonst nicht richtig verstehen würde. Oder Sie könnten mir helfen, die richtigen Fragen zu stellen.«

Ihr wurde kurz schwindlig, doch sie fasste sich augenblicklich wieder. »Sagen Sie mir einfach, worum es geht, Rick. Sparen Sie sich die einleitenden Worte und rücken Sie heraus mit der Sprache.«

»Bitte, verstehen Sie mich nicht falsch. Ich möchte keineswegs andeuten, dass Vanessa in irgendeiner Weise in den Mord an Professor Zant verwickelt ist. Aber ich glaube, sie könnte uns helfen, etwas Licht in eine Sache zu bringen, die komplizierter ist, als wir erwartet haben. Wir versuchen gerade herauszufinden, woran Professor Zant zuletzt gearbeitet hat.«

»Warum sollte Vanessa etwas darüber wissen?«

»Möglicherweise weiß sie gar nichts darüber. Deswegen möchten wir ihr gern ein paar Fragen stellen.«

»Fragen Sie mich.«

»Sie ist in psychiatrischer Behandlung, nicht wahr? Ihre Tochter. Wegen auffälligen Verhaltens.« Er nickte, als wollte er sagen, dass sich Teenager ohnehin immer auffällig verhielten. »Hat die Behandlung Erfolg?«

Auf dieses Thema würde sie sich auf keinen Fall einlassen. Am Tag zuvor hatte Vanessas Therapeut Vincent Brady gegenüber Julia die Vermutung geäußert, dass ihre Tochter nicht nur an Angstzuständen und den Zwangsvorstellungen litt, wie er bereits vor längerer Zeit diagnostiziert hatte, sondern womöglich zusätzlich an einem posttraumatischen Stresssyndrom – dabei wies er vor allem darauf hin, wie sie immer wieder plötzlich erstarrte und für Minuten den Kontakt zur Umwelt verlor. Wenn dies der Fall sei, dann müsse das auslösende Trauma auf ein Ereignis vor dem Mord an Kellen Zant und vor dem Anzünden des Mercedes zurückgehen, das sei, so Brady, eindeutig an dem abzulesen, was er das Entwicklungsmuster ihres Verhaltens nannte. In den vergangenen Monaten hatte er auch schon gemeint, bei Vanessa typische Anzeichen für Drogen- und Alkoholmissbrauch zu erkennen, aber alle Bluttests waren negativ. Sexuellen Missbrauch hatte er als Ursache bereits ausgeschlossen. Lemaster brummte, Brady hake die Punkte im Lehrbuch ab wie ein Psychiater im ersten Jahr an der Klinik.

»Wie kommen Sie darauf, Vanessa könnte etwas darüber wissen, woran Kellen in letzter Zeit gearbeitet hat?«, fragte sie, ohne auf die Frage des Detectives einzugehen. »Nennen Sie mir Ihre Gründe.«

Er hob die Hand, um seine Gründe an den Fingern abzuzählen. Ein lautes Lachen auf dem Korridor, Julias Verwaltungskräfte waren zurück. »Erstens. Im vergangenen Sommer hat Vanessa mehrere Stunden pro Woche ehrenamtlich in einer Suppenküche in der Methodistenkirche in der Nähe des Campus gearbeitet. Professor Zant hat ebenfalls manchmal in der Suppenküche mitgeholfen.«

»Ich sehe keinen Zusammenhang. Da haben doch bestimmt mindestens fünfzig Leute gearbeitet.«

»Sieben Erwachsene, vier Jugendliche. Die regelmäßig dort geholfen haben. Mindestens zwei Stunden pro Woche.«

Julia schüttelte den Kopf. »Trotzdem verstehe ich nicht, was das mit –«

»Zweitens.« Der nächste Finger. »Im Oktober, an ihrem siebzehnten Geburtstag, hat Ihre Tochter eine Schachtel mit Walnuss-Fudge von einem geheimnisvollen Verehrer geschickt bekommen.«

Die Erklärungen kamen wie aus der Pistole geschossen, ganz im Gegensatz zu der gemächlicheren Gangart der ersten Befragung, bei der Lemaster dabei gewesen war. Sie gaben Julia das (wie sie vermutete, durchaus beabsichtigte) Gefühl, ihre Entgegnungen ebenso schnell aus dem Ärmel zaubern zu müssen.

»Sie hat angenommen, dass sie von ihrem Freund kamen, der –«

»Auf der Grußkarte stand aber nicht ›In Liebe‹, sondern ›Danke‹. Richtig?« Verblüfft, dass er etwas so Privates wusste, konnte Julia nur nicken. »Hat Ihre Tochter zufällig etwas darüber gesagt, ob das Fudge nicht mehr frisch war?«

Das Licht wurde dunkler. Vielleicht war die Sonne hinter einer Wolke verschwunden. Vielleicht würde sie dort bleiben. »Nicht mehr frisch? Warum hätte es nicht mehr frisch sein sollen?«

»Hat sie es gesagt, Julia?«

»Nicht dass ich wüsste. Nein.«

Es klopfte. Dann wurde die Tür aufgerissen. Latisha, Julias stämmige Vollzeitkraft, deren Entlassung Boris Gibbs von ihr forderte. »Julia? Jemand vom Rechenzentrum hat angerufen. Wegen der Probleme mit Ihrem Computer.« Ihr Rechner hängte sich neuerdings dauernd auf und stürzte ab. Im Moment befand er sich nicht einmal in ihrem Zimmer, sondern in Quarantäne irgendwo auf dem Campus, wo er getestet und repariert wurde.

»Nicht jetzt. Bitte.«

»Aber die haben gesagt, es ist wichtig –«

»Bitte. Wir kümmern uns später darum, okay?«

Latisha schaute Julia an, schaute den Detective an, dann zog sie sich mit großen Augen und Entschuldigungen vor sich hin murmelnd zurück. Wie alle am Kepler wusste Latisha nur zu gut, dass demnächst Entlassungen bevorstanden, und sie war überzeugt davon, dass sie unter den Betroffenen sein würde, denn sie war noch nicht lange angestellt und fiel deshalb nicht unter die Kündigungsschutzbestimmungen.

Kaum war die Tür zu, fuhr Rick Chrebet ungerührt fort. »Drei Wochen bevor Ihre Tochter das Päckchen erhielt, haben

Sie Kellen Zant eine Schachtel Fudge zum Geburtstag geschickt. Sie haben sie bei Cookie's auf der Main Street in Tyler's Landing gekauft.«

»Ja, das stimmt.«

»Es war Walnuss-Fudge, richtig?«

Julia war außer sich über den Vertrauensbruch. Egal, wie viele Vorladungen irgendein Richter unterzeichnet hatte – sie würde Vera Brightwood den Hals umdrehen.

»Ich glaube, das Fudge, das Ihre Tochter erhalten hat, kam von Professor Zant. Es war dieselbe Schachtel, die Sie ihm geschickt haben. Deswegen könnte es sein, dass das Fudge nicht mehr frisch war.«

Tödliche Stille. Der Raum schwankte. Julia wusste, wenn sie sich umdrehte, würden die bunten Figuren in den Bleiglasornamenten, die ihre Fenster zierten, vor Missbilligung zittern.

Sie sagte nichts.

»Drittens. Und das ist der wichtigste Punkt. Wir wüssten gern, warum die Handynummer Ihrer Tochter in Kellen Zants Handy gespeichert war.«

»Das ist nicht Ihr Ernst.«

»Ich fürchte doch, Mrs Carlyle. Julia. Und ihre Nummer war nicht nur auf dem Handy gespeichert. In den letzten zwei Wochen vor seinem Tod hat Professor Zant Ihre Tochter mindestens fünfmal angerufen und sie ihn mindestens dreimal.«

Vor ein paar Wochen hatte sie noch mit der bitteren Wahrheit gehadert, dass Kellen tot war, und sie sich nicht einmal mehr von ihm hatte verabschieden können. Doch jetzt wünschte sich Julia einen absurden Augenblick lang, Kellen Zant wäre noch am Leben, damit sie ihn mit Vergnügen aus der Welt schaffen konnte. Ganz langsam. Schmerzhaft. Doch sie wahrte die Fassung, wenn auch nur mit eiserner Willenskraft, und als sie antwortete, war sie überrascht, wie ruhig ihre Stimme klang.

»Warum erzählen Sie mir das, Rick? Ich hätte gedacht, dass Sie uns – Vanessa – überraschend mit diesen Dingen konfrontieren wollen, anstatt mich vorzuwarnen. Sie wissen genau, dass ich meine Tochter danach fragen werde.«

Chrebet schlug die knochigen Beine übereinander, verschränkte die Finger über dem Knie. Ihr fiel auf, dass der

Lieutenant sich keine Notizen machte. »Ich hoffe, dass Sie Ihre Tochter fragen werden, Mrs Carlyle. Denn ich fürchte, dass ich keine Gelegenheit dazu bekomme.«

»Ich verstehe nicht recht.«

»Es könnte sein, dass wir keine Genehmigung bekommen, sie zu vernehmen.«

»Und warum nicht?«

Der Detective musterte sie kurz mit seinen hellen Augen, als fragte er sich, ob er sich die Mühe machen sollte. Endlich kapierte sie, dass er einfach sauer war: Das war es, was sie in dem verkniffenen, verschlossenen Gesicht gelesen hatte. Die Wut des Spitzensportlers, dem kurz vor der Zielgeraden ein Bein gestellt wird.

»Lesen Sie keine Zeitung, Julia? Der Fall steht kurz vor dem Abschluss. Es war Raubmord.«

Erst nachdem der Detective gegangen war, wunderte sich Julia, warum er diese Fragen nicht gleich Lemaster gestellt hatte.

· III ·

Allein in ihrem kleinen Büro bemühte sich Julia, ihr Nachdenken auszuschalten. Sie wischte Staub von Regalen, auf denen kein Staub lag. Sie ordnete drei Stapel Zulassungsunterlagen auf ihrem Schreibtisch, bis deren Kanten messerscharfe Linien bildeten. Den Pflanzen, die sie bereits gegossen hatte, spendierte sie einen Cocktail aus Wachstums- und Blühdünger. Dann blieb sie am Fenster stehen und beobachtete durch die bunten Glasfenster, wie Rick Chrebet, der gerade den Parkplatz überquerte, sich gegen den Nachmittagswind vorankämpfte, der aus dem Norden heruntergefegt kam. Sie hatte Respekt vor der unterdrückten Wut, die sie am Ende des Gesprächs in seinen hellen Augen entdeckt hatte: Verbitterung über die eigene Unfähigkeit, einen Kampf auszufechten, wenn alles in ihr sie drängte zu kämpfen. Denselben Ausdruck hatte sie jeden Morgen im Spiegel gesehen während der letzten Wochen ihrer letzten Beziehung mit Kellen.

Julia schlüpfte in ihren Mantel und zog die Stiefel an. An den meisten Tagen verließ sie das Kepler so früh wie möglich, um am Nachmittag vor den Kindern zu Hause zu sein. Der Schulbus, mit dem Vanessa und Jeannie fuhren, hielt kurz nach drei vor dem Haus. Jetzt war es kurz vor zwei. Die Fahrt dauerte fünfundzwanzig Minuten. Im Vorzimmer reichte Latisha ihr das Memo vom Rechenzentrum mit einer Liste der gefundenen Probleme, während Foxon, Julias Halbtagskraft, eine Weiße, die nie zu arbeiten schien und offenbar lieber keine schwarze Chefin gehabt hätte, wichtigtuerisch ins Telefon flüsterte. Für Foxon wäre es ein Aufstieg, falls Latisha gehen musste.

»Legen Sie das einfach auf meinen Schreibtisch«, sagte Julia.

»Die haben gesagt, ich soll es Ihnen umgehend geben.« Vorwurf. Verwirrung. Angst. »Sie sollten wenigstens einen Blick darauf werfen.«

»Ich muss los. Ich sehe es mir morgen an.«

Aber zu Julias Überraschung ließ Latisha sich nicht beirren. »Die haben gesagt heute.«

»Bitte. Legen Sie es einfach auf meinen – nein, schon gut.« Sie nahm den Bericht, faltete ihn zusammen und steckte ihn ein.

Bei dem Versuch, unbemerkt aus dem Gebäude zu verschwinden, lief Julia Boris Gibbs und Iris Feynman, den beiden anderen stellvertretenden Dekanen, über den Weg. Boris begrüßte sie wie immer mit einem Schokoriegel in der Hand. Sie musste daran denken, dass er in Erfahrung bringen wollte, warum sich Kellen in Tyler's Landing herumgetrieben hatte. Das Mittagessen mit Boris schien Jahre zurück zu liegen.

Iris, verkündete Boris, mache mal wieder Ärger. »*Ich* sage, das Kepler ist zu christlich orientiert. *Sie* sagt, so soll es sein, schließlich sind wir eine theologische Fakultät. Dabei ist sie *Jüdin*. Sie müsste den Protest *anführen*!«

In Boris Gibbs' Welt ging das als Humor durch.

»Aus der Debatte halte ich mich raus«, sagte Julia, den Blick auf den Ausgang gerichtet.

»Julia hat's nicht mit Gott«, erklärte Boris, als wüsste Iris das nicht. »Sie geht zwar zur Kirche, aber mit Gott hat sie's nicht. Julia ist einfach altmodisch. Sie geht zur Kirche, weil ihr Mann sie mitnimmt. Er ist ein traditionsbewusster Anglikaner. Eine höfliche Umschreibung dafür, dass er auf das reaktionäre Gebetbuch steht, das die zivilisierte Welt längst abgeschafft hat.«

Er biss ein Stück von seinem Schokoriegel ab und zeigte auf Julia. »Ich hab was für Sie.«

Iris lächelte erleichtert und nutzte die Gelegenheit, um sich zu verdrücken.

»Boris, tut mir leid, ich hab im Moment wirklich keine Zeit.«

»Er wollte ein Haus bauen.«

Das ließ sie innehalten, wie vielleicht beabsichtigt. »Wie bitte?«

»Ihr Kellen wollte in Tyler's Landing ein Haus bauen.« Er stopfte sich den Rest des Schokoriegels in den Mund. »Hat sich ein schönes Grundstück mit Privatstrand angesehen, von einem Landvermesser ein Gutachten erstellen lassen, das volle Programm.«

Nach dem Gespräch mit Chrebet hatte Julia Mühe, das zu verarbeiten. »Soll das heißen, Kellen Zant wollte nach Tyler's Landing ziehen?«

»Zumindest wollte er sich dort ein Haus bauen«, antwortete Boris voller Genugtuung. »Sieht so aus, als hätte er Ihnen das auch nicht erzählt.« Er legte ihr eine schwere Hand auf die Schulter, und sie fragte sich, ob sie gerade Schokoladenflecken abkriegte. »Ich hab noch mehr rausgefunden. Aber Sie sind ja in Eile, also erzähle ich Ihnen das später mal.«

Boris ging lachend den Korridor hinunter. Erst sehr viel später begriff Julia, dass sein Streit mit Iris der wichtigere Hinweis gewesen war.

· IV ·

»Sie hat's nicht mit Gott«, murmelte sie vor sich hin, erbost über Boris' Dreistigkeit. Auf dem Weg zum Hauptausgang überlegte Julia angestrengt, wie sie Vanessa die unvermeidliche Frage stellen sollte. Sie änderte die Richtung, schlüpfte in die Kapelle des Kepler, die Andachtsstätte der Theologischen Fakultät, die zwar längst nicht so großartig war wie die universitätseigene Kapelle, aber den Ansprüchen vollauf genügte. Julia ließ den Blick durch den kühlen, hohen Raum schweifen, sie hatte die abblätternden Fresken, das aufgesprungene Blattgold und die bröckelnden Stuckgesimse für sich ganz allein. Langsam ging sie den Mittelgang hoch. Der Hochaltar war hundert Jahre alt, die in sein Holz geschnitzten Worte aus dem achten Kapitel des Johannesevangeliums wurden allmählich undeutlich. Ein tiefer stehender Altar aus hellerem Holz verzichtete auf ein Bibelzitat. Entlang den Wänden waren ausreichend Stühle gestapelt und in mehreren Wandschränken Kreuze, Altartücher, Kelche, Weihrauchgefäße und Taufbecken verstaut, damit jede Konfession – außer vielleicht den ganz asketischen – den Raum so herrichten konnte, dass ihre Mitglieder sich beim Gottesdienst wohlfühlten. In einer dunklen Ecke stand ein wackeliges Gestell mit Votivkerzen in Kupferständern, von denen keine brannte. Durch die hoch gelegenen Fenster fiel glitzerndes Sonnenlicht.

Hier hatten Julia und Lemaster vor zwanzig Jahren geheiratet, eine Hochzeit, die beide Familien in schockierter, stoischer Wut ertrugen. Beide Seiten waren davon überzeugt, dass Julia Lemaster in die Falle gelockt hatte, denn am Tag der Hochzeit war sie bereits im fünften Monat schwanger und das Kind in ihrem Bauch kaum noch zu verbergen. Sie hatte den bohrenden Blick ihrer gedemütigten Mutter im Rücken gespürt. Später behauptete Julia, sie habe keine Erinnerung an die Trauung, außer dass sie Lemasters Hand gepackt und mit ihm davongerannt sei. Aber das war eine Lüge. In Wirklichkeit erinnerte sie sich deutlich an jede quälende Minute, selbst daran, wie sie mitten im Heiratsgelöbnis in Gedanken Gott verflucht hatte, dass er sie in diese Situation gebracht hatte. Denn als gute amerikanische Protestantin fiel es Julia schwer sich vorzustellen, dass sie an ihrer Misere selbst schuld sein sollte.

Seit ihrer Rückkehr an die Theologische Fakultät vor dreieinhalb Jahren war es Julia zur Gewohnheit geworden, hierher zu kommen, wenn sie Zeit zum Nachdenken brauchte. Die Kapelle wurde unter der Woche kaum benutzt, und hier fand sie ein bisschen Frieden. Mit ihrem Frieden war es allerdings vorbei gewesen, wenn Kellen sich aus seinem Büro im Hilliman Tower hierher geschlichen, sich neben sie in die Bank gesetzt und ihr wieder einmal sein Leid geklagt hatte. Oder er lauerte ihr mit tieftrauriger Miene im Korridor vor ihrem Büro auf, wenn sie aus der Kapelle zurückkehrte: Dauernd hatte er irgendein Problem, das er nur mit ihr besprechen konnte, weil niemand sonst ihn verstand. Wenn Julia ihn aufforderte, sie in Ruhe zu lassen, trollte er sich auf diese rührend schwermütige Weise, die ein bestimmter Schlag von groß gebauten Männern perfekt einsetzen konnte, nur um sich eine Woche später wieder per E-Mail, Instant Message oder Telefon zu melden und sie zum Mittagessen oder zum Kaffee einzuladen oder für was immer sie sonst Zeit hatte. Er ließ nicht locker, bis sie schließlich nachgab. Und dann trafen sie sich, und Kellen erzählte ihr von einer Frau, die ihm Ärger machte, oder von einem Kollegen, der eine stichelnde Bemerkung darüber gemacht hatte, wie wenig er in letzter Zeit veröffentlichte, oder von einem potenziellen Klienten, der einen anderen Ökonom angeheuert hatte, obwohl Kellen der Qualifiziertere war.

Damit wirst du leben müssen, zitierte sie dann immer Granny Vee. *So ist das bei Erwachsenen. Man arrangiert sich mit den Dingen.*

Ich kann mir ein paar erwachsene Dinge vorstellen, mit denen ich mich lieber arrangieren würde, erwiderte er jedes Mal mit einem schelmischen Augenzwinkern.

Du kannst kein geordnetes Leben führen, wenn du dich nur von deinen Wünschen leiten lässt. Das war wahrscheinlich ein Zitat von Lemaster.

Wer will denn schon ein ordentliches Leben führen?

Kellen war brillant und erfolgreich und überall geachtet. Aber er war auch ein Riesenbaby und wollte, dass Julia für ihn Mommy spielte, ihm eine Schulter bot, an der er sich ausweinen konnte, so wie sie es früher getan hatte, nur dass er nicht vorhatte zu weinen, falls es ihm gelang, seinen Kopf jemals wieder in die Nähe ihrer Schulter zu bringen. Was Kellen Julia ein ums andere Mal durch tausenderlei kleine Andeutungen zu verstehen gab, war das, was Seth Zant ihr am Tag der Beerdigung gesagt hatte: Sie war die Frau, die Kellen davongekommen war.

Im Großen und Ganzen war es ihr gelungen, auf Distanz zu bleiben.

An dem Tag im Einkaufszentrum hatte Kellen gesagt, er müsse das Bestandsrisiko verteilen, weil er in Schwierigkeiten steckte, dass sie düsteren Zeiten entgegensähen, dass das Dunkle sich materialisiere. Sie hatte es als einen weiteren schleimigen Flirtversuch abgetan, denn Kellen hatte sich im Lauf seines Lebens bereits in so viele Schwierigkeiten hineinmanövriert, dass sie sich kaum vorstellen konnte, warum gerade diese eine Sache so besonders schlimm sein sollte.

Jetzt war sie sich da nicht mehr so sicher.

Es war kein Annäherungsversuch gewesen, sondern eine Botschaft.

Natürlich hatte Boris recht. Julia glaubte nicht an Gott, jedenfalls nicht so richtig. Vor zwanzig Jahren waren sie und Lemaster zusammengezogen und hatten das Theologiestudium aufgegeben. Lemaster fürchtete, dass sich durch das Studium das, was er studierte, als falsch erweisen könnte, während Julia fürchtete, dass es sich doch als wahr herausstellte. Mit der Zeit hatten beide ihre Befürchtungen überwunden und sich wieder zu ihren ursprünglichen Überzeugungen bekannt. Father Freed von der St.-Matthias-Gemeinde sprach in seinen Predigten häufig vom Himmel. Lemaster hörte ihm aufmerksam zu, und Julia ließ ihm seinen Glauben. Aber wenn sie sich insgeheim die Zukunft in zwanzig, dreißig, vielleicht vierzig Jahren ausmalte, sah sie sich umgeben von seelenlosen Maschinen in einem lieblosen Krankenhaus liegen und, während eins oder zwei ihrer Kinder ihr die Hand hielten (ihr Mann war längst tot), darauf warten, dass der dunkle Vorhang fiel, und sie auf der anderen Seite das große Nichts umfing.

Sie musste los, wenn sie vor dem Schulbus daheim sein wollte. Als sie die Autoschlüssel aus ihrer Handtasche nahm, fiel ihr der Bericht des Rechenzentrums in die Hand. Sie faltete das Blatt auseinander, überflog den kurzen Text, las ihn noch einmal: … *voll gepackt mit Spionage-Software … ausgereifter als im Handel übliche Programme … kein Amateurprodukt … Antivirenschutz umgangen … Task Manager überlistet … fängt jede E-Mail und jede aufgerufene Webseite ab … verfolgt jeden Tastenanschlag … von einer Qualität, wie sonst nur von der Regierung verwendet, üblicherweise eingesetzt aufgrund einer richterlichen Anordnung …*

Und Kellen hatte behauptet, er hätte etwas gegen einen wichtigen Politiker in der Hand. Und die Beweise hatte er angeblich ihr hinterlassen.

Julia Carlyle war nach wie vor eine überzeugte Agnostikerin. Doch jetzt, allein in der leeren, verfallenden Kapelle, beugte sie das Haupt und betete.

Kapitel 13

Mutter und Tochter und Freundin

· I ·

»Kann ich mal mit dir reden, Liebes?«, fragte Julia, als sie das Zimmer ihrer Tochter betrat.

Vanessa, die mit ihrer Freundin Smith vor dem Computer hockte, zuckte nur mit den Schultern, klickte aber sofort die Instant Messages weg, die auf dem Bildschirm erschienen, sobald sie online war. Für ein junges Mädchen, das wusste die Mutter, war es nur natürlich, dass es in diesen erfundenen Teenager-Jahren, in denen es nicht mehr die Freiheiten eines Kindes, aber auch noch nicht die Last des Erwachsenenlebens zu tragen hatte, seine Privatsphäre schützte. Dennoch machte Julia sich Sorgen wegen der Freunde, die Vanessa im Internet fand, und wegen der Geheimnisse, die sie entdeckte oder anderen anvertraute. Rainbow Coalition, die zusammengerollt auf Vanessas Schoß lag, funkelte Julia an wie einen Eindringling. Smith, die fast an jeder Stelle, an der die schwarzen Klamotten etwas von ihrer geisterhaft bleichen Haut frei ließen, gepierct war, blickte nicht einmal auf. Draußen vor den Fenstern war der Nachthimmel sternenklar, aber es war wieder Schnee angekündigt.

»Vanessa?«

»Mhmm.« Sie wirkte lakonisch, fast ein bisschen aufsässig, wie immer in Gegenwart von Smith, die bis vor wenigen Jahren ein unscheinbares weißes Mädchen namens Janine Goldsmith gewesen war. Smiths geschorener Kopf wippte auf und ab, während sie etwas untersuchte, das sie auf ihrem Schoß hielt. Julia fragte sich, ob sie bekifft war.

»Ich rede mit dir, Vanessa.«

»Ich höre dich.«

Julia trat näher, ihr Kleid berührte den Boden, denn sie hatte ihre Schuhe abgestreift, kaum hatten sie und Lemaster das Haus betreten. Es war Freitag, und sie waren mal wieder bei einem Galadiner gewesen, diesmal auf einer Benefizveranstaltung für eine Universitätsstiftung für schwarze Studenten. Julia hatte den halben Abend getanzt, während Lemaster Spenden eingetrieben hatte.

»Vanessa«, sagte Julia noch einmal. »Vanessa, würdest du dich bitte umdrehen? Und die Musik ein bisschen leiser stellen?« Die befremdliche Geräuschkulisse war innerhalb des Zimmers überraschend laut, obwohl sie im Flur kaum zu hören war.

»Nein.« Vanessa drehte sich mit ihrem Stuhl um und grinste ihre Mutter an, während Smith weiter an einem elektronischen Dings herumfummelte, wie Julia jetzt sehen konnte, etwas, das wahrscheinlich vor einem Monat erfunden worden war und bald der letzte Schrei sein würde. Smiths nachgiebige Eltern, die sich keineswegs einvernehmlich hatten scheiden lassen, glaubten offenbar, sie könnten die Sympathie ihrer Tochter durch teure Geschenke erkaufen. Vanessa blinzelte. Wie meistens am späten Abend trug sie ihre Brille anstelle der Kontaktlinsen. Ein Bademantel bedeckte ihren zu großen Schlafanzug. Ihre Füße steckten in Bunny-Rabbit-Pantoffeln, die so alt und verschlissen waren, dass Julia sich fragte, wie sie darin laufen konnte, ohne dauernd zu stolpern. Am Nachmittag hatte Vanessa ihre Eltern gefragt, ob sie ihre Augen mit Laser richten lassen könne. Es war Freitag, und Smith würde bei Vanessa übernachten, aber obwohl es schon spät war, sah es nicht so aus, als ob sie bald ins Bett gehen würde.

Julia sagte: »Hallo, Janine.«

Smith zuckte mit keiner Wimper. Die Jugend von heute.

Zu Vanessa: »Ich möchte mit dir reden.«

»Okay.«

»Du bist heute nicht gerade gesprächig.«

»Mhmm.«

Vanessa gab den neuenglischen Yankee, eine von mehreren Rollen, in die sie schlüpfte, um ihr verletzliches Selbst zu schützen. Vincent Brady hatte ihnen geraten, sich nicht davon beirren zu lassen, wenn ihre Tochter nach außen hin verschiedene Persönlichkeiten zur Schau trug.

»Ist alles in Ordnung, Liebes?«

»Mhmm.« Gedankenverloren kraulte Vanessa Rainbow Coalitions breiten Nacken.

»Können wir uns unter vier Augen unterhalten?« Sie wollte Rick Chrebets Frage stellen, ohne diesen zu erwähnen, und sie war wütend auf sich selbst, dass sie Vanessa überhaupt um ihr Einverständnis bitten musste. Julia wusste einfach nicht mehr, wie sie mit ihrer Tochter umgehen sollte. Es war immer noch nicht klar, ob Vanessa am Orange and White Cotillion nach Weihnachten teilnehmen würde, doch es widerstrebte Julia, sie dazu zu zwingen. Aber wahrscheinlich würde sich Vanessa ohnehin von ihr zu nichts mehr zwingen lassen.

Gott, was war bloß los mit ihrem Kind?

»Ich hab keine Geheimnisse vor Smith«, sagte Vanessa. Ihre Hand zitterte, doch es gelang ihr, das Zittern unter Kontrolle zu bekommen. »Ich erzähl ihr nachher sowieso alles.«

Smith gab einen leisen Laut von sich, vielleicht aus Sorge oder aus Schadenfreude, weil sie nicht zustimmte oder aufgeregt war, oder vielleicht war es auch nur ein Schnarchen. Das Ding auf ihrem Schoß hatte einen winzigen Bildschirm. Ein DVD-Player?

Julia sagte: »Könntest du kurz mit mir raus auf den Flur kommen, Liebes? Bitte!«

Vanessa nickte grimmig, als wollte sie sagen, die Pflicht ruft, aber Smith blickte nur ganz flüchtig auf, der Ausdruck in ihrem bleichen Gesicht angestrengt und missbilligend, als wären höfliche Umgangsformen ein Ding der Vergangenheit.

Als sie zwischen Vanessas Zimmer und dem Elternschlafzimmer auf der breiten Galerie standen, beugte Julia sich vor und sagte: »Ist alles in Ordnung mit ihr? Mit Janine?«

»Sie hat ein Schweigegelübde abgelegt. Bis die Gewalt aufhört.«

Ah, das erklärte natürlich alles. »Hör zu, Liebes. Ich will dich nicht lange aufhalten. Was ich dich fragen wollte –«

»Vier Mal.«

»Wie bitte?«

»Ich habe Kellen Zant vier Mal getroffen.« Sie grinste. »Ich warte schon die ganze Zeit darauf, dass du mich danach fragst.«

· II ·

Julia trat von einem schmerzenden Fuß auf den anderen. Sie hatte einen ganzen Tag gewartet, hatte sich Zeit gelassen, um ganz ruhig zu sein, wenn sie Vanessa die Frage stellte. In den ersten Stunden nach Chrebets Besuch hätte sie für nichts garantieren können, und die Beziehung zu ihrer ältesten Tochter war auch so schon kompliziert. Lemaster war unten und redete mit Flew, der sie bei ihrer Ankunft erwartet hatte, offenbar mit irgendwelchen geheimen Informationen. »Warte mal einen Augenblick«, sagte sie zu Vanessa, denn sie hatte bemerkt, dass die mit selbst geschriebenen Gedichten beklebte Tür zu Jeannies Zimmer einen Spaltbreit offen stand. Julia klopfte, hörte jedoch von drinnen nur leise Schritte. »Schlaf jetzt, Jeannie.«

Sie wartete, bis sie eine gedämpfte Zustimmung bekam, dann ging sie zurück zu Vanessa und zog sie aufs Sofa, weil ihr die Füße weh taten. »Möchtest du mir erzählen, was mit Kellen Zant passiert ist?«

»Ja, ich bin *willens*, es dir zu sagen.«

Mit Mühe unterdrückte Julia den Impuls, ihrer Tochter eine genervte Antwort zu geben. Sie wollte nicht schon wieder so reagieren wie ihre aufbrausende, jähzornige Mutter. »Bitte, lass das, Vanessa. Erzähl es mir einfach.«

»Wie du willst.« Sie rieb sich die Augen, dann warf sie einen fast sehnsüchtigen Blick auf ihre Zimmertür. Julia fragte sich, ob ihre Tochter an Janine dachte – nein, Smith hieß sie jetzt – oder an den Computer. Vanessa wirkte übermüdet und sollte eigentlich längst im Bett liegen. Aber die beiden Mädchen würden sich bis zum Morgengrauen am Computer beschäftigen, womit auch immer. »Das erste Mal hab ich ihn an der Theologischen Fakultät getroffen, in der Bibliothek. Ich glaub, das war so im November. Ungefähr vor einem Jahr.«

Julia, die noch nie erlebt hatte, dass ihre Tochter sich nicht haargenau an etwas erinnerte, war immer noch mit der ersten

Information beschäftigt. »Du bist Kellen also ... im Kepler begegnet?«

»Ja. Als ich für meine Jahresabschlussarbeit recherchiert hab. Ich bin gerade aus dem Archiv gekommen, und er saß im Lesesaal –«

»Moment, Liebes. Moment. Bist du dir ganz sicher?«

»Nein, Mom, ich denke mir das alles nur aus.« Sie machte ein Geräusch. Traurig? Verärgert? »Ja, Mom, ich bin mir ganz sicher. Ich hab mich ziemlich gewundert, weil ich dachte, der Typ ist doch so ein berühmter Volkswirtschaftler, der große, böse Unternehmensberater, und Dad schimpft dauernd über ihn, weil er die Forschung nicht ernst genug nimmt. Wieso sitzt der also in der Bibliothek? Und ausgerechnet in der Bibliothek der Theologischen Fakultät? Aber da war er. Und das zweite Mal, das war, also, im Januar. Dann noch mal im Sommer. Und dann wieder im Herbst. Im September oder so. Einmal in der Theologischen Fakultät und einmal in der Bibliothek der Historical Society –«

»In der Harbor County Historical Society?«

»Ja. Einmal hab ich ihn auch nach der Schule getroffen.«

»Er ist zur Highschool gekommen?«

»Na ja, er ist gerade mit dem Auto vorbeigefahren, als ich rauskam. Er hat mich gefragt, ob ich mit ihm irgendwo einen Kaffee trinken will.«

»Dieser Mistkerl«, entfuhr es Julia unwillkürlich. Wieder wünschte sie sich, sie könne ihm noch eigenhändig den Hals umdrehen. »Liebes, worüber ... worüber habt ihr gesprochen?«

»Worüber schon? Über die Schule. Das Wetter. Wie schön mein Haar an dem Tag aussah.«

»Ihr habt über dein Haar gesprochen?«, fragte Julia fassungslos.

»Ja. Und dass ich meiner Mutter aus dem Gesicht geschnitten bin.« Ein schüchternes Lächeln huschte über ihre Züge. »Dass er meine Klamotten gut fand. Wie intelligent ich bin. Wortspiele. Er stand auf Wortspiele. Er ist mir tierisch auf die Nerven gegangen, Mom.« Sie schüttelte sich. »Er hat mit E-Mails geschickt und Instant Messages und mich auf dem Handy angerufen. Das war richtig unheimlich. Der Typ war doch viel zu alt, um mich anzubaggern.«

»O Gott, Liebes, er hat doch nicht ... Ich meine, ihr beide ... Bitte, sag mir ...«

»Ich hab nicht mit ihm geschlafen, falls du das meinst! Allein bei dem Gedanken kommt's mir ja schon hoch!« Vanessa fuhr sich mit den Händen über die Augen und rieb sich die Schläfen. Wahrscheinlich hatte sie es längst satt, dauernd Fragen zu beantworten, und jetzt machte ihre Mutter es nur noch schlimmer. Julia tat es fast schon leid, dass sie das Thema überhaupt angesprochen hatte.

Aber sie musste ihre Tochter einfach beschützen ... wovor auch immer.

»Es tut mir so leid, dass du das durchmachen musstest, Liebes.«

»Mir auch. Es war, als würde ich von einem Stalker verfolgt. Wie gesagt. Richtig unheimlich.«

»Ich wünschte, du hättest mit mir oder mit deinem Vater darüber gesprochen. Wir hätten etwas unternommen.«

»Tja, offenbar wurde ja was unternommen, oder?«, erwiderte Vanessa spitz.

Eine Weile dachten Mutter und Tochter schweigend darüber nach. Vanessas Gesicht wurde ganz ernst, als ihr langsam klar wurde, was sie gerade gesagt hatte, und Julia wurde von einer Welle von Selbsthass erfüllt, weil eine boshafte innere Stimme ihr einflüsterte, Kellen hätte es nicht besser verdient. Dann stellte Julia die Frage, die ihr seit Rick Chrebets Besuch nicht mehr aus dem Kopf ging.

»Liebes, hat er dich nach deiner Arbeit gefragt?«

»Nach meiner Arbeit?«

»Die Arbeit über Gina Joule.«

Vanessa senkte den Blick und lachte heiser auf. »Also wirklich, Mom, der hat sich nicht für meine Arbeit interessiert, der wollte mir an die Wäsche.«

»Ach, Liebes –«

»Dieser perverse Sack. Der war doch mindestens neunundvierzig und wollte noch mit einer kleinen Schülerin rumflirten. *Kaffee* wollte der mit mir trinken gehen.«

Julia hatte immer noch Mühe, sich über Wasser zu halten, vor lauter Bäumen den Wald nicht zu übersehen – ob die Metaphern passten oder nicht, war ihr egal, Hauptsache, sie bekam ihre Antwort. »Er hat also nie … also, er hat dich nie danach gefragt, was Gina in jener Nacht wirklich zugestoßen ist?«

Vanessas Kopf fuhr so heftig hoch, dass ihre Zöpfe flogen. »Gina ist nichts *wirklich* zugestoßen, Mom. Hast du meine Arbeit denn nicht gelesen? DeShaun Moton hat sie umgebracht. Erinnerst du dich?« Aber sie erzählte die Geschichte noch einmal, eine Angewohnheit, die sie von ihrem Vater hatte. »Gina hatte sich fürchterlich mit ihrer Mutter gestritten, ist aus dem Haus gerannt und spazieren gegangen. DeShaun hatte den BMW geklaut. Er sieht das hübsche weiße Mädchen in der Nähe des Parks, als er aus der Stadt rausfährt, hält an, flirtet ein bisschen, und Gina, die dumme Gans, steigt ein. Wahrscheinlich, weil sie sauer auf ihre Mutter war. Mädchen machen die bescheuertsten Sachen, wenn ihre Mütter sie auf die Palme bringen. Ich meine, keines von den Mädchen, die wir kennen, aber, na ja, im Prinzip läuft das so. Jedenfalls ist DeShaun mit ihr an den Strand gefahren, wollte was von ihr, sie hat sich gewehrt und ist ertrunken. Daraufhin ist DeShaun natürlich so schnell wie möglich aus Tyler's Landing abgehauen. Aber der war auch bescheuert. Fünf, sechs Tage später kommt er zurück, klaut wieder ein Auto, die Bullen jagen ihn und erschießen ihn, peng. Okay, ich weiß, das hätten sie nicht tun dürfen, aber der Typ hat Gina wirklich umgebracht, Mom. Also wirklich. Die Beweise waren erdrückend. Die Leute hätten es natürlich lieber gehabt, wenn DeShaun unschuldig gewesen wäre, weil er schwarz und Gina weiß war, und, na ja, die alte Geschichte eben, schwarze Männer werden gelyncht, weil sie weiße Frauen umbringen, ein Muster, das so alt ist wie … wie –« Vanessa schien sich nicht entscheiden zu können, wie alt genau, und einen Moment lang bewegten sich ihre Lippen lautlos. Diesmal war Julia klug genug zu warten, bis ihre Tochter sich wieder gefangen hatte. »Lies dir meine Arbeit noch mal durch, Mom. Ich hab die Untersuchungsberichte gelesen. Es stand nicht mal auf der Kippe. Fall eröffnet, Fall abgeschlossen. Die hatten Zeugen, die hatten seine Vorstrafen. Die hatten einfach alles. Okay, es hat Unruhen gegeben. Aber die Demonstranten lagen falsch. Ich wollte, dass sie recht hatten. Deswegen hab ich diese Arbeit geschrieben – um zu beweisen, dass DeShaun unschuldig war. Aber er war nicht unschuldig.« Vanessa unterbrach sich erneut, rieb sich die Arme und den Hals, als wollte sie die Reste ihrer Tirade wegwischen. Dann lächelte sie, als wäre nichts geschehen, und sagte ruhig: »Jedenfalls hätte er mich nicht belästigen sollen. Kellen, meine ich. Es war echt unheimlich.«

»Ich weiß. Es tut mir leid, Liebes.«

»Und ich weiß wirklich nicht, woran Kellen gearbeitet hat, Mom. Er hat's mir nicht gesagt. Und was, wenn er wirklich rausfinden wollte, was mit Gina passiert ist? Also, falls er zu dem Schluss gekommen wäre, dass DeShaun sie nicht umgebracht hat, und wenn er das veröffentlicht hätte? Dann hätte er echt gelogen, Mom.«

»Bist du dir ganz sicher?«

»Hör mal, weißt du noch, was Dad mir gesagt hat, bevor ich mit meiner Arbeit angefangen hab? Er hat gesagt, ein Schüler, der eine Arbeit über ein bestimmtes Thema schreibt, sollte der führende Experte auf dem Gebiet werden. Also, sieh mich an. Ich bin die führende Expertin zum Thema Gina Joule. Und ja, Mom, ich bin mir ganz sicher, dass DeShaun Moton sie umgebracht hat. Und ihre Familie war sich offenbar auch ganz sicher, denn die haben ihre Klage gegen Tyler's Landing zurückgezogen. Man hat ihnen nicht mal einen Vergleich angeboten.«

»Hast du Kellen das gesagt?«

»Natürlich nicht.« Erstaunen in den großen Augen. »Wir haben nie darüber gesprochen. Das hab ich dir doch gesagt. Kellen hat sich nicht dafür interessiert, wer Gina ermordet hat, der hat sich nur für meine Beine interessiert. Das war echt unheimlich.«

»Diese Anrufe waren also –«

»Er wollte sich immer wieder mit mir treffen. Der Typ war pervers.« Wieder ganz ruhig. Als hätte sie einen Schalter umgelegt. »Sag Dad nichts davon, okay? Der kriegt'n Anfall. Ich meine, der Typ ist doch eh tot. Lassen wir ihn in Frieden ruhen.«

Julia hatte mehr oder weniger dasselbe gedacht. »Und das war's? Mehr ist zwischen euch nicht gewesen?«

Als Vanessas Kopf wieder hochfuhr, wusste Julia, dass sie die falschen Worte gewählt hatte. »Zwischen uns ist überhaupt nichts gewesen! Das hab ich dir doch grade gesagt! Ich meine, was glaubst du denn eigentlich? Das ist ja abartig!«

Janine streckte den Kopf aus der Tür, wie um nachzusehen, ob ihre Freundin Hilfe brauchte. Julia sah sie durchdringend an, bis sie mitsamt ihren Piercings wieder verschwand. Vanessa hatte währenddessen einfach weitergeredet. »Wir waren nicht mal Freunde, Mom. Wir waren überhaupt nichts. Ich hab mich um meinen Kram gekümmert, und er hat angefangen, mich zu belästigen, okay? So was machen Typen manchmal, selbst ältere. Das ist dir doch bestimmt auch schon mal passiert, oder?«

»Das hab ich nicht gemeint, Liebes. Ehrlich.«

Kinder, vor allem halbwüchsige Mädchen, verfügen über ein beträchtliches Repertoire an verächtlichen Blicken, und Vanessa bedachte ihre Mutter mit einer besonders effektiven Variante. »Klar, Mom.«

»Liebes –«

»Und jetzt, wo ich weiß, dass ihr beide mal zusammen wart, kapier ich's endlich. Er hat mich belästigt, weil er dachte, dass er dich damit ärgern kann.«

Julia war völlig verblüfft über diese Erkenntnis – und darüber, dass sie wahrscheinlich genau ins Schwarze traf.

»Es tut mir leid, dass du das durchmachen musstest, Liebes. Es tut mir wirklich leid. Ach, Kleines.« Sie wollte ihre Tochter in den Arm nehmen, aber Vanessa blieb unbewegt wie eine Statue und reagierte nicht. »Er war ein schrecklicher Mann, das war er wirklich.« Sie fragte sich, wen sie mit diesen Worten überzeugen wollte. »Er hatte kein Recht, dir so zuzusetzen. Ich bin so stolz darauf, wie du damit umgegangen bist und –«

Vanessas leise Antwort ließ sie erstarren. »Ach Mom, du hast doch keinen blassen Schimmer, wie ich damit umgegangen bin.«

Ein gefährlicher Gedanke formte sich in Julias Kopf, ein Gedanke, den sie seit dem Gespräch mit diesem Casey im Multiplex-Kino immer und immer wieder von sich weggeschoben hatte. Auch jetzt schob sie ihn wieder weg.

»Also, ich bin jedenfalls stolz auf dich, Liebes. Und ich hab dich lieb.«

»Wolltest du sonst noch was?«, fragte Vanessa, hochmütig wie

Lemaster. »Es geht mir nämlich gut, ehrlich. Und ich würde ganz gern wieder in mein Zimmer gehen und weitermachen.«

»Nein, nein, sonst war nichts.« Julia machte sich Vorwürfe, weil es ihr nicht gelang, ernsthafte Gespräche mit ihren Kindern zu führen und bemühte sich, ihre Frustration nicht zu zeigen. »Ach, übrigens, was treibt ihr eigentlich da drinnen?«

»Wir ersparen euch eine Menge Geld mit MP3s. Aber keine Sorge, ich rippe fast nur CDs, die ich mir von Casey ausgeliehen hab. Und ich benutze eine Tauschbörse, die kein Schwein kennt, eine echt coole Website aus Korea. Kuck mich nicht so an. Da passiert schon nichts. Meine Spionageabwehr funktioniert bestens. Die RIAA«, – sie sprach es ri-ah aus, »findet mich nie.«

»Und wie würdest du das, was du da tust, in verständlicher Sprache ausdrücken?«

»Musik runterladen.«

»Ach so.« Ein kurzes, betretenes Schweigen. Julia überlegte, wann sie den Einfluss auf ihre halbwüchsige Tochter verloren hatte. Nicht zum ersten Mal fiel ihr auf, dass keins ihrer Kinder enge schwarze Freunde hatte, bis auf die, die sie durch ihre Eltern kannten: Genau davor hatte Mona sie gewarnt, als sie nach Tyler's Landing gezogen waren. »Ist das legal?«

»Nein.«

»Dann hör auf damit.«

»Klar, Mom.«

»Vanessa?«

»Ja, Mom.« Die Hand am Türknauf, gab Vanessa sich keine Mühe mehr, ihre Ungeduld zu verbergen. Julia war sich ziemlich sicher, dass ihre Tochter sie belog, aber sie konnte nicht sagen, wobei.

»Was ist das für ein Ding, mit dem Janine die ganze Zeit rumspielt? Dieses, äh, elektronische Dings?«

»Sie heißt jetzt Smith, Mom. Es ist ein Protest, hast du das schon vergessen?«

»Erklär's mir.«

Vanessa neigte zu übertrieben korrekten Erklärungen, selbst wenn es um etwas Illegales ging. »Es spioniert Funknetze nach ESN und MIN aus. Angeblich funktioniert es sogar mit AMPS and NAMPS. Wir testen es gerade.«

»Verständlicher, bitte. Was macht das Gerät?«

»Es klont Handynummern. Du weißt schon, damit man umsonst telefonieren kann.« Vanessa sah, wie ihre Mutter erbleichte. »Keine Sorge. Sie will kein Geld damit verdienen. Sie hat die Pläne im Internet gefunden und wollte ausprobieren, ob sie so ein Ding bauen kann.«

Plötzlich fiel Julia wieder ein, dass Janine Goldsmith bei Wettbewerben für junge Wissenschaftler einen Preis nach dem anderen gewonnen hatte. Und auch, dass Vanessa sich einmal geweigert hatte, ihr bei … bei irgendetwas zu helfen. Und sie erinnerte sich an Lemasters Einwände dagegen, dass Janine bei Vanessa übernachtete. Julia hatte ihn dazu überredet, um Vanessa eine Freude zu machen.

»Sag ihr, sie soll das Ding wegpacken, okay? Ganz legal ist das ja wohl nicht. Und außerdem ist es auch nicht richtig«, fügte sie hinzu, aber nachgeschobene moralische Begründungen sind nie besonders überzeugend.

»Okay, Mom.« Wieder dieses reizende Lächeln, als ob man ein neues Mitglied in einer Sekte begrüßt.

· III ·

Sie hielt das halbherzige Versprechen, das sie Vanessa gegeben hatte. Sie erzählte Lemaster nichts von Kellens unheimlichen Annäherungsversuchen bei ihrer Tochter. Es wäre eh sinnlos, redete sie sich ein, während sie neben ihrem Mann lag und versuchte einzuschlafen. Kellen war tot. Vanessas wiedergewonnenes, immer noch labiles Gleichgewicht war zu hart erkämpft. Dass der Fall Kellen Zant und damit die Nachforschungen über seine Person bald offiziell abgeschlossen sein würden, war die beste Nachricht seit … seit seinem Tod.

Sie sagte: »Lemmie?«

»Hmmm?«

»Dieser Detective war gestern bei mir. Chrebet.« Die Dunkelheit war wie damals im Innern des Zelts, wenn Mona, als sie noch klein waren, übers Wochenende mit ihnen Campen war, weil sie nicht wollte, dass ihre Kinder zu Weicheiern heranwuchsen. »Er hat gesagt, die Ermittlungen sind so gut wie abgeschlossen.«

»Ja, hab ich gehört«, antwortete er schläfrig. »Raubmord oder so was.«

»Ja, Raubmord.«

»Klingt nach einer äußerst bequemen Lösung.« Er hob kurz den Kopf, entspannte sich wieder. »Aber das ist ja nicht unser Problem.« Er gähnte. Das war seine Art, Dinge, die er nicht ändern konnte, zu den Akten zu legen. Vor ihrem geistigen Auge sah Julia das Lagerfeuer, das in der dunkler werdenden Nacht gelb und rot flackerte. »Ach, übrigens, ich habe mit Mal Whisted gesprochen.« Ein kurzes Zögern. »Über Astrid.«

Direkt nachdem du im Weißen Haus warst und dich unter vier Augen mit dem Präsidenten unterhalten hast, registrierte Julia, doch sie verbat sich den Gedanken, ehe er richtig Gestalt annehmen konnte. »Gut.«

»Er hat gesagt, dass er sie zurückpfeifen wird. Er lehnt diese Art von –«

»Es ist okay.«

»Astrid ist nun mal, wie sie ist.« Lemaster zog seine Frau näher an sich. »Seine Familie kann man sich eben nicht aussuchen.« Ein Kuss. »Zum Glück kann man sich seinen Ehepartner aussuchen.«

Ein süßes Zwischenspiel in der Dunkelheit, ein bisschen streicheln und fummeln.

Dann: »Lemmie? Was glaubst du, ist wirklich passiert? Mit Kellen, meine ich.« Sie wollte seinen bemerkenswerten Verstand auf das Problem ansetzen, weil sie es leid war, allein vor sich hin zu grübeln. Und sie wollte ihn testen.

Er ließ sie so lange warten, dass sie schon fürchtete, er sei eingeschlafen. Wieder verlangten die Gedanken, die sie nicht wahrhaben wollte, nach Aufmerksamkeit, und sie hatte Mühe, sie zu verscheuchen. »Ich nehme an, wer auch immer es getan hat, hatte sicher einen guten Grund.«

»Aber wer hätte ihn so sehr hassen sollen?«

»Es muss nicht unbedingt Hass gewesen sein, Jules.«

»Was könnte es denn sonst gewesen sein?«

Während sie auf seine Antwort wartete, stellte sie sich vor, sie läge in ihrem Schlafsack, neben ihr das verglühende Feuer, über ihr die Sterne, die wie Diamanten am samtenen Himmel funkelten.

»Ich weiß, wie Kellen es genannt hätte«, sagte er schließlich. »Rationale Maximierung von Eigeninteresse.«

Kapitel 14

Ein Überraschungsgast

· I ·

Am Sonntagabend war Julia in der Stadt mit zwei Sisterladys zum Abendessen verabredet: Regina Thackery, eine Gynäkologin an der Uniklinik, und Kimmer Madison, Anwältin und Partnerin in der größten Kanzlei der Stadt. Sie waren praktisch der Unterausschuss eines Unterausschusses, mit dem Auftrag, den Zweck eines Benefizballs im Mai so zu beschreiben, dass ihre Ortsgruppe die medizinische Versorgung von schwangeren Teenagern unterstützen konnte, ohne zum Thema Abtreibung Stellung beziehen zu müssen. Regina hatte sich freiwillig gemeldet und ihre Busenfreundin Kimmer rekrutiert, die eigentlich nie zu den Versammlungen der Organisation kam, obwohl sie ihren Sohn hin und wieder zu den Littlebugs brachte. Die Kindergruppe war vor Jahrzehnten eingerichtet worden, damit schwarze Frauen aus der Mittelschicht Spielkameraden für ihre Söhne und Töchter finden konnten, die zu kostbar waren, um sie den schwarzen Massen auszusetzen, und zu schwarz, um sie unter die Weißen zu lassen. Julia konnte sich nicht mehr genau erinnern, wie sie in den Unterausschuss geraten war. Bisher hatten die drei Frauen sich zweimal getroffen und so gut wie nichts zuwege gebracht. Dieses Treffen im Cadaver's, einem teuren, wenn auch sonderbaren Restaurant in der Innenstadt, verlief auf ähnliche Weise: gutes Essen, guter Wein, gute Unterhaltung, aber zum eigentlichen Thema kamen sie nicht.

Normalerweise genoss Julia solche geselligen Abende, doch heute war sie zu sehr in Gedanken, was den beiden anderen Sisterladys nicht entging.

»Geht es dir gut, meine Liebe?«

»Alles in Ordnung zu Hause?«

Sie konnten sie nicht mit Politik zum Reden bringen. Auch auf Klatsch sprang sie nicht an, selbst dann nicht, als Kimmer die pikante Neuigkeit herausrutschte, dass sie angesichts des Mangels an interessanten Schwarzen in ihrem Alter beschlossen hatte, wieder mit ihrem Ex-Mann anzubandeln. Nicht einmal in ein Gespräch über Beziehungen konnten sie sie verwickeln, ein Thema, für das Julia normalerweise großes Interesse heuchelte, wusste sie doch, dass alle im Clan ihre Ehe für perfekt hielten. Doch Mona hatte ihr beigebracht, niemals in der Öffentlichkeit schmutzige Wäsche zu waschen, deshalb vertraute sie keiner Menschenseele an, dass ihr Leben mit Lemaster einer täglichen Mount Everest-Besteigung gleichkam.

Ohne Sauerstoff.

»Tut mir leid«, sagte sie, als sie sich nicht einmal auf ihre Witze einlassen konnte. Sie nippte an ihrem Wein und starrte ihren kaum angerührten Viktoriabarsch an, als hätte sie gerade einen neuen Feind entdeckt. »Ich habe ein paar anstrengende Wochen hinter mir.«

Natürlich hatten sie Verständnis, versicherten die beiden mit unverhohlener Neugier in den Augen.

»Vielleicht hätten wir nie aus der Stadt wegziehen sollen«, fuhr sie zu ihrer eigenen Überraschung fort. Und vielleicht gab sie sogar einen Teil der Wahrheit preis, wenn auch keinesfalls ihre tiefsten Ängste. »Es ist, als hätten wir, seit wir in Tyler's Landing wohnen –«

»Ah, seht mal, wer da kommt«, sagte Kimmer plötzlich und klang absolut nicht begeistert. Den Blick auf den Eingang gerichtet, verzog sie ihr schönes, walnussbraunes Gesicht. Genau wie Lemaster kannte Kimberley Madison jeden am Ort.

Julia und Regina drehten sich um, als ein großer, durchtrainierter Angehöriger der hellhäutigeren Nation freudestrahlend auf ihren Tisch zusteuerte. Seine freundlichen blauen Augen funkelten gut gelaunt, seine Frisur saß perfekt. Man bekam den Eindruck, dass ihn alles im Leben mit unbändiger Freude erfüllte.

»Bleiben Sie sitzen, ich bitte Sie«, sagte er mit erhobenen Händen, obwohl niemand sich gerührt hatte. »Kimberley, meine

Liebe, stellen Sie mich doch Ihren Freundinnen vor.«
»Regina. Julia. Das ist Anthony Tice.«

· II ·

Julia erkannte ihn aus der Fernsehwerbung, aber in natura war er noch umwerfender. Er besaß das nachlässige, gute Aussehen und das gewinnende Lächeln eines Mannes, der oft vor dem Spiegel stand. Die breiten Schultern ließen darauf schließen, dass er viel Zeit im Fitnessstudio verbrachte. Sie hatte gehört, Tice besäße ein erstaunliches Talent, ein harmonisches Verhältnis zu den Geschworenen aufzubauen, was Julia sofort glaubte, als sie ihn jetzt vor sich sah.

»Ah!«, sagte er mit einem derart sexy Lächeln, dass ihr ganz mulmig wurde. »Julia Carlyle. Endlich lernen wir uns einmal persönlich kennen. Es ist mir ein Vergnügen.«

»Verschwinden Sie«, sagte Julia, und beide Sisterladys drehten sich zu ihr um.

Tice nahm ungerührt Platz.

»Wir beide haben eine Menge zu besprechen«, versicherte er ihr.

»Du *kennst* ihn?«, fragte Regina.

Der Adonis von einem Anwalt hatte sie unaufgefordert begrüßt, mehr brauchte es nicht. Julia sagte ihm gründlich und ausführlich die Meinung. Seit Wochen suchte sie schon nach einem Ventil für ihren aufgestauten Ärger, zu dem der Unsinn, den dieser Mann gegenüber ihrer Dekanin von sich gegeben hatte, nicht unerheblich beigetragen hatte. Tony Tice schien sich weder zu wundern noch beirren zu lassen. Er ertrug ihren Zornesausbruch mit stoischer Gelassenheit. Als ihr die Luft ausging, starrten die Sisterladys und alle anderen Gäste in der Nähe sie an.

»Ich werde nur ein paar Minuten Ihrer Zeit in Anspruch nehmen.« Sein Anzug saß wie angegossen. Seine Schuhe glänzten. Seine Füße waren, ebenso wie seine Hände, sehr lang. »Wenn Sie auf meine Anrufe reagiert hätten, müsste ich Sie nicht in der Öffentlichkeit ansprechen.«

»Ich habe nicht auf Ihre Anrufe reagiert, weil ich nicht mit Ihnen reden möchte.«

»Haben Sie gehört? Sie will nicht mit Ihnen reden«, sagte Kimberley, die anscheinend die Seiten wechselte.

Sein wetterfestes Lächeln verrutschte um keinen Millimeter. »Es dauert nicht lange, Kimberley. Sie können sich gleich wieder Ihrem Abendessen zuwenden, meine Damen.« Zu Julia: »Haben Sie mit Ihrer Dekanin über mich gesprochen?«

»Selbstverständlich. Sie hat mir gesagt, Sie würden womöglich Ihre Spendenzusage für dieses Jahr zurückziehen, falls ich mich weigere, mit Ihnen zu reden.« Ihr Handy meldete sich. Sie ließ es klingeln. »Nun, nachdem wir also jetzt miteinander gesprochen haben, können Sie ja die Zahlung anweisen.«

Erneut versuchte Kimberley, das Gespräch zu beenden.

»Das Problem ist, dass ich einen Mandanten vertrete.« Er beugte sich vor in der Hoffnung, dass sie sich ebenfalls vorbeugen würde, damit er flüstern konnte, doch Julia rührte sich nicht. »Mein Mandant hatte geschäftlich mit Professor Zant zu tun, und ich fürchte, das Geschäft wurde nie abgeschlossen. Ich versuche nun, sozusagen die Scherben zusammenzukehren –«

Julia hob die Hände, denn sie wollte nicht, dass Regina und Kimmer hörten, was er zu sagen hatte. »Okay, also gut. Ich werde mit Ihnen reden. Aber fassen Sie sich gefälligst kurz.«

Sie erhob sich und folgte ihm ins Foyer, wo Gäste ohne Reservierung darauf warteten, dass ihnen ein freier Tisch zugewiesen wurde. Draußen hatte der Schnee sich in eiskalten Regen verwandelt, und so blieben sie unter der schützenden Markise stehen.

Erbost über die selbstgefällige Gelassenheit dieses Weißen und mit dem Stolz des Clans, ging Julia ohne Vorwarnung zum Angriff über. »Wie können Sie es wagen, auf so unverschämte Weise unser Abendessen zu stören?«

»Ich bin Anwalt. Unhöflichkeit ist mein Metier.«

»Tja, was auch immer Sie verkaufen – ich bin nicht interessiert.«

»Ich verkaufe nicht, ich kaufe.«

»Ich habe nichts zu verkaufen, Mr Tice. Egal, was Sie denken mögen, ich war nicht Kellens schwarze Dame.«

Sie hatte gehofft, ihn zu überrumpeln, doch er hatte auch eine Überraschung für sie parat.

»Ah, Sie haben sich also mit Mary Mallard unterhalten«, sagte er. »An Ihrer Stelle würde ich ihr nicht über den Weg trauen. Professor Zant hat mit mir verhandelt, nicht mit Miss Mallard. Er wollte an meinen Mandanten verkaufen. Miss Mallard hat sich nur eingemischt. Sie sollten sich von ihr fernhalten.«

»Wenn dieses Gespräch beendet ist, werde ich mich von *Ihnen* fernhalten.«

Er lächelte immer noch, und sie musste sich eingestehen, dass auch sie gegen die Wirkung nicht immun war. »Lassen Sie es mich einfach ausdrücken, damit ich Ihnen nicht zu viel von Ihrer Zeit stehle. Professor Zant war im Besitz eines Gegenstandes, den mein Mandant kaufen wollte. Die beiden waren zu einer Übereinkunft gelangt. Zant hatte meinem Mandanten eine Kostprobe gegeben, so hat er sich ausgedrückt. Er versprach, den Gegenstand selbst einige Wochen später zu liefern, aber ehe er dazu kam, wurde er erschossen.«

»Sind Sie fertig?«

»Shari Larid«, sagte er unvermittelt.

»Wie bitte?«

»Das ist ein Name. Shari Larid.« Er buchstabierte ihn. »Eine Vertretungslehrerin. Professor Zant sagte, diese Frau hätte die Unterlagen, die er verkaufen wollte, und Sie würden wissen, wo sie zu finden ist.«

Julia schüttelte den Kopf. »Ich kenne keine Frau, die so heißt. In New York kannte ich eine Anwältin namens Aird, aber das war's auch schon. So. Wir sind fertig. Würden Sie jetzt bitte gehen?« Als Tice sie einfach weiterhin anlächelte, versuchte sie es noch einmal: »Wer ist Ihr Mandant?«

»Anwaltliche Schweigepflicht. Tut mir leid.« Er sah nicht so aus, als würde er es wirklich bedauern.

»Ich sage Ihnen, was ich schon Mary gesagt habe. Ich habe nicht die geringste Ahnung, was Kellen vorhatte. Er hat mir nichts erzählt. Und er hat mir auch nichts hinterlassen. So … äh, so nah standen wir uns nicht.« Ganz plötzlich glühten ihre Wangen, und sie fing an zu stottern. »Und ich schätze es ganz und gar nicht, wenn jemand das Gegenteil behauptet. Also gehen

Sie und richten Sie Ihrem mysteriösen Mandanten aus, dass Sie es vermasselt haben. Sagen Sie ihm, dass Sie die falsche Frau belästigt haben.«

Er zeigte sich immer noch nicht beeindruckt. »Sie ahnen gar nicht, wie wichtig diese Sache ist. Es könnte sich für Sie lohnen, wenn Sie mit mir kooperieren. Wir könnten einen Deal machen.« Er hob eine Hand, als sie darauf etwas erwidern wollte. »Denken Sie darüber nach. Mehr verlange ich nicht.«

»Sie haben wirklich nicht mehr alle Tassen im Schrank.«

Ihr Handy klingelte erneut. Entnervt warf Julia einen Blick auf das Display. Claire Alvarez. Was auch immer sie wollte, konnte warten. »Also gut, Mr Tice. Sie wollen einen Deal? Dann machen wir einen Deal. Ich nenne Ihnen meine Bedingungen, und die sind nicht verhandelbar.« Sie zeigte mit dem Finger auf ihn. »Sollten Sie sich mir noch einmal nähern, aus welchem Grund auch immer, werde ich Sie verhaften lassen. Punkt.«

»Sie hören von mir«, erwiderte er ungerührt und drückte ihr gegen ihren Willen seine Visitenkarte in die Hand.

Julia lächelte grimmig. Es kam nicht oft vor, dass sie ihrem Ärger Luft machte, nicht, seit sie Lemaster geheiratet hatte. Sie war high, nur dass es sich viel normaler anfühlte. Vor den Augen des Anwalts zerriss sie die Karte und ließ die Teile in den schmutzigen Schnee fallen, der sich am Straßenrand gesammelt hatte. Dann warf sie den Kopf in den Nacken und marschierte zurück ins Restaurant. Lemaster war nach Florida geflogen, um Spendengelder zu akquirieren, aber sobald er zurückkam, würde sie ihm erzählen, dass Tice sie belästigt hatte, damit er, wie er es angekündigt hatte, etwas gegen den Mann unternahm. Im Moment genoss sie ihr Triumphgefühl. Sie hatte es Tony dem Trickser gründlich gezeigt. Zwanzig Jahre lang hatte sie es ihrem Mann überlassen, sich ihrer Probleme anzunehmen, doch dieses hatte sie eigenhändig gelöst. Als sie sich wieder an den Tisch setzte, fiel Kimmer und Regina gleich ihre veränderte Stimmung auf, und sie witzelten sogar über ihr heimliches Stelldichein.

Julia, die immer noch berauscht war von ihrem Erfolg, stimmte ausgelassen in ihr Lachen ein.

Ihr Handy klingelte schon wieder. Normalerweise war Claire nie so hartnäckig. Julia ging hinaus ins Foyer, um den Anruf entgegenzunehmen. Claire klang ziemlich mitgenommen, sie wollte wissen, ob Julia sofort zu ihr nach Hause kommen könne. Julia schaute überrascht auf die Uhr. Fast neun. Sie fragte, ob das nicht bis morgen warten könne.

Claire nannte ihr den Grund für ihre Bitte.

Vor zwei Stunden hatte Boris Gibbs, beladen mit Einkaufstüten, den Parkplatz des großen Einkaufszentrums in Norport überquert. Ein Geländewagen war auf dem Schnee ins Rutschen gekommen, hatte ihn überfahren und danach nicht mal angehalten.

Und obwohl ihnen niemand glaubte – in Notfallsituationen sehen die Leute die seltsamsten Dinge –, sollten später einige entsetzte Augenzeugen zu Protokoll geben, dass der Geländewagen zurückgesetzt und Boris ein zweites Mal überfahren hatte.

· III ·

Später. Julia saß im Familienzimmer vor dem Fernseher und zappte durch die Kanäle, während der Sturm ums Haus pfiff und kreischend Einlass begehrte. Kein Schnee, aber jede Menge eiskalter Regen, der Garten war trotz des Flutlichts nicht mehr zu sehen, und wütende Tropfen knallten wie Geschützkugeln gegen die Fensterscheiben. CNN. Klick. Fox News. Klick. MSNBC. Klick. Nichts.

Im Gegensatz zu Kellen hatte der arme Boris es nicht in die überregionalen Nachrichten geschafft.

Schließlich war es nur ein Verkehrsunfall gewesen, und Boris war weiß. Und außerhalb der Fakultät kannte ihn niemand von Bedeutung, nur eine kleine Handvoll Gelehrter auf seinem Fachgebiet, und nicht einmal die alle.

Genervt schaltete Julia den Fernseher ab und ging an den Tisch in der Küche, um im Internet nachzusehen. Doch dauernd stellte sie sich vor, wie es gewesen sein musste. Der Wagen rammt dich. Du liegst am Boden, hast noch nie solche Schmerzen empfunden, aber du lebst. Erleichterung durchflutet deinen verletzten Körper. Dann setzt der Wagen zurück und überfährt dich noch einmal. Und noch einmal.

Die Polizei nahm die Zeugenaussagen nicht ernst, aber Julia wusste, dass sie sie in ihre Albträume verfolgen würden.

Sie fragte sich, was Boris am Ende gehört hatte. Einen aufheulenden Motor. Schreie natürlich, vielleicht auch seine eigenen. Dann das letzte Klicken, vom Licht ins Nichts. Was Kellen wohl gehört hatte? Hatte sein Gehirn überhaupt Zeit gehabt, den Schuss wahrzunehmen? Wahrscheinlich nicht. Nur ein kurzer Schmerz. Oder ein Moment der Verblüffung.

Gefolgt von ... was auch immer.

Die Grenze zwischen Leben und Tod, zwischen Allem und Nichts, war so leicht zu überschreiten. Man brauchte nur am falschen Ende des Parkplatzes aus dem Auto zu steigen, und das unerklärliche Wunder hörte auf zu existieren: kein schlagendes Herz mehr, keine atmende Lunge, kein denkendes Gehirn. An manchen Tagen glaubte Julia inbrünstig an Gott, an die Auferstehung der Toten, an ein Leben im Jenseits und an alles, was sie im Nizänischen Glaubensbekenntnis bekräftigte, das sie jeden Sonntagmorgen in der St.-Matthias-Kirche betete. An anderen Tagen glaubte sie nur, was biologisch zu beweisen war: Alles Leben wird zu Staub und mit der zunehmenden Entropie schließlich das gesamte Universum. Dennoch war der Tod ihr nicht wirklich fremd, und das nicht nur, weil sie vor zwanzig Jahren ihren Zwillingsbruder Jay verloren hatte. Damals an der Uni hatte Julia versucht, sich das Leben zu nehmen, nachdem Kellen sie verlassen hatte. Niemand außer Tessa wusste davon. Julia war nach dem Abendessen in ihre Wohnung in der Nähe des Buchladens gerannt, hatte einen bitterbösen Abschiedsbrief geschrieben, der wahrscheinlich an Kellen, vielleicht aber auch an Mona gerichtet war, hatte sich geschminkt und ihr teuerstes Kleid angezogen, eine ganze Packung Valium geschluckt, sich aufs Sofa gelegt und sich schadenfroh ausgemalt, was wohl passieren würde, sobald ihre Mitbewohnerin ihre kunstvoll drapierte Leiche fand. Doch Tessa war in jener Nacht gar nicht nach Hause gekommen, und am nächsten Morgen wachte Julia völlig überrascht auf, total verkrampft von der lächerlichen Haltung, in der sie gesessen hatte. Ihr ganzer Körper schmerzte, irgendwie hatte sie im Schlaf fast alle Tabletten ausgekotzt und offenbar so heftig gespuckt, dass sie nicht an ihrem Erbrochenen erstickt war. Sie saß in ihrem eigenen Dreck. Es war regelrecht dantesk. Und so unglücklich gelaufen: Im Kino funktionierte es immer mit Tabletten. Sie fühlte sich auf herrliche Weise unfähig, sogar zum Selbstmord. Aufzustehen war die schwierigste Aufgabe, die sie je zu bewältigen hatte. Das Licht verursachte ihr Schwindel. Sie kniff die Augen zusammen, bis sie nur noch Funken sah. Vor dem Fenster lag frischer Schnee. Sie warf die leere Tablettenpackung und das Kleid in den Müll, duschte stundenlang und marschierte anschließend zur menschenleeren Fakultät für Wirtschaftswissenschaften – es war Samstag –, kletterte durch ein Fenster hinein und zerkratzte mit ihrem Schlüsselbund Kellens lackierte Bürotür. Als Zugabe schlug sie auch noch das kleine Fenster in der Tür ein, aber das Drahtgeflecht verhinderte, dass es zersplitterte. Dann stapfte sie durch den Schnee in die North Balch Street, wo sie sich seit zwei Jahren kaum hatte blicken lassen, und erklärte Mona, sie wolle ihr Studium für eine Weile unterbrechen und vielleicht ein bisschen reisen: Sri Lanka erschien ihr weit genug weg. Obwohl sie auch nicht abgeneigt war, in das Land zu flüchten, das die schwarzen Intellektuellen damals Azania nannten, um sich dort der Revolution anzuschließen.

Mona saß in ihre Arbeit vertieft am Schreibtisch, während im Kamin ein kleines Feuer brannte, und musterte das spitze, frisch geschrubbte Gesicht ihrer Tochter, ihren abgemagerten Körper, die zitternden Hände, den wilden, verunsicherten Blick in ihren Augen. Oder vielleicht dachte sie auch einfach nur über die Gerüchte nach, die ihr zu Ohren gekommen waren – so oder so, als erfahrene Psychologin schätzte sie die Situation richtig ein.

»Du solltest stattdessen lieber den Kerl umbringen«, sagte sie. »Wer meinem Schatz so etwas antut, der hat es nicht verdient zu leben.« Und wandte sich wieder ihrer Arbeit zu.

So wie Julia immer wieder zu Kellen zurückgekehrt war. Und nicht nur in Dartmouth. Nach dem Studium war sie nach Manhattan gezogen und hatte einen Job bei einer Werbeagentur angetreten – über eine von Monas zahlreichen Beziehungen, denn damals, vor ihrer radikalen Phase, hatte Mona noch Seifen-, Bier- und Autohersteller beraten, wie sie schwarze Kunden ködern konnten. Kellen war ebenfalls nach New York gezogen und hatte eine Stelle an der Columbia University angenommen. Das Gehalt und die Sozialleistungen waren fantastisch, und ihn reizte der New Yorker Lebensstil einschließlich der beträchtlichen Möglichkeiten, als Wirtschaftsberater Geld zu verdienen. Aber als er wieder auf Julia zuging, versicherte er ihr, sie sei der einzige Grund für seinen Umzug, und Julia, die sich geschworen hatte, nie wieder ein Wort mit ihm zu sprechen, ließ sich von ihm einwickeln.

Immer wieder ließ sie sich einwickeln.

Zu ihrer Zeit in New York war Kellen der Geländewagen, der zurücksetzte und sie überfuhr, während Julia dalag und es zuließ, dass er wieder und immer wieder zurücksetzte und über sie fuhr. Sie hatte mehr Schmerzen ertragen, als sie für möglich gehalten hätte, die Tage und Nächte nur mithilfe von diversen chemischen Substanzen überstanden, bis zu dem Wochenende, als Tessa, die damals Jura studierte, nach Manhattan gekommen war, um mit Julia zu Mittag zu essen und sich eine Broadway-Show anzusehen. Tessa warf einen Blick auf ihre ehemalige Zimmergenossin und traf die Entscheidung für sie. Sie zwang Julia, ihre Sachen zu packen, zerrte sie praktisch mit Gewalt in ihren Wagen und brachte sie nach Elm Harbor, wo sie Julia drei Tage lang nicht aus den Augen ließ, nicht mal auf der Toilette, und schließlich, als Julia endlich aufhörte sie zu beschimpfen, befahl sie ihr, sich irgendwo an einer Universität einzuschreiben, egal wo, Hauptsache, sie ging nicht zurück nach –

Das Telefon klingelte. Es war fast Mitternacht, und das Telefon klingelte.

Einen Moment lang hatte Julia eine Halluzination. Boris rief an. Wer sonst? Boris wollte ihr endlich erzählen, was in Tyler's Landing vor sich ging, der Geländewagen hatte ihn verfehlt, er lebte noch.

Mit zitternder Hand nahm sie den Hörer ab. Also gut, es war Lemaster, sagte sie sich. Lemaster, der aus East Podunk anrief, oder wo auch immer er übernachtete, aus irgendeinem Ort, wo er Hände schüttelte und Spenden eintrieb. Oder eine Freundin von Vanessa, die annahm, dass wegen des angekündigten Schneesturms morgen die Schule ausfiel. Oder einer ihrer Söhne rief an, um seine Pläne für die Weihnachtstage mit ihr zu besprechen.

Auch falsch.

»Hallo Julia, hier ist Bruce Vallely. Verzeihen Sie die späte Störung. Sie erinnern sich vielleicht nicht an mich, aber meine Frau Grace war Mitglied bei den Ladybugs.«

»Natürlich erinnere ich mich, was für eine Frage«, sagte Julia, selbst erstaunt über ihren ruhigen, selbstbewussten Ton. Bruce war der Chef des Sicherheitsdienstes der Universität und wahrscheinlich versuchte er, Lemaster zu erreichen. Der späte Anruf konnte nur eine weitere schlechte Nachricht bedeuten, und Julia zog instinktiv ihren Morgenmantel schützend um sich. In Gedanken ging sie die Orte durch, an denen ihre Lieben sich gerade aufhielten. »Grace war eine wunderbare Frau, ich habe sie sehr gemocht. Es tut mir so leid.« Aber das hatten sie alles schon bei der Beerdigung vor einem Jahr hinter sich gebracht, und keiner von beiden wollte über Grace' Tod sprechen. Julia nahm an, dass es um Boris Gibbs ging. »Bruce«, sagte sie, »wenn Sie Lemaster sprechen wollen, der ist in Miami bei –«

»Nein, Julia, ich wollte eigentlich mit Ihnen sprechen.« Bruce zählte zu den weitgehend ausgestorbenen Männern der dunkelhäutigeren Nation, die langsam sprachen und ihre Worte mit Bedacht wählten. Jeder Satz aus seinem Mund klang, als hätte er Monate darauf herumgekaut. Julia nahm an, dass die Leute ihn für nicht besonders klug hielten, denn die amerikanische Kultur belohnte in erster Linie Schnelligkeit, erkennbar an der Vorliebe für standardisierte Tests – die Julia absolut nicht ausstehen konnte. Vermutlich jedoch war Bruce wesentlich intelligenter, als die Leute annahmen. »Tut mir leid, dass ich so spät noch anrufe. Keine Sorge, es ist alles in Ordnung. Es liegt kein Notfall vor. Ich wollte Sie fragen, ob Sie morgen etwas Zeit für mich hätten. Dann würde ich kurz bei Ihnen vorbeikommen.«

»Sie meinen hierher? Nach Tyler's Landing?«

»Ja.«

»Ich arbeite nämlich an der Theologischen Fakultät und –«

»Ich weiß, wo Sie arbeiten, Julia. Aber ich glaube, es wäre besser, wenn wir unser Gespräch an einem Ort führen, wo wir vor neugierigen Blicken geschützt sind.«

Neugierige Blicke? »Ich bin etwa ab halb vier zu Hause –«

»Wenn es Ihnen recht ist, würde ich lieber nicht zu Ihnen nach Hause kommen. Wir sollten uns an einem anderen Ort treffen.«

Julia blinzelte. Aber Bruce war ein ernsthafter Mann, vielleicht zu ernsthaft. Was er sagte, das meinte er auch. »Bruce, was hat das zu bedeuten? Was ist los?«

»Es geht um Kellen Zant, Julia. Es ist sehr wichtig und ... es hat etwas mit Ihnen zu tun.«

»Mit mir?«

Wieder musste sie auf seine Antwort warten. »Das würde ich Ihnen lieber morgen erklären. Ich möchte nicht, dass Sie voreingenommen sind.«

Er will mit mir über die kaputten Laternen reden. Über die Spiegel. Über den Mehrertrag und das Bestandsrisiko.

Bruce schlug ein Lokal an der Route 48 etwas außerhalb der Stadt vor, und leicht benommen versprach Julia, ihn dort um Viertel vor drei zu treffen.

Später, im Bett, während der kalte Dezemberregen gegen die Fensterscheiben trommelte, versuchte Julia, eine Position zu finden, in der sie einschlafen konnte, aber was sie wach hielt, war kein körperliches Unbehagen, sondern ihre Gedanken, die sie nicht zur Ruhe kommen ließen. Allein und beunruhigt wälzte sie sich hin und her und grübelte über Bruce' letzte Worte nach. Inwiefern sollte sie nicht voreingenommen sein? Bruce war ein Mann, der für alles, was er tat, gute Gründe hatte, also musste er jetzt auch einen haben. Aber die unbequeme Wahrheit war, dass Julia Bruce, auch wenn er Grace' Mann gewesen und Grace eine absolut liebenswerte Frau gewesen war, nicht sehr gut kannte, und sie ihn eigentlich nicht besonders mochte. Vielleicht, weil er ihr Angst machte. Bevor er die Stelle an der Uni angetreten hatte, war er ein Senior Detective bei der Polizei gewesen. Einmal waren er und sein Partner losgeschickt worden, um einen Mann zu verhaften, der wegen sexueller Belästigung von Kindern im Wiederholungsfall angeklagt war. Es hatte irgendeinen Patzer gegeben, der nie ganz aufgeklärt wurde, und Bruce war allein in das Haus gegangen. Am Ende war der Verdächtige tot, angeblich hatte er sich der Verhaftung widersetzt, obwohl er unbewaffnet war. Bruce Vallely hatte dem Mann das Genick gebrochen. Für diese heroische Tat hatte er einen Orden erhalten. Und im darauffolgenden Januar war Bruce anlässlich der Rede zur Lage der Nation als Gast in die Präsidentenloge eingeladen worden.

Kapitel 15

Der Verwaltungschef

· I ·

Irgendwohin zitiert zu werden, war für Bruce Vallely das Unangenehmste an seinem Job – und der Chef des Campus-Sicherheitsdienstes wurde häufig zu jemandem zitiert. Zum Verwaltungschef. Zu irgendeinem Dekan. Zum städtischen Polizeichef, der mal wieder an einer besseren Zusammenarbeit mit seinem alten Kumpel Bruce interessiert war, obwohl er ihn, wie sie beide sehr wohl wussten, nicht hatte ausstehen können, als sie noch im selben Polizeirevier gearbeitet hatten. Auch vor zahllose Campusgremien, denen er von Amts wegen Bericht erstatten musste, wurde er zitiert. Dann waren da noch die wirklich furchtbaren Tage, an denen er als offizieller Vertreter seiner Pflicht nachkommen und die Ehepartner, Eltern oder Geschwister von Verbrechensopfern benachrichtigen musste – *Ich wünschte, ich hätte bessere Neuigkeiten, aber Ihre Tochter war gestern auf der Party einer Studentenverbindung, und offenbar …* –, und wenn er sich die verzweifelten Schreie, die Tränen, die Vorwürfe anhören musste, fragte er sich jedes Mal, warum er sich nicht in Florida oder Texas zur Ruhe setzte, wie Grace es sich immer gewünscht hatte für die Zeit nach seinem Ausscheiden aus dem Polizeidienst.

All das war furchtbar, aber am schlimmsten waren Tage wie der Dienstag nach dem Mord an Professor Kellen Zant, zwei Wochen und sechs Tage vor seiner heimlichen Verabredung mit Julia Carlyle. Denn an jenem Dienstag wurde Bruce zum Verwaltungschef der Universität zitiert, einem Pedanten alter Schule, dessen rosafarbene Glatze im weißen Licht der Kronleuchter glänzte und der ewig im Flüsterton redete – mit Vorliebe aus großer Entfernung. Er war der offizielle Vorgesetzte des Sicherheitschefs, auch wenn Bruce im Allgemeinen der Vizepräsidentin Bericht erstattete, und über sie wiederum dem neuen Universitätspräsidenten Lemaster Carlyle, dem er bisher nur einige Male begegnet war und den er aus tiefstem Herzen verachtete.

Aber heute wurde er zum Verwaltungschef zitiert, und zwar auf dessen Territorium.

Das bedeutete, Bruce musste in den Verwaltungskomplex, den er selbst zu festlichen Angelegenheiten und erst recht an einem Tag wie diesem nur widerwillig betrat. Teile der Universitätsverwaltung waren in den drei düsteren Gebäuden mit Ziegeldächern und Marmorfassaden am südlichen Ende des Campus untergebracht, die übrigen in zwei halb leer stehenden Bürotürmen in der Innenstadt. Die städtischen Büroflächen wurden zu einem niedrigen Preis an die Universität vermietet, die auf diese Weise stolz auf ihr Engagement für die Stadt hinweisen und gleichzeitig Geld sparen konnte. Die Chefetage saß in einem der Gebäude auf dem Campus, die an Mausoleen erinnerten mit ihren Marmorstufen und Säulen und schmalen Seitenfenstern und den schmiedeeisernen, doppelflügeligen Eingangstüren, die aussahen, als wögen sie mindestens drei Tonnen. Im größten Mausoleum, der Marshall Lombard Hall, hatten der Universitätspräsident, der Kanzler und der Verwaltungschef, das Führungstriumvirat der Universität, ihre Büros. Wie bei vielen Gebäuden aus jener Zeit waren die Marmorstufen der Eingangstreppe etwas zu breit, um sie rasch hinaufzueilen. Langsam stieg Bruce die Treppe hoch. Dass er hierher zitiert worden war, hatte wahrscheinlich etwas mit dem Mord an Kellen Zant zu tun. Von alten Freunden bei der Polizei hatte er erfahren, dass die Universität enormen Druck auf die Behörden ausübte, damit der Mord an einem ihrer Professoren so schnell wie möglich aufgeklärt wurde. Und der Druck, den die Universität in Elm Harbor und Umgebung ausüben konnte, war beträchtlich.

Bruce vermutete richtig – auch wenn sich die Sache ganz anders verhielt, als er annahm.

· II ·

Die Büroräume des Verwaltungschefs der Universität lagen im ersten Stock der Lombard Hall und nahmen fast den gesamten hinteren Bereich ein. Seine acht großen Fenster – *seine*, denn es hatte noch nie eine Verwaltungschefin gegeben – boten einen fantastischen Blick auf den Harbor Park, und nach dem ursprünglichen Entwurf des Architekten weiter bis zum dahinter liegenden Wasser. Doch inzwischen waren dort nur die Bürotürme zu sehen, die vom Highway aus betrachtet den Großteil der Skyline ausmachten. Bruce vermutete, dass hier irgendwo eine tiefere Botschaft steckte, aber Metaphern waren nicht seine Sache. Er bevorzugte klare, eindeutige Worte, Fragen, auf die es Antworten gab und Leute, die ihm nicht mit allen möglichen Gründen kamen, warum das Gute auch nicht besser sei als das Böse.

»Ich fürchte, wir haben eine Krisensituation«, murmelte der Verwaltungschef vom anderen Ende des alten Schreibtischs, der zu groß war, um daran zu arbeiten, aber Untergebene deutlich spüren ließ, dass sie unterlegen waren. Die Wände waren mit grüner Stofftapete bezogen, der Farbe der Universität. Wandlampen beleuchteten die Porträts von missbilligend dreinblickenden, toten weißen Männern, die hier im Lauf der Jahre das Sagen gehabt hatten.

»Ich stehe Ihnen gerne zur Verfügung, Mr Secretary«, sagte Bruce, denn Grace hatte ihm vor ihrem Tod geraten, etwas höflicher zu sein, vor allem jenen gegenüber, die sein Budget bestimmten und ihm sein Gehalt zahlten. *Denk dran, ich werde nicht mehr da sein, um dir aus der Patsche zu helfen, Lee* – so nannte ihn sonst niemand, und auch sie hatte ihn nie in Gegenwart anderer sogenannt. Der Kosename war eine Anspielung auf seinen Vornamen und auf die Kung-Fu-Filme, die ihn in der Anfangszeit ihrer perfekten Ehe so fasziniert hatten.

»Ich kann mich also auf Sie verlassen?«

»Selbstverständlich, Sir.«

»Die ganze Stadt ist in Aufruhr. Aus den üblichen Kreisen kommen mal wieder Rassismusvorwürfe von wegen, die Universität sei die Quelle allen Übels und was weiß ich nicht noch.

Mir wurde gesagt, die Sache könne hochgehen wie ein Pulverfass, weil Professor Zant ein Schwarzer war und so.«

»Sagen Sie mir einfach, was ich für Sie tun kann«, erwiderte Bruce und hoffte, dass seine Worte ernst gemeint klangen, denn er wollte seinen Job behalten. Er war kein Idiot. Er wusste, welche Rolle seine Hautfarbe spielte. Seine Einstellung war mit großem Tamtam verkündet worden, als sein Vorgänger nach mehreren rassistischen Übergriffen unter Beteiligung des Sicherheitsdienstes unter Druck geraten war und den Dienst quittiert hatte. Der ungeheuerlichste Vorfall – zumindest der, der von der Presse ganz besonders ausgeschlachtet worden war – hatte sich vor zwei Jahren ereignet, als ein schwarzer Professor mitten auf dem Campus überfallen wurde und die zu Hilfe gerufenen Sicherheitsleute die weißen Übeltäter entkommen ließen, während sie ihre Pistolen auf den Professor richteten. Nach diesem Fiasko war sein Vorgänger erledigt gewesen, und Bruce Vallely hatte seinen Job bekommen. Grace, die damals noch wie das blühende Leben ausgesehen hatte, war begeistert gewesen. Er verdiente fast doppelt so viel wie als Polizist, und die Sozialleistungen waren hervorragend. Wenn er, um diesen Job nicht zu verlieren, hin und wieder vor Typen wie dem Verwaltungschef katzbuckeln musste, dann würde er es tun. »Sie wissen, dass Sie auf mich zählen können, Mr Secretary.«

Der Verwaltungschef hob seine buschigen, ergrauten Brauen ein klein wenig, um seinem Gast zu verstehen zu geben, dass er ihm kein Wort glaubte. Der kleine Mann hieß Trevor Land, und sein Vetter, ein ehemaliger Dekan, war eine Art graue Eminenz der Juristischen Fakultät, aber nach allem, was Bruce gehört hatte, hatte Land seinen eigentlichen Rückhalt in den Kreisen ganz bestimmter Ehemaliger: Weiße von altem Geldadel. Land war ihr Kämpe, ihr Mann in den entscheidenden Ausschüssen, ihr Sprachrohr im Kulturkampf um Political Correctness und notfalls ihr Spion. Hinter vorgehaltener Hand erzählte man sich, er besitze ein Vetorecht bei so wichtigen Entscheidungen wie der Wahl eines neuen Präsidenten oder der Standortwahl für den Bau einer neuen Sporthalle. Im Lauf der Jahre hatte er die unterschiedlichsten Posten an der Universität bekleidet, allerdings immer innerhalb der Verwaltung. Bruce schätzte ihn auf Ende sechzig. Mit seinen winzigen Augen, der randlosen Brille, seinem dreiteiligen Anzug, der goldenen Uhrkette, seinem zierlichen Kinn und den weichen, ungeschickten Händen wirkte er wie ein blasierter Opportunist, ein Eindruck, der noch unterstrichen wurde durch seine Angewohnheit, mit Worthülsen um sich zu werfen – *Nun ja* und *Oh, zweifellos* und *Ah, verstehe.* Aber nach anderthalb Jahren im Dienst wusste Bruce, dass mit Trevor Land nicht zu spaßen war.

Ein oder zwei Wochen nachdem Bruce seinen Job angetreten hatte, hatte Trevor Land ihn schon einmal herbeizitiert und von ihm verlangt, er solle dafür sorgen, dass die Tochter eines prominenten Ehemaligen nicht wegen Trunkenheit am Steuer festgenommen wurde. Damals hatte Bruce noch nicht begriffen, worin seine Aufgabe bestand. Er hielt sich immer noch für einen Polizisten und kapierte nicht, dass er zum Politiker geworden war. Und so wies er Land darauf hin, dass nicht die Campuspolizei, sondern die städtische Polizei das Mädchen verhaftet hatte und er daher keinen Einfluss auf die Sache nehmen könne. Die winzigen Reptilaugen, die normalerweise so schläfrig wirkten, öffneten sich ganz kurz, und Bruce war völlig überrascht über die primitive Schläue, die er darin erblickte. Und die Macht. Dann legte sich gleich wieder die blasierte Fassade darüber. *Nun ja, verstehe, wenn Sie meinen, da lässt sich nichts machen, tja, ich schätze, ich* könnte *das so weitergeben* – sein Ton jetzt unschlüssig, ein Mann von Welt, der einem anderen sein Dilemma anvertraut. *Aber, sehen Sie, diese Leute sind es gewöhnt, kleine Gefälligkeiten von uns zu erbitten. Die Ehemaligen, meine ich. Die sind doch überall gleich, nicht wahr? Wie heißt auch noch das alte Sprichwort? Veränderung ist der Feind der Erinnerung. Ach ja. Die Ehemaligen legen stets Wert darauf, dass der Status quo erhalten bleibt, Chief Vallely.* Er lachte in sich hinein, als handelte es sich um einen Scherz unter Freunden. *Tja, was soll ich tun? Letztendlich sind wir von ihren großzügigen Spenden abhängig. Schließlich sind wir keine Sozialisten, stimmt's? Private Bildung bedarf privater Zuwendungen. So sieht's aus. Ach ja, und ich fürchte, wenn man ihnen in die Quere kommt, Chief Vallely, nehmen sie das nicht gerade mit Wohlwollen auf – Sie verstehen, was ich meine? Also, die Ehemaligen. Denen sind diese Kleinigkeiten, Kinder, Familie, sehr wichtig.* Eine kurze, alles umfassende Handbewegung, als wollte Trevor Land sein Verständnis dafür andeuten, dass jede Rasse ihre Familien hatte. *Wir lieben doch alle unsere Familien, nicht? Und Alkohol, nun, ausgelassene Partys, wer kennt das nicht aus seiner Jugend? Schließlich geht es nicht um einen Mord oder irgendein Schwerverbrechen …*

Bruce war nicht dumm, er hatte verstanden. Er hatte gelächelt und genickt und Land versichert, er werde sehen, was er tun könne. Dann war er vor Wut kochend in sein Büro zurückgekehrt und hatte zur Beruhigung ein paar Verse in Paulus' Brief an die Kolosser gelesen. Schließlich hatte er alte Freunde auf dem Polizeirevier kontaktiert, die ihm noch einen Gefallen schuldig waren, und hatte die Sache aus der Welt geschafft. Er war sich bestechlich vorgekommen, hatte überlegt, den Job hinzuschmeißen – aus Prinzip –, aber Grace, die immer noch nichts von dem Krebs in ihrer Bauchspeicheldrüse wusste, hatte sich gerade die Häuser in der schönen neuen Siedlung angesehen, die damals in Norport entstand, und ihm glückstrahlend gesagt, sie bräuchten eine neue, seinem Status angemessene Bleibe, ohne zu ahnen – denn mit diesem Wissen hätte er sie nie belastet –, dass sein Status an der Uni etwa dem eines Toilettenputzers entsprach, mit dem Unterschied, dass der eine Gewerkschaft hatte und er nicht.

All das war der Grund, warum Bruce Vallely zwar nicht die geringste Ahnung hatte, was Trevor Land diesmal von ihm wollte, er sich jedoch ganz sicher war, dass es ihm fürchterlich gegen den Strich gehen würde.

Er sollte recht behalten.

· III ·

»Ein kleiner Scherz am Rande«, murmelte Trevor Land mit schläfrigen Augen. »Eine Situation wird nur dann zur Krise, wenn man zulässt, dass andere sie dazu machen. Sie kennen das ja.«

»Ja, das kenne ich«, erwiderte Bruce, der innerlich schäumte, sich aber nichts anmerken ließ.

»Diese Jungs haben sich nur einen Spaß gemacht. Die hatten mit dem, was passiert ist, nichts zu tun. Schreckliche Sache, aber man muss immer nach vorne schauen, nicht wahr? Und die Interessen der Institution im Auge behalten.«

»Ja, Sir.« Trevor Land liebte es, wenn Untergebene ihn mit Sir anredeten. »Andererseits, wenn sie an dem Abend Professor Zants Auto in der Nähe des Hockeystadions gesehen haben, dann macht sie das zu Zeugen.«

»Zeugen. Das klingt gleich so offiziell. Ich weiß nicht, ob mir das gefällt.« Er breitete die Arme aus, wie um seine Unschuld zu beteuern. »Schließlich müssen wir unseren guten Ruf schützen, nicht wahr?«

»Ja, Sir«, sagte Bruce noch einmal. »Aber die Polizei ermittelt in einem Mordfall, und Präsident Carlyle hat mich angewiesen, in jeder Hinsicht mit den Detectives zu kooperieren.«

»Was wir selbstverständlich in vollem Umfang tun. Oh, zweifellos. Aber, sehen Sie, genau das meine ich ja, Chief Vallely.« Bruce gab sich Mühe, seine Gesichtsmuskeln unter Kontrolle zu halten. Grace hatte ihm immer wieder eingeschärft, sich nicht anmerken zu lassen, wenn ihm innerlich der Kragen platzte. Niemand außer Trevor Land nannte ihn »Chief«, ein Titel, der ihm nicht zustand, und der aus dem Mund des Verwaltungschefs gönnerhaft klang: eine Herabsetzung, die ihn an seine untergeordnete Stellung erinnern sollte. »Genau das meine ich«, wiederholte der kleine Mann. »Das eine hat mit dem anderen nichts zu tun. Das sind gute, anständige Jungs, Chief Vallely. Gute Jungs. Ich kenne die Eltern der meisten.«

»Sie haben früher an diesem Abend in einer Kneipe Alkohol getrunken. Und wie Sie mir bestätigen, sind mindestens zwei von ihnen minderjährig.« Er zögerte, aber er musste es einfach erwähnen. »Einige der Namen kenne ich. Bekannte Unruhestifter. Tut mir leid, Mr Secretary.«

»Nun ja, so könnte man es vielleicht ausdrücken. Ein paar Einbrüche in den Bibliotheken und dergleichen.« Wieder hob er seine weichen, unschuldigen Hände, als seien ihm deutliche Urteile unangenehm. »Aber am Freitagabend, Chief Vallely, haben sie nur ein paar Bier getrunken. Das war alles.«

Bruce nahm an, dass er am Ende würde nachgeben müssen,

aber er war nicht bereit, kampflos aufzugeben. »Das verstößt gegen das Gesetz, Sir. Und außerdem ist es gefährlich.«

»Nun ja, Gesetze sind natürlich dazu da, dass man sie durchsetzt, Chief Vallely, die Studenten müssen geschützt werden und so weiter. Gleichzeitig, Chief, muss man aber auch ein bisschen Verständnis aufbringen«, sagte Land, plötzlich ein Musterbeispiel an Toleranz. »Heutzutage gibt es für junge Männer nicht viele Gelegenheiten, sich die Hörner abzustoßen, Chief. Die große Zeit der Studentenverbindungen ist sozusagen vorbei. Ich habe gehört, eine hat sogar per Abstimmung beschlossen, Frauen aufzunehmen, können Sie sich das vorstellen? Die nennen sich jetzt ›Studentenclub‹.« Er machte mit seinem zierlichen Kinn Kaubewegungen, obwohl in dem blitzblanken Raum nichts darauf schließen ließ, dass jemand etwas gegessen hatte, oder es überhaupt gestattet war, hier etwas zu sich zu nehmen. Wie eine römische Statue hob Trevor Land einen Finger, senkte ihn dann ganz langsam, bis er auf sich selbst zeigte. »Nicht, dass ich etwas gegen Frauen hätte. So wie ich das sehe, sollen sie Mitglieder werden, wo sie wollen. Für Sexismus hab ich nichts übrig, vielen Dank auch. Andererseits müssen Jungs ab und zu auch unter sich sein und ein bisschen Dampf ablassen. Harmlos, Chief, vollkommen harmlos.«

Der Verwaltungschef schwieg, und einen Moment lang warteten sie beide ab, wie zwei Pokerspieler, die abschätzten, welche Karten der andere auf der Hand hat. Als klar wurde, dass Bruce notfalls bereit war, den ganzen Tag sitzen zu bleiben, nahm Trevor Land seinen Vortrag wieder auf.

»Es ist heutzutage nicht leicht, jung zu sein, wenn Sie mich fragen. Nicht, wenn man Charakter hat. Selbst die besten Pferde der Welt müssen testen, welche Freiheit die Zügel ihnen gewähren, Chief Vallely. Das ist völlig normal, vorausgesetzt, dass niemand zu Schaden kommt. Ich war so, Sie waren so. Ich schätze mal, so sind Jungs schon immer gewesen.«

»Ganz recht, Sir, da stimme ich Ihnen zu. Aber –«

Das Wort *zustimmen* war das, worauf Land gewartet hatte. Wieder hob sich der ausgestreckte Finger und zeigte diesmal auf Bruce' entschlossenes Kinn. »Dann haben wir uns ja verstanden, Chief Vallely. Ein paar junge Männer, die im Übermut ein bisschen über die Stränge geschlagen haben. Aber man kann sich ausmalen, Chief, was passiert, wenn die Medien Wind davon bekommen, nun ja, und angesichts der tragischen Ereignisse am vergangenen Wochenende« – er meinte den Mord – »kann man sich jetzt schon vorstellen, wie leicht so etwas aufgebauscht wird. Zu unser aller Schaden, möchte ich hinzufügen. Wir sitzen auf einem Pulverfass.« Die Hände vor dem Körper verschränkt wie ein reumütiger Schuljunge, der einen dummen Streich ausgeheckt hat, fuhr Trevor Land in bedrücktem Tonfall fort: »Mir als Verwaltungschef der Universität, Chief Vallely, obliegt die schwere Verantwortung, den Ruf unserer Institution zu schützen. Ihre Aufgabe ist es, mich bei dieser Aufgabe zu unterstützen, Chief. Deswegen haben wir Sie eingestellt.«

Als Bruce sich zurücklehnte, um kurz nachzudenken, gab der alte grüne Ledersessel ein zufriedenes Ächzen von sich. Bruce wusste, welches Problem Trevor Land wahrscheinlich eine schlaflose Nacht beschert hatte. Niemand hatte bisher angedeutet, Kellen Zant sei auf dem Universitätsgelände ermordet worden, und vielleicht würde der Gedanke nie jemandem in den Sinn kommen, denn es gab absolut keinen Grund zu der Annahme. Allerdings bezweifelte die Polizei, dass Zant dort ermordet worden war, wo man ihn gefunden hatte. Man ging mit einiger Sicherheit davon aus, dass es sich um einen absonderlichen Raubmord handelte. So weit war die Universität also aus dem Schneider. Dennoch hatten diese Studenten den goldenen Audi auf dem Campusgelände gesehen, oder zumindest behaupteten sie das. Es kam Bruce ziemlich merkwürdig vor, dass Trevor Land als Erster davon erfahren hatte, und er empfand es als geradezu lächerlich, dass Land so sehr daran gelegen war, es der Polizei zu verschweigen. Aber für den Verwaltungschef stand nach eigenem Bekunden das Wohl der Universität stets an erster Stelle. Bruce konnte sich vorstellen, wie es abgelaufen war. Die Jungs machten sich vor Angst in die Hose und hatten sich an irgendeinen einflussreichen Ehemaligen gewandt – wahrscheinlich an einen Vater –, der daraufhin jemanden angerufen hatte, der wiederum Trevor Land aufgeweckt und diesen gebeten hatte, die Sache diskret in Ordnung zu bringen. Die Geschichte, die Trevor Land Bruce aufgetischt hatte, klang vage und unglaubwürdig und entsprach vielleicht gerade deshalb der Wahrheit.

Wieso waren die Studenten überhaupt auf das Auto aufmerksam geworden? Trevor Land sah sich nicht in der Lage, dazu eine Meinung zu äußern. Hatten sie jemanden in dem Wagen gesehen? Dazu konnte Trevor Land leider auch nichts sagen. Hatten sie irgendjemanden erkannt, der sich dem Auto genähert hatte? Trevor Land – tut mir leid, Chief – hatte keine Ahnung. Warum hatten sie sich nicht an die Polizei gewandt? Zumindest auf diese Frage hatte der Verwaltungschef eine wenn auch vage, etwas steife Antwort. Ein paar von den Jungs hatten schon mal Ärger mit der Polizei gehabt – nun ja, Sie wissen doch, wie das ist, Chief, wenn junge Leute sich keine Gedanken über das Gesetz machen, aber falsche Anschuldigungen fürchten …

»Wir sollten die Polizei informieren«, sagte Bruce bestimmt. »Das ist das einzig Richtige.«

»Oh, zweifellos, zweifellos. Ich verstehe Sie natürlich, Bruce.«

»Ich meine es ernst, Mr Secretary. Diese Jungs sind Zeugen. Oder potenzielle Zeugen.«

»Nun ja, mag sein. Nur dass sie einfach nichts gesehen haben.«

»Das wissen wir nicht, Sir. Das können Sie nicht wissen. Sie sind noch nicht vernommen worden.« Beinahe wäre ihm das Wort *verhört* herausgerutscht.

»Glauben Sie, dass sie lügen? Sich gegenseitig decken oder so ähnlich?«

Vorsichtig, sehr vorsichtig. »Ich glaube, Sir, wenn ein Profi sich die Zeit nimmt, einen Zeugen zu befragen, der sich sicher ist, absolut nichts gesehen zu haben, kommt es manchmal vor, dass dieser Zeuge dennoch über eine winzige Information verfügt, die am Ende zur Lösung des Falls führen kann.«

Trevor Land massierte sich das weiche Kinn. Die winzigen Augen wirkten schmaler denn je. »Verstehe. Nun denn. Gutes Argument, Chief, gutes Argument. Möglicherweise wissen sie gar nicht, was sie wissen. Dennoch haben wir einen Interessenkonflikt. Einerseits die Universität. Wir können uns keinen weiteren Skandal leisten, es gab bereits zu viele in den vergangenen Jahren. Und wir können es uns nicht leisten, die Familien vor den Kopf zu stoßen. Nicht diese Familien. Andererseits wollen wir natürlich die Ermittlungen nicht behindern. Wenn Sie uns da helfen könnten, wenn Sie eine Möglichkeit sehen, wie wir beiden Interessen gerecht werden könnten, Chief, wäre uns das eine Menge wert. Sie könnten sich meiner Dankbarkeit gewiss sein. Ebenso wie der Dankbarkeit der Universität und der Familien der Jungs. Man kann nie wissen, wann man mal auf eine Gefälligkeit angewiesen ist. Es ist immer nützlich, gewisse Leute in seiner Schuld zu wissen, wenn Sie verstehen, was ich meine.«

»Und mit meiner Hilfe meinen Sie ...«

»Vielleicht könnten Sie sich mal mit den jungen Leuten unterhalten, Chief Vallely. Und sehen, ob Sie was aus ihnen herausbekommen.«

Die Sache war schnell beschlossen, nach dem Plan, den Trevor Land sich zweifellos bereits zurechtgelegt hatte, nachdem er den ersten Anruf von jemandem erhalten hatte, der einem Mann wie ihm Dampf machen konnte. Bruce war der Leiter des Sicherheitsdienstes und ein ehemaliger Detective. Er war, wie der Verwaltungschef sich ausdrückte, über jeden Vorwurf erhaben. Er würde die Vernehmungen persönlich durchführen, ohne Tonband, ohne Zeugen, und anschließend Trevor Land Bericht erstatten, der sich dann, wie er bescheiden anmerkte, ein Bild machen würde. Falls die Studenten über Informationen verfügten, die für die Polizei von Bedeutung waren, tja, dann würde Bruce diese weiterleiten, und die Jungs müssten wohl oder übel in den sauren Apfel beißen. Wenn sich jedoch herausstellen sollte, wie Trevor Land vermutete, dass es sich um nichts weiter als dumme Jungs handelte, die im betrunkenen Zustand herumgealbert hatten, dann, ja dann bestand doch wirklich kein Grund, dass irgendjemand davon erfuhr, nicht wahr?

Kein Grund, bestätigte Bruce.

Und dann tat Trevor Land etwas, was er noch nie getan hatte, zumindest nicht bei einem so niederen Lakaien wie dem Leiter des Sicherheitsdienstes. Er watschelte um seinen überdimensionalen Eichenschreibtisch herum, legte Bruce einen pummeligen Arm um die Schultern, geleitete ihn zur Tür und stellte ihm mit einem verschwörerischen Augenzwinkern Dank und Lohn in Aussicht, falls es ihm gelang, die Angelegenheit »einer für alle zufriedenstellenden Lösung zuzuführen«.

Während er mit seinem Golfwägelchen zurück zu seinem Büro fuhr, dachte Bruce an das Häuschen in South Carolina, das Grace ihm noch auf dem Totenbett als Altersruhesitz ans Herz gelegt hatte. Es würde sicherlich nicht schaden, wenn er noch einmal hinfuhr und es sich genauer ansah. Dann dachte er an seine Tochter, die noch studierte, und wie glücklich er war, dass er sich die Mitgliedschaft im Norport Country Club leisten konnte, wo sein restauriertes Mustang-Cabrio der bei weitem auffälligste Blickfang auf dem Parkplatz war. Aber sein Gewissen war nicht mit Geld zu besänftigen, und er konnte an nichts anderes denken als an die Warnung des Apostel Paulus, der gesagt hatte, den wichtigsten Kampf in diesem Leben müsse man gegen Fürsten und Machthaber führen.

Kapitel 16

Der Gelegenheitsstudent

· I ·

Bruce Vallely neigte nicht dazu, sein Inneres zu erforschen. Er konnte durchaus nachdenklich sein, aber er zerbrach sich nur den Kopf über die Rätsel, die das Leben ihm stellte, nie über seine eigenen Beweggründe. Als er deshalb am nächsten Morgen ein Gespräch mit dem ersten Studenten führte, fragte er sich nicht, ob er sich vielleicht unnötig grob oder skeptisch verhielt wegen der schlechten Erinnerungen an seine eigene Jugend in Elm Harbor, als genau solche jungen Männer wie der Student, in dessen schlampiger Wohnung er sich jetzt befand – sprich: weiß und privilegiert –, auf seinen Vater hinuntergeblickt hatten, weil der auf dem Campus den Rasen gemäht, die Hecken geschnitten und die Blumenbeete gejätet hatte, und auf seine Mutter, weil sie die Papierkörbe der Professoren geleert, die Tafeln geputzt und die Fußböden gebohnert hatte.

Mit solch bitteren Erfahrungen war Bruce aufgewachsen. Heute wie damals grüßten die liberaleren unter den Studenten seine Eltern mit einem kurzen Hallo, wenn diese mit abgewandtem Blick in einem Korridor zufällig an ihnen vorbeigingen. Kein Einziger machte sich je die Mühe, sich ihre Namen zu merken – nicht einmal ihre Nachnamen. Studenten, die halb so alt waren wie seine Mutter, nannten sie »Danielle«, weil sie es von dem gestickten Schildchen auf ihrem Arbeitskittel ablasen; seinen Vater, der in seiner Kirche ein Diakon und ein strenger, stolzer Mann war, nannten sie einfach »Joe«. Und dabei kamen sie sich auch noch vor wie Wohltäter der Menschheit, weil sie ihre Bediensteten überhaupt wahrnahmen. *Sie können nicht anders*, sagte Bruce' Mutter immer. *Der Herrgott hat ihnen so viel gegeben, dass sie vergessen, was es heißt, menschlich zu sein.* Aber schon als Kind war Bruce der Meinung gewesen, dass seine Mutter unrecht hatte. Sie konnten sehr wohl anders. Sie wollten nur nicht.

Bruce Vallely hatte in den anderthalb Jahren als Angestellter der Universität einige Dinge als sehr positiv empfunden, vor allem sein Gehalt, die großzügigen Sozialleistungen und den mit dem Job verbundenen Status, aber im Innersten seines Herzens empfand er keine Zuneigung zu den meisten Menschen, mit denen seine Arbeit ihn in Kontakt brachte. Wenn er extrem unter Druck geriet, wenn seine Neigung, auf Stress mit Feindseligkeit, Wutausbrüchen oder Drohungen zu reagieren, ihm sehr zu schaffen machte, erinnerte er sich an das Versprechen, das Grace ihm auf ihrem Sterbebett abgenommen hatte, um ihn vor misslichen Situationen zu bewahren, die sie nicht mehr für ihn ausbügeln konnte. Am Tag nach seinem Gespräch mit Trevor Land, immer noch mehr als zwei Wochen vor seinem Anruf bei Julia Carlyle, musste Bruce Vallely seine ganze Willenskraft aufbieten, um sein Wort zu halten, denn seine Unterhaltung mit dem ersten der Studenten, die er im Auftrag des Verwaltungschefs befragen sollte, verlief … nicht besonders gut.

»Diese Frage brauche ich nicht zu beantworten«, sagte der junge Mann zum dritten oder auch zum dreißigsten Mal. Der hoch aufgeschossene, dünne Bursche mit den langen braunen Haaren trug ein T-Shirt mit einem aufgedruckten Spruch, der zum Geschlechtsverkehr mit dem Kapitalismus aufforderte. Bruce konnte sich nicht recht vorstellen, wie das vonstatten gehen sollte.

»Es ist in Ihrem eigenen Interesse, wenn Sie mit mir kooperieren«, erwiderte Bruce milde.

»Wieso? Weil Sie das sagen?«

»Weil das keine offizielle Vernehmung ist. Ich mache keine Aufzeichnungen. Was Sie mir sagen, bleibt unter uns«, sagte Bruce, wohl wissend, dass das nicht ganz der Wahrheit entsprach. Eigentlich war es glatt gelogen.

Der junge Mann lenkte ein, wenn auch nur minimal. »Na ja, wir haben halt das Auto gesehen. Aber nicht, wer drin saß.«

»Woher wussten Sie, dass es das betreffende Auto war?«

»Weiß ich nicht mehr.«

»Wer von Ihnen hat es zuerst gesehen?«

»Weiß ich auch nicht mehr.«

Bruce runzelte die Stirn. Ihm war noch selten ein Weißer begegnet, den es nicht in Angst und Schrecken versetzte, wenn er ein ärgerliches Gesicht aufsetzte. Auch Nathaniel Knowland war keine Ausnahme, er wich regelrecht vor ihm zurück und drückte sich tiefer in das Sofa. Bruce saß auf einem Holzstuhl mit gerader Lehne, den er sich aus dem Esszimmer geholt hatte. Nate Knowlands Wohnung lag im elften Stock der Rogoff Towers, dem luxuriösesten Apartmenthochhaus der Stadt. Die Fenster reichten vom Boden bis zur Decke und boten einen Panoramablick über Elm Harbor von der Universität über den Park und die Bürotürme in der Innenstadt bis zum Wasser, auf dem selbst in dem trüben Winterwetter ein paar Segelboote schaukelten. Nur wenige Studenten konnten sich einen solchen Lebensstil leisten, aber Nates Vater – wie Trevor Land Bruce noch einmal eingeschärft hatte – gehörte zu den reichsten Ehemaligen der Universität. Was noch wichtiger war: Cameron Knowland war der Vorsitzende des Stiftungsrats und damit einer der wichtigsten Männer für die Universität.

Schon das allein sprach nach Bruce' Ansicht gegen Nathaniel Knowland. Seine herablassende Art kam erschwerend hinzu. Drittens hatte Bruce einfach einen schlechten Tag gehabt und war nicht bereit, sich dieses dummdreiste Geschwätz lange anzuhören. Nate Knowland war dreiundzwanzig Jahre alt und hatte sich, nachdem er ein Jahr in Daddys Firma gearbeitet hatte, wieder an der Universität eingeschrieben, um sein Studium abzuschließen.

»Sie können sich nicht erinnern«, wiederholte Bruce in einem unverhohlen zweifelnden Tonfall.

»Richtig.«

»Sie sind ein intelligenter junger Mann. Sie werden sich doch an etwas erinnern können, das erst vor wenigen Tagen passiert ist.«

Nate grinste. Auf dem Campus waren die Studenten Könige, die Professoren Götter und Bruce Vallely, der zu keiner der beiden Kategorien gehörte, war ein Niemand. Für Nathaniel Knowland war er nichts weiter als ein Lakai. Wie der Mann, der den Rasen mäht. Oder die Frau, die die Tafeln putzt. Bruce fragte sich, wie der junge Mann sich verhalten würde, wenn er dem derzeitigen Universitätspräsidenten über den Weg lief. Aber als Sohn des Stiftungsratsvorsitzenden war er ihm wahrscheinlich bereits begegnet.

Noch einmal sagte Nathaniel Knowland: »Ich kann mich nicht erinnern.«

»Freitagabend. Der Abend, an dem Professor Zant erschossen wurde. Da war hier eine Menge los, Nate. Sie können wohl kaum von mir erwarten, dass ich Ihnen das abnehme?«

»Wenn ich Ihnen sage, ich kann mich nicht erinnern, dann kann ich mich nicht erinnern.«

Da beschloss Bruce, sich das nicht länger bieten zu lassen.

· II ·

Bruce Vallely wurde für seine Arbeit gut bezahlt. Er hatte Verpflichtungen gegenüber seiner Familie und gegenüber der Universität. Er hatte Trevor Land Versprechungen gemacht. Aber seiner ganzen Veranlagung nach war er immer noch Polizist. Und so stand er ganz plötzlich auf, zum Entsetzen von Nathaniel Knowland, der vielleicht vergessen hatte, dass der Schwarze, mit dem er allein in seiner Wohnung war, fast zwei Meter groß und knapp hundert Kilo schwer war. Und dass er einmal einen Mann mit bloßen Händen getötet hatte.

Zumindest war ein Fall publik geworden.

Nachdem er lässig das Zimmer durchquert hatte, beugte Bruce sich über das Sofa, bis er dem blassen, angsterfüllten Gesicht des jungen Mannes so nah war, dass er seinen ungesunden Atem riechen konnte.

»Sie lügen mich an, Mr Knowland. Nein, widersprechen Sie nicht. Sie lügen. Ich weiß es, und Sie wissen es. Die einzige Frage, die wir noch klären müssen, ist, was genau Sie mir verschweigen. Sie können es mir jetzt gleich sagen oder in fünf Minuten oder in einer Stunde. Aber Sie werden es mir auf jeden Fall sagen.«

Nate Knowland, der sich in die Polster drückte, als litte Bruce an einer ansteckenden Krankheit, drehte sein Gesicht zur Seite, so dass sein Ohrstecker zu sehen war, ein in Silber gefasster Diamant, der garantiert echt war. Er murmelte etwas.

»Wie bitte? Ich habe Sie nicht verstanden, Nate.«

»Ich sagte, ich will einen Anwalt.«

»Vergessen Sie's.«

Nate wandte Bruce ruckartig das Gesicht wieder zu und starrte ihn mit großen Augen an. »Ich weiß Bescheid über meine Rechte!«

»Sie wissen gar nichts.« Bruce beugte sich noch weiter vor, ließ Nate Knowland die Hitze seines vor Wut glühenden Gesichts spüren. Seit vierundzwanzig Stunden, seit dem Gespräch mit Trevor Land hatte Bruce sich beherrscht, und es tat gut, die ganze Wut endlich herauszulassen. Sorry, Grace. »Sie wollen ein Student sein? Wissen Sie eigentlich, wo das Wort *Student* herkommt? Das ist Latein. Es bezeichnet jemanden, der sich anstrengt. Jemand, der konzentriert und fleißig arbeitet.« Diesen Spruch benutzte er bei fast jedem Studierenden, den er befragte. Manchmal tat er seine Wirkung, manchmal nicht. Aber Nathaniel Knowland machte nicht den Eindruck, als wäre er hart im Nehmen. Er wohnte nicht wie seine Kommilitonen im Studentenwohnheim, sondern hier in diesem Drei-Zimmer-Apartment. Warum ein einziger Student so viel Raum brauchte, während alle anderen mit viel weniger auskamen, war Bruce ein Rätsel, dem er sich ein andermal zuwenden würde: wahrscheinlich am selben Tag, an dem er ergründete, warum vier Carlyles ein Haus mit siebenhundert Quadratmetern brauchten. Allerdings war er sich absolut sicher, dass in Nathaniels Fall Daddy für das Apartment zahlte. Und ein Junge wie Nate nahm garantiert jeden Penny, den sein Vater für ihn übrig hatte, während ihn gleichzeitig seine Abhängigkeit wurmte. Bruce kannte diesen inneren Groll von zahlreichen Studenten, sogar bei einigen Mitstudierenden hatte er ihn gespürt, als er selbst an der staatlichen Uni studiert hatte. Die Erfahrung hatte ihn gelehrt, dass dieser Groll, wenn man ihn richtig steuerte, den Widerstand eines jungen Mannes brechen konnte. Er wählte seine Worte sehr sorgfältig.

»Sehen Sie mal, Nate, Sie werden vielleicht eines Tages wirklich ein Student sein, aber so wie Sie sich gerade aufführen, sind Sie nur ein verwöhnter, reicher kleiner Junge. Wenn Sie mal wieder ohne lange zu überlegen aus dem Flugzeug springen, dann zahlt Daddy irgendeinen Lakai dafür, dass der Ihnen schnell einen Fallschirm reicht. Aber wissen Sie was, Nate? Daddy ist jetzt nicht hier. Hier sind nur wir beide. Und jetzt hätten Sie gern einen Anwalt. Wenn ich immer noch ein regulärer Cop wäre, sähe die Sache ganz anders aus. Dann müsste ich jetzt mit meiner Vernehmung aufhören, bis irgendein Typ in einem grauen Anzug, der so viel wie mein Jahresgehalt kostet, Ihnen erklärt, wie man am besten lügt. Tja, aber ich bin kein regulärer Cop mehr, Nate. Ich bin ein Uni-Cop. Das bedeutet, ich bin privat angestellt, und Ihre verfassungsmäßigen Rechte können Sie dem Osterhasen geben. Kapiert?«

Nathaniel Knowland mochte zwar verwöhnt sein, aber dumm war er nicht. Obwohl seine Stimme um einiges zu hoch klang, wandte er ein: »Dann habe ich immer noch Rechte nach den Statuten der Universität. Und es gibt eine Menge Vorschriften, die Sie befolgen müssen.«

Bruce nickte. »Das stimmt, Nate, und Sie können sich auf Ihre Rechte berufen, wenn Sie wollen. Sie können auf ein Verfahren vor dem Disziplinarausschuss bestehen. Aber soll ich Ihnen mal was sagen? Das bedeutet einen offiziellen Bericht, und dann können wir die Polizei nicht mehr raushalten. Dann sind wir nämlich verpflichtet, die Polizei zu informieren.« Das war eigentlich gelogen. Knowland vor den Ausschuss zu zerren, war das Letzte, was Bruce wollte, denn dessen Verfahren waren geheim und die Protokolle wurden unter Verschluss gehalten. »Hören Sie mir gut zu, Nate. Sie haben Angst. Das verstehe ich. Und Sie wollen nicht mit mir reden. Das verstehe ich auch. Aber glauben Sie mir, Nate, Sie wollen auf gar keinen Fall mit der Polizei reden. Die Stadt ist drauf und dran, wegen des Mordes an Kellen Zant hochzugehen, und die Cops reiben sich doch die Hände, wenn sie so ein verwöhntes weißes Bürschchen in die Finger kriegen, das ihnen Informationen über das Verbrechen vorenthält. Die lassen das an die Zeitungen durchsickern, Nate, und dann macht die Presse Hackfleisch aus Ihnen.«

»So dürfen Sie nicht mit mir reden!«

»Ich sage Ihnen nur, was meiner Meinung nach passieren wird.«

»Sie drohen mir.« Inzwischen wimmerte er regelrecht, aber immer noch mit einem trotzigen Unterton. Vielleicht war der Junge zäher, als Bruce angenommen hatte.

»Es ist nur eine Einschätzung, Nate«, sagte Bruce mit leiser Stimme. »Weiter nichts.«

»So dürfen Sie nicht mit mir reden! Da gibt es Gesetze oder so was! Sie dürfen mir nicht drohen oder … oder mich nötigen.«

»Hören Sie mir zu, Nate. Ich erkläre Ihnen, wie das funktioniert. Auf dem Campus bin ich das Gesetz. Und Sie sind der Verdächtige.«

»Der Verdächtige!«

»Allerdings. Und zwar so lange, bis Sie mir etwas erzählen.«

Der junge Mann blickte hektisch nach allen Richtungen, als erwartete er, dass jeden Augenblick Hilfe eintreffen könnte. »Ich … aber … Es war ein Raubmord! Das hab ich in der Zeitung gelesen! Wieso soll ich irgendeinen Schwarzen ausrauben? Sehen Sie sich doch mal hier um!«

Beinahe hätte Bruce Vallely ihn geohrfeigt. Um ein Haar. Die Hand fuhr in die Höhe, groß und dunkel und brutal. *Irgendeinen Schwarzen*: Das hatte ihn aus der Fassung gebracht. Aber er spürte fast, wie Grace' liebevolle Finger sich um sein Handgelenk legten und seinen Arm sanft nach unten drückten. Und in Nathaniel Knowlands Gesicht sah er jetzt nicht nur Angst, sondern schiere Panik. Denn niemand, am allerwenigsten ein reiches und mageres weißes Bürschchen, will mit einem wütenden Schwarzen allein in einem Zimmer sein.

»Mein Vater wird dafür sorgen, dass Sie Ihren Job verlieren!«, verkündete Nate, aber seine weit aufgerissenen Augen und die schrille Stimme verrieten, dass er sich da längst nicht so sicher war, wie er tat.

»Ja natürlich. Er hat Sie auf seine Alma Mater geschickt, damit Sie in einen Mordfall verwickelt werden.«

»Ich bin nicht in den Fall verwickelt!«

»Entweder Sie sind darin verwickelt, oder Sie wissen, wer darin verwickelt ist.« Bruce hockte sich hin und legte seinen starken Arm von hinten um Nathaniel Knowlands dünnen Hals, den er ihm im Moment am liebsten umgedreht hätte. Die langen Haare waren fettig. Die Schultern zitterten. Bruce schlug einen väterlichen Ton an. »Nun hören Sie mir mal zu, Nate. Sie stecken bis obenhin in der Scheiße, Sie und Ihre Kumpels. Sie haben etwas gesehen, was Sie mir nicht sagen wollen. Und Sie haben etwas getan, was Sie mir nicht sagen wollen. Schlimmer noch, Sie informieren die Cops nicht darüber. So was finden die überhaupt nicht lustig. Wissen Sie, welche Strafe in diesem Staat auf Behinderung von Ermittlungen steht? Ich sag's Ihnen, Nate. Es wird nicht so hart bestraft wie Beihilfe zum Mord, was man Ihnen im Moment noch vorwerfen könnte. Es spielt keine Rolle, ob Sie sich vor oder nach der Tat der Beihilfe schuldig gemacht haben« – eine Lüge, der eine weitere auf dem Fuße folgte –, »doch wenn Sie etwas wissen und nicht mit der Sprache rausrücken, dann sind Sie in jedem Fall dran.«

Nathaniel Knowland senkte den Blick und murmelte etwas vor sich hin. Bruce war es ganz recht, dass er die Worte des jungen Mannes nicht verstand, denn die Verwünschungen, die der Junge wohl vor sich hin brummte, hätten Bruce wahrscheinlich nur wirklich wütend gemacht. Vielleicht zu wütend. Leise sagte er: »Kommen Sie schon, Nate, jetzt ist die beste Gelegenheit. Wenn es sich nur um eine Peinlichkeit handelt und nicht um etwas Illegales, dann ist es viel besser für Sie, wenn Sie es mir und nicht der Polizei erzählen.«

»Ich werde niemanden belasten«, sagte der junge Mann und überraschte Bruce mit seinem Mut. »Ich sage Ihnen, was ich gesehen habe. Was ich getan habe. Mehr nicht.«

»Klingt wie ein guter Anfang.«

»Mehr werden Sie nicht von mir zu hören kriegen. Das möchte ich von vornherein klarstellen. Ich werde nichts über meine Freunde sagen.«

Als Polizist hatte Bruce diese Geschichte tausendmal in den dunklen, nach Schweiß stinkenden Vernehmungszellen gehört. Hin und wieder hatte er sogar versucht zu argumentieren. *Warum wollen Sie nicht über Ihre Freunde reden? Die sitzen gleich nebenan und reden über Sie.* Manchmal hatte der Trick funktioniert, manchmal auch nicht, aber hinterher war er sich immer irgendwie schmutzig vorgekommen. Diesmal brauchte er es mit einer solchen Lüge gar nicht erst zu versuchen. Also sagte er: »Hören Sie, Nate. Es ist Ihre Entscheidung, inwieweit Sie Ihre

Aussage« – beinahe hätte er gesagt *Ihr Geständnis* – »einschränken. Ich habe kein Recht, Sie zu irgendetwas zu nötigen. Ich denke nur, dass es in Ihrem eigenen Interesse ist, wenn Sie mir alles erzählen, was Sie wissen.«

Und so begann der Junge zu reden.

· III ·

Eigentlich, sagte Nate Knowland, hätten sie sich nur ein bisschen amüsieren wollen. Sie waren Studenten, sie waren jung, es war Freitagabend, und in absehbarer Zeit würden sie die Uni hinter sich haben und ernsthaft ins Berufsleben einsteigen. Sie hatten den ganzen Tag gepaukt, bis auf Nate, der zwischendurch am Nachmittag ein Stündchen Squash gespielt hatte, und jetzt wollten sie etwas unternehmen. Zwar hatten einige von ihnen eine Freundin, aber es sollte ein Abend unter Männern werden. Sie waren zu fünft gewesen, ein paar reiche Jungs und ihre nicht ganz so reichen Freunde. Sie hatten im Nelson's ein paar Bier getrunken –

»Im Nelson's auf der Henley Street?«

Nate nickte. »Außerhalb des Campus«, fügte er hinzu, als hoffte er, dass Bruce' Arm nicht so weit reichte. »Die meisten von uns sind sowieso volljährig, und man darf sich ja wohl mal ab und zu volllaufen lassen, solange man niemandem Schaden zufügt –« Und auch wenn Bruce vermutete, dass sie zu ihrem Bier noch ein paar illegale Substanzen konsumiert hatten, dann würde er das nicht ansprechen. Jedenfalls jetzt noch nicht, solange er keinen Nutzen davon hatte.

»Anschließend sind wir dann rüber und haben uns das Eishockeyspiel angesehen. Aber Dartmouth hat unsere Jungs total eingemacht, und da ist es uns ziemlich schnell langweilig geworden. Einer von uns war um neun mit seiner Freundin verabredet, wir waren also ungefähr um Viertel nach acht, halb neun auf der Town Street. Und als wir so auf dem Gehweg rumstanden und überlegt haben, was wir als Nächstes tun, haben wir den Wagen gesehen.« Als Bruce nicht reagierte, versuchte Nate es noch einmal. »Den goldenen Audi, der, in dem Zant ermordet wurde, der stand am Straßenrand geparkt.«

»Wer hat Ihnen gesagt, dass er in dem Wagen ermordet wurde?«

Nathaniel blinzelte, eher verwirrt als eingeschüchtert. »Das kam in den Nachrichten.«

»Woher wussten Sie, dass es Zants Wagen war?«

Sie waren wieder da, wo sie angefangen hatten, aber diesmal antwortete Nate. »Weil wir ihn auch gesehen haben.«

Das war neu. Trevor Land hatte die Sache doch etwas anders dargestellt. Bruce fragte sich, ob der Verwaltungschef dieses Detail nicht kannte, oder ob er es ihm vorenthalten hatte. So oder so, bei einer Vernehmung durfte man nie Überraschung zeigen, es sei denn, man wollte damit etwas bezwecken. Also sagte Bruce gelassen: »Verzeihen Sie. Wen meinen Sie mit ›ihn‹?«

Nathaniel Knowland wurde ungeduldig. »Zant. Er ist direkt an uns vorbeigegangen. Einer von uns studiert VWL und war bei ihm im Seminar.«

»Und wie heißt Ihr Freund, der Zant erkannt hat?«

Ein kindlich trotziges Kopfschütteln. »Ich hab Ihnen gesagt, ich werde keinen von meinen Freunden da reinziehen.« Er hob einen Zeigefinger, eine Geste, die Bruce auf gespenstische Weise an Trevor Land erinnerte. »Ich habe meine Prinzipien.«

»Verstehe.« Er klopfte dem Jungen auf den Rücken, stand auf und ging durch das geräumige Zimmer. Manchmal musste Bruce der gute und der böse Cop in einer Person sein. »Okay«, sagte er mit ruhiger Stimme. »Sie haben also Professor Zant gesehen. Was hat er gemacht?«

»Das hab ich Ihnen doch grade gesagt. Er ist an uns vorbeigegangen.«

»Von wo nach wo?«

»Keine Ahnung. Von irgendwo hinter uns. Also, sie kamen aus der Richtung des Campus. Von wo genau haben wir nicht gesehen.«

Diesmal konnte Bruce seine Überraschung nicht verbergen. »Sie?«

»Ja, sie. Wenn Sie mich nicht dauernd unterbrechen, erkläre ich Ihnen alles.« Der Student holte tief Luft. »Er war mit dieser Frau zusammen. Zumindest hatten wir den Eindruck, dass es eine Frau war. Hätte wahrscheinlich auch ein kleiner Mann sein können. Und, nein, keiner von uns würde sie wiedererkennen. Ich meine, die sind die Straße runtergegangen, sie innen und er außen, so dass er immer wieder ins Licht der Straßenlaternen geraten ist und sie im Schatten war. Als wollte sie nicht, dass jemand ihr Gesicht sieht. Aber sie war schwarz. Auf jeden Fall. Und sie trug einen weißen Regenmantel mit einer Kapuze, die sie sich vors Gesicht gezogen hat.«

»Mitten in einem Schneesturm hatte sie einen Regenmantel an? Keinen Anorak? Da sind Sie sich sicher?«

Er nickte mehrmals. »Es war ein Regenmantel. Und er war weiß. Irgendwie glänzend. Sie war kaum zu sehen bei dem Schnee.« Er blies die Backen auf und schlang die Arme um den Körper, als wollte er sich wärmen. Dann fuhr er fort: »Also, jedenfalls sind sie in das Auto gestiegen – er zuerst, auf der Beifahrerseite, und sie auf der Fahrerseite –, und dann sind sie weggefahren. Das war's.«

Bruce versuchte, sich die Situation vorzustellen. Etwas an dem Bild stimmte überhaupt nicht, aber er hätte nicht sagen können, was es war.

Nate Knowland redete immer noch weiter. »Wir dachten, na, Sie wissen schon, der Typ hat ja einen gewissen Ruf. Hatte. Also dachten wir, dass er mit dieser Frau – ich meine, nicht dass sie irgendwie geschmust hätten oder so – aber – «

»Lassen Sie mich das noch mal klarstellen. Der Wagen war also auf der Town Street am Straßenrand geparkt. Gegenüber der Eissporthalle.«

»Ja.«

Die Eissporthalle lag am Hinterausgang des Hilliman Tower, wo Zant sein Büro gehabt hatte. So weit zumindest war die Geschichte plausibel. »Und Sie sind sicher, dass Professor Zant zuerst eingestiegen ist? Und dass die Schwarze in dem weißen Regenmantel sich ans Steuer gesetzt hat?«

»Genau.« Der überdeutliche Schrecken, an dem Nate Knowland sich berauscht hatte, verflog allmählich. Seine vornehmen Gesichtszüge entspannten sich, und seine Augen waren feucht und ausdruckslos. »Keine Ahnung. Ich erzähl Ihnen nur, was wir gesehen haben.«

»Natürlich waren Sie ziemlich betrunken.«

»Wir hatten ein paar Bier intus. Wir waren nicht betrunken. Und wir haben alle dasselbe gesehen.«

»Dieselbe Frau im Regenmantel.«

»Ja.«

Bruce notierte sich etwas in seinem Notizblock, ein winziges Zeichen, das nur er entziffern konnte. Nates Geschichte war so simpel und langweilig, dass sie wahrscheinlich der Fantasie des Zeugen entsprungen war – bis auf diese beiden Details.

»Können Sie sich sonst noch an irgendwas erinnern?«

Nate nickte. »Sie hatte einen britischen Akzent.«

»Sie haben also das Gespräch der beiden gehört?«

»Nur ein paar Sätze. Aber sie haben über Präsident Carlyle gesprochen.«

Ein weiteres Zeichen im Notizblock. Auch davon hatte Trevor Land nichts erwähnt. »Was haben sie über ihn geredet?«

Nate schüttelte den Kopf. »Wie gesagt, wir haben nicht viel gehört. Aber es klang so, als wollte sie Professor Zant klarmachen, dass der Präsident eine Nummer zu groß für ihn sei.«

»Können Sie mir sagen, wie genau sie sich ausgedrückt hat?«

»Ich glaube, sie hat gesagt: ›Der ist eine Nummer zu groß für uns.‹ So was in der Art.« Ein nervöses Achselzucken. »Mehr haben wir nicht gehört.«

Kapitel 17
Die Schuld

· I ·

»Tja, ich fürchte, das ist ein bisschen dünn, Chief«, sagte Trevor Land bedauernd. »Die läppische Geschichte eines betrunkenen Schuljungen. Es lohnt sich nicht, die Polizei damit zu belästigen.«

»Mr Land, sie haben das Opfer an dem Abend des Mordes gesehen. Sie haben Professor Zant auf dem Campus beobachtet, wo die Polizei sich noch nicht mal umgesehen hat. Und nicht nur das. Sie haben ihn in Begleitung einer zweiten Person gesehen, und zwar etwa anderthalb Stunden ehe die Leiche gefunden wurde. Wie können Sie sagen, es lohnt sich nicht, die Polizei damit zu belästigen?«

Am anderen Ende der Leitung herrschte Stille. Bruce fragte sich schon, ob der Verwaltungschef wusste, dass er ein Detail verschwiegen hatte: die rätselhafte Bemerkung über Lemaster Carlyle. Doch Trevor Land fuhr in demselben bedauernden Ton fort: »Es liegt mir nicht, einem anderen zu sagen, wie er seine Arbeit zu tun hat, Chief Vallely, besonders einem Mann mit Ihrer Qualifikation. Wenn Sie glauben, Sie müssen die Polizei informieren, nun, das ist Ihre Entscheidung, nicht meine. Verantwortung delegieren, das ist meine Führungsphilosophie. Ich bitte Sie nur, den guten Ruf der Universität im Auge zu behalten. Wir können uns keinen weiteren Skandal leisten.«

»Das ist richtig, Sir, aber –«

»Haben Sie bitte noch einen Moment Geduld, Chief Vallely.

Nur noch eine Kleinigkeit. Sie haben sich angehört, was der junge Mann zu sagen hatte. Aber mehr wissen Sie bisher nicht.« Vor seinem geistigen Auge sah Bruce wieder diesen Finger gen Himmel zeigen. »Vielleicht war er betrunken und erinnert sich nicht mehr genau, was er gesehen hat, oder vielleicht erinnert er sich auch korrekt. Das wissen wir nicht. Noch nicht.«

»Das herauszufinden ist Aufgabe der Polizei, nicht unsere.«

»Richtig, richtig. Aber, Chief Vallely, Sie natürlich ausgenommen, ist die Polizei unserer schönen Stadt nicht gerade für ihre Diskretion bekannt. Zumindest nicht, was die Universität angeht. Nach meiner Erfahrung, Chief, geht in den meisten Fällen das, was man der Polizei erzählt, auf direktem Weg an die Zeitungen. Ihre Kollegen von der Polizei können ein Geheimnis ebenso wenig für sich behalten, wie Odysseus sich den Sirenen widersetzen konnte, und es gibt niemanden, der sie an den Schiffsmast binden könnte, verstehen Sie.« Bruce verstand überhaupt nichts, aber er hatte nicht vor, das zuzugeben. »Tja, Professor Zant war ein hoch geachtetes Mitglied unseres Lehrkörpers, und natürlich wollen wir alles in unserer Macht Stehende tun, um seinen Mörder dingfest zu machen. Deswegen schätzen wir uns so glücklich, Chief, einen Mann Ihres Kalibers auf unserer Seite zu wissen. Nun, die Entscheidung liegt selbstverständlich bei Ihnen. Aber darf ich Ihnen einen bescheidenen Rat geben? Als jemand, der sich seit Jahrzehnten mit Leib und Seele für das Wohl der Universität einsetzt?«

Mit Rat meinte er natürlich Anweisungen. »Selbstverständlich, Sir.«

»Nun, Chief, wenn ich vor diesem Dilemma stünde, würde ich vielleicht dafür sorgen, dass mein Fall hieb- und stichfest ist, ehe ich den guten Ruf der Universität der Lokalpresse anvertraue. Man sitzt gewissermaßen zwischen Baum und Borke, ich weiß, aber vielleicht würde ich mich noch ein bisschen gedulden. Bis ich mehr Informationen hätte.«

Bruce wartete darauf, dass Trevor Land fortfuhr, aber offenbar erwartete dieser eine Antwort. Langsam und deutlich sagte er: »Mr Land, Sir, wünschen Sie, dass ich intensivere ... Ermittlungen durchführe?«

Trevor Lands Stimme klang schläfriger denn je. »Ach, wissen Sie, Chief Vallely, vielleicht sollten Sie meinen Rat nicht *allzu* wörtlich nehmen. Ich denke, Sie sollten so vorgehen, wie wir es gemeinsam besprochen haben. Lassen Sie sich die Sache noch einmal gründlich durch den Kopf gehen. Vor allen Dingen ziehen Sie keine voreiligen Schlüsse. Warten Sie ab bis, sagen wir, nach Thanksgiving. Üben Sie sich in Geduld. Seien Sie gewissenhaft. Ja. Also, mein Rat, Chief? Sehen Sie zu, dass es keine offenen Fragen mehr gibt, und wenn Sie alles unter Dach und Fach haben, dann gehen Sie meinetwegen damit zur Polizei. Mit meinem Segen.«

Der Leiter des Sicherheitsdienstes betrachtete das Hochzeitsfoto auf der Anrichte, Grace, so jung und schön, aber eigentlich war sie mit den Jahren immer noch schöner geworden. Wenn sie ihm nur ein paar Minuten mit ihrer Klugheit und ihrem Humor zur Seite stehen könnte. Doch sie war schon seit über einem Jahr tot, mit gerade mal Anfang fünfzig gestorben, und er hatte dem schleimigen Zynismus des Verwaltungschefs nichts als seine eigene Integrität entgegenzusetzen; dabei hielt er sich – im Gegensatz zu einem gewissen Präsidenten – in dieser Hinsicht keineswegs für außergewöhnlich.

»Darf ich Ihnen eine Frage stellen?«

»Selbstverständlich, Chief. Ich bitte darum.«

»Angenommen, ich befolge Ihren … Rat. Und angenommen, es kommt der Augenblick, vielleicht sogar schon ziemlich bald, wo ich glaube, dass ich alles unter Dach und Fach habe, aber Sie sind andrer Ansicht.«

»Verzeihen Sie, aber ich verstehe die Frage nicht, Chief Vallely.«

Bruce zog es vor, sich von Angesicht zu Angesicht auseinanderzusetzen, denn dann konnte er selbst gegenüber Vorgesetzten seine Körpergröße zu seinem Vorteil nutzen. Aber mithilfe von Grace, die ihn aus dem Foto unter dem Fenster anstrahlte, nahm er es auf sich, mit Trevor Land zu telefonieren. Er hatte den mörderischen Kleinkrieg auf dem Polizeirevier überlebt, und vor langer Zeit hatte er den mörderischen Krieg im zentralamerikanischen Dschungel überlebt. Da konnte er es jederzeit mit den unglaubwürdigen, wortreichen Drohungen eines Trevor Land aufnehmen.

Also begab er sich beherzt auf gefährliches Terrain.

»Sir, wie Sie wissen, besagt eine der wichtigsten Dienstvorschriften des universitären Sicherheitsdienstes, dass wir jegliches Beweismaterial in einem Kapitalverbrechen unverzüglich an die Polizei oder andere zuständige Behörden weitergeben müssen.« Er wartete kurz ab, um das wirken lassen. »Vielleicht kann ich die Sache noch ein paar Tage hinauszögern, aber früher oder später werde ich alles unter Dach und Fach haben. Angenommen, wir beide sind uns dann nicht einig, was als Nächstes zu unternehmen ist. Wessen Meinung ist dann ausschlaggebend?«

Die Antwort, obwohl sie garantiert längst feststand, ließ lange auf sich warten, als wollte Land den Eindruck erwecken, er würde in diesem Augenblick alle Alternativen abwägen.

»Ah, ich verstehe, was Sie beunruhigt. Ja. Aber Sie wissen ja, Chief, die Entscheidung liegt allein bei Ihnen. Meine bescheidenen Vorschläge sind nichts weiter als eben das, Vorschläge. Selbstverständlich halte ich es für extrem unwahrscheinlich, dass wir so unterschiedlicher Meinung sein könnten. Sollte es aber dennoch so weit kommen … Nun, ich würde sagen, warten wir's ab. Diese Entscheidung können wir dann treffen, wenn wir an der Kreuzung stehen, wir sollten uns nicht im Voraus bestimmte Wege versperren, wenn Sie verstehen, was ich meine.«

»Ja, ich denke, ich verstehe.«

»Großartig, Chief Vallely, großartig. Und wissen Sie was, Chief, wenn das alles ausgestanden ist – kein Skandal, der gute Ruf der Universität unbeschädigt, der Gerechtigkeit Genüge getan –, wenn das alles vorbei ist, Chief Vallely, dann werden Sie in mir einen lebenslangen Freund und Förderer haben, und ich möchte bei der Gelegenheit hinzufügen, dass ich durchaus über einen bescheidenen Einfluss verfüge. Danach haben Sie ausgesorgt. Das kann ich Ihnen versichern.«

Bruce reichte es allmählich. »Und was genau soll das bedeuten?«

Der Verwaltungschef, ein alter Fuchs, schätzte die Stimmung seines Untergebenen richtig ein. »Ich wollte Sie auf keinen Fall beleidigen, Chief Vallely. So war das keineswegs gemeint.«

»Darf ich fragen, *wie* es gemeint war?«

»Nur, dass Sie zur Familie gehören, Chief. Und dass es Ihnen von großem Nutzen sein wird, wenn ich in Ihrer Schuld stehe.« Ein kurzes Auflachen, vielleicht, weil sie beide wussten, dass er zu weit gegangen war, dass er sich in diesem Augenblick seinen Untergebenen leicht zum Feind machen konnte.

Bruce bat den Verwaltungschef, einen Moment zu warten.

Er legte das Telefon auf seinen wackeligen Schreibtisch und rollte mit dem Stuhl zum Fenster hinüber, von wo aus man nur leere Busse sah. Ihm war ein seltsames Gespräch mit seinem früheren Partner Rick Chrebet eingefallen. Die beiden Männer hatten sich am Montagabend auf ein Bier getroffen, und Bruce hatte sich auf Sticheleien gefasst gemacht, denn die regulären Polizisten bei der Stadt waren davon überzeugt, dass die Kollegen von der Campuspolizei im Vergleich zu ihnen eine ruhige Kugel schoben. Doch Rick Chrebet hatte ihm voller Verbitterung erzählt, in den oberen Etagen seiner Dienststelle sei bereits entschieden worden, dass Zant einem Raubmord zum Opfer gefallen war, vielleicht wurde er auch von jemandem umgebracht, der sein Auto stehlen wollte. Auf die Ermittler wurde Druck ausgeübt, sich dieser Theorie anzuschließen. Ein, vielleicht zwei Wochen würde Rick die Ermittlungen noch weiterführen können, aber schließlich würde er klein beigeben müssen. Als Bruce sich gewundert hatte – der Mann war erst seit zwei Tagen tot! –, hatte Rick nur lächelnd sein Bier ausgetrunken und ihm erklärt, die Entscheidung komme von ganz oben. Mehr hatte er dazu nicht sagen wollen.

Als Bruce jetzt das Telefon wieder in die Hand nahm, kam ihm der Gedanke, dass er womöglich Erfolg haben könnte, wo seine ehemaligen Kollegen gescheitert waren, und dass dann die Universität, die seinen Eltern so viel Kummer und Leid beschert hatte, in seiner Schuld stehen würde. Er konnte Trevor Land eine Abfuhr erteilen und trotzdem seinen Job bis zur Rente behalten. Er konnte sich aus den falschen Gründen einverstanden erklären – aus persönlichem Ehrgeiz zum Beispiel. Oder aus den richtigen Gründen – um sich in eine Position zu bringen, die es ihm ermöglichte, das einzufahren, was ihm zustand.

»Ich stehe jederzeit gerne zur Verfügung«, erklärte er dem Verwaltungschef und wusste nicht recht, warum seine Überlebensinstinkte ihm trotz allem sagten, dass das die falsche Antwort war.

Kapitel 18

Der originelle Denker

· I ·

»Einen Augenblick bitte«, sagte Arthur Lewin, während er in seinem geräumigen, aber spartanisch eingerichteten Büro in der volkswirtschaftlichen Fakultät auf und ab ging. Er unterhielt noch einen Außenposten in der mathematischen Fakultät und einen weiteren bei einem der zahllosen interdisziplinären Programme, die heutzutage an jeder Universität aus dem Boden schossen. Er war zweiunddreißig Jahre alt, doch auf dem Campus bereits eine Legende. »Ich meine, das ist ein bisschen merkwürdig, wissen Sie. Merkwürdig, aber auch aufregend.«

Es war Dienstag, der 2. Dezember, fünf Tage nach Thanksgiving, und seinem Auftrag entsprechend versuchte Bruce weiterhin, noch offene Fragen zu klären.

»Ach?«

»Na ja, sehen Sie, Bruce – darf ich Sie Bruce nennen? –, ich, nun, ich bin noch nie von der Polizei befragt worden. Also, nun ja, außer früher mal während des Studiums.«

Bruce Vallely blieb auf der anderen Seite des großen, runden, mit Stapeln von Papieren bedeckten Tischs sitzen, der Arthur Lewin als Schreibtisch diente. In die schmale Wand waren zwei schmale Fenster eingelassen, und auf dem Tisch darunter standen ein Computer und ein Laptop. Auf dem Computermonitor wurden offenbar Berechnungen durchgeführt, auf dem Bildschirm des Laptop schien ein wissenschaftlicher Artikel in Arbeit zu sein, in dem es von Gleichungen nur so wimmelte, allerdings lief in dem zweiten, gerade aktiven Fenster ein Spiel, das Bruce nicht gleich erkannte – etwas mit bunten Spielmarken, die auf sich bewegende Quadrate platziert werden mussten. Art Lewin, der gegen den Rechner spielte, schien zu gewinnen. Neben den Computern stand ein einzelnes Foto von zwei kleinen Mädchen in einem altertümlichen, vergoldeten Rahmen, die mit Arthur Lewins erwartungsvollen grauen Augen in die Welt blickten. Andere Familienfotos waren nirgends zu entdecken.

»Hatten Sie Ärger während des Studiums?«

»Wer hatte den nicht?«

»Ich weiß nicht, ob jeder in Schwierigkeiten gerät. Mich interessiert nur, ob es bei Ihnen so war.«

Art Lewin grinste. Er trug Jeans, abgewetzte Stiefel und einen ausgeleierten braunen Pullover, und sein dichtes, rötliches Haar war ungekämmt. Anscheinend hatte er sich seit Tagen nicht rasiert. Sein Gesicht war weich und pummelig, als hätte er nie seinen Babyspeck verloren. Seine freundlichen grauen Augen leuchteten hinter winzigen Brillengläsern. Er strahlte den begeisterten Optimismus eines Fitnesstrainers aus, war jedoch gekleidet wie ein erschöpfter Student während der Examensvorbereitungen. Er war außerordentlicher Professor für Volkswirtschaft und nach allem, was Bruce über ihn gehört hatte, womöglich seit Kenneth Arrow das größte Genie auf seinem Fachgebiet. Nicht dass Bruce gewusst oder es ihn interessiert hätte, wer Kenneth Arrow war. Bruce' Interessenbereich war wesentlich eingeschränkter: Er suchte nach Informationen über Kellen Zant, und alle hatten ihm gesagt, dass dieser Mann Zants bester Freund gewesen war.

Womöglich sein einziger Freund.

Der etwas ältere Zant war Art Lewins Lehrer gewesen, sein Berater während des Studiums und sein Mentor an der Fakultät. Die meisten, mit denen Bruce sich unterhalten hatte, schienen der Ansicht zu sein, dass der Schützling seinen Mentor längst überflügelt hatte.

Professor Lewin sagte: »Ob Sie's glauben oder nicht, es ist wahr. Fast jeder kriegt irgendwann mal Ärger während des Studiums. Na ja, nicht jeder. Aber die meisten jungen Männer kommen, ehe sie dreißig werden, irgendwann mal mit dem Gesetz in Konflikt. Darüber gibt es reichlich Daten. Wollen Sie wissen, wie viel Prozent der jungen Männer schon mal verhaftet wurden? Das hat übrigens nichts mit der Hautfarbe zu tun. Man liest immer wieder diese Berichte, in denen behauptet wird, dass mindestens ein Viertel der jungen Schwarzen in Washington schon mal mit dem Gesetz aneinandergeraten sind, nicht wahr? Totaler Blödsinn. Die Zahlen sind alle frisiert. Die müssten eigentlich viel höher sein, wissen Sie, auf die gesamte Bevölkerung bezogen. Alle Männer? Der Anteil der Männer, die schon mal verhaftet wurden, liegt zwischen einem Drittel und der Hälfte, vielleicht sogar noch höher, je nachdem, wo man ansetzt – bei welchem Alter, meine ich – und was man unter Verhaftung versteht.«

»Ich betrachte es als Verhaftung, wenn ich einem Übeltäter die Handschellen anlege.«

»Genau. Genau. Aber überlegen Sie mal.« Der Volkswirtschaftler hörte Bruce gar nicht zu. In dem Büro gab es keine Aktenschränke, aber die eine Wand war eine große weiße Tafel. Art Lewin stürzte darauf zu, als machte er sich für einen Kampf bereit, und schnappte sich zwei farbige Stifte. Er zog eine vertikale Linie und von ihrem unteren Endpunkt eine horizontale Linie nach rechts. Bruce erkannte die Achsen eines Diagramms. Dann zeichnete der Professor eine Wellenlinie, die er mit *f(x)* bezeichnete. »Diese Funktion stellt, sagen wir mal, die Wahrscheinlichkeit einer Verhaftung dar, und zwar auf das Alter bezogen, okay? Sehen Sie, wie die Linie ansteigt? Bei Kleinkindern liegt sie noch bei Null – wir ziehen nur Männer in Betracht, okay? –, im frühen Teenageralter geht die Linie nach oben, und dann – bumm! hier – zwischen siebzehn, achtzehn und Anfang zwanzig erreicht sie ihren Höhepunkt. Dann fällt sie wieder in ziemlich gleichmäßigen Schritten ab. Bei dreißig ist sie schon wieder ziemlich niedrig, und über dreißig erreicht sie erneut einen Tiefpunkt. Mit fünfzig wird kaum noch jemand verhaftet. All das ist allgemein bekannt, nicht wahr? Also. Diese Kurve – jetzt wird's kompliziert –, diese Kurve repräsentiert die Bevölkerung je nach Lebensalter. Es gibt immer mehr ältere Menschen. Klar, was das bedeutet, würde ich sagen. Nämlich: Die Verbrechensrate nimmt ab. Sie muss schon rein statistisch abnehmen. Das ist ganz logisch. Weil es die jungen Männer sind« – er klopfte mit seinem Stift auf die Tafel –, »die Verbrechen begehen. Wenn man die einzelnen Alterskohorten verfolgt, sieht man, dass sie damit aufhören, wenn sie älter werden. Keine Verbrechen mehr. Na ja, also, keine ist vielleicht übertrieben, aber die Zahl der Kriminellen wird deutlich geringer.«

»Weil sie im Gefängnis sitzen.«

»Sehr witzig. Wirklich gut. Aber nein. Nein. Warum begehen sie weniger Verbrechen? Weil sie älter geworden sind. Jetzt können wir –«

»Professor Lewin, bitte. Bitte. Den Vortrag können Sie später noch halten.«

»Ich weiß, ich weiß. Passen Sie auf, hier ist es. Sehen Sie sich das an. Sehen Sie die Mehrfachschnittpunkte? Wissen Sie, was das bedeutet?«

»Bitte, Professor Lewin. Es reicht jetzt. Arthur!«

Der Volkswirtschaftler drehte sich langsam um, die unschuldigen grauen Augen einen Moment lang abwesend. Dann war er wieder da, ein mürrisches Wunderkind, das von einem verständnislosen Erwachsenen daran gehindert wurde zu zeigen, was es konnte. »Tut mir leid. Ich dachte, es interessiert Sie.«

Bruce wollte den Mann nicht verletzen. »Es ist faszinierend, Professor. Wirklich. Vielleicht können Sie es mir ein andermal ausführlich erklären.«

»Ich habe einen Aufsatz zu dem Thema veröffentlicht. Er wurde gerade wieder aufgelegt.« Er drehte sich zu einem Regal und zog aus einem Stapel mit der Aufschrift NEUAUFLAGEN VERÖFFENTLICHUNGEN einen Aufsatz im Umfang von acht bis zehn Seiten heraus. »Den können Sie sich irgendwann mal in Ruhe durchlesen. Dann unterhalten wir uns noch mal über das Thema, einverstanden?«

»Sicher.«

»Viele Zahlen, die zu diesem Thema veröffentlicht werden, sind falsch. Ich hab's nachgewiesen.«

»Das glaube ich Ihnen.«

Ein verlegenes Lächeln. »Ich weiß, ich quatsche Ihnen die Ohren voll. Aber ich liebe meine Arbeit, Bruce. Ich kann einfach nicht anders.«

Bruce lächelte zurück. Ein Lächeln kostete nichts. »Das ist nicht zu übersehen.«

»Wissen Sie, Bruce, in den vierziger und fünfziger Jahren – also, in den Nachkriegsjahren, als Amerika ganz oben war, die unangefochtene Weltmacht, all der Quatsch –, da glaubten die Mathematiker, mit der richtigen Funktion könnten sie jedes gesellschaftliche Problem lösen. Selbst die Kriminalität. Ich rede von Volkswirtschaftlern, die sich als Mathematiker versucht haben.«

»Und heute?«

»Ich würde sagen, mathematische Verfahren sind nach wie vor das A und O. Man muss sich mit den Theorien auskennen, aber die Disziplin interessiert sich – und ich würde sagen zu Recht – mehr und mehr für angewandte Mathematik. Viele in unserem Fach glauben, sie müssten die Welt retten. Ich weiß, Sie halten das für übertrieben, aber ich will Ihnen mal was sagen.« Er fuchtelte mit den Armen, die Finger deuteten in alle Richtungen, der Mann hatte Energie für zwei. »Also, was ist Volkswirtschaft? Die trostloseste aller Wissenschaften? Nein. Antwort: Es ist die Lehre von der Verteilung von begrenzt vorhandenen Gütern und Dienstleistungen. Nun, frage ich Sie, gibt es eigentlich ein Gut, das unbegrenzt vorhanden ist? Antwort: Nein. Militärische Strategie, Wahlkämpfe, Eier, selbst Sex. Alles ist Begrenzungen unterworfen, Bruce. Also ist Volkswirtschaft in gewisser Weise eine Art Zusammenfassung von allem, was für die menschliche Existenz von Bedeutung ist. Wir halten tatsächlich die Werkzeuge in den Händen, mit denen wir die Welt retten können. Ziemlich cool, was?«

»Hat Kellen Zant das genauso gesehen?«

Arthur Lewins manische Energie ließ ein wenig nach. Zwar blieb er an der Tafel stehen, und es war klar, dass er nicht die Absicht hatte, sich hinzusetzen, aber seine Schultern sackten ein bisschen, und er bewegte sein unrasiertes Kinn, als wäre er endlich auf dem Boden der Realität gelandet.

»Ja. Kellen. Was für eine beschissene Sache.«

»Können wir uns kurz über ihn unterhalten?«

»Über Kellen? Hören Sie, Bruce, machen Sie sich kein falsches Bild von ihm. Es stimmt nicht, was über ihn geredet wird. Er war nicht nur hinter dem Geld her. Er meinte immer, wir Ökonomen könnten die Welt verbessern, wenn wir uns nur mit den wichtigen Problemen beschäftigen würden.«

Bruce erwiderte sanft: »Darüber wollte ich eigentlich gar nicht mit Ihnen sprechen.«

»Nein? Worüber dann?«

»Tja, zum Beispiel könnten wir uns darüber unterhalten, wer ihn umbringen wollte.«

Das Grinsen war wieder da, aber ohne das Funkeln, das einem zu verstehen gab, wie sehr Arthur Lewin seine Arbeit liebte. Jetzt verriet das Funkeln in seinen Augen lediglich, dass er sich der Absurdität der Situation bewusst war. »Nun, ich nehme an, man könnte sagen, dass ich ihn umbringen wollte.«

· II ·

Sie spazierten über den Campus, denn Art Lewin hatte erklärt, über dieses Thema könne er nur reden, wenn er in Bewegung sei, und er gehörte zu den Menschen, die fast immer das taten, was sie wollten: ein erwachsener Nathaniel Knowland, nur wesentlich charmanter. Grauer Schneematsch knirschte unter ihren Füßen. Bruce rief sich ins Gedächtnis, dass Art Lewin eine große Zukunft vor sich hatte. Bruce' Vorgänger hatte seinen Job wegen eines Skandals verloren, und der Skandal war dadurch verschlimmert worden, dass der Leiter des Sicherheitsdienstes seine Beziehungen zu den Angehörigen des Lehrkörpers nicht angemessen gepflegt hatte.

»Lassen Sie mich Ihnen etwas über Kellens Arbeit erzählen. Ich meine nicht die Zant-Feldman –«

»Verzeihen Sie, Professor, verschiedene Leute haben von der Zant-Feldman-Formel gesprochen, aber bisher hat mir noch niemand erklärt, was genau es damit auf sich hat.«

Art Lewin lächelte, und Bruce erwiderte das Lächeln, froh, dass der junge Mann nicht gleich die Augen verdreht hatte, wie manch anderer Professor es getan hätte. Dem ehemaligen Detective wurde klar, dass es tatsächlich von großem Vorteil war, wenn ein Lehrer seine Arbeit liebte: Wer gern über sein Fachgebiet spricht, wird niemals eine Frage für dumm halten und den Fragenden wie einen Idioten behandeln.

»Das ist eine Formel, mit deren Hilfe sich Wertpapiere bewerten lassen, insbesondere Aktienbezugsrechte, nur dass die Bewertung im Gegensatz zum, sagen wir mal, Black-Scholes-Modell nachträglich vorgenommen wird. Also, anders ausgedrückt, mithilfe der Formel lässt sich die Frage beantworten: ›Wie hoch war, unter Berücksichtigung dessen, was wir heute wissen, der Wert eines bestimmten Bezugsrechts, als es vor zehn Jahren ausbezahlt wurde?‹ Im Grunde genommen ist es ein ziemlich raffiniertes Messverfahren für stochastische Schwankungen, wenn man die Differenzialgleichung von – na ja, egal. Okay. Sehen Sie, Kellen hat in Dartmouth promoviert, als er diese Formel entwickelte. Dann hat dieser Feldman von der Columbia University ihm geholfen, sie zu verbessern, als Kellen nach der Promotion dort ein paar Jahre als wissenschaftlicher Assistent gearbeitet hat. Und wissen Sie, Bruce, wenn manche Leute behaupten, Kellen hätte das nicht allein zu Ende bringen können, dann stimmt das einfach nicht. Das ist purer Rassismus. Aber darüber wissen Sie ja besser Bescheid als ich, nicht wahr? Also jedenfalls war Kellen wegen der Zant-Feldman-Formel ein sehr gefragter Unternehmensberater. Okay?«

Bruce war nicht klüger als zuvor. »Okay.«

»Aber in letzter Zeit hat er nicht nur mit der Zant-Feldman-Formel gearbeitet. Er hat noch ausgefeiltere Instrumente angewandt, um zukünftige Märkte aufgrund von zurückliegenden Ereignissen einschätzen zu können. Er wollte rauskriegen, ob Experten voraussagen können, wie sich, sagen wir mal, der Rohstoffmarkt im nächsten Jahr oder auch in zehn Jahren entwickeln wird. Im Moment wird die These ganz heiß diskutiert, dass es immer die Mehrheit der Leute ist, die den besten Riecher hat. In den Wirtschaftswissenschaften ist das schon lange eine gängige Theorie. So funktioniert der Markt. Sogar die Chaostheorie kommt da mit ins Spiel. Darüber haben Sie vielleicht schon mal was gelesen. So was bringen sie ja heutzutage sogar in der Boulevardpresse.« So wie er das Wort *Boulevardpresse* aussprach, klang es wie etwas Unanständiges.

»Ich fürchte, das ist mir entgangen.«

Ein zweifelndes Nicken. Bruce war sofort klar, dass Art Lewin nicht viel von diesen Thesen hielt. »Sagen wir mal, Sie wollen wissen, wie viele Jellybeans in einem Glas sind. Dann bitten Sie am besten so viele Leute wie möglich um eine Schätzung und errechnen davon den Durchschnitt. Selbst wenn keine einzelne Schätzung der tatsächlichen Zahl auch nur nahe kommt, ist die Wahrscheinlichkeit hoch, dass der Durchschnittswert einigermaßen stimmt. Je mehr Leute eine Schätzung abgeben, umso genauer ist das Ergebnis. Weil die kognitiven Täuschungen sich gegenseitig aufheben, klar? Oder – Sie wollen das Ergebnis einer Wahl voraussagen. Fragen Sie dann die Leute, für wen sie stimmen werden? Antwort: Nein. Das ist Medienblödsinn. Nein. Man bekommt eine bessere Prognose, wenn man die Leute fragt, wer ihrer Meinung nach die Wahl gewinnen wird. Wenn man, sagen wir mal, im Internet eine Wahlbörse einrichtet, und die Leute können dort Aktien auf den zu erwartenden Wahlausgang kaufen oder verkaufen. Dann kriegt man für gewöhnlich wirklich ziemlich genau die Ergebnisse der Wahl. Nicht schlecht, was?«

Erneut versuchte Bruce vorsichtig, Art Lewin Einhalt zu gebieten, denn er hatte das Gefühl, wenn er ihn nicht bremste, würde der Professor den ganzen Nachmittag weiterreden. »Ihre Ausführungen sind wirklich hochinteressant, Professor, und wenn wir beide irgendwann mal etwas mehr Zeit haben, würde ich mir das alles gern ausführlicher erklären lassen. Aber jetzt würde ich gerne ein bisschen konkreter werden.«

»Konkreter?«, wiederholte der Volkswirtschaftler und schüttelte sich widerwillig, als wollte er Bruce zu verstehen geben, dass die großen abstrakten Gedankenspiele das einzig Wichtige im Leben war. »Inwiefern konkreter?«

»Ich würde gern über Kellen Zant reden. Über den Mann selbst, nicht über seine Arbeit.«

»Der Mann war seine Arbeit. Man kann ihn nicht verstehen, wenn man seine Arbeit nicht versteht.«

»Im Augenblick versuche ich nicht, *ihn* zu verstehen, Professor. Ich versuche genau zu verstehen, was mit ihm passiert ist.« Während Art Lewin darüber nachdachte, nutzte Bruce die Gelegenheit und fügte schnell hinzu: »Fangen wir doch einfach damit an, wann Sie ihn zum letzten Mal gesehen haben.«

»Ich habe Kellen zum letzten Mal an dem Tag gesehen, an dem er ermordet wurde. Das habe ich der Polizei bereits gesagt. Wir haben in meinem Büro Schach gespielt, wie jeden Freitag. Blitzschach. Jeder hat für die gesamten Züge eines Spiels nur fünf Minuten Bedenkzeit. Auf diese Weise konnten wir genug Partien spielen, um eine realistische –« Der Volkswirtschaftler hielt inne und verteidigte sich gegen Anschuldigungen, die noch niemand erhoben hatte. »Hören Sie, Bruce, wir haben das einfach nur zum Spaß gespielt, okay? Manche Leute spielen Football, andere betrinken sich. Nein, Moment, ich betrinke mich auch manchmal, das ist kein gutes Beispiel. Aber manche Leute – was weiß ich – lassen Drachen steigen oder sonst was.«

»Um wie viel Uhr war das? Wann ist er zu Ihnen ins Büro gekommen?«

»Hm, so gegen vier. Um diese Zeit kam er normalerweise immer vorbei. Ich meine, ich hab ehrlich gesagt nicht auf die Uhr geschaut. Aber ich schätze, es war so gegen vier.«

»Wer hat mehr Partien gewonnen? An dem Freitag, an dem er ermordet wurde?« Bruce ließ einen Hauch von Ungeduld durchklingen.

»Nun ja, ich habe mehr *Partien* gewonnen«, sagte der Professor, als wäre Bruce schwer von Begriff. »Aber das zählt nicht. Kellen war abgelenkt. Er war mit den Gedanken nicht beim Schach. Außerdem haben wir nicht fertig gespielt. Normalerweise haben wir immer bis gegen zehn Uhr zusammengesessen. Haben uns vom Chinesen was zu Essen kommen lassen, uns über die Arbeit unterhalten, Schach gespielt. Aber am Freitag haben wir früher Schluss gemacht.« Er blieb vor einer riesigen Schneewehe stehen, drehte sich um und hob eine Hand, um einen Einwand abzuwehren, den niemand gemacht hatte. »Moment, Bruce. Moment. Etwas möchte ich klarstellen, okay? Es stimmt nicht, was man sich über Kellen erzählt. Er war genial. Mindestens so genial wie ich. Ihm waren auch nicht nur die Berateraufträge wichtig, ihm lag immer noch viel an der Forschung. Und er war nicht faul. Wer so was sagt, ... das ist blanker Rassismus. Er hat an einem Buch über Spiele gearbeitet, und zwar ernsthaft. Er hatte jede Menge Projekte, die ihn auf Trab gehalten haben.«

»Davon bin ich überzeugt«, sagte Bruce, nachdem er einen Moment lang über die Worte des Professors nachgedacht hatte. Inzwischen war es dunkel geworden, aber Bruce fürchtete, dass weder die Dunkelheit noch die Kälte Art Lewin bremsen konnten, wenn er erst einmal ins Dozieren gekommen war.

»Außerdem war er an einem ganz neuen Projekt dran. Seit einem Jahr oder so. Ziemlich geheimnisvolle Sache. Eine neue Methode, um ein altes Problem zu lösen. Mehr wollte er dazu nicht sagen. Es würde ihm Millionen einbringen. Das hat er gesagt, Bruce, Millionen.«

»Sicher. Aber an dem Abend, als er ermordet wurde, was genau haben Sie beide da gemacht?«

»Wir haben Schach gespielt. Dann ist er einfach gegangen.«

»Wie spät war es da?«

»Nicht spät. Ich weiß nicht genau. Fünf. Viertel nach fünf. Ich habe Kellen gefragt – ich habe ihn gefragt –, ich hab gesagt: ›Wieso die Eile?‹ Er meinte, er hätte einen Termin. Ich habe angenommen, dass er mit einer Frau verabredet war, schließlich kannte ich seinen Ruf. Wahrscheinlich mit einer verheirateten Frau. Er hat verheiratete Frauen bevorzugt, aber das wissen Sie sicher, oder? Nein? Er hat immer gesagt, verheiratete Frauen sind ihm am liebsten, vorzugsweise welche, die zwei, drei Kinder zu Hause haben, und zwar möglichst kleine. Ist weniger kompliziert, hat er immer gesagt. Kellen war – ich weiß nicht – ziemlich bindungsscheu. Man könnte sagen, seine Vorliebe für verheiratete Frauen war für ihn eine Strategie, um seine sexuelle Befriedigung zu maximieren, bei gleichzeitiger Minimierung des Risikos, eine dauerhafte Bindung eingehen zu müssen. Sehen Sie, Bruce, feste Beziehungen ziehen Kosten nach sich. Da haben wir einmal die Opportunitätskosten – der Konsumwert dessen, was Sie stattdessen gerade tun könnten – und die Kosten der Risiken, die auf einen zukommen. Diese Risiken könnte man Beziehungsrisiken nennen. Das Risiko zum Beispiel, dass man einen Fehler gemacht hat. Dass man merkt, man kann seinen Ehepartner nicht ausstehen. Oder man liebt einen anderen Menschen viel mehr. Manche Leute heiraten oder gehen irgendwelche anderen Verpflichtungen ein, um das Risiko einzuschränken. Das Risiko, ein einsames Leben zu führen, zum Beispiel. Es ist immer ein Tauschgeschäft, egal, was man tut. Also, Kellen wollte um jeden Preis das Risiko vermeiden, dass er eine feste Beziehung eingehen musste. Da gibt es natürlich eine Menge Strategien, und man kann Kellens Vorliebe für verheiratete Frauen auch als eine Art Versicherung betrachten. Denn, wenn man's sich überlegt, sind Affären mit verheirateten Frauen in gewisser Weise viel kostspieliger als Affären mit ledigen Frauen. Diese Kosten bestehen aus dem Wert des Risikos, erwischt zu werden – der Schaden, der entsteht, wenn man tatsächlich erwischt wird, abzüglich der Wahrscheinlichkeit seines Eintretens. Diese Sonderkosten repräsentieren den Wert, den eine bindungsscheue Person zu zahlen bereit ist für die Versicherung, die ihn vor einer festen Beziehung schützt, in der er sich –«

Mit äußerster Vorsicht gebot Bruce seinem Zeugen erneut Einhalt. »Wenn wir noch einmal auf den Freitagabend zurückkommen könnten. Als Professor Zant sich verabschiedete, sagte er, er hätte einen Termin, und Sie vermuten, dass es sich um eine Frau gehandelt hat.«

»Richtig. Das habe ich –«

»Hat er sich genauer dazu geäußert? Hat er erwähnt, dass er sich mit einer Frau treffen wollte, egal, ob verheiratet oder nicht?«

Sie waren mittlerweile vor dem Gebäude der Naturwissenschaftlichen Fakultät angekommen, einer gewaltigen, kantigen Monstrosität, die Zukunftshoffnungen der Universität, wo man, ein bisschen spät, versuchte, sich als Zentrum für neue Technologien zu etablieren. Studenten eilten in ernsthaft dreinblickenden Gruppen an ihnen vorbei.

»Nein«, sagte Art Lewin. Er war auf einen schmutzig grauen Schneehaufen neben dem Computerzentrum geklettert. Der Fahrer des Schneepflugs, der aus unerfindlichen Gründen beschlossen hatte, die weiße Schneedecke vom Rasen zu entfernen, hatte ihn dort angehäuft. Von dort oben sah Art auf Bruce herunter. »Nein, er hat mir nichts dergleichen gesagt. Er hat nur einen kleinen Scherz gemacht und gesagt, vielleicht würde er nach Jamaika gehen.«

»Jamaika? Das hat er gesagt?«

Der Volkswirtschaftler nickte. »Angeblich hatte er dort dringend etwas Geschäftliches zu erledigen. In Jamaika.«

»Sind Sie sicher, dass er Jamaika gesagt hat?«

Art kletterte weiter auf dem Schneehaufen herum, als böte die Entfernung ihm eine bessere Perspektive; vielleicht hatte er aber auch einfach genug von der Befragung. Es machte keinen Spaß mehr, und für die Art Lewins dieser Welt, die in der Überzeugung aufgewachsen waren, dass alles in Ordnung war, solange man die Nase vorn behielt, war das Leben nur lebenswert, wenn es Spaß machte. »Ja, er hat gesagt, er will nach Jamaika, und wenn ich auch nur ein halbes Hirn im Kopf hätte, würde ich kapieren, was er meint. Das war so ein typischer Ausdruck von ihm: ›ein halbes Hirn‹.«

»Er hat gemeint, dann würden Sie kapieren, wo er an diesem Abend hinwollte?«

»Ja. Als wäre es mal wieder eins von seinen Spielen.« Mittlerweile stand Art ganz oben auf dem Schneehaufen, der fast zwei Meter hoch war. Er drehte sich langsam im Kreis, Herrscher über alles, was ihm zu Füßen lag. Etwas leiser, weil Bruce ihn eingeholt hatte, meinte er: »Ich habe ihm gesagt, wenn es ein Rätsel ist, muss er mir schon ein paar Tipps geben, damit ich es lösen kann. Und wissen Sie, was er geantwortet hat? ›Die hast du bereits.‹«

· III ·

Sie waren von der Schneewehe heruntergeklettert, und Art Lewin ließ wieder die Schultern hängen. Nein, das machte keinen Spaß. Bruce glaubte zu wissen, was den jungen Mann beschäftigte. Ihm war klar geworden, dass sein Freund und Mentor tatsächlich tot war. Durch das Sprechen über die schönen Stunden, die sie miteinander verbracht hatten – die Formeln, das Schachspiel, die Diskussionen, die Rivalität –, war ihm bewusst geworden, wie viel er verloren hatte.

»Denken Sie scharf nach.«

»Das tue ich«, sagte Art Lewin mit leicht gereiztem Tonfall.

»Kein Zettel? Keine letzte E-Mail? Oder vielleicht eine Gleichung auf der Tafel? Sind Sie sich wirklich ganz sicher, dass er Ihnen keinen einzigen Hinweis darauf hinterlassen hat, was er mit Jamaika gemeint hat?«

»Ja, ich bin mir sicher. Ganz sicher.«

»Vielleicht ein anonymer Hinweis? Eine Nachricht von irgendjemandem –«

»Es gibt nichts, Bruce. Ehrlich. Ich hab mir schon stundenlang darüber den Kopf zerbrochen, was denken Sie denn?« Ein jungenhafter Seufzer. Sie hatten den Gehweg erreicht, wo sie eisige Spritzer abbekamen, wenn die Autos durch Schneematschpfützen an ihnen vorbeifuhren. Art Lewin wurde wieder munter. »Eine Idee hatte ich allerdings.«

»Schießen Sie los.«

»Also, wie gesagt, Kellen hatte immer wieder Affären. Deswegen dachte ich ja, er wäre an dem Abend mit einer Frau verabredet. Vielleicht mit einer Jamaikanerin. In einem Motel oder so, um das Wochenende mit ihr dort zu verbringen.«

»Warum hätte er in ein Motel gehen sollen? Er hat doch allein gelebt, oder?«

»Stimmt.« Art Lewin war ärgerlich, weil ihm das nicht aufgefallen war. Dann leuchteten seine Augen wieder. »Vielleicht hat er sich dann bei sich zu Hause mit einer Jamaikanerin getroffen.«

Bruce sah ihn von der Seite an, während in seinem Kopf eine Idee Gestalt annahm. Der Professor, dem der forschende Blick offenbar unangenehm war, rückte ein Stückchen von ihm ab. Sie gingen durch ein schmiedeeisernes Tor und näherten sich wieder dem Gebäude, aus dem sie gekommen waren.

»Haben Sie und Professor Zant je über Lemaster Carlyle gesprochen?«

Der Adamsapfel des Volkswirtschaftlers hüpfte an seinem dünnen Hals auf und ab. »Also, jeder hier hat, nun, eine *Meinung* über Lemaster. Aber wir haben nur so zum Spaß ein bisschen gelästert.«

»Könnte es sein, dass Zant aus irgendeinem Grund sauer auf Carlyle war?«

»Tja, Kellen war so ein Typ, der auf alle möglichen Leute sauer war. Aber das waren meistens welche, denen er nie persönlich begegnet ist. Na ja, Sie wissen schon. Politiker, Aktivisten, Feuilletonisten, Leute, die seiner Meinung nach ihren Einfluss vergeudeten.« Zurück auf sicherem intellektuellen Terrain, trug Art den Kopf wieder ein wenig höher. »Wissen Sie, Bruce, es gibt doch einen Haufen Fachliteratur darüber, was Politiker motiviert, nicht wahr? Bücher, die sich mit der Frage beschäftigen, warum Politiker welche Entscheidungen treffen. Antwort: der Wunsch, wiedergewählt zu werden. Dass Politiker sich für ein unpopuläres Prinzip einsetzen, kommt so selten vor, dass es in den meisten Studien nicht einmal erwähnt wird. Kellen hatte etwas gegen Menschen, die alles tun, nur um auf der Karriereleiter eine Stufe höher zu kommen. Und solche, die vor nichts zurückschrecken, um oben zu bleiben.«

Wie Lemaster Carlyle, dachte Bruce, fragte sich jedoch, ob seine eigenen Vorurteile sein Urteilsvermögen trübten.

»Und Mrs Carlyle, was ist mit –«

Art Lewin reagierte so schnell, als wolle er den kaum geäußerten Gedanken sofort im Keim ersticken. »Nein, Bruce. Schlagen Sie sich das aus dem Kopf, okay? Die Sache war längst vorbei. Kellen stand auf verheiratete Frauen, aber er war nicht verrückt.«

»Verrückt?«

»Niemand vergreift sich an der Frau eines Mannes wie Lemaster Carlyle. Das würde keiner wagen. Vergessen Sie einfach die Gerüchte, die Ihnen über die beiden zu Ohren gekommen sind. Außerdem ist Julia natürlich eine schöne Frau, aber ist sie nicht schon über vierzig? Das wäre ein bisschen alt für Kellen. Er hat jüngere Frauen bevorzugt.«

»Warum nicht?«

»Warum nicht was?«

»Warum vergreift sich niemand an der Frau eines Lemaster Carlyle? Warum muss jemand, der es doch tut, verrückt sein?«

Art Lewin machte ein Gesicht, als wäre Bruce der eigentlich Verrückte. »Ich bitte Sie«, sagte er und rang sich ein Lachen ab. »Carlyle würde das überhaupt nicht lustig finden, oder was erwarten Sie?«

»Wahrscheinlich nicht«, erwiderte Bruce, überzeugt, dass er hier irgendetwas nicht mitbekam. Sie standen vor der schweren, hölzernen Eingangstür. Das alte, eiserne Schloss funktionierte längst nicht mehr. Art betätigte seinen elektronischen Schlüssel. Bruce besaß einen Generalschlüssel, mit dem er jede Tür auf dem Campus öffnen konnte.

Der Volkswirtschaftler betrachtete den Himmel, und Bruce machte sich schon auf eine Abhandlung über die Ursachen des Wetters gefasst. Stattdessen wurde Lewin wehmütig. »Wissen Sie was? Kellen konnte Lemaster Carlyle wirklich nicht leiden. Aber ich glaube, Lemaster hat Kellen genauso wenig gemocht.«

»Wie kommen Sie darauf?«

»Na ja, wissen Sie, sie hatten diesen Streit, über den die Zeitungen berichtet haben. Aber davor hatten sie sich auch schon in der Wolle. Ich habe sie einmal zusammen bei einer Fakultätsversammlung erlebt, als Lemaster noch Juraprofessor war, noch bevor er nach Washington gegangen ist. Ich hatte damals gerade promoviert. Jedenfalls wurde im Fakultätsrat gerade ein Antrag zur Änderung des Verhaltenskodex der Universität diskutiert, es ging um einen Zusatz, der sexuelle Beziehungen zwischen Angehörigen des Lehrkörpers und Studierenden unter allen Umständen verbieten sollte. Lemaster hat den Antrag voll unterstützt, während Kellen ein Wortführer der Gegner war. Er meinte, Erwachsene könnten für sich selbst entscheiden, wobei ich mal annehme, dass da bei ihm auch ein Funken Eigeninteresse im Spiel war. Jedenfalls sind sie sich in der Pause auf dem Korridor über den Weg gelaufen, und Kellen fragt Lemaster, warum er sich so ins Zeug legt, wo doch allen klar ist, dass der Antrag gar nicht erst zur Abstimmung kommen wird. Lemaster hat ihn mit seinem stählernen Blick regelrecht durchbohrt, Sie wissen schon, dieser verächtliche Blick des großen Patriarchen. Und dann sagt er zu ihm: ›Allein, dass Sie dagegen sind, ist für mich schon Grund genug, dafür zu stimmen.‹ Kellen hat so was wie ›Machen Sie keine persönliche Sache draus‹ geantwortet, und Lemaster starrt ihn immer noch eiskalt an, als wäre er ein interessantes Insekt. Er sagt: ›Das ist nicht persönlich, das ist offiziell. Ich halte Sie für einen gefährlichen Menschen.‹ Sinngemäß.«

»Hat noch jemand das gehört?«

»Also, das weiß ich nicht. Könnte sein. Es sind ja genug Leute auf dem Korridor herumgelaufen. Ich meine, die beiden haben sich nicht angeschrien, sie waren bemüht, die Form zu wahren, aber groß Gedanken haben sich die beiden bestimmt nicht gemacht, ob sie jemand hört oder nicht.«

Bruce überlegte. Er kam zu dem Schluss, dass die Geschichte zu dünn war. Selbst wenn er alles andere berücksichtigte, was Art ihm über den Abend vor dem Mord erzählt hatte, war es einfach zu wenig. »Verstehe«, sagte er nur.

Ein kurzes Schweigen wie unter Pokerspielern.

»Wenn Sie mich nicht mehr brauchen, würde ich jetzt gern meine Tasche holen und mich auf den Heimweg machen …«, sagte Art.

»Warten Sie.«

»Ich bin müde, Bruce.« Der missmutige kleine Junge war wieder da.

»Nur noch eine Sache.«

Art Lewin sah sich seufzend um, als könne ihm jemand zu Hilfe eilen. Im Laufe ihres Spaziergangs hatte sich ein graues Zwielicht über den Campus gelegt. Der kalte Wind verhieß schlechtes Wetter. Der Professor schob seine weichen Hände in die Hosentaschen und schaute den Leiter der Campuspolizei finster an. Mit einem Mal wurde Bruce bewusst, dass Art Lewin ein schrecklich unglücklicher Mann war.

»Sicher, Bruce, sicher. Eine Sache noch.«

»Oben in Ihrem Büro haben Sie vorhin gesagt, man könnte auch auf den Gedanken kommen, dass Sie Kellen umbringen wollten.«

Die jugendlichen Augen weiteten sich. »Aber das hab ich doch nicht ernst gemeint. Es war nur … Ich wollte nur etwas klarstellen.«

»Können Sie das näher ausführen?«

»Das ist kein Geheimnis, Bruce. Ich habe mit den Detectives schon ausführlich darüber gesprochen. Wenn Sie ein Motiv für den Mord suchen, dann finden Sie einfach die Ehemänner all der Frauen, die Kellen verführt hat. Einer davon ist bestimmt so wütend, dass er Kellen am liebsten umgebracht hätte.« Eine Pause. »Oder so verletzt.«

Bruce begriff sofort. Er erinnerte sich an die Fotos auf Art Lewins Schreibtisch: zwei Kinder, keine Mutter. Er warf einen Blick auf Arts linke Hand. Kein Ehering, aber eine Vertiefung, wo er einen getragen hatte.

»Sie sind geschieden.«

»Stimmt.«

»Hatte Kellen Zant etwas damit zu tun?«

Art Lewin wandte sich ab, sein Adamsapfel bewegte sich, während er mit etwas kämpfte, was ihm keine Ruhe ließ. Sein jungenhaftes Gesicht war gerötet, er wirkte verletzt. »So könnte man es sagen.«

»Kellen ... hat mit Ihrer Frau geschlafen?«

»Er hat mir meine Frau gestohlen.«

»Wie bitte?«

»Eine kleine Fehlkalkulation seinerseits.« Ein schrilles Lachen, das ein wenig irr klang. »Carol hat mich mit den Kindern sitzen lassen und ist ihm nachgelaufen. Das hat er nicht einkalkuliert.«

»Ihre Frau hat Sie wegen Kellen verlassen? Wann war das?«

»Ach, vor neun, zehn Monaten. Nein, es ist länger her. Fast ein Jahr, wenn ich's mir recht überlege.«

Bruce runzelte die Stirn. Davon hatte er noch nichts gehört, keine seiner Quellen hatte etwas in dieser Richtung auch nur angedeutet. Er sagte: »Okay, Art, ich möchte mich vergewissern, dass ich das richtig verstanden habe. Ihre Frau hat Sie wegen Kellen verlassen, und trotzdem haben Sie mit dem Mann weiterhin Schach gespielt? Jeden Freitagnachmittag?«

»Ich habe nur den Mann gehasst. Seinen Verstand habe ich nach wie vor sehr geschätzt.«

Das war Bruce zu hoch, und er schob es beiseite, um später darüber nachzudenken. »Also ... Ihre Frau, ... Carol ... Wie hat Kellen reagiert, als sie ihm gesagt hat, sie würde Sie seinetwegen verlassen?«

»Kellen? Na, was glauben Sie wohl? Ich habe Ihnen doch gesagt, er war bindungsscheu. Er hat sie zurückgeschickt. Er hat gesagt, so hätten sie nicht gewettet.«

»Er hat sie ... zu Ihnen zurückgeschickt?«

Art nickte. »Sie ist fort, und gleich in der nächsten Nacht ist sie wieder vor der Tür gestanden. Sie hat geweint und war völlig verzweifelt, meinte, sie hätte einen großen Fehler gemacht. Ich fand das total lustig. Ich hab mich kaputtgelacht. Ich hab sie reingelassen, aber am nächsten Tag hab ich ihr erklärt, ich würde ausziehen.«

Bruce schwirrte der Kopf. Irgendwie konnte er sich das mit dem Lachen nicht vorstellen. Aber dann, als er den traurigen, machthungrigen Ausdruck im Gesicht des jungen Mannes sah, konnte er es doch.

»Sie haben sie also reingelassen und sind dann ausgezogen?«

»Nein. Ich habe ihr nur gesagt, ich würde ausziehen. In Wirklichkeit hatte ich es gar nicht vor.«

»Verstehe«, sagte Bruce, doch in Wirklichkeit verstand er es nicht. »Vielleicht sollte ich mich mal mit Carol unterhalten. Wo ist sie jetzt?«

»Zu Hause.«

»Zu Hause? Bei ihren Eltern?«

»Nein, Bruce, nicht bei ihren Eltern. Zu Hause bei uns. Deswegen muss ich jetzt auch gehen. Carol wartet bestimmt schon mit dem Essen.«

»Aber ich dachte, Sie wären … äh …«

»Geschieden. Richtig.«

»Warum zum Teufel wohnt –«

»Wir sind nur geschieden, Bruce. Das heißt ja noch lange nicht, dass wir nicht zusammen leben können. Das ist eine ganz vernünftige Vorgehensweise, um das Risiko rational handhaben zu können. Es gibt keine gesetzlichen Hindernisse, falls einer von uns an dem Arrangement etwas ändern will, und gleichzeitig genießen wir alle Vorteile des Ehelebens. Manchmal bleibt sie die ganze Nacht mit einem anderen weg. Oder ich. Oder wir beide.« Seine winterliche Blässe wich einer leichten Schamröte. »Dann kümmert meine Schwiegermutter sich um die Kinder. Na ja, eigentlich ist sie ja gar nicht mehr meine Schwiegermutter. Ich glaube, dafür gibt es kein Wort. Meine von mir getrennte Schwiegermutter? Ich weiß nicht. Jedenfalls haben Carol und ich beide die Freiheit, uns mit anderen zu treffen. Wenn wir Lust dazu haben, dann tun wir es. In gewisser Weise hat Carols Affäre mit Kellen uns gutgetan. Ich würde sagen, sie hatte eine befreiende Wirkung auf unser Vermögen, rational zu handeln. Wir fühlen uns nicht länger durch künstliche Grenzen eingeschränkt. Wir haben ganz andere Entscheidungsgrundlagen. Wir sind zielgerichteter in unserem Streben nach Glück.« Art Lewins Kopf bewegte sich auf und ab, sein jugendliches Gesicht strahlte, seine

Stimme war immer lauter geworden, und er schien kaum zu bemerken, dass Bruce neben ihm vor unterdrückter, sprachloser Wut zitterte. »Wissen Sie, es gibt eine Menge unverheirateter Paare, die zusammenleben. Das ist der Trend. Ich kann nicht mal mehr sagen, ob es noch einen rationalen Grund gibt, der für die traditionelle Ehe spricht. Ohne Druck von außen, seitens der Kirche oder der Gesellschaft, würde kein vernünftiger Mensch, der sein Wohlbefinden maximieren will, eine Ehe eingehen. Ich würde sogar sagen, angesichts der steil ansteigenden Zahlen können wir damit rechnen –«

Art Lewin war so sehr in Fahrt geraten, dass er gar nicht merkte, wie Bruce, der nicht noch mehr ertragen konnte, sich in die Dunkelheit zurückzog. Er war zu dem Schluss gekommen, dass das Unileben nichts für ihn war.

Der junge Volkswirtschaftler hatte gesagt, für die traditionelle Ehe könne man nicht mehr rational argumentieren, und das machte Bruce Vallely wütend. Bruce hätte Art Lewin ein absolut rationales Argument nennen können, auch wenn er vermutete, dass ein im zeitgenössischen Denken geschulter Gelehrter dieses Argument nie würde verstehen können. Das Argument, das Bruce für die traditionelle Ehe vorbrachte, bestand aus einem einzigen lieblichen Wort.

Grace.

Kapitel 19

Eine beunruhigende Beschwerde

· 1 ·

Bevor er loseilte, um vor dem Unwetter zu Hause zu sein, rief Bruce noch kurz vom Büro aus bei Rick Chrebet an. Er hatte nicht mehr allzu viel gut bei seinem ehemaligen Kollegen, aber diesmal war es wichtig. Ausnahmsweise erreichte er Rick sofort an seinem Schreibtisch. Ja, sie hatten Art Lewin ausgiebig vernommen, bevor alles abgeblasen worden war, und ja, sie waren auch der Bemerkung über Jamaika nachgegangen. Natürlich hatten sie das überprüft, schließlich, so Rick, seien sie nicht völlig unfähig geworden, seit Bruce den Dienst quittiert habe. Und, nein, sie hätten auf keinem Computer etwas im Zusammenhang mit Zants Namen gefunden: kein Jamaika, keine Karibik, kein Flugticket, keine Hotelbuchung, kein Mietwagen, keine Kreuzfahrt, nichts. Zant sei gerade erst von einer Reise aus Dallas und Atlanta zurückgekommen, wo er seine Geschäftskunden beraten habe. Auf dem Rückweg habe er einen Zwischenstopp in Arkadelphia eingelegt, um seinen Onkel zu besuchen. Für die Woche nach dem Mord war eine Reise nach Los Angeles geplant gewesen, wo der Volkswirtschaftler sich mit einem weiteren Kunden treffen wollte, der Flug war jedoch noch nicht gebucht worden: Die Reiseabteilung des Klienten habe darauf gewartet, von Zant zu hören. »Erster Klasse«, sagte Rick ehrfürchtig. Außerdem hatte Zant bereits für April einen Flug nach Chicago gebucht – den er frühzeitig bezahlt hatte, um seinen Gastgebern Kosten zu ersparen –, wo er an der Universität einen Vortrag über den optimalen Ehebruch zu halten hatte.

»Kein Scheiß«, sagte Rick.

Und noch etwas, fügte er leise hinzu. Zant hatte in letzter Zeit auf Autobahnen in Massachusetts seine digitale Mautkarte benutzt. Aber er war in keinem Hotel oder Motel abgestiegen, und keiner seiner Freunde im Norden Neuenglands hatte ihn zu Gesicht bekommen.

Ein Rätsel, meinte Rick.

Bruce stimmte ihm zu. »Aber Kellen Zant war viel als Unternehmensberater unterwegs.«

»Richtig«, sagte Rick.

»Weißt du, woran er gearbeitet hat, bevor er ermordet wurde?« Stille in der Leitung. Zwei ehemalige Schnüffler, die herauskriegen wollten, was der andere schon wusste. »Ist das ein Staatsgeheimnis oder was?«

Zu Bruce' Überraschung erntete er für seinen Witz keinen Lacher, nicht einmal ein verächtliches Zischen, woraus er hätte schließen können, dass seine Bemerkung nicht lustig gewesen war. Stattdessen dauerte das Schweigen an, so als hätte Rick Chrebet die Wahl zwischen mehreren Alternativen, jede davon trauriger, als es sich sein ehemaliger Kollege vorstellen konnte. Als Rick, der normalerweise einen forschen Tonfall anschlug, endlich seine Sprache wiederfand, klang er äußerst zögerlich: »Es war Raubmord, Bruce. Das ist dir doch klar, oder?«

»Das habe ich in der Zeitung gelesen. Aber –«

»Wir überprüfen weder seine Beratertätigkeit noch sein Privatleben noch sonst irgendwas.« Klare, extrem langsam ausgesprochene Worte. »Wir suchen nach einem bewaffneten Räuber, der seine Opfer mit einem Kopfschuss tötet. Punkt, aus. In Kürze wird es eine offizielle Erklärung dazu geben.«

»Aber nehmen wir mal an, es war kein Raubmord. Angenommen –«

»Andere Möglichkeiten wurden in Betracht gezogen. Die Ermittlungen in diese Richtungen wurden inzwischen eingestellt.«

»Soll das heißen, dass – ?«

Rick war unerbittlich, auch wenn seine Stimme immer noch freundschaftlich klang. »Wir kennen uns schon sehr lange, Bruce. Ich weiß, wie dein misstrauischer Verstand arbeitet. Ich weiß, dass du denkst, zwei Schüsse in den Hinterkopf, das riecht nach einem Profikiller. Und du denkst, mit dem, woran Zant in letzter Zeit gearbeitet hat, muss er irgendeinem hohen Tier einen gehörigen Schrecken eingejagt haben. Aber da liegst du falsch, Bruce. Alle diese Möglichkeiten wurden verworfen.«

Bruce überlegte. Sie waren jahrelang Partner gewesen, fast genauso lange befreundet, und sie wussten, wie sie einander etwas mitteilen konnten, ohne dass andere es mitbekamen. Rick hatte nicht gesagt, er oder seine Leute hätten andere Möglichkeiten verworfen. Stattdessen hatte er gesagt, die Ermittlungen wurden eingestellt – was bedeutete, dass nicht die Detectives diese Entscheidung getroffen hatten. Also antwortete Bruce ebenso vorsichtig: »Hab Geduld mit mir, okay? Es war also Raubmord. Akzeptiert. Ich versuche nur, ein paar offene Fragen zu klären.«

Rick lachte freudlos, und Bruce spürte, dass sein ehemaliger Partner, normalerweise die Heiterkeit in Person, wirklich ratlos und zutiefst frustriert war. »Du bist kein Cop mehr, Bruce. Offene Fragen sind nicht mehr deine Sache.«

»Diese schon. Es handelt sich um eine Universitätsangelegenheit. Ich arbeite an ... nun, nicht an diesem Fall.«

Erneut ließ die Antwort lange auf sich warten, und Bruce fragte sich, welche unsichtbare Grenze er jetzt überschritten hatte. *Er muss irgendeinem hohen Tier einen gehörigen Schrecken eingejagt haben.* Im Hintergrund ertönten laute Rufe wegen eines Basketballspiels, ein richtiger Tumult brach los. Rick sagte: »Tut mir leid, Bruce. Zants Arbeit ist eine Sackgasse. Das ist der Schluss, zu dem wir gekommen sind.«

»Wer ist zu dem Schluss gekommen?«

Die Worte kamen immer noch so langsam wie schwere Schatzkisten, die aus einem Erdloch gehievt wurden. »Darüber kann ich wirklich nicht mit dir sprechen, Bruce.«

Wieder herrschte Stille in der Leitung. Der angekündigte Schnee pladderte in Form von Schneeregen gegen die Fensterscheibe. Die Flöckchen schmolzen, noch ehe sie haften bleiben konnten: so ähnlich wie die polizeilichen Ermittlungen. Bruce fragte sich, warum sein alter Partner zunächst so mitteilsam gewesen war und dann, als Kellen Zants Arbeit zur Sprache gekommen war, dichtgemacht hatte.

»Tut mir leid«, sagte Rick schließlich, und Bruce hütete sich, ihn weiter zu bedrängen. Er hatte bereits vergeblich darum gebeten, einen Blick auf den Audi und in Zants Haus werfen zu dürfen. Wenn er es übertrieb, würde Rick zu allem nur noch Nein sagen.

»Okay. Nur noch eine Frage.«

»Sicher, Bruce«, erwiderte sein ehemaliger Partner. In seinem nüchternen Ton schwang eine Warnung mit.

»Kellen Zant soll ein ziemlicher Schürzenjäger gewesen sein. Es heißt, er hätte verheiratete Frauen bevorzugt.«

»Das ist keine Frage«, entgegnete Rick ungehalten. Offenbar war seine Geduld fast am Ende.

»Ihr müsst doch mit einigen der, nun, der betroffenen Ehemänner gesprochen haben.«

»Und mit den Ehefrauen. Worauf willst du hinaus?«

»War einer davon ... Kam einer davon als Verdächtiger infrage?«

Stille am anderen Ende der Leitung. Rascheln von Papier. Stimmen im Hintergrund. Hatte Rick den Hörer abgelegt? Nein. Er hatte sein Headset ausgestöpselt und flüsterte direkt in die Sprechmuschel. »Du gehst entschieden zu weit, Bruce. Darüber kann ich nicht reden.«

»Komm schon, Rick, stell dich nicht so an. Du kennst mich doch.«

»Ja, Bruce, ich kenne dich. Willst du mir etwa die Fresse polieren, wenn ich nicht rede?«

»So was hab ich noch nie getan, das weißt du.«

»Ein paar von den Typen, die du früher hier angeschleppt hast, waren da aber durchaus anderer Meinung.« Ein tiefer Seufzer. »Wenn ich mich recht erinnere, haben ein paar davon sogar Zivilklagen eingereicht.«

»Wie bitte? Das ist kein einziges Mal vorgekommen!«

»Ich glaube doch.«

»Was soll das, Rick? Willst du mich verarschen oder was?«

Obwohl Rick nicht mehr über das Headset sprach, war sein Ton so distanziert und trocken wie zuvor. »Einige dieser Zivilklagen werden zurzeit bearbeitet. Vielleicht wurden sie erst eingereicht, nachdem du den Dienst quittiert hast.«

»Für so was gibt es immer noch Vorschriften. Man hätte mich informieren müssen.«

»Typischer Fall von Schlamperei.«

Bruce fuhr sich durch die kurzen, dichten Haare, während er versuchte, sich einen Reim auf das zu machen, was eindeutig wie eine Drohung klang. »Was willst du mir sagen, Rick? Wird gegen mich ermittelt?«

Ein kurzes Zögern. Dann antwortete Rick etwas weniger schroff: »Ich sage nur, an deiner Stelle würde ich mich in acht nehmen.«

· II ·

Bruce verabschiedete sich von den Kollegen der Spätschicht, die nach und nach eingetroffen waren, ein Funker und ein Sergeant im Gebäude, zwei in den beiden Streifenwagen – drei Wachmänner und ein Angestellter für einen Campus, der sich über hundert Hektar erstreckte: das traurige Ergebnis eines ausgeglichenen Haushalts. Sechs weitere Streifenwagen und drei Vans standen hinter einem Maschendrahtzaun und warteten auf die Tagesschicht und auf mehr Geld. Bruce drückte die doppelflügelige Glastür auf und ging zum Parkplatz. Er stellte den Mustang nie auf dem für ihn reservierten Platz ab, weil das Zurücksetzen und Wenden zu kompliziert war und er nicht riskieren wollte, dass der schöne rote Lack Kratzer abbekam. Seit dem Tod seiner Frau und seit die Kinder aus dem Haus waren, lebte er seine fürsorgliche Ader an dem Wagen aus. Er öffnete die Fahrertür und erinnerte sich mit einem grimmigen Lächeln an all die Jahre, in denen er zuerst die Beifahrertür aufgehalten hatte, damit Grace einsteigen konnte. Sie hatte sich als vollkommen emanzipierte Frau betrachtet, bis auf die Frage … tja, wer als Erster einsteigt und wer als Erster geht.

Der Gedanke an Grace weckte eine vage Erinnerung in ihm, etwas, das mit Kellen Zant und dessen Wagen zu tun hatte –

Er hielt inne. Irgendjemand beobachtete ihn.

Flinke, in der Dunkelheit des Dschungels und der grellen Wüstensonne geschulte Augen suchten die Schatten am Rand des

Parkplatzes ab, wo das Universitätsgelände endete. Die Grenze des Campus verlief entlang einiger kleiner Häuser und mehrerer stillgelegter Fabriken, dahinter erhob sich sanft ein Hügel, an dessen Hang eine Luxus-Siedlung geplant war. Selbst in einer stockdunklen Nacht nimmt das Auge Bewegung wahr, doch Bruce, dessen Sicht durch die Lampen, die den Parkplatz beleuchteten und – theoretisch – schützten, behindert war, sah überhaupt nichts.

Dennoch, da war etwas.

Es bewegte sich zwischen den Bäumen in der Nähe der Häuser, eine dunklere Stelle in der Dunkelheit, als hätte sich dort die Luft verdickt.

Dann war es weg.

Ein Tier. Ein Windstoß. Einbildung, hervorgerufen durch den Stress: Es wäre nicht das erste Mal, dass er vor Übermüdung Gespenster sah.

Aber Bruce Vallely war ein Mann, der lieber seinem Instinkt vertraute, als ihn zu analysieren. Wenn er sich beobachtet fühlte, dann wurde er beobachtet. Aber kein noch so geduldiges Abwarten konnte das seltsame, sich bewegende Bild unter den Bäumen noch einmal heraufbeschwören.

Bruce schüttelte den Kopf, verharrte noch einen Moment und betrachtete seine Hand. Er hielt immer noch die weit offene Tür. Die vage Erinnerung war wieder da. Er dachte daran, wie er Grace ins Auto komplimentiert, die Tür hinter ihr geschlossen hatte und erst dann selbst eingestiegen war.

Natürlich.

Jetzt fiel ihm ein, was ihn während des Gesprächs mit Nathaniel Knowland irritiert hatte. Was hatte der Theologiestudent ihm über den Abend erzählt, als er Kellen Zant gesehen hatte?

Zant war in Begleitung einer Frau gewesen, eines mageren Phantoms, einer Schwarzen mit britischem Akzent, die, wenn man der Aussage Knowlands traute, einen weißen Regenmantel getragen hatte. Die beiden waren in der Town Street gegenüber dem Stadion in Zants goldenen Audi TT gestiegen.

Die Frau hatte sich ans Steuer gesetzt, erinnerte sich Bruce. Und Kellen Zant war als Erster auf der Beifahrerseite eingestiegen.

Selbst als Bruce mehrmals nachgebohrt hatte, war der junge Mann bei dieser Version geblieben.

Kellen Zant, der große Kavalier, hatte der Frau nicht nur gestattet, sein Auto zu fahren, er hatte ihr nicht einmal die Tür aufgehalten, bevor er selbst eingestiegen war.

Als Bruce sich ans Steuer seines Mustangs setzte und den Motor anließ, nahmen in seinem Kopf zwei Theorien Gestalt an. Vielleicht war Kellen so in Gedanken oder so wütend gewesen, dass er darüber alle Höflichkeit vergessen hatte. Das erschien Bruce jedoch unwahrscheinlich. Höflichkeit war keine Frage der Entscheidung, sondern der Erziehung. Entweder war einem die Angewohnheit, einer Frau die Tür aufzuhalten, so selbstverständlich, dass man sie unabhängig von der Stimmungslage automatisch ausführte, oder eben nicht. Gut, der Generation, die einen Nathaniel Knowland hervorgebracht hatte, und auch der, die in ein paar Jahren erwachsen wurde, mochten solche Umgangsformen nichts bedeuten, sie fassten sie vielleicht sogar als Beleidigung auf. Aber Professor Kellen Zant stammte aus einer anderen Zeit.

All das führte Bruce, während er am Friedhof vorbei durch die Royal Road und die North Elm Street nach Hause fuhr, zur zweiten Möglichkeit – nämlich die, dass Kellen Zant als Erster eingestiegen war, weil seine Begleiterin ihn dazu aufgefordert hatte.

Doch warum war er der Aufforderung gefolgt?

Nun, darauf konnte es eine ganze Reihe von Antworten geben. Aber jedem Polizisten und jedem Geheimdienstler ist nur zu gut bekannt, dass sich im Gegensatz zu einem Mantel oder einem Jackett ein weiter Regenmantel hervorragend dazu eignet, eine Hand zu verbergen, die eine Waffe hält.

Kapitel 20

Ein Besuch am Abend

· I ·

Sonntagabend.

Kellen Zants kastenförmiges, modernes Haus war umgeben von Bäumen und stand, von der Straße zurückgesetzt, auf einem ausgedehnten Grundstück in Hobby Hill, einem der teuersten und ältesten Viertel von Elm Harbor. Das Haus war »clean«, was im Polizeijargon bedeutete, dass es von der Spurensicherung mehrfach bis auf den letzten Winkel durchsucht worden war. Aber Bruce Vallely saß nicht an der Straßenecke in seinem Mustang, weil er hoffte, den einen Hinweis zu finden, der zur Lösung des Falls führen würde. Er war hier, weil er ein besseres Gefühl dafür bekommen wollte, was für ein Mensch Kellen Zant gewesen war. Wenn er eine oder zwei Stunden in einem Haus verbrachte und die Einrichtung auf sich wirken ließ, wenn er sich ansah, wie die Vorräte in der Küche gelagert waren und was für Kunstdrucke und Fotos an den Wänden hingen, gelang es Bruce am besten, sich in den Kopf eines Menschen hineinzuversetzen, der ihm keine Fragen mehr beantworten konnte. Das Problem war, dass er keine offizielle Befugnis hatte und seine Bitte, sich das Haus ansehen zu dürfen, von der städtischen Polizei glatt abgeschmettert worden war. Es gab keinen Eigentümer, an den er sich hätte wenden können, denn Kellen Zant hatte kein Testament hinterlassen, und es würde noch Monate, wenn nicht Jahre dauern, bis sein Nachlass geregelt war. Also verlegte Bruce sich auf eine altmodische Methode.

Er würde einbrechen.

Da niemand mehr die Rechnung bezahlte oder den Sicherheits-Code eingeben konnte, ging Bruce davon aus, dass die Alarmanlage abgeschaltet war. Die Nachbarn würden sich nichts dabei denken, wenn sie zufällig beobachteten, wie sich ein Fremder an der Haustür – na gut, an der Hintertür – zu schaffen machte, selbst wenn der Fremde schwarz war. So viele Ermittler und Leute von der Spurensicherung waren in dem Haus ein und aus gegangen, dass die Nachbarn mittlerweile mit Sicherheit die Vorhänge zuzogen und den Lärm ignorierten.

Und da war noch etwas.

Bruce hatte mit einem Mann gesprochen, dessen Grundstück an das von Kellen Zant grenzte, einem emeritierten Professor für Altphilologie namens Bischoff. Er behauptete, er habe an dem Abend, als Zant ermordet worden war, zwei Leute durch die Hintertür ins Haus gehen sehen. Interessanterweise schwor der Nachbar, die beiden Unbekannten hätten das Haus um Punkt Viertel nach acht betreten, also exakt zur selben Zeit, als Nathaniel Knowland den Volkswirtschaftler auf der Town Street vor dem Stadion gesehen haben wollte. Bischoff war sich in Bezug auf die Uhrzeit so sicher, weil er gerade im Bad gewesen war, um seine Medikamente zu holen, die er nach einem strengen Zeitplan einnahm. Er hatte Bruce den Zeitplan sogar gezeigt und dann eine Analogie zu etwas bei Ovid gezogen, von dem Bruce noch nie gehört und erst recht nichts gelesen hatte. Bruce hielt es durchaus für möglich, dass Nate Knowland sich, was den Zeitpunkt anging, um ein paar Minuten vertan hatte. Wahrscheinlich hatte Zant mit seiner Begleiterin den Campus früher verlassen, und sie waren schnell nach Hobby Hill gefahren, das von der Town Street nur fünf bis sechs Minuten entfernt lag. Aber warum hätten die beiden sich dem Haus nicht von der Einfahrt her, sondern im Schutz der Bäume nähern und durch die Hintertür schleichen sollen, was sie nach Bischoffs Aussage eindeutig getan hatten? Auf Bruce' Frage, ob er das alles auch der Polizei erzählt habe, hatte der Altphilologe das bestätigt und ihm die Visitenkarte einer Polizistin gezeigt – Janey Wei, eine vielversprechende Ermittlerin, soweit Bruce wusste –, die ihm versprochen habe, sich wieder bei ihm zu melden, was sie jedoch nie getan hatte.

Bruce parkte also unter den Bäumen, von wo die Eindringlinge laut Bischoffs Aussage gekommen waren. Die Unbekannten waren ins Haus eingedrungen, als Kellen Zant es schon verlassen hatte, aber bevor er gestorben war – denn dann war damit zu rechnen, dass die Polizei auftauchte. Nur jemand, der wusste, dass Kellen Zant sie nicht stören würde, konnte genau diesen Zeitpunkt wählen. Wenn sie von den Bäumen aus, an der Stelle, die der Professor ihm gezeigt hatte, auf das Haus zugegangen waren, mussten sie vorher den Rasen eines Nachbarn überquert haben. Da gab es mehrere Möglichkeiten, doch Bruce bezweifelte, dass jemand etwas gesehen hatte. Dennoch barg die Entscheidung, auf diesem Weg in das Haus einzudringen, ein gewisses Risiko, und Bruce fragte sich, was die beiden so dringend gesucht hatten, dass sie die Gefahr, erwischt zu werden, in Kauf genommen hatten.

Er stieg aus dem Mustang, seine Dietriche in der Hosentasche, und ging die Hobby Road hinunter, wo finstere viktorianische Villen mit finsteren Villen im Kolonialstil um das Prädikat des teuersten Wohnsitzes der Stadt wetteiferten. Hier wohnten nicht viele Schwarze. Wenn Bruce sich richtig erinnerte, gab es außer Zant nur eine schwarze Anwohnerin – eine alleinstehende Anwältin, die Partnerin in einer örtlichen Kanzlei war. Wie hielten diese einsamen Pioniere es unter den Weißen hier draußen aus? Bruce konnte es sich nicht vorstellen und beschloss, nicht weiter darüber nachzudenken. Er musste sich auf seine Aufgabe konzentrieren. Es war kurz nach zwanzig Uhr, denn er wollte die Straße genauso wahrnehmen wie die beiden Eindringlinge, als sie bei Zant eingestiegen waren. In fast allen Häusern brannte Licht, das aus großen Wohn- und Esszimmerfenstern auf ausgedehnte Rasenflächen schien. Wie in aller Welt hatten die Unbekannten unbemerkt zum Haus gelangen können, noch dazu an einem verschneiten Abend, wenn vor dem hellen weißen Hintergrund jede Bewegung deutlich sichtbar war?

So früh am Abend über einen fremden Rasen zu schleichen, barg ein enormes Risiko. Jemand, der etwas später als gewohnt nach Hause kam, ein Jugendlicher, der den Müll vor die Tür brachte, ein Hund, der plötzlich anschlug, alles konnte die Katastrophe auslösen.

Dann entdeckte Bruce eine Möglichkeit.

Die Villa an der Ecke, eine der größten in der Gegend, war wegen Renovierungsarbeiten eingerüstet und offenbar schon seit einer ganzen Weile unbewohnt. Zwar grenzte das Grundstück nicht direkt an das von Zant, aber als Bruce die Rückseite erreichte, stellte er fest, dass die Bäume hinter den Gärten einigermaßen dicht standen und man mit etwas Vorsicht in ihrem Schutz von einem Grundstück zum nächsten zu einem Pfad gelangte, der zum Haus des Volkswirtschaftlers führte. Obwohl er sich, um unnötige Geräusche zu vermeiden, sehr langsam bewegte, brauchte Bruce nur zwei oder drei Minuten bis zu Zants Grundstück. Seine erfahrenen Augen entdeckten die Spuren, die ihm den Weg wiesen: Verbogene Äste und abgebrochene Zweige verrieten, dass sich Menschen durchs Gestrüpp gekämpft hatten, einmal zum Haus hin, und später, auf dem Rückweg, hatten sie eine etwas andere Route eingeschlagen und einen neuen Pfad niedergetrampelt.

Bischoff, der Altphilologe, hatte richtig beobachtet.

Bruce überprüfte seine Ausrüstung. Trevor Land wäre gelinde gesagt erstaunt über sein Vorhaben, aber Bruce sah keine andere Möglichkeit, um in dem Fall weiterzukommen. Er erwartete nicht, irgendwelche Hinweise auf den oder die Täter zu finden. Er wollte sich nur ein besseres Bild von Kellen Zant machen können. Er würde das Haus kurz durchsuchen, unbemerkt wieder verschwinden, und Trevor Land würde nie davon erfahren.

· II ·

Im Mondlicht überquerte Bruce den Rasen hinter dem Haus. Er wusste schon seit Langem, dass die Natur meist genug Licht spendete, wenn die Augen sich erst einmal an die Dunkelheit gewöhnt hatten. Die Vertiefung in der Schneedecke war ein für den Winter abgedeckter Swimmingpool. Die Außenwände des Hauses waren mit senkrechten, hellgrau gestrichenen Holzpaneelen verkleidet, unterbrochen von den Fenstern. Vor dreißig oder vierzig Jahren war dieser Baustil sicherlich der letzte Schrei gewesen. Bruce brauchte nicht mehr als neunzig Sekunden, um das

Schloss aufzubrechen, und wie erwartet war die Alarmanlage ausgeschaltet, nicht einmal eine Überwachungsfunktion war in Betrieb, die in einem Computer irgendwo in Kansas oder Karachi durch einen Piepton angezeigt hätte, dass die Tür geöffnet wurde. Er schaltete kein Licht ein. In der Küche wartete er einen Moment lang ab, bis er in der noch tieferen Dunkelheit im Innern etwas erkennen konnte. Schwach leuchtende Flecken verrieten, wo mit dem heutzutage bei der Spurensicherung so beliebten fluoreszierenden Fingerabdruckpulver hantiert worden war. Bruce zog immer noch das traditionelle schwarze Pulver vor, vielleicht, weil ihm das Schwarz der Ernsthaftigkeit eines Tatorts angemessener erschien.

Die Küche war in rostfreiem Stahl gehalten und kaum benutzt. Die glänzenden Töpfe und Pfannen waren vom Allerfeinsten. Kochbücher mit jungfräulichen Rücken. Zant war ein Angeber, aber kein leidenschaftlicher Koch gewesen, und offenbar hatte hier auch selten jemand für ihn gekocht. Unter jedem blitzsauberen Gasbrenner lag ein rundes Stück zerknitterter Alufolie, wahrscheinlich eine Angewohnheit, die der Volkswirtschaftler aus dem Süden mitgebracht hatte. Im fast leeren Kühlschrank entdeckte Bruce ein weiteres Anzeichen für Zants Herkunft: eine offene Schachtel Natron zum Neutralisieren von Gerüchen. Etwas verschüttetes Natron verriet, dass die Polizei die Schachtel überprüft und womöglich etwas von dem weißen Pulver als Probe entnommen hatte. Entweder die Polizei oder die beiden Eindringlinge, die vor der Polizei hier gewesen waren. Wieso das Natron? Wonach hatten sie gesucht?

Darüber würde er sich später den Kopf zerbrechen.

Er ging in die Diele. Wohn- und Esszimmer waren mit einer seltsamen Mischung aus einigen neuen, massiven Einzelstücken und schlichten skandinavischen Möbeln ausgestattet, die vor zwanzig Jahren in Mode gewesen waren. Zant hätte es sich leisten können, seine Einrichtung dem Geschmack der Zeit anzupassen, hatte sich jedoch offenbar dagegen entschieden. Aber nach allem, was Bruce gehört hatte, war der Volkswirtschaftler niemand gewesen, der der alten Zeit nachhing. Vielleicht hatte er sich keine neuen Tische und Stühle gekauft, weil er einfach nicht dazu gekommen war; oder aber, und das war naheliegender, er hatte die alten Möbel behalten, weil er durch sie etwas anderes in seinem Leben halten wollte.

Die Frage war, was.

Bruce ging weiter durch das Erdgeschoss. Überall befanden sich Bücher. Sie waren aus den Regalen genommen und wieder zurückgestellt worden, von jemandem, der nachlässiger war als Zant, denn der Professor war sehr ordentlich gewesen. Zweifellos hatte die Polizei das Haus gründlich durchsucht. Aber noch mehr beeindruckte Bruce, dass wer auch immer sich an dem Abend, als Zant ermordet worden war, Zugang zum Haus verschafft hatte, mit äußerster Sorgfalt vorgegangen war, um zu verhindern, dass die offizielle Spurensicherung Hinweise auf einen Einbruch fand, was womöglich zu intensiveren Ermittlungen geführt hätte.

Erste, vorsichtige Schlussfolgerung: Die beiden ersten, inoffiziellen Eindringlinge waren Profis gewesen.

Zweite Schlussfolgerung: Sie hatten gewusst oder vermutet, dass die Suche nach dem Mörder eingestellt werden würde, wenn die Polizei in Zants Haus keine Spuren eines Einbruchs vorfand.

Bruce betrat das Arbeitszimmer des Professors, an dessen Wänden erwartungsgemäß Urkunden, Auszeichnungen und zahllose Fotos des Volkswirtschaftlers hingen – Zant war offenbar ein sehr narzisstischer Typ gewesen. Die Aktenschränke waren gründlich durchsucht worden, und Bruce würde jede Wette eingehen, dass alles, was auch nur im Entferntesten mit Zants Finanzen zu tun hatte, beschlagnahmt worden war. Er fand weder ein Scheckbuch noch ein Rolodex oder Adressbuch, Dinge, mit denen er normalerweise das Leben eines Menschen ziemlich gut rekonstruieren konnte. Sie lagen wahrscheinlich säuberlich verpackt und gekennzeichnet in der Asservatenkammer der Polizei. Früher hätte Bruce Bankunterlagen und Telefonrechnungen zur Verfügung gehabt, aber nicht jetzt als inoffizieller Ermittler und offizieller Lakai von Trevor Land.

Egal. Er würde auch so zurechtkommen.

Auf dem Schreibtisch war Platz für einen Computer, aber es war keiner vorhanden: Die Detectives hatten ihn vermutlich mitgenommen, um die Festplatte überprüfen zu lassen. Allerdings konnte Bruce sich nicht vorstellen, dass dies der einzige Computer im Haus gewesen war. Ein Mann wie Kellen Zant hatte garantiert einen schicken Laptop besessen. Art Lewin hatte sogar zwei oder drei. Bruce machte sich in seinem altmodischen Notizbuch einen Vermerk, zur Erinnerung, dass er nachfragte, ob ein Laptop gefunden worden war. Als er das Arbeitszimmer gerade verlassen wollte, fiel ihm ein dicker Papierstapel auf dem Drucker auf, vielleicht die Rohfassung eines Buchs, an dem der Professor zuletzt gearbeitet hatte. Ein gelbes Lämpchen blinkte, wahrscheinlich, weil das Gerät nicht mehr an den Computer angeschlossen war. Wenn weder die Eindringlinge noch die Polizei sich für die ausgedruckten Seiten interessiert hatten, war anzunehmen, dass es sich nicht um verwertbares Beweismaterial handelte. Aber da Bruce gern methodisch vorging, nahm er den Stapel, blätterte darin herum, überflog hier und da einen Absatz. Es schien sich um drei Entwürfe für verschiedene Aufsätze zu handeln, alle ziemlich umfangreich. Bruce nahm sich den ersten vor, an dem Art Lewin als Co-Autor beteiligt war.

> … aber da die Ehe aufgrund der relativ erfolgreichen weiblichen Emanzipation für Frauen kaum mehr eine wirtschaftliche Notwendigkeit darstellt und daher für sie weniger attraktiv ist, sollte man annehmen, dass weniger Frauen heiraten und dass von denen, die es doch tun, weniger verheiratet bleiben. Die Zahlen bestätigen beide Annahmen …

Bruce lief es kalt über den Rücken bei dem Gedanken, dass die Ehe auf die Analyse von Zahlen reduziert wurde. Dann fasste er sich wieder – was sonst sollten die beiden analysieren? – und blätterte weiter.

> … natürlich ergibt die First-price-Auktion auf lange Sicht dieselbe Konvergenz wie die All-pay-Auktion, wenn die Mitspieler Strategien entwickeln, mit deren Hilfe sie aus den Resultaten früherer Spiele dazulernen können. Dies gilt unabhängig davon, ob die Präferenzen der Bieter kongruent sind. Wenn die Bieter jedoch nur an einem einzigen Durchlauf einer Auktion teilnehmen, wird der Gewinn für den Auktionator wahrscheinlich größer sein als …

Diesmal musste Bruce in dem muffigen, dunklen Arbeitszimmer beinahe lächeln. »Bin ich nicht genial?« ließ sich auf so viele verschiedene Arten ausdrücken. Auch diesen Aufsatz legte er beiseite. Beim nächsten blieb er hängen.

> … aber auch Tage später wurde keine Spur von Ginas Leiche gefunden. Obwohl die Beweise bis heute den Schluss nahelegen, dass der junge DeShaun der Täter war, zirkulierten noch jahrelang Gerüchte durch die Stadt wie ein winterlicher Wind. …

Bruce runzelte die Stirn. Seltsam, dass Kellen sich mit diesem alten Fall befasst hatte. Und die Worte klangen ganz anders als Kellen Zants akademische Prosa. Sie klangen … nach einem Jugendlichen. Er blätterte zurück, bis er die Titelseite fand, und da begriff er. Instinkt, Instinkt. Nachdem er sich bereits des Einbruchs schuldig gemacht hatte, stellte der Diebstahl eines zwölfseitigen Aufsatzes wohl ein vergleichsweise geringfügiges Vergehen dar, vor allem, da es sich um einen Aufsatz handelte, den Kellen Zant gar nicht geschrieben hatte. Bruce schob die Seiten in seine Jackentasche.

Er ließ den Blick noch ein letztes Mal durch das Arbeitszimmer schweifen. Warum hatten die Polizisten den Computer mitgenommen? Hatten sie es aus Prinzip getan, oder verfolgten sie eine Spur, über die sie die Universität bisher noch nicht informiert hatten? Oder hatten womöglich die Leute den Rechner mitgehen lassen, die an dem Abend ins Haus eingebrochen waren, kurz bevor Zant ermordet worden war? Bruce schüttelte den Kopf. Dann erregte etwas an der Wand, die Kellen seiner Selbstdarstellung gewidmet hätte, Bruce' Aufmerksamkeit, irgendein flüchtiges Detail, das er nicht definieren konnte –

Er hielt inne und spähte in den Garten hinaus. Er meinte ein Licht gesehen zu haben, ein kurzes Aufflackern, wie ein Signal, aber obwohl er eine ganze Weile am Fenster wartete, wiederholte es sich nicht.

Bruce ging nach oben.

Drei Schlafzimmer, alle eher klein und altmodisch eingerichtet. Eins wirkte gänzlich unbenutzt, ein anderes hatte einen eindeutig femininen Charakter, mit Trockenblumen in einer Vase –

die einzigen Blumen, die Bruce im ganzen Haus entdeckt hatte, offenbar war Kellen kein Blumenfreund – und Schminkutensilien auf einer Kommode. Die Schubladen waren leer. Der Wandschrank war leer. Hatte hier eine Frau gewohnt? Und wenn ja, hatte sie ihre Sachen vor oder nach dem Mord geholt? Und warum hatte sie die Schminkutensilien zurückgelassen? Weil sie lästig sind, wenn man es eilig hat. Also war sie entweder nach dem Mord heimlich im Haus gewesen, oder sie hatte vor dem Mord in großer Hast ihre Sachen gepackt. Die polizeilichen Ermittler hatten sich offenbar dieselben Fragen gestellt: Überall schimmerte fluoreszierendes Pulver in der Dunkelheit. Bruce machte sich eine weitere Notiz in seinem Buch. Dann blätterte er zurück und hakte zwei Zeilen in den Notizen ab, die er sich während seines Gesprächs mit Art Lewin gemacht hatte, Professor Zants Protegé.

Instinkt. Er nahm zwei Tiegel von der Kommode. Der eine enthielt eine exotische und, dem Aussehen nach zu urteilen, sehr teure Feuchtigkeitscreme, im anderen mit einer Silhouette von Afrika auf dem Etikett war Grundierungspuder. Bruce ließ beides in kleine Plastiktüten gleiten, die er zu diesem Zweck mitgebracht hatte. Vielleicht würde sich feststellen lassen, woher die Substanzen stammten. Im unwahrscheinlichen Fall, dass die Detectives noch einmal herkamen, würde das Fehlen zweier Kosmetikdöschen nicht weiter auffallen.

Als Letztes nahm Bruce sich Kellen Zants Schlafzimmer vor.

Auch hier skandinavische Möbel, einschließlich einer Kommode mit nur drei Füßen, die an einer Ecke mit einem angestaubten Ökonomie-Lehrbuch abgestützt wurde. Aber Zant hatte Geld gehabt. Der begehbare Kleiderschrank hing voller edler Klamotten, mit denen man halb Hollywood für eine Oscar-Verleihung hätte ausstaffieren können. Die oberste Kommodenschublade enthielt Fächer für Krawattennadeln und Manschettenknöpfe, die jedoch leer waren. Seltsam. In den nächsten beiden Schubfächern befanden sich Unterhosen, Socken, Schlafanzüge, Pullover und Sportsachen, alles so ordentlich gefaltet und sortiert, dass Bruce es kaum fassen konnte. Die unterste Schublade war vollgestopft mit Familienalben, Schnappschüssen, alten Schulzeugnissen, ein heilloses Durcheinander.

Im Badezimmer hing ein leerer Medikamentenschrank. Den hatte wohl die Spurensicherung leer geräumt. Die Fliesen waren so alt wie das Haus, die Fugen zum Teil aufgerissen, und einige Fliesen waren gesprungen, aber sie waren blitzblank. Darunter war nichts versteckt. Vielleicht hatte Zant keinen großen Wert auf Stil gelegt, dafür umso mehr auf Sauberkeit.

Dennoch war er stets erster Klasse geflogen, nur in Vier-Sterne-Hotels abgestiegen und hatte sich gekleidet wie ein Rothschild. Oder ein Rockstar.

Kopfschüttelnd wollte Bruce das Zimmer schon verlassen, dann überlegte er es sich jedoch anders und ging noch einmal zu der Kommode.

Die unterste Schublade zog ihn an. Fotos. Die beste Möglichkeit, einen Menschen kennenzulernen. Aber er brauchte Licht. Er setzte sich auf den Boden, schob seine Taschenlampe unters Bett, schaltete sie ein und sichtete im Licht des verborgenen Strahl die Fotos. Familie. Zant als Junge mit einem älteren Ehepaar, wahrscheinlich die Tante und der Onkel, die ihn großgezogen hatten. Der Sohn in Kalifornien, zu dem er keinen Kontakt gehabt hatte, Fotos von dem Jungen als Baby, als Kind, als Jugendlicher, als junger Mann. Fotos von Kellen Zant bei der Verleihung von Auszeichnungen, Kellen Zant während Vorträgen am Rednerpult, Kellen Zant bei Abschlussfeiern an verschiedenen Universitäten, Kellen Zant beim Händeschütteln mit diversen Würdenträgern. Etwas war merkwürdig auf all den Fotos.

Dann fiel der Groschen.

Auf keinem einzigen Foto war Kellen Zant mit einer Frau in seinem Alter zu sehen. Nicht mit seine Ex-Frau, nicht mit einer Freundin in einem Vergnügungspark oder bei einem Cotillion, es gab nicht einmal einen von diesen Streifen mit vier albernen Fotos aus einem Automaten, die jeder ab einem bestimmten Alter zu besitzen schien. Porträts von ihm selbst in allen Lebenslagen, aber er war mehr als nur der Star dieser Fotos. Das Ganze war eine Ein-Mann-Show ohne Nebenrollen.

Bruce überlegte. Art Lewin würde ihm wahrscheinlich erklären, keine Fotos von Verflossenen aufzuheben, sei eine rationale Methode zur Maximierung der Chancen, dass die derzeitige Geliebte sich geschmeichelt fühlte. Schließlich wollte keine Frau im Bett eines fremden Mannes aufwachen und beim Durchsehen seiner Sachen mit Erinnerungen an die Vorgängerinnen konfrontiert werden.

Nachvollziehbar.

Womöglich war aber auch das Ego des Volkswirtschaftlers so überdimensional gewesen, dass es keinen Raum ließ für wehmütige Erinnerungen an vergangene Liebesbeziehungen, erst recht nicht an solche, die im Streit geendet hatten. Morris Young, Bruce' Pastor, sagte immer, dass jeder Mensch, dem wir begegneten, unsere Gebete verdiente und brauchte, und dass umgekehrt auch wir die Gebete dieser Menschen verdienten und brauchten.

»Dann analysieren Sie das mal, Professor«, sagte Bruce und sprach dabei zum ersten Mal, seit er das Haus betreten hatte, laut.

Er schaltete die Taschenlampe aus, legte die Alben zurück in die Schublade und trat ans Fenster. Diesmal schaute er auf den Vorgarten und zur Seite hinaus, weil er wieder meinte, dieses Aufflackern gesehen zu haben. Aber seine scharfen Augen sahen nur den verspielten Mond, der ihn mit Lichtreflexen auf der glitzernden Schneedecke zum Narren hielt.

· III ·

Wieder unten in der Küche und schon drauf und dran, das Haus zu verlassen, hielt Bruce erneut inne. Irgendetwas an der Einrichtung ließ ihn nicht los. Ein letztes Mal ließ er den Blick durch den Raum schweifen, auf der Suche nach etwas, das er übersehen hatte. Die polierten Töpfe. Die glänzenden Flächen aus rostfreiem Stahl. Der nahezu leere Kühlschrank. Der kaum benutzte Gourmet-Herd, auf dem Zant fast nie gekocht hatte. Bruce schaute noch einmal hin. Das war's. Die Einsätze aus Aluminiumfolien, die Zant um die Brenner gelegt hatte, um Spritzer aufzufangen. Der altmodische Südstaatenbrauch, der so gar nicht zu dieser hochmodernen Küche passte. Doch auch wenn Zant diese Sitte von zu Hause kannte, warum hatte er an der Tradition festgehalten, obwohl er den Herd so gut wie nie benutzte? Warum hatte er die klaren, modernen Linien mit zerknitterter Alufolie unterbrochen? Bruce trat an den Herd. Einen nach dem anderen hob er die Brenner und die Alufolie ab. Unter dem dritten fand er ein dickes Bündel Papier. Warum hatte Zant es hier versteckt, wo es aus Versehen hätte verbrennen können? Ganz einfach: Weil niemand auf die Idee kam, dort danach zu suchen, und weil man es notfalls selbst in Sekundenschnelle verbrennen konnte.

Bruce ging vor dem Herd in die Hocke und wickelte die zusammengefalteten Papiere im Schein der Taschenlampe vorsichtig auseinander.

Erstes Blatt. Der Durchschlag eines getippten Berichts eines Gutachters von Anfang März 1973, in dem die Kosten für die Reparatur eines stark beschädigten Autos geschätzt wurden. Bruce kannte den Namen der Versicherungsgesellschaft und wusste, dass es sie nicht mehr gab. Von der Autowerkstatt hatte er noch nie gehört, aber die angegebene Adresse war in Scottsville, einer heruntergekommenen ehemaligen Industriestadt einige Kilometer nordwestlich von Elm Harbor, weit weg von Tyler's Landing. Kein Hinweis auf den Halter des Wagens. Nur die Nummer der Versicherungspolice und das Aktenzeichen des gemeldeten Schadens.

Also gut, das Schreiben einer Versicherung, in der diese die Kostenübernahme in einem Schadensfall bestätigte – so ein Beweismittel würde ein Volkswirtschaftler als nützlich einstufen. Aber für *was* diente es als Beweis? Und wie war Zant überhaupt an das Schreiben gekommen? Warum hatte er es so sorgfältig versteckt, als wäre es sein wertvollster Besitz?

Zweites Blatt. Ein vergilbter Polizeibericht aus Tyler's Landing, adressiert an ein Mitglied des Stadtrats, Datum und Unterschrift waren abgerissen. Ein Protokoll polizeilicher Aktivitäten, vermutlich erstellt zur Vorlage bei Haushaltsberatungen. Mehrere Sätze waren unterstrichen:

> Die zahlreichen, in den letzten Wochen eingegangenen Berichte, in denen von Negern die Rede ist, die durch die Stadt fahren, sind wahrscheinlich zutreffend. Im letzten Monat

> wurde ein Neger in der Nähe des Stadtparks von einer Streife angehalten. Der Mann konnte sich als Luftwaffengeneral ausweisen und sagte aus, er sei auf der Durchreise. Ein weiterer, am selben Abend angehaltener Neger gehörte dem Mitarbeiterstab des Kongresses an. Womöglich kamen sie von einer Party im Hause eines »liberalen« Einwohners unserer Stadt.

»Na denn, herzlich willkommen«, brummte Bruce, der einfach nicht begreifen konnte, warum Schwarze in die weißen Vororte zogen.

Drittes Blatt. Ein aus einem kleinen Notizheft oder Tagebuch herausgerissenes Blatt, beschrieben in der riesigen und verschmierten Handschrift eines Mannes. Der Text fing abrupt an und brach am Seitenende mitten im Satz ab:

> … aber laut Bericht von Deputy Nacchio hatte keiner ihrer Freunde sie an dem betreffenden Abend gesehen. Deputy Nacchio sagte ebenfalls aus, sie habe an dem Abend ungefähr um neun Uhr bei einer ihrer Lehrerinnen, einer Mrs Spicer, an die Tür geklopft und gefragt, ob sie mal telefonieren dürfe. Der Bericht wurde später …

Absolut unverständlich. Vielleicht könnte er herauskriegen, wer Deputy Nacchio war, dachte Bruce. Wahrscheinlich aber lebte der eh nicht mehr, denn das Blatt, das Bruce in der Hand hielt, war alt und brüchig.

Nun gut, er musste mehr darüber in Erfahrung bringen, womit Kellen Zant sich kurz vor seinem Tod beschäftigt hatte. Das Gespräch mit Art Lewin war in dieser Hinsicht nicht besonders ergiebig gewesen.

Bruce faltete das polizeiliche Protokoll und das Versicherungsgutachten zusammen und schob sie mit der Tagebuchseite in sein Notizbuch. Die Alufolie legte er wieder um die Brenner, in der Hoffnung, keine Spuren zu hinterlassen. Immer noch zögerte er. Zwar hatte er etwas gefunden, was alle anderen übersehen hatten, aber trotzdem hatte er immer noch das vage Gefühl, dass er irgendetwas Offenkundiges übersah. In Gedanken machte er noch einmal einen Rundgang durch das Haus.

Ein Polizeibericht, ein Tagebucheintrag und das Schreiben einer Versicherung in einem sicheren Versteck, wo es neugierige Blicke nicht entdecken konnten. Eine Schublade voller Fotos, auf denn immer nur Kellen Zant zu sehen war. Ein Gästezimmer, in dem offenbar noch kürzlich eine Frau gewohnt hatte. Ein mit Büchern vollgestopftes Arbeitszimmer, an der Wand die üblichen Urkunden und Fotos, mit denen Akademiker sich gerne selbst feiern. Möbel, die in keiner Weise dem Status und dem Gehalt des Volkswirtschaftlers entsprachen. Ein verwirrendes Durcheinander, obwohl Bruce bereits wusste, dass er den Mann, der dafür verantwortlich war, nicht besonders mochte.

»Ich muss los«, sagte er laut, doch als er seine Hand auf den Türknauf legte, wurde ihm klar, was er übersehen hatte.

Er ging noch einmal zurück ins Arbeitszimmer und betrachtete die Bilder an der Wand. Kellen Zant im Smoking bei irgendeinem Empfang, wie er lächelnd eine Plakette aus der Hand von Bill Clinton entgegennahm. In der ersten Zuschauerreihe standen Lemaster und Julia Carlyle und applaudierten.

Nun, das konnte Zufall sein.

Bruce ging die Fotos nacheinander durch und fand ein weiteres. Ein aus einer Zeitung ausgeschnittener Schnappschuss von Kellen Zant, der an einem Benefizlauf für die AIDS-Hilfe teilnahm. Und nicht weit hinter ihm, nur durch zwei, drei andere Teilnehmer von ihm getrennt, lief Julia Carlyle.

Ein weiteres Foto zeigte Kellen Zant in legerer Kleidung auf einer Cocktailparty, wo er gerade über einen Witz lachte, den Johnnie Cochran erzählte. Um ihn herum weitere lachende Gesichter: Spike Lee, Skip Gates, Charles Ogletree ... und Julia Carlyle.

Und noch eins: Kellen Zant, der in einer Kirche anlässlich irgendeines Jahrestages der Bürgerrechtsbewegung vor lauter erwartungsvoll ihm zugewandten schwarzen Gesichtern eine Rede hielt. Dort, in der ersten Reihe, mit einem strahlenden Lächeln, Julia Carlyle.

Auf den insgesamt siebzehn Fotos an der Wand war Julia achtmal abgebildet. Dies war der geheime Schrein des Volkswirtschaftlers, verborgen vor den Augen flüchtiger Affären und sogar vor den Blicken professioneller Ermittler. Keine andere Frau auf den Bildern war von Bedeutung für Kellen Zant. Er hatte nicht einmal Fotos aufgehängt, auf denen andere Frauen zu erkennen waren, es sei denn, sie dienten als Statisten, um Julia noch deutlicher zur Geltung zu bringen.

Und nicht nur das.

Bruce war bereit, jede Wette einzugehen, dass die skandinavischen Möbel, von denen Zant sich offenbar nicht hatte trennen können, aus ihrer gemeinsamen Zeit stammten. Vielleicht hatte er die Möbel während seines kurzen Aufenthalts in Palo Alto und der noch kürzeren Ehe irgendwo gelagert und nach seiner Rückkehr wieder in sein Haus übernommen. Der Volkswirtschaftler hatte auf eine höchst sentimentale Weise an Julia gehangen, die regelrecht beängstigend war. Bruce hatte keine Ahnung, ob seine Gefühle erwidert worden waren, aber eins stand fest: Art Lewin täuschte sich.

Zwanzig Jahre nach ihrer Trennung war Kellen Zant immer noch vollkommen von seiner Ex-Geliebten Julia Carlyle besessen gewesen.

Kapitel 21

Die Antwort

· 1 ·

»Hallo, Julia. Wie geht es Ihnen?«

»Gut, gut. Hallo.«

Bruce Vallely nickte ernst, als er sich in der verrauchten Kneipe an der Route 48 zu ihr an den Tisch setzte. Graues Winterlicht, so typisch für Neuengland, fiel durch die kitschigen, getönten Fensterscheiben. Es war halb drei, und der Laden war fast leer. Julia hatte Bruce gesagt, sie hätte nur wenige Minuten Zeit: Sie wollte zu Hause sein, ehe der erste Schulbus um drei Uhr vor ihrer Auffahrt hielt. Sie war entschlossen, Bruce so wenig Zeit wie möglich einzuräumen, und wäre er nicht Grace' verwitweter Mann und wäre Grace keine Sisterlady gewesen, hätte sie sich wahrscheinlich überhaupt nicht mit ihm getroffen. Ein paar Dinge konnte sie sich doch herausnehmen als First Lady der Universität.

»Wie geht es Vanessa? Ich habe gehört, was passiert ist. Es tut mir sehr leid.«

»Es geht ihr besser, danke.«

»Und der Rest der Familie?«

»Alle sind wohlauf«, antwortete Julia etwas verwirrt. Das »sehr wichtige« Gespräch an diesem seltsamen Ort bestand bisher nur aus belanglosem Small Talk. Sie konnte nicht einschätzen, ob Bruce um den heißen Brei herumredete, oder ob sie bereits beim Thema waren. Aber anscheinend konnten sie beide nicht aufhören, Banalitäten von sich zu geben. Sie schaute sich um, hoffte inständig, dass sie niemanden sah, der sie kannte. Auf merkwürdige Weise fühlte sich dieses Treffen wie ein geheimes Stelldichein an. Wie Bruce wahrscheinlich auch, erinnerte sich Julia noch gut an den Abend, an dem sie sich zum ersten Mal begegnet waren, bevor sie mit Lemaster zusammengezogen war. Der junge Bruce Vallely mit damals noch etwas raueren Umgangsformen war auf ihren Anruf hin zusammen mit einem Kollegen wegen eines Einbruchs in ihre kleine Studentenbude in Elm Harbor gekommen. Sie hatte heftig mit ihm geflirtet, ohne den Ehering an seinem Finger zu bemerken, den er heute, ein Jahr nach Grace' Tod, immer noch trug. Bruce war nicht gerade angetan gewesen und hatte auch kein Hehl daraus gemacht, er war kühl und geschäftsmäßig geworden und hatte es plötzlich ziemlich eilig gehabt, wieder zu gehen. Jahre später hatte Julia diese Reaktion zu schätzen gelernt, aber in der damaligen Situation war es ihr nur peinlich gewesen, und seine Reaktion hatte sie verletzt.

»Und Ihr Mann? Hat er sich schon eingelebt?«

Julia wusste selbst nicht, warum sie nervös kicherte, ein Überbleibsel aus ihrer Jugendzeit im gemischtrassigen Hanover, wo sie dieses Kichern als Selbstschutz bei Schwarzen wie Weißen gleichermaßen eingesetzt hatte.

»Lemaster? Der fühlt sich pudelwohl, wie immer.« Ihr fiel ein, dass Lemaster eigentlich Bruce' Vorgesetzter war, und sie beschloss, sie beide daran zu erinnern. »Er ist völlig begeistert von seinem neuen Job. Wirklich begeistert. Auf so eine Chance hat er nur gewartet, und jetzt ist er überhaupt nicht mehr zu bremsen.«

Bruce lächelte. »Er hat schon einige Kontroversen mit Bravour überstanden. Also, ich würd sagen, er hat sich wirklich gut eingelebt.«

»Ja, da haben Sie recht«, antwortete sie irritiert.

»Er ist ein außergewöhnlicher Mann«, sagte Bruce so feierlich, als wolle er ihr nahelegen, sich seine Worte zu notieren für den Fall, dass es in einer Examensfrage vorkam. »Sie beide können sich glücklich schätzen.«

»Nun, ja, danke. Und Grace, ... sie war auch wunderbar.«

Ein schmallippiges Lächeln. Julia hatte das Gefühl, das Falsche gesagt zu haben, doch sie verstand nicht, warum. Wie man über eine verstorbene Freundin sprach, erst recht mit dem Witwer der Verstorbenen, das hatten Mona und Granny Vee ihr nicht beibringen können.

»Ja, das war sie«, sagte Bruce tonlos.

»Sie konnte sich glücklich schätzen, mit Ihnen als Ehemann«, hörte sie sich sagen und errötete.

»Dass ich sie zur Frau hatte, war das größte Geschenk in meinem Leben.«

Dazu gab es nichts zu sagen, und so schwieg Julia. Am Nachbartisch gab jemand lauthals eine derbe Geschichte zum Besten, aber Julia schnappte nur Wortfetzen auf. Ihr Unbehagen wuchs. Sie und Bruce fielen in dem Laden regelrecht auf, so vertraulich, wie sie da an dem Ecktisch saßen, die einzigen Schwarzen im Raum. Mona hatte sie in dem Bewusstsein erzogen, dass kaum etwas wichtiger war als der gute Ruf. Sie wünschte, Bruce würde endlich zum Thema kommen und sie gehen lassen.

Bruce, der nicht wahrnahm, dass die Situation Julia unangenehm war oder es vielleicht auch nicht wahrnehmen wollte, hatte dennoch seine Antwort parat, als hätte er seit zehn Minuten auf diese Gelegenheit gewartet. »Grace war eine sehr kluge Frau, Julia. Aber das wissen Sie ja. Sie war ziemlich nervös, als ich diesen Job angenommen habe. Natürlich hat sie sich über das höhere Gehalt gefreut, aber eigentlich wäre sie am liebsten nach South Carolina gezogen. Vielleicht hätte ich ihr den Wunsch erfüllen sollen.« Bruce sagte das ohne Bitternis und ohne Selbstvorwurf. Er war es gewohnt, geradeheraus auszusprechen, was er dachte, und einfach die Fakten zu konstatieren – an der Uni war so jemand eine Seltenheit.

»Sie hat Sie immer unterstützt, Bruce. Egal, wofür Sie sich entschieden haben.«

»Das weiß ich. Trotzdem danke, dass Sie das sagen. Und sie hat mir immer gesagt, egal, was du machst, mach es richtig. Ich gebe mir redlich Mühe, ihren Rat zu befolgen.« Er nickte, verschränkte seine riesigen Hände und beugte sich vor, um ihr zu verstehen zu geben, dass sie jetzt zum eigentlichen Thema kamen. »Julia, ich möchte Ihnen meine Position hier erklären. Ich bin Leiter des Campus-Sicherheitsdienstes. Ich habe, ebenso wie meine Leute, gewisse polizeiliche Befugnisse, zum Beispiel darf ich Verhaftungen vornehmen. Aber außerhalb bestimmter, sehr enger Grenzen ist es mir nicht gestattet, Ermittlungen durchzuführen. Der Campus-Sicherheitsdienst ist dazu da, Verbrechen zu verhindern, nicht, Verbrechen aufzuklären. Verstehen Sie?«

»Ja«, sagte Julia, die inzwischen gar nichts mehr verstand. Er schien eine Diskussion aufzunehmen, deren Anfang sie verpasst hatte.

»Das steht klipp und klar in unseren Dienstanweisungen. Wenn wir Beweismittel finden, die auf ein ernsthaftes Verbrechen hindeuten, dann übergeben wir diese der Polizei.«

»Klar.«

»Im Rahmen meiner engen Grenzen würde ich Ihnen gern, wenn Sie gestatten, ein paar Fragen über Kellen Zant stellen.«

Wahrscheinlich bildete sie sich bloß ein, dass es im Raum plötzlich dunkler und kälter wurde. Dass die Sonne genau in dem Augenblick hinter einer Wolke verschwand, als der Wind an den Fenstern rüttelte, wäre ein allzu großer Zufall.

»Was für Fragen?«

Bruce schenkte ihr ein beruhigendes Lächeln. »Nichts Kompliziertes. Ich versuche nur, mir über ein paar Unstimmigkeiten klar zu werden. Aber wissen Sie, ich bin dem Mann nie persönlich begegnet. Vielleicht können Sie mir weiterhelfen, wenn Sie mir erzählen, was für ein Mensch Zant gewesen ist.«

»Ich dachte, der Fall wäre abgeschlossen. Es war Raubmord. So stand es in der Zeitung.«

»Wie gesagt, ich versuche nur, mir Klarheit zu verschaffen.«

»Können Sie sich nicht an die Polizei wenden? Die Berichte lesen?«

»Sagen wir einfach, die Berichte sind für mich nicht zugänglich. Nicht die Berichte aus Tyler's Landing, nicht die aus Elm Harbor und auch nicht die Berichte der State Police. Ich habe ihre Abschlussberichte, jeweils drei, vier Seiten lang. Aber mehr rücken sie nicht raus. Keine Vernehmungsprotokolle. Keine Ermittlungsunterlagen. Nur die Abschlussberichte.«

Die Wissenschaftlerin in ihr folgerte, dass das nicht immer so war. »Normalerweise bekommen Sie mehr?«

»Normalerweise.« Ein kurzes Zögern. »Sie geben mir, was sie mir geben müssen, aber normalerweise kann ich mehr bekommen, entweder, weil mir jemand einen Gefallen schuldet, oder über einen informellen Kanal.«

»Und was ist im Fall Kellen Zant anders?«

Er atmete tief aus, rang offenbar mit sich, ob er ihr reinen Wein einschenken sollte. Der Notausgang sprang auf, weil sich jemand gegen den Hebel gelehnt hatte. Zwei Jugendliche, die sich nach der Schule ein Bier genehmigen wollten, streckten die Köpfe herein. Instinktiv hielten sie Bruce sofort für einen Polizisten und Julia, nicht ganz zu Unrecht, für eine Lehrerin – und waren augenblicklich wieder verschwunden. »Ehrlich gesagt, ich weiß nicht, was anders ist. Aber ich möchte es herausfinden.«

»Tut mir leid, ich kann Ihnen wirklich nicht folgen.«

Seufzend streckte Bruce seine langen Beine aus und schaute sich im Raum um. Die stählerne Schwingtür zur Küche öffnete sich, was er einen Sekundenbruchteil vorher geahnt zu haben schien. Eine etwa vierzigjährige Angehörige der hellhäutigeren Nation in pinkfarbener Arbeitskleidung kam mit einem Paket Servietten heraus und begann, die Serviettenhalter auf den Tischen aufzufüllen. Sie betrachtete die beiden ohne Neugier und wandte sich dann wieder ihrer Arbeit zu. Offensichtlich beruhigt wandte Bruce sich wieder Julia zu.

»Aus irgendeinem Grund wurde von ganz oben der Befehl gegeben, mir die Berichte vorzuenthalten.«

»Im Ernst?«

Er nickte, nahm ihre Zweifel gelassen hin. »Ich weiß nicht genau, was da vor sich geht. Vielleicht ist es nichts weiter als ein Kompetenzwirrwarr innerhalb der Bürokratie. Keine Ahnung. Auf jeden Fall habe ich jetzt einen Haufen Arbeit damit, mir die nötigen Informationen zu beschaffen. Und als Erstes möchte ich mehr über Kellen Zant und seine Projekte erfahren.«

»Dann sollten Sie sich mit seinen Freunden unterhalten.« Selbst in Julias eigenen Ohren klangen ihr Tonfall übertrieben gereizt, aber das Katz-und-Maus-Spiel, das er mit ihr veranstaltete, ging ihr auf die Nerven. Worauf wollte er hinaus?

»Er hatte nicht viele Freunde, Julia. Kollegen, sicher, und mit denen habe ich mich bereits unterhalten. Aber keine Freunde. Sie werden das vielleicht nicht glauben, aber mir wurde gesagt, Sie seien seine beste Freundin gewesen.«

Die Welt um sie herum geriet aus den Fugen, als sie an ihre letzte Begegnung mit Kellen im Einkaufszentrum in Norport dachte, an ihren Streit –

»Ich hatte in den letzten Jahren kaum mit ihm zu tun«, sagte sie.

»Das stimmt.« Eine Feststellung.

»Ja, das stimmt.«

»An dem Abend, als er erschossen wurde, hat er einem Freund erzählt, er wolle nach Jamaika. Aber es wurde weder ein Hotelzimmer noch ein Flugticket oder eine Kreuzfahrt unter seinem Namen gebucht.« Sie witterte eine Strategie hinter seiner abrupten Schärfe; er wollte sie überrumpeln, um sie zum Reden zu bringen. »Ich glaube, es war ein Code. Eine Art Botschaft. Jamaika stand für etwas anderes.«

»Ich habe keine Ahnung«, entgegnete Julia eine Spur zu hastig und spürte mit einem Mal diese seltsame Schläfrigkeit, die sich ihrer immer dann bemächtigt hatte, wenn Kellen sie anmachte. Jamaika. Jamaika. Sie biss sich auf die Unterlippe. »Keine Ahnung«, wiederholte sie mit betont unschuldiger Miene.

»Es gibt noch ein paar Fragen zu dem Projekt, an dem Zant zuletzt gearbeitet hat«, sagte Bruce nach einem kurzen Schweigen. »Sie sind offenbar die Einzige, der er seine Geheimnisse anvertraut haben könnte.«

»Ich?«

»Das sagen jedenfalls alle.«

»Na, da irren sich alle gewaltig.« Sie versuchte, vom Thema abzulenken, obwohl ihr klar war, dass wahrscheinlich jede erfolgreiche Befragung größtenteils aus Ablenkungsmanövern seitens des Befragten bestand. »Ein Anwalt hat mich aufgesucht. Tice, Anthony Tice. Er sagte, er hatte geschäftlich mit Kellen zu tun. Vielleicht kann der Ihnen weiterhelfen.«

Bruce sah ihr in die Augen. Julia hielt seinem Blick stand. Jemand ließ einen Teller fallen, und eine Frau lachte, doch Julia zuckte mit keiner Wimper. Durch die zahllosen Blickduelle mit Mona hatte sie über die Jahre gelernt, das Schweigen nicht als Erste zu brechen.

Schließlich schaute Bruce hinunter auf sein Notizbuch, was jedoch kein Einlenken, sondern eher eine Änderung seines Plans bedeutete. Welches Ziel er auch immer bei diesem Gespräch verfolgte, er stellte sich darauf ein, dass er einen Umweg nehmen musste. Doch ehe er dazu kam, den Mund aufzumachen, startete Julia ein weiteres Ablenkungsmanöver. Mit einem Gefühl boshafter Schadenfreude sagte sie: »Ach, da fällt mir ein – es gibt da eine Frau in Washington. Mary Mallard. Sie sagte, sie sei mit Kellen befreundet gewesen. Vielleicht reden Sie mal mit ihr.«

»Die Journalistin?«

»So hat sie sich mir jedenfalls vorgestellt.« Nach kurzem Zögern fuhr Julia fort: »Bruce? Weiß man irgendetwas über den Mord an Boris Gibbs?«

»Fahrerflucht«, antwortete er, während er sich immer noch Notizen machte. »Warum?«

»Ich ... ich hab ihn gekannt. Wir haben am selben Institut unterrichtet.« *Und er wollte mir etwas Wichtiges sagen, genau wie Kellen.*

»Das weiß ich«, sagte Bruce, um gleich darauf, ohne aufzublicken, zurückzuschlagen. »Julia, ich würde mich übrigens gern mit Vanessa unterhalten.«

Wieder geriet die Welt um Julia aus den Fugen. Zuerst Chrebet, und jetzt auch noch sein Ex-Kollege. »Mit Vanessa? Warum? Worüber denn?«

»Über Kellen Zant.«

Julia schüttelte den Kopf. »Also wirklich, Bruce. Vanessa weiß doch überhaupt nichts über Kellen Zant. Warum wollen Sie mit ihr reden?« Ein Schaudern. »Ich lasse nicht zu, dass sie aus dem Gleichgewicht gerät. Weder wegen dieser Sache, und auch nicht sonst wegen irgendetwas. Sie geht zweimal pro Woche in ihre Therapie.«

»Sagten Sie nicht, es geht ihr gut?«, erwiderte Bruce schnell, als führte er ein Kreuzverhör durch.

»Es wird ihr wieder besser gehen, wenn Sie und alle anderen sie endlich in Ruhe lassen.«

Er überlegte. Julia hatte das Gefühl, dass er ehrlich besorgt war, aber vielleicht war das ja auch ihre Projektion. Als er antwortete, wählte er seine Worte mit großer Sorgfalt, wie ein Bergsteiger, der weiß, dass jede falsche Entscheidung einen tiefen Sturz nach sich zieht. »Es ist nicht meine Absicht, Ihre Tochter aus dem Gleichgewicht zu bringen, Julia. Aber es gibt ein paar Details, die ich gern überprüfen würde. Kellen Zant war Mitglied des Lehrkörpers, und das bedeutet, dass die Aufklärung des Mordfalls in meinen Zuständigkeitsbereich fällt.« Sein eindringlicher Ton zerrte an ihren Nerven, doch ihr Gesicht blieb wie versteinert. »Außerdem«, fuhr er fort, »ist es sehr wichtig, dass ich mit Vanessa spreche. Es gibt Fragen, die nur sie mir beantworten kann.«

»Was für Fragen?«

»Zum Beispiel, warum eine Kopie ihrer Abschlussarbeit aus der elften Klasse auf Zants Drucker lag.«

· II ·

Über die Jahre hatte Bruce Vallely zahllose Zeugen erlebt, die mit größter Willenskraft verräterische Gesten oder nervöse Blicke unterdrückten und sich alle Mühe gaben, eine selbstbewusste Ahnungslosigkeit zur Schau zu stellen, auch wenn sich in ihrem Innern das Gegenteil abspielte. Bei Julia Carlyle beobachtete er all die winzigen Nuancen in der Körpersprache, die Nervosität, ja sogar Angst verrieten. Als er Vanessas Namen auf dem Deckblatt der Arbeit entdeckt hatte, ahnte er bereits, dass er auf eine Goldader gestoßen war, die die Spurensicherung übersehen hatte. Jetzt war er sich seiner Sache ganz sicher. Er beobachtete Julia; sie war beunruhigt, fühlte sich in die Enge getrieben. Bruce hatte nicht viel für sie übrig, ebenso wenig wie für die wachsende Zahl der wohlhabenden schwarzen Eltern, die sich bei der ersten Gelegenheit mit ihren Sprösslingen in rein weiße Viertel davonmachten, aber er glaubte Julia zu verstehen: Sie versuchte, ihre Kinder mit den Werten großzuziehen, mit denen sie selbst aufgewachsen war. Sie war eine Mutter, sie wollte ihre Kinder schützen, und ihre Angst, das wusste er, würde sie nur noch erbitterter kämpfen lassen.

Deswegen musste er ihr diese Angst nehmen.

Er sagte: »Niemand verdächtigt Vanessa. Niemand denkt, dass sie in den Mord verwickelt ist. Ich möchte, dass Sie wissen, dass es daran keinen Zweifel gibt.« Aber ihre Augen sagten ihm, dass er sich noch nicht deutlich genug ausgedrückt hatte. »Mein Problem ist folgendes, Julia. Ich kann meine Arbeit nicht tun, wenn ich nicht weiß, woran Kellen Zant zuletzt gearbeitet hat. Sie sagen mir, Sie wissen es nicht. Nehmen wir mal an, das stimmt. Seine Freunde und seine Kollegen wissen es auch nicht. Und doch gibt es Leute, die es unbedingt in Erfahrung bringen wollen. Die Vermutung liegt nahe, dass das, woran er gearbeitet hat, für irgendjemanden von großer Bedeutung war.« Bruce musste sich zusammenreißen, damit er nicht Rick zitierte: *Er muss irgendeinem hohen Tier einen gehörigen Schrecken eingejagt haben.* »Nun stelle ich fest, dass Zant eine Kopie der Abschlussarbeit Ihrer Tochter besaß. Und es handelt sich nicht etwa um eine Fotokopie, die er sich vielleicht in der Bibliothek besorgt hat. Nein, er hat sie auf seinem Computer ausgedruckt, Julia. Ich weiß nicht, wie das möglich sein soll, wenn Vanessa ihm ihre Arbeit nicht selbst zugemailt oder ihm eine CD gegeben hat. Das bedeutet, sie hat ihn gekannt. Und zwar so gut, dass sie in Kontakt mit ihm –«

Julia fiel ihm mit einer Liebenswürdigkeit ins Wort, die nur geheuchelt sein konnte. »Woher wissen Sie, was auf seinem Drucker lag?«

»Ich habe es gesehen.«

»Ach, tatsächlich? Gehört zu Ihrem inoffiziellen Versuch, sich über ein paar Unstimmigkeiten Klarheit zu verschaffen, etwa auch, dass Sie in die Häuser von Fakultätsmitgliedern einbrechen?«

Bruce war ein alter Hase, der ihre Worte gelassen hinnahm. »Vielleicht war es der Drucker in seinem Büro. Ich finde es sehr interessant, dass Sie annehmen, es könnte sich um den in seinem Haus gehandelt haben.«

Sie warf ihm einen unfreundlichen Blick zu.

»Bitte, verstehen Sie, Julia. Ich will Vanessa oder Ihrer Familie keinen Schaden zufügen. Aber ich muss wissen, warum sie ihm ihren Aufsatz gegeben hat.«

Ohne Vorwarnung sprang Julia auf. »Tut mir leid, Bruce. Es ist schon spät. Ich muss gehen. Ich muss zuhause sein, wenn die Kinder aus der Schule kommen.«

Bruce erhob sich ebenfalls, doch sie ließ sich von seiner Größe nicht einschüchtern. »Julia, warten Sie noch einen Augenblick. Bitte. Ich wollte nicht –«

»Bruce, es tut mir leid. Die Antwort lautet nein. Nein, Punkt. Kein Wenn und kein Aber. Nein, Sie werden sich nicht mit Vanessa unterhalten und auch mit keinem anderen Mitglied meiner Familie. Nicht über die Mordnacht. Und auch über kein anderes Thema.«

»Julia –«

Die zornige Mutter, entschlossen, ihr Kind zu beschützen. »Wir kennen uns schon lange, Bruce. Ich habe Grace sehr gemocht, und sie hat Sie geliebt, und deswegen würde ich nie im Leben etwas tun, was Ihnen schadet. Ich werde Lemaster nichts von unserem Gespräch erzählen. Aber sollte mir jemals zu Ohren kommen, dass Sie versuchen, mit meiner Tochter zu sprechen, egal worüber, oder dass Sie das Thema Vanessa und Kellen Zant noch einmal zur Sprache bringen, dann werde ich meinen Mann unverzüglich informieren. Und dann werden Sie nicht nur Ihren Job verlieren, Bruce, sondern wir werden allen unseren Einfluss geltend machen, damit Sie nie mehr Fuß fassen können. Und hier in der Gegend, Bruce, haben wir einen ganz beträchtlichen Einfluss. Merken Sie sich das«, fügte sie mit weniger Nachdruck als beabsichtigt hinzu.

Bruce starrte sie an. Nicht ängstlich, aber zweifellos überrascht. Und, wie schon vorher, schien er seltsam befriedigt. Sie wusste, dass sie zu viel gesagt hatte, dass sie zu weit gegangen war, ein Charakterzug der Veazies. Aber jetzt konnte sie keinen Rückzieher mehr machen.

»Merken Sie sich das«, wiederholte Julia, als Bruce schwieg. Sie zeigte auf die beiden Kaffeetassen. »Ich nehme an, das geht auf Ihre Rechnung«, sagte sie. »Ich finde den Weg selbst hinaus.« Dann stürmte sie zitternd – mehr vor Angst als vor Wut – nach draußen.

Sie hatte überlebt. Das sagte sie sich immer wieder, während sie im Escalade nach Hause fuhr, das Radio auf volle Lautstärke gedreht, um ihre Angst zu übertönen. Sie hatte überlebt, ihre Tochter hatte überlebt, ihre Familie hatte überlebt. Die offiziellen Ermittlungen waren abgeschlossen, Tony Tice und Mary

Mallard hatten nichts in der Hand, und Bruce war lediglich auf der Suche nach Kellens Mörder, nicht nach verborgeneren Tatsachen. Im Gegensatz zu allen anderen schien er sich keine Gedanken darüber zu machen, ob Kellen etwas entdeckt haben könnte, was schließlich zu dem Mord geführt hatte. Bruce interessierte sich nicht für den Schmutz, hinter dem Astrid her gewesen war. Bruce interessierte sich nicht für die Möglichkeit, die Julia, so unwahrscheinlich sie auch sein mochte, in den frühen Morgenstunden quälte, wenn sie schlaflos in ihrem riesigen Haus lag: dass der Mann, der heute der Präsident der Vereinigten Staaten war, vor dreißig Jahren, noch als Student, ein schreckliches Verbrechen verübt hatte, oder dass der Mann, der heute Präsident der Universität war, dem Täter geholfen hatte, seine Tat zu vertuschen.

· III ·

Bruce saß in seinem geliebten Mustang-Oldtimer auf der Fahrt zurück nach Elm Harbor. Er hatte schon ganz vergessen, wie viel befriedigender es war, als Polizist zu ermitteln, anstatt sich mit Verwaltungskram zu beschäftigen. Er hatte genau das erreicht, was er sich vorgenommen hatte. Er war nie davon ausgegangen, dass Julia Carlyle ihm gestatten würde, mit ihrer Tochter zu sprechen. Aber ihre Reaktion hatte ihm bestätigt, dass sie genau wusste, dass zwischen Vanessa und Kellen Zant irgendeine Beziehung bestanden hatte. Bruce hatte keine Ahnung, wie diese Beziehung ausgesehen hatte, und es interessierte ihn auch nicht. Ihm genügte zu wissen, dass es sie gegeben hatte.

In Gedanken ging er noch einmal die Fakten durch, die er bis jetzt gesammelt hatte. Julia Carlyle und Kellen Zant waren vor langer Zeit ein Paar gewesen, und es hieß, die Beziehung habe bei Julia tiefe Narben hinterlassen. Julia war jedoch selbst in den letzten Jahren noch häufig mit ihm zusammen gesehen worden. Überdies war der Volkswirtschaftler von Julia regelrecht besessen gewesen und hatte kein Hehl aus seiner Verachtung für die traditionelle Ehe gemacht. Was Vanessa betraf – Bruce kannte einige Väter, die aus der Karibik stammten, und keiner von ihnen hätte ihre Beziehung zu Zant auch nur eine Sekunde lang toleriert. Hinzu kam, dass zwischen Kellen Zant und Julias Ehemann schon seit Jahren böses Blut geherrscht hatte. Und was die geheimnisvolle Schwarze mit dem britischen Akzent anging – auf diese Frage wusste Bruce ebenfalls eine Antwort, da war er sich ziemlich sicher.

Während er über den Highway raste, grübelte Bruce Vallely über die Möglichkeit, die immer größer werdende Wahrscheinlichkeit nach, dass der Mord an Zant kein Raubmord gewesen war und in keinerlei Zusammenhang mit seiner Arbeit stand. Zweifellos war das Verbrechen mithilfe einer langen Kette von Mittelsleuten verübt worden, so dass der Anstifter niemals zu ermitteln sein würde. Aber sein Instinkt sagte Bruce, dass Lemaster Carlyle den Mord an Kellen Zant in Auftrag gegeben hatte.

Teil II

Befriedigung der Nachfrage

Angebotskurve

In der Volkswirtschaft eine Kurve, die zeigt, wie das Angebot einer Ware oder einer Dienstleistung im Verhältnis zum Preis variiert. Angebotskurven bewegen sich normalerweise aufwärts, was bedeutet, dass eine größere Nachfrage nach einem Produkt wegen der Erhöhung des Preises ein größeres Angebot nach sich ziehen wird. Wenn die Nachfrage nicht durch bereits vorhandene Hersteller gedeckt werden kann, steigen meist neue Firmen in den Markt ein.

Kapitel 22

Katzengold

· I ·

Cameron Knowland traf am Donnerstag ein. Immer darauf bedacht, herunterfallenden Putzbrocken und den sämtliche Durchgänge verstellenden, wankenden Kartontürmen auszuweichen, marschierte er gut gelaunt durch die zugigen Korridore des Kepler, bis er Julias kleines, ordentliches Büro fand. Das Zimmer mit dem etwas heruntergekommenen Mobiliar war erfüllt vom herrlichen Licht der Wintersonne und der chaotischen Geräuschkulisse der Hudson Street, die sich, so kam es Julia wenigstens manchmal vor, nur wenige Zentimeter neben ihrem Schreibtisch zu befinden schien.

Ihre Tür stand wie immer offen, eine Tradition, die auf die Gründung der Theologischen Fakultät zurückging, und damals irgendetwas mit der Vermeidung sündhafter Versuchungen zu tun gehabt hatte. Latisha, die resolute Verwaltungsmitarbeiterin, die Julia, wenn es nach Boris Gibbs gegangen wäre, hätte entlassen müssen, war gerade unterwegs, um etwas zu erledigen, daher kündigte Minnie Foxon, die faule Halbtagskraft, die sie hätte behalten sollen, den Besucher an – mit abgewandtem Blick und in einem lässigen Tonfall, der keinen Zweifel daran ließ, dass sie im Moment alles andere lieber täte als hier zu arbeiten. Aber es war so ein Tag, an dem Julia genau dasselbe empfand und sich fragte, wie sie je hier gelandet war – eine Biologielehrerin, die nur halb an die Wissenschaft glaubte, an einer theologischen Fakultät, wo man nur halb an Gott glaubte.

»Bin zufällig hier in der Gegend«, dröhnte Cameron, ein kleiner, rundlicher Mann, der es gewöhnt war, sich mit einer Aura von purer Macht Raum zu verschaffen. »Besprechung mit Claire Alvarez. Ihrer Dekanin«, fügte er hinzu für den Fall, dass Julia das vergessen haben sollte.

»Es ist mir immer wieder ein Vergnügen«, log Julia, die der unerwartete Besuch völlig überraschte. »Was führt Sie in meine Ecke des Campus?« Sie bemühte sich um einen koketten Tonfall, der aber vermutlich eher verschmitzt klang. »Ich hätte Sie eher bei unseren weltlichen Kollegen auf der anderen Seite vermutet.«

Sie gab sich so liebenswürdig wie möglich, immerhin war der Mann praktisch Lemasters Vorgesetzter und damit natürlich auch ihrer. In Wirklichkeit war ihre Stimmung auf dem Tiefpunkt. Sie kam gerade von einem endlosen Mittagessen mit Suzanne de Broglie und Stanley Penrose, die sie beide gebeten hatten, das Austauschprogramm nicht zu streichen, in dessen Rahmen jeden Sommer zwei Studenten in Lateinamerika die Befreiungstheologie aus erster Hand studierten, Häuser bauten, an Schulen unterrichteten, Arbeiter organisierten und sich am globalen Kampf gegen die Kräfte der Reaktion beteiligten. Julia hatte sich gehütet, durchblicken zu lassen, dass das Programm sowieso dem Untergang geweiht war, wie sie aus den Bemerkungen schloss, mit denen sich Lemaster zu Hause in unbedachten Momenten darüber lustig machte.

»Eigentlich nichts Geschäftliches in Elm Harbor«, sagte Knowland, der Verben offenbar weitgehend aus seinem Vokabular gestrichen hatte, wie jemand, der die Sprache aus E-Mails gelernt hat. In seinen ausdruckslosen blauen Augen lag ein engelhaftes Mitgefühl, als täte es ihm jetzt schon leid, dass er ihr gleich etwas Schmerzhaftes mitteilen musste. »War in New York, um ein paar Geldgeber zu treffen. Mein Junge hat Ärger, muss mich drum kümmern. Problem mit einem Uni-Cop. Kann mich nicht an Einzelheiten erinnern. Wahrscheinlich alles Übertreibung. Typisch Nate.« Er schlug seine dicken Beine übereinander. Sein taubengrauer Anzug war so geschickt geschnitten, dass man seinen Leibesumfang auch für Muskeln halten könnte. »Dachte, ich schau mal am Kepler vorbei. Dauernd dieses Geheule, dass niemand sich mehr für Gott interessiert.« Julia glaubte kaum, dass ihre Dekanin sich jemals so ausdrückte, zog es jedoch vor zu schweigen. Knowland sah sich in ihrem Büro um. »Will mir selbst ein Bild machen«, fügte er zweideutig hinzu. »Bin selbst nicht besonders religiös. Aber ich kann vielleicht Unterstützer auftreiben.«

»Das wäre großartig.«

Julia meinte das ernst, aber Knowland runzelte die Stirn, als witterte er eine Beleidigung. Er war Anfang sechzig, aus kleinen Verhältnissen und hatte sich von der Pike auf hochgearbeitet. Von seinem prächtigen Schloss in San Marino, in der Nähe von Los Angeles aus, managte er eine Gruppe von Investmentfonds, die er vor fast vierzig Jahren gegründet hatte. Trotz seiner rundlichen Statur wirkte er erstaunlich energetisch, und er hatte die Angewohnheit, seine Worte durch eine Vielfalt charmanter Gesten zu unterstreichen, die Potenzial, Energie und sogar so etwas wie Hoffnung vermittelten: Der Mann machte den Eindruck, dass er über unerschöpfliche Mittel verfügte und alle Probleme für einen lösen konnte, wenn man ihn nur ließ.

»Hab einen kurzen Blick in die Kapelle geworfen. Das Gerüst. Was hat das zu bedeuten?«

»Ein Teil des Dachs ist eingestürzt.«

»Mmmm. Deutliches Symbol.« Er drehte sich auf dem hölzernen Stuhl um und betrachtete die biblischen Szenen in den Bleiglasfenstern. »Immer noch Aufruhr in der Fakultät? Gibt's neue Resolutionen? Halten sie Lemaster immer noch für ein Werkzeug der Ehemaligen? Der das Ende des Multikulturalismus einläuten soll oder so was? Was denken die? Dass wir bloß zahlen und den Mund halten sollen!«

Julia war völlig überrumpelt von dem plötzlichen Themenwechsel und hörte sich selbst zu viele Erklärungen anbieten. »Das ist alles längst vorbei. Die Medien haben das total aufgebauscht. Es ging nur um eine Handvoll Professoren. Und außerdem, Sie kennen doch Lemmie. Er wird sich schon mit seinem Charme aus –«

»Gut. Ja, richtig.« Zu spät bemerkte Julia, dass Knowland eigentlich keine wirkliche Frage gestellt hatte. »Lassen Sie mich Ihnen erklären, warum ich hier bin.«

»Selbstverständlich«, sagte Julia lächelnd. Zugleich fragte sie sich, wie viel Zeit der Besuch wohl in Anspruch nehmen würde, denn ihr blieb nur noch eine Stunde für ihre Arbeit, wenn sie vor dem Schulbus zu Hause sein wollte.

Der Vorsitzende des Stiftungsrats las ihre Gedanken. »Will Sie nicht lange aufhalten«, sagte er mit einem Blick auf seine Armbanduhr, der ihr zu verstehen gab, wessen Zeit ihm wertvoller war.

»Es ist nur so, dass ich gerne vor den Kindern zu Hause bin.«

Knowland nickte. »Gehen nicht ein paar schon zur Uni?«

»Einer. Unser Ältester. Preston.«

»Gefällt's ihm?«

»Ich glaube schon. Er schreibt gerade seine Magisterarbeit.« Mit zwanzig. »Er macht gute Fortschritte.«

»Haben Sie nicht auch eine Tochter, die demnächst studieren will?«

Natürlich würde Vanessa bald mit der Uni anfangen, das wusste Knowland genau. Garantiert war er auch über das Theater informiert, das es wegen Vanessas Schwierigkeiten im vergangenen Jahr mit ihren Uni-Bewerbungen gegeben hatte. Es ging also bei diesem Besuch nur wieder darum, wer auf dem Campus wem eine Nasenlänge voraus war.

»Sie hat gerade erst angefangen, sich zu bewerben«, sagte Julia vorsichtig.

Knowland hörte kaum zu. »Sie wissen, womit ich seit einigen Jahren meine Zeit verbringe?«

Mit dem Reicherwerden. Dem Abzocken von Investoren. Damit, deine Kinder vor den Konsequenzen ihrer Handlungen zu schützen. »Ich fürchte, nein«, sagte Julia.

»Ich helfe dem Präsidenten bei der Beschaffung von Spendengeldern, vor allem an der Westküste. Unterstützung der ganzen Partei.« Julia brauchte einen Augenblick, um diese Information zu verdauen, denn kurz hatte sie angenommen, er meinte den Präsidenten der Universität. »Ich will ja nicht angeben. Aber wahrscheinlich haben die keinen besseren Fundraiser als mich.«

»Verstehe«, sagte Julia, obwohl sie nichts verstand. War er im Ernst hergekommen, um sie um Geld zu bitten? In diesem Fall standen seine Chancen, den Termin der Wiederkehr des Messias vorherzusagen, besser.

Auch wenn sie nicht wirklich glaubte, dass der Messias überhaupt irgendwann wiederkehren würde.

»Tja, was ich Ihnen sagen wollte, Julia – ich finde Ihr Mann verhält sich zurzeit nicht sehr klug.«

Sie richtete sich kerzengerade auf. »Nicht klug? Inwiefern?«

»Was die bevorstehenden Wahlen angeht. Die wichtigste seit Jahrzehnten. Zeit, alle Hebel in Bewegung zu setzen, sonst gewinnen am Ende die Liberalen. Lemaster ist ein intelligenter Mann. Das muss er einsehen. Aber er will uns nicht unterstützen.«

»An welche Art Unterstützung hatten Sie denn gedacht?«

»Kein schönes Thema, aber ich nehme nicht gern ein Blatt vor den Mund.« Er stellte seine pummeligen Beine nebeneinander und stützte sich mit den Ellbogen auf die Knie. Julia fühlte sich in dem winzigen Bereich hinter ihrem Schreibtisch regelrecht eingeengt. »Eigentlich ist es ganz einfach. Lemaster kennt Senator Malcolm Whisted seit mehr als dreißig Jahren. Zimmergenossen an der Uni und so. Hab Whisted schon immer für einen aufgeblasenen Wichtigtuer gehalten. Es heißt, er hätte eine Menge Dreck am Stecken. Hat möglicherweise mit seiner Studentenzeit zu tun. Und Lemaster –«

Julia lachte lauf auf, sie konnte nicht anders. Schon wieder ein Déjà-vu, wie Yogi Berra es nannte. Dieselbe Frage. Dieselbe Antwort. »Mein Mann ist ein Mensch mit Prinzipien, Cameron.«

»Zum Teufel mit Prinzipien«, sagte der Finanzmanager vollkommen ernst. Seine Finger ruhten auf dem Rand von Julias Schreibtisch. »Das ist nicht irgendeine Wahl. Diesmal geht es ums Ganze.«

»Ich werde Ihnen sagen, warum ich eben gelacht habe. Würde es Sie wundern, dass jemand von, nun, jemand von der anderen Seite kürzlich Lemaster ein paar schmutzige Geheimnisse über *Ihren* Kandidaten entlocken wollte?«

»Wundert mich kein bisschen. Die Liberalen schrecken vor nichts zurück, die wollen die Macht im Land. Sie werden Amerika unbewohnbar machen, glauben Sie mir. Besonders schlecht ist das fürs Geschäft. Deswegen muss uns Lemaster helfen.« Er hob eine Hand, um ihren Einwand abzuwehren. »Keine Sorge. Wir können das ganz im Stillen regeln. Niemand muss erfahren, dass die Informationen von Lemaster kommen. Ein Mittelsmann zum Beispiel –«

Julia fühlte sich verwegen und angriffslustig. Sie hatte schon immer etwas gegen rhetorische Übertreibungen gehabt und sich standhaft geweigert, dabei mitzumachen. Wenn jemand so redete, selbst jemand, dessen Position sie eigentlich teilte, dann zog es sie instinktiv ins andere Lager. An der Uni hatten ihre Kommilitonen, nachdem sie mitbekommen hatten, dass Mona sie »mein Schatz« nannte, sie mit dem Spitznamen »Katzengold« bedacht, weil es sie ärgerte, dass Julia sich nie für eine Sache einsetzte, die die anderen für wichtig hielten.

»Lemaster hat die andere Seite abgewiesen, Cameron. Er wird auch Sie abweisen.«

»Hat er bereits. Aber Sie sollten ihn dazu bewegen, dass er es sich anders überlegt. Ihm klarmachen, dass es in seinem eigenen Interesse liegt.« Der Vorsitzende des Stiftungsrats war aufgestanden. Seine hellen Augen musterten sie, sein Blick verharrte einen Moment zu lange auf ihrem Dekolleté. »Auch in Ihrem Interesse, Julia. Bringen Sie ihn dazu, dass er es sich anders überlegt.«

»Ich glaube kaum, dass es meine Aufgabe ist, ihn zu –«

»Wir bringen das hier ein bisschen in Schuss.« Er machte eine vage Handbewegung. »Das Geld treiben wir schon irgendwie auf. Keine Sorge.« Ein unerwartetes Lächeln. »Sagen Sie mal, Julia. Sie wissen nicht zufällig, woran Ihr Freund Kellen Zant gearbeitet hat? Kurz vor seinem Tod?«

Überrascht gab sie eine ehrliche Antwort. »Nun, nein. Nein. Das habe ich mich auch schon gefragt.«

»Interessante Sache, Julia. Er hat mich angerufen. Keine zwei Wochen vor seinem Tod. Wollte mit keinem Mitarbeiter sprechen, hat den Chef persönlich verlangt. War schon mal als Berater für unsere Firma tätig. Hat so ein Marktspiel erfunden und unsere Analysten wetten lassen, welche Aktien steigen oder fallen. Wenn sie richtig lagen, gab es Punkte, wenn sie falsch lagen, Punktabzug, und am Ende eine nette Belohnung. Ein richtiger Geschäftsmann, der gute Zant.« Aus seinen Worten sprach Bewunderung. Die Marktspiele von Zant gefielen ihm. »Meinte, er hätte ein paar ganz neue Informationen. Ausschlaggebend für die Wahlen. So hat er sich ausgedrückt. In welche Richtung ausschlaggebend, wollte er nicht sagen. Gerissener Hund. Meinte, die Informationen stünden zum Verkauf. Verkauf, Julia. Stellen Sie sich das mal vor. Er wollte die Zukunft der Nation verschachern!«

»Und Sie haben abgelehnt?« Voller Aufmerksamkeit wartete sie darauf, dass er, ebenso wie Mary Mallard, die Schwarze Dame erwähnen würde.

»Hab ihm gesagt, wir unterhalten uns, wenn ich das nächste Mal in der Gegend bin. Wir waren zum Frühstück verabredet an dem Morgen, nachdem man ihm zwei Kugeln in den Kopf gejagt hat.« Ein Händedruck wie ein kurzer Donnerschlag. »Hören Sie. Die Heimat ist doch das Wichtigste, was, Julia?«

· II ·

Julia war gerade dabei, ein Memo zu verfassen, als der alte Clay Maxwell den Kopf zu ihrer Tür hereinsteckte. Er war vor zwanzig Jahren ihr Lieblingsprofessor gewesen, obwohl sie alles andere als seine Lieblingsstudentin gewesen war. »Sie haben's wahrscheinlich schon gehört?«, sagte er.

»Was denn?«

»Über die Cousine Ihres Mannes. Astrid Venable.«

»Was ist mit ihr?« Panik. »Geht es ihr gut?«

»Whisted hat sie heute Morgen gefeuert. Hatte irgendwas zu tun mit einer nicht autorisierten Recherche über den politischen Gegner.« Clay hob die Schultern, eine vorsichtige, betont unpolitische Geste. »Er hat eine nette kleine Rede gehalten und beteuert, dass er einen sauberen Wahlkampf führen will. Aber ich bin mir sicher, dass es noch einen anderen Grund gibt. Für das, was Astrid angeblich getan hat, wird niemand gefeuert. Ich meine, das ist doch heutzutage gang und gäbe, oder? Was tun Präsidentschaftskandidaten? Die wühlen im Dreck!«

Am Nachmittag konnte Lemaster seiner Frau zehn Minuten einräumen. Er empfing sie in seinem weitläufigen Büro in der Lombard Hall, direkt vor dem Kanzler und dem Vizepräsidenten für Finanzen, die es meistens schafften, selbst ihren unerschütterlichen Präsidenten zu deprimieren, und gleich nach den Sprechern einer studentischen Protestbewegung, die verlangte, die Universität solle nicht länger in Firmen investieren, die Geschäfte mit Ländern machten, in denen amerikanische Truppen stationiert waren. Offenbar war ihnen nicht klar, dass es derzeit nur etwa ein oder zwei Dutzend Länder auf der ganzen Welt gab, in denen keine amerikanischen Truppen stationiert waren, und dass die wenigsten davon eine harte Währung besaßen, in die es sich zu investieren lohnte.

»Damit habe ich nichts zu tun, Jules. Du schreibst mir mehr Einfluss zu, als ich besitze.«

»Du hast gesagt, du hättest mit Mal geredet. Damit er sie zurückpfeift.«

Lemaster nickte mit ernster Miene. »Genau das habe ich getan. Ich habe mich weder beschwert noch Forderungen gestellt. Ich habe ihm lediglich nahegelegt, Astrid bei ihren Nachforschungen in Bezug auf die Gegenseite ein bisschen zu bremsen, sonst würden am Ende nicht die Fakten, die sie ausgräbt, einen Skandal verursachen, sondern vielmehr die Tatsache, dass sie danach sucht.«

»Und das war alles?«

Er schenkte ihr sein charmantes, spitzbübisches Lächeln. »Mehr zu sagen, war nicht nötig und in der Kürze der Zeit auch nicht möglich. Ich habe mein Anliegen vorgebracht, und Mal hat versprochen, sich darum zu kümmern. Dann musste er zu einer Besprechung. Wir haben uns vielleicht fünf Minuten unterhalten. Höchstens sechs oder sieben.«

Julia runzelte die Stirn. Sie hatte das deutliche Gefühl, dass ihr etwas entging – nicht in der Erklärung ihres Mannes, sondern in der von Malcolm Whisted. Aber sosehr sie auch überlegte, sie bekam es nicht zu fassen. Sie sagte: »Hast du schon mit ihr gesprochen?«

»Natürlich.«

»Und? Wie hat sie es aufgenommen?«

Wie üblich beantwortete Lemaster nicht die Frage, die sie ihm gestellt hatte, sondern die, die er lieber von ihr gehört hätte. Er war seinem Gegenüber immer gern eine Nasenlänge voraus, und zwar bei jeder Gelegenheit. Nach seiner Nominierung als Universitätspräsident im vergangenen Frühjahr hatte er der *Times* das obligate Interview gegeben. Der Journalist hatte ihn gefragt, was er gegen die Vorwürfe zu unternehmen gedenke, der Universitätsverwaltung fehle es an kultureller Vielfalt, weil alle Spitzenpositionen ausschließlich von Weißen besetzt waren. Worauf Lemaster sein arrogantestes Lächeln aufgesetzt – Julia war dabei gewesen und zusammengezuckt – und geantwortet hatte, alles, was er gegen solche Vorwürfe zu unternehmen gedenke, sei den Posten anzutreten. Der Journalist war wenig amüsiert und hatte vielleicht sogar das Gefühl, er sei vorgeführt worden. Prompt zitierte er Lemaster auf eine Weise, die den Schluss nahelegte, dass der neue Universitätspräsident dem Problem fehlender kultureller Vielfalt keine Bedeutung beimaß, und noch ehe er sein erstes Gehalt bezogen hatte, war Lemaster gezwungen, einen demütigenden Leserbrief zu schreiben, in dem er erklärte, er habe wohl seine Worte nicht sorgfältig genug gewählt. Nur seine Frau wusste, wie viel Überwindung ihn das gekostet hatte. Aber er hatte nichts aus der Erfahrung gelernt. Er konnte es immer noch nicht ertragen, wenn er nicht der Klügste im Raum war, und war stets darauf aus, seine Überlegenheit unter Beweis zu stellen. Abend für Abend, bei offiziellen Diners und Empfängen ebenso wie zu Hause, zeigte Lemaster seine intellektuelle Meisterschaft, wenn er beiläufig und durch die Blume seine Gesprächspartner bloßstellte.

Vor allem in Gegenwart von Kellen war er immer zu Hochform aufgelaufen, und Kellens Ego war jedes Mal darauf angesprungen. Man hätte meinen können, die blutigen Kämpfe der Steinzeitmänner um eine Frau hätten sich in ihrer Generation zu einem talkshow-artigen Duell entwickelt, bei dem jeder den anderen dadurch auszustechen versuchte, in dem er mit Fachjargon, den Namen von Berühmtheiten, die nur er kannte, und den Glanzstücken der eigenen Gelehrsamkeit um sich warf. Der

Volkswirtschaftler hatte ein Händchen dafür gehabt, Lemaster aus der Reserve zu locken, und Lemaster, so charmant und gelassen-elegant er auch sein konnte, wusste seine scharfe Zunge einzusetzen, um seine Gegner kampfunfähig zu machen.

Jetzt sagte er: »Astrid hat mir versichert, dass sie nicht mir die Schuld gibt. Was wahrscheinlich nicht stimmt. Ich nehme an, sie gibt mir durchaus die Schuld, ob zu Recht oder nicht. Es wäre, nun ja, eher untypisch für sie, jemand anderen dafür verantwortlich zu machen.«

»Sie könnte es sich zum Beispiel selbst zuschreiben«, sagte Julia, die an der Körperhaltung ihres Mannes ablas, dass ihre Zeit abgelaufen war. »Oder dem Senator.« Lemaster hob die Achseln. »Es wäre denkbar, Lemmie. Mehr will ich gar nicht sagen. Was sie getan hat – oder zumindest tun wollte –, kam mir gar nicht so extrem vor. Damals jedenfalls nicht. Da muss doch mehr dahinterstecken.«

»Da gebe ich dir recht«, sagte Lemaster, den Blick bereits auf den Bericht geheftet, den er vor der Haushaltsbesprechung noch lesen musste.

Julia ließ es geschehen, dass er sie wie üblich mit einem zärtlichen, besitzergreifenden Kuss verabschiedete. An der Tür drehte sie sich noch einmal um: »Was ist mit Cameron? Wirst du dafür sorgen, dass er auch gefeuert wird?«

»Ich habe nicht dafür gesorgt, dass Astrid entlassen wird, Jules. Das habe ich dir doch gesagt.« Er blätterte in seinem Bericht. »Außerdem ist Cameron eine Nummer zu groß für mich.« Er lachte. Seine Frau lachte nicht.

»Lemmie?«

»Ja, Jules?«

Sie hatte keine andere Wahl, sie musste ihn fragen. »An dem Abend, als Kellen ermordet wurde, da hat er zu jemandem gesagt, er sei auf dem Weg nach Jamaika.«

»Ist doch möglich, dass er nach Jamaika fliegen wollte.«

»Es gibt aber kein Flugticket und auch keine Hotelbuchung.«

»Na, dann ist das ein Rätsel für die Polizei.«

»Jetzt nicht mehr«, sagte Julia, denn die Ermittlungen waren abgeschlossen, wie Chrebet es angekündigt hatte.

»Dann eben nicht.« Lemaster gab ihr noch einen Kuss, den

Bericht unterm Arm. Ein lauter werdendes Stimmengemurmel vom Korridor her sagte Julia, dass sie ihre Zeit bereits überzogen hatte. Lemasters straff organisierter Zeitplan drängte. »Wieso erwähnst du das mit Jamaika?«

»Ich dachte, du hättest vielleicht eine Ahnung –«

Aber an seinem Gesicht konnte sie ablesen, dass er keine Ahnung hatte, selbst wenn es ihn interessiert hätte.

»Jules?«

Zögernd, eine Hand auf dem Knauf der wuchtigen alten Eichentür. »Ja, Lemmie?«

Er nahm den Blick nicht von dem Bericht. »Was hältst du von Bruce Vallely?«

»Bruce? Warum fragst du mich nach Bruce?«

»Ich habe gehört, dass er sich einen neuen Job suchen will«, sagte Lemaster, ohne aufzublicken. »Ich dachte, wir sollten ihn vielleicht überreden zu bleiben.«

Julia schluckte und trat von einem Fuß auf den anderen. Sie fühlte sich wie damals in der Highschool, als der Vertrauenslehrer ihr vorwarf, sie hätte einer Mitschülerin eins auswischen wollen und sie deshalb fälschlicherweise beschuldigt, ihren Geldbeutel gestohlen zu haben. »Nun ja – ich denke, das ist deine Entscheidung.«

Ein strahlendes Lächeln. »Danke, Liebling.«

· IV ·

Wieder im Kepler, erledigte Julia so schnell es ging die anstehende Arbeit. Sie ermahnte einen Studenten, der zu viele Unterrichtsstunden versäumte, und beriet eine Studentin, deren Freund sie seit einiger Zeit nicht mehr anrief. Sie las neu eingegangene Bewerbungen und bemühte sich herauszufinden, wo ihre Verwaltungskräfte steckten. Mehrmals versuchte sie vergeblich, Astrid zu erreichen, und malte sich aus, wie ihre Schwiegercousine in ihrem Washingtoner Haus in der Nähe des Kapitols auf und ab ging, rauchte wie ein Schlot und das unablässig klingelnde Telefon einfach ignorierte.

Oder vielleicht wollte Astrid auch nur nicht mit Julia sprechen.

Was hältst du von Bruce Vallely?

Sie nahm einen Bleistift und versuchte sich eine Weile an Anagrammen aus »Shari Larid«, der Name, nach dem Tony Tice sie gefragt hatte. Kellen hatte Wortspiele geliebt. Doch ihre Ergebnisse – *Alias Dr Rhi?, Lisa ihr Rad?* – waren wenig überzeugend. Auch im Internet war sie nirgendwo auf den Namen Shari Larid gestoßen, was allerdings auch daran liegen konnte, dass sie ihn falsch geschrieben hatte.

Halb drei: Zeit, ihre Tasche zu packen und heimzufahren, damit sie vor dem Schulbus in Hunter's Height war. Als sie gerade ihr Büro verlassen wollte, fiel ihr etwas ein. Bruce Vallely hatte eine Kopie von Vanessas Aufsatz auf Kellens Drucker gefunden. Es gab zwei Versionen des Aufsatzes: das Original, das Vanessa abgeliefert und für das Miss Klein ihr die schlechte Note gegeben hatte, und eine überarbeitete Version mit den Ergebnissen der zusätzlichen Recherchen, die ihre Tochter später durchgeführt hatte. Wenn Julia wüsste, welche Version in Kellens Besitz gewesen war, erfuhr sie vielleicht mehr über sein Verhältnis zu Vanessa – auch wenn sie entgegen den strengen Anweisungen von Dr. Brady ihre Tochter früher oder später ganz direkt darauf ansprechen musste, genau wie Rick Chrebet es ihr nahegelegt hatte.

In der unteren rechten Schublade ihres Schreibtischs, versteckt zwischen diversen Formularen für ihre Studenten, bewahrte Julia ihre Vanessa-Akte auf – eine Mappe, in der sie alles sammelte, von den Zeitungsausschnitten über den Brand bis hin zu dem unscharfen Foto von Gina, das einmal über Vanessas Kommode gehangen hatte. Die Akte enthielt außerdem beide Versionen von Vanessas Abschlussarbeit.

Allerdings waren die Kopien nicht mehr da.

Als Julia die Mappe öffnete, fand sie nur noch die Zeitungsausschnitte über den Brand vor. Alles andere fehlte.

Sie hätte Tony Tice den Trickser verdächtigt, aber die Spuren deuteten auf einen anderen Dieb: Die olivfarbene Mappe war wie mit Blut nach einem Mord über und über mit schokoladenbraunen Fingerabdrücken beschmiert, hinterlassen von dem kürzlich verstorbenen Boris Gibbs, der offenbar ihren Schreibtisch durchwühlt hatte.

Kapitel 23

Spieglein, Spieglein

· I ·

Es freute Vera Brightwood ungemein, dass der Geländewagen, der den armen Boris Gibbs oben in Norport zu Brei gefahren hatte, ihr Wagen gewesen war, den man ihr vor zwei Tagen direkt vor ihrem Haus in der Pleasant Road gestohlen hatte. Im Cookie's Place erzählte sie ihren Stammkunden und allen, die zufällig hereinkamen, wie viele Stunden sie mit den Detectives verbracht hatte, obwohl sie, als sie den Diebstahl des Wagens gemeldet hatte, noch auf taube Ohren gestoßen war. Allerhöchste Zeit, dass die Polizei endlich mal aktiv wurde, angesichts der Verbrechenswelle in der Stadt, fügte sie hinzu. Die Anzahl der Gewaltverbrechen habe sich seit dem vergangenen Jahr verdoppelt, verkündete sie, und ausnahmsweise lag sie diesmal richtig mit ihrer Statistik. Allerdings ließ sie dabei unter den Tisch fallen, dass die Zahl sich von zwei auf gerade mal vier erhöht hatte. Aber Vera war so ziemlich die einzige Informationsquelle in der Stadt, und als Julia sich über ihre Ausführungen beklagte, bemerkte Lemaster lächelnd, es sei gängige Praxis aller Medien, die Einzelheiten auszusparen, wenn dadurch die Zahlen beeindruckender wirkten.

Julia streifte mehrere Nachmittage lang auf der Main Street durch die Geschäfte, sammelte Geschichten und schnappte auf der Suche nach der Wahrheit Gerüchte auf. Beth Stonington, die erfolgreichste Immobilienmaklerin der Stadt, die den Carlyles das Grundstück verkauft hatte, auf dem sie Hunter's Heights gebaut hatten, behauptete, wenn jemand sich eins der wenigen

Wassergrundstücke in Tyler's Landing ansah, dann würde sie auf jeden Fall davon erfahren. Und als Julia weiter bohrte, weil es ja sein konnte, dass Boris Gibbs etwas falsch verstanden hatte, erklärte die Maklerin: Nein, Kellen Zant habe sich garantiert kein Haus angesehen, das gerade auf dem Immobilienmarkt angeboten wurde. Das hätte sie gehört.

Weil er ein Schwarzer war, dachte Julia, sagte jedoch nichts.

Carrie Bissette, die für die Abendschicht in der Drogerie verantwortlich war, hatte Kellen Zant nicht persönlich gekannt, dafür Boris Gibbs umso besser. Es hieß, sie hätte mit ihm mal ein Verhältnis gehabt. Nein, versicherte sie Julia mit ernsthafter Miene, Boris habe sie nie nach Zant gefragt. Greta Hudak, die Eigentümerin der Kneipe, die ihren Namen trug, erzählte Julia dasselbe, was sie auch der Polizei erzählt hatte, nämlich dass ein großer Schwarzer, der nicht in Tyler's Landing wohnte, ein paar Mal zum Mittagessen bei ihr gewesen war, dass sie ihn aber auf den Fotos nicht wiedererkannte. Julia fragte, woher sie wisse, dass er nicht aus Tyler's Landing war. Also, *das* hätte sie gewusst, erwiderte Greta. Danny Weiss, dessen Buchladen ums Überleben kämpfte, hatte Zant etwa eine Woche vor dessen Tod ein Buch über Antiquitäten verkauft. Lurleen Maddox, Besitzerin von Luma's Gifts, berichtete, Kellen Zant sei an dem Tag, an dem er sich das Buch besorgt habe, auch bei ihr im Geschenkeladen gewesen.

»Hat er etwas gekauft?«

»Nur einen kleinen Spielzeugspiegel«, sagte Lurleen mit einem säuerlichen Lächeln angesichts solcher Knausrigkeit.

· II ·

Es war also offenkundig, dass Kellen ihr etwas mitteilen wollte. Er hatte Spiegel gekauft, ließ Spiegel liefern, hatte versucht, ihr einen Spiegel zu schenken, nur war er ermordet worden, ehe er seinen Plan verwirklichen konnte. Wie ein Nachtlebewesen hatte er eine Fährte für sie gelegt, hatte auf seinem Weg durch Tyler's Landing seine Spur markiert und Julia Hinweise hinterlassen, die für sie eindeutig und gleichzeitig unwiderstehlich waren. Sie konnte es kaum glauben, dass sie nie etwas von seiner Anwesenheit in der Stadt mitbekommen hatte. Es war, als hätten sämtliche Geschäftsleute auf der Main Street ein Komplott geschmiedet, um ihr vorzuenthalten, was Kellen wirklich vorgehabt hatte.

Aber was hatte er vorgehabt?

Bestandsrisiko. Das Dunkle, das sich materialisiert.

Immer noch hatte Julia nicht herausgefunden, was für eine Bombe Kellen im Präsidentschaftswahlkampf hatte hochgehen lassen wollen. Am plausibelsten erschien ihr die Vermutung, dass Kellen Beweise dafür gefunden hatte, dass der Präsident der Vereinigten Staaten als Student vor dreißig Jahren Gina Joule umgebracht und diese Tat die ganze Zeit über verheimlicht hatte. Bei der Auseinandersetzung mit Bruce Vallely hatte sie in ihrer Panik diese Möglichkeit sogar selbst ins Spiel gebracht. Jetzt, wo sie ruhiger war, hatte sie das Gefühl, dass sie sich von der Paranoia anderer Leute anstecken ließ, wenn sie den Präsidenten einer solchen Tat verdächtigte, und sei es nur in Gedanken. Außerdem gab es keinen Grund anzunehmen, warum gerade Scrunchy der Täter gewesen sein sollte. Immerhin hatte Lemaster damals nicht in der Hilliman-Suite gewohnt und deshalb nicht für Ordnung sorgen können: Das Wintersemester 1973 hatte er in Oxford verbracht. Jeder seiner Mitbewohner – Scrunchy, Mal oder Jock Hilliman – hätte alles Mögliche anrichten können, ohne dass Big Brother, wie sie ihn nannten, davon erfahren hätte.

Aber Vanessa beharrte darauf, dass DeShaun Moton der Mörder war. Am Sonntagabend lud Julia ihre Tochter in Greta's Tavern zum Essen ein, um sie noch ein bisschen auszuquetschen.

»Ich hab dir doch gesagt, dass ich nie mit Kellen darüber gesprochen hab.«

»Nie?«

»Na ja, er hat mich gefragt, woran ich arbeite. Ich hab ihm erzählt, dass ich die Sache Gina Joule recherchiere und dass DeShaun eindeutig als Täter feststeht. Da hat er mich dafür gelobt, dass ich den Mut habe, einen so unbequemen Standpunkt zu vertreten.« Ihre Gabel klapperte auf dem Teller, weil ihre Hand zitterte. »Perverses Schwein.«

»Warum hast du mir das bisher nicht gesagt?«

»Was?«

»Dass du mit ihm über Gina gesprochen hast.«

Vanessa schien keine Antwort auf die Frage einzufallen, oder sie wusste nicht, wie sie das in Worte fassen sollte, denn sie ließ den Kopf hängen und verbarg ihr Gesicht hinter den Zöpfen. Ihre Hand zitterte noch stärker, und sie legte die Gabel weg. Die Nacht draußen war kalt und klar. Autos glitten mit majestätischer Gleichgültigkeit durch den Schnee vom Vortag.

»Liebes?«

»Ja, Mom?«

»Hast du Kellen eine Kopie deiner Arbeit gegeben?«

Vanessa lächelte wehmütig, wie eine alte Frau, die sich an ihre Jugend erinnert. »Er wollte mir helfen, sie zu veröffentlichen. Er war unheimlich. Er wollte nur – na ja, du weißt schon, was er wollte.« Sie schnitt ein Stück Lachs ab. »Ich hab sie ihm gemailt.« Ihre Gesichtszüge wirkten mit einem Mal viel älter. »Weißt du, Mom, er konnte ziemlich grausam sein, dein Kellen.«

»Ich weiß, Liebes.« Sie ergriff beide Hände ihrer Tochter. »Ich weiß.«

Auf der Heimfahrt, während Vanessa über ihren Mathehausaufgaben brütete, ging Julia das Gespräch noch einmal in Gedanken durch. Vielleicht war es so gewesen, wie Vanessa es schilderte, vielleicht auch nicht. Angenommen, Kellen drückt sich in der Theologischen Fakultät herum, in der Hoffnung, Julia zu erwischen und ihr das Leben schwer zu machen. Er läuft Vanessa über den Weg, und, angenehm überrascht, macht er sie ein bisschen an, wahrscheinlich, um auf diese Weise quasi per Fernbedienung Julia ein bisschen anzumachen, vielleicht auch, weil Vanessa selbst – Gott, alles war möglich. Einige Zeit später ist er wieder in der Fakultät und trifft Vanessa in der Bibliothek, wo sie für ihre Arbeit recherchiert. Vielleicht flirtet er wirklich mit ihr. Sie unterhalten sich. Er erfährt vom Thema ihrer Arbeit. Gina. Zieht er da schon irgendwelche Schlüsse? Rechnet er die Jahre zurück und kommt darauf, dass das weiße Mädchen zu der Zeit ermordet wurde, als Scrunchy und die anderen in der Hilliman-Suite wohnten? Oder hat er das längst gewusst, und Vanessa ist nur eine Quelle für zusätzliche Informationen? So oder so, Kellen wird neugierig, stellt seine eigenen Nachforschungen an und entdeckt – was? – den Präsidenten? Wurde er ermordet, weil er herausgefunden hatte, wer wirklich der Mörder war? Musste Boris aus demselben Grund sterben?

Julia zitterte, teils aus Sorge, teils aus Erleichterung: Vanessa hatte kürzlich verkündet, dass sie nicht länger an dem Projekt arbeiten wolle.

»Liebes?«

»Ja, Mom?« Beim Licht der Kartenleselampe kritzelte Vanessa schnell und konzentriert Gleichungen in ihr Heft.

»DeShaun war der Täter? Da bist du dir wirklich absolut sicher?«

»Ja.«

»Und es gibt keine Indizien, die auf einen anderen Täter hinweisen?«

»Nein.« Vanessa verglich ihre Ergebnisse mit den Lösungen im Mathebuch und begann, alles auszuradieren. Sie hatte einen Schritt übersehen. »Ich meine, jemand könnte natürlich falsche Spuren gelegt haben«, sagte sie, während sie die Aufgabe noch einmal von vorne durchrechnete. »Na, du weißt schon. Um jemanden den Mord anzuhängen, der es gar nicht war.« Sie lächelte und nickte vor sich hin. Jetzt stimmten die Gleichungen. »Aber ich kann mir nicht vorstellen, dass Kellen das getan hat.«

»Und warum nicht, Liebes?«, fragte Julia, die wie immer nur staunen konnte, dass Vanessa ihr schon wieder einen Schritt voraus war.

»Weil – na ja, wer jemanden einen Mord anhängen will, der muss … na, echte Leidenschaft fühlen. Und voll entschlossen sein. Mann muss sein Opfer schon abgrundtief hassen, um so was zu machen.« Vanessa war bereits beim nächsten Kapitel und widmete sich einer neuen Aufgabe. »Ich meine, wen hätte Kellen so sehr hassen sollen?«

· III ·

Später, zu Hause, fuhr Julia aus dem Schlaf. Halb zwei. Sie war aus einem Albtraum aufgewacht, den sie oft träumte. In dem Traum stolperte sie durch einen verschneiten Wald, verfolgt von einem aufgebrachten Albtraum-Ungeheuer, das zähnefletschend knurrte, sie sei gar nicht so nett, wie die Leute glaubten. Vor ihr lag die Rettung, aber der Traum endete jedes Mal, ehe sie die Zuflucht erreichte. Ein hohes, klagendes Heulen hatte sie aus dem Schlaf geholt. Das Geräusch hatte aufgehört, vielleicht war es ja Teil des Traums gewesen. Neben ihr schnarchte der Universitätspräsident. Julia legte sich wieder hin, dann setzte sie sich erneut auf. Nein. Es war kein Traum. Da war es noch einmal, ganz leise, aber Julias Gehör war wie das ihrer Tochter außergewöhnlich gut: Sie spielten beide Klavier. Sie schlüpfte in ihre Pantoffeln und zog ihren alten Lieblingsmorgenmantel über. Das Geräusch kam aus Vanessas Zimmer. Julia legte ein Ohr an die Tür. Eine Art jammerndes Summen, beinahe melodisch.

Das Geräusch verstummte.

Julia überlegte noch, ob sie klopfen sollte, als die Tür aufgerissen wurde. Vanessa, im Schlafanzug und barfuß, sprudelte schon drauflos, ehe Julia dazu kam, eine Frage zu stellen.

»Ich hab eine supercoole Website gefunden, da kann man Totenklagen aus anderen Kulturen runterladen! Das geht nicht mit Kopfhörern. Man muss es über Lautsprecher hören, um das Gefühl mitzukriegen.« Julia lugte an ihrer Tochter vorbei ins Zimmer. Es herrschte ein heilloses Chaos, Kleider und Hefte und Bücher lagen überall verstreut. Aber hier und dort entdeckte sie die Bose-Lautsprecher in dem Durcheinander. Sie erinnerte sich schwach, dass es acht Stück waren. »Ich hab den Ton ganz leise gestellt, und es tut mir leid, wenn es immer noch zu laut war, aber jetzt bin ich irgendwo auch echt froh, dass du da bist. Jetzt können wir es uns zusammen anhören. Das gefällt dir hundertprozentig!«

»Morgen ist doch Schule.«

»Ich schlaf einfach in Französisch. Komm, setz dich hin.« Sie zog ihre Mutter ins Zimmer und schloss die Tür. Julia räumte ein Buch über die Schlacht von Stalingrad mit etlichen umgeknickten Seiten aus dem Weg und ließ sich in den Sessel sinken. Als Vanessa sich über ihren Schreibtisch beugte, entdeckte Julia den Laptop hinter einer Batterie von Perrierflaschen und glitzernden CD-Hüllen. Eine Melodie ertönte, traurig und lieblich. Ein Singsang. Ganz langsam bewegte Vanessa die nackten Füße hin und her. »Die tanzen dazu, Mom«, erklärte sie mit einem Lächeln und zuckte dabei kurz mit den Achseln. »Damit war ich grade zugange, als du geklopft hast. Nichts Schlimmes. Das ist vom Volk der Ewe aus Ghana. Die führen einen speziellen Tanz auf, wenn einer der Dorfältesten stirbt. Ich kenne nicht alle Bewegungen, deswegen hab ich das meiste erfunden.« Sie schloss die Augen, hob die schlanken Arme und begann, sich im Rhythmus zu bewegen. Im nächsten Moment war Julia auf den Beinen, und sie tanzten zusammen zu dem Trauergesang, wanden und wiegten und drehten sich und versuchten, Erinnerungen wachzurufen und gleich wieder zu vergessen. Vanessa machte einen Mausklick. Ein anderer Singsang ertönte, ein schnelleres Tempo diesmal, ohne jede Begleitung. Julia drehte und drehte sich, denn Bewegung war real, und der Tod war nur eine Täuschung, und wenn sie sich schnell genug drehen konnte, würde nie mehr jemand sterben müssen. Vanessa erklärte lachend, aus welcher Kultur das Klagelied stammte und dass außer in der abendländischen Kultur in den meisten Kulturen bei Beerdigungen getanzt wurde. Aber ihre Mutter hatte sich ganz der Musik und den Bewegungen hingegeben und hörte kaum noch zu, sie drehte und drehte sich und sie spürte, wie ihr seltsamerweise Freudentränen über die honigfarbenen Wangen liefen, denn auch wenn Kellen tot war, auch wenn Jay und Granny Vee tot waren, sie lebte, sie war hier und tanzte mit ihrer Tochter, und sie würden alle Probleme überwinden, sie würden noch einmal ganz von vorne anfangen, sie würden –

»Und das hier gefällt mir am besten«, sagte Vanessa.

Stille.

Julia hörte auf, sich zu drehen. Sie wartete. Nichts passierte. Vanessa stand über ihren Schreibtisch gebeugt, die zitternde Hand an der Maus, aber unfähig, zu klicken. Sie versuchte es mit aller Kraft, bis sie sich schließlich umdrehte und ihre Mutter hilflos anschaute.

Julia ging zu ihrer Tochter, nahm deren Hand von der Maus, umschloss sie mit beiden Händen, drückte Vanessa an sich und hielt sie, bis das, was sie hatte erstarren lassen, sich in Schluchzen auflöste.

Und konfrontiert mit Vanessas Tränen und dem Trauma, von

dem Vincent Brady sagte, dass sie es verdrängte, erkannte Julia, dass ihr keine andere Wahl blieb. Sie musste genau das tun, was Mary Mallard und Tony Tice von ihr wollten. Sie würde in aller Stille vorgehen, aber sie musste es tun. Sie musste herausfinden, woran Kellen vor seinem Tod gearbeitet hatte – nicht für Kellen, sondern für Vanessa.

Und vielleicht, so wurde ihr bewusst, für sich selbst.

Kapitel 24

Die Reiter

· I ·

Selbst während seiner Zeit bei den Special Forces hatte Bruce Vallely selten allein gearbeitet. Er war es gewohnt, Teil eines Teams zu sein, und ein Teampartner war genau das, was er jetzt brauchte. Am besten hätte sich Julia Carlyle geeignet, aber er nahm, wen er kriegen konnte. Also rekrutierte er unter einem Vorwand Gwen Turian, seine geradlinige, überaus korrekte Stellvertreterin, die offiziell den Rang eines Lieutenant bekleidete und, vielleicht durch Hollywoodfilme beeinflusst, darauf bestand, dass man sie ausschließlich mit dem Nachnamen anredete. Ihren Boss nannte sie, selbst wenn sie direkt mit ihm sprach, schlicht »Chef«. Am späten Freitagvormittag stand Bruce in der Eingangshalle des Gebäudes, in dem seine winzige Truppe untergebracht war, stampfte sich den Schnee von den Stiefeln und versuchte dabei, auch seine Anspannung abzuschütteln. Er war vorschriftsmäßig anwesend gewesen, als ein Einsatzkommando vom Drogendezernat mit einem Durchsuchungsbeschluss in einem der Wohnheime erschienen war, wo zwei kurzsichtige Politologiestudenten mit Drogen dealten. Leider hatten deren Eltern nicht die nötigen Beziehungen, um Trevor Land in die Sache einzuschalten, und einer der jungen Männer war voller Panik aus dem Fenster gesprungen und hatte sich einen Zeh gebrochen. Bruce wusste jetzt schon, dass er sich die nächsten zwei Monate mit Beschwerden über Polizeibrutalität würde herumplagen müssen. Er hatte gerade seine Post aus einem Fach geholt, als Turian neben ihm auftauchte, groß und dünn und auf nervöse Weise reserviert. Die blaue Uniform wirkte an ihr wie ein falsches Bühnenkostüm.

»Guten Morgen, Chef«, sagte sie steif und überreichte ihm einen Umschlag. »Hier sind die Informationen, die Sie haben wollten.«

»Danke, Gwen.«

Sie runzelte die Stirn, vielleicht, weil sie in einem Film einfach »Turian« gewesen wäre. Die Pistole an ihrer Hüfte war von größerem Kaliber, als die Vorschriften erlaubten, und das zusätzliche Holster war – so schien es Bruce – wahrscheinlich auch nicht vorschriftsmäßig. Aber im Prinzip war die ganze Uniform sowieso nur Schau: Traditionell waren die Kollegen, die die Streifenwagen fuhren, uniformiert, während ihre Vorgesetzten Zivilkleidung trugen. Sie zögerte, und als er auf sein Büro zuging, folgte sie ihm.

»Gibt es ein Problem, Gwen?«

»Darf ich offen mit Ihnen reden, Sir?«

»Selbstverständlich, Lieutenant«, sagte er, und ihre harten grünen Augen leuchteten auf. Im Gegensatz zu Bruce und den meisten anderen Kollegen war Turian vorher nicht bei der Polizei gewesen.

»Sir, diese Informationen – haben die mit offiziellen Ermittlungen zu tun?«

»Das lassen Sie mal meine Sorge sein, Gwen.«

»Ja, Sir. Es ist nur – ich musste ein paar Beziehungen spielen lassen, um sie zu bekommen, und ich musste denen schließlich irgendetwas sagen –«

Eine Schrecksekunde. »Was haben Sie denn gesagt?«

»Dass der Uni wegen eines alten Falls möglicherweise eine Schadensersatzklage bevorsteht. Tut mir leid, Chef, aber was Besseres ist mir nicht eingefallen.«

Bruce lächelte. »Hervorragend. Gut gemacht … Turian.«

»Danke, Sir«, sagte seine Stellvertreterin, ohne die Miene zu verziehen.

· II ·

Das Kennzeichen auf dem Versicherungsschreiben, das Kellen Zant in seiner Küche versteckt hatte, gehörte zu einem Jaguar XKE, oder zumindest hatte es zu dem Jaguar gehört, denn der Gutachter hatte einen Totalschaden bescheinigt. Der Halter des Wagens war Jonathan Hilliman gewesen. Bruce setzte sich stirnrunzelnd an seinen Schreibtisch. Der Name kam ihm bekannt vor.

Er drehte sich zu seinem Computer, gab den Namen bei Google ein und hatte im Bruchteil einer Sekunde die Antwort: Ja. Jonathan Hilliman – »Jock«, wie er von allen genannt wurde – hatte früher hier studiert, er war ein Sprössling der Hilliman-Familie, die zum alten Geldadel gehörte. Die Hillimans verschanzten sich hinter ihrem Vermögen, genau wie die Leute in *Der große Gatsby*, und ihr Name tauchte nur auf, wenn Gebäude nach ihnen benannt wurden. Jock, der den Ruf eines Playboys gehabt hatte, war vor drei Jahren an einem Herzinfarkt gestorben. Er hatte keine Erben hinterlassen – dennoch gab es immer noch eine ganze Menge Hillimans.

Und? Was hatte das nun zu bedeuten? Wieso hatte sich Kellen Zant so sehr für Jock Hilliman und dessen Autounfall interessiert? Und warum klingelte bei dem Namen etwas in Bruce' Gedächtnis? In ihrem Eifer, alles richtig zu machen, hatte Gwendolyn Turian einen Zettel mit einer handschriftlichen Notiz angeheftet, und während er diese las, erinnerte Bruce sich an ein Detail aus seinem Einweisungsgespräch, als er hier als Leiter des Sicherheitsdienstes angefangen hatte. Im obersten Stockwerk eines der Studentenwohnheime, mit einem fantastischen Blick auf die Skyline und das Meer, lag die Hilliman-Suite, ein mondänes Apartment mit vier Wohnräumen, die um einiges eleganter waren als alle anderen Unterkünfte auf dem Campus. Die Familie Hilliman hatte das Gebäude vor fünfzig oder sechzig Jahren errichten lassen und stellte großzügige Mittel zu seinem Erhalt zur Verfügung, allerdings unter der Bedingung, dass jedem Hilliman, der an der Uni studierte, die Suite zur Verfügung stand, und dass er (in jenen Zeiten war es immer ein »er« gewesen) das Recht hatte, seine Mitbewohner selbst zu bestimmen.

Das erklärte, warum der Name Hilliman etwas in Bruce' Kopf klingeln ließ. Aber warum hatte es in Kellen Zants Kopf geklingelt?

Bruce gab den Namen Hilliman zusammen mit dem des Volkswirtschaftlers bei Google ein, stieß jedoch auf nichts von Interesse. Es handelte sich also um etwas, das nicht allgemein bekannt war.

Er überlegte. Was hatte Zant umgetrieben? Sein Ego offensichtlich. Sein Bedürfnis, der Vergangenheit zu entrinnen, indem er materielle Werte anhäufte. Okay, aber das entsprach dem Klischee. Bruce erinnerte sich an die Fotos im Arbeitszimmer des Volkswirtschaftlers. Auf der Hälfte davon war Julia Carlyle abgebildet. Eine weitere Antriebsfeder.

Warum nicht?

Als Bruce bei Google nach Überschneidungen zwischen dem vor einigen Jahren verstorbenen Jonathan Hilliman und dem Namen Carlyle suchte, bekam er Tausende von Treffern. Er überflog ein paar der Einträge, dann hatte er die Verbindung, wenn auch nicht die, die er erwartet hatte. Die beiden Namen tauchten hauptsächlich in Einträgen über den großen Lemaster auf. Natürlich. Die Fabelhaften Vier, die Vier Reiter, oder wie sie auch immer genannt wurden oder sie sich selbst nannten. Während des Studiums waren sie ein Verbindungsbruder, ein Studentenaktivist, ein Sport-Ass und der Streber mit den besten Noten in der Geschichte der Universität gewesen. Die drei Überlebenden waren heute der Präsident, ein Senator, der nach dem Weißen Haus schielte, und Lemaster, der mit allem, was er anpackte, Erfolg hatte.

Die Reiter.

Turian hatte ein Interview mit Jock Hilliman beigefügt, das in den neunziger Jahren im *New Yorker* erschienen war, als alle vier eifrig dabei waren, sich einen Namen zu machen. Bruce überflog den Artikel, ohne recht zu wissen, wonach er suchte. Er ließ die Worte einfach auf sich wirken:

»Ich glaube, Mal hat sich den Namen ausgedacht ... wir sind erst später Zimmergenossen geworden ... ein wirklich seltsames Quartett ... junge Unruhestifter ... machten uns bald einen gewissen Ruf auf dem Campus ... andere wollen unserem Club beitreten, aber neue Mitglieder habe ich stets abgelehnt ... von meinem Vater, dass die Erfolgreichen zusammenhalten müssen ... war ich der Meinung, dass die Gruppe sich auflösen sollte, sobald der letzte von uns sein Studium abgeschlossen hatte ... stiegen wir bei den Studenten und dem Lehrkörper im Ansehen ... in der Hilliman-Suite fanden nicht dauernd nur Partys statt, aber wir haben wacker mitgehalten ... eine Art vierköpfiger Geheimbund ... auf der Grundlage von ... haben praktisch alles miteinander geteilt ...«

Keine neuen Mitglieder erlaubt. Das hatte Lemaster garantiert gefallen, dachte Bruce. Ein exklusiver weißer Club neben all den exklusiven schwarzen Clubs, denen er später beitreten sollte: Die Erfolgreichen müssen zusammenhalten.

Fasziniert blätterte Bruce weiter.

»... jeder von uns hatte eine Spezialität ... Lemaster war entschlossen, die Uni als Jahrgangsbester abzuschließen, denn das war noch nie einem ... verfehlte sein Ziel um einen halben Punkt, als er in der Abschlussprüfung eines Seminars in Höherer Mathematik nur eine 2 bekam ...«

Bruce lächelte. Einen Moment lang spürte er wirkliche Bewunderung für den Mann, den er immer noch halbwegs im Verdacht hatte, in den Mord an Kellen Zant verwickelt zu sein. Von dem Ehrgeiz besessen, als Bester abzuschließen, hatte er dennoch ein Seminar in Höherer Mathematik gewählt, anstatt irgendeinen Überblickskurs zu belegen, für den er sich die beste Note per Telefon hätte bestellen können. Bruce überflog die nächste Seite, dann hielt er erneut inne und las den Text sehr genau:

»In unserem letzten Jahr ließ die Universität zum ersten Mal Frauen im Grundstudium zu, und ebenso wie für die anderen fortgeschrittenen Semester war es auch für uns das Nirwana. Bis dahin hatte jeder von uns seine Bedürfnisse je nach Neigung befriedigt. Lemaster war sehr diskret, er ging damals mit einer stillen jungen Dame von der Theologischen Fakultät der

Frauen-Uni in Norport. Mal war schwer beschäftigt mit einer ziemlich durchgedrehten Anthropologiestudentin, die es nicht abwarten konnte, die ganze Welt in die Luft zu jagen, um einen neuen Urzustand herzustellen. Was mich betrifft, nun, man hat mir damals vorgeworfen, ich hätte jede Woche eine andere Frau, oder vielleicht sollte ich lieber sagen, ein anderes Mädchen, denn das Alter war nicht von Bedeutung. Meine Spezialität war es, die jungen, unschuldigen Töchter der Professoren zu verführen ...«

Bruce las nicht weiter. Er lehnte sich in seinem Sessel zurück und rieb sich die Augen. Auf was glaubte Zant gestoßen zu sein?

Die jungen, unschuldigen Töchter der Professoren.

Wie die in übermäßig behüteten Verhältnissen aufwachsende Gina Joule? Nach allen Aussagen hatte das Mädchen ein selbst für die damaligen Standards extrem strenges Elternhaus gehabt. Hatte Jock Hilliman den Satz in dem Interview als Scherz gemeint? Denn wenn nicht, dann war das Geheimnis um das nächtliche Verschwinden der Gina Joule vielleicht simpler als angenommen. Bruce holte sich die Kopie von Vanessas Aufsatz, den er aus Kellen Zants Haus mitgenommen hatte. Gina war gerade siebzehn geworden. Nach einem Streit mit ihrer Mutter war sie aus dem Haus gerannt, hatte sich im Cookie's Place ein Eis gekauft und war anscheinend im Park herumgeschlendert, bis DeShaun sie aufgelesen hatte. Eine Frau namens Janet Spicer, eine inzwischen verstorbene Lehrerin von Gina, die direkt am Park wohnte, hatte gesehen, wie das Mädchen zu DeShaun in den gestohlenen BMW gestiegen war. Ende der Geschichte.

Oder doch nicht?

Bruce öffnete den Safe, schob die Pistole beiseite, die er auf dem Campus nur tragen durfte, wenn er in Uniform war, und nahm die anderen Sachen heraus, die er im Haus von Professor Zant an sich genommen hatte. Eine Tagebuchseite:

Deputy Nacchio sagte ebenfalls aus, sie habe an dem Abend ungefähr um neun Uhr bei einer ihrer Lehrerinnen, einer Mrs Spicer, an die Tür geklopft und gefragt, ob sie mal telefonieren dürfe. Der Bericht wurde später ...

Später *widerrufen*. Müsste dieses Wort jetzt nicht auf der nächsten Seite stehen, wenn er das ganze Tagebuch gefunden hätte? Oder stand dort *bestätigt*?

Bruce wälzte das Problem in Gedanken hin und her. Vielleicht verbargen die Fakten nicht mehr, als auf den ersten Blick ersichtlich war. Angenommen, Jock hatte den Schutzschild durchbrochen, den Ginas Eltern um ihre Tochter herum errichtet hatten, und es war ihm gelungen, sie zu treffen und vielleicht sogar zu verführen. Ihren Freundinnen, mit denen sie im Cookie's war, hatte sie gesagt, sie würde zu Fuß nach Hause gehen, aber in Wirklichkeit hatte sie sich mit Jock Hilliman, ihrem heimlichen Geliebten, getroffen. Vielleicht war sogar der Streit mit ihrer Mutter eine List gewesen. Schließlich war Valentinstag gewesen, und bestimmt hatte Gina sich mit ihrem Freund treffen wollen. Also hatte sie von Mrs Spicer aus Jock angerufen – Handys gab's damals noch keine! –, und er hatte sie in seinem Jaguar abgeholt. Laut Bericht des Gutachters wurde der Jaguar eine Woche nach Ginas Verschwinden zu Schrott gefahren, und zwar in Scottsville, ziemlich weit von Tyler's Landing entfernt. Aber eins wusste Bruce als ehemaliger Polizist: So ein Bericht war nicht mehr wert als das Blatt Papier, auf dem er geschrieben war.

Also gut.

Angenommen – nur um den Gedanken zu Ende zu spinnen –, die Familie Hilliman hatte mit ihrem Geld und ihrem Einfluss dafür gesorgt, dass der Bericht frisiert wurde. Sie hatten den Gutachter, die Werkstatt, die Polizei und jeden, der mit der Sache zu tun hatte, bestochen. Dann wäre der Zusammenhang eindeutig. Gina Joule starb, nachdem sie in jener Nacht in den Jaguar gestiegen war, und irgendwie war das Geheimnis über all die Jahre hinweg nicht ans Tageslicht gekommen.

Das musste es sein, was Kellen Zant entdeckt hatte. Das war der Grund für seine Geheimnistuerei. Kellen war dahintergekommen, dass die Universität durch einen ihrer prominentesten Ehemaligen in den – durch einen Unfall oder ein Verbrechen herbeigeführten – Tod von Gina Joule verwickelt war. Bruce fragte sich, wer alles davon wusste. Und wer alles daran beteiligt gewesen war, die Sache zu vertuschen.

Aber sein Enthusiasmus verflog ebenso schnell, wie er

gekommen war. Die Hypothese war falsch. Niemand würde Kellen Zant ermorden, um die Wahrheit über einen Mord zu vertuschen, wenn der Mörder längst tot war. Und Jock Hilliman war zweifellos tot.

Haben praktisch alles miteinander geteilt.

Ging es darum? War das der Schlüssel? Dass die vier Reiter alles miteinander geteilt hatten?

Könnte »alles« auch den Jaguar eingeschlossen haben?

Aber Zeugen hatten gesehen, wie Gina im Stadtpark mit dem sechzehnjährigen DeShaun Moton gesprochen hatte, der nachweislich an jenem Abend in Tyler's Landing ein Auto gestohlen hatte und wenige Tage später von der Polizei gestellt und erschossen worden war.

Das Problem war, dass die anderen Zeugen die beiden Jugendlichen nur hatten miteinander sprechen sehen. Nur Janet Spicer hatte behauptet, dass sie gesehen hätte, wie Gina Joule in den gestohlenen Wagen gestiegen war. Und DeShauns Name tauchte erst in der Liste der Mordverdächtigen auf, nachdem er schon getötet worden war.

Fall abgeschlossen.

Bruce nahm sich noch einmal Vanessas Aufsatz vor. Merrill Joule war einer der beliebtesten Professoren der Universität. Und er hatte die besten Beziehungen. Seine Frau war eine Cousine von Cicero Hadley, der vor dreißig Jahren Universitätspräsident gewesen war. Ginas Taufpate war ein untergeordneter Angestellter in der Lombard Hall namens Trevor Land gewesen.

Was hatte Nate Knowland gesagt? Bruce blätterte in seinem Notizheft. Da. Nate hatte gehört, wie Kellen Zant und die unbekannte Schwarze sich an dem Abend, als der Volkswirtschaftler ermordet worden war, auf der Town Street unterhalten hatten, und er hatte Zant flüstern hören, der Universitätspräsident sei eine Nummer zu groß für ihn.

Bruce trat ans Fenster und schaute auf den grauen Parkplatz, wo die Universität ihre Flotte altersschwacher, in den Farben der Uni bemalter Schulbusse parkte. Wenn sie über den Campus ächzten, wirkte ihr Anblick wie die Parodie eines effizienten Transportwesen. Normalerweise standen auf dem Parkplatz auch Schneepflüge in allen Größen, aber wegen des unerwarteten Tauwetters waren alle Schneepflüge unterwegs, um die Straßen irgendwie vom Matsch zu befreien. Gott, er hatte wirklich genug von den Wintern in Neuengland.

Gina war mit einem Schwarzen gesehen worden.

Und die Reiter hatten alles miteinander geteilt.

Kein Wunder, dass Julia Carlyle ihm so massiv gedroht hatte. Sie wusste oder ahnte dasselbe wie Bruce.

Lemaster Carlyle. Eine zu große Nummer für Professor Zant.

Aber Mord? Wenn Kellen Zant keine überzeugenderen Beweise vorzuweisen hatte als die, die Bruce unter dem Gasbrenner gefunden hatte, dann schien diese Reaktion ... extrem, völlig übertrieben. Allerdings wusste Bruce aus Erfahrung, dass Mörder selten rational handelten.

Das Telefon klingelte, und im Display konnte Bruce ablesen, dass er ausgerechnet mit diesem Anrufer am allerwenigsten sprechen wollte.

»Chief Vallely? Hier spricht Trevor Land. Fröhliche Weihnachten und so. Ich dachte, vielleicht könnten Sie auf dem Heimweg mal kurz bei mir vorbeischauen.«

· III ·

Sie saßen in den weich gepolsterten Sesseln vor dem offenen Kamin. Es war ein Wunder, dass er noch beheizt werden konnte, sicher der Letzte auf dem Campus. Wahrscheinlich verstieß das Feuer sowieso gegen die Brandschutzbestimmungen. Es musste schon Jahre her sein, dass der Kamin gereinigt worden war, denn die Luft war voller Rauch. Zunächst sprach der Verwaltungschef über die Razzia im Wohnheim am Vormittag; der Vorfall würde dem Ruf der Universität sicherlich »zum Nachteil gereichen«, murmelte er. Bruce erwiderte, er halte die Razzia für einen Fehler und habe bereits im Namen der Universität eine Beschwerde eingereicht.

»Und wie hätte man die Sache Ihrer Meinung nach angehen sollen? Drogenhandel und weiß der Himmel was sonst noch.«

»Ich hätte sie irgendwo auf dem Campus verhaftet, wenn sie aus einer Vorlesung kommen. Dabei kann nichts passieren.«

»Gewiss.« Die schweren Augenlider verbargen, was der Verwaltungschef dachte. »Aber im Gegensatz zu Ihnen, Chief Vallely, muss unsere Staatsanwältin sich den Wählern stellen. Dem Ruf der Universität zu schaden, mag vielleicht schlechte Polizeiarbeit sein, aber offenbar ist es gute Politik. Vor allem, da die Staatsanwältin zurzeit wegen des Mordes an Zant ziemlich dumm dasteht.«

»Ja, Sir«, sagte Bruce, da Land nun offensichtlich zum eigentlichen Thema des Treffens übergegangen war. Der Rauch aus dem illegalen Kamin machte den dunklen Raum noch düsterer.

Der Verwaltungschef erklärte, er brauche einen detaillierten Bericht über Bruce' Fortschritte sowie Einzelheiten aus den Vernehmungen. Aber Gina Joule war Trevor Lands Patenkind gewesen, und Bruce hatte nicht vor, ihm alle seine Informationen offenzulegen.

»Ich stehe noch ziemlich am Anfang meiner Befragungen«, sagte er.

Der Verwaltungschef nickte, schien jedoch kaum zuzuhören. In dem von Rauch erfüllten Zimmer konnte Bruce sein Gesicht kaum noch erkennen.

»Sehen Sie, dieser Zant hat eine ganze Menge Wirbel verursacht. Ich weiß auch nicht genau, warum sich so viele Leute ereifern, aber so ist es nun mal. Jeden Tag rufen mich irgendwelche Ehemaligen an. Wir haben es jetzt schon mit zwei toten Professoren zu tun, das sind harte Zeiten, Chief Vallely. Harte Zeiten für die Universität, die uns am Herzen liegt. Gut, Gibbs ist bei einem Unfall ums Leben gekommen. Bei Zant war es Raubmord. Aber wir beide glauben nicht an den Osterhasen, nicht wahr, Chief Vallely? Männer von Welt und so. Aber meinen Sie nicht auch, es ist ein bisschen früh, um die Rettungsboote zu wassern, Chief? Wir dürfen nicht zulassen, dass die Universität Schaden nimmt. Wir müssen alle an einem Strang ziehen, Sie wissen schon. Wahrheit. Die Führung ist schwach, im Moment. Na ja, zugegeben, ist nicht seine Schuld. Die ganze Geschichte mit seiner Tochter und so, sehr bedauerlich, aber so was kommt vor. Die Professoren regen sich wegen aller möglichen Lappalien auf. Kein guter Zeitpunkt, um diese Dinge dem Präsidenten vorzulegen, damit er Entscheidungen trifft. Ihre direkte Vorgesetzte ist die stellvertretende Präsidentin, aber sie wird den Präsidenten sowieso um seine Meinung bitten. Ich denke, wir tun dem Mann einen Gefallen, wenn wir ihn noch nicht mit diesen Dingen belästigen. Am besten, Sie sprechen sich einfach immer direkt mit mir ab.« Bruce tränten die Augen von all dem Rauch, der Trevor Land überhaupt nichts auszumachen schien. »Was sein muss, muss sein, Chief Vallely. Die Universität darf auf keinen Fall Schaden nehmen. Versuchen Sie, etwas unauffälliger vorzugehen. Gehen Sie den Professoren nicht auf die Nerven, das mögen die nicht, und dann beschweren sie sich. Dasselbe gilt für die Studenten. Dieser Knowland. Sein Vater hat mich aufgesucht. Sie dürfen die Ehemaligen nicht gegen sich aufbringen. Kümmern Sie sich weiter um diese Zant-Geschichte, aber tun Sie es geräuschlos. Ich habe da eine Spur für Sie«, sagte er und ließ seinen Brandy im Glas kreisen.

»Dafür wäre ich Ihnen sehr dankbar, Sir«, erwiderte Bruce, während er ebenfalls sein Glas schwenkte, jedoch ohne zu trinken. Seine Frau hatte einen Abstinenzler aus ihm gemacht, und er hielt jedes Versprechen, das er Grace gegeben hatte. Jetzt kam Trevor Land endlich zum eigentlichen Grund für dieses Treffen. Vor den hohen schmalen Fenstern warfen Gebäude, die nicht zu sehen waren, in der untergehenden Sonne lange Schatten auf den schneebedeckten Rasen.

»Tja. Also, letzter Punkt, Chief. Letzter Punkt. Es gibt noch andere Gründe, warum die Ehemaligen mir im Nacken sitzen. Nicht nur der Skandal. Einige von ihnen hatten geschäftlich mit Zant zu tun. Forschung, Beratertätigkeit, was weiß ich noch alles. Sie waren zufrieden mit seiner Arbeit, die meisten jedenfalls, und das zu Recht. Der Mann war ein Genie, keine Frage. Aber, Chief Vallely, ein paar von den Ehemaligen meinen, dass Zant sich etwas angeeignet hat, das ihnen gehört.«

»Um was handelt es sich da?«

Der Verwaltungschef senkte den Blick und betrachtete die braune Flüssigkeit in seinem Glas. »Das kann ich Ihnen auch nicht sagen. Firmengeheimnisse. Insiderinformationen. Formeln. Mit diesen Dingen kenne ich mich nicht aus, Chief. Aber was immer Zant da hat mitgehen lassen, die Geschädigten wollen es mit allen Mitteln wiederbekommen.«

»Können Sie mir sagen, ob es sich dabei um etwas Materielles handelt – ein Notizheft vielleicht, oder irgendwelche Papiere? Oder geht es hier eher um so etwas wie Ideen, die jemand entwickelt hat?«

»Ich weiß es wirklich nicht. Die Ehemaligen sind nicht besonders mitteilsam, fürchte ich. Sie wollen zwar die Sache zurückhaben, aber uns nicht verraten, um was es sich dabei handelt. Detektivarbeit. Das fällt eher in Ihr Fach.«

»Wenn ich mich einmal mit diesen, nun, mit den Ehemaligen unterhalten –«

»Ausgeschlossen, Chief Vallely. Vertrauliche Quellen, nicht dran zu rütteln. Das können Sie mir glauben, ich kenne diese Leute genau.«

Bruce ließ sich nicht anmerken, was er dachte, ein Kinderspiel in diesem höhlenartigen Büro. »Verstehe«, murmelte er.

»Falls Sie den fraglichen Gegenstand finden, Chief, werden diese Leute sich sicherlich erkenntlich zeigen. Damit können Sie sich eine Art Blankoscheck verdienen.« Wieder hob er einen Finger, genau wie ein römischer Kaiser. »Ein guter Rat. Hüten Sie sich davor, den Ehemaligen in die Quere zu kommen, Chief Vallely. Macht korrumpiert, Sie wissen schon. Da gibt's kein Vertun. Keine schlechten Menschen, diese Leute, aber daran gewöhnt, ihren Willen durchzusetzen.« Die klugen Augen funkelten. »Die können ziemlich ungemütlich werden, wenn sie nicht kriegen, was sie wollen.«

»Verstehe«, sagte Bruce noch einmal, während er spürte, wie sich in ihm die Wut regte.

»Mit solchen Leuten legt man sich nicht an«, sagte der Verwaltungschef und schenkte sich noch einen Brandy ein. Kurz schüttelte Trevor Land sein weises Haupt, dann setzte er das verschwörerische Lächeln auf, mit dem er jedes Gespräch beendete. »Ehemalige«, brummte er und leerte das Glas.

· IV ·

Auf der Heimfahrt nach der seltsamen Unterredung bekam Bruce eine Ahnung vom Ausmaß von Kellen Zants Plänen. Warum sollte Zant einem Klienten etwas stehlen? Etwas Wertvolles? Jedenfalls nicht wegen des Geldes: Laut Rick Chrebet hatte der Volkswirtschaftler zum Zeitpunkt seines Todes ein paar Millionen auf seinem Konto gehabt und noch mehr für seine Altersvorsorge zurückgelegt. Aber er war ein Ökonom gewesen und hatte das Leben unter dem Aspekt von Transaktionen und Effizienz betrachtet. Wenn er das Risiko eines Diebstahls eingegangen war, dann konnte das nur einen Grund gehabt haben: Was er gestohlen hatte, war nicht für Geld zu haben. Es ging also nicht um sein eigenes Vergnügen, sondern er hatte den Gegenstand oder was auch immer wegen dessen Handelswert an sich gebracht, als Tauschobjekt für etwas, das er nicht mit Geld kaufen konnte.

Bruce konnte sich vorstellen, was das war.

Er fragte sich, ob der Verwaltungschef dieselben Schlüsse gezogen hatte. Wahrscheinlich. Trevor Land mimte den einfältigen Aktenschieber, aber in Wirklichkeit war er einer der hinterlistigsten Menschen, denen Bruce je begegnet war. Der Leiter des universitären Sicherheitsdienstes bezweifelte, dass er clever genug war, um Trevor Lands Pläne erraten zu können. Der kleine Mann hatte garantiert herausgefunden, was Zant im Schilde geführt hatte.

Trevor Land war völlig vernarrt gewesen in seine Patentochter Gina. Das bestätigte jeder. Falls Zant drauf und dran gewesen war, ihren Mörder zu entlarven, dann hatte der Verwaltungschef einen guten Grund, Bruce bei seinen Ermittlungen den Weg zu ebnen.

Wohin der ihn auch führen mochte.

Kapitel 25

Die grosse Aufregung

· I ·

Der entscheidende Hinweis kam von Tonya Montez, der stämmigen Vorsitzenden der Sisterladys von Harbor County. Obwohl Tonya keine blasse Ahnung hatte, dass die Sache auf ihr Konto ging, legte sie sich, als die Reporter kamen, um den Schaden zu begutachten und einen Schuldigen zu finden, so ins Zeug, als sei sie allein verantwortlich für die weniger skandalösen Entscheidungen, die Julia anschließend traf. Und vielleicht stimmte das sogar in gewisser Weise, denn Kellen hatte immer halb im Scherz gesagt, Klatsch habe eine wichtige regulierende Funktion – nicht unbedingt wegen seines Informationsgehalts, sondern durch das, was Klatsch verhindere. Denn um bloß nicht ins Gerede zu kommen, waren alle Leute stets bemüht, bestimmtes, sozial nicht akzeptiertes Verhalten zu vermeiden.

Nicht, dass Tonya ein Klatschmaul gewesen wäre. Nicht doch. Das betrachteten die Sisterladys als unter ihrer Würde, und um ihre Verachtung für jede Art von Tratsch zu demonstrieren, tauschten sie oft mit einem leisen Lachen die Geschichten untereinander aus, die die weniger disziplinierten Mitglieder verbreiteten. Als Tonya also am Dienstagabend an dem riesigen Haus oben an der Hunter's Meadow Road vorfuhr, hatte sie alles andere als Klatsch im Sinn. Natürlich nicht. Tonya wohnte zehn, fünfzehn Kilometer außerhalb der Stadt, im westlichen Teil des County, weit entfernt vom weißen Herzen Amerikas, doch sie hatte, wie es sich für eine treue Sisterlady gehört, die weite Fahrt auf sich genommen, und zwar einzig und allein, um mit Julia persönlich noch einmal zu besprechen, was bei dem Treffen vor zwei Wochen diskutiert worden war, als sie den Beitrag der Regionalgruppe für den großen Orange and White Cotillion nach Weihnachten oben in Boston geplant hatten. Ganz sicher war Tonya nicht den weiten Weg gekommen, um den neuesten Klatsch über Julias verrückte Tochter in Erfahrung zu bringen und ihn brühwarm an den Clan in Elm Harbor weiterzureichen.

Als Tonya an der Tür klingelte, die zu ihrer Überraschung von dem gut gelaunten kleinen Flew aufgerissen wurde, war Julia, wie Granny zu sagen pflegte, nicht in Stimmung. Lemaster hatte vorgehabt, etwas früher nach Hause zu kommen und ihr dabei zu helfen, ein hübsches afro-kubanisches Bild zu rahmen, das sie in einer Galerie in der Stadt erstanden hatte. Hilfsbereit wie immer hatte er Julia an den leicht beschädigten antiken Bilderrahmen erinnert, den sie vor einigen Monaten zu einem reduzierten Preis bei Frank Carrington mit der Absicht gekauft hatte, ihn später zu reparieren. Der habe etwa die passende Größe, hatte Lemaster gesagt und sich erboten, ihr bei der Arbeit zu helfen. Sie hätte sich denken können, dass er Flew an seiner Stelle schicken würde. Lemaster war schon immer ein Workaholic gewesen, im Weißen Haus, am Bundesgericht und an der Uni. Schon zu Studentenzeiten hatte er ihr eines Nachmittags in der Bibliothek der Theologischen Fakultät erklärt, er sei entschlossen, kein Buch, das in seine Reichweite kam, ungelesen zu lassen. Damals war sie hingerissen gewesen von der Absurdität eines solch größenwahnsinnigen Vorhabens. Und obwohl ihr klar war, dass der hochbegabte junge Jurist, der sich zum Priester berufen fühlte, es durchaus darauf anlegte, dass sie ihn hinreißend fand, machte das seine Strategie nicht weniger effektiv. Wahrscheinlich war es auch kein Zufall, dass sie an jenem Abend zum ersten Mal miteinander geschlafen hatten: nach dem Ende der Öffnungszeit zwischen den Bücherregalen der Bibliothek, in den Kellerräumen, denn dort unten war Lemaster stets zu finden, und wo man sich findet, passiert es dann auch.

»Ein paar reiche Ehemalige haben unerwartet vorbeigeschaut«, sagte Flew mit einem entschuldigenden Lächeln. Er verbrachte immer mehr Zeit in ihrem Haus, selbst wenn sein Chef gar nicht da war. Widerstrebend akzeptierte Julia ihn inzwischen als ein festes, wenn auch geheimnisvolles Mitglied des Familienlebens. Hin und wieder übernachtete er sogar im Gästezimmer, nachdem Lemaster nach einer abendlichen Besprechung erklärt hatte, es sei eine Zumutung für den jungen Mann, zu so später Stunde noch zurück in die Stadt fahren zu müssen. Julia war viel zu wohlerzogen – und viel zu liebenswürdig –, um zu widersprechen, und allmählich gewöhnte sie sich sogar daran, dass Flew einfach nicht an ihrem topmodernen Herd vorbeigehen konnte, ohne sich einen Lappen und das Spezialreinigungsmittel zu schnappen und das Ceran-Kochfeld zu polieren, bis es blitzte. Aber irgendwie wurde sie nicht schlau aus ihm. Der schlanke, koboldhafte Blondschopf mit seinen eindrucksvollen Hochschulabschlüssen und der auf vier Kontinenten gesammelten Arbeitserfahrung war eigentlich für den Job völlig überqualifiziert. Lemaster hatte ihr erzählt, Flew hoffe, irgendwann eine kleine, gemeinnützige Organisation zu leiten, und sei in der Zwischenzeit damit zufrieden, im Schatten eines großen Mannes zu agieren. Aber Julia konnte sich damit zurzeit keineswegs zufriedengeben. Und zwar mit gar nichts mehr.

So hatte Julia, als es an der Tür klingelte, die letzten beiden Stunden damit zugebracht, sich in der kleinen Werkstatt, die sie sich in einer ungenutzten Ecke der geräumigen Garage eingerichtet hatte, über Mary Mallard zu beklagen, die sie dauernd mit Anrufen belästigte. Da ihr Ehemann nicht da war, hatte Flew ihre Tirade über sich ergehen lassen müssen. Sie werde etwas gegen diese Frau unternehmen, erklärte Julia, und zwar so bald wie möglich.

»Ich kümmere mich darum«, sagte der Blondschopf, und aufgewühlt, wie sie war, dachte Julia erst, er meinte Mary und nicht das Klingeln an der Tür. Sie nickte und wischte sich den Schweiß von der Stirn. Die Arbeit war schwerer als erwartet, nicht zuletzt, weil die Verbindungen in dem alten Holzrahmen sich gelöst hatten und neu geleimt werden mussten. Zum Glück besaß Flew ein natürliches Gespür für die Funktionsweise von technischen Objekten und fand schnell heraus, wie er die Leimspritze ansetzen musste, während Julia die Rahmenteile zusammenpresste. Anschließend umwickelte er die Stellen mit Klebeband.

»Danke«, sagte Julia.

Jeannie hatte den Prozess verfolgt und Jeremy Flew beobachtet, für den sie – für jeden sichtbar – heimlich schwärmte. Jetzt sprang sie auf und verkündete in perfekter Nachahmung seines melodischen Tonfalls: »Ich kümmere mich darum.«

»Überlass das Mr Flew«, sagte ihre Mutter.

Einen Augenblick später war Flew zurück und teilte Julia wie ein guter Butler mit, »Miss Montez« sei eingetroffen und erwarte sie im Wintergarten.

»Ich mache das hier noch fertig«, fügte er hinzu.

Und Julia, die einfach nicht begreifen konnte, was ihren Mann dazu brachte, ihr immer wieder diesen Fremden ins Haus zu schicken, wischte sich mit einem Tuch die Stirn ab und überließ ihm die Arbeit.

»Komm mit, Liebes«, sagte sie zu ihrer Jüngsten.

Jeannie, die den Blick gar nicht mehr von ihrem Helden abwenden konnte, antwortete: »Ich mache das hier noch fertig.«

»Du solltest mit deiner Mutter gehen, Jeans«, sagte der kleine Flew, und erst dann hüpfte Julias Tochter von ihrem Hocker und flitzte in die Küche.

· II ·

Tonya hatte eine Flasche Wein mitgebracht, einen guten Napa-Valley-Chardonnay, denn Julia liebte Wein. Außerdem hatte sich unter den Sisterladys herumgesprochen, dass Julia in letzter Zeit oft schlechter Laune war, und Tonya hoffte, sie ein wenig aufzumuntern oder wenigstens zum Reden zu bringen. Sie nahmen im Wohnzimmer Platz und tranken den Wein (fruchtig, aber das Eichenaroma etwas zu aufdringlich, dachte Julia, die ihre önologischen Kenntnisse von Mona hatte), während Tonya, eine sanfte, gutmütige Frau mit großzügigen Kurven und einem großen Herzen, über jedes erdenkliche Thema plauderte, außer über das eine, das ihr unter den Nägeln brannte. Jeannie hatte sich verdrückt, wahrscheinlich um Flew zuzusehen. Tonya kam auf Ladybugs-Angelegenheiten zu sprechen und erinnerte Julia in ihrem schnippischen, offiziösen Ton daran, dass die Teilnahme an dem Treffen bei Alice Henner eigentlich verbindlich gewesen sei (*die Ärmste wird ja ihre Pfunde überhaupt nicht mehr los seit dem zweiten Kind*), schließlich sei das auch der Termin gewesen, an dem man spätestens die Eintrittskarten für den Ball hätte bezahlen müssen, die nur an Mitglieder und deren Gäste ausgegeben wurden.

»Ich meine, du gehst doch auf den Ball, oder?« Tonyas leuchtende Rehaugen wanderten immer wieder zur offenen Tür zum Foyer, in der Hoffnung, das unangesprochene Thema würde dort erscheinen. Aber Vanessa saß oben in ihrem Zimmer und machte Hausaufgaben oder chattete gerade mit Janine Goldsmith, neuerdings Smith, oder brachte ihr Blog, Gainful Nonsenses, auf den neuesten Stand. Allerdings musste sich erst noch zeigen, ob sie ihre Leser würde halten können, wenn sie nichts mehr über einen realen Mordfall postete und sich wieder ihren üblichen düsteren Interessengebieten zuwandte: mittelalterliche Gesänge, die Geschichte der Kriegsführung und die Unterdrückung Jugendlicher. Las man in ihrem Blog, dann erschien immer wieder das Anagramm des Namens auf dem Bildschirm, SINFUL SANE N.E. SONG – wobei »N.E.« für Neuengland stand. Julia fand den Namen nicht gerade gelungen, aber Dr. Brady fand es ermutigend, dass seine Patientin das Wort *sane*, gesund, benutzte.

Lemaster hatte aus Prinzip etwas gegen Blogs, wobei sein Prinzip sich schlicht und einfach darauf gründete, dass Blogs erst nach seiner eigenen Jugendzeit erfunden worden waren.

»Natürlich gehen wir auf den Ball. Wir haben ihn noch nie verpasst.« Und das stimmte. Der Orange and White Cotillion war das Ereignis des Jahres für den Clan, und auch wenn er für Debütantinnen, die früher auf solchen Bällen in die Gesellschaft eingeführt wurden, keine Rolle mehr spielte, bot er den Angehörigen der Elite eine Gelegenheit, einander trotz ihrer Zerstrittenheit und der Bedeutungslosigkeit ihres geheimen, ausgegrenzten Daseins daran zu erinnern, dass es sie dennoch gab und dass sie eine wichtige Rolle spielten. »Aber ich hatte dir doch gesagt, dass ich nicht zu der Versammlung komme«, fuhr Julia fort. »Erinnerst du dich? Wir waren im Weißen Haus zum Abendessen eingeladen.«

Tonya schlug sich die Hand vor den Mund. »Ach, Liebes, aber das konnte ich doch den Sisterladys nicht erzählen, oder?«

»Das war kein geheimes Treffen, Tonya. Der Präsident und Lemaster sind alte Freunde.«

Tonya legte Julia ungebeten eine Hand auf den Schenkel. »Na ja, aber das willst du ja bestimmt auch nicht allen Leuten auf die Nase binden.«

»Ich? Warum nicht?«

»Unsere Leute *mögen* den Präsidenten nicht, Julia.«

»Ach, was du nicht sagst«, erwiderte Julia. Sie hatte ebenso wie Tonya den anderen Kandidaten gewählt, aber die Veazie-Frauen hatten schon immer ihren eigenen Kopf. »Diese Direktive vom schwarzen Zentralkomitee muss mir wohl entgangen sein.«

Tonya, die gerade zurückschießen wollte, sah ein Lächeln über Julias leicht schiefe Lippen huschen und lächelte ebenfalls. »Also gut, das war vielleicht ein bisschen hart ausgedrückt. Aber, meine Liebe, ich muss mich vergewissern, dass ihr auf den Ball geht. Deswegen bin ich hier. Um euch persönlich darum zu bitten. Ich meine, deine Familie hat diese Tradition praktisch begründet.«

»Und jetzt soll ich dort als eine Art Ausstellungsstück auftreten?«

»Also wirklich, Julia. Du bist die Seele der Party.«

Ein Vorwand, dachte Julia. Aber wahrscheinlich hatten die anderen die Eintrittskarten pünktlich bezahlt, denn der Ball war eine ernste Angelegenheit – beinahe so ernst wie die endlosen Debatten über den Zusatz (e)(3) zu den Statuten, mit dem das Wort *jene* durch *diese* ersetzt werden sollte, oder die Diskussion darüber, ob Bitsy Farnsworth letzten Monat bei dem offiziellen Empfang am zweiten Abend der Regionalkonferenz in Syracuse tatsächlich dasselbe Kleid getragen hatte wie vor zwei Jahren, oder ob es – wie kann man nur so dumm sein! – nur ein sehr ähnliches Kleid gewesen war.

»Du brauchst mich nicht zu bitten, Tonya. Wir werden da sein, wie versprochen.«

Flew steckte seinen Blondschopf durch die Tür. Das Bild sei fertig gerahmt. Wo er es aufhängen solle? Ja, in der Bibliothek würde es sich gut machen. Er wisse auch schon die perfekte Stelle, gleich über dem Hepplewhite-Tischchen – dann könne man den unpassenden Escher-Druck endlich von der Wand nehmen. Würde es ihr etwas ausmachen, wenn Jeannie ihm zur

Hand ging? Die Kleine habe so ein gutes Auge. Ach ja, und er habe eine Käseplatte für die Damen vorbereitet. Übrigens – er wandte sich mit einer kleinen Verbeugung zu Tonya –, wer denn der entzückende Gast sei? Wie es sein könne, dass sie sich noch nie begegnet waren? Sie würden bestimmt gute Freunde werden, sagte er zu der Vorsitzenden der Sisterladys, da sei er sich ganz sicher.

»Wer war *das* denn?«, fragte Tonya errötend, als sie wieder allein waren.

»Jeremy. Mr Flew. Er arbeitet für Lemmie.« Rainbow Coalition war hereingekommen, hatte sich einen Platz zwischen den großen Zimmerpflanzen neben dem Erkerfenster gesucht und saß jetzt dort reglos wie eine Porzellanfigur. Draußen erstreckte sich der sanft zum See hin abfallende Rasen im Schein der Flutlichtanlage. Am gegenüberliegenden Ufer glitzerten die Lichter ferner Häuser. »Er ist eine Art … Faktotum. Die meisten nennen ihn einfach Flew.«

»Aber was macht er hier? Hast du nicht gesagt, Lemaster ist noch an der Uni?«

»Nun, ja, aber – Jeremy ist jedenfalls hier.« Gerüchte. Das fehlte ihr jetzt noch, dass schon wieder neue Gerüchte aufkamen.

»Er ist ein bisschen seltsam, nicht?« Was sie nicht daran hinderte, sich Käse und Kräcker in den Mund zu stopfen. »Ich muss dir eine lustige Geschichte erzählen. Vor ein paar Tagen war ich zu einem Treffen bei Sandra Maxson. Irgendwann meinte Alice Henner, dieser Anwalt, Tice heißt er, glaub ich, sei zu ihr ins Büro gekommen, um sie nach Kellen Zant auszufragen. Wollte wissen, woran Kellen gearbeitet hat und so etwas. Natürlich hat sie ihn rausgeworfen. Passt zu ihr, so jähzornig, wie sie ist. Und dann sagt Patrice Pomeroy: ›Ach? Bei mir war er auch.‹ Bei Bitsy Farnsworth ist er auch gewesen. Nicht, dass sie ein Büro hätte. Die ist ja nur damit beschäftigt, das Geld ihres Mannes zum Fenster –«

»Soll das heißen, Tony Tice macht nacheinander die Runde bei allen Sisterladys?«

Tonya bedeckte ihren runden, neckischen Mund mit einer weichen braunen Hand. Ihre Fingernägel leuchteten in einem auffallenden Pinkton. »Also, ob er zu allen geht, weiß ich nicht. Aber bei einigen ist er jedenfalls gewesen.« Tonya war Direktorin einer Grundschule und drückte sich gern präzise aus. »Aber was soll das heißen, Liebes? Kennst du den Mann etwa?«

»Ich bin ihm mal begegnet.«

»Scheint ja keine besonders angenehme Begegnung gewesen zu sein.«

»Er hat mir dieselben Fragen gestellt«, antwortete Julia in der Hoffnung, in der Menge nicht aufzufallen.

»Tja, ich warte noch darauf, dass ich an die Reihe komme.« Sie biss ein überraschend kleines Stückchen von einem Kräcker ab. »Ich weiß ja, dass du genug um die Ohren hast. Du hast es wirklich nicht leicht. Du wirst es nicht glauben, aber meine Kinder beneiden Vanessa. Die denken, sie hätte ein unglaublich aufregendes Leben. Sie haben keine Ahnung. Ich weiß, wie schwer du es hast. Dafür hat jeder Verständnis, meine Liebe, aber die Leute fangen an zu reden. Sie sagen, Julia kommt nicht, weil sie sich für was Besseres hält. Ich weiß natürlich, dass das nicht stimmt, auch wenn keine von uns in so einem Palast wohnt. Glaub mir, meine Liebe, wenn es nach mir ginge, könntest du kommen und gehen, wie es dir beliebt. Aber es geht halt nicht nach mir, stimmt's? Die Statuten sehen ein Minimum an Anwesenheit im Jahr vor. Die Hälfte der Versammlungen muss man besuchen. Das sind nur sechs pro Jahr. Das kannst du doch schaffen. Die Warteliste der Leute, die dem Club gern beitreten würden, ist lang«, log sie. »Ich will dich ja nicht kritisieren, meine Liebe, aber du läufst Gefahr, dass man dich ausschließt. Zum Glück gibt es in den Statuten aber auch einen Passus, nach dem ein Mitglied in einer Notsituation von der Anwesenheitspflicht befreit werden kann, und zwar unter 10 (b)(5). Vorausgesetzt, die Mehrheit des Vorstands stimmt zu und die Mehrheit der bei der nächsten Versammlung Anwesenden –«

Julia suchte nach einer Gelegenheit, Tonyas Redefluss zu unterbrechen, was nicht so einfach war, denn einmal in Fahrt, war ein Ladybug unaufhaltsam wie der Winterwind und ebenso warm und unfassbar.

»Tonya, halt. Hör mir mal einen Moment zu. Du musst es ihnen sagen. Du musst allen sagen, dass Anthony Tice gefährlich ist. Dass sie sich vor ihm hüten müssen.«

Mit einem wölfischen Grinsen wartete Tonya auf die vertraulichen Neuigkeiten. »Wie kommst du darauf, meine Liebe?«

»Glaub's mir einfach.«

»Einen kleinen Hinweis kannst du mir doch geben.«

»Bitte, Tonya. Du musst mir vertrauen. Niemand sollte dem Mann auch nur eine einzige Frage beantworten.« Sie zögerte. »Vor allem, wenn er sich nach mir erkundigt.«

»Das würde er tun? Sich nach dir erkundigen?« In ihrer Aufregung sprang sie vom Sofa, setzte sich ohne zu fragen auf die Klavierbank und klimperte auf den Tasten herum, so dass gebrochene Akkorde erklangen, wie Julias Klavierlehrer es genannt hatte. »Du meinst, es geht ihm um dich und Kellen?«

»Bitte, lass das«, sagte Julia, auch wenn sie sich albern vorkam und es hochnäsig wirken musste.

»Was soll ich lassen?«

»Die Klimperei.«

»Ich dachte schon, du meinst, ich darf dich nicht mehr aufziehen.« Unbeholfen spielte sie ein paar Takte aus *The Sound of Music*. »Aber so was gefällt dir doch, oder? Broadway-Melodien.«

Julia hätte platzen können. »Lass das, Tonya, okay? Bitte.«

»Moment, Moment, jetzt fällt's mir wieder ein. Auf diesem Klavier hat schon Duke Ellington gespielt.«

»Genau.«

Leicht beleidigt klappte Tonya den Deckel zu. »Du bist wirklich ziemlich empfindlich, weißt du das?«

»Das liegt in der Familie«, erwiderte Julia, was wohl als Entschuldigung gedacht war.

»Also – stimmt es?« Tonya war aufgestanden und sah sich nach ihrer Jacke um. »Erkundigt er sich nach dir und Kellen? Geht es ihm darum?«

Bei dem Gedanken, was für Gerüchte im Umlauf waren, lief Julia ein kalter Schauer über den Rücken. »Was soll das, Tonya? Ich hatte nichts mit Kellen.«

»Ach, nein?«

»Ich meine, seit Ewigkeiten nicht mehr. Das war schon lange vorbei, als ich Lemmie kennengelernt habe.«

Sie standen an der Tür. »Julia, meine Liebe?«

»Hm?«

»Ist alles in Ordnung zwischen dir und Lemaster?«

Julia glaubte, sie hätte sich verhört. »Was ist das denn für eine Frage?«

»Es ist mir einfach so in den Sinn gekommen.«

»Aber wieso fragst du mich so was?« Sie zitterte vor Empörung. »Also wirklich, Tonya!«

»Ach, nichts. Vergiss einfach, dass ich gefragt habe.«

Sie wandte sich zum Gehen.

· III ·

Später am Abend. Julia räumte den Keller auf, wozu sie den ganzen Tag noch nicht gekommen war. Jeannie hatte mit einer Übernachtungsparty die Weihnachtsferien eingeläutet. Unter Lemasters Herrschaft war jedes seiner Kinder verantwortlich für das Verhalten seiner Freunde, eine Regel, so sagte er, die motivierend wirkte. Jeannies Freundinnen, alle Angehörige der hellhäutigeren Nation, hatten ein ziemliches Chaos hinterlassen. Mona Veazie hätte in Hörweite ihrer Tochter die Kinderstube ihrer Freundinnen kritisiert, und Julia war versucht, dasselbe zu tun. Sie fand Pappteller mit Pizzaresten – essen war hier unten verboten – und Flecken von verschütteter Cola und Limo. Überall lagen DVDs und Videospiele herum, die meisten ohne Hülle. Der Zustand der Toilette spottete jeder Beschreibung. Julia hätte auf die Putzfrau warten können, die zweimal die Woche kam, aber ihre Mutter hatte ihr beigebracht, dass man eine Sauerei nicht liegen ließ, und was sich ihren Augen hier im Keller bot, war fraglos eine Sauerei. Jeannies Streben nach Vollkommenheit hatte zu Julias Leidwesen dazu geführt, dass sie nur noch mit den Sprösslingen der angesehensten Familien in Tyler's Landing spielte, Kindern aus reichem Hause oder solchen, deren Eltern an der Universität arbeiteten.

Julia räumte auf und staubsaugte und schrubbte. Nachdem sie die Futons abgezogen hatte, ging sie ins Gästezimmer, um das Bett und das Schlafsofa abzuziehen. Das Zimmer war mit

Postern von Broadway-Musicals dekoriert, aber nur von solchen, wo es um afroamerikanische Themen ging oder in denen schwarze Darsteller mitspielten. Schon in Manhattan hatte Julia angefangen, die Poster zu sammeln, als Kellen sich über ihre Vorliebe für Broadway-Melodien lustig gemacht hatte. Broadway, so Kellen, war die Musik des weißen Amerika. *Es gibt drei Dinge, vor denen du dauernd wegläufst*, hatte er immer gesagt. *Deine Leute, deine Vergangenheit und dein Gott.* Aber hier im Gästezimmer im Keller von Hunter's Heights, umgeben von Ethel Waters, Lena Horne, Paul Robeson, Eartha Kitt und zahlreichen anderen schwarzen Stars redete Julia sich ein, dass er sich getäuscht hatte. Hier waren ihre Leute. Hier war ihre Vergangenheit.

Sie fragte sich, was Jeannies Freundinnen wohl von ihren Postern hielten.

Und Astrid, die immer in diesem Zimmer übernachtete.

Deine Leute und deine Vergangenheit.

Julia setzte sich auf das Bett, das sie gerade abgezogen hatte.

Geschichte. Frank Carrington hatte etwas von Geschichte erwähnt, als er ihr erzählt hatte, was Kellen ihm beim Kauf des Standspiegels gesagt hatte. *Er meinte, er würde Ihnen gefallen, weil Sie ein Faible für Geschichte haben.*

Konnte es sein –

Broadway-Melodien. Tonya hatte sie, genau wie Kellen und alle anderen, mit ihrer Vorliebe für Broadway-Melodien aufgezogen. Alle ihre Freunde kannten ihren Geschmack.

Sie drehte sich um und betrachtete das Poster von Lena Horne.

Jamaika, hatte Kellen jemandem erzählt, an dem Abend, an dem er ermordet worden war. Er wolle nach Jamaika. Aber es war weder ein Flugticket noch eine Hotelreservierung gefunden worden. Niemand konnte sich erklären, was er gemeint hatte. Aber jetzt wusste Julia es.

Der berühmte Titelsong des Musicals *Jamaika.* Berühmt zumindest, wenn man mit der Geschichte der Afroamerikaner am Broadway vertraut war. Lena Horne, die am Hudson River von der kleinen Karibikinsel gesungen hatte.

Kellen hatte sich einmal über eine Rede lustig gemacht, die Lemaster vor der Theologischen Fakultät gehalten hatte. In der

Rede hatte Lemaster die Fakultät als »Insel transzendentaler Klarheit in einem Meer säkularer Verwirrung« bezeichnet.

Das Kepler, eine kleine Insel ... an der Hudson Street.

Das war Kellens Botschaft. Eine Botschaft, die allein für Julias Ohren bestimmt war. Vielleicht war sie doch seine Schwarze Dame. Am Abend seines Todes war Kellen in der Theologischen Fakultät gewesen, und da niemand außer ihr seine Botschaft verstehen konnte, bedeutete das, dass er dort etwas versteckt hatte, etwas, das nur Julia –

»Mommy?«

Die perfekte Jeannie stand in der Tür.

»Ich wollte dir beim Aufräumen helfen. Die anderen Mädchen haben hier alles so schrecklich durcheinandergebracht.« Sie schnalzte mit der Zunge, genau wie Granny Vee, die zwanzig Jahre vor Jeannies Geburt gestorben war. »Ach, du bist ja schon fertig.« Gespielte Überraschung. »Da komm ich wohl zu spät. Na ja.«

Sie verzog sich wieder.

Kapitel 26

PERSONA GRATA

· I ·

Bruce Vallely war niedergeschlagen. Er war dabei, den Budgetentwurf fürs kommende Jahr zur Vorlage beim Kanzler zusammenzustellen. Das Problem war, dass er erst letzte Woche ein Memo erhalten hatte, in dem ihm mitgeteilt wurde, dass seiner Abteilung eine Budgetkürzung von 2,5 Prozent bevorstehe, als Teil der Bemühungen der Universität, die Unterhaltskosten aufgrund sinkender Kapitalerträge zu senken. Aber die Anweisung war eindeutig: Er sollte die Mittel einsparen, ohne Entlassungen vorzunehmen, ohne »wesentliche« Anschaffungen zurückzustellen und ohne die Campussicherheit zu beeinträchtigen. Vielleicht würden Penn und Teller das ja hinkriegen, aber Bruce hatte keine Ahnung, wie er es bewerkstelligen sollte. Doch letzten Endes war er der Chef, und das Budget war seine Aufgabe, und so saß er also in seinem zugigen Büro, einen gelben Notizblock vor sich auf dem Schreibtisch und rechnete sich die Finger wund, ohne zu einem Ergebnis zu gelangen.

Er schaute auf den Parkplatz hinaus und betrachtete den Fuhrpark in den Universitätsfarben. Einige Busse waren mit einer dicken Schneeschicht bedeckt. In anderthalb Wochen war Weihnachten, und Grace würde nicht da sein, um mit ihm zu feiern.

Zum ersten Mal.

Er schüttelte seine trüben Gedanken ab und beugte sich wieder über den gelben Block. Ein ums andere Mal tippte er neue Zahlen in seinen Taschenrechner und zerbrach sich den Kopf darüber, wie er die Forderungen des Kanzlers erfüllen sollte. Er bekam eine vage Vorstellung davon, wie viel Mühe es Senatoren und Kongressabgeordnete kostete, in mageren Zeiten einen Etat zusammenzuschustern. Bruce nahm sich vor, nie wieder zu behaupten, Politiker würden eine ruhige Kugel schieben. Sie mussten sich von den Medien und den Durchschnittswählern als unfähig beschimpfen lassen, aber gleichzeitig verlangte man von ihnen, dass sie das Unmögliche möglich machten, was ihnen manchmal tatsächlich gelang.

Er war nicht bei der Sache. Zumindest nicht bei der, die vor ihm lag.

Er war mit den Gedanken bei seinem Fall.

Mithilfe eines Freundes von der Baptistengemeinde, der er und Grace angehört hatten, und wo er jetzt manchmal alleine hinging, hatte Bruce Anfang der Woche herausgefunden, woher die Kosmetikdöschen stammten, die er aus Kellen Zants Gästezimmer mitgenommen hatte: Es handelte sich um Kosmetik einer kleinen, von Schwarzen betriebenen Firma in Detroit, die nur in einem einzigen Laden in der Stadt verkauft wurden, ein Laden, bei dem Julia Carlyle zufällig Stammkundin war.

Gut, eine andere Schwarze konnte die Kosmetika gekauft und in Zants Gästezimmer zurückgelassen haben. Das Problem war, dass Kellen sich nicht für schwarze Frauen interessiert hatte. Seine Affären waren ausschließlich weiße Frauen gewesen.

Bis auf Julia.

Doch Bruce konnte sich nicht vorstellen, dass Julia Carlyle regelmäßig in Zants Haus am Hobby Hill geschlichen war, und das nicht nur, weil sie irgendwann sicher jemand gesehen hätte. Sie kam ihm einfach nicht vor wie der Typ Frau, der so etwas machte. Das passte nicht zu ihrem Stolz, sie würde ein solches Verhalten als unter ihrer Würde erachten.

Eine andere Schwarze? Mit einem britischen Akzent?

Sehr seltsam, und es wurde immer seltsamer.

Bruce gab sich einen Ruck und konzentrierte sich wieder auf das Budget. Er brütete immer noch über seinen Zahlen, als der Empfang durchgab, Rick sei in der Leitung.

»Wir müssen uns treffen«, sagte Rick.

»Es ist nichts Persönliches«, sagte Rick Chrebet.

»Da bin ich ja erleichtert.«

»Im Ernst, Bruce, es hat nichts mit dir zu tun.«

Das Tauwetter war vorbei. Es war wieder winterlich kalt geworden. Bruce Vallely schob seine berüchtigten Hände tiefer in die Manteltaschen und wünschte, er hätte seinen Anorak angezogen. Die beiden Männer gingen zu dem schmalen Treidelpfad hinunter, der sich am stinkenden Harbor Canal entlangzog. Schilf von über einem Meter Höhe trennte den überfrorenen Pfad vom Wasser. Zu ihrer Rechten, oben auf dem Damm, verlief die Deepwater Street, auf der gut drei Meter über ihren Köpfen Autos dahinrasten, die diese Abkürzung nahmen, um den Berufsverkehr zu umgehen. Theoretisch war das Gebiet am Kanal ein Park. Theoretisch.

In der Realität war es einfach ein ungepflegtes, verlassenes Stück Brachland.

Die Witzbolde auf dem Revier hatten früher gespöttelt, Gott hätte Rick Chrebet aus den Resten gebastelt, die er übrig hatte, nachdem er Bruce gemacht hatte. Rick war – alle Kollegen konnten die Litanei aufsagen – kleiner, dünner, langsamer, ruhiger und bleicher als sein Partner. Chebret war auch noch blonder als Bruce gewesen, als sie vor zwanzig Jahren als Neulinge in den Polizeidienst eingetreten waren, aber im Lauf der Jahrzehnte waren sie beide ergraut. Inzwischen war Bruce aus dem Dienst ausgeschieden, und Rick, den man kürzlich bei einer Beförderung zum Captain übergangen hatte, hätte glatt dasselbe getan, wenn ihm seine Arbeit nicht wirklich Spaß machen würde.

Ein paar Minuten lang waren nur ihre Schritte im Schnee zu hören: zwei schwere, zwei leichte, zwei schwere, zwei leichte, ein Rhythmus so regelmäßig und zuverlässig wie eine alte Freundschaft.

Schließlich sagte Bruce: »Wenn's nichts Persönliches ist, kannst du mir dann mal erklären, was los ist? Es wird nur wegen eines Raubmords ermittelt, sonst nichts. Alle anderen Ermittlungen wurden eingestellt.«

»Das weiß ich doch alles.«

»Es war also Raubmord? Ist das der endgültige Stand?«

Rick hatte die ganze Zeit einen langen Stock mit sich herumgetragen. Jetzt warf er ihn ins Schilf und scheuchte damit irgendwelche Tiere auf, die in alle Richtungen davonstoben. »Hab ich dir ja gesagt, dass es so kommt.«

Bruce schaute in den dunklen Nachmittagshimmel. Ein vager hellerer Fleck ließ erahnen, dass die Sonne noch existierte. »Ganz plötzlich will niemand mehr mit mir reden.«

»Ich rede mit dir.« Bruce spürte, dass sein ehemaliger Partner ziemlich wütend war. »Egal. Ich weiß genau, was du meinst.«

»Also – was ist da los?«

Sein Partner musterte ihn. »Warum interessiert dich diese Geschichte so sehr? Du bist doch längst nicht mehr im Polizeidienst.«

Diesmal hütete Bruce sich, die Erklärung mit den »ungeklärten Details« vorzubringen. »Man setzt mich unter Druck, Rick. Meine Vorgesetzten wollen sichergehen, dass jede kleinste Einzelheit ihre Richtigkeit hat. Du kennst das ja.«

Aber Rick Chrebet sagte nichts dazu, ob er so etwas kannte oder nicht. »Hör zu, Bruce. Die Sache ist streng geheim. Und einige Leute sind ziemlich sauer darüber.« Kurzes Schweigen. »Ich hab gehört, Ben Church hat mit Rücktritt gedroht. Und Janey Wei hat einen Tobsuchtsanfall gekriegt.«

Bruce versuchte, sich vorzustellen, wie die kleine Janey einen Tobsuchtsanfall bekam. Es gelang ihm nicht.

»Worüber haben sie sich denn so aufgeregt? Was ist passiert?«

»Hör zu. Wir befolgen Anweisungen, klar? Von oben. Belassen wir es einfach dabei. Also, ein paar Tage nach dem Mord waren die Cops in Tyler's Landing noch immer keinen Zentimeter weiter, aber Ben und Janey hatten ein paar interessante Spuren. Die hatten den Fall ganz gut im Griff. Die – na ja, lassen wir die Einzelheiten. Tatsache ist, sie haben eindeutige Fortschritte bei den Ermittlungen gemacht, klar?«

Sie waren bis an den schlammigen Rand der Uferwiese gekommen. Das hohe Gras war voller Unkraut, was wenig zum Bild des gepflegten Uferparks passen wollte.

»Tja, ein Tag vergeht, Janey und Ben haben neue Informationen und wollen eine Vernehmung durchführen. Keinen Tatverdächtigen oder so, aber eine interessante Spur. Sie wollen also jemanden vernehmen, der ihnen entscheidende Hinweise geben kann, aber dann wird die ganze Sache ziemlich heikel, weil … na ja, aus gewissen Gründen eben. Sie brauchen plötzlich eine Sondererlaubnis. Sie reden mit den Leuten, die diese Sondererlaubnis erteilen können – jetzt sind wir also bei den höheren Etagen, klar? –, und dann warten sie und warten, und zwei, drei Tage später kommt von oben eine Anweisung: Keine Vernehmung. Keine Spekulationen, kein Wort zu niemand. Dann, ein paar Wochen später, kommt die Anweisung, die Ermittlungen einzustellen. Keine weitere Arbeit an dem Fall. Bezeichnen Sie es als Raubmord, schließen Sie den Fall ab und händigen Sie sämtliche Aufzeichnungen und Akten, alles schön versiegelt und unterzeichnet, an uns aus. Willst du wissen, warum?«

»Ja.

»Wir auch. Vor allem Janey und Ben. Wir wissen nur, dass die Anweisung direkt von der Staatsanwältin kommt. Es heißt, das FBI hätte sich eingeschaltet. Andere sagen, die Staatsanwältin wolle wegen der Wahlen im nächsten Jahr nicht diesen ungelösten Fall am Hals haben. Jedenfalls lautet der Befehl von oben an alle, Finger weg von dem Fall. Von jetzt an suchen wir nur noch nach jemandem, der Zant die Brieftasche oder die Autoschlüssel klauen wollte. Ende der Debatte.«

»Und Ben und Janey …«

»Janey hat inzwischen zwei kleine Kinder, genau wie Ben, obwohl er die nie zu sehen kriegt seit seiner Scheidung. Hypotheken. Sparen für die Rente. Ich meine, Bruce, okay, es ist ein bisschen an den Haaren herbeigezogen, aber Raubmord klingt schon ganz plausibel. Vielleicht *war* es ja tatsächlich ein Raubmord. Das werden die Leute akzeptieren. Die ziehen uns das Fell über die Ohren, weil wir den Täter nicht finden, aber das Motiv nehmen sie uns ab.«

Sie hatten fast das Ende des Treidelpfads erreicht. Ein verrostetes Fahrrad versperrte ihnen den Weg. An der Stelle, wo Bruce als Junge mit seinem großen Bruder immer ihre Kanus ins Wasser gelassen hatte, sah das brackige Wasser dunkel und nicht gerade einladend aus. Selbst die Eisschollen, die darin herumschwammen, wirkten schmutzig.

Bruce sagte: »Theresa Pappas – die Staatsanwältin –, die ist doch mit den Carlyles gut befreundet, nicht wahr?«

Rick zuckte die Achseln. »Wenn mir eins klar geworden ist bei diesen Ermittlungen, dann, dass jeder außer Kellen Zant ein alter Kumpel von Lemaster Carlyle ist. Manche fühlen sich vielleicht ein bisschen von ihm eingeschüchtert, weil er jeden kennt, der etwas zu sagen hat. Aber so oder so, keiner wagt es, ein Wort gegen ihn –« Er hielt inne und schlug seinem alten Partner auf den Rücken. Er verzog das Gesicht. »Hör mal, Bruce, das ist nicht der Grund, warum ich mit dir reden will. Ob wir die Anweisung haben, den Mord an Zant als Raubmord zu verkaufen oder nicht, das ist nicht dein Problem.«

»Und warum wolltest du dann mit mir reden?«

»Weil – das bleibt unter uns, okay? – weil du im Moment nicht gerade das bist, was man als Persona grata bezeichnet, falls man das so sagen kann.«

»Wovon redest du?«

»Wir hatten ein paar Probleme. Beweismittel sind verschwunden. Sogar Zants Handy, ob du's glaubst oder nicht. Und da hat Mrs Pappas durchgegriffen und klare Anweisungen gegeben. Aber es ist nicht nur so, dass niemand mehr den Mund aufmachen darf, ihre Anweisung ist sehr spezifisch.« Ricks Blick war betrübt, aber zugleich entschlossen. »Die eine Person, der wir auf gar keinen Fall irgendwelche Informationen zukommen lassen dürfen, ist ein gewisser Bruce Vallely, Leiter des Campus-Sicherheitsdienstes.«

Eisschollen trieben auf dem alten Kanal. Auf der anderen Seite, in dem Stadtteil namens Outer Elm, waren auf dem trockengelegten Uferbereich Reihenhaussiedlungen, Einkaufszentren, Spielplätze und eine Promenade entstanden. Durch einen glücklichen Zufall war keine einzige schwarze Familie dorthin gezogen, ein ethnisch gesäubertes Paradies mitten in der Stadt, und sogar einigermaßen erschwinglich – die Bewohner waren in der Mehrzahl Einwandererfamilien der dritten Generation.

»Im Ernst?«

»Das ist noch nicht alles, Bruce.«

»Was denn noch?«

Rick Chrebet hatte die Hände tief in die Taschen geschoben.

Sein Atem bildete bleiche Bögen in der kalten Luft. »Die wissen, dass du auf eigene Faust ermittelst, Bruce. Die wissen, dass du neulich in Zants Haus warst. Ich gehöre nicht zu Mrs Pappas' Vertrauten – jedenfalls nicht, wenn es um etwas so Brisantes geht –, aber angeblich überlegen die, ob sie dich wegen Behinderung polizeilicher Ermittlungen anzeigen sollen.«

Kapitel 27

Noch einmal der Comyns-Spiegel

· I ·

Julia machte sich methodisch und zugleich impulsiv ans Werk, eine Kombination, die ihr schon so oft im Leben zum Erfolg verholfen hatte – und zu so viel Misserfolg. Mary Mallard und Tony Tice waren beide davon überzeugt, dass Kellen ihr etwas hinterlassen hatte. Den Mehrertrag nämlich, den er erzielen wollte. Den Warenbestand, den er loswerden wollte. Abgesehen von diesen kryptischen Botschaften und ab und zu einer Schachtel Fudge als Geschenk, das sie gar nicht haben wollte, fiel Julia nur ein Gegenstand ein, den Kellen ihr in letzter Zeit hinterlassen hatte.

Der Spiegel.

Der silberne Handspiegel mit den Perlmutteinsätzen von William Comyns, den Granny Vee ihr kurz vor ihrem Tod geschenkt hatte und den Kellen anscheinend zwanzig Jahre lang neben seinem Schreibtisch aufbewahrt hatte.

Als am Dienstagabend alle im Haus schliefen, nahm Julia den Spiegel von ihrem kleinen Schreibtisch in der Ecke des Schlafzimmers und ging damit nach unten in die große Küche. Die teuren, schicken Arbeitsplatten aus schwarzem Granit, die im Ausstellungsraum des Küchenstudios so edel ausgesehen hatten, schienen, wenn es dunkel wurde, alles Licht zu verschlucken. Auf einer Party, die Lemaster vor fünf Jahren für seine schwarzen Kollegen gegeben hatte – eine der wenigen Gelegenheiten, als Kellen in Hunter's Heights gewesen war –, hatte Kellen bemerkt, die Arbeitsplatten erinnerten ihn an den Clan: hart und dunkel und zäh, ein Bollwerk, das stolz und entschlossen all die nutzlosen Traditionen und Eigenheiten des schwarzen Amerika bewahrte.

Worauf Julia ihm geantwortet hatte, er solle sie in Ruhe lassen.

Sie legte den Spiegel unter die Leselampe neben ihrem Computer, der auf einem kleinen Tisch in der Küche stand. Sie hatte ihn ein bisschen gereinigt und poliert. Vielleicht sollte sie ihn für eine gründliche Reinigung zu einem Fachmann bringen, dachte sie, während sie ihn von allen Seiten betrachtete. Komm schon, Kellen, sagte sie im Stillen, wenn ich deine Schwarze Dame bin, dann sprich mit mir. Warum hast du mir den Spiegel zukommen lassen? Was bedeutet der Spiegel? Der Spiegel, der Mehrertrag, das Bestandsrisiko. Und Jamaika. Warum warst du an dem Abend im Kepler? Sie konnte keinen Zusammenhang erkennen, es ergab alles einfach keinen Sinn. Julia fuhr mit den Fingern über die filigranen Intarsien auf der Rückseite des Spiegels, über das Blattwerk an den Rändern, das Sonnenemblem in der Mitte des königlichen Dekors. Sie wurde allmählich ungeduldig, weil sie nicht dahinterkam, was der Spiegel ihr sagen sollte – falls er ihr überhaupt etwas sagen sollte. Und es ärgerte sie, dass Kellen den Spiegel so schlecht gepflegt hatte. Die stumpfe Oberfläche war so zerkratzt, dass sie das berühmte *W·C* des Gütestempels kaum noch erkennen konnte, weil –

Der Stempel?

Sie legte den Spiegel auf den Schreibtisch und richtete die Lampe darauf. Comyns' Stempel bestand aus einem »W« und einem »C« mit einem winzigen Kreis dazwischen, der etwas flacher als die Buchstaben eingraviert war. Der Stempel war versteckt zwischen den Ornamenten, aber jeder Experte wusste, wo er ihn finden würde. Doch diese Gravierung war nicht nur zerkratzt, sie war quasi entfernt worden.

Das hatte nichts mit Abnutzung durch Gebrauch oder schlechte Pflege zu tun, der Gütestempel war absichtlich unkenntlich gemacht worden.

Als Julia den Spiegel auf den Kopf drehte, sah sie es sofort. Die Buchstaben waren … verändert worden. Und zwar so, dass es nur jemandem auffallen würde, der wusste, wo das Gütezeichen zu finden war und wie es normalerweise aussah. Die

Wahrscheinlichkeit war groß, dass niemand außer Julia so etwas erkennen würde.

Das »C« war spiegelverkehrt und in der Mitte durch einen sauberen Querstrich geteilt. Beim »W« war der linke Balken entfernt worden, und der mittlere Teil, der normalerweise nach oben zeigte, war so gedreht worden, dass die Spitze jetzt nach rechts deutete.

Es ergab keinen Sinn.

Oder doch?

Es war ja ein *Spiegel*.

Julia lächelte. Sie hatte bereits durchschaut, was Kellen gemacht hatte, ging jedoch mit dem Spiegel ins Bad, um sich zu vergewissern. Sie hielt den Gütestempel vor den Badezimmerspiegel, betrachtete ihn mit zusammengekniffenen Augen, und siehe da: Aus *W·C* war *E·K* geworden.

Julias Lächeln verschwand. Wer oder was zum Teufel war *E·K*? Eddie Krueger? Nein, Krueger hieß Freddy. Edward Kennedy? Ernst Kaltenbrunner? Eleganter Kellen? Vielleicht hatte sie etwas missverstanden. Vielleicht hatte sie den veränderten Gütestempel falsch gedeutet, oder vielleicht überinterpretierte sie das alles auch, las womöglich symbolische Bedeutungen in ganz normale Verschleißschäden hinein, nur, weil sie sie dort sehen wollte. Aber weil sie es gewöhnt war, methodisch vorzugehen, machte sie mit ihrer Digitalkamera ein paar Aufnahmen von dem Spiegel – erst im Badezimmerspiegel, dann in der Küche auf dem Schreibtisch und schließlich noch ein paar Nahaufnahmen des Gütestempels. Anschließend lud sie die Bilder auf ihren Laptop und schickte sie übers Internet an Kodak, wo sie ihre Digitalfotos speicherte.

Geduld war nicht gerade Julias Stärke, aber wenn der Spiegel eine Botschaft enthielt, dann würde sie sie über kurz oder lang entschlüsseln.

· II ·

Am Vormittag dieses Tages bat sie Latisha, Joe Poynting zu ihr zu bestellen. Der junge Mann erschien wenige Minuten später, zweifellos in der Annahme, dass irgendwelche Probleme mit seinem Antrag auf ein Forschungsstipendium für Bologna aufgetaucht wären. Julia drehte den Schreibblock um, auf dem sie immer noch mit Anagrammen von »Shari Larid« experimentierte, schloss ganz gegen ihre Gewohnheit die Tür und nahm ihm das Versprechen ab, über das Gespräch Stillschweigen zu wahren. Dann stellte sie ihm ihre Frage.

»Sie arbeiten doch jeden Abend in der Bibliothek, manchmal bleiben Sie sogar noch, auch wenn die Bibliothek offiziell schon geschlossen ist. Ich würde gerne von Ihnen wissen, ob Sie dort jemals Professor Zant gesehen haben.«

»In der Kepler-Bibliothek?«

»Ja.«

Joe nickte. »Sicher, ich hab ihn oft gesehen. Manchmal abends, manchmal am späten Nachmittag.«

»Was hat er gemacht?«

»Wahrscheinlich irgendwelche Recherchen. Ich hab ihn nicht gefragt.«

»Nein, ich meine, was haben Sie gesehen?«

Der Student saß mit geschlossenen Knien da, die Hände im Schoß. Julia spürte, dass er Kellen nicht besonders gemocht hatte. »Meistens hatte er unten im Archiv zu tun«, sagte Joe.

Was Vanessas Geschichte bestätigte. Es sei denn –

»Wie oft haben Sie ihn ins Archiv gehen sehen?«

»Ich würde sagen, mindestens einmal die Woche.«

Natürlich. Kellen war nach Julias Feierabend in die Theologische Fakultät gekommen, was bedeutete, dass er nicht hier gewesen war, um sie zu nerven. Und auch nicht, um Vanessa abzufangen, die im Lauf des vergangenen Jahres höchstens fünfmal das Archiv aufgesucht hatte. Nein. Kellen war in der Bibliothek gewesen, weil er an einem eigenen Projekt gearbeitet hatte.

Und zwar im Archiv.

· III ·

Lemaster wachte auf, als seine Frau sich zurück ins Schlafzimmer schlich, und streckte die Arme nach ihr aus, als sie ins Bett schlüpfte. Julia ließ sich gern in die Arme nehmen. Sie war nervös, besorgt, verwirrt und ein bisschen ängstlich, und sie brauchte die körperliche Nähe, um sich ihres gemeinsamen Lebens zu vergewissern. Beim Sex war Lemaster wie bei allem, was er tat: bedächtig, pflichtbewusst und ganz Herr seiner selbst und der Situation. Er war Mann genug, um seinen Ehrgeiz darein zu legen, dass sie zu ihrem Vergnügen kam, doch viel zu kontrolliert, um auf den Gedanken zu kommen, es könnte auch eine Tugend sein, wenn er ab und zu einmal ihr die Kontrolle überließ. Manchmal, in einem Augenblick der Zärtlichkeit, fing sie seinen Blick auf, die ernsten braunen Augen aufmerksam und geduldig, Lemaster, der nur an ihren Genuss dachte. Dabei hätte ein bisschen männlicher Egoismus das Angenehme wirklich aufregend machen können. Es gab Momente, da fragte sie sich, ob ihr Mann überhaupt zur sexuellen Leidenschaft fähig war. Denn in all den Jahren, die sie zusammen waren, hatte sie nicht ein einziges Mal erlebt, dass er wirklich die Kontrolle verlor.

Julia hatte sich schon in der ersten Woche ihres Studiums in ihn verliebt. Bei der Vorlesung eines Gastprofessors aus Cambridge, der seinen Zuhörern einzureden versuchte, Gott sei notgedrungen der Ursprung allen Übels, war Lemaster zur Hochform aufgelaufen, er war der Einzige gewesen, der dem Vortragenden widersprochen hatte, selbst die meisten Angehörigen des Lehrkörpers hatten sich von dem Mann einschüchtern lassen. Sie war hingerissen von Lemasters Scharfsinn, beeindruckt davon, wie er schon im Grundstudium sämtliche Leistungsrekorde brach, wie er später als Jurastudent und dann als junger Anwalt brillierte, nur um dann seine Karriere als Jurist aufzugeben, weil er sich für das Priesteramt berufen fühlte. Sie liebte sein zurückhaltend charmantes Selbstvertrauen, die traumwandlerische Sicherheit, mit der er in jeder Situation für Entspannung sorgte, selbst im Bett. Er war das Gegenmittel, das sie von dem zermürbenden Gefühlschaos wegen Kellen Zant befreite. Und sie genoss es, wie ihre Verlobung den ganzen Clan in Aufruhr versetzte, weil Lemaster Carlyle, was auch immer seine Vorzüge sein mochten, eigentlich keiner von *uns* ist, meine Liebe. Und dann entpuppte er sich auch noch als Mitglied der Empyreals. Ein Empyreal – waren die nicht schon längst alle tot oder lagen im Sterben? Waren die nicht praktisch pleite? Wie konnte Julia, deren Großmutter die Ladybugs gegründet hatte, so tief sinken und einen Empyreal heiraten? Erschwerend hinzu kam natürlich, dass er aus Barbados stammte und sehr dunkelhäutig war – die zählebigen Vorurteile aus den alten Harlemer Zeiten lauerten noch in vielen unvermuteten Ecken.

Als sie nach dem Sex in seinen Armen lag, fragte sie sich, welche Geheimnisse er hütete, die er Astrid Venable ebenso wie Cameron Knowland vorenthalten hatte. Was wusste er wirklich über die Zeit in der Hilliman-Suite? Lemaster, katholisch erzogen, hatte sich einem Leben der Disziplin und der Verpflichtung verschrieben, und irgendwie liebte Julia wohl auch das an ihm, auch wenn Tugenden wie Loyalität und Verschwiegenheit der Suche nach der Wahrheit im Wege stehen konnten.

»Du bist ein guter Mann«, flüsterte Julia und küsste die Schulter ihres schlafenden Mannes. Sie kuschelte sich noch dichter an ihn. »Du bist ein guter Mann«, flüsterte sie noch einmal und hoffte, dass es stimmte.

Kapitel 28

Den Vorschriften und der Schwerkraft zum Trotz

· 1 ·

Ins Archiv der Kepler-Bibliothek hinter dem hohen Lesesaal gelangte man durch eine Art Seitenkapelle mit einem schmiedeeisernen Gitter, das den Altarraum abtrennte. Julia betrat die Bibliothek so selten wie möglich, aber am Mittwoch schritt sie entschlossen über die knarrenden, schiefen, nur unzureichend mit abgenutztem Teppichboden ausgelegten Dielen. Eine Wand war hinter einem Baugerüst verborgen. An den anderen drei reichten hohe Fenster und Bücherregale bis unter die Decke, dazwischen hingen Porträts von berühmten Geistlichen und Theologen, die am Kepler studiert hatten. Die meisten wirkten enttäuscht. Hier alle erdenklichen Versionen der Bibel, dort die Werke großer Theologen oder Zusammenfassungen von Werken großer Theologen. Daneben Computer, mit deren Hilfe man Zusammenfassungen der Zusammenfassungen finden konnte. Ein paar Studenten blickten gelangweilt auf. An der eisernen Sperre tat eine lustlose Bibliotheksangestellte so, als überprüfe sie Julias Universitätsausweis. Über eine Metalltreppe stieg Julia ins Innerste des Heiligtums hinunter, wo im Moment niemand nach Schätzen grub. Die Sammlung an zum Teil unschätzbar wertvollen Predigten, Streitschriften und Handschriften befand sich in einem geschlossenen Magazin, was bedeutete, dass man, wenn man einen bestimmten Text brauchte, einen Zettel ausfüllen und dann in einem kleinen Leseraum warten musste, bis der Archivar oder eine seiner Assistentinnen einem den gewünschten Band brachte. Zum

Arbeiten setzte man sich an einen der im Raum verteilten Tische. Aus dem Magazin konnte nichts ausgeliehen werden, aber wenn man regelmäßig dort zu tun hatte, bekam man ein Wägelchen zur Verfügung gestellt, auf dem man seine Unterlagen aufbewahren konnte, während man sich mit Banalitäten wie Seminaren, Familienleben oder ein paar Stunden Schlaf abgab. Damit die wertvollen Schätze keinen Schaden nahmen, hielten die Klimaanlage und die Entfeuchter jahraus, jahrein die Luft knochentrocken, und als Julia sich in dem Raum mit den langen Tischen, Arbeitsnischen und fahrbaren Metallregalen umsah, wusste sie sofort, dass ihre Haut für den Rest des Tages jucken würde.

Denk nach.

Joe Poynting hatte gesagt, er hätte Kellen in den vergangenen Monaten häufig hier ein und aus gehen sehen, meistens abends oder am späten Nachmittag – zu einer Zeit also, wenn Julia, die pünktlich um vierzehn Uhr Feierabend machte, ihm kaum hätte über den Weg laufen können.

Das Magazin.

Was hatte Kellen hier gemacht?

Julia trat an einen der Wagen und betrachtete einen Stapel blauer Ordner, die mit brauner Schnur zusammengehalten wurden. An der Beschriftung konnte sie ablesen, dass hier jemand über Predigten forschte, die in französischen Kirchen zur Zeit der Pariser Kommune gehalten worden waren. Das sah eher nicht nach Kellen aus. Auf dem nächsten Wagen befanden sich Finanzberichte des ehemaligen Federal Council of Churches aus der Zeit vor dem Zweiten Weltkrieg. Vielleicht hatte Kellen über Wirtschaftsgeschichte geforscht –

»Kann ich Ihnen behilflich sein, Frau Dekanin?«

Julia zuckte zusammen wie ein Kind, das bei etwas Verbotenem erwischt wird, und fuhr herum. Das schützende Grinsen aus ihrer Jugend in Hanover im Gesicht, sah sie sich der gespenstischen Erscheinung von Rod Rutherford gegenüber, dem Archivar der Kepler-Bibliothek.

»Verzeihung«, sagte sie. »Ich habe Sie nirgendwo gesehen.«

»Kann ich Ihnen behilflich sein?«, wiederholte er, eine förmliche Begrüßung, die der Archivar weniger aus Respekt für Julia denn aus Respekt vor der Tradition benutzte.

»Es tut mit leid, Sie zu belästigen«, sagte sie und ahmte dabei unwillkürlich seine Grabesstimme nach. »Aber ich habe eine Frage.«

»Verstehe.«

»Eine wichtige Frage«, fuhr sie etwas dümmlich fort.

»Eine wichtige Frage. Nun ja.«

»Können wir irgendwo ungestört miteinander reden?«

»Selbstverständlich.« Er führte sie in sein weiß getünchtes Büro, das mit billigen Metallmöbeln eingerichtet war, denn Rod Rutherford würde Universitätsgelder nie für etwas anderes als für Bücher ausgeben. Sie nahm ihm gegenüber Platz und erläuterte ihr Anliegen. Zitternd vor Kälte in dem klimatisierten Zimmer, unterbreitete sie ihm eine leicht abgewandelte, etwas ausgeschmückte, und dennoch, wie sie meinte, einigermaßen plausible Version ihrer wahren Beweggründe.

»Ich wünschte, ich könnte Ihnen helfen, Frau Dekanin«, sagte der Archivar, nachdem sie zum Ende gekommen war. »Aber ich fürchte, das ist nicht möglich.«

»Ich will ja nur wissen, welche Unterlagen Professor Zant sich angesehen hat.«

»Tja, leider darf ich Ihnen nicht einmal sagen, ob er überhaupt hier war.« Roderick Ryan Rutherford schenkte ihr ein verbindliches Lächeln. Der Mann war eine unheimliche, ausgezehrte Gestalt, bleich wie ein Höhlenbewohner, pedantisch und hochmütig, und er besaß die irritierende Gabe, in einem Korridor oder auf einem Parkplatz plötzlich hinter einem zu stehen, wenn man sich eben noch allein gewähnt hatte. Julia kannte ihn nicht besonders gut, denn ihre Tätigkeit brachte sie nur selten in Kontakt mit der Bibliothek oder dem Archiv, die beide unter der Leitung von Rutherford standen und bis vor Kurzem im Zuständigkeitsbereich des verstorbenen Boris Gibbs gelegen hatten. Im Grund ihres Herzens war Julia, was ihre akademische Qualifikation betraf, noch immer empfindlich, weil sie ihr Theologiestudium abgebrochen hatte. Sie wagte sich nur selten in den ehemals würdevollen Lesesaal, und das offene Magazin hatte sie seit ihren Studentenzeiten überhaupt nicht mehr betreten. Das Archiv hatte sie nach ihrer Einstellung als stellvertretende Dekanin einmal besichtigt, und ein zweites Mal war sie vor anderthalb Jahren hier gewesen, als sie Vanessa gezeigt hatte, wo sie Material für ihre Recherchen finden konnte. »Und erst recht kann ich Ihnen nicht sagen, welche Unterlagen aus der Sammlung er angefordert hat«, sagte Mr Rutherford.

»Könnte vielleicht irgendjemand anders darüber Bescheid wissen?«

»Liebe Güte. Ich sage ja nicht, dass ich nicht über die Informationen verfüge, die Sie gern hätten, Frau Dekanin. Aber ich darf Sie Ihnen nicht geben. Unmöglich.« Mit erhobenem Zeigefinger beschrieb er einen Kreis, als wollte er sie an größere Zusammenhänge erinnern. »Die Vorschriften, wissen Sie.«

»Vorschriften?«

»Sie glauben doch sicherlich an den Nutzen von Vorschriften, Frau Dekanin.« Er rieb sich die geisterhaften Hände wie ein geldgieriger Totengräber. »Ohne Regeln würde die Menschheit in Anarchie versinken. Und in einer Bibliothek darf keine Anarchie herrschen. Erst recht nicht in einem Archiv.«

»Ja, aber –«

»Die hier archivierten Unterlagen sind absolut vertraulich. Als stellvertretende Dekanin werden Sie mit Paragraph 22-C der Bibliotheksordnung vertraut sein, der die Daten der Bibliotheksbenutzer schützt. Der Paragraph wurde 1973 von der Fakultätsversammlung übernommen, nachdem die Buckley-Ergänzung zur Verfassung vom Kongress ratifiziert worden war und anschließend vom Stiftungsrat –«

»Bitte versuchen Sie zu begreifen, Mr Rutherford«, – nicht Rob, der Mann mochte Förmlichkeiten –, »wie wichtig das ist. Ich kann Ihnen nicht alle Gründe erläutern, aber –«

»Zweifellos geht es um Leben und Tod.« Er wirkte alles andere als überzeugt. »Aber ich diene notwendigerweise einer anderen Muse. Eine Bibliothek ist eine Lagerstätte des Wissens, Frau Dekanin. Ein Ort der Bewahrung. In früheren Zeiten wurde das Bewahren von Wissen respektiert. Heute ist das anders. Heute ist Wissen gleichbedeutend mit Verlangen. Was unbequem ist, darf nicht wahr sein. Wir leben wieder im Mittelalter. Deswegen müssen wir Archivare unsere Arbeit schützen, indem wir auf die Einhaltung der Vorschriften bestehen. Wer nicht nach diesen Vorschriften handeln will, hat hier nichts verloren.«

Unter dem finsteren Blick des Archivars fragte Julia sich angesichts des unerwarteten Hindernisses, ob sie sich dieses absurde Gespräch nur einbildete. Mit Widerstand von dieser Seite hatte sie nicht gerechnet, doch sie beherrschte sich, während sie nachdachte. An ihrer Hautfarbe lag es nicht, tröstete sie sich, wenn auch nur halb überzeugt, denn sie hatte selbst auf diesem außergewöhnlich liberalen Campus oft das Gefühl, dass sich gewisse Türen – intellektueller oder gesellschaftlicher Art – nur für die Angehörigen der hellhäutigeren Nation öffneten. Aber Roderick Rutherford behandelte jeden mit derselben Herablassung. Von ihm fühlte sie sich weniger missachtet, als dass er ihr Angst machte: Die Art, wie er den Kopf halb zur Seite drehte, wenn er mir ihr redete, verursachte ihr eine Gänsehaut.

Sie unternahm einen neuen Versuch.

»Ich verlange doch nicht viel von Ihnen. Ich weiß, dass Professor Zant in den letzten Wochen vor seinem Tod mehrmals spätabends hier unten gewesen ist. Das Einzige, was ich –«

»Spätabends? Also, das kann mit uns nichts zu tun gehabt haben. Das Archiv schließt pünktlich um siebzehn Uhr dreißig, an sechs Tagen in der Woche. Am siebten Tag ruhen wir. Das war ein Scherz.«

Keiner lachte. An der Wand hinter Rutherfords schmalem Kopf hing das Porträt eines berühmten Abolitionisten aus Neuengland, der mürrisch dreinblickte. Darüber befanden sich zwei verstaubte, vergitterte Kellerfenster. In dem matten, sepiafarbenen Licht waren undeutlich vorbeieilende Füße zu sehen. Sonst deutete nichts in dem eisigen Raum darauf hin, dass draußen die Sonne schien.

»Nun, nach meinen Informationen ist Professor Zant in den frühen Abendstunden hier unten gewesen.«

»Ich kann mir nicht vorstellen, wie das möglich sein soll, Frau Dekanin. Ich schließe die Türen persönlich ab. Mrs Bethe hat natürlich auch einen Schlüssel, aber sie würde wohl kaum noch einmal zurückkommen und eigenmächtig jemandem Zutritt verschaffen. Die Leute vom Campus-Sicherheitsdienst hätten sicherlich die Möglichkeit, hier einzudringen, aber da sie den Code der Alarmanlage nicht kennen, würden sie sicher einen Heidenlärm auslösen.«

»Aber Claire Alvarez würde doch sicherlich –«

»Liebe Güte, nein. Dekanin Alvarez hat weder einen Schlüssel noch kennt sie den Code. Ich glaube, der Code ist nur mir und Mrs Bethe bekannt.«

»Und – was machen Sie, wenn jemand noch später hier arbeiten möchte? Suzanne de Broglie ist doch ständig noch abends hier.«

»Frau Professor de Broglie teilt uns mit, welche Unterlagen sie braucht, und wir legen sie für sie im großen Lesesaal bereit. Sie füllt am Tresen einen Ausleihschein aus und nimmt die Bücher dann mit in die Fakultätsbibliothek, wo sie für gewöhnlich arbeitet. Eine solche Vereinbarung würden wir natürlich nicht mit jedem treffen, aber die verehrte Frau Professorin geht sehr respektvoll mit unseren Sammlungen um.«

»Hatten Sie eine solche Vereinbarung auch mit Kellen Zant?«

Seine Hände glitten in- und übereinander, als wären sie von seinem Körper losgelöst und in einen unnatürlichen Zwiespalt verstrickt. »Meine liebe Frau Dekanin, das kann ich Ihnen unmöglich sagen.«

Julia ging in Gedanken alle Möglichkeiten durch. In Rod Rutherfords Bibliothek gab es für jeden Vorgang noch Papierbelege. Digitale Datenverarbeitung war hier verpönt. Alles wurde von Hand aufgeschrieben, denn auch wenn Roderick Ryan Rutherford vielleicht nicht an Gott glaubte, so glaubte er doch mit der Inbrunst des kürzlich erst Konvertierten an die Methoden der guten alten Zeiten.

»Also gut, Sie können mir nicht sagen, welches Material Professor Zant benutzt hat. Aber wenn er hier gewesen ist, dann müssen Sie irgendwo seine Unterschrift haben. Er muss ja den Empfang und die Rückgabe von ausgeliehenem Material bestätigt haben.«

»Selbstverständlich.«

»Dürfte ich einen Blick auf diese Ausgabenachweise werfen?« Sie konnte ihre Frustration kaum noch verbergen.

»O nein, Frau Dekanin, das kommt leider nicht infrage. Auch das ist durch Paragraph 22-C klipp und klar geregelt. Der Passus wurde nach fünfmonatiger Debatte eingeführt, und ich glaube kaum, dass wir das Recht haben, davon eine Ausnahme zu machen.«

»Mr Rutherford, bitte.« Sie hob beide Hände, um die Flut seiner bürokratischen Einwände abzuwehren. Der Archivar schwieg, doch seine Leidensmiene änderte sich keineswegs. »Ich bin doch keine eifersüchtige Studentin, die herausfinden will, ob ihr Freund an einem bestimmten Abend tatsächlich in der Bibliothek war oder nicht.« Wobei sie zu ihrer Zeit am Kepler auch diese Rolle schon gespielt hatte. »Meine Frage hat etwas zu tun mit ... mit dem, was Professor Zant zugestoßen ist.«

»Ja. Eine äußerst bedauerliche Sache.«

»Dann verstehen Sie doch sicherlich, warum –«

»Haben Sie einen richterlichen Beschluss? Irgendeine Anordnung vom Gericht?« Er betrachtete ihre Hände, als hoffte er, dort ein Dokument zu entdecken. »Oder irgendeine andere Art von Vollmacht?«

Julia schüttelte den Kopf. »Nein, aber ich bin mir sicher, dass Sie –«

»In dem Fall kann ich Ihnen leider nicht weiterhelfen, Frau Dekanin, sosehr ich es auch bedaure.«

Plötzlich fiel ihr etwas ein. »Und wenn ich mit dem Leiter der Campuspolizei hierher käme?«

»Ich nehme an, Sie meinen den Leiter des Sicherheitsdienstes.« Er legte einen knochigen Finger ans Kinn, und die Falten in seiner bleichen Stirn wurden noch tiefer. »Hm. Tja. Ich fürchte, den Leiter des Sicherheitsdienstes müsste ich ebenfalls mit leeren Händen wieder fortschicken, es sei denn, er könnte mir eine einschlägige Vollmacht vorlegen.« Er schüttelte den langen Kopf, um seine Worte zu unterstreichen. »Keine gerichtliche Anordnung, keine Vollmacht. Das ist höchst ungewöhnlich, Frau Dekanin. Sie sollten sich genauer an die Vorschriften halten.«

Ein letzter Versuch. Sie überwand ihren Stolz. »Mr Rutherford, Sie wissen doch, wer ich bin. Sie wissen, wer mein Mann ist.«

»In der Tat. Und ich möchte betonen, dass mich all das Gerede über ihn herzlich wenig beeindruckt.«

»Oh, danke.« Sie nahm sich zusammen. »Mr Rutherford, falls der Universitätspräsident Ihnen persönlich die Anweisung gäbe, dann würden Sie doch sicher –«

Er hob eine weißliche Hand, um sie zu unterbrechen. »Frau

Dekanin, erlauben Sie mir, Sie vor einem weitverbreiteten Irrtum zu bewahren. Ich fürchte, ich bin kein Angestellter im Dienste Ihres Mannes. Das Gleiche gilt für alle Mitglieder des Lehrkörpers. Der Universitätspräsident hat eine, nun, eher beratende als kontrollierende Funktion. Zumindest, soweit es den Bereich der Wissenschaft und Lehre betrifft. Aber so oder so bin ich an Paragraph 22-C gebunden.«

Julia wollte noch etwas sagen, doch sie sah ein, dass es keinen Zweck hatte. Es war, als verhandelte sie mit einer schlecht programmierten Maschine. Lemaster liebte Bibliotheken, Bücher und Traditionen, aber Julia zog jederzeit das Internet vor. Sie erhob sich und ging in Richtung der Metalltreppe.

»Frau Dekanin.« Ganz leise.

Sie drehte sich nicht um, konnte seinen Anblick nicht mehr ertragen. »Ja, Mr Rutherford.«

»Wenn ich Ihnen einen Rat geben darf: Sehen Sie sich die Vorschriften einmal an. Vielleicht entdecken Sie eine einschlägige Ausnahmeregelung.«

Es reichte. Damit war die Grenze von kleinlicher Paragraphenreiterei zur offenen Herablassung überschritten. Aber als sie wütend herumfuhr, um dem Archivar eine passende Antwort entgegenzuschleudern, stand sie allein im Gang.

· II ·

Julia aß mit Lemaster und den Kindern zu Abend, erzählte Lemaster, sie habe einen ereignislosen Tag hinter sich und saß kurz darauf schon wieder im Escalade auf dem Weg zurück nach Elm Harbor. Sie war immer noch genervt und frustriert von ihrer Konfrontation mit Rod Rutherford. Kurz nach halb acht hielt sie vor Kimmer Madisons Haus, einer hübschen viktorianischen Villa auf dem Hobby Hill, wo das Komitee, das eine neutrale Stellungnahme zum Thema Abtreibung erarbeiten sollte, sich zu einer weiteren spontanen Klatschrunde und Weinprobe traf und dabei auch erörtern wollte, wie man möglicherweise zu einem guten Ergebnis für den Wohltätigkeitsball kommen konnte. Julia brachte einen guten Saint-Hilaire Blanquette de Limoux mit, ein Geschenk aus dem Weinkeller der frankophilen Mona. Kimmer und Regina Thackery tratschten über andere Frauen und ließen Julia dabei nicht aus den Augen. Aus beiläufigen Bemerkungen, die im Lauf der vergangenen Woche gefallen waren, hatte Julia geschlossen, dass eine Version ihres Treffens mit Bruce Vallely unter den Sisterladys die Runde gemacht hatte. Zum ersten Mal beneidete sie Lemaster darum, dass er einem aussterbenden Club angehörte, der nur noch knapp vierhundert Mitglieder zählte – im Gegensatz zu den Ladybugs, die nicht nur in den Vereinigten Staaten, sondern in sechzehn weiteren Ländern aktiv waren. Julia spürte die neugierigen Blicke und fragte sich, was die Frauen wohl gehört haben mochten. Da niemand es wagte, sie direkt darauf anzusprechen, hatte sie keine Ahnung, welche Art von verfälschenden Mutmaßungen kursierte. Aber Julia, die auf dem Sofa saß und über Politik und neue Kinofilme plauderte, während Kimmers sechsjähriger Sohn im Stockwerk über ihnen herumpolterte, war viel zu sehr eine Veazie, um einfach nachzufragen.

Während sie dasaß und litt, spielte sie im Stillen mit einer Idee, die ihr den ganzen Tag über nicht aus dem Kopf gegangen war. Hin und wieder warf sie verstohlen einen Blick auf ihre Armbanduhr, aber erst gegen zehn konnte sie sich verabschieden, ohne die Gastgeberin zu brüskieren. Sie half Regina Thackery, die etwas unsicher auf den Beinen war, über die rutschige Einfahrt. Der Schneeregen hatte wieder eingesetzt. »Schaffst du es nach Hause?«

»Du hast doch genauso viel getrunken wie ich«, sagte Regina eingeschnappt.

Julia verbarg ihr Lächeln. Was Alkohol anging, war sie eher zurückhaltend, und sie hatte nur ein Glas von dem perlenden Wein getrunken, das sie angeregt hatte, ohne ihr Denkvermögen zu beeinträchtigen.

»Ich bin immer noch ziemlich sicher auf den Beinen«, sagte sie.

»Schön für dich.«

»Vielleicht sollte ich dich nach Hause fahren.«

»Du bist nicht die Mutter der Nation, Julia.«

Regina schubste sie von sich, aber, wie Julia als Naturwissenschaftlerin ihr gleich hätte sagen können, sie wurde vom Gegenimpuls zurückgeworfen und landete auf dem Rasen. Julia wollte ihr aufhelfen, aber die jüngere Frau riss die Hand weg. »Hast du nicht schon genug Ärger mit deiner Tochter?«

Das saß, doch Julia ließ es sich nicht anmerken. »Ich bin einfach um dich besorgt, mehr nicht.«

»Wir leben in Amerika, Schätzchen«, sagte Regina mit wütend funkelnden Augen. Auch wenn sie noch wankte, war sie wieder auf den Beinen. »Ich brauche mir von dir nicht sagen zu lassen, was ich tun soll. Halt du dich an deine Regeln, ich halte mich an meine.«

Julia war viel zu verblüfft, um ihrer Freundin wie geplant die Autoschlüssel abzunehmen, und sah wortlos zu, wie Regina in ihren Acura RL stieg und auf der vereisten Straße davonbrauste. Gedankenverloren schaute sie ihr nach. Reginas letzte wütende Bemerkung hatte ihr eine neue Tür geöffnet.

»Ach Kellen«, flüsterte sie in die eisige Luft. »Ach Kellen, du durchtriebener Mistkerl.«

Als sie in den Escalade stieg, sprach sie ein Stoßgebet für Regina, man konnte ja nie wissen, ob da oben nicht doch jemand zuhörte. Aber vor allem konzentrierte sie sich auf ihr Ziel und auf die kühne Absurdität ihres Vorhabens.

Überall herrschten Vorschriften und Regeln, sagte sie sich. Es war an der Zeit, dass sie sich ihre eigenen schuf.

· III ·

Aus dem Schneeregen war richtiger Schnee geworden. Die Nacht war mondlos. Im düsteren Schatten des Hilliman Tower, wo selbst um halb elf in einigen Büros noch Licht brannte, stieg Julia aus dem Escalade. Mit ihrer Schlüsselkarte öffnete sie den Seiteneingang des Kepler. Beim Betreten des Gebäudes fragte sie sich, ob Kellen je zu so später Stunde hier gewesen war, dass er eine Schlüsselkarte gebraucht hatte, und wenn ja, wer sie ihm besorgt hatte. Du bist verrückt, meldete sich Monas Stimme. Vollkommen verrückt. Jetzt wissen wir, woher Vanessa das hat. Man wird dich noch in die Klapsmühle sperren.

In dem schwach beleuchteten Korridor hallten ihre Schritte wie zufallende Zellentüren. Julia konnte sich nicht erinnern, wann sie zuletzt um diese Zeit in die Theologische Fakultät gekommen war, und allein war sie hier so spät wahrscheinlich noch nie gewesen. In ihrem Büro goss sie die Blumen, kramte ein bisschen auf ihrem perfekt aufgeräumten Schreibtisch herum, überflog ein paar Berichte, die sie vor ihrem Treffen mit Iris Feynman am nächsten Tag lesen musste. Die Unterlagen hatte sie absichtlich im Büro gelassen, um einen Vorwand zu haben, sollte wider Erwarten jemand ihre Anwesenheit bemerken oder nachträglich überprüfen, wer am späten Abend noch das Gebäude betreten hatte.

Auf dem Korridor traf sie drei in eine lose Diskussion über Kierkegaard vertiefte, übernächtigte Studenten an, die sich über die Anwesenheit der stellvertretenden Dekanin mindestens so sehr wunderten wie Julia selbst. Sie wünschte den dreien eine gute Nacht und verließ demonstrativ das Gebäude. Die Papiere legte sie ins Auto, dann sah sie sich noch einmal um und stapfte los durch den Schnee, ohne sich Zeit zum Nachdenken zu nehmen. Doch diesmal ging sie nicht die Treppen hinunter zum Seiteneingang, sondern um das Kepler herum zur Hinterseite, wo zusammengepflügter Schnee immer noch meterhoch unter den Fenstern des menschenleeren Gemeinschaftsraums lag. Ohne auf die Kälte zu achten, duckte sie sich an der Backsteinwand entlang und fand, was sie suchte: den Schacht, der zu den Kellerfenstern führte.

Und zwar genau die Fenster, die sie oben unter der Decke gesehen hatte, als sie in Rod Rutherfords Büro gesessen hatte.

Der Archivar ging davon aus, dass diese Fenster verriegelt und vergittert waren, aber Julia wusste es besser. Für einige ihrer Studenten war sie fast so etwas wie eine Beichtmutter, und vor wenigen Monaten hatte eine junge Studentin Julia, nachdem sie ihr das Versprechen abgenommen hatte, wie ein Grab zu schweigen, anvertraut, dass sie einmal spätabends ins Archiv eingebrochen war, um das Porträt eines ehemaligen Professors zu verunstalten, der angeblich seine Studentinnen sexuell belästigt hatte.

»Wie sind Sie denn da reingekommen?«, hatte Julia gefragt. Sie empfand einen gewissen Stolz auf den Wagemut der jungen Frau.

Die Studentin hatte es ihr erklärt. Um ihr Schulgeld aufzubringen, hatte sie im Archiv gejobbt, und als sie einmal in Rod Rutherfords Büro Schriftstücke sortiert hatte, war ihr aufgefallen, dass einige Schrauben an den Fenstergittern sich gelöst hatten. Von da an war sie jedes Mal, wenn sie allein im Büro gewesen war, auf einen Stuhl gestiegen und hatte die Schrauben noch ein bisschen weiter gelockert. Das Mauerwerk war hundert Jahre alt, das Gitter vielleicht fünfzig, und die Schrauben ließen sich erstaunlich leicht lösen. Sie hatte die Schrauben stecken lassen, damit niemand etwas vermutete, dann hatte sie den Riegel so weit verbogen, dass er nicht mehr richtig schloss, was aber von unten nicht zu erkennen war.

»Und diesen ganzen Aufwand haben Sie nur betrieben, damit Sie Professor Millikan einen Schnurrbart anmalen konnten?«

»Es war kein Schnurrbart.«

Kein Wunder, dass Roderick Rutherford das Porträt zum Restaurator gegeben hatte, ohne ein Wort darüber zu verlieren.

Hatte der Archivar bemerkt, dass seine HiWi heimlich in das Büro eingestiegen war? Anscheinend nicht: Als Julia sich vorbeugte und gegen das Fenster drückte, schwang es mit einem abrupten Plopp auf. Sie sah sich ein letztes Mal um und stieg nach kurzem Zögern in den Fensterschacht. Schnee klebte an ihren modischen Stiefeln. Dann, ohne einen Gedanken an die Konsequenzen zu verschwenden, handelte sie auf ein Stichwort aus einem Broadway-Musical, denn Reginas bissige Bemerkung über eigene Regeln hatte sie an Elphaba erinnert, die Antiheldin aus *Wicked*, die davon sang, wie sie sich immer nach den Spielregeln anderer gerichtet hätte und dass es nun an der Zeit sei, die Augen zu schließen und einfach einmal ins Ungewisse zu springen.

Nach einer so langen und ereignislosen Ehe tat es gut, endlich einmal wieder ein Risiko einzugehen.

Julia schloss die Augen und sprang …

· IV ·

… und wäre beinahe mit dem Kopf gegen einen Aktenschrank geschlagen. Sofort wurde ihr klar, welchen Fehler sie begangen hatte. Sie hatte vergessen, eine Taschenlampe mitzunehmen. Außerdem hatte sie sich nicht überlegt, wie sie wieder nach draußen kommen sollte. Als sie zu dem schief in der Verankerung hängenden Fenster hinaufblickte, fragte Julia sich, ob in der Hölle eine spezielle Ecke für die wirklichen Idioten reserviert war. In dem schwachen Licht der Winternacht tastete sie nach dem Schalter und knipste die Neonlampen an. Es würde schon niemand hinter dem Gebäude stehen und überprüfen, ob das Licht im Keller brannte, sagte sie sich, zumindest niemand, der wusste, dass das Archiv Punkt siebzehn Uhr dreißig schloss und die Alarmanlage eingeschaltet wurde – an sechs Tagen in der Woche, weil Mr Rutherford am siebten Tag ruhte.

Sie überlegte, ob man ihr wirklich unbefugtes Betreten vorwerfen konnte, wenn sie sich heimlich ins geschlossene Archivmagazin eines Gebäudes schlich, zu dem sie rechtmäßig rund um die Uhr Zugang hatte.

Egal.

Augen zu und durch.

Die Aktenschränke in Rod Rutherfords Büro waren alle verschlossen, aber seine Akten interessierten sie nicht. Sie trat in den Leseraum. Das Magazin selbst war ebenfalls abgeschlossen, aber das interessierte sie auch nicht. Nicht heute Nacht. Sie ging über den zerkratzten Linoleumboden hinüber zu dem kleinen Kabuff, wo Mrs Bethe, Mr Rutherfords Assistentin, die Ausleihzettel in langen grauen Kartons hinter ihrem Schreibtisch ablegte. Die Kartons waren säuberlich gestapelt, aber nicht weiter gesichert, und Julia blätterte die Belege hastig durch.

Kein Ausleihzettel von Kellen an dem Abend, an dem er ermordet worden war.

Stirnrunzelnd ging Julia im Datum immer weiter zurück, schaute sich Ausleihschein und Ausleihschein an, was nicht besonders schwierig war, denn das Archiv, einst der Stolz der Theologischen Fakultät, wurde kaum noch genutzt.

Sie arbeitete sich durch den November hindurch zurück bis in den Oktober.

Endlich fand sie einen Ausleihzettel von Mitte Oktober auf Kellens Namen. Sie zog den Zettel aus dem Kasten, betrachtete ihn, sah noch einmal hin, um sich zu vergewissern, dass dort wirklich Zants Name vermerkt war. Sie suchte weiter, immer schneller, und fand noch mehrere Scheine. Kellen hatte immer Dokumente aus derselben Sammlung angefordert: Band soundso, Heft soundso der Merrill Barnes Joule-Sammlung.

Genau in diesen Dokumenten hatte auch Vanessa recherchiert, als sie vor einem Jahr an ihrem unseligen Aufsatz gearbeitet hatte.

Julia setzte sich erschöpft auf den Schreibtisch und starrte ins Leere. Das Rauschen in ihrem Kopf übertönte das Dröhnen der Klimaanlage.

Jetzt wusste sie endlich genau, worum es bei dem ganzen Theater ging, was Astrid und Cameron Knowland und Tony Tice und Mary Mallard gesucht hatten. Sie wusste, welchen Mehrwert Kellen hatte einfahren wollen, und welches Bestandsrisiko er so unbedingt mit anderen hatte teilen wollen. Sie sah ihren Verdacht bestätigt. Als Kellen ermordet wurde, hatte er gerade Recherchen über den Tod von Gina Joule durchgeführt.

Und egal, zu welchen Schlüssen Vanessa gekommen war, Kellen war davon überzeugt gewesen, dass seine Ergebnisse in den kommenden Präsidentschaftswahlen für unglaublichen Zündstoff sorgen würden.

Kapitel 29

Der Investor

· I ·

Lemaster Carlyle war ein Mann, der eher Bekannte hatte als Freunde, aber Marlon Thackery, der Ehemann von Sisterlady Regina, war einer der wenigen in Harbor County, der ziemlich gut mit ihm bekannt war. Marlon war ein erfolgreicher Finanzverwalter bei einer New Yorker Firma gewesen, und Lemasters Vorgänger hatte ihn eingestellt, um die Stiftung der Universität zu verwalten. Er war groß, größer als Bruce Vallely, aber so dünn, dass man fürchten musste, er könnte schon wegen eines unwirschen Worts zusammenklappen. Dazu war er so außerordentlich zurückhaltend, dass man ihn, wenn man ihm auf dem Campus begegnete, den Kopf gesenkt und die Schultern eingezogen, für einen schwarzen Hausmeister hätte halten können, der zur Arbeit in irgendeinem Heizungskeller eilte und der es gewöhnt war, sich möglichst unsichtbar zu machen. Selbst in seinem hellen, modernen Büro in einem der verglasten Türme in der Innenstadt mit einem fantastischen Ausblick auf den Strand und das Meer wirkte er wie ein Unbefugter hinter einem Schreibtisch, der ihm nicht gehörte, und Bruce hatte das Gefühl, sie warteten beide darauf, dass der Chef kam und Marlons Platz einnahm.

Den Blick auf die Glasplatte des Schreibtischs geheftet, sagte Marlon: »Lemaster liebt seine Frau. Wie kommen Sie darauf, dass es anders sein könnte?« Er sprach so leise, dass er schwer zu verstehen war, aber nach allem, was man hörte, musste er ein Finanzgenie sein. Auf den Regalen standen ein paar Golfpokale zwischen zahlreichen Fotos von seiner schönen Frau und den drei bildhübschen Töchtern, deshalb war anzunehmen, dass er wohl nicht immer so in sich gekehrt war. Es hieß, er sei ein großartiger Vater. »Das ist wirklich eine sonderbare Frage.«

»Ich habe nicht gesagt, dass er seine Frau nicht liebt. Ich habe gefragt, wie er und seine Frau sich kennengelernt haben.«

»Also, ich finde die Frage sonderbar.«

»Ich versuche, mir ein vollständiges Bild von Professor Zants Vergangenheit zu machen. Das ist alles. Bitte, tun Sie mir doch einfach den Gefallen, Mr Thackery.«

Der Finanzverwalter brachte es immer noch nicht fertig, Bruce anzusehen. Sein Blick wanderte zwischen mehreren Computerbildschirmen auf dem großen Schreibtisch hin und her, auf denen Tabellen und Zahlen zu sehen waren, die Bruce absolut nichts sagten. Die Bürotür stand weit offen, und hin und wieder huschte jemand herein, um Thackery wichtige Schreiben vorzulegen. Das halbprivate Unternehmen, das die Finanzen der Universität verwaltete, beschäftigte sechsunddreißig Angestellte auf zwei Etagen, aber siebzehn Milliarden Dollar waren schließlich eine Menge Geld.

»Lemaster ist kein unkomplizierter Zeitgenosse«, sagte Marlon Thackery schließlich. »Und Julia ist Julia. Sie ist die Liebenswürdigkeit in Person. Das weiß jeder. Lemaster ist zielstrebig. Beherrscht. Er konzentriert sich auf das, was gerade ansteht. Er ist ein Einwanderer«, fügte er hinzu, als würde das alles erklären. »Er ist in Armut aufgewachsen, und jetzt liegt ihm die Welt zu Füßen. Die Justiz. Die Politik. Beide Parteien hätten gern, dass er für ein hohes Amt kandidiert. Senator. Gouverneur. Haben Sie eine Ahnung, wie viele Headhunter aus der Wirtschaft hier jeden Monat anrufen? Wie viele Investmentbanken? Er hätte den Vorstandsvorsitz haben können bei – Na, egal. Das alles hält er unter Kontrolle, indem er sich selbst unter Kontrolle hält, und dabei findet er Rückhalt in seiner Ehe. Julia mag sich dessen nicht immer bewusst sein, aber sie ist sein Fels in der Brandung. Seine Ehe bedeutet ihm alles, weil er das alles ohne sie nicht schaffen würde.«

Bruce meinte einen Unterton wahrzunehmen, war sich jedoch nicht sicher, ob er sich das eingebildet hatte. »Sie sagten, seine

Ehe bedeutet ihm alles. Nicht Julia. Die Ehe. Als würde die Ehe etwas symbolisieren.«

»Ich meinte Julia.«

Nein, das hast du nicht gemeint. »Die beiden haben sich also an der Uni kennengelernt«, sagte Bruce.

»An der Theologischen Fakultät. Ja. Lemaster arbeitete damals schon als stellvertretender Bundesstaatsanwalt – zu der Zeit haben wir uns kennengelernt – und später als Anwalt an der Wall Street. Dann hat er alles hingeschmissen, ist in der Welt herumgereist, hat ein Jahr in Afrika und ein paar Monate in Barbados verbracht, ist zurückgekommen, hat eine Zeit lang in Brooklyn ehrenamtlich gearbeitet und wollte schließlich Priester werden. Er hat sich am Kepler eingeschrieben, dort Julia getroffen, das Theologiestudium abgebrochen, geheiratet. Ihm wurde eine Stelle an der Juristischen Fakultät angeboten. Damit war seine rast- und ruhelose Zeit vorbei. Er war angekommen. Und wie es weiterging, wissen Sie ja: das Richteramt, das Weiße Haus und so weiter.«

So war es gewesen, so musste es gewesen sein. »Wenn Sie sagen, er war angekommen –«

»Ich meinte in Bezug auf seine Karriere. Einen Moment bitte.« Er tippte etwas auf seiner Tastatur ein, klickte ein paar Mal mit der Maus. »Tut mir leid, da muss man einfach schnell reagieren.«

»Nur seine Karriere?«

»Was sonst?«

»Was ist mit seinem Privatleben? Er muss doch vor Julia Frauen gehabt haben.«

»Natürlich«, erwiderte Marlon schmallippig und plötzlich ganz Ohr. Bruce spürte, dass er nah dran war an dem, was niemand anrühren wollte.

»Er hat Julia kennengelernt, als er – wie alt war? Dreiunddreißig? Wie lange kannten Sie ihn da schon?«

»Vielleicht fünf oder sechs Jahre.«

»Hatte er viele Frauen?«

Thackerys Finger flogen wieder über die Tastatur. Zweifellos schwankten gerade irgendwelche Währungen. Den Blick auf den Bildschirm geheftet, murmelte Marlon Thackery: »Das geht Sie eigentlich gar nichts an.«

»Heißt das, Sie werden es mir nicht sagen?«

»Ja, das heißt, ich werde es Ihnen nicht sagen.«

Hätte es sich um offizielle Ermittlungen gehandelt, und wäre Marlon Thackery nicht so eine bedeutende Persönlichkeit gewesen, hätte Bruce versucht, ihn unter Druck zu setzen. Aber Tatsachen blieben Tatsachen. Er blickte hinaus auf die rollenden Meereswellen und schlug einen vorsichtigeren Kurs ein. »Sie sagten, Lemaster sei angekommen, nachdem er Julia kennengelernt hatte. Vorher sagten Sie, er sei rastlos gewesen –«

Thackery drehte sich auf dem Bürostuhl zu Bruce. »Die Zeiten sind vorbei. Er würde seine Frau niemals betrügen. Nicht der Lemaster, den ich kenne. Bitte, unterlassen Sie derartige Unterstellungen. So eine Behauptung ist üble Nachrede. Es würde mich nicht wundern, wenn Sie sich damit strafbar machen. Sie führen hier keine offiziellen Ermittlungen durch. Damit können Sie sich nicht herausreden.«

»Ich habe nichts dergleichen behauptet. Interessant finde ich allerdings, dass Sie es so heftig bestreiten. Ich frage Sie, wie Lemaster seine Frau kennengelernt hat, und Sie erzählen mir, er sei nicht mehr auf der Suche. Sie erklären mir, Julia sei sein Fels in der Brandung.« Bruce schlug eine neue Seite in seinem Notizheft auf, aber nur, weil es Eindruck auf die Befragten machte. »Ich schließe aus Ihren Andeutungen, dass sein gesellschaftliches Leben vor Julia ... komplexer war. Könnte man das so sagen?«

Schweigen. »Komplexer. Ja.«

»Die ganzen fünf, sechs Jahre über, die Sie ihn damals kannten?«

Längeres Schweigen. »Im Prinzip ja.«

»Wissen Sie, mit wem er als Student zusammen war?«

»Hat das wirklich etwas mit Kellen Zants Tod zu tun?« Die schläfrigen Augen funkelten kurz auf. »Oder geht es hier um einen privaten Rachefeldzug von Ihnen?«

»Tun Sie mir einfach den Gefallen«, sagte Bruce noch einmal. Mit Mühe und mit Grace' geflüsterter Unterstützung gelang es ihm, sich zu beherrschen. »Ich weiß, es klingt weit hergeholt.«

»Nicht nur weit hergeholt, sondern an den Haaren herbeigezogen.«

»Und was war in Washington? In den anderthalb Jahren, als er im Weißen Haus war?«

»Wie meinen Sie das?«

»Seine Frau und seine Kinder sind hier geblieben. Wissen Sie, warum?«

»Ich nehme an, die Carlyles wollten ihren Kindern keinen Schulwechsel zumuten. Was ist das für eine Frage? Sie sollten sich vorsehen, Bruce. Ganz im Ernst.« Ein Piepen ertönte, und er wandte sich wieder dem Computer zu. »Ihnen ist hoffentlich klar, dass ich Lemaster über dieses Gespräch unterrichten werde«, sagte er. »Das möchte ich von vorneherein klarstellen.«

»Selbstverständlich«, antwortete Bruce, der nichts anderes erwartet hatte. Wahrscheinlich konnte er einfach nicht widerstehen, den Universitätspräsidenten ein bisschen zu reizen, ehe der ihn zu dem unvermeidlichen Gespräch zitierte. Aber Thackery hatte natürlich recht. Bruce hatte keine offiziellen Befugnisse mehr, und er musste sich vorsehen. »Es liegt mir fern, Sie um Verschwiegenheit zu bitten.«

»Gut. Denn das wäre zwecklos.« Es folgte wieder eine längere Pause, nach der Marlon Thackery auf eine länger zurückliegende Frage antwortete. »Ich habe ihn damals noch nicht gekannt, aber ich habe gehört, er sei mal mit einer jungen Frau von der katholischen Universität gegangen. Aber das war natürlich lange, bevor er Julia kennenlernte.« Die humorlosen Augen blickten auf. »Dieses Gespräch ist mir unangenehm, Bruce. Warum interessiert es Sie so sehr, was Lemaster an der Uni getrieben hat? Oder mit wem? Zuerst Kellen Zant, und jetzt Sie.«

»Soll das heißen, Kellen Zant hat Sie auch über –«

»Jetzt hören Sie mir mal zu, Bruce. Lemaster und ich haben über Sie gesprochen. Er weiß nicht so richtig, was Sie im Schilde führen. Ich weiß es, ehrlich gesagt, auch nicht so richtig. Und ich habe das Gefühl, dass nicht einmal Sie selbst es wirklich wissen. Aber eins will ich Ihnen sagen. Mit Lemaster Carlyle legt man sich nicht an. Und wissen Sie was? Man legt sich auch nicht mit Julia Carlyle an. Die beiden schützen einander. Und sie beschützen ihre Familie. Mit allen Mitteln, die ihnen zur Verfügung stehen.«

»Was wollen Sie mir damit sagen?«

»Ich verdiene meinen Lebensunterhalt damit, Zahlen zu analysieren und Voraussagen zu machen. Na, wollen wir mal sehen.« Er stützte sich mit den Ellbogen auf den makellosen Schreibtisch. Der Computer piepte, doch er kümmerte sich nicht darum. »Lemasters Cousine macht Ärger, und weg ist sie vom Fenster. Cameron Knowland macht Ärger, und unter uns gesagt, ich habe gehört, dass er sich mit dem Weißen Haus Probleme eingehandelt hat und sogar in Erwägung zieht, vom Vorstand des Stiftungsrats zurückzutreten. Anthony Tice macht Ärger, und prompt überprüft die Anwaltskammer sein Verhalten in verschiedenen Fällen. Ich möchte Sie nur warnen. Was sehen Sie mich denn so an?«

Bruce stand auf. Und Kellen Zant hat auch Ärger gemacht, schrie er, aber nur in seinem Inneren.

· II ·

Wieder in seinem Büro, beobachtete Bruce das Schneetreiben vor dem Fenster und versuchte, aus den Fakten und Mutmaßungen in seinem Kopf schlau zu werden. Dass der Name »Gina Joule« über Marlon Thackerys Lippen kommen würde, war sowieso nur eine sehr vage Hoffnung gewesen. Dennoch war der Besuch nicht vergeblich gewesen. Der Finanzverwalter hatte durchblicken lassen, dass Lemaster Carlyle Bruce notfalls verklagen würde, und dass er Gefahr lief, seinen Job zu verlieren. Und Marlon Thackery war der Zweite, wenn nicht sogar schon der Dritte gewesen, der ihn vor dem gewarnt hatte, was Leuten widerfuhr, die sich mit Lemaster Carlyle anlegten. Aber nichts ließ auf eine Bereitschaft zur Gewaltanwendung schließen, nur das skrupellose Ausnutzen von Beziehungen, seines Einflusses und anderen Mitteln, die dem Universitätspräsidenten zur Verfügung standen. Es war ein beträchtlicher Unterschied, ob man die Anwaltskammer dahingehend beeinflusste, dass sie ein Disziplinarverfahren gegen einen Anwalt einleitete, der die Ehefrau belästigte, oder aber ob man ihren Ex-Liebhaber von einem Profikiller umlegen ließ. Diese Grenze überschritt niemand ohne guten Grund.

Bruce legte das Notizheft beiseite und sah seine E-Mails durch. Einer seiner Mitarbeiter hatte sich beim Basketballspielen das Handgelenk gebrochen und fiel für morgen Abend aus, wenn er drei Leute brauchte, die während des Hockeyspiels für Sicherheit sorgten. Bruce musste sich nach einem Ersatz umsehen. Innerhalb der Eissporthalle musste die Menge kontrolliert und außerhalb der Verkehr umgeleitet werden. Wenn ein Hockeyspiel stattfand, untersagte die Stadt zwar in weiser Voraussicht das Parken an der Town Street, und –

Moment mal.

Er nahm sich das Notizbuch noch einmal vor und schlug es ganz vorne auf.

Nathaniel Knowlands Aussage: *Wir waren ungefähr um Viertel nach acht, halb neun auf der Town Street. Und als wir so auf dem Gehweg rumstanden und überlegt haben, was wir als Nächstes tun, haben wir den Wagen gesehen. Den goldenen Audi, der, in dem Zant ermordet wurde, der stand am Straßenrand geparkt.*

Unmöglich. Der Audi konnte nicht am Straßenrand gestanden haben, nicht nach dem Beginn des Spiels um halb acht. Nicht, wenn einer seiner Leute die ganze Nacht die Straße patrouillierte und der Abschleppwagen auf Abruf bereitstand.

Nathaniel Knowland hatte doch glatt gelogen.

Falls der junge Mann Kellen Zant an dem fraglichen Abend überhaupt gesehen hatte, dann war es jedenfalls nicht auf der Town Street gewesen, wo der Professor angeblich in sein Auto gestiegen war.

Trevor Land hatte Bruce ermahnt, er solle sich von dem Zeugen fernhalten, nachdem Nates Daddy dem Verwaltungschef eine Standpauke gehalten hatte. Aber Bruce hatte Ermahnungen dieser Art noch nie besonders ernst genommen. Er rief bei dem Studenten an, musste sich jedoch vom Anrufbeantworter darüber informieren lassen, dass das verwöhnte, reiche Bürschchen bereits in die Ferien abgereist war.

Kapitel 30

Wieder im Old Landing

· I ·

Julia beschloss, Frank Carrington noch einmal aufzusuchen. Er war ihr genauso sympathisch wie alle anderen Ladenbesitzer auf der Main Street, außerdem hatte er ein Herz für Minderheiten und er hatte drei Tage vor dem Mord mit Kellen gesprochen. Vor allem aber wollte sie sich noch einmal mit ihm unterhalten, weil ihr etwas aus seiner Vergangenheit eingefallen war – und weil er bei ihrem letzten Besuch so nervös gewesen war.

Julia glaubte zu wissen, warum.

Vorerst taten beide so, als wäre sie wie üblich gekommen, um sich nach Antiquitäten umzusehen. Kellens Standspiegel befand sich nach wie vor im Lagerraum, aber inzwischen hatte Frank einen hübschen, mit Seefahrtsmotiven bemalten Federal-Spiegel aus dem frühen neunzehnten Jahrhundert im Angebot. Julia hatte den Spiegel vor einer Weile in einem Museumskatalog von Winterthur bewundert und Frank gebeten, danach Ausschau zu halten.

»Er war jahrelang in Privatbesitz«, sagte Frank, während er das gute Stück auf dem Tresen auswickelte. »Meine Kundin ist die Tochter der Eigentümer. Ihre Mutter ist gestorben, und jetzt räumt sie das Haus der alten Dame aus. Ziemlich wertvoll«, log er.

»Mmm.«

»Sie möchte alles so schnell wie möglich verkaufen. Ich wette, sie lässt mit sich handeln.«

»Bestimmt.« Julia spürte seinen Blick, während sie den Spiegel begutachtete. Seine Hände zitterten wieder. Das taten sie eigentlich immer, aber diesmal war es besonders schlimm. Litt er an einer Krankheit? Oder war er nervös? Er wich nicht von ihrer Seite. Manchmal hatte sie das Gefühl, dass Frank sie direkt anstarrte. Sie tat so, als bemerke sie seinen Blick nicht. Ihr fiel die Patina des Spiegels auf, und sie fragte, womit er gereinigt worden sei. Das konnte Frank ihr bedauerlicherweise nicht sagen. Sie zeigte auf eine nachgebesserte Stelle auf dem weißen Eichenrahmen und wollte wissen, ob es sich um die Originalbemalung handelte. Auch da konnte Frank ihr leider nicht weiterhelfen. Er war, wie er gern mit stolzer Bescheidenheit beteuerte, kein gebildeter Mann, aber in all den Jahren, die er nun schon im Geschäft war, hatte er gelernt, keine Wertungen abzugeben und keine Garantien zu übernehmen. Man ging in seinen Laden, bildete sich selbst ein Urteil über seine Ware, und kaufte, was man sah. Wenn es einem an Kennerblick mangelte, dann war das nicht Franks Problem.

»Ich glaube, die Farbe wurde später aufgetragen.« Vorsicht, Vorsicht. Sie wollte den Spiegel. Aber sie wollte auch Antworten. Manchmal im Leben ging es wirklich darum, dass man beides bekam.

»Das kann ich Ihnen nicht sagen.«

»Es würde den Wert mindern.«

»Wenn Sie meinen.«

Sie rechnete schnell im Kopf, dann machte sie ein endgültiges Angebot, wie sie es von Granny Vee gelernt hatte: *Du darfst niemals handeln*, hatte Amaretta gepredigt. *Verabschiede dich höflich, aber verabschiede dich. So bleibt man reich*. Nur bei Kellen hatte Julia sich nicht an diesen Rat gehalten. Sie hatte es nicht fertiggebracht, sich zu verabschieden. Tessa hatte sie mit Gewalt von ihm wegzerren müssen. Diesmal, schwor sie sich, würde sie sich von Kellen verabschieden. Sie würde es wirklich schaffen.

Sobald sie ein paar Antworten hatte.

Frank wies sie auf andere Interessenten hin und auf seine hohen Kosten, doch Julia blieb bei ihrem Angebot. Am Ende gab er nach, denn er wusste genau, dass der Preis angemessen war.

Während sie auf das Geschäft einschlugen, bemerkte Julia so beiläufig wie möglich: »Ich habe gehört, Sie waren früher mal Polizist.«

»Nur Hilfspolizist«, sagte er sofort, ohne den Blick von dem Kreditkartenlesegerät abzuwenden. »Das ist aber schon ewig her.«

»Dreißig Jahre.«

Schweigen.

»In etwa.«

»Damals, als Gina Joule – ?«

Er fuhr herum und starrte sie stocksteif an, die Hände wie zum Gebet gefaltet. »Bitte unterschreiben Sie hier«, sagte er. Seine Hände zitterten.

»Ich wollte nur wissen –«

»Ich weiß, was Sie wissen wollen.«

»Frank –«

»Darüber sprechen wir nicht.«

»Wer ist *wir*?«

Er riss ihren Beleg ab und reichte ihn ihr. »Sie sind neu hier, Julia. Sie gehören nicht zu den Alteingesessenen von Tyler's Landing. Also, ich mag Sie. Ich mag Ihre Familie. Ich freue mich, dass Sie hier wohnen. Und wie Sie wissen, bin ich der Meinung, dass wir mehr Angehörige von Minderheiten hier brauchen. Aber es gibt Dinge …« Er sah zum Schaufenster hinüber, zu der Stelle, wo Jeannie vor einem Monat den kleinen Bahnhof aus Porzellan zerbrochen hatte. Diesmal war Julia allein gekommen. »Es gibt Dinge, über die spricht man hier nicht. Es ist zu gefährlich.«

»Gefährlich?«

»Ich bin nicht besonders mutig«, sagte Frank und ließ wie zum Beweis den Kopf hängen.

Julia trat ganz dicht vor ihn und zwang ihn, sie anzusehen. »Frank, hören Sie mir zu. Sie sagen, Sie wissen, warum ich hier bin. Ich bin hier wegen Gina. Ich will erfahren, was in dieser Nacht passiert ist. Sie waren damals Polizist. Hilfspolizist, meinetwegen. In Tyler's Landing passieren nicht viele Verbrechen. Sie müssen mit dem Fall zu tun gehabt haben.« Er musterte sie mit wachsamen Augen. »Alle behaupten, DeShaun Moton hätte Gina umgebracht. Aber so wie Sie jetzt reagieren, habe ich das Gefühl, dass Sie da andrer Meinung sind.« Er wich vor ihr zurück und schüttelte leicht den Kopf – nicht, weil er ihr widersprechen wollte, er wollte diese Unterhaltung nicht führen. Julia packte ihn an den Schultern, wünschte, sie könnte die Wahrheit aus ihm herausschütteln. »Frank, bitte. Ich bin nicht nur neugierig. Es ist – sehr wichtig. Ich muss es wissen.«

Er zögerte, biss sich unentschlossen auf die Lippe, dann eilte er zur Tür, drehte das Schild dort um, so dass jetzt draußen GESCHLOSSEN zu lesen war. Dann bedeutete er ihr, ihm ins Hinterzimmer zu folgen. Julia registrierte, dass er alles tat, was man unbedingt vermeiden sollte, wenn man keine Aufmerksamkeit erregen will. Und obwohl sie sich besorgt fragte, was für Gerüchte demnächst wieder im Städtchen die Runde machen würden, folgte sie ihm.

· II ·

Sie setzten sich an seinen Arbeitstisch und tranken Kaffee. Der kalte Wind pfiff durch ein Fenster, dessen Schreibe zersprungen war, aber Frank Carrington, ganz der sparsame Yankee, dachte nicht daran, die Heizung höher zu drehen. Wer fror, konnte sich ja noch einen Pullover überziehen.

Wie ein reuiger Sünder, der sich endlich dazu durchgerungen hat, alles zu beichten, kam Frank gleich zur Sache.

»Sie haben recht, Julia. Ich hatte mit dem Fall Joule zu tun. Alle hatten damit zu tun. Wissen Sie, damals bestand die ganze Polizeitruppe aus einem Constable, zwei Funkern und drei Hilfspolizisten. Das heißt also, wir, die Jungs von der State Police und ein paar Detectives, die die Stadt geschickt hatte. Wir wurden mächtig unter Druck gesetzt. Vom Rathaus. Von den Zeitungen. Damals gab es noch nicht so viele Professoren. Die Stadt war … arm. Klar, es gab die paar Villen am Strand, aber hauptsächlich haben hier Farmer und ein paar Geschäftsleute gewohnt, die auf der Main Street ihre Läden betrieben. Bis nach Elm Harbor ist es ziemlich weit, und es war noch nicht schick, hier draußen zu wohnen. Sie verstehen also das Problem. Ein junges Mädchen wird ermordet? Die Tochter von einem der wenigen Professoren, die bei uns wohnen? Was denken Sie? Es gab jede Menge Druck. Der alte Arnie Huebner war damals der Constable, und Tommy Highsmith war sein Chef. Tommy war schon im Stadtrat, seit Moses die Gesetzestafeln vom Berg Sinai runtergebracht hat, und er muss an die achtzig gewesen sein, aber damals war Tyler's Landing Tommys Stadt. Und Arnie kam jeden Tag an und hat uns erzählt, was Tommy für ein Theater macht. Und die Joules, na ja, die hatten Beziehungen. Der Gouverneur rief an, selbst Leute aus Washington – Sie können es sich vorstellen. Die haben Tommy unter Druck gesetzt, Tommy hat Arnie unter Druck gesetzt, und Arnie hat uns unter Druck gesetzt.«

Er trank bereits seine zweite Tasse Kaffee, während Julia an ihrer ersten kaum genippt hatte. Er hatte ihr ein süßes Brötchen angeboten, das aussah, als hätte Moses es ebenfalls vom Berg Sinai mitgebracht. Vor dem Fenster wirbelte der Nachmittagswind den Schnee vom Vortag auf.

»Auch hier im Ort gab es Leute, die Druck machten. Der Universitätspräsident. Die Lands. Gina war mit denen verwandt. Und die Whisteds –«

»Whisted? Die Familie von Senator Whisted?«

»Klar. Sie wissen doch, dass der Senator damals an der Uni studiert hat, oder? Also, seine Familie war sehr einflussreich im Staat, aber das wissen Sie ja. Aber vielleicht wissen Sie nicht, dass Merrill Joule der Patenonkel von Mal war. Mal war für die Joules fast wie ein Sohn. Er war häufig bei ihnen zum Abendessen. Und nach dem Mord an Gina war er einer von denen, die am lautesten nach Gerechtigkeit geschrien haben. Da war er vielleicht – einundzwanzig oder so? Er hat Suchtrupps organisiert – ich meine, bis die Leiche angespült wurde. Danach hat er mindestens fünfmal am Tag auf dem Revier angerufen und verlangt, dass wir was unternehmen. Das ging ungefähr eine Woche lang so, und dann hat ihn wohl jemand zurückgepfiffen.«

»Zurückgepfiffen?«

Frank zuckte müde mit den Achseln. Er trank einen großen Schluck Kaffee, verzog das Gesicht. Dann blickte er dermaßen nervös nach vorne zum Schaufenster, als würden seine Feinde gleich mitten im Laden stehen. »Na ja, er ist uns jedenfalls nicht länger auf die Nerven gegangen. Mehr weiß ich nicht. Aber wir haben weitergesucht. Eigentlich haben wir überhaupt nur noch an dem Fall Joule gearbeitet.«

Ein kurzes Zögern.

»Das ist jedenfalls die offizielle Version. Und teilweise stimmt das so vielleicht sogar. Ich meine, wir hatten wirklich jede Menge Druck. Aber das war nicht alles. Wissen Sie, Julia, Tyler's Landing – also, Sie finden wahrscheinlich, dass es ein ziemlich konservatives Städtchen ist, und damit haben Sie recht. Aber damals, nun, da war hier alles noch viel konservativer. Ich bilde mir ein, dass wir heute in einem sinnvollen Rahmen konservativ sind. Aber damals, na ja, da waren wir reaktionär, ganz schlimm. Und, nun, man kann die Sache einfach nicht schönreden.« Der Antiquitätenhändler war in Bewegung, als fühlte er sich von dem Tisch eingeschränkt, als wäre das Hinterzimmer zu klein. Er kramte in den Regalen herum, als könnte er dort den Rest der Geschichte finden.

»Die wollten nicht, dass der Fall gelöst wird. So, jetzt ist es raus. Die wollten es einfach nicht, Julia. Die haben sich nur auf DeShaun konzentriert, und zwar von dem Moment an, als er erschossen wurde. Niemand anders kam mehr als Täter infrage. Nur DeShaun. Es gab Gerüchte über einen Freund, aber denen sind wir gar nicht erst nachgegangen. Und es gab noch andere Spuren, die wir nicht verfolgt haben.« Frank hatte einen Sitzplatz gefunden und ließ seine langen Beine von einer Bank baumeln, die zwischen zwei alte Nähmaschinen gezwängt war, von denen es sich bei der einen womöglich sogar um eine echte Shaw & Clark handelte. »Wir haben uns ausschließlich auf DeShaun konzentriert. Die haben es uns befohlen, und wir haben uns dran gehalten. Und Constable Huebner, also, der war stinksauer wegen der ganzen Sache, aber was sollte er machen? Constable – das ist ein guter Job, vor allem in so einer kleinen Stadt, wo es kaum Kriminalität gibt. Also hat er mitgespielt.«

Julia fragte: »Wen meinen Sie mit ›die‹?«

»Die?«

»Die wollten nicht, dass der Fall gelöst wird, haben Sie gesagt. Die hätten es Ihnen befohlen. Ich nehme an, dass dieselben Leute dem Constable gesagt haben, was er zu tun hat. Wer waren die?«

Die Worte waren leise und tonlos, als wollten sie ihm kaum über die Lippen kommen. »Das weiß ich nicht. Keiner von uns hat es gewusst. Aber von irgendwoher kam der Druck, das war allen klar. Und der Constable hat gesagt –«

Er sprang wieder auf, wandte sich von ihr ab und drückte das Gesicht ans Fenster. »Es war ein Tag wie heute«, sagte Frank, und Julia dachte schon, er hätte abrupt das Thema gewechselt. »Es hat geschneit, als würde im Himmel jemand die Federbetten ausschütteln. Wir waren auf dem Revier. So haben wir es genannt, aber eigentlich war es ein Witz. Wir hatten nicht mehr als eine kleine Ecke ganz hinten im Keller vom Rathaus. Das muss so gegen vier gewesen sein, denn ich hatte gerade meine Schicht angetreten. Arnie war da und Ralphie Nacchio – der ist vor einer Weile verstorben – und Cheryl Wysocki, die Funkerin von der Tagesschicht. Sie wohnt, glaub ich, inzwischen in Florida. Jedenfalls sind nur wir vier auf dem Revier, und Arnie war seit Stunden in einer Besprechung. Er kommt aus dem Schneesturm rein und sagt: ›Okay, Leute, das war's, ihr könnt die Stühle auf die Tische stellen.‹ Einer von seinen Lieblingssprüchen. Er meinte, die Jagd ist abgeblasen. Das war, mal überlegen, also, das war so drei, vier Tage, nachdem der schwarze Junge erschossen worden war. Arnie steht also da wie ein schmelzender Schneemann und sagt uns, wir sollen den Fall zu den Akten legen und uns wieder an unsere normale Arbeit machen. Und Ralphie – der hatte immer eine große Klappe –, Ralphie wollte wissen, was genau er mit normaler Arbeit meint. Denn Ralphie hatte von dem Gerücht über diesen Freund von Gina gehört, dem die Jungs von der State Police nie nachgegangen waren. Und Ralphie hatte auch noch ein paar andere heiße Spuren. Er war ein verdammt guter Cop. Jedenfalls hat Ralphie gemeint, wenn das Lösen von Mordfällen nicht zu unserer Arbeit gehört, dann könnten wir gleich einpacken. Woraufhin Arnie ihn derart angestarrt hat – ich sage Ihnen, der konnte einen mit seinem Blick durchbohren, wenn er fand, dass man unverschämt war, so als würde er einen gleich am Kragen packen und aus dem Fenster werfen. Arnie hat gemeint, er könnte sich nicht erinnern, dass Ralphie seit Neustem die Befehle gibt. Daraufhin hat Ralphie die Klappe gehalten. Ich hatte großen Respekt vor Arnold Huebner. Aber das war zu viel. Arnie war ein anständiger Kerl, aber in dem Fall befolgte er Befehle, die zum Himmel stanken. Sie können mich meinetwegen als moralischen Feigling bezeichnen. Ich habe nichts gesagt, aber danach konnte ich einfach nicht mehr bei der Polizei arbeiten. Sechs, sieben Monate später hab ich den Job an den Nagel gehängt. Im Jahr darauf ist Ralphie ausgestiegen. Und damit war der Fall erledigt.«

»Nein«, sagte Julia, die ihre Wut nur im Zaum halten konnte, indem sie sich zwang, analytisch zu denken. »Nein, Frank. Damit ist der Fall nicht erledigt.«

»Mehr weiß ich jedenfalls nicht«, erwiderte er.

»Das glaube ich nicht. Sie können mir immer noch nicht in die Augen sehen. Irgendetwas verschweigen Sie mir.«

»Julia –«

»Es steckt noch mehr hinter der Geschichte. Und Kellen Zant wusste, was das war, stimmt's? Vielleicht hat er Sie sogar darauf angesprochen, als er hier war und den Spiegel gekauft hat.«

Schweigen. Doch der Antiquitätenhändler hob ganz kurz das Kinn, ehe er wieder aus dem Fenster schaute.

»Kommen Sie, Frank. Warum haben Sie mir das sonst alles erzählt?«

»Weil es allmählich Zeit wird, dass die Lügerei ein Ende hat, Julia. Es wird Zeit, dass die Stadt zur Rechenschaft gezogen wird.«

»Die Stadt?«

Da sah Frank sie an, und sein Blick verriet, dass er immer noch Angst hatte. »Arnie hat ein Tagebuch geschrieben«, sagte er. »Und ich glaube, er hat alles aufgeschrieben, was dagegen sprach, dass DeShaun der Mörder war. Vielleicht hat er sogar aufgeschrieben, wen er für den Täter hielt. Und ich wette, er hat aufgeschrieben, wer ihn gezwungen hat, zu behaupten, DeShaun sei es gewesen.« Er hielt kurz inne. »Kein Mensch weiß, was aus dem Tagebuch geworden ist, Julia. Die Leute hier in der Stadt haben mitgekriegt, dass er eins geschrieben hat, aber niemand weiß, wo es geblieben ist. Noch nicht mal sein Sohn. Mitch. Vor zehn, zwölf Jahren hat Mitch eine hohe Belohnung ausgesetzt, wenn ihm jemand das Tagebuch beschafft. Niemand hat sich gemeldet.« Er sah sich im Raum um, als hoffte er, das Tagebuch auf einem der Regale zu entdecken. »Wenn Sie mich fragen, ich glaube, dass es längst nicht mehr existiert.«

»Wie kommen Sie darauf?«

»Weil es nie wieder aufgetaucht ist. Überlegen Sie doch mal,

Julia. Jemand setzt Arnold Huebner unter Druck, bis er den Fall zu den Akten legt. Wenn ich das gewesen wäre, und ich hätte das Tagebuch in die Finger gekriegt, dann hätte ich es einfach verbrannt. Auf keinen Fall hätte ich das Ding aufgehoben.«

Julia musste an Tony Tice denken, der ihr vor dem Restaurant etwas über einen Gegenstand erzählt hatte, den sein Mandant kaufen wollte.

»Haben Sie mit Kellen Zant darüber gesprochen?«, fragte sie.

Frank, der wieder am Fenster stand, drehte sich um. »Worüber?«

»Über das Tagebuch.«

Er schüttelte ganz langsam den Kopf, als wäre er von allein nie auf diesen Gedanken gekommen. »Tut mir leid, Julia. Es ist so, wie ich es Ihnen gesagt habe. Kellen wollte nicht mit mir über Gina sprechen. Er ist in den Laden gekommen, um den Spiegel kaufen.«

An der Tür, ihren sorgfältig verpackten Einkauf unter dem Arm, fiel Julia noch eine letzte Frage ein. »Was, wenn der Besitzer des Tagesbuchs gar nicht der war, der den Druck ausgeübt hat?«

Der Antiquitätenhändler breitete seine weichen Hände aus. »Ich kann Ihnen nicht ganz folgen.«

»Das Tagebuch. Arnold Huebners Tagebuch. Vielleicht hat, wer immer die Ermittlungen verhindert hat, das Tagebuch ja gar nicht gefunden. Vielleicht hält jemand es versteckt, der nicht will, dass es … dass es den falschen Leuten in die Hände fällt.«

»Ich nehm an, das könnte schon sein.« Er wirkte skeptisch. »Aber ich weiß nicht. Wenn ich es gefunden hätte, dann wäre ich doch damit an die Öffentlichkeit gegangen. Ich hätte dafür gesorgt, dass dieser arme schwarze Junge rehabilitiert wird.«

»Mir fallen noch zwei weitere Möglichkeiten ein«, murmelte Julia vor sich hin.

»Und die wären?«

»Entweder es ist immer noch versteckt, und die Richtigen haben es noch nicht gefunden. Oder –«

Aber sie brach ab. Sie hatte nicht vor, die schlimmste aller Möglichkeiten auszusprechen, nämlich, dass Arnold Huebners Tagebuch irgendwie in die habgierigen Finger von Kellen Zant gelangt war und Kellen, anstatt DeShaun zu rehabilitieren, das Tagebuch an den Meistbietenden verkauft hatte.

»Vielleicht sollten Sie eine Weile nicht mehr in meinen Laden kommen, Julia. Wer über diese Dinge redet, kann sich eine Menge Ärger einhandeln.«

· III ·

Den soeben erstandenen Federal-Spiegel aus dem Winterthur-Katalog unterm Arm, trat Julia aus der Tür und wollte noch kurz bei Cookie's Place vorbeischauen, ehe Vera ihren Laden zumachte. Sie rutschte jedoch auf dem Glatteis am Fuß der Treppe aus, schlug hin, der Spiegel zersplitterte auf dem Gehweg, und Julia hätte sich an der nächsten Mauer den Kopf aufgeschlagen, wäre nicht eine starke Hand zur Stelle gewesen, um sie aufzufangen.

Was als Nächstes passierte, war äußerst verwirrend.

Der breitschultrige Mitch Huebner, das vom Alkohol gerötete Gesicht unrasiert und eine Wollmütze auf dem Kopf, packte sie mit festem Griff unter den Schultern und zog sie auf die Füße. Dann, als er sah, wen er vor sich hatte, fuchtelte er mit seinem dicken Zeigefinger vor ihrem Gesicht herum und schrie sie an, sie solle gefälligst aufhören, Lügenmärchen über ihn zu verbreiten, von wegen er hätte die Laternen in ihrer Einfahrt umgefahren und weigere sich nun, für den Schaden aufzukommen. Julia war noch ganz benommen von dem Sturz und völlig verdattert, dass sie just dann Mitch Huebner über den Weg lief, nachdem sie gerade erst Franks Geschichte gehört hatte. Sie wusste im ersten Augenblick überhaupt nicht, was Huebner eigentlich für ein Problem hatte. Er erklärte ihr, das Gerede sei geschäftsschädigend, er habe noch nie einen Schaden nicht bezahlt, den er verursacht hatte, aber er lasse sich nicht nötigen, für etwas zu bezahlen, womit er nichts zu tun habe, und Julia hatte keine Ahnung, was er ihr sagen wollte. Sie verstand nur Bahnhof.

Dann plötzlich wandte er sich von ihr ab und sagte etwas, das wie »Uff!« klang – genau so wie in den Sprechblasen von Comic-

Heften –, und im nächsten Augenblick stand Jeremy Flew zwischen ihnen. Er hob die Hände, um den massigen Mitch Huebner zu beschwichtigen und von Julia fernzuhalten – womit der schmächtige Mann, schoss es Julia durch den Kopf, kein geringes Risiko einging, falls Mr Huebner auf die Idee kommen sollte, ihm mit seiner riesigen Faust das schmale Gesicht zu zerschlagen.

»Bitte, lassen Sie Mrs Carlyle in Frieden«, sagte Flew ruhig. »Wir wollen doch keinen Ärger.«

»Wer zum Teufel sind Sie denn?«, fragte Mitch irritiert. Seine rotgeränderten Augen musterten Flew, dann blitzten sie Julia an. »Ich mache hier doch keinen Ärger. Die da, die macht doch den Ärger.«

»Bitte fassen Sie Mrs Carlyle nicht wieder an.«

»Sie erzählt überall in der Stadt dieses Lügenmärchen –«

»Bitte«, wiederholte Flew, die Stimme der Vernunft auf der winterlichen Straße. Einige Passanten waren stehen geblieben, um sich den Spaß nicht entgehen zu lassen. Julia, die ebenso verdattert war wie Mitch Huebner, hatte keine Ahnung, wo der Blondschopf hergekommen war.

»Das ist eine Privatangelegenheit«, fauchte Huebner und versuchte, sich an Flew vorbeizuschieben, doch der folgte geschickt seinen Bewegungen und schaffte es, zwischen den Kontrahenten zu bleiben.

»Bitte hören Sie damit auf, Sir.«

»Sie verleugnet mich!«

»Sie meinen wohl eher, dass sie Sie verleumdet«, sagte Flew, immer noch lächelnd.

Woraufhin Mitch Huebner auf den schmächtigen Mann losging und ihn wutentbrannt zur Seite stieß, allerdings mit dem Ergebnis, dass er auf dem Hintern landete, während Flew mit erhobenen Händen über ihm stand. Als Huebner aufstehen wollte, schubste Flew ihn wieder auf den vereisten Gehweg. Das Ganze schien Flew, der unentwegt lächelte, nicht die geringste Mühe zu bereiten.

»Wer zum Teufel sind Sie?«, fragte Mitch noch einmal, allerdings schon weniger aggressiv. Er war ein Hüne, vor dem sich alle in Tyler's Landing fürchteten. Vor dreißig Jahren war er der größte Schulhofschläger gewesen, und die Geschichten von damals wurden im Ort nach wie vor mit Schaudern erzählt. Doch jetzt saß er auf dem Hintern und hatte es offensichtlich gar nicht mehr eilig mit dem Aufstehen. Julia hatte Mitleid mit ihm.

»Ein Freund von Mrs Carlyle.«

»Fassen Sie mich bloß nicht noch mal an.«

»Bitte lassen Sie Mrs Carlyle in Frieden«, wiederholte Flew wie ein Roboter.

Julia sagte: »Jeremy, einen Moment bitte.«

»Ich versuche nur –«

»Lassen Sie ihn aufstehen.«

Der schmächtige Flew trat eilfertig zur Seite, und Mr Huebner rappelte sich hoch. Aufgebracht zeigte er mit dem Zeigefinger auf Flew. »Wenn du das noch mal machst, du halbe Portion, dann wirst du schon sehen, wer den Kürzeren zieht.«

»Nein, kein Bedarf«, entgegnete Flew mit einer höflichen Verbeugung. Aber er hielt sich vorsichtshalber zwischen dem Riesen und Julia, die etwas in seinen schelmischen Augen aufflackern sah, das ihr Angst machte.

»Sie haben recht, Mr Huebner«, sagte sie. »Ich bitte Sie um Verzeihung.«

»Wie bitte?«

»Es tut mir leid, dass ich Sie fälschlicherweise verdächtigt habe. Ich bin mir sicher, dass Sie meine Laternen nicht beschädigt haben, und es war falsch von mir, zu behaupten, Sie wären es gewesen. Bitte, verzeihen Sie mir. Ich hoffe, dass Sie auch in den kommenden Jahren unsere Auffahrt in Ordnung halten.«

Sie reichte dem verdatterten Mann die Hand, die in seiner riesigen Pranke verschwand.

»Ich würde Sie gern etwas fragen, wenn es Ihnen recht ist.«

»Was denn?«, fragte Huebner, der immer noch mürrisch Jeremy Flew anstarrte.

»Es geht um Ihren Vater –«

»Was ist mit ihm?«

»Mich würde interessieren, ob Sie jemals sein Tagebuch gefunden haben.«

Wut blitzte in den verschwollenen, geröteten Augen auf, und Flew, der die erneute Spannung zwischen den beiden sofort spürte, trat einen Schritt vor. Aber Huebner starrte Julia nur böse an, dann drehte er sich auf dem Absatz um und marschierte davon.

Als Flew Julia zu ihrem Escalade begleitete, lachte er nervös in sich hinein. »So was hab ich ja noch nie gemacht. Ich bin zwar schon seit Jahren in einem Selbstverteidigungskurs, aber bisher habe ich das noch nie anwenden müssen. Wissen Sie was? Ich kann verstehen, warum die Leute in den Krieg ziehen. Es macht Spaß!«

»Wenn man gewinnt«, murmelte Julia, die die Mordlust in den Augen des gedemütigten Mitch Huebner gesehen hatte, ehe er den Rückzug angetreten hatte. Aber Mr Flew lachte weiter sein beschwingtes Henkerslachen, während sie durch den Schnee stapften, so dass Julia ganz vergaß, ihn zu fragen, wie in aller Welt er genau in dem Moment aufgetaucht war, als sie seine Hilfe benötigte. Sie war viel zu sehr mit der Frage beschäftigt, wen ihr Mann sich da eigentlich ins Haus geholt hatte.

Und warum.

Kapitel 31

Ein freundschaftlicher Rat

· I ·

Am folgenden Nachmittag hielt Senator Malcolm Whisted bei einer Wahlveranstaltung auf dem Campus eine Rede. Der Zeitpunkt war nicht besonders klug gewählt, denn die meisten Studenten mussten am Ende des Semesters für ihre Klausuren lernen, aber es war der einzige Termin, den er für einen Besuch in seinem Heimatstaat hatte freischaufeln können. Insgesamt sprach er an dem Tag an vier verschiedenen Orten, dazu kam noch ein informelles Treffen zum Nachmittagstee mit einigen Politologiestudenten, zu dem er eingeladen hatte, weil er selbst Politologie studiert hatte, ehe er im Außenministerium gearbeitet, danach promoviert, dann an der Uni Karriere gemacht hatte und schließlich in die Politik gewechselt war. Am Abend war der Senator Gast bei einem Dinner, das seine alten Freunde Lemaster und Julia Carlyle zu seinen Ehren gaben. Das Dinner war ausdrücklich keine Fundraiser-Party, da Lemaster und Julia in ihrer Doppelrolle als Präsident und First Lady der Universität und als Freunde von Senator Malcom Whisted und seiner Frau Maureen sich auf keinen Fall für eine Partei aussprechen durften.

Das war zumindest Lemasters Auffassung.

Zur Überraschung der Meteorologen blieb das Wetter stabil, und alle kamen. Sobald die Renovierung der präsidialen Villa abgeschlossen war, würden die Carlyles offizielle Gäste auf dem Campus empfangen können, aber vorerst fanden derartige Veranstaltungen in Tyler's Landing statt. Die Gästeliste umfasste zweiundvierzig Namen, wobei der Stab des Senators nicht eingerechnet war. Es gab ein reichhaltiges Buffet, und die Gäste saßen im Raum verteilt mit den Tellern auf den Knien, während die beiden ehemaligen Zimmergenossen laut und angeregt über alte Zeiten plauderten. Die meisten Gäste waren Fakultätsmitglieder, die eifrig um den Senator herumscharwenzelten, vielleicht in der Hoffnung auf einen Posten in der zukünftigen Regierung, vielleicht auch einfach vor lauter Freude über die Aussicht, dass er die Kräfte des Antichristen demnächst aus dem Weißen Haus vertreiben würde. Die übrigen Gäste waren lokale Würdenträger aus Elm Harbor und ein paar Bekannte der Carlyles aus Tyler's Landing. Um hier wirkliche »Freunde« zu finden, hätten sich die Carlyles schon gewaltig anstrengen müssen. Im schmutzigen, heruntergekommenen Elm Harbor, von wo Julia gar nicht schnell genug hatte wegziehen können, waren am Tag ihres Einzugs Nachbarn aller möglichen Hautfarben mit Aufläufen und frisch gebackenen Kuchen vor ihrer Tür erschienen, und durch gegenseitige Einladungen hatten die Carlyles schnell Freunde gewonnen. In der Hunter's Meadow Road dagegen schienen die Häuser durch Kontinente getrennt, und nachdem sie hier seit sechs Jahren wohnten, kannte Julia gerade mal die Namen von zwei Familien in der näheren Umgebung. Hier, im Herzen der Integration, fand die Rassentrennung heimlich statt. Es gab keinen Vandalismus. Der Ku-Klux-Klan verbrannte keine Kreuze. Es wurde niemand mit rassistischen Schimpfwörtern bedacht. Die Carlyles wurden nicht attackiert. Sie wurden einfach ignoriert.

Aber als es hieß, Malcolm Whisted werde zum Dinner erwartet, wollte plötzlich jeder dabei sein. Die meisten Anwesenden drängten sich um den Ehrengast, der wie alle erfolgreichen Politiker die Gabe besaß, jedem Einzelnen das Gefühl zu vermitteln, er habe ein Ohr für all die kleinen Fragen und Sorgen, während er mit den Gedanken längst bei der Rede am nächsten Tag oder beim politischen Kommentar der aktuellen *Times* war. Zwischendurch kam immer wieder einer seiner Berater und flüsterte ihm etwas ins Ohr: Die ehemaligen Zimmergenossen machten sich einen kleinen Wettstreit daraus, wer häufiger ans Telefon gerufen wurde. Auf der anderen Seite der Eingangshalle lag eine kleine Bibliothek mit einem eigenen Badezimmer, so dass man den Raum als zusätzliches Gästezimmer nutzen konnte. Dort hatte Senator Whisted sich für den Abend ein Büro eingerichtet, wo er Anrufe entgegennehmen und sich mit seinen Beratern besprechen konnte, und im Lauf des Abends verbrachte er mehr und mehr Zeit hinter verschlossenen Türen.

Julia kümmerte sich pflichtbewusst um ihre Gäste und wünschte sich, Lemaster, der am anderen Ende des Raums mit der gleichen Aufgabe beschäftigt war, stünde ihr zur Seite. Vor dem Erkerfenster, neben dem Flügel, erkärte gerade Suzanne de Broglie von der Theologischen Fakultät mit verträumtem Blick Donna Newman, der großen alten Dame der feinen Gesellschaft von Tyler's Landing, dass niemand guten Gewissens die Blut-für-Öl-Herrschaftsansprüche der derzeitigen Regierung unterstützen könne. Im Wintergarten hielt Marcus Hadley, ein Juraprofessor und alter Busenfreund von Lemaster, Gayle Gittelman, der führenden Strafverteidigerin des County, einen Vortrag darüber, dass die Ausgabe von Schulgutscheinen an einkommensschwache schwarze Eltern in sozialen Brennpunkten abzulehnen sei, weil diese Maßnahme ein Beweis dafür sei, auf welch subtile Weise rassistische Gehirnwäsche heutzutage vorgenommen wurde. Julia, die als Kind in Harlem die derbe Ausgelassenheit der Partys des Clans geliebt hatte, fand das selbstgerechte Salbadern auf den Campus-Partys, an denen sie als Gattin des Universitätspräsidenten teilnehmen musste, unerträglich.

Hin und wieder warf Lemaster ihr quer durch den Raum ein Lächeln zu oder hauchte ihr sogar im Vorbeigehen einen Kuss auf die Wange, doch Julia zweifelte inzwischen an allem und argwöhnte, dass ihr Mann nur seinen Gästen eine glückliche Ehe vorspielen wollte.

Zu vorgerückter Stunde, Julia war gerade dabei, sich aus einem Gespräch in der Ecke des Wohnzimmers loszueisen, in dem es um die Frage ging, wie ihre Familie in einer so extrem rechtslastigen Kirchengemeinde wie Saint Matthias ihren Glauben praktizieren konnte, tippte Jeremy Flew ihr auf die Schulter und fragte, ob er sie für einen Augenblick entführen könne.

»Der Senator möchte Sie kurz sprechen«, murmelte der kleine Mann, während er sie zu einem der Helfer des Senators führte, der an die Tür zur Bibliothek klopfte. Malcolm Whisted hockte mit gelockerter Krawatte auf der Schreibtischkante und ließ die Beine baumeln, während seine elegante Frau Maureen erschöpft in einem Sessel saß.

Maureen sagte: »Herzlichen Dank für die Einladung, Julia.«

»Es ist uns ein Vergnügen. Und eine Ehre.«

»Wir müssen uns wirklich häufiger treffen. Wenn ihr das nächste Mal in Washington seid, müsst ihr uns unbedingt anrufen.« So wie sie das Wort *müssen* gebrauchte, klang es wie ein Befehl. »Sonst dauert es wieder so lange, bis wir uns mal sehen.«

»Ja, da hast du recht«, erwiderte Julia, während sie vergeblich versuchte, sowohl Maureen als auch Malcolm gleichzeitig im Auge zu behalten.

Die Eheleute tauschten einen kurzen Blick aus. Der Senator sagte: »Ich möchte dir die Sache mit Astrid gern erklären.«

»Oh, nein, nein, das brauchst du mir nicht –«

»Ich führe einen sauberen Wahlkampf, Julia. Etwas anderes kommt für mich gar nicht infrage.«

»Das musst du verstehen«, befahl Maureen, ganz die perfekte Politikergattin und, wie böse Zungen behaupteten, die intelligentere der beiden. »Du darfst nicht vergessen, was für ein Mann Malcolm ist.«

Whisted warf Maureen einen bösen Blick zu, doch ehe Julia sich sicher sein konnte, verharrten seine Augen liebevoll auf seiner Frau. Er sprach in einem selbstbewussten, überzeugten Ton, als würde er die Frage eines Journalisten beantworten. »Astrid Venable hat hart für uns gearbeitet. Ich wünsche ihr nur das Beste im Leben. Aber sie hat versucht, Schmutz über unsere politischen Gegner auszugraben, und so etwas machen wir nicht.« Den Blick immer noch auf seine Frau fixiert. »Wir sind die Guten in diesem Wahlkampf.«

»Verstehe«, sagte Julia, die hinter dem Rücken nervös ihre Hände rieb.

»Und von unseren politischen Gegnern erwarten wir dieselbe Zurückhaltung«, sagte der Senator.

»Selbstverständlich.«

»Niemand ist ein Heiliger, Julia. Jeder hat Geheimnisse in seiner Vergangenheit. Ich. Du. Wir alle.«

Julia wurde ganz ruhig.

»Was mein Mann sagen will«, fügte Maureen überflüssigerweise hinzu, wobei sie die Augen fest geschlossen hielt, »ist, dass wir alle mal unsere wilde Phase hatten.« Sie schob sich eine graue Strähne aus der Stirn. Die Schuhe hatte sie abgestreift. Vor Jahren, lange bevor ihr Mann in die nationale Politik eingestiegen war, hatte Maureen den Leuten immer erzählt, sie könne Hand- und Auralesen. Auf einer Party hatte sie Julia einmal aus der Hand gelesen und ihr Jahrzehnte der Geborgenheit und des Glücks vorausgesagt. »Ich kann mir nicht vorstellen, warum jemand ein Interesse daran haben könnte, diese alten Sachen auszugraben. Die Leute müssten doch einsehen, dass das alles nichts damit zu tun hat, wie ein Mann das Land regieren wird.«

»In einem Wahlkampf sollte es um Ideen gehen«, sagte der Senator.

»Und nicht um Persönlichkeiten«, fügte seine Frau hinzu.

»Um die Zukunft.«

»Nicht um die Vergangenheit.«

»Darum, was für ein Mensch ein Kandidat heute ist.«

»Nicht darum, was für ein Mensch er in der Vergangenheit war.«

Es klopfte an der Tür, und einer der Wahlkampfhelfer streckte den Kopf herein. Der Senator erklärte, es dauere nur noch ein paar Minuten, woraufhin der Mann wieder verschwand. Alle waren nun in Bewegung. Der Senator richtete seine Krawatte, Maureen zog sich die Schuhe an, Julia ging auf die Tür zu. Irgendwie bekam Whisted ihre Hand zu fassen, drückte sie zweimal und hielt sie fest, während er ihr mit seinen dunklen, ernsten Augen direkt ins Gesicht blickte. »Lass uns dafür sorgen, dass der Wahlkampf sauber bleibt«, sagte er, dann ging er hinaus zu seinen Bewunderern.

Maureen blieb noch. »Julia.«

»Ja, Maureen?«

»Mal ist ein guter Mann. Das darfst du nicht vergessen.«

Julia fühlte sich müde und unerklärlicherweise beklommen. Sie hatte Scrunchy im Verdacht gehabt. Wenn es einer der Reiter gewesen war, dann Scrunchy. Aber jetzt war sie sich nicht mehr so sicher.

»Das weiß ich, Maureen. Mach dir keine Sorgen.«

»Er hat in seiner Jugend über die Stränge geschlagen. Das haben wir alle gemacht.«

»Natürlich, das verstehe ich.«

»Julia, hör mir zu.« Sie nahm Julias Hände. Maureen war eine groß gewachsene Frau und in mancher Hinsicht trotz der äußeren Eleganz liebenswürdig unbeholfen. »Niemand interessiert sich dafür, was einer als junger Bursche ausgefressen hat. Die meisten von uns haben in dem Alter Dinge getan, die uns heute leidtun. Auch mein Mann hat Dinge getan, die er heute bitter bereut. Aber er würde niemals jemandem etwas zuleide tun. Niemals.«

»Maureen –«

»Mal ist kein reicher Mann, Julia.« Ein plötzliches Lächeln, als hätte sie unerwartet einen Schatz entdeckt. »Die Whisteds haben sich immer dem Dienst am Gemeinwohl gewidmet.«

»Verstehe«, erwiderte Julia, auch wenn sie nicht recht verstand, was Maureen ihr sagen wollte.

»Das mit Astrid tut mir leid. Sehr sogar. Bitte, nimm meinem Mann das nicht übel. Er hat einen harten Wahlkampf vor sich. Astrid versteht das.«

»Glaub mir, Maureen, ich nehme deinem Mann überhaupt nichts übel.«

»Gut. Da bin ich froh.« Sie schaute Julia lange an, als überlegte sie, wie viel sie preisgeben sollte. Dann war sie wieder ganz die Politikergattin. »Ruf mich an, wenn du in Washington bist. Wir müssen uns öfter sehen.«

»Danke.«

»Oder wenn wir irgendetwas für dich tun können. Ruf einfach an.«

»Mach ich.« Vergeblich versuchte sie, ihre Hände aus Maureens Griff zu befreien. »Danke.«

»Es liegt an Tyler's Landing«, erklärte Maureen, während sie Julias Gesicht nicht aus den Augen ließ. Ihre Hände waren feucht und warm. Julia wand sich. »Ich kann mich noch gut an die Zeit erinnern, als wir hier wohnten. Diese Stadt verändert die Leute. Die Dinge, die hier passieren, sind immer so –«

Sie brach mitten im Satz ab, umarmte Julia und verließ das Zimmer.

· II ·

In der Eingangshalle verabschiedete Julia den Senator und seine Frau. Sie rieb sich die Augen und sah zu, wie die Gäste nach draußen strebten und sich die Nachzügler auf die Tür zu bewegten. Der Senator wollte, dass sie ihre Nachforschungen einstellte. So einfach war das. Malcolm Whisted wollte, dass Kellens Mehrertrag verschwunden blieb, und seine Frau wollte das ebenfalls.

Was bedeutete –

»Na, haben Sie von der Sache mit Tice gehört?« Plötzlich stand Marcus Hadley neben ihr, weiß und massig und strotzend vor Selbstbewusstsein. Seine Familie war schon länger mit der Universität verknüpft als die Lands. Sein Onkel war Universitätspräsident gewesen, ein Vorgänger Lemasters. Sein Großvater hatte ein berühmtes Dinosaurierfossil ausgegraben. Als Lemaster noch Juraprofessor gewesen war, hatten er und Marc einen Konkurrenzkampf ausgetragen – eine ernsthafte Sache, die nach Regeln ablief, die nur sie beide verstanden –, um klarzustellen, wer das genialste Mitglied der Juristischen Fakultät war. »Der Anwalt, der in diesen Werbespots im Fernsehen auftritt?«

»Tony Tice?«, fragte Julia, die nichts Gutes ahnte.

»Genau. Lemaster hat mir erzählt, dass der Mann Sie belästigt hat.«

Julia merkte, dass sie schon die ganze Zeit ihr leeres Glas in der Hand hielt. Als sie es einem Kellner reichte, spürte sie, wie der Boden unter ihren Füßen schwankte. »Was ist mit ihm? Was hat er denn jetzt wieder gemacht?«

»Er hat seine Freundin verprügelt. Gayle Gittelman hat es uns erzählt.«

»Wie bitte? Was hat er getan?«

»Tice. Tony der Trickser.« Hadley musterte sie. »Er wurde verhaftet.«

Kapitel 32

Dennison

· I ·

Am darauffolgenden Montag fuhren Julia und Lemaster nach New Hampshire, um Aaron in Exeter abzuholen. Der Vierzehnjährige war auf dem Internat unglaublich beliebt, was vielleicht seinem außerordentlichen Charme zuzuschreiben war, womöglich aber auch der Tatsache, dass sein Vater Präsident der Universität war, an der viele von Aarons Mitschülern später einmal studieren wollten. Sie hatten beschlossen, ihren Sohn gemeinsam abzuholen, aber die Fahrt verlief schweigsamer als gewöhnlich. Preston hatte am Abend zuvor aus Cambridge angerufen und verkündet, dass er über Weihnachten nicht nach Hause kommen, sondern mit seiner neuen Freundin nach Mexiko fahren würde. Julia war wie vor den Kopf gestoßen. Keins ihrer Kinder hatte jemals das Weihnachtsfest im Kreise der Familie verpasst. Sie beschwor ihren Sohn. Sie redete auf ihn ein. Doch Pres blieb wie immer unerschütterlich. Als sie ihm sagte, sie würden einen Umweg fahren und ihn besuchen, meinte Preston nur, die Mühe könnten sie sich sparen, seine Freundin und er würden einen frühen Flug nehmen.

Tonya Montez, die Vorsitzende der Sisterladys in Elm Harbor, sagte immer, Elternschaft sei ein Prozess, bei dem man zusehen musste, wie die Kinder nach und nach das Interesse an den Eltern verloren. Bei Julias Ältestem war dieser Prozess bereits abgeschlossen.

Für alle Fälle fuhren sie trotzdem über Cambridge. Niemand öffnete, als sie an Prestons Tür klingelten. »Wahrscheinlich sind sie schon weg«, meinte Lemaster.

»Ja, wahrscheinlich«, sagte Julia, die insgeheim fürchtete, dass Preston da war und ihnen einfach nicht aufmachte. Sie hätte zu gern gewusst, warum ihr Erstgeborener seinen Eltern so entschieden aus dem Weg ging. Wenn Wünsche Pferde wären, hatte Granny Vee immer gesagt, dann würden Bittsteller reiten. In Prestons Gegenwart kam Julia sich immer vor wie eine galoppierende Bittstellerin.

Von Cambridge aus nahmen sie den Weg über die Brücke nach Boston hinein und hielten vor einem Reihenhaus in dem endlosen Labyrinth aus engen, gewundenen alten Straßen von Beacon Hill. In dem Viertel einen Parkplatz zu finden, war nahezu unmöglich, doch Lemaster gelang es, den Mercedes in eine Lücke zu quetschen, die auf den ersten Blick so aussah, als würde sie gerade mal für ein Kinderfahrrad reichen. Er reckte die Faust, weil es sein Hobby war, das Unmögliche möglich zu machen, und sie küsste ihn auf die Wange, weil es ihre Aufgabe war, ihn dafür zu loben. Der tief liegende Himmel war dunstig, wie immer, wenn Smog in der Luft hing oder ein Unwetter drohte. Sie rutschten auf dem unebenen Kopfsteinpflaster, denn nicht alle Hausbesitzer kamen ihrer Pflicht nach, den Gehweg von Schnee und Eis zu befreien. Die Backsteinhäuser waren schmal und teuer. Nur bei wenigen gab es einen Vorgarten. Die Fenster lagen direkt an der Straße, wie es in vielen Gegenden in Europa üblich war. Im Vorbeigehen sah man Leute beim Schlafen, beim Rasieren, beim Anziehen, beim Umarmen, das ganze Spektrum menschlicher Aktivitäten am frühen Morgen. Auch Julia fühlte sich, als sei sie eben erst erwacht. Zum ersten Mal seit Jahren ging sie Risiken ein. Sie würde Kellens Beweise finden und ihre Tochter retten – es sei denn, ihr Stolz kam ihr in die Quere und sie machte doch einen Rückzieher, was durchaus möglich war, wie sie sich eingestehen musste.

Das Haus sah aus wie alle anderen, nur dass es auf einem Eckgrundstück stand und einen Garten hatte, der diese Bezeichnung verdiente, und von einem niedrigen, schmiedeeisernen Zaun, der einen neuen Anstrich nötig hatte, eingefasst war. Als sie vor der Haustür standen, bot sich ihnen ein fantastischer Blick auf den Boston Common und den Public Garden. Der Türklopfer aus Messing war mindestens hundert Jahre alt und hatte die Form eines Adlers. Eine hochgewachsene, umwerfend schöne Krankenschwester ließ sie eintreten und flüsterte ihnen mit haitianischem Akzent zu, Mr Dennison gehe es heute ein wenig besser. Julia überlegte, wann es ihm denn schlechter gegangen war, wagte jedoch nicht zu fragen. Die Schwester führte sie durch den engen Flur in einen Raum im hinteren Teil des Hauses, der als Ess-, Wohn- und Spielzimmer genutzt werden konnte. Früher hatte Bay Dennison Pokerrunden mit hohen Einsätzen organisiert, bei denen die Mächtigen ihre Geschäfte abwickeln konnten, ohne dass die Presse Wind davon bekam – bis auf diejenigen Vertreter der Presse natürlich, die zum Spielen eingeladen waren.

Der alte Mann saß in seinem Rollstuhl, bis zur Brust in Decken eingehüllt, ohne die schöne Aussicht auch nur eines Blickes zu würdigen. Durch seine diversen Krankheiten war er ziemlich abgemagert – jede Untersuchung, die die Ärzte durchführten, erbrachte eine weitere Fehlfunktion seines Körpers –, aber seine stolz gestrafften Schultern drückten immer noch Anmaßung aus, und der entschlossene Zug um sein kräftiges gelbliches Kinn erinnerte an die Macht, die er einmal in der amerikanischen Politik besessen hatte. Normalerweise war immer ein persönlicher Diener in seiner Nähe, aber niemand konnte diese Stelle lange halten, und wie Julia von Lemaster wusste, war der letzte Assistent gerade gefeuert worden und noch kein neuer eingestellt. Auf dem fahrbaren Tisch vor ihm lagen die Druckfahnen des in Kürze erscheinenden, dritten Bandes seiner Autobiographie, die sich wie ein Bestseller verkaufte, und als Julia und Lemaster eintraten, fuhrwerkte er vornübergebeugt mit einem Rotstift in dem Text herum. Offensichtlich bereitete es ihm großes Vergnügen, erneut Gift und Galle zu versprühen, auch wenn es inzwischen kaum noch jemanden gab, den er mit seinen Attacken verschont hatte.

»Einen Moment noch«, brummte er, ohne aufzublicken.

»Lassen Sie sich Zeit, Sir«, sagte Lemaster. Julia blickte zu ihrem Mann hinüber, der bereit schien, notfalls den ganzen Tag zu warten, wenn Dennison es verlangte. Von niemand anderem ließ er sich so etwas gefallen. Julia konnte sich nicht einmal erinnern, dass Lemaster jemals einen anderen Mann mit »Sir« angeredet hätte. Es war ihr nie gelungen, alle Dimensionen der Beziehung zwischen ihrem Mann und Dennison zu erfassen. Aber vor gut dreißig Jahren hatte der Abgeordnete Byron Dennison dem jungen Lemaster den Weg zu einer glorreichen Karriere geebnet, er hatte das grenzenlose Potenzial des Praktikanten erkannt und ihn, wie so viele andere Afroamerikaner aus Lemasters Generation, unter seine Fittiche genommen. Er hatte Lemaster Türen geöffnet und Wege geebnet, und mit den Jahren hatte er darauf geachtet, dass Lemaster nicht vom rechten Pfad abwich.

Im Gegensatz zu den meisten seiner Schützlinge hatte Lemaster nie vergessen, was er Dennison schuldig war.

»Mir bleibt nicht mehr viel Zeit«, entgegnete der Alte, während er heftig mit seinem Rotstift kritzelte. Als Julia einen Blick über seine Schulter riskierte, sah sie, dass er sich seine alten Freunde aus der schwarzen Bürgerrechtsbewegung vorgeknöpft hatte, die alle längst tot waren. Darauf konnte das Land jetzt wirklich verzichten.

»Sie werden uns noch alle überleben, Mr Dennison«, sagte ihr Mann.

»Na ja, wenn ihr alle im nächsten halben Jahr den Löffel abgebt, dann schon.«

»Sie sollten versuchen, positiv zu denken.«

»Nenn mir einen guten Grund.« Er blätterte eine Seite um und kritzelte auf der nächsten weiter. »Positives Denken hat Zant auch nicht geholfen, stimmt's? Der arme Hund. Ich dachte, da, wo ihr wohnt, lynchen sie unsere Leute nicht mehr.«

Lemaster lächelte hinter dem Rücken seines Mentors. »Ich habe Julia mitgebracht.«

Dennison hob den Kopf, drehte sich mit seinem Rollstuhl, und auf seinem verlebten, fahlen Gesicht breitete sich ein erfreutes Lächeln aus. Die gräuliche Haut hing in losen Falten an den Knochen, als könnte man sie abziehen. Eins seiner Augen war trüb und unstet, aber das andere blitzte wie eh und je. »Das sehe ich. Nicht, dass du sie verdient hättest. Sie ist zu gut für dich, Little Master.« Dennison hatte Lemaster immer nach seinem Vornamen »Little Master«, den kleinen Herrn, genannt, und er sah keinen Grund, damit heute aufzuhören. Trotzdem liebte Lemaster den Mann, und jeder wusste es. In zwei Monaten stand die Geburtstagsparty für den Alten an, ein rauschendes Fest, an dem Hunderte der Großen und Mächtigen teilnehmen würden. Lemaster versäumte dieses Ereignis nie, und seit einigen Jahren half er bei der Organisation mit. »Wie sieht's aus, Julia? Hatten Sie schon die fünfzehn Affären, die Ihnen zustehen? Denn so ein bezauberndes Geschöpf wie Sie sollte sich nach etwas Besserem umsehen. Ich an Ihrer Stelle hätte unseren Little Master schon vor Jahren verlassen. Ich weiß nicht, wie Sie es mit ihm aushalten. Sie sind eine Heilige. Eine Märtyrerin. Eines Tages wird man Ihnen ein Denkmal setzen. Wissen Sie was? Sie können meins haben. Meine Büste wird im Kapitol enthüllt. Auf so eine bescheuerte Idee können auch nur diese Dilettanten kommen. Ich fahre nicht hin. Die haben mir gesagt: Es sind nur ein paar Schritte. Und ich hab gefragt: Sehe ich etwa so aus, als könnte ich laufen? Dilettanten.«

»Es freut mich auch, dass wir uns mal wiedersehen, Bay«, sagte sie und erwiderte nur sein Lächeln, denn er erwartete nie, dass man auf seine großspurigen Sprüche einging. Schon vor Jahren hatte er ihr befohlen, ihn bei seinem Spitznamen zu nennen, einer seiner zahlreichen Seitenhiebe, um Lemaster in seine Schranken zu weisen. Dennison versuchte, alle seine Protegés in ihre Schranken zu weisen, doch Lemaster war der Einzige, der bereit war, diese Schranken zu akzeptieren, ein Zug an ihm, den Julia bewunderte, auch wenn sie nicht genau wusste, warum eigentlich.

»Wie geht es Ihrer Mutter?«

»Blendend.«

»Lebt sie immer noch in Frankreich? Treibt sie's immer noch mit kleinen Jungs?« Das sagte er, weil Mona in der Nähe von Toulouse mit einem Engländer namens Hap zusammenlebte, der zwanzig Jahre jünger war als sie – das beste Rezept, so Mona, um glücklich zu bleiben.

»Sie sagt, sie kommt erst zurück, wenn Amerika wieder eine Demokratie ist.«

Bay Dennison lachte nie wirklich, er gab eher eine Art kurzes Wiehern von sich, belustigt und überheblich, so als ob er allein die Welt als authentisches Ganzes erkennen konnte. »Da kann sie lange drauf warten.« Noch ein Wiehern. »Und – irgendwelche neuen Bücher in Arbeit?« Er zeigte auf die Blätter auf seinem Tisch. »Ich muss die Konkurrenz im Auge behalten.«

Julia schüttelte den Kopf. Mona hatte seit über zehn Jahren kein Buch mehr geschrieben, auch wenn einige linksradikale Blättchen ihre polemischen Aufsätze immer noch hin und wieder veröffentlichten. »Sie werden die Buchläden für sich allein haben, Bay.«

»Ich bin mal mit ihr ausgegangen. Vielleicht auch zweimal. Damals waren Sie noch ein kleines Mädchen.« Der Blick aus dem gesunden Auge glitt über ihren Körper wie der eines jungen Mannes. Von Lemaster wusste sie, dass der schlimmste Tumor hinter dem kranken Auge lag. »Hat sie Ihnen das jemals erzählt?«

»Ja, Bay. Und Sie haben's mir auch erzählt.«

»Wir waren im Weißen Haus. Als LB Johnson Präsident war. Wir haben die ganze Nacht getanzt. Lyndon hat auch mit ihr getanzt. Der wollte sie gar nicht mehr loslassen. Und Lady Bird, die arme First Lady, hat sich zu mir rübergebeugt und geflüstert: ›Ich hab ja nichts dagegen, dass er tanzt, aber muss er sie dabei die ganze Zeit befummeln?‹« Dennison lachte, also lachten seine Gäste auch. Die Geschichte stand im zweiten Band seiner Memoiren. Die meisten Historiker und Leute, die Johnson gut gekannt hatten, hielten die Anekdote für etwa so glaubwürdig wie den Rest der übertriebenen Reminiszenzen, die immer ein paar wütende Dementis nach sich zogen. Klugerweise schützte Dennison sich vor Verleumdungsklagen, indem er nur die Toten diffamierte. »Ich mochte LBJ. Die Leute haben ihn wegen Vietnam gehasst, aber er war der Beste von allen. Er hat das Bürgerrechtsgesetz gegen die Rassendiskriminierung durchgesetzt. Die Great Society. Sozialreformen. Das Wahlrechtsgesetz. Mit dem konnte man in einem Hinterzimmer sitzen und bei einem guten Glas Whisky Deals aushandeln. Und wenn er einem etwas in die Hand versprochen hatte, dann konnte man sich darauf verlassen, dass er sein Wort hielt. Darauf kommt es an, Julia. Dass man sein Wort hält.« Ein listiger Blick zu Little Master hinüber, als rechnete er mit Widerspruch.

»Ganz meine Meinung«, sagte Lemaster wie aufs Stichwort.

Dennoch sprach Byron Dennison weiterhin ausschließlich mit

Julia. »Wissen Sie, was heutzutage das Problem ist? Wir haben seit Nixon keinen echten Säufer mehr im Weißen Haus gehabt. Ich weiß nicht, wie die da irgendwas geregelt kriegen ohne das Zeug. Kein Wunder, dass sie sich dauernd in der Wolle haben. Zu viel Abstinenz in Washington, wenn Sie mich fragen.«

»Da könnten Sie recht haben.« *Wir besuchen die Sterbenden, damit sie uns die Erlaubnis zum Weiterleben geben*, hatte Granny Vee immer gesagt. *Vielleicht stimmen wir deswegen allem zu, was sie uns erzählen.*

»Nixon mochte ich auch. Der hat sich noch auf einen Deal eingelassen. Man durfte ihm nur die eigenen Trümpfe nicht zeigen, aber mit gezinkten Karten spielen ging auch nicht.«

»Ja, das haben Sie schon öfter erwähnt, Bay.«

»Setzen Sie sich doch auf meinen Schoß.«

»Geht nicht. Ich muss auf meinen Blutdruck achten.« Dennison lachte – eine ziemlich feuchte Angelegenheit –, und Julia lächelte, um ihre gute Laune zu demonstrieren, dann stellte sie die Frage, auf die seine Bemerkung vorhin sie gebracht hatte. »Haben Sie ihn gekannt, Bay? Kellen Zant?«

Er schlug vergnügt mit der Hand auf den Tisch. »Den alten Hochstapler hat doch jeder gekannt.«

»Hochstapler?«

»Der hat den Leuten die Pistole auf die Brust gesetzt, damit sie ihn anheuern. Hat ein Vermögen verdient, indem er den offiziellen, waschechten, amtlich beglaubigten schwarzen Wirtschaftsberater gespielt hat.« Das gesunde Auge schweifte zu ihr herüber. Lemaster stand schweigend neben ihr, ein Zuschauer bei einem Schauspiel. »Ich mochte ihn. Ja, er war ein Hochstapler. Aber einer nach meinem Geschmack.«

»Ich verstehe nicht recht.«

»Aber sicher doch. Zant hat immer bei irgendwelchen Firmen angerufen und gesagt: ›Wieso haben Sie keinen einzigen schwarzen Berater?‹ Dann hat er gedroht, er geht ins Fernsehen und macht publik, dass sie keine schwarzen Berater anstellen – und dreimal dürfen Sie raten, was dann passiert ist? Die haben ihn angeheuert.«

Obwohl ihr Mann neben ihr stand und obwohl sie großen Respekt vor dem Alten hatte, konnte Julia nicht verhindern, dass eine gewisse Steifheit in ihrer Stimme mitschwang. »Er war ein Ass auf seinem Gebiet. Diese Formeln, mit denen man den angemessenen Wert von Bezugsrechten errechnen –«

Lautes Wiehern. Wie die meisten Männer, die es gewöhnt sind, Macht auszuüben, maß Byron Dennison seinen eigenen Meinungen mehr Gewicht bei als den Tatsachen, die andere Leute vorbrachten. »Ja, er war wirklich ein Ass. Und sein Spezialgebiet war das Beschaffen von Geld für Kellen Zant. Ich weiß, er hat immer *behauptet*, er macht das alles nur für seine Kunden, oder er macht es für unsere Leute. Aber in Wirklichkeit hat er es immer nur für Kellen Zant gemacht.«

»Ich meine nur –«

»Sie brauchen Ihre Liebhaber nicht vor mir zu verteidigen, Julia. Ich sagte doch, ich mochte ihn.«

Mit glühend heißen Wangen wollte Julia etwas entgegnen, doch der Alte hörte auf zu lachen, packte sie am Handgelenk und zog sie ganz nah zu sich heran, um ihr etwas ins Ohr zu flüstern.

»Vertrauen Sie Ihrem Mann«, murmelte er, und sie spürte den heißen, feuchten Atem des Todgeweihten.

»Ich gebe mir Mühe«, sagte Julia vollkommen überrascht, während Lemaster ganz in die egomane Fotogalerie seines Mentors an der Wand vertieft schien.

Dennisons Griff war eisern. »Geben Sie sich mehr Mühe. Es ist wichtig.«

Danach kam der Teil des Besuchs, den Julia verabscheute. Nach den obligaten Umarmungen, den obligaten Drinks und den obligaten Fragen nach dem Wohlbefinden der Kinder wurde sie höflich, aber bestimmt aus dem Haus geschickt. Bay Dennison musterte das Gesicht seines Protegés und wies Julia an, in einer Stunde zurückzukommen. Da sie wusste, dass dieser Augenblick kommen würde, hatte sie sich eine bequeme Hose und Sportschuhe angezogen. Und da sie im Herbst viel zu oft in Cookie's Place gewesen war, konnte sie ein bisschen Bewegung gebrauchen. Sie ließ die Männer also allein. Wenn die beiden gemeinsam Pläne aushecken konnten, waren sie in ihrem Element. Bay Dennison war viele Jahre lang der Vorsitzende der Empyreals gewesen, und Lemaster hatte in den zwei Jahrzehnten, die Julia ihn kannte, nicht eine einzige Entscheidung von Bedeutung getroffen, ohne sich zuerst mit seinem Mentor darüber zu beraten. Die Empyreals mochten nicht direkt an den Schaltstellen der Macht sitzen, aber die Beziehungen waren immer noch wichtig, und Lemaster pflegte sie.

Julia fragte sich, welche wichtige Entscheidung diesmal getroffen wurde.

Sie kaufte sich in einem kleinen Supermarkt eine Flasche Wasser, dann lief sie durch den Public Garden, in dem überraschend viele Menschen waren. Eine dünne Schicht alter Schnee bedeckte den Boden, aber die Temperatur lag bei etwa fünf Grad, perfektes Wetter zum Joggen. Sie hielt sich auf den Hauptwegen, überquerte alle Brücken mehrmals, lief rasch an den Statuen und Denkmälern vorbei, denn sie war zum Joggen hier und nicht für einen kulturellen Spaziergang im Park, und sie joggte, weil sie etwas für ihre Figur tun musste. Als Julia zum dritten Mal an der grünlich oxidierten Statue des Abolitionisten Wendell Phillips vorbeikam, saß Mary Mallard auf der Bank daneben und lächelte sie an.

»Ich bin immer für eine Überraschung gut«, sagte die Journalistin.

· II ·

Mary hatte ebenfalls Sportschuhe an und die beiden Frauen marschierten gemeinsam los. Als Mary sich eine Zigarette anzündete, bat Julia sie, sie wieder auszumachen.

»Sie haben sich verändert«, bemerkte Mary, während sie ihr Halstuch richtete.

»Das hoffe ich doch.«

»Sie gefallen mir gut so. Sie wissen, was Sie wollen. Sie nehmen Blickkontakt auf. Sie sind selbstbewusst. Selbst Ihr Gang ist anders geworden.«

Julia musste lachen. »Und all das in nur ein paar Wochen.« Dann: »Was machen Sie hier, Mary? Offenbar sind Sie mir gefolgt.«

»Von Elm Harbor aus? Da müsste ich aber ein paar tolle Fahrtricks draufhaben, sonst hätten Sie mich auf dem Freeway bestimmt gesehen.«

»Tja, Sie haben eben tolle Tricks auf Lager.«

Sie gingen an den Schwanenbooten vorbei, die für den Winter übereinandergestapelt und mit einer Plane bedeckt waren. Am Seeufer spielte eine Schar Kinder unter der Aufsicht mehrerer Nonnen ein kompliziertes Fang-Spiel. »Ich bin hier, weil Sie Hilfe brauchen, Julia. Das schaffen Sie nicht allein.«

»Ich bin schon immer alleine gejoggt.«

»Ich meine, weil Sie herausfinden wollen, woran Kellen gearbeitet hat. Es ist offensichtlich, dass Sie das vorhaben. Für mich jedenfalls.« Sie machte eine Handbewegung, als Julia etwas sagen wollte. »Und das erklärt auch die Aura, die Sie sich in den letzten Wochen zugelegt haben.« Diesmal lachte nur Mary. Sie hatte sogar eine Flasche Wasser dabei, aus der sie einen großen Schluck trank. »Im Ernst, Julia. Sie brauchen meine Hilfe. Ich kann Ihnen eine Menge Ärger ersparen. Sie davor bewahren, Fehler zu machen. Ich habe Beziehungen. Ich habe Erfahrung.«

»Mary –«

»Und ich kann Ihnen Dinge sagen, von denen Sie einfach nichts wissen können.«

»Zum Beispiel?«

Sie waren bei mehreren großen Felsbrocken angelangt. Mary setzte sich, während Julia Dehnübungen machte. »Zum Beispiel, dass ich nicht die Einzige bin, die Ihnen heute gefolgt ist.«

Julias erste Reaktion war, sich hektisch nach allen Richtungen umzusehen, obwohl sie keine Ahnung hatte, nach wem oder was sie Ausschau hielt. Im nächsten Moment starrte sie Mary an. »Das haben Sie sich doch nur ausgedacht.«

Mary zuckte die Achseln. »Vielleicht. Vielleicht auch nicht. Aber das ist es ja gerade. Sie würden nicht mal auf die Idee kommen. Und selbst wenn, wüssten Sie nicht, auf was Sie achten sollten.«

»Aber Sie schon?«

»Natürlich. Bei den Büchern, die ich schreibe, bleibt es nicht aus, dass ich mir immer mal wieder einen Schatten zuziehe.«

Und eine gehörige Portion Überheblichkeit und Paranoia gleich dazu, dachte Julia, sagte aber nichts. Mary hatte recht.

Das konnte sie nicht allein bewältigen. Vor allem wollte sie es nicht allein durchziehen. Eine Partnerin zu haben, wäre wunderbar. Die Frage war nur, ob Mary Mallard die Richtige war.

»Sagen Sie mir genau, was Kellen Ihnen erzählt hat.«

»Sie haben sich wirklich sehr verändert.«

»Kommen Sie schon, Mary. Sie bewerben sich gerade für einen Job. Was hatte Kellen vor? Was hat er Ihnen gesagt?«

Die Journalistin stieß einen Seufzer aus und schaute zum Teich hinüber. Die *Make-Way-for-Ducklings*-Skulptur glänzte dunkel in der strahlenden Wintersonne. Zweifellos wollte Mary diese Zigarette unbedingt rauchen, und Julia war auf eine perverse Art stolz auf sich, dass sie ihr die Erlaubnis verweigern konnte. »Kellen ist vor ein paar Monaten zu mir gekommen. Wir hatten uns kennengelernt, als ich für mein Buch über die Bilanzfälschungs-Skandale recherchiert hatte. Kellen verdiente eine Menge Geld mit seinen Vorträgen über die Skandale und, na ja, wir haben uns eben kennengelernt. Er war überzeugt vom Kapitalismus, machte sich keine Sorgen wegen kapitalistischer Exzesse, die Märkte würden sich weitgehend selbst regulieren. Und er liebte Streitgespräche. Ich habe ihm allerdings bald nicht mehr ernsthaft widersprochen, ihm war es viel zu wichtig, dass er aus den Diskussionen als Sieger hervorging. Und falls Sie sich das fragen, ja, er hat ein paar Mal versucht, mich anzumachen, aber, na ja, da ist nie was draus geworden.« Sie stützte sich mit den Händen auf den Felsen, schloss die Augen und legte den Kopf in den Nacken, ließ sich die Sonne aufs Gesicht scheinen. »Also, im vergangenen Sommer hat er mich angerufen. Er sei auf etwas gestoßen, das mich interessieren würde. Wir verabredeten uns auf einen Drink bei seinem nächsten Besuch in Washington. Eine Woche später haben wir uns getroffen. Das muss so gegen Ende Juli gewesen sein, denn im August bin ich immer in Maine. Er hat mir von Gina Joule erzählt. Ich hatte den Namen noch nie gehört. Er hat mir die ganze Geschichte erzählt, aber es gibt zig Geschichten dieser Art. Ich hab ihm gesagt, die Sache interessiere mich nicht, es sei denn, das Material reicht für ein Buch oder zumindest einen Artikel. Er meinte, diese Geschichte sei anders. Hier wäre nicht einfach ein schwarzer Junge gelyncht worden, weil er angeblich ein weißes Mädchen umgebracht hat. Der schwarze Junge hätte für jemanden sterben müssen, der heute eine wichtige Rolle spielt. So hat er sich ausgedrückt: *Jemand, der eine wichtige Rolle spielt.*«

»Die Sache hat Sie also interessiert.«

»Ein bisschen. Nicht wirklich. Seit ich die Enthüllungsbücher schreibe, werde ich dauernd von Leuten angesprochen, die mir irgendwelche Sensationsgeschichten verkaufen wollen. Aber dann hat Kellen mir von der Hilliman-Suite erzählt und wer dort gewohnt hat, und ab da hat mich die Sache natürlich erst recht interessiert. Er meinte, er könne mit ziemlicher Sicherheit beweisen, dass einer der Bewohner der Hilliman-Suite zumindest ein Verhältnis mit Gina hatte. Das allein würde schon ausreichen, um die offizielle Version des Falls ins Wanken zu bringen, und vielleicht könnte das sogar den Ausgang der Wahlen beeinflussen. Kellen meinte, nicht mehr lange, dann könne er mehr beweisen. Und dann wollte er die Geschichte auf den Markt werfen. Eine Auktion wollte er starten, um sich den Mehrertrag zu sichern. Eine All-Pay-Auktion, so hat er das ausgedrückt. Ich hatte da noch keine Ahnung, was das war, aber das war egal. Ich habe ihn gefragt, warum er mir das alles erzählt. Ich bezahle nicht für Informationen, nicht mal für Informationen, die den Ausgang einer Präsidentschaftswahl beeinflussen können. Er hat gesagt, er braucht jemanden, der weiß, wie man so etwas darstellt. Ich sollte seine Erkenntnisse formulieren für die Auktion. Das ist nicht unbedingt mein Metier, aber glauben Sie mir, Julia, inzwischen war ich Feuer und Flamme. Ich wollte die Geschichte unbedingt haben. Das Problem war nur, dass Kellen absolute Geheimhaltung verlangte. Also, ich verdiene mein Geld damit, dass ich über eine Story schreibe, es bringt mir nichts, wenn ich nicht darüber publizieren darf. Ein paar Wochen lang haben wir hin und her diskutiert, und dann wollte er mir eine Kostprobe schicken, um mich zu überzeugen, dass er recht hatte. Im September habe ich dann mit der Post ein Foto bekommen. Und zwar in einem Umschlag ohne Absender und ohne Anschreiben. Aber laut Poststempel kam der Brief aus Elm Harbor.«

»Was war denn auf dem Foto zu sehen?«, fragte Julia, als Mary nicht weiterredete und die Lippen schürzte. Vielleicht zog sie an einer imaginären Zigarette.

»Ein junger Mann, der auf einem Sofa schläft. Mehr nicht. Ein junger Mann, vielleicht neunzehn, Anfang zwanzig, schlafend auf einem Sofa. Ich habe Kellen angerufen und ihm erklärt, das reicht nicht. Er meinte, wenn ich ihm sage, wer der junge Mann sei, würde er mir verraten, wo das Foto aufgenommen wurde. Also habe ich es herausgefunden. Es hat nicht lange gedauert, ich wusste ja, hinter wem Kellen her war. Der Mann auf dem Foto war Senator Malcolm Whisted, als junger Student. Daraufhin hat Kellen mir einen Zettel mit einer Adresse in Tyler's Landing geschickt. Ich habe überprüft, wer zu der Zeit, als der Senator in Elm Harbor zur Uni ging, dort gewohnt hat, und wie vermutet war es die Adresse von Merrill und Anna Joule.«

»Das ist aber ziemlich dünn.«

»Das habe ich ihm auch gesagt. Und genau dasselbe habe ich auch Ihnen auf der Beerdigung gesagt. Die Tatsache, dass Senator Whisted mal bei den Joules auf dem Sofa geschlafen hat, beweist überhaupt nichts. Die Whisteds waren mit jedem bekannt. Kellen hat mich gefragt, ob es für mich einen Unterschied macht, wenn ich wüsste, dass der junge Mal auf dem Foto betrunken war. Ich hab Nein gesagt. Die Studenten an der Uni sind doch immer alle betrunken. Kellen hat gelacht. Deswegen sei das Foto ja auch nur eine Kostprobe, hat er noch gesagt.«

»Und das war alles?«

»Nicht ganz.« Mary schürzte die Lippen, sie brauchte diese Zigarette wirklich dringend. »Er sagte, der ganze Fall sei ein Lehrstück darin, warum nicht rivalisierender Konsum quasi ein Ding der Unmöglichkeit ist.«

»Das müssen Sie mir erklären.«

Mary lieh Julia einen Bleistift, damit sie sich den Begriff aufschreiben konnte. »Das bedeutet –«, setzte die Journalistin an, doch Julia hob die Hand. Sie wollte Marys Erklärungen nicht hören und sich nicht von ihren vorgefertigten Meinungen beeinflussen lassen.

»Danke.« Julia warf einen Blick auf ihre Armbanduhr. »Ich muss los.«

»Lemaster ist bei Bay Dennison, stimmt's?«

»Sie sind wirklich gut, Mary.«

»Sie haben doch noch gar nichts gesehen.« Mary stand auf. »Also – sind wir uns einig?«

»Nein.«

Die weiße Frau starrte sie verdattert an. »Aber ich habe Ihnen doch erzählt –«

»Mary, hören Sie zu. Im Grunde haben Sie recht. Ich brauche Hilfe. Und Ihre könnte ich wirklich gut gebrauchen. Ich fände es toll, wenn Sie mit einsteigen. Aber falls Sie es tun, müssen Sie sich darüber im Klaren sein, dass das mein Projekt ist, nicht Ihres, und dass ich entscheide, welche Informationen ich Ihnen gebe.« Sie überlegte. »Und dass Sie ohne meine Zustimmung nichts veröffentlichen dürfen.«

»Sind Sie sicher, dass Sie nie mit Kellen verheiratet waren? Ich meine, Sie reden genauso wie er.«

»Ach ja, und noch etwas. Über Weihnachten haben wir frei.«

Mary konnte es nicht fassen. »Ist Ihnen klar, Julia, dass es nur noch zwei Monate bis zu den Vorwahlen in Iowa sind?«

»Wenn Sie das Rätsel bis dahin ohne mich lösen können, bitte sehr.«

»Und ich dachte immer, ich wäre durchtrieben.«

Julia lächelte. Es machte Spaß, das Ruder in der Hand zu haben.

Kapitel 33

Es weihnachtet sehr

· I ·

Weihnachten glitt an den Carlyles vorbei wie eine Plakatwand auf dem Highway, ein fernes Schimmern, das beim Näherkommen immer größer wird, plötzlich in ganzer Breite und farbenfroh und deutlich lesbar aufragt, aber beim nächsten Wimpernschlag nur noch im Rückspiegel zu sehen ist und dann hinter der letzten Kurve verschwindet. Da das Kriegsbeil zwischen Lemaster und Astrid offenbar begraben war, kam sie mit ihren Kindern zu Besuch und gingen sogar mit in die Mitternachtsmesse der St.-Matthias-Kirche, wo Lemaster nach dem Gottesdienst einen ungewohnten Mangel an Taktgefühl an den Tag legte, indem er sich lautstark über die Krippe beschwerte, die neben dem Altar aufgebaut war. Er nehme keinen Anstoß an dem blonden, blauäugigen Jesuskind, so Lemaster, und auch nicht an den ausgesprochen arischen Gesichtszügen von Maria und Josef, sondern eher an der Anwesenheit und der Anzahl der Könige aus dem Morgenland. Beim Kaffee im Gemeindesaal argumentierte er, dem Matthäus-Evangelium sei nicht zu entnehmen, wie viele Weise aus dem Morgenland gekommen seien, es werde jedoch ausdrücklich beschrieben, dass die Könige das Kind (nicht den Säugling) Jesus in seinem Haus besucht hätten, und nicht, wie traditionell überliefert, kurz nach Jesu' Geburt in einem Stall. Nicht die Weisen, sondern die Hirten seien vom Stern zu der Krippe geführt worden. Der Gemeindevorsteher, der blass wie eine Leiche und fast genauso leblos war, murmelte mit Grabesstimme, es sei doch die Tradition, die die Leute an die anglikanische Kirche binde, doch Lemaster ließ sich nicht beirren. Tradition, sagte er, habe nichts damit zu tun, dass man sich über etwas hinwegsetzte, das im Evangelium stand.

Auf der Heimfahrt im Escalade, der trotz Schneematsch selbst in den Kurven brav in der Spur blieb, hielt Lemaster seiner Frau und seinen beiden halbwüchsigen Kindern – die anderen fuhren im Lincoln Navigator bei Tante Astrid mit – einen Vortrag über die Sturheit der Kirche, die nicht einsehen wollte, was seiner Meinung nach die reine Wahrheit war. Als ihr Vater kurz innehielt, um Luft zu holen, beugte Vanessa sich zwischen den gepolsterten Sitzen nach vorn und fragte ganz harmlos, ob es denn sein könne, dass Väter immer recht hatten, während alle anderen, die seit Jahrhunderten den Traditionen folgten und den Dreikönigstag mit viel Freude feierten, sich irrten. Ehe Lemaster etwas darauf entgegnen konnte, fuhr sie fort: »Genauso verhält es sich doch mit den Reisen des heiligen Paulus im ersten Jahrhundert. Wir wissen nicht, wo er überall gewesen ist. In der Bibel steht es nicht. Aber die Tradition gibt uns die Antworten, oder nicht? Die Tradition besagt, dass er bis nach Spanien gereist ist, das wird durchgängig so behauptet und kaum infrage gestellt. Also sagen wir, okay, wahrscheinlich war er in Spanien. Was spricht also dagegen, sich an die Tradition zu halten und anzunehmen, dass es tatsächlich drei Weise aus dem Morgenland waren? Schließlich steht in der Bibel auch nicht, dass es mehr oder weniger waren.«

Lemaster setzte zu einer freundlichen Antwort an, wie immer, wenn er mit Vanessa redete, doch er sagte nichts, weil ihm ebenso wie allen anderen im Wagen auffiel, dass Vanessas Lippen sich noch bewegten, obwohl kein Ton mehr herauskam.

Als sie zu Hause eintrafen, hatte Jeremy Flew, der kein eigenes Zuhause zu haben schien, für die Erwachsenen köstlich gewürzten Eierlikör vorbereitet und half den Kindern, die Milch und Kekse für den Weihnachtsmann bereitzustellen. Anschließend verschwanden die vier Kleineren in ihren Zimmern, damit die Erwachsenen die Weihnachtsgeschenke verpacken konnten. Von Mona waren keine gekommen, sie vergaß Weihnachten immer und entschuldigte sich später dafür. Julia wollte auch Vanessa auf ihr Zimmer schicken, doch ihre Tochter verkündete, sie sei zu alt für solche albernen Spiele, setzte sich in die Küche, trank ein Sprite Light nach dem anderen und vertiefte sich zum x-ten Mal in ein zerlesenes Buch über römische Kriegsstrategie.

»Was machst du denn da?«, fragte Tante Astrid irgendwann, als sie in die Küche kam.

»Ich lese.«

»Ich meine, warum liest du so viel über den Krieg? Wo wir uns doch lieber alle zusammen um Frieden bemühen sollten?«

Vanessa blickte nicht einmal auf. »Ich bereite mich vor«, sagte sie.

So verbrachten sie den Heiligen Abend.

· II ·

Bruce Vallely verbrachte den späten Nachmittag des vierundzwanzigsten Dezember in Einkaufszentrum in Norport, allerdings nicht, um Einkäufe zu erledigen. Er saß in der äußersten Ecke des Parkplatzes bei geschlossenem Verdeck in seinem Mustang-Cabrio und unterhielt sich mit Rick Chrebet, der seiner Familie erzählt hatte, er müsse noch letzte Geschenke besorgen. Rick betonte immer wieder, er werde seine Pensionsansprüche verlieren, wenn man ihn erwischte. Trotzdem überließ er Bruce einen Teil seiner Aufzeichnungen. Wieder zu Hause, staunte Bruce über die Menge an Material, die Rick in der kurzen Zeit, bis die Ermittlungen eingestellt worden waren, zusammengetragen hatte. Durch ähnliche, wenn auch nicht ganz dieselben Schlussfolgerungen, war er ebenfalls darauf gekommen, dass Lemaster Carlyle als Tatverdächtiger infrage kam. Rick, der weniger impulsiv veranlagt war als sein ehemaliger Partner, hatte sich sogar etwas besorgt, an das Bruce gar nicht gedacht hatte.

Eine Kopie von Lemasters Lebenslauf.

Ein Blick auf das Dokument warf Bruce' Theorie über den Fall sofort über den Haufen.

Gina Joule war im Februar 1973 verschwunden, während Lemasters drittem Studienjahr.

In seinem Lebenslauf stand klar und unmissverständlich: *Januar – Juni 1973, Auslandsstudium in Oxford.*

Gleich am zweiten Januar, wenn der Unibetrieb wieder aufgenommen wurde, würde Bruce die Daten überprüfen. Er musste sich vergewissern, dass die Angaben im Lebenslauf korrekt waren. Aber er wusste schon jetzt, dass sie stimmten. Lemaster konnte unmöglich der Täter gewesen sein, es sei denn, der zukünftige Universitätspräsident wäre zurück in die Staaten geeilt, um Gina zu töten, und anschließend sofort wieder nach England geflogen. Das bedeutete nicht unbedingt, dass Lemaster nicht für den Mord an Zant als Täter infrage kam, doch es reduzierte die Wahrscheinlichkeit erheblich.

Bruce würde wohl oder übel andere Möglichkeiten in Betracht ziehen müssen. Er legte die Unterlagen beiseite und ging ins Wohnzimmer, wo seine Tochter Laurie dabei war, den Weihnachtsbaum zu schmücken.

· III ·

Am Weihnachtstag zog sich Cameron Knowland, weitgehend unbeachtet von den Medien, vollständig von der Kampagne für die Wiederwahl des Präsidenten zurück. Erst eine Woche später wurden die Medien auf einen von Knowlands Büro veröffentlichten Brief aufmerksam, in dem dieser sich taktisch klug formuliert dafür entschuldigte, »durch gewisse Handlungen möglicherweise den Eindruck erweckt zu haben, er habe versucht, skandalträchtige Informationen über Spitzenkandidaten der gegnerischen Seite zu sammeln«. Das Weiße Haus bedankte sich für seine jahrelangen treuen Dienste sowie für die dem Präsidenten entgegengebrachte Freundschaft, bekundete jedoch keinerlei Bedauern darüber, dass sich ihre Wege getrennt hatten. Astrid war die Erste in der Familie, die davon erfuhr, durch eine SMS und dann noch durch einen Anruf. Als die Neuigkeit am sechsundzwanzigsten Dezember in einem 90-Sekunden-Beitrag in den Abendnachrichten erwähnt wurde, wirkte Astrid ziemlich mitgenommen. Eigentlich hatte Julia ihre Schwiegercousine fragen wollen, woher sie eigentlich das Gerücht hatte, Lemaster hüte schmutzige Geheimnisse, wagte jedoch nicht, das Thema anzusprechen, als sie sah, wie bedrückt Astrid war. Am nächsten Tag reiste Astrid mit ihren Kindern ab. Am späten Abend sah Julia sich Tessas Talkshow an. Nach Tessas Vertrauensbruch hatten die ehemaligen Zimmergenossinnen wieder Frieden geschlossen. Sie rauften sich nach jedem Streit wieder zusammen, denn Julia würde Tessa niemals vergessen, dass sie ihr das Leben gerettet hatte, und Tessa konnte sich immer auf Julias Dankbarkeit verlassen. Diesmal sprach Tessa in ihrer Show über das Ausscheiden von Astrid Venable und Cameron Knowland, die beide wichtige Rädchen im politischen Getriebe gewesen waren. Womöglich, so Tessa, sei dies ein Zeichen, dass es im kommenden Wahlkampf einmal weniger hart und schmutzig zugehen würde, als man es aus den vergangenen Wahlkämpfen gewohnt war.

Julia dagegen befürchtete, dass das Ausscheiden der beiden ein Zeichen für etwas ganz anderes war. Für was, wusste sie selbst nicht recht. Doch sie hatte, nachdem Lemaster ihr erklärt hatte, Cameron sei eine Nummer zu groß für ihn, gehört, wie ihr Mann später am selben Abend auf seinem Handy telefoniert hatte: ... *der Kerl hat die Frechheit, marschiert hier rein und bedroht mein Frau auf meinem Campus. Das dulde ich nicht. Ja, ich weiß. Ich weiß, aber das ist mir egal. Ich werde das auf keinen Fall hinnehmen. Habe ich mich klar genug ausgedrückt? Und dasselbe gilt für diesen Tice, der sich überall nach meiner Frau erkundigt. Das werde ich in meiner Stadt nicht durchgehen lassen. Haben wir uns verstanden?*

Julia hatte sich hinter ihren Mann schleichen und ihn mit einer Umarmung aus seiner düsteren Stimmung locken wollen. Doch entsetzt darüber, mit welcher Selbstverständlichkeit Lemaster »mein« sagte, kroch sie ins Bett und zog sich die Decke über den Kopf.

Kapitel 34

Die Spiegel-Welt

· I ·

Der dreiundvierzigste Grand Orange and White Cotillion wurde wie immer wenige Tage vor dem Jahreswechsel in einem vornehmen Bostoner Hotel abgehalten: Cocktails, dann ein Dinner, später wurde getanzt, manchmal bis in die frühen Morgenstunden hinein. Die High Society des schwarzen Amerikas ließ alle Hemmungen fallen und feierte sich selbst. Das weiße Amerika hatte nichts dergleichen vorzuweisen und wusste nicht einmal von diesem großen Ereignis in der Welt der Schwarzen. Die Ladybugs hatten die Tradition des Balls, der inzwischen in acht Städten stattfand, zuerst in New York, dann in Washington begründet, als die Einführung der Töchter der bedeutenden und nicht ganz so bedeutenden Familien der dunkelhäutigeren Nation in die Gesellschaft noch eine große Rolle spielte und es keinen angemessenen Ort gab, wo man dieses Ritual begehen konnte. Heutzutage hatten immer weniger junge Mädchen ein Interesse daran, die Debütantin zu spielen. Aber die großen Orange and White Cotillions wurde weiterhin abgehalten. Die Mitglieder der Ladybugs erschienen immer noch in weißen Ballkleidern mit irgendeinem orangefarbenen Accessoire, und ihre Gäste – ursprünglich waren nur Ehemänner zugelassen – trugen eine weiße Krawatte. Allerdings entdeckte Julia, die mit Lemaster und Marlon und Regina Thackery am Rand der Tanzfläche stand, zwei oder drei Paare, bei denen beide weiße Abendkleidung trugen, das Ergebnis einer zweijährigen, heftigen Diskussion.

»Ich glaube, Betsy hat dasselbe Kleid an wie letztes Jahr«, bemerkte Regina, die den unglücklichen Zwischenfall vor Kimmers Haus offenbar vergessen hatte.

»Nein, es ist ein neues«, versicherte ihr Julia. »Ich war dabei, als sie es gekauft hat.«

»Tja, es sieht genauso aus wie das vom letzten Jahr. Und die Handtasche hab ich auch schon mal gesehen.«

»Letztes Jahr hat sie ein rückenfreies Kleid getragen.«

»Das nennst du einen Rücken?«

Lemaster und Marlon hatten sich inzwischen zu einer Gruppe wohlhabender Männer gesellt, die dem neuenglischen Zweig der dunkelhäutigeren Nation angehörten, sechs, sieben Herren, die ihre huldvollen Blicke über die Menge schweifen ließen, als prüften sie, wer aus kleineren Verhältnissen stammte: Es war nicht mehr wie früher, als die Mitgliedschaft im Clan auf die Elite beschränkt war. Julias Ehemann lief wie immer zu Hochform auf und erzählte einen derben Witz nach dem anderen. Seine Zuhörer – Industriebosse, Spitzenpolitiker und Künstler – grinsten breit und waren entzückt von dem Esprit, den er seiner Familie zu Hause vorenthielt. Bei solchen Gelegenheiten kam es Julia oft so vor, als wären sie durch einen Spiegel in eine magische Welt getreten, in der Lemaster ein Charmeur war, um den Julia alle Frauen beneideten, und nicht der liebevoll distanzierte Mann, der das Bett mit ihr teilte. Wie immer war Julia fasziniert von der Fähigkeit ihres Mannes, seine Zuhörer zu fesseln. Während Regina über alle und jeden lästerte, versuchte sie, mitzukriegen, worüber die Männer sich unterhielten. Aber sie hörte nur Gelächter.

»Die sollten lieber tanzen«, sagte eine Stimme neben ihr. »Und du auch.«

Julia drehte sich lächelnd um. Die über siebzigjährige Aurelia Treene war nicht nur immer noch eine ihrer Lieblingsautorinnen, sondern auch einer der Menschen, die Julia am liebsten mochte, auch wenn sie sich nur bei solchen offiziellen Gelegenheiten sahen. Aurie war eine große, schlanke und sanftmütige Frau, sie strahlte eine ruhige, besonnene Autorität aus, die von reicher Lebenserfahrung zeugte. Zu Harlemer Zeiten waren sie und Mona Busenfreundinnen gewesen, und obwohl Aurie aus Tennessee und nicht aus Neuengland stammte, auch ebenbürtige Rivalinnen. Damals war sie mindestens einmal im Jahr bei der Familie in der North Balch Street zu Besuch gewesen. Inzwischen lebte sie in Maine.

»Wie geht es deiner Mutter?«

»Ihr geht es wunderbar.«

»Sie ist eine großartige Frau.« Trotz des Trubels auf der Tanzfläche und der lauten Musik hob Aurie nicht einmal die Stimme. Der Lärm schien an einem Raum der Ruhe abzuprallen, der sie beide umgab. »Du kannst immer noch eine Menge von ihr lernen.«

»Ich weiß.« Julia nippte an ihrem Champagner. Aurie hielt kein Glas in ihren zierlichen Händen. Zu ihrem weißen Kleid trug sie eine orangefarbene Stola. Sie war ohne Begleitung zu dem Ball erschienen und hatte bereits ausgiebig getanzt, vor allem mit meist verheirateten Frauen, die darauf verblüfft und geschmeichelt reagiert hatten. »Leider sehen wir uns viel zu selten, und du weißt ja, wie ungern sie telefoniert.«

»Das ist sehr vernünftig, unter den derzeitigen Umständen.«

»Was für Umstände?«

»Bei allem, was im Moment passiert.«

Julia schaute sie an. »Was passiert denn?«

Aurie grinste und tippte sich an die Schläfe, als müsste Julia doch genau wissen, was sie meinte. Ein Kellner kam mit einem Tablett voller Champagnerflöten. Julia nahm sich ein neues Glas, und auch Aurie nahm eins, trank jedoch nicht. Sie wechselte das Thema. »Du musst sehr stolz sein.«

»Stolz?«

Sie zeigte mit ihrem Glas in Richtung der Männer. »Auf Lemaster. Es ist eine große Ehre. Eine sehr große. Sie wird nur sehr wenigen verliehen.«

»Ach, natürlich. Aber der Posten des Universitätspräsidenten hat auch seine Schattenseiten, und einige Fakultätsmitglieder würden ihm am liebsten den Hals umdrehen, es war –«

»Das meine ich nicht.«

»Was meinst du denn dann?«

Aurie fasste Julia an der Schulter und drückte sie kurz. »Komm schon, Julia. In meinem Alter hat man etliche Informationsquellen, die man anzapfen kann. Vor mir brauchst du wirklich keine Geheimnisse zu haben.«

»Was für Geheimnisse?« Sie grinste verlegen. »Habe ich irgendeinen von Lemmies Erfolgen vergessen? Die Liste ist einfach so lang …« – Gott, wie sie es hasste, die pflichtgetreue Ehefrau zu spielen! –, »… dass ich kaum noch mit dem Zählen nachkomme.«

»Ich meine, dass er der Bubba ist.«

»Er ist was?«

»Der Bubba. So wird die Familientradition also weitergetragen.« Aurie drückte ihr noch einmal die Schulter, diesmal fester. »Mir brauchst du nichts vorzumachen. Natürlich sollen Außenstehende eigentlich nichts darüber erfahren, aber ich habe meine Kanäle zu den Bruderschaften.«

Julia schüttelte den Kopf und verstand immer weniger. Vielleicht lag es am Champagner, dass sie sich wieder einmal vorkam wie eine Idiotin unter lauter Genies. »Tut mir leid, Aurie. Aber ich habe nicht die geringste Ahnung, was du mit dem Bubba meinst.«

»Dann heißt das, er hat es dir verraten? Er hat dir den richtigen Namen gesagt? Nicht Bubba, sondern den wirklichen Namen, den die Empyreals ihrem zweiten Mann an der Spitze geben?« Auries Augen leuchteten auf. »Das ist ja wundervoll, Julia, wirklich unglaublich. Was hat er dir gesagt? Komm, verrat es mir!«

Julia starrte die ältere Frau an. »Soll das heißen, mein Mann ist der … der zweite Mann bei den Empyreals?«

»Das hast du nicht gewusst? Ach, Julia, sag bloß, du bist mit so einem Vertreter der alten Schule verheiratet, der sich streng an die Tradition hält, absolute Geheimhaltung, keine Außenstehenden dürfen etwas erfahren und so?«

»Lemaster ist der größte Vertreter der alten Schule, den du dir vorstellen kannst.«

»Er tritt also die Nachfolge an? Mit allem, was dazugehört?«

»Nachfolge?«

»Die Empyreals rekrutieren ihre Führer schon sehr jung. Na ja, das weißt du wahrscheinlich. Viele Mitglieder bauen ihre eigenen Söhne auf. Bay Dennison hat ja selbst keine Kinder –« Sie brach ab, offenbar verstand sie erst jetzt den vollkommen überraschten Ausdruck auf Julias Gesicht. Eine Maske legte sich über die vornehmen Züge der Schriftstellerin, einfach so, als gehörten sie und Lemaster tatsächlich zu der geheimen Spiegel-Welt, zu der Julia keinen Zugang hatte. »Nun, es ist nicht so wichtig. Herzlichen Glückwunsch jedenfalls. Aber, bitte, vergiss einfach, wovon ich gerade gesprochen habe.«

Aus dem Augenwinkel sah Julia Lemaster lächelnd und winkend auf sie zukommen, offenbar in der Absicht, zur Freude seiner Fans noch einmal mit ihr zu tanzen. Aurie wollte sich schon verabschieden. »Moment«, sagte Julia. »Ich habe noch eine Frage.«

»Also gut, eine.« Sie klang etwas verstimmt, wahrscheinlich ärgerte sie sich über sich selbst, dass sie die Katze aus dem Sack gelassen hatte.

»Ich nehme an, Lemaster hat mir wahrscheinlich nichts davon erzählt, weil die Empyreals eine aussterbende Bruderschaft sind.« Sie beobachtete Aurelias Gesichtszüge. »Sie sind wirklich am Aussterben, nicht wahr? Es ist ein unbedeutender, kleiner Club, der nicht mal erwähnt wird, wenn es um die wirklich prestigeträchtigen Bruderschaften geht. Das stimmt doch, oder? Habe ich recht, Aurie?«

»Natürlich hast du recht.«

»Bist du sicher?«

Die Autorin warf einen kurzen Blick zu dem herannahenden Lemaster, dann strahlte sie Julia von oben herab an. »Ach, was bist du süß. Wirklich süß.«

Aurie hauchte Julia einen Kuss auf die Nasenspitze und kehrte zurück zu ihrer Entourage.

· II ·

Sie hatten drei Zimmer im Hotel, eins für die Eltern, eins für Aaron und eins für die Mädchen, denn Vanessa hatte sich nach langen Diskussionen gegen den Willen ihrer Mutter durchgesetzt und war nicht unter den jungen Frauen, die an diesem Abend offiziell in die Gesellschaft eingeführt wurden. Julia und Lemaster gingen gegen eins nach oben. Während Lemaster sich gleich schlafen legte, schaute Julia noch kurz nach den Kindern.

Aaron telefonierte auf seinem Handy. Jeannie schlief bereits, doch Vanessa war noch auf und sah sich eine von diesen albernen Komödien an, die sie so liebte. Julia setzte sich eine Weile zu ihr, schaute jedoch hin und wieder zu ihrer Jüngsten hinüber, um sich zu vergewissern, dass Jeannie nicht aufwachte und die abstoßend ordinären Dialoge hörte. Obwohl ihr Unterbewusstsein wahrscheinlich alles mitbekam. Julia und Vanessa lagen wie in alten Zeiten auf dem Bett und hielten einander im Arm. Sie redeten ein bisschen, lachten über den Quatsch im Fernsehen, bis Julia hochfuhr und feststellte, dass Vanessa leise schnarchte und die Digitaluhr auf dem Nachttisch fast drei Uhr anzeigte.

Sie schlich in ihr Zimmer, zog sich im Dunkeln das Nachthemd an und schlüpfte vorsichtig unter die Decke, um ihren Mann nicht zu wecken.

Er wachte trotzdem auf.

Sie küssten und streichelten sich eine Weile, waren jedoch zu müde für irgendetwas, das mehr Energie erforderte. Schließlich legte sie den Kopf auf seine Schulter, und er streichelte ihr Nacken und Schultern, wie sie es liebte. Sie redeten über den Ball und über Unipolitik und überlegten, was Preston wohl in Mexiko machte. Dann fragte Julia ihren Mann, warum er ihr nichts davon erzählt hatte, dass er zum Bubba gewählt worden war – sie wusste nicht recht, ob gewählt der richtige Ausdruck war.

»Wir sind zur Verschwiegenheit verpflichtet, Jules. Das weißt du doch.«

»Aber du hast mir doch auch erzählt, dass Bay Dennison mal der … der Vorsitzende war. Oder wie immer der Chef bei euch heißt.«

»Der Grand Paramount. Manchmal nennen wir ihn auch den Autor.« Er lachte leise in dem dunklen Hotelzimmer, und sie lachte mit. Auch diese fantasievollen Titel gehörten zur Tradition der dunkelhäutigeren Nation. »So. Ich habe dir ein Geheimnis der Empyreals verraten. Zufrieden?«

Sie gab ihm einen Kuss. »Du bist also wirklich der – Bubba?«

Ein kurze Pause, in der er sich anders hinlegte. »Ja, Jules, ich bin der Bubba. Aber jetzt lass es gut sein, mehr darf ich dir wirklich nicht erzählen.«

»Kannst du mir denn nicht wenigstens verraten, für was ›Bubba‹ die Abkürzung ist? Aurie meinte, es gibt noch einen anderen Namen, der nur unter den Mitgliedern benutzt wird.« Schweigen. Sie unternahm noch einen Versuch. »Also gut, dann sag mir wenigstens, für wie lange du das Amt übernommen hast.«

»Zehn Jahre.«

»Warum denn so lange? Von so einer langen Amtszeit hab ich ja noch nie gehört.«

»Wir sind eben geduldige Menschen.«

In der schläfrigen Stille nickte sie fast ein. Es tat gut, ein paar Geheimnisse ihres Mannes zu erfahren, auch wenn sie spürte, dass größere, faszinierendere Geheimnisse darunter verborgen blieben.

»Lemmie?«

»Ja?«

»Darf ich dich was Wichtiges fragen?«

»Das andere war nicht wichtig?«

Sie ließ sich nicht beirren. »Aurelia sagt, die Familientradition würde weitergetragen. Was hat sie damit gemeint? Gibt es die Empyreals auch auf Barbados?«

Wieder ließ er sie auf eine Antwort warten. »Aurelia redet viel, wenn der Tag lang ist«, sagte er dann.

»Aber was hat sie damit gemeint, Lemmie?«

»Ich habe keine Ahnung, Jules.«

»Und was ist mit einem Nachfolger? Hast du schon einen ausgewählt?«

Schweigen.

»Dann erklär mir was anderes. Sind die Empyreals wirklich nur ein kleiner, aussterbender Club? Aurelia hat gelacht, als ich das ihr gegenüber so formuliert habe. Weißt du noch, wie Mona sich aufgeregt hat, als ich ihr erzählt habe, dass wir heiraten? Sie wollte einen Schwiegersohn von einer der bedeutenderen Bruderschaften. Das hat sie damals gesagt. Sie ist richtig wütend geworden, als du die Empyreals nicht verlassen und stattdessen bei den Boulé oder den Guardsmen eintreten wolltest. Weißt du noch? Wir haben darüber gelacht, dass sie so großen Wert auf diese gesellschaftlichen Dinge legte. Wir haben gelacht, Lemmie.«

»Ja, ich erinnere mich.«

»Aber hatten wir recht? Oder gibt es etwas Besonderes bei den Empyreals, das ich nicht weiß?«

»Selbstverständlich gibt es Dinge bei den Empyreals, von denen du nichts weißt. Aber darüber sprechen wir nicht mit Außenstehenden, und du, Liebes, bist nun mal eine Außenstehende.«

Damit war dieses Thema beendet. Aber sie konnte nicht widerstehen, die ruhige Lagerfeueratmosphäre noch ein wenig auszunutzen, und versuchte es mit etwas anderem.

»Lemmie?«

»Ja?«

»Erinnerst du dich noch an das Jahr, in dem Gina Joule gestorben ist?«

»Ermordet wurde.« Hart und unversöhnlich.

»Ja.« Sie drückte ihn, war ihm dankbar für den Einwurf. »Das Jahr, in dem sie ermordet wurde. Wann bist du da eigentlich aus England zurückgekommen – im Mai?«

»Im Juni.«

»Haben die Leute da immer noch darüber geredet, ... über den Mord?«

»Nicht viel. Eigentlich nicht.«

Sie zögerte. »Und was war mit Mal? Oder Scrunchy? Haben die darüber gesprochen?«

»Das weiß ich wirklich nicht mehr.«

»Also, was ich meine, ist –«

»Jules, es ist schon nach drei. Wir haben morgen eine lange Fahrt vor uns.« Er löste sich aus ihrer Umarmung, drehte sich auf die andere Seite und ließ sie allein in der Kälte der Nacht.

Kapitel 35

Ein freundschaftliches Gespräch

· I ·

»Es ist wirklich sehr nett von Ihnen, dass Sie sich Zeit für mich nehmen«, sagte Bruce Vallely lächelnd. Er war bisher erst ein Mal im Zimmer des Universitätspräsidenten gewesen, und er war sehr darauf bedacht, in kein Fettnäpfchen zu treten, vor allem nach seinem peinlichen Auftritt bei Marlon Thackery.

Aber Lemaster Carlyle war die Freundlichkeit in Person. »Ich bitte Sie, Bruce. Das ist doch das Mindeste, was ich tun kann. Darf ich Ihnen noch einmal mein Beileid aussprechen?«

»Danke.«

»Wie geht es Laurie? Sie studiert an der Pennsylvania State University, nicht wahr? Der Star des Leichtathletik-Teams?«

»Kann man so sagen.«

Der Präsident lächelte und nickte. Er hatte keinerlei Notizen vor sich. Anstatt Bruce einen Platz vor seinem enormen Schreibtisch anzubieten, hatte er ihn auf ein Sofa komplimentiert, und ein beflissener Assistent hatte ihnen Tee serviert. Es war der erste Dienstag im Januar 2004, und der Unibetrieb hatte nach der Weihnachtspause gerade erst wieder angefangen. »Sie wollte immer Tierärztin werden, nicht? Und Brucie? Immer noch der Schrecken der Marine? Hat er nicht auf einem U-Boot gedient?«

»Richtig, Sir. Auf der *USS Michigan* bei der Pazifikflotte.« Lemaster war verdammt gut, das musste Bruce ihm lassen. Er war auf der Hut. Immerhin lastete nach wie vor ein Mordverdacht auf dem Präsidenten, auch wenn nur Bruce und vielleicht noch Trevor Land ihn verdächtigten.

»Er ist also nicht in die Fußstapfen seines Vaters getreten und bei den Special Forces gelandet?«

Die Frage überraschte Bruce. Lemasters Augen blitzten vor Freude über den kleinen Coup. In keiner Armeeakte stand »Special Forces« bei der Truppenzugehörigkeit vermerkt. Wer sich für solche Informationen interessierte, musste wissen, wo er danach zu suchen hatte, und er musste Kontakt zu einem Insider haben, der sie ihm beschaffte.

»Nein, Sir.«

»Also – was kann ich für Sie tun, Bruce? Wenn ich das richtig verstanden habe, geht es um den armen Kellen.«

»Ganz recht, Sir.«

Lemaster schenkte Tee ein. »Trevor hat mir erzählt, dass Sie uns unterstützen. Ich halte das für eine famose Idee.«

Bruce fragte sich, ob überhaupt jemand, außer in Hollywoodfilmen, ernsthaft das Wort *famos* benutzte. »Das ist mein Job, Sir.«

»Das ›Sir‹ können Sie weglassen, Bruce. Wir sind hier nicht beim Militär, und immerhin waren unsere Frauen gut befreundet.« Er schlug die Beine übereinander und trank einen Schluck Tee. Er sah völlig entspannt aus. »Ich bin froh, dass Sie sich der Sache angenommen haben, Bruce. Diese Geschichte mit dem Raubmord überzeugt mich nicht, und ich bin sicher, anderen geht es genauso. Ich hoffe, dass Sie uns ein paar Antworten liefern können.«

Bruce hatte inzwischen sein Notizbuch gezückt. »Können Sie mir sagen, warum Sie nicht an Raubmord glauben?«

»Rein gefühlsmäßig. Es kommt mir zu einfach vor.«

»Zu einfach?«

Der Präsident schnaubte. »Der Mann wird am Abend vor einem Treffen mit Cameron Knowland, dem Vorsitzenden des Stiftungsrats, erschossen. Und von dem höre ich dann, dass Kellen Informationen hatte, die für die Präsidentschaftswahl von Bedeutung gewesen wären? Ja, Bruce, Raubmord kommt mir da zu einfach vor.«

»Wissen Sie, für welche Seite diese Informationen nützlich gewesen wären?«

Lemaster schüttelte kurz den Kopf. »Nein. Ich glaube auch nicht, dass Cameron es weiß. Aber fragen Sie ihn ruhig danach.«

»Können Sie mir Ihr Verhältnis zu Professor Zant kurz beschreiben?«

»Wir hatten gar keins. Vor Jahren, lange bevor Julia und ich geheiratet haben, hatten sie und Kellen eine enge persönliche Beziehung. Aber das wissen Sie sicherlich. Seitdem – nun ja, wir sind uns an der Universität eher selten begegnet. Als ich noch Juraprofessor war, lehrte Zant hauptsächlich in Chicago und Stanford. Er kam zurück, kurz bevor ich zum Richter gewählt wurde, aber er war natürlich an der Fakultät für Wirtschaftswissenschaften. Dann bin ich nach Washington, und da war ich natürlich oft nicht hier.«

»Es heißt, Kellen Zant und Ihre Frau seien immer Freunde geblieben.«

Zum ersten Mal klang Lemaster Carlyle etwas weniger von sich überzeugt. »Ja, das war wohl so.«

»Hat Sie das gestört?«

»Dass sie immer noch Freunde waren? Na, toll fand ich es nicht.« Das Lächeln verschwand, aber Bruce spürte, dass sein Gegenüber wider Erwarten nicht ärgerlich war. Lemasters Gesichtsausdruck wurde ernst. »Hören Sie, Bruce. Das alles muss unter uns bleiben, ja? Wissen Sie, als Kellen und meine Frau diese enge persönliche Beziehung hatten, hat er ihr sehr wehgetan. Er war in vielerlei Hinsicht ein gewalttätiger Mann. Ich denke nicht, dass er körperlich gewalttätig war. Aber es gibt auch so etwas wie psychische Gewalt, und die kann ebenso verletzend sein. Ich habe mir Sorgen gemacht, dass er meiner Frau noch einmal wehtun könnte.«

Bruce nickte und notierte etwas. Dann fragte er ohne aufzublicken: »Haben Sie Grund zu der Annahme, dass Professor Zant Ihre Frau verletzt hat?«

»Ich glaube nicht, dass ich Ihnen folgen kann.«

Doch Bruce war sich sicher, dass Lemaster die Frage durchaus verstand. »Ich meine, in den letzten Jahren. Seit Kellen Zant wieder nach Elm Harbor zurückgekehrt war. Hat er da Ihre Frau in irgendeiner Weise verletzt?«

»Das will ich nicht hoffen.« Der Präsident lehnte sich zurück. »Ich denke, davon hätte ich doch sicherlich erfahren.«

Bruce fiel auf, wie sorgfältig Lemaster seine Antwort formulierte, und dass er die Frage nicht unmissverständlich mit Nein beantwortet hatte. Doch er beschloss, nicht weiter darauf einzugehen und sich erst später mit der ausweichenden Antwort zu beschäftigen.

»Ich habe noch ein paar Fragen zu dem Abend, an dem Sie den Toten gefunden haben.«

»Selbstverständlich.«

»Sie haben angehalten, weil Sie einen Unfall hatten?«

»Auch wenn es mir peinlich ist, die Antwort lautet ja.« Ein reumütiges Kopfschütteln. Das Telefon klingelte, doch Lemaster ignorierte es. »Gut, es ist eine scharfe Kurve, und wir hatten einen Schneesturm. Aber ich fahre schon seit Jahren über diese Straße, und ich hatte die Kurve noch nie übersehen.«

»Gab es irgendeinen bestimmten Grund, warum Sie die Kurve übersehen haben? Wild, das auf die Straße gesprungen ist oder etwas Ähnliches?«

»Ich fürchte, nein. Ich kann Ihnen nicht erklären, wie der Unfall passiert ist.«

»Sie haben nicht das Tempo verlangsamt, weil Sie die Leiche im Graben gesehen haben?«

Wieder verschwand das joviale Lächeln, und der eiskalte Karrierist kam zum Vorschein, der Mann, der mit den Präsidenten der Vereinigten Staaten und mit Milliardären verkehrte. »Ich verstehe, warum Sie diese Fragen stellen müssen, Bruce. Ich war selbst Staatsanwalt. Ich weiß, wie eine solche Befragung abläuft. Ich gebe Ihnen gleich Ihre Antworten, da sparen wir uns Zeit. Ich habe Kellen Zant nicht getötet. Ich habe niemanden angeheuert, der ihn in meinem Auftrag getötet hat. Ich wusste nicht, dass seine Leiche im Straßengraben lag, als ich den Unfall hatte. Alles klar?«

»Ja, Sir. Ich hatte nicht vor, Ihnen diese Fragen zu stellen.«

»Aber Sie wären kein guter Polizist, wenn sie Ihnen nicht zumindest durch den Kopf gehen würden.«

Bruce ging nicht weiter auf die Bemerkung ein. Er verstand genug von Bürokratie, um zu wissen, dass es darauf keine passende Antwort gab. »Nur noch eine Sache, wenn Sie gestatten.«

»Aber bitte.«

»Laut Aussage von Teilnehmern an dem Galadiner an diesem

Abend, haben Sie den Saal dreimal verlassen, weil Sie auf Ihrem Handy angerufen wurden.«

»Das könnte hinkommen.«

»Ich habe gehört, dass Sie normalerweise während des Essens, und vor allem während eines offiziellen Diners, absolut keine Anrufe entgegennehmen, es sei denn, es handelt sich um einen Notfall. Darf ich fragen, wer Sie angerufen hat und ob es sich an dem Abend um Notfälle gehandelt hat?«

Der Universitätspräsident zählte sie an den Fingern ab. »Ein Anruf kam von meiner Tochter, die ins Kino gegangen war. Sie wollte mit mir absprechen, wann wir sie abholen sollten. Ein Anruf kam aus dem Weißen Haus. Anrufe des Präsidenten – des Präsidenten der Vereinigten Staaten – nehme ich grundsätzlich an, aber an dem Abend habe ich ihm gesagt, ich sei bei einer wichtigen Veranstaltung an der Uni und ich würde ihn später zurückrufen.« Bruce' Blick amüsierte ihn sichtlich. »Tja, das kommt vor. Er ist auch nur ein Mensch.«

»Und der dritte Anruf?«

Lemaster Carlyle runzelte die Stirn. »Ich kann mich nur an zwei Anrufe erinnern. Sind Sie sicher, dass es drei waren?«

»So wurde es mir berichtet.«

»Tja, ich werde mal in meinem Speicher nachsehen, vielleicht lässt sich das ja noch feststellen.« Mit ein paar unauffälligen, beiläufigen Gesten hatte Lemaster Bruce zum Aufstehen gebracht und ihn zur Tür geleitet. Sie schüttelten sich die Hände. »Danke, dass Sie sich all die Arbeit machen, Bruce. Wirklich. Wir alle wissen das zu schätzen.«

Bruce schoss seinen letzten Pfeil ab. »Ach, beinahe hätte ich etwas vergessen.«

»Ich bitte Sie, Bruce, der Spruch ist ja noch älter als *Columbo*.«

Sie mussten beide lachen, aber es war nicht zu übersehen, dass Bruce die Geduld des Präsidenten überstrapazierte, möglicherweise sogar mit Absicht. Der beflissene Assistent war wieder aufgetaucht und sollte wohl den Gast hinausbegleiten. Bruce hatte das Gefühl, dass er den jungen Mann schon einmal gesehen hatte, er konnte sich jedoch nicht erinnern, wo. »Diese Anrufe – haben Sie die auf Ihrem privaten Handy entgegengenommen oder auf Ihrem Diensthandy?«

Carlyle zog nachdenklich die Brauen zusammen. »Ich bin mir ziemlich sicher, dass meine Tochter mich auf meinem privaten Handy angerufen hat. Der Präsident wahrscheinlich auch.«

»Und der dritte Anruf?«

»Wie gesagt, ich kann mich an keinen dritten Anruf erinnern.«

· II ·

In seinem Büro ging Bruce noch einmal die Notizen durch, die er sich während der Befragungen gemacht hatte. Die Zeugen hatten übereinstimmend ausgesagt, dass Lemaster mindestens drei Anrufe entgegengenommen hatte, einer meinte sogar, es wären vier gewesen. Zwei Gespräche waren kurz gewesen, wahrscheinlich das mit der Tochter und das mit dem Präsidenten der Vereinigten Staaten, den Lemaster auf später vertröstet hatte, was entweder von einem gesunden Selbstbewusstsein oder einer enormen Selbstüberschätzung zeugte, und Bruce schlicht den Atem verschlug. Das dritte Gespräch hatte lange gedauert, da waren sich alle Zeugen einig gewesen.

Bruce wünschte, er könnte wie ein regulärer Polizist arbeiten. Er wollte Zeugen unter Strafandrohung vorladen, sich Zugang verschaffen zu Unterlagen der Telefongesellschaft, Bankkonten, Kreditkartenabrechnungen, zu allem, wo Menschen in ihrem Alltag Spuren hinterlassen. Aber er besaß keinen offiziellen Status. Er tat seinen Vorgesetzten und seiner Universität einen Gefallen. Er konnte nur weiter Fragen stellen.

Das heißt, wenn er Zeugen fand, die er befragen konnte.

Auf der letzten Seite seines Notizbuchs hatte er sich die Namen von Leuten aufgeschrieben, mit denen er noch sprechen musste, darunter auch Nathaniel Knowland, der gelogen hatte, als er behauptete, er habe Kellen Zant an dem Abend, als er ermordet wurde, auf der Town Street gesehen. Nathaniel war nach den Weihnachtsferien nicht an die Uni zurückgekehrt. Bruce hatte Carol Lewin befragt, doch die hatte nachweisen können, dass sie an dem Abend, als Zant ermordet wurde, nicht in der Stadt war. Aber allmählich gingen Bruce die Zeugen aus.

Aus irgendeinem Grund musste er dauernd an Rick Chrebets

Bemerkung denken: Beweismittel waren aus der Asservatenkammer der Polizei verschwunden, unter anderem Kellen Zants Handy. Warum war gerade das Ding verschwunden? Wer nach bestimmten Anrufen suchte, konnte diese Informationen problemlos in den Unterlagen der Telefongesellschaft finden, das Handy brauchte man dazu nicht. Handys. Moment mal. Als er in seinem Notizbuch blätterte, fiel ihm etwas auf, das er bisher übersehen hatte. Die ersten beiden Anrufe, die Lemaster Carlyle an dem Abend des Mords entgegengenommen hatte, hatten ihn auf seinem privaten Handy erreicht. Angenommen, nur mal angenommen, der dritte Anrufer hätte ihn auf seinem Diensthandy angerufen.

Bruce nahm sich das Telefonbuch der Universität vor. Wie erwartet, fiel das Abrechnungsbüro für Telekommunikation in den Zuständigkeitsbereich des Verwaltungschefs. Er rief Trevor Land an.

»Sir, ich wüsste gern, ob Sie sich Zugang zu den Unterlagen über ein bestimmtes Mobiltelefon verschaffen können.«

»Nun, tja, Chief Vallely, ich bezweifle, dass die entsprechenden Bestimmungen –«

»Ich würde sagen, das bedeutet ›Ja‹.«

Kapitel 36

Huebner

· I ·

Julia hatte immer gewusst, dass Mitch Huebner jenseits von Gut und Böse war, wie Granny Vee sich ausgedrückt hätte, aber erst als sie vor seinem einsam gelegenen Holzhaus im Wald aus dem Escalade stieg, wurde ihr klar, dass das Wort *verrückt* viel zu schwach war, um ihn zu beschreiben. Voller Verwunderung sah sie sich um. Da war natürlich der Hund, eine verdreckte schwarze Bestie namens Goetz, die knurrte und geiferte, wenn sie in der Kabine des Schneepflugs saß. Jetzt kläffte der Hund sie an und sprang an einer Kette hin und her, die auf Julia nicht den Eindruck machte, als könnte sie ihn halten, wenn er erst einmal richtig loslegte. Holzscheite waren krumm und schief zu Haufen gestapelt, von denen einige ordentlich mit Planen abgedeckt waren, während andere so aussahen, als wäre ein Betrunkener mit einem Schneepflug dagegen gefahren.

Das aus dunklem Holz gezimmerte, einstöckige Haus hatte nach vorne zwei Fenster mit gesprungenen Scheiben und Löcher in den Wänden, die mit Teer oder Kreosot zugeschmiert waren. Neben der Tür stand ein unfertiger Totempfahl mit einer Fratze, die selbst den Teufel in die Flucht geschlagen hätte. Ein aus zwei dicken Ästen zusammengenageltes und golden gestrichenes Kreuz, das aufrecht auf dem Dach angebracht war, verlieh dem düsteren Haus etwas von einer ländlichen Kirche im Süden, nur dass aus ihrem Innern kein freudiger Lobgesang ertönte. Mr Huebners Wagen war nirgendwo zu sehen, aber etwas abseits stand ein auf Ziegelsteinen aufgebockter alter Ford Pick-up, den

Huebner offenbar als Ersatzteillager benutzte. Mr Huebner war ein Mann, der nur Autos fuhr, die er selbst reparieren konnte. Julia hatte einmal mitbekommen, wie er die neue Generation von Automechanikern, die Motoren an Computer anschlossen, um Fehler zu finden, und die dazugehörigen Programme aus dem Internet herunterluden, mit Spott und Hohn überzogen hatte. Lemaster, ganz der Politiker, der sich gerne damit brüstet, dass er mit jedermann zurechtkommt, hatte daneben gestanden und ernst genickt.

Julia wäre lieber nicht allein zu Huebner hinausgefahren, doch sie hatte keine andere Wahl. Die Kinder waren in der Schule, außer Aaron, der noch eine Woche Ferien hatte. Lemaster war verreist. Wenn sie herausfinden wollte, ob sie recht hatte und ob Kellen Zant wirklich hier das Tagebuch des längst verstorbenen Arnold Huebner geholt hatte, der zum Zeitpunkt von Ginas Tod Constable in der Stadt gewesen war, dann war das ihre beste Gelegenheit. Eine bessere würde sie sicher nicht bekommen.

Goetz bleckte die Zähne und knurrte und geiferte, aber er hatte aufgehört, an seiner Kette zu zerren. Vorsichtig ging sie Schritt für Schritt vorwärts und näherte sich so langsam dem Haus.

»Guter Hund«, murmelte sie, denn sie hatte irgendwo gelesen, dass es etwas nützte, wenn man so mit Hunden redete. »Guter Hund. Braver Hund. Guter Junge.«

Der Köter schnappte nach ihr, allerdings aus sicherer Entfernung. Womöglich hatte er ja genauso große Angst wie sie.

»Guter Hund. Ja, ja. Ich bin nicht gefährlich, siehst du?« Sie hob die Hände, um dem Vieh zu demonstrieren, dass sie leer waren. Womöglich roch sie nach Katze, dachte sie und überlegte, ob das den Hund noch aggressiver machte. »Guter Junge. Braver Hund.«

Goetz legte den riesigen Kopf auf seine haarigen Pfoten. Er zitterte, vielleicht vor Kälte, obwohl er ein dickes Fell hatte. Die Hundehütte hinter ihm wirkte viel zu klein für ihn. Mit heraushängender Zunge beobachtete er Julia aufmerksam.

»Ja, so ist's gut. Braver Hund.«

Sie hatte die Tür erreicht. Am Türrahmen lehnte eine Schneeschaufel, die mit ihrem schmutzigen und abgenutzten Holzstiel besser in ein Bauernmuseum gepasst hätte. Mitch Huebner hatte einen schmalen Weg freigeschaufelt. Julia klopfte an die Tür, denn es gab keine Klingel, außerdem hatte sie schon vermutet, dass er nicht zu Hause sein würde, was ihr sehr entgegen kam.

»Mr Huebner?«, rief sie.

Nichts rührte sich. Sie spähte durch die schmierige Scheibe, doch es war wie ein Blick in einen fremden Traum. Zwischen den Schatten im Innern meinte sie ab und zu etwas Weißes aufblitzen zu sehen. Ein Schauer lief ihr über den Rücken.

»Mr Huebner? Sind Sie da?«

Nichts.

»Mr Huebner. Hier ist Julia Carlyle. Ich würde gern mit Ihnen reden.«

Sie klopfte lauter. Im Wald bewegte sich etwas, und der Hund fuhr herum, genau wie Julia. Ein großer Vogel war aufgeflattert. Es war ein Rotschwanzbussard, soweit Julia erkennen konnte, während sie sich zu erinnern versuchte, ob Greifvögel im Winter in den Süden zogen. Aber warum war dann dieser eine noch da? Julia wartete, doch in den verschneiten Bäumen regte sich nichts mehr. Sie schaute den morastigen Weg hinunter, über den sie mit dem Wagen gekommen war, aber auch dort war kein Lebenszeichen zu entdecken. Schnee krachte laut von den Bäumen. Das Eggamise, ging es ihr zusammenhangslos durch den Kopf.

»Was meinst du?«, fragte sie den Hund. »Ist dein Daddy zu Hause?« Als Julia klein war, hatte man alle Hundebesitzer »Daddy« genannt.

Der Köter starrte sie immer noch mit heraushängender rosa Zunge an.

»Bist du ganz allein?« Sie klopfte noch einmal. »Mr Huebner? Ich möchte Sie nur ganz kurz sprechen.«

Keine Antwort.

Sie zögerte, schaute sich noch einmal um. Goetz beobachtete sie reglos und schnaufte heftig. Julia überlegte, wie alt er sein mochte und ob er überhaupt ein Rüde war. Sie fragte sich, was Anthony Tice wohl gerade tat, und ob Bruce Vallely immer noch an dem Fall arbeitete. Sie fragte sich, warum beide Kandidaten hinter demselben schmutzigen Geheimnis her waren, und wer von den bösen Buben der Täter war. Sie fragte sich, ob Lemaster sie wirklich liebte oder nur seine Pflicht erfüllte. Sie fragte sich alles Mögliche, nur nicht, warum ihre Hand den Türknauf drehte. Ihr Instinkt trog sie selten, und auch jetzt hatte sie schon gewusst, bevor sie die Tür aufstieß, dass diese nicht verschlossen sein würde. Noch einmal rief sie laut Mr Huebners Namen, wenn auch nur pro forma.

Die Spitze ihres Stiefels berührte die Schwelle.

Ohne ein warnendes Knurren fiel der Hund sie an. Das einzige Geräusch, was sie hörte, war der plötzliche Knall, als die dünne Kette riss.

· II ·

Lemaster hatte einmal halb im Scherz, halb bewundernd gesagt, Julia sei wie ein Insekt in der Lage, nicht nur mit dem Gehirn, sondern mit ihrem ganzen Körper zu denken. Er hatte diese Bemerkung vor langer Zeit in einem zärtlichen Augenblick morgens im Bett gemacht, aber Julia mit ihrer Instinktsicherheit wusste, dass ihr diese fast unheimliche Fähigkeit, innerhalb von Nanosekunden die richtigen Entscheidungen zu treffen, in jeder Lebenssituation zu Hilfe kam. Deswegen überlegte sie gar nicht erst, dass ihr keine Zeit blieb, um ins Haus zu stürzen und die Tür zuzuknallen. Das hatte sie schon gewusst, als Goetz noch seelenruhig im Hof gelegen hatte, genauso wie sie immer wusste, welche CDs sich im Wechsler des Escalade befanden und welche Bluse Jeannie beim Frühstück getragen hatte. Sie konzentrierte sich nicht bewusst auf solche Informationen, doch bei Bedarf waren sie abrufbar. Sie konnte dem Hund nicht davonlaufen, sie konnte ihm nicht ausweichen, und sie konnte sich nirgendwo vor ihm in Sicherheit bringen. Sie hatte auch keine Zeit, sich einen Plan zurechtzulegen. Sie hatte nur die Schneeschaufel, die sie bereits fest in den Händen hielt, denn sie hatte bei der ersten Bewegung des Hundes instinktiv danach gegriffen.

Julia drehte sich um, so dass sie beinahe das Gleichgewicht verlor, als die Bestie sie ansprang.

Sie schwang die Schaufel wie einen Baseballschläger, so wie

sie es gelernt hatte, als sie an der Hanover High School Softball gespielt hatte, und traf den Hund voll am Kopf.

Es war, als hätte sie einen Felsbrocken geschlagen.

Ihre Hände brannten von der Schaufel, und Goetz war auf der Veranda gelandet, wo er seine Schnauze schüttelte und versuchte, auf dem vereisten Holz Fuß zu fassen. Er drehte sich um, Speichel rann ihm aus dem Maul, dann ging er mit einem Knurren erneut auf sie los. Wahrscheinlich hatte sie lediglich seinen Stolz verletzt.

In Panik schlug Julia ein zweites Mal zu, verpasste den Kopf und traf den Hund am Rumpf.

Er jaulte auf vor Schmerz, gab sich jedoch nicht geschlagen. Schwere Pfoten legten sich auf ihren Parka, und unter dem Gewicht von Goetz' Körper verlor Julia den Halt. Sie schrie. Gleichzeitig krachten Julia und der Hund auf den vereisten Boden und waren einen Augenblick lang beide gleichermaßen verblüfft. Das Schaufelblatt schützte Julias Gesicht gegen das schnappende Maul des Hundes. Ihr war schwindelig von dem Sturz, aber der heiße, stinkende Atem des Köters stieg ihr in Mund und Nase und brachte sie schneller wieder zu sich, als jedes Riechsalz es vermocht hätte. Die wilden Augen blitzten sie hasserfüllt an, während Goetz sein Maul gegen das Metall der Schaufel drückte, weil er noch nicht kapierte, dass er das Ding nur mit der Nase zur Seite schieben brauchte. Früher oder später jedoch würde er dahinterkommen. Julia hatte noch nie in ihrem Leben solche Angst gehabt. Ihr Herz klopfte so heftig, als würde es gleich aus ihrem Brustkorb springen.

Sie versuchte, ihren Körper nach oben zu drücken, aber sie war zu klein, es war zu wenig Platz, oder der Hund war einfach zu schwer. Es gelang ihr, die unter der Schaufel eingeklemmte Hand zu befreien, doch jetzt hatte das Monster ein Ziel, wonach es schnappen konnte. Seine Zähne bohrten sich in ihren Handschuh. Instinktiv riss sie die Hand weg, das dicke, Kälte abweisende Material blieb in den Fängen des wütenden Köters hängen und irritierte ihn. Während er knurrend versuchte, den Handschuh abzuschütteln und mithilfe der Pfoten loszuwerden, zog Julia ein Bein unter seinem Körper heraus, trat mit aller Kraft zu und rollte sich zur Seite. Sie wollte aufstehen, doch die

Veranda war zu rutschig. Im nächsten Augenblick war Goetz auf ihrem Rücken, und diesmal hatte sie keine Schaufel, um sich zu schützen, nur ihren viel zu dünnen Parka. Lange würde der Stoff den Zähnen des Hundes nicht standhalten. Sie schrie laut und schlug unbeholfen nach dem Tier und glaubte, jemanden rufen zu hören, aber wahrscheinlich war das ihre eigene Stimme gewesen, und der Hund ließ nicht locker, und so schrie sie wieder und schrie –

Der Schuss kam vollkommen überraschend.

· III ·

Die Last war weg, doch Julia blieb schwer atmend liegen, sie war vor Angst kurzfristig wie gelähmt.

»Blödes Vieh«, sagte jemand, was sie augenblicklich aus ihrer Starre riss. Sie rollte sich herum und spürte, wie Panik durch ihren Körper pulsierte. Sie hätte sich auch noch mit Mitch Huebner angelegt, der aber nur mit sorgenvoller Miene auf seinen Hund blickte. »Arme Kleine.«

Goetz war nicht getroffen. Zumindest hatte Julia nicht den Eindruck, obwohl es bei dem dichten schwarzen Fell schwer zu sagen war. Aber er war eingeschüchtert – nein, er war eine Sie, *sie* war eingeschüchtert – und verzog sich in ihre baufällige Hütte. Die Schrotflinte, die Mitch Huebner lose in der Armbeuge hielt, hatte sie erfolgreich verscheucht.

Mitch stand auf dem Trittbrett seines Pick-up, dessen verbeulter gelber Pflug auf die Hütte gerichtet war, als wollte er sie abreißen. Ohne Julia eines Blickes zu würdigen, schaltete er den Motor ab. Julia wartete darauf, dass er die Schrotflinte zurück in die Ablage hinter dem Fahrersitz steckte, aber das tat er nicht. Zum ersten Mal fiel ihr auf, dass viele der Aufkleber auf der Heckscheibe von Organisationen waren, die so weit rechts standen, dass die National Rifle Association sich dagegen wie der nationale Kirchendachverband ausmachte. Mitch sprang von seinem Wagen und ging mit ausladenden Schritten zur Hundehütte hinüber, wo Goetz immer noch schmollte, bis ihr Herrchen sich zu ihr beugte und mit leisen beruhigenden Worten zu ihr sprach.

Dann bot er ihr etwas an, das Julia im ersten Moment für einen Knochen gehalten hatte, doch es war ein Hamburger. Die Hündin sprang auf, setzte dieses Beinahelächeln auf, wie Hunde es tun, wenn sie gestreichelt werden wollen, und machte sich begeistert über das Fleisch her. Wahrscheinlich wäre sie nur dann noch besser gelaunt gewesen, wenn sie ihre Zähne in Julias Fleisch gegraben hätte.

»Tut mir leid wegen dem Hund«, sagte Mitch Huebner, der inzwischen vor der Veranda stand, seine Besucherin aber immer noch nicht ansah. Eine Entschuldigung war das Letzte, womit Julia, die schon eine oder zwei Ausreden für ihre Anwesenheit parat hatte, gerechnet hatte. »Das Biest reißt sich von jeder Kette los. Irgendwann wird sie noch mal jemanden ernsthaft verletzten. Hat sich einfach nicht im Griff.« Er seufzte schwer. »Vielleicht sollte ich die alte Dame einschläfern lassen, aber ich hänge nun mal an ihr.«

»Sie könnten einen Zaun um die Hütte ziehen«, schlug Julia vor, während sie sich ihr schmerzendes Hinterteil rieb. Vor Aufregung war sie immer noch etwas kurzatmig. Ob sie verletzt war, schien Mitch nicht zu interessieren.

»Stimmt, das könnte ich machen. Aber das würde Geld kosten.«

»Irgendetwas müssen Sie unternehmen.« Sie keuchte. »Sie haben es ja selbst gesagt: Am Ende verletzt sie noch jemanden.«

»Mit ihren Zähnen ist es nicht mehr weit her.«

»Mir kamen sie ziemlich scharf vor.«

»Um ein Haar hätte ich das blöde Vieh erschießen müssen.« Er schüttelte den Kopf. Unter dem Schirm seiner karierten Mütze war sein Gesichtsausdruck nicht zu erkennen. »Das ist noch nie vorgekommen. Sie müssen ihr einen echten Schrecken eingejagt haben.«

»Sie ist gefährlich.«

»Ich kriege nicht oft Besuch. Hab nicht gedacht, dass heute jemand vorbeikommt.« Endlich hob er den Blick, die Schrotflinte immer noch in der Armbeuge. Sein Gesicht war gerötet und stoppelig, als hätte er die letzten paar Tage morgens gesoffen, anstatt sich rasiert. Er trug zerbeulte Jeans, zerschlissene Jagdstiefel und eine leichte Windjacke, wie um zu beweisen, dass die winterliche Kälte einem tief in der lehmigen Erde Neuenglands verwurzelten Einheimischen wie ihm nichts anhaben konnte.

»Ich wollte wirklich nicht einfach so hier auftauchen. Aber ich konnte Sie nicht ans Telefon kriegen. Ich habe angeklopft, und, na ja, da ist die Tür aufgesprungen, und dann ist sie auf mich –«

»Sie würde nur jemanden angreifen, der versucht, ins Haus einzudringen.«

»Also, ich –«

»Haben Sie mein Haus betreten, Mrs Carlyle?«

Von einem Weißen erwischt zu werden, war für sie das Schlimmste. Mitch Huebner war absolut im Recht. Außerdem hatte er eine Schrotflinte. Sie musste zweimal ansetzen, bis sie die Worte in der richtigen Reihenfolge herausbrachte.

»Kann sein, dass ich einen Fuß über die Schwelle gesetzt habe.«

»Ja, ich nehm stark an, das haben Sie gemacht.« Er ließ die Flinte sinken. »Da wo ich aufgewachsen bin, nennt man das Hausfriedensbruch.«

Sie zögerte. Offenbar erwartete er, dass sie sich ebenfalls entschuldigte. »Es tut mir leid, Mr Huebner. Ich wollte nicht bei Ihnen einbrechen. Die Tür war offen.«

Vielleicht verziehen ihr die kalten Yankeeaugen, aber wenn, dann nicht besonders gern. »Kann ich etwas für Sie tun, Mrs Carlyle?«

»Ja nun, genau. Ich würde Ihnen gern ein paar Fragen stellen, wenn Sie einen Augenblick Zeit hätten.« Julia saß der Schreck noch in den Knochen, und sie zitterte vor Kälte und weil sie es schon wieder mit der Angst zu tun bekam. Vor allem waren ihre Hände halb erfroren. Sie fragte sich, wo Goetz ihren angebissenen Handschuh gelassen hatte.

»Nicht, wenn es um die Laternen geht. Ich hab die Dinger nicht umgefahren, Mrs Carlyle.« Er klang mürrisch, aber bestimmt. »Ich bin in all den Jahren hin und wieder mal gegen eine Laterne oder gegen einen Briefkasten gefahren, ich hab sogar mal eine niedrige Mauer gerammt, die im Schnee versteckt war. Ich weiß, wie sich das anfühlt. Ihre Laternen hab ich nicht umgenietet.«

Sie schenkte ihm ein Lächeln, was nicht gerade leicht war, weil ihre Zähne vor Kälte und Nervosität klapperten. »Ich habe es Ihnen schon einmal gesagt, Mr Huebner, und ich meine es auch: Ich mache Sie nicht verantwortlich für die kaputten Laternen.« Sie rieb sich den schmerzenden Ellbogen. »Ich weiß, dass Sie sie nicht umgefahren haben. Es tut mir wirklich leid, dass ich so einen Verdacht jemals geäußert habe.«

Diesmal war er es, der sich Zeit zum Nachdenken nahm. Sie hatte ihm seine Unschuld bestätigt. Was wollte er denn noch? Schließlich zuckte er mit den Schultern und trat mit schweren Schritten auf die Veranda. »Kommen Sie rein, wenn Sie wollen«, sagte er, ohne sie anzusehen. Mr Huebner wirkte reichlich nervös, obwohl die Sache mit den Laternen jetzt doch aus der Welt geschafft war. Julia hatte das Gefühl, dass er kaum Frauenbesuch bekam, außer vielleicht von solchen, die in den zwielichtigeren Etablissements an der Route 48 anzutreffen waren.

Mitch Huebner ging voraus, und Julia Carlyle trat hinter ihm über die Schwelle in seinen Irrsinn.

Nichts stimmte hier. Es fiel einem nicht sofort auf, aber alles war verkehrt.

Im offenen Kamin lagen verbrannte Holzscheite, und dazu einige lange, rußgeschwärzte Messer, die Mr Huebner anscheinend erhitzt hatte. Über dem Kaminsims hing ein schmutziger Spiegel, der aussah wie absichtlich verschmiert, so als hätte ein Kind mit einem dicken Filzstift darauf herumgekritzelt. Vielleicht verhängte Mr Huebner den Spiegel normalerweise: Eine mottenzerfressene, ehemals blaue Decke von etwa der richtigen Größe lag auf dem rohen Dielenboden. Bis auf die Scheibe in der Eingangstür waren alle Fenster mit Läden verschlossen, und irgendwelche Kräuterzweige – vielleicht Heidekraut – waren an die Fensterkreuze getackert. Auf die Fensterläden waren mit schwarzer Farbe Kreuze gemalt. Mit den herumliegenden Handfeuerwaffen, Gewehren und halbautomatischen Schusswaffen hätte man einen Krieg anfangen und wahrscheinlich sogar gewinnen können. Rechts und links der Eingangstür standen zwei fast lebensgroße Madonnen, die wirkten wie die Kontrollsäulen am Ausgang einer Videothek. Mehrere verschlossene Türen führten wahrscheinlich in die Küche, ins Bad und vielleicht in ein Schlafzimmer. Julia hatte jedoch den Eindruck, dass Mr Huebner normalerweise auf dem alten roten Ledersofa unter einer Decke schlief, die ebenfalls mit schwarzen Kreuzen geschmückt war. An einer Wand hing ein Transparent mit der Aufschrift *White Power*.

Super Idee, hier alleine herauszufahren, Julia.

Mr Huebner stand mitten in dem Raum, zog die Handschuhe aus, nahm die Mütze vom Kopf und warf sie auf einen Tisch. Er hob eine Schachtel Oreo-Kekse auf, die vermutlich schon ewig herumlag, jedoch mit kindlicher Sorgfalt verschlossen worden war. »Kann ich Ihnen was anbieten?«, fragte er und sah sie dabei immer noch an.

»Nein, danke.« Julia wagte kaum, sich zu rühren und kam sich vollkommen deplatziert vor. Und sie hatte Angst. Die Haustür stand weit offen. Mr Huebner hatte sie nicht gebeten, sie zu schließen, und falls er es doch tun sollte, würde sie zu ihrem Wagen flüchten. Lieber nahm sie es noch einmal mit Goetz auf, als allein mit Mitch Huebner bei geschlossener Tür in diesem verrückten kleinen Raum zu bleiben. Sein Irrsinn brannte in ihm, und so dicht, wie er vor ihr stand, war ihr, als würde sie seinen Wahn wie beim Passivrauchen einatmen, um dann später ebenfalls krank zu werden.

»Also – was wollten Sie mich denn fragen?«

»Na ja ...«

Er folgte ihrem Blick zu dem White-Power-Transparent und lachte in sich hinein. »Ach, lassen Sie sich davon nicht stören. Das Ding hängt da nur, um sie zu verscheuchen. Es hat nichts zu bedeuten.«

Julia spürte, wie sie in einen eisigen, prickelnden Strom des Unmöglichen tauchte. »Wen wollen Sie damit verscheuchen?«

Er blickte sie finster an, mit glänzenden und zugleich leeren Augen, ähnlich denen eines toten Tieres, an dem man im Dunkeln vorbeifährt. »Ich glaube, Sie wissen die Antwort auf diese Frage ganz genau, Mrs Carlyle. Sonst wären Sie nicht hier.«

Mit Mühe unterdrückte Julia den Drang, sich mit der Zunge über die Lippen zu fahren. Draußen hatte der Wind gedreht. Der Hund heulte, und ein kalter Luftzug strich ihr trotz des Parkas über den Rücken. Sie würde ihn nicht fragen, nicht mal unabsichtlich. Sie weigerte sich einfach, diese Frage zu stellen.

Es war besser, sie hielt sich an ihr Drehbuch. »Sie …«, sagte sie mit zitternder Stimme, »… Sie kannten doch den Professor, der ermordet wurde. Kellen Zant.«

»Ach ja?«

»Er ist zu Ihnen gekommen. Er wollte das Tagebuch Ihres Vaters.«

»Kann sein.« Er verschränkte die muskulösen Arme. Er hatte die Windjacke nicht ausgezogen, und Julia konnte sich vorstellen, dass darunter noch ein oder zwei Revolver steckten. »Wieso interessiert Sie das, Mrs Carlyle?«

Sie ließ den Blick noch einmal durch das Zimmer wandern, über den verschmierten Spiegel, die verbarrikadierten Fenster, die religiösen Symbole überall im Raum. Nichts davon sah aus, als wäre es erst vor Kurzem angebracht worden. »Ihr Vater war Polizist, als Gina Joule ermordet wurde. Die Joules haben eine Zeit lang ziemlich viel Wirbel veranstaltet, dann wurde der Fall zu den Akten gelegt. DeShaun Moton war der Täter. Darin waren sich alle einig. Ihr Vater war bei der Pressekonferenz.« Sie beobachtete sein Gesicht. »Natürlich gab es nachher diese Demonstrationen, und Tyler's Landing hatte für eine Weile einen ziemlich schlechten Ruf. Für Ihren Vater bedeutete der Skandal das Ende seiner Karriere. Für die Huebners war es von da an vorbei in Tyler's Landing. Bis zu Ginas Tod waren sie eine recht angesehene Familie. Aber danach ist Ihr Vater –« Sie wollte lieber nicht erwähnen, dass Arnold Huebner sich zu Tode gesoffen hatte, auch wenn Vera Brightwood genau das erzählte. »Also, danach hat Ihr Vater nicht mehr Fuß gefasst. Ihre beiden Schwestern haben die Stadt verlassen. Sie sind geblieben, aber Sie sind hier raus gezogen, wo Sie sich keine Sorgen zu machen brauchten wegen … wegen …«

Sie brach ab, schaute sich noch einmal um.

»Das alles hier ist für Gina, nicht wahr?« Ein Prickeln lief durch ihren Körper. Noch während Julia den Satz aussprach, war ihr klar, dass sie selbst kein Wort von dem glaubte, was sie da sagte. Doch die Hauptsache war, dass Mr Huebner es ihr abnahm. »Sie … lässt Sie nicht in Ruhe. Sie verfolgt Sie.« Julia wartete, aber Mitch Huebner war hartes neuenglisches Urgestein. »Warum? Weil Ihr Vater den Falschen als Mörder bezeichnet hat?« Sie zeigte auf die beiden Madonnen. »Sie versuchen, Gina zu verscheuchen. All die Kreuze. Und das da an den Fenstern ist Knoblauch, nicht wahr?«

Unvermittelt hob er die Schrotflinte, und Julia wollte schon die Flucht ergreifen, aber er klappte nur den Lauf herunter, um die verbliebene Patrone herauszunehmen. »Und wenn es so wäre?«, fragte er, ohne aufzublicken.

»Ihr Vater hat es nie geglaubt. Er war nie ganz davon überzeugt, dass DeShaun der Täter war. Das hat er in sein Tagebuch geschrieben. Darum geht es doch bei dieser ganzen Sache. Danach hat Professor Zant gesucht. Nach dem Tagebuch Ihres Vaters.« Sie versuchte sich zu erinnern, was Frank gesagt hatte. »Es gab eine mächtige Familie, nicht wahr? Die die Ihren geschützt hat. Kellen hat Ihnen gesagt, er könne es beweisen, aber als Gegenleistung wollte er das Tagebuch.«

»Kann sein, dass er es haben wollte, Mrs Carlyle. Aber ich konnte es ihm nicht geben. Es ist verschwunden.«

»Das glauben alle. Aber ich bin mir da nicht so sicher.«

»Ich hatte eine Belohnung ausgesetzt –«

»Davon habe ich gehört. Aber ich glaube, die Belohnung war nur ein Ablenkungsmanöver. Ich glaube, Sie haben das Tagebuch die ganze Zeit gehabt und nur so getan, als würden Sie danach suchen, weil Sie keinen Ärger kriegen wollten. Ich glaube, Kellen hat Sie überredet, ihm das Tagebuch auszuhändigen. Vielleicht hat er Ihnen versprochen, für Gerechtigkeit zu sorgen. Ich weiß nicht. Aber ich glaube, dass Sie ihm das Tagebuch gegeben haben. Und deshalb war er auch so überzeugt davon, dass er wusste –«

»Dass er was wusste, Mrs Carlyle?«

»Wer Gina Joule in Wirklichkeit umgebracht hat.«

· IV ·

Da Julia sich weigerte, länger in dem Haus zu bleiben, Mitch Huebner sich jedoch an keinem anderen Ort mit ihr unterhalten wollte, schlossen sie einen Kompromiss und gingen hinaus auf die Veranda. Argwöhnisch behielt Julia Goetz im Auge, die immer noch schmollend neben ihrer zerrissenen Kette lag. Sie hielten beide eine Dose Budweiser in der Hand, denn Julia hatte Mitch nicht beleidigen wollen, indem sie sein Angebot ablehnte. Jedes Mal, wenn er einen großen Schluck von der Dose trank, nippte sie an ihrem Bier.

»Ich erzähl Ihnen mal was Lustiges, Mrs Carlyle. Normalerweise fragt mich kein Mensch was. Die Leute denken, ich bin verrückt, sie halten mich für einen verwahrlosten Penner, und alle wissen, dass ich von der falschen Seite der Stadt stamme. Alle rätseln sie, was in der Nacht wirklich passiert ist, aber keiner fragt mich danach. Ihre Vanessa war die Erste seit Ewigkeiten, als sie vor anderthalb Jahren mit ihren Fragen zu mir gekommen ist. Vielleicht war ich ein bisschen unhöflich. Ich hab ihr nicht viel gesagt. Ich war ihr nichts schuldig. Aber ich hab ihr erzählt, dass sie meinen Vater beinahe aus der Stadt gejagt haben, weil er nicht rausfinden konnte, wer die kleine Gina umgebracht hatte. Damals war Tyler's Landing noch nicht wie heute, da haben hier noch keine Professoren und Vorstandsvorsitzende und so gewohnt. Wir waren nur ein kleines Nest, in dem hauptsächlich Farmer lebten. Als die Joules hierher gezogen sind, hatten wir vielleicht zwei, drei Professoren, und die wohnten alle am Stadtpark. Wir haben diese Leute gebraucht, Mrs Carlyle, ihren Einfluss, ihr Geld. Damals war der Bankdirektor Mr Brightwood – Veras Vater – der reichste Mann in der Stadt. Aber das bisschen, was er besaß, hätte in einer größeren Stadt kaum Eindruck gemacht, nicht mal in Elm Harbor. Also waren die Joules was Besonderes. Und auch die anderen Professoren.«

Mitch Huebner war ein großer Mann, sein kraftvolles Lachen passte zu ihm, auch wenn darin eine tiefe Traurigkeit zu spüren war. Der Wind fegte Schnee von den breiten, einsamen Bäumen.

»Also jedenfalls«, fuhr er fort, »träumten die Stadtväter damals davon, Tyler's Landing zu einem Vorort von Elm Harbor zu machen, zu etwas, was man heute eine Schlafstadt nennt. Sie wollten die Pendler anlocken. Für uns waren die Städter einfach verklemmte Stubenhocker, aber sie sollten Geld in die Stadt bringen, das war der Traum. Wenn Gina eine Einheimische gewesen wäre, dann wäre alles anders gelaufen. Aber sie war die Tochter von einem Professor, Mrs Carlyle, verstehen Sie? Wenn wir in Tyler's Landing den Fall nicht lösen konnten, wie sollten wir dann die Pendler hierher bekommen? Und klar, die Joules haben natürlich mächtig Druck gemacht. Wer hätte es ihnen verdenken sollen? Merrill Joule hat jeden angerufen, der ihm was schuldig war. Er kannte den Gouverneur. Er kannte den Präsidenten der Uni – das war damals ein Mann namens Cicero Hadley, der sich ziemlich für die Bürgerrechte und so eingesetzt hat –, na ja, und der alte Cicero hatte gute Verbindungen zu den Leuten um Nixon, und deswegen hat das FBI auch Druck gemacht. Mrs Joule, tja, ihrer Familie haben ein paar Zeitungen gehört, und die haben Leute rausgeschickt, die eine große Story aus der Sache machen sollten.«

Julia dachte an Vanessas Arbeit. »Der Fall ist nie groß in die Presse gekommen. Eine Randnotiz in ein paar überregionalen Zeitungen, aber mehr nicht.«

Mr Huebner nickte und trank. Julia nippte. Sie hatte Bier noch nie gemocht, fand den Geschmack aber weniger unangenehm, als sie ihn in Erinnerung hatte. Die winterlichen Geräusche aus dem Wald beruhigten sie. Sie fragte sich, ob es mit ihrem Alter zu tun hatte, dass sie so gelassen war, oder ob das Bier das angenehme Kribbeln verursachte.

»Richtig, Mrs Carlyle. Die große Story hat es nie gegeben. Ich erinnere mich noch, wie mein Vater mir erzählt hat, Merrill Joule hätte es sich anders überlegt. Seine Tochter war tot, und die Stadt in Verruf zu bringen, würde sie nicht wieder lebendig machen. Die Joules haben nie geglaubt, dass der schwarze Junge sie umgebracht hat. Merrill hat weiterhin Druck gemacht, er wollte, dass die Polizei den wirklichen Täter findet, aber er hat es im Stillen getan. Er war ein Liberaler, Mrs Carlyle. Einer von der alten Schule. Mit diesen Besserverdienern von heute hatte der nichts am Hut. Er war bereit, Opfer zu bringen, wollte Leuten helfen, die im Leben nicht so viel Glück gehabt hatten. Damals war die Stadt noch arm. Nicht wie heute. Und Merrill Joule wollte nicht, dass die Stadt wegen seiner Tragödie noch ärmer wurde. Mrs Joule, also, die wollte eine Stiftung in Ginas Namen gründen, damit Kinder aus Tyler's Landing auf die Uni gehen konnten. Aber bevor sie ihre Pläne in die Tat umsetzen konnte, da … na ja, da haben ihre Probleme angefangen.«

Julia erinnerte sich daran, was sie in Vanessas Arbeit über Anna Joule gelesen hatte. Nach dem Tod ihrer Tochter war sie ein Jahr lang durch Europa gereist. Doch kaum war sie zurück, verfiel sie schnell und verbrachte die nächsten zehn Jahre in verschiedenen psychiatrischen Kliniken. Sie behauptete, ihre Tochter würde nachts zu ihr sprechen. Und Merrill ertrank fünf Jahre nach Ginas Tod mitten in der Nacht an derselben Stelle am Strand, an der man die Leiche seiner Tochter gefunden hatte; ob es Selbstmord gewesen war oder ein Unfall, konnte nie geklärt werden.

»Erzählen Sie mir von dem Tagebuch.«

»Ich erzähle Ihnen die ganze Zeit schon von dem Tagebuch.« Mitch Huebner schlug einen philosophischen Ton an. Der Mann steckte voller Überraschungen, und Julia fragte sich, ob er den Leuten seine rechtsradikale Einstellung und seine scheinbare intellektuelle Unbedarftheit nur vorspielte. »Sehen Sie, Mrs Carlyle, Sie hören sich an, was die Leute in der Stadt reden, und bilden sich daraufhin Ihre Urteile. Aber die verraten Ihnen nicht alles, was sie wissen. Nicht Ihnen. Und auch nicht Ihrer Vanessa. Sie sind Außenseiter. Nicht nur, weil Sie noch nicht so lange in der Stadt wohnen. Auch weil … na ja, weil Sie eben noch nicht hier waren, als es passiert ist. Schauen Sie sich die kleinen Städte in Neuengland mal an, Mrs Carlyle, und in jeder werden Sie eine Trennungslinie finden, die den Ort spaltet. Die Leute auf der einen Seite, die kennen die Geheimnisse nicht. Die auf der anderen, die haben immer schon da gelebt. Die halten die Geschichte der Stadt fest wie Wurzeln, die die Bäume im Boden verankern. Wenn man ihre Geheimnisse preisgibt – wenn man sie öffentlich macht –, dann geht die Stadt zugrunde und wird vom nächsten Nordostwind weggefegt.« Er stellte seine Bierdose ab und schaute Julia von der Seite her an. »Und es gibt noch einen Grund, warum die Leute Ihnen die Geschichte nicht erzählen. Nehmen Sie's mir nicht übel, Mrs Carlyle, aber Sie sind nicht … weiß.«

»Was macht das für einen Unterschied?«

»Es macht einfach einen Unterschied. Tut mir leid, Mrs Carlyle, aber so ist das Leben.«

Julia zwang sich zu einer ungewöhnlichen Ruhe. »Was ist das Geheimnis, Mr Huebner? Was verbergen die Einwohner von Tyler's Landing?«

Er trank einen großen Schluck. Es war sein drittes Bier, vielleicht auch schon sein viertes. Julia hatte ihr zweites angebrochen, obwohl sie sich nicht erinnern konnte, ihr erstes ausgetrunken zu haben. »Ja, Mrs Carlyle, Sie haben recht. Ich hatte das Tagebuch meines Vaters. Es ist vor zehn Jahren beim Ausmisten in einem Aktenschrank im Rathaus aufgetaucht, zusammen mit allem möglichen Kleinkram von ihm. Aber ich habe das Tagebuch nicht mehr. Ich habe es Zant gegeben, genau wie Sie sich's gedacht haben.« Er hob eine Hand, ehe sie ihm die nächstliegende Frage stellen konnte. »Ich weiß nicht, was er damit gemacht hat. Und ich hab's nie gelesen. Nicht mal aufgeschlagen. Sie können mich gern für einen Feigling halten. Aber die Wahrheit ist, ich wollt's einfach nicht wissen. Aber mein Vater hat mir immer erzählt, dass Gina einen Freund hatte. Sie ist mit einem Jungen von der Uni gegangen.«

»Ja, davon habe ich auch gehört«, sagte Julia mit einem vagen Gefühl der Enttäuschung. »Steht das in dem Tagebuch? Der Name des Freundes?«

Mr Huebner nickte, den Blick auf den Wald gerichtet. »Wahrscheinlich. Aber mein Vater hat mir noch was anderes erzählt, Mrs Carlyle. An dem Abend, als Gina ermordet wurde, hat ein Zeuge gesehen, wie sie zu DeShaun ins Auto gestiegen ist –«

»Mrs Spicer. Ihre Lehrerin.«

»Genau. Mrs Spicer. Die hat ihre Aussage geändert.« Er wartete darauf, dass Julia sagte, das wisse sie schon, doch diesmal war sie klüger und hielt den Mund. »Mein Vater hat mir erzählt, dass er später noch mal zu ihr ist und die ganze Wahrheit aus ihr rausgeholt hat. Gina hat an dem Abend bei Mrs Spicer geklingelt, genauso, wie die Frau es beim ersten Mal ausgesagt hatte. Aber das war nicht alles. Gina hat gefragt, ob sie ihr Telefon benutzen kann. Eine halbe Stunde, vielleicht auch eine Dreiviertelstunde später, steht ein schicker Sportwagen mit zwei Männern vor dem Haus.«

»Zwei!«

»Ganz genau. Zwei Männer. Im Studentenalter. Weiß. Einer klingelt, aber Mrs Spicer sieht den anderen im Auto sitzen. Und Gina, na ja, die fällt dem einen um den Hals, aber als sie nach draußen geht – Mrs Spicer beobachtet das Ganze vom Fenster aus –, also, als Gina zum Wagen geht, sieht es so aus, als hätte sie nicht mit dem anderen Typen gerechnet. Sie streiten sich, Gina und ihr Freund, und Gina scheint wütend zu sein, aber sie steigt trotzdem ein. Das war das letzte Mal, dass sie lebend gesehen wurde.« Mitch Huebner zuckte mit den Schultern und trank noch einen großen Schluck Bier. »Mein Vater wollte von Mrs Spicer wissen, warum sie ihre Aussage geändert hat. Sie sagte, sie hätte Angst. Mein Vater hatte den Verdacht, dass da Geld geflossen ist –« Er brach ab, legte den Kopf etwas zur Seite. Er hatte ein Geräusch gehört, das sie nicht mitbekommen hatte, irgendwo draußen im Wald. »Sind Sie allein gekommen, Mrs Carlyle?«

»Ja. Ja, selbstverständlich.« Sie folgte seinem Blick, sah jedoch nichts als die faszinierende, stille Schönheit eines verschneiten Waldes. »Warum?«

»Sind Sie sicher?«

»Ja, ich bin mir ganz sicher, Mr Huebner.«

Die Schrotflinte lehnte an der Hauswand, und er nahm sie und legte sie sich auf den Schoß. »Jemand schleicht da draußen durch meinen Wald und veranstaltet dabei einen Höllenlärm.«

»Kinder –«

»Hierher kommen keine Kinder, Mrs Carlyle. Mitch Huebner ist verrückt. Mitch Huebner ist ein rechtsextremer Irrer. Mitch Huebner frisst Kinder zum Frühstück. Die haben Angst vor mir.«

Julia schaute in die andere Richtung, konnte jedoch auch dort nichts erkennen. »Hirsche –«

»Oder Marsmännchen. Nein, es ist ein Mensch. Aber wenn er zu nah kommt, kriegt er es mit Goetz zu tun.« Auf ein Handzeichen hin sprang die riesige Hündin auf und verschwand zwischen den schneebedeckten Bäumen. »Wo war ich stehen geblieben?«

»Bei dem, was Ihr Vater Ihnen über den Abend erzählt hat, an dem Gina Joule verschwunden ist.«

Mitch Huebner nickte. »Ich hab Gina gekannt. Nicht sehr gut. Aber ein bisschen. Ich war ungefähr dreizehn, als es passiert ist. Ich hab sie öfter in der Stadt gesehen. Sie ist mir aufgefallen, so wie einem Dreizehnjährigen eben die hübschen Mädchen auffallen, die ein paar Jahre älter sind. Ich hab sie nie mit einem Jungen zusammen gesehen. Das lag an ihren Eltern. Nicht, dass sie sie nicht geliebt hätten. Aber Gina war ihr einziges Kind, und sie hatten große Mühe gehabt, überhaupt eins zu bekommen, und sie haben sie behütet, als wäre sie das kostbarste Geschöpf auf Gottes Erde. Die meisten Jungs aus der Gegend, also, die haben sich gar nicht getraut, sich mit ihr zu verabreden. Gina war eine richtige Schönheit, aber alle hatten einen Heidenrespekt vor Merrill Joule. Jeder Junge wäre gerne mit Gina gegangen, so hübsch, wie sie war.«

Julia trank einen Schluck Bier, um ihr Lächeln zu verbergen. Mitch Huebner musste ja mächtig verknallt gewesen sein. »Das klingt, als hätten Sie ... große Stücke auf sie gehalten.«

»Nicht nur ich, Mrs Carlyle. Alle hielten große Stücke auf sie. Sie war überall beliebt. Vielleicht lag das daran, dass –« Er brach ab. Dann, als würde er Julias Gedanken lesen, hob er sein stoppeliges Kinn und schüttelte den Kopf. »Verstehen Sie mich nicht falsch. Ich stamme aus ganz anderen Verhältnissen. Sicher, mein Vater war Polizist, aber Gina gehörte zur Universität, und Stadt und Campus mischen sich nicht.« Er trank einen Schluck. »Jedenfalls hat mein Vater mir mal gesagt, dass es stimmt, was die Leute behaupten: Gegen den Stadtrat kann keiner was ausrichten. Wissen Sie, Mrs Carlyle, damals gab es noch Leute, die so mächtig waren, dass man überhaupt nicht an sie rankam. Das war nicht wie heute, wo die Medien über jeden Politiker herfallen, der mal 'ne kurze Affäre hat. Nein, damals –« Er brach wieder ab, sprang auf, die Schrotflinte in der Hand. Im Wald schrie jemand wütend auf, und Goetz bellte. »Wollen wir doch mal sehen, wer sich da draußen rumtreibt«, sagte Huebner und lief durch den Schnee auf die Bäume zu.

Julia folgte ihm, nicht, weil sie unbedingt mit Mitch Huebner im Wald sein wollte, sondern weil sie das Ende der Geschichte hören wollte. Sie gingen zwischen den Bäumen hindurch, hauptsächlich große, dicht stehende Koniferen, durch die kaum Sonnenlicht drang. Es wirkte so düster wie in der Abenddämmerung, dabei war es erst Mittag.

»Gehört das alles zu Ihrem Grundstück?«, fragte sie.

»Sch, leise«, flüsterte Mitch, während er mit überraschend leichten Schritten seinem Hund folgte.

»Aber wer –?«

»Bitte, Mrs Carlyle. Vertrauen Sie mir.«

Sie erreichten eine Lichtung, wo Goetz sie bereits erwartete und freudig mit dem Schwanz wedelte. Unter ihrer Pfote klemmte ein glänzender schwarzer Halbschuh, der einem Mann mit ziemlich großen Füßen gehören musste. Die Schuhspitze war angeknabbert. Mitch Huebner hob den Schuh mit dem Lauf seiner Flinte hoch. »Hm. Sieht teuer aus.«

»Stimmt«, sagte Julia, ohne sich den Schuh genau anzusehen.

»Wollen Sie ihn haben? Ich kann mit so eleganten Schuhen nichts anfangen.«

Julia schüttelte den Kopf. Sie wollte nichts mit dem Schuh zu tun haben. »Ich auch nicht«, sagte sie.

Mitch Huebner zuckte die Achseln und warf den Schuh tief in den Wald, doch Goetz hielt es für ein Spiel und brachte ihn sofort zurück.

Als sie wieder am Haus waren, sagte Julia: »Mr Huebner, hören Sie. Was Sie eben über Gina gesagt haben –«

»Mein Vater hat immer gesagt, man muss sich gut überlegen, mit wem man sich anlegt, und es wäre besser für alle Beteiligten, wenn er sich etwas anderes sucht, an dem er sich die Zähne ausbeißt.«

»Sie haben das Tagebuch vor zehn Jahren gefunden.«

»Richtig, Mrs Carlyle.«

Etwa um die Zeit kandidierte einer der Reiter zum ersten Mal für den Senat und ein anderer bewarb sich für den Posten des Gouverneurs.

»Haben Sie irgendjemandem erzählt, dass Sie es haben? Vor zehn Jahren, meine ich?«

Ein unergründliches Achselzucken.

»Aber Sie haben Kellen Zant das Tagebuch gegeben und es seitdem nie wieder gesehen.«

»Ja.«

Sie zögerte, ehe sie die nächste Frage stellte. »Warum spielt es eine Rolle, dass ich nicht weiß bin?«

Mitch Huebner schüttelte den Kopf. Protest? Verweigerung? Oder war er einfach nur ein typischer sturer Yankee?

»War es …« Sie sprach ihren schlimmsten Verdacht aus. »Wollen Sie damit sagen, … dass ihr Freund, … der Student … War er … schwarz?«

»Die Jungs, die sie abgeholt haben, waren Weiße.«

»Ich muss das wissen, Mr Huebner. Ich muss das unbedingt wissen.«

Immer noch dieses stoische Schweigen.

Obwohl ihr Mut sie verließ, versuchte sie es noch einmal. »Und nur Kellen wusste, mit wem sie sich an dem Abend getroffen hat.«

Er nickte und fing unvermittelt an, die Stoßstange seines Pickup mit einem schmuddeligen Lappen zu polieren. »Verstehen Sie jetzt, warum ich es nicht wissen will?« Er warf den Lappen auf die Rückbank. »Deswegen wurde er ermordet.«

»Verstehe.«

»Ich glaube, Sie sollten jetzt besser gehen, Mrs Carlyle.«

»Ja, wahrscheinlich haben Sie recht.« Ihre Stimme klang hölzern. Es passierte einfach zu viel. Lemaster war in England gewesen, rief sie sich in Erinnerung. Selbst wenn er Gina gekannt hatte – und Mitch Huebner hatte nicht einmal bestätigt, dass Ginas Freund ein Schwarzer gewesen war –, er war damals im Ausland gewesen. »Danke, dass Sie sich für mich Zeit genommen haben, Mr Huebner.«

Einen Augenblick später saß sie im Escalade, aber kaum hatte sie den Motor angelassen, stand Mitch Huebner am Fenster der Fahrertür und hielt mit einem verlegenen Lächeln ein Päckchen hoch.

»Was ist das?«

»Von Professor Zant. Er hat gesagt, ich soll es Ihnen geben.«

Angst und Wut packten sie zugleich. »Sie sollen es mir geben? Und das fällt Ihnen erst jetzt ein?«

»Er hat gesagt, ich soll Ihnen das geben, falls Sie sich nach dem Tagebuch meines Vaters erkundigen. Aber nur, wenn Sie wirklich ausdrücklich nach dem Tagebuch fragen.« Er trat vom

Wagen zurück, das Lächeln war verschwunden. »Fahren Sie jetzt.«

Sie fuhr einen knappen Kilometer in den Wald hinein und hielt Ausschau nach einem Mann, dem ein blank polierter neuer Schuh fehlte. Ein stets gut gekleideter Anwalt wie Tony Tice zum Beispiel – sie hatte gehört, er sei auf Bewährung draußen. Als sie niemanden entdecken konnte, hielt sie am Straßenrand und öffnete das Päckchen.

Natürlich.

Noch ein Spiegel.

Oder vielmehr ein Teil eines Spiegels.

Es war der billige Spiegel, den er in dem Geschenkeladen auf der Main Street gekauft hatte. Das Preisschild hing noch am Griff, und das Glas war in der Mitte zerbrochen, so dass nur die Hälfte von Julias Gesicht reflektiert wurde, was ihr irgendwie passend erschien. Außerdem enthielt das Päckchen eine Visitenkarte – A. F. DORTHINTAIN, LANDVERMESSER, stand darauf – und darunter, in Kellen Zants krakeliger, nach links neigender Schrift: »– *Secretary?*«

Ach so, das war wirklich eine große Hilfe.

Sie drehte die Karte um. Auf der Rückseite stand in derselben Handschrift:

Meine allerliebste J – Bring den Spiegel zum Pedanten. Und falls du Shari Larid nicht finden kannst, nimm den Zug. In Liebe, dein K.

Schon wieder eins von seinen Wortspielen. Vollkommen unverständlich.

Aber als sie den Spiegel aus dem Päckchen herausnahm, wurde sie fündig: zwei vergilbte Seiten aus dem verschollenen Tagebuch. Julia sah sich noch einmal nach allen Richtungen um, machte es sich in ihrem Sitz bequem und begann zu lesen.

Kapitel 37

Zwei Begegnungen

· I ·

Julia kannte das Vermessungsbüro Dorthintain von dem langwierigen Genehmigungsprozess für Hunter's Heights, einer der Ingenieure hatte Zeichnungen für die Einreichung erstellt. Die Stadt verzögerte die Baugenehmigung durch immer neue Hindernisse, bis Lemaster dem Stadtratsvorsitzenden einen Besuch abstattete, und zwar in Begleitung seines Freundes Jerry Nathanson, Partner in der größten Anwaltskanzlei von Elm Harbor. Dieser rechnete freundlicherweise vor, wie teuer die Stadt ein Schadensersatzprozess kommen würde, den die Carlyles mit Sicherheit gewinnen würden. Die Stadt lenkte ein, das Haus wurde gebaut, und eine Zeit lang war ganz Tyler's Landing grün vor Neid. Als Julia ihrer Mutter bei einem Spaziergang durch die Weinberge hinter dem Haus in Plaisance-du-Touch erzählt hatte, dass Lemaster und sie so ein prächtiges Haus besaßen und sich gleichzeitig mit kaum jemandem im Ort anfreunden konnten, war Mona geradezu entzückt gewesen und voller Stolz auf die dunkelhäutigere Nation. *Du solltest dich glücklich schätzen*, hatte sie gesagt, *dass ihr etwas besitzt, was die Weißen haben wollen, aber nicht kriegen werden. Außer den Oprah Winfreys und Tiger Woods' dieser Welt kann das kaum einer von uns von sich behaupten*. Es gebe sogar ein Wort dafür, hatte Mona verkündet, eins, das sie, wie Julia vermutete, gerade erfunden hatte, auch wenn es später in einigen ihrer Aufsätze vorkam: *Afrofactophilie*. Das Wort, erklärte Mona mit zunehmender Begeisterung, bezeichnete das Verlangen der Angehörigen der weißen

Rasse (wie sie, ebenso wie Lemmie, die Weißen stets nannte) nach *Objekten*, die von Angehörigen der afrikanischen Diaspora – auch ein Lieblingsausdruck von Mona – gesammelt oder produziert werden. *Sie hassen uns, aber sie lieben alles Kostbare und Schöne, was wir besitzen*, hatte Mona ihrer Tochter erklärt. *Und das wollen sie haben.* Dabei warf ihre Mutter Julia einen seltsam koketten Blick zu, und zum ersten Mal glaubte Julia für einen schwindelerregenden Moment lang zu begreifen, warum Mona immer nur hinter weißen Männern her war. *Und manchmal begehren sie auch uns, weil wir kostbar und schön sind.*

So wie Kellen Julia begehrt hatte. Selbst nach seinem Tod versuchte er noch, sie in seine Welt hineinzuziehen.

Julia fand das Vermessungsbüro Dorthintain in einer umgebauten Scheune in einer eher verwahrlosten Gegend der Stadt. Eine Weile plauderte sie mit »A. F.«, Amy Frances, die für alle geschäftlichen Korrespondenzen nur ihre Initialen benutzte und ausschließlich Männer einstellte, weil weibliche Ingenieure als Witzfiguren betrachtet wurden. Amy erinnerte sich tatsächlich an Kellen Zant, was sie sogar der Polizei gemeldet hatte, nachdem er ermordet worden war. Er sei nur ein einziges Mal in ihrem Büro gewesen, sagte sie. Dabei habe er erklärt, er sei auf der Suche nach einem Grundstück am See und brauche wahrscheinlich das eine oder andere Gutachten.

»Ich hab ihm meine Visitenkarte gegeben.«

»Und dann?«

»Dann habe ich nie wieder etwas von ihm gehört.«

Weil Kellen in Wirklichkeit gar nicht nach einem Grundstück gesucht hatte, dachte Julia auf dem Weg zurück in die Stadt, und auch nie vorgehabt hatte, sich in Tyler's Landing ein Haus zu bauen. Er hatte nur wieder falsche Fährten gelegt. Oder ein Signal ausgesandt. Das Haus spielte keine Rolle, sondern auf das Signal kam es an, und Julia hatte einmal mehr den Verdacht, dass es für sie bestimmt war. Alles, was er auf die Visitenkarte gekritzelt hatte, hatte eine Bedeutung, und Kellen war davon überzeugt gewesen, dass Julia sie entziffern konnte.

Da sie den Text auf der Rückseite der Karte nicht deuten konnte, beschäftigte sie sich zunächst mit der Vorderseite. Schließlich hieß der Verwaltungschef der Universität mit Nachnamen Land – und sie griff nach diesem Strohhalm, weil ihr nichts Besseres einfiel. Sie trafen sich zum Tee im Faculty Club, aber leider, leider hatte Trevor Land den Mann kaum gekannt, bei den vielen Professoren heutzutage, und Sie wissen ja, wie viel wir alle zu tun haben. »Fortschritt. Ich bin absolut dafür, keine Frage. Wer nicht veröffentlicht, kann einpacken. Aber die Forschung kommt dabei zu kurz, Mrs Carlyle.«

Sie murmelte etwas, das wie Zustimmung klingen sollte.

Sie sprachen über den Misstrauensantrag, den einige Mitglieder des Lehrkörpers gegen Julias Mann durchsetzen wollten. Die Attacke auf Lemaster hatte verschiedene Gründe, wobei seine Entscheidung, auf Anraten seines Haushaltsausschusses die Fächer Gender Studies und Women's Studies zusammenzulegen, eine nicht unwesentliche Rolle spielte. Doch der Hauptgrund war seine enge Freundschaft mit dem derzeitigen Bewohner des Weißen Hauses.

»Lemaster meint, es wird nicht zu einer Abstimmung kommen«, sagte Julia.

»Darüber weiß ich nichts. Ich bin kein Mitglied des Fakultätssenats. Aus der Politik halte ich mich heraus, Mrs Carlyle. Leben und leben lassen, das ist meine Devise. Mir geht es um die Institution.« Er lächelte schüchtern. »Meiner Meinung nach ist die Berufung Ihres Mannes das Beste, was der Universität passieren konnte.«

Sie erwiderte sein Lächeln.

Und dann überraschte er sie. »Ich habe gehört, dass Sie und Professor Zant befreundet waren, Mrs Carlyle. In gewisser Weise.«

»In gewisser Weise«, bestätigte sie vorsichtig und verbarg ihr zunehmendes Unbehagen, indem sie sich ein Mini-Sandwich nahm.

»Ich frage nur, weil er unter den Ehemaligen Freunde und Unterstützer hatte. Eine ganze Menge sogar. Falls sie irgendwie behilflich sein können, braucht man nur zu fragen.«

»Behilflich? Wobei?«

»Falls sich etwas ergibt, Mrs Carlyle. Man weiß ja nie.«

Er überließ Julia die Entscheidung, das Thema anzusprechen, und wartete ab. Schließlich fasste sie sich ein Herz. »Gina Joule war Ihre Patentochter.«

»Richtig.«

»Ich glaube, Kellen Zant wollte herausfinden, was in der Nacht, als sie starb, wirklich passiert ist.« Schweigen. »Und, nun ja, in Tyler's Landing kursieren diese Geschichten. Alte Geschichten. Die offizielle Version der Ereignisse jener Nacht ist möglicherweise nicht –«

Er hob eine blässliche Hand, unterbrach sie mit der herrischen Geste. »Kein Thema, über das man wirklich gerne redet, Mrs Carlyle.«

»Ja, ich verstehe. Aber Sie haben Merrill Joule immerhin sehr nahe gestanden.« Das wollte der Verwaltungschef nun offenbar nicht bestreiten, und Julia fühlte sich ermutigt. »Senator Whisted war Merrill Joules Patensohn. Mich würde interessieren, wie gut er die Familie gekannt hat.«

»Die Whisteds gehören zu den Familien, die immer gut mit allen bekannt sind, Mrs Carlyle. Hilfreich, wenn man in die Politik geht, kann ich mir denken.« Die Verachtung in seiner kultivierten Stimme war nicht zu überhören. »Zweifellos wird der junge Mann hin und wieder bei den Joules zum Abendessen gewesen sein.«

»Das heißt also, er kannte Gina?«

»Ich nehme es an.«

Das bestätigt einen Teil von Marys Geschichte: das Foto. »Hatte er eine Meinung dazu, ob … nun ja, ob die offizielle Version der Wahrheit entsprach? Glaubte er, dass der junge Schwarze der, also, der Mörder war?«

»Niemand widerspricht gern der Polizei. Aber die Familie kommt zuerst, natürlich. Ich denke, alle würden in so einem Fall zuerst die eigene Familie schützen. Aber deshalb darf man die Sache nicht selbst in die Hand nehmen, Selbstjustiz, nein danke. Das habe ich auch Merrill gesagt. Und Anna. Dem jungen Whisted ebenfalls. Rache macht sie nicht wieder lebendig, nicht zu ändern. Lieber nach vorn schauen, das Vergangene ruhen lassen, Sie wissen schon.«

»Der junge Whisted? Meinen Sie damit Malcolm?« Der Verwaltungschef nippte an seinem Tee, antwortet jedoch nicht. Julia stellte ihre Tasse ab und schaute sich im Faculty Club um, doch niemand schien sich für ihre Unterhaltung zu interessieren. »Dieses Gespräch können Sie nur geführt haben, wenn Merrill und Anna Joule und Mal Whisted wussten, wer der Täter war, und wenn diese Person noch lebte.«

»Sie sollten sich mit Chief Vallely unterhalten.«

»Mit Bruce? Wozu?«

»Reden Sie mit Chief Vallely«, wiederholte Land. Er trank einen Schluck Tee und verzog das Gesicht, wie um der Welt kundzutun, dass jede Veränderung alles nur noch schlimmer machte. »Soweit ich informiert bin, schaut sich der Chief gerade den Tod von Professor Zant genauer an, so was in der Art. Würde mich nicht wundern, wenn er Ihre Fragen beantworten könnte.«

»Ich habe schon mit ihm gesprochen, und offen gesagt, es hat mir gar nicht gefallen, wie er –«

»Liebe Güte, wie die Zeit vergeht. Immer ein Vergnügen, mit Ihnen zu reden, Dekanin Carlyle, aber die Arbeit ruft. Zufällig habe ich heute Nachmittag eine Besprechung in Tyler's Landing. Kann Sie mitnehmen, wenn Sie wollen. Sie sind aber wahrscheinlich mit Ihrem eigenen Fahrzeug hier, nicht?«

Als Julia, den Kopf voller neuer Sorgen, den Faculty Club verließ, bemerkte sie Bruce Vallely nicht, der in seinem roten Mustang auf der gegenüberliegenden Straßenseite parkte.

· III ·

Julia Carlyle zu beschatten, war ein unaufwändiger und nicht in aller Konsequenz verfolgter Punkt in Bruce' Ermittlungen. Er rechnete nicht damit, dass sie plötzlich am Straßenrand hielt und aus einem hohlen Baumstamm hervorzauberte, woran Kellen Zant gearbeitet hatte. Oder, falls es wirklich in einem hohlen Baum steckte, bestand kein Grund zu der Annahme, dass Julia es dort in den drei, vier Stunden in der Woche entdecken würde, in denen er sie beschattete. Aber man konnte nie wissen. Die Chance, dass sie über die Lösung des Rätsels stolperte, während er sie observierte, war minimal, doch sie war noch geringer, wenn er Julia Carlyle überhaupt nicht beschattete.

Dem großen, vor PS strotzenden, aber dennoch ruhig dahingleitenden Escalade durch die Straßen der Stadt zu folgen, war ein Kinderspiel. Julia fuhr nicht in Richtung Schnellstraße. Anscheinend nahm sie lieber den längeren Umweg über die Nebenstraßen nach Tyler's Landing. Bruce hielt sich in gebührender Entfernung hinter ihr, so dass sie ihn kaum im Rückspiegel entdecken konnte, doch nahe genug, dass er sie nicht verlor, falls sie unerwartet abbog.

Sie verließ die Stadt und durchquerte Langford, wo Bruce sich noch weiter zurückfallen ließ, denn es herrschte weniger Verkehr. Langford schien hauptsächlich aus Einkaufszentren und Tankstellen zu bestehen. Julia fuhr sehr schnell. Er hatte gehört, dass sie beim Autofahren gerne sang, und überlegte, welche Art von Musik sie wohl bevorzugte. Es hieß, Lemaster habe ein Faible für Hip-Hop, was Bruce sich nur schwer vorstellen konnte, andererseits ließ sich über Geschmack nicht –

Noch jemand folgte dem Escalade. Ein kleiner weißer Personenwagen. Hätte Bruce das Tempo nicht verlangsamt, wäre ihm der Wagen nie aufgefallen. Aber als Julia an ihrer Lieblingstankstelle hielt, um den riesigen Tank ihres spritfressenden Geländewagens zu füllen, bog das weiße Auto auf den Parkplatz des McDonald's auf der gegenüberliegenden Straßenseite ein. Bruce fuhr ohne das Tempo zu drosseln weiter und hielt vor einem kleinen Bürogebäude, von wo aus er den Escalade im Seitenspiegel gut im Blick behalten konnte.

Also gut, es war gar nicht so unwahrscheinlich. Schließlich interessierten sich eine Menge Leute dafür, was Kellen Zant im Schilde geführt hatte. Je mehr glaubten, dass er Julia Carlyle irgendetwas hinterlassen hatte, umso größer war die Wahrscheinlichkeit, dass sie beschattet wurde.

Bruce schloss aus, dass jemand ihr etwas zuleide tun wollte. Es gab nur einen Grund für eine Beschattung: Jemand war hinter dem her, was Julia suchte.

Action.

Der weiße PKW raste an Bruce vorbei. Der Fahrer wandte denselben Trick an wie er und hielt, wenn auch nicht so elegant, ein paar hundert Meter weiter am Bordstein. Als Bruce das Gesicht des Fahrers erkannte, war er so verblüfft, dass er den Escalade beinahe verpasst hätte.

Er legte den ersten Gang ein und folgte Julia.

Der Fahrer des weißen PKW war der dienstfertige kleine Mann, der ihn in Lemaster Carlyles Büro geführt und wieder hinaus begleitet hatte.

Kapitel 38

Noch einmal Main Street

· I ·

Als Julia nach ihrer kryptischen Unterhaltung mit Trevor Land in der Main Street in Tyler's Landing parkte, begann es zu schneien. Sie stieg aus, um sich in Cookie's Place ihre Dosis Cappuccino-Trüffel zu holen und wie üblich zur Tarnung kleine Geschenke zu kaufen sowie eine Tüte Jelly Beans für das Glas auf Lemasters Schreibtisch. Sie kochte vor Wut.

Bruce Vallely. Erwartete Trevor Land tatsächlich von ihr, dass sie noch einmal mit Bruce Vallely redete? Bruce Vallely, der bei der kleinsten Andeutung in diese Richtung jedem auf die Nase band, welche Art von Beziehung Vanessa mit Kellen gehabt hatte? Und der sich, wie sie von der Sisterlady Regina Thackery gehört hatte, bei der Befragung ihres Mannes reichlich indiskret nach Lemasters Vergangenheit erkundigt hatte?

Julia fand, Bruce Vallely sollte lieber vorzeitig in den Ruhestand gehen. Sicher, er war ein ganz netter Kerl, sagte sie sich, als sie den Gehweg entlangeilte und versuchte, sich zu beruhigen. Bruce war schwerfällig, und es fehlte ihm an diplomatischen Fähigkeiten, aber ganz sicher konnte er keiner Fliege etwas zuleide tun. Grace hatte ihn angebetet. Doch das Risiko, das sie einging, wenn sie auf irgendeine Weise mit ihm zusammenarbeitete –

Cookie's Place war geschlossen.

Seltsam. Vera Brightwood hatte seit Menschengedenken keinen Urlaub gemacht, und sie war nie krank. Lemaster behauptete immer, sie halte sich Krankheitskeime vom Leib, indem sie sie in Form von Hetzreden an ihre Kunden weiterreichte.

Julia warf einen Blick auf ihre Uhr. Es war noch nicht mal halb drei, und das Süßwarengeschäft war gewöhnlich bis halb fünf geöffnet. Sonntags und montags hatte Vera geschlossen, aber heute war Freitag. Der Gehweg vor dem Laden war gefegt und mit Salz gestreut, und da Vera zu geizig war, um jemanden für diese Arbeit zu bezahlen, hatte sie den Schnee garantiert selbst geschippt, was bedeutete, dass der Laden am Vormittag offen gewesen sein musste. Julia klopfte an, dann lugte sie durchs Fenster, aber drinnen war niemand zu sehen. Irritiert ging sie drei Häuser weiter zu Luma's Gifts, um sich bei Lurleen Maddox, Veras einziger Freundin, zu erkundigen, ob die größte Klatschbase von Tyler's Landing vielleicht einen Unfall gehabt hatte oder ob jemand aus der Familie gestorben war.

Luma's Gift-Shop war ebenfalls geschlossen.

Julia stand auf dem Gehweg und kaute auf ihrer Unterlippe. War heute vielleicht ein lokaler Feiertag in Tyler's Landing? Nein, denn der Blumenladen war geöffnet. Auch Greta's Tavern hatte offen, ebenso das Büro des Immobilienmaklers, der Buchladen und die Drogerie, die auf dem Grundstück stand, wo sich früher die Villa der Joules befunden hatte, das Haus, in dem Anna und Merrill Joule ihre Tochter großgezogen hatten. Julia schaute zur anderen Straßenseite hinüber. Der Antiquitätenladen war geschlossen. Hatte Frank etwa kalte Füße bekommen und Hals über Kopf die Stadt verlassen? Aber wo steckten dann Vera und Lurleen? Einer spontanen Eingebung folgend, ging Julia in den Buchladen. Daniel Weiss, der ehemalige Englischprofessor und Shakespeare-Spezialist, dem das Geschäft gehörte, half Lemaster des Öfteren, antiquarische Bücher ausfindig zu machen. Vielleicht konnte Danny ihr erklären, was hier los war.

Aber der junge Verkäufer erklärte ihr, Mr Weiss habe heute früher Feierabend gemacht, weil er zu einer Versammlung wollte.

»Ach, natürlich«, improvisierte Julia eine halbwegs überzeugende Geschichte. »Das hatte ich ganz vergessen. Danny und mein Mann waren ja zum Mittagessen verabredet.«

»Wirklich? Mann, hoffentlich ist da nichts schiefgelaufen. Ich dachte nämlich, Mr Weiss wollte sich mit Miss Brightwood treffen.«

Wieder draußen, blieb Julia stehen und überlegte. Wieso

machte sie sich Gedanken? Es war nicht ihre Aufgabe, das Netzwerk der Ladeninhaber auf der Main Street auszukundschaften, und wenn ein paar von ihnen sich an einem Freitagnachmittag treffen wollten, ging sie das nichts an. Sie war schließlich selbst Mitglied in verschiedenen Wohltätigkeitsclubs in Tyler's Landing – den weißen Quasselbuden –, und sie wusste, dass manchmal Zusammenkünfte zu den merkwürdigsten Zeiten anberaumt wurden, um die Loyalität der Mitglieder auf die Probe zu stellen.

Aber natürlich war es sinnlos zu versuchen, sich etwas einzureden. Als sie sich ans Steuer des Escalade setzte, musste sie sich eingestehen, dass hier einfach zu viele Zufälle an einem Nachmittag zusammenkamen.

Trevor Land, der zufällig Gina Joules Patenonkel war, erzählt ihr, er müsse am Nachmittag nach Tyler's Landing zu einer Versammlung fahren. Und just am selben Nachmittag verschwindet zufällig eine ganze Gruppe von alteingesessenen Geschäftsleuten von der Main Street – zu einer Versammlung.

Da fällt mir noch was ein, das mir über Ihren Freund Kellen zu Ohren gekommen ist, hatte Boris Gibbs ihr vor Wochen beim Mittagessen eröffnet. *Ein paar Leute draußen in Tyler's Landing sind ziemlich sauer auf ihn.*

Julia holte tief Luft. Vielleicht wurde sie schon wie Mary Mallard und witterte überall Verschwörungen. Aber während sie mit den Fingern auf das Lenkrad des Escalade trommelte, kam sie zu dem Schluss, dass sie sich Klarheit verschaffen musste.

Ihr Instinkt sagte ihr, wo sie nach dem geheimnisvollen Treffen suchen musste.

Julia fuhr die Main Street in Richtung Norden aus der Stadt hinaus, den Rückspiegel ständig im Blick. Rechts und links der Straße standen vereinzelt Häuser auf riesigen Grundstücken mit altem Baumbewuchs. Sie überquerte eine schmale Brücke, und dann befand sie sich in dem ländlicheren Teil im Norden des Orts. Die weiten schneebedeckten Felder wurden nur hier und da von niedrigen Steinmauern und malerischen Farmhäusern unterbrochen, ein Anblick, der eine ganze Armee von neuenglischen Dichtern inspiriert hatte.

Der Schnee ging allmählich in Regen über.

Sie fuhr einen Umweg, und zwar absichtlich, denn ihr war im Rückspiegel ein Auto aufgefallen und sie wollte sehen, ob es ihr folgte. Der Escalade erklomm einen Hügel, und das Auto war immer noch hinter ihr, im Abstand von wenigen hundert Meter. Sie bretterte durch ein Koniferenwäldchen, und als sie sich umdrehte, war das Auto immer noch da. Julia bog von der Straße auf einen Feldweg ein und hielt abrupt an, nahm für alle Fälle das Handy aus der Tasche, und wartete darauf, dass ihr Verfolger vorbeifuhr.

Nichts.

Julia trommelte mit den Fingern, beobachtete die Straße, behielt die Uhr im Auge, sah, wie der Himmel zunehmend dunkler wurde. Schwere, halbgefrorene Tropfen schlugen auf das Wagendach. Schließlich dämmerte ihr, dass sie sich geirrt haben musste, und fuhr zurück auf die Straße. Fünf Minuten später war sie wieder von Bäumen umgeben. Dann erreichte sie die Pleasant Road. In den Wald geduckt, fast am Ende der Sackgasse, stand Vera Brightwoods rotes Holzhaus mit dem weit abfallenden Dach auf der hinteren Seite.

Julia nahm den Fuß nicht vom Gaspedal. Sie wendete in einem großen Bogen, geriet auf dem glatten Asphalt kurz ins Schleudern und raste in die entgegengesetzte Richtung davon.

In Veras Einfahrt standen drei oder vier Autos. Eins davon war Frank Carringtons Pick-up. Daneben stand ein blauer Infinity, der auch schon öfter vor Hunter's Heights geparkt hatte. Er gehörte Trevor Land.

Ein paar Leute draußen in Tyler's Landing sind ziemlich sauer auf ihn.

Vielleicht hatten alle, die sauer waren, endlich beschlossen, sich zusammenzutun.

· II ·

Julia war knapp vor dem Schulbus zu Hause angekommen. Sie hörte Jeannie zu, die aufgeregt von ihrem Tag berichtete, während Vanessa oben in ihrem Zimmer sang. Die Dekanin rief an, um mit ihr die in der kommenden Woche anstehende Sitzung mit den Erbsenzählern von der Lombard Hall zu besprechen, aber während Julia mit Claire die Einzelheiten durchging, spürte sie, dass die Belange der Theologischen Fakultät sie immer weniger interessierten. Wiederholt schaute sie aus dem Wohnzimmerfenster, als befürchtete sie, dass das Treffen bei Vera mit einem wütenden Protestmarsch hoch zu Hunter's Heights enden könnte. Sie überlegte, ob sie Lemaster anrufen sollte, der gerade in Washington war, wusste aber nicht so recht, was sie ihm eigentlich sagen sollte. Sie schickte Mary Mallard eine E-Mail, in der sie andeutete, dass ein paar Alteingesessenen von Tyler's Landing möglicherweise etwas im Schilde führten, dann setzte sie den Kindern ihr Abendbrot vor und schickte sie anschließend auf ihre Zimmer zum Hausaufgabenmachen. Im Schlafzimmer kuschelte sie sich mit Rainbow Coalition aufs Bett, schenkte sich ein Glas Wein ein und schaltete einen alten Spielfilm an. Als sie die Augen wieder öffnete, war es fast elf.

Die perfekte Jeannie hatte sich brav ins Bett gelegt, aber Vanessa saß in der Küche an der glänzenden schwarzen Anrichte, eine Schüssel mit Cheerios neben sich, und kritzelte ihre Hausaufgaben herunter, mit denen sie viel zu spät angefangen hatte. Julia trat an die Spüle, in Gedanken noch ganz bei diversen Verschwörungsszenarien. Sie versuchte, die richtigen Worte für eine Frage zu finden, die nur ein Mensch auf der Welt – und zwar das junge Mädchen, das vor ihr saß – nicht für verrückt halten würde. Aber ehe sie die Frage stellen konnte, sagte Vanessa: »Übrigens, Mom, als du geschlafen hast, hat Mary eine Nachricht für dich hinterlassen. Sie hat gesagt, es ist wichtig.«

»Mary?« Julia war überrascht. Ebenso wie Mona mied die Journalistin das Telefon, wenn es um gravierende Dinge ging. »Mary Mallard?«

Vanessa nickte, während sie weiter hektisch ihre Französischübersetzung verbesserte. »Ja.«

»Soll ich sie zurückrufen?«

»Sie hat nicht angerufen.«

»Soll das heißen, dass sie hier vorbeigekommen ist?«

»Nein, Mom, nein.« Ein Grinsen erschien hinter den Zöpfen. Vanessa hatte ihren Spaß an kleinen Wortspielen, genau wie Kellen. »Es war eine E-Mail.«

»Sie hat dir eine *E-Mail* geschickt? Das ist doch wirklich unglaublich!«

»Nein, Mom. Sie hat *dir* eine E-Mail geschickt.«

»Du liest meine E-Mails?«

»Wenn du dein Passwort nur alle paar Jahre änderst, darfst du dich nicht wundern.«

Julia war so sauer, dass ihre Stimme jede Nuance verlor. Und sie hatte Angst. »Wie viel hast du gelesen?«

»Genug. Du vergeudest nur deine Zeit. DeShaun war der Täter. Und niemand sonst. Nur DeShaun. Was den Mord an Gina Joule angeht, bin ich die größte Expertin der Welt, vergiss das nicht.« Vanessa war immer noch über ihr Schulheft gebeugt. In der nächtlichen Stille klang ihre Stimme gelassen und beruhigend, die vernünftige Stimme einer Erwachsenen. Die nachfolgende Explosion kam aus dem Nichts. »Also kümmert euch gefälligst um euren eigenen Mist, ihr beiden! Es war *DeShaun*! Wieso musst du da unbedingt deine Nase reinstecken? Wieso lässt du dich von dieser Frau herumkommandieren? Früher hast du dich *nie* um irgendwas gekümmert, also lass jetzt auch die Finger davon!« Vanessa zitterte, zwang sich jedoch, einigermaßen ruhig weiterzusprechen: »Jedenfalls hat Mary geschrieben, sie hätte diesen Zeugen gefunden, der – egal. Lies es selbst.«

»Warum regst du dich denn so auf, Liebes? Was ist los?«

»Nichts.« Sie blätterte eine Seite um und tat, als würde sie die Aufgabe noch einmal durchlesen. »Und, was hast du jetzt vor? Machst du dich auf die Suche nach Shari Larid?«

Julia legte Vanessa eine zitternde Hand auf die Schulter. »Du darfst dich da nicht einmischen, Liebes.« Stures, wütendes Schweigen. »Ich meine es ernst. Es ist zu deinem eigenen Besten.«

»Ich will sowieso nichts damit zu tun haben! Mit dir und deinen perversen Freunden.«

»Versprich mir, dass du dich da raushältst.« Julia küsste Vanessa auf die Stirn, doch die weigerte sich immer noch, ihre Mutter anzusehen. Dann fiel Julia wieder ein, wie sie überhaupt auf das Thema gekommen waren, und sie fuhr ihre Tochter an: »Und wag es nicht noch einmal, meine E-Mails zu lesen! Du weißt genau, dass das nicht in Ordnung ist!«

»Es war DeShaun.« Wie eine Litanei. Erschöpft sank sie in

sich zusammen. Dr. Brady hatte die Carlyles schon oft ermahnt, sie sollten dafür sorgen, dass Vanessa genug Schlaf bekam. »Du vergeudest deine Zeit.«

»Nicht, dass ich dir nicht vertrauen würde. Aber ich glaube, ich muss mein Passwort ändern.«

»Gute Idee.«

Julia setzte sich an ihren Computer und klickte stirnrunzelnd herum. »Liebes?«

»Ja?«

»Kannst du mir mal zeigen, wie man das macht?«

Kapitel 39

Allgemeines Gebet

· I ·

An den meisten Sonntagen besuchten die Carlyles die Messe in Norport in der Kirche des heiligen Apostels Matthias, einer anglikanischen Gemeinde, die nach Auffassung ihres streitbaren Pfarrers der Apostasie den Rücken gekehrt hatte. Die übergeordnete Diözese erlaubte sich, anderer Meinung zu sein, und der Rechtsstreit darüber, wem das Kirchengebäude gehörte, war noch nicht entschieden. Als der Name Lemaster Carlyle als möglicher neuer Universitätspräsident die Runde machte, hatte die Universitätszeitung einen Reporter geschickt, der über mehrere Wochen hinweg am Gottesdienst teilnahm. Anschließend schrieb er einen Artikel, in dem er ernstlich empört berichtete, der Pfarrer, Father Freed, halte die Bibel für das wahrhaftige Wort Gottes. In seinem Text zitierte er zwei Professoren der Theologischen Fakultät, die vor den Gefahren einer solchen Auslegung warnten.

Die beiden Gottesdienste am Sonntagmorgen zogen eine ethnisch-kulturell sehr gemischte Schar an Gläubigen an. Karibische, in der anglo-katholischen Tradition erzogenen Einwanderer kamen, weil ihnen die normale amerikanische Liturgie zu unverständlich erschien und die Sitten zu lax waren – Männer, die ohne Krawatte zum Gottesdienst kamen, ein Priester, der die Gläubigen über den Altar hinweg anschaute, während er Wein und Brot segnete, anstatt sich dem Herrn zuzuwenden, ganz zu schweigen von dem Unsinn, Frauen für das Bischofsamt zu weihen. Sie trafen in der St. Matthias-Gemeinde auf konservative Vertreter der weißen Oberschicht, vereinzelte Nachfahren der alten neuenglischen Familien, die sich immer noch nicht mit dem neuen Gebetbuch angefreundet hatten, das schon vor einem Vierteljahrhundert überarbeitet worden war.

Lemaster zog seine Energie aus der Tradition. Für ihn symbolisierte allein schon die Idee »Kirche« eine beständige Institution, in deren Obhut die Bewahrung der historischen Lehre der Apostel lag – das Vermächtnis, wie Traditionalisten sich ausdrückten. Der Gläubige verbrachte sein vergängliches Leben im Glauben und in der Furcht vor Gott und wagte nicht, an der Institution der Kirche zu rütteln. Was die Kinder anging, so kannten sie keine andere Kirche als St. Matthias. Julia ließ sich nie anmerken, dass der penetrante Geruch des Weihrauchs, von dem man nur von Aschermittwoch bis zur Ostermesse verschont blieb, für sie jeden Sonntag die Orgelmusik in die schauerliche Musik der alten Draculafilme mit Bela Lugosi verwandelte, die sie sich früher spätnachts im Schwarzweißfernseher auf ihrer Kommode angesehen hatte. Diese Synästhesie wagte sie allerdings ihrem Mann nicht zu gestehen, aus Furcht, er könnte sie für zu wenig gottesfürchtig halten. Es wäre falsch gewesen zu sagen, dass für Lemaster Carlyle nichts mehr Bedeutung hatte als die Eucharistiefeier in St. Matthias, doch es gab nur Weniges, das ihm wichtiger war. Trotz seiner nach außen hin demonstrierten liberalen Einstellung führte Lemaster einen traditionellen Haushalt. Alle hatten nach seiner Pfeife zu tanzen. Und so kam es, dass die Carlyles am dritten Sonntag nach Weihnachten sich durch einen Schneesturm, der das Autofahren zu einem Abenteuer machte, nach Norport kämpften, wo um elf Uhr das Hochamt begann.

· II ·

Der Pfarrer, die von Altersflecken bedeckten Hände vor sich ausgebreitet, rezitierte feierlich den traditionellen Ruf zum Altar, wie er im Allgemeinen Gebetbuch von 1928 vorgeschrieben war, die einzige Version, die Father Freed und seine dahinschwindende Gemeinde als gültig erachteten. »Ihr, die ihr aufrichtig und ernstlich eure Sünden bereuet, und in Liebe und Eintracht mit eurem

Nächsten lebt, und entschlossen seid, ein neues Leben zu führen, den Geboten Gottes zu folgen und forthin in Seinen heiligen Wegen zu wandeln: tretet im Glauben herzu, dies heilige Sakrament zu eurem Troste zu empfangen; und in Andacht knieend, bekennet dem allmächtigen Gott demüthiglich eure Sünden.«

In dem von unterdrücktem Rascheln durchsetzten Schweigen glitten die Gläubigen von den Sitzbänken auf die mit rotem Leder gepolsterten Kniebänke. Wie immer gingen auch die Carlyles »in Position«, wie der abwesende Preston, der Witzbold der Familie, die knieende Haltung bezeichnete.

Nur Vanessa blieb auf der Kirchenbank sitzen und rieb sich die Nase.

Ihr Vater, den Kopf gesenkt, runzelte die Stirn und zupfte an ihrem Ärmel.

Vanessa schüttelte den Kopf und riss ihren Arm weg. Am Altar flackerten zwei Kerzen, als ob eine Bö durch den Altarraum wehte. Jemand nieste. Ein Ächzen war zu hören.

»Du musst beichten, Liebes«, zischte Lemaster.

»Nein.«

»Du kannst das Sakrament nicht empfangen, wenn du nicht gebeichtet hast.«

»Dann eben nicht.«

Ihr Vater verzog das Gesicht. »Aber darum geht es doch bei der Eucharistiefeier.«

»Ich weiß.«

»Vanessa, was ist los?«, fragte er, immer noch im Flüsterton, aber inzwischen schauten Leute zu ihnen herüber, nicht nur Julia und die Kinder, sondern auch die selbstgerechte Mrs Galloway in der Bank direkt von ihnen und die noch lebenden Mitglieder des weit verzweigten Traynor-Clans in der Reihe hinter ihnen. Julia wusste genau, dass ein Fauxpas vor einem weißen Publikum zu den wenigen Dingen gehörte, die Lemaster zutiefst verabscheute.

»Nichts«, fuhr Vanessa ihn so laut an, dass man es bis zum Altar hören konnte. Jeannie verfolgte das Ganze mit großen, vor Vergnügen blitzenden Augen.

»Vanessa«, sagte Julia und strich über den Arm ihrer Tochter. »Komm schon, Liebes.«

Etwas lauter: »Komm, Liebes.«

»Nein!«, schrie Vanessa, sprang auf, schob sich an ihrem Vater vorbei in den Mittelgang und rannte zum Eingang, dem Narthex, wie der Vorraum in der Kirche bei den Anglikanern bezeichnet wird. Julia wollte aufstehen und ihr nachgehen, doch Lemaster bedeutete seiner Frau zu bleiben. Sie nahm an, er wollte ihr damit sagen, dass er gehen würde, aber er neigte einfach nur den Kopf über seine auf der Bank vor ihm gefalteten Hände und vertiefte sich wieder in sein stilles Reuegebet. Julia folgte seinem Beispiel, schloss die Augen, um ihre Tränen zu unterdrücken, und bat Gott um Vergebung für sich selbst, für Vanessa und auch für Lemaster.

Dann wurde sie von dem übermächtigen Gefühl mütterlicher Verantwortung und Liebe gepackt. Sie stand auf, trat, ohne ein Wort der Erklärung an ihren Mann zu verschwenden, in den Mittelgang und folgte ihrer Tochter.

· III ·

»Ich kann die Kommunion nicht mehr empfangen«, erklärte Vanessa, nachdem sie mehrere Minuten lang schweigend die schneeverkrustete Hauptstraße von Norport entlanggegangen waren. Ein paar Autos ratterten vorbei, doch sonst war die Geschäftsstraße menschenleer.

Julia nickte, als wäre das die logischste Erklärung der Welt. Sie fragte sich, was Lemaster gerade tat und warum er ihr nicht nachgekommen war. Wahrscheinlich begleitete er Jeannie gerade nach vorn zur Kommunion.

»Okay«, sagte sie.

»Willst du mich nicht fragen, warum?«

»Möchtest du, dass ich dich das frage?«

»Ach, Mom, fang nicht auch noch so an. Mein Therapeut macht das schon dauernd mit mir.«

Julia gab nach und versuchte, ihrer Tochter einen Arm um die Schultern zu legen, aber Vanessa schüttelte sie ab.

»Also gut«, sagte Julia. »Sag mir, warum du die Kommunion nicht mehr empfangen kannst.«

»Weil ich meine Nächsten nicht liebe und ehre.« Vanessa bewegte die Arme hin und her. »So heißt es doch in dem Gebet, oder? Aber ich liebe und ehre meine Nächsten nicht und –«

Erneut versuchte Julia, sie zu umarmen, doch Vanessa entzog sich ihr. »Ach, Liebes, damit ist doch nicht wörtlich gemeint, dass du alle deine Nächsten lieben und ehren sollst.«

Vanessa richtete sich steif auf. »Nicht? Wie ist es denn dann gemeint?« Während Julia nach einer Antwort rang, winkte ihre Tochter schon wieder müde ab. »Ist auch egal. Tut mir leid, Mom. Hör zu. Ich ... Hör zu. Es ist nicht deine Schuld, okay? Es ist nur –« Für einen Augenblick, der so kurz war, dass Julia sich später fragte, ob sie es sich eingebildet hatte, füllten Vanessas Augen sich mit Tränen und waren gleich wieder trocken. »Ich kann einfach nicht mehr zur Kommunion gehen. Nie wieder.«

»Deswegen soll man ja beichten, bevor man die Kommunion empfängt, Liebes.« Julia hatte genug von dieser Art didaktischer Logik; ihr Glaube war, was die Einzelheiten der anglikanischen Tradition betraf, ziemlich selektiv. Aber sie spürte, dass sie fast an dem Trauma war, vor dem Vincent Brady sie gewarnt hatte. »Selbst wenn du es mir nicht erzählen kannst, Gott kannst du es immer sagen.«

»Hör zu, ich will nicht drüber reden, okay? Können wir das Thema einfach fallen lassen? Wieso müsst ihr immer über alles reden?«

Manchmal schlug Julia automatisch einen überheblichen Tonfall an, auch wenn sie es gar nicht wollte. »Ich nehme an, mit ›ihr‹ meinst du deinen Vater und mich.«

Vanessa war vor einem billigen, kleinen Lebensmittelgeschäft stehen geblieben, wo das Fleisch offensichtlich im Schaufenster aufbewahrt wurde, obwohl der Laden geschlossen war. Das kam Julia ziemlich verantwortungslos vor und verstieß wahrscheinlich gegen alle möglichen Vorschriften des Lebensmittelgesetzes. »Ich meine jeden. Alle Leute wollen immer über alles reden. Und dann wollen sie, dass ich über alles rede. Aber es gibt Dinge, über die kann man einfach nicht reden!«

»Kannst du über diese Dinge mit mir nicht reden? Oder kannst du darüber mit niemandem reden?«

»Wieso machst du das, dieses Psychogetue?«, schrie Vanessa. Sie drehte sich weg von Julia und stolperte ein paar Schritte voraus. »Hör zu. Ich will nicht mehr zur Kirche gehen. Ich will nicht mehr beichten. Ich will nicht mehr mit Gott reden.«

»Glaubst du nicht an Gott?«

»Das hab ich nicht gesagt. Ich hab nur gesagt, ich will nicht mit ihm reden. Nicht mehr –«

Sie brach mitten im Satz ab und lief schneller. Julia hatte Mühe, mit ihrer Tochter, die größer war als sie, Schritt zu halten.

»Vanessa, bitte. Was ist passiert?« Diesmal gelang es ihr, einen Arm um sie zu legen, allerdings fühlte es sich an, als umarmte sie eine sich windende Schlange. »Hat jemand dir etwas getan? Kellen? Hat es mit Kellen zu tun? Hör auf so zu rennen! Vanessa!«

»Vergiss es, okay? Vergiss einfach, was ich gesagt hab! Tut mir leid, dass ich aus der Kirche gelaufen bin. Vergiss es einfach.«

Julia war ein impulsiver Mensch, und ihr riss öfter der Geduldsfaden. Mithilfe von Brady hatte sie gelernt, ihre Frustration in Zaum zu halten, vor allem in Vanessas Gegenwart. Aber manchmal war es wirklich schwer. Ganz ruhig, aber immer noch schärfer als beabsichtigt, sagte sie: »Vanessa, ich liebe dich. Ich würde durchs Feuer gehen für dich. Das weißt du. Ich weiß nicht, was dich so unglücklich macht, aber was auch immer, ich will dir nur helfen. Ich möchte, dass du glücklich bist.«

Wie befürchtet, erreichte sie damit genau das Gegenteil von dem, was sie hatte sagen wollen. »Glücklich! Du willst, dass ich glücklich bin!«

»Ja, Liebes, natürlich möchte ich das.«

»Dann sag Senator Whisted, er soll seine Kandidatur zurückziehen.«

»Wie bitte?«

»Die werden ihn nominieren, stimmt's?« Wieder standen ganz kurz Tränen in ihren Augen. »Das darf nicht passieren!«

»Liebes –«

»Dad kriegt doch alles hin, oder? Wenn er will, dass einer gefeuert wird, braucht er nur jemanden anrufen. Wenn er Whisted sagt, er soll seine Kandidatur zurückziehen, dann macht der das.«

Julia stand zitternd im Wind, die Hände in den Taschen. Es war eine ungemein verlockende Vorstellung, dass dies die Lösung des Rätsels war, doch Julia konnte sich nicht so einfach zufriedengeben. Ihr Wunschkandidat wäre Scrunchy gewesen, aber die Indizien wiesen in eine andere Richtung. Kellen hatte Mary das Foto von Mal Whisted geschickt. Maureen Whisted hatte ihr gesagt, in der Vergangenheit eines jeden gebe es schmutzige Geheimnisse. Mitch Huebner hatte vor zehn Jahren angefangen, nach dem Tagebuch seines Vaters zu forschen – etwa um die Zeit, als Mal Whisted zum ersten Mal für den Senat kandidierte. Und jetzt wollte Vanessa – die selbsternannte Expertin im Fall Gina Joule, die immer behauptet hatte, DeShaun sei der Täter –, dass Malcolm Whisted seine Kandidatur zurückzog.

Sanft, aber unnachgiebig fragte Julia: »Hat das etwas mit Gina zu tun?«

Vanessa hob das Kinn, und ihre Lippen bewegten sich. Einen Augenblick lang glaubte Julia, ihre Tochter würde ihr tatsächlich alles erklären. Dann schüttelte Vanessa den Kopf. »Hör zu, es war nicht mal meine Idee, okay? Er hat mir gesagt –«

Sie schlug sich die Hand vor den Mund, schüttelte stumm den Kopf, ihre Jacke blähte sich im Wind. Sie waren nah dran, so nah, dass es wehtat. Leise sagte Julia: »Erzähl es mir, Liebes. Es ist okay, wenn du es mir sagst.«

Vanessa versuchte es. Sie hob eine Hand, als wollte sie ihr die Antwort zeigen, und sagte: »Er hat mir gesagt, ich soll versuchen –«

Wieder brach sie ab.

»Wer hat dir das gesagt, Liebes? Was denn?«

»Es spielt keine Rolle, Mom. Es ist nicht wichtig.«

»Aber Liebes –«

»Nein.« Die Hände ausgestreckt, mit den Handflächen nach unten. Schon als kleines Mädchen hatte Vanessa mit dieser Geste angezeigt, dass sie nichts mehr sagen würde. Sie konnte unnachgiebig sein wie ihr Vater, das Erbe aus Barbados. Manchmal raubte Julia das Zusammenleben mit diesen beiden Sturköpfen die Luft zum Atmen. »Es ist vorbei, okay? Lass es gut sein.«

Seien Sie bestimmt, aber liebevoll, hatte Brady gesagt. *Nehmen Sie sie nicht ins Kreuzverhör. Drängen Sie sie nicht in die*

Ecke. Aber vergessen Sie niemals, wer das Kind und wer der Erwachsene ist, und sorgen Sie dafür, dass sie das genau weiß.

»Also gut, Vanessa. Wir müssen nicht darüber reden. Nicht jetzt. Aber wir gehen wieder zurück in die Kirche.« Ein stählerner Unterton, um ihre Tochter daran zu erinnern, dass die Harlemer Seite genauso unerbittlich sein konnte wie die karibische.

»Nein.«

»Was hast du gesagt?«

»Ich hab Nein gesagt. Ich gehe nicht zurück.«

Noch unerbittlicher. »Vanessa, ich mache hier keine Meinungsumfrage.«

»Ich gebe keine Meinung ab. Ich konstatiere eine Tatsache. Ich kann da nicht reingehen.«

Dann beruhigte sie sich. »Hör zu. Ich kann da jetzt wirklich nicht reingehen. Tut mir leid. Ich will nicht respektlos sein. Aber ich kann nicht zurück in die Kirche gehen. Es geht einfach nicht. Bitte, zwing mich nicht dazu.«

Julia musterte das traurige Gesicht ihrer Tochter, sah, dass ihre Augen feucht waren und spürte, dass sie selbst gleich weinen musste. *Ach, Vanessa, was ist nur los mit dir? Was geschieht mit uns?* »Dann bleibe ich mit dir hier draußen.«

»Das brauchst du nicht.«

»Ich möchte es aber.«

»Nein. Nein, ist schon in Ordnung.« Sie berührte ihre Mutter am Arm, eine liebevolle Geste, die zugleich Distanz zwischen ihnen schaffte. »Wirklich. Geh wieder rein. Vielleicht kriegst du noch eine Oblate ab.«

»Vanessa –«

»Mach dir keine Sorgen, Mom. Wirklich. Ich verspreche dir, dass ich nichts anzünde, okay?«

»Das hatte ich nicht –«

»Mom, hör zu. Ich bin ein großes Mädchen. Ich will einfach ein paar Minuten allein sein, mehr nicht.« Ein flehender Blick. »Bitte, Mom. Vertrau mir.«

Julia wusste, was Lemaster dazu sagen würde, aber diesmal hatte er nicht mitzureden. Vincent Brady hatte ihnen geraten, mehr Vertrauen in Vanessa zu setzen, und Julia beschloss, es zu versuchen. »Also gut, Liebes. In einer Viertelstunde ist die Messe zu Ende. Vielleicht schon früher.«

»Wir treffen uns am Auto.«

»Versprochen?«

Vanessa klopfte ihrer Mutter auf die Schulter. »Keine Sorge. Ich hab gesagt, nur ein paar Minuten. Ich warte auf euch.«

»Okay.«

Aber Vanessa war nicht am Auto.

Es dauerte zehn Stunden, bis sie sie wiederfanden.

Teil III

Den Markt räumen

Markräumung

In der Wirtschaftswissenschaft der Prozess, durch den die Märkte versuchen, ein Gleichgewicht herzustellen, wenn das Angebot steigt, um eine steigende Nachfrage zu befriedigen, oder wenn die Nachfrage wegen hoher Preise nachlässt. Die meisten Wirtschaftswissenschaftler sind sich einig, dass Markträumung kaum besonderen Interventionen von außen bedarf, doch viele sind überzeugt, dass die heutigen komplexen Märkte durch das völlige Fehlen einer Regulierung nicht ausreichend geräumt werden. Nach wie vor ist heftig umstritten, ob Interventionen das Funktionieren der Märkte eher verbessern oder verschlechtern.

Kapitel 40

Wieder in Boston

· I ·

»Ich habe Ihnen gesagt, Sie sollen sich keine Kinder anschaffen, Julia«, flüsterte Byron Dennison, die kantigen Gesichtszüge schmerzverzerrt.

»Ach, Bay, das haben Sie nicht gesagt.« Sie wischte ihm den Mund mit einer Stoffserviette ab. Gegen seinen ausdrücklichen Willen war er wieder im Krankenhaus und lag hilflos im Bett, weil mehrere Organe gleichzeitig in Streik getreten waren. Hätte er welche, würden sich jetzt sicher seine Angehörigen um ihn versammeln. Politiker und Berühmtheiten waren aufgekreuzt, hatten sich kurz fotografieren lassen und ihre tiefe Zuneigung zu dem streitsüchtigen alten Tunichtgut geheuchelt, aber die Wache am Sterbebett hatte man einer winzigen Schar von Getreuen überlassen, von denen die meisten zu beschäftigt mit ihrer Karriere waren, um viel Zeit bei ihm zu verbringen. Lemaster war im Lauf der Woche schon dreimal hier gewesen. »Sie haben nur gesagt, dass es zwei Sorten von Menschen auf der Welt gibt – Menschen, die Kinder kriegen, und Menschen, die das Leben genießen.«

Er hustete und lachte, sabberte dabei. Eine Hand zuckte, griff jedoch ins Nichts. Er hatte ein teures, luxuriös ausgestattetes Einzelzimmer, dennoch lagen die Gerüche in der Luft, wegen denen man Krankenhäuser meidet. Sein Körper war dabei, sich aufzulösen, doch sein gesundes Auge blitzte, und sein Verstand schien scharf wie eh und je. »Und? Genießen Sie Ihr Leben? Sie und Little Master? Ja? Sehen Sie? Ich hatte recht.« Er suchte eine bequemere Position, und Julia rückte ihm die Kissen zurecht. Sie hatte Aaron zurück ins Internat gebracht und war auf der Heimfahrt über Boston gefahren, um Byron zu besuchen und auch, weil sie sich mit Mary Mallard treffen wollte. »Er liebt Sie, Julia. Das dürfen Sie nicht vergessen. Er liebt Sie, so gut er kann. Hören Sie auf mich. Er hat viel im Leben einstecken müssen. Verdammt, wir alle haben viel einstecken müssen. Little Master, ich. Okay, Sie haben auch viel einstecken müssen, aber bei Frauen ist das etwas anderes. Sie dürfen verletzlich sein. Männer nicht.«

»Das ist aber eine ziemlich überholte Ansicht, Bay.«

»Ich bin ein bisschen überholt. Lemaster ist ein bisschen überholt. Er ist acht Jahre älter als Sie, Julia. Diese acht Jahre machen einen Riesenunterschied. Er gehört einer anderen Generation an. Das dürfen Sie nicht vergessen. Und ich will Ihnen sagen, was der größte Unterschied ist zwischen Männern von damals und Männern von heute. Wir präsentieren unsere Verletzungen nicht wie Orden, wir tragen unsere Orden wie Verletzungen. Verstehen Sie?« Auf der linken Seite konnte er den Mund nicht mehr richtig schließen, und sie wischte ihm den Speichel ab. »Wenn ich sage, er liebt Sie, so gut er kann, dann meine ich das genau so. Er würde Ihnen nie wehtun. Niemals. Weder Ihnen noch den Kindern.«

»In der richtigen Situation würde jeder –«

»Sie meinen, in der falschen Situation. Und er ist nicht jeder. Er ist Little Master. Er geht so sehr auf in seinen Pflichten und Verpflichtungen, dass er gar nicht mehr darüber nachdenken kann, wer er eigentlich ist. Würde er Sie betrügen, dann wüssten Sie's gleich am nächsten Tag. Er wäre vollkommen handlungsunfähig. Sie sind seine Frau, aber ich kenne ihn länger als Sie. Sie halten für Little Master die Welt zusammen. Vortrag beendet.«

Er war wirklich am Ende. Sein Unterkiefer erschlaffte, die Augenlider flatterten, sein Atem ging schwer. Einer der vielen Monitore piepte in einem schnelleren Rhythmus, und Julia überlegte schon, ob sie nach der Schwester klingeln sollte. Er durfte jeweils nur einen Besucher empfangen, aber draußen vor der Tür wartete niemand. Außerdem hatte Bay sie gebeten, noch ein bisschen zu bleiben.

»Brauchen Sie irgendetwas?«, fragte Julia.

»Nur etwas, womit ich Petrus bestechen kann.« Julia lächelte. Das gesunde Auge fixierte sie. »Sehen Sie? Sehen Sie? So etwas könnte ich nie zu Little Master sagen. Er kann es nicht ausstehen, wenn man über seinen Glauben Witze macht.«

»Er ist manchmal ein bisschen ... eingebildet.«

»Blödsinn. Der Little Master ist nicht eingebildet. Er hat einfach keinen Humor.«

»Bay –«

»Ich weiß, ich weiß. Diese andere Sache.« Unvermittelt hob er eine Hand und ließ sie auf ihre fallen. Sie umschloss die kalten Finger mit ihren warmen Händen. »Ich rate Ihnen: Vergessen Sie das Ganze.«

Julia war überrascht. »Ich soll es vergessen?«

»Hören Sie auf mich. Sie haben eine Tochter, um die Sie sich kümmern müssen. Sie haben noch die Kleine. Sie haben Ihren Job, Ihre Ehe – Sie haben tausend andere Dinge, die Sie beanspruchen. Genug Leute vergeuden eh schon ihr Leben für ein bisschen Einfluss in diesem Wahlkampf.« Sein Husten war feucht und rasselnd. »Überlassen Sie denen die Sache, Julia.«

»Mir geht es nicht um Politik. Mir geht es um Gerechtigkeit.«

»Gerechtigkeit.« Fast so etwas wie Verachtung klang in seiner Stimme. »Ich will Ihnen mal was sagen. Leute, denen es um Gerechtigkeit geht, sind für mehr Grausamkeiten auf der Welt verantwortlich als der ganze Rest von – ach, egal. Egal. Ich bin alt. Ich bin schon fast tot. Ignorieren Sie mich einfach.«

Ihn zu ignorieren, war das Letzte, was Julia wollte. Sie wünschte sich sehnlichst einen Rat von ihm, weil er im Gegensatz zu den meisten Menschen in ihrem Alter wirklich erwachsen war. Vor den breiten Fenstern ging die Sonne an einem klaren, wolkenlosen Himmel unter. »Falls einer der Kandidaten dieses kleine Mädchen umgebracht hat –«

»Wissen Sie, was Lincoln gesagt hat? In der Politik sollten die Verjährungsfristen kurz sein.«

»Kommen Sie, Bay. Wir reden hier nicht davon, ob jemand mit der falschen Frau ins Bett gegangen ist oder seine Steuererklärung frisiert hat. Hier hat jemand ein junges Mädchen umgebracht und die Tat vertuscht. Und falls einer von ihnen es getan hat, selbst wenn er ein Senator oder der Präsident ist –«

»Falls. Vielleicht. Könnte. Möglicherweise. Unbestätigten Quellen zufolge. Das ist es, was unsere Demokratie kaputt macht, Julia. Überall nur Behauptungen und Gerüchte. Aber es kommt im Fernsehen oder es steht im Internet, also muss es auch wahr sein. Zumindest dann, wenn es unserer Seite zugute kommt. Aber wenn es dem Gegner nützt, dann ist es natürlich nur gemeine, verlogene Meinungsmache, nicht wahr?« Zu ihrer Überraschung schaffte er es, sich halb aufzurichten. Eins der Geräte protestierte lauthals, und ein zweites stimmte ein. »Wenn Sie Fakten haben – nicht nur Gerüchte oder vage Ahnungen oder Vermutungen, sondern harte Fakten, echte Beweise –, dann legen Sie sie den Behörden vor. Dem FBI. Der CIA. Ist mir egal, wem.« Erschöpft ließ er sich wieder auf das Kissen sinken. »Aber wenn Sie nichts anderes in der Hand haben als Unterstellungen, anonyme Hinweise und solchen Mist? Dann behalten Sie's für sich und vergessen Sie die Sache. Das ist der gute Rat eines alten Mannes. Sie können ihn kostenlos ignorieren.« Er schloss die Augen.

Eine Schwester kam herein, hantierte an den Geräten herum, maß den Blutdruck und tippte mit einem Stift Notizen in ein Palm. Bay flirtete lustlos mit ihr. Die Schwester lächelte müde. Die Unterbrechung war eine Wohltat, zumindest für Julia, denn sie wusste nicht, was sie sagen sollte. Die Behörden! Natürlich würde Bay auf so eine Idee kommen, schließlich war er selbst lange genug Teil des Machtapparats gewesen. Julia konnte sich noch gut an die Zeiten in Dartmouth erinnern, als die schwarzen Studenten, sie selbst eingeschlossen, alle Angehörigen der dunkelhäutigeren Nation verurteilten, die es zu Macht und Einfluss gebracht hatten. Damals glaubten sie noch an die perfide Theorie, dass allein schon der Erfolg eines Schwarzen im weißen System ein Beweis dafür war, dass er die schwarze Klasse verraten hatte.

Vor allem der Abgeordnete Byron Dennison stand damals im Verdacht, mächtige weiße Hintermänner zu haben, reiche Männer, die seine Karriere unterstützten. Dabei spielte es für seine Kritiker überhaupt keine Rolle, dass dies die einzige Möglichkeit war, wenn man in den Kongress gewählt werden wollte. Aber als Bay jetzt von den Behörden sprach, dachte Julia sofort leicht panisch an Vanessa, deren Beziehung zu Kellen von den Behörden garantiert durchleuchtet werden würde. Außerdem stand Byron Dennison in einem Konflikt, den Julia schon zahllose Male mit ihrem Mann ausgefochten hatte, offenbar auf Lemasters Seite. Das Vertrauen ihres Mannes in die Obrigkeit war im Lauf der Jahre immer wieder Thema von Auseinandersetzungen zwischen ihnen gewesen. Wie so viele, die ihren Status und ihre Privilegien dem schwarzen Amerika verdankten, empfand Julia ein instinktives Misstrauen gegenüber dem Regierungsapparat. Vielleicht war das der Einfluss der verrückten Mona geschuldet, die unermüdlich ihren zahlreichen Bewunderern predigte, die Vereinigten Staaten seien die Quelle der meisten Übel auf der Welt. Oder es war dem Einfluss der Public-Relations-Branche zuzuschreiben, ein Berufsfeld, für das sich Julia in einem ihrer vielen früheren Leben einmal interessiert hatte. Oder vielleicht – was Lemmie am liebsten vorbrachte, auch wenn er sie damit sehr verletzte – lag es daran, dass Julia sich wegen ihrer eigenen Schicksalsschläge mit den verarmten und deklassierten Schwarzen identifizierte, mit denen sie allerdings weder als Kind in New Hampshire noch seither sonderlich in Kontakt gekommen war.

Als die Schwester gegangen war, legte Byron Dennison sich schwer atmend wieder zurück.

»Bay?«

»Bin noch da.«

Julia fuhr sich über die Lippen und wünschte, sie könnte etwas gegen ihren trockenen Hals tun. »Das Problem ist, ich kann mich nicht an die Behörden wenden, Bay. Ich kann nicht.« Ihr versagte für einen Moment beinahe die Stimme. »Tut mir leid.«

»Ihr Problem, nicht meins. Ich sagte ja, ignorieren Sie meinen Rat, wenn Sie wollen.« Sein Husten klang krächzend und wesentlich besorgniserregender als vorhin. »Ich will Ihnen noch ein Geheimnis verraten. Wenn Vanessa Ihnen nicht sagen will, wo sie war, tja, dann wird sie ihre Gründe haben. Kluges Mädchen. Hab sie immer gemocht. Dann ist sie eben ein bisschen von der Bahn gekommen. Das passiert manchmal bei Hochbegabten. Und Ihre Vanessa hat ein enormes Potenzial. Gute Gene. Egal. Hören Sie nicht auf mich. Ich bin müde.«

»Bay –«

»Pscht. Ich schlafe.«

»Nein, Sie schlafen nicht.«

Er lächelte, die Augen immer noch fest geschlossen. »Wo habt ihr sie gefunden? In einer Disco?«

»Der Leiter des Campus-Sicherheitsdienstes hat sie gefunden. In einem Club. Ihre Freundin Smith – Janine Goldsmith – hat sie an der Kirche abgeholt und zum Bahnhof gefahren. Vanessa war in New York. Wo, will sie uns nicht sagen. Angeblich hat sie etwas gesucht, das sie nicht gefunden hat, aber sie verrät uns nicht, was sie gesucht hat. Sie ist mit dem Zug zurückgekommen und hat sich von einem Taxi zu diesem Club –«

»Vielleicht brauchte sie einfach mal Abwechslung.«

»Vielleicht.« Julia holte tief Luft. Sie hatte vollkommen die Beherrschung verloren, ebenso wie Lemaster, allerdings nicht gegenüber Vanessa, sondern gegenüber Dr. Brady. Lemaster war entschlossen, so bald wie möglich einen anderen Therapeuten für Vanessa zu suchen. »Aber das glaube ich nicht. Ich glaube, es hatte etwas zu tun mit – ach, egal. Jedenfalls hat Vanessa vorerst Stubenarrest. Sie darf Janine nicht besuchen, nicht mit ihr sprechen, ihr keine Messages schicken, nichts.« Julia brach ab, denn das Zimmer begann zu schwanken, die Geräte dröhnten ihr in den Ohren. Vielleicht hörte sie auch nur das Rauschen ihres eigenen Blutes. »Bruce Vallely hat sie in diesem Club gefunden, wo sie mit Männern getanzt hat, die doppelt so alt waren wie sie. Sie hat gesagt, sie wollte bloß ein bisschen Spaß haben, bevor sie zu alt dafür wird. Den Spaß, den Gina nie haben konnte.« Wieder brauchte sie einen Augenblick, um sich zu sammeln, als ihr einfiel, wie Vanessa immer wieder nur gesagt hatte, sie habe keine andere Wahl gehabt. »Ach ja, und auch wenn sie nichts getrunken hat, hätte man sie außerdem überhaupt nicht in den Club lassen dürfen, weil sie unter achtzehn ist. Es würde mich nicht wundern, wenn Lemaster inzwischen dafür gesorgt hat, dass dem Club die Schanklizenz entzogen wurde.«

»Richtig so.«

»Das haben Sie ihm beigebracht, nicht wahr?«

»Was?«

»Wie und wann man seine Macht einsetzt.«

Das gesunde Auge öffnete sich. Schweiß glänzte auf dem aschfahlen Gesicht. »Das habe ich ihnen allen beigebracht. Ich habe ihnen gesagt, setzt eure Macht ein, wo ihr könnt. Werdet reich. Unterstützt die Armen. Alles okay. Aber wichtig ist, dass man nicht aufhört, seine Macht einzusetzen. Wenn man sie ungenutzt lässt, schnappt sie sich ein anderer. Macht muss eingesetzt werden, oder sie existiert nicht.« Er hustete. »Wenn man Macht richtig einsetzt, dann halten die anderen einen auch für mächtig und sie gewöhnen sich daran, das zu tun, was man von ihnen verlangt. Und so bekommt man noch mehr Macht. Nur für die Gerechtigkeit darf man Macht nicht einsetzen. Menschen sind real. Gerechtigkeit ist abstrakt. Abstrakt wird es, wenn das Töten losgeht.«

Julia, die Empirikerin, verabscheute Abstraktionen. Es war einer der Gründe, warum sie, seit sie an der Theologischen Fakultät arbeitete, kaum je einen Seminarraum betreten hatte. Sie hielt es kaum aus, während sie dem alten Mann zuhörte, und biss nervös auf ihrer Lippe. »Bay, da gibt es noch etwas, um das ich –«

»Ich erzähle Little Master schon nicht, worüber wir gesprochen haben. Das habe ich nicht vergessen.«

»Es tut mir leid, dass ich Sie in diese Lage bringe, Bay. Ausgerechnet jetzt.«

»Ich bin der Hüter vieler Geheimnisse, Julia. Damit verdienen Leute wie ich unseren Lebensunterhalt. Wir hüten Geheimnisse.« Er röchelte. »Ich bin ein Auslaufmodell. Mir hat man beigebracht, dass man seine Geheimnisse mit ins Grab nimmt. Wenn man den Leuten heutzutage ein Geheimnis anvertraut, dann überlegen die doch bloß, welchen Journalisten sie als Ersten anrufen sollen. Keine Integrität mehr. Kein Ehrgefühl. Und es gibt weiß Gott keine Loyalität mehr. Die Leute können ihren Mund nicht mehr halten. Die wollen doch alle nur noch ihren Namen in der Zeitung lesen, selbst wenn da nur ›anonyme Quelle‹ oder ›jemand aus dem näheren Umfeld‹ steht. Und die Journalisten sind genauso schlimm. Die zäumen doch den Gaul von hinten auf. Wenn jemand namentlich nicht genannt werden will, dann ist das für die Journaille heutzutage ein Beweis, dass er die Wahrheit sagt. Als würde ein ehrbarer Mann das Vertrauen seiner

Kollegen missbrauchen. Tut mir leid. Ende des Vortrags. Vergessen Sie einfach mein Geschwätz.«

Sie hatte kaum mitbekommen, was er gesagt hatte. »Es ist nur, weil Lemaster zurzeit sehr viel ... Nun, er hat sehr viel um die Ohren. Ich glaube nicht, dass er verstehen würde, warum ich das tun muss.«

Ein leises, mühsames Wiehern. »Keine Sorge, Julia, ich verstehe Sie. Und jetzt hören Sie mir gut zu. Hören Sie mir zu?«

»Selbstverständlich.« Sie drückte seine Hand, weil sie sich plötzlich nicht mehr sicher war, ob er sie sehen konnte.

»Ich an Ihrer Stelle? Wissen Sie, was mich interessieren würde?«

»Was?«

»Nicht, *wo* mein kleines Mädchen all diese Stunden in New York gewesen ist, würde mich interessieren, sondern *warum* sie überhaupt nach New York ist. Die Kleine ist klug, das sag ich Ihnen. Und genauso zielstrebig wie ihre Mutter. Ich frage mich, ob sie vielleicht –«

Das Auge fiel wieder zu, und er schlief ein.

· II ·

»Was genau hat Kellen Ihnen über seine schwarze Dame erzählt?«, fragte Julia. Sie saß mit Mary in einem Restaurant in Cambridge, auf der anderen Seite des Platzes, wo das Inn at Harvard lag, in dem Julia übernachtete. Sie hatte vergeblich versucht, Preston zu erreichen, dann hatte sie im Hotel eingecheckt, um in seiner Nähe zu sein. Allerdings fürchtete sie, dass er, solange sie in Cambrigde war, nicht ans Telefon gehen würde. »Bis zu seiner Verhaftung hat Tony Tice sich bei den Sisterladys umgehört. Anscheinend nimmt er an, dass eine von uns die schwarze Dame ist.«

Mary stocherte in ihrem Rucolasalat mit gegrillter Hähnchenbrust herum. Das Gericht stand nicht auf der Speisekarte, aber sie hatte den Kellner so lange bezirzt, bis er es möglich gemacht hatte. Wie viele starke Raucher achtete sie auf eine gesunde Ernährung. Die tobenden Studenten am Nebentisch erzeugten eine verlässliche Geräuschkulisse. Mary hatte Julia versichert, dass man sich inmitten einer lärmenden Menschenmenge am besten ungestört unterhalten könne.

»Nur dass die schwarze Dame ihm bei seinen Nachforschungen geholfen hat. Ach ja, und sie war eine Verflossene.« Sie lächelte verkniffen. »Keine Sorge, Ihre Vanessa kann es nicht sein, denn Kellen meinte, die schwarze Dame sei schon lange im Spiel und habe schon eine Menge erlebt.«

Julia kaute nachdenklich an ihrem durchgeweichten Hamburger. »Dachten Sie deshalb, ich wäre die schwarze Dame? Weil ich eine Verflossene von Kellen bin?«

»Es sei denn, er hat noch eine andere Sisterlady gefickt.« Sie bemerkte Julias Gesichtsausdruck. »Sorry. Ich bin manchmal ein bisschen direkt.«

»Das kann man wohl sagen.«

Mary nahm ein Rucolablättchen auf ihre Gabel, überlegte es sich anders und tat es zurück auf den Teller. »Aber dann bin ich zu dem Schluss gekommen, dass ich falsch liege. Die schwarze Dame, die ihm bei seinen Nachforschungen behilflich war, und die Ex-Freundin aus New York, die das Bestandsrisiko für ihn übernehmen sollte, mussten zwei verschiedene Frauen sein.«

»Eine seiner Verflossenen«, sagte Julia, in deren Kopf sich langsam eine Idee formte, von der sie Mary aber nichts erzählen wollte. »Und jetzt sagen Sie mir noch, welche Verbindung zwischen Tice und Kellen bestand«, verlangte sie.

»Sie lassen ziemlich die Chefin raushängen, wissen Sie das?«

»Das ist erst der Anfang«, erwiderte Julia, der ihr neues Ich, das ihrem früheren Ich wesentlich mehr ähnelte als die Person, die Tisch und Bett mit Lemaster teilte, immer besser gefiel. Von Katzengold konnte keine Rede mehr sein. Sie war wieder der Schatz von einst.

»Tja, ich weiß nur, was Kellen mir erzählt hat. Tony hatte einen Mandanten, der ein Gebot auf den Mehrertrag machen wollte. Ich hatte den Eindruck, dass dieser Mandant eine eher zwielichtige Gestalt war, aber wenn Kellen wirklich beweisen konnte, was er beweisen wollte, dann hätte das ja gepasst, nicht wahr?«

»Ich hab gehört, Tony Tices Mandaten sind Mafiosi oder Terroristen und –«

»Oder eine Gruppe texanischer Ölmagnaten oder Softwaremilliardäre aus Silicon Valley. Die sind mindestens genauso gefährlich, Julia. Und genauso korrupt.« Mary meinte es absolut ernst. »Lassen Sie sich von willkürlichen Bezeichnungen wie legal und illegal nicht täuschen. Egal, wer seine Mandanten sind, jeder, der bereit ist, für den Mehrertrag zu zahlen, ist gefährlich.« Sie stocherte in ihrem Salat und fand tatsächlich einen Pilz, der ihr zusagte. »Ich meine, irgendjemand hat Kellen ermordet. Vielleicht auch Ihren Freund Boris. Und weiß Gott, wen sonst noch alles.«

Julia nickte, obwohl sie Mary nicht zustimmte. Sie schob sich eine der Pommes frites in den Mund. Beim Frisör und in Kwame Kennerlys Radiosendung hatte sie schon die wildesten Verschwörungstheorien gehört, und dabei konnte man leicht vergessen, dass auch Weiße allem möglichen Blödsinn Glauben schenkten.

»Ist Tony an Kellen herangetreten, oder war es umgekehrt?«

»Gute Frage. Genau das habe ich Kellen auch gefragt. Leider hat er es mir nie gesagt«, sagte Mary und schob ihren Salatteller weg. »Kellen hat vorgehabt, seinen Bestand zu versteigern. Eine ›All-Pay-Auktion‹ hat er es genannt. Wissen Sie, was das bedeutet? Ich musste es erst nachschlagen. Das ist eine Versteigerung, bei der jeder sein Gebot zahlt, egal, ob er den Zuschlag bekommt oder nicht.«

»Aber warum sollte das jemand tun? Das ist doch verrückt.«

»Nein, das ist es nicht, wenn man es sich genau überlegt. Weil die Leute wissen, dass sie ihr Geld verlieren, wenn ihr Gebot nicht das Höchste ist, bieten sie weniger. Wenn man also abschätzen kann, wie viel die anderen bieten werden, kann man bei einer solchen Auktion einen Gegenstand für wesentlich weniger ersteigern als bei einer normalen Auktion. Das eigentlich Verrückte an dem Plan war, dass Kellen tatsächlich geglaubt hat, er könnte die Sache geheim halten, nachdem er seine Fühler ausgestreckt hatte. Sind Sie fertig?«

Julia grinste. Sie hatte verstanden. Fünf Minuten später schlenderten sie durch die kalte Nachtluft über den Harvard Yard. Die meisten Türen waren schon für die Nacht verschlossen, und die Fenster in den mächtigen georgianischen Studentenwohnheimen waren hell erleuchtet. Mary war bereits bei ihrer zweiten Zigarette.

»Ich habe mich noch ein paar Mal mit Bruce Vallely getroffen«, sagte Julia. »Trevor Land hat mir den Tipp gegeben. Und wissen Sie was? Der Mann ist gar nicht so übel. Er ist ein bisschen schwerfällig, aber im Grunde wirklich nett.«

»Ah, was hör ich da?«

Julia stieß sie in die Rippen. »Lassen Sie das. Er hat mir sogar ein paar brauchbare Informationen gegeben. Damit habe ich immerhin eine Art Chronologie der Ereignisse aufstellen können.«

»Na, dann lassen Sie mal hören.«

»Am Abend ihres Todes wurde Gina gesehen, wie sie sich mit DeShaun unterhalten hat. Okay. Und jetzt kommt's. Eine Zeugin – eine Lehrerin – hat ausgesagt, dass sie Gina noch lebend gesehen hat, nachdem sie angeblich zu DeShaun ins Auto gestiegen war. Später hat sie ihre Aussage geändert und behauptet, sie hätte sich geirrt.« Julia fröstelte. »Aber laut Mitch Huebner hat die Lehrerin Gina nicht nur gesehen. Sie hat Gina ins Haus gelassen und ihr gestattet, das Telefon zu benutzen. Eine halbe Stunde später hat ein Sportwagen mit zwei jungen Männern vor dem Haus gehalten. Einer der Männer ist ausgestiegen, Gina hat sich mit ihm gestritten, aber dann sind sie zu dritt losgefahren. Und das war's.«

Eine Weile gingen sie schweigend nebeneinander her. Dann sprach Julia weiter.

»Also – wer waren die beiden Jungen? Mitch Huebner sagt, Gina habe einen Freund gehabt, den sie heimlich traf. Und Bruce sagt, Jock Hillimans Jaguar hätte in der Nacht einen Unfall mit Totalschaden gehabt. Jock selbst hat zugegeben, dass es seine Spezialität war, die Töchter von Professoren zu verführen. Damals war so etwas noch viel riskanter als heute. Das hat sich nicht jeder getraut. Ich würde vermuten, dass Jock Ginas Freund war.«

»Und Mal Whisted war ein Freund der Familie.«

»Was nicht ausschließt, dass Scrunchy im Auto saß. Wir wissen nicht, welche beiden es waren.« Sie biss auf ihre Lippe. »Theoretisch hätte auch jemand mit Jock in dem Auto sitzen können, an den wir noch nicht gedacht haben.«

»Aber das glauben wir beide nicht.« Jetzt war Mary an der

Reihe. »Ich habe Ihnen ja gesagt, dass ich einen Zeugen aufgetrieben habe. Einen Mann, der mit dem Präsidenten zusammen studiert hat und bereit ist, unter seinem Namen auszusagen. Er lebt im Mittleren Westen. Er schwört, dass Scrunchy an dem Abend auf einer Studentenverbindungsparty war, wo er sich betrunken hat und auf dem Sofa eingeschlafen ist. Er hat die ganze Nacht dort geschlafen. Der Typ sagt, er erinnert sich deswegen daran, weil es eine Valentinstagsparty war und weil Scrunchy eine Frau mitgebracht hat, die dann mit einem anderen abgezogen ist. Scrunchy sei daraufhin ganz rührselig geworden. Wenn der Kerl also die Wahrheit sagt, dann kann Scrunchy an dem Abend nicht bei Jock im Auto gesessen haben.«

»Das passt zu gut«, sagte Julia.

»Allerdings. Der Zeuge taucht just in dem Moment auf, wenn wir ihn brauchen.« Mary stieß eine Rauchwolke aus. »Trotzdem, der Mann hat sich nicht an mich gewandt, sondern ich habe ihn aufgestöbert. Ich weiß nicht, Julia. Es klingt eigentlich nicht so, als hätte er sich das alles ausgedacht.«

»Hat er wirklich das Wort *rührselig* gebraucht?«

»Was spielt das für eine Rolle?«

»Vielleicht habe ich ja Vorurteile, aber ich kann mir vorstellen, dass ein ehemaliger Verbindungsbruder so ein Wort benutzen würde.« Der Schnee knirschte weich unter Julias Stiefeln. »Und, übrigens, wie viele von Scrunchys Verbindungsbrüdern haben Sie angerufen, bis Sie an einen geraten sind, der bereit war auszupacken?«

Mary lächelte. »Und ich dachte, ich wäre diejenige mit den Verschwörungstheorien.« Sie ging zum nächsten Thema über. »Ich habe versucht, jemanden aus der Familie Hilliman zum Reden zu bringen. Aber die sind extrem zurückgezogen, und sie werden vollständig abgeschottet von einer Armee aus Anwälten und Leibwächtern, da ist kein Durchkommen. Ich habe mit einem Freund gesprochen, der ein Buch über die Familie geschrieben hat, und er meinte, er hätte auch keine brauchbaren Insiderinformationen. Ich glaube nicht, dass die Hillimans uns viel nützen werden.« Sie zögerte. »Aber ich habe etwas über Ihren Freund rausgefunden. Ist ja gut, regen Sie sich ab. Ich meine Bruce Vallely. Als er bei den Special Forces in Mittelamerika war, hat er irgendeinen armen CIA-Mann halb totgeschlagen, weil die CIA einen Informanten nicht rausholen wollte, der auf der Abschussliste der Todesschwadronen stand. Dieser Bruce Vallely hat einen ausgesprochenen Beschützerinstinkt.«

»Hm.« Julia war sich nicht sicher, was sie davon halten sollte. Sie warf einen Blick über ihre Schulter. Sie fühlte sich beobachtet. »Haben Sie das vor ein paar Wochen ernst gemeint, dass es sein könnte, dass ich beschattet werde?«

»Klar.«

»Aber wie kommen Sie darauf?«

Die Zigarettenspitze leuchtete rötlich auf, als Mary inhalierte. »Nur so ein Gefühl. Wenn man viel mit Leuten zu tun hat, die mit Observierungen ihren Lebensunterhalt verdienen – und ich habe dauernd mit solchen Leuten zu tun –, dann kriegt man ein Gefühl dafür. Ich bin mehrmals in Ihrer Nähe gewesen, sogar in Harbor County, und Sie haben mich nie bemerkt. Ich glaube nicht, dass ich die Einzige bin. Ein paar hohe Tiere sind ziemlich nervös wegen Kellens Aktivitäten. Sehr mächtige Leute. Und die wollen wissen, was Sie vorhaben, Julia.«

»Letzte Woche in Tyler's Landing hatte ich das Gefühl, dass mir ein Auto hinterherfährt.«

»Würde mich nicht wundern.«

»Und das Rechenzentrum hat jede Menge von dieser Profi-Spyware auf meinem Computer gefunden –«

»Das bestätigt doch, was ich sage, nicht wahr? Mächtige Leute, Julia.«

»Haben Sie eine Ahnung, wer es sein könnte?«

»Ich arbeite dran.«

»Werden wir im Moment beschattet?«

»Ich glaube nicht. Man kann nie wissen, aber ich glaube es nicht.« Diesmal blies sie den Rauch durch die Nase. »Eine Universität ist ein äußerst schwieriges Terrain für Observierungen, sagen meine Freunde, die in dem Geschäft tätig sind. Herumsitzende Studenten, die nichts tun, fallen nicht weiter auf. Erwachsene schon. Wenn Erwachsene sich auf dem Campus aufhalten, dann gehen sie zielstrebig irgendwohin. Die Unis gehören heutzutage den Studenten.«

»Das will ich doch hoffen.«

»Was Ihre Eskapade letzten Monat betrifft«, sagte Mary mit einem Lächeln. »Das war echt verwegen. In den Keller der Theologischen Fakultät einzubrechen. Aber wissen Sie, Julia, wahrscheinlich haben Sie überall Ihre Fingerabdrücke hinterlassen.«

»Das habe ich mir alles genau überlegt. Ich glaube, es macht nichts. Es kann tausend gute Gründe geben, warum meine Fingerabdrücke in der Bibliothek zu finden sind.«

»An einem vergitterten Fenster zweieinhalb Meter über dem Boden?«

»Okay, ich hab's mir nicht genau überlegt.« Der Zigarettenrauch kitzelte in ihrer Nase und weckte alte Gelüste. Sie war entschlossen, der Versuchung zu widerstehen. Studenten waren in kleinen Gruppen unterwegs und hatten ihre Kapuzen gegen den Wind hochgeschlagen. Aber Julia stammte aus New Hampshire und Mary aus Maine, und beide hätten niemals zugegeben, dass ihnen die Kälte etwas ausmachte. »Das eigentlich Blöde ist, dass ich ohnehin falsch gelegen habe.«

»Falsch gelegen?«

»Also, ich habe einen Studenten – Joe –, der war mir noch etwas schuldig. Ich wollte also genau wissen, welchen Teil der Joule-Sammlung Kellen sich angesehen hatte, aber der Archivar war schon argwöhnisch. Der Mann kann mich sowieso nicht ausstehen. Deswegen habe ich Joe die Signaturen gegeben und ihn gebeten, in die Bibliothek zu gehen und so zu tun, als bräuchte er die Unterlagen für seine eigenen Recherchen. Und das hat er auch getan.«

Sie machten am Ende einer Sackgasse kehrt. Julia hatte das Gefühl, dass Mary sie absichtlich hierher geführt hatte, um sicherzugehen, dass sie tatsächlich nicht beschattet wurden. Vom anderen Ende des Harvard Yard waren aufgebrachte Stimmen zu hören, ein Pärchen, das zumindest für den Moment im Streit auseinanderging. In Dartmouth hatten sie und Kellen sich einige solcher Schreiduelle mitten auf dem Campus geliefert. Danach waren sie immer schnurstracks zurück ins Bett gegangen, um sich zu beweisen, wie wütend sie aufeinander waren.

»Das war klug«, sagte Mary. »Ich meine, einen Studenten vorzuschicken. Und, was haben die Signaturen zutage gefördert?«

»Überhaupt nichts. Das war ja das Merkwürdige. Kellen hatte auf jeden Ausleihzettel geschrieben: ›Merrill Joule Sammlung‹, aber keine einzige Signatur hat mit denen aus der Sammlung übereingestimmt. Joe hat sich gewundert und Mrs Bethe, die Assistentin des Archivars, gefragt, ob sie ihm sagen könne, zu welchen Dokumenten die Signaturen gehörten. Aber sie hat sich geweigert, ihm Auskunft zu geben. Das verstoße gegen die Vorschriften, er müsse erwiesenermaßen an einem Forschungsprojekt arbeiten, um Archivakten einsehen zu können, und eine Liste mit Signaturen sei kein Nachweis.«

»Die scheint ja ein richtiges Herzchen zu sein. Auch eine?« Sie hielt Julia ihre Zigarettenschachtel hin. Süchtige wollen nie allein leiden.

Es fiel Julia nicht leicht abzulehnen. »Sie und Rod Rutherford – das ist der Archivar – hüten diese Magazine, als sollte niemand wissen, was sich darin befindet. Rod gibt wahrscheinlich genauso viel Geld für die Sicherheitsvorkehrungen aus wie für neue Bücher.« Sie blieben beide gleichzeitig stehen. »Denken Sie auch, was ich denke?«

»Zusätzliche Schlösser«, sagte Mary, »Alarmanlagen, vergitterte Fenster und Mitarbeiter, die jedem misstrauen, sich verbissen an die Vorschriften halten und sich ein Dutzend Formulare unterschreiben lassen, falls sie einem schließlich doch einmal Zugang gewähren.«

»Der perfekte Ort, um etwas zu verstecken, was niemand finden soll«, sagte Julia.

»Wie zum Beispiel Seiten aus Arnold Huebners Tagebuch. Und was sonst noch Teil des Mehrertrags ist.«

»Perfekt«, sagte Julia noch einmal. Sie überlegte. »Das Problem ist nur, dass wir da nicht reinkommen.«

»Wir nicht. Aber Sie.«

»Und wie stellen Sie sich das vor?«

»Keine Ahnung. Aber Ihnen fällt schon was ein, keine Sorge. In den vergangenen Wochen haben Sie schon einige geniale Ideen aus dem Hut gezaubert. Dafür finden Sie auch noch eine Lösung, da bin ich mir ganz sicher.«

Julia hatte ihre Zweifel, sagte aber nichts. »Und wenn ich drin bin, wonach suche ich dann?«

»Das überlasse ich ebenfalls Ihnen.«

»Vielen Dank auch.«

»Im Ernst. Kellen hat die Hinweise für Sie hinterlassen. Nicht für mich, nicht für Tony und auch für sonst niemanden. Die Hinweise sind ganz speziell für Sie, Julia, und nur Sie können sie finden und verstehen.«

Julia stemmte die Hände in die Hüften. »Und was werden Sie tun, während ich meinen Kopf riskiere, mich ins Kepler-Archiv schleiche und sämtliche zehntausend oder was weiß ich wie viele Bände da unten nach ein paar losen Blättern aus einem Tagebuch durchsuche?«

»Recherchieren. Leute befragen. Berichte schreiben.«

»Anders ausgedrückt: Nichts.«

»Ich arbeite schon fleißig am Exposé für mein Buch.«

»Ich meine, was werden Sie für *mich* tun?«

Mary setzte ein unschuldiges Gesicht auf und legte einen Finger an ihr Kinn. »Also, in der Highschool war ich bei den Cheerleadern.« Sie lachte in die winterliche Nacht. »Go, Julia, go!«

Kapitel 41
Dunkle Materie

· I ·

Julia hatte Mary nicht alles gesagt. Nachdem sie sich verabschiedet hatten, fuhr sie durch die engen Seitenstraßen von Cambridge zu dem Haus, in dem ihr Sohn wohnte, und parkte drei Straßen weiter in einem schrägen Winkel halb auf dem Gehsteig, denn keine Lücke war groß genug für den Escalade. Da Preston ihr wahrscheinlich nicht aufmachen würde, wenn sie an der Haustür klingelte, wartete sie vor dem niedrigen Gebäude, bis ein paar Studenten herauskamen und sie durch die Tür schlüpfen konnte, die einer von ihnen ihr höflicherweise aufhielt. Im dritten Stock hörte sie streitende Stimmen aus Prestons Apartment. Sie klopfte trotzdem an, laut genug, um das Geschrei zu übertönen. Die Tür wurde aufgerissen, und eine etwa zwanzigjährige Frau mit verheulten Augen fuhr sie an: »Ja?«

Dann stand Preston da, klein und kompakt, ein unangreifbar gescheiter junger Mann, der niemanden brauchte, am allerwenigsten eine Mutter oder eine heulende Freundin. »Tja«, sagte er. Dann, zu seiner Freundin: »Ob du's glaubst oder nicht, diese scharfe Braut hier ist meine Mutter.« Alle warteten darauf, dass jemand etwas sagte. »Komm schon rein.«

Wohnzimmer und Küche waren unaufgeräumt und schmutzig, den Rest der Wohnung durfte Julia nicht besichtigen. »Megan ist keine besonders gute Haushälterin. Doch was will man schon erwarten? Sie ist Historikerin, keine Naturwissenschaftlerin.« Er hatte das umwerfende Lächeln seines Vaters, aber seine Augen waren so kalt wie der neuenglische Winter. »Ach ja, beinahe hätte ich's vergessen. Du bist ja auch keine Naturwissenschaftlerin, oder, Ma? Du bist *Biologin.* Eine Bio-*Theologin.*«

Sie saßen einander an einem wackeligen Tisch gegenüber. Megan setzte ihnen Kaffee und trockene Croissants vor, dann verzog sie sich. Julia versuchte, ein bisschen Small Talk zu machen, sagte ihrem Sohn sogar, wie sehr er ihr fehlte, aber ein Gespräch schien für Preston eine Gunst zu sein, die er nur Menschen erwies, die er als gleichwertig erachtete. In seiner Gegenwart fühlte Julia sich unsicher, regelrecht minderwertig. Mary Mallard hätte sie nicht wiedererkannt.

»Was willst du, Ma? Du bist doch nicht bloß hergekommen, um ein bisschen mit mir zu quatschen. Du hättest ja vorher anrufen können, dann hätte ich dir gleich gesagt, spar dir die Mühe.«

»Hasst du mich so sehr?«

»Ich hasse *dich* überhaupt nicht«, erwiderte er so scharf, dass Julia nicht missverstehen konnte, wen er wirklich hasste.

»Worum geht es, Preston? Warum bist du so wütend auf deinen Vater?«

»Was willst du hier, Ma?«

Julia spürte, dass ihrem Sohn die Situation ebenso unangenehm war wie ihr. Sie fanden keinen Zugang mehr zueinander, waren sich fremd geworden. Julia musste daran denken, wie er als kleiner Junge ihre Umarmungen geliebt hatte wenn er wieder etwas Neues, Wunderbares problemlos geschafft hatte. Alle hatten gesagt, Preston würde immer mehr an seiner Mutter und Vanessa mehr an ihrem Vater hängen. Wie die meisten Voraussagen, die Erwachsene über Kinder machen, hatte sich auch diese als falsch erwiesen.

Sie sagte: »Hat dein Vater jemals mit dir über seinen Club gesprochen? Die Empyreals? Vielleicht darüber, dass du sein … nun, dass du sein Nachfolger werden sollst?«

»Na klar.« Sein Interesse war geweckt, aber er wartete darauf, dass sie eine bessere Karte ausspielte. »Wie ein Feudalherr mit seinem erstgeborenen Sohn. Das Erstgeburtsrecht.«

»Und du hast abgelehnt?«

»Dieser Quatsch interessiert mich nicht. Die alten Familien. Die Tradition. Dieser ganze Schwachsinn.« Megan weinte im Nebenzimmer, doch Preston bekam es gar nicht mit, er war viel zu sehr mit sich beschäftigt. »Ich will hier die dunkle Materie entdecken, und er macht sich Sorgen über die dunkelhäutigere Nation.«

»Dunkle Materie?«

»Der Stoff, aus dem das Universum besteht. Die Berechnungen sagen voraus – na ja, das verstehst du sowieso nicht. Was *willst* du, Ma?«

Julias Herz klopfte. *Das Dunkle materialisiert sich*, hatte Kellen gesagt. »Im Moment möchte ich, dass du mir erklärst, was dunkle Materie ist.«

»Im Ernst?«

Sie nickte.

»Es gibt nicht genug Materie im Universum. Darum geht's. Wir können nur etwa ein Prozent der gesamten Materie und der Energie lokalisieren, die eigentlich da sein müsste. Das geht aus den Gleichungen hervor. Die Schwerkraft, die Hintergrundstrahlung – nichts stimmt. Und diese andere Materie, die, die wir nicht finden können, nennt man dunkle Materie. Früher hat man angenommen, es müssten erloschene Sterne sein oder vielleicht Neutrinos, aber diese Theorien sind längst widerlegt. Ein paar Physiker behaupten zwar, das sei alles nur ein Mythos, aber die meisten von uns sind davon überzeugt, dass es diese Materie wirklich gibt. Sie befindet sich irgendwo da draußen im All oder vielleicht sind wir auch von ihr durchdrungen …« Jetzt, wo er über sein Fachgebiet sprach, war er ganz bei der Sache und ruderte mit den Armen, als würde er Wasser treten. »… und wir können sie bloß nicht entdecken. Verstehst du das Prinzip? Direkt unter der sichtbaren Oberfläche. Wir können sie nicht lokalisieren, aber wir wissen, dass sie da ist. Und der Punkt ist, Ma, dass das Universum, das wir wahrnehmen können, nur einen winzigen Teil der Wirklichkeit darstellt. Es ist so dünn, dass es beinahe eine Illusion ist. Wenn wir die dunkle Materie finden könnten, dann wüssten wir endlich, wie alles zusammenhängt.«

Das musste es sein. Das hatte Kellen ihr sagen wollen. Die dunkle Materie lag direkt unter der Oberfläche: *Wie alles zusammenhängt*. Und Preston hatte sie ungebeten darauf gebracht. Dunkle Materie. Dunkelhäutigere Nation. Die Empyreals hatten diesen Ausdruck geprägt: *die dunkelhäutigere Nation*. Was für alle deutlich wahrnehmbar herumschwirrte, war Illusion. Die dunkle Materie, die verborgene Hand der Empyreals – das war die geheime Wirklichkeit.

Aber worin bestand diese geheime Wirklichkeit? Was *taten* die Empyreals?

· II ·

Preston konnte es kaum erwarten, dass sie endlich wieder ging. Er sagte, er müsse ins Labor, und vielleicht stimmte das ja sogar. In der Küche klapperte Megan mit dem Geschirr. An der Tür drehte Julia sich noch einmal zu ihrem Sohn um.

»Deine Freundin macht einen netten Eindruck.«

»Sie ist nur ein Zeitvertreib.«

Julia zuckte innerlich zusammen. »Du fehlst mir«, sagte sie. »Du fehlst uns allen.«

»Ich bin wirklich gerührt, Ma.«

Ein weiterer Fehlschlag. Sie versuchte es noch einmal. »Du sagst, du hasst mich nicht. Heißt das, dass du deinen Vater hasst?«

In seinen Zügen zeigte sich deutlich eine unerbittliche Feindseligkeit. Er wollte schon etwas sagen, aber er war ebenso diszipliniert wie sein Vater und wartete lieber ab, bis er wusste, was sie vorhatte, ehe er dagegen argumentierte. Genauso hatte er damals seine Gegner aus der Reserve gelockt, als er bei den amerikanischen Jugend-Schachmeisterschaften den dritten Platz belegte. »Ich muss los«, sagte er.

»Kommst du deswegen nie nach Hause, Preston? Wegen der Dinge, die dein Vater dir über die Empyreals erzählt hat?« Sie schluckte, schloss die Augen und wagte den Sprung. »Was hat er dir erzählt?«

»Nein, Ma. Das ist nicht der Grund.«

»Was dann? Warum befehdet ihr euch so?«

»Das ist keine Fehde. Wir mögen uns einfach nicht.« Sein Blick sagte ihr, dass das Thema damit beendet war. Julia wusste, dass es zwecklos war, ihn zu drängen: Die Leute sagten, Preston ähnele seiner Mutter, aber diesen entschlossenen Zug um Mund und Augen, dieses *ich-habe-gesprochen*, das hatte er eindeutig von Lemaster.

»In Ordnung, Preston. Ist schon okay.« Wahrscheinlich würde keines ihrer Kinder ihr jemals wieder etwas anvertrauen.

»Übrigens, wie geht's Nessa?«, fragte ihr Sohn etwas versöhnlicher. »Wie verkraftet sie diesen ganzen Zirkus um Gina?«

»Sie ist erstaunlich zäh, wenn man bedenkt –« Sie schlug sich die Hand vor den Mund. Beinahe wäre ihr entgangen, dass er sich verplappert hatte. »Welcher Zirkus um Gina? Was weißt du darüber, Preston?«

»Ich will nur wissen, ob es ihr gut geht. Nachdem sie neulich abgehauen ist und so.«

»Wer hat dir das erzählt? Und woher weißt du, dass es etwas mit Gina zu tun hat?« Julia beantwortete ihre Frage selbst. »Vanessa hat es dir erzählt, stimmt's? Du meldest dich nie, aber du weißt Bescheid über Vanessa. Sie hat dich nicht angerufen, das würde auf der Telefonrechnung erscheinen.« Sie musste daran denken, wie Vanessa an dem Abend, als Smith bei ihr übernachtet hatte, hastig ihre Instant Messages weggeklickt hatte, als ihre Mutter an der Zimmertür erschienen war. »Na schön, du stehst in Kontakt mit ihr. Sie erzählt dir von sich. Und – und du erzählst ihr auch so manches, nicht wahr?«

»Ich liebe meine Schwester«, erwiderte er ausweichend.

»Ja, das glaube ich dir. Das glaube ich dir aufs Wort.« Julia war sauer. Auf sich selbst. Wie eine Idiotin kam sie sich vor, weil sie es nicht eher kapiert hatte. *Er hat mir gesagt, ich soll versuchen …*, das waren Vanessas Worte gewesen. »Dieser Zirkus um Gina – so hast du es doch eben genannt. Aber du hast vergessen zu erwähnen, dass Gina von Anfang an deine Idee gewesen ist. Vor einem Jahr hatte Vanessa noch ein anderes Thema für ihre Arbeit. Und dann, einen Monat später verkündet sie plötzlich, sie will rausfinden, was mit Gina passiert ist. Und wer außer dir könnte sie wohl auf diese neue Idee gebracht haben?« Ihr Sohn sagte nichts. »Was ist passiert, Preston? Aus irgendeinem Grund hast du selbst das Thema fallen lassen, aber deine Schwester darauf angesetzt. Was ist passiert?«

»Es war einfach ein interessantes Thema, Ma. Das ist alles.«

»Nein, Preston. Das ist nicht alles. Du bist genau wie dein Vater. Du tust nie etwas einfach nur aus einer Laune heraus. Du hast für alles einen Grund.« Sie sah die Ungeduld in seinen attraktiven Gesichtszügen. »Warum hast du deiner Schwester geraten, das Thema für ihre Abschlussarbeit zu wechseln?« Was sie eigentlich fragen wollte war: *Was geht in deinem Kopf vor?*

»Ich würde nie etwas tun, das Nessa schadet.«

»Ihr schadet? Dass sie so besessen ist von Gina, hat erst angefangen, nachdem du ihr gesagt hast, sie soll ihre Arbeit über sie schreiben! Das ist es, was ihr schadet!«

»Ich glaube, wir haben jetzt genug über Gina geredet, Ma.« Ein jungenhaftes Grinsen. »Wenn du mich jetzt bitte entschuldigen würdest. Ich muss meiner Freundin ein bisschen was vorlügen. Du müsstest doch wissen, wie das ist.«

»Was soll das denn –« Da begriff sie, und einen Moment lang war sie ebenso wütend wie er. »Kellen Zant war hier, stimmt's? Vielleicht hat er dir ein paar alte Geschichten über deine Mutter erzählt. Dann hat er dir dieselbe Frage gestellt wie ich. Und du hast ihm – was gesagt?«

»Dass ich weder an Gespenster noch an den Nikolaus glaube und auch nicht an kleine schwarze Jungs, die praktischerweise genau im richtigen Augenblick auftauchen, um sich die Schuld für den Mord an hübschen weißen Mädchen in die Schuhe schieben zu lassen.«

»Deine Schwester scheint davon überzeugt zu sein –«

»Ich hab dir gesagt, wir haben genug über Gina geredet. Kein Wort mehr.« Er atmete tief aus. Julia wusste, dass er ihr nach dem nächsten Zugeständnis nichts mehr sagen würde. »Aber ich will dir mal was über Dad erzählen.«

»Was hat dein Vater damit zu tun, dass –?«

»Es geht nicht um Gina, sondern um die Empyreals. Du wolltest doch wissen, was er zu mir gesagt hat.« Er verlagerte sein Gewicht, schaute kurz auf seine Armbanduhr, dann warf er einen Blick über die Schulter, packte Julia am Arm und zerrte sie in den spärlich beleuchteten Flur. »Du weißt doch, was in der Bibel steht, nicht wahr? Du kennst die Stelle, wo Satan mit Jesus auf den Berg geht und ihm die Königreiche der Erde zeigt und sagt, all das kann er haben, wenn er auf die Knie fällt und den Teufel anbetet?«

Preston machte einen Schritt rückwärts in sein Apartment. »Das ist Lemaster Carlyle, Ma. Das ist dein Mann. Der Teufel.«

»Aber was soll das denn heißen?«

»Genau das, was ich gesagt hab. Er wollte mich mit weltlicher Macht ködern. Was zum Teufel soll ich mit weltlicher Macht? Ich mache hier wichtige Arbeit, Ma. Ich benutze die blauen Horizontal-Ast-Sterne, um die Lyman-Alpha-Absorption in Quasar-Spektren zu studieren.« Aber er machte sich über sie lustig, und sie wussten es beide. »Bitte komm nicht mehr unangemeldet vorbei. Das ist wirklich unhöflich.«

Dann schloss er die Tür.

· III ·

Veazie-Frauen weinten nie, und so stolperte Julia durch die verschneiten Straßen und zwang sich, die neuen Informationen zu verarbeiten, denn mehr würde sie aus Preston nicht herausbekommen. Sie sagte sich, dass es Kellen war, der wollte, dass sie das alles erfuhr. Kellen wollte, dass sie Prestons Geschichte zu hören bekam, und auch wenn ihr noch Einzelheiten fehlten, so wusste sie jetzt zumindest grob, um was es ging. Die Empyreals erwarteten von ihren Mitgliedern, dass sie einen jungen Nachfolger aufbauten, und Lemaster hatte versucht, seinen ältesten Sohn anzuwerben. Aber Preston hatte das schmeichelhafte Angebot ausgeschlagen. Dieses Zerwürfnis war aber nicht der Grund für den Hass, den ihr Sohn seinem Vater entgegenbrachte, sondern eine Folge davon. Hatte Lemaster es danach bei Aaron versucht? Aber Julia hatte ihren jüngeren Sohn auf dem Weg nach Exeter eindringlich befragt und war sich sicher, dass er von nichts wusste.

Nachdem er Preston nicht hatte für sich gewinnen können, hatte Lemaster sich wahrscheinlich an jemanden außerhalb der Familie gewandt.

An einen jungen Schwarzen. Einen Studenten? Einen ehemaligen Praktikanten aus der Kanzlei, bei der Lemaster gearbeitet hatte? Sie schüttelte den Kopf. Es gab zu viele Möglichkeiten, und sie wusste zu wenig.

Dunkle Materie. Die verborgene Kraft im Universum. Lemmie behauptete, die Empyreals seien nichts weiter als ein unbedeutender Harlemer Männerclub. Aurie hatte angedeutet, dass wesentlich mehr dahintersteckte, und jetzt hatte Preston ihr diese Andeutung bestätigt – und implizit hatte auch Kellen gewollt, dass Preston es ihr sagte.

Er wollte mich mit weltlicher Macht ködern.

Macht über was? Was zum Teufel konnten die Empyreals mit Kellens Mehrertrag zu tun haben? Mit den Nachforschungen über Gina Joule?

Wir können sie nicht lokalisieren, aber wir wissen, dass sie existieren muss.

Weißt du was, Preston? Mir geht es genauso wie euch.

Sie war an ihrem Auto vorbei zwei Straßen weiter gelaufen, wahrscheinlich mit Absicht, und als sie sich umdrehte und zurückgehen wollte, sah sie eine Frau hinter sich, die genau in diesem Moment stehen blieb und ihr Handy aus der Tasche holte. Vielleicht nahm sie wirklich einen unerwarteten Anruf entgegen. Vielleicht war sie aber auch Julias deutlicher Spur gefolgt. Oder vielleicht hatte Julia sich von Mary Mallards Paranoia anstecken lassen. Sie zögerte. Aber um zu ihrem Wagen zu gelangen, musste sie in diese Richtung gehen, an der Frau vorbei. Sie ging schneller, auf die Frau zu, die mit gesenktem Kopf vor einem Schaufenster stand und in ihr Handy sprach. Als Julia auf gleicher Höhe mit der Frau war, begegneten sich ihre panischen Blicke.

Julia rang sich ein tapferes Lächeln ab. »Da müssen Sie schon ein bisschen früher aufstehen«, sagte sie im Vorbeigehen.

Verblüfft trat die Frau einen Schritt zurück. Dann wich die Angst aus ihrem Gesicht. Sie griff wieder in ihre Tasche und holte keine Pistole und kein Messer und auch nicht die Rechnung für die Reparatur der Laternen in der Auffahrt hervor, sondern ein paar zerknüllte Dollarnoten.

Sie reichte sie Julia.

»Ich hoffe, das hilft Ihnen ein wenig«, sagte sie, dann wandte sie sich wieder ihrem Telefongespräch zu.

Kapitel 42

Noch ein Strandspaziergang

· I ·

»Ich habe ihm lediglich gesagt«, sagte Lemaster, dem die Verwunderung ins besorgte Gesicht geschrieben stand, »dass Leute wie Byron Dennison ihn bei seiner Karriere unterstützen können. Er hat nur gelacht. So habe ich Preston noch nie lachen hören. Er meinte, diese Leute könnten ihm eh nicht helfen, weil sie keine Ahnung von den Naturwissenschaften hätten. Als ich ihm erklären wollte, dass es darum nicht geht, hat er mir gesagt, er habe kein Interesse an meiner Lebensweise. So hat er sich ausgedrückt. Meine Lebensweise. Was er damit gemeint hat, darüber hat er sich ausgeschwiegen.«

Sie waren in ihrem Mercedes auf dem Heimweg von einer Veranstaltung der Universität: das Begrüßungs-Dinner zur Eröffnung einer Konferenz, auf der ehemalige politische Berater die derzeitige Außenpolitik analysierten. »Du hättest mit mir darüber sprechen sollen«, sagte Julia, die sich mit geschlossenen Augen in ihrem Sitz zurücklehnte. Selbst in ihren Ohren klang ihre Stimme ängstlich. In Tyler's Landing fühlte sie sich wesentlich weniger selbstbewusst, als sie sich Mary Mallard gegenüber gegeben hatte; oder vielleicht lag es daran, dass Mary im Gegensatz zu Lemaster in dieser Sache an sie glaubte. »Was hast du also jetzt vor?« Sie richtete sich auf. »Willst du Aaron anwerben?«

Eine ganze Weile hüllte Lemaster sich in sein typisches Schweigen, während der Mercedes durch den Schneeregen rollte. »Unsere Traditionen schränken mich leider in gewisser Weise ein«, sagte er schließlich. »Im Moment habe ich keinen Protegé.«

Julia wagte einen Versuch. »Aber das macht doch nichts, oder? In ein paar Jahren wird es die Empyreals sowieso nicht mehr geben, nicht wahr?«

»Früher oder später wird es uns alle nicht mehr geben, Jules.«

Zu Hause schlug Vanessa gerade haushoch ihre Tante im Scrabble. Astrid war in der Krise eingesprungen und passte bereitwillig auf ihre Nichte auf. Julia erinnerte ihre Tochter daran, dass am nächsten Tag Schule war, woraufhin Vanessa gelassen erwiderte, eine formale Ausbildung sei Gewohnheit, aber nicht Notwendigkeit. Trotzdem ging sie nach oben auf ihr Zimmer.

»Astrid und ich haben etwas zu besprechen«, sagte Lemaster in einem warnenden Tonfall, worauf Julia erwiderte, sie habe ohnehin vor, früh zu Bett zu gehen. Sie schaute kurz nach Jeannie, dann ging sie ins Schlafzimmer.

Aus dem Badezimmerspiegel blickte sie eine verhärmte Gestalt an. Neue Falten hatten sich in ihr rundes Gesicht eingegraben, oder vielleicht fielen sie ihr auch nur zum ersten Mal auf. Ihre großen Augen erinnerten an die eines verlassenen Kindes. Ihre ehemals weichen Lippen waren rau und wund, die Mundwinkel hingen nach unten, und genauso würden sie bleiben, hatte ihre Mutter ihr früher immer prophezeit, wenn ihr Schatz nicht lächelte. Wahrscheinlich alterte sie wegen der vielen Sorgen schneller, dachte Julia, denn sie fühlte sich völlig ausgelaugt. Einen solchen Anblick hatte sie nur ein einziges Mal im Spiegel gesehen, und das war an dem Abend gewesen, als sie die Tabletten genommen hatte. Sie war damals gerade zwanzig geworden, und noch so unreif gewesen, dass sie dachte, so tiefer Schmerz, wie sie ihn empfand, wäre eine ihr allein vorbehaltene Erfahrung, die niemand anders je erlebt hätte und niemand verstehen könnte.

Am Tag zuvor hatte Julia die verblüffte Iris Feynman im Kepler grundlos angefahren. Nach einer Etatsitzung hatte Iris bemerkt, Julia wirke erschöpft, worauf Julia scharf entgegnet hatte, sie sei es leid, dass jeder von ihr immer ein Lächeln erwartete. Clay Maxwell war eine Stunde später in ihr Büro gekommen und wollte ihr, wie so häufig, Geschichten aus der guten alten Zeit der Theologischen Fakultät erzählen. Julia hatte ihn mit den Worten hinauskomplimentiert, sie habe zu viel zu tun, wobei sie natürlich nicht erwähnte, dass sie den halben Vormittag vor allem damit beschäftigt gewesen war, sich wegen ihrer Unhöflichkeit gegenüber Iris Vorwürfe zu machen. Und dann hatte auch noch die Dekanin angerufen, um sich zu erkundigen, ob Julia sich mit Tony Tice versöhnt habe –

Die Stimmen von unten wurden lauter.

Astrid brüllte herum. Na ja, das war typisch für sie.

»Von nächster Woche an«, murmelte Lemaster später schläfrig, »wird Mr Flew mehr oder weniger den ganzen Tag hier sein.«

»Hier?« Sie schmiegte sich an ihn, wacher, als ihr lieb war. »Du meinst, hier im Haus?«

»Ja.«

»Aber warum, Lemmie?«

»Er soll in meinem Arbeitszimmer Ordnung schaffen. Da müssen jede Menge Akten gesichtet werden. Es ist nur für ein paar Wochen.«

»Na, dann können wir uns ja alle jetzt schon freuen«, sagte Julia und starrte noch lange sorgenvoll in die Dunkelheit.

· II ·

Am nächsten Morgen ging Julia mit Lemasters Cousine am Strand von Tyler's Landing spazieren. Bewusst fuhr sie nicht über die Main Street. Seit ihrer irritierenden Erlebnisse nach dem Tee mit Trevor Land hielt sie sich fern von der Gegend um die Main Street und erledigte zur Überraschung der ganzen Familie ihre Besorgungen in den Niederungen der überfüllten Einkaufszentren an der Route 48. Denn sobald sie an Cookie's Place oder dem Antiquitätenladen oder dem Buchladen vorbeiging, zerbrach sie sich den Kopf darüber, was die Ladenbesitzer an dem Nachmittag bei Vera zu Hause wohl geredet hatten, und ob der Verwaltungschef der Universität sich mit ihnen verbündet hatte. Inzwischen erlebte sie den Winter wie eine Festung, die Tyler's Landing und seine Geheimnisse vor Außenseitern wie ihr schützte. Die Kälte kroch einem in die Knochen und ließ einen langsamer werden, bis man schließlich zum völligen Stillstand kam – es sei denn, man verließ die Stadt. Auch diese Möglichkeit hatte sie tatsächlich in Erwägung gezogen, und sie hatte sogar schon Lemaster gefragt, ob man die Arbeiten an der Präsidentenvilla irgendwie beschleunigen könne.

»Wenn es dir nichts ausmacht, dass das Dach einstürzt«, war sein lapidarer Kommentar.

Aber nicht nur Tyler's Landing war ihr fremd geworden, auf dem Campus fühlte sie sich auch nicht mehr zu Hause. Heute hatte sie sich schon wieder einen Tag freigenommen. Iris Feynman hatte sie kürzlich darauf hingewiesen, dass am Kepler bereits getuschelt werde, Julia nehme sich als Gattin des Universitätspräsidenten zu viele Freiheiten heraus. Claire Alvarez, so Iris, versichere jedem, der sie darauf ansprach, an der Theologischen Fakultät werde niemand dafür bestraft, dass er sich um die Bedürfnisse seiner Familie kümmerte. Aber Clay Maxwell erinnerte Julia in einem Anruf daran, dass die Dekanin immer dann so dick auftrug, wenn sie genau das Gegenteil meinte. Julia ließ ihn wissen, falls jemand ihren Job übernehmen wolle, könne er ihn gerne haben.

Diesmal wurden Julia und ihre Schwiegercousine nicht am Tor zum Strand aufgehalten. Der Strandwächter blickte kaum von seinem Comic auf, wahrscheinlich, weil inzwischen jeder in der Stadt davon gehört hatte, dass sogar der Gattin des Universitätspräsidenten, die in Tyler's Landing wohnte, der Zugang zum Strand verwehrt worden war. Seit einem Monat redete Kwame Kennerly in seiner Radiosendung über den Vorfall, selbstverständlich ohne seine Informationsquelle preiszugeben. Einige in der Stadt hatten Julia im Verdacht, aber so etwas Hinterhältiges würde sie niemals tun, auch wenn sie die Geschichte bereitwillig unter den Sisterladys verbreitet hatte. Falls einige davon beschlossen haben sollten, die Information weiterzugeben, nun, das lag nicht in Julias Hand: Die Sisterladys waren schließlich keine Klatschmäuler.

Astrid, die inzwischen im Washingtoner Büro einer New Yorker Anwaltskanzlei arbeitete, erklärte Julia im Spaß, ihr Mann müsse jetzt wirklich ein bisschen mehr Geld nach Hause bringen. Lemaster, der als Universitätspräsident knapp unter einer Million Dollar verdiente, war mittlerweile der arme Schlucker in der Familie.

Julia wechselte das Thema.

Ja, sagte Astrid, ihre ursprüngliche Informationsquelle sei Kellen Zant gewesen.

Ja, antwortete sie auf die nächste Frage, sie habe sich kurz vor seinem Tod mit Kellen getroffen, aber nicht, wie sie betonte, an dem Abend des Mordes.

Offenbar habe Astrid sich doch ziemlich häufig mit Kellen getroffen, setzte Julia nach. »Das waren deine Kosmetiksachen auf der Kommode in seinem Gästezimmer, stimmt's?« Bruce Vallely, dem sehr an ihrer Kooperation gelegen war, hatte ihr ein paar Ergebnisse seiner Ermittlungen zukommen lassen.

»Die Sachen könnten genauso gut von einer seiner anderen Frauen stammen.«

»Du bist hergekommen und hast dich mit ihm getroffen? Und uns hast du nicht mal gesagt, dass du in Elm Harbor warst?«

Astrid holte Luft. »Und was hättest du gemacht, wenn ich es euch gesagt hätte?«

In Julias Verblüffung mischte sich noch nachträglich Eifersucht. Sie überging die Frage.

Es sei durchaus möglich, sagte Astrid, dass jemand sie zusammen gesehen habe. Sie seien vorsichtig gewesen, aber jeder mache Fehler. Allerdings sei sie an dem fraglichen Abend gar nicht in Elm Harbor gewesen, und überhaupt könne sie sich kaum vorstellen, warum so ein rassistischer weißer Schnösel nicht mal in der Lage sein sollte, einen westindischen von einem britischen Akzent zu unterscheiden.

Und, ja, sagte sie – Julia spielte ihr einen Ball nach dem anderen zu, um ihr die Sache zu erleichtern –, ja, Kellen habe von sich aus Kontakt zu ihr aufgenommen, nicht umgekehrt.

»Es hat vor ungefähr einem halben Jahr angefangen. Er meinte, er habe Material, das den Ausgang der Wahl beeinflussen könnte. Ist doch klar, dass mich das interessiert hat. Jeden vernünftig denkenden Amerikaner würde das interessieren. Um diese Leute aus dem Weißen Haus zu kriegen, ist mir jedes Mittel recht. Ich hatte beruflich in New York zu tun; er ist mit dem Zug gekommen. Wir haben uns auf eine Tasse Tee im Stanhope getroffen, wo sowieso alle flüstern, und der Mistkerl hat mich vollkommen überrumpelt. Als Erstes hat er mir eröffnet, dass er

Geld für die Informationen will. Er sehe nicht ein, dass ich umsonst den Mehrertrag seiner Arbeit abschöpfen solle. Ich hab das erst für einen albernen Ökonomen-Witz gehalten. Ich hab ihm gesagt, es gehe nicht, dass wir für Recherchen über den politischen Gegner bezahlten, falls so etwas in die Zeitung kam, würde es uns ziemlich schlecht aussehen lassen. Der Typ war ein geldgeiler kleiner Wichser, nicht? Er hat gesagt, in dem Fall würde er seine Informationen für sich behalten.«

Astrid rauchte, und Julia hielt sich aus der Windrichtung. Ein paar Möwen umkreisten sie neugierig, als hielten sie die Zigarette für potenzielles Futter.

»Zweitens wollte er mir nicht verraten, welcher Seite seine Informationen schaden würden. Er meinte, meine Seite werde sowieso verlieren, deswegen sei die Sache im Grunde gar nicht so weltbewegend. Er hat vor mir gestanden und gemeint, wenn ich schön bitte, bitte mache, würde er es mir vielleicht auch so verraten. Woher hatte er diese fiese Seite, Julia?«

»Hast du bitte, bitte gemacht?«

»Ich hab ihm eine gescheuert.«

»Mitten im Stanhope?«

»Auf dem Bürgersteig.«

»Tja, er konnte einen ganz schön aus der Fassung bringen.«

Astrid schaute sie an, als überlege sie, ob das gerade eine Beleidigung gewesen sei, doch dann rang sie sich ein schwaches Lächeln ab und warf ihre Zigarette ins Wasser. Julia wandte sich angewidert ab.

»Und drittens hat er mir gesagt, an der Geschichte sei noch viel mehr dran. Anschließend hat er mich zum Essen eingeladen. Na ja, er besaß einen außerordentlichen Charme, aber das weißt du ja vermutlich selbst.« Sie schüttelte ihren Oberkörper, wie um die Erinnerung von sich abzuschütteln. »Und so ist dann eins zum anderen gekommen.«

»Eure Beziehung –«

»Es war keine Beziehung. Versuch nicht, irgendetwas Festes daraus zu machen. Wir haben ab und zu miteinander geschlafen. Mehr war nicht. Ich bin mir sicher, dass er auch noch andere Frauen hatte, der Mistkerl.« Einen Moment lang wirkte Astrid verletzt, aber als sie weitersprach, klang sie vollkommen ruhig.

»Ich habe es nicht gewusst, Julia. Das mit dir und Kellen. Er hat nie etwas über dich erzählt, falls du dir darüber Gedanken machst. Wir haben Spaß zusammen gehabt, das will ich nicht leugnen. Aber im Nachhinein – ich war einfach nicht sein Typ. Er stand auf weiße, anhängliche Frauen. Ich glaube, Kellen ist nur mit mir ins Bett gegangen, um dir eins auszuwischen. Ich glaube, er hat gehofft, dass du es mitkriegst.«

Aber ich bin nicht weiß, hätte Julia beinahe protestiert – obwohl Kellen immer gesagt hatte, wie sehr er ihre helle, honigfarbene Haut liebte, die sie selbst oft verflucht hatte. *Andererseits habe ich mich weiß Gott an ihn geklammert.*

»Es hat nur ein paar Monate gedauert«, sagte Astrid. »Im September war es schon wieder vorbei. Dann hat er mich im November noch mal angerufen und gefragt, ob ich noch interessiert sei. Das war an dem Mittwoch vor seinem Tod. Ich dachte, er meinte, ob ich noch an ihm interessiert sei, aber Kellen ging es nur um diese Informationen. Er wollte sich mit mir in New York treffen. Also, ich hatte genug wegen ihm geheult und wollte nicht wieder von vorne anfangen. Ich hab ihm gesagt, wenn er mir was zu sagen hat, soll er es gleich sagen. Das hat ihn nervös gemacht – er hat geglaubt, sein Telefon wird abgehört –, aber dann meinte er, wenn ich das Material haben wolle, müsse ich ein Gebot machen, und zwar schnell. Er wolle innerhalb der nächsten zwei Tage verkaufen, und zwar in Form einer Auktion, und ich müsse mein Gebot auf der Stelle machen. Und dann hat er – na ja, er hat noch gesagt, falls ihm etwas zustößt, würde ich vielleicht trotzdem noch an das Material kommen.« Sie zog eine Zigarette aus der Schachtel, überlegte es sich anders und schob sie wieder zurück. Sie zuckte mit den Schultern. »Ich hab ihm gesagt, ich würd's mir überlegen. Zwei Tage später hatte er zwei Kugeln im Kopf.«

Innerhalb der nächsten zwei Tage verkaufen. Auf dem Weg zurück zum Auto ging Julia der Satz durch den Kopf. *Innerhalb der nächsten zwei Tage.* Für Samstagmorgen war Kellen mit Cameron Knowland zum Frühstück verabredet gewesen. Aber zum Zeitpunkt des Telefonats mit Astrid hatte er noch nicht mit Knowland gesprochen, also hatte er da noch nicht wissen können, ob er mit ihm zu einer Einigung kommen würde.

Innerhalb der nächsten zwei Tage.

»Julia?«, sagte Astrid.

»Entschuldige, ich hab nur über etwas nachgedacht.«

»Ist dir eigentlich aufgefallen, dass die Presse überhaupt nichts aus der Studentenzeit des Präsidenten berichtet? Ich hasse das, wenn sich alle zum Stillhalten verschworen haben. Du solltest deine alte Zimmergenossin Tessa anrufen. Sag ihr, sie soll den Skandal aufdecken.«

»Ruf sie doch selber an«, entgegnete Julia kühler als beabsichtigt. Aber sie war verdammt sauer auf Astrid aus einem Grund, über den sie auf keinen Fall weiter nachdenken wollte.

»Würde ich ja tun«, bemerkte Astrid gelassen. »Aber derzeit komme ich nicht über das Vorzimmer hinaus, wenn ich irgendwo anrufe.«

»Das glaubst du doch selbst nicht.« Sie drückte Astrid trotzdem kurz die Hand, für den Fall, dass es wirklich stimmte.

Kellen hatte am Mittwoch bei den Leuten des Senators angerufen und vorgehabt, am Samstag mit den Leuten des Präsidenten zu verhandeln. Derjenige, mit dem er sich am Freitag getroffen hatte, gehörte also offensichtlich zu keiner der beiden Seiten. Mary hatte recht. Es musste noch jemanden geben, der an dem Material interessiert war.

Jemand, mit dem Kellen sich vielleicht am Freitagabend getroffen hatte.

Der andere Bieter hatte sich aus irgendeinem Grund gegen Kellen gewandt und ihn dann –

Julia blieb stehen.

Auf der Kühlerhaube des Escalade saß Tony Tice.

· III ·

»Würden Sie von meinem Wagen runterkommen?«

Er hatte den Kopf in den Nacken gelegt und ließ sich die strahlende Wintersonne auf sein attraktives Gesicht scheinen. »Wollen Sie mich nicht erst Ihrer reizenden Freundin vorstellen?«, fragte er.

»Tony Tice. Astrid Venable. Tony wurde kürzlich verhaftet, weil er seine Freundin verprügelt hat. Und wenn er nicht aufhört, mir auf Schritt und Tritt zu folgen, wird er bald wieder in den Knast wandern.«

»Ich bin auf Bewährung draußen, und es war ein abgekartetes Spiel. Die Sache kommt nie und nimmer vor Gericht.«

»Davon bin ich überzeugt.« Julia schlug einen eiskalten Ton an.

»Und was meine nochmalige Verhaftung angeht ...« Er sprang von der Kühlerhaube und stand im Schnee wie ein Denkmal seiner eigenen Unvergänglichkeit. »Nun, vor drei Jahren habe ich die Campuspolizei verklagt und gewonnen. Es würde mir richtig Spaß machen, auch die Stadt Tyler's Landing zu verklagen.«

»Ist das auch so ein perverses Hobby von Ihnen, dass Sie mich dauernd verfolgen? Ich denke doch, es war Ihr Schuh, den Mitch Huebners Hund zwischen den Zähnen hatte.«

Der Anwalt reagierte gar nicht auf ihre Frage. Er griff in die Tasche seines Jacketts, nahm sein Handy heraus und betrachtete das Display. »Ich wollte Ihnen eine letzte Chance geben, mit mir zusammenzuarbeiten. Ich fürchte nämlich, meine Mandanten sind gar nicht glücklich über den Stand der Dinge.«

»Eine letzte Chance, bevor was passiert?«

»Bevor ich Sie verklage.« Er lächelte immer noch. Aber Julia spürte die Verzweiflung hinter seinen Worten. »Eine Klage auf Herausgabe des Eigentums des Klägers, das die Beklagte rechtswidrig an sich –«

»Was für Eigentum?«

»Was auch immer Zant Ihnen hinterlassen hat. Es gehört von Rechts wegen mir, Julia. Oder vielmehr, er hat es meinen Mandanten zuerst verkauft. Deshalb gehört es nicht Ihnen, sondern meinen Mandanten. Sie können es mir jetzt gleich geben, oder Sie können warten, bis das Gericht Sie zwingt, es herauszurücken.«

Sein Handy klingelte. Er nahm das Gespräch entgegen, hörte einen Moment lang zu, dann sagte er: »Nein, sie ist hier. Ich unterhalte mich gerade mit ihr. Ja.« Er steckte das Telefon wieder weg. »Entschuldigung.«

»Wer war das?«

»Wollen Sie mich wirklich zwingen, Klage gegen Sie einzureichen, Julia?« Er breitete die Hände aus. »Denken Sie darüber nach. Bei den Zeugenaussagen würde die ganze Geschichte ans Licht kommen. Die schwarze Dame, Ihre frühere Beziehung zu Zant, die Sache mit Vanessa, alles. Wollen Sie wirklich, dass Ihre Kinder das alles in der Zeitung lesen?«

Zum ersten Mal meldete Astrid sich zu Wort. »Überfahr ihn«, sagte sie.

Kapitel 43

Eine kleine Bitte

· I ·

Bruce nahm den Anruf von Gayle Gittelman entgegen, als er gerade an seinem Schreibtisch saß und die Personalakte von Jeremy Flew studierte. Seine zuverlässige Kollegin Turian hatte sie unter irgendeinem glaubhaften Vorwand für ihn besorgt. Flew war zweiunddreißig Jahre alt und vor einem Jahr mit dem neuen Präsidenten an die Universität gekommen. Seinen Bachelor hatte er an der Michigan State University gemacht, dann hatte er ein paar Jahre an der Georgetown School of Foreign Service studiert. Anschließend hatte er acht Jahre im Außenministerium gearbeitet, dann war er ein Jahr bei einer Beraterfirma, von der Bruce noch nie gehört hatte, und jetzt war er Assistent des Universitätspräsidenten. Bruce suchte vergeblich nach einer Verbindung zur Universität. Er suchte vergeblich nach einer Verbindung zu Lemaster. Die Akte enthielt keinerlei Empfehlungsschreiben. Als Referenzen waren zwei Diplomaten im Ruhestand angegeben. In Flews Kranken- und Lebensversicherungsunterlagen waren keine Familienangehörige erwähnt.

Am interessantesten fand Bruce Flews Tätigkeit für das Außenministerium. »Mehrere Auslandseinsätze« war alles, was im Lebenslauf dazu stand. Bruce Vallely war vertraut mit solchen Lücken in der offiziellen Vita. Bruce' eigener Lebenslauf wies eine ähnliche Lücke auf. Fast alle Einsätze, an denen er während der Reagan-Ära bei den Special Forces in Zentralamerika teilgenommen hatte, würden für alle Zeiten unter Verschluss bleiben. Er fragte sich, welche Art von geheimer Tätigkeit Flew ausgeübt haben mochte und wo; und er überlegte, ob Flew in der Nacht, als Kellen Zant erschossen worden war, womöglich ein geheimes Telefongespräch mit Lemaster Carlyle geführt hatte – um ihm zum Beispiel mitzuteilen, an welcher Stelle er seinen »Unfall« haben sollte.

Gut, das war alles Spekulation. Das musste Bruce zugeben. Was noch lange nicht hieß, dass Marlon Thackery recht hatte und Bruce' beharrliche Nachforschungen über Lemaster Carlyle etwas von einem privaten Rachefeldzug hatten. Er war nicht darauf aus, seine Eltern zu rächen, und er wurde nicht getrieben von seiner Abneigung gegen die afroamerikanische Elite. Nein. Er wollte lediglich herausfinden, was mit Kellen Zant passiert war.

Bruce war wieder ganz überzeugt, dass er das Richtige tat, und mit diesem Gefühl schlug er noch einmal Jeremy Flews Personalakte auf. Genau in diesem Augenblick gab ihm die Sekretärin durch, Gayle Gittelman sei am Telefon.

Bruce kannte Gayle flüchtig, so wie alle höherrangigen Polizisten die besten Strafverteidiger der Stadt kannten. Zwischen einem altgedienten Detective und einer Anwältin, die ziemlich erfolgreich viele der Straftäter verteidigte, die er verhaftet hatte, war keine gegenseitige Bewunderung zu erwarten, aber zumindest konnte er Gayles scharfen Verstand und ihre ernsthafte Entschlossenheit anerkennen. Sie war nicht dafür bekannt, dass sie die Zeit anderer Leute vergeudete.

Also nahm er den Anruf entgegen.

»Einer meiner Mandanten möchte sich mit Ihnen unterhalten, möglichst noch heute Vormittag«, sagte die Anwältin. »Ich muss Sie allerdings warnen: Die Sache ist ein bisschen heikel, der Mann erwartet in Kürze seinen Gerichtsprozess.«

Kwame Kennerly, vermutete Bruce, denn der Radioreporter wurde dauernd wegen irgendwelcher illegaler Protestaktionen verhaftet. »Und worum geht's?«

Gayle Gittelman zögerte, beinahe, als wäre es ihr lieber, ihr Mandant würde eine andere Entscheidung treffen. »Ich soll Ihnen ausrichten, dass er Informationen darüber hat, was wirklich mit Kellen Zant geschehen ist.«

»Warum verhandelt er nicht mit der Staatsanwaltschaft?«

»Falls er Ihnen das verrät, wär's nett, wenn Sie mich aufklären.«

Dann nannte Gayle ihm den Namen ihres Mandanten, und Bruce griff nach seiner Jacke.

· II ·

Anthony Tice würde Bruce so wenig wie möglich erzählen, und die Vorstellung schien ihn schon im Voraus mit Genugtuung zu erfüllen. In Bruce' Augen war er das genaue Gegenteil von Gayle Gittelman, ein Gegner nämlich, für den er weder Respekt noch Bewunderung empfand. Tony war ein Anwalt, der sich nie ein Grinsen verkneifen konnte, wenn er sich auf die anwaltliche Schweigepflicht berief, die er nicht als ernsthafte Verpflichtung gegenüber seinen Mandanten sah, sondern als ein Ass, das er jederzeit aus dem Ärmel zaubern konnte. »Sie wissen ja, wie es läuft, Bruce«, sagte der Anwalt. Er redete die Leute mit Vornamen an, weil er gern so tat, als wäre er mit allen und jedem befreundet, während in Wirklichkeit das Gegenteil der Fall war. »Ich wäre längst arbeitslos, wenn ich die Geheimnisse meiner Mandanten ausplaudern würde. Dann hätte ich nämlich keine Mandanten mehr. Und ich würde meine Zulassung bei der Anwaltskammer verlieren«, fügte er stolz hinzu. »Sehen Sie, Bruce, ich habe Erkundigungen über Sie eingezogen. Ich weiß über Sie Bescheid.«

Bruce nickte, um zu bestätigen, dass er verstanden hatte. Sie saßen einander an einem Konferenztisch in Gayle Gittelmans Büro gegenüber. Gayle war nicht anwesend. »Wollten Sie mich deswegen sprechen?«, fragte Bruce mit unbewegter Miene. »Erwarten Sie von mir, dass ich Ihnen aus diesem Schlamassel heraushelfe?«

»Nein, nein, nein, nichts dergleichen.« Seine weißen Zähne blitzten, als er den Mund zu einem Grinsen verzog, das wohl herzlich sein sollte. »Das ist alles nur ein abgekartetes Spiel, und da kenne ich mich aus. Damit werde ich schon alleine fertig.«

»Indem Sie Julia Carlyle belästigen?« Lemaster hatte Bruce nur wenige Stunden nach dem Vorfall am Strand angerufen und verlangt, er solle den Mann ein für alle Mal in seine Schranken weisen. Der Universitätspräsident war so außer sich gewesen, dass Bruce sich nicht gewundert hätte, wenn er ihn gebeten hätte, ihm diesen lästigen Anwalt vom Hals zu schaffen, egal wie. »Das war kein besonders kluger Schachzug, Tony. Mir kommt es eher schon fast panisch vor. Ihnen muss das Wasser bis zum Hals stehen.«

»Wie kommen Sie denn darauf?«

»Zuerst werden Sie verhaftet. Dann belästigen Sie Mrs Carlyle. Jetzt wollen Sie meine Hilfe. Das sieht für mich nicht so aus, als würden Sie damit alleine fertig.«

»Ich wurde verhaftet«, erwiderte der Anwalt empört, »weil ich zu große Fortschritte gemacht habe. Ich war zu nah dran an den Informationen, die Kellen Zant versteckt hat.«

Tice legte die Hände auf den Tisch, die Handgelenke dicht nebeneinander, als erwarte er jeden Moment, dass man ihm Handschellen anlegte. Bruce fragte sich, ob Tony der Trickser sich tatsächlich so sicher war, dass er ungeschoren davonkommen würde. Ein cleverer Blick taxierte Bruce' unbewegte Miene. Bruce hatte schon die unterschiedlichsten Typen verhaftet: Bei manchen wusste man gleich, dass sie die Haftzeit nicht durchstehen würden, bei anderen vermutete man, dass sie hinter Gittern wahrscheinlich zu Gott fanden. Und dann gab es solche, die ihre gesamte Haftzeit damit zubrachten, Rachepläne zu schmieden und die bei ihrer Entlassung noch bösartiger waren als vorher.

Anthony Tice gehörte für Bruce eindeutig in die letzte Kategorie.

»Wenn Sie das meinen«, antwortete Bruce nach einer Weile.

Ein durchtriebenes Grinsen. »Ich weiß genau, was Sie von mir halten, Bruce. Ich weiß doch, was alle von mir denken. Von meiner ... Mandantschaft. Aber genau aus diesem Grund hat Kellen bei mir an die Tür geklopft. Wegen meiner Mandanten, mit denen sich sonst niemand die Hände schmutzig machen will.«

Bruce nickte schweigend. Aus Erfahrung wusste er, dass jemand, der gestehen will, das auch tut, und zwar nicht nur bei der polizeilichen Vernehmung, sondern gegenüber allen, die ihm gerade über den Weg laufen: ein Barkeeper, die Freundin, ein Fremder im Zug.

»Kellen hatte etwas von großem Wert in seinem Besitz, und er wollte wissen, was ein gewisser Mandant von mir dafür bieten würde. Ich habe mit meinen Mandanten gesprochen, die nach einer Bedenkzeit einen Beweis sehen wollten. Kellen hat ihnen etwas gegeben, das er als Kostprobe bezeichnet hat. Eine Seite aus einem Tagebuch. Nun, meine Mandanten waren wirklich beeindruckt. Es kam zu Verhandlungen, die Sache ging ein bisschen hin und her, und schließlich ist man sich einig geworden. Ich war nicht an dem Deal beteiligt, Bruce. Ich war nur der Vermittler. Aber der Vermittler bekommt natürlich seinen Anteil.«

»Natürlich.«

Tony runzelte die Stirn, fand Bruce' Tonfall aber offensichtlich nicht beleidigend. Bruce überlegte, ob Tice zu der Sorte einflussreicher weißer Männer gehörte, die es nicht ertragen konnten, wenn sie von einem Schwarzen befragt werden. Doch der Anwalt hatte selbst um diese Unterhaltung gebeten.

»Der ganze Ärger fing an«, fuhr Tice fort, »als meine Mandanten mir sagten, sie hätten von Freunden gehört, dass Kellen das, was er ihnen verkaufen wollte, auch anderen zum Kauf angeboten hätte. Meine Mandanten sind sehr geduldige Leute, Bruce, aber das ging ihnen natürlich zu weit. Ich sollte Zant daran erinnern, dass sie sich handelseinig geworden waren. Meine Mandanten mögen es nicht, wenn man ihnen gegenüber wortbrüchig wird.«

»Also haben Sie sich mit Kellen Zant getroffen.«

»Ich habe mich mit ihm getroffen. Er hat mich ausgelacht. Er sagte, es würde eine Auktion geben, und meine Mandanten könnten genau wie alle anderen Interessenten ihr Gebot abgeben. Ich habe ihm erklärt, dass diese Leute sich auf so etwas nicht einlassen. Dann würde er sich eben einen anderen Käufer suchen, hat er gemeint. Offenbar hatte er am nächsten Tag einen Termin mit einem weiteren Interessenten, dem er vielleicht den Zuschlag geben würde.«

Bruce ließ einen Bleistift auf dem Tisch rollen. Es erhöhte die Redebereitschaft eines Verdächtigen, wenn man bei der Befragung seine Konzentration auf etwas Nebensächliches lenkte. Mit einem Frontalangriff erreichte man allerdings dasselbe, deshalb fragte er ohne aufzublicken: »Haben Ihre Mandanten Kellen Zant getötet? Oder hat ihr Anwalt das für sie erledigt?«

»Meine Mandanten hatten keine Veranlassung, Kellen nach

dem Leben zu trachten. Und ich erst recht nicht. Sie sind nur an dem interessiert, was er verkaufen wollte.«

Doch Bruce beschlich das Gefühl, dass der Anwalt ein bisschen zu raffiniert war, und die Geschichte, die er ihm auftischte, ein bisschen zu einfach gestrickt. Kellen Zant war nicht naiv gewesen. Er hätte sich mit der Sorte Leuten, die Tice vertrat, nicht auf ein Geschäft eingelassen, um es dann wegen eines besseren Angebots zu widerrufen. Tice' Mandanten konnten ziemlich unangenehm werden, wenn jemand ihnen gegenüber vertragsbrüchig wurde. Viel wahrscheinlicher war, dass Tony der Trickser gegenüber seinen Mandanten so getan hatte, als wäre es schon zu einem Vertragsabschluss gekommen, obwohl Zant seine Zustimmung noch gar nicht gegeben hatte. Vielleicht hatte der Anwalt sogar seinen Anteil schon erhalten. Dann war es kein Wunder, dass er so panisch reagierte.

»Das muss Ihren Mandanten ja ganz schön an die Nieren gehen, dass sie die Informationen nicht bekommen haben«, sagte Bruce.

»Meinen Mandanten geht so schnell nichts an die Nieren.« Tice betrachtete seine Hände. »Sie machen eher andere Leute total fertig.«

»Und, werden Sie fertiggemacht? Wollten Sie mich deswegen sprechen?«

»Sie müssen begreifen, wie meine Mandanten denken, Bruce. Die setzen sich ein Ziel und steuern direkt darauf zu. Sehr militärisch. Sehr organisiert. Sehr zielstrebig. Leute nach Ihrem Geschmack, Bruce.« Der großspurige Angeber kam wieder zum Vorschein. »Ich denke, Sie könnten ihnen behilflich sein.«

»Das ist ein Witz, oder?«

»Wissen Sie, Bruce, bisher konnte ich meine Mandanten dazu überreden, sich zurückzuhalten. Ich habe ihnen geraten, nichts zu unternehmen und abzuwarten, wie die Dinge sich entwickeln. Wie gesagt, es sind geduldige Leute. Aber sie werden sich nicht ewig zurückhalten. Wenn sie keine Ergebnisse sehen, dann nehmen sie früher oder später die Sache selbst in die Hand. Und diesen Leute ist es herzlich egal, ob irgendjemand dabei zu Schaden kommt.«

»Scheinen ja reizende Zeitgenossen zu sein.«

»Das sind sie keineswegs, glauben Sie mir.«

Bruce rollte die Schultern und beobachtete voller Genugtuung, wie der Anwalt vor ihm zurückwich. »Erzählen Sie mir doch einfach den Rest.«

»Den Rest?«

»Zant hat Ihnen gesagt, dass er am nächsten Tag einen weiteren Interessenten erwartet. Ich wette, das war Cameron Knowland. Knowland und Zant waren am Samstag zum Frühstück verabredet, aber Freitagabend wurde Zant erschossen. Das bedeutet, dass Sie Zant am Freitagabend getroffen haben. Da haben Sie sich mit ihm gestritten. Und deswegen sind Sie so beunruhigt. Denn Ihnen sitzen nicht nur Ihre Mandanten im Nacken, Sie haben Angst vor der Polizei. Bis der Fall Zant offiziell abgeschlossen wurde, mussten Sie fürchten, dass die Polizei erfährt, dass Sie beide sich am Freitagabend getroffen haben. Sie hatten Angst, dass man Ihnen den Mord anhängt.«

»Die können mir den Mord nicht anhängen. Ich habe Zant nicht umgebracht.«

»Vielleicht nicht. Aber so eine Verhaftung wegen Mordverdacht wäre das Aus für Ihre Kanzlei.« Er verschränkte seine riesigen Hände so, dass Tice sie sehen konnte. »Also, erzählen Sie mir den Rest der Geschichte, Tony. Erzählen Sie mir, was mit Kellen Zant an dem Abend geschehen ist.«

Und der Anwalt erzählte es ihm.

· III ·

Er habe nicht erwartet, dass es Schwierigkeiten geben würde, begann Tice. Er hatte Zant am Freitagnachmittag in dessen Büro angerufen, und sie hatten sich für halb sechs auf dem Parkplatz des Hilliman Tower verabredet. Zant kam ein paar Minuten zu spät, brachte jedoch eine weitere Kostprobe mit. Noch eine Tagebuchseite, sagte Tony, auf der geschrieben stand, der Strandwächter leide ganz plötzlich an Gedächtnisschwund. Es kursiere mit einem Mal eine Menge Geld in der Stadt, hatte der unbekannte Tagebuchschreiber noch vermerkt, dann war die Seite zu Ende. Tony hatte die Kostprobe angenommen, die Position seiner Mandanten aber dennoch klargestellt. Kellen hatte geleugnet, mit ihnen handelseinig geworden zu sein, genau wie Bruce vermutet hatte, und Tony hatte ihm erklärt, das würde seinen Mandanten gar nicht gefallen. Nach einigem Überlegen hatte Kellen Tony gebeten, sich zwei Stunden später – also um halb acht – noch einmal mit ihm auf dem Parkplatz zu treffen. Dann war er in seinen Wagen gestiegen und weggefahren.

»Und Sie sind ihm gefolgt.«

»Ich hab's versucht. Aber es herrschte ziemlich viel Verkehr wegen des Hockeyspiels. Ich kenne mich auf dem Campus nicht so gut aus. Irgendwann ist er in eine kleine Seitenstraße eingebogen, und als ich dort ankam, war er verschwunden.«

Also war Tony noch eine Weile durch die Straßen gefahren, in der Hoffnung, Zants Wagen zu entdecken. Zweimal riefen seine Mandanten an, um sich nach dem Stand der Dinge zu erkundigen, und zweimal versicherte er ihnen, er mache Fortschritte. Als er um Viertel nach sieben auf dem Parkplatz eintraf, stand der Audi bereits dort, bedeckt mit einer dünnen Schneeschicht. Tony wurde klar, dass Kellen ihn hereingelegt hatte. Der Volkswirtschaftler war einmal um den Block gefahren und, weil er wusste, dass Tice ihn verfolgen würde, schnurstracks auf den Parkplatz zurückgekehrt, denn dort würde der Anwalt ihn als Letztes vermuten. Tony blieb in seinem Wagen sitzen und behielt sowohl den Audi als auch den Eingang zum Hilliman Tower im Auge. Um Viertel vor acht klopfte Zant vollkommen unerwartet an sein Beifahrerfenster. Er war von der anderen Seite gekommen.

»Welche andere Seite?«

»Von unten. Ich weiß nicht. Aus dem Kunstzentrum, von der Theologischen Fakultät, da unten stehen eine Menge Gebäude.«

Zant hatte Tony zu einer Spazierfahrt eingeladen. Der Anwalt stieg in den Audi, und sie fuhren nach Tyler's Landing. Auf Tice' wiederholte Frage, wohin die Reise gehe, antwortete Zant immer nur, er solle sich keine Sorgen machen, er wolle ihm nur etwas zeigen. Als sie gegen Viertel nach acht über die Main Street fuhren, klingelte Zants Handy. Er parkte am Straßenrand, bat den Anwalt zu warten, und stieg aus, um zu telefonieren. Er war wütend oder durcheinander. Tice hörte ihn ins Telefon brüllen und konnte sogar vom Innern des Wagens aus ein paar Gesprächsfetzen aufschnappen. Einmal schrie Zant: *Das können Sie nicht machen.* Schließlich sagte er: *Nein, ich bin nicht in der Stadt. Ich komme zu Ihnen.*

Dann hatte Zant, der sichtlich mitgenommen war, die Wagentür aufgerissen und dem Anwalt gesagt, er solle aussteigen. Es habe sich etwas geändert, erklärte er und zeigte auf Greta's Tavern auf der anderen Straßenseite. Gehen Sie rüber und trinken Sie eine Tasse Kaffee oder irgendwas. Und wenn ich in einer Stunde nicht zurück bin, bestellen Sie sich ein Taxi und vergessen Sie, dass wir uns heute Abend gesehen haben. Zant war nicht zurückgekehrt, und der Anwalt hatte sich ein Taxi genommen.

»Hat er Ihnen gesagt, wo er hin wollte?«

»Nein.«

»Oder wer ihn angerufen hatte?«

»Nein.«

»Und Sie haben der Polizei nichts von all dem erzählt?«

Tice schüttelte den Kopf. »Die Polizei hat mich nie zu Zants Tod befragt.«

»Aber Sie haben mit Ihren Mandanten geredet, stimmt's? Vielleicht haben Sie sie schon aus dem Auto angerufen, während Zant telefoniert hat. Oder aus der Kneipe, als Sie auf das Taxi gewartet haben?« Bruce nickte, um seine eigene Hypothese zu bestätigen. »Sie haben Ihren Mandanten gesagt, dass Zant noch eine ganze Weile in Tyler's Landing beschäftigt sein würde, woraufhin die jemanden losgeschickt haben, der Zants Haus durchsucht hat.«

»Dazu kann ich nichts sagen.«

»Das brauchen Sie auch nicht. Und seien Sie unbesorgt. Ich weiß, dass Sie Zant nicht getötet haben. Und Ihre Mandanten haben ihn auch nicht umgebracht. Für die war Zant lebend viel zu wertvoll.«

Erleichtert begleitete der Anwalt Bruce zur Tür des Konferenzsaals. »Sie haben recht, Bruce, ich stecke in der Klemme. Ich brauche etwas, das ich meinen Mandanten vorweisen kann. Sie müssen mir helfen. Es heißt, Sie wären ein verdammt hartnäckiger Ermittler. Ich bin sicher, dass Sie Zants Mehrertrag finden können.«

»Es gibt absolut keinen Grund, warum ich Ihnen helfen sollte.«

»Sie wollen nicht, dass meine Mandanten aktiv werden, glauben Sie mir. Wenn ich denen garantiere, dass Sie ihnen überlassen, was Sie finden, dann kann ich sie noch eine Weile zurückhalten.«

Wie immer, wenn ein Kampf bevorstand, regte sich eine angenehm kribbelnde Spannung in Bruce' Magengegend. »Ich habe keine Angst vor Ihren Mandanten.«

Tony der Trickser legte ihm eine Hand auf den Arm. »Sie sind nicht der Einzige, der in diese Sache verwickelt ist, Bruce. Also, denken Sie darüber nach, okay?«

Im Vorzimmer kam Gayle Gittelman auf Bruce zu. »Und? Haben Sie irgendwelche nützlichen Infos aus ihm herausgeholt? Irgendwas, das ich dem Staatsanwalt anbieten kann?«

»Ihr Mandant«, erwiderte Bruce, »ist kein besonders netter Mensch.«

»Ach ja?« Sie stellte sich auf die Zehenspitzen und flüsterte: »Seine Mandanten sind noch viel schlimmer.«

Kapitel 44

Das Nest

· I ·

Für romantische Demographen, von Restaurantkritikern ganz zu schweigen, war die Stadt Elm Harbor ein wunderbar multikultureller Ort, wo man auf der Henley Street, ganz in der Nähe des Campus, die Wahl hatte zwischen russischer, äthiopischer, koreanischer, italienischer, irischer, malayischer oder griechischer Küche – und das allein schon auf einer Seite der Straße. »Ein lebendiger Beweis kultureller Vielfalt«, wie der Bürgermeister die kriselnde Metropole bezeichnete, die er auf so korrupte Weise regierte.

So lautete die offizielle Version.

Die Bewohner des ärmsten der drei schwarzen Viertel von Elm Harbor, das von allen wenig schmeichelhaft als das Nest bezeichnet wurde, hätten eine andere Geschichte zu erzählen. Das Nest begann drei Straßen in nordwestlicher Richtung vom Campus entfernt und erstreckte sich über zehn oder zwölf Blocks – die genauen Grenzen waren ebenso unzuverlässig wie die Polizeipatrouillen. Bis auf ein paar idealistische Erstsemester, die Grundschulkindern Nachhilfeunterricht gaben oder Pfadfindergruppen leiteten und die deswegen von ihren Freunden für exzentrisch oder schlicht naiv gehalten wurden, verirrten sich nur wenige Studenten in diese Gegend. Für die Menschen, die im Nest geboren wurden und normalerweise auch dort starben – die Nester, wie sie sich, wahrscheinlich in einer Geste solidarischer Selbstbehauptung selbst nannten –, war die Stadt Elm Harbor in demographischer Hinsicht ziemlich leicht zu verstehen: Es gab die Weißen, und es gab die

Schwarzen, und nirgendwo, mit Ausnahme vielleicht auf dem Sozialamt und vor Gericht, begegneten sie einander.

Die Nester glaubten, dass der Rest der Stadt mit dieser Aufteilung zufrieden war.

Julia Carlyle betrachtete die Stadt mit völlig anderen Augen als die Nester, dafür teilte sie – auch wenn sie es niemals, nicht einmal Lemmie gegenüber, zugeben würde – die Ansicht der Stadt in Bezug auf die Nester. Für Julia war das Nest ein düsterer, gefährlicher Ort, wo an jeder Ecke mürrisch dreinblickende Hip-Hopper herumlungerten, die nur auf eine Gelegenheit warteten, um mit Gewalt loszuschlagen.

Es wurde immer schwieriger für die Empirikerin, sich ihre Fakten zu besorgen. Aber ihr blieb keine andere Wahl.

Julia fuhr an den Siedlungen des öffentlichen Wohnungsbaus vorbei, endlose Reihen von niedrigen Backsteinhäusern, die vor vierzig oder mehr Jahren mit der theoretischen Vorgabe errichtet worden waren, dass die Armen auf ihrem Weg hinauf in die Arbeiterklasse ein Übergangsquartier brauchten. Mütter, die jünger waren als Vanessa, hockten auf den Verandastufen, schaukelten ihre Babys in hellblauen Kinderwagen, genossen die Winterluft, hörten Musik über Kopfhörer oder flirteten mit den Jungs aus der Nachbarschaft, als könnten sie es nicht erwarten, das nächste Kind in die Welt zu setzen.

Zwischen den Sozialsiedlungen waren Straßenzüge mit Einfamilienhäuser errichtet worden. Vielleicht waren sie vor langer Zeit einmal ganz ansehnlich gewesen, aber jetzt waren bei vielen von ihnen Fenster und Türen mit Brettern vernagelt, andere hatten eiserne Gitter vor den Fenstern, und nur wenige wirkten bewohnt. Zwei kleine Jungen, die höchstens drei Jahre alt sein konnten, lieferten sich in einem Garten eine Schneeballschlacht. Ein billiger Sportwagen blockierte die halbe Straße, weil der Fahrer einen Bekannten erspäht und angehalten hatte, um mit ihm zu plaudern. Als Julia vorbeifuhr, folgten neidische Blicke dem blauen Mercedes. Sie konnte die Musik, mit der die beiden Männer bereitwillig die ganze Gegend beschallten, noch eine ganze Weile hören. Offenbar hatten sie einen ähnlichen Geschmack wie Lemaster – die Bässe waren so laut aufgedreht, dass Julia den stampfenden Rhythmus in ihrem Brustbein spürte.

Es gab auch Geschäfte, die meisten mit notdürftig beschrifteten Schildern über dem Eingang, und zwar fast ausschließlich Lebensmittelläden, Frisör- und Nagelstudios sowie Läden, die Möbel vermieteten. Offenbar erfüllten diese drei Geschäftssparten die Grundbedürfnisse der Schwarzen hier, denn man sah sie überall. Außerdem gab es Leichenbestatter. Dann noch einen Herrenfrisör. Und jede Menge Kirchen, von den Methodisten und Baptisten über eine erstaunliche Vielzahl nicht konfessionsgebundener Gemeinden bis hin zu einfachen Ladenlokalen, in denen eine beleibte Frau mit einer Berufung – so Lemasters abfällige Beschreibung – sich nur zur Bischöfin ernennen und ihre Bleibe zu einem Gotteshaus zu erklären brauchte, und schon war sie im Geschäft.

Und es gab die Straße.

Julia machte eine Vollbremsung, weil sie beinahe die Abbiegung verpasst hatte, aber der Mercedes nahm die Kurve, ohne ins Schleudern zu geraten oder Bremsspuren zu hinterlassen. Sie fand die gesuchte Adresse ohne Schwierigkeiten, ein kleines, ordentliches Reihenhaus, dessen grüner Anstrich hätte dringend erneuert werden müssen. An den Fenstern waren die Vorhänge zugezogen, und im Garten stand ein Plastikdreirad mit nur noch zwei Rädern an den niedrigen Zaun gelehnt.

Sie befand sich immer noch im Nest, deshalb schaute Julia sich vorsichtshalber in alle Richtungen um, ehe sie aus dem Wagen stieg, dann trat sie mit zwei schnellen Schritten auf die Veranda, von wo aus sie den Mercedes im Auge behielt, obwohl die Alarmanlage eingeschaltet war. Kaum hatte sie geklingelt, näherten sich von drinnen leichte Schritte. Hinter dem schmalen Fenster neben der Tür wurde der Vorhang einen Spaltbreit zur Seite geschoben. Ein dunkles Gesicht erschien, und Julia setzte ihr freundlichstes Lächeln auf, doch das Gesicht war schon wieder verschwunden. Ein Baby weinte, aber das konnte auch in einem anderen Haus sein. Sie hörte das metallische Knirschen mehrerer Sicherheitsschlösser und dann, wie eine Kette entriegelt wurde. Ihr fiel auf, dass die Fenster nicht vergittert waren. Lemaster behauptete immer, ein Viertel mit hoher Kriminalitätsrate könne man daran erkennen, dass die Fenster vergittert waren.

Die Tür ging auf, und Julia musste sich beherrschen, um ihre Überraschung zu verbergen.

Die Frau, die vor ihr stand, war ein paar Jahre älter und wesentlich hübscher als sie, zumindest gemessen am klassischen Schönheitsideal – ihre Haut war glatter, ihre Knochen waren wohlgeformter, ihr Gesicht ebenmäßiger. Mit ihrem erfahrenen Blick sah Julia sofort, dass die einfachen Kleider der Frau schlecht geschnitten, die runden, messingfarbenen Ohrringe unechter Modeschmuck und ihre Locken von einem Billigfriseur zu stark geglättet waren. Doch sie strahlte eine bestimmte, beiläufige Autorität aus, als ob sie sich ihren Platz in der Welt zwar mit Anstrengung, aber erfolgreich erarbeitet hatte.

»Was kann ich für Sie tun?«, fragte die Frau mit rauer Stimme, in der ein misstrauischer Ton mitschwang

»Verzeihen Sie«, brachte Julia mühsam heraus. »Ich glaube, ich wollte Ihre Mutter sprechen.«

»Meine Mutter?«

»Ich suche Theresa Vinney. Die Mutter von DeShaun Moton.« Wahrscheinlich war die Frau DeShauns Schwester, dachte Julia, was vielleicht noch besser wäre.

»Ich bin Theresa Vinney. Ich bin DeShauns Mutter.«

Einen Augenblick musste Julia komplett umdenken. Nichts, was sie über das Leben wusste, stimmte mehr. Doch warum sollte diese Frau auch nicht DeShauns Mutter sein? Der Junge war vor dreißig Jahren im Alter von sechzehn Jahren gestorben. Wenn die Frau bei seiner Geburt ein Teenager gewesen war, dann müsste sie jetzt in ihren Sechzigern sein. Julia starrte sie ungläubig an. Theresa Vinneys Blick war furchtsam, um die Augen herum lagen sorgenvolle Falten. Ja. Mindestens sechzig. Julia kam zu dem Schluss, dass ihre erster Eindruck eine Halluzination gewesen sein musste: Die Frau war eher vom Kummer gezeichnet als schön, sie wirkte nicht selbstbewusst, sondern extrem nervös.

»Verzeihen Sie, Mrs Vinney. Ich bin Julia Carlyle. Ich ... ich arbeite an der Universität. Hätten Sie vielleicht ein paar Minuten Zeit für mich?«

»Ich bin nicht verheiratet.« Die Frau runzelte die Stirn, als wäre sie gewohnt, dass die Leute nach dieser Information die Augen verdrehten. »Sie können Miss Terry zu mir sagen.«

Julia nickte respektvoll. »Ich wäre Ihnen sehr dankbar, wenn Sie ein paar Minuten Zeit für mich hätten, Miss Terry. Ich würde mich gern mit Ihnen unterhalten.«

»Worüber?«

»Darüber, was an dem Abend, als Ihr Sohn starb, wirklich passiert ist.«

· II ·

Das Haus war vollgestopft und dunkel, aber sauber. Sie saßen im Wohnzimmer auf der Art von Billigmöbeln, wie man sie in einem Discountmarkt auf Kredit erstehen kann. Die plüschigen, grünen Polster waren mit durchsichtigen Plastikschonern überzogen, die eigentlich nur noch in den Wohnungen der älteren Bewohner der Schwarzenviertel zu finden waren. An den Wänden hingen so viele Fotos von Kindern und Enkelkindern und Neffen und Nichten, dass Julia, deren Bruder schon lange tot war, sich fragte, wie es möglich war, bei so einer großen Familie den Überblick zu behalten. Auf einem Tisch in der Ecke waren wie vergessene Götzen ein paar glänzende Sporttrophäen aufgebaut; Julia hatte instinktiv den Eindruck, dass die jungen Leute, die diese Pokale einmal gewonnen hatten, ihren Sport längst an den Nagel gehängt hatten. Miss Terry servierte löslichen Kaffee in unterschiedlichen Tassen, die eine das Überbleibsel eines alten Porzellanservices, auf der anderen prangte das Logo einer Fastfoodkette.

Nur ein nettes Gespräch unter Frauen, so hatte Julia es sich auf dem Weg hierher vorgenommen.

Aber Miss Terry war keine Frau, mit der man einfach so nette Gespräche führte.

Theresa Vinney lebte seit einundsechzig Jahren auf Gottes schöner Erde und hatte fünf Kinder geboren. Sie hatte sechs Enkelkinder und auch schon zwei Urenkel. Julia versuchte vergeblich auszurechnen, wie alt die Generationen sein mussten. Gut möglich, erklärte Miss Terry mit entwaffnender und zugleich selbstbewusster Offenheit, dass ihre Jungs noch mehr Kinder in die Welt gesetzt hatten, von denen sie nichts wusste und von denen, wie sie vermutete, auch ihre Söhne selbst nichts wussten. Die unverbesserliche Empirikerin rechnete. DeShaun Moton war sechzehn gewesen, als er erschossen wurde. Wenn die zähe, elegante und immer noch schöne Frau, die ihr auf den bei jeder Bewegung knisternden Plastikschonern gegenübersaß, die Wahrheit sagte, dann musste sie DeShaun mit fünfzehn bekommen haben.

Julia hatte schon viel Geld für Programme zur Verhütung von Schwangerschaften im Teenageralter gespendet, und trotz der spöttischen Ablehnung ihres Mannes hatte sie sogar die Ausgabe von Kondomen an staatlichen Schulen unterstützt. Aber sie war noch nie mit den Menschen, denen sie durch ihre Spenden half, in Kontakt gekommen. Julia war keine Sozialarbeiterin, und sie leistete auch nicht viel ehrenamtliche Arbeit – ihr Job und ihre Kinder hielten sie schon genug auf Trab. Wenn Father Freed predigte, man solle dem Herrn den zehnten Teil seiner Zeit, seiner Fähigkeiten und seines Vermögens schenken, sagte Julia sich jedes Mal im Stillen, der zehnte Teil ihres Vermögens müsse Gott genügen. Doch obwohl ihr das Problem, das sie, wie viele andere mit den Worten »Kinder, die schwanger werden« umschrieb, wirklich am Herzen lag, hätte Julia nie damit gerechnet, dass das Problem ihr einmal in einem Wohnzimmer gegenübersitzen und Kaffee anbieten würde.

»Sie sind nicht von hier«, bemerkte Miss Terry mit vorwurfsvollem Blick.

»Nun, nein, Ma'am.«

»Sie sind nicht in der Stadt aufgewachsen?«

»Nein, Ma'am, ich bin in Hanover aufgewachsen.«

»Wo ist denn Hanover?«, fragte Miss Terry ohne jede Verlegenheit.

»In New Hampshire.«

Im Ton einer misstrauischen Gouvernante setzte Miss Terry das langatmige Verhör fort. »Und wo wohnen Sie jetzt, Julia?«

»In Tyler's Landing«, gab sie zerknirscht zu, und die Worte brannten ihr auf ihrer Seele wie ein erneuter Verrat an ihren Leuten. Der Clan war weit weg.

»Tyler's Landing?«, wiederholte Miss Terry ungläubig.

»Ich fürchte, ja.«

»Da, wo DeShaun angeblich dieses Mädchen umgebracht

hat.« Sie schwieg einen Moment. »Wo sie ihn dann einfach umgebracht haben.«

»Ja, das ist richtig. Es tut mir so leid, Miss Terry.«

»Da drüben wohnen nicht viele von unseren Leuten.«

»Nein, Ma'am.«

»Wie viele?«

»Ich weiß es nicht genau.« Sie erinnerte sich jedoch, dass Beth Stonington, die Maklerin, die ihnen das Grundstück verkauft hatte, ihnen die Zahl sofort hatte nennen können, als gäbe es in der Stadt eine ständig aktualisierte Liste, auf der die hinzuziehenden und die wegziehenden Schwarzen vermerkt waren. Kellen Zant hatte es den wöchentlichen »Nigger-Scan« genannt.

»Dort sind alle weiß?«

»Fast alle.«

Miss Terry nickte. Hinter ihr hing ein gerahmtes Plakat, das eine längst vergangene Ausstellung im Universitätsmuseum über die Sklavenbefreiungsorganisation Underground Railroad ankündigte. Auf dem Boden neben Julias Sessel stapelten sich Ausgaben der populären Zeitschriften der dunkelhäutigeren Nation – *Ebony, Essence, Jet.* Jedes Jahr stand Lemaster Carlyle bei *Ebony* auf der Liste der hundert einflussreichsten Afroamerikaner.

Julia vermutete, dass er nun unter den ersten fünf rangierte.

»Ich bin schon öfter in Ihrem Ort gewesen, Julia. Früher habe ich dort als Putzfrau gearbeitet.« Sie verzog das Gesicht. »Ich kann verstehen, warum die Weißen Tyler's Landing mögen. Es ist hübsch und sauber, und es gibt dort fast keine Schwarzen. Aber für uns? Für unsere Leute? Sagen Sie mir eins, Julia: Warum sind Sie dorthin gezogen?«

Gegenüber ihren Freundinnen von der Uni, den Sisterladys, Mona und Lemasters Verwandte hätte Julia hundert Antworten auf die Frage parat gehabt. Aber als sie jetzt DeShauns Mutter gegenübersaß, blieben ihr die Worte im Hals stecken. »Nun, wir wollten das Beste für unsere Kinder. Sie wissen schon. Gute Schulen und all das.«

»Mhm.«

»Und ich … nun ja, ich mag einfach diese typische neuenglische Atmosphäre.«

»Mhmmm.«

»Aber ich glaube, vor allem wollten wir unsere Kinder in einer Umgebung großziehen, wo sie sicher sind.«

Daraufhin kam Leben in Miss Terry. »Sicher? Mein DeShaun war in Sicherheit. Acht Cops um ihn herum. Da hätte er weiß Gott sicher sein sollen.«

»Genau darüber wollte ich mit Ihnen reden«, sagte Julia nach einer beklommenen Pause.

»Also, ich möchte nicht darüber reden«, entgegnete Miss Terry mit einem herausforderndem Funkeln in den Augen. »Wir wollten die Stadt verklagen, aber wir haben die Klage schon vor Jahren zurückgezogen. Warum wollen Sie das alles wieder aufwärmen?« Ein zorniges Lachen. »Acht Cops, und DeShaun ist tot. Ich glaube nicht, dass es dazu noch etwas zu sagen gibt.«

Die Mutter in Julia regte sich. »Bitte, Miss Terry. Ich brauche Ihre Hilfe.« Sie dachte an Frank Carrington, der bei dem Gespräch im Hinterzimmer seines Ladens darauf beharrt hatte, dass DeShaun unschuldig war; und an Vanessa, die in der Küche von Hunter's Heights mit absoluter Sicherheit behauptet hatte, er sei schuldig. »Ich würde Sie nicht belästigen, aber es geht um meine Tochter. Sie ist in Schwierigkeiten.«

Miss Terry kniff die Augen zusammen, schaute sie mit einer Mischung aus Argwohn und Mitgefühl an. »Was soll es Ihrer Tochter nützen, wenn Sie die Vergangenheit wieder aufwärmen?«

»Vor ein paar Monaten hat man in Tyler's Landing einen … einen Toten gefunden. Einen Schwarzen. Einen Professor. Vielleicht haben Sie davon gehört.« Miss Terry sagte nichts, sondern wartete mit undurchdringlicher Miene, bis Julia ihr die ganze Geschichte erzählte. »Der Mann, der umgebracht wurde, dieser Professor … Ich glaube, er wollte herausfinden, was damals in der Nacht wirklich passiert ist. Er war davon überzeugt, dass DeShaun unschuldig war.« Die ältere Frau saß immer noch da wie versteinert. »Miss Terry, ich habe den Toten gefunden, und meine Tochter … meine Tochter hat eine Arbeit über DeShaun geschrieben, und ich glaube, sie hat dabei irgendetwas herausgefunden, was sie noch um den Verstand bringt.« Da. Die Worte waren ausgesprochen. Was Julia noch nie so direkt formuliert hatte, nicht einmal Lemaster gegenüber, hatte sie dieser Fremden anvertraut, die sie immer noch abwartend anschaute. »Bitte. Ich muss es wissen.«

»Was müssen Sie wissen, Julia?«

»Warum Sie die Klage zurückgezogen haben.«

Kapitel 45

Miss Terrys Geschichte

· I ·

Ehe sie zu DeShauns Geschichte kam, holte Miss Terry weit aus und erzählte zunächst ihre eigene. Sie habe einen Großteil ihres Lebens in Sünde verbracht, begann sie, und sie habe eine Menge Dinge getan, auf die sie nicht stolz sei.

»Ich wurde gleich da unten an der Straße geboren, im Universitätskrankenhaus, und ich bin in einer von diesen Sozialsiedlungen aufgewachsen, die es früher gab, drüben in South Elm. Damals waren die Siedlungen noch nicht rein schwarz. Wir hatten auch Weiße dort und Leute mit anderer Hautfarbe. Meine Mutter hat an der Uni gearbeitet. »Ernährungsspezialistin K« oder so ähnlich haben sie zu ihr gesagt, aber wir wussten alle, dass sie die Köchin war. Mein Vater war Hausmeister an einer Schule. Als kleiner Junge hat er den Studenten an der Uni die Schuhe geputzt. Wissen Sie, wie das ging? Nein? Er hat sich abends zusammen mit ein paar anderen Jungs unter die Fenster der Studentenwohnheime gestellt, sie haben die Schuhe aus dem Fenster geworfen, also, die Studenten, und dann haben die Negerjungs sich darum geprügelt. Wer ein Paar Schuhe abgekriegt hat, hat sie mit nach Hause genommen, über Nacht geputzt und sie am nächsten Morgen vor dem Seiteneingang des Wohnheims wieder abgeliefert. Reingehen durfte man ja nicht. Damals durften Schwarze die Uni nicht betreten.«

Sie lehnte sich in ihrem Sessel zurück. »Mein Vater hat immer gesagt, das Wichtigste im Leben ist Würde. Er war nur ein Hausmeister, aber seine Schuhe waren immer blitzsauber, und wenn wir irgendwo zu Besuch hingingen und eigentlich immer, wenn er seine Uniform nicht tragen musste, ist er in Anzug und Krawatte aus dem Haus gegangen. Er hatte nur einen einzigen Anzug, einen schwarzen, bei dem der Stoff hinten schon geglänzt hat, aber er hat ihn getragen, so oft er konnte. Und ein weißes Hemd. An seinem freien Tag ist er immer in seinem schwarzen Anzug und seinem weißen Hemd die Straße auf und ab spaziert. Er hat ausgesehen wie ein Leichenbestatter, aber die Kinder im Viertel, sogar die Halbstarken, haben ihn respektiert. Die haben alle auf ihn gehört. Damals konnte man den Nachbarskindern noch eine Standpauke halten, wenn sie Dummheiten machten, man konnte sie am Arm packen und schütteln und ihnen sagen, sie sollen nach Hause gehen, und keiner hat einen angezeigt oder verhaften lassen oder weiß der Kuckuck was.«

Miss Terrys wehmütiges Lächeln wich einem traurigeren, weicheren Gesichtsausdruck, als ob ihr noch ganz andere Erinnerungen in den Sinn kämen. Sie nahm einen Keks von der Aluminiumfolie, biss ein winziges Stückchen ab und legte den Keks wieder zurück. Julia wusste, dass ihre Furcht vor Ansteckung übertrieben war, doch obwohl sie sich dafür verabscheute, merkte sie sich automatisch, an welchem Keks Miss Terry etwas abgebissen hatte, wo sie den Rest hingelegt hatte und mit welchen der anderen Kekse er in Berührung kam.

»Wir waren sechs Geschwister, und vielleicht war das zu viel für meinen Vater. Er ist an einem Herzinfarkt gestorben, als ich acht war. Und wir haben ihn in seinem schwarzen Anzug beerdigt. Meine Mutter ist erst vor zwei Jahren gestorben. Siebenundachtzig war sie. Eine zähe Lady, Julia. Die hat alles getan, um die Familie zusammenzuhalten. Aber das waren wilde Zeiten, und wir Kinder, na ja, wir wurden auch immer wilder. Nicht alle. Meine mittlere Schwester ist sogar auf die Uni gegangen – in Hampton. Rebecca heißt sie, und sie hat einen sehr netten Mann geheiratet. Rebecca ist Lehrerin, unten in Virginia, wo ihr Mann Verwandte hat. Und einer meiner Brüder, Neebie haben wir ihn immer genannt – Benjamin –, er ist auch aus der Stadt rausgekommen. Ist zu den Marines gegangen. Er wohnt oben in Concord, hat einen Laden für Autoersatzteile. Die beiden sind rausgekommen. Wir anderen, tja, wir sind in der Stadt geblieben und alle irgendwie in Schwierigkeiten gekommen. Mein einer Bruder, der ist im Gefängnis gestorben. Mein jüngster Bruder, der ist jetzt fünfundfünfzig und lebt auf der Straße. Und eine Schwester, die jüngste, die macht alles Mögliche. Sie sagt, sie ist jetzt clean, aber sie treibt sich immer noch auf der Straße rum.«

Julia dachte an die Highschool in Hanover und an die gar nicht einmal unrealistischen Zukunftspläne, die sie und ihre Mitschüler, die sämtlich weiß gewesen waren, sich ausgemalt hatten. Medizin, Maschinenbau, Mikrobiologie oder Jura hatten sie studieren wollen. Einige ihrer Freundinnen hatten sich mehr als alles andere gewünscht, Mütter zu werden – und die meisten hatte das auch erreicht –, aber genau wie für Julia war Mutterschaft für sie immer Teil einer stabilen Ehe gewesen. So konnte man in diesem Land aufwachsen. Oder man wurde auf die Art groß, die Miss Terry beschrieben hatte.

»Ich will nicht behaupten, dass alle auf der Straße landen«, fuhr Miss Terry fort. »Wenn man die Weißen über uns reden hört, dann sollte man meinen, in unserem Viertel gibt es nur Zuhälter, Huren, Drogenhändler und Junkies. Aber die Wahrheit ist, dass die meisten Leute hier ihren Lebensunterhalt mit ehrlicher Arbeit verdienen, Julia. Es ist schwer, weil einem keiner hilft, außer der Herrgott, aber es geht schon irgendwie. Nur leider ist es so, dass manche Leute, vor allem die jungen, das einfach nicht schaffen.«

Miss Terry biss noch ein Stück von ihrem Keks ab.

Endlich hatte Julia sich auf den Rhythmus des Gesprächs eingestellt, und sie wusste, dass sie den Redefluss nicht stören durfte. Sosehr sie sich zusammenreißen musste, sie würde Miss Terry nicht unterbrechen.

»Ich habe meine Kinder viel zu jung bekommen. Ich wusste nicht, wie ich sie großziehen soll. Ich hatte keine Ahnung, wie ich verhindern konnte, dass ich ›einen dicken Bauch bekam‹, wie meine Mutter das genannt hat. Und ich habe den Verstand, den der Herr mir gegeben hat, nicht benutzt, und deswegen wusste ich nicht, dass ich einfach hätte Nein sagen sollen. Ich war wild wie meine kleine Schwester. Sie hat mich bewundert, Julia. Und ich habe ihr alles beigebracht, was man nur falsch machen kann.

Sie hat ihr Leben ruiniert, weil sie gesehen hat, wie ich meins ruiniert habe.«

»Jeder trifft seine eigenen Entscheidungen«, entgegnete Julia automatisch, die den Vorsatz zu schweigen, den sie erst vor wenigen Sekunden gefasst hatte, schon wieder vergessen hatte.

»Ach was. Erzählt man sich das bei Ihnen in den weißen Vororten? Also, hier im Nest glauben wir, dass wir den anderen ein Vorbild sein müssen. Alle Erwachsenen sollen den Kindern vorleben, wie sie sich zu verhalten haben. Die älteren Kinder sollen den Jüngeren zeigen, wie es richtig ist. Das hat mein Vater uns immer wieder eingeschärft. Aber nach seinem Tod wollte ich kein Vorbild mehr sein. Ich wollte endlich tun und lassen, was mir gefiel, und mir nicht mehr über andere den Kopf zerbrechen. Ich war genau wie dieser Basketballspieler – wie hieß er noch? –, der gesagt hat, er habe keine Lust mehr, als Vorbild für die Jugendlichen herzuhalten.«

»Charles Barkley.«

»Barkley. Genau. Ich hab ihn immer gern spielen sehen, aber was die Sache mit dem Vorbild angeht, da hat er falsch gelegen, Julia. So was entscheidet man nicht selbst. Das kann man sich nicht aussuchen. Was meine kleine Schwester getan hat, hat sie sich alles von mir abgeguckt. Und als ich selbst Kinder hatte, tja, da haben die sich auch alles von mir und von den anderen jungen Leuten abgeguckt. Heute gehe ich regelmäßig zur Kirche, und ich wünschte, ich hätte früher damit angefangen, früh genug, um meinen eigenen Kindern eine Hilfe zu sein, Julia. Aber damals haben Gott und ich nicht miteinander gesprochen, außer ab und zu, wenn ich seinen Namen zum Fluchen benutzt habe. Und DeShaun, tja, er war ein draufgängerischer kleiner Junge. Und es wurde jedes Jahr schlimmer mit ihm. Ich dachte, ich würde fertig werden mit ihm, denn da hatte ich schon zu Gott gefunden. Aber ohne Vater … Ich habe alles versucht, trotzdem war es ein ewiger Krieg. Ich hab ihn zu den Pfadfindern geschickt, ich habe ihn nachmittags in dieses Programm an der Uni geschickt, wo sie ihm einen großen Bruder an die Seite gestellt haben. Aber nach einer Weile ist er einfach nicht mehr hingegangen.« Sie schüttelte sich bei dem Gedanken daran, wie die Geschichte weitergegangen war. »Meine Sünde war der Stolz.

Ich habe wirklich geglaubt, ich könnte ihn unter Kontrolle halten, Julia. Aber wahrscheinlich bin ich tief drinnen, da, wo es drauf ankommt, eine schwache Frau, denn egal, wie viel ich gebetet habe, Julia, der Junge hatte den Teufel im Leib. Ich wollte ihn aus dem Haus werfen, weil er einfach keine Vernunft angenommen hat und immer weiter auf die schiefe Bahn geraten ist, aber ehe ich dazu kam, hat er dieses Auto gestohlen und ist erschossen worden.«

Keine Tränen, als ihre Geschichte zu diesem plötzlichen und gewaltsamen Ende kam, nur ein trotziger, durchdringender Blick, als erwartete sie eine abschätzige Bemerkung. Julia wusste, dass sie vorsichtig vorgehen musste. »Es tut mir wirklich sehr leid, Miss Terry. Ich habe auch nur ein paar Fragen an Sie.«

»Ich will es Ihnen leichter machen, Julia.« Ihre Stimme klang kalt. »Mein DeShaun war ein kleiner übler Gangster. Er hat Autos geklaut. Er wurde zweimal wegen Körperverletzung verhaftet. An dem Abend, als das Mädchen ermordet wurde, war er in Tyler's Landing. Das glaube ich. Er kannte sich in Tyler's Landing aus, weil ich dort früher als Putzfrau gearbeitet hatte. Er hat an dem Abend ein Auto gestohlen. Das glaube ich auch. Die Polizei hat gesagt, er hätte im Stadtpark mit dem Mädchen geredet. Auch das glaube ich. Und, ja, wir haben Klage eingereicht. Aber wir haben die Klage zurückgezogen. Wir haben keine Abfindung oder sonst irgendwas bekommen. Wir haben die Klage einfach zurückgezogen. Zufrieden?«

»Nein.«

»Warum nicht? Was habe ich vergessen?«

»Sie glauben, dass DeShaun an dem Abend in Tyler's Landing war, dass er ein Auto gestohlen hat und dass er mit Gina gesprochen hat. Aber Sie haben nicht gesagt, dass Sie glauben, er hätte sie umgebracht.«

Schweigen.

»Die Spurensicherung hat sich den Wagen nie angeschaut, es hat keinen Beweis gegeben, der vor Gericht standgehalten hätte, Miss Terry. Es gab nichts, was Gina mit dem Auto in Verbindung gebracht hätte. Wir können nicht wissen, ob sie überhaupt jemals darin gesessen hat.« In ihrer Aufregung beugte Julia sich vor und bemerkte, wie Miss Terry in dem winzigen, halbdunklen

Zimmer vor ihr zurückwich. »Ich denke, dass Sie das alles bereits wissen. Und ich glaube, deshalb haben Sie die Klage eingereicht. Aber jetzt will ich Ihnen etwas erzählen, was Sie vielleicht noch nicht wissen. Gina Joule hatte sich mit DeShaun im Stadtpark unterhalten, aber danach – danach! – hat sie noch bei einer ihrer Lehrerinnen geklingelt, und da war sie noch putzmunter und lebendig.«

Immer noch Schweigen, aber etwas regte sich in dem schönen Gesicht wie dunkler Quantenschaum vor dem Urknall.

»Ich kann mir nicht vorstellen, dass Sie DeShaun für Ginas Mörder halten. Das haben Sie nie geglaubt. Genau aus diesem Grund haben Sie die Stadt damals verklagt. Und ich bin davon überzeugt, dass Sie die Klage zurückgezogen haben, weil jemand Ihnen Geld gegeben hat.« Theresa Vinney schnaubte verächtlich und schüttelte den Kopf, sagte jedoch nichts. »Ich glaube, jemand anderes hat das Mädchen umgebracht, und zwar jemand mit viel Macht und viel Geld. Die Sache wurde vertuscht. Und als DeShaun auftauchte, ist er denen als Sündenbock direkt in den Schoß gefallen.« Julia konnte Miss Terrys Schweigen nicht länger ertragen. Sie wurde wütend auf die Frau, und mit dem rechtschaffenen, reinen Zorn einer Mutter sagte sie: »Ich glaube, jemand ist zu Ihnen gekommen, hat vielleicht genau hier gesessen, wo ich jetzt sitze, und er hat Ihnen Geld dafür angeboten, dass Sie die Klage fallen lassen. Wie viel hat er Ihnen angeboten, Miss Terry? Zehntausend? Fünfzig? Hundert?

»Warum mischen Sie sich in diese Sache ein?«, fragte die ältere Frau.

»Weil ich Gerechtigkeit will.«

»Gerechtigkeit.« Wieder dieses verächtliche Schnauben, das Julia diesmal an Bay Dennison erinnerte. »Julia, ich habe drei meiner Kinder begraben, eins ist an Drogen gestorben, eins an Aids, und DeShaun, und keins davon hatte seinen Frieden mit Gott gemacht. Also, mein kleiner DeShaun wurde erschossen, nachdem er ein Auto gestohlen hatte. Es hieß, er hätte dieses weiße Mädchen umgebracht, und unsere Leute waren drauf und dran, einen Aufstand anzuzetteln. Aber ich bin seine Mutter, und ich habe die Klage zurückgezogen, und das hat den Protestaktionen ein Ende gesetzt. Die Leute haben sich wieder um ihren

Alltag gekümmert. Und jetzt sitzen Sie hier in meinem Wohnzimmer, trinken meinen Kaffee und erzählen mir, Sie seien nur kurz vorbeigekommen, um mir zu eröffnen, dass DeShaun das Mädchen nicht umgebracht hat. Und dann beleidigen Sie mich, behaupten, irgendein Schwarzer wäre hier gewesen und hätte mir Schweigegeld gezahlt. Ich bin eine gläubige Frau, Julia, keine geldgierige kleine Schlampe. Also, ich würde sagen, wir lassen alles, wie es ist. Jeder weiß, dass DeShaun das Mädchen umgebracht hat. Belassen wir es einfach dabei.« Abrupt stand Miss Terry auf. »Und jetzt, Julia, meine Liebe, habe ich ein paar wichtige Dinge in der Kirche zu erledigen, wenn Sie nichts dagegen haben. Aber ich muss Ihnen noch dafür danken, dass Sie heute Morgen den ganzen weiten Weg hierher gekommen sind, um mit mir zu plaudern. Möge der Herrgott Sie auf der Heimfahrt in Ihren hübschen Vorort beschützen.«

Julia sagte: »Ich habe nie gesagt, dass der Mann, der Sie bezahlt hat, ein Schwarzer war.«

· II ·

Miss Terry schlug vor, dass Julia sie auf dem Weg zur Kirche begleitete. Kaum waren sie zur Tür hinaus, erklärte sie ihr, dass sie den Verdacht habe, ihr Haus sei verwanzt. Die Weißen, sagte sie, haben nichts übrig für Schwarze, die aufmucken, und den armen Dr. King haben sie dauernd abgehört, bevor sie ihn erschossen haben.

»Sie haben wirklich nicht gewusst, dass es ein Schwarzer war?«, fragte sie.

»Nicht, bis Sie es mir gesagt haben. Nein.«

»Tja, ich sollte aufpassen, dass ich meine Zunge besser im Zaum halte.«

Die Leute im Viertel kannten Miss Terry und respektierten sie. Vielleicht waren sie von Müttern großgezogen worden, die sie angeschrien hatten, denn in diesem Ton kommunizierte Miss Terry mit allen außer Julia. Sie brüllte aus vollem Hals, sie sollten gefälligst damit aufhören und sich benehmen! Und überraschenderweise tat ihr Geschrei seine Wirkung. Als sie eine Horde kleiner Kinder ausschimpfte, weil sie Autos mit Schneebällen bewarfen, hörten sie sofort damit auf, und als sie vierzehnjährige Drogendealer verscheuchte, verzogen die sich mit gesenktem Kopf. Man müsse sich den Respekt der Leute verdienen, erklärte Miss Terry. Ihre schwarzen Kunstlederstiefel mit Webpelzfutter knirschten im Schneematsch auf dem Gehsteig. Die Leute dürften keine Sekunde daran zweifeln, dass den Worten auch Taten folgen werden. Wieder erinnerte sie Julia an Byron Dennison, und sie begriff, dass die Geheimnisse der Macht wahrscheinlich überall gleich waren, und alle Leute mit Macht sie kannten.

Julia stimmte Miss Terry zu.

»Sind Sie sich wirklich ganz sicher, dass Sie der Geschichte auf den Grund gehen wollen?«, fragte Miss Terry, als sie in die Third Street einbogen.

»Ja, Miss Terry.«

»Wegen Ihrer Tochter. Stimmt, das haben Sie erwähnt.«

Julia seufzte, überlegte, welche Antwort sie geben konnte, und entschied sich für die Wahrheit. »Ja. Aber das ist nur die halbe Wahrheit.« Miss Terrys dunkle Augen sahen sie fragend an. »Der Mann, der in Tyler's Landing ermordet wurde. Der Professor. Ich habe ihn gekannt. Wir haben uns einmal sehr nahe gestanden. Nein. Das ist auch nicht der wahre Grund.« Miss Terry wartete geduldig. »Ich tue es auch für mich selbst. Ich bin jemand – mein Leben lang habe ich mich auf andere Leute verlassen. Mich von ihnen vor der Welt beschützen lassen. Seit zwanzig Jahren lebe ich in Sicherheit. Und jetzt ist es an der Zeit, dass ich ein bisschen zurückzahle.«

Sie mussten eine Straße überqueren, und weil Miss Terry wartete, bis die Ampel auf grün sprang, wartete Julia auch, obwohl Warten nicht ihre Stärke war. Miss Terry winkte einem Bekannten zu, dann fasste sie Julia am Ellbogen. Sie machte sie auf ein Crackhaus aufmerksam, dann zeigte sie ihr die Büroräume einer politischen Partei, die allerdings nur während der Wahlsaison besetzt waren. Sie sagte: »Angenommen, Sie hätten recht, Julia, und es wäre so gewesen, wie Sie es geschildert haben. Ich sage nicht, dass es so war, aber nehmen wir es einfach mal an. Angenommen, wir haben die Klage zurückgezogen, weil uns jemand Geld gegeben hat. Alle hier haben diesen Fall aufmerksam verfolgt, Julia. Es gab diese Demonstrationen. Wenn wir also Stillschweigen darüber bewahrten, dass wir ein bisschen Geld bekommen haben, dann müssen wir einen sehr guten Grund dafür gehabt haben.«

»Das verstehe ich, Miss Terry.«

»Wir hätten nie aus Habgier so gehandelt.«

»Nein, Ma'am.«

Sie waren vor der Kirche angekommen, einem quadratischen Flachbau, der einmal als Lagerhalle gedient hatte. Jetzt war das Gebäude, in dessen Fassade schmale, hohe Fenster eingesetzt worden waren, weiß getüncht. Über dem Eingang prangte in fast anderthalb Meter hohen, feuerroten Buchstaben der Name der Kirche, *The House of Faithful Holiness*, und darunter, beinahe ebenso groß, hatte sich der Gründer verewigt, dessen Name nicht Jesus Christus war. Die reich verzierten Eingangstüren waren fest verschlossen, aber Miss Terry führte Julia über einen großen, fast leeren Parkplatz zu einem Seiteneingang. Im Innern war es eiskalt, wahrscheinlich, um Heizkosten zu sparen hatte man unter der Woche das Thermostat heruntergedreht. Anstelle von Kirchenbänken gab es einzelne Stühle, und Julia kam es so vor, als könnten hier tausend Menschen bequem Platz finden. Sie erkundigte sich, wie viele Gläubige an den Gottesdiensten teilnahmen.

»An den meisten Sonntagen vier- bis fünfhundert. Weihnachten und Ostern sind es doppelt so viele.«

»Ich bin beeindruckt«, sagte Julia. Sie musste an Lemasters sture anglikanische Gemeinde denken, die es als kleinen Erfolg verbuchte, wenn fünfzig Gläubige zum Gottesdienst erschienen. Es käme einem großen Wunder gleich, wenn einmal hundert Leute auftauchen würden.

»Kein Grund, beeindruckt zu sein. Das ist das Werk des Herrn.«

»Ja.« Julia musste sich beherrschen, um nicht an ihren Fingernägeln zu nagen. Sie fragte sich, warum in aller Welt Miss Terry sie hierher geführt hatte.

Sie gingen an einigen sorgfältig gekleideten Gläubigen vorbei, die Miss Terry, so schien es Julia, freudig grüßten, dann gelangten sie durch einen dunklen Flur – das Gebäude war riesig – in den Klassenraum der Sonntagsschule. An den Wänden hingen Bilder von Bibelszenen und Zitate aus dem Alten und dem Neuen Testament. Auf einer Anwesenheitsliste waren die Namen der Kinder mit Häkchen oder mit Minuszeichen versehen. In den Bibelszenen waren alle Personen schwarz.

Sie setzten sich an einem niedrigen Tisch einander gegenüber auf zwei Kinderstühle.

»DeShaun hatte keinen Raum wie diesen, wo er etwas übers Leben hätte lernen können. Damals gab es diese Kirche noch nicht. Keins meiner Kinder wurde hier erzogen. Aber die meisten meiner Enkelkinder haben hier oder in einer anderen Kirche den Start in ihr Leben begonnen. Ich habe erst recht spät zu Gott gefunden, aber die meisten Kinder hier aus der Gegend werden mit der Kirche großgezogen. Sie hören jeden Sonntag das Wort des Herrn, sie singen die Hymnen, und sie entscheiden sich hier für die Taufe.«

Julia, die beinahe etwas Lobendes dazu gesagt hätte, beschloss, Miss Terry nicht zu unterbrechen.

»Wir haben hier jede Menge kleiner Kinder, Julia. Die meisten Gemeinden in der Gegend haben viele Kinder, aber in unserer sind es besonders viele. Die Mütter bringen sie fast jeden Sonntag her. Die Väter sind, wie ich leider gestehen muss, nicht sonderlich an dem interessiert, was der Herrgott anzubieten hat, obwohl sie es, weiß der Himmel, bitter nötig hätten. Die meisten wollen noch nicht einmal die Mütter ihrer Kinder heiraten. Wenn früher ein junges Mädchen schwanger wurde, dann standen am nächsten Tag ihr Vater und ihre Brüder vor der Tür des jungen Mannes und haben ihm sonst was angedroht, wenn er nicht das Richtige tut. Tja, und ein paar Monate später haben wir dann die Hochzeit gefeiert.«

Julia errötete und senkte den Blick, als sie sich daran erinnerte, wie Lemasters Tante ihr vorgeworfen hatte, sie hätte ihn durch die Schwangerschaft zur Heirat erpresst. Miss Terry bemerkte es nicht. »Na ja, so war das in den alten Zeiten«, fuhr sie fort. »Aber heutzutage? Heute müssten wir in den Gefängnissen oder auf den Friedhöfen suchen. Oder unten an der Straßenecke. Da finden wir die Väter am ehesten. Und da hocken auch die Brüder. Aber die sagen nur: ›Haut ab.‹«

Julia wünschte, sie besäße die Geduld ihres Mannes. Sie sagte: »Miss Terry, wenn wir vielleicht über DeShaun reden könnten –«

»Julia, meine Liebe, ich rede schon die ganze Zeit über DeShaun. Sie müssen verstehen, was wir hier tun. Wir versuchen, diese Kinder in der Kirche zu halten, weil die Kirche für die meisten die einzige Hoffnung ist. In der Schule können sie anziehen, was sie wollen, und sie bekommen nie etwas über Gott zu hören, aber man bringt ihnen alles über Sex bei, man sagt ihnen, sie sollen sich selbst verwirklichen und das tun, was sie für richtig halten. Für die weißen Kinder in der Stadt mag es gut sein, wenn man ihnen sagt, sie sollen sich selbst verwirklichen oder was auch immer man ihnen beibringt. Ich weiß es nicht. Ich weiß nur, dass es für unsere Kinder ein Desaster ist, Julia. Einfach ein Desaster.

Irgendein dummer Junge schwängert ein dummes Mädchen, und die Weißen sagen, die beiden brauchen nicht zu heiraten, weil es falsch wäre, sie unter Druck zu setzen. Wir schließen uns dieser Meinung an, weil wir immer tun, was die Weißen uns sagen. Sehen Sie, Julia, im Prinzip leben wir hier immer noch auf der Plantage. Die Weißen legen die Regeln fest. Die Weißen sagen, kein Gott in der Schule, also gibt es keinen Gott in der Schule. Die Weißen sagen, man darf den Mädchen nicht sagen, dass sie sich schämen sollen, wenn sie schwanger werden, also schämt sich niemand. Wie gesagt, die Weißen legen die Regeln fest. Die wohnen drüben im Großen Haus. Aber hier draußen auf dem Feld? Niemand fragt nach unserer Meinung. Also hocken wir an der Straßenecke oder wir leben hier im Haus Gottes. Für uns gibt es keine andere Möglichkeit.«

Jedes Wort versetzte Julia einen Stich. Jeder Satz enthielt eine Aussage, die sie zu einem Gegenargument reizte. Doch sie wagte nicht, Theresa Vinney zu verletzen, nicht jetzt, wo sie ihrem Ziel so nah war. Sie musste sich konzentrieren. »Und DeShaun –«

»DeShaun hat sich für die Straßenecke entschieden, und deswegen ist er tot. Er war böse, Julia. Vom Tag seiner Geburt an wollte er immer nur seinen eigenen Kopf durchsetzen. Der Junge hat sich nie etwas sagen lassen. An dem Abend, als er gestorben ist, hatte ich ihm schon angekündigt, dass ich ihn aus dem Haus werfe. Aber dann bin ich nicht mehr dazu gekommen. Und Sie wollen Gerechtigkeit?« Miss Terry machte eine ausladende Handbewegung, die das ganze Gebäude, den riesigen Kirchenraum und alle Klassenräume einschloss. »Das ist unsere Gerechtigkeit, Julia. Nicht irgendein kompliziertes staatliches Hilfsprogramm. Dieses Haus. Dieses Haus ist alles, was wir haben. Und es ist alles, was wir brauchen.«

Julia wollte etwas entgegnen, aber Miss Terry war noch nicht fertig. Draußen im großen Saal sang jemand falsch, ein paar Takte eines Motown-Schlagers aus den Sechzigern, und eine strenge Stimme brachte den Sänger zum Schweigen.

»Hören Sie mir zu, Julia. Ja, wir haben die Stadt verklagt. Und wir haben die Klage fallen lassen. Ich werde Ihnen nicht verraten, warum. Doch ich werde Ihnen etwas anderes sagen. Gott hat hier ein Wunder gewirkt. Wir haben diese Kirche errichtet. Wir haben diese Schule gebaut. Wir haben Wohltäter, die schicken uns alle sechs Monate einen dicken Scheck, und jeder Penny davon geht an die Kirche und an die Schule. Unsere Gemeinde wächst von Jahr zu Jahr. Wir versuchen, unsere Kinder zu lehren, was sie, wenn es nach dem Willen der Weißen ginge, nicht lernen würden, zum Beispiel, dass Gott sie liebt, und was der Unterschied ist zwischen Recht und Unrecht. Wir können nicht viel bezahlen, deswegen haben wir auch nicht so gute Lehrer wie Sie da draußen in den weißen Vororten, aber wir tun, was wir können.« Einen absurden Moment lang meinte Julia, einen Vorwurf in Miss Terrys harten Augen zu sehen, als wüsste DeShauns Mutter, dass ihr Gast auch einmal Lehrerin gewesen war, und hoffte, dass sie ihre Dienste anbot. Aber Miss Terry sammelte nur ihre Kraft, um mit dem Vortrag fortzufahren. Sie stach mit einem Finger in die Luft. »Also, DeShaun ist tot, und auch wenn Sie das alles wieder ausgraben – kein Zeitungsartikel wird ihn wieder lebendig machen. Auch wenn irgendein mächtiger Weißer im Gefängnis landet, wird das meinen Sohn nicht wieder lebendig machen. Aber mit dieser Schule, Julia, mit dieser Kirche können wir vielleicht verhindern, dass unsere Kinder so enden wie DeShaun.« Ihre Stimme wurde sanfter. »Sie waren doch auch einmal Lehrerin, nicht wahr?«

Julia fuhr auf, aber sie schaffte es, zumindest oberflächlich die Ruhe zu bewahren. »Ich habe ein paar Jahre lang an einer staatlichen Schule –« Sie brach ab, weil ihr plötzlich klar wurde, dass sie etwas überhört hatte. »Woher wissen Sie, dass ich früher einmal Lehrerin war? Kellen Zant hat es Ihnen erzählt, stimmt's? Der Professor, der ermordet wurde. Er war hier und hat mit Ihnen über Ihren Sohn geredet.«

Theresa Vinney nickte. »Das war, ach, im vergangenen Frühjahr, oder vielleicht war es auch im Frühsommer. Er hat mir dieselbe Frage gestellt wie Sie, wollte wissen, ob ein Schwarzer mir Geld gegeben hat, damit ich die Klage fallen lasse.«

»Er hat nach einem Schwarzen gefragt?«

»Genau, wie ich es gesagt habe.«

In diesem Moment begriff Julia, wie einfach es im Grunde war. Sie hätte es sich denken können. Kellens Motivation wurde ihr allmählich immer klarer. Vielleicht war er am Ende doch nicht nur hinter Geld hergewesen. Bis zu diesem Tag wäre Julia nie auf die Idee gekommen, dass es ein Schwarzer gewesen sein könnte, der die Wahrheit um den Mord an Gina vertuscht hatte. Selbst jetzt wusste sie es nur, weil es Theresa Vinney herausgerutscht war. Kellen hatte es schon gewusst, bevor er hierher gekommen war. Vielleicht hatte er die Information aus dem Tagebuch gehabt. Oder vielleicht hatte er es auch von –

»Miss Terry?«

»Ja, meine Liebe?«

»Als Professor Zant Sie gefragt hat, ob ein Schwarzer Ihnen Geld gegeben hat, was haben Sie ihm geantwortet?«

»Dass er eine Rolle in Gottes Plan spielen wird.« Sie tätschelte Julias Knie. »Also, Julia, es tut mir wirklich leid, was Ihre Tochter durchmachen muss. Ich werde alle in der Kirche bitten, für sie zu beten. Aber ich denke, Sie sollten jetzt nach Hause fahren und dankbar sein für das, was Sie haben. Sie müssen sich um Ihre Kinder kümmern, Julia. Und wir kümmern uns schon selbst um unsere Kinder.«

Kapitel 46

Zwei weitere Treffen

· I ·

»Ich habe das meiste, worum Sie mich gebeten haben«, sagte Bruce Vallely. »Nicht alles, aber das meiste.«

Julia Carlyle, die ihm am Tisch gegenübersaß, verzog das Gesicht. Bruce kam sie ein bisschen verwöhnt vor, oder vielleicht war sie es auch einfach nur gewöhnt, dass sie immer alles bekam, was sie wollte. Er wusste, dass Trevor Land sie gedrängt hatte, mit ihm zu sprechen. Julia hatte daraufhin angeboten, ihm zu helfen, bestand jedoch auf einem Tauschgeschäft.

»Dann müssen wir uns eben mit dem begnügen, was Sie haben«, sagte Julia. Sie saßen im Ruby Tuesday im Einkaufszentrum in Norport, und Bruce spürte, wie die Autorität ihm entglitt und auf sie überging. Noch vor Kurzem hatte er diese Frau für schwach und zimperlich gehalten, die typische schwarze Prinzessin von der Goldküste, über die er und seine Freunde, allesamt Arbeiterkinder, sich an der Uni immer lustig gemacht hatten. Aber unter der weichen Oberfläche saß ein stahlharter Kern. Er erinnerte sich daran, dass Marlon Thackery ihn gewarnt hatte, sich weder mit Julia noch mit ihrem Mann anzulegen. »Sagen Sie mir, was Sie bisher herausgefunden haben«, befahl sie, als arbeitete er für sie.

Bruce musste beinahe lächeln. »Viel konnte ich nicht in Erfahrung bringen.« Er schob ihr einen weiteren Umschlag für ihre Sammlung über den Tisch. »Nach den offiziellen Unterlagen sind die Empyreals vielleicht noch nicht bankrott, aber sie stehen kurz davor. Sie besitzen ein Clubhaus in Brooklyn, das mit mindestens zehn Hypotheken belastet ist. Früher hatten sie ein ziemlich großes Grundstück auf Long Island, wo sie einen superschicken Country-Club nur für Schwarze errichten wollten. Es wurde vor zwanzig Jahren zwangsversteigert. In den fünfziger, sechziger Jahren hatten sie ein Hotel in Atlantic City, aber heute ist das Grundstück Teil eines Casino-Parkplatzes, und den Empyreals gehört nichts mehr davon. Ich glaube nicht, dass es ihnen finanziell sehr gut geht, Julia.«

»Hm.«

»Darf ich fragen, weswegen Sie diese Informationen haben wollten?«

»Ja.«

Er wartete, dann fragte er stirnrunzelnd: »Ja was?«

»Ja, Bruce, Sie dürfen fragen. Aber ich werde es Ihnen nicht sagen.« Sie strich ihm über die Hand, eine instinktive Geste, denn sie hatte schon immer gern andere Menschen berührt, weil es ihr das Gefühl gab, besser in Kontakt mit ihnen zu kommen. »Aber ich danke Ihnen. Wirklich. Ich habe Sie angerufen, weil mir sonst niemand eingefallen ist, den ich hätte darum bitten können.«

»Hat das irgendwas mit Ihrem Mann zu tun?«

»Tut mir leid, Bruce. Ich werde nicht darüber reden.«

»Er ist ein Empyreal, nicht?« Bruce beugte sich vor und hoffte, dass sie die Bewegung als eindringlich und nicht als bedrohend empfand. »Julia?«

Sie schüttelte entschlossen den Kopf. »Bedrängen Sie mich nicht, Bruce.«

Etwas in ihrem Blick störte ihn, und vielleicht entdeckte sie auch etwas in seinen Augen, denn sie legte ihre Hand auf den Tisch und begann, mit den Fingern zu trommeln.

»Also gut«, sagte Bruce. »Dann sind Sie jetzt an der Reihe. Was haben Sie mir zu bieten?«

Aber sie konnte ihm keine Informationen geben. Nein, sie hatte nichts und niemanden gesehen, bevor sie Kellens Leiche entdeckt hatte. Nein, sie hatte keine Ahnung, wohin er an dem Abend unterwegs gewesen sein könnte, und sie wusste auch nicht, was »Jamaika« bedeutete.

»Er war an dem Abend in der Theologischen Fakultät, nicht

wahr?«, sagte Bruce. Eine naheliegende Schlussfolgerung nach seinem Gespräch mit Tony Tice, der zweifellos dasselbe vermutet hatte. Julia versuchte, ihre Überraschung zu verbergen, deshalb wusste Bruce, dass er richtig lag. »Warum war er dort, Julia? Hatten Sie etwas für ihn hinterlegt? Hat er etwas für Sie hinterlegt?«

Sie schüttelte den Kopf, weniger ein Nein, sondern so, als wolle sie die Frage nicht beantworten.

»Und was ist mit Gina Joule?«, fuhr Bruce fort. »Halten Sie es für wahrscheinlich, dass Kellen Zant versucht hat, den Mord an Gina Joule aufzuklären? Denn meiner Meinung nach sieht es ganz danach aus.«

»Ich weiß es nicht.«

»Hatte er herausgefunden, dass irgendein hohes Tier das Mädchen ermordet hat? Wurde er deswegen erschossen?«

Sie breitete die Hände aus und schenkte ihm ihr kleines, schiefes Lächeln. »Hören Sie, Bruce, ich kann Ihnen da wirklich nicht weiterhelfen.«

»Ohne Hilfe schaffen Sie das nicht«, sagte er, aber Julia war schon damit beschäftigt auszurechnen, wie viel jeder von ihnen für das Mittagessen bezahlen musste.

· II ·

Julia fand Joe Poynting in der Studentenlounge, wo er sich mit der Ausarbeitung eines Übungsgottesdienstes für sein Homiletik-Seminar abquälte. Sie wollte wissen, was der wirtschaftswissenschaftliche Fachbegriff »nicht rivalisierender Konsum« bedeutete. Joe konnte ihr auch diesmal weiterhelfen.

»Konsum ist rivalisierend«, sagte er, »wenn meine Nutzung einer Sache einem anderen weniger übrig lässt. Schauen Sie aus dem Fenster. Sehen Sie die Möwen? Sie streiten sich um ein Stück Futter. Wenn eine von ihnen es frisst, ist ihr Konsum rivalisierend für alle anderen, weil die es dann nicht mehr fressen können. Verstehen Sie?«

Julia nickte.

»Konsum ist nicht rivalisierend, wenn meine Nutzung einer

Sache die Nutzung durch andere nicht beeinträchtigt. Schauen Sie sich noch mal die Möwen an. Sehen Sie, wie ihr Gefieder in der Sonne glänzt? Den Regenbogeneffekt? Es ist ein schöner Anblick, und die Tatsache, dass ich ihn genieße, hindert Sie nicht daran, ihn ebenfalls zu genießen. Wir können ihn beide konsumieren. Das nennt man nicht rivalisierend. Verstehen Sie?«

Sie verstand und bedankte sich bei ihm.

Bei dem Mordfall gehe es um nicht rivalisierenden Konsum, hatte Kellen zu Mary gesagt, dann hatte er ihr das Foto von Malcolm Whisted geschickt. Malcolm Whisted, der mit der Familie Joule bekannt war. Es war menschenverachtend, von einer Frau als Konsumobjekt zu sprechen, aber vielleicht hatte es Kellen ja tatsächlich so gemeint. Wenn Gina nur einen Freund gehabt hatte, dann handelte es sich um rivalisierenden Konsum. Aber wenn sie mehr als einen gehabt hatte – dann war der Konsum nicht rivalisierend.

Das musste es sein, was Kellen ihnen zu sagen versuchte. Die beiden jungen Männer, die Gina an dem Abend in dem Jaguar abgeholt hatten, hatten sich das Mädchen offenbar teilen wollen. Angenommen, Jock war der feste Freund. Vielleicht war einer seiner Mitbewohner ein wenig eifersüchtig auf das, was Jock von Gina bekam. Und Jock, der größte Draufgänger in dem ganzen draufgängerischen Haufen, hatte gesagt, okay, wenn sie das nächste Mal anruft, kommst du eben mit. Dann teilen wir sie uns eben.

Sich einen Menschen teilen, wie ein Sexspielzeug.

Nicht rivalisierender Konsum.

Aber Gina hatte keine Lust gehabt, geteilt zu werden. Gina hatte sich gewehrt.

Und den Kampf verloren.

Julia wälzte das Problem in Gedanken hin und her, dann vergaß sie es für einen kurzen Moment. Ein Geistesblitz hatte sie auf eine Idee gebracht. Die Möwen.

Auf Englisch hießen Möwen *Sea Gulls*.

Und Kellen hatte Wortspiele geliebt.

Julia nahm sich den Schreibblock vor, auf dem sie vergeblich versucht hatte, Anagramme für »Shari Larid« zu finden, die geheimnisvolle Aushilfslehrerin, die kein Mensch kannte. Natürlich kannte sie niemand. Sie existierte gar nicht, sie war nichts als eine Botschaft, die nur für Julias Ohren bestimmt war. Mit der Aushilfslehrerin hatte Kellen ihr einen Hinweis geben wollen, dass das Eigentliche durch etwas anderes *ersetzt* worden war. Julia, der Biologin, war die lateinische Bezeichnung für die Vogelfamilie der »Laridae«, der Möwen, geläufig, und wenn man »Larid« durch »Gull« *ersetzte*, dann bekam man »Shari Gull«, und das war ein Anagramm für …

Kapitel 47
Sugar Hill

· I ·

Am Samstag machten die Mütter unter den Sisterladys von Harbor County mit ihren kleinen Kindern – den Littlebugs – einen Ausflug nach Manhattan. Sie aßen im »Mars 2112« zu Mittag, einem wunderbar verrückten Restaurant mit Raumschiffmotiv, und sahen sich dann am Broadway die Nachmittagsvorstellung von *Der König der Löwen* an. Kimmer Madison und ihr Sohn Bentley, der zwei Jahre jünger war als Jeannie, fuhren bei Julia im Escalade mit. Julia wäre dankbar gewesen für eine Ablenkung von ihren Sorgen, doch tatsächlich wollte sie den Ausflug nach New York nutzen, um sich zumindest einer Sorge zu entledigen. Sie hatte einen nicht vorgesehenen Zwischenstopp eingeplant, mit dem sie ihre Passagiere auf der Rückfahrt überraschen würde.

Kimmer verbrachte fast die ganze Fahrt nach New York an ihrem Handy und bat Julia pausenlos, das Radio leiser zu stellen, damit sie telefonieren konnte. Für Anwälte und andere Selbstständige war heutzutage das Büro offenbar nicht mehr an einen bestimmten Ort gebunden. Zwischen ihren dringenden Gesprächen strahlte Kimmer die beiden Kinder an, die auf dem Rücksitz saßen und kaum voneinander Notiz nahmen, und murmelte immer wieder: »Wer weiß, was die Zukunft für die beiden bereithält?« Ebenso wie Julia stammte sie aus einer der ältesten Familien der dunkelhäutigeren Nation und sorgte sich um den Erhalt der Traditionen.

Das Musical begeisterte selbst absolut nicht sentimental veranlagte Mütter – wie Kimmer – und auch solche wie Julia, die es schon gesehen hatte, und die Kinder bettelten, ob sie nicht noch zum Abendessen in New York bleiben könnten. Aber trotz aller Bettelei wurden alle in die Autos geladen, und um halb sechs befand sich die Karawane auf dem Heimweg.

Nur der Escalade fehlte im Konvoi.

Julia erklärte Kimmer, sie müsse noch kurz wo vorbeifahren. »Nur, wenn du noch Zeit hast«, fügte sie hinzu.

»Wie lange wird es dauern?« Kimmer warf tatsächlich einen Blick auf ihre Armbanduhr. Als sie merkte, dass Julia das nicht entgangen war, setzte sie ein ansteckendes Lächeln auf. Kimmer war lebenslustig, schlagfertig und intelligent. Sie war zum dritten Mal verheiratet, und man konnte sich gut vorstellen, dass der derzeitige Ehemann nicht ihr letzter sein würde.

»Vielleicht eine halbe Stunde, mehr nicht.«

»Eine halbe Stunde?«

»Und du kannst mit den Kindern im Auto warten. Ich brauche ungefähr zehn Minuten, wenn wir da sind.«

»Wo fahren wir denn hin?«

»Nach Harlem.«

»Julia, es ist schon fast sechs.«

»Die haben rund um die Uhr geöffnet.«

· II ·

Als Julia die zweistöckige Stadtvilla an der Ecke Edgecombe Avenue und West 145th Street zum letzten Mal gesehen hatte, waren alle ihre Kinder bei ihr und glücklich gewesen. Das war jetzt sieben Jahre her. Gemeinsam mit Tessa hatte Julia die Kinder durch Harlem geführt, ihnen Geschichten von früher erzählt, an die sie sich selbst kaum erinnern konnte, und dabei auf komische Weise Granny Vee nachgeahmt. Schließlich hatte sie sich sogar von den Kindern breitschlagen lassen, einen kurzen Abstecher zu der sagenumwobenen Veazie-Villa zu machen. Allerdings waren sie nicht ausgestiegen, und Julia war rasch daran vorbeigefahren, in der Hoffnung, dass niemandem auffiel, wie sehr das einstmals stolze Gebäude, Schauplatz so vieler Geschichten aus der Kindheit ihrer Mutter, heruntergekommen und verfallen war.

Als sie den Escalade in eine Parklücke manövrierte, die wie für den Wagen gemacht war, erwartete sie nicht, dass sie an diesem Abend noch mehr Glück haben würde. Sie wusste, dass es ein sinnloses Unterfangen war, aber sie musste es einfach versuchen.

Für den Fall, dass es ihr nicht gelingen sollte, das Anagramm von »Shari Larid« zu finden, hatte Kellen die Visitenkarte mit dem Hinweis auf der Rückseite bei Mr Huebner für sie hinterlassen. Nimm den Zug, *take a train*, hatte Kellen geschrieben, denn er kannte den Musikgeschmack seiner Ex-Geliebten: der Sound der Big Bands und Broadway-Melodien, am liebsten gespielt von Künstlern ihrer Hautfarbe. Die Bedeutung der Notiz war simpel: Ella Fitzgerald und Duke Ellington hatten Billy Strayhorns Lied »Take the A-Train« über eine Fahrt mit der Linie A nach Sugar Hill in Harlem berühmt gemacht.

Sugar Hill, der höchste Punkt von Harlem, wo in den guten alten Zeiten die Elite der dunkelhäutigeren Nation gelebt hatte, unsichtbar für die breite Öffentlichkeit und bequem eingerichtet in Wohnungen und Häusern, die ebenso luxuriös ausgestattet waren wie die auf der Park Avenue. Die Nase gerümpft hatten sie über die Mittelschichtneger in Striver's Row, der Gegend um die 138. Straße, und über die Angehörigen der Unterschicht, die sich weiter südlich in dem übervölkerten Viertel drängten, das die Bewohner von Sugar Hill abwertend *The Valley*, das Tal, nannten. In Sugar Hill hielt Amaretta Veazie Hof, eine der »hellhäutigen Zarinnen«, wie der berühmte schwarze Politiker Adam Clayton Powell jr. die Matriarchinnen genannt hatte, die in der schwarzen Oberschicht von Harlem den Ton angaben. Amaretta, eine der ersten Sisterladys. Amaretta, die versucht hatte, die Mitgliedschaft im Clan auf einige wenige der alten Familien zu beschränken, wie ihre ganze Generation überzeugt davon, die Exklusivität sei ein Geschenk an zukünftige Generationen. Amaretta, die wie alle anderen Zarinnen mit diesem Vorhaben gescheitert war. Die dunkelhäutigere Nation hatte sich als zu groß und zu talentiert erwiesen, oder der Wunsch nach Integration war zu stark gewesen. So oder so, der Clan wurde immer größer und dadurch immer schwächer.

Die Stadtvilla, in der, wie die Legende es wollte, die Ladybugs gegründet wurden, und wo Amaretta in den guten alten Zeiten ihre berühmte Spiegelsammlung aufbewahrt hatte.

Kellen hatte Julia Spiegel geschickt und sie an ihre Geschichte erinnert, damit sie verstand, was er von ihr wollte.

Wie Vanessa dahintergekommen war, wusste Julia nicht, aber sie war sich sicher, dass ihre Tochter ebenfalls nach New York gefahren war, um die Stadtvilla der Veazies aufzusuchen. Lange vor ihrer Mutter hatte Vanessa begriffen, dass das Haus der Kern von Kellens Geheimnis war, und aus irgendeinem Grund hatte sie alleine dorthin gehen wollen. Das Problem war, dass Vanessa die genaue Adresse nicht kannte und versucht hatte, das Haus aus der Erinnerung wiederzuerkennen. Wie die meisten Afroamerikaner, die nie dort gelebt hatten, unterschätzte Vanessa die Ausmaße Harlems, das aus Hunderten und Aberhunderten von Häuserblocks bestand. Harlem, die ehemalige Hauptstadt der dunkelhäutigeren Nation, war nicht mit einer neuenglischen Kleinstadt zu vergleichen, wenn man ein Haus suchen wollte. Die Chancen, durch Zufall in all den Straßen und Boulevards auf eine ganz bestimmte Stadtvilla zu stoßen, waren praktisch gleich Null.

Genau das hatte auch Vanessa feststellen müssen.

Kein Wunder, dass sie stattdessen die Nacht durchgetanzt hatte, zuerst in dem Club in Elm Harbor, und dann, was nur ihre Mutter wusste, zu den Totenklagen hinter der verschlossenen Tür ihres Zimmers.

Warum Kellen unbedingt wollte, dass sie zu Amarettas Haus ging, konnte Julia sich nicht erklären, aber offenbar war genau das sein Plan gewesen.

Julia stieg aus und bat Kimmer, mit den Kindern im Wagen zu warten.

»Gehst du da rein?«

»Ich brauche höchstens zehn Minuten. Wahrscheinlich ist eh niemand zu Hause.«

»Komm schon, Julia. Wir sind mitten in Harlem.« Die Anwältin blickte sich um, als erwarte sie jeden Moment, dass ein Bataillon entflohener Sträflinge mit Uzis im Anschlag um die Ecke kommen würde.

»Sieh dich doch um. Die Gegend hier ist inzwischen ziemlich bürgerlich, hier brauchst du keine Angst zu haben.«

»Aber –«

»Bitte. Ich muss das tun.«

Kimmer schaute Julia lange an, dann sah sie sich noch länger die Umgebung an. Schließlich setzte sie sich ans Steuer des Escalade. »Ich fahre solange ein paar Mal um den Block«, sagte Kimmer, der nichts so schwerfiel, wie still zu sitzen.

Julia drehte sich um und stieg die Stufen hinauf.

· III ·

Das Haus strahlte hell im Licht des frühen Winterabends, in den Fenstern hingen geschmackvolle Gardinen, das Mauerwerk war in tadellosem Zustand, die Stufen säuberlich vom Schnee befreit. Eine Halluzination, beschloss Julia. Ihr widerstrebender Verstand hatte sie vier Jahrzehnte zurückversetzt, in eine Zeit, als sie mit ihrem Bruder und ihren Vettern und Cousinen hier auf dem Gehweg gespielt hatte, bis Granny Vees Hausmädchen sie zum Abendessen hereinrief. Sie warf einen Blick über die Schulter, und da war der Escalade, den Kimmer mit Mühe aus der Parklücke manövrierte, damit sie um den Block fahren konnte. Als sie sich wieder umdrehte und die glänzende neue Klingelleiste in Augenschein nahm, wurde ihr klar, dass das elegante alte Haus in Eigentumswohnungen umgewandelt worden war, eine pro Stockwerk, einschließlich des Souterrains mit dem von einer Mauer umgebenen Garten.

Sugar Hill erlebte ein Comeback. Die Immobilien hier gehörten zu den begehrtesten in der Stadt. So stand es in der *Times*, und so war es in ihren Lieblings-Immobilien-Blogs zu lesen.

Großartig. Aus der Villa der Veazies war ein Apartmenthaus geworden. Was jetzt?

Sie nahm den halbblinden Handspiegel, den sie sich in die Tasche gesteckt hatte, konnte jedoch nur ihr eigenes, ratloses Gesicht darin erkennen. Kellen hatte ihr gesagt, sie solle den Spiegel mitnehmen, aber warum, konnte sie sich nicht erklären. Sie befand sich in einer Sackgasse. Als sie gerade kehrtmachen wollte, bewegte sich etwas rechts von ihr. Ein Mann stand im Erdgeschoss am Erkerfenster, rauchte eine Zigarre und beobachtete sie.

Also gut.

Lächelnd, als wären sie alte Freunde, winkte sie dem Mann zu, zeigte auf die Tür und drückte die zweite Klingel von unten, in der Hoffnung, dass es die richtige war. Der Mann verschwand, Sekunden später ertönte der Türsummer, das Schloss öffnete sich und Julia betrat das Haus.

Das Muster aus weißen und orangefarbenen Fliesen im Foyer war noch genauso, wie sie es in Erinnerung hatte. Die Holzverkleidung an den Wänden war erst kürzlich frisch lackiert worden, neben der Haustür hingen mehrere neue Briefkästen, und vor ihr, wo man früher durch einen Rundbogen in den Salon getreten war, befand sich eine stabile, mit Metallstreben verstärkte zweite Tür. Die Zigarre in der Hand, hielt der Mann vom Fenster ihr die Tür auf und schaute sie fragend an. Sein ebenmäßiges braunes Gesicht und der selbstbewusste Blick erinnerten sie an Kellen. Hinter ihm befand sich ein breiter Gang, und aus der offenen Tür zu seiner Erdgeschoss-Wohnung drang leise Jazz.

Er sagte: »Sind Sie Margot?«

»Ich? Nein, nein. Ich, also, ich hab hier einmal gewohnt. Zumindest bin ich oft hier gewesen.« Sie reichte ihm die Hand. »Ich bin Julia. Julia Carlyle.«

Sein Händedruck war feucht und fühlte sich an, als wäre er enttäuscht. »Sie können unmöglich hier gewohnt haben, Julia. Ich bin erst der zweite Eigentümer der Wohnung.« Er blickte stirnrunzelnd an ihr vorbei, in der Hoffnung, vielleicht jemand Wichtigeren zu entdecken. »Sind Sie sicher, dass Sie nicht Margot sind?« Ein verlegenes Lächeln. »Das ist so eine Art Blind Date.«

»Das Haus hat früher meiner Großmutter gehört. Das ganze Haus.«

»Retta Veazie?«

»Amaretta Veazie, ja.«

»Ich habe von ihr gehört. Damals in den alten Zeiten haben sie alle Retta genannt.« Er zog an seiner Zigarre, trat auf Julia zu, schnippte die Asche auf die Straße. Die Geste erinnerte Julia an Mary Mallard. In seinem teuren Hemd und der gelockerten Krawatte wirkte er gelangweilt und wohlhabend. »Also, was kann ich für Sie tun, Mrs Carlyle?«

»Ich hatte geschäftlich in der Stadt zu tun und bin zufällig hier vorbeigefahren. Na ja, ich wusste nicht, dass das Haus in Apartments umgewandelt wurde. Ich wollte es mir mal ansehen.« Sie zuckte mit den Schultern. Wie immer, wenn sie nervös war, redete sie zu viel. »Ich will Sie auch gar nicht belästigen. Ich wollte nur mal sehen, wie das Haus jetzt aussieht.«

»Nein, nein, Sie belästigen mich nicht, Mrs Carlyle. Bitte, kommen Sie rein. Ich mache mir gerade einen Drink.«

Julia zögerte. Sie hatte nicht das Gefühl, dass der Mann mit ihr flirten wollte, und schließlich war sie hierhergekommen, um mit dem Spiegel in der Tasche einen Blick ins Haus zu werfen. Aber was sie noch vor einer halben Stunde ganz fest vorgehabt hatte, verschwamm zu einem vagen Gefühl, und sie wusste nicht mehr so recht, was sie eigentlich hier wollte. Diese Geschichte mit dem Spiegel war lächerlich. Ein Spiegel bestand aus Glas und Silber und ...

– und hin und wieder einem Eggamise –

... und einem kunstvoll gearbeiteten Griff. Ein Spiegel war ein Gegenstand, der in einer Werkstatt oder Fabrik von Menschen hergestellt wurde, und keine Tür, die in die Vergangenheit oder in die Zukunft führte oder in eine geheime, übernatürliche Welt, wo alle die Dinge anders betrachteten. Wenn sie ihm jetzt in die Wohnung folgte, machte sie sich zur Närrin. Egal, was Kellen ihr vielleicht sagen wollte.

Sie lächelte und trat einen Schritt zurück. »Nein, vielen Dank. Verzeihen Sie die Störung. Genehmigen Sie sich Ihren Drink in Ruhe.« Der Mann in der Tür zog lange an seiner Zigarre und rührte sich nicht vom Fleck. Er musterte Julia mit intelligenten, haselnussbraunen Augen, und noch bevor sie die Gefahr spürte, fiel ihr auf, dass er gewusst hatte, dass sie verheiratet war. »Hoffentlich kommt Ihre Verabredung bald«, sagte sie, während sie sich hastig zurückzog. »Und nochmals vielen Dank.«

Aus der Wohnung ertönte eine vertraute Stimme. »Sie haben doch bestimmt noch ein paar Minuten Zeit, Julia. Kommen Sie ruhig rein.«

· IV ·

Aus der selbstverständlichen Art, mit der Cameron Knowland sie hereinbat, schloss Julia sofort, dass er der Eigentümer der Wohnung, wenn nicht des ganzen Hauses war.

»Also, das ist ja eine Überraschung«, bemerkte sie, um irgendetwas zu sagen.

»Ich hoffe, keine unangenehme.«

»Das kommt darauf an, was der Grund für diese kleine Versammlung ist.«

Cameron lächelte. Julia schaute sich um. Die Zimmerdecken waren so hoch, wie sie sie in Erinnerung hatte. Die teure Einrichtung zeugte von moderner Eintönigkeit, die sich auch nicht durch noch so viel Geld als Stil ausgeben ließ. Der Mann, der sie vom Fenster aus angelächelt hatte, gehörte zum Clan, das verrieten ihr sein Tonfall, seine Kleidung und auch seine Körpersprache. Weder ließ er in tragischer Verachtung die Schultern hängen wie viele der jungen schwarzen Männer, noch haftete ihm etwas von dem nervösen Selbstbewusstsein jener Schwarzen an, die erst kürzlich zu Geld gekommen waren. Er war etwa zehn Jahre jünger als Julia, und es war sofort offensichtlich, dass Cameron der Boss war und der Mann sein Untergebener.

Daran allerdings hätte Julia ohnehin keine Zweifel gehabt.

»Verzeihen Sie mir diesen melodramatischen Auftritt, Julia.« Cameron hockte auf der Kante des langen Esstischs. »Ich hatte zufällig geschäftlich in der Stadt zu tun, und meine Leute haben mir gesagt, dass Sie heute in New York sind –«

»Welche Leute?«, fiel sie ihm unwirsch ins Wort.

Cameron lächelte. »Meine Leute haben mir gesagt, Sie würden heute hier sein, und, na ja, Sie sind seit Zants Tod nicht mehr in Harlem gewesen. Ich hatte gehofft, dass Sie die Gelegenheit nutzen werden. Und ich habe mich nicht getäuscht«, fügte er in einem Ton hinzu, als würde er sich nie täuschen.

»Die Wohnung ... Sie gehört Ihnen?«

»Vorher hat sie Kellen gehört. Wussten Sie das nicht? Er hat das Apartment sofort gekauft, als es auf den Markt kam.«

»Woher wussten Sie, dass ich heute in New York sein würde?« Julia schlug immer noch einen förmlichen Ton an. Als Cameron sie nur weiterhin anlächelte, versuchte sie es mit einer anderen Frage: »Tony Tice. Sind Sie sein mysteriöser Mandant?«

Das zumindest entlockte Knowland ein ärgerliches Stirnrunzeln. »Ein äußerst unangenehmer Mann, von dem ich mich ganz sicher nicht anwaltlich vertreten lassen würde. Nach Kellens Tod hat Tice Kontakt mit mir aufgenommen und vorgeschlagen, dass – na ja, was immer. Nein, Julia. Ich habe nichts mit dem Mann zu tun, und ich möchte auch nichts mit ihm zu tun haben.«

»Gut«, sagte sie und meinte es auch so.

Der Milliardär ließ den Blick durch den Raum schweifen. »Das ist ein wunderschönes Apartment. Hab gehört, das Haus sei früher eine prächtige Villa gewesen. Sugar Hill.« Er ließ sich den Namen auf der Zunge zergehen. »Hab vor ein paar Monaten zum ersten Mal davon erfahren. Aber das hier war das Herz von Harlem, nicht wahr? Von Ihrem Harlem. Dem Harlem Ihrer Familie. Dem Harlem der alten Familien.«

»Ja.«

»Keine Angst, Julia. Niemand will Ihnen etwas zuleide tun.«

»Ich habe keine Angst.« Sie fuhr sich über die Augen. »Ich bin es einfach leid, dauernd belogen zu werden.«

Cameron Knowland erhob sich von der Tischkante und stellte sich mit gebeugten Knien vor sie hin. »Wann habe ich Sie belogen, Julia? Habe ich Ihnen je etwas gesagt, das nicht gestimmt hat?« Aber sie ließ sich nicht so leicht überzeugen. »Wir beide suchen dasselbe. Kellens Mehrertrag. Sehen Sie sich um. Ich habe diese Wohnung von der Genossenschaft gekauft. Möbliert. Fragen Sie mich nicht, wie ich das geschafft habe. Es gibt da gewisse Möglichkeiten. Die Einrichtung war das Entscheidende. Ich wollte die Wohnung genauso erhalten, wie Kellen sie zurückgelassen hat. Er hat viel Zeit in die Inneneinrichtung investiert, bis alles so war, wie er es haben wollte. Er ist mindestens einmal im Monat hierhergekommen. Das wussten Sie nicht?«

»Nein, Cameron, das wusste ich nicht.«

»Nun, Kellen war jedenfalls öfter hier. Und was glauben Sie wohl, was er sich im Arbeitszimmer an die Wände gehängt hat?« Er zeigte auf eine Tür. »Fotos von Ihnen. Oder von Ihnen beiden zusammen. Ich glaube, Ihr Ex war immer noch ziemlich verschossen in Sie, Julia.« Er drückte die Knie durch, richtete sich auf. »Ich will Ihnen noch was sagen. Es gibt nicht nur Fotos von Ihnen. Auch von Ihren Kindern hängen da welche.«

»Von meinen Kindern?«

Er nickte. »Sie können sie sich gern ansehen, wenn Sie wollen.«

Sie folgte ihm in das Arbeitszimmer, dessen Wände mit einer altrosa Stofftapete bezogen waren, ihrer Lieblingsfarbe. Und tatsächlich, dort hingen Fotos von Julia allein, Fotos von Julia mit Kellen, Fotos von Julia und ihren Kindern, entweder vergrößerte Aufnahmen aus Zeitungen, oder – so schien es ihr – Schnappschüsse, die Kellen heimlich gemacht haben musste. Mit zitternden Fingern berührte sie eine Aufnahme, an die sie sich erinnerte, ein Foto aus einem *Ebony*-Artikel über die erwachsenen Kinder der großen Harlemer Generation, das sie mit allen vier Kindern auf dem Schoß zeigte. Tränen traten ihr unerwartet in die Augen, doch die neue Julia ließ nicht zu, dass sie ihr übers Gesicht liefen.

»Ich glaube, er hat diese Wohnung für Sie eingerichtet«, sagte Cameron, der hinter ihr stand.

»Für mich? Was soll das denn heißen?«

»Ich glaube, es sollte ein Liebesnest werden.«

Julia fuhr herum, wollte ihm wütend widersprechen.

»Nein, nein, nein, Julia, nein. Beruhigen Sie sich. Ich wollte nichts andeuten, ich rede nur davon, was der arme Kellen sich ausgemalt hat. Ich glaube, er hat diese Wohnung für Sie eingerichtet, um sie Ihnen irgendwann als Geschenk zu präsentieren. Er wollte Sie wiederhaben, Julia. Und er wollte um Sie kämpfen.«

Julia wusste nicht, ob sie lachen oder weinen sollte, und schwieg beharrlich. Aber etwas regte sich in ihrer Erinnerung.

Cameron deutete mit der Hand in den Raum. »Sie fragen sich, warum ich die Wohnung gekauft habe.«

»Ja.«

»Ich dachte, ich finde den Mehrertrag hier. Irgendwo versteckt. Die Antwort. Den entscheidenden Hinweis. Irgendwas. Bei all der Zeit, die er hier verbracht hat, kann ich mir nicht vorstellen, dass Kellen nicht irgendetwas von Bedeutung hier versteckt hat.«

»Ich dachte, Sie hätten sich aus dem Wahlkampf zurückgezogen.«

Knowland lachte leise in sich hinein, wobei sein mächtiger Bauch erzitterte. »Ach, Julia. Der Einfluss Ihres Mannes ist groß, aber nicht unbegrenzt. Männer wie ich tun immer, was wir wollen. Manchmal ziehen wir es einfach vor, im Schatten zu agieren. Außerdem …« Er wandte sich ab, ging im Zimmer umher. »Nicht alles, was ich tue, hat mit der Wahl zu tun. Ich bin nicht altruistisch veranlagt. Es würde mich freuen, wenn der Präsident wiedergewählt wird, aber wenn nicht, dann eben nicht. Deswegen habe ich die Wohnung gekauft. Verstehen Sie denn nicht? Wenn es eine Möglichkeit gibt herauszukriegen, was Kellen vorhatte, dann will ich es finden. Ich will die Beweise. Es ist mir egal, was sie belegen. Wenn der Präsident etwas verbrochen hat, dann werde ich die Beweise eben verschwinden lassen. Wenn es Senator Whisted war, dann halte ich die Beweise unter Verschluss, und falls er die Wahl gewinnt, werde ich sie benutzen, um zu verhindern, dass er, nun, zu weit vom richtigen Kurs abweicht.«

Das war es. Fast hatte sie es. Fast. Nicht einmal seine hinterlistigen Motive störten sie, weil ihr klar wurde, dass sie beinahe am Kern des Geheimnisses angelangt war.

»Und wenn die Beweise belegen, dass der Präsident sich etwas hat zuschulden kommen lassen«, sagte sie, »dann sorgen Sie dafür, dass er auf dem rechten Kurs bleibt.«

Er verschränkte die Arme. »Vermutlich.«

»Aber Sie haben die Beweise nicht, oder?«

»Noch nicht.«

Fast musste sie grinsen. »Das tut mir aber leid.«

»Ach, kommen Sie, Julia. Sie sind doch nicht zufällig hier. Kellen hat Ihnen irgendeine Nachricht hinterlassen. Einen Hinweis. Sie suchen hier nach irgendetwas.« Er deutete noch einmal in den Raum. »Lassen Sie sich durch mich nicht stören.«

»Tut mir leid, Cameron. Ich kann Ihnen wirklich nicht helfen.«

»Ich bin fest davon überzeugt, dass Sie das können. Nehmen Sie sich so viel Zeit, wie Sie brauchen. Sehen Sie sich in Ruhe um.«

»Ich bin ziemlich in Eile –«

Er gab seinem schwarzen Untergebenen ein Zeichen, woraufhin der sofort näher trat. »Bitte gehen Sie nach draußen und sagen Sie Miss Madison, dass Mrs Carlyle ein bisschen länger braucht. Oder nein. Laden Sie sie alle ins Haus ein. Holen Sie ein paar Kekse für die Kinder oder sonst irgendwas.«

»Wir müssen wirklich los«, sagte Julia, aber der Untergebene war bereits durch die Tür verschwunden. Und schließlich war Cameron ja auch nur der gute alte Mr Knowland, dem, wie Jeannie immer fröhlich verkündete, die Universität gehörte.

Was fast der Wahrheit entsprach.

· V ·

Und so sah Julia sich um. Sie hätte gehen können, Cameron hätte sie sicher nicht daran gehindert. Sie hätte in den Escalade steigen, mit Kimmer und den Kindern zurück nach Tyler's Landing fahren und Kellen und seinen Mehrertrag ein für alle Mal hinter sich lassen können. Aber das tat sie nicht. Der Wunsch, der sie bis hierher geführt hatte – der drängende Wunsch, das Rätsel zu lösen, nicht um des Rätsels willen, sondern, um Vanessa zu retten –, ließ sie nicht mehr los. Kellen hatte sie zurückgebracht in ihre Kindheit, in die Zeit, als Amaretta Veazie versucht hatte, ihren Salon wie in früheren Zeiten zu führen, während die exklusive Harlemer Gesellschaft um sie herum im Verschwinden begriffen war.

Es gibt drei Dinge, vor denen du dauernd wegläufst, hatte Kellen einmal gesagt. *Deine Leute, deine Vergangenheit und dein Gott.*

Kellen hatte sie mit Miss Terrys Hilfe zu ihren Leuten zurückgebracht und jetzt zu ihrer Vergangenheit hier in Harlem. Sie nahm an, Gott kam als Nächstes, auch wenn sie sich nicht vorstellen konnte, wie.

»Julia?«

»Pscht«, machte sie und genoss es insgeheim, einem Milliardär den Mund zu verbieten.

Und es funktionierte sogar.

Sie stand in der großen Diele, schaute in den hohen Spiegel – auch ein Cheval – und erinnerte sich daran, wie sie als kleines Mädchen Sidney Poitier und Harry Belafonte dabei beobachtet hatte, als sie sich die Krawatte zurechtrückten, ehe sie sich in den Partytrubel im Hause Veazie stürzten. Einmal, sie war vielleicht fünf gewesen, war Martin Luther King jr. als Ehrengast eingeladen. Und ein andermal hatte Hubert Humphrey hier im Haus eine Spendenparty organisiert. Und dann fiel ihr dieser schreckliche Tag im Frühjahr 1972 ein, als Mona mit Unterstützung ihrer Zwillinge die empörte und starrköpfige Granny Vee in den Plymouth-Combi verfrachtete, um sie mit nach Hanover zu nehmen. Als Kellen von der Geschichte erfuhr, hatte er gesagt –

Das war's.

Julia trat von dem Spiegel zurück und ging wieder in die Wohnung. Cameron verfolgte jede ihrer Bewegungen, die Kinder saßen am Küchentisch und aßen Eiskrem, Kimmer stand daneben wie eine Leibwächterin. Der schwarze Untergebene war nirgends zu sehen.

»Ich war ein paar Mal mit Kellen hier«, sagte sie, ohne recht zu wissen, warum sie das erzählte, aber ihr Instinkt sagte ihr, dass sie Cameron mit der Geschichte ablenken konnte. »Als wir ... zusammen waren. Ich wollte ihm Harlem zeigen. Aber damals war es ganz anders. Das Haus war völlig heruntergekommen. Mit Brettern zugenagelt. Wir haben uns trotzdem hineingeschlichen. Wir haben einfach ein paar Bretter zur Seite geschoben und sind durchs Fenster eingestiegen.«

Eines Tages werde ich dieses Haus kaufen, hatte Kellen versprochen, als sie in dem verstaubten Zimmer gestanden hatten. *Für uns.* Ein Kuss. *Für dich.* Noch ein Kuss. *Und für unsere Kinder.* Ein dritter Kuss. *Ein Haus mit so einer Geschichte darf man nicht aufgeben.*

Geschichte interessiert mich nicht, hatte sie gesagt.

Wenn ich deine Geschichte hätte, dann wäre ich stolz darauf, hatte Kellen geantwortet – und war noch am selben Abend zu einem Treffen gegangen, das er ganz vergessen hatte zu erwähnen und von dem er erst am nächsten Morgen zurückgekommen war.

»An was erinnern Sie sich sonst noch?«, fragte Cameron, der hinter ihr stand.

»Wir müssen zweimal hier gewesen sein, als wir zusammen waren, und wir sind beide Male ins Haus eingebrochen.« Sie lachte. »Die hatten noch nicht mal die Bretter ersetzt. Beim zweiten Mal haben wir einen Obdachlosen überrascht, der in einem Zimmer übernachtet hat. Ich wollte gleich wieder gehen, aber Kellen hat ihn kurzerhand rausgeworfen.«

»Und danach? Sind Sie später noch mal zusammen hergekommen?«

»Nein.«

Doch. Ihr endgültiger Abschied. Nachdem sie ihren letzten Veazie-Mut zusammengenommen hatte, war Julia mit dem Zug nach New York gefahren und hatte dem Mann, der ihr Leben ruiniert hatte, erklärt, dass ein anderer dabei sei, es zu retten. Sie hatten sich zum Mittagessen im Sylvia's getroffen – einer Harlemer Legende und eins von Kellens Lieblingsrestaurants –, und Julia hatte ihm in die Augen gesehen und ihm erklärt, dass sie schwanger sei und Lemaster heiraten werde. Sie konnte sehen, welche Gefühle sich in seinem schönen Gesicht widerspiegelten. Zorn. Verwunderung. Eifersucht? Sie hatte seine Reaktion nie ganz verstanden. Während all der Monate, die sie mit Lemaster gegangen war – selbst, als sie schon mit ihm zusammenwohnte –, hatte Kellen sie hin und wieder angerufen oder ihr eine Karte geschickt, entweder, um den Kontakt zu ihr nicht ganz abreißen zu lassen oder um sie Lemaster auszuspannen. Als sie ihm dann die Neuigkeit eröffnete, ließ er sich Zeit, lächelte, beglückwünschte sie und beugte sich über den Tisch und küsste sie ganz leicht auf den Mund. Später waren sie mit der U-Bahn nach Sugar Hill gefahren, um sich ein letztes Mal in der Villa umzusehen.

Einen Monat später hatte er eine Berufung an die University of Chicago angenommen und war weggezogen, ohne sich wirklich von ihr zu verabschieden.

Aber an dem Tag Anfang 1983 waren sie durch dasselbe Fenster eingestiegen, obwohl es diesmal mit stabileren Brettern vernagelt war. Kellen war zum offenen Kamin gegangen, über dem nur noch der kunstvoll geschnitzte Rahmen des großen, verzierten Spiegels gehangen hatte. Sie drehte sich um. Der Spiegel war erneuert worden, aber der Rahmen war noch derselbe. Damals, 1983, hatte Kellen ein Schweizer Armeemesser aus der Tasche gezogen und ihre Initialen und das Datum in den filigranen Rahmen geschnitzt. Dicht gefolgt von Cameron, durchquerte Julia das Zimmer. Als sie in den Spiegel schaute, blickte ihr nicht eine Frau in mittleren Jahren entgegen, der ein aufgeregter Milliardär an den Fersen klebte, sondern eine nervöse, schwangere Frau etwas über zwanzig, die das Gefühl hatte, dass ihr die Kontrolle über ihr Leben aus den Händen glitt und von anderen übernommen wurde. Sie lächelte, aber ihr jüngeres Ich war den Tränen nahe.

Hör auf, flüsterte sie tonlos.

Ich kann nicht, antwortete sie.

Mit heißen Wangen betastete Julia den Holzrahmen, wobei sie darauf achtete, dass sie der Stelle nicht zu nahe kam. Sie erinnerte sich daran, wie Kellen *KZ & JV* in das Holz geritzt hatte, und die Jahreszahl 1983. Dann hatte er versucht, sie zu küssen, und zwar mit wesentlich mehr Leidenschaft als bei dem freundschaftlichen Kuss im Restaurant. Julia hatte sich ihm entzogen, voller Stolz und gleichzeitig Bedauern über ihre neu erworbene Fähigkeit, ihn abzuweisen. Jetzt waren, ganz ähnlich wie bei dem Echtheitsstempel auf dem Comyns-Spiegel, die Buchstaben so zerkratzt, dass sie kaum noch zu erkennen waren. Die Kratzer allerdings waren unter dem neuen Schellackfirnis für die Ewigkeit fixiert.

»Was haben Sie entdeckt?«, wollte Knowland wissen.

»Bisher noch nichts.«

Nicht Glück, sondern Intelligenz hatte ihn auf seinem Gebiet so erfolgreich werden lassen. Er zeigte auf die Kratzer. »Was ist das?«

»Keine Ahnung.«

»Da steht *83* und daneben sind noch irgendwelche Zeichen eingeritzt.« Er beugte sich vor. »Ich kann sie nicht genau erkennen.«

»Ich glaube nicht, dass sie etwas bedeuten.«

»Warum hätte Kellen sie in den Rahmen schnitzen sollen? Sie müssen etwas bedeuten.«

»Wie kommen Sie darauf, dass Kellen das in den Rahmen geritzt hat?«

Sie trat weg von dem Spiegel und stellte sich an das Fenster zum Garten, wo Granny Vee sie stundenlang auf einem schmiedeeisernen Stuhl hatte sitzen und Tischmanieren üben lassen. Auch hier betrachtete sie eingehend den Fenstersims und ihr Spiegelbild in der Fensterscheibe.

»Nichts«, sagte sie.

»Denken Sie nach«, drängte Knowland.

»Ich denke die ganze Zeit nach. Mir fällt einfach nichts mehr ein.«

Sie ging in die Küche und strich im Vorbeigehen über Jeannies Schulter. Aber hier war alles neu. Trotzdem öffnete sie wahllos ein paar Schranktüren. Im Esszimmer waren die alten Stuckleisten noch erhalten, und Julia tat so, als würde sie sie gründlich untersuchen, ebenso wie die Holzleisten in beiden Schlafzimmern.

Sie schüttelte den Kopf.

»Was ist mit all den Spiegeln, die er Ihnen geschickt hat?« Offenbar hatte der Vorsitzende des Stiftungsrats seine Hausaufgaben gründlich gemacht. »Die müssen doch eine Bedeutung haben!«

Erneut schüttelte Julia den Kopf. »Ich dachte, sie sollen mich hierher führen. Aber ich sehe nichts, was ich ... wiedererkenne.« Ein trauriges Achselzucken. »Vielleicht habe ich ja alles falsch verstanden. Und Sie ebenfalls.«

»Sie wollen doch nicht etwa sagen –«

»Hier ist nichts.« Sie drehte sich zu Knowland um. »Es ist vorbei, Cameron. Ich kann hier nichts finden. Sie haben auch nichts gefunden. Falls es überhaupt irgendetwas zu finden gibt, dann muss Kellen es an einem anderen Ort versteckt haben. Ich bin fertig.«

»Fertig?«

»Mit Suchen. Mir reicht's. Ich habe eine Familie, um die ich mich kümmern muss und –«

»Sie können doch jetzt nicht aufgeben!«

»Doch, das kann ich, und das werde ich. Kellen war kein guter Mann, Cameron. Sie können gern weitersuchen, wenn Sie wollen. Aber ich habe genug.«

»Okay, okay.« Er war so wütend, dass er kaum noch zuhörte. Sie konnte ihm nicht helfen, und da sie ihm nicht in die Quere kommen konnte, war sie bedeutungslos für ihn. Er schäumte immer noch, als sie mit Kimmer und den Kindern nach draußen ging, wo der schwarze Untergebene während der letzten halben Stunde das Auto bewacht hatte. Julia hatte gefunden, wonach sie gesucht hatte.

»Das war also der große Cameron Knowland«, brummte Kimmer, als Julia den Wagen aufschloss. Die Straße war dunkel, aber wunderbar still. »Warum wollte er sich ausgerechnet in Harlem mit dir treffen? Ich meine, ihr wart doch hier nicht heimlich verabredet, oder?«

»Es ist eine lange Geschichte.«

»Ach, wir sind sicher noch Stunden unterwegs im Samstagabendverkehr.«

»Vielleicht ein andermal.« Julia machte sich hastige Notizen und zeichnete aus dem Gedächtnis die gewundenen Linien, die Kellen um die *83* herum in den Spiegelrahmen geritzt hatte. Die Buchstaben waren ausgesprochen kunstvoll, mit Serifen und vielen Schnörkeln, die es schwierig machten, sie rückwärts zu lesen. Aber Julia hatte ihren Taschenspiegel mitgebracht. Gespiegelt war *BCP* in dem Eingeschnitzten zu lesen. Da Kellen die Ziffern unverändert gelassen hatte, ging sie davon aus, dass sie so gelesen werden sollten. *BCP 83*.

Sie wusste zwar noch nicht genau, wohin Kellen ihre Suche lenken wollte, aber dieses Mal hatte sie wenigstens eine Hypothese.

»Mommy«, sagte Jeannie auf dem Rücksitz und zupfte sie am Ärmel.

»Keine Sorge, Liebes, wir fahren jetzt nach Hause. Und du kannst auf der ganzen Fahrt schlafen.«

»Nein, Mom, das meine ich doch nicht. Sieh mal! Sieh mal da drüben!«

Ihre Tochter zeigte auf einen kleinen Park auf der anderen Straßenseite. Kimmer telefonierte schon wieder auf ihrem Handy.

»Was ist denn da, Liebes?«, fragte sie ihre Jüngste.

»Er war da, Mommy!« Jeannie war begeistert, zugleich jedoch auch ein bisschen besorgt. »Wirklich! Jetzt ist er weg, aber eben war er noch da!«

»Wer denn?«

»Jeremy!« Sie trat mit den Füßen gegen die Rückenlehne des Fahrersitzes, um ihrem Ärger über die dumme Frage Luft zu machen. »Mr Flew! Er hat da auf der Bank gesessen!«

Julia lachte nervös auf; sie spürte Kimmers prüfenden Blick. »Aber Liebes, Mr Flew arbeitet doch den ganzen Tag daheim in Elm Harbor. Das hast du dir bestimmt eingebildet.«

Zumindest hoffe ich das, dachte sie, sprach ihre Befürchtung aber nicht aus. Vielleicht hatte Jeannie Jeremy tatsächlich gesehen. Auf jeden Fall hatte Julia schon seit einer Weile das Gefühl, dass ihr jemand folgte, und zwar nicht nur, weil Mary Mallard es vermutete. Als ob jemand direkt hinter ihr stehen würde, spürte sie die Blicke von Fremden, die sie genau beobachteten. Vielleicht standen einige ihrer Beschatter in den Diensten von Cameron Knowland. Wenn sie ihre Aufgabe zu Ende führen wollte, konnte sie nicht riskieren, dass man sie auf Schritt und Tritt verfolgte. Während sie von Sugar Hill die Madison Avenue hinunter über die East-River-Brücke in die Bronx und von dort weiter Richtung Neuengland fuhr, fiel Julia noch etwas ein. Seit ihrer »Emanzipation«, wie Mary die Veränderung bezeichnete, die Lemaster zu der Bemerkung veranlasst hatte, Julia sei so komisch in letzter Zeit, hatte sie dauernd neue Ideen, und einige davon waren sogar richtig gut. Diesmal hatte Kimmers pausenloses Gequassele sie inspiriert. Handys. Irgendetwas war mit Handys. Bruce Vallely hatte ihr erzählt, Kellens Handy sei aus der Asservatenkammer der Polizei verschwunden. Tony Tice hatte sein Handy, genau wie Kimmer, nicht aus der Hand legen können. Julia erinnerte sich an den Abend, als Janine Goldsmith in Hunter's Heights übernachtet hatte, bevor Vanessa der Umgang mit Smith verboten wurde. Julia hatte die beiden Mädchen mit einem Gerät erwischt, mit dem man Handynummern klonen konnte, ein Gerät, das sie nach Plänen aus dem Internet selbst gebaut hatten.

Handys. Natürlich.

Sie fragte sich, ob Smith jemals versucht hatte, ein Gerät zu bauen, mit dem man … Hmmm.

Kapitel 48

Gemeinsam sind wir stark

· I ·

Am Sonntagabend traf sich ein weiterer Ausschuss der Ladybugs, und diesmal tat niemand so, als interessiere man sich nicht dafür, wie es Julias Familie und speziell Vanessa ging. Julia konnte die aufgeregte Besorgnis der Sisterladys kaum aushalten. Kurz nach zehn setzte sie sich endlich in ihren Wagen und machte sich auf den Heimweg. Sie war so erschöpft, dass sie nur noch ins Bett wollte.

Sie nahm den Weg durch die Stadt. Julia fuhr fast nie über die Schnellstraße, vor allem nicht nachts. In der relativen Vertrautheit der Stadt fühlte sie sich wohler. Aber heute waren die Straßen leer. Vereinzelte Schneeflocken huschten fast verschämt durch die gelben Lichtkegel ihrer Scheinwerfer. Später in der Nacht würden sie in stolzen Scharen fallen, mit Billionen von Gefährten im Gefolge. Gemeinsam sind wir stark – dieser Gedanke verschaffte den Ladybugs und den Empyreals immer noch Zulauf, ebenso wie all den anderen Gruppierungen, bei denen Angehörige der afroamerikanischen Mittelschicht gern Mitglied werden wollten. Früher, als selbst die Erfolgreichsten aus der dunkelhäutigeren Nation vom gesellschaftlichen Leben der Weißen ausgeschlossen waren, waren die Männer- und Frauenbünde und all die vielen Clubs Orte gewesen, wo man andere Schwarze mit ähnlichem Hintergrund und ähnlichen Zielen treffen konnte. Heute waren fast alle formalen Barrieren abgeschafft, und doch hatten selbst jene schwarzen Amerikaner, die den Aufstieg geschafft hatten, anscheinend hin und wieder das Bedürfnis, die

Rolle, die ihnen in der großen weißen Welt zum Erfolg verholfen hatte, abzustreifen. Sie wollten dem Geflüster und den Kränkungen, die sie insgeheim immer noch fürchteten, entkommen und stattdessen zwanglos Zeit mit den Erfolgreichen der eigenen Nation verbringen.

»Gemeinsam sind wir stark« galt immer noch.

Und Julia Carlyle, die in Hanover unter lauter weißen Kindern aufgewachsen war, deren engste Freundinnen fast nur Weiße gewesen waren und die jetzt in Tyler's Landing lebte, im weißen Herzen Amerikas, empfand dasselbe Bedürfnis.

Wie immer tankte Julia bei Exxon an der Route 48 in Langford – sie liebte ihr Auto, aber leider brauchte es alle zwei Tage eine neue Tankfüllung. Sie hängte den Füllstutzen in die Tanköffnung und holte sich drinnen einen Becher von dem dünnen Filterkaffee. Als sie wieder neben ihrem Wagen stand und entgegen den Verbotshinweisen ihr Handy aus der Tasche nahm, stieg ein dünner Mann in einer Windjacke aus dem Wagen, der gleich nach ihr an die Tankstelle gefahren war. Er fragte, ob er sie einen Augenblick sprechen könne.

»Ich hab es eilig«, sagte Julia in dem strengen Ton, den sie ihren Kindern gegenüber anschlug, denn obwohl der Mann nicht bedürftig wirkte, rechnete sie damit, dass er sie um Geld bitten wollte. Sie nahm sofort den Füllstutzen aus dem Tank, der noch gar nicht ganz voll war, hängte ihn ein, zahlte und wartete nicht einmal auf die Quittung. »Tut mir leid«, sagte sie und griff nach der Fahrertür.

»Es dauert nicht lange, Mrs Carlyle.«

Eine Sekunde lang war Julia wie gelähmt, als sie ihren Namen hörte, und diesen Augenblick nutzte der Fremde aus, um ihr eine Hand auf den Arm zu legen. Julia riss sich los.

»Rühren Sie mich nicht an.« Ihr fiel auf, dass der Mann einen Moment abgepasst hatte, als kein weiteres Fahrzeug an der Tankstelle stand. Er hatte dichtes braunes Haar und trug einen diamantenen Ohrstecker. »Wer sind Sie überhaupt?«

»Ich habe nur ein paar Fragen.«

»Die werde ich Ihnen auf keinen Fall beantworten.«

»Ich fürchte, ich muss darauf bestehen.«

»Lassen Sie mich in Frieden«, fuhr sie ihn an und öffnete die

Wagentür. Der Mann packte sie erneut am Arm, diesmal fester. Sie versuchte, sich loszureißen, doch sein Griff war eisern. Als er sie vom Auto wegzerren wollte, schüttete sie ihm den Kaffee ins Gesicht und holte aus, um ihm eine Ohrfeige zu verpassen. Aber inzwischen war der Mann in die Knie gegangen – allerdings nicht, weil der heiße Kaffee ihm das Gesicht verbrannt hatte, sondern weil Bruce Vallely ihn im Schwitzkasten hatte.

Bruce trat zurück, der Mann rappelte sich auf und blieb, die Hände flach an den Seiten, schweigend stehen.

»Wo kommen Sie denn her?«, fragte Julia völlig überrascht und außer sich. Ein echtes Bespiel für ›Gemeinsam sind wir stark‹. Sie zitterte am ganzen Leib und hatte schon für sich beschlossen, auch wenn es unlogisch war, dass sie nie wieder an einer Tankstelle halten würde.

»Ich dachte, Sie wollten nicht mit Reportern sprechen«, sagte Bruce.

»Ein Reporter?«

Bruce nickte. Winzige Schneeflocken blieben in seinen krausen Haaren hängen. Er hatte dem Fremden eine Hand auf die Schulter gelegt, die andere war nicht zu sehen. »Dieser Gentleman ist Reporter. Sagen Sie Mrs Carlyle, dass Sie ein Reporter sind.«

»Ich arbeite als Reporter«, bestätigte der Fremde tonlos. Unter normalen Umständen wäre Julia aufgefallen, dass irgendetwas nicht stimmte. Aber ein Adrenalinstoß schwächt das Urteilsvermögen. Außerdem gingen ihr in letzter Zeit Journalisten prinzipiell auf die Nerven, nicht einmal Tessas Bitten um Rückruf war sie nachgekommen.

»Der junge Mann und ich werden uns ein bisschen unterhalten.« Bruce deutete auf den Wagen des Fremden, und der braunhaarige Mann trat an die Fahrertür. »Ich finde heraus, für wen er arbeitet, Julia. Er wird Sie nicht wieder belästigen.«

»Moment«, sagte Julia zu Bruce. »Was wollten Sie eigentlich hier?«

»Tanken.«

»Aber –«

»Wenn Sie uns entschuldigen wollen, wir müssen los.«

Nachdem die beiden Männer im Auto des Fremden weggefahren waren, entdeckte Julia schließlich Bruce' Mustang auf dem Parkplatz eines längst geschlossenen Blumenladens auf der anderen Straßenseite.

· II ·

Nachdem sie sicher zu Hause angekommen war und sich mit zwei Gläsern eines spritzigen, weißen Monterey-Riesling beruhigt hatte, beschloss Julia, der Idee nachzugehen, die ihr in Harlem gekommen war, als Kimmer in einem fort auf ihrem Handy telefonierte. Julia hätte sich damit zufriedengegeben, dass Malcolm Whisted für den Mord an Gina verantwortlich war, aber Cameron Knowlands entschlossenes Vorgehen hatte sie wieder in Zweifel gestürzt. Sie musste unbedingt mit Mary reden. Die Journalistin hatte angeblich überraschende neue Informationen, und sie hatten verabredet, sich in ein paar Tagen wieder zu treffen. In der Küche saß Vanessa an der glänzenden schwarzen Arbeitsplatte, einen halb gegessenen Apfel und ein Glas Milch neben sich, die Nase in einem Gedichtband von Emily Dickinson aus der Schulbibliothek.

»Gina hatte recht«, sagte Vanessa, ohne aufzublicken.

»Gina?«

»Ich hab immer gedacht, Dickinson wird völlig überbewertet, aber das stimmt nicht. Sie ist ein *Genie.*« Sie blätterte eine Seite um. »Oder sie *war* jedenfalls eins. Ich hab mich ja nie besonders für Lyrik interessiert, aber hör dir das mal an –«

»Liebes –«

»Hör zu.« Sie hatte die Stelle gefunden.

»Frohlocken ist der Binnenseele
Fahrt hinaus aufs Meer, vorbei
An den Häusern – Landausläufern –
In die tiefe Ewigkeit.«

Vanessa fuhr mit einem Finger über die Zeilen, als wollte sie sich merken, wie sie sich anfühlten, dann legte sie ein Lesezeichen in das Buch und schlug es zu. »Das setze ich in meinen Blog«, verkündete sie, drehte sich auf dem Hocker und schwang das Buch, als wäre es die Bibel eines Hölle und Verdammnis heraufbeschwörenden Evangelistenpredigers. »Diese Frau hat den Tod verstanden.«

Julia suchte nach den richtigen Worten. »Das ist toll, dass du eine Dichterin gefunden hast, die –«

»Sie ist meine Heldin«, unterbrach sie ihre Tochter. »Und keine Sorge, Mom, ich glaube nicht, dass ich in nächster Zeit mit ihrem Geist Kontakt aufnehme.«

»Oh, ach so, nun, das freut mich.«

Ein paar Minuten lang machte Julia sich an der Spüle zu schaffen und schrubbte und spülte alles, was sich dort angesammelt hatte. Diese späten Stunden gehörten immer ganz ihr und ihrer älteren Tochter. Lemaster und Jeannie schliefen oben, Mr Flew unten im Gästezimmer. Vanessa, die wahrscheinlich spürte, dass ihre Mutter noch mit ihr reden wollte, blieb am Tresen sitzen und las in ihrem Buch und lachte dabei immer wieder leise. Julia wartete, bis sie es nicht mehr aushielt.

»Liebes?« Sie bemühte sich um einen möglichst beiläufigen Ton, während sie die Oberflächen abwischte. »Erinnerst du dich an dieses elektronische Spielzeug, mit dem ihr beschäftigt wart, als Janine vor ein paar Wochen hier war? Dieses Ding, mit dem man, na ja, Handynummern klonen kann?«

Vanessa stieg das Blut in die Wangen. Gleich würde sie richtig wütend werden. »Du hast uns gesagt, wir sollen das lassen, und wir haben es gelassen, okay? Und es war kein Spielzeug.«

»Ja, ja, das verstehe ich.« Julia hob beschwichtigend die Hände. »Ich wollte dich nicht kritisieren, Liebes. Ich wollte dich nach einem anderen Gerät fragen, das Janine bestimmt auch irgendwo herumliegen hat.«

»Smith.«

»Richtig, Smith. Bis die Gewalt aufhört.«

»Nein, das ist das Schweigegelübde. Ihr Name ist ein Protest gegen Konsumzwang und Reglementierung.«

»Ach so, ja. Genau. Tut mir leid.« Julia legte ihren Putzlappen weg, lehnte sich gegen die Arbeitsplatte und erklärte ihrer Tochter, um was es ihr ging. Vanessa schüttelte mehrmals den Kopf und sagte schließlich: »Nein, diese Dinger sind nicht illegal. Okay, in manchen Gegenden schon. In den meisten. Bei uns zum Beispiel. Eigentlich in ganz Amerika.«

»Hat sie so ein Gerät? Mehr will ich gar nicht wissen.«

»Warum?«, fragte Vanessa argwöhnisch. »Was hast du vor, falls sie eins hat?«

»Ich möchte es mir ausleihen. Aber ohne, dass sie davon erfährt.«

Vanessa runzelte die Stirn. »Wozu brauchst du das Ding denn?«

»Ich will's an Hollywood verkaufen. Als Götzen anbeten. Den Kamin damit dekorieren. Ist doch egal, wozu ich es brauche.«

»War ja nur eine Frage«, erwiderte Vanessa scharf. Dann fügte sie beleidigt hinzu: »Deswegen brauchst du mich ja nicht gleich so blöd anmachen.«

Julia beruhigte sich. »Tut mir leid, Liebes. Sagen wir doch, es ist meine Trumpfkarte.«

Ihre Tochter dachte darüber nach. »Wie hast du dir das vorgestellt?«

»Was vorgestellt?«

»Wie willst du es dir ausleihen, ohne dass Smith davon erfährt?«

»Ach, das ist ganz einfach. Du leihst es dir von Smith, und ich leihe es mir von dir.«

Vanessa schüttelte sofort den Kopf. »Ich kann es mir nicht von ihr ausleihen. Ihr habt mir den Kontakt zu Smith verboten. Ich darf nicht mit ihr reden, nicht mit ihr telefonieren, ihr keine E-Mail, keine SMS, keine Messages oder sonst was schicken. Ich darf nicht mal in der Cafeteria neben ihr sitzen. Ergo: Ich kann mir das Ding nicht von ihr ausleihen.«

Julia stemmte die Hände in die Hüften. »Vanessa Amaretta Carlyle, ich kenne dich seit der Nacht, als du schreiend und strampelnd aus meinem Bauch gekommen bist. Du bist eine Veazie von deinen schönen Zöpfen bis zu deinen hübschen braunen Zehen. Du machst alles immer genauso, wie du willst. Deshalb glaube ich keine Sekunde, dass du all diese Regeln befolgst, bloß weil wir es gesagt haben, und es würde mich auch nicht groß wundern, wenn du dich an keine einzige von unseren Regeln hältst.« Sie hob eine Hand, um jeden Einwand zu unterbinden. »Und jetzt hör mir gut zu. Es ist mir egal, ob du dich an die Regeln hältst oder nicht. Ich hebe hiermit das Kontaktverbot zu Smith vorübergehend auf. Geh diskret vor. Sieh zu, dass niemand mitbekommt, was du vorhast. Aber leih dir das Ding von Smith und bring es mir.«

Vanessa starrte ihre Mutter mit offenem Mund an. »Und ich wette, Dad soll ich also auch nichts davon erzählen, richtig?«

»Um deinen Vater kümmere ich mich schon.«

»Ja, das kann ich mir lebhaft vorstellen.«

»Was soll das denn heißen?«

Ein unerwartetes Lächeln, wie Tauwetter. »Es heißt, dass mir meine neue Mom gefällt. Ich finde sie super.«

Julia lächelte auch. »Weißt du was, Liebes? Ich finde sie auch super.«

· III ·

Dass Bruce an jenem Abend in der Nähe war, als Julia Carlyle von dem Fremden angesprochen wurde, hatte er zumindest teilweise dem Zufall zu verdanken. Er beschattete sie nicht jeden Abend. Er war allein, er musste eine Abteilung leiten, und wenn er an dem Fall Zant arbeitete, verlor er wertvolle Stunden, in denen er sich nicht mit sinnvolleren Aufgaben beschäftigen konnte. Observierungen waren sehr aufwändig, und das war der Grund, warum er sich nur äußerst selten Zeit dafür nahm. Doch Tony Tice' Drohung, dass seine Mandanten aktiv werden könnten, hatte Bruce ziemlich beunruhigt. Denn der Anwalt hatte recht. Diese Leute würden sich nicht mit einem wie ihm abgeben. Wenn sie sich wirklich in die Sache einmischten, dann würden sie sich jemanden schnappen, der ihnen brauchbare Informationen liefern konnte.

Wie zum Beispiel Julia Carlyle, die Tice für Zants schwarze Dame hielt.

Bruce war Julia zu dem Treffen bei Tonya Montez gefolgt, anschließend hatte er mit ein paar Freunden zu Abend gegessen und war rechtzeitig wieder zur Stelle gewesen, als Julia Tonyas Haus verlassen hatte. Er war ihr nur nachgefahren, um sich zu vergewissern, dass niemand außer ihm sie beschattete – vor allem interessierte es ihn, ob Jeremy Flew wieder mit von der Partie war –, und dann hatte er stattdessen diesen Fremden bei ihr entdeckt.

Bruce hatte alles beobachtet und abgewartet und schließlich eingegriffen, als er sah, wie der Fremde Julia am Arm packte.

Als der Mann Bruce' Waffe in seinem Rücken spürte, hatte er sofort aufgegeben. Schließlich konnte er nicht wissen, dass Mitarbeiter des Campus-Sicherheitsdienstes, einschließlich des Leiters, außerhalb des Universitätsgeländes keine Waffe tragen durften, wenn sie nicht in Uniform waren, und er ahnte auch nicht, dass das, was sich in seinen Rücken bohrte, nichts weiter als ein hölzerner Stock war. Sie hatten auf einem städtischen Parkplatz gehalten, zwischen gelben Schulbussen vor Blicken geschützt. Die Vernehmung war äußerst unangenehm verlaufen. Nachdem Bruce die Pistole im Gürtel des Mannes gefunden hatte, hätte er ihn normalerweise der Polizei übergeben, aber dann hatte er außerdem eine Spritze und ein Paar Plastikhandschellen entdeckt. Bruce brauchte nicht lange zu überlegen. Der Mann war eindeutig nicht irgendein kleiner Ganove, der Julia einen Schrecken einjagen wollte. Der Mann hatte vorgehabt, Julia zu entführen.

Tony Tice' Mandanten waren bereits aktiv geworden. Die Einsätze in dem Spiel waren erhöht worden, und Bruce musste schleunigst dafür sorgen, dass die andere Seite mithalten konnte.

Bruce hatte den Fremden nach der Befragung in der Universitätsklinik abgeliefert. Er hatte seinen Ausweis gezeigt und eine halbwegs plausible Geschichte erfunden, denn er wusste, dass der Mann ihm nicht widersprechen würde. Von seinem Wagen aus hatte er den Anwalt angerufen und ihm einen Deal angeboten. Falls Bruce Vallely Kellen Zants Mehrertrag in die Finger bekommen sollte, würde er ihn an Tonys Mandanten abliefern.

Kapitel 49

Wieder der Comyns-Spiegel

· I ·

Mary Mallard kam zu einem kurzen Treffen und brachte Informationen, die wirklich so überraschend waren, wie sie angekündigt hatte. Laut Auskunft ihrer Quellen hatten der Präsident der Vereinigten Staaten und Senator Malcolm Whisted sich in letzter Zeit mindestens zweimal, möglicherweise auch dreimal inoffiziell getroffen. Es werde bald durchsickern, so Mary, dass dabei über Außenpolitik diskutiert worden war, da beide Männer einen staatsmännischen und über der Parteipolitik stehenden Eindruck vermitteln wollten. Aber Marys Quellen sagten, es wären keine Berater anwesend gewesen, und die Besprechungen hätten jeweils sehr lange gedauert.

Im Gegenzug hatte Julia Mary von ihrer Begegnung mit Cameron Knowland in New York berichtet. Was sie in dem Haus in Harlem entdeckt hatte, behielt sie jedoch für sich. Auch von dem Comyns-Spiegel hatte sie Mary nie erzählt.

Nachdem Mary gegangen war, warf Julia einen Blick auf den Familienkalender. Eins der Treffen hatte stattgefunden, als Lemaster in Washington gewesen war. Aber als sie ihn darauf ansprach, wiederholte er lediglich Bay Dennisons Diktum, dass ein Gerücht dadurch nicht wahrer wird, wenn derjenige, der es in die Welt setzt, seinen Namen verschweigt.

»Das heißt also, du streitest es nicht ab«, hatte Julia gesagt.

»Ich habe keine Anschuldigung gehört«, antwortete er ruhig.

In der Zwischenzeit hatte sie nach BCP 83 geforscht. Kellen hatte versprochen, sie zu ihrem Gott zurückzuführen, weshalb

Julia vermutete, dass BCP für *Book of Common Prayer* stand, das Gebetbuch der anglikanischen Kirche. Sie hatte sämtliche Exemplare im Haus überprüft – sowohl die Ausgabe von 1928, die Lemaster bevorzugte, als auch die moderneren Texte, die von fast allen Episkopalkirchen benutzt wurden –, doch weder auf Seite 83 noch auf irgendeiner anderen Seite waren ihr Zettel, Postkarten oder Fotos in die Hände gefallen. Sie hatte einen ganzen Nachmittag in der Kepler-Bibliothek verbracht und jede verfügbare Ausgabe des Gebetbuchs in jeder erdenklichen Übersetzung durchsucht, war jedoch ergebnislos wieder nach Hause gegangen. Sie hatte sogar unter diversen Vorwänden ihre Kollegen an der Theologischen Fakultät aufgesucht, die vielleicht eine Ausgabe des Buchs in ihren Regalen stehen hatten. Als sie so mit Suzanne de Broglie oder mit Clay Maxwell über neue Stellenbesetzungen oder die Unzulänglichkeiten der Betriebstechnischen Zentrale plauderte, hatte sie wie zufällig jedes Gebetbuch in Reichweite zur Hand genommen und darin geblättert.

Ohne Erfolg.

An einem Nachmittag war Julia zu früh zu einer Besprechung mit Claire Alvarez erschienen, die bei einer Universitätsveranstaltung aufgehalten wurde. Eine Verwaltungskraft bat sie, im Büro der Dekanin zu warten. Als Claire wenige Minuten später eintraf, stand ihre Stellvertreterin auf der Leiter vor einem hohen, verglasten Regal, in der Hand die uralte Ausgabe des Gebetbuchs, in das traditionell jeder Dekan eine Widmung schrieb, ehe er es an seinen Nachfolger weiterreichte. Claire Alvarez zeigte sich nicht überrascht. Sie lächelte wohlwollend, die einzige Art, wie sie Ärger zum Ausdruck brachte, bemerkte, auch sie lasse sich hin und wieder von den Widmungen ihrer Vorgänger inspirieren, und nahm Julia das Buch sanft, aber bestimmt aus der Hand.

Doch Julia hatte sich das Buch lange genug anschauen können, um sich zu überzeugen, dass nichts darin verborgen war.

Nachdem das Gespräch beendet war, hatte die Dekanin Julia eine Hand auf die Schulter gelegt und mit süßlicher Stimme voller Mitgefühl bemerkt, ihr sei zu Ohren gekommen, dass ihre Stellvertreterin sich in letzter Zeit ziemlich häufig freigenommen habe. Selbstverständlich führe niemand eine Anwesenheitsliste, aber ob denn zu Hause alles in Ordnung sei? Ja? Und mit Vanessa? Auch gut? Wunderbar, hatte Claire Alvarez Julia versichert, einfach wunderbar. Ach, übrigens, falls sie eine Gelegenheit finde, das mache ihr doch sicherlich nichts aus – natürlich nur, wenn es sich in einem Gespräch ergebe! –, aber vielleicht könne sie ihrem Mann gegenüber erwähnen, dass die Theologische Fakultät immer noch hoffe, dass Lombard Hall die beantragten zusätzlichen Mittel für die Instandsetzung des Daches des Andachtsraums bewilligte.

Am selben Abend war Julia zur St.-Matthias-Kirche gefahren, die einmal in der Woche für das gemeinsame Gebet abends geöffnet war. Danach hatte sie ziemlich verlegen eine Stunde damit zugebracht, die Gebetbücher in den Kirchenbänken zu ordnen – *Nein, danke, ich brauche keine Hilfe, ich mache das schon, vielen Dank!* –, aber leider auch hier kein Erfolg.

Ein paar Tage später nahm Julia Suzanne de Broglie im Kepler nach einem Mittagessen mit Kollegen zur Seite, denn Suzanne verbrachte mehr Zeit im Archiv als alle anderen Professoren. Suzanne, die viel mehr Geduld mit alten Predigten als mit wirklichen Menschen hatte, unterbrach Julia, noch ehe sie ihre Frage zu Ende formuliert hatte. Das untere Kellergeschoss, sagte sie. Dort lagerten die Bücher und Manuskripte, die am seltensten benutzt wurden. Im unteren Kellergeschoss.

Jetzt war Freitagabend, und Julia war immer noch so aufgedreht, dass sie sich an den Flügel setzte, denn beim Klavierspielen hatte sie sich schon immer gut entspannen können. Jeannie übernachtete bei Freunden, und Lemaster war wieder einmal auf Geschäftsreise, und so waren Julia und Vanessa allein im Haus. Vanessa hatte ihre Tür geschlossen und wahrscheinlich ihre Kopfhörer aufgesetzt. Das Klavierspiel würde sie nicht stören. Julia machte ein paar Fingerübungen und begann zu spielen. Keine klassischen Stücke, sondern ihre geliebten Broadway-Melodien. Sie spielte ein Medley aus *Der König und ich* und eines aus *The Sound of Music*, unterbrach das Spiel hin und wieder, weil sie den Eindruck hatte, dass der Flügel verstimmt war. Sie erinnerte sich daran, wie Tonya Montez auf der Tastatur herumgeklimpert hatte. Womöglich hatte die Sisterlady etwas beschädigt, als sie den Deckel wütend heruntergeklappt hatte.

Julia wurde ärgerlich. Dieses Instrument war ein Vermögen wert. Duke Ellington hatte darauf gespielt, und zwar oft. Und Tonya war damit umgegangen, als ob –

Moment.

War es möglich?

Julia ging nach oben ins Schlafzimmer, öffnete eine Schublade ihres Schminktischs und nahm Granny Vees Spiegel heraus, den Seth Zant ihr zurückgegeben hatte, nachdem Kellen ihn zwanzig Jahre lang als Pfand behalten hatte. Sie schaltete die Lampen über dem Tisch an, hielt den Comyns-Spiegel ins Licht und betrachtete die Rückseite. Ja, genau wie sie sich erinnerte. Der Echtheitsstempel *W·C* war abgekratzt und durch spiegelverkehrte Buchstaben ersetzt worden, die richtig gelesen *E·K* darstellten.

Granny Vees Spiegel. *E·K.*

Wie jeder Jazzfan und alle Angehörigen einer bestimmten Generation der dunkelhäutigeren Nation wussten, hatte Duke Ellington mit Vornamen Edward Kennedy geheißen.

Edward Kennedy Ellington.

Sie ging zurück ins Wohnzimmer und untersuchte den Flügel. Sie zerbrach sich erst gar nicht den Kopf darüber, wie Kellen ins Haus gekommen war. Sie wusste, dass er hier gewesen sein musste. Deswegen war er an dem Abend, an dem er ermordet worden war, nach Hunter's Heights gekommen. Er wollte abholen, was er vorher hier deponiert hatte, doch als er das Auto der Babysitterin gesehen hatte, war er in Panik geraten und hatte beim Wenden die Laternen umgefahren.

Julia begann mit der Suche. Sie sah in der Klavierbank nach, aber dort befanden sich nur Notenblätter. Sie sah unter der Bank nach. Sie schaute im Innern des Flügels und unter dem Flügel nach. Sie untersuchte jeden Winkel. Und fand nichts. Keine eingeritzte Botschaft, keinen Zettel, kein Foto.

Nichts.

Frustriert und schwitzend richtete sie sich auf. Also gut, sie hatte sich geirrt. Angenommen, sie lag mit dem *E·K* richtig, aber nicht mit dem Flügel. Konnte Kellen Amarettas Harlemer Stadtvilla gemeint haben, wo der Flügel früher gestanden hatte? Aber dort war sie doch gerade erst gewesen –

Schritte näherten sich hinter ihr.

»Tanz mit mir«, sagte Vanessa, und ihre Stimme klang weich und zärtlich. »So wie letzten Monat. Das hat mir gefallen.«

»Es ist zu spät, Liebes. Ich glaube –«

»Nur ein bisschen. Bitte.«

Wie konnte sie diese Bitte abschlagen? Also tanzten sie im Wohnzimmer zu leiser Jazzmusik. Wahrscheinlich weinten sie auch ein bisschen, aber darüber verloren sie kein Wort. Als Julia schließlich auf Zehenspitzen ins Schlafzimmer schlich, war es schon nach eins. Sie ging zur Toilette, legte den Morgenmantel ab und entdeckte auf dem Kopfkissen einen langen weißen Umschlag. Sie musste daran denken, wie Vanessa früher überall kleine Zettel mit Liebeserklärungen an ihre Mommy verteilt hatte.

Dieses Mädchen. Julia lächelte still.

Dann sah sie den Streifen Klebeband an dem Umschlag, und die Reste von Lack, die daran klebten.

»Hast du danach gesucht?«, fragte Vanessa, die sich wieder einmal unbemerkt angeschlichen hatte.

· II ·

»Du findest auch wirklich alles«, sagte Julia, und ihre Stimme klang frustriert und zugleich voller Bewunderung. Als kleines Kind hatte Vanessa mehr als einen Heiligabend verdorben, indem sie Tage vor dem Fest freudestrahlend verkündet hatte, dass sie wüsste, wo Mommy und Daddy die Geschenke versteckt hatten. Schließlich hatten sie die Geschenke nicht mehr zu Hause aufbewahrt.

»Fast alles«, erwiderte Vanessa selbstzufrieden.

»Hast du –«

»Gelesen, was drin steht? Klar. Es sind Seiten aus dem Tagebuch von so einem Typ.« Sie nahm ihrer Mutter den Umschlag aus der Hand, zog die Seiten heraus und gab sie Julia. »Alle Gründe, warum DeShaun es nicht gewesen sein kann. Dass im Auto keine Fingerabdrücke von Gina gefunden wurden und auch kein Blut von ihr, und dass die Tatsache, dass jemand gesehen hat, wie die beiden sich unterhalten haben, kein Beweis dafür ist, dass sie überhaupt in das Auto eingestiegen ist. Schau dir die letzte Seite an.« Julia, die die Seiten hastig überflogen hatte, hatte die Stelle bereits gefunden. »Siehst du, was da steht? Er wollte weiter in dem Fall ermitteln, aber sie haben ihn nicht gelassen. Er schreibt, er wurde zusammen mit seinem Deputy zu einer Besprechung zitiert, und da haben sie ihm befohlen, die Ermittlungen einzustellen.« Sie musste einen Moment innehalten, weil ihre Gedanken schon wieder viel weiter waren als ihre Worte. »Nur schreibt er leider nicht, wer bei der Besprechung dabei war. Ich weiß nicht, warum du das wissen willst«, fuhr Vanessa fort. Eine Hand zitterte. »Es war DeShaun. Jeder, der das Gegenteil behauptet, lügt. Ich bin die führende Expertin –«

»Warum bist du so felsenfest davon überzeugt, Liebes?«

»Ich bin nicht felsenfest überzeugt. Ich habe nur recht.«

»Du weißt, dass ich nicht anders kann. Ich muss mir Gewissheit verschaffen.«

Ein kaum hörbares Flüstern: »Ich weiß.«

Zum dritten Mal las Julia die Seiten durch. Es stand nirgends etwas Neues, bis auf ein paar Worte.

Julia schaute ihre Tochter an. Die Zöpfe waren Vanessa ins Gesicht gefallen, so dass ihre Stimme klang, als käme sie von weit her. »Mom? Alles in Ordnung?«

Julia sagte: »Das ändert alles.«

Kapitel 50

Das Spielzeug-Haus

· I ·

Frank Carrington wohnte in einem hübschen, aber ziemlich renovierungsbedürftigen viktorianischen Haus in der Nähe des Stadtparks – dem Ort, wo an jenem Abend, laut der offiziellen Version, DeShaun Moton Gina Joule aufgelesen und später ermordet hatte. Julia stand auf den Verandastufen. Eiszapfen hingen an uralten Regenrinnen. Eigentlich war Julia klar, dass sie nicht hier sein dürfte, erst recht nicht mit Vanessa im Schlepptau, aber ihre Tochter hatte sich geweigert, im Auto zu warten. Julia kam sich selbst ein bisschen vor wie eine jugendliche Heimlichtuerin. Sie hatte Vanessa von Smith abgeholt, wo diese sich das Gerät geborgt hatte, das jetzt in Julias Handtasche lag. Sie konnte keinen Tag länger warten, denn der Antiquitätenladen war geschlossen, und Vera Brightwood hatte behauptet, Frank wolle aus Tyler's Landing fortziehen.

»Ich bin nur kurz vorbeigekommen, um Shirley zu besuchen«, log Julia, noch ehe Frank die Tür richtig aufgemacht hatte. Mrs Carrington war zwei Tage zuvor auf dem eisigen Gehweg unglücklich gestürzt, was Julia einen willkommenen Vorwand für den Besuch lieferte. »Wie geht es ihrem Knöchel?«

»Schon besser.« Er schaute an ihr vorbei zu Vanessa hinüber, die auf dem Gehweg von einem Fuß auf den anderen trat. »Ich hab sie zu ihren Verwandten in Vermont geschickt.« Er legte den Kopf schief. »Ich denke, ich werde mich dort oben wahrscheinlich zur Ruhe setzen.«

»Warum?«

»Ich habe Sie gewarnt, Julia. Ich hab Ihnen gesagt, dass es Dinge gibt, über die ich eigentlich gar nicht reden dürfte. Tja, Sie haben mich dazu gebracht, dass ich Ihnen davon erzählt habe und – na ja, lassen Sie es mich so formulieren: Jetzt sind einige Leute ziemlich sauer auf mich.« Er bemerkte ihren Blick. »Nein, nein, keine Sorge. Sie sind mit dem großen Lemaster Carlyle verheiratet. Ihnen kann nichts passieren. Aber bei mir sieht das anders aus.«

Julia fragte, ob sie und Vanessa kurz reinkommen dürften, worauf er meinte, er habe ihr nichts weiter zu sagen. Dann ließ er sie, wie Julia erwartet hatte, trotzdem ins Haus, denn schließlich war sie seine beste Kundin, und er war ein schwacher Mann, der dem Leben nicht viel Widerstand entgegensetzte.

»Passen Sie auf die Spielfiguren auf«, sagte er, als er sie in ein niedriges Zimmer im hinteren Teil des Hauses führte.

»Spielfiguren?«

»Ja.«

Es handelte sich um kleine Soldaten aus Plastik. Dazu etliche Modelle von Flugzeugen, Panzern und Schiffen. Die Soldatenfiguren waren präzise und – so vermutete Julia – korrekt nach Rang bemalt. Überall waren Schaubilder, Landkarten und Dioramen von Schlachtfeldern aufgebaut. Die Terrains waren sorgsam mit Hügeln, kleinen grünen Bäumen, Straßen und Flüssen gestaltet, auf Kärtchen standen Ortsbezeichnungen und Datumsangaben, und kleine Plastiknadeln markierten die Positionen von Armeen und Flottenverbänden.

Julia, die den Frieden liebte, war schockiert.

Aber aus Höflichkeit machte sie dennoch eine Bemerkung, und Frank redete sich mehr und mehr in Fahrt, als er ihnen die vielen Schlachten erläuterte, an denen er nie teilgenommen hatte, die er jedoch zweifellos viel besser gelenkt hätte als die kommandierenden Generäle – die Schlacht an den Thermopylen, die erste Schlacht von Manassas, die zweite Schlacht von Manassas, die Schlacht von Waterloo, die Ardennenoffensive und andere, die Julia vergaß, kaum dass er sie erwähnt hatte. Vanessa, von der Julia gehofft hatte, dass sie Frank beeindrucken würde, stand vor lauter Schüchternheit steif wie ein Möbelstück herum. Frank bewegte einzelne Figuren in den Dioramen hin und her.

»Sehr eindrucksvoll«, murmelte Julia.

Dann nahmen sie alle drei auf Stühlen Platz und tranken Cola Light. Mitten im Zimmer war ein riesiges, noch unfertiges Diorama auf dem Boden ausgebreitet, das augenscheinlich Franks ehrgeizigstes Projekt war. Überall auf dem Teppich standen Farbtöpfchen, Kartonstücke und Plastiksoldaten. Julia stellte sich vor, wie die arme Shirley vergeblich ihren Mann ermahnte, hier immer mal wieder aufzuräumen.

»Also, was wollen Sie noch?«, fragte er schließlich. »Wie gesagt, ich habe Ihnen schon alles gesagt, was ich über Gina Joule weiß.«

Vanessa horchte auf, als der Name fiel, versank jedoch sogleich wieder in ihrer Apathie.

»Ich habe einen Teil des Tagebuchs gefunden«, sagte Julia.

»Im Ernst? Arnies Tagebuch?«

»Ja.«

Frank nickte und ein kaum wahrnehmbares Lächeln spielte um seinen Mund. »Dann sollten Sie es der Polizei übergeben. Damit die Wahrheit ans Licht kommt.«

»Leider reicht das, was ich habe, dafür nicht aus. Aber was ich gelesen habe, wirft eine interessante Frage auf.« Sie sah hinüber zu ihrer Tochter, die eingedöst zu sein schien. »Letzten Monat haben Sie mir gesagt, an dem Tag, als Arnold Huebner verkündete, dass der Fall abgeschlossen würde, sei er bei einer Besprechung gewesen. Die Entscheidung habe er erst nach der Besprechung getroffen. Erinnern Sie sich?«

»Ja, ich erinnere mich.« Aber der gehetzte Blick war wieder da. Er war ihre beste Quelle, vielleicht der einzige noch lebende Zeuge, und vor irgendetwas hatte er furchtbare Angst.

»In Arnold Huebners Tagebuch steht dasselbe. Es gab eine Besprechung. Aber er erwähnt nicht, mit wem.« Als Frank nicht darauf reagierte, fuhr Julia fort: »Sie wissen es, nicht wahr? Sie wissen, wer bei dieser Besprechung anwesend war.«

»Der Stadtratsvorsitzende, das ist kein Geheimnis.«

»Wer war noch anwesend?« Hartnäckiges Schweigen. »In seinem Tagebuch schreibt Arnold Huebner, ›sie‹ hätten ihn angewiesen, den Fall abzuschließen. Es müssen also mindestens zwei gewesen sein. Also, wer war noch bei dieser Besprechung? Kommen Sie schon Frank, ich habe die Stelle zehnmal gelesen. Und wissen Sie was? Arnold Huebner hat auch nicht geschrieben ›Ich war bei einer Besprechung‹. Da steht ›wir‹. Und Sie waren sein Deputy, sein erster Stellvertreter. Nicht Ralphie Nacchio. Sie. Ich glaube, dass Sie an der Besprechung teilgenommen haben, Frank. Ich glaube, dass Sie wissen, wer Arnold Huebner die Anweisung gegeben hat, er solle die Ermittlungen einstellen. Deshalb haben Sie heute noch solche Angst, und deshalb haben Sie all die Jahre nach dem Tagebuch gesucht. Sie haben Arnold Huebner bewundert, und Sie mussten mit ansehen, wie man ihn in die Knie gezwungen hat. Sie wollen, dass Ginas Mörder seine gerechte Strafe erhält. Aber Sie wollen Ihre Familie nicht in Gefahr bringen. Deshalb haben Sie jemand gebraucht, der die Sache an Ihrer Stelle ausgräbt. Sie haben mich gebraucht, damit –«

Vanessa schlug sich die Hände vors Gesicht, und Julia verstand sofort, noch bevor Frank Carrington explodierte, dass sie zu weit gegangen war.

»Dazu haben Sie kein Recht! Kein Recht!« Er war aufgesprungen, das sonst so sanftmütige Gesicht fleckig vor Wut und Angst. In der Hand hielt er die langgriffige Schere mit den kurzen scharfen Klingen, mit denen er sonst das überstehende Plastik von den Soldatenfiguren kratzte. Es sah aus, als wolle er damit auf Julia losgehen. Doch dann legte er die Schere weg und zeigte auf die Tür. »Verlassen Sie mein Haus. Auf der Stelle. Gehen Sie, Julia, ich meine es ernst.«

»Ich wollte nicht –«

»Ich habe Ihnen gesagt, dass ich nichts mehr dazu sage. Ich habe seit dreißig Jahren nicht darüber gesprochen, und ich werde jetzt nicht damit anfangen. Nein, Julia, keine Diskussion. Sie sind eine große Überredungskünstlerin, aber jetzt halten Sie den Mund und gehen Sie. Gehen Sie einfach.«

Julia protestierte, flehte und bettelte, aber Frank führte seine Gäste zur Tür. Seine Wut brachte die Luft in dem dunklen Gang zum Knistern. Er sagte, er werde wahrscheinlich schon am nächsten Tag nach Norwich ziehen und nie wieder in diese schreckliche Stadt zurückkehren. Vanessa wandte sich schweigend ab, als wäre sie durch etwas beleidigt worden oder hätte etwas gehört, das den anderen entgangen war.

Vor der Tür zerrte der Wind an ihren Kleidern. Frank bemühte sich um einen ruhigeren Ton. Er war immer noch wütend, aber er hatte sich wieder im Griff. »Es tut mir sehr leid, dass ich Sie angeschrien habe, Julia. Aber ich möchte Sie nie wiedersehen.«

»Ich verstehe«, erwiderte Julia niedergeschlagen. »Es tut mir auch leid.«

»Schlechte Zeiten in Tyler's Landing. Das ist alles.«

»Ich verstehe«, sagte sie noch einmal, weil ihr nichts Besseres einfiel. Sie hatte Frank Carrington für einen schwachen Menschen gehalten, doch wenn Menschen Angst haben, sind sie zu erstaunlichen Dingen fähig.

Vanessa stand neben ihr, peinlich berührt, weil ihre Mission fehlgeschlagen war und weil sie ihre Mutter selten eingeschüchtert erlebte. Das Mädchen überlegte hin und her, wie sie die Niederlage in einen Sieg verwandeln könnte, so wie die von ihr bewunderten Generäle es immer taten. Plötzlich, zum ersten Mal seit einer Ewigkeit, war Gina da. Sie gab ihr aufgeregt Zeichen mit den Händen, um Vanessas Aufmerksamkeit zu erregen, und nach kurzem ängstlichen Zögern – *Wenn du Gespenster zu lange anschaust, wirst du schließlich selber eins!* – wandte sie sich zu ihr. Gina stellte sich auf die Zehenspitzen und flüsterte ihr etwas ins Ohr, bis Vanessa nach etwa einer halben Minute schließlich nickte.

»Mr Carrington? Darf ich mal kurz Ihre Toilette benutzen?«

Der ehemalige Deputy seufzte, als ob diese Frage immer dann kam, wenn eigentlich alle zum Aufbruch bereit waren, dann schob er die Haustür ein Stück weiter auf und zeigte den Flur hinunter. »Zweite Tür links«, sagte er.

»Ich brauche nur eine Minute«, sagte Vanessa zu ihrer Mutter.

»Ich warte hier auf dich, Liebes.«

Sie machte sich Sorgen um sie. Logisch. Vanessa sagte: »Lass doch schon mal den Motor an und schalt die Heizung ein.«

»Ich warte lieber hier.«

»Ihr passiert doch nichts«, sagte Frank empört.

»Er hat recht, Mom. Mir passiert nichts. Aber du musst im Auto warten.« Sie beugte sich vor und küsste ihre Mutter auf die Stirn. »Vertrau mir«, flüsterte sie leise. »Bitte.«

Während Vanessa zur Toilette eilte – sie musste tatsächlich –, hörte sie, wie die Haustür zuschlug und der Antiquitätenhändler ihr laut zurief, sie solle ihm Bescheid sagen, wenn sie fertig wäre. Sie trat vor den Spiegel, ordnete ihre Zöpfe, hörte sich Ginas weitere Ratschläge an und nahm ihren ganzen Mut zusammen. *Jetzt, wo du schon mal hier bist*, sagte Gina, *kannst du es auch herausfinden.*

Schließlich trat sie in den Flur. »Mr Carrington?«, rief sie.

Seine Stimme kam aus dem Hobbyzimmer, in dem sie eben gesessen hatten. Er klang nicht besonders freundlich. »Ich nehme an, dass du die Tür auch allein findest.«

»Ich wollte Sie nur noch schnell was fragen.«

»Ich habe nichts mehr zu sagen, tut mit leid.«

Vanessa ging in das Zimmer, wo der Antiquitätenhändler gerade mit blauer Farbe etwas in sein Diorama malte. Ein Fluss entstand, der wie ein auf dem Kopf stehendes V einen Bogen durch das Gelände schlug, und ein anderer, bereits aufgemalter Fluss krümmte sich ihm von der anderen Richtung entgegen. Und Gina murmelte ihr ins Ohr, dass sie das hinkriegen würde, dass sie es schaffen konnte. Gleichzeitig hörte Vanessa, wie Frank Carrington fragte, warum sie noch da sei. Sie schaute sich das Diorama immer wieder an und ging im Kopf all die Hunderte von Landkarten durch, die sie in ihrem erstaunlichen Gedächtnis gespeichert hatte, ihrem Gedächtnis, das niemand zu schätzen wusste, weil sich niemand für die Dinge interessierte, die sie dort speicherte. Endlich ging ihr ein Licht auf, und die geniale Schülerin, die sie hätte sein können, flüsterte tief in ihrem Innern: *Wolga.*

Frank regte sich schon wieder auf und war drauf und dran, sie rauszuwerfen, doch sie hielt die Augen niedergeschlagen.

»Was starrst du da an?«, wollte er wissen.

Vanessa zeigte auf die untere rechte Ecke des Dioramas. »Das Terrain ist falsch.«

»Wie bitte?«

»Es ist zu grün. Da gehören keine Bäume und Wiesen hin. Der größte Teil des Geländes war Steppe.«

Seine Augen weiteten sich, in seine Wut mischte sich Angst. »Ich will dir ja nicht zu nahe treten, Miss …«, wäre sie kein Mädchen gewesen, hätte er wahrscheinlich »Junge« gesagt, »… aber du hast doch keine verdammte Ahnung, worum es hier geht.«

Sie trat näher, deutete immer noch mit dem Finger. »Das ist die Kalmückensteppe, richtig? Südlich von Stalingrad?«

»Ach ja?«

»Das ist Operation Blau, Sommer 1942, als die Deutschen auf dem Vormarsch sind. Eine meiner Lieblingsschlachten.« Sie machte eine gleitende Handbewegung. »Wie die vierte Panzerdivision einen Bogen nach Süden schlägt und dann wieder nach Norden vorstößt und keiner da ist, um die Steppe zu verteidigen, bis auf ein paar Matrosen, die aus Sibirien oder weiß der Himmel woher im Eiltempo abkommandiert worden waren.«

»Die hatten auch Panzer. T-34er.«

»Nur Matrosen. Vielleicht ein paar Marinesoldaten. Aber keine Panzer.«

»Barbarossa«, sagte er, während er sie musterte. »Nicht Blau.«

»Nein. Im Frühsommer war es noch Operation Blau. Wenn Hitler sich mit den Ölfeldern begnügt und nicht darauf bestanden hätte, die Stadt zu erobern, dann hätte er vielleicht den Krieg gewonnen. Gott sei Dank war er in militärischen Dingen ein Idiot.«

»Woher weißt du das alles?«

Vanessa grinste. »Ich lese gern.«

»Über den Krieg?«

»Ja.«

»Berühmte Schlachten und so was?«

»Klar.«

Frank Carrington lächelte nicht wirklich – sie glaubte nicht, dass er dazu fähig war –, aber er brummte irgendwie anerkennend. Der Ausdruck in seinem Gesicht war unleserlich, er hätte sich genauso gut über das Wiedersehen mit einem lange verschollen geglaubten Verwandten freuen oder entsetzt das positive Resultat seines Aids-Tests in der Hand halten können. »Komisches Hobby für ein Mädchen.«

Vanessa nickte. »In der Schule halten mich alle für verrückt.«

»Ist ja ein Ding. Hier im Ort halten mich auch alle für verrückt.«

Sie suchte nach der passenden Antwort. Gina, die Emily Dickinson liebte, lieferte sie ihr. »Dann sind wir ja schon zwei«, wiederholte Vanessa, was Gina ihr einflüsterte. »Verraten Sie's keinem.«

· III ·

Draußen im Escalade wurde Julia allmählich nervös. Wie lange konnte man brauchen, um zur Toilette zu gehen? Sie fragte sich, ob es klug gewesen war, Vanessa noch einmal allein hineingehen zu lassen. Eine Weile wälzte sie das Problem hin und her. Obwohl sie normalerweise sehr entscheidungsfreudig war, wusste Julia nicht, ob sie klingeln sollte oder nicht. Die Sonne verschwand hinter einer Winterwolke, und sie nahm Julias Selbstvertrauen mit sich. Zitternd vor Kälte drehte sie die Heizung höher und stellte die Lüftung so ein, dass die warme Luft ihre Beine besser erreichte. Die wohlige Wärme machte sie schläfrig, und sie fiel in den altbekannten Traum, in dem sie durch einen winterlichen Wald rannte, verfolgt von einem unheimlichen Nachwesen –

Ein Klopfen am Fenster, wie Klauen, die sich an einer Leiche zu schaffen machen.

Julia zuckte zusammen, dann schüttelte sie den Traum ab. Auf der Beifahrerseite stand Vanessa und stampfte in der Kälte ungeduldig mit den Füßen.

Seltsam, Julia konnte sich nicht erinnern, die Türen verriegelt zu haben.

»Was hast du denn da drinnen so lange getrieben? Ich hab mir schon Sorgen um dich gemacht.«

»Wir haben uns unterhalten.«

»Worüber denn?«

»Über das, weswegen wir hergekommen sind.«

»Über diese Besprechung?«

Vanessa nickte. »Aber zuerst haben wir über Stalingrad geredet.«

Julia trat abrupt auf die Bremse, obwohl der Escalade noch in der Einfahrt stand. »*Worüber?*«

»Stalingrad. Die schlimmste Schlacht des Zweiten Weltkriegs. Vielleicht die schlimmste Schlacht aller Zeiten. Sie endete im Winter 1943 und hat wahrscheinlich die Wende im Krieg herbeigeführt.«

»Ach so.« Schweigen. Beide warteten darauf, dass die andere etwas sagte. »Also, und zu welchem Schluss seid ihr gekommen ... in Bezug auf Stalingrad?«

Die Antwort ließ lange auf sich warten, und als sie kam, klang sie wie ein düsteres, tragisches Echo, als würde Vanessa in weiter Ferne eine Totenrede halten. »Dass wir in Wirklichkeit nur das Leben der Menschen für wertvoll halten, denen wir nahestehen. Jeder ist bereit, das Leben fremder Menschen zu opfern.«

Julia fühlte sich angegriffen, doch im nächsten Moment wurde ihr klar, dass der Vorwurf nicht gegen sie persönlich gerichtet war. Sie sagte nichts dazu. »Verstehe«, war ihr einziger Kommentar.

»Du glaubst das nicht, stimmt's?« Ein Grinsen? Nein, nur die übliche zynische Unschuld, mit der Vanessa die Welt außerhalb ihrer eigenen Wahrnehmung beurteilte. »Oder du denkst zumindest, dass du es nicht glaubst.«

»Ich glaube, dass jedes Leben wertvoll ist«, erwiderte Julia ruhig, aber bestimmt.

»Auch das ungeborene Leben?«

Himmel hilf! Normalerweise wollte Vanessa nie die Meinung ihrer Mutter in moralischen Dingen wissen, und Julia, die sich ihrer ethischen Grundsätze selbst nicht so ganz sicher war, hätte es gern dabei belassen. »Ich, nun, ich bin nicht ganz davon überzeugt, dass es sich dabei um Leben handelt.«

»Father Freed sagt, es ist Leben.«

»Zu dieser Frage gibt es sehr unterschiedliche Meinungen«, sagte Julia und suchte verzweifelt nach einer Möglichkeit, wie sie diese Unterhaltung beenden konnte, in die sie so unerwartet hineingeraten war. »Selbst die Religionen sind da, also, na ja, unterschiedlicher Meinung. Und deswegen, nun, niemand hat das Recht, anderen ... in dieser strittigen Frage seine Meinung ...« Sie gab es auf. Sie hatte den Faden verloren. Wenn sie im Kepler saß und sich über diesen Anschlag auf das fundamentalste aller Menschenrechte beklagte, schien alles so eindeutig, aber in dem überheizten Auto, neben ihrer klugen, neugierigen Tochter kam Julia alles nur noch verschwommen und unklar vor. Mit zitternder Stimme sagte sie: »Vielleicht sollten wir uns, na, ein andermal darüber unterhalten.«

Vanessa schien die Verunsicherung ihrer Mutter nicht bemerkt zu haben, aber Julia vermutete, dass sie es wie immer nur nicht zeigte, denn diesem Kind entging nichts, auch wenn Lemaster das nicht begreifen wollte. »Okay«, sagte Vanessa.

Sie fuhren am Stadtpark vorbei. Leichte Nachmittagsflocken tanzten vor der Windschutzscheibe. »Vanessa?«

»Hmm?«

»Was hat Mr Carrington dir über diese Besprechung gesagt?«

»Als er gemerkt hat, dass ich mich mit Stalingrad auskenne, war er auf einmal supernett. Ich hab ihm bei seinem Diorama geholfen. Ihm sind nämlich ein paar Fehler unterlaufen.«

»Fehler?«

»Die Landschaft. Der Name einer Stadt. Die Route, die die Sechste Armee genommen hat. Ob du's glaubst oder nicht, er hat sie den Don *südlich* von Kalach überqueren lassen.«

Julia warf ihr einen verstohlenen Blick zu. Wer war dieses altkluge Kind? Was ging sonst noch in diesem Gehirn vor, das sie vor der Außenwelt verbarg? Was für einen Menschen hatte Gott mit diesem Geschöpf geschaffen?

Und woher kam *dieser* seltsame Gedanke?

»Was noch?«

»Ach, er weiß viel mehr als ich.« Dieses Zugeständnis brachte Vanessa überhaupt nicht in Verlegenheit – im Gegensatz zu den meisten intelligenten Teenagern und auch den meisten intelligenten Erwachsenen –, vielleicht, weil sie so selten jemanden traf, der mehr wusste als sie. »Ich habe eine Menge über den Krieg gelernt. Er hat mir sogar ein Buch mitgegeben.« Sie hielt ein zerlesenes Exemplar von einem Autor namens Keegan hoch. »Er meinte, ich kann es behalten, wenn ich will.«

»Vanessa –«

»Wusstest du, dass in Filmen vieles ganz falsch dargestellt wird? Bogenschützen können mit ihren Pfeilen keine Rüstung durchbohren, und meistens – also, zumindest dann, als die Kavallerie Rüstungen trugen – war eine Attacke mit Pfeil und Bogen

Teil der psychologischen Kriegsführung. Es ging um den Aufschlag der Pfeile und den Lärm. Aber großen Schaden konnte man damit nicht anrichten. Nur Angst erzeugen.«

Allmählich hatte Julia genug von Vanessas ausschweifenden Ausführungen und fragte ganz direkt: »Was hat sich bei der Besprechung abgespielt?«

»Ich wollte gerade dazu kommen«, sagte Vanessa, als wäre das der unwichtigere Punkt ihres Gesprächs. »Bei der Besprechung waren anwesend: der Stadtratsvorsitzende, Sheriff Huebner und Mr Carrington und ein Schwarzer.«

»Ein was?«

»Ein Schwarzer. Und er hatte offenbar das Sagen.« Julia erbleichte, aber ihre Tochter fuhr gut gelaunt fort. »Groß, breitschultrig, ein bisschen übergewichtig. Sehr hellhäutig. Er hat seinen Namen nicht genannt, aber Mr Carrington meint, er könnte ein Kongressabgeordneter gewesen sein. Mom, ist alles in Ordnung?«

Nein, nichts war in Ordnung. Julia war wütend, weil man sie auf die falsche Fährte gelenkt hatte und sie schreckliche Angst hatte. Aber es gelang ihr, ruhig zu sprechen. »Ich hatte dir doch gesagt, du sollst dich nicht in die Sache einmischen.«

»Ohne mich wüsstest du überhaupt nichts davon«, entgegnete Vanessa.

Vielleicht wollte ich auch gar nichts davon wissen, dachte Julia, aber sagte es nicht. Sie nahm sich vor, am nächsten Morgen nach Boston zu fahren und Byron Dennison direkt zu fragen, was er zehn Tage nach dem Mord an Gina Joule in Tyler's Landing zu suchen gehabt hatte, und warum er – nach allem, was Julia wusste – ein Jahr später DeShauns Familie dazu überredet hatte, ihre Klage zurückzuziehen.

Aber noch am selben Abend kam ein Anruf aus dem Krankenhaus, um ihnen mitzuteilen, dass Bay sanft und für immer entschlafen sei.

Kapitel 51
Mona

· 1 ·

In der zweiten Februarwoche flog Julia trotz der heftigen Einwände ihres Gatten um ihrer Tochter willen nach Paris, wo sie eine Nacht in einem der entzückenden kleinen Hotels verbrachte, die überall in den Seitenstraßen zu finden waren. Am nächsten Tag reiste sie mit dem Zug nach Toulouse weiter, wo Hap, Monas derzeitiger Lebensgefährte, sie mit einem klapprigen roten Renault 18 GTX abholte. Hap war ein eingefallener, langsamer Mann Mitte fünfzig, die Schultern vornübergebeugt, als hätte er jahrzehntelang hart gearbeitet, und mit dem freudlosen Wann-ist-endlich-Feierabend-Lächeln eines erschöpften Oberkellners. Er kämpfte mit der knirschenden Fünfgangschaltung wie mit einem alten Feind und sagte kaum ein Wort, als sie durch die Vororte und dann aufs Land hinaus fuhren, durch kleine, lichte Wäldchen und endlose Felder. Julia döste ein bisschen, genoss die Landschaft und überlegte sich, wie sie auf ihre Mutter zugehen sollte, die ihr einen Großteil der Familiengeschichte unterschlagen hatte.

»Sie wird sich freuen, Sie zu sehen«, sagte Hap irgendwann.

»Davon bin ich überzeugt«, gab Julia zurück, woraufhin er erst einmal wieder eine ganze Weile den Mund hielt.

Der Stuck bröckelte an dem kleinen, verwahrlosten Landsitz, dessen Dach mit roten Ziegeln gedeckt war. Über einigen Fenstern hingen rote Markisen, über anderen nur die Metallrahmen, die einmal Markisen gehalten hatten. Überraschend war Schnee gefallen und hatte weiße Flecken in dem weitgehend braunen

Garten hinterlassen. Julia fragte sich, ob sie den Schnee mitgebracht hatte. Das kleine Foyer war mit rötlichem Marmor gefliest, und die abgetretenen Läufer waren ebenfalls rot. Bei jedem Besuch wurde Julia dieser Farbe überdrüssig, sie wünschte sich, Mona würde ihr Haus endlich einmal neu einrichten. Aber natürlich reichte für solchen Schnickschnack das Geld nicht, denn Mona, die nicht das Glück gehabt hatte, einen sparsamen Immigrantensohn zu heiraten, hatte ihr Erbe freigebig mit jedem geteilt, der für eine gute Sache eintrat, eine rührselige Geschichte auf Lager hatte oder ihr hübsche Augen machte. Hinter dem Haus fing der Wald an. Zwei Zimmer im Erdgeschoss lagen zu dem von einer Mauer umgebenen Garten hin, wo verblasste Fliesen, wackelige, schmiedeeiserne Gartenmöbel und ein abgedrehter Springbrunnen Julia daran erinnerten, dass das Leben am Ende nichts mehr zu bieten hatte. Hinter einer Erhebung erstreckten sich aufgegebene Weingärten. Mona hatte einmal gehofft, mit Weinanbau Geld zu verdienen, bis sie entdeckte, dass an ihren Weinstöcken eine besonders minderwertige Traubensorte wuchs.

»Sie kommt gleich nach unten«, sagte Hap mehr der Form halber, als um Mona wirklich zu entschuldigen. »Kann ich Ihnen irgendetwas anbieten?«

»Nein, danke.« Julia war daran gewöhnt, dass ihre Mutter sie gern warten ließ.

Monas Zimmer lagen im ersten Stock, Hap schlief im ehemaligen Mädchenzimmer neben der Küche und Julia würde das Gästezimmer im hinteren Teil des Hauses bekommen. Auch wenn Julia mit einem oder mehreren ihrer Kinder nach Frankreich zu Besuch kam – was selten genug geschah –, wurden sie im Gästezimmer untergebracht, das näher an Haps Zimmer lag als an Monas. Julia konnte diese Geste der Zurückweisung nach all den Jahren immer noch nicht verwinden. Dies hier war die Welt ihrer Mutter.

Mona erschien oben auf der Treppe, klein und keck und in einen Morgenmantel gewickelt. Sie nieste geräuschvoll in ein Taschentuch, begrüßte dann Julia mit einem unsicheren Lächeln, denn ihre Tochter hatte die weite Reise sicher nicht aus Sehnsucht nach ihrer Mutter auf sich genommen. Mona ließ sich pflichtschuldigst kurz in den Arm nehmen, befreite sich jedoch hastig, bevor Julia sie wirklich gehen lassen wollte. Sie behauptete, sie wolle Julia nicht mit ihrer Erkältung anstecken, den sie sich eingefangen habe, aber Julia wusste, dass der Grund ein anderer war.

»Du bist dünn geworden, meine Liebe.»

»Nein, bin ich nicht. Ich habe im letzten Jahr zwei Kilo zugenommen.«

»Du hast schon früher jede Kalorie gezählt und immer so auf deine Figur geachtet. Und die Jungs haben auch darauf geachtet.« Sie nieste, dann merkte sie, in welcher Stimmung ihre Tochter sich befand. »Also, damals hast du den Jungs ganz schön den Kopf verdreht, Liebes, wirklich. Ich behaupte ja nicht, dass das *heute* immer noch so ist.«

Das Problem bei Mona war, dass man nie wusste, aus welcher Richtung sie in ihrer freundlichen, unaufdringlichen Art angreifen würde.

»Schön, dich wiederzusehen«, sagte Julia. Im gleichen Augenblick erschien Hap mit Tee und Gebäck und ersparte so seiner geliebten Mona eine Antwort. Julia verzog sich etwas beleidigt auf ihr Zimmer, um ihren Koffer auszupacken. Beim Abendessen beklagte Mona sich. Sie beklagte sich darüber, dass durch die nahe gelegenen Airbus-Werke die Preise in die Höhe getrieben wurden. Sie beklagte sich darüber, dass neuerdings so viele Amerikaner kamen, um im Safari-Park zu »jagen«. Die Vereinigten Staaten seien ohnehin die weltweit größten Unterstützer des Terrorismus. Sie begrüßte es, dass die Franzosen muslimischen Mädchen nicht gestatteten, in der Schule ein Kopftuch zu tragen. Wenn nur in Amerika die Kopftücher ebenfalls konfisziert würden, am besten samt der Kreuze und der kleinen blau-weiß-roten Flaggen zum Anstecken. Sie ließ sich über jedes Thema aus, das ihr einfiel, außer über das, was ihre Tochter nach Frankreich geführt hatte. Sie redete mit der nervösen Energie eines verurteilten Gefangenen, der weiß, dass die Abrechnung kommt, sobald er zu Ende geredet hat – und dass das Urteil dann rasch gefällt wird.

Julia fragte nach den alten Zeiten, bohrte, drängte, köderte sie, aber sie bekam Mona nicht zu fassen.

»Die Empyreals waren immer schon eine äußerst *merkwürdige* Bruderschaft«, sagte Mona, während sie darauf achtete, dass Julia auch mitbekam, wie viel Mühe ihr das Treppensteigen bereitete. Mona genoss es, krank zu sein. »Das war natürlich vor ihrem Zusammenbruch. Vor der finanziellen Pleite und dem ganzen Theater. Die waren schon was ganz Besonderes! Die Mitgliederzahl war auf vierhundert in den ganzen USA begrenzt. Vierhundert farbige Gentlemen von Rang, hieß es in den Statuten. Jeder wusste, wie elitär die waren, aber sie haben nie groß damit angegeben. Ganz früher, Liebes, da durften die Mitglieder Außenstehenden gegenüber nicht mal zugeben, dass der Club überhaupt existierte. Das waren keine Männer, die sich in den Vordergrund gedrängt haben. Keine *Charmeure*. Es waren stille, erfolgreiche Männer, die aber auf Partys nie mitredeten.« Sie hatte die Hälfte der Treppe geschafft, in ihrer Stimme lag die Wehmut der Erinnerung. »Ich will dir mal was sagen, meine Liebe. Als ich jung war, habe ich das nicht durchschaut, aber weißt du, wie die damals waren? Die Empyreals? Wie ein stilles, mürrisches Kind in der Schule, das zu keiner Clique gehört und nie mit jemandem redet und keine Freunde hat, wie ein Kind, das einem nicht mal auffällt, bis es eines Morgens mit einem Jagdgewehr aufkreuzt, um dafür zu sorgen, dass die Welt Notiz von ihm nimmt.«

Damit ging sie zu Bett.

· II ·

Am nächsten Morgen fuhren sie nach Montech, um sich die Wassserrampe anzusehen, die meistens wegen Reparaturarbeiten außer Betrieb war. Dann standen die mächtigen Traktoren still, die normalerweise einen massiven Keil durchs Wasser zogen, wodurch eine riesige Welle den Hang hochgeschoben wurde. In kleinen Booten oder einer Barkasse konnte man sich von der Welle tragen lassen, ein Erlebnis, bei dem die Schwerkraft und die normale menschliche Erfahrung aufgehoben schienen. Mona erzählte gern die Geschichte, wie einmal die Gummireifen wegen eines Öllecks aus den Schienen gesprungen waren, so dass das mit Touristen vollbesetzte Boot auf dem Weg nach oben gekippt war und ein paar Leute in das schmutzige Wasser gefallen waren. Doch Julia, die in den Achtzigerjahren kurz nach Fertigstellung der Rampe – und kurz nach Jays Tod – mit Mona und dem kleinen Preston ein paar Wochen in Frankreich verbracht hatte und schon einmal mit dem Boot gefahren war, wusste nicht so recht, ob sie die Geschichte glauben sollte. Sie hatte so viele glückliche Erinnerungen, vor allem an Toulouse, aber aus unerfindlichen Gründen fand Mona ein unzweifelhaftes Vergnügen daran, ihr diese Erinnerungen zu verderben. Die Rampe hieß auf Französisch *La Pente d'Eau*, ein Name, den Julia liebte, weil er einem so schön über die Zunge rollte. Die Anlage gehörte für sie nach wie vor zu den technischen Wunderwerken der Welt – wo sonst konnte man Wasser den Berg hinauffließen sehen?

Wenn Julia nur wüsste, wie sie ihre eigenen Berge so mühelos erklimmen könnte: Sie befand sich seit vierundzwanzig Stunden in Plaisance-du-Touch und war immer noch nicht zur Sache gekommen.

Dazu musste Mona sie erst ermutigen.

Hap hatte einen Picknickkorb gepackt, und die beiden Frauen wanderten durch den Wald, wobei sie Wege bevorzugten, auf denen sie nicht Gefahr liefen, von Radfahrern überrollt zu werden. Jedes Mal, wenn Julia nach Frankreich flog, stellte sie sich darauf ein, Mona plötzlich gealtert vorzufinden, aber das war nie der Fall. Mona, inzwischen Mitte siebzig, war noch so voll drahtiger Energie, wie Julia es aus ihrer Kindheit in Erinnerung hatte. Damals hatte ihre Mutter sie und ihren Bruder kreuz und quer durch Neuengland chauffiert, stets auf der Suche nach den richtigen Kindern aus dem Clan, die sie sich als Umgang für ihre Sprösslinge wünschte: Sie fuhren nach Providence für eine Weihnachtsparty, nach Boston, um einen Ball zu besuchen, nach Springfield zu einer Schulabschlussfeier. Granny Vee war in allen möglichen Clubs zu Hause, und die Veazies hatten sogar mehrere Studentenverbindungen mitgegründet, aber Mona hatte immer jede pädagogische Mode mitgemacht. Sie hatte sich die Zähne ausgebissen an dem Problem, wie sie ihre Kinder in Hanover großziehen und gleichzeitig ihrem Grundsatz treu bleiben konnte, dass deren Spielkameraden nach Möglichkeit der dunkelhäutigeren Nation entstammen sollten. Und trotz ihrer egalitären Ansprüche meinte Mona damit ausschließlich den Teil der afroamerikanischen Gesellschaft, den Granny Vee die bessere Hälfte genannt hätte.

Es war kurz nach Mittag, und die hohen Bäume warfen kreisrunde Schatten, die aussahen wie dunkle Pfützen. Julia erinnerte sich vage, dass Montech in einer Schwemmebene lag, wo die Bäume eher vereinzelt oder in kleinen, lichten Wäldchen wuchsen, aber hier war der Wald groß und dicht. Die Luft duftete nach Wasser und Schilf. Nachdem sie eine halbe Stunde lang mehr oder weniger schweigend durch den kühlen Nachmittagssonnenschein gewandert waren, zeigte Mona auf eine kleine Lichtung an einem spiegelglatten Teich.

»Hier.«

Julia gab sich Mühe und lächelte. »An dieser Stelle machen wir immer eine Pause.«

Ihre Mutter erwiderte das Lächeln. »Du weißt doch, wie konservativ ich bin.«

Sie setzten sich auf zwei Baumstümpfe, aßen ihre Sandwiches und lauschten auf die Geräusche von Tieren und vielleicht auch Menschen, die sich im Unterholz bewegten. In der Ferne brummte ein Motor, Männer riefen einander etwas zu, eine Hupe plärrte.

Mona sagte: »Du hast doch etwas auf dem Herzen.«

»Ja.«

»Geht es um deinen Lemaster? Misshandelt er dich schon wieder?«

Julia machte eine schnelle Bewegung, als wollte sie eine Mücke verscheuchen. »Lemmie ist ein Engel, Mona. Das hab ich dir schon hundertmal gesagt. Er würde mir nie wehtun.«

»Ich lese die Zeitungen, Liebes. In der *Herald Tribune* steht, er ist in der engeren Wahl für den Posten des Justizministers.«

»Darüber kann ich nicht –«

»Für diese Leute. Er würde tatsächlich für diese Leute arbeiten. Solche Menschen wie ihn werde ich einfach nie verstehen.«

Schwarze wie ihn, meinte sie, genau wie Astrid.

Die Hände auf den Baumstamm gestützt, legte Julia den Kopf in den Nacken und ließ sich die Sonne aufs Gesicht scheinen.

Sie fragte sich, ob Gott da oben oder irgendwo da draußen war, und ob er sie beobachtete und ihnen zuhörte, obwohl er schon wusste, wie alles enden würde. Sie konnte Mona besser ertragen, wenn sie nicht in ihre kleinen, dunklen, liebenden, flehenden, selbstgerechten, verrückten und schmerzlich hilfsbereiten Augen schauen musste. »Ich rede mit dir nicht über Lemmie, okay? Kein Wort mehr.« Sie sprach entschlossen, aber darauf bedacht, dass sie ihrer Mutter gegenüber nicht laut wurde – für den Fall, dass an den Zehn Geboten doch etwas dran war. »Deswegen bin ich nicht hergekommen, Mona.«

»Warum bist du dann hier?« Leidend. »Was willst du? Du willst doch immer irgendwas.«

»Mona –«

»Es stimmt, Liebes. Jedes Mal stellt sich heraus, dass du irgendein Anliegen hast. Ich weiß, ich weiß. Du willst nur einen Rat. Man sollte meinen, du hättest keine Freundinnen, mit denen du reden kannst.«

Ein leichter Wind war aufgekommen und zerrte an Julias Anorak. Sie bemühte sich, Ruhe zu bewahren. Im Grunde glaubte Mona kein Wort von dem, was sie sagte, sie wollte nur Bestätigung von ihrer Tochter: Ja, ja, ich schätze deinen Rat ganz besonders. Aber Julia hatte schon vor Jahren damit aufgehört, ihrer Mutter den Hof zu machen. Wenn die Tatsache, dass sie hier in Frankreich war, während ihre verwirrte Familie zu Hause eine schlimme Zeit durchmachte, Mona nicht Beweis genug dafür war, wie sehr Julia sie schätzte, dann konnte sie ihrer Mutter auch nicht helfen.

»Ich möchte nur reden, Mona«, sagte sie, und erstickte dabei fast an den unbeherrschten Worten, die ihr auf der Zunge lagen. Sie konnte sich einfach nicht dazu durchringen, endlich zum Thema zu kommen. »Ist das möglich? Dass wir einfach reden?«

»Wir reden doch«, erwiderte Mona und streichelte ihrer Tochter das Knie. »Oder ist das kein Reden?«

»Nein, Mona. Nein. So läuft es doch immer. Du redest. Und ich soll still dasitzen und dir zuhören.«

»Also, entschuldige bitte mal.« Mona legte sich eingeschnappt die Hand an den Hals. »Du hast keinen Grund, deine Mutter so anzuschreien.«

»Ich schreie dich nicht an.« Aber jetzt war sie doch laut geworden, denn Mona hatte sie absichtlich provoziert. Ein Gespräch mit der großen Mona Veazie war ein Marsch durch ein Minenfeld der Selbstgerechtigkeit, das man auf eigene Gefahr betrat. Normalerweise konnte man überleben, wenn man das Thema amerikanische Politik vermied. Trat man allerdings auf diese Mine, explodierte die Welt.

»Dann hast du eben deine Stimme erhoben.«

»Mona, bitte«, sagte Julia hastig, damit ihre Mutter nicht mit der üblichen Litanei anfing, wie oft und bei welchen Gelegenheiten Julia – die ihr nach wie vor monatlich zweitausend ihrer schwer verdienten Dollars überwies – sie im Lauf der Jahre verletzt hatte. »Hör zu, ich muss dich ein paar Dinge fragen.« Die nächsten Worte fielen ihr schwer, aber sie wusste, was nötig war, um Frieden mit ihrer Mutter zu schließen. »Ich ... ich brauche deine Hilfe. Es geht um Vanessa.«

Mona strahlte sie zufrieden an. »Na, warum hast du das nicht gleich gesagt?«

· III ·

»Ich habe dir schon hundertmal erklärt, dass du zu streng mit dem Mädchen bist«, fiel Mona ihr ins Wort, als sie glaubte, das Wesentliche des Problems ihrer Tochter verstanden zu haben. »Es war von Anfang an ein Fehler, sie dort draußen unter all den weißen Kindern großzuziehen. Ich habe dir oft genug gesagt, wenn unsere Rasse überleben soll, dann müssen wir alle –«

»Mehr schwarze als weiße Freunde haben. Ich weiß, Mona, ich weiß.«

»Aber du unternimmst nichts, um das zu ändern, oder? Vanessa hat nur weiße Freunde, stimmt's?«

»Nicht nur.«

Monas Augen funkelten vor Genugtuung. »Ich weiß. Ich weiß. Sie ist im Jack-and-Jill-Club, sie war bei den Littlebugs, und in eurer Kirche gibt es auch ein paar schwarze Jugendliche. Das hat sie mir alles erzählt, Liebes.« Sie hob ihre kleine Hand, um Julias Einwand abzuwehren. »Aber die zählen nicht. Das sind keine engen Freunde. Ihre besten Freundinnen sind weiße Mädchen, die sie aus der Highschool kennt.«

»Du hast mich doch genauso großgezogen«, erwiderte Julia wütend und merkte zu spät, dass ihre Mutter sie vom eigentlichen Thema hatte ablenken wollen.

»Dann solltest du meine Fehler nicht nachahmen«, sagte Mona mit Genugtuung.

Für einen Moment gingen sie schweigend, aber innerlich schäumend nebeneinander her. Julia stupste den Picknickkorb mit den Zehen. Zwei Radfahrer rasten vorbei – ein Mann und eine Frau, dachte sie, aber es ging so schnell, sie sah nur dunkle Haare unter bunten Helmen. Vom Kanal her war Kinderlachen zu hören. Am Morgen war es noch klar und sonnig gewesen, doch allmählich zogen Wolken auf; oder vielleicht war es auch Julias Stimmung, die sich änderte.

»Mona, bitte, hör mir zu«, sagte Julia schließlich, ohne ihre Mutter anzusehen. »Ja, ich habe bei Vanessa Fehler gemacht. Bei den anderen auch. Aber ich möchte jetzt nicht über meine Fehler sprechen. Heute nicht. Ich möchte über unsere Geschichte sprechen.«

»Unsere Geschichte?«

»Auf dem Grand Cotillion vor einem Monat habe ich deine alte Freundin Aurelia Treene getroffen. Und weißt du, was sie mir erzählt hat? Dass mein Mann der Bubba der Empyreals ist. Und nicht nur das – sie hat auch gesagt, er würde die Familientradition fortführen. Aber Lemaster kommt aus einer Einwandererfamilie. Also kann sie nur die Veazie-Seite der Familie gemeint haben.« Sie ließ einen Augenblick verstreichen. »Mona, war Grandpa Vee ein Empyreal? War Preston Veazie vielleicht sogar, also, war er der Bubba der Empyreals?«

Ihre Mutter lachte. »Aber ja, Liebes. Natürlich war er das.«

»Und wann hattest du vor, mir das zu sagen?«

»Ich weiß gar nicht, ob wir jemals über dieses Thema gesprochen haben. Ich wollte es auf keinen Fall vor dir geheim halten, wenn du das meinst«, fügte sie hastig hinzu. »Es ist wohl einfach nie dazu gekommen, dass ich es dir erzählt habe.«

»Dann erklär mir doch mal Folgendes: Als ich Lemmie geheiratet habe und du dich so aufgeregt hast, weil er ein Empyreal war, da ging es in Wirklichkeit doch gar nicht darum, dass diese Bruderschaft so klein und unbedeutend ist, oder?«

Schweigen.

»Komm schon, Mona. Diesmal kommst du mir nicht so leicht davon.« Endlich schaute sie ihre Mutter an, aber Mona war ein alter Hase und hatte ihre Pokermiene aufgesetzt. »Diese Gina-Joule-Geschichte, die Vanessa so umtreibt? Die Empyreals waren irgendwie in diese Tragödie verwickelt. Ich will wissen, welche Rolle sie gespielt haben. Und warum. Ich will wissen, was dein alter Freund Bay Dennison damit zu tun hatte.« Ihre Mutter wartete immer noch. »Ich frage dich nur deswegen, weil bei uns zu Hause alles drunter und drüber geht. Und weil ich glaube, dass Tante Aurie mir sagen wollte, dass das eine mit dem anderen zusammenhängt. Komm schon. Du weißt etwas über die Empyreals. Ich finde, es wird langsam Zeit, dass du mir alles erzählst.«

»Dass ich dir was erzähle?«

»Wer die Empyreals wirklich sind.«

Kapitel 52

Die Empyreals

· I ·

»Du musst dir vorstellen, wie das damals war in den alten Zeiten, meine Liebe. Als wir wirklich noch zwei Nationen waren. Die dunkelhäutigere Nation. Die hellhäutigere Nation. Die Empyreals haben die Bezeichnungen erfunden, Liebes. Oder sie haben sie zumindest populär gemacht. Damals, in den alten Zeiten.« Sie hatten ihre Wanderung auf dem gewundenen Waldweg wieder aufgenommen. In der Nähe hörten sie Wasser plätschern. Es war kühler geworden, und Julia dachte, dass es wieder schneien würde. »Damals, als diese ganzen Bruderschaften gegründet wurden. Von unseren Leuten durften damals so wenige die Schule besuchen, und die, die eine Ausbildung bekommen haben, studierten Physik oder Griechisch oder Konfuzius, aber dann mussten sie sich als Hafenarbeiter in irgendeiner Großstadt durchschlagen oder, wenn sie Glück hatten, konnten sie Leichenbestatter oder Lehrer werden. So viele intelligente, tüchtige, gebildete Männer – auch ein paar Frauen, aber die meisten waren Männer –, die von der Welt der Weißen ausgeschlossen waren. Die hatten natürlich das Bedürfnis, sich mit ihresgleichen zusammenzutun. Die meisten Bruderschaften sind aus diesem Grund entstanden.«

»Damit sie auf den Rest der Schwarzen herabblicken konnten.«

»Vielleicht. Vielleicht. Wir wollen sie nicht verurteilen, meine Liebe. Noch nicht. Was ich sagen will, ist, sie hatten mit großen Schwierigkeiten zu kämpfen. Mit sehr großen Schwierigkeiten.

Die Clubs waren ein Ort, wo sie all das vergessen konnten, wo sie intellektuelle Gespräche führen oder zumindest mit Menschen reden konnten, die das Gleiche erlebt hatten wie sie.«

Julia war zu müde, um sich das alles anzuhören. »Mona, bitte. Ich bin nicht wegen einer Geschichtsstunde um die halbe Welt gereist. Ich will gar nicht wissen, wie alle diese Clubs entstanden sind. Mich interessieren gerade nur die Empyreals.«

»Wegen deines Lemaster. Weil er der Bubba ist.«

»Das ist nicht der einzige Grund.«

»Was denn noch?«

»Seit der Unterhaltung mit Aurelia auf dem Ball geht mir eine Geschichte aus meiner Kindheit nicht mehr aus dem Kopf. Es war in Hanover. Im November 1972. Das weiß ich noch so genau, weil Nixon gerade wiedergewählt worden war. Granny Vee hat damals bei uns gewohnt. Du hattest an dem Abend ein paar Leute eingeladen und ihr habt im Fernsehen die Wahl verfolgt. Ich war noch ziemlich klein, aber ich erinnere mich noch daran, wie ihr alle dagesessen und zugesehen habt, wie ein Staat nach dem anderen an Nixon ging. Ihr habt alle ein Gesicht gemacht, als hätte euch jemand in den – na ja, also, als hätte jemand euch allen eine verpasst. Erinnerst du dich noch an den Abend?«

»Natürlich erinnere ich mich, Liebes. Damals waren wir noch eine Familie. Da hatte ich euch beide noch. Dich und Jay.« Sie lächelte und fuhr flüchtig mit der Hand über Julias schmale Schultern, als wollte sie eine Umarmung andeuten. »Aber, liebe Güte, ich wundere mich, dass du dich daran erinnerst. Wir hatten eine Party. Damals waren wir nur wenige an der Fakultät. Schwarze, meine ich. Wir waren deprimiert. Wir waren wütend. Wir haben zusammengehockt und uns gemeinsam betrunken.« Ihre Mundwinkel bewegten sich missbilligend nach unten bei der Erinnerung. »Und das weißt du noch? Wie alt warst du damals? Vier? Fünf?«

»Zwölf.« Eine einzige lebende Tochter, und Mona wusste nicht einmal, wie alt sie war. Julia musste sich sehr zusammenreißen. »Granny Vee war müde, und du hast mich gebeten, ihr ins Bett zu helfen. Als wir aus dem Wohnzimmer raus sind, hat sie etwas ganz Komisches gesagt. Ich weiß, Granny Vee war damals schon nicht mehr ganz klar, und ich habe seit Jahren nicht mehr daran gedacht, aber in letzter Zeit geht es mir dauernd durch den Kopf. Sie meinte, das wäre mal wieder der Beweis dafür, dass der Clan besser daran täte, sich aus dem Wahlgeschäft rauszuhalten. Sie sagte, der Clan hätte 1956 seine Lektion lernen sollen. Was hat sie damit gemeint, Mona? Was ist '56 passiert? Und was ist '72 passiert?«

»Beide Male haben die Republikaner einen Erdrutschsieg davongetragen. Das ist passiert.«

»Nein. Das hat sie nicht gemeint. Sie hat gesagt: ›Sie haben mal wieder aufs falsche Pferd gesetzt.‹ Du hast ihr gesagt, sie soll den Mund halten, aber Granny Vee war nicht so leicht zum Schweigen zu bringen. Ich hab sie raus in den Flur gezogen, aber sie hat immer noch rumgeschrien. Die würden es immer wieder versuchen und jedes Mal würden sie es vermasseln. Und sie hat noch gesagt: ›Der Paramount ist so ein Vollidiot!‹«

Sie kamen an eine Gabelung, und Mona wählte den stärker überwachsenen Weg. Der Wald schloss sich dichter um sie, und die wenigen Sonnenstrahlen drangen nicht mehr zu ihnen durch. Ihre Mutter tänzelte vor ihr auf dem Pfad davon, so dass Julia Mühe hatte, mit ihr Schritt zu halten. »Das hast du falsch verstanden«, rief Mona ihr über die Schulter hinweg zu. »Wahrscheinlich hat Granny von Perry Mount gesprochen. Er war ein Junge aus Harlem – du hast ihn kennengelernt, aber da warst du noch klein, daran wirst du dich nicht erinnern. Aber der arme Perry wollte unbedingt eine wichtige Rolle im Wahlkampf spielen. Er hatte sich für einen Kandidaten engagiert, aber nicht mal für McGovern. Sein Kandidat wurde gar nicht nominiert. Der arme Perry hatte aufs falsche Pferd gesetzt. Tja, das ist unsere Geschichte, Liebes. Die Neger setzen immer auf die Verlierer. Deshalb sind wir heute noch keinen Schritt weiter.«

»Sie hat nicht gesagt ›Perry Mount‹. Sie hat gesagt ›*der* Paramount‹.«

»Ich bin mir sicher, dass sie das nicht gesagt hat.«

»Doch, das hat sie gesagt. Genau das.« Julia hatte ihre Mutter eingeholt. »Und dann hat sie noch gesagt: ›Die hätten auf Preston hören sollen.‹ Ich hab mich jahrelang gefragt, was sie damit gemeint haben könnte. Dann hat Lemmie mir vor ein paar Wochen erzählt, dass die Empyreals ihren Vorsitzenden Paramount nennen, und mir ist alles klar geworden. Granny Vee wollte sagen, dass die Empyreals aufs falsche Pferd gesetzt hätten, weil ihr Vorsitzender ein Idiot war. Die Empyreals hatten bei der Wahl ihre Hände im Spiel, nicht wahr?«

»Na ja, Wahlbündnisse sind nun mal ziemlich komplizierte –«

»Mona, hör auf. Bitte hör auf damit. Ich bin deine ewigen Ausflüchte leid. Sag mir die Wahrheit.« Mona hielt ihre braunen Augen ständig herausfordernd auf ihre Tochter gerichtet, aber jetzt wandte sie sich ab. Julia setzte nach. »Komm schon, Mona. Granny wollte sich nicht über die Schwarzen im Allgemeinen beklagen. Dazu war sie viel zu clever. Sie hat gestichelt. Ihr war klar, dass sie Geheimnisse ausplauderte.« Mona runzelte die Stirn. »Und sie hat mir noch was gesagt. Ich glaube nicht, dass du das gehört hast. Ich hab sie wie jeden Abend nach oben auf ihr Zimmer gebracht und ihr ins Bett geholfen und sie zugedeckt. Und da hat sie noch gemeint, die bräuchten entweder einen neuen Autor oder einen neuen Plan. Ich hatte keine Ahnung, wovon sie redet. Aber es war nicht die dunkelhäutigere Nation. Sie hat nicht ›wir‹ gesagt, sondern ›die‹. Und der Vorsitzende der Empyreals wird nicht nur Paramount genannt, richtig? Er wird auch Autor genannt. Ich glaube, Granny Vee hat von den Empyreals gesprochen. Ich glaube, die Empyreals haben versucht, irgendetwas in Bezug auf die Wahlen zu unternehmen, und es hat nicht funktioniert.« Ihre Mutter reagierte, das war nicht zu übersehen. Sie wich Julias Blick aus und eilte schneller den Pfad entlang. »Was war es, Mona? Was haben sie gemacht?«

»Nichts, was dich etwas angeht.«

»Ich bin kein Kind mehr, Mona.«

»In gewisser Hinsicht schon.« Sie hob ihre schmale Hand, um Julias Einwand abzuwehren und setzte zu einem ihrer üblichen Vorträge an. »Vielleicht hast du recht, Liebes. Wissen kann nicht Sünde sein, nicht wahr? Geheimnisse sind das Einzige, was uns auf dieser Welt voneinander trennt. Das Nichtwissen. Das ist die Gefahr. Wir sind vernunftbegabte Geschöpfe, Liebes. Wir dürsten nach der Wahrheit. Wir brauchen sie zum Leben. Wenn die Wahrheit, nach der wir dürsten, im Verborgenen bleibt, dann saugen wir die Lügen auf, um nicht zu verdursten.« Die hellen Augen wurden ernst. »Also gut, Liebes. Lassen wir das. Du willst die Geschichte hören, dann werde ich sie dir erzählen. Aber glaub mir, Julia Anne, irgendwann wirst du dir wünschen, du hättest sie nie erfahren.«

· II ·

Sie hatten eine weitere Weggabelung erreicht. Mona blinzelte wie eine Eule in beide Richtungen, eine Faust vor dem Mund. Offenbar war sie sich nicht sicher, welcher der richtige Weg war. Einen Moment lang war Julia versucht zu warten, damit Mona sie um Hilfe bitten musste, doch dann trat sie an der zögernden, alten Frau vorbei, legte ihr eine Hand auf die Schulter und wählte den linken Weg, der leicht bergauf zu einer Lichtung führte. Als sie hochstiegen, schien Mona sich wieder zu entspannen, und sie begann zu erzählen.

»Es war 1956, wie du gesagt hast. Ich habe zu Hause gewohnt, weil ich damals an der Columbia University meinen Magister gemacht habe. Du musst wissen, dass damals der mächtigste Schwarze – Neger sagten wir damals –, dass der mächtigste Neger im Land und vielleicht auch der berühmteste Neger der USA Adam Clayton Powell war. Du bist ihm einmal begegnet. Aber da warst du noch sehr klein, du wirst dich nicht daran erinnern. Seine erste Frau haben wir häufig auf Martha's Vineyard getroffen. Das ist schon lange her. Jedenfalls hatte Adam so viel Macht, dass er Eisenhower dazu gebracht hat, die Rassentrennung auf Militärbasen und in Kinos aufzuheben, und zwar lange bevor der Oberste Gerichtshof das Brown-Urteil gegen Rassendiskriminierung bestätigt hat. Er war ein erstaunlicher Mann. Er war Pastor der Abyssinian Baptist Church auf der 138th Street, genau wie sein Vater. Und er war jahrelang Kongressabgeordneter. Demokrat natürlich, obwohl es damals nichts Anrüchiges hatte, wenn man als Schwarzer bei den Republikanern war. Ich denke sogar, dass die meisten im Clan damals die Republikaner wählten. Nicht die meisten Neger. Aber die meisten aus dem Clan. Na ja, damals war alles anders. Aber Adam war Demokrat. Und dann, 1956, hat er alle Welt verblüfft, als er sich im Wahlkampf plötzlich für Eisenhower ausgesprochen hat. Der demokratische Kandidat war Adlai Stevenson. Ein sehr, sehr liebenswerter Mann. Er hatte natürlich kaum eine Chance, aber man konnte ja nie wissen. Vor allem, wenn sämtliche Neger für ihn stimmten. Das war damals nicht so wie heute. Damals hatten die Demokraten die Stimmen der Neger noch nicht gepachtet. Sie konnten noch nicht selbstverständlich davon ausgehen, dass wir sie wählen würden, ohne dass wir eine Gegenleistung erwarten. Unsere Führer waren klug und haben mit den Republikanern verhandelt. Heute beschimpfen sie sie nur und erreichen dadurch, dass die Republikaner uns überhaupt nicht mehr zuhören. Aber so ist das heute eben. Was ich sagen wollte, ist, Adlai hat versucht, die gesamte Führung der Neger auf seine Seite zu bekommen. Und da erklärt Adam aus heiterem Himmel, er wird Eisenhower unterstützen. Die armen Demokraten waren vollkommen vor den Kopf geschlagen. Natürlich wollte Stevenson sich sofort mit Powell treffen. Sie haben sich heimlich getroffen, und rate mal, wo.«

»Bei Granny Vee im Haus?«

Der Weg wurde steiler und das Gehen anstrengender, vor allem für Mona, aber weder sie noch Julia wollte als Erste um eine Rast bitten. Falls es Mona irritierte, dass Julia auf ihre rhetorische Frage geantwortet und damit ihre Pointe ruiniert hatte, ließ sie es sich jedenfalls nicht anmerken. »Genau, Liebes. In der Stadtvilla der Veazies auf der Edgecombe Avenue. Im Arbeitszimmer meines Vaters. Und dein Großvater war nicht nur Gastgeber, sondern zugleich Schiedsrichter. Ich traf mich damals mit einem Mann namens Eddie, und wir wollten an dem Abend ausgehen. Im Foyer konnten wir ein paar Bruchstücke des Gesprächs aufschnappen. Adam sagte, er sei es leid, eine Partei zu unterstützen, die ihrem Südstaatenflügel so treu ergeben ist, dass sie sich nicht mal zu einer lauwarmen Befürwortung des Brown-Urteils durchringen könne, eine Partei, die die Mehrheit im Kongress habe und nicht mal in der Lage sei, ein Bundesgesetz gegen die Lynchjustiz durchzubringen. Wenn die Demokraten nichts Besseres zu bieten hätten, würde er es lieber mit den Republikanern versuchen. Adlai hat gesagt, wenn er gewählt würde, könne er all das ändern, aber Powell hat sich nicht beeindrucken lassen. Ich glaube, Stevenson hat gemerkt, dass das Treffen nur pro forma stattfand und Powell nie ernsthaft mit ihm verhandeln wollte. Powell war durch und durch für Eisenhower. Das war zumindest mein Eindruck. Dann hat mein Vater uns beim Lauschen erwischt und die Tür zugeknallt.« Mona lächelte. »Das wäre dir nie passiert, nicht wahr, Liebes? Im Foyer zu lauschen? In Hanover hast du immer dafür gesorgt, dass die jungen Männer auf dich warten mussten. Das hat dir doch gefallen, nicht? Die jungen Männer unten warten lassen, bis du zu erscheinen geruhst. Und sie haben gewartet. Sie haben dir aus der Hand gefressen. Das hat dir gefallen, nicht wahr? Dass die Burschen so verrückt nach dir waren. Du hast damals weiß Gott den Jungs die Köpfe verdreht. Aber lassen wir das.«

Julia kochte innerlich, doch sie hielt sich zurück.

»An dem Abend hab ich mit Eddie über die ganze Sache geredet. Er hatte auch ein bisschen von dem Gespräch mitgehört. Und wir beide sind zu dem Schluss gekommen, dass Powell einen anderen Grund gehabt haben muss. Es ging nicht nur um das Anti-Lynching-Gesetz oder darum, dass die Südstaaten-Fraktion zu großen Einfluss in der Demokratischen Partei hat. Nein. Dafür war er viel zu leidenschaftlich. Powell war kein Dummkopf. Er muss gewusst haben, dass Eisenhower, was die schwarzen Bürgerrechte anging, Bedenken hatte, Stevenson dagegen nicht. Aber Powell hatte sich entschlossen, die Demokraten in dem Jahr nicht zu unterstützen, egal, was Stevenson ihm anbot. Und Eddie, na ja, der hatte seine eigene Theorie in Bezug auf Powells Gründe. Er hat gesagt: ›Vielleicht gefallen Powell die Leute nicht, die Stevenson sonst noch unterstützen.‹ So einfach war das.«

Sie traten aus dem Wald auf einen Felskamm, von wo aus sie einen weiten Blick über die Felder und die Spielzeugdörfer hatten. Mona war ziemlich erschöpft, Julia sah es sofort. Die Hände ihrer Mutter zitterten.

»Wir können hier Rast machen, wenn du möchtest.«

Aber Mona war zu sehr in ihre Geschichte vertieft. »Also habe ich meine Mutter gefragt. Granny Vee. Ein paar Tage später. Wir haben uns zurechtgemacht, wahrscheinlich für irgendeine Ladybugs-Veranstaltung. Ich glaube, es war eine Totenwache. Wir trugen Orange und Weiß, weil – na ja, wenn eine Sisterlady stirbt, dann trägt man eben die Farben der Ladybugs. Aber das weißt du ja. Das vergesse ich manchmal, weißt du. Ich habe sie also gefragt. Sie hat mich vielleicht angesehen, Julia! Ich weiß, als du klein warst, hast du immer gesagt, ich würde dich manchmal so ansehen, als wärst du der letzte Dreck. Mein Wie-konntest-du-mir-das-antun-Blick. Ich erinnere mich. Damals habe ich dir immer gesagt, das hätte ich von Amaretta. Aber ihre Blicke waren viel schlimmer. Sie hat mich angesehen, als hätte ich den ganzen Clan verraten, bloß weil ich diese eine Frage gestellt hatte. Und weißt du, was sie zu mir gesagt hat? Sie sagte: ›Wir mussten es versuchen, Liebes.‹ Das hat sie gesagt. Mehr nicht. Ja, ich weiß, vielleicht hat sie nur das Treffen zwischen Powell und Stevenson gemeint. Den Versuch, den Frieden in der Demokratischen Partei wiederherzustellen. Aber den Eindruck hatte ich überhaupt nicht. Ich hatte vielmehr den Eindruck, als meinte sie etwas viel Größeres. Und für Amaretta gab es nur eine Sache, die wirklich groß war, die es verdiente, dass sie – dass sie eine solche Ehrfurcht empfand. Nicht Gott. Nicht Amerika. Nicht Harlem, und auch nicht die dunkelhäutigere Nation. Der Clan. Immer nur der Clan. Für Amaretta gab es kein anderes ›Wir‹. Ich hatte das Gefühl, sie wollte sagen, der Clan hätte alles auf eine Karte gesetzt und verloren. Dass der Clan auf Adlai Stevenson gesetzt und Adam Clayton Powell ihnen die Sache vermasselt hatte.«

Julia schüttelte den Kopf. »Dann verstehe ich nicht, wo das Problem ist. Der Clan hat also Stevenson unterstützt, der dann die Wahl verloren hat. Und?«

»Ich glaube ganz und gar nicht, dass die Empyreals am Sterben sind, Liebes. Ich glaube, denen geht es prächtig. Im Geheimen wie eh und je, aber mit sehr viel Macht.«

»Soll das heißen, all das Gerede darüber, dass die Empyreals ein kleiner, unbedeutender Club sind – dass das alles bloß Tarnung ist?«

»Ich glaube, dass die irgendwas im Schilde führen. Die führen immer irgendwas im Schilde.«

»Was denn zum Beispiel?«

Sie gingen den Hügel wieder hinunter. Mona machte kleine, trippelnde Schritte, und jetzt musste Julia sich zurückhalten, damit sie nicht ständig vorauslief. »Ich bin eine alte Frau, Julia

Anne, und du solltest mich nicht allzu ernst nehmen. Aber Aurelia ist falsch informiert. Dein Großvater war nicht der Bubba. Das heißt, er war nicht einfach nur der Bubba. Später wurde er der Grand Paramount. Er hat die Bruderschaft zehn Jahre lang geleitet, vor Bay Dennison. Und eigentlich ist das alles ein großes Geheimnis, aber Preston hatte vor deiner Großmutter keine Geheimnisse. Und ich will dir noch etwas sagen, was Granny Vee mir Jahre später erzählt hat. Die Empyreals, hat sie gesagt, die waren regelrecht besessen vom Präsidenten.«

»Du meinst, sie wollten den Präsidenten beeinflussen?«

»Nein, meine Liebe. Ich meine, sie wollten bestimmen, wer Präsident wird.« Der Wald um sie herum lichtete sich. Mona war fast am Ende ihrer Kräfte und fast am Ende ihrer Geschichte angelangt. »Granny Vee hat mir erzählt, was '56 an dem Abend passiert ist. Die Empyreals hatten Stevenson ins Rennen geschickt. So hat Amaretta sich ausgedrückt: ins Rennen geschickt. Er war der Mann der Empyreals. Die haben ihn nicht einfach nur unterstützt. Die hatten Macht über ihn. Und '72 haben sie wieder einen ins Rennen geschickt. Nicht McGovern, einen von den anderen Demokraten. Aber dann ist etwas dazwischengekommen, und er wurde nicht nominiert. Weißt du, Julia, dein Großvater hatte diese Idee, dass man von den Angehörigen der weißen Rasse nur etwas bekommen kann, wenn man sie mit ihren eigenen Waffen bekämpft. Nur aus moralischen Gründen würden die nie das Richtige tun, sondern nur, wenn es auch ihnen selbst nütze, hat er gemeint. Wir brauchen einen Kandidaten, den wir in der Hand haben, hat er deiner Großmutter gesagt. Genauso, wie es die einflussreichen Weißen machten. Einen Mann, der in unserem Interesse handelte, nicht aus Gewissensgründen, sondern weil ihm gar keine andere Wahl blieb.«

»Erpressung«, sagte Julia kaum hörbar. »Du redest von Erpressung.«

»Da bin ich mir nicht so sicher, Julia Anne. Es ist schon möglich. Ich weiß nur, dass die Empyreals diesen Plan entwickelt haben, sie müssten einflussreiche Weiße in der Hand haben und sie in eine Position bringen, in der sie gezwungenermaßen für die Interessen unserer Leute arbeiten. Die Idee stammt übrigens von Grandpa Vee. Das glaube ich zumindest.«

»Soll das heißen, die Empyreals hatten Adlai Stevenson in der Hand?«

Mona zögerte einen Moment. Ihr Blick verschwamm, sie blickte zurück in die Zeit, als sie jung gewesen war. »Adlai war ein guter Mann. Ein anständiger Mann. Ich glaube nicht, dass er sich hätte erpressen lassen.« Sie schaute ihre Tochter an. »Nein, Julia. Ich würde mich sehr wundern, wenn die Empyreals ihn in der Hand gehabt hätten. Aber vielleicht dachten sie, sie hätten ihn in der Hand.« Sie lachte traurig in sich hinein. »Diese Verbindungen sind uralt, Liebes. Die alten Familien. Unsere. Die anderen. Schwarz und Weiß. Die bestehen schon seit Jahrzehnten. Ach, noch viel länger. Es musste nicht unbedingt Nötigung im Spiel sein. Ein Teil davon war eher ... gegenseitiges Eigeninteresse.«

Julia horchte auf. »Meinst du, sie haben sich als Weiße ausgegeben? Dass manche der alten weißen Familien in Wirklichkeit schwarze Familien sind?« Sie konnte es kaum fassen. »Steckt so etwas dahinter?«

Mona schüttelte den Kopf. »Oh nein, nein, Liebes. Ganz und gar nicht. Ach, möglich wäre es natürlich. Früher waren die Lebensbedingungen für Schwarze einfach unerträglich. Wenn da einer der Welt der Schwarzen entkommen konnte und sich ein Leben unter den Weißen eingerichtet hat – möglich wär's. Aber darum geht es mir nicht. Ich wollte nur sagen, dass es durchaus gemeinsame Interessen gab. Dass alte weiße und alte schwarze Familien nicht selten an einem Strang zogen. Glaub bloß nicht, dass es nur die Empyreals sind.« Wieder dieses traurige Lachen, wie eine aufgeregte Zuschauerin bei einer Tragödie. »Ich bin eine alte, verrückte Frau, Julia. Nimm mein Geschwätz nicht allzu ernst. In meinem Alter spielt der Kopf einem so manchen Streich.« Mona war mittlerweile ziemlich wackelig auf den Beinen. »Ich bin müde, Julia. Ich möchte nach Hause und mich ins Bett legen.«

»Wir sind fast am Auto.«

»Ich möchte nicht mehr reden.«

»Bitte. Nur noch eine Sache.«

»Lass mich sofort los, Julia Anne.«

»Oh, bitte entschuldige. Tut mir leid.« Sie hatte gar nicht gemerkt, dass sie den Arm ihrer Mutter gepackt hatte, ihn vor Wut fest umklammerte, so wie sie es früher mit Kellen gemacht hatte, wenn er sie falsch oder gar nicht angesehen hatte. »Mona, bitte. Eine Sache noch. Du sagst, die Empyreals hätten Informationen über mächtige Weiße gesammelt und diese Informationen benutzt, um die Lebensbedingungen unserer Leute zu verbessern. Hab ich das richtig verstanden?«

»Das hat Amaretta mir jedenfalls erzählt.« Mona schüttelte den Kopf. »Ich glaube, so genau weiß das keiner.«

»Aber es muss stimmen, Mona. Byron Dennison war anderthalb Wochen nach dem Mord an Gina Joule in Tyler's Landing und hat dort sozusagen das Kommando übernommen. Aus welchem anderen Grund hätte er dort sein sollen?«

»Zu der Zeit war ich bereits verheiratet, Liebes. Ich wohnte in New Hampshire. Woher hätte ich so etwas erfahren sollen.«

»Komm schon, Mona. Du hast doch sogar mal was mit Bay gehabt. Willst du mir erzählen, dass er nie mit dir über seine Pläne gesprochen hat?«

Monas Lächeln war wieder herablassend und großmütterlich. »Wenn Bay Dennison der geheime Drahtzieher war, für den du ihn hältst, hätte er sich dann dort blicken lassen? Das ist alles äußerst merkwürdig, Liebes.«

Sie standen vor dem Auto. Mona bat ihre Tochter zu fahren, und Julia, die nie einen Wagen mit Schaltgetriebe fuhr, außer wenn sie in Frankreich bei ihrer Mutter zu Besuch war, willigte ein. Das Auto ruckelte und bockte auf dem ganzen Heimweg. Mona beklagte sich mit keinem Wort. Sie hatte die Augen fest geschlossen, und falls sie nicht wirklich schlief, dann tat sie so als ob.

· III ·

Julia würde nie die ganze Wahrheit erfahren. Während sie sich in jener Nacht auf der alten, durchgelegenen Matratze hin und her wälzte, fragte sie sich, wie viel vom Leben der dunkelhäutigeren Nation sich hinter einem Schleier der Unwissenheit abspielte. Die meisten Schwarzen und fast alle Weißen wussten nichts von der Existenz der alten Familien mit ihrem Geld, ihrer Bildung und ihren Traditionen. Über die Geheimnisse der elitären Bruderschaften und Frauenverbände wussten Außenstehende oft wesentlich weniger, als sie meinten. Und über die Empyreals, dem exklusivsten unter den Clubs, wusste überhaupt niemand etwas. All das schwirrte Julia durch den Kopf. Der Grand Paramount. Adlai Stevenson. Bubba. Kellen Zant, der gedroht hatte, eine Bombe im Präsidentschaftswahlkampf hochgehen zu lassen und der dann erschossen wurde. Sie döste vor sich hin, halb wach, halb träumend, und dachte über Ereignisse der vergangenen drei Monate nach.

Und dann sah sie es.

Nicht alles. Sie würde noch eine Menge Dinge klären müssen, aber im überheizten Gästezimmer im Erdgeschoss des halb verfallenen Landsitzes ihrer Mutter in Plaisance-du-Touch durchschaute Julia Veazie Carlyle den Plan der Empyreals und begriff endlich, was Kellen geglaubt haben musste. Die Frage war nur, ob er damit auch recht gehabt hatte.

Sie schlief schlecht und träumte von Schnee.

· IV ·

Julia hätte nicht gedacht, dass ihr der Abschied von Mona am nächsten Morgen so schwerfallen würde. Ihre Mutter zeigte keine Spur von Bedauern, doch sie, die Tochter, verging fast vor schlechtem Gewissen. Mona machte es ihr nicht leicht, sich zu entschuldigen. Sie benahm sich, als hätte der Streit am Vortag nie stattgefunden. Während Hap beim Frühstück wie üblich um Mona bemüht war, sah Julia ihre Mutter plötzlich mit anderen Augen. Mona war alt, sie wurde schwächer, sie war niedergeschlagen. Hap kümmerte sich um sie, und trotz der schier unendlichen Energie, die sie früher gehabt hatte, war Mona in einem Alter, in dem sie nur noch wollte, dass jemand für sie da war.

Und was sollte daran verwerflich sein?

»Es tut mir leid, Mona«, sagte Julia und hoffe, dass ihre Entschuldigung nicht hölzern klang.

»Was tut dir leid, Liebes?«

»Dass ich … Wie ich gestern mit dir geredet habe. Das tut mir leid.«

»Das sind die Hormone«, erwiderte ihre Mutter wie früher, als Julia sich von morgens bis abends mit ihr gestritten hatte. Aber heute lachte Mona.

Hap spielte den Schiedsrichter, sorgsam darauf bedacht, dass das Gespräch nicht auf ein Thema kam, das seine Geliebte wieder aufregen könnte. Nach dem Frühstück verkündete Mona, Julias Besuch habe sie sehr mitgenommen. »Trotzdem bin ich froh, dass du gekommen bist, meine Liebe.«

»Ja, ich auch.«

Julia durchquerte neben ihrer Mutter die kleine Halle mit dem rissigen Parkett. Die Tür zu Monas Schlafzimmer brauchte einen neuen Anstrich. Kurz wünschte Julia sich, sie würde im Lotto gewinnen, damit sie ihre Mutter so unterstützen konnte, wie sie es verdiente. Dann sah sie die Situation wieder mit den Augen der Empirikerin und erinnerte sich an den Spruch von Granny Vee, dass Wünsche keine Pferde waren und dass die meisten Menschen auf der Welt in viel ärmlicheren Verhältnissen lebten.

Mona nahm die Hände ihrer Tochter, drückte sie kraftlos, lächelte. »Du solltest nichts darauf geben, was ich erzähle«, sagte sie. »In meinem Alter hört man sich gerne reden. Und man bildet sich ein, man weiß alles.«

»Und ich dachte, heute ist man mit siebzig so fit wie früher mit fünfzig.«

»Was du nicht sagst! Im Moment habe ich das Gefühl, als wäre ich schon neunzig.«

»Ich liebe dich, Mom«, stieß Julia hervor.

Mona wirkte irgendwie erfreut, so wie man sich freut zu hören, dass ein entfernter Verwandter wieder geheiratet hat. »Ich liebe dich auch«, sagte sie und blickte mit ihren braunen Augen immer noch in die Ferne. »Hör zu, Julia. Ich habe keine Ahnung, was sich in … Amerika abspielt. Ich verstehe dieses Land nicht. Ich weiß nicht, ob ich es je verstanden habe. Aber eins weiß ich. Es ist kein guter Ort für unsere Leute. Die Neger. Die dunkelhäutigere Nation. Die Afroamerikaner. Kein guter Ort. Das Land war nie gut für uns und wird es auch nie sein.« Sie hob eine Hand, bevor ihre Tochter widersprechen konnte. »Du gehörst zum Clan, meine Liebe. Deshalb meinst du, du hättest eine gewisse Freiheit. Aber in Wirklichkeit ist es wie mit dem Spiegel, der da hängt.« Sie deutete zur Wand. »Die Leute im Spiegel sind überhaupt nicht frei, siehst du? Sie können nur das tun, was die, die vor dem Spiegel stehen, sie tun lassen. Wir bewegen uns, und die Leute im Spiegel bewegen sich mit. Wenn wir sprechen, sprechen sie auch. Wenn wir den Mund halten, halten sie auch den Mund.«

»Ich glaube, das steht schon bei Lewis Carroll.«

»Hör mir zu, Liebes. Was Granny Vee mir über die Empyreals erzählt hat, über deren große Pläne – du hast recht, da war sie schon nicht mehr ganz klar. Ich hab keine Ahnung, wie viel davon wahr und wie viel reine Erfindung ist. Aber wenn es wirklich stimmt, Julia, wenn die Empyreals doch nicht am Ende sind ... Wenn sie sich irgendwo in den dunklen Ecken im Spiegel verstecken, im Schatten, wo sie keiner sehen kann? Wenn sie Pläne und Komplotte schmieden, wie sie die Angehörigen der weißen Rasse dazu bringen können, dass sie das Richtige tun?« Sie hob erschöpft die Schultern. »Ich frage mich: Wäre das denn so schlimm?«

Abrupt ließ sie die Hand ihrer Tochter los, schloss die Haustür hinter ihr und zog sich wieder in ihr selbstgewähltes Exil zurück.

· V ·

Julia verließ Plaisance-du-Touch enttäuscht, aber sie wusste, dass sich daran nie etwas ändern würde. Hap brachte sie nach Toulouse zum Bahnhof, und während der Fahrt überlegte sie sich, was für ein Verhältnis er wohl zu ihrer Mutter hatte. An der Absperrung umarmte er sie unbeholfen und reichte ihr eine Einkaufstüte, die vergessenen, wunderschön eingepackten Weihnachtsgeschenke für die Kinder. Julia bat ihn, Mona ihren Dank auszurichten, obwohl vermutlich er die Geschenke besorgt hatte, und zwar erst vor Kurzem. Der Zug fuhr mit einer Viertelstunde Verspätung ab: für Frankreich ein Desaster von nationalem Ausmaß. Die Fahrt dauerte sechs Stunden. Ihr gegenüber saß ein freundliches amerikanisches Pärchen, das sie an das Liebespaar erinnerte, dem Mona und sie auf ihrem Waldspaziergang in Montech zweimal begegnet waren. Sie ging nicht auf ihre Gesprächsversuche ein, sondern schlief wie auf der Hinfahrt die meiste Zeit. In Paris stieg sie wieder in dem kleinen Hotel ab, doch plötzlich schienen der Mann an der Rezeption, der Mann, der im Foyer Zeitung las und der lächelnde Aufzugführer alle Teil einer riesigen Verschwörung zu sein. Als ihr der junge Mann, der das Frühstück aufs Zimmer brachte, verstohlene Blicke zuwarf, während sie in ihrem Morgenmantel dastand und wartete, bis er fertig war, fragte sie sich, ob er ihre Beine bewunderte oder ob ihn jemand in der Hand hatte.

Das Land zu verlassen, war noch schwerer, als sich von Mona zu verabschieden. Sie sah, wie die Augen des Grenzpolizisten sich weiteten, als er ihren Pass unter den Scanner hielt. Sie wurde in einen kleinen Raum geführt, wo zwei uniformierte Frauen ihr Gepäck durchsuchten. Überwacht wurde die Prozedur von zwei Männern in Anzügen, von denen einer ein Vertreter der amerikanischen Botschaft war, der zwar erklärte, er sei anwesend, damit ihre Rechte gewahrt würden, aber den Blick auf den Tisch gerichtet hielt. Die Frauen durchsuchten Julias Kosmetika und ihre schmutzige Unterwäsche. Sie packten sogar die verspäteten Weihnachtsgeschenke aus, die sich als fantasieloser Kitsch für Touristen entpuppten. Sie schienen drauf und dran zu sein, auch eine Leibesvisitation bei Julia zu machen, wurden jedoch von dem Botschaftsangehörigen daran gehindert, und das war auch gut so, denn am Körper trug Julia den Inhalt des großen Umschlags, den sie zwischen den Geschenken versteckt in der Einkaufstüte gefunden hatte.

Schließlich gestatteten sie ihr mit typisch gallischer Widerwilligkeit die Ausreise. Der Mann von der Botschaft entschuldigte sich bei Julia, dann schnauzte er die Franzosen auf Französisch an. Julia erinnerte sich, dass der Botschafter in Frankreich einer der engsten Vertrauten des Präsidenten war. Wie zur Wiedergutmachung bekam sie einen Gratis-Upgrade in die erste Klasse. Sie döste eine Weile vor sich hin, beherrschte ihre Ungeduld für den Fall, dass sie noch immer beobachtet wurde. Dann ging sie zur Toilette, wo sie die drei Seiten, die sie in dem Umschlag gefunden hatte, aus ihrem Versteck hervorholte. Bestimmt zum fünften Mal seit dem vergangenen Abend las sie die eidesstattliche Erklärung durch. Zurück auf ihrem Platz, steckte sie die Papiere wieder in den Umschlag und verstaute diesen in ihrer Reisetasche. Sie läutete nach der Stewardess und erkundigte sich nach dem Angebot an Weinen an Bord – da sie Air France flog, gab es eine gute Auswahl. Erst nachdem sie zwei Gläser getrunken hatte, hörten ihre Hände auf zu zittern.

Das Dokument war ein Geständnis über die fahrlässige Tötung von Gina Joule am oder um den 14. Februar 1973. Es war unterzeichnet von Lemasters drittem Mitbewohner in der Hilliman-Suite, dem verstorbenen Jonathan »Jock« Hilliman.

Kapitel 53

Die Ankunft

· I ·

Aber Lemaster glaubte kein Wort ihrer Geschichte. Nach all den Jahren konnte Julia ganz gut unterscheiden zwischen seinem distanzierten Ernst, wenn eine Sache, die er grundsätzlich anerkannte, ihn erstaunte, und der ruhigen, vorsichtigen Vernunft, die er zeigte, wenn er skeptisch war. Er hatte Julia lächelnd und winkend hinter der Sicherheitsabsperrung erwartet und ihr eine Papierblume überreicht, die Jeannie zum Zeichen, wie sehr sie ihre Mommy liebte, in der Schule gebastelt hatte. Während der Fahrt hatte sie ihm verschiedene Aspekte der Geschichte erzählt, sie fragte sich jedoch inzwischen, inwieweit sie ihm vertrauen konnte und wie sehr er eigentlich ihr vertraute.

»Diese Männer sind meine Freunde«, sagte er leise, als seine Frau geendet hatte. »Das möchte ich klarstellen. Du weißt das ja, aber ich möchte es noch einmal betonen. Ich mag vielleicht befangen sein, aber ich kenne sie alle drei seit mehr als dreißig Jahren. Na ja, außer Jock, der nicht mehr unter uns ist. Den kenne ich nicht ganz so lang.«

Julia schaute ihn an, während der Mercedes durch die Nacht rollte. Die Meilenpfosten des Hutchinson River Parkway schossen vorüber, blitzten klein und leuchtend grün im Scheinwerferlicht auf und hoben sich scharf gegen die Bäume und das endlose Weiß dahinter ab. Sie hatte ihn vor dem Abflug angerufen und ihn gebeten, das Taxi abzubestellen und sie persönlich am Flughafen abzuholen. Und sie hatte ihn gebeten, allein zu kommen – also ohne Mr Flew. Am Telefon hatte sie ihm nicht erklären wollen, warum, und zum Glück hatte Lemaster nicht gefragt. Aber sie wusste, dass der Zeitpunkt gekommen war, alle Karten auf den Tisch zu legen, wie Granny Vee es ausgedrückt hatte.

Oder zumindest fast alle. Sie hatte ihrem Mann von der Durchsuchung am Flughafen in Paris berichtet und aus seiner Reaktion geschlossen, dass der amerikanische Botschaftsangehörige in Kürze auf einen Posten in irgendeinem moskitoverseuchten Nest am Ende der Welt versetzt werden würde. Sie hatte ihm außerdem von dem Geständnis berichtet, allerdings die Geschichte über die Empyreals lieber noch verschwiegen, weil sie vermutete, dass er sich weigern würde, mit ihr über das Thema zu sprechen.

»Willst du damit sagen, ich soll es nicht glauben?«

»Kommt es dir nicht auch äußerst verdächtig vor, Jules? Dass deine Mutter für den Fall, dass du sie je mit der Frage konfrontieren solltest, rein zufällig eine eidesstattliche Erklärung von Jock Hilliman in der Schublade liegen hat?« Er seufzte kopfschüttelnd, wie immer, wenn er über Mona redete. »Und was Mal und den Präsidenten angeht, okay, zugegeben, sie sind beide nicht perfekt. Sie haben Dinge getan, für die sie sich schämen sollten, das ist richtig. Schlimme Dinge.« Er zögerte. »Die Dinge, nach denen Astrid gesucht hat. Mal und Scrunchy haben sich beide etwas … zuschulden kommen lassen. Sie sind weder Heilige noch Engel. Sie sind fehlbare, sündige Menschen, genau wie wir alle.« Ein entschlossenes Nicken, wie um das ein für alle Mal klarzustellen, vielleicht sogar sich selbst gegenüber. Er schaute sie an, hob eine Hand, als appelliere er an ihr Verständnis. »Sie haben schlimme Dinge getan, Jules. Beide. Und es stimmt, sie haben mich deshalb hin und wieder um Rat gebeten. Es sind Dinge, über die ich nicht sprechen kann. Aber bei dem, was du ihnen vorwirfst, Jules, geht es nicht um eine verzeihliche Jugendsünde oder einen Dummejungenstreich, du redest von Mord. Oder, falls es ein Unfall war, dann wäre es immer noch Totschlag. Auf jeden Fall die Auslöschung eines Menschenlebens. Das schlimmste Verbrechen in den Gesetzbüchern jeder zivilisierten Gesellschaft.«

Julia massierte sich die Nase und kniff die Augen zu, während sie sich fragte, ob sich ihr Verstand nach dem hastigen Hin- und

Herflug quer über den Atlantik noch im Jetlag befand oder ob ihr Mann sich besonders unverständlich ausdrückte. Wollte er nun mit ihr über das Beweisstück reden oder nicht?

»Sieh mal, Jules. Ich kann mir beim besten Willen nicht vorstellen, dass einer von ihnen so etwas getan haben könnte. Damals nicht und heute auch nicht.« Er wechselte die Spur, um einen langsamen Minivan zu überholen. Sein Ton war nach wie vor ruhig und liebenswürdig. Ausnahmsweise wurden Julias Ohren nicht mit Hip-Hop bombardiert, im Radio lief klassische Musik. »Und falls einer von ihnen jemals eine solche Tat begangen haben sollte, vielleicht unabsichtlich, dann hätte er sich solche Selbstvorwürfe gemacht und wäre so von Schuldgefühlen geplagt worden, dass er im normalen Alltag kaum noch hätte funktionieren können. Alle hätten ihm angemerkt, dass etwas Schreckliches geschehen war.«

»Aber du warst doch gar nicht hier«, erinnerte Julia ihn. »Du hast damals in Oxford studiert. Es ist im Februar passiert, und du bist erst im Juni zurückgekommen. Da war schon vier Monate lang Gras über die Sache gewachsen.«

Aber sie rannte wieder einmal gegen seine Sturheit an, der Mount Everest musste erneut bezwungen werden. »Also gut. Einverstanden. Ich bin nicht allwissend. Ich könnte sie auch falsch eingeschätzt haben. Sie hätten es vor mir verheimlichen können. Wenn einer von ihnen es getan hat, dann muss Jock es gewesen sein.« Er tippte auf den Umschlag, der auf Julias Schoß lag. »Du hast sein Geständnis schwarz auf weiß, und du scheinst es für echt zu halten. Nach dem, was du mir erzählt hast, hatte Jocks Jaguar in der Nacht des Mordes an Gina einen Unfall mit Totalschaden, und Bruce Vallely nimmt an, dass die Familie Hilliman die Sache vertuscht hat. Wenn ich mich also irre, dann irre ich mich wahrscheinlich in Bezug auf Jock.« Julia saß still und stumm in dem tropisch warmen Wagen, während die Zweifel auf sie einstürmten. Ihre sorgfältig aufgebaute Hypothese zerbröckelte unter dem Gewicht ihrer eigenen Unsicherheit, denn ihre Stärke war nicht Selbstbewusstsein, sondern Entschlussfreudigkeit. Was sie noch aufrecht hielt, war ihr Verdacht, dass auch Lemaster mit Zweifeln kämpfte. »Also gut. Nehmen wir mal den anderen Standpunkt ein. Jocks Geständnis kommt allzu gelegen. Dann sind wir wieder bei der Theorie, dass Mal oder Scrunchy der Täter war. Das würde bedeuten, dass einer der beiden – und weiß der Himmel wie viele Mitwisser – über all die Jahre hinweg einen Mord vertuscht hat, den er während des Studiums begangen hat. Und dass einer von ihnen wusste, wo er einen Killer auftreiben konnte, der Kellen Zant aus dem Weg geschafft hat, als der dem Geheimnis auf die Spur kam.« Das Lächeln war wieder da, aber es war nicht die warmherzige Einladung in eine friedliche Welt, mit der er sie vor zwanzig Jahren verführt hatte, sondern das unverfrorene, beinahe hochmütige Lächeln des Gelehrten, der sich nie irrte und Wert darauf legte, dass man das zur Kenntnis nahm. »Okay, Jules, eine Möglichkeit wäre, dass eine geheime Verschwörung über all die Jahre hinweg ein schreckliches Verbrechen unter den Teppich gekehrt hat. Aber wenden wir doch jetzt einmal das Ökonomieprinzip an und beschränken uns nur auf das Wesentliche. Wir sollten uns nicht mit Nebensächlichkeiten aufhalten. Ich habe eine einfachere Erklärung für das, was du herausgefunden hast – auch wenn sie Kellen in einem weniger schmeichelhaften Licht erscheinen lässt.«

Julia wusste, dass ihr Mann ihre plötzliche Anspannung spürte – dass er sie sogar absichtlich provoziert hatte. Sie wartete darauf, dass er ihre Argumentation widerlegte, so wie er es immer tat.

»Die Verschwörung könnte wesentlich kleiner sein, Jules, und sie hat möglicherweise nicht das Geringste mit dem zu tun, was sich vor einunddreißig Jahren zugetragen hat.« Lemasters Blick war auf die Straße vor ihnen geheftet. Seine kleinen, kompetenten Hände lenkten den Wagen mit ruhiger Sicherheit. »Deine Beweise stammen aus drei verschiedenen Quellen. Von Kellen Zant, Mona Veazie und dieser Mary Mallard, richtig?«

»Wahrscheinlich. Ja.«

»Und welche dieser Quellen gilt allgemein als verlässlich?«

Damit traf er sie, wahrscheinlich mit Absicht. »Also gut, dann zeig mir doch mal, wie schlau du bist. Wenn die drei ein Komplott geschmiedet haben – weiß der Himmel, wie –, dann erklär mir doch, warum sie das getan haben sollten? Zu welchem Zweck?«

»Geld«, sagte Lemaster.

»Wie bitte?«

»Geld, Jules. Denk doch mal drüber nach.« Er fuhr an eine Tankstelle und nannte dem betont unfreundlichen weißen Tankwart in einem herrischen Tonfall seine Wünsche, woraufhin dieser den Tank füllte. Lemaster wandte sich wieder Julia zu und streichelte ihr mit einer so überraschend liebevollen Zärtlichkeit die Wange, dass ihr die Luft wegblieb. »Jules, hör mir mal bitte zu. Nein, hör zu. Die Männer, von denen du redest – nicht Jock, die anderen beiden – , wenn die mit dem Mord an einem jungen Mädchen in Zusammenhang gebracht werden, und sei es nur gerüchte- oder andeutungsweise, dann ist ihre Karriere ruiniert.«

»Willst du damit sagen, dass Mary und Kellen und Mona vorhatten, die beiden zu erpressen?«, stieß sie hervor. »Dass sie fingierte Beweise zusammengestellt haben? Dass sie Gerüchte in die Welt gesetzt haben? Dass sie mich und Vanessa für ihre Zwecke benutzt haben?«

»Ich weiß, das klingt weit hergeholt. Ich sage ja auch nicht, dass ich es glaube. Aber ich finde, es klingt erheblich plausibler, als dass so viele Leute sich bei der Vertuschung eines Verbrechens schuldig gemacht und darüber dreißig Jahre lang Stillschweigen bewahrt haben sollen. Denn um so etwas geheim zu halten, hätten eine Menge Leute beteiligt sein müssen – ich kann mir kaum vorstellen, wie viele. Außerdem, jemand hätte Beweise fingieren müssen, um den Verdacht auf DeShaun Moton –«

»Es gibt keinen Grund, warum so eine Verschwörung schlimmer sein soll als die Art von Verschwörung, die du vermutest«, bemerkte sie trotzig und, wie von ihm vielleicht beabsichtigt, ziemlich verwirrt.

»Nicht schlimmer. Nur weniger wahrscheinlich.«

»Und wie erklärst du dir dann Anthony Tice? Und Astrid? Astrid hat gesagt, Kellen hätte Beweise in der Hand gehabt, die –«

»Die das Ergebnis der Wahlen beeinflussen würden. Ja, ich weiß. Aber die Wahlen kann man auch mit fingierten Beweisen beeinflussen.« Er bezahlte den unverschämten Tankwart und gab ihm sogar ein großzügiges Trinkgeld, denn die Lemaster Carlyles dieser Welt gaben grundsätzlich Trinkgeld, wenn auch nicht immer in barer Münze. Er lenkte den Wagen wieder auf den

Highway. »Ich sage ja nicht, dass ich es glaube. Ich weiß auch nicht, was ich von all dem halten soll. Aber eins weiß ich genau: Kellen hat nichts Gutes im Schilde geführt. Und Tony Tice hat auch nichts Gutes im Schilde geführt. Und inzwischen vermute ich, dass auch diese Mary Mallard nichts Gutes im Schilde führt, und ich werde wohl etwas gegen sie unternehmen müssen.« Grimmig fügte er hinzu: »Ich habe wirklich genug von dieser Sache. Nicht von dir und deinen Fragen. Aber von all diesen anderen. Ich dulde es nicht, dass man mit meiner Frau so umgeht. Und nicht nur mit meiner Frau. Es wird Zeit, dass diese Bleichgesichter damit aufhören, Jules. Es ist mir egal, wie viel Macht sie haben. Die Zeiten sind vorbei, in denen sie einfach –«

»Wir werden verfolgt«, sagte Julia.

· II ·

Wenn man nachts genau hinsieht, fällt einem auf, dass Scheinwerferlichter sehr unterschiedlich sind. Diese leuchteten mit einem bläulichen Xenonlicht, und sie standen enger zusammen als normalerweise, was auf einen Sportwagen schließen ließ. Die Nebelscheinwerfer dazwischen waren etwas tiefer angebracht, die trapezförmige Anordnung war kaum zu übersehen. Sie waren Julia schon aufgefallen, als sie den Flughafen verlassen hatten, dann wieder auf dem Van Wyck Expressway und hinter ihnen, als sie an der Mautstation vor der Brücke warteten. Sogar an der Tankstelle hatte sie sie in der Dunkelheit entdeckt. Irgendwann kommt der Zeitpunkt, an dem ein Zufall einfach kein Zufall mehr sein kann. Jetzt, wo sie es ihrem Mann gesagt hatte, kaute Julia nervös auf ihren Fingerknöcheln, so wie sie es als Kind immer getan hatte, bis Mona die Knöchel mit Jod bepinselt hatte. Sie wartete darauf, dass er sich über sie und ihre Angst lustig machte.

Er sagte: »Seit wann?«

Überrascht setzte Julia sich auf. »Wie bitte?«

»Seit wann werden wir verfolgt?«

»Seit dem Flughafen. An der Tankstelle hab ich den Wagen auch gesehen. Lemmie –«

»Welcher?«

»Der mit den blauen Xenonlampen –«

»Alles klar.« Er wechselte geschmeidig auf die Überholspur und beschleunigte. Julia atmete erleichtert auf.

»Warum hast du mir das nicht eher gesagt?«

»Ich dachte, du würdest mir nicht glauben.«

»Dummerchen.« Er fuhr ihr schnell über das Haar, dann trat er das Gaspedal durch. Der Mercedes schoss mit fast hundertfünfzig Stundenkilometern davon, wobei der Wagen kaum vibrierte. Julia schaute nach hinten. Die blauen Scheinwerfer fielen zurück. Als sie sich wieder umdrehte, schrie sie auf. Vor ihnen lag eine scharfe Kurve. Lemaster tippte leicht auf die Bremse, gab wieder Gas, der Wagen geriet ganz leicht ins Schlingern, tat dann aber, was von ihm verlangt wurde.

»Lemmie, fahr langsamer!«

»Halt dich fest.«

»Die Polizei wird uns – Ah!«

Ehe der Wagen, der sie verfolgte, die Kurve erreichte, riss Lemaster das Steuerrad scharf nach rechts, schnitt einen überraschten Fahrer, und dann ließen sie auch diesen anderen Fahrer hinter sich und rasten die Ausfahrt hinunter. Sie befanden sich auf den Straßen einer Kleinstadt irgendwo im Westchester County. Während Julia versuchte, wieder zu Atem zu kommen, stellte Lemaster den Wagen genau unter der Schnellstraßenbrücke ab, so dass er vom Highway aus nicht zu sehen war. Dann wartete er zehn, fünfzehn Sekunden ab – eine Ewigkeit, wenn man mit hohem Tempo den Highway entlangraste –, dann fuhr er wieder los, an Fastfoodrestaurants und Tankstellen vorbei, bis er eine kleine Bar entdeckte.

»Komm, lass uns was trinken«, sagte er.

»Lemmie, wir sollten irgendjemandem Bescheid geben.«

»Nein, das sollten wir nicht. Komm mit rein. Wir müssen reden. Und glaub mir, wir brauchen beide einen Drink.«

Sie musterte sein Gesicht. Hatte es ihn derart aus der Fassung gebracht, dass ihnen jemand gefolgt war? Oder hatte er sie wieder einmal auf den Arm genommen? »Lemmie, was ist los? Ist etwas passiert?«

Sein Lächeln war weich und beruhigend. Wieder streichelte er ihre Wange.

Und als er sprach, wusste sie, warum er so liebevoll war, seit er sie am Flughafen abgeholt hatte, warum er so geduldig mit ihr über die Verschwörung diskutiert hatte, und warum er ihr zuliebe ein Auto abgehängt hatte, obwohl er nicht eine Sekunde lang geglaubt hatte, dass es sie verfolgte.

»Es hat einen Unfall gegeben«, sagte er.

Kapitel 54

Noch einmal auf dem Hobby Hill

· I ·

»Was für eine Überraschung, Chief Vallely«, sagte der Verwaltungschef der Universität, als er die Tür seiner eleganten viktorianischen Villa auf der Hobby Road öffnete. Er war in Hemdsärmeln, die Krawatte hing lose um seinen Hals, und er trug bequeme Pantoffeln. »Man schätzt ja doch seine Privatsphäre. Kann mich nicht erinnern, nun also, Sie eingeladen zu haben. Wenn Sie die Güte hätten, mir den Grund Ihres Besuchs zu nennen.«

»Es konnte nicht warten«, sagte Bruce, und er meinte es ernst.

»Ich fürchte, ich kann Ihnen nicht folgen, Chief Vallely.«

»Ich wäre nicht hier, wenn es nicht dringend wäre, Mr Secretary. Dürfte ich jetzt bitte eintreten?«

Trevor Land brauchte offenbar noch einen Moment, bevor er sich dazu durchringen konnte. Es war kurz nach acht an einem Freitagabend, Bruce hatte seit einer Stunde in seinem Wagen am Straßenrand darauf gewartet, dass der Verwaltungschef nach Hause kam, und ihm dann ein paar Minuten Zeit gelassen, ehe er klingelte. Ihm blieb keine andere Wahl. Jeder Cop wusste, dass ein Zeuge leicht zu verwirren war, wenn man ihn unverhofft konfrontierte. Allerdings garantierte auch ein verwirrter Zeuge nicht, dass seine Aussagen der Wahrheit entsprachen.

Schließlich trat der Verwaltungschef zur Seite. Die Eingangshalle war groß und geschmackvoll eingerichtet, die wuchtigen, alten Möbelstücke sahen für Bruce' laienhaften Blick wie wertvolle Antiquitäten aus. Landschaftsgemälde in Öl schmückten die Wände im Erdgeschoss und entlang der Freitreppe. Für Bruce signalisierten sie hauptsächlich Geld. Seit dem Tod seiner Frau vor neun Jahren lebte Trevor Land allein. Der Geruch von aufgewärmtem Essen mischte sich mit der allgegenwärtigen Möbelpolitur. Offenbar hatte Bruce den alten Mann beim Abendessen gestört.

»Es tut mir leid, wenn ich Sie in einem unpassenden Moment –«

»Ich gehe davon aus, dass Sie Ihre Gründe haben.« Land führte Bruce in ein kleines, mit dunklem Holz getäfeltes Arbeitszimmer, wo kostbare gebundene Erstausgaben die Regale füllten und weitere Landschaftsbilder an den Wänden hingen. »Nehmen Sie Platz, Chief Vallely.«

Bruce setzte sich auf das Sofa, denn die Stühle vor dem Schreibtisch wirkten wacklig und teuer. Auf dem niedrigen Beistelltisch befand sich ein Schachbrett mit schweren, hölzernen Figuren, die in einer komplizierten Spielposition aufgebaut waren.

»Ich komme gerade aus der Wohnung von Nathaniel Knowland«, setzte Bruce an, woraufhin Trevor Land in die Luft ging – das heißt, er schob die Unterlippe vor, legte den Kopf etwas schief und sprach so leise, dass Bruce den Mund halten musste, um ihn verstehen zu können.

»Sicher nicht meine Art, jemandem vorzuschreiben, wie er seine Arbeit tun soll. Trotzdem erwarte ich, dass man sich daran hält, wenn ich einen nachvollziehbaren Wunsch äußere. Korrigieren Sie mich, falls ich mich irre, Chief Vallely, aber ich denke doch, wir beide haben uns schon einmal über den jungen Knowland unterhalten. Der Vater hatte mich aufgesucht – Sie werden sich erinnern – und mich gebeten, ihm den Gefallen zu tun und seinen Sohn in Frieden zu lassen. Nun, Ehemalige sind Ehemalige, und man möchte sich wirklich nicht grundlos mit ihnen anlegen. Ich gehe also davon aus, dass Sie einen sehr guten Grund hatten. Denn wenn nicht, dann möchte ich mir die Konsequenzen nicht ausmalen.«

»Das verstehe ich voll und ganz, Mr Secretary. Und Sie haben recht, ich hätte Nathaniel Knowlands Wohnung keineswegs ohne guten Grund aufgesucht. Aber ich hatte einen.« Trevor Land nickte nachsichtig. Da Bruce auf dem Sofa Platz genommen hatte, war Land nichts anderes übrig geblieben, als mit einem der Lehnstühle vorlieb zu nehmen. Dadurch musste er allerdings auf die einschüchternde Position hinter dem Schreibtisch verzichten, der hier in seinem Heim nur wenig kleiner war als der in Lombard Hall. »Ich war dazu gezwungen, weil mir klar geworden war, dass seine Geschichte nicht stimmen konnte. Die Dinge konnten sich nicht so abgespielt haben, wie er sie dargestellt hatte. An dem Abend, als Professor Zant ermordet wurde, fand im Stadion ein Hockeyspiel statt und deswegen war das Parken auf der Town Street verboten.« Er ließ dem Verwaltungschef einen Augenblick Zeit, um das zu verdauen. »Also konnte Knowland nicht beobachtet haben, wie der Professor dort in seinen Wagen stieg. Und falls der Junge und seine Freunde an dem Abend tatsächlich auf der Town Street waren, dann wäre ihnen, selbst wenn sie betrunken waren, sicher aufgefallen, dass dort kein einziges Auto geparkt war. Bestimmt hätten sie sich eine bessere Geschichte ausgedacht, falls sie eine brauchten.«

»Faszinierende Beobachtung, Chief Vallely.«

»Eigentlich nicht. Ich muss Scheuklappen auf den Augen gehabt haben, dass mir das nicht früher aufgefallen ist. Nathaniel Knowland war an dem Abend nicht mal in der Nähe der Town Street, und er hat Professor Zant überhaupt nicht gesehen. Nicht auf der Town Street und auch sonst nirgendwo. Deshalb wollte er seine Geschichte auch nicht der Polizei erzählen. Dort hat man mehr Möglichkeiten, um die Wahrheit einer Aussage zu überprüfen. Seine erfundenen Freunde wären ausfindig gemacht und seine ganze Geschichte innerhalb einer Stunde zerpflückt worden. Aber weil ich allein arbeiten muss, zerbreche ich mir seit drei Monaten den Kopf darüber, warum Zant an jenem Abend auf der Town Street war.«

»Faszinierende Logik, Chief Vallely. Und hat der junge Knowland Ihnen diese Spekulationen bestätigt?«

»Sie wissen ganz genau, dass er das nicht getan hat. Er ist bei seinen Eltern. Er hat sich ein Urlaubssemester genommen.«

»Nun, wirklich schade.« Trevor Land verzog die blutleeren Lippen. Er wirkte so unbeirrt und unerschütterlich wie die großen Ulmen, die der Stadt ihren Namen gaben; seine Wurzeln ragten so tief in die gefrorene neuenglische Erde, dass man ihn nur mit einer Bombe zu Fall bringen konnte. »Sie haben also

Ihre Schlussfolgerungen nicht bestätigen können, richtig? Es bleibt alles Spekulation. Wie schade.«

Bruce schüttelte den Kopf. »Nein, das ist keine Spekulation. Es ist die einzige Erklärung, die einen Sinn ergibt.«

»Wissen Sie, nichts gegen Vermutungen. Logik, Spekulationen, Vorstellungskraft, all das ist Teil des menschlichen Verstandes.« Lands nachdenklicher Blick ruhte auf der Landschaft über Bruce' Kopf. Die Wandleuchter verbreiteten ein erstaunlich helles Licht, vielleicht wegen Lands nachlassender Sehkraft. »Allerdings, Chief Vallely, sind Schlussfolgerungen, mögen sie noch so stichhaltig sein, nicht ganz dasselbe wie Fakten, habe ich recht?« Eine ernste Kopfbewegung, eine Art verneinendes Nicken. »Nun gut, dann erklären Sie mir bitte, warum der junge Knowland das alles hätte tun sollen. Warum sollte er eine derartige Geschichte erfinden und sich dann davonmachen?«

»Ich glaube nicht, dass er das getan hat.«

»Wie bitte?«

»Nathaniel Knowland hat diese Geschichte nicht selbst erfunden«, sagte Bruce und beugte sich über den verzierten Sofatisch, der sie voneinander trennte. »Er hat sie nur wiederholt.«

»Aber wenn der junge Knowland sich die Geschichte nicht ausgedacht hat, dann fragt man sich natürlich, wer es gewesen sein soll?«

»Ich weiß nicht, wer sich die Geschichte ausgedacht hat. Aber ich weiß, wer Nathaniel aufgetragen hat, sie mir zu erzählen.«

»Und wer sollte das gewesen sein, Chief Vallely?«

»Sie.«

· II ·

Der Verwaltungschef der Universität, ein Mann, der sich seiner Herkunft und seiner sozialen Stellung sehr bewusst war, reagierte mit eisiger Ruhe und leicht amüsiert, so wie Bruce ihn jedes Mal erlebt hatte. Er machte die vertrauten Kaubewegungen mit seinem kleinen, gezierten Mund und sagte: »Faszinierende Idee, Chief Vallely.«

»Sie ist das Ergebnis logischer Schlussfolgerungen.«

»Das scheint naheliegend.«

»Darf ich Ihnen meine Schlussfolgerungen unterbreiten?«

»Ich bitte darum.« Trevor Land faltete die Hände wie ein aufmerksamer Schüler.

»Fangen wir an mit der Annahme, dass Nate Knowland gelogen hat. Er hat mir eine ausführliche Lügengeschichte erzählt. Warum hätte er das tun sollen? Nicht, um sich vor der Polizei zu schützen. Wenn er nie erwähnt hätte, dass er Professor Zant auf der Town Street gesehen hat, dann hätte die Polizei sich nie auch nur im Geringsten für ihn interessiert. Die Lüge diente also dazu, jemand anders zu helfen und nicht sich selbst – jedenfalls nicht direkt.« Bruce rieb sich zufrieden die Hände. »Die Frage lautet dann also, wem würde es nützen, wenn ich glaube, dass Professor Zant an dem Abend auf der Town Street gesehen wurde, und zwar in Begleitung einer schwarzen Frau mit britischem Akzent. Die erste Antwort – die naheliegende – lautet, dass es dem Mörder nützen würde, wenn sich Professor Zant zu diesem Zeitpunkt in Wirklichkeit an einem anderen Ort aufhielt, einem Ort, den der Mörder nicht preisgeben möchte.«

Selbst in Trevor Lands empörtem Einwand klang das ruhige Selbstbewusstsein eines Mannes aus dem alten Geldadel mit. »Chief Vallely, Sie wollen doch sicherlich nicht andeuten, dass ich –«

»Dass Sie Kellen Zant umgebracht haben? Nein, nein, Mr Secretary. Keineswegs. Bitte, lassen Sie mich fortfahren.« Land lehnte sich wieder zurück. In der Eingangshalle tickte eine Standuhr. »Nein. Wie gesagt, mein erster Gedanke war, dass der Mörder mich zu der Annahme verleiten wollte, Zant hätte sich auf der Town Street aufgehalten, während er in Wahrheit ganz woanders war. Es bot sich an, mich nach einer mysteriösen Schwarzen mit britischem Akzent suchen zu lassen und mich mit der Frage auf Trab zu halten, wohin die beiden wohl zusammen gefahren waren. Aber dann ist mir Folgendes klar geworden: Wenn der Mörder nur seine Tat vertuschen wollte, dann ist er dafür ein ziemlich großes Risiko eingegangen. Nathaniel Knowland ist nicht gerade ein Muster an Verschwiegenheit. Er könnte zum Beispiel auf die Idee kommen, seinen Freunden die Geschichte zu erzählen.«

»Scharfsinnige Deduktion, Chief Vallely.«

»Also bin ich zu dem Schluss gekommen, dass die Geschichte aus einem anderen Grund in die Welt gesetzt wurde, und nicht nur, um mich in die Irre zu führen. Die Einzelheiten der Geschichte haben nämlich doch etwas zu bedeuten. Damit Sie verstehen, wie ich darauf komme, sollte ich Ihnen vielleicht erklären, dass die Geschichte mir von Anfang an merkwürdig vorgekommen ist, und zwar wegen gewisser Details. Vor allem schien Nate Knowland sich absolut sicher zu sein, dass Zant als Erster ins Auto gestiegen war, vor der geheimnisvollen Schwarzen. Ich glaube nicht, dass dieses Detail in der ursprünglichen Geschichte vorkam. Ich glaube, Nate wollte seinen Bericht ein bisschen ausschmücken, und nachdem er dieses Detail eingefügt hatte, konnte er es schlecht zurücknehmen, obwohl er gemerkt hat, dass ich Zweifel daran hatte.«

Trevor Land spielte mit einem der Bauern, der geschlagen an der Seite des Schattbretts stand. Eine Plakette an der Wand ehrte den Verwaltungschef für vierzig Jahre Dienst an der Universität.

»Darf man fragen, warum Sie Zweifel hatten?«

»Weil Kellen Zant überall als Weiberheld bekannt war. Zugleich war er ein Kavalier alter Schule, der nach allem, was man hört, über einen erheblichen Charme verfügte. So ein Mann hätte einer Dame die Tür aufgehalten.«

»Die Zeiten ändern sich, Chief Vallely. Nicht immer zum Besseren, aber sie ändern sich. Höflichkeit ist eine Zier, aber in der heutigen Zeit ist sie ziemlich passé.«

»Stimmt. Aber Kellen Zant ist in einer kleinen Stadt in den Südstaaten aufgewachsen, wo Manieren noch eine große Rolle spielen, und – nun, jedenfalls war ich skeptisch. Das war ein Detail. Aber es gab noch zwei weitere, die sich, obwohl ich sie anfangs nicht angezweifelt habe, als noch wichtiger erweisen sollten. Erstens die schwarze Frau mit dem britischen Akzent und zweitens der Ort – das heißt Town Street. Ich glaube, dass diese Einzelheiten sorgfältig überlegt und bewusst auf mich zugeschnitten waren. Die Schwarze mit dem britischen Akzent einzubauen, war ein besonders raffinierter Schachzug, der auf meine eigenen, nun, sagen wir, Vorurteile abzielen sollte. Man konnte davon ausgehen, dass ich Nate Knowland, einem Weißen, nicht zutrauen würde, einen britischen von einem Barbados-Akzent unterscheiden zu können. Ich sollte annehmen, dass es sich bei der Frau, die an dem Abend mit Professor Zant gesehen wurde, um Astrid Venable handelte, die Cousine von Lemaster Carlyle.«

»Darf man fragen, warum der Erfinder der Geschichte ein Interesse daran haben sollte, Sie zu dieser Annahme zu verleiten?«

»Ich kann mir zwei Gründe vorstellen. Astrid Venable arbeitete zu dem Zeitpunkt in einer leitenden Position im Wahlkampfteam von Senator Malcolm Whisted. Wenn sie mit Professor Zants Tod in Zusammenhang gebracht würde, und sei es auch nur gerüchteweise, dann würde das die Chancen des Senators, die Wahl zu gewinnen, wohl kaum erhöhen. Zweitens wäre Zants Tod dann in größere Nähe zum Thron gerückt.«

»Zum Thron?«

»Indirekt. Wenn Astrid Venables Verwicklung in den Mordfall der Karriere von Senator Malcolm Whisted Schaden zugefügt hätte, wäre dadurch erst recht die Karriere von Lemaster Carlyle ruiniert gewesen.«

»Sie sind also der Ansicht, dass wer immer die Geschichte in die Welt gesetzt hat, damit die Absicht verfolgt hat, die Karriere von einem dieser Männer, oder von beiden, zu ruinieren, Chief Vallely?«

»Ich halte es für möglich, ja. Also hatte ich logischerweise Cameron Knowland im Verdacht, Nates Vater und ein wichtiger Förderer des Präsidenten. Vielleicht wollte Cameron von dem Mord profitieren und hat seinen Sohn als Mittelsmann benutzt, um den Senator aus dem Rennen zu werfen.«

Einen Moment herrschte nachdenkliches Schweigen. Bruce' Blick fiel auf das Schachbrett, auf die beiden Armeen, eine schwarz, die andere weiß, in nicht enden wollendem Kampf verstrickt. Nach dem Ende jeder Schlacht baute man die Figuren wieder auf und fing von Neuem an. Plötzlich fühlte er sich hundemüde.

»Faszinierend, was Sie da vermuten, Chief Vallely. Das Problem ist nur, dass es nicht zu den Tatsachen passt. Erstens gehörte Cameron Knowland zu denen, die sich am stärksten für die Berufung Lemasters zum Präsidenten eingesetzt haben. Zweitens hat er ihn während der schwierigen Anfangsmonate nie fallen lassen. Und drittens, Chief Vallely, ist ja hinlänglich bekannt, dass die beiden sehr alte Freunde sind.«

»Ja, Mr Secretary, ich weiß. Außerdem bestreitet Astrid Venable, dass sie an dem Abend überhaupt in Elm Harbor war. Sie hat Professor Zant gekannt, sie hatte privat Kontakt zu ihm, hat zwei Tage vor dem Mord mit ihm gesprochen, aber an dem Abend hat sie ihn nicht gesehen. Offenbar sagt sie die Wahrheit, denn sie hat an dem Abend an einer Podiumsdiskussion über Medien und Politik an der University of Texas teilgenommen. Sie haben die Sendung vielleicht auf C-SPAN gesehen.« Bruce lächelte. »Also hab ich mir gesagt, dass das Lügenmärchen – angenommen, es war ein Lügenmärchen – nicht ersonnen wurde, um Lemaster Carlyle zu Fall zu bringen. Vielleicht Astrid Venable, vielleicht Malcolm Whisted, aber nicht Lemaster Carlyle. Und das bringt mich zum zweiten der beiden Details, die meiner Meinung nach speziell auf mich zugeschnitten wurden.«

»Und welches Detail meinen Sie, Chief Vallely?«

»Der Ort. Die Town Street liegt nur zwei Blocks vom Hilliman Tower entfernt, wo Zant sein Büro hatte. Aber sie bildet auch die hintere Grenze des Geländes der Theologischen Fakultät, wo Julia Carlyle als stellvertretende Dekanin arbeitet. Julia Carlyle ist zufällig die Ex-Geliebte von Kellen Zant, und er hat sie bis zu seinem Tod immer noch fast obsessiv geliebt. Es war klar, dass ich das bei meinen Nachfragen herausfinden würde. Meiner Meinung nach wollte derjenige, der sich die Geschichte ausgedacht hat, mich auf den Gedanken bringen, dass Kellen Zant an dem Abend auf der Town Street war, weil er vorher im Kepler gewesen ist. Warum, spielt keine Rolle. Ich sollte über die beiden nachdenken, über Kellen Zant und Julia Carlyle, und über die Möglichkeiten spekulieren.«

»Ich muss schon sagen, Chief Vallely, jetzt wird Ihre Geschichte mir wirklich zu bunt.« Trevor Land hob seine glatten weißen Hände, wie zum Zeichen seiner Unschuld. »Also, sexuelle Freizügigkeit, moderne Zeiten und so, schön und gut. Ich denke in dieser Hinsicht libertär. Jeder nach seiner Fasson. Aber Julia Carlyle scheint mir nicht zu der Sorte Frauen zu gehören, die –«

»Da stimme ich Ihnen zu, Sir. Ganz meine Meinung. Mein Punkt ist: Wer auch immer diese Geschichte fabriziert hat, wollte mich auf solche Gedanken bringen.«

Der Verwaltungschef schob die Unterlippe vor und ließ den

Blick über die Bücherregale wandern. Vielleicht war die Antwort ja dort zu finden. »Und Sie nehmen allen Ernstes an, dass ich der Verfasser dieser Geschichte bin?«

»Nein, Sir. Ich glaube nicht, dass Sie sich die Geschichte ausgedacht haben. Ich glaube, dass Sie sie weitergegeben haben. Sie brauchten einen Augenzeugen, den Sie beeinflussen und den ich einschüchtern konnte. Am besten einen mit einem einflussreichen Vater, den Sie mir auf den Hals hetzen konnten, damit ich umso beharrlicher an der Sache dranblieb, wenn ich erst einmal davon überzeugt war, dass die reichen Ehemaligen verhindern wollten, dass ich die Spur weiterverfolge.« Als Trevor Land ihm nicht widersprach, fuhr Bruce selbstbewusst fort: »Dann, nachdem Sie die Geschichte in die Welt gesetzt hatten, konnten Sie in aller Ruhe meine Fortschritte verfolgen und durch Ihre immer wieder vorgebrachten Zweifel dafür sorgen, dass ich sie weiterhin für wahr hielt.«

»Und wie genau hätte ich den jungen Knowland beeinflussen sollen? Vor allem in Anbetracht der Tatsache, dass er tatsächlich einen, wie Sie so treffend formulierten, sehr einflussreichen Vater hat?«

»Eben durch seinen einflussreichen Vater. Genau darauf will ich hinaus.« Bruce wäre am liebsten vom Sofa aufgesprungen und im Zimmer auf und ab gegangen, aber das hätte der Verwaltungschef falsch auffassen können. »Nathaniel Knowland war ein ziemlich mittelmäßiger Student, der vor allem viel Spaß haben wollte und sein Studium nicht besonders ernst genommen hat. Gleichzeitig hatte er ständig Angst davor, dass er seinen Vater enttäuschen könnte. Als seine Noten immer schlechter wurden, machte er sich immer mehr Sorgen. Ich denke, Sie haben ihm eine Art Versicherung angeboten, einen Deal mit ihm gemacht, damit er an der Uni bleiben konnte. Er nimmt ein Urlaubssemester, und wenn er im Herbst zurückkommt, tauchen die schlechten Noten nicht mehr in seiner Studentenakte auf.«

»Was uns zu unserem Ausgangspunkt zurückführt, Chief Vallely. Angenommen, man würde sich auf Ihre höchst außergewöhnliche Hypothese – um des Arguments willen – für einen Moment einlassen, dann müsste man doch davon ausgehen, dass es jemanden gibt, der über einen solch, verzeihen Sie mir, einen solch weitreichenden Einfluss verfügt, dass er mich für seine schändlichen Pläne gewinnen konnte. Zusätzlich müsste dieser Jemand noch ein starkes Interesse daran haben, Sie in die Irre zu führen. In Bezug auf Astrid Venable und auch auf eine mögliche Beziehung zwischen Kellen Zant und Julia Carlyle.«

»Das ist richtig.« Endlich konnte Bruce zur Sache kommen. »Ich bin heute Abend bei Ihnen, weil ich unbedingt herausfinden muss, ob das, was ich Ihnen gerade dargestellt habe, der Wahrheit entspricht. Ich kann Ihnen nicht sagen, warum, aber das Spiel ist gefährlich geworden. Ein paar neue Spieler sind eingestiegen. Wir müssen die Lüge ein für alle Mal aus der Welt schaffen, sonst ... nun ja, sonst könnten einige Leute großen Schaden nehmen.«

Trevor Land kniff die Augen zusammen. Er schien abzuwägen, wie groß jeweils der Vorteil war, je nachdem, welche Entscheidung er traf. Die Unipolitik konnte sich jederzeit ändern, aber der Verwaltungschef war ein Überlebenskünstler. Er hatte unter vier Universitätspräsidenten gedient, von denen zwei unfreiwillig gegangen waren, während seine Position nie auch nur infrage gestellt worden war.

»Also gut, Chief Vallely«, sagte er schließlich. »Angenommen, ich glaube Ihnen. Können Sie sich vorstellen, wer diese Person sein könnte? Eine Person mit diesem speziellen Interesse und den nötigen ... Beziehungen?«

»Ja, Sir, das kann ich. Und ich glaube, Sie wissen ganz genau, an wen ich denke.«

Trevor Land grinste, eher sarkastisch als amüsiert. Offenbar war er zu einer Entscheidung gelangt. »Sagen Sie's mir doch einfach trotzdem.«

»Lemaster Carlyle.«

»Faszinierende Idee, Chief Vallely. Und warum, ich bitte Sie, sollte der Präsident der –«

Bruce' Handy klingelte.

Er ließ es klingeln.

»Da fällt mir ein«, sagte der Verwaltungschef. Er war aufgestanden, bedeutete seinem Gast jedoch sitzen zu bleiben, nahm einen Umschlag von seinem Schreibtisch und reichte ihn Bruce. »Die Verbindungsnachweise des Handys, um die Sie gebeten hatten. Wenn Sie mich jetzt entschuldigen wollen, Chief Vallely, ich denke, wir können dieses Gespräch für beendet erklären. Ich sollte zu meinem Abendessen zurück, bevor es vollkommen kalt wird. Gute Arbeit, Chief, machen Sie weiter so. Lassen Sie sich nicht von dieser Fährte abbringen.«

Auf dem Weg zu seinem Wagen rief Bruce Deputy Turian zurück.

Ein Professor sei schwer verletzt worden, sagte sie mit zitternder Stimme. Wieder Fahrerflucht. Auf dem Parkplatz eines Bürohauses in Langford, nicht weit von Tyler's Landing.

»Wer ist das Opfer?«

»Der Chefarzt der Jugendpsychiatrie an der Universitätsklinik. Ein Mann namens Brady. Vincent Brady.«

Kapitel 55

Unvollständige Informationen

· I ·

»Wie hat Vanessa es aufgenommen?«, erkundigte sich Mary Mallard.

»Ich bin mir nicht ganz sicher.« Julia rührte in ihrem Kaffee. Sie saßen in einem Café an der Ecke King und Hudson Street, dem Café, wo Julia sich hin und wieder mit Kellen getroffen hatte, wie Mary auf dem Balkon des Weißen Hauses bemerkt hatte. »Sie ist sehr ... in sich gekehrt. Sie sagt nie wirklich, was in ihrem Kopf vorgeht. Sie hat so viele Gesichter, umgibt sich mit so vielen Schutzschichten, dass man nie bis zum Kern vordringt.«

»Vielleicht ist ihr Kern ihre Privatsache. Vielleicht sollten nicht alle versuchen, in sie zu dringen.«

»Vielleicht.«

»Kinder brauchen viel Raum«, verkündete Mary mit der Überzeugung einer Frau, die nie selbst ein Kind großgezogen hat.

»Vielleicht.«

»Und die Polizei sagt, es war ein Unfall?«

Julia nickte, sie war beunruhigter denn je. Es war Dienstag. Sie hatte am Mittag eine Besprechung in der Lombard Hall und nur Zeit für eine schnelle Tasse Kaffee. Am liebsten hätte sie gar nicht über das Thema gesprochen. Von den Empyreals hatte sie Mary auch nichts erzählt. »Seine Sekretärin sagt, seine Aktentasche fehlt, aber die Polizei geht davon aus, dass man ihn ausgeraubt hat, nachdem er angefahren wurde.«

»In letzter Zeit gibt es ziemlich viele Unfälle mit Fahrerflucht in der Nähe des Campus.« Mary trommelte mit den Fingern auf dem Tisch, rutschte nervös auf dem Stuhl herum und gab noch weitere deutliche Signale, dass sie unbedingt eine Zigarette brauchte. Draußen herrschte strahlender Sonnenschein, aber die Temperaturen waren nur knapp über dem Gefrierpunkt, es wehte ein eisiger Wind. »Hören Sie, Julia. Sie sind nicht in Gefahr. Ihre Familie ist nicht in Gefahr. Wenn jemand es auf Sie abgesehen hätte, dann wären Sie überfahren worden.« Sie ließ Julia einen Augenblick Zeit, um das zu verdauen. »Wenn das mit Brady tatsächlich ein Unfall war, umso besser. Wenn seine Aktentasche gestohlen wurde, dann war jemand an deren *Inhalt* interessiert, und ich wette, sie hatten es auf seine Unterlagen über Vanessa abgesehen. Jemand will wissen, was sie ihrem Psychiater erzählt hat, und zwar aus dem einfachen Grund, weil dieser Jemand wissen will, was Kellen ihr erzählt hat.«

»Ich glaube nicht, dass Kellen ihr überhaupt etwas erzählt hat. Sie wusste nicht, woran er gearbeitet hat.«

»Diese Leute wollen im Hintergrund bleiben, Julia. Sie sind beunruhigt. Wer auch immer es getan hat – wer auch immer Gina umgebracht hat –, fürchtet, dass die Tat ans Licht kommt.« Ein knappes Lächeln, dann ein entschlossener Blick, den Julia inzwischen gut kannte. »Zurück zum Thema.« Mary klopfte auf den Umschlag. »Ich bin derselben Meinung wie Lemaster. Dieses Geständnis kommt wirklich allzu gelegen.«

»Ja, wahrscheinlich.«

»Ist Ihnen aufgefallen, dass es sich um eine Fotokopie handelt?«

»Na und?«

»Ich frage mich, wie viele Kopien davon im Umlauf sind.« Wieder trommelte Mary mit den Fingern auf den Tisch. »Und wieso Ihre Mutter eine davon praktischerweise in ihrem Besitz hatte und sie Ihnen geben konnte.« Sie trommelte und trommelte. »Es könnte sich um ein Ablenkungsmanöver handeln, das dann zum Einsatz kommt, wenn jemand der Wahrheit zu nahe kommt.« Endlich beruhigten sich ihre Finger. »Die Frage ist: Wie viele Kopien gibt es? Und wieso hatte Ihre Mutter eine davon?«

»Das sind schon zwei Fragen.«

Mary überging den Einwand, zu Recht. Aber mit der nächsten Frage holte sie sich bei Julia gleich wieder eine Abfuhr ein. »Was verschweigen Sie mir eigentlich?«

»Die meisten Dinge, die sich in meinem Leben abspielen«, erwiderte Julia munter.

Mary verzog nicht einmal einen Mundwinkel. »Ich will Ihnen mal was sagen. Ich habe noch ein anderes Buchprojekt in der Schublade, an dem ich längst arbeiten könnte. Ein sehr nettes, kleines Exposé über Lobbyisten und Schmiergeldkassen auf dem Kapitol.«

»Dann sollten Sie vielleicht dieses Projekt in Angriff nehmen.«

»Ist das Ihr Ernst?«

»Lemmie meint, ich soll aufhören.«

»Aber Sie meinen das nicht.« Mary hob den Umschlag. »Mir können Sie nichts vormachen, Julia. Sie haben doch etwas vor, etwas Hinterhältiges, oder vielleicht sogar etwas Illegales. Ich will wissen, was das ist.«

»Ich gehe noch mal ins Archiv.«

»Warum?«

»Für den Fall, dass das Geständnis wirklich fingiert ist. Sie sagen ja selbst, es kommt allzu gelegen.« Jetzt hatte Mary Julia so weit, dass sie auch mit den Fingern auf den Tisch trommelte. »Ich habe nur ein paar Seiten aus dem Tagebuch. Dafür würde niemand Geld zahlen. Und erst recht würde niemand dafür einen Mord begehen. Es muss noch mehr geben. Und ich wette, dass es das ist, was Kellen in der Bibliothek versteckt hat.«

»Wann?«

Julia zuckte die Achseln.

Mary sagte: »Sie haben inzwischen ein paar von Kellens Rätseln gelöst, stimmt's?«

Erneutes Achselzucken.

Die Schriftstellerin nahm es gelassen. »Sie trauen mir immer noch nicht, hab ich recht?«

»Ich weiß noch nicht, wann ich es mache.« Julia holte tief Luft. »Aber ich glaube nicht, dass ich Ihre Erlaubnis brauche.«

»Und nun – was wollen Sie damit sagen? Dass ich wieder zur Cheerleaderin degradiert bin?«

»Go, Julia, go«, sagte Julia.

Julia schaffte es vor dem Schulbus nach Tyler's Landing. Jeannie, voller Energie wie immer, kam ins Haus gerannt, während Vanessa nach oben stapfte, als müsste sie allein die Last der Geschichte auf ihren schmalen Schultern tragen: Am Wochenende hatte sich Ginas Todestag gejährt, und Vanessa hatte sich am Morgen beim Frühstück darüber aufgeregt, dass sich offenbar niemand außer ihr daran erinnert hatte. Jeremy Flew, der immer noch Lemasters Arbeitszimmer auf Vordermann brachte, hatte die Küche übernommen, wo er ein ganz besonderes Abendessen zubereiten wollte. Julia beschloss, ihn gewähren zu lassen.

Jeannie bestand darauf, ihm zu helfen, und Julia ließ auch das zu.

Sie wartete, bis sie Jeremys geduldige Anweisungen und Jeannies unbekümmertes Kichern hörte, und als sie sich vergewissert hatte, dass die beiden vollauf beschäftigt waren, ging sie zu Vanessa hoch, um ein bisschen mit ihr zu plaudern. Vanessa lag auf dem Rücken ausgestreckt auf dem Bett und weinte lautlos, während sie sich über Kopfhörer ihre Totengesänge anhörte. Julia rollte den Schreibtischstuhl ans Bett und setzte sich, wobei sie besorgt die Gestalt ihrer Tochter betrachtete. Sie konnte sich nicht vorstellen, wie es sich anfühlte, wenn der eigene Therapeut beinahe tödlich verletzt wurde. Zärtlich berührte sie Vanessa an der Schulter. Vanessa riss die Augen auf, und ihr furchtsamer, erschreckter Blick ängstige Julia, doch dann lächelte ihre Tochter. Sie legte die Kopfhörer ab, setzte sich auf und zog von irgendwo ein Buch hervor, aber Julia sah die getrockneten Tränen auf ihren Wangen.

»Ich wollte nur meine Augen ein bisschen ausruhen«, sagte Vanessa. »Hausaufgaben.«

»Alles in Ordnung?«

»Klar.«

Ein paar lange Sekunden vergingen.

»Liebes?«

Vanessa war schon wieder mit ihrem Buch beschäftigt. »Ja?«

»Darf ich dich was fragen?«

»Hast du doch grade.«

»Sehr witzig.« Julia rückte ein bisschen näher. »Hör zu, Liebes. Hat Kellen dir gegenüber jemals eine ... eine schwarze Dame erwähnt?«

Vanessa blätterte eine Seite um, griff vollkommen ruhig nach ihrer Perrier-Flasche und nahm sich viel Zeit, um ein paar Schlucke zu trinken. »Ich dachte, du wolltest nicht mehr, dass wir uns über diese Sache unterhalten.«

Julia biss sich auf die Lippe. Sie begab sich auf unbekanntes Terrain und wusste nicht einmal, wessen Kräfte an den Grenzen patrouillierten. »Und ich dachte, wir wären uns einig, dass Veazie-Frauen sich nicht an die Regeln von anderen halten.« Sie wartete. »Wie Elphaba.«

»Nein.«

»Nicht wie Elphaba?«

»Nein, Kellen hat nie eine schwarze Dame erwähnt. Tut mir leid, Mom.«

Julia wollte sich schon enttäuscht verziehen, da sah sie, wie die Spur eines Lächelns über Vanessas hübsches Gesicht glitt, und sie merkte, dass Vanessa Kellens Namen kaum merklich betont hatte. Sie warf einen Blick über die Schulter, um sich versichern, dass die Tür nicht aufgesprungen war.

»Was willst du mir sagen, Liebes?«

»Dass Kellen nie etwas von einer schwarzen Dame erwähnt hat.«

»Kellen hat sie also nie erwähnt.« Jetzt hatte sie's begriffen. »Aber jemand anders.«

Vanessa blätterte eine weitere Seite um. »Ja.«

Wieder einmal hatten Julia und ihre clevere Tochter es bis zur Hunderttausend-Dollar-Frage geschafft. Julia versuchte, sich ihre Ungeduld nicht anmerken zu lassen. »Wer dann, Liebes? Wer hat die schwarze Dame denn erwähnt?«

»Auf Kellens Beerdigung.«

»Kellens Beerdigung«, wiederholte Julia, und dachte sofort an Mary Mallard, was bedeuten würde, dass sie sich in den Gesprächen mit Vanessa die ganze Zeit im Kreis gedreht hatte. Dann fiel ihr ein, dass Mary und Vanessa sich an dem Tag nie alleine miteinander unterhalten hatten. »Jemand hat also auf Kellens Beerdigung von der schwarzen Dame gesprochen.« Julia ging die Anwesenden durch: Kellens Ex-Frau Nadia, Kellens Onkel Seth, die Verwandten in Seths Haus –

»Ja. Ich hab mich doch mit den Kids unterhalten, die mir die alten Geschichten über Arkadelphia erzählt haben, erinnerst du dich? Und wie du dich aufgeregt hast, als ich dir die Geschichte aus dem Bürgerkrieg erzählt hab? Also, da unten gibt es diese Legende. Dort sind doch diese Unis, wirklich hübsch, wir haben sie gesehen, erinnerst du dich? Also, über eine der Unis gibt es eine Legende. Eine Studentin dort ist von ihrem Freund wegen einer anderen sitzen gelassen worden.« Sie fuhr sich mit der Zunge über die Lippen und verzog kurz das Gesicht, vielleicht, weil sie daran denken musste, dass Casey sich schon seit einer Weile nicht gemeldet hatte. »Und, jedenfalls, der Legende nach hat sie sich vom Glockenturm gestürzt, und seitdem spukt ihr Geist auf dem Campus.«

»Und das ist die schwarze Dame?«

»Genau. Sie nennen sie die Schwarze Dame von Arkadelphia.«

»Jemand aus seiner Vergangenheit«, murmelte Julia vor sich hin, während sie sich fragte, wie ihr etwas so Offensichtliches hatte entgehen können. Hatte eine von Kellens Freundinnen es womöglich geschafft, sich das Leben zu nehmen? Sie musste unter einem Vorwand noch einmal nach Arkadelphia fahren, dachte Julia. Aber woher sollte sie wissen, wonach sie suchen sollte –

»Ach, und Mom?« Vanessa, die immer noch in ihr Buch vertieft war, hatte sich auf den Bauch gedreht, ein Zeichen, dass das Gespräch beendet war, ebenso unmissverständlich wie Lemasters Angewohnheit, sich wieder seinem Computer zuzuwenden. »Da ist noch etwas.«

»Und was, Liebes?«

»Die Schwarze Dame? Sie ist weiß.«

· III ·

Sie stand im Wohnzimmer neben dem Steinway-Flügel am Fenster und betrachtete den nächtlichen Strom der Scheinwerfer auf der Hunter's Meadow Road, auf der wesentlich mehr Verkehr herrschte, als man bei den wenigen Häusern auf dem Hügel erwarten würde. Julia stellte sich immer wieder vor, dass in einigen der Autos Leute aus dem Ort saßen, die sich mal die riesige Villa dieser schwarzen Familie ansehen wollten. Vielleicht kamen sie, um zu gaffen, vielleicht, um sich darüber lustig zu machen, oder vielleicht auch nur, um dieses seltsame neue Phänomen des afroamerikanischen Wohlstands zu verstehen, denn was das weiße Amerika betraf, hatte es nie Schwarze mit Geld oder Bildung gegeben, bis – na ja, bis die Minderheitenförderung eingeführt wurde.

Und vielleicht saßen auch in einigen Autos Leute, die Julia im Auge behielten. Da draußen war jemand, der sie beobachtete und nur darauf wartete, dass sie Kellens Mehrertrag fand, um ihn ihr dann sofort aus der Hand zu reißen und ihn an – nun, an irgendjemanden weiterzureichen. Sie wusste es, weil Mary es ihr gesagt hatte, und wegen der Durchsuchung in Paris, aber sie wusste es auch, weil sie es spürte, so wie Neuengländer, wenn der Winterwind sich dreht, das leise Flüstern der nahenden, noch unsichtbaren Wolken und des aufkommenden Sturms spüren, auch wenn der Himmel noch strahlend blau und klar ist.

Sie dachte darüber nach, wie sie mit den ihr zur Verfügung stehenden Mitteln ihren Beschattern, die sie ständig spürte, aber nie sah, entkommen konnte. Das von Smith geborgte kleine Gerät, sicher im Handschuhfach des Escalade verstaut, war Teil ihres Plans.

Jetzt musste sie ihren Plan erneut überdenken.

Die Schwarze Dame war weiß.

Julia kam sich vor wie eine Idiotin.

Seit Wochen versuchte sie schon, Kellens Komplizin ausfindig zu machen, die Frau, die er seine Schwarze Dame genannt hatte, und die ganze Zeit über hatte sie nicht gemerkt, dass die Schwarze Dame ihr auf den Fersen war. Julia hatte sich für raffiniert gehalten, dabei war sie von ihrem weißen Schatten ausgetrickst worden, in die Irre geführt von ihrer eigenen Annahme, die Schwarze Dame müsste eine Schwarze sein, eine Sisterlady. Der Gedanke, dass die Schwarze Dame so hinterhältig war und den Verdacht von sich ablenkte, indem sie das Thema selbst zur Sprache brachte, war ihr nie gekommen.

Sie gab sich einen Ruck und ging nach unten ins Gästezimmer. Der kleine Jeremy Flew war hellwach und vollständig angezogen. Er öffnete die Tür, bevor sie dazu kam anzuklopfen.

»Guten Abend, Mrs Carlyle«, sagte er völlig gelassen.

»Können wir uns kurz unterhalten?«

»Über was?«

»Es geht eher um eine Person.«

»Dann berichtige ich meine Frage dahingehend.« Ein Hauch von einem Lächeln.

»Erinnern Sie sich noch, wie Sie mich neulich auf der Straße vor Mr Huebner beschützt haben?«

»Selbstverständlich.«

»Nun, es gibt noch jemanden, vor dem Sie mich beschützen sollten.«

»Ich fürchte, Sie missverstehen, worin meine Aufgabe –«

»Bitte, Jeremy. Ich weiß, warum Sie hier sind. Denken Sie nicht, dass ich besonders angetan davon bin, aber ich akzeptiere es.«

»Verstehe«, sagte er nach kurzem Zögern.

»Also, werden Sie mir helfen? Bitte?«

»Vielleicht.« Er musterte sie aufmerksam mit hellen, arglosen Augen. Das Vielleicht meinte er wörtlich. Julia fragte sich, ob er sich zuerst mit jemandem besprechen musste. »Und vor wem soll ich Sie beschützen?«

»Eine Frau namens Mary Mallard.«

Kapitel 56

Noch einmal in Norport

· I ·

»Rick Chrebet ist in Urlaub«, sagte Bruce Vallely. »Nächste Woche kommt er zurück. Ich nehme an, dass Ihre Frage bis dahin warten kann.«

Sie saßen wieder im Ruby Tuesday, und Julia trat fordernd und gleichzeitig geheimnisvoll auf. Sie wollte, dass Bruce seinen ehemaligen Partner Lieutenant Chrebet dazu überredete, ihr eine einzige Frage zu beantworten. Zwar wollte sie nicht preisgeben, worum es bei der Frage ging, aber offenbar war sie davon überzeugt, dass die Antwort wie … nun, eben wie eine Bombe einschlagen würde.

»Aber Sie werden ein Treffen für mich arrangieren?«, fragte sie.

»Selbstverständlich.«

»Also gut«, sagte Julia, als sei damit alles geregelt. »Dann erzählen Sie mir von Dr. Brady.«

»Was gibt's da zu erzählen? Es war ein Unfall mit Fahrerflucht. Ich weiß, Sie glauben das nicht. Ich glaube es auch nicht.« Er schaute sie nachdenklich an. »Vielleicht könnten Sie mir verraten, wonach die Täter gesucht haben?«

Julia zögerte, sichtlich hin und her gerissen, dann warf sie ihm einen kleinen Happen hin. »Vanessa hat keine Ahnung von all dem, was sich abspielt. Das möchte ich von vornherein klarstellen. Sie weiß überhaupt nichts. Aber einige Leute scheinen zu glauben, dass sie etwas weiß. Aus meinem Zimmer im Kepler wurde ein Ordner gestohlen, und, na ja, vielleicht –«

»Wollen Sie damit andeuten, jemand hätte versucht, Vincent Brady zu töten, um einen Blick in seine Unterlagen werfen zu können?«

Julia zuckte die Achseln und biss in ihren Hamburger. Sie hatte keine Hypothese zu bieten.

»Aber warum sollte jemand ihn deswegen töten wollen? Warum sind sie nicht einfach in seine Praxis eingebrochen?«

»Vanessa hat eine neue Therapeutin. Sie heißt Sara Jacobstein. Wir haben einen schriftlichen Antrag gestellt, um Vanessas Unterlagen für Miss Jacobstein zugänglich zu machen, aber dann stellte sich heraus, dass der Großteil von Vanessas Patientenakte aus Dr. Bradys Praxis verschwunden ist. Kein Anzeichen für einen Einbruch, und die Alarmanlage wurde auch nicht ausgelöst.«

»Sie meinen, Brady hatte die Akte bei sich. In seiner Aktentasche.«

»Möglicherweise.«

»Aus welchem Grund sollte er sie mit sich herumtragen?«

Julia setzte ihr schiefes Lächeln auf. »Dafür gibt es ja schließlich die Polizei. Ich meine, um solche Fragen zu beantworten. Vielleicht hat er die Akte noch einmal durchgesehen. Vielleicht wollte er sie verkaufen. Ich weiß es einfach nicht.«

Als sie sich auf dem Parkplatz verabschiedeten, versuchte Bruce es noch einmal. »Sie schaffen das nicht allein, Julia.«

»Was schaffe ich nicht?«

»Bitte hören Sie mit diesen Spielchen auf. Es gibt einige Entwicklungen, über die Sie nichts wissen. Gewisse Interessensgruppen haben sich eingeschaltet. Kellen Zant hat eine Lawine losgetreten. Es geht nicht mehr nur um Politik. Es geht um viel mehr. Ich würde es mir nie verzeihen, wenn Sie –«

Er brach ab.

Sie schauten einander einen Moment lang an, und wandten dann beide errötend den Blick ab.

»Bruce?«, sagte sie, als er sich zum Gehen wandte.

»Ja, Julia?«

»Wer war dieser Mann, der mich an der Exxon-Tankstelle belästigt hat?«

»Ein Reporter. Das hab ich Ihnen doch gesagt.« Plötzlich schien er es eilig zu haben, von ihr wegzukommen.

»Für welche Zeitung arbeitet er?«

»Irgendein Boulevardblatt. Ich weiß nicht mehr welches.«

»Danke.« Sie umarmte ihn freundlich. »Für alles.« Sie schaute ihm direkt in die Augen. Ihm fiel auf, dass ihre Augen eher grau als braun waren. »Ich möchte Sie um einen letzten Gefallen bitten.« Wieder das schiefe Grinsen. »Diesmal ist es ein ziemlich großer.«

»Und zwar?«

»Hören Sie auf, mich zu beschatten.«

»Wie bitte?«

»Ich möchte, dass Sie aufhören, mich zu beschatten, Bruce. Mir passiert schon nichts.« Sie trat einen Schritt zurück und hatte sich wieder ganz unter Kontrolle: »Ich rufe Sie wieder an.«

· II ·

Aus einiger Entfernung beobachtete Bruce, wie Julia in den Escalade stieg, eine kleine, kluge, kompetente Frau, die ihre Familie mit allem, was in ihrer Macht stand, beschützte. Sie wollte verhindern, dass jemand in Erfahrung brachte, was Vanessa mit Kellen Zant zu tun gehabt hatte. Deshalb bestand sie darauf, die ganze Sache im Alleingang durchzuziehen. Zumindest hoffte Bruce, dass es dieses Geheimnis war, das Julia so erbittert schützte. Eine andere Möglichkeit wäre, dass sie geheim halten wollte, was Zant entdeckt hatte, oder, schlimmer noch, dass sie denjenigen schützte, über den Zant etwas in Erfahrung gebracht hatte.

Er fragte sich, ob sie wusste, dass Jeremy Flew ihr wesentlich öfter an den Fersen klebte als er, und ob sie – so wie Bruce – über Flews Hintergrund Bescheid wusste.

Und ob sie wusste, dass niemand eine Ahnung hatte, wo der kleine Mann in der Nacht, als Kellen Zant erschossen wurde, gewesen war.

»Sei vorsichtig«, rief Bruce ihr leise nach.

Obwohl Trevor Land es nicht direkt bestätigt hatte, zweifelte Bruce nicht daran, dass Lemaster der Verfasser der absurden Geschichte über den Abend des Mordes war, die Nathaniel Knowland ihm, angereichert mit eigenen Ausschmückungen, erzählt hatte. Irgendwie hatte der Universitätspräsident dafür gesorgt, dass die offiziellen Ermittlungen eingestellt wurden, und hatte dann veranlasst, dass Bruce anstelle von Rick Chrebet inoffiziell auf den Fall angesetzt wurde. Warum hatte er durchgesetzt, dass der Fall zu den Akten gelegt wurde, nur um dann jemand anders weiterermitteln zu lassen? Warum wollte Lemaster, dass der Leiter des Campus-Sicherheitsdienstes seine Frau beschattete und nach Beweisen für einen Zusammenhang suchte? Diese Fragen verwirrten Bruce, und doch spürte er, dass die Antworten direkt vor seiner Nase lagen, verborgen in den Informationen, die er bereits zusammengetragen hatte. Wenn er noch ein bisschen mehr Unruhe stiftete, könnte ihm die Wahrheit geradewegs in den Schoß fallen.

Kapitel 57

Noch einmal Archivar

· I ·

Mit Kopien von Kellens Ausleihzetteln in der Hand, schritt Julia dieses Mal selbstbewusst in den Arbeitsraum des Archivs. Mein neues Ich, sagte sie sich, auch wenn sie sich insgeheim davor fürchtete, wieder abgewiesen zu werden. Das ist mein neues Ich. Sie hatte den späten Nachmittag gewählt, weil es dann in der Bibliothek ruhiger war, und sie hatte sich Mrs Bethe als Ansprechpartner ausgesucht, weil es hieß, dass Mrs Bethe im Gegensatz zu Roderick Rutherford hin und wieder zu lächeln versuchte.

Allerdings lächelte sie heute nicht.

»Diese Signaturen gehören *nicht* zu der Joule-Sammlung«, erklärte Mrs Bethe und war fast empört darüber, dass jemand etwas anderes annehmen könnte. »Diese Materialien befinden sich alle in *anderen* Sammlungen.«

»Das weiß ich.«

Mrs Bethe gab Julia die Kopien zurück. »Dann tragen Sie bitte die korrekte Bezeichnung dieser Sammlungen in die vorgesehene Zeile ein. Die Vorschriften –«

»Ja, Mrs Bethe, ich kenne die Vorschriften. Aber die Signaturen müssten doch ausreichen, um das angegebene Regal zu finden und die Dokumente herauszunehmen. Ich meine, es gibt doch nichts, was Sie daran hindert, oder?«

Mrs Bethe trug eine Brille mit kleinen Gläsern, eine Perlenkette und ein Twinset. Seit fünfundzwanzig Jahren arbeitete sie im Archiv der Bibliothek, und für sie gab es keinen Unterschied zwischen Meinungsverschiedenheit und Unverschämtheit. »Warten Sie hier«, sagte sie, nahm die Kopien wieder an sich, und für einen Augenblick schöpfte Julia Hoffnung. Doch die zerschlug sich sofort, als die Assistentin quer durch den Raum marschierte und im Büro des Archivars verschwand.

Na wunderbar.

Wenige Sekunden später trat Roderick Rutherford aus der Tür und kam auf Julia zu, während Mrs Bethe in ihr Kabuff zurückkehrte. Der Archivar wischte sich die Handflächen, als hätte er mit etwas Staubigem hantiert.

»Was kann ich heute für Sie tun, Frau Dekanin?«

»Sie können mir die Unterlagen zeigen, die zu diesen Signaturen gehören.« Sie reichte ihm den Zettel, auf dem sie Nummern der Ordner und Bände notiert hatte. Mit zusammengezogenen Brauen überflog der Archivar die Angaben, während seine Lippen sich bewegten, als läse er die Signaturen laut vor.

»Darf ich fragen, wozu Sie sie benötigen?«

»Reicht es nicht, dass ich sie haben möchte?«

»O nein, verehrte Dekanin, ganz und gar nicht. Das Archiv steht nur Studierenden und Professoren mit nachweislichen Forschungsabsichten zur Verfügung.« Er gab ihr den Zettel zurück. »Ohne legitimes wissenschaftliches Interesse kann ich Ihnen leider keinen Zugang zu diesen Unterlagen gewähren.«

Nicht schon wieder! »Was zählt denn als legitimes wissenschaftliches Interesse, Mr Rutherford?«

»Angenommen, Sie würden an einem Buch arbeiten oder an einem Artikel, für den Sie –«

»Na also. Dann ist das Problem ja gelöst.«

»Wie bitte?«

»Ich schreibe einen Artikel über den Fall Gina Joule. Darüber, was vor über dreißig Jahren wirklich vorgefallen ist. Also habe ich ein legitimes wissenschaftliches Interesse.«

Rod Rutherford lächelte nur selten. Und als er jetzt lächelte, wusste Julia auch warum. Sie konnte nur hoffen, dass sie dieses Lächeln nicht so bald wiedersehen musste. Das Lächeln war verkniffen und anmaßend und änderte nichts an der undurchdringlichen Miene, mit der er Julia fixierte. Es war die Art fasziniertes, verrücktes Lächeln, das man bei einem kleinen Jungen erwartet, der einem lebenden Schmetterling die Flügel ausreißt. Oder bei einem jungen Mädchen, das am Jahrestag von Gina Joules Tod im Stadtpark den mitternachtsblauen Mercedes seines Vaters anzündet.

»Tja, Frau Dekanin, das einzige Problem ist, dass ich Ihnen nicht glaube.«

»Wie bitte?«

»Ich glaube, Frau Dekanin, dass das eine Lüge ist«, antwortete Rutherford seelenruhig. »Sie schreiben nicht an einem solchen Artikel.«

»Ich soll Sie anlügen! *Sie* beschuldigen *mich* der Lüge!«

Ihr Ausbruch schockierte Mrs Bethe, die gerade dabei war, ihren Schreibtisch aufzuräumen: Es war deutlich an der Art zu erkennen, wie sie den Kopf leicht in Richtung des langen Arbeitstisches neigte, so als hörte sie von fern eine Melodie, von der sie sich nicht sicher war, ob sie sie erkannte. Ohne direkt zu Julia und Mr Rutherford hinüberzublicken, ging sie zu der schweren Tür, die das Magazin sicherte, verriegelte sie und schaltete die Alarmanlage ein. Dann verließ sie den Raum.

»Das ist korrekt, Frau Dekanin. Ich beschuldige Sie der Lüge. Normalerweise würde mich das natürlich nichts angehen. Aber da ich nicht glaube, dass Sie nachweisliches Forschungsinteresse an diesen Materialien haben, kann ich Ihrer Bitte nicht entsprechen.« Er breitete die Hände aus. »Offensichtlich versuchen Sie immer noch herauszufinden, welche Dokumente Professor Zant gesichtet haben könnte. Die diesbezüglichen Vorschriften verbieten mir jedoch, Ihnen diese Informationen zugänglich zu machen. Ich meine mich zu erinnern, dass ich Ihnen die Sachlage schon einmal erklärt habe.«

»Allerdings, das haben Sie, Mr Rutherford. Ich glaube, Sie erwähnten Paragraph 22-C. Erlassen durch den Fakultätssenat im Jahr 1973 nach der Buckley-Verfassungsergänzung.«

»Das ist korrekt, Frau Dekanin.«

»Das Problem ist nur, dass diese Verfassungsergänzung erst 1974 vom Kongress verabschiedet wurde. Ich habe nachgeschaut. Sie haben mir geraten, die Vorschriften genau zu studieren, und das habe ich getan.«

Seine Brauen zogen sich ganz leicht zusammen. »Vielleicht habe ich mich geirrt.«

»Das glaube ich nicht. Bei derartigen Dingen irren Sie sich nicht. Es sei denn mit Absicht.« Sie nahm die Universitätsvorschriften aus ihrer Schultertasche und schlug die entsprechende Seite auf. »Und da ist noch etwas. Hier ist Paragraph 22. Er hat gar nichts mit dem Schutz von Persönlichkeitsrechten zu tun, richtig? Es geht dabei nur um die zwei Arten von Fakultätsausschüssen, die ständigen und die, die kurzfristig einberufen werden können.« Sie klopfte mit dem Finger auf den entsprechenden Absatz. »Und es gibt keinen Abschnitt C.«

»Wie unangenehm.« Wieder rieb er sich die Hände, als wollte er etwas wegwischen. »Wie überaus unangenehm.«

Julia gestattete sich ein Lächeln. »Sie sind gut, Mr Rutherford. Sehr gut. Ich wäre nie darauf gekommen, dass Ihre ganze Geschichte reine Erfindung war. Aber, wie gesagt, bei derartigen Dingen irren Sie sich nicht. Sie haben mir die falsche Information aus einem ganz bestimmten Grund gegeben. Und diesen Grund würde ich gern erfahren.«

Er schüttelte den Kopf. »Bedauerlicherweise bin ich an die Schweigepflicht gebunden. Wie auch immer die entsprechende Vorschrift lautet, ich darf Ihnen nicht sagen, ob Professor Zant jemals hier gewesen ist und welche Unterlagen er eingesehen hat.«

»Dann sagen Sie mir wenigstens, warum Sie diese Geschichte über die Vorschriften erfunden haben.«

»Die Vorschriften, Frau Dekanin, dienen dem Wohl der ganzen Gesellschaft. Sie dienen unser aller Wohl.«

»Ich möchte nur –«

»Und dem unserer Familien.«

»Unserer Familien?«

Er überging ihre Überraschung. »Sie haben mir keine Bevollmächtigung mitgebracht? Keine gerichtliche Anordnung oder dergleichen?«

»Nein, ich –«

Oh!

Der rechtschaffene Pedant. Einer, der sich strikt an die Vorschriften hielt. Der Pedant. War es möglich?

»Warten Sie«, sagte sie im schärfsten Befehlston, den sie aufbringen konnte. »Warten Sie hier.«

»Ach, du meine Güte.« Er warf einen Blick auf seine Uhr. »Wie die Zeit verfliegt. Schon halb sechs. Zeit, das Archiv abzuschließen.«

»Fünf Minuten«, sagte sie und eilte, ohne seine Antwort abzuwarten, hoch in ihr Büro. Dort nahm sie den zerbrochenen Spiegel aus dem Geschenkeladen aus ihrer Aktentasche. Zwei Minuten später stand sie damit wieder vor Rutherford.

»Was soll ich denn damit anfangen, Frau Dekanin?«, murmelte der Archivar, während er stirnrunzelnd den Spiegel betrachtete, den sie auf seine Schreibtischunterlage gelegt hatte. »Was genau ist das?«

»Sie wissen ganz genau, was das ist.« Das hoffte sie zumindest. »Das ist meine Bevollmächtigung.«

»Das halte ich für sehr unwahrscheinlich.«

»Irgendwo haben Sie die andere Hälfte. Sie sollen überprüfen, ob die beiden Hälften zusammenpassen und mir dann geben, was ich brauche.«

Er schüttelte den Kopf. »Wenn ich tatsächlich im Besitz der anderen Hälfte wäre, wie Sie sagen, dann müsste ich nicht lange überprüfen, ob die beiden Hälften zusammenpassen. Das würde ich auf den ersten Blick sehen.«

»Soll das heißen –«

»Es ist halb sechs, Frau Dekanin. Das Archiv ist jetzt geschlossen.«

»Mr Rutherford, Sie können doch nicht einfach –«

»Ich fürchte, ich muss.« Der Archivar stand vor ihr, dünn und gebieterisch. »Bedauerlicherweise kann ich Ihnen in dieser Sache nicht weiterhelfen, Frau Dekanin. Die Vorschriften bezüglich der Öffnungszeiten sind absolut eindeutig.«

»Sie können dieses Gespräch doch nicht einfach so abbrechen!«

»Das ist nicht korrekt, Frau Dekanin.« Er zog seinen dicken Wintermantel über, der seine hagere Gestalt noch betonte, anstatt sie zu verbergen. »Ich kann das sehr wohl.«

Er setzte seinen Hut auf, schaltete bis auf die Lampe über seinem Schreibtisch alle Lichter aus und verließ den Raum.

Julia blieb vollkommen erstaunt zurück.

Das automatische Schloss schnappte ein. Ein rotes Licht ging an.

Die Alarmanlage war eingeschaltet. Und Julia Carlyle war allein, eingeschlossen im Archiv.

· II ·

Ihr erster Gedanke war, dass es sich nur um ein Versehen handeln konnte. Ihre Forderungen hatten Rod Rutherford derart aus der Fassung gebracht, dass er stur seiner Feierabendroutine gefolgt war und um Punkt halb sechs die Tür verriegelt hatte, weil er das jeden Tag so machte, außer sonntags, wenn er ruhte. Aber das war absurd. Sicherlich gehörte es auch zu seiner Feierabendroutine, einen Rundgang durchs Archiv zu machen, um sich zu vergewissern, dass sich dort niemand versteckte, der die heilige Ordnung der Bewahrung von Wissen stören könnte.

Also schlussfolgerte sie, dass er sie mit Absicht eingesperrt hatte.

So oder so, sie musste handeln. Sie schlug mit den Fäusten gegen die schwere, doppelflügelige Tür, die zum Treppenhaus führte, und rief laut erst nach Rutherford, dann nach irgendjemandem – aber natürlich konnte sie niemand hören, denn nachdem das Archiv geschlossen war, befand sich kein Mensch mehr in diesem Teil der Bibliothek.

Wirklich großartig.

Diesmal konnte sie auch nicht aus dem Fenster klettern. Das Gitter war repariert worden, wie sie bereits mit einem kurzen Blick in Rod Rutherfords Büro festgestellt hatte.

Sie umklammerte ihr Handy, dieses rettende Wunderwerk der Technik, musste jedoch feststellen, dass sie hier im Untergeschoss, umgeben von Metallverstrebungen und Beton, keinen Empfang hatte. Auf Rutherfords Schreibtisch stand ein Telefon, aber der Hörer war mit einer Art Schloss gesichert, wie es Julia noch aus ihrer Studentenzeit kannte, als unbezahlte Telefonate noch erhebliche finanzielle Unkosten verursachten. Leider besaß sie keinen Schlüssel dafür. Ein Blick durch die Tür sagte ihr, dass Mrs Bethes Telefon auf die gleiche Art gesichert war.

Großartig, Julia. Einfach großartig. Der Archivar hat dich eingesperrt. Jetzt brauchst du nur noch zu warten, bis das Eggamise kommt und dich frisst. Oder dass dir einer eine Kugel in deinen dummen Kopf jagt.

Mit Mühe beruhigte sie sich.

Es musste einen Grund für diese absurde Situation geben.

Erste Hypothese: Roderick Rutherford steckte bis zu den manikürten Fingerspitzen in der Suche nach Kellens Mehrertrag. Kellen war tot. Boris Gibbs war tot. Bruce Vallely hatte Julia gewarnt, dass sie, wenn sie so weitermachte, auch bald tot sein könnte. Vielleicht lauerte das Eggamise also tatsächlich irgendwo da draußen, und sie stand als Nächste auf seiner Liste.

Ein Schauer lief ihr über den Rücken. Erneut schlug sie mit den Fäusten gegen die Tür. Ihr war längst klar, dass niemand sie hören konnte, aber sie musste es einfach versuchen.

Nachdem sich ihre Panik gelegt hatte, ließ sie sich erst einmal auf einem Stuhl nieder.

Zweite Hypothese: Niemand lauerte ihr auf und wollte sie töten. Also musste Roderick Rutherfords Wahnsinn Methode haben. Wer auch immer am nächsten Morgen das Archiv öffnete, würde sie hier vorfinden. Dann würde Julia dafür sorgen, dass der Archivar seinen Job verlor, und womöglich würde er sogar im Gefängnis landen. Er rechnete also offenbar damit, dass sie ihn nicht verpfiff.

Aber warum?

Ihr kam eine Idee. Vielleicht stand er auf ihrer Seite. Sie trat an die Tür zum Magazin und drückte dagegen. Die roten Lämpchen blinkten. Also gut, sie brauchte den Code, um sich Zutritt zu verschaffen. Die äußere Tür war mit einer Alarmanlage gesichert, die innere Tür ebenfalls, und nur Roderick Rutherford und seine Assistentin kannten beide Codes. Das entsprach den Vorschriften, um die Sammlungen vor Diebstahl zu –

Die Vorschriften.

Die Vorschriften?

Was hatte er zu ihr gesagt? Paragraph 22-C. Eine Vorschrift, die gar nicht existierte.

Das Tastenfeld bestand aus Ziffern und Buchstaben. Julia drückte 2,2,C, dann drückte sie wieder gegen die Tür.

Die roten Lämpchen blinkten.

Also gut, Versuch misslungen. Aber der Archivar hatte auch in Bezug auf das Jahr gelogen, in dem die Vorschrift angeblich erlassen worden war.

Julia versuchte es mit 2,2,C,1,9,7,3.

Nichts rührte sich.

Was hatte er gesagt?

Der Passus wurde nach fünfmonatiger Debatte verabschiedet.

Sie drückte 2,2,C,5. Nein. Dann: 2,2,C,1,9,7,3,5. Nein. Sie probierte jede Kombination der Buchstaben und Ziffern, die ihr einfiel, denn hier zu stehen und auf dem Tastenfeld herumzuhacken, war vernünftiger, als in der Ecke zu hocken und sich die Seele aus dem Leib zu brüllen.

Und dann hatte sie es.

Fünf Monate sollte heißen, dass es sich um eine Kombination aus fünf Ziffern und Buchstaben handelte.

Sie drückte 2,2,C,7,3. Die Lämpchen leuchteten grün. Ein metallisches Klicken ertönte in der kühlen Stille. Als Julia die Klinke drückte, ließ sich die schwere Tür leicht öffnen.

Kapitel 58

Automatische Ausrichtung

· I ·

Das Licht war aus, aber Julia hatte sich mit einer Taschenlampe von Rutherfords Schreibtisch bewaffnet. In diesem Teil des Gebäudes waren die Fenster ebenfalls vergittert, doch sie lagen zum Parkplatz hin. Es war leicht möglich, dass es jemandem auffiel, wenn sie die Deckenbeleuchtung einschaltete. Sie schwenkte den Lichtkegel der Taschenlampe durch die Regale. Verglaste Schränke, in denen besonders wertvolle Bücher und handschriftliche Dokumente unter Verschluss gehalten wurden, blitzten in der Dunkelheit auf. Das amüsierte Julia, da doch ohnehin kein Mensch Zutritt zu diesem Teil des Archivs hatte. Der Aufzug befand sich an der hinteren Wand dieses merkwürdigen kleinen Museums, eine unauffällige Tür mit einem rautenförmigen Fenster und einer Schalttafel aus Messing mit einem einzigen, abgegriffenen Plastikknopf und darüber zwei Lämpchen, über denen zu lesen war: *In Betrieb* und *Außer Betrieb*. Das *Außer-Betrieb*-Lämpchen leuchtete schwach. Man betrat den Aufzug, indem man die Tür öffnete und dann das metallene Sicherheitsgitter zur Seite schob. Ein hoffnungslos antiquiertes System, aber Claire Alvarez war es bisher noch nicht gelungen, die Mittel für einen neuen Aufzug aufzutreiben. Julia zögerte ein paar Sekunden, nachdem sie Tür und Gitter hinter sich geschlossen hatte, doch dann drückte sie den Knopf für das zweite Untergeschoss, wo sich, wie Suzanne de Broglie behauptet hatte, nie jemand aufhielt. Irgendwo weit oben im Magazin ächzte und stöhnte ein Motor. Als der Aufzug sich quietschend in Bewegung setzte, meinte Julia, draußen im Arbeitsraum ein Geräusch zu hören. Aber dort konnte niemand sein, denn sonst wäre die Alarmanlage ausgelöst worden. Sie sah sich in der engen Aufzugskabine um. Zu ihrer Studentenzeit hatte dieser Teil der Bibliothek noch zum Hauptmagazin gehört und war für jeden zugänglich gewesen, der einen Universitätsausweis vorzeigen konnte. Sie erinnerte sich, wie sie an einem Winterabend mit diesem Aufzug ebenfalls ins zweite Untergeschoss gefahren war. Wahrscheinlich war sie noch aufgeregter gewesen als jetzt, denn sie hatte den großen, acht Jahre älteren Lemaster Carlyle gesucht, der ihr gesagt hatte, er würde noch bis in den späten Abend in der Bibliothek arbeiten.

Nach langen Überlegungen und nach einem heftigen Streit mit Tessa hatte sie beschlossen, sich von ihm verführen zu lassen. Impulsiv wie immer hatte sie sofort gehandelt, und wenn er gerade in der Bibliothek war, dann musste eben die Bibliothek herhalten …

Konzentrier dich auf deine Aufgabe, ermahnte sie sich streng. Das alles hatte in einem anderen Leben stattgefunden. Sie fuhr sich mit der Zunge über die Lippen. Der Aufzug war sehr langsam. Ein uraltes, rotweißes Schild auf Augenhöhe warnte die Unachtsamen: DIESER AUFZUG RICHTET SICH NICHT AUTOMATISCH AUF FUSSBODENHÖHE AUS! HÖCHSTE UMSICHT BEIM AUSSTEIGEN! Wunderbar. *Wäre ich ein höchst umsichtiger Mensch, dann wäre ich gar nicht hier.*

Julia Carlyle umklammerte ihre Aktentasche fest mit beiden Händen, damit sie nicht zitterten, und fuhr nach unten. Während die Schachtwand an ihr vorüberglitt, hatte sie für einen furchtbaren Augenblick das Gefühl, als würde sie – gerechte Strafe für all ihre Sünden – in die Hölle fahren und ihre Familie nie wiedersehen. Und dann ging ihr etwas durch den Kopf, das wahrscheinlich ebenfalls ihrer Fantasie zuzuschreiben war, das Geräusch von vorhin nämlich, das sie gehört hatte, als der Aufzug sich in Bewegung gesetzt hatte. Es musste die doppelflügelige Eingangstür zum Archiv gewesen sein, die beim Öffnen und Schließen immer laut knarrte.

Das Eggamise war ihr auf den Fersen, keine Frage.

Nein, war es nicht. Nur Rod Rutherford und Mrs Bethe hatten einen Schlüssel. Rutherford hatte sie eingesperrt, und Mrs Bethe würde wohl kaum zurückkommen, um sie rauszulassen. Es war also niemand oben. Reiß dich zusammen, Julia. Konzentrier dich auf deine Aufgabe.

Trotz des rotweißen Warnschilds stolperte Julia, als sie aus dem Aufzug stieg, und alles flog ihr aus den Händen. Als sie ihre Aktentasche und die überall verstreuten Fotokopien einsammelte, sah sie, dass der Boden des Aufzugs fast fünf Zentimeter unterhalb der Schwelle zum Untergeschoss lag. Das war also mit RICHTET SICH NICHT AUTOMATISCH AUS gemeint.

Sie schloss das Sicherheitsgitter und betrat die unterste Etage der Bibliothek. Es war lange her, seit sie das letzte Mal hier unten gewesen war. Sie hielt inne, atmete den Geruch ein und lauschte auf Geräusche im Dunkeln, bis sie davon überzeugt war, dass sie allein war.

Ihre Schritte hallten auf dem mit Metallplatten ausgelegten Boden, als sie an den in militärischem Grau gestrichenen Regalen vorbeiging. Die alten Bücher und Schriften nahm sie kaum wahr, auch nicht die säuberlich gestapelten Ordner mit Predigten, Berichten, Briefen, Tagebüchern und Protokollen, auf denen die bemerkenswerte Geschichte der Religion in Neuengland festgehalten war. Die Gegenstände in den Regalen interessierten sie nicht. Sie hatte nur Augen für die Buchstaben und Ziffern der Signaturen. Hier war sie richtig. Sie wusste es einfach. Hier, im Bauch der Theologischen Fakultät, hatte Kellen die fehlenden Teile seines Mehrertrags versteckt. Geschützt durch einen Code, den nur Julia verstehen konnte, verborgen an Orten, wo nur Julia hinfand. Es war ihm nicht gelungen, sie zu seinen Lebzeiten aus ihrer Welt herauszulocken, nun hatte er dafür gesorgt, dass sie sich nach seinem Tod noch eine Weile in seiner Welt aufhielt.

Manchmal hatte sie das Gefühl, dass es ihm nicht um Gerechtigkeit gegangen war, sondern darum, ihr zum Schluss noch eins auszuwischen.

»Du bist ein bisschen egozentrisch, Jules«, sagte sie laut, und es machte ihr Angst, wie perfekt sie Lemasters freundlich zurechtweisenden Tonfall nachahmen konnte. »Nicht alles dreht sich um dich.«

»Bei *Kellen* hat sich alles um mich gedreht«, antwortete sie. Nie würde sie diese Worte gegenüber Lemaster aussprechen. »Wenn er bei mir war«, gab sie zu.

Sie war fast da. Die Signaturen kamen denen auf dem Blatt, das sie in der Hand hielt, immer näher. Überall lag Staub. In früheren Zeiten war die Sammlung ständig benutzt worden. Damals hatten Professoren und Studenten noch geglaubt, man könnte etwas aus den Schriften der großen Denker der Vergangenheit lernen, aus den wirklichen Texten auf bedrucktem Papier und nicht von einem Computerbildschirm. Heutzutage schien sich niemand mehr für solche Orte zu interessieren – außer einer Handvoll Traditionalisten wie Lemaster, Leute, die es genossen, die Worte früherer Generationen in Form von Büchern in den Händen zu halten, vielleicht als Erinnerung daran, dass das Gebäude der Moral und der Vernunft, dem sie ihr Leben gewidmet hatten, weniger flüchtig war, als es sich diejenigen vorstellten, die mit Maus und Tastatur eine große Idee nach der anderen anklickten. Stabilität braucht Zeit: Was von Dauer ist, wurde niemals in Hast errichtet.

»Na also«, murmelte Julia.

Sie hatte das Erste von Kellens Verstecken gefunden, in der staubigen Ecke eine Sammlung von Predigten aus dem achtzehnten Jahrhundert. Sie verglich die Signaturen und zog aus einem blauen Ordner ein Dutzend handbeschriebener Seiten, mit verblasster Tinte in einer seltsamen Schrift, die –

Ein Geräusch, im Dunkel neben ihr.

Instinktiv richtete sie den Strahl der Taschenlampe in den Gang, sah aber nichts.

Es war ein dumpfer Schlag gewesen, das hätte sie schwören können. Als ob ein Buch von einem Regal gefallen wäre, heruntergestoßen zum Beispiel von einer unachtsamen, menschlichen Hand. Aber nicht hier unten. Das Geräusch war eine Etage höher gewesen.

Irgendjemand befand sich im Magazin über ihr.

Aber als sie die Taschenlampe ausschaltete und angestrengt lauschte, war um sie herum nur Dunkelheit und Stille.

Sie hatte genug von der mickrigen Funzel.

Sie tastete an der Wand nach einem Lichtschalter, betätigte ihn

– und zuckte zusammen, als sich mit einem kurzen Drehgeräusch ein Motor in Gang setzte.

Ihr Herz hörte auf zu rasen, als ihr klar wurde, dass es bloß der Aufzug war, der in eine der höheren Etagen des Magazins rumpelte.

Keine Gefahr für sie.

Aber das Magazin war geschlossen, die Tür zum Archiv war mit einer Alarmanlage gesichert, und eigentlich dürfte niemand außer ihr hier sein.

Also gut. Vielleicht war der Aufzug so eingestellt, dass er nach einer Weile automatisch wieder nach oben fuhr. Der Motor verstummte. Das Gitter wurde nicht geöffnet, sonst hätte sie das metallene Geräusch auch im Untergeschoss hören müssen.

Sie war allein.

Zurück an die Arbeit.

Versteckt in einer unbedeutenden Predigt eines noch unbedeutenderen Predigers aus dem achtzehnten Jahrhundert fand sie einen weißen Umschlag wie den, den Kellen unter ihren Flügel geklebt hatte. In einer vergessenen Monographie über Aristoteles' Gotteskonzept, verfasst von einem unwichtigen Theologen, der vor hundert Jahren gelebt hatte, entdeckte sie einen weiteren Umschlag. Und, raffiniert verborgen in einem Programm der alljährlichen studentischen Satire-Aufführung am Kepler aus dem Jahr 1953, Kellens Geburtsjahr, steckte ein dritter.

Kaum hatte sie den dritten Umschlag in ihrer Tasche verstaut, fuhr sie zusammen. Da waren Schritte auf der metallenen Treppe.

»Sie müssen auf der Stelle gehen«, murmelte Roderick Ryan Rutherford, das geisterhafte Gesicht, das in dem dunklen Magazin wie aus dem Nichts über ihr aufgetaucht war zu einer Maske der Missbilligung verzogen. »Ihnen ist sicherlich bewusst, Frau Dekanin, dass Sie ohne Begleitung das geschlossene Magazin nicht betreten dürfen. Das ist ein eklatanter Verstoß gegen die Vorschriften.«

Den Archivar an den Schultern zu packen und ihm einen Kuss auf die Wange zu drücken, verstieß ebenfalls gegen die Vorschriften, aber sie tat es trotzdem.

· II ·

Sie würde nie erfahren, warum, sagte sich Julia, als sie durch den leeren Korridor zu ihrem Büro eilte. Dass Rod Rutherford Kellen bei seinem Projekt unterstützt hatte, war klar. Er hatte ihr bereits bei ihrem ersten Besuch Hinweise gegeben, und als sie mit der Bevollmächtigung zurückgekehrt war, hatte er zwar so getan, als könnte er mit dem halben Spiegel nichts anfangen, als würde er sie abweisen, doch dann hatte er sie im Archiv eingeschlossen, damit sie sich im Magazin umschauen konnte. Er hatte ihr ausreichend Zeit gelassen, dann war er zurückgekehrt. Zwar hatte er ihr untersagt, die Dokumente mit aus dem Archiv zu nehmen, doch er hatte ihr gestattet, sie vorher zu fotokopieren – und darauf bestanden, die Kopien ihrer Abteilung in Rechnung zu stellen. Auf ihre Fragen hatte er unter Hinweis auf seine Schweigepflicht jede Antwort verweigert. Als sie die Bibliothek verließ, war er noch im Magazin geblieben, wahrscheinlich, um wieder alles an seinen Platz zu bringen.

Warum hatte er Kellen geholfen? Rods Mutter war die Leiterin der Kepler-Bibliothek gewesen, und er hatte in den Sommerferien dort ausgeholfen und so mit der Zeit ein eigenes Interesse für den Beruf entwickelt. Er war zu jung, um ein Verehrer von Gina Joule gewesen zu sein, aber vielleicht hatte er sie gekannt. Vielleicht waren die Rutherfords und die Joules befreundet gewesen. Möglicherweise war die Verbindung aber auch weniger deutlich – oder noch offensichtlicher.

Sie würde es nie erfahren, denn Mr Rutherford würde es ihr nie erzählen. Schweigepflicht. Loyalität. Geheimnisse. Lügen. Gehorchte denn die ganze Welt diesen Gesetzen, oder war das eine Spezialität der akademischen Kreise in Neuengland? Bis auf ihren kurzen Aufenthalt in Manhattan, wo sie vielleicht zwei Nachbarn mit Namen gekannt hatte, hatte Julia noch nie irgendwo anders gelebt.

Vielleicht hatte die Paranoia des Archivars auf sie abgefärbt, jedenfalls verriegelte Julia sowohl die äußere als auch die innere Tür ihrer Büroräume. Sie ließ nur die Schreibtischlampe brennen, setzte sich an ihren Schreibtisch und untersuchte ihre Fundstücke.

Die Umschläge waren praktischerweise in Kellens schwungvoller Handschrift nummeriert: 1, 2, 3. Sie nahm sich den ersten vor, der auch der dickste war. Er enthielt mehrere Briefe von Merrill Joule an seine Frau, die nach Ginas Tod nach Europa gereist war. Julia begann zu lesen und war schon bald völlig fasziniert.

4. April 1973

Liebste Anna,
ich hoffe, dass dieser Brief dich und Margaret wohlbehalten antrifft, und dass ihr euren Urlaub in Europa genießt. Hier hat sich nichts geändert. Präsident Nixon dreht und windet sich weiterhin mit allen möglichen Tricks, aber ich glaube, er wird sich nicht mehr lange halten können. In letzter Zeit war es zu kalt für Demonstrationen gegen den Krieg, aber jetzt, wo der Frühling kommt, wird es an der Uni bald wieder losgehen. Hier in Tyler's Landing beruhigt sich die Situation allmählich, und zwar genauso, wie du es vorausgesagt hast. Ich bewundere deine Weitsicht. Vergiss nicht, dass die Gerechtigkeit viele Gesichter hat. Unser Leben lang haben wir beide für eine Vision von Gerechtigkeit gekämpft, die nicht Vergeltung, sondern Verteilung zum Ziel hat. Können wir diese Vision jetzt aufgeben, nur weil ein Mitglied unserer Familie ums Leben gekommen ist? Nicht die Menschen sind schlecht, der Feind ist das schlechte System. Eduard hat recht. Unsere Aufgabe besteht nicht darin, weiter auf eine Bestrafung zu drängen, sondern uns für eine bessere Welt einzusetzen, und das mit all unseren Kräften. Was in dieser Kirche passiert, ist ein gutes Beispiel. Wichtig ist, dass wir nach vorne schauen …

Diese Kirche: Miss Terrys? Die Gerechtigkeit hat viele Gesichter, bedeutete das, dass die Joules – tja, was? – auf Rache verzichtet und im Gegenzug etwas Besseres erhalten hatten?

Aus den Fundstücken konnte Julia nicht erkennen, wie viele dieser Briefe, die Kellen irgendwo aufgetrieben hatte, zwischen den beiden Eheleuten ausgetauscht worden waren. Doch der Ton des nächsten hatte sich deutlich geändert. Hier schrieb nicht mehr das beschwichtigende, beinahe herablassend milde Familienoberhaupt, ein Mann, der die Trauer seiner Frau – oder auch seine eigene – kaum zur Kenntnis nahm, sondern ein von Panik überwältigter Mensch.

12. Oktober 1973

Liebste Anna,

ich habe nur wenig Zeit, um diese Zeilen zu schreiben. Ich sitze gerade in Ken Steinbergs Büro. Ja, ich weiß, was du von Anwälten hältst, aber Ken gehört praktisch zur Familie, und ehrlich gesagt, ich brauche seinen Rat. Die Situation hat sich geändert. Ich werde beschattet. Okay, davon ist jeder Paranoiker überzeugt. Aber du kennst mich, Liebling, ich neige nicht zur Übertreibung. Ich spüre die Blicke aus ihren dunklen Augen auf mir, selbst wenn ich sie nicht sehen kann. Ich spüre ihren Atem im Nacken. Sie haben ihren Teil erfüllt, sie haben alle auf die falsche Fährte gelenkt. Sie haben vertuscht, was eigentlich offenkundig war. Ich habe mein Wort gegeben, dass ich ihre Vision von Gerechtigkeit akzeptiere, aber sie glauben nicht, dass ich meinen Teil der Abmachung einhalte. Ich denke nicht, dass sie die amerikanische Post kontrollieren können. Noch nicht. Aber ich bitte dich, sei auf der Hut. Am besten, du bleibst in Europa, bis ich dir Bescheid gebe, dass du gefahrlos zurückkommen kannst …

Julia las die entscheidenden Sätze noch einmal. *Sie haben alle auf die falsche Fährte gelenkt.* Mit fingiertem Beweismaterial? Mit falschen Alibis? *Ich werde beschattet.* Ein Schauer lief ihr über den Rücken. *Ich spüre ihren Atem im Nacken.*

»Ich weiß genau, wie du dich fühlst«, sagte Julia in das dunkle Büro hinein.

Der dritte Brief war fast fünf Monate später verfasst worden. Vanessa hatte in ihrer Arbeit geschrieben, dass Anna Joule sich nach Ginas Tod eine längere Zeit in Europa aufgehalten hatte. Offenbar hatte Anna den Rat ihres Mannes beherzigt.

7. März 1974

Liebste Anna,

vernichte diesen Brief, sobald du ihn gelesen hast. Ich fürchte, alles bricht zusammen. Uns ereilt anscheinend dasselbe Schick-

sal wie Nixon. Vertuschen ist unmöglich. Es gibt immer einen Informanten. Immer. Auch hier war deine Voraussicht zutreffend. Es ist besser, bei der Wahrheit zu bleiben. Ich wünschte, ich hätte auf dich gehört. Aber es ist noch nicht zu spät. Im Gegensatz zu Nixon haben wir noch Handlungsspielraum. Unsere Freunde haben uns nicht den Rücken gekehrt. Und unser lebenslanger Kampf für Gerechtigkeit kommt uns hier zugute. Wir sind gute Menschen, du und ich. Wir sind keine Ungeheuer. Wir haben Fehler gemacht, aber wer einen Fehler macht, ist doch nicht gleich ein böser Mensch, nicht wahr? Fehleinschätzungen bedeuten nicht, dass man den Weg in die Hölle eingeschlagen hat – nicht, wenn wir das Beste aus unseren Möglichkeiten gemacht haben. Wir haben alles getan, damit unsere geliebte Tochter nicht umsonst gestorben ist. Wenn das ein Fehler war, dann haben wir uns wenigstens auf der Seite der Menschlichkeit geirrt.

Um vielleicht etwas zu finden, das die äußeren Umstände der Briefe erklärte, öffnete Julia den zweiten Umschlag, der weitere Seiten aus dem Tagebuch von Art Huebner enthielt:

Keins der Alibis der Studenten hält der Überprüfung stand, aber wir dürfen die Sache nicht weiterverfolgen. Und bei all dem Geld, das zurzeit die Besitzer wechselt, kann ich niemandem mehr trauen. Nicht einmal meinen eigenen Leuten. Noch nicht einmal mir selbst.

Das reichte nicht. Das konnte unmöglich das gesamte Beweismaterial sein, das Kellen gesammelt hatte.

Zögerlich nahm sie sich den letzten Umschlag vor. Noch eine Fotokopie –

Julias Kopf fuhr hoch. Sie hörte, wie die äußere Tür zu ihrem Vorzimmer geöffnet wurde, obwohl sie sich sicher war, dass sie sie verriegelt hatte. Sie erinnerte sich an das Geräusch des hochfahrenden Aufzugs, als sie im Keller der Bibliothek gewesen war, und an ihre Vermutung, dass er so eingestellt war, dass er automatisch wieder ins Erdgeschoss zurückfuhr. Erst jetzt wurde ihr klar, dass Rod Rutherford immer die Treppe nahm und dass man bei dem alten Aufzug, der nicht einmal über eine automatische Ausrichtung verfügte, sicher auch sonst nichts einstellen konnte.

Es gab keine Fluchtmöglichkeit. Julia blieb reglos an ihrem Schreibtisch sitzen und wartete darauf, dass das Eggamise hereinstürzte.

Die Tür ging auf, und Julia erstarrte.

»Sie sind wirklich unglaublich«, sagte Mary Mallard grinsend. »Sie sind echt gut, alle Achtung.«

· III ·

Julia war aufgesprungen und schob hastig sämtliche Papiere zurück in die Umschläge.

»Was machen Sie hier?«, fragte sie. »Wie sind Sie reingekommen?«

Marys Lächeln verschwand. »Sie vertrauen mir also immer noch nicht.«

»Ich will Sie nicht in meiner Nähe haben.«

»Was ist los? Ich dachte, ich soll die Cheerleaderin für Sie spielen.« Sie wedelte mit unsichtbaren Pompoms. »Sie erinnern sich: Go, Julia, go?«

»Ich habe Ihnen eine E-Mail geschrieben, dass wir uns nicht wiedersehen sollten.«

Die Schriftstellerin grinste. »Tja, auch wenn Sie was anderes über mich gehört haben mögen, ich lasse mich nicht so leicht herumschubsen.«

»Also, Mary, was gibt's? Was wollen Sie hier – haben Sie mich etwa beschattet?«

»So ungefähr.«

Julia schüttelte den Kopf. »Wie sind Sie reingekommen?«, fragte sie noch einmal, sicher hinter ihrem Schreibtisch verschanzt.

»Ins Gebäude reinzukommen, war ein Kinderspiel. Ich hab einfach gewartet, bis ein paar Studenten rauskamen, und mir von ihnen die Tür aufhalten lassen. Kein Mensch kommt auf die Idee, dass eine Frau etwas im Schilde führen könnte.« Sie hielt einen Schlüssel hoch. »Und was Ihr Büro angeht, tja, ich hab mir in Boston mal eben Ihre Schlüssel ausgeborgt, sie nachmachen lassen und sie später auf unserem Spaziergang durch den Boston Commons wieder in Ihre Handtasche fallen lassen. Ziemlich klasse, was?«

Julias Mundwinkel zuckten. »Das ist verabscheuenswert.«

»Okay. Ich bin also verabscheuenswert und nicht charmant. Bei den Büchern, die ich schreibe, lernt man so einiges.«

Julia schaute an Mary vorbei zur Tür und fragte sich, wo Jeremy Flew blieb – oder ob sie sich in Bezug auf dessen Aufgabe getäuscht hatte.

»Sie haben mich belogen«, sagte sie.

»In welcher Hinsicht?«

»In Hinsicht auf die schwarze Dame. Das war ziemlich clever.«

»Was war clever?«

»Was Sie mir da vorgespielt haben.« Inzwischen hatte sie die Umschläge in ihrer Aktentasche verstaut. Dabei hatte sie das Reizgasspray, das sie auf Lemasters Wunsch hin immer bei sich trug, in die Hand genommen. Sie hatte es noch nie benutzt, aber sie würde auf keinen Fall zulassen, dass Kellens Material in die falschen Hände geriet. Sie wusste immer noch nicht, für wen Mary arbeitete, und sie wollte diese Frau auf keinen Fall wiedersehen. »Ich möchte nichts mehr mit Ihnen zu tun haben, Mary. Bitte, verlassen Sie mein Büro.«

Die Schriftstellerin hob mit einem beleidigten Ausdruck in ihrem schmalen Gesicht die Hände. »Ich weiß gar nicht, wovon Sie reden, Julia.«

»Ich rede von dem ganzen Schwachsinn über die schwarze Dame. Sie haben mich von Anfang an für dumm verkauft.«

»Nein, Julia, das habe ich ganz bestimmt nicht.«

»Ach nein? Erinnern Sie sich noch, wie Sie vor dem Diner im Weißen Haus Erkundigungen über mich eingezogen haben? Also, ich habe irgendwann dazugelernt und mich auch über Sie erkundigt. Warum haben Sie mir verschwiegen, dass Sie mit dem Präsidenten verwandt sind?«

Marys Gesichtsausdruck verdüsterte sich. »Das soll wohl ein Witz sein, oder? Das haben Sie wahrscheinlich von irgendeiner idiotischen Website. Wir sind nicht verwandt. Er ist ein entfernter, angeheirateter Vetter von mir oder so was Ähnliches.

Wahrscheinlich haben wir einen gemeinsamen Vorfahren, der die Unabhängigkeitserklärung unterzeichnet hat. Kommen Sie, Julia. Nach dieser Logik ist meine Familie mit ziemlich allen Präsidenten der USA verwandt.« Sie versuchte es mit einem Lächeln. »Ihre wahrscheinlich ebenfalls.«

»Gehen Sie einfach.«

»Was ist in den Umschlägen, Julia? Wen versuchen Sie zu schützen?«

»Niemanden. Ich möchte, dass Sie jetzt gehen.«

Mary schüttelte den Kopf. »Das geht nicht. In wenigen Wochen finden die Vorwahlen in Iowa statt.« Sie zeigte auf die Umschläge. »Wir müssen das, was da drin ist, benutzen, Julia. Wir können nicht zulassen, dass einer, der ins Oval Office einziehen will, ungeschoren mit einem Mord davonkommt.«

»Ich gehe jetzt.« Julia trat hinter ihrem Schreibtisch hervor. »Bitte versuchen Sie nicht, mir zu folgen.«

»Julia, warten Sie. Warten Sie bitte. Sagen Sie mir, was hier vorgeht.«

»Gehen Sie mir aus dem Weg, Mary.«

Die Schriftstellerin streckte eine Hand aus. »Sagen Sie mir, was in den –«

Julia sprühte Mary Mallard das Reizgas direkt ins Gesicht.

Kapitel 59

Februar 1973

· I ·

»Du kannst von Glück reden, dass sie keine Anzeige erstattet hat«, sagte Lemaster.

»Es war Notwehr!«

Lemaster stand vor der Kommode und trainierte mit seinen Hanteln. »Wahrscheinlich könnten wir sie wegen Hausfriedensbruchs anzeigen. Aber ihr beide habt doch in letzter Zeit ziemlich viel zusammengesteckt. Kein Richter wird dir glauben, dass sie dich angegriffen hat. Nicht mal ich glaube es dir.«

Julia, nervös und verschwitzt und wütend auf sich selbst, zog sich die Decke über den Kopf. Sie hatte noch nie jemandem Reizgas ins Gesicht gesprüht und angenommen, es würde so sein wie im Kino, wo der Übeltäter ein bisschen nach Luft schnappt, sich die Augen reibt und gegen die Wand sinkt, während man sich in Sicherheit bringt. Aber Mary hatte sich schreiend an den Hals gegriffen, ihr ganzer Körper hatte krampfartig gezuckt, noch ehe sie zu Boden ging, wo sie, eng zusammengerollt, gewürgt und sich übergeben hatte. Julia hatte Mary verzweifelt in den Armen gehalten und sie immer wieder um Verzeihung gebeten, bis sie endlich den Notarzt gerufen hatte. Anschließend hatte Julia die halbe Nacht im Wartezimmer vor der Notaufnahme gesessen und auf Nachricht über Marys Zustand gewartet.

Lemaster absolvierte wie jeden Morgen vor der Arbeit sein Fitness-Programm. Julia war gerade erst ins Bett gegangen.

»Worum ging es denn überhaupt?«, fragte er. »Worüber habt ihr euch gestritten?«

»Ich will wissen, was in der Nacht passiert ist, als Gina ermordet wurde. Was wirklich passiert ist.«

»Ich war in England, Jules. Ich war nicht hier.«

Julia schlug die Decke zurück und setzte sich auf. »Mach meine Aktentasche auf.«

»Hmmm?«

»Meine Aktentasche.«

Liebenswürdig wie er war, legte er seine Hanteln beiseite, nahm die Aktentasche und setzte sich in seinem Sportzeug neben Julia auf die Bettkante. Er öffnete die schmale Ledertasche und nahm die Umschläge heraus. »Das hier?«

»Mach den Umschlag Nummer drei auf und sieh nach, was drin ist.«

Er nahm die Blätter aus dem Umschlag und überflog belustigt die Briefe und die Tagebuchseiten. Seine gute Laune verschwand, als er das letzte Blatt in der Hand hielt.

»Nein«, sagte er.

»Doch«, sagte sie.

»Das ist unmöglich.«

»Ist es nicht.« Sie setzte sich neben ihn. »Ich würde sagen, es ist an der Zeit, dass du mir reinen Wein einschenkst, Liebling.«

Mit der Fotokopie eines Rückflugtickets in der Hand, schaute er sie an. Der gequälte Blick in seinen Augen rührte sie so sehr, dass sie ihn am liebsten in die Arme genommen und bis an ihr Lebensende beschützt hätte. Gleichzeitig verspürte sie den heftigen Wunsch, ihn nie mehr wiederzusehen.

Es war ein Flugticket London-Boston auf Lemasters Namen, datiert vom Februar 1973.

»Du bist zu Bay Dennisons Geburtstag gekommen«, sagte Julia. »Du hast noch nie einen seiner Geburtstage verpasst.«

· II ·

Warm angezogen spazierten sie über den Rasen hinter dem Haus hinunter zum Stausee. Der Schnee unter ihren Stiefeln knirschte angenehm.

»Ich weiß nicht alles«, sagte Lemaster. »Ich weiß noch nicht mal sehr viel. Damals zumindest wusste ich nicht viel. Heute weiß ich etwas mehr.« Er schaute sie von der Seite an. Sie bemühte sich um einen möglichst neutralen Gesichtsausdruck. »Ja, okay, ich bin zu Bays Geburtstagsparty hergekommen. Vorher hatte ich einen Tag Zeit, und den hab auf dem Campus verbracht.«

»Um deine Freunde zu besuchen?«

»Eigentlich nicht. Ich wollte nach meinen Büchern und den anderen Sachen sehen, die ich in der Hilliman-Suite gelassen hatte. Ich wollte mich vergewissern, dass niemand sich daran zu schaffen gemacht hatte. Meine Mitbewohner haben immer wieder mal meine Sachen durcheinandergebracht. Das fanden die witzig. Ich kam am Abend des vierzehnten an, und keiner war da. Ich hab nach meinen Sachen gesehen, und wie durch ein Wunder hatte niemand etwas angerührt. Dann hab ich mich mit ein paar Leute im Studentenheim unterhalten, aber ich war erschöpft von dem langen Flug und hab mich ziemlich früh ins Bett gelegt. Ich wollte am nächsten Morgen losfahren, zu Bays Party.« Sie hatten den Zaun erreicht. Lemaster hielt sich daran fest, als fürchtete er, ins Wasser zu fallen. Mit festerer Stimme fuhr er fort: »Gegen zwei, drei Uhr bin ich aufgewacht. Das heißt, einer meiner Mitbewohner hat mich geweckt. Er sagte, er stecke in großen Schwierigkeiten. Etwas Schreckliches wäre passiert.«

»Welcher Mitbewohner?«, wollte sie wissen, doch sie war schon weiter in der Geschichte als er.

»Ich fragte, was passiert wäre. Das wollte er nicht sagen. Er sagte nur, er stecke in Schwierigkeiten und – na ja, vielleicht seien sie alle in Schwierigkeiten. Er war betrunken und hat geweint, und er hatte Angst. Große Angst. Und, na ja, ich war damals zwanzig, Jules. Ich hab nicht gewusst, was ich tun soll. Ich hab ihm gesagt, er solle sich erst mal ausschlafen, am nächsten Tag würde alles ganz anders aussehen. Also hat er sich ins Bett gelegt. Aber ich bin aufgestanden, hab mich angezogen, meine Sachen gepackt und gemacht, dass ich wegkam. Ich bin schnurstracks nach Boston gefahren. Ja, okay, ich hab ihn alleingelassen, obwohl er in Schwierigkeiten war. Aber weißt du, Jules, meine Kumpels haben sich damals dauernd betrunken, und sie steckten dauernd in irgendwelchen Schwierigkeiten, und jedes Mal sind sie zu mir gekommen, damit ich ihnen aus der Patsche helfe. Big Brother haben sie immer zu mir gesagt. Und ich, nun, ich hatte wohl einfach die Nase voll. Ich war für zweiundsiebzig Stunden in die Staaten gekommen und sollte meinen ersten ganzen Tag damit verbringen, mal wieder einem meiner Kumpels aus der Patsche zu helfen? Nein, danke. Ich bin nach Boston gefahren, um mich auf der Party zu amüsieren.«

Sie hatten sich wieder in Bewegung gesetzt und gingen am Zaun entlang. Julia fror, wollte Lemaster jedoch nicht unterbrechen.

»Am Abend fand also die Party statt. Irgendwann, als ich allein mit Bay Dennison war, habe ich ihm erzählt, was vorgefallen war. Ich glaube, ich habe ihn sogar um ein Gespräch unter vier Augen gebeten. Oder vielleicht hat er sich auch nur erkundigt, wie es mir ging, ich weiß es nicht mehr. Jedenfalls hab ich ihm von meinem Kumpel erzählt. Bay dachte eine Weile nach, dann sagte er, ich solle zurück zur Uni fahren und meinem Kumpel ausrichten, wenn es wirklich ernst sei, solle er nach Boston kommen, Bay die Geschichte erzählen, und dann würde er sehen, wie er ihm helfen könne. Und ich dachte, okay, Bay kriegt alles geregelt, der Junge hat gute Beziehungen, vielleicht kann ich ihm ja doch helfen. Also bin ich am nächsten Tag – das war dann am sechzehnten – zurück nach Elm Harbor gefahren und hab meinem Kumpel gesagt, er soll sich nach Boston begeben und sich mit Bay unterhalten. Ich hab ihm versichert, Bay würde schon eine Lösung für sein Problem finden. Damals hielt ich Byron Dennison für allmächtig. Und vielleicht war er das sogar.«

»Und? Ist dein Kumpel hingefahren?«, fragte Julia, als ihr Mann schwieg.

»Klar. Er ist hingefahren. Da war ich schon wieder in England. Ich wusste nicht, was für ein Problem er hatte, und ich wusste auch nicht, wie Bay es gelöst hatte. Aber mein Kumpel hat mir geschrieben, alles sei in Ordnung, und er stehe in meiner Schuld. Ich bräuchte nur ein Wort zu sagen, und er würde mir jeden Wunsch erfüllen. Jetzt und für alle Zeiten.«

Wie zum Beispiel, Cameron Knowland fallen zu lassen, dachte Julia, sprach es aber nicht aus. Oder Astrid zu feuern. Oder eine

Mordermittlung zu verhindern oder Tony Tice in den Knast zu bringen.

»Als ich im Juni zurückkam, waren meine Kumpels ungewöhnlich eifrig um mich bemüht. Vorher war ich ihr Big Brother, jetzt war ich auf einmal ihr Herr und Meister. Es war ganz merkwürdig. Es war, als hätte ich sie alle gerettet, aber in Wirklichkeit habe ich nichts für sie getan. Ich hatte bloß einen von ihnen zu Bay geschickt. Aber sie taten mir jeden Gefallen, ich brauchte nicht mal darum zu bitten, und sie sagten immer wieder, dass sie mir was schuldig wären, dass ich nur ein Wort zu sagen bräuchte und so weiter. Natürlich hab ich ihre Angebote nicht abgelehnt, auch wenn ich nicht so richtig verstanden habe, was los war. Ich hatte keine blasse Ahnung, was sie verbrochen hatten oder was Bay für sie getan hatte.«

»Das Geständnis«, schob Julia ein, aber Lemaster wollte die Geschichte auf seine Weise erzählen.

»Ich machte mein Examen, habe mir einen Job gesucht, einen anderen Job angenommen, angefangen, Theologie zu studieren, dann habe ich dich kennengelernt, und wir haben geheiratet.«

»Du hast ›ich habe mich verliebt‹ vergessen.«

»Das gehört für mich zum Heiraten.« Sie hatten die Grundstücksgrenze tief im winterlichen Wald erreicht und machten sich auf den Rückweg. »Jedenfalls, inzwischen war ich ein Empyreal. Ein unbedeutender. Ein Legionär heißt es bei uns.«

»Die Empyreals stehen gar nicht vor dem Aussterben, oder?«

»Nein. Eigentlich nicht. Sie – agieren im Verborgenen.« Er zögerte. Jetzt ging es nicht mehr um seine persönlichen Erfahrungen, sondern um Dinge, die er geschworen hatte, nie zu offenbaren. »Das gehört zu ihrer Strategie, Jules. Das ist ihnen wichtig. Im Schatten zu bleiben.«

»Was für eine Strategie?«

»Es geht darum, unseren Leuten zu helfen, Jules.« Er ging schneller, so dass sie nur keuchend mit ihm Schritt halten konnte. »Nehmen wir mal einen hypothetischen Studenten. Ein reicher Junge mit guten Beziehungen, der an einer der Elite-Unis studiert. Seine Familie hat Großes mit ihm vor. Sein einziges Problem ist, dass er sich unsterblich in die siebzehnjährige Tochter eines seiner Profs verknallt hat. Und er ist nicht gerade ein Typ, der gelernt hat, wie man Versuchungen widersteht. Seine Familie ist immer für ihn da, wenn er in irgendeinen Schlamassel gerät. Diese Leute können jeden kaufen. Also fängt er an, mit dieser – dieser Kleinen zu flirten. Sie ist eigentlich noch ein Kind. Aber sie flirtet auch mit ihm, und nach einer Weile gehen die beiden heimlich miteinander. Gut, sie gehen nie aufs Ganze, wie wir das damals ausgedrückt haben, aber sie machen schon ganz schön rum, die beiden.

Dann, eines Abends, will einer von seinen Kumpels mitmachen. Er sagt: ›Wieso sollst nur du mit ihr rummachen dürfen? Wir teilen doch sonst alles. Das gilt auch für die Kleine.‹ Vielleicht streiten sie sich. Also, wohlgemerkt, das ist alles rein hypothetisch. Vielleicht ist der Student auch sofort einverstanden, weil er – tja, weil er so verwöhnt ist, dass er überhaupt nicht mehr weiß, was Moral ist. Die zwei machen sich also im Auto auf die Suche nach der Kleinen. Es ist Valentinstag, aber sie hat längst einen Trick raus, wie sie sich mit ihrem Freund treffen kann, wann immer sie will. Sie bricht einfach einen Streit mit ihrer Mutter vom Zaun und rennt dann aus dem Haus. Ganz einfach. An dem Abend schreien Mutter und Tochter sich also an, und unser hypothetisches Mädchen stürmt davon. Ihr Freund holt sie ab. Nur diesmal sitzen zwei Jungs im Auto statt einem, und sie sind beide betrunken. Ziemlich betrunken. Ihr ist vielleicht nicht ganz wohl bei der Sache, aber sie steigt ein. Sie fahren zum Strand. Dort kippt der eine Student – ihr Freund – im Auto um. Der zweite Student, der genauso reich und verwöhnt ist wie der andere, ist scharf auf die Kleine. Vielleicht macht sie anfangs sogar ein bisschen mit. Vielleicht wehrt sie sich aber auch von Anfang an. Auf jeden Fall geht es ihr irgendwann zu weit. Sie sagt dem jungen Mann, er soll aufhören. Er hört nicht auf. Er hat in seinem ganzen Leben noch nie aufhören müssen, wenn er nicht wollte. Seine Familie hat schon einem Dutzend Mädchen Abfindungen gezahlt. Was zählt da noch ein weiteres? Er wird also ruppig.«

Sie waren wieder am Haus angelangt. Die Gartenmöbel waren von Schnee bedeckt.

»Und sie läuft weg«, sagte Julia.

»Genau. Sie läuft weg. Immer noch hypothetisch. Es ist mitten im Winter, und sie rennt den Strand entlang. Dort hat ein Strandwächter Dienst. Ein junger Bursche. Der ist immer da. Aber das verängstigte Mädchen rennt in die falsche Richtung. Nicht zum Wächterhäuschen, sondern zum Wasser. Unser Student rennt hinter ihr her. Er ist stockbetrunken, du erinnerst dich, und sie ist vielleicht auch ein bisschen beschwipst. Er holt sie ein, kurz bevor sie das Wasser erreicht hat. Vielleicht kämpfen sie miteinander. Vielleicht ohrfeigt sie ihn auch einfach, und er schlägt zurück, viel härter als beabsichtigt. Auf jeden Fall geht sie zu Boden und steht nicht wieder auf.« Er fuhr sich mit der Zunge über die Lippen. »Alles reine Hypothese.«

»Klar«, sagte Julia und warf einen kurzen Blick auf ihre Uhr. Sie musste bald wieder rein und darauf achten, dass die Mädchen den Schulbus nicht verpassten. »Reine Hypothese«, wiederholte sie.

»Unser Student gerät in Panik. Er versucht, die Kleine wiederzubeleben, aber er weiß nicht, wie man das macht. Er gibt auf. Er wartet, bis die Wellen sie wegspülen. Vielleicht gibt er ihr auch einen kleinen Schubs. Ich weiß es nicht. Er steigt wieder ins Auto, versucht, seinen Freund zu wecken, aber der ist völlig hinüber. Also macht er, dass er zurück auf den Campus kommt, denn da ist er in Sicherheit. Auf dem Campus ist er zu Hause. Von dort aus kann man die Eltern anrufen und sie bitten, einem aus der Patsche zu helfen, nur dass es diesmal nicht nur um Verführung geht – was, auch wenn wir das heute vergessen haben, damals eine Straftat war. Er schafft es endlich, seinen Freund wachzurütteln, aber er erzählt ihm natürlich nicht, was vorgefallen ist. Die beiden wanken die Treppe hoch, stolpern in die Wohnung, und siehe da, ihr Zimmergenosse ist aus England zurück. Der, den sie Big Brother nennen.«

»Ihr schwarzer Zimmergenosse.«

Lemaster lächelte grimmig. »Unser Student weckt ihn also auf und faselt irgendwas davon, dass er in großen Schwierigkeiten steckt, und anderthalb Tage später kommt Big Brother zurück und sagt ihm, er soll diesen Macher in Boston aufsuchen. Unser Student fährt hin. Der große Macher hört sich seine Geschichte an. Dann stellt er dem Studenten zwei Fragen. Hat irgendjemand euch am Strand gesehen? Nur der Wächter. Erinnert sich dein

Freund an irgendwas? Nein. Der Mann sagt dem Studenten, er solle alles ihm überlassen. Und innerhalb von vierundzwanzig Stunden steht der Plan. Denn inzwischen weiß der große Macher, dass ein schwarzer Jugendlicher in der Stadt ein Auto geklaut hat. Der Plan sieht so aus, dass dem schwarzen Jungen die Schuld in die Schuhe geschoben wird. Aber für alle Fälle gibt es noch einen Plan B. Der betrunkene Freund, der die ganze Sache verschlafen hat, muss davon überzeugt werden, dass er das Verbrechen begangen hat, und dass der andere die Tat im Alkoholrausch verschlafen hat. Der große Macher spricht auch mit dem anderen und unterbreitet ihm den umgekehrten Plan. Wir lassen es so aussehen, dass dein Freund als der Schuldige dasteht, erklärt er ihm. Es gibt nur eine Bedingung. Sie müssen beide ein Geständnis unterschreiben –«

»Warum hätten sie das tun sollen?«

»Weil der große Macher sie in eine echte Zwickmühle manövriert hat. Entweder, sie unterschreiben die Geständnisse, und es wird so sein, als wäre nie etwas geschehen, außer dass wir diese schriftlichen Geständnisse in der Hinterhand haben für den Fall, dass wir irgendwann mal auf eine Gefälligkeit angewiesen sind. Wenn sie nicht unterschreiben und es auf einen Gerichtsprozess ankommen lassen, dann müssen sie damit rechnen, dass der große Macher gegen sie aussagt, und dieser Mann verfügt über eine Menge Macht. Vielleicht sogar über genügend Macht, um die großen Familien in die Knie zu zwingen, aber auf jeden Fall über genug Einfluss, um sie in eine harte juristische Auseinandersetzung zu verwickeln. Und falls es dazu kommt, ist die Zukunft der beiden Jungs ruiniert, egal, wer den Kampf am Ende gewinnt. Und in diesen Familien ist die große Zukunft das, wofür man Söhne aufzieht.« Auch Lemaster warf einen Blick auf seine Armbanduhr. »Wir müssen die Kinder wecken.«

»Lemmie, warte noch.« Sie legte ihm eine Hand auf den Arm.

»Was ist?«

»Seit wann weißt du das alles?«

Die dunklen Augen waren wieder sanft, er war im Frieden mit sich selbst und mit ihr. »Erst seit ich zum Bubba gewählt wurde.«

»Das heißt, all die Jahre lang –«

»Ich wusste nicht, was sich genau abgespielt hatte. Ich hatte den Verdacht, dass es etwas mit Gina zu tun hatte – wie hätte es anders sein sollen? –, aber ich wusste es nicht, und ich habe nie gefragt. Interessanterweise müssen meine Kumpels angenommen haben, ich wüsste Bescheid, denn wann immer ich sie um einen Gefallen gebeten habe, haben sie mir stets jede Bitte erfüllt.« Er hielt ihr die Tür auf. »Natürlich passiert es nicht allzu häufig, dass ich sie um etwas bitte.«

Die Kinder kamen die Treppe herunter. Julia bat Lemaster, noch zu warten. Er fuhr gern zeitig zur Arbeit, aber sie waren noch nicht fertig, und sie wussten es beide. Jeremy Flew räumte die Küche auf, während Julia die Kinder zur Bushaltestelle begleitete.

· III ·

»Du fragst dich, was der große Macher sich bei all dem gedacht hat. Das kann ich dir genau erklären. Er und sein … Club … vertreten eine bestimmte Theorie. Sie besagt, dass Amerika nichts freiwillig gibt. Sie glauben, dass Amerika keinen Finger krumm machen wird, um den Schwarzen zu helfen, wenn man es nicht dazu zwingt. Deswegen – und das tun sie schon seit langer Zeit – sammeln sie nachteilige Informationen über Personen in hohen Machtpositionen. Oder über Leute, von denen zu erwarten ist, dass sie einmal hohe Machtpositionen erlangen werden. Journalisten und Oppositionspolitiker bringen solche Informationen an die Öffentlichkeit, um die Leute aus ihrem Amt zu jagen. Aber unser hypothetischer großer Macher hält das für vollkommen verrückt. Wenn man etwas Schlimmes über einen mächtigen Menschen in Erfahrung bringt und diese Information benutzt, um ihn zu stürzen, was hat man davon? Einen machtlosen Politiker und schmutzige Hände, was beides völlig nutzlos ist. Wenn der mächtige Mensch dagegen im Amt bleibt und man ihn wissen lässt, was man gegen ihn in der Hand hat, dann kann man ihn hin und wieder ein bisschen in Richtung Gerechtigkeit für unsere Leute stoßen. Auf diese Weise hat man einen mächtigen Politiker und saubere Hände, aber er tut, was man von ihm verlangt. Nicht immer«, fügte Lemaster hastig hinzu. »Mit diesem Einfluss muss man sparsam umgehen, sonst bricht das System zusammen. Aber man kann Anstöße geben. Darin besteht ihre Taktik. Anstöße zu geben.«

Er sah den Vorwurf in Julias Blick. »Komm schon, Jules. Wie oft hast du schon zu mir gesagt, dass keine der beiden Parteien mehr das Wohl der dunkelhäutigeren Nation im Blick hat? Dass die Republikaner sich nur dafür interessieren, die Steuern zu senken und das Militär schlagkräftiger zu machen, und dass es den Demokraten nur noch um Abtreibung und die Rechte von Homosexuellen geht? Das ist doch genau das, was du immer sagst, zumindest wenn wir beide allein sind. Nun, unser hypothetischer großer Macher und sein Club sind absolut deiner Meinung. Die sagen, für uns Afroamerikaner ist es völlig irrelevant, welche Partei gerade an der Macht ist. Die sagen, es kommt nur noch darauf an, dass wir auf die Leute, die jeweils an der Macht sind, einen gewissen Einfluss haben.«

»Bist du derselben Meinung?«, fragte sie mit leiser Stimme. »Glaubst du, der Macher hat recht?«

»Ich verstehe seinen Standpunkt. Belassen wir es dabei.« Er knotete sich die Krawatte und spürte wohl, dass sie nicht zufrieden war. »Hör zu, Jules. Angenommen, du könntest beweisen, wer Gina umgebracht hat. Ich glaube nicht, dass du das kannst, aber nehmen wir mal an, es wäre möglich nach all den Jahren. Angenommen, du könntest es beweisen, würdest damit an die Öffentlichkeit gehen und dafür sorgen, dass der Täter lebenslänglich ins Gefängnis wandert. Würde das Gina wieder lebendig machen? Würde es unseren Leuten helfen?« Ein ernstes Kopfschütteln, für den Fall, dass sie nicht selbst auf die richtige Antwort kam. »Nein, Jules. Nein. Alles beim Alten zu lassen, ist die einzig vernünftige Lösung. Nur so bringt die Gerechtigkeit mehr als ein selbstzufriedenes Schulterklopfen. Emotional ist diese Lösung vielleicht weniger befriedigend – es gibt keine Katharsis –, aber sie bringt viel Gutes für eine Menge Menschen.«

Er zog sein Jackett über und drehte sich vor dem Spiegel hin und her, um zu begutachten, wie der weiche Wollstoff fiel.

»Lemmie, nein. Du kannst jetzt nicht einfach aufhören.«

»Ich habe dir schon viel mehr gesagt, als ich dürfte.«

»Bitte. Was ist mit Jocks Geständnis? Hat er Gina tatsächlich umgebracht? Oder war er der betrunkene Freund, der auf dem Rücksitz seinen Rausch ausgeschlafen hat?«

»Was macht das für einen Unterschied?«

»Womöglich hat dein großer Macher die beiden Männer wegen ein und demselben Verbrechen erpresst!«

»Dann wäre doch Gerechtigkeit im doppelten Sinne erreicht worden, meinst du nicht?«

Julia schüttelte den Kopf. »Nein. Ich glaube, es war Scrunchy. Ich glaube, dass er es von Anfang an gewesen ist. Ich glaube, dass Jocks Geständnis ein Ablenkungsmanöver ist. Das hat Merrill Joule gemeint, als er schrieb, man hätte alle auf die falsche Fährte gelockt. Ich glaube, dass Mona eine Kopie von dem Geständnis hatte, weil es innerhalb der Elite Leute gibt, die die Wahrheit kennen, und die sollen, sobald jemand der Wahrheit zu nahe kommt, demjenigen Jocks Geständnis zuspielen, um ihn wieder von der Fährte abzubringen.« Sie stand auf, sie war immer noch nicht fertig angezogen. »Ich glaube – also, falls Scrunchy es getan hat, dann hoffe ich, dass er leidet. Das hätte er verdient.«

»Es spielt keine Rolle, wer die Tat begangen hat. Letztlich ist das egal. Ich will dir mal was sagen, Jules. Sie waren alle schuldig. Sie waren reiche, betrunkene Studenten. Alle Menschen sind sterblich und fehlbar, und die Studenten sind erwachsen geworden und haben sich zu einigermaßen anständigen Männern entwickelt. Das geht in Ordnung. Aber du hast mich nach der Vergangenheit gefragt. Okay, reden wir über die Vergangenheit. Diese Typen waren Unmenschen. Die haben getan, was ihnen passte, und dachten noch, dass immer jemand da sein wird, der hinter ihnen aufräumt. Und weil sie aus bestimmten Familien stammten, hat das auch meistens geklappt. Sie hatten alle diese Haltung – wie die meisten Angehörigen der weißen Rasse, zumindest in Amerika, ganz besonders aber die Reichen, egal, wo sie politisch stehen –, ich erlebe es täglich auf dem Campus bei den Linken, und ich erlebe es täglich in Washington bei den Rechten – also, sie wirkten alle, als hätte das Leben sie persönlich gekränkt. Die Welt hatte ihnen alles gegeben, und trotzdem fanden sie, dass ihnen noch mehr zustand. Irgendjemand hatte sie verletzt. Irgendjemand hatte ihnen etwas weggenommen oder etwas verweigert, was sie unbedingt haben wollten. Diese Leute sitzen herum und bestärken sich gegenseitig in dem Gefühl, dass sie von bösen Menschen umgeben sind, die ihnen ihre Spielsachen wegnehmen wollen.« Er war ans Fenster getreten. Duftige Schneeflocken tanzten in der Luft. In Gedanken war er weit weg. »Und ich will dir noch was sagen. Ich habe mir diesen Plan nicht ausgedacht. Ich wusste nicht mal davon. Als ich zum ersten Mal davon hörte – war es vor einem Jahr? –, hab ich die ganze Sache für völlig verrückt gehalten. Auf jeden Fall war es illegal, wahrscheinlich unmoralisch, aber vor allem verrückt. Ich habe sogar mit einigen führenden Leuten gesprochen und versucht, der Geschichte Einhalt zu gebieten. Der Grand Paramount hat mich zur Seite genommen. Denk drüber nach, hat er zu mir gesagt. Wir haben eine Menge Arbeit in diese Sache gesteckt. Wir haben uns das alles sehr gut überlegt. Ich war immer noch der Meinung, dass es falsch war, Jules. Aber inzwischen bin ich mir da nicht mehr so sicher. Wenn ich mich heutzutage umsehe, wenn ich mir anhöre, was unsere Elite für ein dummes Zeug faselt, in einem Land, in dem Rassen- und Klassenprobleme einmal zentrale politische Themen waren, wenn ich sehe, wie die hellhäutigere Nation sich ganz anderen Themen zuwendet und die dunkelhäutigere Nation einfach ihrem Schicksal überlässt? Heute denke ich, unser hypothetischer großer Macher könnte in Bezug auf Amerika ganz richtig liegen ...«

Er verließ das Haus.

Allein mit ihren Gedanken, konnte Julia mit all den abstrakten Ausführungen wenig anfangen. Sie zerbrach sich immer noch über wesentlich konkretere Probleme den Kopf, zum Beispiel über die Frage, wer Gina Joule umgebracht hatte. Sie fragte sich, wen ihr Mann schützte. Geständnisse konnten gefälscht werden. Geständnisse konnten erzwungen werden. Egal, wie viele Indizien auf Jock oder Scrunchy als Täter hindeuteten, sie wurde einfach den Eindruck nicht los, dass Maureen Whisted an dem Abend vor einigen Wochen völlig in Panik geraten war, weil sie fürchtete, Kellens Mehrertrag könnte beweisen, dass ihr Mann der Täter war.

Kapitel 60

Relative Befugnis

· I ·

Bruce Vallely saß in seinem Dienstwagen, einem dunkelblauen Buick Century. Auf der Hudson Street hatte er einen idealen Parkplatz gefunden, von dem aus er den Eingang zur Theologischen Fakultät im Auge behalten konnte. Er trommelte mit den Fingern aufs Lenkrad, während er durch das Schneegestöber die Tür beobachtete, die einzige, durch die er Julia je hatte das Gebäude verlassen sehen. Er verschwendete keinen Gedanken an die seltsame Umkehrung der Rassenverhältnisse – ein schwarzer Cop, der wissen wollte, warum ein Weißer eine Schwarze beschattete –, aber er war zu dem Schluss gekommen, dass es an der Zeit war, mit Mr Flew ein Wörtchen zu reden. Zum Beispiel würde Bruce interessieren, wo Flew sich an dem Abend, als Kellen Zant erschossen wurde, zwischen acht und zehn Uhr aufgehalten hatte. Oder ob er zufällig im Einkaufszentrum in Norport war, als Boris Gibbs überfahren wurde.

Aber sosehr ihm daran gelegen war, den Mord an Zant aufzuklären, noch brennender interessierte es ihn, wie in aller Welt ein Mann wie Lemaster Carlyle dazu kam, einen Jeremy Flew in seine Dienste zu nehmen; denn dass Flew den Job per Zufall bekommen hatte, konnte er sich einfach nicht vorstellen.

Es ging los.

Julia kam in Begleitung zweier Studenten die Stufen herunter. Die jungen Leute verabschiedeten sich lachend und gingen in Richtung Campus. Julia blieb einen Augenblick lang stehen und drehte den Kopf nach allen Richtungen, als suchte sie die Straße ab, was sie, bewusst oder unbewusst, vielleicht tatsächlich tat. Nach einer Weile spürt sogar ein Amateur, dass er beschattet wird. Als ihr Blick Bruce' Wagen streifte, hielt er sich vollkommen still, denn wenn er sich geduckt oder das Gesicht abgewandt hätte, hätte er damit nur ihre Aufmerksamkeit auf sich gezogen.

Sie wirkte blass. Sorgenvoll. Vielleicht sogar ängstlich. Wer sollte es ihr verdenken bei allem, was sie in letzter Zeit durchgemacht hatte?

Schließlich zog sie sich den Schal enger um den Hals und ging in Richtung Parkplatz. Sie stieg die drei Stufen zu dem nur teilweise geräumten Areal hinauf und rutschte auf dem Weg zu ihrem Escalade zweimal aus.

Als Bruce sich wieder zum Kepler umwandte, trat wie erwartet der kleine Flew aus der Seitentür, die vom Haupteingang aus nicht zu sehen war, und ging in einem Bogen zum Parkplatz hinüber. Bruce musste sich schnell entscheiden. Entweder er stellte den Assistenten des Präsidenten gleich hier zur Rede und ließ Julia ohne ihren Beschatter davonfahren, oder er folgte Flew, während dieser Julia folgte. Er fürchtete jedoch, dass Flew, der ehemalige reisende Berater im Außenministerium, ihn im Straßenverkehr entdecken würde. Am besten, er brachte es jetzt gleich hinter sich. Doch Bruce würde nicht den Fehler machen, den Verdächtigen zu unterschätzen. Er nahm seine Smith & Wesson 64 aus dem Handschuhfach und schob sie sich in das nicht ganz vorschriftsmäßige Holster. Langsam öffnete er die Wagentür und stapfte über den schneebedeckten Weg hinter dem Kepler. Ausnahmsweise war er einmal dankbar für die dicken Schneeflocken, die alle Geräusche dämpften.

Mit bleichem Gesicht und gesenktem Kopf schlitterte Julia hastig die letzten Meter bis zum Escalade, als hätte etwas sie in Panik versetzt. Bruce fragte sich, ob Flew es bemerkte. Oder ob Flew die Ursache für die Panik war.

Der agile Flew dagegen nahm sich Zeit, setzte vorsichtig einen Fuß vor den anderen, als fürchtete er, zu viel Unruhe zu verursachen und Julia auf sich aufmerksam zu machen, wenn er sich beeilte. Oder vielleicht wusste er, wohin sie wollte, und sah keinen Grund zur Eile.

Bruce hatte vor, Flew den Weg abzuschneiden, und trat genau

in dem Augenblick, als Jeremy Flew die rutschigen Stufen zum Parkplatz erreichte, aus dem Schatten hinter dem massiven Gebäude der Theologischen Fakultät hervor.

»Okay, Mr Flew. Bis hierher und nicht weiter.«

Der kleine Mann blieb stehen, schaute jedoch an Bruce vorbei zu Julia hinüber, die gerade in den Escalade stieg. »Was kann ich für Sie tun, Mr Vallely?«

»Ich finde, wir beide sollten uns mal unterhalten.«

»Nicht jetzt.«

»Doch, Mr Flew. Jetzt.«

Die hellen Augen richteten sich auf Bruce, schienen ihn abzuschätzen, und folgten erneut Julia. »Ich habe etwas Dringendes zu erledigen, Mr Vallely.«

»Zum Beispiel Julia Carlyle zu folgen, um zu sehen, was sie vorhat?«

»Es ist dringend. Entschuldigen Sie.«

Flew wollte um Bruce herumgehen, der ihm allerdings mit seinem breiten Kreuz den Weg zum Parkplatz verstellte. »Ich fürchte, ich werde leider darauf bestehen müssen.«

»Ich glaube nicht, dass Sie mich aufhalten können, Mr Vallely.«

»Falls Sie meine Befugnis infrage stellen –«

»Ganz und gar nicht, Mr Vallely. Mir ist bekannt, dass Sie mit besonderen Aufgaben betraut sind. Trotzdem glaube ich nicht, dass Sie mich aufhalten können.«

»Nun, ich weiß nicht, wie Sie das meinen, aber das Einfachste wäre wohl –«

Es ging blitzschnell und kam völlig unerwartet, und später musste Bruce sich eingestehen, dass er allmählich alt wurde. Er hatte Flew eine Hand auf den Arm gelegt, und im nächsten Augenblick hatte der kleine Mann ihn mit überraschender Behutsamkeit rücklings in den Schnee gelegt. Der verblüffte Bruce benötigte eine Sekunde, um zur Besinnung zu kommen, und mehr als diese Schrecksekunde brauchte Flew nicht. Bis der ehemalige Detective wieder auf den Beinen war, hatte Lemasters Spezialassistent den Parkplatz bereits zur Hälfte überquert und hastete auf den weißen Wagen zu, den Bruce zuvor entdeckt hatte. Den Assistenten des Universitätspräsidenten mitten auf dem Campusparkplatz mit der Pistole zu bedrohen, kam nicht infrage, außerdem hatte Bruce schon seit Monaten nicht mehr auf dem Schießstand trainiert. Nachdem er die Entfernungen und seine Chancen abgeschätzt hatte, rannte Bruce weder hinter Flew noch hinter dem Escalade her, der gerade in die Hudson Street eingebogen war, sondern er eilte zur Parkplatzausfahrt. Die Schranke öffnete sich, sobald die Räder eines sich nähernden Fahrzeugs durch ihr Gewicht einen Schalter im Boden betätigten. Dieser Vorgang nahm mehrere Sekunden in Anspruch, Zeit genug für Bruce, Jeremy Flew ein zweites Mal abzufangen.

Doch als Bruce die Schranke erreicht hatte und sich zum Parkplatz hin umdrehte, stand der weiße Wagen immer noch da, bedeckt von frisch gefallenem Schnee. Der seltsame kleine Mann war jedoch wie vom Erdboden verschluckt.

· II ·

Frustriert überlegte Bruce, welche Möglichkeiten ihm noch blieben. Julia war weg, und Flew war ihm durch die Lappen gegangen. Er konnte Julia auf dem Handy anrufen, aber was sollte er ihr sagen? Dass sie in Gefahr war? Eigentlich hatte er keinen ernsthaften Grund anzunehmen, dass sie sich in Gefahr befand – wenn Flew Julia schaden wollte, hätte er das längst tun können –, und falls die Warnung sich als unbegründet erwies, würde sie ihm nie wieder trauen. Dennoch wählte er ihre Nummer, erreichte jedoch nur ihre Mailbox.

Er hinterließ keine Nachricht.

Stattdessen entschloss er sich, in Erfahrung zu bringen, warum sie es so eilig gehabt hatte, denn wenn er erst einmal wusste, was sie vorhatte, konnte er leichter erraten, wo sie hinwollte.

Nur Latisha hielt sich noch im Büro auf, Foxon war schon vor einigen Stunden nach Hause gegangen. Die junge Frau sprang auf, die Augen ängstlich geweitet.

Verlegen entschuldigte Bruce sich dafür, dass er ihr einen Schrecken eingejagt hatte. Dann sagte er: »Ich muss wissen, wo Mrs Carlyle hingefahren ist.«

»Sie ist nach Hause gefahren.«

»Sind Sie ganz sicher?«

Latisha zeigte auf die Uhr. »Es ist kurz vor sechs. Sie war in einer Fakultätssitzung. Sie kann es nicht ausstehen, wenn sie erst so spät nach Hause kommt.«

Bruce schüttelte den Kopf. Er hatte Julias Gesicht gesehen, und er wusste einfach, dass irgendetwas sie in Panik versetzt hatte. »Was hat sie gemacht, bevor sie aufgebrochen ist?«

»Warum wollen Sie das wissen?« Eine sehr vernünftige Frage.

»Ich fürchte, sie könnte in Schwierigkeiten stecken.«

»Sind Sie die Ursache dafür?«

»Das will ich nicht hoffen. Ich bin hier, um ihr zu helfen.«

Latisha überlegte. Wertvolle Zeit verging, aber Bruce wollte sie nicht drängen. Schließlich sagte sie: »Sie wissen doch, wer ihr Mann ist, oder?«

»Ja.

»Und Sie wissen, dass er Sie fertigmacht, falls Sie lügen.«

»Ja.«

Bruce berührte nichts in Julias Büro, sondern schaute sich genau um, in der Hoffnung, dass ihm irgendetwas auffallen würde.

Das Einzige, was er fand, war eine Visitenkarte, die unter die Tastatur geklemmt war, damit sie nicht vom Tisch geweht wurde. A. F. DORTHINTAIN, LANDVERMESSER, stand darauf, und darunter, in Kellens schwungvoller Handschrift: »– Secretary?« Bruce nahm die Karte an sich.

»Wissen Sie, was für eine Firma das ist?«, fragte er Latisha.

Die junge Frau schaute ihn groß an und schüttelte den Kopf.

»Sie sind doch Mrs Carlyles Sekretärin.« Er zeigte auf die handschriftliche Notiz. »Sind Sie damit gemeint?«

»Ich bin keine Sekretärin«, entgegnete Latisha stolz und zugleich eingeschüchtert. »Hier gibt es keine Sekretärinnen mehr. Ich bin eine Verwaltungsfachkraft.«

Bruce dachte laut nach. »Sie haben recht. Verzeihen Sie. Es gibt keine Sekretärinnen mehr an der Uni. Allerdings gibt es noch den *Secretary,* den Verwaltungschef...«

Er unterbrach sich. Sie betrachteten beide die Visitenkarte.

»Hat Mrs Carlyle irgendwelche Anrufe erhalten, bevor sie gegangen ist?«

»Sie geht selbst ans Telefon, wenn sie hier ist.«

»Okay. Versuchen Sie, sich zu erinnern. Hat das Telefon geklingelt?«

Sie schüttelte langsam den Kopf. »Nein, den ganzen Nachmittag nicht.«

»Ist irgendjemand hier gewesen? Ein Student? Ein Professor?«

Wieder schüttelte sie den Kopf. »Vor ungefähr zwei Stunden war ein Student bei ihr im Büro.«

»Bitte, Latisha, helfen Sie mir. Irgendwas, woran Sie sich erinnern.«

»Sie hat auf der Karte rumgekritzelt, irgendwas draufgemalt.«

Bruce betrachtete die Visitenkarte noch einmal. Julia hatte um jeden Buchstaben mehrere Kreise gezeichnet. Er konnte sich keinen Reim darauf machen. »Und niemand ist hier gewesen?«

»Niemand.«

»Okay. Kennen Sie ihr E-Mail-Passwort?«

Latishas Augen weiteten sich wieder.

»Das geht in Ordnung. Ich bin der Leiter des Campus-Sicherheitsdienstes.«

»Aber wir dürfen keine –«

»Latisha, bitte. Mrs Carlyle – Julia – steckt in Schwierigkeiten. Das wissen Sie. Sie sind eine intelligente junge Frau. Sie müssen doch gespürt haben, dass irgendwas nicht stimmt.« Er merkte, dass seine Größe sie einschüchterte, deshalb sprach er so freundlich er konnte. »Bitte. Ich versuche, ihr zu helfen. Sie müssen mich dabei unterstützen, und uns bleibt nicht viel Zeit.«

Es dauerte nicht mal eine Minute.

Die letzte E-Mail, die Julia geöffnet hatte, bevor sie in aller Eile aufgebrochen war, stammte von Vanessa.

Die Nachricht, in ihrer Gänze, lautete: »Es ist ein Minuszeichen.«

Bruce runzelte die Stirn, nahm die Visitenkarte und betrachtete sie noch einmal.

Dann begriff er.

Ein Minuszeichen. Schon wieder so ein Wortspiel.

Mit *Secretary* war Trevor Land gemeint. Wenn man seinen Nachnamen strich, lautete der Text: A. F. DORTHINTAIN, VERMESSER. Und?

»Können Sie mir sagen, was sie sonst noch gemacht hat?«

Latisha biss auf ihrer Unterlippe herum, als fürchtete sie, ihrer Chefin Ärger zu bereiten. Aber sie war ohnehin schon zu weit gegangen. Sie trat an den Computer, wo Julia ihren Firefox-Browser nicht geschlossen hatte, und machte mehrere Mouseklicks.

»Das hier.«

Bruce betrachtete den Bildschirm. Die Website nannte sich »The Internet Anagram Server«.

Julia hatte das eingetippt, was nach dem Entfernen des Wortes »Land« von dem Text auf der Karte übrig geblieben war. Bruce bedeutete Latisha mit einer Kopfbewegung, sie solle auf »Drucken« klicken. Der Drucker spuckte seitenweise Listen mit Möglichkeiten aus. Bruce ging die Liste durch, bis Latisha, die mit der letzten Seite angefangen hatte, einen überraschten Laut von sich gab.

Sie reichte ihm die Seite und zeigte auf eine Zeile. Die Worte standen in der falschen Reihenfolge, aber im Kopf brachte er sie in die richtige Ordnung.

VERA HEISST DER INFORMANT, stand da.

»Wer ist Vera?«, fragte er.

»Keine Ahnung.« Dann fiel es ihr wieder ein. »Ach, das Fudge!« Sie flitzte zu ihrem Schreibtisch und kehrte gleich darauf mit einer fast leeren Schachtel zurück, die die Beleibtheit der jungen Frau erklärte. »Da, sehen Sie?« Das Etikett.

Bruce schaute auf seine Uhr.

Er rief die Nummer an, die auf dem Etikett angegeben war, aber der Laden war geschlossen. Er rief die Auskunft an, Vera Brightwood stand jedoch nicht im Telefonbuch, und Bruce hatte keine Befugnis, ihre Nummer auf anderen Wegen zu ermitteln. Er wählte Julias Handynummer, doch offenbar befand sie sich gerade in einem Funkloch. Er rief bei den Carlyles zu Hause an, aber niemand ging an den Apparat.

»Ich komme mir allmählich ziemlich bescheuert vor«, sagte er.

Latisha hob besorgt die Brauen.

Bruce rief Rick Chrebet an.

Sein Ex-Partner, gerade aus dem Urlaub zurück, begrüßte ihn mit den Worten: »Ach, der Ausgestoßene!«

Aber er hörte sich an, was Bruce zu sagen hatte, und bat ihn dann, einen Augenblick zu warten. Fünf Minuten später nahm er den Hörer wieder auf, allerdings nur lange genug, um Bruce zu bitten, ihn in zehn Minuten wieder anzurufen.

Zwanzig Minuten später, Bruce war inzwischen auf dem Weg nach Tyler's Landing, bekam er seinen Ex-Partner endlich an die Strippe. »Ich weiß nicht, was da los ist. Ein paar Streifenwagen sind unterwegs, und ich fahre selbst auch hin. Es wurden Schüsse gemeldet«, sagte Rick.

Bruce gab Gas.

· III ·

In Veras Einfahrt standen dieselben Autos wie beim letzten Mal. Julia wusste, dass sie zum falschen und doch genau zum richtigen Zeitpunkt gekommen war. Sie drückte die Klingel, woraufhin die ersten Takte der amerikanischen Nationalhymne ertönten. Als Vera die Tür öffnete, starrte sie Julia sekundenlang nur an.

»Sie hätten nicht herkommen dürfen«, brachte sie schließlich heraus.

»O doch.«

»Verschwinden Sie.«

»Ich möchte an dem Treffen teilnehmen.«

Im Haus schlich eine scheinbar unendliche Anzahl von Katzen durch die Diele und auf der Treppe herum. Das Treffen fand im Wohnzimmer statt, das mit schweren, alten Möbeln ausgestattet war. Auf einem Tisch standen Sandwiches und alkoholfreie Getränke. Lurleen Maddox von Luma's Gifts saß mit strenger Miene auf einem kleinen Sofa. Danny Weiss vom Buchladen hockte nervös auf einem Lehnstuhl. Trevor Land stand neben dem offenen Kamin, gleichgültig und ohne mit der Wimper zu zucken, eine neuenglische Eiche. Und in einem Schaukelstuhl vor dem offenen Kamin saß ein Weißer von etwa Mitte vierzig, der auf die anderen herabblickte wie ein König auf seine Untertanen. Julia war sich ganz sicher, dass sie den Mann schon einmal gesehen hatte, konnte sich jedoch nicht erinnern, wo.

»Ganz schöne Überraschung, kann man sagen«, bemerkte Trevor Land.

»Sie wollte sich einfach nicht abwimmeln lassen«, sagte Vera.

»Das Spiel ist aus«, kicherte Lurleen, die sowieso halb verrückt war.

Julia schaute sich in dem gemütlichen Zimmer um. Niemand bot ihr einen Sitzplatz an. Allem Anschein nach hatte sie eine Party gestört. Ein Treffen von alten Freunden. Sie musste an Mitch Huebner denken, der ihr klargemacht hatte, Außenseiter würden die Geheimnisse der Stadt nie erfahren. Und an Frank Carrington, der gesagt hatte, wenn er ihr erzählte, was mit Gina passiert war, würde er sich großen Ärger einhandeln.

Die fünf weißen Gesichter schauten einander an, als warteten sie darauf, dass einer die Initiative ergriff. Schließlich sagte der Fremde in dem Schaukelstuhl in einem kühlen Tonfall: »Sie sollten gehen, Mrs Carlyle. Sie sollten vergessen, dass Sie je hier waren.«

Sie erkannte ihn an der Stimme. »Ich erinnere mich an Sie. Sie waren bei dem Dinner, das wir zu Ehren von Senator Whisted gegeben haben. Sie sind der Nachfolger von Astrid.« Sie zeigte auf die anderen. »Was ist das hier? Eine kleine Truppe, die Ihnen helfen soll zu vertuschen, was Ihr Chef vor dreißig Jahren angerichtet hat?«

»Sie sollten jetzt wirklich gehen«, erwiderte der Mann. »In Ihrem eigenen Interesse.«

»Erst, wenn mir jemand erklärt, was hier vor sich geht.«

Knisternde Stille breitete sich aus. Schließlich sagte Danny Weiss: »Julia, bitte. Es ist nicht das, was Sie denken.«

Lurleen kicherte. »Doch, das ist es!«

Trevor Land sagte: »Man fühlt sich doch wie ohne Beweise schuldig gesprochen.«

»Ich beschuldige niemanden«, entgegnete Julia. »Ich versuche nur zu verstehen. Ich will wissen, was mit Gina Joule passiert ist.«

»Wir auch«, sagte Danny Weiss, wobei er die anderen mit Blicken um Zustimmung bat.

Julia wandte sich an Vera. »Ich weiß nicht, was die anderen damit zu tun haben, aber Sie haben Kellen unterstützt, nicht wahr? Sie haben ihm geholfen, Informationen über Tyler's Landing zu sammeln. Vielleicht haben Sie Gina gemocht, weil – ich weiß nicht –, vielleicht ist sie an dem Abend, an dem sie ermordet wurde, vorher bei Ihnen im Laden gewesen. Ich bin davon überzeugt, dass Sie die Frau sind, die er seine Schwarze Dame genannt hat.« Sie bemerkte ein Zucken in Veras Gesicht. »Solche Witze hat er gerne gemacht.«

Trevor Land sagte: »Man weiß wirklich nicht, was man dazu sagen –«

»Sagen Sie mir einfach die Wahrheit. Bitte. Ich möchte wissen, was Sie wissen.«

»Es könnten einige Leute zuschaden kommen«, bemerkte Danny.

»Falls Sie die Joules meinen, ich weiß bereits, dass sie mit der Vertuschung einverstanden waren. Aber ich habe erst heute Abend erfahren, wen die Stadt gedeckt hat.«

Trevor Land schüttelte den Kopf. »Ich habe den jungen Malcolm gut gekannt. Er hat für dieses Mädchen geschwärmt. Er hat sogar die Suchtrupps angeführt und so weiter.«

Julia entgegnete: »Die Grenze zwischen schwärmen und begehren ist –«

Weiter kam sie nicht. Whisteds Berater war aufgesprungen. »Sie sind längst nicht so klug, wie Sie glauben«, sagte er und machte einen Schritt auf sie zu.

Julia schluckte. »Ich habe Leuten Bescheid gesagt, wo ich hinfahre.«

»Wie schön für die Leute«, sagte er und stürmte wütend an ihr vorbei zur Tür. Die anderen schauten ihm nach.

»Und außerdem –«, setzte Julia an.

Im gleichen Augenblick hörten sie Whisteds Mann schreien: »He, was soll das? Sie können doch nicht einfach –«

Aber offenbar konnte er sehr wohl. Der Berater des Senators kam zurück ins Wohnzimmer marschiert, hinter ihm ein ziemlich angetrunkener Anthony Tice, der eine Pistole in der Hand hielt.

»Sieht ja so aus, als wäre die Bande komplett versammelt«, sagte der Anwalt.

Tony der Trickser wollte, dass sie alle Verständnis für seine Vorgehensweise hatten. Er sei kein schlechter Mensch, sagte er, während er die Pistole in der zitternden Hand hin- und herbewegte. Er wolle nur klarstellen, dass die Regierung sich wirklich an die einschlägigen Buchstaben des Gesetzes – er war etwas durcheinander – halten musste, bevor sie einen ihrer Bürger seiner Freiheit berauben konnte. Aber seine Mandanten seien geduldig. Sehr geduldig. Und ihre Geduld treibe ihn in die Verzweiflung. Es sei nicht seine Schuld, erklärte er seinen verängstigten Zuhörern, unter denen Julia inzwischen Platz genommen hatte, als sei sie ein Mitglied der Gruppe. Aber er brauche dieses Tagebuch, und zwar jetzt gleich. Seine Mandanten hätten ihn wissen lassen, dass seine Zeit abgelaufen sei.

»Wir wären Ihnen gern behilflich«, versicherte ihm Trevor Land, der seine glatten rosa Hände ebenso wie alle anderen in die Höhe hob. »Wir müssen alle zusammenhalten. Sozusagen unser Credo. Das Problem ist nur, dass ich gewissermaßen nicht weiß, von welchem Tagebuch Sie reden.«

»Doch, das wissen Sie«, sagte Lurleen. Zum ersten Mal kam Julia der Verdacht, dass sie die herumstehenden Bierflaschen allein leer getrunken hatte.

»Wir wissen nicht, wo das Tagebuch ist«, meldete sich Whisteds Berater zu Wort. »Wir sind ebenso dringend daran interessiert wie Sie.«

»Sie lügen«, entgegnete der Anwalt mit einem breiten Grinsen. »Wenn Sie das Tagebuch nicht hätten, dann wäre *sie* jetzt nicht hier.« Die Pistole bewegte sich in Julias Richtung. »Sie hat es geschafft, alle Rätsel zu lösen, stimmt's, Julia? Und sie will keine Anzeige riskieren. Deswegen –«

Ein Stein zerschlug das Fenster hinter Anthony Tice, der augenblicklich herumfuhr und in die Hocke ging wie einer, der mit einer Schusswaffe umzugehen weiß.

Über die Fensterbank hinweg rief er: »Glauben Sie immer noch, ich hätte Angst vor Ihnen, Bruce? Meine Mandanten werden Sie vierteilen.«

Draußen rührte sich nichts. Tice nahm sein Handy aus der

Tasche, drückte eine Taste und lauschte, doch nichts passierte. Er warf einen Blick in die Runde, spähte über die Fensterbank nach draußen, drückte die Taste noch einmal. Nichts. Er drückte eine Kurzwahltaste, aber auch diesmal ohne Erfolg.

Er hob seine Pistole und feuerte kurz hintereinander drei Schüsse durch das Fenster ab, deren Widerhall in dem engen Flur dröhnte.

»Scheißkerle«, fluchte er vor sich hin, dann versuchte er wieder zu telefonieren. Der Berater des Senators nutzte die Gelegenheit, um aufzustehen, doch selbst im angetrunkenen Zustand war Tice zu flink für ihn. Blitzschnell richtete er die Pistole auf die Brust des Mannes. »Keine Bewegung«, sagte er.

Julia sah etwas und sprang auf.

Sofort richtete Tice die Pistole auf sie. »Bleiben Sie –«, setzte er an, doch noch ehe er das Wort »sitzen« ausgesprochen hatte, war eine kleine, drahtige Gestalt behände durchs Fenster geklettert, Tice lag rücklings auf dem Boden, und Jeremy Flew hielt die Pistole des Tricksers in der Hand.

Kapitel 61

Abschied

· I ·

»Das war interessant«, sagte Julia. »Plötzlich einen Leibwächter zu haben. Ich hatte noch nie einen.«

»Dann haben Sie wahrscheinlich auch noch nie einen gebraucht.«

»Es tut mir leid, dass ich Ihnen das Zeug ins Gesicht gesprüht hab.«

Mary Mallard, die neben Julia her durch die große Bahnhofshalle ging, brachte ein bitteres Lachen zustande. »Und mir erst.« Sie rückte ihre Schultertasche zurecht. »Sind Sie sich ganz sicher, Julia? Dass er nur ihr Leibwächter war? Nichts anderes?«

Julia schaute Mary an. Sie gingen langsamer. Ungeduldige Reisende schoben sich an ihnen vorbei. Das Schmelzwasser von den zahlreichen Schuhen und Stiefeln verwandelte den Fußboden in eine gefährliche Rutschbahn. »Was hätte er denn sonst noch sein sollen?«

»Ihr Freund Bruce Vallely –«

»Mein *was*?«

»Sorry. Bruce. Ihr Kumpel Bruce. Er hatte den Verdacht, dass Jeremy Flew irgendwas im Schilde führte. Außerdem, warum sollte Lemaster einen Leibwächter ins Haus einziehen lassen?« Sie hob eine Hand. »Warten Sie. Ich weiß. Sie können es mir nicht sagen, stimmt's?«

»Richtig.«

»Aber ich darf nicht über ihn schreiben.«

»Richtig.«

»Ich glaube, unsere Abmachung gibt Ihnen zu viele Rechte.«

»Ich glaube, da wird gerade Ihr Zug angekündigt.«

Auf dem Bahnsteig drehte Mary sich noch einmal um. »Hören Sie, Julia. Nein, hören Sie einfach zu. Ich glaube, dieser Tice ist verrückt. Einfach verrückt. Gut, er hat diese Mandanten. Die setzen ihn unter Druck – da würde jeder durchdrehen. Aber halten Sie es wirklich für wahrscheinlich, dass er Kellen getötet hat? Denken Sie noch mal drüber nach. Seine Mandanten wollten mit Kellen ins Geschäft kommen. Warum hätte Tice ihn umbringen sollen?«

Julia zuckte die Achseln.

»Also gut«, fuhr Mary fort. »Womöglich hat er Brady angefahren oder jemanden dafür bezahlt. Er brauchte Bradys Unterlagen, um seine Mandanten zufriedenzustellen. Das kann ich mir vorstellen. Möglicherweise hat er die Spyware auf Ihrem Computer installiert. Vielleicht hat er dazu eine Ihrer Hilfskräfte bestochen …«, Julia konnte sich schon denken, welche, »… oder er ist in Ihr Büro eingebrochen und hat es selbst erledigt. Wenn er wirklich versucht hat, Brady umzubringen, dann wandert er dafür etliche Jahre ins Gefängnis. Und selbst wenn er diesen einen Mordversuch unternommen hat, dann heißt das doch noch lange nicht, dass er auch noch jemand anderen auf dem Gewissen hat, oder?«

Schweigen. Eisiger Schneeregen stach ihnen ins Gesicht.

»Die Polizei geht davon aus, dass sie den Mörder haben. Tony sagt kein Wort dazu. Aber Sie glauben das nicht, hab ich recht? Sie glauben, dass der Mörder immer noch frei herumläuft. Irgendjemand, von dem wir noch nichts wissen.«

Aber ihr Blick sagte, dass es noch pikantere Möglichkeiten gab. Dein Ehemann, sagte das schmale Gesicht. Dein geheimnisvoller Mr Flew. Vielleicht warst du's ja sogar selbst! Julia hielt dem Blick stand, doch auch ihr gingen beunruhigende Gedanken durch den Kopf. Sie hatte Flew gefragt, warum er Mary Mallard an dem Abend im Archiv nicht abgefangen hatte. Worauf er behauptet hatte, er habe andere Verpflichtungen gehabt, über die er nicht sprechen dürfe. Was vielleicht ja sogar der Wahrheit entsprach. Aber eine andere Möglichkeit war, dass er zu einer Welt gehörte, in der Mary sich mithilfe ihrer eigenen

Informationsquellen und Beziehungen frei bewegen konnte. Vielleicht kannten die beiden sich irgendwoher und waren einander etwas schuldig.

Und vielleicht war Paranoia ansteckend.

Mary sagte: »Ich habe mit einer Kollegin von Ihnen gesprochen. Suzanne de Broglie. Ihre Eltern waren mit Ginas Eltern eng befreundet. Suzanne meinte, ihr Vater hätte ihr mal erzählt, Merrill Joule hätte einen Pakt mit dem Teufel geschlossen. Ich glaube, Sie wissen, was er damit gemeint hat. Aber Sie werden es mir nicht sagen, nicht wahr?«

»Sie werden Ihren Zug noch verpassen.«

»Ich werde mit meinen Nachforschungen nicht aufhören, Julia. Unsere Abmachung gilt nicht für Dinge, die ich selbst zutage fördere. Die Geschichte ist mittlerweile viel zu gut.« Sie umarmte Julia trotz allem. »Ob Sie mir helfen oder nicht, ich werde herausfinden, wer Kellen umgebracht hat.«

»Und ein schönes Buch darüber schreiben, nehme ich an?«

»Das ist mein Beruf.« Mary zögerte. »Ich habe mich auch mit Tessa unterhalten. Sie hat mir einiges über Sie und Kellen erzählt. Über Ihre Vergangenheit. Und, Julia, es tut mir leid – mir war nie klar, wie schwer das alles für Sie sein –«

»Es geht mir gut, Mary. Keine Sorge.« Aber insgeheim fragte sie sich, wem gegenüber ihre alte Zimmergenossin sonst noch alles aus dem Nähkästchen geplaudert hatte. Manche Freundschaften werden mit den Jahren immer besser, dachte sie, aber andere bekommen einen bitteren Beigeschmack. »Grüßen Sie Tessa von mir.«

Mary stieg in den Zug, und Julia trat ein paar Schritte zurück. »Gute Fahrt«, sagte sie.

»Julia, Schätzchen?«

»Hmmm?«

»Wenn Sie wirklich glauben, dass der Mörder noch frei rumläuft? Falls Sie vorhaben, weiter nach ihm zu suchen?« Sie hob die Hände und wedelte mit den imaginären Pompoms. »Go, Julia, go.«

Vanessa hatte im Escalade gewartet. Julia stieg ein und fuhr mit ihrer Tochter zum Mittagessen in einem ihrer Lieblingsrestaurants, ein kleines Café, das Lemaster den Quiche-und-Veggie-Express nannte.

Julia sagte: »Danke, Liebes.«

Vanessa hob die Brauen, genau wie ihr Vater. »Wofür?«

»Na ja, erstens dafür, dass du so ein wunderbarer Mensch bist. Zweitens dafür, dass du mir bei Kellens Wortspielen geholfen hast. Ich glaube, du bist noch besser darin als er. Und drittens dafür, dass du mir Smiths kleines Gerät geliehen hast.«

Sie grinsten einander an. Julia hatte die ganze Zeit gewusst, dass Tice kein Einzelkämpfer sein konnte. Allein schon die Vorbereitung für seinen anstehenden Prozess ließen ihm gar nicht die Zeit, sich dauernd bei ihr sehen zu lassen. Julia war zu Vera gefahren, um ihr dafür zu danken, dass sie Kellen geholfen hatte, das Unrecht, das man DeShaun angetan hatte, aufzudecken. Dann war Tony hereingeplatzt, in der Annahme, die Lösung des Rätsels vorzufinden, und Jeremy Flew war fast gleichzeitig zur Stelle gewesen. Und obwohl Tony versucht hatte, per Handy Hilfe herbeizurufen, hatte er leider nie eine Verbindung bekommen.

Smith hatte einen Störsender gebaut, ein elektronisches Gerät, mit dem sich unterbinden ließ, dass Handys Funksignale vom nächstgelegenen Sendeturm empfangen oder zu ihm senden konnten. Von Vanessa wusste Julia, dass Jammer-Störsender in den Vereinigten Staaten verboten waren, aber andere einfach nicht so gut funktionierten. Nur ein Jammer brachte den gewünschten Erfolg.

Sie war davon überzeugt, dass Jeremy mit einem einzelnen Mann leicht fertig wurde – und er hatte den armen Tony Tice mit einem Hieb bewusstlos geschlagen, ohne auch nur ins Schwitzen zu geraten.

Ich werde dich nicht fragen, wo du ihn aufgetrieben hast, hatte Julia ihrem Mann gesagt.

Ich würde es dir sowieso nicht sagen.

Aber Lemaster hatte bestritten, dass Jeremy ein Leibwächter war. Er sei sein Assistent, und wenn er zufällig über zusätzliche

Talente verfüge, umso besser. Nach Tice' Verhaftung hatte Flew gekündigt, und zwar mit sofortiger Wirkung. Jeannie war am Boden zerstört und bestand seitdem darauf, wie zu seinem Gedenken, nur noch mit »Jeans« angesprochen zu werden.

Als Julia jetzt ihrer ältesten Tochter gegenübersaß, erkundigte sie sich, wie Vanessa ihre neue Therapeutin gefalle. Sara Jacobstein, eine Psychologin, die eng mit der Medizinischen Fakultät zusammenarbeitete, war eine Freundin der Familie aus der Zeit, als sie noch in Elm Harbor wohnten. Ihr Mann war an der Juristischen Fakultät ein Kollege von Lemaster gewesen.

»Sie ist super!«, sagte Vanessa strahlend, und Julia glaubte es ihr aufs Wort. Sie unterhielten sich über die Schule, über diesen Casey, der wieder Annäherungsversuche machte, und darüber, bei welchen Universitäten Vanessa sich bewerben sollte – wobei sie meinte, Julia solle sich keine allzu großen Hoffnungen machen und lieber abwarten, von welchen Unis sie überhaupt einen Studienplatz angeboten bekam.

Sara Jacobstein spreche viel mit ihr über Geduld, sagte Vanessa.

Und weil das zwischen Müttern und halbwüchsigen Töchtern unvermeidlich war, stritten sie sich auch.

»Ich glaube, es ist an der Zeit, dass du mir erzählst, wie Kellen in unser Haus gelangt ist«, sagte Julia leise.

»In unser Haus?«, fragte Vanessa mit großen, viel zu unschuldig in die Welt blickenden Augen.

»Um seinen kleinen Umschlag unter den Flügel zu kleben, oder wohin auch immer. Warst du zu Hause, als er das gemacht hat? Oder hast du ihm einfach deinen Hausschlüssel geliehen?«

»Weder noch.«

Julia beugte sich vor. »Komm schon, Liebes. Du kannst es mir ruhig sagen.«

Vanessa lehnte sich auf ihrem Platz zurück, zog ein Knie an die Brust und wiegte sich langsam vor und zurück. »Ich erzähl's dir ja schon. Warum hätte ich ihn ins Haus lassen oder ihm meinen Schlüssel leihen sollen? Der Typ hat mich dauernd angebaggert. Es war ekelhaft. Ich wollte ihn nicht in meiner Nähe haben.« Das Schaudern wirkte absolut nicht gespielt. »Und ich wollte erst recht nicht mit ihm allein im Haus sein.«

»Und wie ist er dann reingekommen?«

»Ich dachte, darauf weißt *du* die Antwort«, sagte Vanessa, und erneut breitete sich eine eisige Atmosphäre zwischen ihnen aus.

· III ·

Zwei Tage später traf Julia sich nachmittags mit Bruce Vallely zum Kaffee, ganz offen in dem Café, wo sie sich hin und wieder mit Kellen getroffen hatte. Ohne Verlegenheit winkte sie Alice Henner zu, einer Sisterlady, die am Geschichts-Institut lehrte, denn irgendwann im Laufe der vergangenen drei Monate hatte Julia sich fest vorgenommen, dass sie sich nie wieder für etwas genieren würde.

Aber diesmal war es Bruce, der verlegen wirkte.

Nachdem sie ein paar Nettigkeiten ausgetauscht hatten, erinnerte Julia ihn an sein Versprechen, sie nicht mehr zu beschatten, woraufhin er ihr versicherte, ihm sei einzig daran gelegen gewesen, sie vor dem kleinen Flew zu beschützen.

Das glaubten sie nun beide nicht.

Eine Weile saßen sie schweigend da und betrachteten die vorbeiziehenden Wolken, und Julia musste daran denken, wie sie ihren Achtklässlern den Unterschied zwischen Klima und Wetter beigebracht hatte. Das Klima, hatte sie erklärt, sollten sie sich als das gesamte Warenangebot in einem Supermarkt vorstellen und das Wetter als das, was sie an einem bestimmten Tag in ihrem Einkaufswagen hatten. Zurzeit war ihr Leben von schlechtem Wetter bestimmt – aber nicht unbedingt von schlechtem Klima.

Bruce sagte: »Es hat Spaß gemacht.«

»Was?«

»Sie ein bisschen näher kennenzulernen.« Er lachte. »Auch wenn Sie eine herrschsüchtige Nervensäge sind.«

»Sie machen mir auch nicht gerade den Eindruck, als würden Sie sich leicht herumkommandieren lassen.«

Dann, als sie merkten, wo dieses Gesprächsthema hinführte, ließen sie es fallen. Bruce stellte eine ähnliche Frage wie Mary Mallard: Ob Julia Tice wirklich für Zants Mörder halte?

Sie antwortete mit einer Gegenfrage: Ob Bruce das Gespräch mit Rick Chrebet arrangiert habe, damit sie diesen um die gewünschten Informationen bitten könne?

»Ich habe es arrangiert«, sagte er zögernd. »Aber ich kann Ihnen nicht garantieren, dass er Ihnen sagen wird, was Sie wissen wollen.«

»Das wird er.«

»Wie können Sie sich da so sicher sein?«

Schon wieder dieses schiefe Lächeln, so voller Energie und Selbstbewusstsein. »Es gibt nicht viele, die das wissen, Bruce, aber ich kann äußerst charmant sein, wenn's drauf ankommt.«

Nachdem sie sich vor dem Café verabschiedet hatten, schaute Bruce zu, wie Julia den Escalade in den Verkehr einfädelte und sich auf den Heimweg nach Tyler's Landing machte. Gwen Turian trat aus einem Geschäft.

»Auftrag ausgeführt«, sagte sie.

Kapitel 62

Das Duell

· I ·

Am vierten Samstag im Februar rief Frank Carrington bei Julia an. Er habe noch einen Federal-Spiegel mit nautischen Motiven aufgetrieben, als Ersatz für den, den sie zerbrochen hatte, und Julia sagte, sie werde noch am selben Nachmittag vorbeischauen – seit dem Streit in seinem Haus hatten sie wieder Frieden geschlossen. Sie traf erst kurz vor Ladenschluss bei Frank ein, denn sie hatte Jeans vom Ballettunterricht abholen und zu einer Geburtstagsparty bringen müssen, und außerdem hoffte sie, dass sie um diese Zeit einigermaßen ungestört sein würden. Beim Einparken warf sie einen Blick quer über die Straße, aber Vera Brightwood war in Urlaub gefahren. Kein Mensch konnte sich erinnern, wann sie das letzte Mal Urlaub genommen hatte. Lurleen Maddox, die Kellen den billigen Handspiegel verkauft hatte, war gerade dabei, ihren Laden abzuschließen.

»Schön, dass Sie kommen konnten«, sagte Frank mit einem nervösen Zittern in der Stimme. »Bin gleich wieder da.«

Julia wartete an der Ladentheke. Es war interessant, aber eigentlich überraschte es sie nicht, dass Frank seine Drohung, die Stadt zu verlassen, nicht wahrgemacht hatte. Er kam mit einem länglichen Paket aus dem Hinterzimmer, wickelte den Spiegel aus und legte ihn auf den Tresen, damit sie ihn begutachten konnte.

»Der Spiegel hat einen Sprung«, sagte sie. »Sehen Sie sich das an.«

»Das lässt sich leicht reparieren.«

Sie einigten sich dennoch auf einen erheblichen Preisnachlass. Während Frank den Spiegel wieder einpackte, sagte Julia: »Darf ich Sie etwas fragen?«

»Natürlich.«

»Ich habe mit Rick Chrebet gesprochen – dem Detective, der den Mord an Kellen untersucht hat.«

»Ja, ja. Ich hab gehört, dass dieser Anwalt verhaftet wurde.«

»Richtig. Aber eins frage ich mich noch, Frank. Zu Beginn der Ermittlungen hat Rick mich mal in der Fakultät aufgesucht und mich nach einer Schachtel Fudge gefragt, die ich Kellen zum Geburtstag geschenkt hatte. Fudge, das Kellen später meiner Tochter geschickt hat.«

»Ja.« Er nahm ihre Kreditkarte entgegen.

»Also, etwas an der Geschichte ist merkwürdig. Ich habe das Fudge nicht von Veras Laden aus geschickt, sondern mit dem Postdienst der Universität. Außer Kellen und mir wusste niemand, dass ich es ihm geschenkt hatte. Und niemand außer Kellen wusste, dass es dieselbe Schachtel war, die er meiner Tochter geschickt hat. Selbst Vanessa wusste nicht, woher das Geschenk kam.«

Frank legte ihr den Kartenbeleg zum Unterschreiben vor. »Was Sie nicht sagen.«

»Ich habe also Rick Chrebet gefragt, wie er eigentlich von dem Fudge erfahren hat. Und wissen Sie, was er mir geantwortet hat?«

»Nein.«

»Er hat gesagt, Sie hätten es ihm erzählt.«

Frank blickte auf und kniff dabei die wässrigen Augen zusammen. »Ich? Woher sollte ich denn so was wissen? Ich bin dem Mann nur ein einziges Mal begegnet, als er hier in den Laden gekommen ist, um –«

»Um den Cheval zu kaufen, ich weiß.« Schwungvoll setzte sie ihre Unterschrift auf den Beleg. »Jedenfalls habe ich mir gesagt, dass Kellen außer Vera noch andere Helfer in Tyler's Landing gehabt haben muss. Und Vera ist in erster Linie eine Expertin, was Gerüchte betrifft. Er muss also auch nach jemandem gesucht haben, der ihm Tatsachen liefern konnte.«

»Klingt plausibel.«

»Sagen wir mal, einen ehemaligen Cop, der an den Ermittlungen im Fall Gina Joule beteiligt war?«

Frank nickte. »Klingt plausibel«, sagte er noch einmal, während er ihr die gelbe Kopie des Kartenbelegs reichte.

»Das wäre doch ein hervorragendes Team. Sie und Vera und Boris Gibbs und Kellen versuchen gemeinsam, dieses Tagebuch aufzutreiben. Um den wirklichen Mörder seiner gerechten Strafe zuzuführen. Um DeShaun endlich zu rehabilitieren.«

»Könnte man so sagen.«

»Ich halte das für ein sehr löbliches Unterfangen.«

Ein nervöses Grinsen. »Ich hab halt ein Herz für Minderheiten.«

»Das weiß ich, Frank. Aber es gibt ein paar Probleme.«

»Probleme?«

Unauffällig versuchte sie, die Entfernung zur Tür abzuschätzen. Frank stand hinterm Ladentisch, er konnte sie unmöglich erwischen, wenn sie schnell zur Tür rannte. »Erstens, die Four Mile Road ist auf keiner Landkarte verzeichnet und nicht mit dem GPS zu finden. Kellens Mörder kann also nur ein Einheimischer sein. Das schließt Tony Tice oder irgendeinen unbekannten Auftragskiller aus. Zweitens befindet sich inzwischen fast das ganze Tagebuch in meinem Besitz. Ich habe es gelesen, Frank. Arnie Huebner schreibt, bei all dem Geld, das plötzlich im Umlauf sei, könne er nicht mal mehr seinen eigenen Leuten über den Weg trauen. Ich glaube, Arnie hat vermutet, dass einer seiner Deputys in die Vertuschungsgeschichte verwickelt war. Dass er womöglich sogar Bestechungsgelder angenommen hatte. Damit hätte dieser Deputy, falls er noch lebt, ein ziemlich starkes Motiv für den Mord an Kellen Zant, auch wenn er so getan hat, als ob er Kellen bei seinen Nachforschungen helfen wollte. Der Deputy hat Kellen vielleicht gebeten, ihn an dem Freitagabend abzuholen, um sich gemeinsam ein paar neu aufgetauchte Beweismittel anzusehen. Kellen war an dem Abend ziemlich nervös. Vielleicht hatte er sogar Verdacht geschöpft. Er wollte in dem einen Haus, das ihm in Tyler's Landing vertraut war, etwas deponieren, aber das hat nicht geklappt. Ich glaube, dieser Deputy hat Kellen umgebracht, Frank. Ich glaube, der Deputy hat ihn erschossen und ihm die Beweismittel, die er bei sich hatte, abgenommen. Dann hat er gemerkt, dass das Tagebuch nicht dabei war. Er ist in Panik geraten und hat jemanden, der an der Geschichte interessiert war – zum Beispiel mich –, beiläufig wissen lassen, dass es dieses Tagebuch gibt, und dass es nur noch gefunden werden müsse.«

Frank nickte. »Sie sagen, Sie haben das Tagebuch?«

»Ja.«

»Dann wollen wir es doch gleich mal holen.«

Bei ihrem Fluchtplan zur Ladentür hinaus hatte Julia nicht mit einer Pistole gerechnet.

In diesem Augenblick läutete das Glöckchen über dem Eingang. Beide wandten sich zur Tür.

»Störe ich?«, fragte Mary Mallard. Dann sah sie die Pistole in Franks Hand. »Huch.«

· II ·

Sie nahmen den Escalade, so dass Julia fahren konnte, während Frank sie mit der Waffe in Schach hielt. Er war immer noch nervös, erzählte jedoch, um die Spannung zu lösen, unterwegs ein paar Witze, über die niemand lachte. Julia verfluchte sich innerlich, und das nicht nur, weil sie und Mary schon in wenigen Minuten tot sein konnten. Sie hatte Bruce Vallely versichert, sie könne auf sich selbst aufpassen, und sie wusste, dass er ihr nicht heimlich folgte. Hier draußen auf den Landstraßen der East Woods war der Verkehr so dünn, dass sie seinen Wagen von Weitem gesehen hätte.

Mary saß mit auf den Rücken gefesselten Händen auf dem Rücksitz. Sie hatte so lange herumgeschrien, Frank wisse wohl nicht, wer sie sei, bis der ihr angedroht hatte, sie zu knebeln. Julia war wütend auf ihre Freundin, die schon wieder im falschen Moment aufgetaucht war, aber wenn Mary eine Story witterte, war sie offenbar nicht aufzuhalten.

»Wo fahren wir hin?«, fragte Frank.

»Sie haben gesagt, Sie wollen das Tagebuch. Ich bringe Sie hin.«

Die Four Mile Road gabelte sich an mehreren Stellen. Wer

sich in der Gegend nicht auskannte, konnte sich unmöglich zurechtfinden. Frank kannte sich aus, Bruce dagegen nicht. Handys funktionierten hier nicht, und kein GPS-System kannte diese Straße. Ja, Julia hatte sich mal wieder einen glorreichen Plan zurechtgelegt.

»Wo ist es?«, wollte Frank wissen.

»Gut versteckt.«

»Ich kann nur für Sie hoffen, dass wir in fünf Minuten da sind.«

»So lange werden wir nicht brauchen.«

Mary sagte: »Geben Sie ihm das Tagebuch nicht«, obwohl sie gar nicht wissen konnte, ob Julia es überhaupt hatte oder nicht.

Frank sagte: »Ich hab doch gesagt, Sie sollen die Klappe halten.« Er schaute sich um. »Hier draußen wohnt doch nur Mitch Huebner.« Dann ging ihm ein Licht auf. »Soll das heißen, Mitch Huebner hat das Tagebuch die ganze Zeit gehabt?« Er musste lachen. »Dieser verlogene alte Scheißkerl.«

Julia sagte nichts. Sie bog ab, dann noch einmal, fuhr immer tiefer in den Wald.

»Was haben Sie vor, Julia?«

Schweigend gab sie Gas.

»Kommen Sie, Julia«, sagte der ehemalige Deputy. »Hier geht's nicht zu Huebners Haus. Sie haben die Abzweigung verpasst. Julia! Was haben Sie vor? Fahren Sie langsamer!«

Sie ließ sich nicht beirren und jagte den robusten Wagen durch Schneewehen und über die flachen Gräben am Straßenrand.

Carrington hob seine Pistole. »Es reicht, Julia. Ich bin beeindruckt. Aber ich versichere Ihnen, es ist zwecklos. Geben Sie's auf.«

»Sie werden uns doch sowieso erschießen!«

»Wenn Sie nicht sofort anhalten«, antwortete er seelenruhig, »werde ich es wohl tatsächlich tun müssen.«

»Mord ist eine Sünde, Sie vergehen sich an dem Leben, das Gott –«

»Halten Sie an, Julia.«

»Wie Sie wünschen«, sagte Julia, riss das Steuer herum, trat das Gaspedal durch und fuhr gegen den dicksten Baum, den sie finden konnte.

Die Welt war zusammengeschrumpft auf kristalline Schlichtheit.

Frank war benommen, genau wie Julia. Mary stöhnte auf dem Rücksitz. Sie war nicht angeschnallt, und der Seiten-Airbag hatte ihr wahrscheinlich das Leben gerettet. Der Winkel, in dem ihr linkes Bein lag, sah allerdings nach einem schweren Bruch aus. Im allerletzten Moment hatte Julia den Wagen nach links gezogen und ins Schlittern gebracht, so dass sie nicht frontal aufgefahren, den Baum aber trotzdem mit der Seite gerammt hatte. Der Tank war leckgeschlagen, und es roch intensiv nach Benzin. Mary stöhnte lauter. Wortlos befreiten Frank und Julia sich aus dem Wagen und stolperten im Schnee herum, um herauszufinden, wo sie eigentlich waren. Erstaunlicherweise hatte der ehemalige Deputy seine Pistole immer noch in der Hand. Doch Julia interessierte sich nicht für die Pistole, sondern für Mary Mallards Handtasche, die sie auf dem Boden des Escalade fand.

»Okay, Julia«, sagte Frank keuchend. »Das war wirklich sehr lustig. Aber jetzt ist der Spaß vorbei.«

»Ach, Sie denken, ich mache Spaß?«

»Sie haben das auf jeden Fall nicht getan, weil Sie Angst hatten. Und Sie haben es auch nicht zum Vergnügen getan. Sie wissen etwas, das Sie mir nicht sagen wollen. Was ist es?«

Julia antwortete nicht. Sie hockte neben dem Wagen und wühlte in der Handtasche der armen Mary, während das Benzin in den Schnee tropfte. Ihr war etwas aus ihrem Physikunterricht in der Highschool eingefallen, und etwas, das Vanessa ihr nach dem Besuch bei Frank über Rüstungen und Pfeil und Bogen erzählt hatte.

»Hören Sie auf mit Ihren Spielchen, Julia. Los, stehen Sie auf. Sie sind nicht ernsthaft verletzt.« Dann sah er, was seine Geisel tat. »Und weg von der Handtasche!«

Julia stand auf. In der Hand hielt sie Mary Mallards Feuerzeug.

»Meine Freundin raucht zu viel«, sagte sie.

»Was?«

»Ich möchte, dass Sie die Pistole weglegen, sich umdrehen, in diese Richtung gehen ...«, sie zeigte vom Weg in Richtung Wald, »... und bis, na, sagen wir mal, bis tausend zählen.«

Frank schüttelte den Kopf, die Pistole lag ruhig in seiner Hand. In der anderen hielt er eine Taschenlampe, die er aus einer Tasche gezogen hatte. Sie konnte sich an diesem Winterabend durchaus als nützlich erweisen, denn allmählich wurde es dunkel. Sein unerschütterliches Selbstvertrauen war angsteinflößend.

»Los, machen Sie schon«, sagte Julia.

»Und wenn nicht?«

Sie zündete das Feuerzeug. Der Antiquitätenhändler machte einen Satz rückwärts.

»Haben Sie schon mal eine Benzinexplosion gesehen, Frank? Wissen Sie, wie hoch die Flammen schlagen? Wie schnell sie sich ausbreiten? Haben Sie das schon mal gesehen?«

»Was haben Sie vor, Julia? Wollen Sie vielleicht mit dem Feuerzeug nach mir werfen?«

»Nein.« Sie hielt das Feuerzeug höher und zeigte auf die Benzinpfütze, die sich immer weiter ausbreitete. »Ich lasse es einfach fallen.«

Stille herrschte im Wald. Zumindest zwischen den beiden Menschen. Im Unterholz raschelten Tiere. Zweige knackten im Wind. Das Benzin tropfte und tropfte.

»Das werden Sie nicht tun, Julia.« Aber er klang nicht sehr überzeugt. »Wollen Sie verbrennen? Wollen Sie, dass Ihre Freundin in Ihrem Auto verbrennt?«

»Was wäre die Alternative?«

»Die Alternative wäre, dass Sie mir sagen, was Ihnen klar geworden ist, bevor Sie gegen den Baum gefahren sind. Und dass Sie mir sagen, wo Sie den anderen Hinweis im Wald versteckt haben. Dann werde ich aus Ihrem Leben verschwinden.« Er lächelte. »Oder stimmte es, dass Sie zu Mitch Huebners Haus fahren wollten? Ich mache Ihnen einen Vorschlag. Wir gehen zusammen zu ihm und sehen nach. Wenn das Tagebuch dort ist, rufen wir den Notarzt für Ihre Freundin, und dann bin ich weg. Wenn es nicht dort ist und Sie mich angelogen haben, tja, dann sieht die Sache natürlich ganz anders aus.«

Julia schüttelte den Kopf. Die Hand, in der sie das Feuerzeug hielt, zitterte heftig. Von fern hörte sie Polizeisirenen. »Nein. Sie können es sich nicht leisten, mich am Leben zu lassen. Ich weiß zu viel.«

»Was wissen Sie denn, Julia?«

»Zu viel«, wiederholte sie. Im Auto weinte Mary vor Schmerzen, und Julia wusste, wenn sie die Sache nicht bald zu Ende brachte, würde sie vor lauter Mitleid aufgeben.

»Wir vergeuden wertvolle Zeit, Julia. Stecken Sie das Feuerzeug weg. Wir holen jetzt das Tagebuch, und dann können Sie Hilfe für Ihre Freundin holen.«

»Nein.« Sie trat näher an die Pfütze. »Wenn Sie mich erschießen, fällt das Feuerzeug sowieso runter. Das ist Ihnen hoffentlich klar.«

Es war ihm klar. Langsam wich er zurück.

»Sie sind immer noch zu nah.«

»Julia, bitte. Denken Sie noch mal drüber nach. Sie sind nicht wie Ihr Mann. Für Sie ist die Welt nicht nur schwarz-weiß, entweder du bist auf meiner Seite, oder du bist mein Feind. Das Leben ist viel komplexer. Sie haben einen Blick für die Nuancen. Sie sind nicht irgendeine Comic-Heldin –«

»Ich zähle bis fünf, Frank.«

Der ehemalige Deputy ließ die Pistole sinken. Er lächelte. »Hören Sie, Julia. Selbst wenn Sie die Wahrheit kennen – oder zumindest meinen, dass Sie sie kennen–, was glauben Sie, wer Ihnen die Geschichte abkaufen wird? Die Welt ist zu gespalten, Julia. Niemand interessiert sich für das, was *wirklich* passiert ist. Die Leute interessieren sich nur für das, was ihrer Seite Vorteile verschafft oder der Gegenseite Nachteile.«

Erneut schüttelte Julia den Kopf. Sie weigerte sich einfach zu glauben, dass die Welt so zynisch war. Es gab immer noch Menschen, die an die Wahrheit glaubten.

Es konnte nicht anders sein.

Und Franks ängstlicher Blick sagte ihr, dass er das auch dachte.

»Gehen Sie«, sagte sie leise. »Bitte, verschwinden Sie einfach. Machen Sie, dass Sie wegkommen.«

»Julia –«

»Ich zähle jetzt bis fünf. Dann lasse ich das Feuerzeug fallen.«

»Das würden Sie nicht tun.«

»Eins.« Ihre Hand war jetzt vollkommen ruhig. Dem Sirenengeheul nach zu urteilen, würde die Polizei in wenigen Minuten eintreffen. »Zwei.«

»Das werden Sie nicht tun. Sie werden Ihre Freundin nicht umbringen. Sie wollen doch sehen, wie Ihre Kinder erwachsen werden.«

»Ich glaube nicht, dass Sie mir die Chance dazu geben. Drei.«

»Selbstmord ist eine Sünde.« Ein Versuch, Julia bei ihrem Glauben zu packen.

»Vier.« Julia hob das Feuerzeug noch höher und war überrascht über die Kraft in ihrem Arm. »Sie sollten sich allmählich in Bewegung setzen, Frank.«

»Selbstmord ist eine Sünde, und das Töten eines Menschen ebenfalls. Ein Vergehen gegen das Leben, das Gott uns geschenkt hat.«

»Fünf.«

Sie öffnete ihre Faust.

Wo Frank Carrington eben noch gestanden hatte, schwankte ein Zweig über einer freien, nur von Schnee bedeckten Stelle.

Instinktiv griff Julia nach dem Feuerzeug, doch wie immer in solchen Situationen war sie zu ungeschickt.

Das Feuerzeug trudelte zu Boden und landete in dem auslaufenden Benzin.

Kapitel 63

Das Naturkundequiz

· 1 ·

Für den Laien und manchmal auch für den Experten unterscheiden sich naturwissenschaftliche Erkenntnisse kaum von Glaubenssätzen. Man glaubt Dinge ohne Analyse und häufig ohne Beweise – das heißt, wir machen uns nicht die Mühe, die Dinge selbst zu überprüfen, sondern glauben, was unsere Hohepriester der Wissenschaft uns für wahr verkaufen. Und obwohl die Hohepriester manchmal auch nicht mehr wissen als wir, liefern uns ihre leidenschaftlich vorgetragenen Belehrungen die Schablonen, durch die wir die Welt betrachten. Wenn sie sich irren, irren auch wir.

Das Feuerzeug fiel in die Pfütze.

Orangefarbene Flammen züngelten heiß und breiteten sich rasch aus.

Julia machte einen Satz rückwärts.

Das Feuer loderte kurz auf, zischte, dann erlosch es, genau wie Julia, die ehemalige Biologielehrerin, es vorausgesehen hatte. Die Hohepriester von Hollywood irrten sich in jedem Actionfilm – wie jeder Naturkundelehrer in Amerika wusste und im Unterricht nur nicht zu sagen wagte, weil es sonst irgendein Idiot garantiert ausprobieren würde. Im Film stoßen Autos zusammen und explodieren. Der Held schießt auf ein Auto, und es explodiert. Autos stürzen von Gebäuden oder Abhängen hinunter und explodieren. Im wirklichen Leben explodiert Benzin nur, wenn es komprimiert wird, und auch dann erst, wenn ein bestimmter Gasdruck erreicht ist – aber auf keinen Fall, wenn dieser Druck zu hoch ist. Benzin lässt sich nur unter großen Schwierigkeiten anzünden, vor allem bei kaltem Wetter.

Frank Carrington hatte zu viele Hollywoodfilme gesehen.

· II ·

Julias Plan hatte nur einen Haken: Der Schluss fehlte. Die Explosion war ausgeblieben, und deshalb würde Frank bald zurückkommen, und zwar reichlich wütend.

Julia beschloss, nicht auf ihn zu warten.

Sie lief zum Wagen, aber mit den entfalteten Airbags ließ er sich nicht mehr in Bewegung setzen. Sie beugte sich über Mary, fühlte ihren Puls und drückte ihr einen Kuss auf die Wange. Mary hatte aufgehört zu stöhnen, doch ihre Haut war von einem Schweißfilm überzogen. Julia wusste nicht, ob sie bei Bewusstsein war. Sie drückte Marys Hand. Überall war Blut.

»Mary«, sagte Julia. »Ich höre Polizeisirenen. Jemand ist unterwegs hierher und wird Ihnen helfen. Oder ich werde Hilfe schicken. Aber ich kann nicht hierbleiben.«

Mary erwiderte den Händedruck und öffnete kurz die Augen.

»Gehen Sie«, flüsterte sie.

»Es tut mir leid.«

»Charmanter macht mich Ihr Fahrstil sicher nicht.« Mary rang sich ein Lächeln ab. Dann stöhnte sie auf, schloss die Augen und öffnete sie wieder. »Gehen Sie schon!«

Julia machte sich auf den Weg.

Da Frank Carrington in die Richtung gelaufen war, aus der sie gekommen waren, rannte Julia in die entgegengesetzte Richtung, tiefer in den Wald hinein. Fluchend stolperte sie durch hohe Schneewehen. Nach zwei Minuten konnte sie die Lichtung nicht mehr sehen. Nach drei Minuten wusste sie nicht mehr, wo sie sich befand. Großartig. Einfach großartig. Genau das hatte ihr noch gefehlt. Wahrscheinlich war Frank mittlerweile schon auf dem Weg zurück zum Escalade, und sie würde ihm bei dem Versuch zu entkommen geradewegs in die Arme laufen. Sie hätte bleiben sollen, wo sie war. Die Polizeisirenen konnten nur bedeuten, dass jemand unterwegs war, um sie zu retten.

Trotzdem lief sie und stolperte, rappelte sich wieder auf, lief weiter, ohne zu wissen, wohin, nur ganz sicher, dass sie nicht stehen bleiben durfte. Schnee rieselte ihr in die Stiefel und in den Kragen, und sie begann zu frösteln. Sie lachte, oder vielleicht weinte sie auch. Sie war dem Tod durch Erschießen und dem Tod durch Selbstmord entronnen. Jetzt würde sie wahrscheinlich hier erfrieren.

Sie wollte ihr Handy aus der Tasche nehmen, aber das lag im Auto.

Die Straße. Sie konnte die Straße sehen. Nein, es war eine andere Straße, die Abzweigung, in die sie nicht eingebogen war.

Sie hörte Schüsse. Zwei. Sie hallten zwischen den Bäumen wider. Vögel flatterten auf, und die Tiere im Wald ergriffen die Flucht. Julia schaute sich um. Sie beschloss, den Tieren zu folgen, die doch bestimmt mit ihrem perfekten Orientierungssinn am besten wussten, in welche Richtung sie fliehen mussten.

Plötzlich wurde ihr klar, dass die Schüsse in ihre Richtung abgefeuert worden waren.

Frank Carrington wusste, wo sie war.

Sie rannte. Sie floh vor ihrer Vergangenheit und rannte auf die Zukunft zu, floh vor dem Clan und vor dem weißen Herzen Amerikas, vor dem, was die Welt von ihr erwartete und auch vor dem, was sie von ihr erhoffte. Sie floh vor ihrem Mann und zu ihren Kindern, weg von ihrem Job und hin zu ihren Träumen. So schnell, dass ihre Füße kaum den Boden zu berühren schienen, stolperte sie durch den Wald, und die Kälte kroch ihr in die Glieder, ihre Kleider waren feucht vom Schnee, doch sie rannte und rannte und rannte.

Und stolperte in einen Graben.

Als sie versuchte, nach oben zu klettern, hörte sie hinter sich Schritte im Schnee knirschen.

»Also, das hat echt Spaß gemacht«, sagte Frank Carrington, die Pistole fest in der Hand. »Ich habe immer gehört, dass Sie eine wirklich gute Naturkundelehrerin sein sollen.«

Kapitel 64

Im weissen Haus

· I ·

Das Schlimmste war, wie Frank frohgemut ausführte, dass sie nur ungefähr einen halben Kilometer von Mitch Huebners Haus entfernt waren. Julia flehte ihn an, zuerst Hilfe für Mary zu besorgen, aber Frank meinte nur, *sie* hätte schließlich den Wagen gegen den Baum gefahren. Als sie versuchte, sich gegen ihn zur Wehr zu setzen, sagte er, wenn sie jetzt nicht mit ihm zu Mitch Huebner gehe, werde er ihr eine Kugel in den Rücken verpassen und sie verbluten lassen, dann zum Auto zurückgehen und mit Mary ebenso verfahren.

»Das ist unmenschlich«, sagte Julia, der nichts Besseres einfiel.

»Ach, kommen Sie, haben Sie noch nie ein Geschichtsbuch aufgeschlagen? Es ist absolut menschlich.«

Und so stapften sie quer durch den tief verschneiten Wald, fernab der Straßen. Frank hatte die Kontrolle, denn er kannte den Weg. Sie schienen eine Ewigkeit unterwegs zu sein, und schon bald waren Julias Füße so kalt, dass sie ihre Zehen nicht mehr spürte, aber vor lauter Angst kümmerte sie sich nicht darum.

»Dieser Zant war schon ’ne Nummer, was?«, sagte der Mörder. »Er hat alle an der Nase rumgeführt.«

»Ja, ’ne ganz heiße Nummer«, sagte Julia, aber Frank war absolut nicht in der Stimmung für Ironie.

»Der war eine richtige Persönlichkeit. Ein Schauspieler. Ich mochte ihn.«

»Offenbar.«

»Ich hatte keine andere Wahl, Julia. Er hatte alles rausgefunden.« Plötzlich packte ihn die Wut, vielleicht, weil er ihren unausgesprochenen Widerspruch spürte. »Ich war damals fast noch ein Kind, Julia. Ich war erst vierundzwanzig! Sie können mich doch nicht für etwas zur Verantwortung ziehen, das ich mit vierundzwanzig gemacht habe!«

»Als Sie Kellen erschossen haben, waren Sie etwas älter«, sagte Julia leise.

Sie stapften unter schneebedeckten Bäumen entlang, von denen jeder seine dunkle, uralte Geschichte in der Nacht verbarg. Kellen, der tief im Herzen immer der Junge vom Land geblieben war, hatte den Schnee geliebt. Wegen seiner Unberechenbarkeit, hatte er gesagt. Weil Schnee keinem Zweck dient, außer dem, den wir ihm geben. In Kellens Welt hatte alles nur *den* Sinn und Zweck gehabt, den er darin gesehen hatte. Die gesamte Schöpfung war für Kellen neu und ursprünglich gewesen, weil es ihn nie interessiert hatte, was andere Menschen dachten. Diese Leichtigkeit, diese beiläufige Art, sich Konventionen zu widersetzen, hatte Julia damals zu ihm hingezogen, weil sie in ihm einen Rebellen mit aufregenden Ansichten gesehen hatte. Erst nachdem sie jahrelang eine von mehreren Gefährtinnen gewesen war, hatte sie sich eingestanden, dass Kellen einfach nur narzisstisch war, und noch viele Jahre später hatte sie erkannt, dass er im Grunde ein böser Mensch war.

»So, da sind wir«, sagte Frank Carrington mit einer irren Begeisterung im Gesicht.

Sie hatten den mit tiefen Spurrillen durchzogenen Weg erreicht, der zu der windschiefen Hütte führte. Wie Julia erwartet hatte, war Mitch Huebner mit dem Schneepflug unterwegs.

»Hier bin ich schon seit Jahren nicht mehr gewesen«, bemerkte Frank. »Das letzte Mal musste ich herkommen und einen Scheck abliefern, sonst hätte mir der alte Mistkerl die Einfahrt nicht mehr geräumt.«

»Es ist schon unangenehm, wenn man für Dienstleistungen, die man in Anspruch genommen hat, auch noch bezahlen soll.«

»Sie können es einfach nicht lassen, was?«

»In letzter Zeit nicht, nein.«

Frank Carrington legte ihr eine Hand auf die Schulter, damit sie langsamer ging. Der Lichtkegel seiner Taschenlampe huschte über den Vorplatz, beleuchtete die unordentlichen Holzstapel, die gesprungenen Fensterscheiben des unbeleuchteten Hauses, die Hundehütte ... die Hundehütte. »Was ist das?«

»Das ist Goetz«, antwortete Julia nervös.

»Ein Hund?«

»Ja.«

»Ist das da eine Kette?«

»Ja.«

»Der Köter gefällt mir nicht. Vielleicht sollte ich ihn lieber erschießen.«

Julia hatte sich wieder halbwegs gefangen. »Es ist eine Hündin.«

Sie überquerten den Vorplatz. Als sie die Verandastufen erreichten, knurrte der Hund. Frank warf einen Blick über die Schulter, leuchtete die Kette an. »Ich hätte ihn erschießen sollen«, murmelte er vor sich hin.

»Tun Sie sich keinen Zwang an«, sagte Julia.

»Ach? Haben Sie was gegen Hunde?«

»Nur gegen Goetz. Als ich das letzte Mal hier war, hat sie mich angefallen.«

Sie spürte, wie er sie in der Dunkelheit mit kühlem Blick musterte, und fragte sich, ob sie zu viel gesagt hatte. Aber Frank lachte nur. »Wissen Sie was? Wenn Sie irgendwelche Dummheiten machen, werfe ich Sie ihr zum Fraß vor. Was halten Sie davon?«

Sie schauderte, und das war nicht mal gespielt. »Gehen wir rein.«

Sie standen vor der Tür.

Julia hütete sich, den Türknauf anzufassen. »Meistens ist nicht abgeschlossen«, sagte sie. »Wollen Sie vorangehen?«

»Seh ich aus wie ein Vollidiot?«, fragte er.

»Sicher nicht?«

»Verschwenden Sie keine Zeit, Julia. Los, machen Sie die Tür auf.«

Sie nickte, schluckte schwer und legte eine Hand auf den Türknauf. Ohne Handschuhe fühlte er sich schleimig an, als wäre er lebendig und würde sich in ihrer Hand drehen und winden wie ein sterbender Fisch. Sie drehte den Knauf und drückte gegen die Tür.

Lautlos griff Goetz an.

· II ·

Frank war unglaublich schnell. In weniger als einer Sekunde wirbelte er herum, ging in die Hocke, stützte die Pistole auf dem linken Handgelenk ab und zielte. Er hätte genug Zeit gehabt, um den riesigen Hund zu erschießen, wenn Julia ihm nicht mit der Schaufel auf den Kopf geschlagen hätte – jene Schaufel, die sie bei ihrem ersten Besuch vor Mr Huebners Hütte nur unzureichend schützen konnte.

Der ehemalige Deputy war zwar nicht verletzt, aber benommen, und beide Schüsse, die er abfeuerte, verfehlten ihr Ziel. Zitternd packte er Julia am Knöchel und hatte genug Kraft, um sie zu Boden zu reißen, als Goetz ihm auf den Bauch sprang. Noch ein Schuss, dann ließ Frank die Pistole fallen. Er schrie auf, begann zu kreischen, es war furchtbar, das entsetzlichste Geräusch, das Julia jemals gehört hatte. Sie hielt sich die Ohren zu, kroch auf allen vieren davon, ihre Beine schmerzten von dem Sturz. Sie wollte, dass Frank Carrington bekam, was er verdient hatte, wäre am liebsten selbst die strafende Instanz der irdischen Gerechtigkeit gewesen, wünschte, dass die Hündin ihn zerriss und verstümmelte für das, was er Kellen angetan hatte, und für das, was er ihrer Familie angetan hatte, und sie betete inbrünstig um die Kraft, ihren Nächsten genug zu hassen, um gleichgültig oder sogar schadenfroh mit anzusehen, wie Goetz diesen Mann zerfleischte.

Und brachte es nicht fertig.

Sie konnte einer anderen Mutter Kind nicht auf diese Weise sterben lassen.

Auf den Knien holte sie mit der Schaufel aus und schlug nach Goetz …

… und traf nicht hart genug …

… Frank schrie und bewegte sich verzweifelt und war hilflos …

… überall war Blut, spritzte schwarz glänzend im Mondlicht …

… noch nie hatte sie so etwas Schlimmes gesehen …

… wie eine Besessene schlug sie immer und immer wieder auf die Hündin ein, hieb womöglich daneben und traf stattdessen Frank, zielte vielleicht auch absichtlich auf Frank und konnte gar nicht mehr aufhören …

Julia wandte sich ab.

Die Hündin war tot.

Julia setzte sich auf die Veranda.

Das war's. Vorbei.

Oder doch nicht?

Nicht ganz: Unter dem geschundenen Hundekadaver begann sich etwas Blutiges und Gefährliches zu regen.

Frank Carrington lebte noch, aber als sie ihm in die Augen schaute, starrte etwas mit einem düsteren Blick zurück, in dem nichts Menschliches mehr lag. Er sagte kein Wort, verzerrte jedoch das blutige, böse zerschlagene Gesicht zu einem widerlichen Grinsen und rappelte sich auf. Er zog ein Bein hinter sich her, den Fuß unnatürlich abgewinkelt, und in seiner bluttriefenden Hand hielt er tatsächlich die Pistole.

Als er schließlich den Mund öffnete, klang seine hohle Grabesstimme, als würden all ihre Albträume Wirklichkeit.

»Julia«, röchelte das Wesen und hustete. »Das war gar nicht nett.«

Er streckte beide Hände nach ihr aus, die Pistole schwankte, aber er würde sie auf jeden Fall treffen. Julia, mutlos und am Ende ihrer Kräfte, lehnte sich zurück und wartete auf seine teuflische Umarmung.

Sei doch nicht blöd, Schwesterherz, sagte ihr Bruder, sagte Jay, tief in ihrem Innern.

Sie sprang auf und rannte.

· III ·

Eine Flucht zu Fuß durch den Schnee kann nur ein Narr für den Weg in die Freiheit halten. Das wird Julia klar, nachdem sie fünf Meter weit gekommen ist. Im hellen Mondschein sind ihre Fußabdrücke in der schimmernden weißen Schneedecke wie ein dunkles Relief deutlich zu erkennen. Falls Frank Carrington noch halbwegs gehen kann, wird er kein Problem haben, ihrer Spur zu folgen. Ihr bleibt keine Zeit zum Nachdenken, und so verlässt sie sich auf ihren Instinkt, der sie schon so oft gerettet hat.

Und der sagt ihr, dass es besser ist, in den Wald zu laufen, wo es dunkler ist und ihre Spuren für jemanden, der es eilig hat, nicht so leicht zu erkennen sind. Das Handy wäre die beste Lösung, aber das steckt im Ladegerät im Escalade. Die Bäume sind ihre einzige Hoffnung.

Hinter sich hört sie Frank schreien und vielleicht auch den Motor eines sich nähernden Autos, aber sie wagt es nicht, stehen zu bleiben.

Sie hat es in den Wald geschafft. Setzt einen Fuß vor den anderen. Sie flüchtet zwischen den Bäumen hindurch, lauscht auf ihren Verfolger, hört nur die nächtlichen Geräusche des Waldes, das Rascheln von Tieren, die im Unterholz Schutz suchen, das Ächzen der trockenen Äste im Wind. Sie rennt. Der Wald ist unheimlich, er scheint wie ein lebendes Wesen ihre Anwesenheit zu registrieren und wachsam und ängstlich zu überlegen, ob sie Freund oder Feind ist. Wäre sie nicht davon überzeugt, dass Geister nichts weiter als Hirngespinste überspannter junger Mädchen sind, hätte sie schwören können, dass solche Geister neben ihr her durch den Wald schweben. Aber wenn sie sich umdreht, kann sie nichts und niemanden entdecken – nur einen schwachen Schimmer Mondlicht zwischen den Koniferen … und das ferne Leuchten von Straßenlaternen.

Julia stürzt um ein Haar und merkt, dass sie über eine Bordsteinkante gestolpert ist und auf Asphalt steht. Sie dreht sich um, und plötzlich ist der Wald gar kein Wald mehr, sondern ein schmaler Grüngürtel, der die Häuser, die sich vor ihr erheben, von der Straße hinter ihr trennt. Sie ist in einer Siedlung gelandet, die sie nicht kennt, und das sind hier doch nicht wirklich diese teuren Häuser im standardisierten Neokolonialstil, errichtet von weißen Neokolonisten auf einem Stück Land, das einmal den Ureinwohnern gehört hat.

Schluss jetzt, ermahnt sie sich, als ihr bewusst wird, dass sie fantasiert.

In der unheimlichen winterlichen Stille der Straße sagt Julia sich, dass sie sich über die historische Ironie der Situation später den Kopf zerbrechen kann. Erst mal ist sie froh, dem Wald entronnen zu sein und sich in der Nähe von Menschen zu befinden, denn Menschen haben Telefone, und mit einem Telefon kann sie die Polizei benachrichtigen. Sie rennt über die Straße auf das nächste Haus zu, ein hellblaues Holzhaus mit hübschen Gardinen und einem Plastikdreirad im verschneiten Vorgarten.

Julia trommelt verzweifelt mit den Fäusten gegen die Haustür, dann, als ihr dämmert, dass nächtliches Klopfen den Bewohnern Angst machen kann, drückt sie brav die Klingel.

Sie wartet, wirft einen ängstlichen Blick über die Schulter.

Nichts rührt sich.

Sie klingelt noch einmal, trommelt wieder mit den Fäusten gegen die Tür, ruft erst zögernd, dann etwas lauter: »Hilfe!«

Nach einer Weile lugt ein bleiches Gesicht, Brille auf der Nase, Lockenwickler in den Haaren, zwischen den Vorhängen am Fenster neben der Tür hindurch. Die ängstlichen Augen sind riesig, vergrößert durch die Brillengläser. Ein Kind klammert sich an die Frau.

Julia ruft: »Bitte, ich brauche Hilfe!«, und dann, als das Gesicht nicht reagiert, deutet sie mit einer Geste an, dass sie das Telefon benutzen will, und setzt das charmanteste Lächeln auf, das sie in Anbetracht der Tatsache, dass eine lebende Leiche ihr auf den Fersen ist, zustande bringt.

Die Augen vor Schreck geweitet, schüttelt die Frau im Haus den Kopf. Das Kind klammert sich immer noch an ihr Bein. Die Frau macht Bewegungen, als wolle sie sie wegscheuen und formt mit den Lippen die Worte: *Verschwinden Sie!* Sie lässt die Vorhänge fallen, so dass sie sich schließen, und während Julia sich verdattert über den ordentlich mit Salz bestreuten Weg zurückzieht, sieht sie die Frau an einem anderen Fenster stehen, vermutlich das Wohnzimmerfenster, und mit verzweifelter Schadenfreude beobachten, wie der düstere Eindringling die Flucht ergreift.

· IV ·

Nachdem sie an zwei weiteren Häusern abgewiesen und an mehreren weiteren von Hunden verscheucht worden ist, gibt Julia den Traum auf, dass einer der Hausbesitzer, immerhin ihre Mitbewohner aus Tyler's Landing, ihr Schutz gewährt – ein warmes Feuer, eine heiße Schokolade, vielleicht sogar ein Gewehr im Schrank – und gemeinsam mit ihr darauf wartet, dass einer der wenigen Streifenwagen der Stadt eintrifft. Sie hat gesehen, wie die Hausbewohner sich ängstlich von Fenstern zurückzogen, als sei sie eine Terroristin oder als habe sie eine ansteckende Krankheit. Oder als sei sie schwarz. Julia läuft zum Anfang der Sackgasse, fort von dem Grüngürtel. Vielleicht sollte sie einen Stein aufheben und ein Fenster in einem der Häuser einschmeißen, in der Hoffnung, dass die Leute aus Angst vor einer umherstreifenden Negerin die Polizei rufen, aber sie rechnet immer noch damit, in einem der Häuser Schutz zu finden und wagt es nicht, hier draußen zu warten, bis die Polizei kommt, nicht, solange dieses Carrington-Wesen sie verfolgt. Ihr Handy befindet sich im Auto. Sie flieht, ohne genau zu wissen, wohin oder wovor. Es hat angefangen zu schneien, und der Wind ist kälter geworden. Es ist schon nach zehn, und allmählich wird das Ganze absurd. In einer Stadt, die sie seit mehr als sechs Jahren als ihre Heimatstadt betrachtet, kann sie doch unmöglich so hilflos sein. Der Mond, der vor einer Ewigkeit, als sie mit Mary und Frank in ihrem Escalade durch die Gegend gefahren ist, so hell geschienen hat, ist verschwunden. Sie hat keine Ahnung, ob sie immer noch verfolgt wird, und wenn, wie dicht ihr Verfolger ihr auf den Fersen ist. Sie weiß nur, dass sie es nicht wagt, stehen zu bleiben.

Sie geht nicht, sie rennt, denn das ist ihre normale Fortbewegungsmethode geworden. Sie rennt in ihren hohen Stiefeln durch den knirschenden Schnee, stets in der Furcht, beim nächsten Schritt zu stürzen. Am Ende der Sackgasse angekommen, stellt sie fest, dass die Siedlung größer ist, als sie gedacht hat, dass die Reihen von identischen Holzhäusern sich noch ein gutes Stück weiter hinziehen. Wahrscheinlich ist das hier Cromwell Woods, die einzige Siedlung dieser Größe, die es in der Stadt gibt, von irgendeinem historisch unterbelichteten, anglophilen Bauherrn nach dem Königsmörder benannt, der England im Namen des Volkes tyrannisiert hat. Julia erinnert sich, dass die Siedlung aus etwa hundert Häusern besteht, die zu einem für die untere Mittelschicht erschwinglichen Preis errichtet wurden, und dass die Stadt alles daran gesetzt hat, um den Bau der Siedlung zu verhindern.

Später, Julia. Darüber kannst du später nachdenken. Konzentrier dich.

Du musst hier raus!

Eine Reihenhaussiedlung, in der man nicht selbst wohnt, ist ein verwirrender und angsteinflößender Ort, vor allem im Dunkeln und wenn man zu Fuß unterwegs ist. Man kennt die Straßennamen nicht, die in Amerika alle gleich klingen: von der Belmont Street gelangt man zur Park Street, die auf die Colony Street stößt. Niemals werden Straßen nach Wojtyla oder Montanez oder Chen benannt. Es ist, als sehnte sich die ganze Nation danach, egal, welcher Ethnie sie angehört, in weißen, angloamerikanischen Vororten zu wohnen. Auch Julia Carlyle hat sich einmal danach gesehnt, aber jetzt, wo sie wirklich in einem weißen, angloamerikanischen Vorort wohnt, erscheint ihr die Stadt in der Stunde ihrer Not herzlos und bedeutungslos.

Sie hat aufgehört zu rennen, weil sie erschöpft ist und nicht mehr weiß, wohin sie rennen soll. Alle Straßen sehen gleich aus. Jedes Mal, wenn sie glaubt, den Ausweg gefunden zu haben, sieht sie sich wieder den Bäumen gegenüber – und Frank. Jedes Mal, wenn sie um eine Ecke biegt und das Straßenschild liest, stellt sie fest, dass sie hier schon einmal gewesen ist. Ihre Beine wollen sie kaum noch tragen. Ihre Muskeln verweigern ihr den Dienst. Allmählich erscheint ihr das Schicksal, von Frank erschossen zu werden, angenehmer, als noch einen Schritt in dieser Kälte weitergehen zu müssen. Es schneit immer heftiger, und Julia denkt, wenn sie sich auf dem Rasen im Vorgarten des letzten Hauses, an dem sie abgewiesen wurde, einfach hinlegt, wird sie ziemlich schnell erfrieren. Das wäre vielleicht gar nicht so schlecht.

Sie setzt sich hin.

Sie friert, aber es ist erträglich. Bald wird es vorbei sein. Endlich.

Steh auf, Julia.

Geh weg. Dich gibt es gar nicht. Du bist nur eine Nachricht aus meiner anderen Gehirnhälfte. Ein Rückfall in atavistische Zeiten, als die linke Gehirnhälfte noch nichts zu melden hatte. Julian Jaynes hat es nachgewiesen, und ich glaube ihm. Der Mann war Psychologe, falls du das nicht weißt, und mein Bruder und ich wurden nach ihm benannt.

Julian Jaynes war ein sehr kluger Psychologe, aber er war auf dem Holzweg. Und jetzt steh endlich auf!

Sie rappelt sich auf, wenn auch nur, um die innere Stimme zum Schweigen zu bringen. Aber nun klebt Schnee an ihrer Hose, der aufgrund ihrer Körperwärme bald schmelzen wird, bis der Stoff klatschnass an ihren Beinen hängt.

»Bist du jetzt zufrieden?«, murmelt sie, aber die Stimme antwortet nicht.

Vorsichtig macht sie einen Schritt. Der kalte Wind sticht ihr ins Gesicht. Vorwärts stolpernd blickt Julia sich nach Frank Carrington um. Ihr erschöpfter Körper fühlt sich an wie ein Eisblock. Sie scheint von innen nach außen zu gefrieren. Vergeblich versucht sie, sich daran zu erinnern, wie man diesen Vorgang nennt. Ihr Gehirn ist am Ende. Sie hat den Schnee so satt. Und die Dunkelheit. Vielleicht sollte sie sich wieder hinsetzen und warten, bis ihre innere Stimme erfriert.

Dann erblickt sie das Schlimmste, was sie sich vorstellen kann.

Frank hat sie eingeholt. Da ist er, kaum einen Block entfernt kommt er um die Straßenecke gewankt. Sie befiehlt ihrem Körper zu rennen, doch ihr Körper ist eingeschlafen. Frank schlurft auf sie zu, sein Fuß verdreht sich bei jedem Schritt. Niemand öffnet eine Tür. Niemand kommt ihr zu Hilfe. Sie hört einen Schrei, aber es ist nur der zornige Wind.

Sie wendet sich ab, versucht zu laufen. Nach zwei Schritten sinkt sie in den neuenglischen Schnee, dessen Kälte sich um sie legt.

Frank Carrington steht über ihr, sein Anorak ist blutverklebt, in seinen Augen flackert begeistert der Irrsinn, er fuchtelt mit der Pistole in ihre Richtung. Julia zwingt sich aufzustehen, entschlossen, nicht ohne Kampf aufzugeben. Kraftlos schlägt sie nach Frank, kann sich aber nicht entscheiden, ob sie ihn ohrfeigen oder mit der Faust ins Gesicht schlagen soll. Wie auch immer, Franks Kopf wird scharf nach hinten gerissen.

Dann sinkt sie schluchzend in Bruce Vallelys Arme. Er führt sie fort von der Leiche, die mit gebrochenem Genick im Schnee liegt.

Kapitel 65

Die All-Pay-Auktion

· I ·

Und dann kamen die Journalisten in die Stadt. Sie fielen in Horden ein, klapperten alle Nebenstraßen ab auf der Suche nach dem perfekten Interview und feierten begeistert eine der ihren, die selbstlos ihr Leben aufs Spiel gesetzt hatte, um den finsteren Antiquitätenhändler mit Verbindungen zur Mafia, den sie in Harbor County aufgespürt hatte, zur Strecke zu bringen. Allerdings fanden sie es ziemlich unsportlich, dass die Heldin, Mary Mallard, sich weigerte, einen von ihnen in ihrem Privatzimmer in der Universitätsklinik zu empfangen. Für die Kosten der Privatbehandlung kam die Universität auf, aus Dankbarkeit für ihre Dienste, denn Frank Carrington, besagter Antiquitätenhändler, hatte Professor Kellen Zant ermordet und die Ehefrau des Universitätspräsidenten Lemaster Carlyle entführt, offenbar in der Absicht, Lösegeld zu erpressen.

Die Pressestelle der Universität lehnte es rigoros ab, ein Interview mit der Ehefrau oder mit dem Leiter des Campus-Sicherheitsdienstes – beziehungsweise dem Chef der Campuspolizei, wie er in einigen Berichten genannt wurde – zu arrangieren, der den Fall gelöst hatte. Zu Anfang war die Geschichte nicht gerade von einer korrekten Wiedergabe der Fakten geprägt, was sich allerdings auch später nicht ändern sollte. Mary Mallard, so war in der Presse zu lesen, hatte mehrere Knochenbrüche und innere Verletzungen davongetragen, als sie, mit vorgehaltener Waffe dazu gezwungen, sich ans Steuer des schwarzen Escalade der Ehefrau zu setzen, den Mut und die Geistesgegenwart besessen hatte, den Wagen mit Vollgas gegen einen Baum zu fahren. Ihre beharrliche Weigerung, Interviews zu geben, erklärte man sich damit, dass sie die Einzelheiten des Vorfalls für sich behalten wollte, bis sie mit dem Buch, das sie vermutlich schreiben würde, auf Lesereise ging. Der Leiter des universitären Sicherheitsdienstes – oder wie auch immer sein offizieller Titel lautete – hatte bei dem Vorfall eine wichtige Nebenrolle gespielt, und die Journalisten verlangten lautstark nach seiner Version der Ereignisse, doch leider hatte der Mann ausgerechnet diesen Zeitpunkt gewählt, um seinen gesamten Resturlaub zu nehmen und sich in South Carolina nach einem geeigneten Haus umzusehen, wo er seinen Ruhestand verbringen wollte. Die Carlyles wurden tagelang von Journalisten belagert. Präsident Carlyle gab vor den Kameras eine dankbare, charmante und geistreiche Presseerklärung ab, aber mehr war nicht zu holen. Eine Phalanx von Helfern war rund um die Uhr im Einsatz, um die Familie vor den Medien abzuschotten, unter ihnen der Leiter der Pressestelle der Universität, die Abordnung einer Vereinigung, die sich Ladybugs nannte, außerdem Astrid Venable, die Cousine des Universitätspräsidenten, sowie Katie Chu, seine neue, stets ernst dreinblickende Assistentin, die für die Dauer der Belagerung praktisch bei den Carlyles wohnte.

Einige besonders kühne Journalisten schlichen sich, nachdem man sie in der Lombard Hall abgewiesen hatte, in die Theologische Fakultät, um Julia Carlyle zu erwischen, nur um festzustellen, dass diese gekündigt hatte. Die Dekanin gab eine Erklärung ab, in der sie betonte, wie stolz die Fakultät sei, Julia Carlyle zu ihren Graduierten zu zählen, und wie sehr man sich ihr zu Dank verpflichtet fühle für ihre von Integrität und Mut geprägten Dienste. Die Erklärung klang, als wäre Julia im Krieg gewesen. Für weitere Informationen stehe Iris Feynman zur Verfügung, hieß es.

Aber auch wenn die Familie Carlyle und Mary Mallard sich über die tragischen Ereignisse dieser kalten neuenglischen Winternacht (wie es der Nachrichtensprecher eines Kabelsenders formulierte) beharrlich ausschwiegen, blieb für die Horden noch genug zum Aufstöbern. Vera Brightwood, Besitzerin von Cookie's Place, selbst ernannte Stadtchronistin und inoffizielles

Gewissen von Tyler's Landing, gab ein Interview nach dem anderen. In Elm Harbor waren einige von Julias Freundinnen und Bekannten nur zu gern bereit, ein Loblied auf ihre Heldin zu singen, allen voran Tonya Montez, die in mehreren Zeitungsartikeln als ihre engste Vertraute beschrieben und von einem Moderator in den Abendnachrichten als ihre Cousine bezeichnet wurde. Julias gute alte Freundin Tessa Kenner erschien ständig im Fernsehen, und zwar nicht nur in ihrer eigenen Sendung, wobei sie stets durchblicken ließ, dass sie mehr wusste, als sie preisgab.

Derweil stieg die Beliebtheitskurve von Präsident Carlyle auf dem Campus steil an. An seiner Politik, mit der Teile des Lehrkörpers unzufrieden gewesen waren, hatte sich nichts geändert, aber, nun ja, der Kontext war jetzt ein anderer. Er wurde nicht länger als das herrschsüchtige Monster gesehen, das von rechtslastigen Ehemaligen auf den Posten gehoben worden war. Nun, natürlich war er das immer noch. Aber er hatte einen neuen Status erlangt, den beliebtesten auf dem ganzen Campus, nämlich den Status des Opfers – er war ein *echtes Opfer*, ein Afroamerikaner, dessen Familie von einem rassistischen Weißen attackiert worden war. Sicher, die Carlyles galten vielen als Paradebeispiel für eine patriarchalische und heteronormative Familie und taugten daher nicht zur Überhöhung, aber ihr Opferstatus war einfach perfekt. (Selbst jene unter den unterdrückten Völkern, die versuchen, nach den illegitimen Normen der herrschenden Kultur zu leben, werden am Ende Opfer der Reaktion!) Und so gestattete man ihm trotz des Widerstands einiger Unbelehrbarer, die Fachrichtungen Gender Studies und Women's Studies zusammenzulegen. Man ließ zu, dass er die Antidrogenpolitik der Universität verschärfte, anstatt sie zu lockern. Als er jedoch im Frühjahr anregte, einen Ausschuss einzurichten, der das Für und Wider der Wiedereinführung von Offiziersgrundkursen durch die ROTC diskutieren sollte, brachen die alten Fronten wieder auf: Ein Opfer zu sein, war eine Sache, aber einer der gefährlichsten Organisationen der Welt auch nur einen teilweisen Zugang zu den heiligen akademischen Gefilden zu gestatten, war etwas ganz anderes.

In keinem einzigen Medienbericht wurden der Präsident der

Vereinigten Staaten oder ein neuenglischer Senator, der dessen Nachfolger zu werden hoffte, oder ein obskurer Harlemer, um seine Existenz kämpfender Männerclub erwähnt.

Und dann gab es noch das Drama, das sich unbeachtet und in aller Stille abspielte. Die Akteure waren Abgesandte von Leuten, die jemanden kannten, der Verbindungen nach ganz oben hatte. Sie kamen unauffällig in die Stadt und nahmen diskret Kontakt mit den Carlyles auf, erkundigten sich, ob alles in Ordnung sei, ob die Carlyles irgendetwas brauchten, versicherten sie ihrer Unterstützung in jeder Lebenslage und fragten ganz beiläufig, ob in den vergangenen Wochen möglicherweise Gerüchte aufgekommen seien, die diesen oder jenen Kandidaten in ein schlechtes Licht –

Nein, nein, nein, sagten die Carlyles. Wir sind nicht politisch. Aber falls uns etwas zu Ohren kommen sollte, werden Sie die Ersten sein, die davon erfahren.

· II ·

Unterdessen verkündete Vanessa Carlyles neue Therapeutin, sie werde nicht versuchen, den Teenager davon zu »heilen«, ein Teenager zu sein. Ich bin für sie da, wenn sie jemanden zum Reden braucht, erklärte Dr. Jacobstein. Im jetzigen Stadium unserer Beziehung werde ich nicht so tun, als ob ich irgendeine andere Rolle hätte.

Wer soll ihr dann Grenzen setzen?, fragte Julia sehr überrascht.

Das ist eigentlich die Aufgabe ihrer Eltern, erwiderte Sara.

Und was ist mit dem Trauma, der Ursache für ihr Verhalten?

Das ist überwunden, erklärte Sara. Julia war fassungslos. Die Augen der Psychiaterin blickten sie wohlwollend an, aber wenn sie sprach, klang sie wie Lemaster. Ich würde es Ihnen erklären, wenn ich könnte, sagte Dr. Jacobstein, aber ich bin jedoch an die Schweigepflicht gebunden. Alles, was ich Ihnen sagen kann, ist, dass das Trauma durch einen Irrtum ausgelöst wurde. Etwas, das Vanessa für wahr gehalten hat. Jetzt weiß sie, dass es nicht stimmt.

Julia fragte, ob das bedeute, dass ihre Tochter keine Probleme mehr habe.

Nein, das bedeutet es nicht. Vanessa muss sich mit einer Menge Dingen auseinandersetzen. Aber sie ist zäh. Sie wird damit zurechtkommen.

Und Gina? Wird Gina zurückkommen?

Ein angedeutetes Lächeln. Da werden wir wohl einfach abwarten müssen, nicht wahr?

Zu Hause beobachtete Julia ihre Tochter genau. Vanessa las wie immer ihre Kriegsbücher und hörte ihre Totengesänge, und in den frühen Morgenstunden tanzte sie hin und wieder mit ihrer Mutter. Als Julia sich erkundigte, ob es ihr wirklich besser gehe, umarmte Vanessa ihre Mutter und sagte: Das hab ich dir zu verdanken. Julia wollte wissen, was sie damit meinte. Mit leuchtenden Augen versicherte Vanessa ihr, dass sie das schon noch herausfinden werde.

Derweil strebte Jeannie, mittlerweile nur noch Jeans genannt, weiterhin nach Perfektion, aber nachdem sie ein paar Tage lang still vor sich hin geschmachtet hatte, fragte sie zuerst ihre Mutter und dann ihren Vater, warum Mr Flew nicht mehr zu Besuch komme. Er ist fortgezogen, erklärten sie ihr. *Wohin* denn?, fragte sie und stampfte mit ihrem perfekten Fuß auf. Sie wollte ihm schreiben, sie konnte den Gedanken nicht ertragen, dass er mir nichts, dir nichts verschwunden war, ohne sich von ihr zu verabschieden. Julia konnte und Lemaster wollte die Frage nicht beantworten. Aber Jeannie – Jeans – hatte es immer schon verstanden, ihren Vater um den Finger zu wickeln, und schließlich erklärte Lemaster sich bereit, einen Brief seiner Tochter an Mr Flew weiterzuleiten. Jeans schrieb den Brief, Lemaster leitete ihn weiter, und drei Wochen später erhielt sie tatsächlich einen an sie persönlich adressierten Antwortbrief, aufgegeben in einer der unruhigeren ehemaligen Sowjetrepubliken.

Sie würden ihm alle fehlen, schrieb Jeremy Flew, doch die Pflicht gehe vor.

Was die Söhne anging – Aaron wäre am liebsten nach Hause gekommen, um seinen Eltern und Schwestern in der Krise beizustehen, aber Julia und Lemaster entschieden, es sei besser, wenn er im Internat blieb, und der Schuldirektor versicherte ihnen, die Phillips Exeter Academy sei in der Lage, ihren Sohn vor den Medien zu schützen – dieses Wunder hätten sie schon für Schüler vollbracht, die weitaus aggressiver von den Journalisten verfolgt worden waren. Preston meldete sich überhaupt nicht, und als Julia ihn schließlich am Telefon erreichte, eröffnete er ihr, er sei auf dem Weg nach Australien, wo er fast das ganze kommende Jahr an einem der größten Observatorien der Welt verbringen wolle, und, ach ja, einer seiner Kommilitonen hätte ihm erzählt, seine Familie sei in den Nachrichten gewesen, aber da das ja nichts Neues sei, habe er sich nicht weiter dafür interessiert.

Sehen wir dich noch mal, bevor du aufbrichst?, fragte Julia.

Ich fliege morgen, antwortete Preston, aber das sagte er immer.

Dann, Mitte März, nachdem die Journalisten abgezogen waren, kehrte der Leiter des Campus-Sicherheitsdienstes aus seinem Urlaub zurück, und da wusste Julia, dass es Zeit war für den nächsten Akt.

Kapitel 66

… dann würden Bittsteller reiten

· I ·

»Wie geht's denn jetzt weiter?«, fragte Julia Carlyle. »Wie sehen die Zukunftspläne des großen Bruce Vallely aus?«

Er errötete und senkte achselzuckend den ausdrucksvollen, weichen Blick. Das Wetter war mild und der Himmel klar, wie es manchmal im Winter in Neuengland vorkommt, ehe die dichte graue Wolkendecke sich wieder zuzieht. Sie saßen in der Kneipe an der Route 48, wo alles angefangen hatte. Dasselbe gelangweilte Publikum, dasselbe fade Essen, dieselbe Geräuschkulisse aus bedeutungslosen Gesprächen, dieselben vereinzelt vom Himmel trudelnden Schneeflocken, als könnte das Wetter sich nicht recht entscheiden.

Als Bruce schweigend in seinem Kaffee rührte, sagte Julia: »Wollen Sie tatsächlich in Rente gehen? Ist das der krönende Abschluss, wenn man nicht mehr weiß wohin mit seinen Orden?«

»Ich glaube kaum, dass mir jemand einen Orden verleihen wird für das, was ich … getan habe.«

»Sie hätten einen verdient«, antwortete sie und meinte es ernst.

»Ich habe einem Mann das Genick gebrochen, Julia, und einen anderen Mann –« Er suchte nach den richtigen Worten. »Einen anderen Mann habe ich nicht gerade so behandelt, wie Gott es von seinen Geschöpfen verlangt.«

Den Reporter, nahm Julia an – oder wer auch immer der Mann gewesen war, der sie an der Tankstelle in Langford angesprochen hatte. Sie wusste inzwischen, dass Bruce mit Tony Tice' Mandanten eine Art Abmachung getroffen hatte, sie selbst hatte ihm den Umschlag von Mona samt Inhalt ausgehändigt, damit er den Leuten etwas liefern konnte. Aber sie hatte es vorgezogen, nicht allzu genau nachzufragen.

»Also, ich zumindest bin Ihnen dankbar.« Ein freundliches Stirnrunzeln. »Obwohl ich Sie gebeten hatte, mir nicht mehr zu folgen. Wie haben Sie mich überhaupt gefunden?«

»Mithilfe eines Senders in Ihrem Auto.« Er erwähnte nicht, dass Turian, seine Stellvertreterin, den Sender angebracht hatte, als Julia mit Bruce in dem Café gesessen hatte. Er hatte Gwen Turian als seine Nachfolgerin vorgeschlagen, aber die Universitätsverwaltung bewegte sich wie üblich im Schneckentempo. »Ich nehme an, dass ich dabei das Gesetz gebrochen habe«, fügte er hinzu.

Eine Weile schwiegen sie, während Geschirr klapperte, Türen zugeschlagen wurden und das allgemeine Gemurmel um sie herum anschwoll. Nach allem, was sie selbst erlebt hatte, und nach allem, was sie von Mary Mallard wusste, hatte sie nicht den Eindruck, dass Bruce sich oft durch Gesetze von etwas abhalten ließ. Noch vor wenigen Monaten hätte sie behauptet, dass bei ihrem Ehemann genau das Gegenteil der Fall war.

Bruce sagte: »Und, wie geht's Vanessa?«

»Sara sagt, sie ist auf dem besten Weg. Sie hat noch einiges vor sich, aber sie kommt wieder in Ordnung.«

»In dem Alter sind Kinder sehr belastbar.«

»Ach, Bruce, Grace hatte recht mit dem, was sie über Sie gesagt hat.« Es war ein Scherz und zugleich war es ihr ernst. Auf ihrem Teller produzierte die Morgensonne ständig neue verwirrende Muster. »Sie haben wirklich keine Ahnung von Kindern, nicht wahr? Nein, in dem Alter sind Jugendliche überhaupt nicht belastbar. Mit fünfzehn, sechzehn sind sie am unsichersten, jede schlechte Note und jeder Pickel und jede zerbrochene Liebe bedeutet den Weltuntergang. Wissen Sie, was Lemaster sagt? Der Westen hätte die Pubertät erfunden, als es genug Wohlstand gab und die Arbeitskraft der Heranwachsenden nicht mehr gebraucht wurde, aber die Erfindung sei mangelhaft gewesen. Inzwischen ist das Modell in der zweiten Testphase. Behauptet Lemmie zumindest«, sagte Julia, und es fühlte sich seltsam an, als der Kosenamen ihres Mannes über ihre Lippen kam. Hastig fuhr sie fort. »Fakt ist, Bruce, dass Vanessa eine schreckliche Zeit durchmacht. Sie weint nicht, und sie hat auch keine Albträume, so ist sie nicht. Sie tanzt zu Totengesängen. Sie beschäftigt sich mit dem Krieg. Sie lacht, sie wirkt fröhlich. Aber innerlich leidet sie. Das weiß ich. Ich kann es ihr nicht verdenken. Ich weiß nicht, wie ich überlebt hätte, was sie durchgemacht hat.«

»Ich verstehe, was Sie meinen«, sagte er langsam und nachdenklich. Er fixierte sie mit seinem Blick, und ihr gelang es nicht, sich abzuwenden. Sie fühlte sich kribbelig und verunsichert. »Vielleicht braucht sie mal einen Tapetenwechsel.«

»Ich habe schon daran gedacht, nach dem Highschool-Abschluss für ein paar Wochen mit ihr nach Frankreich zu fahren«, stammelte Julia. »Sie und Mona verstehen sich so –«

»Das meinte ich nicht.«

»Ich weiß, Bruce.« Eine erste Spur von Panik zeigte sich in ihrer äußeren Gelassenheit. »Aber ich habe es gemeint. Im Moment ist das die einzige Art von Tapetenwechsel, die ich ihr bieten kann.«

Ihr fiel noch etwas ein, was Lemaster gern sagte. »Die Welt ist, wie sie ist, und nicht anders. Wissen Sie, was Granny Vee immer gesagt hat? Wenn Wünsche Pferde wären, dann würden Bittsteller reiten. Sie sind aber keine Pferde. Wünsche sind nichts Reales. Sie haben nichts zu tun mit … mit …« Sie brach ab, verwirrt von der tapferen Traurigkeit in seinen Augen, dann begann sie zu straucheln, verlor ihren Halt in dem Gedankenstrom, der noch Sekunden zuvor in die richtige Richtung geflossen war. »Wir sind reale Menschen, Bruce. Es gibt Menschen, die im Spiegel leben, die tun, was sie wollen, als wäre ihr Leben nicht real, sondern nur ein Spiegelbild. Und es gibt Menschen, die außerhalb des Spiegels leben, die sich von den Spiegelbildern nicht beirren lassen dürfen, egal, wie verlockend sie sein mögen. Das bedeutet es, erwachsen zu sein, Bruce.«

Julia wartete. Jetzt war Bruce an der Reihe. Sie wollte, dass er ihr seine Gefühle offenbarte, damit sie ihm sagen konnte, dass sie inzwischen mit Lemaster einer Meinung war und die Pflicht für das höchste Gut hielt. Sie wollte, dass er ihr beschrieb, wie schön das Leben sein könnte, damit sie ihm sagen konnte, dass sie es schon einmal mit einem probiert hatte, auf den sie sich nicht hatte verlassen können, und dabei beinahe ums Leben gekommen sei. Sie wollte, dass er über die Zukunft sprach, damit sie ihm erklären konnte, wie sie die Zukunft mit ihrem Mann verbringen wollte, der sie gerettet hatte, als sie ihn gebraucht hatte, und der jetzt sie brauchte.

Bruce sagte leise: »Ich meinte nur, dass der Umzug nach Elm Harbor ihr vielleicht guttun wird.« Julia starrte ihn an. Er liebte seine Grace immer noch. Sie kam sich dumm und jung vor und fühlte sich hoffnungslos romantisch.

Bruce Vallely teilte ihre Gefühle offensichtlich nicht.

»Eigentlich«, fuhr er fort, »wollte ich über etwas ganz anderes mit Ihnen sprechen.«

»Worüber denn?«

»Über den Abend, an dem Kellen Zant ermordet wurde.«

Julia wappnete sich, fragte sich, welche unerwarteten Katastrophen jetzt noch auf sie zukommen konnten. »Frank hat ihn umgebracht. Frank Carrington. Um zu verhindern, dass der Inhalt von Arnie Huebners Tagebuch publik wird. Um sich selbst zu schützen …«

Sie verstummte.

Bruce nickte. »Ja, ich glaube auch, dass Frank ihn umgebracht hat. Und ich glaube, Sie haben sein Motiv richtig erkannt. Aber es gibt ein Beweisstück, das nicht ins Bild passt, und ich glaube, Sie müssen mir sagen, was ich damit machen soll.« Er zog den Umschlag, den Trevor Land ihm gegeben hatte, aus der Tasche. »Das sind Telefonunterlagen der Universität«, erklärte er, während er eine Seite herauszog. »Die Verbindungsnachweise einer bestimmten Handynummer, und zwar für den Abend, als Zant ermordet wurde.«

»Ich will das nicht sehen.«

»Ich möchte es Ihnen auch nicht zeigen.«

Aber er tat es dennoch. Es handelte sich um Lemasters Handynummer. Ein Anruf an dem fraglichen Abend war umkringelt, etwa eine Stunde bevor sie das Galadiner in der Lombard Hall verlassen hatten.

Anthony Tice hatte ihren Mann angerufen.

Draußen vor der Kneipe umarmten sie sich verlegen. Sie wussten beide, dass das ihr letztes Treffen war.

»Darf ich Ihnen noch eine Frage stellen?«

»Sicher.«

Sie hob den Umschlag. »Warum haben Sie das nicht der Polizei gegeben?«

Er lächelte müde. »Die Ermittlungen«, sagte er, »sind abgeschlossen.«

Tja, das stimmte allerdings. Julia spürte, wie der neuenglische Winter von allen Seiten kam und sie mit seinen vertrauten eisigen Tentakeln packte, um zu verhindern, dass sie eine Dummheit beging. Und dann dämmerte ihr, dass sie niemals woanders leben würde, dass sie mit Neuengland ebenso verheiratet war wie mit Lemaster, dass ihre Wurzeln zu tief in dieser Erde saßen, unter der frostigen Oberfläche in der weichen braunen Wärme, die mit der ersten Frühlingsaussaat nach oben kam.

»Sie werden mir fehlen«, stammelte sie.

Ein warmes Lächeln zupfte an seinen Mundwinkeln, er legte seinen schweren Kopf schief, dann folgte Bruce Vallely, ganz der gute Soldat, der er immer sein wollte, ohne Widerspruch und ohne ein Wort des Abschieds seinen Befehlen und marschierte davon in sein längst verdientes Rentnerdasein.

Kapitel 67

Trügerische Ruhe

· I ·

Juni. Alles hatte sich wieder beruhigt, außer Julia, in der es während der drei vergangenen Monate rumort und gebrodelt hatte, während sie nach außen hin so tat, als wäre ihr Leben wieder perfekt. Die Renovierungsarbeiten in der alten Villa auf der Town Street, da, wo die Hobby Road anfing, waren beendet, und das Resultat, da waren sich alle Kritiker einig, war atemberaubend: Norm Wyatt hatte sich selbst übertroffen und eine erhabene, raffinierte Verbindung zwischen Tradition und Moderne geschaffen. Die verborgenen technischen Wunderwerke, die Genauigkeit, mit der selbst die historische Holzverkleidung der hinteren Veranda bis auf den kleinsten Schnörkel liebevoll restauriert worden war, und auch die schwungvollen Linien, die der Villa den Anschein gaben, als erhebe sie sich aus der Landschaft, das alles machte den Eindruck, als sei sie das bedeutungsvollste Bauwerk der Gegend, obwohl die Villa keinesfalls größer war als die anderen alten Häuser im Umfeld der Universität. Seit April wohnte Lemaster – bis auf die Wochenenden und hin und wieder eine Nacht unter der Woche – schon ganz in der Villa, und die Sisterladys lästerten, dass die perfekten Carlyles ausprobierten, wie das Leben wäre, wenn sie beide ihrer eigenen Wege gingen. Das war eigentlich nicht wirklich witzig, weil es zumindest zur Hälfte der Wahrheit entsprach.

Mary Mallard war von der Klinik in ein Reha-Zentrum in Maine umgezogen, um in der Nähe ihrer Mutter zu sein, aber Julia war den ganzen Frühling über mindestens einmal in der

Woche hingefahren, weil sie beide immer noch versuchten, der Wahrheit auf die Spur zu kommen. Bei einem dieser Besuche bemerkte Mary, Kellen müsse eine Quelle innerhalb der Verschwörung gehabt haben, sonst wäre er nie auf die Idee gekommen, überhaupt Nachforschungen anzustellen. Danach vermutete Julia, die ihrer Partnerin vorenthalten hatte, dass die »Verschwörung« von einem bankrotten Harlemer Männerclub angezettelt worden war, dass Mary schon die ganze Zeit über die Empyreals Bescheid gewusst hatte. Und dann, als sie eines schönen Frühlingsnachmittags im Park des Reha-Zentrums spazieren gingen, zeigte Mary Julia einen Computerausdruck. Es handelte sich um eine Seite aus dem Internet-Anagramm-Server. Eine Zeile war unterstrichen. Julia blieb stehen und wurde aschfahl.

»Es tut mir leid«, sagte Mary.

»Das glaube ich nicht.«

»Ich denke nicht, dass es eine Rolle spielt, was Sie glauben.«

Das hatte Mary korrekt erkannt, aber ihre Korrektheit trübte die Beziehung zwischen den beiden Frauen, und die neu entstehenden Spannungen waren mehr, als ihre Freundschaft verkraften konnte.

Und so hielten sie eine distanzierte Korrespondenz aufrecht und wurden nicht zu engen Freundinnen, wie sie vielleicht gehofft hatten.

Als das Schuljahr zu Ende war, räumten Julia und die Kinder die große Villa in Hunter's Meadow und verließen das weiße Herz Amerikas, um zurück nach Elm Harbor zu ziehen. Beth Stonington versicherte ihnen und jedem, der es hören wollte, aber vor allem ihren Konkurrenten, dass der Verkaufspreis angesichts der derzeit sprunghaft ansteigenden Immobilienpreise in Tyler's Landing weit über zwei Millionen, wahrscheinlich knapp unter drei liegen würde. Wie jemand es fertigbrachte, so ein idyllisches Leben aufzugeben, um seine Kinder in einer Stadt ohne Zukunft, einer Stadt wie Elm Harbor, großzuziehen, konnten weder Beth noch deren Freunde und Geschäftspartner verstehen.

»Lemasters Job ist in Elm Harbor, meine Liebe, nicht Ihrer«, hatte Beth Julia zu bedenken gegeben, allerdings erst, nachdem sie sich vergewissert hatte, dass ihre Kundin ihre Meinung unter keinen Umständen ändern würde. Schließlich wollte sie sich nicht das Geschäft vermasseln, bloß um ihre Neugier zu befriedigen.

»Es ist auch mein Job«, hatte Julia ihr ernsthaft versichert, aber Beth erzählte allen, Julias Augen seien verquollen gewesen, als hätte sie viel geweint. »Wahrscheinlich nur eine Allergie«, sagten einige, und obwohl es als Witz gemeint war, hatten sie tatsächlich recht.

Die Familie richtete sich in dem neuen Haus ein. Im Herbst würde Aaron nach Exeter zurückkehren, wo es ihm sehr gut ging. Die perfekte Jeans war an der Ogdon School akzeptiert worden, dem Hauptzulieferer der Hilltop School, der exklusivsten privaten Highschool der Stadt, und so stand nach dem, wie diese Dinge heutzutage beurteilt werden, ihrer erfolgreichen Zukunft nichts mehr im Weg.

Vanessa hatte bei einigen Universitäten einen Studienplatz bekommen, von anderen war ihre Bewerbung abgelehnt worden, und zur Erleichterung ihrer Eltern hatte sie sich schließlich für eines der Seven-Sisters-Colleges entschieden und dort ihre Anzahlung auf die Studiengebühren hinterlegt. Dann beantragte sie, ohne um Erlaubnis zu fragen oder ihre Eltern auch nur zu informieren, einen Aufschub ihres Studienbeginns und verkündete eines Tages aus heiterem Himmel, dass sie nach ihrem achtzehnten Geburtstag im Oktober zusammen mit Smith zu einer Reise durch die Vereinigten Staaten aufbrechen würde – und zwar mit dem Auto.

»Du darfst nicht autofahren«, sagte Lemaster.

»Entschuldige Dad, aber darüber hast du nicht zu befinden«, antwortete Vanessa höflich, aber bestimmt, wie sie es von ihrem Vater gelernt hatte, und zitierte dann eine längere Passage aus einem Aufsatz von George Orwell über den Spanischen Bürgerkrieg, in dem dieser darlegte, dass Bedeutung wandelbar ist und Kategorien sich ändern, wenn die Tatsachen ihren täglichen Tanz aufführen: »Der flüchtende Soldat war kein Faschist, deswegen konnte Orwell ihn nicht erschießen. Und ein achtzehnjähriges Mädchen ist kein Kind mehr, deswegen kannst du ihr keine Vorschriften machen.«

»Ich rede nicht von den Gesetzen«, entgegnete Lemaster gereizt.

»Aber ich. Mit achtzehn bin ich volljährig. Ich bin weder eine Gefahr für mich selbst noch für andere. Ich kann hingehen, wo ich will, und tun, was ich will, richtig? Ihr habt mich erzogen. Jetzt müsst ihr einfach darauf vertrauen, dass ihr mich richtig erzogen habt.«

»Du bist immer noch mein Kind –«, setzte Lemaster an.

»Aber nicht im hierarchischen Sinne. In der Bibel steht, dass ich dich ehren muss. Aber nicht, dass ich dir gehorchen muss. Jedenfalls nicht mehr, wenn ich erwachsen bin.« Sie hob abwehrend die Hände. »Es geht mir nicht darum, mich dir zu widersetzen, Daddy. Ich tue, was ich tun muss. Genauso wie du dich damals entschieden hast, Theologie zu studieren, und nicht Betriebswirtschaft, wie es sich deine Eltern gewünscht hatten.«

»Was sagt denn Dr. Jacobstein dazu?«

»Ich soll nicht vergessen, mein Handy mitzunehmen.«

Zur Verwunderung seiner Frau wechselte Lemaster vom Abstrakten zum Praktischen: »Selbst wenn wir dich fahren lassen, kommt Smith mir nicht gerade wie die zuverlässigste Begleiterin vor.«

»Dann passen wir ja perfekt zusammen, denn ich bin auch nicht besonders zuverlässig.«

Sie fügte hinzu, dass sie, falls es ihnen in L.A. gefallen sollte, dort bleiben und sich nach einem Job umsehen würden, was natürlich einen weiteren Aufschub ihres Studienbeginns erfordern würde.

»Die werden nicht ewig auf dich warten«, antwortete ihr Vater ziemlich sauer und ziemlich ratlos.

»Wenn ich ihnen wichtig bin, schon. Das hast du mir selbst immer gesagt.«

»Vanessa –«

»Zeit, erwachsen zu werden«, sagte sie und ging, ohne genauer auszuführen, wer von ihnen beiden ihrer Meinung nach noch nicht ganz erwachsen war.

Am Abend saß Julia auf der Bettkante neben Vanessa, die auf dem Bauch lag und ihren tragbaren DVD-Player programmierte. Rainbow Coalition hockte zufrieden auf der Fensterbank und leckte sich die Pfoten. »Du tanzt gar nicht mehr.«

»Die Totengesänge langweilen mich. Aber ich hab ja noch meine Kriegsbücher. Die nehm ich mit auf die Reise. Keine Sorge, Mom, ich verspreche dir, nicht völlig geheilt zu werden, ohne das vorher mit dir abzusprechen.« Ehe Julia eine passende Antwort darauf einfiel, drückte ihre Tochter ihr einen Kuss auf die Wange. »War nur ein Scherz. Aber im Ernst. Ein paar von den Büchern kommen mit.« Ihr Blick wanderte zur Katze hinüber. »Ich wünschte, ich könnte RC mitnehmen.«

»Kommt Gina auch mit?«, fragte Julia schüchtern. Als ihre Tochter nicht reagierte, versuchte sie es noch einmal: »Oder hat sie dich überhaupt erst auf die Idee mit der Reise gebracht?«

Die Tochter schaute die Mutter an, das Gesicht hinter schaukelnden Zöpfen verborgen, aber Julia meinte ein Lächeln zu erkennen. Dann widmete Vanessa sich wieder ihrem DVD-Player.

· II ·

Wenige Tage später, als sie es nicht länger aufschieben konnte, fuhr Julia nach Tyler's Landing. Sie machte einen kurzen Abstecher zum Haus an der Hunter's Meadow Road, um sich zu vergewissern, dass der Rasen gemäht und gesprengt wurde und dass die Immobilienmakler und potenziellen Käufer noch nicht alles zertrampelt hatten, dann fuhr sie weiter zur Main Street. Sie parkte ihren neuen Escalade in der Nähe des Stadtparks, an der Stelle, wo Vanessa das Auto ihres Vaters angezündet hatte, winkte ein paar überraschten Bekannten zu und überquerte die Straße. Als sie Cookie's Place betrat, zeigte Vera Brightwood sich hocherfreut, sie zu sehen, und begann, ohne abzuwarten, was Julia wollte, eine Schachtel mit Cappuccino-Trüffeln zu füllen. Schweigend hörte Julia sich an, wie Vera sich, während sie die Trüffel wog und abpackte, wortreich darüber beklagte, was die Leute von der Uni, Anwesende natürlich ausgenommen, der Stadt antaten.

Julia sagte: »Ich wollte noch mal mit Ihnen darüber reden, was an dem Abend neulich bei Ihnen zu Hause vorgefallen ist.«

»Welchen Abend meinen Sie?«

»Den Abend, als Tice verhaftet wurde. Dieser Anwalt.«

Vera setzte ihr gieriges Porzellan-Lächeln auf. Sie hatte sich an dem Abend fürchterlich aufgeregt, als Julia behauptet hatte, sie sei Kellens »Schwarze Dame« gewesen, die geheime Informantin, die ihm bei der Suche nach dem Tagebuch behilflich gewesen war. Doch eine bessere Quelle hätte Kellen nicht finden können. Niemand kannte sich so gut mit den Fußnoten der Stadtgeschichte aus wie Vera. »Ich habe Anzeige gegen ihn erstattet«, sagte Vera. »Haben Sie davon gehört? Wegen Hausfriedensbruchs. Der wird mich kennenlernen.«

»Ich denke, er wird erst mal ein paar Jahre im Gefängnis verbringen.«

»Wahrscheinlich«, pflichtete Vera ihr bei.

»Ich habe nur eine Frage.«

»Hm, ja sicher.« Ebenfalls ungebeten packte sie noch eine Tüte Jelly Beans für das Glas auf Lemasters Schreibtisch in der Lombard Hall ein.

»Woher wusste Tony Tice, dass ich an dem Abend bei Ihnen sein würde? Ich bin mir sicher, dass er mir nicht gefolgt ist. Das hätte der Mann, der mich ... nun ja, der mich beschützt hat, zu verhindern gewusst. Und Tice wohnt nicht in Tyler's Landing. Wieso ist er bei Ihnen aufgetaucht?«

»Woher soll ich das wissen, meine Liebe?«

»Ich könnte mir schon vorstellen, dass Sie es wissen. Ich glaube, dass Sie alle sich vorgenommen hatten, Gina zu rächen. Alles Leute, die als – verzeihen Sie – extrem reaktionär bekannt sind, aber trotzdem fanden Sie es unerträglich, dass dieser unschuldige junge Schwarze für etwas büßen musste, was ein reicher weißer Schnösel verbrochen hat. Ich glaube, Sie alle haben Kellen Zant unterstützt, nachdem Sie erfahren hatten, was er plante. Vielleicht haben einige ihn nur indirekt unterstützt, aber Sie alle haben ihm geholfen. Aber dann hat er Sie reingelegt – ihm ging es nicht um Gerechtigkeit, sondern um Geld.«

»Ich habe übrigens ganz köstliches Cranberry-Schoko-Fudge.«

»Ich halte Sie alle nicht für gewalttätig. Wahrscheinlich waren Sie zutiefst schockiert, als Kellen erschossen wurde. Schockiert und verängstigt. Ich glaube, Frank Carrington gehörte zu Ihrer Gruppe, und ich wette, er hat sich ebenso schockiert gegeben wie die anderen.« Julia wollte ihre Süßigkeiten bezahlen, aber Vera erklärte, sie seien ein Geschenk des Hauses. »An dem Abend, als Frank Kellen umgebracht hat, muss er gewusst haben, dass Kellen das Tagebuch in den nächsten Tagen verkaufen würde. Und woher soll er das gewusst haben, wenn nicht von einem von Ihnen? Senator Whisteds Berater, hab ich recht? Whisted ist in Tyler's Landing aufgewachsen, und genau wie Sie alle wollte er Gina rächen. Vermutlich hat er von Astrid erfahren, was los war, und dann hat er es Ihnen erzählt, Ihnen allen, auch Frank.«

»Wir wollten nicht, dass irgendjemandem etwas passiert«, sagte Vera nach langem Nachdenken. »Gina war ein anständiges Mädchen, Julia. Nicht so wie die Mädchen heutzutage. Ein anständiges Mädchen. Wer sie umgebracht hat, verdient eine gerechte Strafe.« Sie musterte ihre beste Kundin, die wahrscheinlich zum letzten Mal in ihren Laden gekommen war. Ihr verlegenes, zurückhaltendes Lächeln erinnerte Julia an Latisha, ihre ehemalige Mitarbeiterin, die endlich in ein gesichertes Arbeitsverhältnis übernommen worden war, nachdem Minnie Foxon ohne Erklärung ihre Versetzung an ein anderes Institut beantragt hatte. »Er hat verdient, was Kellen mit ihm vorhatte. Was Sie mit ihm vorhaben. Vielleicht, was Ihr Mann mit ihm vorhat.« Sie wandte sich ab, um ein Tütchen mit Erdnuss-Konfekt zu füllen. »Aber Sie irren sich, Julia. Wir wussten nichts von dem Tagebuch. Woher auch? Ja, Sie haben wahrscheinlich recht, dieser Berater von Mal Whisted wird davon gewusst haben. Vielleicht hat er Frank davon erzählt. Aber uns hat er kein Wort gesagt.«

Julia steckte sich ein paar Jelly Beans in den Mund. Im Spiegel hinter dem Tresen grübelte eine rosastichige Julia gemeinsam mit ihr. In welcher Verbindung stand Senator Whisted zu diesen Leuten? Hatte er sie unterstützt, oder wollte er nur ihre Aktivitäten im Auge behalten? Sie hatte geglaubt, endlich zu wissen, wie alles zusammenhing: Frank erschießt Kellen, um das Tagebuch geheim zu halten, dann bringt er Boris Gibbs um, als der, nachdem er ihre Vanessa-Akte geklaut hat, Kellens Nachforschungen weiterführt und der Wahrheit auch zu nahe kommt. Die Geschichte war absolut schlüssig. Aber stimmte sie auch?

fragte Julia ihr Spiegelbild, während Vera ihre Tütchen füllte. Warum hatte Frank es nicht vorgezogen, zum Schein mit Kellen – oder zumindest mit Boris – zusammenzuarbeiten, um dann das Tagebuch, sobald es ans Licht kam, an sich zu bringen und zu vernichten?

Der Berater, dachte Julia. Nur Whisteds Berater konnte gewusst haben, dass Kellen im Besitz des Tagebuchs war. Wenn er Frank davon erzählt hatte, dann nur, weil er damit rechnete, dass der ehemalige Deputy dann zur Tat schreiten würde – aber woher hätte der Berater wissen sollen, wie Frank in die Geschichte verwickelt war? War es möglich, dass Kellen, als er an dem Abend kurz vor seinem Tod in Tony Tice' Hörweite telefoniert hatte, nicht mit Frank Carrington, sondern mit dem Berater eines Senators der Vereinigten Staaten gesprochen hatte, der ihn hereinlegen wollte, woraufhin Kellen losgerast war, um ihn zu treffen …

Aber hinter der Spiegeloberfläche befand sich nur die silbrige Reflektionsschicht, und was dahinter lag, war nicht zu sehen.

Inzwischen wurde Vera Brightwood, die immer noch hinter dem blitzenden Ladentisch stand, wieder gesprächig. »Wissen Sie, Julia, ich habe mich gefreut, als Sie das Haus auf der Hunter's Meadow Road gebaut haben, und ich fand es furchtbar, als einige Leute versucht haben, Ihnen Steine in den Weg zu legen, denn ich bin schon immer dafür gewesen, dass hier jeder bauen –«

Julia sagte, sie müsse jetzt wieder zurück zur Arbeit.

»In der Zeitung stand doch, Sie hätten Ihren Job an der Uni gekündigt.«

»Ich habe einen neuen.«

»Ach? Was machen Sie denn jetzt?«, fragte Vera, begierig auf neuen Klatsch, den sie weiterverbreiten konnte.

»Ich arbeite wieder als Biologielehrerin«, antwortete Julia.

Sie stieg in ihren Escalade, schaltete das Radio ein, das auf den Sender mit den Broadway-Melodien eingestellt war, und fuhr nach Elm Harbor in Richtung Nest und zu Miss Terrys Schule.

Kapitel 68

Winner's Curse

· I ·

Am Samstag regnete es. Julia fuhr zum Kepler, aber nicht, um sich zu verabschieden. Die Abschiedsparty hatte sie bereits hinter sich gebracht, und für diesen Besuch hatte sie absichtlich das Wochenende gewählt, weil sie dann kaum einen ihrer ehemaligen Kollegen in der Fakultät antreffen würde. Es waren keine schlechten Leute, doch sie waren nicht mehr ihre Leute. Sie waren Lemasters Leute. Sie gehörten zu seinem Campus. Zu seiner Stadt. Zu seiner Welt. Nach dem demütigenden Ende ihrer Karriere als Lehrerin an der staatlichen Schule war sie in den Schutz der Theologischen Fakultät geflüchtet, aber Zufluchtsstätten können leicht zu Gefängnissen werden, und nun hatte sie erneut die Flucht ergriffen.

Ihr heutiger Besuch im Kepler hatte einen besonderen Grund.

Sie brauchte keinen Parkplatz, denn die Theologische Fakultät lag nur eine Straße von der Präsidentenvilla entfernt, und sie brauchte keine Schlüsselkarte, weil ein Student ihr die Tür aufhielt. Als Kellen Zant am letzten Abend seines Lebens Tony Tice abgehängt hatte, war er wahrscheinlich auf dieselbe Weise ins Gebäude gelangt. Er war fast zwei Stunden lang verschwunden gewesen und dann wieder aufgetaucht. Aber was hatte er zu dieser späten Stunde im Kepler zu tun gehabt? Das Archiv war um diese Uhrzeit geschlossen. Seminarräume, Büros und alle anderen Räume waren verriegelt.

Alle außer der Kapelle, die Tag und Nacht zugänglich war.

BCP 83.

Offenbar hatte Julia Kellens Schnitzerei auf dem Sugar Hill doch falsch gedeutet, als sie glaubte, er wollte ihr den Namen des Buchs nennen, in dem er den dritten Hinweis versteckt hatte. Aber das *Book of Common Prayer*, das Allgemeine Gebetbuch, allein würde sie nicht zu ihrem Gott zurückführen, wie Kellen es versprochen hatte. Die Antwort stand nicht auf den Seiten des Buchs. Die Seiten gaben ihr jedoch einen Hinweis auf die Antwort.

Julia betrat die Kapelle durch die schwere Doppeltür der Eingangshalle und blieb im Seitenschiff stehen, damit ihre Augen sich an die Dunkelheit gewöhnen konnten, denn wegen des stürmischen Wetters drang nur spärliches Licht durch die bunten Kirchenfenster. In einer Ecke kniete eine Studentin, sie war ins Gebet vertieft, das hin und wieder von Schluchzern unterbrochen wurde. Die ehemalige Dekanin bot ihr keinen Trost an, denn es gehörte sich nicht, jemanden beim Beten zu stören. Ansonsten war die Kapelle leer.

Julia ging auf den Altar zu. Auf Seite 83 der Gottesdienstordnung von 1928 – der einzigen Ausgabe, die Lemaster in seinem Haus duldete – beginnt der Priester, nachdem er Brot und Wein gesegnet hat, die Kommunion auszuteilen. Am Abend seines Todes musste Kellen hier gewesen sein. Wahrscheinlich hatte er sich für den Notfall längst ein passendes Versteck ausgesucht. Vielleicht war er nicht nur deshalb so oft ins Kepler gekommen, um sie zu ärgern.

Zumindest nicht nur deshalb.

Julia erklomm die Stufen zum Altarraum. Der Hauptaltar aus dem harten Holz der Neuengland-Kiefer stand direkt vor ihr, doch sie untersuchte ihn nur flüchtig. Kellen war bis zum Schluss darauf erpicht, ihr seine Meinung deutlich zu machen. Der alte, in die hintere Wand eingelassene Hochalter aus Stein und dunklerem Holz mit seinen eingeschnitzten Worten aus dem Johannesevangelium wurde nur noch in Liturgieseminaren benutzt, um angehenden Priestern zu zeigen, was sie nicht tun durften. Er war ein Relikt aus der Zeit, als die Priester aller orthodoxen Traditionen der Gemeinde den Rücken zukehrten, wenn sie *zu* Gott sprachen und sich der Gemeinde nur zuwandten, wenn sie *für* Gott sprachen.

Die Symbolik musste für Kellen unwiderstehlich gewesen sein. Er war kein gläubiger Mensch gewesen, im Gegensatz natürlich zu seinem gottesfürchtigen Rivalen.

Zu Gott sprechen.

Mit dem Rücken zur Gemeinde stand Julia vor dem Altar, vor dem goldenen Tabernakel, wo in früheren Zeiten die geweihte Hostie aufbewahrt wurde. Der Tabernakel war verschlossen. Sie betastete das Tuch, mit dem er bedeckt war – an die Bezeichnung konnte sie sich nicht mehr erinnern –, fand jedoch nichts. Sie warf einen Blick über die Schulter, falls jemand sie bei ihrem seltsamen Tun beobachtete. Doch die weinende Studentin war gegangen, und Julia hatte den Altarraum für sich allein. Sie trat einen Schritt zurück, versuchte abzuschätzen, wo genau der Priester stehen würde, wenn er sich nach der Segnung des Brotes dem Wein zuwandte, erinnerte sich an die Gottesdienste in der St.-Matthias-Kirche, wo Father Freed nur den Hochaltar benutzte. Etwas rechts von der Mitte blieb sie stehen, ging auf die Knie und griff mit der Hand unter den Altar.

Und zog einen dicken Umschlag hervor.

Sie öffnete ihn und erbleichte.

Unmöglich. Absurd. Was sie in der Hand hielt, konnte nicht die ganze Zeit unter dem Hochaltar versteckt gewesen sein, denn Kellen hatte es bei sich gehabt, als er ermordet wurde. Die Zeit ging nicht rückwärts. Die Toten standen nicht auf. Solch wundersame Magie existierte nicht. Selbst hier in der Kapelle der Theologischen Fakultät, wo Generationen von Studenten und Professoren gekniet und zum Unbegreiflichen gebetet hatten, weigerte Julia sich, eine übernatürliche Erklärung zu akzeptieren.

In ihrer Hand hielt sie Kellen Zants verschwundenes Handy.

· II ·

Julia saß in ihrem Escalade, hörte ihre Broadway-Melodien und sah zu, wie der Schneeregen über die Windschutzscheibe lief. Sie war außer Atem, wahrscheinlich war sie in ihrer Angst und Verwirrung gerannt, aber im Augenblick konnte sie sich nicht so genau erinnern, wie sie von der Kapelle im Kepler zum Gebäude des Präsidenten zurückgeeilt und in ihren Wagen gestiegen war. Jetzt war sie unterwegs zu einem Büroturm im Stadtzentrum, wo ihr Mann gerade vor mehreren örtlichen Bürgervereinen einen Vortrag hielt. Sie parkte ihren Wagen, trat in Jeans und Regenjacke in die Empfangshalle und ließ sich nicht von den Fragen des Wachmanns beirren, die Zeiten, als man sie noch hatte aufhalten können, waren vorbei. Sie fuhr hoch ins oberste Stockwerk, durchquerte das Restaurant, ohne den Einwänden des Oberkellners Beachtung zu schenken, und trat auf die Tür zu, die in den großen abgetrennten Speisesaal führte. Lemasters Assistentin Katie Chu, die nie lächelte, versicherte ihr, der Präsident habe seine Rede fast beendet, doch Julia drückte sich wortlos an ihr vorbei. An der hinteren Wand des Raums blieb sie stehen. Auch sie lächelte nicht. Mehrere Köpfe drehten sich nach ihr um. Tropfnass, mit zerzausten Haaren, stand sie auf dem Parkett und scherte sich nicht darum, ob die Gäste sich gegenseitig zuflüsterten, dass die First Lady der Universität genauso verrückt sei wie ihre Tochter. Lemaster stand am Rednerpult. Sein Blick streifte Julia, wanderte jedoch sofort weiter. Er machte noch ein paar Witze, und alle lachten, und einen Augenblick später ging er händeschüttelnd durch die Tischreihen. Er küsste seine Frau auf die kühlen Lippen, legte ihr, obwohl es ihr widerstrebte, einen Arm um die Taille und führte sie aus dem Raum, während Katie Chu zurückblieb, um ihn zu entschuldigen.

Schweigend fuhren sie mit dem Aufzug nach unten, bis Julia, die genau wusste, dass sie nie so viel Geduld wie ihr Mann aufbringen würde, plötzlich genug von ihrer eigenen Wut hatte. Sie legte den Kopf an seine Schulter. Er strich ihr übers klatschnasse Haar. »Ich hab das Handy gefunden«, sagte sie.

»Damit hab ich gerechnet.«

»Du hast davon gewusst? Von BCP 83?«

»Cameron hat es mir erzählt.«

»Glaubt er immer noch, er könnte jemanden erpressen, wen auch immer?«

Lemaster legte einen Zeigefinger unter ihr Kinn und hob ihren Kopf an, so dass sie ihn ansehen musste. »Ich denke, er hat inzwischen kapiert.«

»Dass nur die Empyreals so etwas tun dürfen«, ergänzte sie,

aber sie hatten die Eingangshalle erreicht, und mehrere Gäste, die zu spät zu Lemasters Ansprache gekommen waren, wollten dem kleinen schwarzen Gelehrten, dem mächtigsten Mann in der ganzen Stadt, wenigstens die Hand schütteln. Selbstverständlich wie ein Monarch nahm er die Huldigungen des gemeinen Volkes entgegen. Julia fragte sich, ob ihr Mann womöglich auch der mächtigste Mann im ganzen Land war. Oder einer der mächtigsten. Einen verrückten Moment lang hätte sie vor Stolz platzen können, weniger auf ihren Mann als auf ihr Volk und vor allem auf einen unbekannten Harlemer Club. Die Bleichgesichter, hatte Granny Vee immer gesagt, haben keine Ahnung, zu was wir fähig sind.

Zusammen gingen sie hinaus in den Sturm. Lemaster hatte sich von Katie Chu herbringen lassen, und so fuhren Julia und er jetzt im Escalade nach Hause. »Was hatte Kellen wirklich versteckt?«, fragte Julia, mit geschlossenen Augen in ihrem Sitz zurückgelehnt, während die Lieblingsmusik ihres Mannes aus den Lautsprechern dröhnte. »In der Kapelle, meine ich. Bevor du es genommen hast. Was war es?«

»Nichts Wichtiges«, antwortete Lemaster, nachdem er sich kurz mit dem kleinen Schiedsrichter in seinem Kopf beraten hatte. »Kellen dachte, er hat den endgültigen Beweis gefunden, aber er hat sich geirrt.«

»Was war es, Lemmie?«

»Was war was?«

»Der Beweis. Der Mehrertrag. Was hatte er in der Kapelle versteckt?«

Diesmal ließ er sie länger warten. Julia richtete sich auf. Anscheinend hatte Lemaster nicht vor, ihr eine Antwort zu geben. Der Regen wurde heftiger, und der Wind warf Mülleimer und Gartenfiguren um: die Sommerversion des Wintersturms, mit dem diese schreckliche Odyssee ihren Ausgang genommen hatte. Sie fragte sich, seit wann ihr Mann mehr gewusst hatte als sie, und wie er es immer wieder schaffte, die Verdrehung von Tatsachen als selbstverständlich und richtig aussehen zu lassen.

»Eine Zugfahrkarte«, sagte er.

»Wie bitte?«

»Das hatte Kellen unter dem Altar versteckt. Eine einfache

Zugfahrkarte von Elm Harbor nach Boston vom 18. Februar 1973.«

Julia biss sich auf die Lippe. »Die beweist, welcher der Studenten nach Boston gefahren ist, um Bay Dennison um Rat zu bitten. Nämlich der, der Gina umgebracht hat.«

»Das scheint Kellen zumindest angenommen zu haben.«

Die nächste Frage stellte sie so beiläufig wie möglich: »Wessen Name stand denn auf der Fahrkarte?«

Sie waren zu Hause angekommen. Lemaster fuhr den Escalade in die Doppelgarage, die um einiges kleiner war als die, die sie in Tyler's Landing gehabt hatten, aber den Volvo hatten sie verschrottet.

»Was spielt das für eine Rolle?«, fragte er.

»Ich dachte nur, du wärst dir gerne sicher, dass du den Richtigen erpresst.«

»Sie sind alle die Richtigen«, sagte Lemaster und stieg aus. Julia brauchte mehrere Minuten, um ihre Fassung wiederzugewinnen, dann folgte sie, keineswegs eingeschüchtert, ihrem Mann.

· III ·

Sie saßen in Lemasters neuem Arbeitszimmer, das einen Großteil des zweiten Stocks der Villa einnahm. Kellens Handy lag auf dem Schreibtisch zwischen ihnen. Julia fragte nicht, wie ihr Mann in den Besitz des Handys gelangt war. Sie wollte lieber nicht wissen, wie tief die Fänge seines unbekannten Harlemer Clubs in das Leben von Harbor County reichten – oder in die Welt außerhalb. Sie wartete darauf, dass er ihr die Geschichte erzählte, und sie zweifelte nicht daran, dass er das vorhatte: Denn sonst hätte er nie das Handy für sie unter dem Altar deponiert.

»Ich habe einen Fehler gemacht«, sagte Lemaster und trank einen Schluck Wein, den sie mit nach oben gebracht hatten. »In Anbetracht der Umstände einen verständlichen, denke ich. Ein Fehler hat den nächsten nach sich gezogen, und das ist das Ergebnis.«

Sie sagte nichts. Der Sturm hatte sich einigermaßen gelegt. Auf dem Hügel vor dem Fenster sah sie die gotischen Türme der Universität, den Campus ihres Mannes.

»Dieser Casey ist ein Schwächling«, fuhr er fort, während er das schicke silberne Handy auf dem Schreibtisch mal in die eine, mal in die andere Richtung kreiseln ließ. »Kein Rückgrat. Das war mir von Anfang an klar. Er spielt vielleicht den Dichterrebellen, um unsere Tochter zu beeindrucken, und hält sich für einen Querdenker, aber er ist nicht wie Smith. Er ist nicht wie Vanessa. Er würde sich nie über Vorschriften hinwegsetzen, vor allem nicht zu einem Zeitpunkt, wenn es darum geht, welchen Studienplatz er bekommt. Dazu ist er viel zu ehrgeizig, Jules. Okay, seine Mutter ist Dekanin an der Juristischen Fakultät, aber ich bin der Universitätspräsident. Er hätte nicht riskiert, bei mir in Ungnade zu fallen. Er wusste genau, dass ich Vanessa verboten hatte, in sein Auto zu steigen. Da hätte sie noch so betteln und ihm weiß der Himmel was versprechen können. Er hätte abgelehnt. Auf keinen Fall hat dieser Casey an dem Abend, als Kellen erschossen wurde, Vanessa nach Hause gefahren.«

Julia drehte sich abrupt vom Fenster weg und starrte ihn an.

Lemaster nickte. »Erinnerst du dich, wie Casey erzählt hat, Vanessa würde immer weglaufen, wenn sie zusammen ausgingen? Ich glaube, damit wollte er dir etwas sagen. Das weißt du doch auch, oder, Jules?« Er wartete nicht darauf, dass sie es ihm bestätigte. »Er wollte dir sagen, dass sie an dem Abend, als Kellen umgebracht wurde, weggelaufen ist. Und weil er sich nicht darauf einlassen wollte, was das womöglich bedeuten könnte, hat er es dir einfach vor die Füße geworfen, und du bist dem – klugerweise – nicht weiter nachgegangen. Aber wir wissen beide, dass es so war. Und wir wissen beide, wie sie an dem Abend nach Hause gekommen ist, stimmt's?«

Sie senkte den Blick. Ihre Hände zitterten genauso wie die ihrer Tochter. Sie legte eine Hand auf die andere, aber das Zittern hörte nicht auf. Das Summen in ihrem Kopf wurde immer lauter, bis es in ihrem ganzen Körper vibrierte.

Lemaster hatte das Handy aufgeklappt. Er schaltete es ein, wartete, bis es hochfuhr, dann drückte er zweimal auf eine Taste, bis die zuletzt getätigten Anrufe angezeigt wurden. Als er es Julia zuschob, beugte sie sich vor, um es nicht mit ihren zitternden Fingern berühren zu müssen. Sie kniff die Augen zusammen, bemühte sich, klar zu denken. Der letzte Anruf, den Kellen in seinem Leben erhalten hatte, war von Frank Carrington gekommen, die Nummer war Julia bekannt. Der vorletzte war von einer Nummer gekommen, die sie noch besser kannte: Vanessas.

»Sieh dir die Uhrzeit an«, sagte Lemaster.

Julia schaute hin. 20:17 Uhr.

»Das war der Anruf, den Kellen entgegengenommen hat, als er mit Tony Tice auf der Main Street war«, sagte Lemaster. »Der Anruf, wegen dem er Tony in Tyler's Landing hat stehen lassen. Wegen diesem Anruf ist er losgefahren, um etwas zu unternehmen.«

Julia hatte ihre Stimme wiedergefunden. »Aber so wie Tony es geschildert hat, klang es, als hätte der Anrufer Kellen irgendwie bedroht – er war ganz aus dem Häuschen –, aber Vanessa hatte doch nichts, womit sie ihm hätte Angst machen können.«

»Doch, das hatte sie.«

Doch, das hatte sie. So einfach. So eindeutig.

Vanessa hatte an dem Abend etwas von Kellen gewollt, und wenn sie es nicht bekam, dann würde sie ihrem Vater von Kellens Annäherungsversuchen erzählen.

Doch Julia konnte es immer noch nicht ganz begreifen. »Aber was hätte sie – was hätte sie von ihm –«

Sie brach ab. Die Zeit raste zurück. Mary Mallard, die ihr das Anagramm zeigte. Weiter zurück. Vanessa in der Küche, wie sie mit Nachdruck darauf beharrte, dass DeShaun und nur DeShaun der Täter gewesen sein konnte. Noch weiter zurück. Vanessa, die eine unsägliche Abschlussarbeit schrieb, um genau das zu beweisen. Weiter und weiter zurück. Der brennende Mercedes am Jahrestag von Ginas Tod, der Höhepunkt des Wahnsinns, der Vanessa erfasst hatte, kaum dass sie mit den Recherchen über die Ereignisse jenes Valentinstags vor dreißig Jahren begonnen hatte. Ein Zeitraffersprung nach vorne. Julia und Lemaster im Bett an dem Abend, als Janine Goldsmith bei Vanessa übernachtet hatte, und Lemaster, der ihr sagte, wer Kellen umgebracht hatte, müsse ihn nicht unbedingt gehasst haben.

Was könnte es denn sonst gewesen sein?, hatte Julia gefragt.

Lemasters Antwort von damals grollte jetzt wie Donner in ihren Ohren: *Rationale Maximierung von Eigeninteresse.*

Dann ein weiteres, noch schmerzlicheres Bild: Vanessa vor der St.-Matthias-Kirche an jenem schrecklichen Sonntag, als sie plötzlich den Namen Malcolm Whisted aus dem Hut zauberte, in dem verzweifelten Versuch, ihre Mutter, die der Wahrheit immer näher kam, abzulenken.

Julia sagte: »Vanessas Blog. GAINFUL NONSENSES. Das ist ein Anagramm.«

»Ja. Von SINFUL SANE N. E. SONG.«

»Nicht nur das.« Sie schrieb die Worte auf, die Mary Mallard ihr gezeigt hatte: GINA FLEES NUN'S SON. Lemasters dichte Brauen zogen sich zusammen. »Du warst auf einer katholischen Schule, Lemmie. Und du warst mutterlos. Verstehst du? Nun's son? Der Sohn einer Nonne.«

»Ich verstehe es schon«, sagte er leise.

»Das ist der Grund. Das ist es, was Vanessas Trauma ausgelöst hat. Was sie vor anderthalb Jahren in den Wahnsinn getrieben hat.« Julia tippte mit dem Finger auf das Blatt. »Sie dachte, du hättest Gina umgebracht.« Sie nahm das Blatt und riss es in kleine Streifen, dann stand sie auf und warf die Schnitzel in den Reißwolf, den Lemaster praktischerweise neben seinem Schreibtisch stehen hatte. »Das war das Trauma. Das war das große Geheimnis. Sie wollte dich schützen, Lemmie. Die Abschlussarbeit. Das Beharren darauf, dass es niemand anders als DeShaun gewesen sein konnte. Lauter Hinweise. Sie dachte, du hättest Gina umgebracht.«

»Preston hat ihr diese Idee in den Kopf gesetzt«, sagte Lemaster tonlos. »Und da ist sie geblieben bis – bis zu den jüngsten Vorfällen.«

Julia nahm das Handy und drückte auf den Knopf, damit das Display wieder aufleuchtete. Sie hielt es sich dicht vor ihr Gesicht und starrte darauf, bis Lemaster ihr das Handy vorsichtig aus der Hand nahm. Er klappte es zu, drehte es um und nahm die Batterie heraus. Dann nahm er einen Hammer aus einer Schreibtischschublade. Er zerschlug das Gehäuse, nahm den Speicherchip heraus, zerschlug auch diesen und schob anschließend die Scherben säuberlich zusammen. Dann, vielleicht, um seine Frau zu trösten, legte er eine Hand auf ihre und wartete.

»Darum ist es also die ganze Zeit gegangen. Ich dachte, du wolltest den Präsidenten schützen oder Mal Whisted oder die Empyreals und diesen bescheuerten Plan. Aber es ging dir die ganze Zeit um Vanessa.« Ihre Augen füllten sich mit Tränen. »Niemand sollte erfahren, dass sie an dem Abend in Kellens Auto gestiegen ist. Um ihm zu drohen. Um ihm klarzumachen, dass sie, falls er irgendjemandem erzählt, dass ihr Vater der Täter war, der ganzen Welt verkünden würde, dass er – dass er –«, sie brachte es nicht fertig, die Worte auszusprechen, »... ihr zu viel ungebührliche Aufmerksamkeit geschenkt hat. Wenn das herausgekommen wäre, dann hätten alle angenommen, sie – ach Lemmie!« Julia wischte sich die Augen. »Du hast das Handy aus der Asservatenkammer der Polizei stehlen lassen, vielleicht hast du sogar die Unterlagen vernichten lassen, die sicher in irgendeinem Bunker der Telefongesellschaft aufbewahrt werden. Ist es möglich, dass du das getan hast, Lemmie? Besitzt du wirklich so viel –« Sie suchte nach dem passenden Wort. »So viel Macht?« Julia war auf den Beinen. Sie konnte sich nicht erinnern, aufgestanden zu sein, aber sie war vor ihrem Mann zurückgewichen und stand jetzt am Fenster und schaute ihn an mit einer Mischung aus Furcht und Bewunderung. Sie war entsetzt über seine Schlussfolgerungen und erfüllt von Liebe für ihn, weil er instinktiv die Macht, die die Empyreals in seine Hände gelegt hatten, benutzt hatte, um seine Familie zu schützen. »Wirst du Ärger bekommen? Dafür – dafür, dass du die Macht missbraucht hast, die die Empyreals dir anvertraut haben?«

»Wenn sie davon erfahren, ja.« Schließlich lächelte er. »Setz dich, Jules. Setz dich und gieß uns noch einen Schluck Wein ein.«

· IV ·

»Ich kann dir nicht alles erzählen, Jules. Selbst jetzt nicht. Aber es stimmt, ich habe für mich selbst ein paar Beweise in einem Versteck aufbewahrt. Nicht das, was die Empyreals in ihrem Besitz haben, wie zum Beispiel das Original von Jocks Geständnis.« Er klopfte auf einen Stapel Papiere, die vor ihm auf dem Schreibtisch lagen. »Ich besitze noch ein paar zusätzliche Kleinigkeiten, mit denen ich meine Freunde bei der Stange halten kann. Meine alten Kommilitonen. Schließlich könnten sie eines Tages die Nase voll haben und versuchen, mich loszuwerden. Die Empyreals würden mich niemals rächen, weißt du. Der Club hat größere und längerfristige Ziele. Ihm geht es um das Wohl der dunkelhäutigeren Nation, nicht um das Leben und die Karriere von Lemaster Carlyle. Ich habe diese Beweisstücke schon lange. Jedes Jahr hinterlege ich bei unserem Anwalt einen Brief, in dem ich ihm das neue Versteck mitteile. Scrunchy weiß das. Mal weiß es auch. Sie sind mächtige Männer, aber sie lassen mich in Frieden. Und meine Familie.«

»Aber für den Fall, dass sie das nicht tun, hast du Jeremy angeheuert.«

»Nun, ja, dafür war er hier. Oder für den Fall, dass irgendein Mitarbeiter, der nicht mit den Regeln vertraut ist, uns Ärger macht. Anfangs wollte ich Jeremy nur in der Nähe haben. Aber als mir klar wurde, wie viele Leute ihre Nase in die Sache stecken – na ja. Er hatte den Auftrag, im Haus zu bleiben oder euch, wenn ihr unterwegs wart, nach Möglichkeit zu beschützen. Ich habe noch weitere Maßnahmen getroffen, die aber jetzt keine Rolle spielen.«

Weitere Maßnahmen. Sie begriff sofort. Trevor Land. Ginas Patenonkel. Trevor Land war von Anfang an auf Lemasters Seite gewesen. Über Trevor hatte Lemaster dafür gesorgt, dass Bruce mit den Ermittlungen beauftragt wurde, denn er wusste, dass der hartnäckige Bruce so lange in Julias und sogar in Vanessas Nähe bleiben würde, bis er die Antworten auf seine Fragen gefunden hatte. Und die körperliche Präsenz von Bruce stellte einen hervorragenden Schutz gegen Bedrohungen von außen dar. All diese Maßnahmen hatte Lemaster ergriffen, ohne jemals die Aufmerksamkeit der Öffentlichkeit auf sich zu ziehen, was passiert wäre, wenn er einfach einen Leibwächter angeheuert hätte.

»Wenn du die Beweise so gut versteckt hast«, sagte Julia, »wie konnte Vanessa sie dann finden?«

»Damals hatte ich alles in meinem Arbeitszimmer versteckt. In einem verschlossenen Aktenschrank. Etwa einen Monat nach

Vanessas Rückkehr aus Frankreich bin ich eines Abends nach Hause gekommen und habe gemerkt, dass das Schloss aufgebrochen worden war. Ich bin ganz schön in Panik geraten, das kann ich dir sagen. Ich dachte, Scrunchys Leute wären bei uns eingestiegen. Oder die von Mal Whisted. Aber nein. Jemand hatte alles durchsucht, aber nur das Flugticket fehlte. Es konnte nur Vanessa gewesen sein.«

»Sie findet alles«, stimmte Julia zu. Aber ihr wurde klar, dass sie ihrem Mann einen letzten Schritt voraus war. Der Flügel. Kellen hatte nie etwas unter den Flügel geklebt. Er war nie im Haus gewesen. Vanessa hatte Lemaster eines seiner Beweisstücke entwendet und im Haus versteckt, als Erklärung dafür, warum Kellen an dem Abend, als er sie nach Hause gefahren hatte, gegen die Laternen gekracht war. »Und wie geht es jetzt weiter, Lemmie?«, fragte sie. »Du hast also beide Männer in der Hand.«

»Stimmt.«

»Aber sie können es nicht beide gewesen sein. Jock hat den Wagen gefahren. Mal Whisted war betrunken und erinnert sich wahrscheinlich an gar nichts, aber seine Familie besitzt nicht genug Geld, um eine solche Verschwörung finanzieren zu können. Und Scrunchy – also, der war überhaupt nicht dabei, oder? Aber vielleicht hat er bei der Vertuschung geholfen. Das ist es, womit du ihn in der Hand hast. Oder vielleicht haben die Empyreals beiden irgendein fingiertes Beweisstück vorgelegt. Und deswegen ist womöglich jeder bis heute davon überzeugt, dass er Gina umgebracht hat.« Während sie die einzelnen Punkte an den Fingern abzählte, konnte sie sich einer gewissen Bewunderung für den Plan nicht erwehren, so perfide sie das Vorgehen auch fand. »Das war von Anfang an Bays Plan. Er wollte sie alle übereinander stolpern lassen. Er hat jedem gesagt: Du warst es, aber wir drehen es so, dass einer der anderen denkt, er wäre es gewesen. Warum auch nicht? Schließlich konnten die Empyreals nicht wissen, wer von den dreien am höchsten aufsteigen würde, aber es hat sich gelohnt.«

»Es hat sich wirklich gelohnt.« Lemaster wirkte bedrückt. »Seit all diesen Jahren, all diesen Jahrzehnten glauben die Angehörigen der weißen Rasse, sie hätten die Macht. Die Empyreals sind der Meinung, dass das nicht so sein muss. Die dunkelhäutigere Nation kann eine Menge Macht ausüben, solange wir nicht zeigen, dass wir die Hand im Spiel haben. Die Weißen würden niemals dulden, dass wir öffentlich diese Art von Macht ausüben. Aber gegen verborgene Macht können sie nichts ausrichten.«

»Aber wenn niemand weiß, ... wessen Hand da im Spiel ist, ... warum haben Jock und Mal dann geglaubt, dass die Empyreals einen so großen Einfluss haben?«

»Ich glaube, als die Polizei sich wirklich auf DeShaun als Täter konzentrierte, waren sie alle drei davon überzeugt, dass die Empyreals alles tun könnten, was sie versprochen hatten. Und alles, was sie angedroht hatten.«

»Und damit war die Falle zugeschnappt. Sie haben die Geständnisse unterschrieben. Dumme kleine Studenten. Sie haben die Geständnisse unterschrieben, die Hillimans haben das nötige Geld zur Verfügung gestellt, um alle Beteiligten zu schmieren, und seitdem ist Mal Whisted davon überzeugt, dass du ihn deckst. Scrunchy ist seitdem ebenfalls davon überzeugt, dass du ihn deckst. Keiner der drei weiß, dass der andere überhaupt verdächtig war. Und natürlich haben sie Astrid und Cameron sofort gefeuert, als die ihre Nase in die Sache stecken wollten. Du hast es von ihnen verlangt, und ihnen ist nichts anderes übrig geblieben. Gott, muss ich blöd gewesen sein, dass ich nichts davon geahnt habe. Mein Gott, Lemmie! Jetzt verstehe ich auch, warum du dem Ausgang der Präsidentschaftswahl so gelassen entgegensiehst. Die Empyreals gewinnen in jedem Fall!«

»Vergiss nicht, Jules, ich bin erst ziemlich spät in den Plan eingeweiht worden. Die Dinge sind, wie sie sind.« Er stand auf und trat ans Fenster. Die Helligkeit schien ihn nicht zu stören. »Sag mir eins, Jules. Was würdest du tun, wenn du die Wahl hättest? Was schlägst du vor, was wir tun sollen?«

»Leg die Karten auf den Tisch. Sag den beiden, dass sie frei sind.«

»Ich glaube nicht, dass das möglich ist. Erstens liegt die Entscheidung nicht bei mir. Ich bin ein ziemlich kleines Licht bei den Empyreals, egal, welchen Titel ich trage. Zweitens – nun, es ist zu viel Geld geflossen, Jules. Wir stecken viel zu tief drin, um jetzt einen Rückzieher zu machen.«

»Ach, komm schon, Lemmie! Der Präsident – Scrunchy – ist

unschuldig! Und Senator Whisted ebenfalls! Sie waren betrunken, aber sie haben niemanden umgebracht! Wie in aller Welt kannst du behaupten, es sei zu spät, um einen Rückzieher zu machen? Du erpresst die falschen Leute!«

»Wahrscheinlich hast du recht«, sagte er und setzte sich wieder an seinen Computer. Tack, tack, tack.

Am liebsten hätte sie ihn erwürgt. Am liebsten hätte sie ihn umarmt und nie wieder losgelassen. Am liebsten hätte sie ihre Kinder ins Auto gepackt und wäre mit ihnen in die Berge geflüchtet. Sie starrte den Mann an, der sie gerettet hatte, einen Mann, der die Pflicht höher schätzte als das Begehren, der mittlerweile in so viele widersprüchliche Verpflichtungen verstrickt war, dass er keine Vorstellung mehr von einem freien Willen hatte, besonders nicht von seinem eigenen. »Das ist Unrecht, Lemmie. Siehst du das denn nicht ein?«

»Nein, Jules, ich sehe es nicht ein.« Endlich blickte er auf, seine Augen wirkten müde. Verblüfft, ein Zeichen von körperlicher Schwäche an ihrem Mann zu entdecken, wich Julia einen Schritt zurück. »Vor ein paar Monaten, als du noch den Präsidenten für schuldig gehalten hast, hast du noch zugestimmt – nicht begeistert, aber zugestimmt –, dass wir mit dem Weg, den wir eingeschlagen haben, das Beste für unsere Leute erreichen würden. Für die dunkelhäutigere Nation. Hast du deine Meinung geändert? Siehst du denn nicht, dass die Möglichkeiten, die sich unseren Leuten eröffnen, dieselben bleiben, egal, wer die Tat tatsächlich begangen hat?«

Sie sank auf ihren Stuhl.

Ihr Mann schaute sie mitfühlend an. »Ich wundere mich über dich, Jules. Wirklich. Unsere Chance, Gerechtigkeit für unsere Leute zu erreichen, hängt nicht von der Identität des Täters bei einem Verbrechen ab, das die Welt längst vergessen hat. Wir rächen ein viel größeres Verbrechen, Jules. Vergiss das nicht.«

Jetzt wusste sie, was ihr Angst machte. Das Selbstbewusstsein, das sie so lange an ihm bewundert hatte, selbst wenn es zum Hochmut anschwoll, war in Wirklichkeit der Fanatismus eines Ideologen. All die Jahre, in denen er am Tisch gesessen und die Linke wie die Rechte verhöhnt hatte, hatten sie zu der Überzeugung gebracht, dass Lemaster eigentlich kein politischer

Mensch war, sondern nur sein eigenes Genie bewunderte. Jetzt begriff sie, wie sehr sie sich geirrt hatte. Seine Politik war die Politik der reinen und perfekten Selbstgerechtigkeit. Wie Lemasters Lieblingsphilosoph Isaiah Berlin einmal gesagt hatte, forderte nichts so viele Opfer wie eine selbstgerechte Politik.

»Aber du kannst dich doch nicht darauf verlassen, dass es ein Geheimnis bleibt. Früher oder später kommt alles ans Licht.«

»Nein, Jules, nicht alles. Die Welt ist voller Geheimnisse, die nie herauskommen.« Tack, tack, tack. »Auch dieses hätte gewahrt werden können, wenn Byron Dennison nicht so arrogant gewesen wäre. Aber er konnte der Versuchung nicht widerstehen. Er musste sich unbedingt persönlich mit den Studenten treffen, anstatt einen Stellvertreter vorzuschicken. Er musste unbedingt nach Tyler's Landing fahren, um sich daran zu ergötzen, wie die Weißen nach seiner Pfeife tanzen. Er hatte vergessen, dass unsere Hand nur im Geheimen agieren darf.« Er blickte auf. »Aber jetzt ist ja alles wieder unter Verschluss.«

»Und was ist mit DeShaun?«, fragte sie. »Willst du nicht wenigstens diese Lüge aus der Welt schaffen?«

Er sagte nichts.

»Du würdest nichts verlieren, wenn du bekannt gibst – wenn du irgendwie durchsickern lässt, dass Jock Hilliman der Täter war. Dann hättest du Scrunchy und Mal immer noch in der Hand. Sie glauben beide, sie wären es gewesen. Sie halten den Beweis für Jocks Schuld für gefälscht. Sie denken, diese Geständnisse, die ihr sie habt unterschreiben lassen –«

»Die Empyreals haben sie unterschreiben lassen.«

»– die ihr sie habt unterschreiben lassen«, wiederholte sie, »reichen aus, um ihre Schuld zu beweisen. Es wird sie wahrscheinlich ziemlich nervös machen, wenn der Fall wieder aufgerollt wird. Aber du wirst sie immer noch in der Hand haben.«

Lemaster zuckte die Achseln.

»Was bist du nur für ein Mensch?«, fragte sie schließlich. Ihr brannte die Lunge, als hätte sie einen steilen Berg erklommen. Aber sie wusste nicht, ob sie nach oben kletterte, oder ob sie sich auf dem Abstieg befand. »Komm schon, Lemmie. Bedeutet die Wahrheit dir denn gar nichts?«

»Die einzige Wahrheit, die eine Rolle spielt«, sagte er mit liebevollem Ernst, »ist die, die Vorteile für unsere Leute bringt.« Er schaute sie an. »Ich liebe dich, Jules. Ich liebe dich seit dem Tag, an dem ich dich in der Theologischen Fakultät getroffen habe. Aber dieser Plan liegt von jetzt an in meiner Verantwortung. Ich kann ihn nicht fallen lassen, wo ich gerade erst an der Schwelle stehe.«

Sie schwankte in dem lang gestreckten, hellen Zimmer. Sie war völlig erschüttert, wusste nicht mehr, wer er war. War es eine Lüge gewesen, als er ihr gerade eben noch versichert hatte, er sei nur eine unbedeutende Figur bei den Empyreals? Im Licht seiner hehren Überzeugung schienen alle seine Zweifel verschwunden zu sein. Er hatte schon immer die Gabe besessen, so lange auf andere einzureden, bis sie ihm alles glaubten, und sich selbst hatte er eingeredet, dass die Empyreals im Recht waren.

Wahrscheinlich innerhalb der letzten zehn Minuten.

Und das Verrückte daran war, dass sie seine Argumente nachvollziehen konnte. Oder doch nicht. Lemaster hatte recht. Nein, er war im Unrecht. Es gab noch Menschen auf der Welt, die an das Gute glaubten. Nein, gab es nicht.

»Wirst du mich verlassen, Jules? Wirst du mit den Kindern nach Frankreich gehen, die Presse einladen, sie bitten, Scrunchy und Mal aus den Klauen einiger alter schwarzer Männer zu befreien, aus den Klauen einer unbekannten Harlemer Bruderschaft, die heimlich das Schicksal der Nation kontrolliert? Glaubst du im Ernst, dass irgendwer außer ein paar rechtsradikalen Spinnern am äußersten Rand des reaktionären Spektrums auch nur in Erwägung ziehen würde, dass das alles stimmen könnte?«

»Ich könnte es versuchen.«

»Ja, das könntest du. Und ich werde dich immer lieben, egal, was du tust.« Er sprach so sanft mit ihr, wie man mit sehr kranken Menschen spricht. »Ich möchte, dass du bleibst. Ich möchte dich an meiner Seite haben. Wenn du es nicht ertragen kannst, habe ich Verständnis dafür. Aber versuch bitte, auch meinen Standpunkt zu verstehen, Jules. Ich muss meine Aufgabe erfüllen. Wenn du bei mir bist, kann ich das besser.«

»Und Tony Tice? Was hattest du mit Tony Tice zu tun?« Aber sie hatte es sich längst zusammengereimt. »Er hat versucht, beide

Seiten gegeneinander auszuspielen, stimmt's? Aber das war jetzt dein Projekt. Du musstest es schützen. Du und … und Jeremy Flew. Die Empyreals haben ihn dir geschickt, nicht wahr? Er sollte uns beschützen, aber auch alles im Auge behalten. Du wusstest, was Kellen vorhatte. Tony Tice sollte dich nur über seine Fortschritte auf dem Laufenden halten. Pech war nur, dass Tony seine Chance gewittert hat, schnell an viel Geld zu kommen. Er hat dich hintergangen.« Ihr kam noch ein Gedanke. »Die Hunderttausend, die er jedes Jahr der Theologischen Fakultät gespendet hat – kamen die auch von den Empyreals? Oh Gott, Lemmie! Haben die Empyreals meine Stelle finanziert?« Ihr wurde beinahe schwindlig, doch dann sagte sie kühl: »Ich schätze, Tony Tice wird nicht allzu lange hinter Gittern bleiben, was, Lemmie? Du wirst jemanden anrufen, und er wird glimpflich davonkommen.« Sie zögerte. »Bruce und Vanessa haben mir beide erzählt, dass Kellen vor anderthalb Jahren angefangen hat, an diesem Projekt zu arbeiten. Damals warst du noch im Weißen Haus. Aber die Empyreals brauchten jemanden, der Kellen auf die Finger sehen konnte. Oder der vielleicht das ganze Projekt an sich reißen konnte. Und das war am einfachsten zu bewerkstelligen, wenn du, sagen wir mal, zum Präsidenten der Universität berufen wurdest. Der mächtigste Mann in der Stadt. Wie haben sie das eingefädelt? Haben sie die Hillimans dazu gebracht, Cameron anzurufen? Wie haben sie es angestellt?«

Als Lemaster nach einer Weile antwortete, lag ein drohender Unterton in seiner Stimme. »Es war Teil des Kampfs für Gerechtigkeit. Mehr nicht.«

Noch mehr Fragen wirbelten in ihrem Kopf herum. Hatte Frank Carrington wirklich aus eigenem Antrieb so viel Unheil gestiftet? War Jeremy Flew nur ein Leibwächter gewesen, oder hatte er eine weit aktivere Rolle gespielt? Und Kellen – wie hatte er in so kurzer Zeit so viel in Erfahrung bringen können? Hatte er einen Informanten innerhalb der Empyreals gehabt? Aber Julia wusste, dass ihr Mann ihr keine Antworten geben würde. Und so stellte sie nur die eine Frage, die ihr am wichtigsten war: »Wer sitzt an den Hebeln, Lemmie? Wer entscheidet darüber, wann dieser … dieser Einfluss geltend gemacht wird? Wer ist *weise* genug, um solche Entscheidungen zu treffen?«

Lemaster schaute seine Frau lange an, dann sprang er auf und ging mit großen Schritten um seinen Schreibtisch herum. Julia wich instinktiv vor ihm zurück, denn ihr ganzes Misstrauen erwachte wieder. Er packte sie an den Schultern und schob sie in das kleine Bad neben dem Arbeitszimmer.

»Lemmie, was soll das? Lass mich los!«

»Sieh hin«, sagte er.

»Was ist denn?«

»Du bist doch die mit dem Faible für Spiegel. Sieh hin!«

Sie drehte sich um. Und dort, im Spiegel, erblickte sie die Antwort auf ihre Frage, die geheime Last, die sie gemeinsam tragen mussten.

Epilog

Schnee in der Villa am Sommerstrand

· I ·

Sommer. Julia stand an einem Erkerfenster der Mallard-Villa südlich von Portland in Maine und schaute durch hauchdünne Gardinen auf den Atlantik hinaus. Düster und majestätisch rollten Wellen heran, schlugen geduldig auf die Felsen, die dem Angriff noch stolz und tapfer standhielten, aber im Lauf der Zeit wie alles, was stark und unveränderlich schien, zu Staub zerfallen würden.

»Also, was soll ich jetzt tun?«, fragte Mary Mallard hinter ihr. Sie saß auf dem Sofa, das verletzte Bein ausgestreckt und von Kissen gestützt. »Die Wahrheit schreiben? Sagen Sie's mir, Julia. Was soll ich tun?«

»Sie kennen die Wahrheit nicht«, antwortete Julia nach einer Weile. »Und ich ebenso wenig.«

»Aber wir kennen die Lügen.«

Julia nickte, sagte jedoch nichts. Das Haus gehörte Marys Mutter und war grandios im schlechten Stil der Yankees ausgestattet. Der hintere Rasen fiel sanft zur Strandmauer hin ab, auf der Evelyn Mallard, die mit so vielen amerikanischen Präsidenten verwandt war, dass niemand sie mehr zählen konnte, mit Jeannie spazieren ging. Ihre weiße Kleidung leuchtete in der Sommersonne. Jeannie – nein, Jeans, nur noch Jeans – lachte. In dieser reichen Strandkolonie südlich von Portland hatte sie eine ganz neue Welt entdeckt, in der sie ihren Charme versprühen konnte. Aaron, der den Sommer über am Babson-College in Portland einen Kurs für zukünftige Führungskräfte in der Wirtschaft absolvierte, war letztes Wochenende zu Besuch gekommen. Preston hatte versprochen, Megan – oder deren Nachfolgerin – mitzubringen, solange Lemaster nicht in der Nähe war, und Julia hoffte, dass er sein Wort halten würde. Smith und Vanessa waren etwas früher als geplant zu ihrer Reise durch die Vereinigten Staaten aufgebrochen, weil es ihren Eltern am Willen mangelte, sie aufzuhalten. Die beiden (beziehungsweise die drei) riefen in unregelmäßigen Abständen zu Hause an und versicherten ihren Familien, dass es ihnen gut ging.

Lemaster rief immer wieder an, um Julia mitzuteilen, er werde in wenigen Tagen hochkommen, und seine neue Assistentin rief regelmäßig an, um ihr zu sagen, dass er es doch nicht schaffen würde.

»Das meiste habe ich rausgekriegt, Julia. Jock hat Gina getötet, Whisted war dabei, und der arme Scrunchy war auf einer Studentenparty und hat sich vollaufen lassen. Er war nicht mal in der Nähe des Strands.«

»Vielleicht.«

»Das ist eine Riesenstory, Julia. Ein über dreißig Jahre zurückliegender Mord, der einem jungen Schwarzen in die Schuhe geschoben wurde, den man dann praktisch gelyncht hat, und jetzt stellt sich heraus, dass Senator Whisted bei der Tat dabei war. Eine Riesenstory. Aber ich darf sie nicht schreiben, stimmt's? Mir fehlen die unwiderlegbaren, harten Beweise. Ich kann nicht schreiben, dass irgendwo irgendjemand den Verdacht hat, dass es vielleicht auch anders gewesen sein könnte. Sie wissen es, und ich weiß es, aber wir können nichts beweisen.« Mary wartete darauf, dass Julia etwas dazu sagte, doch die hüllte sich in Schweigen. Die Gardinen schlugen in einer plötzlichen Windböe. Oben auf dem Schreibtisch im Gästezimmer lag ein angefangener Brief an Julias Mutter. Sie hatte versucht, auch an Lemmie zu schreiben, aber ihr fiel einfach nicht ein, was sie ihm sagen sollte.

Hinter sich hörte sie Mary immer noch reden, aber vielleicht führte sie auch Selbstgespräche. »Außerdem wissen wir, dass Leute bereit sind zu töten, um diese Geschichte unter Verschluss zu halten, nicht wahr? Ich meine, im wahrsten Sinne des Wortes. Wenn ich die Story veröffentliche, riskiere ich, dass sie mir einen Killer auf den Hals hetzen, richtig?«

»Möglich.«

»Und das macht Ihnen nichts aus?«

Julia musste an das Gespräch mit Vanessa denken, nach ihrem Besuch bei Frank Carrington. »Natürlich macht es mir etwas aus. Jedes Leben ist kostbar.« Sie biss auf ihre Unterlippe. »Aber wissen Sie, Mary, es ist doch so –«

»Das meinte ich nicht«, entgegnete Mary ungehalten. »Ich meinte, macht es Ihnen nichts aus, dass Whisted nie seine gerechte Strafe erhalten wird? Dass er es womöglich ins Weiße Haus schafft?«

»Er hat es nicht getan. Schlafend auf dem Rücksitz eines Autos zu sitzen, ist kein Verbrechen.«

»Er war dabei, Julia. Das sollten die Wähler erfahren.«

Julia überraschte sich selbst mit ihrer Antwort. Sie war schon seit fast einem Monat in Maine. Weil sie eine Vertraute brauchte und weil sie wusste, dass Mary sich das meiste schon selbst zusammengereimt hatte, hatte sie ihr fast alles erzählt, ohne allerdings zu erwähnen, welche Rolle die Empyreals – und ihr eigener Mann – bei der ganzen Sache spielten. Lemaster hatte sie schon seit Wochen nicht mehr gesehen. Und doch vertrat sie jetzt seinen Standpunkt. Sie erinnerte sich daran, wie er sie am Oberarm gepackt und gezwungen hatte, in den Spiegel zu schauen, damit sie sah, wer die Entscheidungen traf.

»Ich will Ihnen mal was über Gerechtigkeit erzählen«, sagte sie. »Wenn Sie über Mal Whisted schreiben dürften – angenommen, er hätte es getan, und Sie könnten es beweisen –, was würde dann passieren? Er würde ins Gefängnis wandern, richtig? Er würde bekommen, was er verdient hätte. Aber was würde für die dunkelhäutigere Nation dabei herausspringen? Warum sollte die dunkelhäutigere Nation nicht eine Chance auf das bekommen, was ihr zusteht? Wenn Whisted im Gefängnis landet, dann hätten Sie die Genugtuung, dass ein Mann, der vor dreißig Jahren ein Verbrechen begangen hat, hinter Gittern sitzt. Und das war's auch schon. Aber wenn man ihm gestattet, weiter aufzusteigen, vielleicht sogar bis ins Weiße Haus, dann haben wir einen mächtigen Verbündeten, der die Partei in die gewünschte Richtung lenkt. Man kann Mal Whisted der Gerechtigkeit überstellen, oder man kann Gerechtigkeit für das afroamerikanische Amerika erwirken. So simpel ist das.«

»Nein, Julia, das ist nicht simpel. Das ist ... unmoralisch.«

Julia zitierte Astrid: »Man kann den Kampf gegen das Böse nicht gewinnen, wenn einem eine Hand auf den Rücken gebunden ist.«

»Glauben Sie wirklich, dass Amerika böse ist?«

»Nein. Ich glaube, Amerika hat ein sehr kurzes Gedächtnis.«

· II ·

Malcolm Whisted hatte die Vorwahlen gewonnen. Die Medien waren immer noch begeistert von der Story, dass zwei ehemalige Kommilitonen um die Präsidentschaft konkurrierten, und bekamen vor lauter Aufregung nicht mit, dass eine ganze Reihe von untergeordneten Mitarbeitern aus den Wahlkampfteams ihre Kündigung einreichten. Alle waren immer noch dabei, Schmutz auszugraben und die andere Seite je nach politischer Präferenz zu diffamieren: *Die Militärakte eures Kandidaten nehmen wir genau unter die Lupe! Aber wenn ihr das bei unserem Kandidaten macht, ist das eine Schlammschlacht!* Seltsamerweise kam niemand auf die Idee, die Studentenzeit der beiden Männer zu durchleuchten – vielleicht, weil all die Journalisten und Redakteure und Aktivisten selbst einmal Studenten gewesen waren, und diese Periode auch in ihrem eigenen Leben lieber mit dem Mantel des Schweigens bedeckten. Niemand spielte auch nur am Rande auf das perfekte Gleichgewicht des Schreckens an, auf die Möglichkeit, dass ein im Verborgenen agierender Harlemer Club, dessen Mitgliedschaft laut Statuten auf »vierhundert ehrenwerte schwarze Gentlemen« beschränkt war, die Zukunft der beiden Kandidaten in der Hand hielt, weil sie im Besitz von Beweisen war, nach denen beide Männer Mörder waren, Beweise, an die beide Männer glaubten, obwohl keiner von ihnen die Tat begangen hatte.

Geduld allein kann schon eine Strategie sein, wie Lemaster gerne sagte – und in diesem Fall hatten die Empyreals mit ihrer besonderen Form von Geduld den Sieg davongetragen.

Nach jenem Gespräch im Arbeitszimmer hatte Julia in Erwägung gezogen, ihren Mann zu verlassen, einfach mit den Kindern zu verschwinden – irgendwohin. Aber ihr wachsendes Pflichtgefühl hielt sie zurück – ein Gefühl von Pflicht und irgendwie auch von Dankbarkeit. Lemaster war ihr fremd geworden, aber immerhin hatte er sie gerettet, und er hatte sie niemals betrogen oder verletzt. Die strengen, zwanghaften Überzeugungen, nach denen er sein Leben lebte, waren, wie sie festgestellt hatte, für sie nicht gleichermaßen bindend. Er führte sein Leben auf seine Weise, sie führte ihr Leben auf die ihre. Das gelang ihnen im selben Haus. Sie konnten gemeinsam das Leben bewältigen. Sie taten es bereits seit einundzwanzig Jahren, und das, obwohl Julias verworrene und unverarbeitete Gefühle für Kellen immer zwischen ihnen gestanden hatten. Sie konnten zusammenbleiben, und zwar nicht nur, weil Lemaster und seine Empyreals die Zügel mit derart furchterregendem und bedrückendem gutem Willen in der Hand hielten. Kellen hatte Julia befreit. Was auch immer seine Beweggründe gewesen sein mochten – der Wunsch nach Gerechtigkeit oder reine Eifersucht –, seine Suche nach Ginas Mörder und der wahnwitzige Plan, Julia in seine Machenschaften einzubeziehen, hatte sie befreit aus dem Gefängnis, wo sie ihr Leben nach den Erwartungen anderer Leute ausgerichtet hatte.

Ihr neuer Job machte ihr Spaß, und zwar nicht nur, weil sie nicht länger auf Lemasters Campus arbeitete. Sie half jungen Menschen, die viel zu häufig als Statisten für Politiker und als Claqueure für Aktivisten herhalten mussten. Jeder hatte Mitleid mit ihnen, und jeder vermied nach Möglichkeit den Kontakt mit ihnen – zumindest die, die es sich leisten konnten. Die in New Hampshire aufgewachsene Julia Carlyle stand in einem winzigen Klassenzimmer in Miss Terrys Schule, mitten im gefährlichsten Viertel von Elm Harbor, unterrichtete für ein symbolisches Gehalt und war restlos begeistert. Sie hatte sogar schon hin und wieder an einem Gottesdienst im House of Faithful Holiness teilgenommen, und auch wenn sie sich von der Inbrunst der Gläubigen nicht ganz hatte anstecken lassen, hatten alle diese Erfahrungen doch ihr Bewusstsein für die Nöte der dunkelhäutigeren Nation geschärft und sie in der Überzeugung bestärkt, dass aus eigenem Antrieb keine der beiden politischen Parteien mehr als Lippenbekenntnisse abliefern würde, wenn es um die moralische Verpflichtung zur Behebung dieser Nöte ging. In dem Trubel der

Präsidentschaftswahlen, der derzeit um Julia herum tobte, spielten Themen wie Armut und Rassenungleichheit kaum eine Rolle – nicht, solange es wirklich *wichtige* Probleme gab, die angepackt werden mussten. Und wichtige Probleme, die angepackt werden mussten, gab es immer. Mit Rassenungleichheit und Armut konnte man sich später noch befassen. Vielleicht hatte Jesus deshalb gesagt, die Armen würden stets unter uns sein: Er hatte gewusst, an welcher Stelle die Armen in der Liste politischer Prioritäten selbst zweitausend Jahre später noch stehen würden. In letzter Zeit beschäftigte Julia ein Gedanke immer mehr, den Mona vor langer Zeit einmal aus einem Buch zitiert hatte: dass die Weißen sich wesentlich mehr für die Gleichberechtigung ihrer Frauen und Töchter interessierten als für die Gleichberechtigung ihrer Dienstboten.

Das war der andere Grund, warum sie Lemaster nicht verlassen hatte.

Sie war bei ihm geblieben, weil sie glaubte, dass er womöglich doch recht hatte.

· III ·

Später am Strand, mit Strohhut und dunkler Sonnenbrille gegen das gleißende Licht geschützt, saß Julia auf einem Badetuch und schrieb, während Jeans, der Liebling des Clans, im Wasser herumtollte, den Brief an Granny Mo zu Ende.

Liebe Mona,
ich habe mich oft gefragt, warum du uns ausgerechnet in New Hampshire großgezogen hast. Ich fand das Leben in Hanover wunderbar, aber du bist dort nie glücklich gewesen. Wir waren viel zu weit weg von allem – zumindest von allem, was dich und deine Generation von Afroamerikanern geprägt hat, von der Welt, der deine Kinder – aus welcher Entfernung auch immer – sich zugehörig fühlen sollten. Die Sommer waren großartig, aber die Winter waren absurd. Die Stadt war wunderschön, aber, wie alles in Neuengland, weiß.
Endlich glaube ich dich zu verstehen. Ein großartiges Volk zu

sein bedeutet, ein altes Volk zu sein, und ein altes Volk ist ein Volk mit einer Vergangenheit. In der Vergangenheit gab es große Triumphe, aber auch große Tragödien. Weisheit bedeutet, das eine vom anderen unterscheiden zu können – und zu wissen, wie man Geheimnisse wahrt. Ich glaube, du bist wegen der Winter mit uns nach Hanover gezogen. Die Zeit bedeckt die Wahrheit wie der Schnee. Das Beste am Leben in Neuengland ist, dass es sehr lange dauert, bis der Schnee schmilzt.

In ewiger Liebe,
Julia

Am nächsten Morgen warf sie den Brief in den Briefkasten.

Nachwort

Wie die Leser von *Schachmatt*, dem Roman, in dem Lemaster und Julia Carlyle zum ersten Mal auftauchen, sich erinnern werden, wohnte die Familie in einem Vorort namens Canner's Point. Aus verschiedenen, für die Geschichte wichtigen Gründen habe ich sie kurzerhand nach Tyler's Landing verfrachtet. Wie ich im Nachwort meines ersten Romans schon betont habe, ist Elm Harbor kein notdürftig kaschiertes New Haven, allerdings möchte ich wiederholen, dass die beiden Städte von ähnlichen Gespenstern heimgesucht werden. Dasselbe gilt für jeden Vergleich zwischen dem Kepler und der Theologischen Fakultät der Yale University. Unnötig hinzuzufügen, dass es sich bei dem Roman um nichts weiter als eine fiktive Geschichte handelt, egal, welche Ereignisse mich dazu inspiriert haben mögen.

Weder bei den Ladybugs noch bei den Empyreals handelt es sich um reale Organisationen, noch sind sie realen Organisationen nachempfunden. Dasselbe gilt für ihre Mitglieder. Ich bewundere die Fähigkeit der traditionsreichen Clubs der dunkelhäutigeren Nation, in einem traditionslosen Zeitalter ihre Traditionen zu bewahren. Die Geschichte der Schwarzen Dame erzählt man sich bis zum heutigen Tag in und um Arkadelphia, Arkansas, wenn auch mit wesentlich mehr Details und Ausschmückungen als die abgespeckte Version, die Vanessa Carlyle im Roman wiedergibt. Der Internet-Anagramm-Server ist zu finden unter www.wordsmith.org, allerdings möchte ich meine

Leser warnen: Die Seite macht süchtig. Es gibt kein Blog mit Namen *Gainful Nonsenses*.

Zurzeit hat das Dartmouth College keinen Doktorandenstudiengang in Volkswirtschaft, deshalb kann Kellen seine Promotion nicht dort abgeschlossen haben. Ich hätte seine Affäre mit Julia an irgendeiner anderen neuenglischen Elite-Universität ansiedeln können, aber die Vorstellung, wie Julia durch die unglaublichen Schneemassen auf diesem Campus stapft, war einfach zu schön, als dass ich ihr hätte widerstehen können. Im Jahr 2004 wurden die Vorwahlen von Iowa mitten im Januar abgehalten, was für meine Geschichte zu früh im Jahr war, weswegen ich sie eigenmächtig auf einen späteren Zeitpunkt verlegt habe. Außerdem habe ich bestimmte andere Aspekte im Ablauf eines modernen Präsidentschaftswahlkampfs – hoffentlich nur unwesentlich – zeitlich verändert.

Lemaster Carlyles Vortrag darüber, dass der Mensch sich einen Gott erschaffen will, der den Rat des Menschen braucht, wurde inspiriert von einem Aufsatz über Dostojewski in David Bentley Harts überraschend klugen Buch aus dem Jahr 2005: *The Doors of the Sea: Where Was God in the Tsunami?*, wobei Hart natürlich nicht verantwortlich ist für eventuelle Fehler in Lemasters Argumentation.

Wie immer bin ich meiner unglaublich geduldigen Agentin Lynn Nesbit überaus dankbar. Zu Dank verpflichtet bin ich auch meinen Lektoren Robin Desser und Phyllis Grann, die mich begleitet und ermutigt, die Geschichte vor den vielen unzulänglichen Ideen ihres Autors bewahrt und geduldig auf die Abgabe des Manuskripts gewartet haben. Auch möchte ich mich bei den Fans meines unter vielen Zweifeln geschriebenen ersten Romans bedanken, die mir mit ihren unermüdlichen Anfragen Mut gemacht haben, einen weiteren zu schreiben. Außerdem wurde ich von einem kleinen Kreis guter Freunde, die bereit waren, das Manuskript während seines Entstehungsprozesses zu lesen, unterstützt und beraten. Bei ihnen, ganz besonders bei George Jones und Loretta Pleasant-Jones, möchte ich mich ebenfalls bedanken.

Schließlich und endlich fehlen mir wie immer die Worte, um die Dankbarkeit auszudrücken, die ich für meine Familie empfinde – für meine Frau Enola, meine sorgfältigste und kritischste Leserin, und für unsere großartigen Kindern Leah und Andrew. Diese drei sind für mich die schönsten Geschenke Gottes.

Im Juni 2006

Stephen L. Carter
Schachmatt

Roman. www.list-taschenbuch.de
ISBN 978-3-548-60398-8

Als der geachtete Richter Oliver Garland überraschend stirbt, ist sein Sohn Talcott überzeugt, dass sein schwaches Herz den Tod verursachte. Doch warum wird Talcott ständig nach den »Vorkehrungen« gefragt, die sein Vater für den Fall seines Todes getroffen haben soll? Warum wird er verfolgt? Und warum fehlen zwei Schachfiguren auf dem sonst so sorgsam gehüteten Schachbrett des Richters? Als ein zweiter Mann tot aufgefunden wird, sieht sich Talcott hineingezogen in die dunkle Vergangenheit seines Vaters. Und dabei setzt er alles aufs Spiel: seine Ehe, seinen Ruf – und sein Leben.

»Ein prall erzähltes, anekdoten- und facettenreiches Werk« *Der Spiegel*

List Taschenbuch

L82

John le Carré
Geheime Melodie

Roman. www.list-taschenbuch.de
ISBN 978-3-548-60756-6

Dolmetscher Bruno Salvador wird vom Britischen Geheimdienst für eine inoffizielle Konferenz zum Thema Kongo engagiert. Die krisengeschüttelte und an Rohstoffen reiche Region ist Brunos Heimat. Bahnt sich in dem fernen Land eine Katastrophe an? Bruno sucht Verbündete, die mit ihm für eine demokratische Zukunft des Kongo streiten. Doch plötzlich wird er zum Gejagten, denn in seinem Besitz befinden sich wertvolle Dokumente.

»Eine große, vielstimmige Symphonie des Verrats«
Der Spiegel

»In John le Carrés *Geheime Melodie* hören wir den O-Ton der Weltgesellschaft.« *Süddeutsche Zeitung*

»Le Carré zieht alle Register seiner Spionagethriller-Kunst.« *Bild am Sonntag*

List Taschenbuch

L310

John le Carré

Der Spion, der aus der Kälte kam

Roman. www.list-taschenbuch.de
ISBN 978-3-548-60359-9

Alec Leamas ist im britischen Geheimdienst für Ostdeutschland zuständig. Als sein Gegenspieler, Hans-Dieter Mundt, das Agentennetz der Engländer immer mehr zerstört, sinnt London auf Rache und ergreift Gegenmaßnahmen. Leamas soll dafür sorgen, dass Mundt in Misskredit gerät. Er scheidet aus dem Dienst aus, steigt auf der sozialen Leiter ab und lässt sich – scheinbar unwillig – von der ostdeutschen Seite als Überläufer einkaufen …
Der Spion, der aus der Kälte kam gilt als Meilenstein in der Geschichte des Spionageromans. In einem persönlichen Vorwort beschreibt John le Carré die Entstehungsgeschichte und die Folgen des Buches, das ihn auf einen Schlag weltbekannt machte.

»Der beste Spionageroman, den ich je gelesen habe.«
Graham Greene

List Taschenbuch

L119

John le Carré

Absolute Freunde

Roman. www.list-taschenbuch.de

ISBN 978-3-548-60547-0

An das Spiel mit zwei Identitäten hat Ted Mundy sich nie gewöhnen können. Jetzt führt er endlich ein ruhiges Leben in Deutschland. Bis Sascha, ein Weggefährte aus Berliner Tagen, vor seiner Tür steht – und ihn in die Untiefen der gegenwärtigen Zeitläufte lockt. Das brillante Porträt einer ungewöhnlichen Freundschaft vor dem Hintergrund der weltpolitischen Abgründe unserer Zeit.

»Ein Meisterwerk« *Frankfurter Allgemeine Zeitung*

List Taschenbuch

L212

JETZT NEU

Aktuelle Titel | Login/ Registrieren | Über Bücher diskutieren

Jede Woche vorab in einen brandaktuellen Top-Titel reinlesen, ...

... Leseeindruck verfassen, Kritiker werden und eins von **100** Vorab-Exemplaren gratis erhalten.

vorablesen.de